与光与影与空

1

遗城秘事

VISION IN
THE
VOID

X程序 著

作家出版社

目录

VISION IN the void

引子
即使在最深最暗的井里也会有光

三岁时，井下光就被爹妈给卖了。

那一年，井下光的弟弟刚出生，蓬莱洲的石油经济崩溃后，要在贫民窟这样的地方，同时养两个生活无法自理的小孩，压力可想而知。

她父母本是中国的富二代，是随各自的家庭移民到蓬莱洲的。两家的长辈本想用原有的几千万财产博一个更为远大的未来，为此除了付出所有家当，还向费切拉马集团名下的银行贷了一个亿。但他们万万没有想到，做石油大亨的梦会破灭得这么快。因为一桩突如其来的黑天鹅事件，他们被彻底打回了原形。

破产后不久，两家的老人自杀的自杀，病故的病故，只用了两三年，两家上下就只剩下了这两个自幼没吃过什么苦的独生子女。为了节省开支，两人住到了一起，然后就有了井下光。

井下光记得，那一天的早上，她弟弟一直在哭。妈妈只好将弟弟抱在怀里，想用没有奶水的乳房哄他睡觉。爸爸因为这吵闹声，一直在屋子里烦躁地走来走去，嘴里还不停地骂骂咧咧。井下光小心翼翼地避开了两人的视线，将脑袋贴在半地下室的窗前，透过栅栏观望着外面的街道。

虽是早上五点多，讨生活的人们已经忙碌了起来。一个修女打扮的人毫无征兆地出现在路的尽头，黑色的长袍，白色的头巾，在这颜色浑浊的街道上很是醒目。

井下光忍不住盯着那人看起来，来人大部分的脸被头巾包住了，井下光所在的角度又是逆光，所以她怎样也看不清那位修女的脸。

越是看不清，她就越是想看清。显然那修女也注意到这个在注视自己的小女孩，迎着她走了过来。

到了半地下室的窗前，为了让井下光看清自己，修女还特意摘下头巾，给了她一个温暖的微笑。

井下光注意到，修女是个外国人，卷曲的头发是绿色的，眼珠子是蓝的，两片嘴唇亮晶晶的，红得很鲜艳，要不是表情和皮肉如此真实，她都怀疑眼前站着的是一个大号的洋娃娃。

井下光盯着那修女看了很久，而修女也在看她。

这样死死地对视了半个小时，修女忽然笑起来，像是变戏法一般，手上多出了四样东西：一块巧克力、一个洋娃娃、一支口红和一把黑色的匕首。

井下光歪着脑袋看了修女半天，终于想明白，修女是想让她从这四样东西里挑一样出来，她心里想着的是巧克力，伸手时，却拐向了黑色的匕首，然后两只手将那匕首紧紧抱在了胸前，像生怕修女会要回去似的。

“喜欢？”那修女问道。

井下光用力点头。

修女又笑了笑，拉起白色的头巾，转身从窗前离开了。

井下光还以为修女走了，但不久修女绕到前面，推门进入了房间。

修女进来时，井下光的父亲有些诧异，因为门刚才明明是锁着的。

“什么事？”爸爸慌乱地问那修女。

“我要买她。”修女指了指正从窗口反过身来的井下光。

“你是不是脑子有毛病？”爸爸的声音听上去很愤怒，手指快戳到修女的鼻子上了。

修女连眉毛都没动一下，从怀里摸出一个闪着蓝光的液晶片，手指动了动，上面显示出一个数字。

井下光记得很清楚，那数字后面一共有五个零。

井下光后来才知道，那枚液晶片是费切拉马集团的银行发行的数字支票，拿着它，可以在所有费切拉马公司的POS机上划账、买单或取现。

爸爸呆了一下，艰难地咽了口唾沫，喉结像是在播放慢动作，鼓了一下，然后回头看了一眼妈妈。

妈妈也张大了嘴，似乎没有从眼前的变化中醒过神来。

接着爸爸又转头看了看井下光，像是下了很大的决心，闭着眼睛摇了摇头："不行！真以为老子穷得连儿女都要卖掉了吗？"

修女淡淡一笑，手指动了动，那串数字后面多了一个零。

爸爸呆住了，开始挠头，好几次想把手伸出去，然后又缩了回来。

修女脸上的笑容更加放松，手指再次动了动，又多出了一个零。

爸爸张大的嘴再也合不起来，颤抖的手向着数字支票伸了过去。就在这时，身后传来咳嗽声，是妈妈在咳嗽。

然而妈妈看上去并没有在责怪爸爸，而是在朝他眨眼睛。爸爸回过神来，谄媚地笑着："能不能再加点？"

修女的笑容变得轻蔑起来，手指又动了动，又多了一个零。

"还能加吗？"井下光看到爸爸眼里放射出奇异的光芒，声音也变得理直气壮。

修女不动声色，又动了动手指，那串数字后面的零反而少了一个，回到了七个。

爸爸狠狠地咬了一口自己的手背，刚狠下心想摇头，看到修女又把手伸了出来，他忙不迭地伸手将闪着蓝光的数字支票抢了过去，用身体遮住，像是生怕修女会把它抢回去似的。

修女笑起来，声音清脆，刀子一样印在井下光的耳朵里。井下光呆呆地看着这一切，虽不是很明白，心里却有种很难过的感觉。

"都看到了吗？"修女跑过来，将她抱在怀里，"我是花钱从他们手里把你买下来的，就算你再贵，也只是一件我买来的东西，我想怎么用，就怎么用，甚至把你毁掉，把你撕碎，也是你命该如此。”

修女虽是在对她说话，眼睛却在看着她爸妈，那两个男女低着头，目光使劲避开了井下光所在的方向。

井下光这才意识到，那修女是要把自己从家里带走。她大哭起来，一路上将抱着她的地狱修女又撕又咬，在她脸上拉了好几条血印，还咬了她的肩膀，甚至把她的一缕头发连着头皮扯了下来。地狱修女不为所动，井下光出手越重，她脸上的笑意越浓。

多年以后，地狱修女告诉井下光，她之所以被选中，成为下一任地狱修女的候选人，不是偶然的。

在出发去寻找井下光之前，地狱修女曾经摆了整整四十九天的塔罗牌，塔罗牌一步步地演进告诉地狱修女，她的继承人已降生在新唐城西面的贫民窟。

不过，塔罗牌只是一个道具。根据生命进化委员会会长摩西沙罗的说法，在这个宇宙中，所有的事情都是可以计算出来的。命运就像一组多米诺骨牌，只要你推倒了第一张，那么所有处于这个组合中的骨牌都会一个接一个地倒下，所谓命运，其实就是这样一组特定的多米诺骨牌，是事先就可以预测的：只要你能考虑到所有的变量，同时又有足够的算力进行计算。恰好摩西沙罗拥有一台全宇宙最强大的量子计算机——有顶天，在经过周密的计算之后，他告诉地狱修女，只要她摆上四十九天的塔罗牌，最后的结果将指引她找到自己的接班人。

于是那天清晨，地狱修女被塔罗牌的结果指引着，现身在那条忙碌的街道上。地狱修女当时特地使用了她的神经控制术，好让那街道上的行人即使看见了她，也都对她视若无睹。

但就在这时，直觉却告诉她，有人还是注意到了她。于是她环顾四周，看到了扒在窗前的井下光。

地狱修女盯着井下光看了半个小时，井下光也在目不转睛地看她。

三岁的小孩很难维持三十分钟以上的注意力，就凭这一点，井下光通过了第二道测试。

第三道测试就是在那四件物品中作出选择，井下光选了痛苦之刃。

三道测试都过了，井下光成了下一任地狱修女的候选人。

在生命进化委员会里，人人都知道会长摩西沙罗手下有四个杀手，摩西沙罗要对生进会里不听话的大佬们执行家法时，会派他们出马。

四大杀手中居首的就是地狱修女。

第一任地狱修女也是地球人，来自上世纪九十年代的保加利亚，三岁时被拐卖到意大利，成为西欧地下性产业的一名性奴。因为受了太多非人的折磨，等地狱修女长到十八岁时，心理已严重扭曲。于是她利用站街的机会，制造了一系列连环杀人案。死在她手里的男人都是被咬断颈动脉吸干全身血液而死的，当时罗马城甚至流传出了女吸血鬼深夜杀人的故事。

就在那个时间点，摩西沙罗为了和他的情人蜜之蜃姬幽会，正好来到了地球。因为听说了这件连环杀人案，他一时好奇，跑去寻访这位地狱修女。摩西沙罗发现，那些死于地狱修女之手的受害者，死的时候，脸上都带着满足的笑容。也就是说，死者在被咬死前，精神上已处在了受操纵的状态中。

在过去的五十年里，摩西沙罗领导下的进化研究院最重要的课题之一就是神经控制术。按照摩西沙罗的理论，不管哪种生物，只要它还有感觉，就会有一套与感觉相适应的神经回路。对生命体而言，神经回路就好比应用程序之于电脑或者智能手机，显示屏上出现什么或不出现什么，都不是必然的，只是执行了某种特定程序的结果。

生物体的神经回路本质上就是一种生物程序。绝大多数的生命体感觉到什么，或者没有感觉到什么，其实都受控于他们某个特定的神经回路。譬如当人类产生饥饿感时，未必是身体真的缺少了营养，很可能只是神经回路的一种习惯性反应。但因为这种习惯性反应，一个营养过剩的人也会在神经回路的控制下，摄取他们本不需要的食物。除了少数意志力坚强的个体外，大部分人都不过是受控于自身神经回路的生物机器。因此，只要掌握了相关神经回路的编码，就能将这些人玩弄于股掌之间。

不过摩西沙罗没有想到，自己的这个理论会在地狱修女身上得到印证。

第一代地狱修女是个天才，她本就敏感，同时又有着强大的意志力，在那样严酷的生存环境中，她不仅让自己活了下来，还适应了那非人的境遇，并激发出了自己的潜能。普通人只知道用语言和行为来对其他人施加影响，地狱修女却懂得用声音的质感、腺体的气味和身体不同部位细微的变化来作用于受害人的神经回路，让他们置身于爱与情欲的幻觉中。那些受害人都是在怀着喜悦的状态下坠入死地的。

而且地狱修女这样做时，基本上都是出于直觉，连她自己都不清楚，她是怎样做到这一切的。

因为发现第一代地狱修女拥有这种特殊的天赋，摩西沙罗略施手段，将意识早已狂乱的她收入了门下，并将自己在神经控制术方面取得的成果，毫无保留地用到了她身上。经过地狱修女的反复实践，这种神经控制术终于被完善了起来。

摩西沙罗显然很满意自己对地狱修女的改造，所以，后来他又把自己费尽心思制造出来的超级武器送给了她。

这是一把名叫“痛苦之刃”的纳米智能合金刀，它的样子看上去就像一把薄如蝉翼的黑色匕首，是由一种叫作纳米石墨烯液态钛合金的特殊材料聚合而成的。表面上看，这把痛苦之刃像是一个整体，但实际上它是由无数肉眼不可见的细小微粒构成的聚合体。这些金属微粒介于液态和固态之间，每个微粒都是一枚由生物能量驱动的智能芯片。所有这些智能芯片都被用无线方式进行了联网，组合在一起，共同构成了这把杀人于无形的痛苦之刃。

传说中，这是一把连摩西沙罗本人都驾驭不了的魔刀，刀身里隐藏着某种不祥的能量。这些能量来自上千万个死于摩西沙罗之手的亡魂，摩西沙罗在取走死者的生命之前，会将他们剩下的那点生命力转化为一种特殊的生物能量，然后用它们来驱动那些智能芯片。由于这些生物能量携带着痛苦和怨恨的信息，所以甚至摩西沙罗本人都不敢将它留在自己身边。

然而这把魔刀却跟地狱修女相得益彰，地狱修女那由痛苦的记忆凝结而成的痛苦之身不仅能跟痛苦之刃完美地融合在一起，还能将刀的威力发挥到极致。

不过由于那痛苦之身过于强大，每一任地狱修女都活不过四十岁。所以，从二十几岁起，在任的地狱修女就会为自己寻找下一任的替身，然后将她的神经控制术传授给继任者；此外每一任的地狱修女也会以自己的经历为蓝本，让替身重新体验她所受过的苦，同时她还会为继任者添加三个全新的痛苦体验，以保证新一任地狱修女的痛苦之身能比旧版本更为强悍。

这一任的地狱修女是历史上的第四任地狱修女。作为摩西沙罗的保镖，她是跟随摩西沙罗一起来到地球的。到达地球后，那艘由她掌管的地狱号海空两栖船变身为一艘邮轮，成了摩西沙罗在地球上活动时的行宫。为了掩人耳目，地狱修女还特地为邮轮申请了一张赌船牌照。做完这些准备工作后，她才在摩西沙罗的指示下，找到了井下光，然后将她带到了船上，正式开始了对她的训练。

刚到地狱号的时候，井下光曾经尝试过抵抗这种别人强加给她的命运。然而地狱修女和她所属的组织是那样强大，其中还有一个能用超级计算机对人的行为进行预测的摩西沙罗，所以井下光的反抗不仅没有一点效果，还成了复制地狱修女早年经历的必要环节。

后来，井下光索性没想活了，开始尝试了各种寻死的办法，但这些自杀的企图像是早就写好的剧本，要么一开始就被阻止了，要么死到一半没有死成，要么是死了以后又被救回。每次自杀对她而言都不是解脱，而是在增添新的痛苦体验。

当时在地狱号赌船上，摩西沙罗领导下的进化研究院正在展开一个全新的进化实验。摩西沙罗让他的副手，也就是生进会那位绰号“财神”的秘书长，从各地找来了一百名儿童，然后让地狱修女按照培养候选人的方式，以犯罪史上的十大连环杀手为模板，每十人为一组，将十大杀手的人生经历复制在特定个性的儿童身上，目的就是将这些孩子培养成杀人成瘾的恶魔，然后输送到财神的杀手组织中去。

上船的那一百个受训者，每年都有几个要被淘汰。这一任地狱修女给井下光添加的痛苦体验，就是要她以每个受训者的杀人方式，去处死那些被淘汰的实验品。

作为地狱修女的候选人，井下光在地狱号上受过的苦堪称人间罕有，但跟她用变态手法虐杀同伴比起来，那实在算不了什么。在地狱里受苦虽可怕，但更可怕的是受苦的人自己也变成了地狱。

每次杀完人，井下光就会把自己关在卫生间里不停地洗澡，一洗就是五六个小时，直到皮肤被搓破，那浑身是血的肮脏感还是挥之不去。

井下光开始失眠，即使身体累到了极点，她还是无法麻醉自己的神经。

在其他孩子还在被悉心呵护的年纪，井下光就已触摸到成人世界里所有的黑暗和险恶。此外，她的人生还被用一种特殊的神经技术，在虚拟时空里进行了压缩。八岁时，她就已经体验过人类积累了千万年的黑暗历史，于是有一天她忽然开了窍，接受了自己是下一任地狱修女的命运，她开始将自己所受的痛苦和所做的变态之事视为理所当然。因为下了这样的决心，那次她当着摩西沙罗、财神和地狱修女的面，出手虐杀了地狱修女那位最得力的助手，然后一脸轻松地告诉地狱修女，从今天起，她将接管这名助手的工作。

摩西沙罗、财神和地狱修女当时都惊呆了。

果然，在那之后，井下光不再为自己的恶行备感煎熬，她又睡得着觉了，但她也彻底沉沦了，完完全全成为生进会的杀人机器。要知道在她之前的那四任地狱修女，都是到十八岁以后才完成这个蜕变的。

井下光本以为自己将沿着这个既定的轨迹，像所有前任地狱修女一样消耗完自己的生命，直到她九岁那年的那个秋夜。

那天，摩西沙罗带着地狱修女下船去了，财神也不在，整个地狱号上，再没有人能约束她，所以井下光让自己留在了甲板上看星星。

也是在那天，常年笼罩在雾霾里的新唐城天空一片澄澈，所有被遮蔽的星星都现身在漆黑的夜幕中，而且一眼望去，好像在无限地接近大地。从记事起，井下光从未见过如此璀璨的星空，以至于她看呆了，都忘了时间。

然后在凌晨将至时，大地上忽然升起一道亮如闪电的彩虹，那情景像是在放烟火，彩虹生出千千万万条光线，向着夜空伸展而去，和天上的星星连在了一起。

这情景实在太美，井下光忽然流下了不知所谓的眼泪。

然而，一切来得快去得也快，在她还没来得及反应过来时，彩虹消失，天上只剩下了一个耀眼的光球，那光球突然分裂成三颗流星，往三个方向飞逝而去，其中有一颗是朝着井下光奔来的。那似有若无的流星看着那么远，却又那么近，和时空的关系完全违反了常识，只一眨眼的工夫，就到了她面前。井下光被淹没在一片无边无际的光芒中，等她再次醒来，已是第二天的中午。

不久后，地狱修女一个人回到了船上，身边并没有摩西沙罗的身影。紧接着财神也被召唤到地狱号上。地狱修女告诉财神，摩西沙罗失踪了。

根据地狱修女的说法，昨天她和摩西沙罗在新唐城上岸后，一起去了那座著名的亚洲购物中心。两人进了一家咖啡馆，摩西沙罗神秘兮兮地告诉地狱修女，说要去见一位重要人物，不能有第三个人在场。于是地狱修女被留在了咖啡馆里。

地狱修女在那间咖啡馆等了一天一夜。咖啡馆打烊后，她利用神经控制术，让店老板对自己视而不见，在空荡荡的店堂里一直坐到了第二天早上。但摩西沙罗一直没有出现。

听完地狱修女的报告后，作为生进会的秘书长，财神动用了组织在蓬莱洲的所有下属，一起去寻找摩西沙罗的下落，最后还是一无所获。

为了等待摩西沙罗归来，地狱修女和她的地狱号只好留在了新唐城附近海域的折叠空间里。

在这所有人都手忙脚乱的过程中，井下光一直没有将自己在摩西沙罗失踪那晚看见的奇异景象，告诉地狱修女和财神。

在经历过那如梦似幻的一幕后，井下光心里产生了一种莫名的感觉，那天晚上撞向她的光球好像遗留在了她的身体里，无论井下光做什么想什么感受什么，好像都在被那个灯一样的旁观者默默注视着。只是这旁观者对她所做的一切既不指责也不参与，让她全然感受不到压力，却又让她看清了很多事情。

井下光本以为，自己这辈子永远也不可能逃脱地狱修女和她所在的组织了，他们就像命运一样的存在，因为她能做的所有事情都在这些人的预料之中，连她的反抗都是为了完成这个命运。

但自从那灯一样的旁观者在她心里出现后，井下光发现，事情并非她想象的那样，从来就不是摩西沙罗和地狱修女为她编织的剧本料事如神，而是她自己一直在帮他们完成这个叫作命运的剧本。不是他们提前预测到了她的反应，而是她既有的思维模式必然会产生这样的反应。

那次井下光杀死地狱修女的助手时，之所以连摩西沙罗都会感到震惊，恰恰是因为她的这个做法突破了自己既有的思维模式，她因此变得不可预测了。

不过，在井下光露了那一手之后，摩西沙罗很快又掌握了她新的思维模式，于是她又重新变得可以控制了。

但这灯一样的旁观者却是一个超脱于肯定与否定之外的存在，它从没有给井下光指出过出路，但能让她看清自己既有的思维模式，而这才是最关键的一步，意味着她可以突破那思维模式设下的任何限制。

在这样的状态中过了一年，随着井下光对自己的思维模式了解得越来越多，她又开始谋划从地狱号上逃走的计划。

于是，井下光让自己像一个演员一样，不折不扣地执行着为她设定的剧本，演着她要她演的角色，同时还像了解自己的思维模式一样，了解着地狱修女和她那些帮手们的思维模式，她还把地狱号上的每个通道、每个房间在每个时间点上的变化，都记得滚瓜烂熟，到后来即使她闭着眼睛，都可以用百米冲刺的速度，跑到船上的任何一个位置。

在这过程中，井下光有意识地让自己在执行任务时不断地受伤，然后流很多的血。因为她听地狱修女说过，生进会的人在她的血液里注射了上百万个纳米定位器，除非井下光能把自己的血都换过一遍，否则永远无法逃脱生进会对她的监控，只要她出现在不该出现的区域里，定位器就会向监控系统发出警报。

通过不断地受伤，井下光慢慢稀释了她血液里定位器的浓度，同时也训练了自己在贫血状态下的运动能力。

经过四年的努力，她血液里定位器的浓度已不到原来的二十分之一。这过程其实很漫长，而井下光对自己的角色又是如此投入，同时那个心思细密的摩西沙罗又失踪了，所以这变化始终没有引起地狱修女的重视。

在井下光十三岁那年，当地狱号赌船又一次在新唐城的西区码头靠岸时，她正式实施了她的逃亡计划。

那天趁着地狱修女中午小憩的间隙，井下光干净利落地制服了地狱修女手下四个跟自己血型相同的喽啰，从他们身上各抽了两千CC的血，存放在一个特制的大血袋里，然后带着四条被自己驯服的看门狗，一边向船下狂奔，一边用一个迷你抽血机给自己换血。抽血机是特制的，有电磁效应，可以最大限度地吸取她血液里的纳米定位器。她把换下来的血液存放到四个挂在狗脖子下的血包里，每存满一个，就让那狗向另一个方向狂奔而去，好分散追兵们的注意力。

等那四条狗都从她身边跑开后，她已经跑到了码头外。此时她血液里的定位器虽未被完全排除，但已非常稀薄，加上此时她又钻进了下水道，地面上的探测装置已无法对她进行定位，追兵们只好随着她进入了地下。

进到下水道后，井下光再次启动了那个迷你抽血机，将她的血液放进了流动的污水中，借助着四通八达的下水道，剩下的一部分定位器开始向四处扩散而去。

井下光故意让自己的行进速度变得很慢，好跟污水的流速保持一致，如此一来，敌人如果只是查看追踪器，将无法分辨出哪个是水流，哪个是她。

于是进入下水道的追兵，每经过一个分叉口，就只能分散一部分兵力，向不同的方向追踪过去。虽然其中还是有人追到了她，但只要来人不是地狱修女，井下光都有把握击败他们。

短短的八公里路，井下光走了整整六个小时，一路上她消灭了三十六个追兵，终于出了下水道，跑到了一座人行天桥上。

她为自己赢得了一个可以去死的机会。

就是在那个时间那个地点，她命中注定，遇到了哭大师和五岁的波夜空。

本章回顾：

井下光三岁时，被父母卖给了一位神秘的修女，上了一条叫作地狱号的邮轮。地狱号是一艘由宇宙飞船变形而成的赌船，隶属于宇宙中最强悍的星际联盟生命进化委员会（简称生进会）。那位买下井下光的修女叫作地狱修女，是生进会会长摩西沙罗麾下的第一杀手。根据摩西沙罗用超级计算机做出的预测，井下光被认为是地狱修女命定的接班人。于是地狱修女在地狱号上开始对井下光进行了变态的训练。井下光虽然百般抗拒，终于还是难逃这种被强加的命运，彻底沦为了一名嗜血的杀手。一天，因为一次意外，井下光目击了一场星空奇观，不知为何，她心中的希望被重新点燃。于是，她开始策划从地狱号上逃亡。经过一番炼狱般的考验，最终从地狱号上逃了出来，然后遇到了哭大师和波夜空。

小贴士：

生命进化委员会：简称“生进会”，宇宙中一个势力强大的星系联盟，生进会的人相信，只有通过不断的优胜劣汰，才能促成生命体的最终进化。为了达到这个目的，他们无所不用其极，有时甚至不惜挑起战争和杀戮。因此在宇宙中他们被人偷偷称作为阿修罗会。生进会的会长是一个叫摩西沙罗的科学狂人，财神、蜜之蜃姬和地狱修女等则是该组织主要的几个头面人物。

地狱修女：生命进化委员会排位第一的杀手，由会长摩西沙罗直接领导。她也是海空两栖船地狱号的主人。每一任地狱修女都是按照特定程序训练出来的变态杀手，这个过程中地狱修女的候选人必须经历如同置身地狱一般的人生，以便拥有驾驭魔刀“痛苦之刃”的能力。由于受了太多的苦，每一任地狱修女都活不过四十岁，所以她们在死前，都会为自己选择一个候选人，将自己的人生复制到候选人身上，然后再由这位候选人接自己的班。井下光曾经是第五代地狱修女的候选人。

痛苦之刃：摩西沙罗制造的一把魔刀，样子看上去就像一把薄如蝉翼的黑色匕首，是由一种叫作纳米石墨烯液态钛合金的特殊材料聚合而成的。表面上看，痛苦之刃是一个完整的整体，但实际上它是无数肉眼不可见的细小微粒组合而成的聚合体。这些金属微粒介于液态和固态之间，每颗微粒都是一枚由生物能量驱动的智能芯片。这些智能芯片被用无线方式联了网，凝聚在一起，共同构成了这把痛苦之刃。在传说中，这是一把连摩西沙罗本人都驾驭不了的魔刀，刀身里隐藏着某种不祥的能量。这些能量来自上千万个死于摩西沙罗之手的亡魂，摩西沙罗在取走死者的生命之前，会将他们剩下的一点生命力转化为特殊的生物能量，然后用它们来驱动那些智能芯片。由于这些生物能量都携带着痛苦和怨恨的信息，所以连摩西沙罗本人也不敢将它放在近身之处。但这把刀却和有着痛苦之身的地狱修女相得益彰，所以后来成了地狱修女的专用兵刃。痛苦之刃在对敌人进行攻击时，能够让对手的意念被痛苦的幻象所包围，还能吸收对手身体里的生命力，将它转化为驱动智能芯片的生物能量，所以它被认为是整个宇宙里最凶险的单兵武器。

第一章
变成名字后面的那个人

出发时主人给了她一个名字：卓深影。主人说，名字就是自我，拥有名字，就是变成名字后面的那个人。她还以为是主人故弄玄虚，但很快她发现这是真的，她真的开始认为自己是那个还未出生便已死去的卓深影。

此刻她操纵的身体属于编号为0967的空姐。卓深影其实更喜欢自己真正的样子：一种没有具体形态的能量和意识，如同一个虚无的影子。但主人说，如果她要在人类的世界发挥作用，就需要不断占用那些真实可感的肉身或者物体。主人自己就有很多常备的肉身宿主，其中最著名的就是那位号称史上第一女优的玛丽莲。

此刻，卓深影站在洗手间里，正在透过镜子，端详她的宿主。

0967的胸很大，身高不到一米六五，虽能在她身上看到拼命减肥的痕迹，但壮实的身体还是将紧身的蓝色制服撑得鼓鼓囊囊的，在昏黄的灯光下，未免显得臃肿，全然没有空姐该有的高挑身姿。

唉，要去的地方遍地是穷人和罪犯，使用的又是CF606这种摇摇晃晃的老爷机，这样的航线大概只有小公司才敢来飞，而稍微出色点的女子应该也不会愿意来这里当空姐吧，她想。

不过，0967应该是个温柔的人，否则航空公司不会派她来照顾那个刁蛮的小女孩。0967的记忆告诉卓深影，小姑娘是去新唐城探亲的。她父亲是一家垃圾回收厂的老板，在当地算是个人物，三年前，他和夫人用二十年的积蓄为三岁的女儿争取到了移民旧大陆的机会。这是小姑娘三年来第一次回老家探亲，因为没人肯从旧大陆陪她来这里，只好托付给航空公司，乘务长又把这任务交给了0967。

从洗手间回到机舱，卓深影便跑到了那个被托管的小女孩身边，摸了摸小女孩的头，想随便说两句关切的话。但还没来得及开口，小姑娘就拨开她的手，一脸狡黠地问道："怎么去了那么久……"小女孩上上下下打量那属于0967的身体，说道，"还涂了口红。是不是想引起谁的注意？不至于吧……"说着，小女孩跪到椅子上，往座位后面的机舱看了看，"飞机上好像没人像帅哥啊？"

她哭笑不得，为这孩子有如此细致入微的观察力感到惊讶，连忙设法岔开话题："想不想听我给你讲故事？"

"什么故事？你说说看，我可不是那种随便编个故事就能打发的小孩子。"小姑娘抿了抿嘴，一副见多识广的样子。

"这故事发生在新唐城，就是我们现在要去的地方。"卓深影操纵着0967，朝小女孩眨了眨眼，嘴角露出一丝笑意。因为心里正好想复习一下卓深影的背景资料，便决定将它编成故事，说给眼前的小女孩听。

"嗯，然后呢？"小女孩认真地点了点头。

"那是很久很久以前，号称世界第八大洲的蓬莱洲刚刚打下地基，新唐城还是个只有三十九平方公里的移民点，从中国来的第一批移民搬进了费切拉马集团为他们建造的新居。这些中国人里，有一家是从上海移民过来的，除了爸爸妈妈，还有个女儿，叫卓霓裳……"

"你知道卓霓裳的事情？"邻座一个谢顶的中年人插嘴打断了她，神情很是严肃。

因为知道自己此刻是编号为0967的空姐，卓深影只好礼貌地朝那秃顶男子点了点头。

“在新唐城，卓霓裳这名字可是禁忌，你最好不要跟小孩子说这种事。”秃顶的中年大叔道。

“我不是小孩子，我要听嘛。”卓深影还没来得及回应，小女孩先嚷嚷起来，气呼呼地看着那秃顶大叔。

呃，这肮脏的小飞机上竟然有苍蝇！

苍蝇正站在大叔油光光的脑门上趾高气扬地扇动翅膀。卓深影心里恼怒，面子上表示了顺从，连忙转换了话题：“那我给你讲个别的故事吧。”

“不行，我就要听这个故事。”小女孩噘起了嘴。

“这种事情要知道分寸。”大叔没搭理那孩子，还在严厉地看着卓深影。

卓深影连忙让0967做出歉意的表情。她做这表情时，脸上的肌肉没有一丝僵硬的感觉，看上去很诚恳，显然0967对这样的情况训练有素，职业性地讨好笑容已成了肌肉的记忆。人类为了在这个世界上生存下去，做了多少违背本心的事啊。这么说来，作为主人的附庸存活于世，倒是轻松不过。

这样想时，卓深影已打定主意，到新唐城后，这位脑门油光光的大叔将是她的第一个牺牲品。

她慢慢转过身，脸上露出一丝甜甜的笑意。

从海关出来，邱水平就直接到了飞机场的地下停车场，因为有些疲乏，他不断地用大拇指按着太阳穴，想尽快走到车旁，好早点回家去。估计陪他出差的两个同事也是这样想的，所以三人走起路来有些急促。

“现在的空姐品质也太一般了，身材差就算了，还没脑子，连卓霓裳都敢拿出来随便议论，难道不知道这名字是不能提的吗？”邱水平又想起了刚才飞机上的那一幕，忍不住用手拍了拍自己已长成一片地中海的脑门。

其实邱水平也很想知道，这名字后面到底隐藏了什么内幕。当年此事曾在新唐城传得沸沸扬扬，据说还引起了费切拉马集团高层的内斗。他早就听过这样的传言：这可能是件冤案。但多年来，上司反复告诫他，有些事还是不知道比知道好，知道了反而会给自己带来不必要的麻烦。所以，他一直小心翼翼地避免让自己知道更多的信息。如果手下或身边人谈论起这名字，他还会本能地制止。刚才飞机上的那一幕，正是他一以贯之的做法。上司说过，他之所以会被提拔成公司的中层干部，是因为他对公司足够忠诚。如果失去了忠诚，他也就失去了存在的价值。

“哎呀，小公司，又是飞新唐城这种破地方，老兄也不要对她们要求太高。”瘦瘦长长的季三天乖巧地安慰他道，然后好像发现了什么，停下脚步，指着四周说，“嘿，市场部的家伙手脚还真快，把玛丽莲九月份来演出的海报，都贴到停车场来了。”

整个停车场从墙壁到立柱，都被印着玛丽莲全身像的海报占据着。他们这次去出差，就是跟旧大陆的媒体通报此事的。

“我们公关部也不差啊，这次去旧大陆出差，不就是为了约狗仔队过来报道吗？”敦敦实实的林聪明撇了撇嘴。

“总算不辱使命。”邱水平终于看到了自己的车。他和两位同事是邻居，作为费切拉马公司的中层，他在这个隶属公司的飞机场里有免费停车的权利。

“老大，我们好坏是费切拉马的人，别人总要给点面子的。”林聪明看了邱水平一眼，“何况那些狗仔队，只要给够好处费，让他们报道什么，不都屁颠屁颠地照办嘛。”

林聪明的话还没说话，停车场里忽然不知从哪里吹来一阵冷风，邱水平和两个手下不由得打了个冷战。

“奇怪，什么情况？地下室哪儿来的风？”季三天的声音有些发抖。

邱水平也连忙紧张地看了看四周，空旷的停车场传来缥缈的歌声，墙上玛丽莲的红色海报忽然动了起来，千千万万个玛丽莲从海报上娉娉婷婷地走下，从四面八方向三人聚拢过来。邱水平吓得直往后躲，林聪明和季三天也在做着相同的动作。

最后三人在一辆弯刀牌大吉普前退无可退，正想呼救，眼前的玛丽莲忽然露出了诱惑的笑容，闪闪发亮的目光似有鼓励的意思，一边走，一边扯下了身上的红色连衣裙。

三人眼睛发直，不再后退，反而开始迎着没有实体的玛丽莲走去，脸上带着潮湿的笑容，很快隐没在红色的影子里。

三秒钟后，影子消失不见，地上只剩下三个人没了颜色的尸体。

本章回顾：

卓深影受蜜之靥姬指派，附身在空姐0967身上，坐飞机赴新唐城调查，偶然跟人提起她名义上的妈妈卓霓裳的名字，结果犯了忌讳，引来费切拉马公司职员的指责。下飞机后，卓深影直接取了那三名职员的性命。

小贴士：

卓深影：生进会大佬蜜之靥姬的分身，其生命形态由能量和意识构成，没有具体的肉身。卓深影的名字来自一个多年前死去的婴儿。

第二章

像有一只看不见的手在牵引这一切

朴不见从口袋里拿出那支粉红色的唇彩，对着手上的小镜子，小心翼翼地给嘴唇补妆。一笔一画，慢到不能再慢，凸起的唇尖陷落又弹起。

其实他更喜欢在有梳妆镜的地方涂口红，但心里紧张时，他不挑地方也会这样做。

今天早上去保险公司上班时，朴不见听到同事们在议论飞机场的那起离奇死亡事件：昨晚八点，三个刚下飞机的费切拉马公司中层在停车场猝死，尸体发灰发暗，样子就像彩色照片被转成了对比度极低的黑白照。

费切拉马公司保安部凶杀组的侦探和法医在现场勘查时，发现三人的尸体像被吸干的空壳，有机的细胞变成了无机物，一碰就会碎裂成干枯的碎片，然后又由碎片化为粉末，和灰尘混杂在一起，根本无从分辨哪些是尸体的碎屑。

更离奇的是保安部的人开车离开机场后，在十字路口拐弯时，被一辆载重货车撞飞，车上的四个人全部被撞死。货车司机说，当时他看到一辆亮着大灯的跑车冲着大货车迎面开来，情急之下他打了方向盘，撞上了突然拐弯的警车。但在十字路口的监控录像里，却没有司机描述的跑车。

朴不见是在走廊里听到这些的，但等他进入办公室，同事们都乖巧地闭上了嘴。他知道，同事们并不是有意要向他隐瞒，只是对他的存在感到不习惯。

他是三个月前才从旧大陆调来蓬莱洲的，虽然他行事一贯低调，执行的任务都是高度机密，知道他的人并不多，但在保险业的高层人士那里，他可是鼎鼎有名的金牌调查员。照理说，从新帝国保险这种大公司突然跳槽到费切拉马旗下的子公司，而且是在又破又烂的新唐城分部任职，一般人不知道，总公司上层应该不会一点儿消息都没有。但像他这样的大神，在这么个不起眼的地方潜伏了三个月，竟然没人过问，这不是偶然的。看来老妈找的关系果然够硬，为他省掉了很多不必要的麻烦。

朴不见是来这个地方调查另一件事的，但因为生来就是完美主义者，三个月里，他竟把分公司积压了十几年的大案，都给调查了出来。他虽想尽办法，将这一切做得好像只是狗屎运使然，但还是引起了调查部其他同事的忌妒，加上他爱给自己化浓妆，喜欢穿鲜艳漂亮的衣服，对人爱理不理，公司里便有了关于他的各种风言风语，他被孤立了。这些小动作他都知道，但他装作不知道，反过来，还很喜欢这种独来独往的感觉。

飞机场的案子明显是个刑事案，跟保险公司关系不大。但死者是费切拉马集团的人，在集团属下的保险公司投了保，因为这个关系，朴不见可以利用自己的权限，从保安部的资料库调档案。直觉告诉他，这个案子可能跟他要调查的事情有关。

看完档案，他没有马上行动，一直到太阳落山，确认了现场不会有保安部的人在，他才开车到了机场。他向停车场的保安出示了证件，便被放进了用黄色安全带围起来的案发现场。地上已被收拾得干干净净，几乎一尘不染，中央是用荧光笔画成的三个人形，应该是受害者倒地的位置。

他沿着现场小心翼翼地走了一遍。

作为四天王星潜伏在地球上的情报员，朴不见天生要比别人多了两样特殊的机能：一是顺风耳，方圆十公里之内的声音，只要他愿意，都能听得一清二楚；二是读物术，一件物品只要被他触碰过，物品里遗留的信息就会像录像回放一样，在他的脑海中重现。

他用手摸了摸现场的每一件物品和每一寸土地，案发时的情景仿佛正在他眼前重演：那三个死者在临死前，眼睛里放射出奇异的光芒，脸上也露出幸福的笑容，但身体却渐渐失去了颜色和温度。在这个过程中，完全看不到凶手。如果凶手是使用了隐形装置，或是从远处发动攻击，只要有具体的形象，朴不见都可以将信息重组，从中寻找线索，但现场的所有信息都显示，并不存在这样一个有形的凶手。

因为心里烦躁，朴不见下意识地掏出了口红和梳妆镜，一遍遍涂抹着嘴唇。他一边抹口红，一边搜肠刮肚，终于想起了一件事。

当年他在四天王星的间谍学院念书时，老师曾提起过，在由时空构成的四维空间之外，存在着很多异次元空间，在那些空间里，有一些完全无法用四维空间的原则来理解的生命体，其中有一种就是由纯粹的生物能和意识构成的生命体。根据热力学理论，时间本身并不存在，只是因为不可逆的能量和信息的耗散，才形成了时间这样一种可以和空间互动的计量方式。但生物能生命是由纯粹的生物能构成的，他们自己就是能量和信息，所以四维时空在他们的感知系统里，完全是另外一回事。生活在四维空间里的人类无法感知到这些由能量构成的生命体，但这些生物却能降维进入四维空间，有时是附着在四维空间的生命体上，有时是以影子的形式现身，有时压根不会留下一丁点儿他们存在过的信息。而且他们还有能力将自己分散成多个生命体，也能够将多个生命体聚拢为单一的生命体。他们维持和滋养自己的方式就是吸取其他生命的生物能。课堂上，老师曾给大家展示过一些图像资料，其中有些情况，就类似这次在停车场发生的这起灵异杀人事件。

虽不能确定事情就是如此，朴不见却知道，继续留在停车场，对弄清真相不会有太大帮助，于是他决定去下一个现场，也就是发生交通事故的那个十字路口。

朴不见到那个路口时，已是晚上八点，昨夜的事故现场早就被清理干净，路边有些乘凉的行人，正三三两两分散在路口的各个方向上，指着马路中央，在议论十几个小时前发生的那起交通事故。在这个过程中，不时有车辆在空旷的马路上疾驶而过。

朴不见没有马上行动，而是坐在车上观察了一会儿，直到把路口所有的情况都看清楚以后，才施施然走到马路中央，直接蹲下身子，伸手摸了摸地面。

他的行为对正在路口观望的群众来说，显然有些怪异，加上他艳丽的衣服以及那头染成蓝色的头发，顿时引起了在场行人的关注，那些呼啸来去的车辆也在经过他身旁时，发出了愤怒的尖啸，其中几辆从附近码头过来的载重货车，还故意紧贴着他驶过。但朴不见依然面带微笑，不为所动。

路口保留下来的信息很完整，他看到了昨夜事故的整个过程。当时果然有一辆红色的跑车在黑暗中从斜刺里掠出，挡在了那辆完全没有准备的载重货车前，货车司机出于本能，快速地转动方向盘，高速运行的货车横向滑出，让另一个方向驶来的警车避无可避，直接被货车碾压了过去，随后燃烧和爆炸了起来，车上的证据被全数毁掉。

这整个过程，简直像用计算机模拟过的，跑车发动的时间点、行驶轨迹和速度天衣无缝，像是有一只看不见的手在牵引这一切。朴不见还注意到，当时马路上有三个路灯熄灭了，那正是跑车的隐身之处。而事故被引发后，跑车又迅速倒回到那黑暗的角落里。三分钟后，三个熄灭的路灯又被点亮，跑车已不知去向。

朴不见抬头看了看路口的四个监控摄像头，跑车是从哪里来最后又去了哪里可能拍不到，但跑车突然闯进载重货车视野的那一幕，至少西边路口的摄像头是能够拍到的，但从朴不见从保安部调来的录像看，确实没有出现过这样一辆红色的跑车。

想了半天，朴不见低下头，再次用手摸了摸地面，让自己再次置身当时的情境，一格一格地回顾着那一幕。

忽然，他注意到红色跑车里的那个司机。司机是个女人，穿着一身白色皮夹克，脸上蒙着一层红丝巾，丝巾外还戴着一副白框墨镜。

他认得那个女子。确切地说，他曾在四天王星的档案系统里见过她的照片，照片一共有上百张，但照片里的女子，脸上都蒙着一条红色的丝巾，看不见长相，不过那身装扮却跟他此刻看见的一模一样。女子的代号叫“少女忍者”，隶属于一个叫“财神”的杀手组织。这个杀手组织目前活跃在蓬莱洲，少女忍者第一次出道杀人是在八年前，当时她还只是一个十三四岁的小女孩。资料显示，财神是个淘汰率超高的杀手组织，杀手每次出动，只要完不成任务，即使可以全身而退，也会选择在现场自爆身亡。

所以财神几乎是地球上最变态的秘密组织，一个杀手若能在这样的组织里存活三年就已经是奇迹，但八年来少女忍者却从未失过一次手。因为这经历过于传奇，少女忍者在朴不见的脑海里留下了不可磨灭的印象。不过，朴不见不明白，财神为什么要毁掉机场凶杀案的物证。

远处传来了警车的声音，因为不想跟保安部的人多费口舌，朴不见站起身，穿过车流，回到车旁，迅速地离开了现场。

虽然心里有太多谜团没有解开，朴不见还是先回了家，将收集到的情报，整理成全息影像，给四天王星的情报三部传送了过去。

趁着传送全息影像的间隙，朴不见打开了客厅里的酒柜。酒柜里放着一大堆类似药瓶的密封罐，每个密封罐里装着的，都是来自四天王星的固化浓缩酒。朴不见看着这些罐子想了半天，挑出其中的四个，从里面各倒出一粒类似药丸的东西，放进了手里拿着的一个长颈玻璃瓶。药丸从罐子里滚出后，马上膨胀融化成可以装满一个高脚玻璃杯的液体。他晃了晃长颈瓶，里面那四种颜色的液体像是被打碎的玻璃珠，互相乱窜着，但每种颜色很快就又重新聚拢到一起，只在每两层的交界处混合出了新的颜色，这就是被他叫作“三棱镜”的鸡尾酒，正是他最喜欢的饮品。不是因为它好喝，而是因为它好看。他对好看的东西有近乎痴迷的爱好，每次只要情报三部派人来地球出差，他都会托老妈给他捎一些作为原料的固化浓缩酒，这样即使在落后四天王星几千年的地球上，他依然可以享有在睡前喝几杯三棱镜的习惯。

调完酒，浴缸里的水已被放满，朴不见拿起调酒桶和酒杯，坐进浴缸，一边喝，一边若有所思。两起案子的线索都断了，他搜肠刮肚，想着还有什么办法可以将此事追查下去，脑子里一遍遍回想现场搜集到的信息。喝到第三杯时，他灵机一动，忍不住脱口而出：“对了，到停车场之前，他们是在飞机上！”

本章回顾：

费切拉马公司的三名职员被卓深影取走性命后，保安部派侦探去现场调查，侦探在返回的路上遭遇车祸。保险公司新来的调查员朴不见觉得此事蹊跷，决定着手调查。朴不见的真实身份是四天王星潜伏在地球上的情报员，直觉告诉他，这起连环杀人案与他正在调查的某些事情有关。

小贴士：

朴不见：四天王星潜伏在地球上的情报员，在保险业界是鼎鼎有名的金牌调查员。作为四天王星人，他有两项特异功能：一是顺风耳，他能听见十公里内的任何声音；二是读物术，一样东西只要被他接触过，物品上的残留信息就能被他读取出来。

第三章
你只要心动了，就会被她收割生物能

把面膜撕下后，朴不见对着镜子看了半天，用手指在脸上轻轻按了一下。

今天他起了个大早，就是为了把自己收拾干净后再出门，通常这要花费他两个小时。

他喜欢让自己的脸清清爽爽白白嫩嫩，这是四天王星人的传统，但地球人并不理解这样的传统。

他在梳妆台上的化妆包里找了半天，终于选出那支带点粉色的透明唇膏。抹唇膏前，他打开戴在左腕上的万能表，那其实是一台便携式的全息电脑。

一阵提示音响过后，电脑接通了四天王星情报部的星际通信网络。表上的投影孔将顶头上司朴余韵的全息影像投射到了梳妆台上。

朴余韵就是他老妈，她是四天王星历史上最伟大的间谍，曾在地球人所谓的银河系里执行过一千三百二十二次任务，任务的完成率达到百分之九十九点八三，这两个数字在四天王星的情报系统里都是最高纪录。朴不见是朴余韵最小的儿子，他上面还有六个姐姐、九个哥哥，他是他妈妈在地球上执行任务时怀上的，所以当年朴不见决定加入情报部时，就被顺理成章地派到了这里，成为四天王星常驻地球的情报员。由于地球是距四天王星最近的宜居星球，他的主要任务是监视地球人的科技进展，随时向四天王星报告。

“跟你说过多少次，地球不是我们四天王星，男孩子不要把自己打扮得这么妖娆，会让人误会你是gay的。”朴余韵说话时嗲声嗲气的，她都一百六十三岁了，却还喜欢把自己装扮成少女的样子，那头绿色的长发梳了两个又细又长的麻花辫，并用银色的绸带打了个醒目的蝴蝶结。不过，在四天王星上，人类的平均寿命通常有一千多岁，所以这样算起来朴余韵的年纪并不算大。

“要照着地球人的说法，您现在都是百岁老人了，还把自己打扮成这样，岂不是老妖怪了吗？”朴不见努着嘴，对着镜子小心翼翼地抹着唇膏。

“怎么能这样说自己老妈？”朴余韵恶狠狠地瞪了朴不见一眼。

“我只是想说，你看到的别人，别人看到的你，都不过是场误会。所以，干吗要让别人不误会你？”通过面前的梳妆镜，他看到自己还是那副闷闷不乐的样子，心下不由得暗叹，他那热情如火的老妈怎么会生出他这样一个颓废的儿子。

“你的人生态度就不能乐观一点儿？老妈要像你这样消极，就不会爱上你那地球人老爹了，也就不会有你整天在这里说风凉话了。”

“嗯，我老妈是很积极，爱上我老爹前，她已经在十一个星球，爱上过十二个男人……”

“爱情本来就是有保质期的嘛。既然大家不爱了，那就分手喽。反正……”朴余韵停顿了一下，“反正，每次我都是认真的。”

“那又怎样？最后还不是要分开？”朴不见伸出小指，在嘴唇上轻轻滑动，以确认唇膏已涂抹均匀。

“随便你怎么说吧。对了，你从旧大陆调到蓬莱洲已经三个月了，让你调查的事情有进展了吗？”朴余韵问。

“你自己也是干间谍出身的，难道不知道这种工作大部分的时间都是用来潜伏的吗？潜伏得越久，得到的情报才越有价值。”朴不见说。

“那你现在潜伏到什么程度了？”朴余韵没好气地问。

“一般般吧，分公司的头头们为了忽悠我替他们卖命，最近刚把我评为最佳员工，”朴不见看着镜子，抿了抿嘴唇，“现在只要涉及赔偿大案，都会派我出马。”

“那你继续努力，随时跟情报部保持联络。”朴余韵说着把手伸到屏幕上，准备结束谈话。

“等会儿，有事问你。”朴不见做了个手势，让朴余韵正在消失的全息影像留在了桌上。

“说话就不能利索点？”朴余韵不满地撇了撇嘴。

“收到我昨天发的报告了吗？”朴不见不紧不慢地问。

“收到了。”朴余韵说。

“你怎么看？”

“什么怎么看？”朴余韵反问。

“费切拉马公司死掉的三个人，我的判断，是被人收割了生物能。你那里有背景信息吗？”朴不见说。

“你自己不会去档案系统里搜一下？什么事情都要靠你老妈，怪不得你们这种官二代会被人看不起。”

“哪儿来那么多废话，我还急着往下查呢，哪儿有你那么空闲，只要坐在办公室，动动嘴就行了。再说了，你以前也是驻地球的情报员，算是我前辈，晚辈向前辈请教，是《间谍操作手册》里的守则之一，这个都不懂？”

“行了行了，你想问什么？”朴余韵不耐烦地摆了摆手。

“你觉得，这个事情是谁做的？”朴不见问。

“有可能是蜜之蜃姬的人。”朴余韵说。

“蜜之蜃姬？”看到梳妆镜里自己的嘴唇已呈现出晶莹剔透的样子，朴不见感到很满意，把唇膏放回了梳妆包。

“档案系统的DH3模块里，可以搜到这个名字。”朴余韵说道。

“我的级别没有看这个模块的权限。”朴不见道。

“对对对，瞧我这记性，忘了你是个菜鸟。”朴余韵脸上浮过一丝笑意。

“你的意思不就是比我老一百三十九岁吗？一个已经一百六十三岁的女人，就算她想当菜鸟，大概也没资格了吧？”知道老妈最忌讳的事情就是年龄，朴不见故意把一百六十三岁说得很大声。

“唉，怎么会生下你这种讨债鬼。”朴余韵叹了口气，“言归正传，你在间谍学院学习时，听说过宇宙里存在着一种生物能生命吧？”

“听说过。”朴不见点了点头。

“这个族群被称为乾达婆，蜜之蜃姬就是这一代最强的乾达婆。说起来，你所在的地球，就是蜜之蜃姬的生物能牧场，地球人不过是蜃姬给自己种的菜而已。”

“倒霉的地球人。”说着，朴不见从化妆包拿出一罐眼霜，挤了一点到左手背上，然后用右手食指轻轻挑了一点，开始往眼圈下抹去，“不过，昨天的案子发生前，我真的一点也不知道还有这样的事情。也就是说，之前蜜之蜃姬就算在收割地球人的生物能，也应该是悄悄进行的吧？这一次，却闹出这么大的动静，照理说不应该啊。”

“所以说，这次来蓬莱洲的，应该不是蜜之蜃姬本人。蜃姬收割别人的生物能时，不仅神不知鬼不觉，而且会一次性收割很多人，那些被她收割的人，不仅不知道自己身体里的生物能在流失，可能反而还觉得很爽。蜃姬收割地球人的生物能时，就好像是在割韭菜，从来不会连根拔起，只会很有分寸地割一茬，然后让它们再长出一茬来。”朴余韵说道。

“是吗？蜜之蜃姬是怎样做到这一点的？”朴不见听到这里，都忘了手上化妆的动作，瞪大眼睛看着老妈。

“听说过玛丽莲吗？”朴余韵问。

“你是说那个娱乐圈的小婊子？地球上只要是个人，应该都不会不知道吧？”朴不见撇了撇嘴。

“玛丽莲是蜃姬如今在地球上最主要的宿主，蜃姬就是通过她收割生物能的。无论你通过什么方式观看或者收听玛丽莲的表演，只要你心动一下，你的生物能就有可能被她收割掉一部分。”朴余韵沉声说道。

“你是指去现场看玛丽莲表演的话，就会被她收割生物能？”朴不见问。

“现场的话，收割的效果当然最好，不过看视频、图像或者听广播也一样。要知道能量是可以变成光波或者电磁波的，理论上来说，距离根本不是问题。关键在于，你只要对她心动了，你和她之间的能量通道就会被建立起来，她想怎样收割你都没有问题。”朴余韵继续解释。

“哦，这样啊。”朴不见皱了皱眉头，“这个小婊子一看就不地道，但她唱的歌有几首还不错，我挺喜欢听的，这么说来，是不是我的生物能也被她收割过？”

“放心吧。”朴余韵不屑地抬了抬下巴，“早知道你是菜鸟，所以把你派去地球前，我们给你打的疫苗里，有一种就是用来防止被蜜之蜃姬收割生物能的。只要你不直接跟她对阵，听她唱个歌跳个舞什么的，应该没有问题。”朴余韵道。

“对了，为什么财神的人要帮蜜之蜃姬毁灭证据？”朴不见又问。

“这个我也纳闷呢。财神这个组织有个幕后老板，名字也叫财神。据我所知，蜜之蜃姬和财神都是生命进化委员会的人，蜜之蜃姬是生进会主席摩西沙罗的女人，财神是生进会的秘书长，自从他们的老大摩西沙罗神秘失踪后，两人一直在明争暗斗。所以，我也搞不清楚，财神为什么要替蜃姬的人擦屁股。”朴余韵说话时神色凝重。

“生命进化委员会又是个什么东西？”朴不见再次停下手上的动作，看了一眼朴余韵。

“是宇宙中一个势力很大的星系联盟，生进会的人相信，只有通过不断地优胜劣汰，才能促进生命进化。为了达到这个目的，他们可以说是无所不用其极，甚至不惜挑起战争和杀戮，所以其他星球的人，背地里都叫他们阿修罗会。虽然地球是蜜之蜃姬的地盘，但蓬莱洲却是财神从蜃姬手里争来的殖民地，所以蜃姬很少插手蓬莱洲的事情，不知道这两拨人为什么现在都突然现身了。”朴余韵道。

“会不会跟我要调查的那件事有关？”朴不见问。

“有可能。”朴余韵低头沉吟片刻后，抬头看了一眼朴不见，“如果是蜜之蜃姬和财神的人，你要小心了，记住，安全第一，然后才是完成任务。”

“明白了。”朴不见点了点头，发现手背上的眼霜已经没有了，朴不见看了一眼自己在梳妆镜里的脸，想挤一个笑容出来，试了好几次，却没有成功。

两个小时后，来到新唐城国际机场时，朴不见心里还是有些惴惴不安。

来之前他查了资料，邱水平他们是坐西线航空公司的CF606支线飞机从香港过来的。飞机每天对开两班，上午十点出发，十四点到香港，十六点从香港返回。现在是早上八点半，飞机正在停机坪待命。朴不见以保险公司对飞机进行例检为名，上了班机。乘务组的人已在飞机上待命了。

被机长派来接待朴不见的正是编号0967的空姐。看得出0967对朴不见的突然到访有些不耐烦，但脸上还是堆出了灿烂的笑容，善解人意地解答着朴不见的各种无聊问题，让朴不见不由得心生愧疚。

磨蹭了一阵之后，朴不见如愿来到那天邱水平所在的座位边，将手搭到了椅背上。在一大堆毫无意义的信息中，朴不见凭直觉，很快地搜索到了邱水平指责0967的那一幕，然后看到0967唯唯诺诺地向邱水平赔礼道歉，然而奇怪的是，0967在转过身后，脸上露出了诡异的笑容。朴不见不由得诧异，回头看了一眼0967。

“怎么啦？”0967被朴不见凌厉的目光吓着了，下意识地摸了摸自己的脸。

“最近你是不是老觉得心神不定？”朴不见连忙让脸上的表情缓和下来。根据他在间谍学院学过的知识，人类一旦被生物能生命附体过，意识和记忆都会出现紊乱的症状，需要过一段时间，才能恢复过来。

“这个你也看得出来？”0967露出诧异的表情。

“哦，我学过点中医，有时候很多疾病会在脸上留下蛛丝马迹。”朴不见一本正经道。

“真的吗？”0967若有所思，“怪不得这两天我老做噩梦，梦里老出现一个叫卓霓裳的名字。我还以为是我自己做梦瞎想出来的，今天才听人说，十八年前真有过一个叫卓霓裳的人，在当时制造了一起很轰动的案子。但我问别人，到底是什么案子，却没人肯告诉我。有没有可能，是我碰到了什么不干净的东西？”

“别瞎想，只是你的潜意识在作怪，过两天应该就没事了。”朴不见安慰道。

“是吗？你能保证？”0967瞪大眼睛问。

“不是跟你说了吗？我学过中医，相信我就是了。”朴不见笑了笑说。

“那我就放心了。”0967用力点了点头，脸上又露出灿烂的笑容。

不知不觉间，朴不见在0967的陪同下，来到了机舱的尾部。为了保证不让对方起疑心，他又装模作样地问了些别的问题，才从飞机上离开。

回到保险公司，他试着联网到保安部的档案库，搜索卓霓裳的名字。找了半天，档案系统却说查无此人。

不过，这难不倒他，他打开手腕上的便携式全息电脑，用电波植入的方式，跟公司的电脑联了网，全息电脑启动了解码程序，朴不见很快拿到了档案库的最高权限。

然后，一个穿着淡绿色吊带衫的身影跃入了他的眼帘。

本章回顾：

朴不见向情报部递交了调查报告，情报部的负责人，也就是朴不见的老妈朴余韵告诉朴不见，那些离奇死亡的人可能是被收割了生物能，而这种杀人手法是蜜之蜃姬特有的技法。朴不见联想到被害人死前坐过飞机，便找到了那个被卓深影附过身的0967号空姐，得知受害人曾因为卓霓裳这个名字，和被附身的0967发生过争执。

小贴士：

朴余韵：四天王星情报三部的负责人，现年一百六十三岁（该星球人均寿命为一千岁），是四天王星史上最伟大的间谍。在星际间执行任务的过程中，她曾爱上过十二个外星男人，育有十六个儿女，朴不见是她最小的儿子，是她和一个地球人的爱情结晶。

第四章
答案会自己来找你

处理完费切拉马公司的三个中年大叔后，趁着夜色，卓深影以影子的形态，从机场飘到了附近的荒野上，一只蝴蝶正展翅飞翔。

那蝴蝶有人类的手掌那么大，橘红的底，黑色的纹路，在耀眼的探照灯映照下，像一道橙色的弧线划过灰蒙蒙的夜空。

卓深影起了顽皮的心思，一个跃迁，已附体到那蝴蝶的身上。她用力振动它美丽的翅膀，朝着不知名的远方一路飞去。

这次来蓬莱洲，主人除了告诉她要调查的事情外，只给了她一个名字：卓深影。

主人说，这个名字来自一个还未出生便已死去的女孩。

当年因为得知那胎儿身上的生物能密度极高，主人将死婴从她妈妈身上取了出来，将她的生物能收为己有。正是这部分生物能构成了卓深影此刻的能量身。

女孩的妈妈名叫卓霓裳，在主人分享给她的记忆里，有不少关于卓霓裳的信息，但所有这些信息都是残缺不全的，主人似乎刻意隐去了很多细节。

她不知道主人为什么要这样做。

还有，刚才在飞机上，她顺口向那小女孩提起了这个名字和那些残缺的信息，却没想引来了中年大叔的激烈抨击。她一边飞，一边猜想其中的原因，等回过神时，发现自己已来到了一片废墟之上。

这应该是一个被废弃的居民区，里面大部分的楼宇已经坍塌，只有几座破楼孤零零地屹立在残垣断壁和砖瓦堆中。

这残破的景象显然不是人为或灾难造成的，而是长时间日晒雨淋和风化的结果。

卓深影不知道自己为什么会跑来这样一个地方，更奇怪的是，当她看见这个地方时，竟觉得它有些眼熟。借着蝴蝶的眼睛，她看了一眼四周，她的注意力很快被小区西北角的一幢孤楼吸引住了，那楼的侧面残留着一个模模糊糊的数字：5。这幢5号楼虽已破旧不堪，但基本结构依旧完整，透过玻璃窗，甚至能看见有些房间里还保留着家具。

卓深影扇动蝴蝶的翅膀，飞到四楼的第三扇窗户前，从玻璃窗的缺口进入了房间，她打算先在这个地方驻扎下来。

进到房间后，她离开了那只蝴蝶，在房间的沙发上坐下，让自己变成了一个有着人类模样的人影。

沙发对面是一个大衣橱，衣橱上嵌着一面镜子，卓深影轻轻挥手，一阵微风拂过镜子，镜面上厚厚的灰尘簌簌落落地飘下。

卓深影看着镜子，欣赏着自己的样子，那是玛丽莲的样子，正是她的主人蜜之蜃姬最喜欢在地球上使用的形象。她像演戏一般，凭着记忆，模仿着主人那妩媚的神情和姿态，想象着她一笑一颦时的心理状态。

这样试了很多遍，卓深影还是有点不习惯，比起主人的游刃有余，她的表情、动作和说话的样子都有些僵硬，与她正在扮演的角色显得很是游离。

她不由得沮丧起来，放弃了继续尝试，开始思考下一步的行动计划。

这次，她是代表主人来蓬莱洲调查事情的：

过去的一个月里，在这个被地球人命名为宇宙的时空里，发生了一系列突发事件。

一个月前，在超空间旅行必经的中转地白炽星座上，玛丽亚娜吞噬体骤然激增，直接威胁到了所有进行超空间旅行的飞行体。

三个星期前，掌管整个宇宙权柄的势力均衡理事会召开常务会议时，秘书长释提桓因遭遇不明原因的袭击，颈动脉附近挨了一枪。虽没有找到子弹，但法医根据伤口的情况作出鉴定，击中桓因的是一颗气枪子弹，而气枪这种低级的猎鸟工具只有在低维生命聚居的地球才有。

在桓因遇袭事件发生后不久，又发生了科斯塔恒星寂灭事件。根据原来的测量结果，科斯塔恒星至少还有一兆年的寿命。由物理学家组成的联合调查组发现，科斯塔恒星之所以寂灭，是因为这颗恒星和一颗位于地球蓬莱洲上的小石子产生了量子纠缠，在小石子被碾碎后，科斯塔恒星也随之寂灭。

然后就是一个星期前，西瑶雷瑟行星的天空上忽然飞来一群尔伯氏三眼蝙蝠，蝙蝠们将整个行星的大气层全部占据了，整个行星在三个小时内暗无天日，给这个宇宙中人口最多的行星带来了恐慌。之后，像来的时候一样，铺天盖地的蝙蝠忽然消失不见。生物学家说，尔伯氏三眼蝙蝠是地球蝙蝠的一个亚种，只有蓬莱洲的新唐城才有，因为那个地方化学污染严重，蝙蝠发生了变异，生出了第三只眼睛。

总之，所有这些失控事件都在指向位于地球蓬莱洲的新唐城。地球是蜜之靥姬的势力范围，所以势理会就把调查此事的任务派给了她的主人。

因为某种原因，蜜之靥姬不便亲自出马，只好将自己的能量身分化出一部分，形成了她这个分身，并给了她卓深影这个名字。

“最近出了那么多事，所有的证据都在指向新唐城，为了不让老家伙们觉得我在敷衍他们，我只好分一下身，把你派过去了。到了以后，你自己看着办。”在将她从身上分离出来时，主人语气调侃地说道，她那涂着红色荧光指甲油的修长小指在空中划出了一道弧线。

主人嘴里的老家伙指的就是势力均衡理事会的那些理事。势力均衡理事会简称势理会，是这个宇宙中最强势的生命体组建的权力机构，宗旨是让强者来议定整个宇宙的秩序和势力范围，类似地球上的联合国安理会。虽然主人自己也是势理会的理事之一，但在其他理事向她提出要求时，她也不能置之不理，所以才有了卓深影的这次新唐城之行。

将任务的来龙去脉细细想过一遍后，卓深影心里还是没有一点头绪，她不知道该从哪里着手展开这次调查。

不过，出发前主人跟她说过：如果不知道该怎么办，不妨静心等待。主人对此的解释是，她虽然只是一个分身，但构成她的能量很特殊，只要她去了新唐城，答案会自己来找她。

想到主人的说法，卓深影索性让自己放松下来，开始在这间破旧的公寓里里外外走动起来。

把公寓的每个房间都看过一遍后，她心里的疑惑没有减少，还加深了起来。因为她发现，自己对身处的这套公寓好像了如指掌，从一个屋子走到另一个屋子，她都还没看里面的情况，就好像已经知道屋子是用来干什么的，里面都摆了些什么家具。

起初，她以为这只是臆想，便跑去打开那镶嵌着镜子的大衣橱，半开玩笑地喃喃自语，说里面有一条白色的连衣裙、一条浅绿色的吊带衫、一条黑色紧身短西装和一条宽松牛仔休闲裤。然后她打开衣橱门，衣服和她刚才默念出来的情况一模一样。

她呆了一下，连忙朝靠床摆放的写字桌走去，打开抽屉前，她故意胡说了一些物件的名字：粉红色的牛头牌记事本、红蓝绿的记事贴以及一套二十四色的彩色水笔。但打开抽屉时，她凭空胡诌的东西竟赫然在目。

她茫然地抬起头，第一次注意到床头上挂着的那个镜框，镜框里有个大眼睛直短发的年轻女子，正穿着那件浅绿色的吊带衫。女子腹部微微隆起，正在对镜头微笑，洁白的牙齿异常整齐。

她心里忽然冒出一个奇怪的念头：照片里的女子就是卓霓裳，而那肚子里躺着的，应该就是她现在扮演的本尊卓深影。

本章回顾：

卓深影附体在蝴蝶身上，凭着感觉来到一片废弃的居民楼。卓深影觉得眼前的一切似曾相识，随后发现此地就是她名义上的妈妈卓霓裳生前居住的故地小区。

小贴士：

势力均衡理事会：简称势理会，是宇宙中的最高权力机构，宗旨是让强者来议定整个宇宙的秩序和势力范围，类似地球上的联合国安理会。生命进化委员会和帝释会是势理会里最强势的两个星系联盟。

第五章

有一种正在地狱中行进的既视感

朴不见开车从南城出发的时候，太阳的轮廓还依稀可见，只是看上去灰蒙蒙的，但越往北去，随着雾霾越来越重，头上的太阳变成了模模糊糊的光晕，再接着就只剩下一个微弱的小光点，等快到故地小区时，连光点也看不见了。

看着沿途的垃圾场和摇摇欲坠的旧房子，朴不见有一种正在地狱中行进的既视感。他叹了口气，心说要不是为了追查卓霓裳这条线索，他才不会来这个鬼都厌弃的地方呢。

说来也是奇观，蓬莱洲的首府费切拉马城是地球上首屈一指的大都市，地位大约相当于二十世纪的纽约，是国际金融和贸易中心，大财团汇聚在这个没有国家的逃税天堂里，用大量的财富堆砌起极尽奢靡的繁华世景，以至于少见多怪的地球人都开始忍不住声称它是“宇宙中心”。

但这个宇宙中心所在的蓬莱洲，却是一片被遗弃的破败大陆。

这块太平洋上的人造大陆，兴起于2047年开始的一场石油投机风潮，当时有人在日本、美国、智利和新西兰这个四边形海域的中心地带，发现了一个全世界储量最大的油气田。油矿发现后，十三家大财团组建了一个费切拉马集团。集团的名字来源于1939年世界博览会上的一个未来科技展，所谓的Futurama（费切拉马）其实就是“未来世界”的意思。

费切拉马集团成立后，他们通过一系列的资本运作，说动了联合国，将油田的开发权拿到了手里。不久，一块面积相当于巴西的新大陆被凭空建造出来，成为世界第八大洲——蓬莱洲，原先的七大洲就此成了所谓的旧大陆。

在蓬莱洲开始动工时，费切拉马集团向全世界宣布，相关人员只要向集团交纳二十万美元的移民费，便能拿到一块储量为一百万桶的油田。石油开采出来后，集团会以三十美元一桶的保底价全额收购这些石油。也就是说，花二十万美元就能获得百倍以上的利润，就算傻子也知道，这是个躺着就能成为千万富翁的机会。

于是，蓬莱洲计划付诸实施后，短短八年间，共有四千万人怀着成为石油大亨的梦想，砸锅卖铁来到这个地方。

但谁也没有想到，2050年时，一个名叫汉森的瑞典人发明了一种氢能源催化剂，从此以后，水就可以当油烧，不仅便宜，还没污染，石油价格自此一路狂跌，最后联合国不得不出台一个法案，将石油宣布为污染环境的有害物质，下令全面禁用。费切拉马集团以此为由，废除了跟移民签订的保底收购合约。

繁荣一时的蓬莱洲石油经济就此崩盘，移民们不仅赔掉老本，还欠下了费切拉马集团的高额债务。当初这些移民为了入籍蓬莱洲，成为所谓的世界公民，都放弃了原先的国籍，所以在破产后，回老家的退路也被切断了。

除了住在费切拉马城的富人，绝大多数的蓬莱洲居民自此成了所谓的世界弃民。更要命的是，整个新大陆当初建设时是围绕着石油经济展开的，这个地方除了钢筋水泥、石油和炼化厂，什么产业也没有，石油经济一崩溃，四千万弃民的生计成了大问题，最后只能靠接收来自旧大陆的工业垃圾和废料，来换取生活必需品。后来，随着旧大陆各国取消死刑，这里又成了死刑犯的流放地。于是，这个当年以蓬莱仙境命名的新大陆成为社会性死亡的代名词。

眼下朴不见所在的新唐城，是蓬莱洲人口最多的城市，居民是以华人为主的东亚移民。此地虽不能跟繁华的首府费切拉马城相提并论，但比起蓬莱洲其他地方来，经济状况却要好许多。勤劳的东亚移民在此地建起了名目繁多的垃圾回收产业，用从垃圾里提炼的原料，从旧大陆换来了外汇和各种生活品。但这样做的一个直接后果是，新唐城成了整个蓬莱洲污染最严重的地区，尤其是工厂和贫民窟林立的北城。

因为眼前的景象过于触目惊心，朴不见实在有些看不下去了，决定眼不见为净。他将车控系统调到自驾模式，然后打开车上的全息电脑，启动了帮助思考的思维引导软件。

这辆外表看上去像二手玛莎拉蒂的跑车，其实是朴不见来地球时老妈送他的礼物。车上配备了来自四天王星的最新黑科技。只要朴不见愿意，他可以将车的外表伪装成任何一款地球上已有的品牌车，而最牛的就是车里的这台全息电脑。

只要他打开电脑，整个车厢会立即变成一个由虚拟影像构成的空间，使用者可以直接用动作、语言、眼神、表情和思想，与电脑进行互动。朴不见为思维引导软件设定的全息界面，是他老妈朴余韵的3D形象。这位由数码模拟出来的智能老妈，无论相貌、语气还是性格，都跟朴余韵如出一辙。所以，一看到这位数字老妈，朴不见总是会气不打一处来，也正因为如此，他的思维潜能很容易被激发出来。

“说吧，什么情况？”数字朴余韵一副爱答不理的样子，对着朴不见轻蔑地抬了抬下巴。

“昨天我去了一趟机场，发现蜜之蜃姬的人曾经在飞机上提到过卓霓裳这个名字。”朴不见若有所思地深吸了一口气。

“那又怎样？也许那个神秘生物，跟人类一样，也喜欢说三道四讲八卦呢？”数字朴余韵道。

“讲八卦这种事情，也就只有地球人这类低等生命才喜欢干，因为他们老觉得无聊嘛。进化程度高的生命可没这种习惯。你不觉得这件事很蹊跷吗？为什么她不提别的名字，却偏要提这个名字？还有，邱水平只是不让她继续往下说，她就要取别人性命，所以我觉得她跟卓霓裳之间一定有什么牵连。”朴不见越说越觉得自己的想法有道理。

“那你觉得会是什么牵连？”

“这我就不太清楚了，所以我才决定去故地小区碰下运气。”朴不见一边说着，一边将眼睛眯缝了起来，“卓霓裳生前就是住在那个地方。总之，除了这个信息，我现在也没有别的可以追踪的线索了。”

“好像有点道理。”数字朴余韵沉吟着点了点头。

“还有，就算查不到那神秘生物的下落，卓霓裳这件事本身也很值得查一查。”朴不见道。

“为什么？”数字朴余韵问道。

“你不觉得奇怪吗？一个十八岁的姑娘，在还是处女的情况下，就怀了孩子。”朴不见皱了皱眉头。

“有可能只是以讹传讹。”数字朴余韵一脸严肃地说道。

“但我看过卓霓裳的档案，里面保存了新唐城所有医院为她做的体检报告，结果都一样。如果只是民间传闻，不可能所有医院跟着一起做假。”朴不见道。

“好吧，那我们这样说，怀孕要有性行为，是地球人这种低等生命的特质。在我们四天王星，我们的科技水平完全可以做到让一个女性以自激发的方式怀孕。”数字朴余韵咄咄逼人地反驳道。

“对，这就是问题的关键，如果怀孕这件事是真的，那它背后肯定是有某个特别的原因。”朴不见愈发胸有成竹。

“什么原因？”数字朴余韵问。

“不知道，”朴不见摇了摇头，“而且据我所知，在怀孕后，她还拥有了预知未来的超能力，准确无误地预测到之后发生的许多事情，不过，因为当时蓬莱洲的经济刚刚崩溃，她所能预测的都是坏消息，于是她被大家当成了妖孽，人人都认为自己那些不幸的遭遇是因为受了她的诅咒。所以后来她遭到诬陷时，才会没有人为她辩护。”

“你怎么知道她是被诬陷的？”数字人脸上露出了跟老妈一样的嘲弄之色。

“这只是我的推测。档案里说，卓霓裳被抓是因为跟几起小孩失踪案件有关。但我查遍了当时保安部的报案记录，没有所谓的小孩失踪案。小孩失踪只是一个民间传闻，但不知为何，后来有人自己跳出来做证，说亲眼看见，是卓霓裳把这些孩子给拐走的，那些人还口口声声说，卓霓裳把那些孩子吃掉了。

后来保安部根据这些证词，给卓霓裳定了罪，以莫须有的罪名判了她绞刑。”朴不见沉声说道。

“你的推理逻辑上倒也说得过去，”数字朴余韵点了点头，“不过，既然卓霓裳有超能力，为什么她的超能力没有帮到她自己？”

“这个我也觉得奇怪。”朴不见抿了抿嘴，“还有个不可思议的地方，就是卓霓裳被绞死后，保安部想将她的尸体火化，但她的尸体怎样也烧不起来。这之后，尸体忽然不见了。接着卓霓裳原来居住的小区，也就是我们现在要去的故地小区，开始闹鬼，把那个地方的人都吓得够呛，短短三年时间，整个小区人去楼空，成了一座废墟。这之后有很多自以为胆大的人去里面探过险，有些人一去不复返，回来的人里有一部分不是疯了就是傻了，另外一部分神志还算清楚的，都信誓旦旦地表示，他们在废墟里看见过卓霓裳的鬼魂。”

“如此说来，这个地方确实值得去看一看。”数字朴余韵点了点头。

“还有一件事，我也觉得奇怪，为什么费切拉马的人要把这件事瞒得严严实实的，保安部的档案库没有留下检索信息，整个部里只有三四个人有权限查看该案的资料。然后在新唐城只要有人提起卓霓裳的名字，费切拉马的人都会强迫别人停止议论，邱水平就是因为这个原因，才丢了性命的，所以我觉得，这次的神秘生物应该是站在卓霓裳这一边的。另外故地小区的闹鬼事件可能也是他们在作祟。我还有个直觉，我们要调查的事情，也可能跟此事有某种特殊的关联……”

朴不见还要继续往下说，全息电脑忽然发出了警报声。朴不见连忙做了个手势，从思维引导程序里退了出来。

故地小区已近在眼前，透过车窗望去，小区门口正停着一辆鲨鱼商务车。车好像刚到，正有人在往下走，那个刚从副驾驶座上下来的年轻男子正在盯着他的二手玛莎拉蒂看。

朴不见连忙将手搭上方向盘，做出一副正在开车的样子，目不斜视，让车尽可能地平稳，好像只是偶然路过。暗地里，他用脚踢了一下油门边上的第三个按钮，将一个复眼式微型悬浮摄像头释放到了空气里。

摄像头是只仿生苍蝇，主体部分真的是只克隆苍蝇，只是苍蝇身上的复眼全部被替换成了纳米摄像头，苍蝇的大脑里也被植入了生物芯片。如果没有高端的检测装置，根本无法看出这是一个三百六十度无死角的多角度复眼摄像头。

朴不见面带微笑，将车从故地小区的门口开了过去，直到过了三个路口，他才找地方将车停下，开始观看摄像头传送过来的画面。

因为空气里都是雾霾，画面上透出了一股类似烟灰的暗色，人只要处在摄像头十步开外的地方，就只剩下了黑漆漆的影子。因为觉得领头的年轻男子有些脸熟，朴不见特地让复眼摄像头朝他靠了过去。

年轻男子看上去很警觉，飞向他的虽是只平常不过的苍蝇，他还是注意到了这个情况，眼睛的余光一直在追踪苍蝇的运动轨迹。

谨慎起见，朴不见不敢让复眼摄像头在男子身边做过多的停留，只是绕着他转了半圈，便飞开了。但这已足以让朴不见看到很多细节了。

年轻男子虽然努力做出一副老成持重的样子，但年龄只有二十二三岁，身高一米八出头，穿一身浅灰色的长风衣，风衣两肋的位置微微鼓起，应该藏着某种利器，透视模式显示，那似乎是两把弯曲成轮状的利刃。因为脸上戴着墨镜，光看长相并不能确认对方的身份，但从颈后看，从他的背部冒出了一小截类似老虎尾巴一样的红黑文身，朴不见马上认出，此人正是新唐城鼎鼎有名的公子阿满。

这位公子阿满，大名叫顾得满，是新唐城四大壮丁团之一的和生财老大顾有思最小的儿子，也是和生财未来的接班人。

作为地球上唯一没有政府，完全由私营公司管理的大陆，蓬莱洲是被费切拉马集团当生意来经营的。在石油经济还有利可图时，费切拉马集团也曾在这里建了很多基础设施和社区管理机构，但经济崩溃后，这些事务成了无利可图的赔本买卖，于是，除了费切拉马城，集团对其他地区都采取了放任自流的态度，设定了一种叫作壮丁团的招标体制，声称对社会管理实行市场化改革，让那些身强力壮的人来担负维持社区秩序的责任，说穿了，就是让大家比谁的拳头硬谁更能打。自此，壮丁团成了一种公开的黑帮制度。新唐城的壮丁团经过多年火并，形成了现在的四大壮丁团，城里除了费切拉马集团的直属部门和从新唐城分裂出去的日韩城，其他地方都由四大壮丁团说了算。在年轻一代的壮丁团成员里，顾得满是首屈一指的佼佼者，长得帅，人又仗义，还很能打，尤其那好像长在脸上的迷人微笑，似有倾国倾城的魅力，于是崇拜者便送了他一个“公子阿满”的称号。

朴不见一边看着视频，一边侧耳倾听，再加上车载电脑内置的身份识别程序，他终于搞清楚了这一行八人的身份，和他们来故地小区废墟的目的。

那穿中式白色府绸衫的中年人绰号“算命师傅”，是个新加坡来的器官走私犯，他和身边那个叫肥牛的家伙都隶属于一个叫狮心堂的组织，狮心堂跟和生财有生意上的往来，所以顾得满是被他老爹派来保护这些人的。跟顾得满在一起的是智多星小柯和神枪小施，两人是顾得满的左膀右臂。那个戴黑边眼镜、样子有些邋遢的男人是本地一家卫生院的老板，叫老钱，跟在他身边的是两个打手。负责替狮心会在本地收购人体器官的，就是老钱的卫生院。

按照这次狮心会发来的订单，老钱的卫生院已征集到了订单所需的七件器官，其中包括三个角膜、半个肝和两个肾，还有一个心脏。

上午，算命师傅带着医生来割器官时，七个器官捐献者只到了六个，那个被爹妈卖了心脏的小女孩不知从哪儿得到了风声，知道这不是卖器官，而是卖命，便从家里逃了出来。有人看见她跑进了故地小区的废墟。因为本地人都知道这个地方邪门，所以都不敢进去找那女孩。

站在废墟外，那叫老钱的卫生院老板看着入口的方向，脸上满是惴惴，没有要往里面去的意思，嗫嚅道：“里面的鬼真的很凶的。”

“鬼？”算命师傅优雅的笑容上浮过一丝轻蔑，“现在是科技昌明的时代，有鬼，也应该是鬼怕人。”

“老钱，都干这一行啦，你还怕鬼？真有鬼的话，跟在你屁股后面的鬼得有多少啊，是不是？”肥牛也跑过来，拍了拍老钱，试图让他放松下来。

“你不知道，这地方有名的邪门，这二十多年来，发生过太多的事情了。”老钱吞吞吐吐道。

“要真是这样，我们张军师去里面再合适不过。我们军师可是周易大师，在南洋鼎鼎大名，凡是闹鬼的地方，只要他去过，就什么鬼也没有了。”肥牛看上去有些兴奋，说话时唾沫从嘴角飞了出来。

“原来高人在这里啊！”小柯将脑袋转向算命师傅，做出一副很崇拜的样子。

“啊呀，大家不要误会，其实周易什么的，真跟迷信没什么关系，那是科学，所有闹鬼的地方，都不是鬼在闹，只是一些暂时还无法解释的物理现象。鬼这种东西，只要你能用科学道理解释通了，它就不起作用了。所以，归根到底，是科学道理破解了大家的心理障碍。”

看得出，算命师傅对这方面很有自信，说起话来不再言简意赅拖长语调，那叫老钱的人贩子听了这话，精神也好像恢复了一些。在肥牛的推搡下，开始领着大家往废墟里走。

这个过程中，朴不见一直在注意顾得满。

这位阿满公子好像始终在冷眼旁观。看得出，他对整件事情有些反感，并没有要参与的意愿，此刻他找了个借口，表示要留在外面帮大家把守入口。

顾得满提出这要求后，算命师傅似乎并不在意，客客气气地表示了同意，自己带着肥牛、老钱和两个打手进了废墟。

朴不见一边继续看着监控画面，一边想着要不要出手，去帮那被器官贩子追杀的孩子。对地球人他虽一向不怎么喜欢，觉得这些家伙又Low又聒噪，但毕竟这次被追杀的是个孩子，平时连流浪的小狗小猫遇到危险，他都会伸出援手，何况是人。

心里权衡时，朴不见注意到顾得满也在烦躁地来回走着。

忽然，顾得满停下脚步，往那五个人消失的方向看了一眼，手下意识地伸向了他风衣内侧的那把轮形利刃。

一直站在原地观察顾得满的小柯，似乎觉察到了这一点，跑过来双手拦在了顾得满面前：“你是要做大事的人，即使你救得了那孩子一时，也救不了她一世。行大事者，不拘小节。”

“我不会给他们把这件事说出去的机会。”顾得满的声音很克制。

“你能保证费切拉马的人没有在废墟的某个地方装了摄像头？还有就算你能杀了那五个人灭口，你能保证你救的那个小孩不会把这事说出去？”小柯说道。

顾得满脸涨得通红，伸到风衣里的手却缩了回来。

“为了将来能救更多的人，你得忍。狮心堂的人敢在这里做器官生意，一定是得了费切拉马集团的默许，你现在还没到可以得罪费切拉马的时候。”小柯好像知道顾得满心里的沮丧，拍了拍他的肩，试图安慰他。

顾得满苦笑着摇了摇头："你不知道，其实我心里的想法跟你一样，这才是我最不能原谅自己的地方。我真希望，用不着去做什么大事，只要按是非对错行事就好。"

听到这里，朴不见忍不住叹了口气，就像自己如果不是四天王星派驻地球的情报员，也许他也能活得更随性一些。

好像是在和他心里的想法遥相呼应，顾得满也在叹气。

就在这时，神枪小施提着一个细长的箱子从车上跳了下来，他锅盖头中央的那一小绺红发像一个腾空的逗号："幸好我不是做大事的人，碰巧别人又都叫我千里眼小施。"

顾得满不解地看了小施一眼。

小施露出一脸很酷的表情，指了指左侧十米开外那个高高的水泥烟囱："只要站在那上面，小区里就没有一个地方会落在我的视野之外。"

说着小施又拍了拍手里那好像装了乐器的长箱子："这里面的枪，枪管拼接起来有两米，射程可以到一千米，用的子弹是无影弹，所以只要用枪把那个不怕鬼的撂倒，估计用不着开第二枪，其他的人都会夹着尾巴往外跑。当然，这么匪夷所思的事肯定是鬼干的，对不对？"

顾得满看了小柯一眼，小柯沉思片刻，点了点头："可以试一下。"

小施吹了声口哨，向烟囱的方向走去，开始沿着锈迹斑斑的扶梯往上攀爬，大概用了十分钟，他那一米八五的身躯就变成了一个小黑点。

看着这一幕，朴不见也终于松了口气。这时，他发现自己竟对留在废墟外的这三个人产生了惺惺相惜之感。如果不是因为身份特殊，他一定会去跟他们交个朋友的。这个被遗弃的大陆有太多阴暗的事物，人在这样的境遇里，难免变得阴沉，难得还有不肯向黑暗低头的人。

就在这时，小区里那几幢残破的居民楼方向传来了隐隐约约的歌声，歌声好像是被风吹过来的，随着风的节奏时断时续，声音不是很大，有些虚无缥缈，却有很强的穿透力，高音部分听着像海豚的叫声。

朴不见心里猜测，是不是那逃亡的小女孩在唱歌，如果是，为什么这种时候她还要唱歌，而且唱的还是一首上世纪四十年代爵士老歌改编的《从此以后生命不再完整》。

那歌声好像有魔力，不知怎么搞的，他竟没来由地感到忧伤，然后脑海里闪现出了一连串人生中有过的伤心时刻。

监控画面里的顾得满好像也听到了这歌声，脸上现出痴迷之色，他身边的小柯也是如此。

啊，这歌声有毒。

朴不见心里一凛，连忙让自己打起精神来，看向了显示屏上的顾得满。

公子阿满到底是公子阿满，在经历了短暂的迷惘后，他很快清醒了过来，出手推了推身边的小柯，问道："什么情况？"

小柯拼命甩了甩脑袋，像是努力在让自己清醒，他深吸了一口气，然后说道："不知道，刚才听到那歌声时，我好像做了一个梦似的。"

"我也是！"顾得满点了点头。

两人还在面面相觑，一个人影已闯到他们中间，推了两人一把。

人影是刚才还在烟囱顶上的小施。小施的脸色看上去极为苍白，手在不停发抖，说话的声音都有些哆嗦："快！上车！上车！"

话还没说完，小施自己先一哧溜，跳上了驾驶座，还没等顾得满和小柯上车，就已经发动了汽车。虽不知道是什么情况，但在本能催促下，顾得满以最快的速度坐到了副驾座上。另一侧的小柯追了几步，才总算跳上了后车座。

白色的鲨鱼商务车像子弹一样，朝着跟废墟相反的方向冲了出去。

朴不见正在猜想小施看见了什么，三分钟后一个影子从废墟的缺口探了出来，朝刚才鲨鱼商务车消失的方向不停张望。

朴不见看得很清楚，那是个没有实体的影子，样子很像那位红遍全球的歌星玛丽莲，影子脸上的神情有些迷惘，看得出对眼前的世界有些陌生，显得手足无措。

很快，那影子折返了回去，消失在废墟深处。

本章回顾：

为了探究卓霓裳和神秘生物之间的关系，朴不见来故地小区调查，巧遇和生财的顾得满陪同新加坡来的黑帮人士，来这里抓捕器官捐献者。顾得满内心不愿参与这桩肮脏的生意，借故留在故区外面。不久，小区里传来摄人心魄的歌声，那几个闯入小区的黑帮人士离奇地死亡。

小贴士：

蓬莱洲：位于太平洋上的一块人造大陆，号称世界第八大洲，面积总共八百多万平方公里。大陆兴起于2047年开始的一场石油投机风潮，当时有人在太平洋上发现了一个全世界储量最大的油气田。于是，十三家大财团组成了一个费切拉马集团，通过一系列资本运作，将油田的开发权拿到了手里，在太平洋上凭空建造了这块新大陆，于是原先的七大洲就成了所谓的旧大陆。

第六章

镜子里的“自己”不再是影子

那个从废墟里冒出来的影子，正是卓深影。

昨夜，第一眼看见墙上相框里的照片时，卓深影就认出，照片里的女子是卓霓裳。卓深影自己也不知道，这不假思索的判断是从哪里来的，但这念头一出现后，她就再也没有怀疑过，好像她真的认识卓霓裳似的。

这时，她想起主人跟她说过的话，构成她的生物能很特殊，只要她到了新唐城，答案就会自己来找她。

看来，答案已经来找她了，对此她好像也没什么可做的，就像主人说的，只要默默等待就好。

于是，她关闭意识，回到了在主人身上沉睡时的无意识状态。按照地球人的观点来说，这大概相当于睡觉。

然而，她没有想到，她竟然做了一个梦。

梦开始时，她还以为是自己设定的休息时间到点了，打开意识后，她睁开眼睛，看了看对面的镜子，然后她就看见了“自己”。

这“自己”不是玛丽莲那妖娆娇媚凹凸有致的形象，而是一个表情冷漠的东方女子。

女子穿着一身下摆拖到地上的白色纱衣，及腰的长发宽阔得像树冠，又黑又密，披散在两肩和后背，一张鹅蛋脸白得几乎没有血色，额头下有大到吓人的眸子，黑到可以用幽深来形容，最让她吃惊的是，她在镜子里看见的“自己”竟不是影子，而是一个有血有肉的人。为了验证这一点，她伸手碰了碰“自己”的脸，不仅真实可感，还有温度。

这突然的变化让她惊慌失措，就在这时，她听见身后有人在说话：“影儿，你来了。”

随着那声音，镜子里一个穿浅绿色吊带衫的女子走到她身后，朝她露出了明媚的笑颜。那女子跟镜子里的“自己”年龄相仿，但她知道真实的情况并非如此。她这样想时，便听见“自己”已经在跟那女子说话了。“妈妈……”她没来由地这样叫了一句。于是她恍然大悟，身后的女子是卓霓裳。

“看来，你终于知道你是谁了？”卓霓裳的笑容愈加明媚。

“不不，我不是卓深影，我是我主人蜜之蜃姬的分身。”她结结巴巴，想要否认。

“你一直都是卓深影，你只是在等一个像现在这样的机会，来重新知道你是谁。表面上，是蜜之蜃姬把你派到了这里，实际上，却是你在潜意识里影响她，让她把你派到了这里。”卓霓裳说。

“不不不，没有卓深影，也没有我，我就是蜜之蜃姬，蜜之蜃姬就是我，你是怀孕时死的，所以世界上不曾真的有过卓深影。这个事情有点残酷，却是事实。不过，既然我借用了你女儿的名字和生物能，为了报答你们，我会找机会为你们报仇的。”她使劲抓了一下自己在梦里变得真实的大腿，希望尽快醒来。

“如果你不是卓深影，为何你此刻会梦见我？要知道一个跟你没有关系的死人，是不会出现在你梦里的。还有，你主人离开后，你知道这个地方为什么还闹鬼的原因吗？也是因为你的关系。你的潜意识知道这一切都是真的。”卓霓裳的语调不紧不慢。

“不是，不是这样的！”卓深影捂起耳朵，生怕听到更多这样的话语。

正在她不知该如何是好时，一阵来自物理空间的波动惊扰了她，她从失控的状态中摆脱了出来。

她睁开眼，看了一下四周，之前她明明是在沙发上关闭意识的，但此刻她的影子正附身在卓霓裳怀孕的照片上。

难道这也是答案？

卓深影没有细想。因为房间里已来了一个不速之客，是个八九岁的女孩，穿着一身显大的破旧连衣裙，裙子原本是明黄色的，却旧成了暗黄色，有些邋遢，一看就是附近贫民窟里出来的孩子。

小女孩看上去很疲惫，显然是走了很长的路，现在已是强弩之末，而更虚弱的是她的神情，那失神的眼睛里似乎已没了要活下去的愿望。

一进到房间，女孩就两腿一软，坐在地上，然后好像想起了什么，不住地抽泣。

卓深影连忙从墙上飘落，潜入那个女孩的身体。在取得对那个女孩的控制权后，卓深影开始读取她的记忆。

这位不速之客叫白雨，家住在离废墟五公里外的贫民窟。早上，她外婆偷偷叫醒她，向她宣布了一个消息：爹妈已将她的心脏卖给了来自旧大陆的商人，这将是她活在世界上的最后一天。

卖儿卖女在蓬莱洲早就是平常事，但一般人只是将孩子卖到工厂去当童工或到富人家当仆人，最差的是上邮轮做船奴。她却是直接被爹妈把命给卖了。

听到这个消息，白雨下了决心，要从家里逃走，不是为了活下去，而是不想让狠心的爹妈拿到这笔钱。

卓深影还在想该怎么处理这个突然的闯入者，外面传来了杂乱的脚步声。不用猜，她就知道那些人是来追捕白雨的。

她引导着白雨的意识，让她陷入昏迷，自己则从窗口飞了出去，将能量身扩张到最大的程度，把5号楼周边都笼罩在里面，然后发动主人储存在她意识里的魅惑模式，将这一小片废墟幻化成一片灯火通明的玻璃迷宫，随着能量身的波动，玛丽莲那隐约而富有穿透力的歌声从四面八方响起。紧接着，迷宫的每个透明房间里，都出现了玛丽莲的身影，不同的服装，不同的装扮，形色各异的妖娆身姿和眼神。幻象随着生物能，融入到追捕者的意识中，此刻在他们眼里，玛丽莲正在向他们发出诱人的邀请。

那几个刚才还在战战兢兢的男人，早已将恐惧抛到了九霄云外，他们脸上一律挂着隐秘的笑容，眼神像要着火似的，一边宽衣解带，一边扑向了各自的目标。

只有那个年纪最大，身穿白色府绸衫的追捕者还在抵抗，他闭着眼，咬牙切齿，嘴里念念有词，脸上的冷汗却珠子一样地滚落下来。

使用魅惑模式收割生物能时，需要对方的意识配合，要是碰到意志坚强的对手，会有点麻烦。

卓深影悄无声息地凑到白色府绸衫的身边，学着主人的样子朝他耳边轻轻吹了口气，将魅惑模式的强度扩展了五倍，那些被转化为脑电波的幻影，终于穿透了对方用脑电波构筑的屏障，渗入了他的脑回路。白色府绸衫的脸上也露出了隐秘的笑容，眼睛虽还闭着，脑子里却已经在拥抱玛丽莲那如蜜一样黏稠的身体了。

三十秒不到，五个男人的生物能就被顺利地收割了，血肉之躯，化作尘埃，消散在尘土飞扬的废墟里。

做完这一切，卓深影还是觉得有什么地方不对劲，她返回记忆，搜索刚才的过程，发现自己漏了一件事，在她发动魅惑模式的时候，废墟外面的烟囱上似乎有人在偷窥。

心里刚意识到这一点，卓深影已闪身来到废墟外，偷窥者早已没了踪影。

看着外面尘土飞扬的马路，她想起刚才曾听见汽车紧急发动的声音，偷窥者应该是坐着汽车逃跑的，她本想朝尘土扬起的方向追去，心里忽然一紧，隐隐感觉不远处还有别的人也在观望。

她抬起头，四处搜寻，因为她的这个动作，那种正在被窥视的感觉忽然消失。

她不动声色，退回到废墟里，埋伏了下来，想等对方自己露出马脚。然而，对方好像知道她的心思，等了一个晚上，都没有动静。

本章回顾：

卓深影在卓霓裳的故居住下来。晚上她做了一个梦，发现自己变成了人类，然后在梦里见到了她名义上的妈妈卓霓裳。卓霓裳告诉她，她并非蜜之蜃姬的分身，而是真正的卓深影，这次蜜之蜃姬之所以派她来新唐城，是因为卓深影在用潜意识影响蜜之蜃姬。卓深影想否认此事时，她被从梦中惊醒，一个叫白雨的小女孩因为被器官贩子追杀，逃入了卓霓裳的故居。卓深影顺势出手，取走了器官贩子的性命。

小贴士：

卓霓裳：卓深影的妈妈，十八年前，在还是处女的情况下怀上了卓深影，并因为这个，拥有了预知未来的能力。后来她被人诬陷为吃人的女巫，被保安部秘密绞死。她所怀胎儿的生物能也被蜜之蜃姬取走。卓深影的能量身正是由这部分特殊的生物能构成的。

第七章

他有一种天生的杀手本能

朴不见自己也不知道，这一夜他是怎么熬过来的。

看到卓深影从废墟里闪身而出时，不知出于什么考虑，他没让复眼摄像头追过去，而是让摄像头退回了车里。

这个在电光石火间做出的决定却救了他的命。

当时他只是出于本能，觉得那影子一样的生物可能已发现了他，正在暗中找寻他的踪迹。所以，除了收回摄像头，他还向车载电脑发出指令，启动了车上的全息隐身装置，让这看上去本就破破烂烂的玛莎拉蒂在外观上更加残破，仿佛只是一件被遗落在街角的钢铁垃圾，即使凑近过来，也应该看不出毛病来，座椅和方向盘都是残缺的，车里还堆满了各种破旧的电缆和零部件，根本没有朴不见存在的迹象。然而即使如此，他还是尽可能放慢呼吸，躺在车里，一动也不敢动。

他老妈说过，他有一种天生的杀手本能，能预知别人无法觉察的危险。老妈说，这是他那位未曾谋面的父亲遗传给他的。

从很小起，朴不见就在追问老妈，自己的父亲是谁。但每次只要一问起这问题，老妈总是顾左右而言他。虽然他的哥哥姐姐们也没几个见过亲生父亲，但他们至少知道自己的父亲是谁，住在什么地方。他们没有去找，只是不愿意见对方罢了。

但唯独对他，老妈却一直守口如瓶。

因为这件事，朴不见和老妈的关系总有疙瘩，看到老妈老想将他培养成积极向上的人，他就故意让自己显得很颓废，以至习惯成自然。

还有，他之所以会选择当间谍，潜伏到地球上来，也是因为心里存了一个念想：也许他有机会在地球上邂逅他的亲生父亲。

此刻，那遗传自父亲的第六感让他隐隐感觉到废墟里存在着一股很强的压力，有什么东西正守在围墙后面，等着他轻举妄动。这猜测看似没边没影，但他知道这是真的，他的这种直觉从未落空过。

如此过了一夜，天光渐亮，那无可名状的压力缓和了下来。正在他觉得可以松一口气时，压力忽然再次变强，还向他靠拢过来。

朴不见又一次地凝神静气，让身体保持在凝固的状态中。

一只橘黑条纹的蝴蝶从废墟里飞了出来，飞到改装车边，绕着这看似垃圾的车身来回盘旋。直觉告诉他，那神秘生物可能正依附在蝴蝶身上。

不久，蝴蝶从车窗飞了进来，凑在他脑袋旁扇动翅膀，他使劲后仰，不让蝴蝶触碰到他。

冷汗从他的鼻尖滴了下来。

他见过那神秘生物的移动速度，知道在找到对方的弱点之前，以他现在的能力，几乎没有一点儿还手的机会。

幸好，蝴蝶在车厢里兜了一圈后，又从另一边的车窗飞了出去，离开了他的视野。

不过，朴不见还是小心翼翼地躺在车里，只有眼珠子在转动。

半个小时后，那蝴蝶又一次地飞了回来，又在车旁盘旋了几个来回，才回到了环绕废墟的围墙里。

又过了十分钟，那股莫名的压力忽然消失。他知道，自己算是捡回了一条命。

他没敢开车，跑到后备厢那里，取出了放在里面的万能轮滑板，据说这是他刚生下时，他的地球爸爸送他的第一件礼物。虽然滑板已经很旧，他还是一直带在身边。

他尽量选择人烟稀少的小巷，将轮滑板踩得风驰电掣。只用了一个多小时，他就从北城回到了在南城的住处。他没像往常一样回家后先忙着把自己收拾干净，而是直接坐到了电脑前，在四天王星的资料库里搜索关于生物能生命的线索。因为紧张，他盯着眼前的无影屏观看时，下意识地掏出了唇膏，不断在嘴唇上来回涂抹。

不知道过了多久，思维引导软件的人形界面突然跳了出来，数字朴余韵正在一脸鄙视地朝他摇头，朴不见不解地看着这神情跟老妈一样刻薄的数字影像，有些不明所以。

“嘴唇。”数字朴余韵用手指了指他的脸。

朴不见转头看了一眼镜子，发现嘴唇上的透明唇膏已看不见一丝透明的意思，不仅他的嘴唇是粉红的，嘴唇周边的脸也是粉红的，那样子简直像怪兽。他自己也被吓了一跳，连忙拿起餐巾纸，使劲擦拭起来。

“嘿，你这AI倒是挺凌厉的，跟我老妈有得一比了。”他将手里的餐巾纸捏成一团，瞄准废纸篓，扔了过去。

“看了这么久资料，有什么发现？”数字朴余韵竟然不请自问。

朴不见皱了皱眉头，把脑子里的信息梳理了一遍，才说道：“资料里说，这类生物能生命体因为是纯粹的能量载体，所以有着极为敏锐的感知力，如果谁有意识地去注意他们，就会和他们发生量子纠缠，你注意到他们时，他们也会注意到你。所以，昨天下午，我只是透过复眼摄像头观察蜜之蜃姬的分身，她还是感觉到了我的存在。幸亏，我放弃了，才总算逃过一劫。”

“算你机灵。”

“天才嘛。”朴不见得意地将身子往椅背上仰了仰，其实却心有余悸。

“那么，请问天才，接下来你准备怎么办？”数字朴余韵左手的食指和拇指张开，托在了下巴上。

“这个……我倒是还没有想好。”朴不见瞪大眼睛看着数字朴余韵，“你有什么建议？”

“这种生物能生命体有什么弱点吗？”数字朴余韵问道。

“弱点？好像没有……”朴不见摇了摇头，“如果非要找出一个来，那就是这类生命体要在地球人的空间系统里运动，只有两个办法，一个是以影子的方式移动，一个是依附在另一个物体上行动，否则他们就无法降维到四维空间里……”

说到这里，朴不见忽然停顿了下来，眼珠子转了转，然后伸出右手打了个响栗：“有了！”

“有了什么？”

“所以大部分情况下，她应该不会以影子的方式行动，太招摇了，会引起骚动。对她来说，最好的方式还是依附在某个物体上，但依附的结果意味着，她的行动速度要受依附物体的限制，就算有提升，也无法超越这个物体的物理极限。所以我们可以利用这个特点，对她进行追踪。”

“但是你有什么办法可以判断出，她依附在了什么物体上？”

“只要在复眼摄像头上装一个能量探测器就行，毕竟她的能量密度要比一般生命体高几百倍。”朴不见说着，不由得兴奋起来。

“但你不是说了吗？一旦你去注意她，便会和她产生量子纠缠，她会发现你的。”

“所以我们要对她采取被动的观察方式。”

“怎么个被动法？”数字朴余韵问。

“可以派出五个悬浮式复眼摄像头，分别置于废墟的东南西北中。摄像头是不带意识的，只会记录下它看到的东西，如果对方不是事先知情，应该看不出那是些跟苍蝇没有差别的仿生摄像头。然后我们可以设计一个移动矩阵的程序，在她进入某一个摄像头的视野后，根据她的运动轨迹，预测她会到达的位置，利用她依附其他物体时移动速度不够快的特点，让她始终处在其中一个摄像头的视野里。因为摄像头不是由我，而是由计算机程序控制的，程序自身没有意识，所以她不可能感知到我。只要我在监控画面前不要过于激动，她应该看不出破绽。”

“聪明！”数字朴余韵的脸上难得一见地露出欣赏的表情。

“这事情就不用你提醒了。”朴不见得意地仰了仰脖子。

“对了，从昨天到现在，你在外面都待一天一夜了，还不赶快洗个澡。脏死了都！”数字朴余韵调侃道，脸上的笑容有点促狭。

朴不见心里一惊，意识到眼前的数字朴余韵不是思维引导程序的AI，而真的是他老妈。

“怎么能这样？不打声招呼就黑进人电脑了？还有没有王法啊？”朴不见叫了起来。

“哼。”朴余韵冷笑了一声，板起脸来，“你老妈在你心目中就这么面目可憎啊？要不是黑进来瞧一眼，真不知道，你把所有让人讨厌的AI形象都设置成了你老妈，知不知道还有肖像权这个说法？”

“用于商业用途，才有肖像权这一说，亏你还是公务员。”一看到老妈生气了，朴不见脸上露出了一丝得意的笑容。

“对啊……”朴余韵愣了一下，眼珠子一转，双手叉腰，咄咄逼人道，“我们都是公务员，根据《间谍操作手册》，出于安保考虑，上司有调查下属的权力，黑进你的电脑，属于我的权限和工作范围，你不服吗？”

朴不见鼻子出气，哼了一声，不再搭理老妈，他走到梳妆台边，打开抽屉，按下了一个藏在抽屉里的按钮，想将电脑硬行重启，却没有成功。

“没用的。”老妈还是趾高气扬地叉腰站在他身前，“你老妈可是四天王星历史上大神级的王牌间谍，像你这种菜鸟的电脑一旦被我黑进来了，硬行启动也没有用。”

“哼，关不掉，我还砸不掉啊？”朴不见冷笑，将梳妆台整个举了起来。

“朴不见先生！”朴余韵忽然严肃起来，那满头像珠帘一样晃个不停的小辫子静止了下来，“现在我是作为情报三部的负责人命令你，马上把主机放回原处！”

朴不见不服气地看着朴余韵，僵持了一会儿，叹了口气，把梳妆台从半空中放了下来。

他像以前一样，在不得不屈服于老妈的淫威时，就会以消极抵抗的姿态表示抗议，烂泥似的倚靠在客厅的沙发上，一脸不耐烦地闭上了眼。

“说你是菜鸟，你还别不服，启动改装车的伪装设置时，为什么不把阿尔法波干扰器也打开？知道吗，那只蝴蝶飞进车里，贴着你脸的时候，在这个距离上，蜜之靥姬的分身足以捕捉到你的脑电波。要不是我一直在本部监控室看着你，遥控你的车载电脑，帮你打开开关，你现在早就连灰也找不到了。能力差也就算了，嘴还这么硬？”朴余韵脸上露出了鄙夷的表情。

朴不见本来还想回嘴，想了想后，发现找不到说得出口的理由，只好咽了口唾沫，换了个话题：“你确定吗？附在蝴蝶身上的东西是蜜之靥姬的分身？”

“你以为你老妈坐在办公室里，真的什么事情都不干啊？收到你的报告后，我一直在四处收集情报，终于从外交部那里得到消息，蜜之靥姬受势理会的指派，派了分身到新唐城调查最近宇宙里发生的一系列灵异事件。”说着说着，朴余韵脸上的表情由最初的不屑变成了凝重。

“灵异事件？”朴不见睁开了紧闭的眼睛，联想起了自己这次来新唐城的使命，“也包括我们四天王星上发生的那件事？”

“蜜之靥姬的分身这次来新唐城，目的应该跟你类似。”朴余韵点了点头。

“但她为什么对卓霓裳这么感兴趣？”朴不见追问道。

“不知道。”朴余韵摇了摇头，“什么事我都能告诉你，还要你干什么？”

“你说话时，态度就不能好一点？”朴不见似乎想到了什么，停顿了一下，继续道，“对了，既然目标一致，可能的话，我可不可以自行决定是否跟她合作？”

“你能力这么差，人家凭什么跟你合作？合作的基础在哪里？你对她有什么用？有什么是你有她没有的？”朴余韵机关枪似的吐出一连串恶毒的质疑。

“我长得帅啊！”朴不见也露出了鄙夷的表情，“我老妈能力这么强，但一发起花痴来，不也是不管不顾的吗？否则怎么会谈这么多恋爱，生下这么多孩子？”

朴余韵被呛着了，咽了口唾沫，半天才憋出一句：“哼，你也就气你老妈的时候能力最强。”

“放心吧，有你这个前车之鉴，你儿子能力再差，也不会差到跟人去玩感情游戏，不管真的假的。”朴不见悠然地昂了昂头，“我自有办法让她觉得跟我合作是值得的。”

本章回顾：

在追踪卓深影的过程中，朴不见险些露了形迹，好不容易才避过了卓深影的追杀。之后通过老妈，他得知卓深影这次来新唐城的目的和自己相似，决定暗中找机会和卓深影合作。

小贴士：

乾达婆：一种由纯粹的能量构成的生命体，他们的记忆和意识被储存在能量中。因为他们的身体是由能量构成的，所以可分可合，且感知力极敏锐。不过因为他们的能量身无法直接进入四维空间，所以只能以影子的方式，或者附身在其他物体的身上，来实现降维。蜜之靥姬是当今能量身最强大的乾达婆。

第八章
新唐城仿佛一个死去的空壳

“帅哥……”卓深影对着镜子回眸一笑，眉毛微微颤动，声音轻飘飘的。

这是主人在诱惑地球人时最有效的一招，绝大多数男人在看见这笑容、听见这声音后，就连路也不会走了。这个时候，他们的意识就会被主人操控，但在他们自己心里，却会以为自己魅力非凡，即使随后会像韭菜一样被主人收割生物能，脸上仍会带着幸福的笑容。

然而当主人的这个必杀技由她来做时，却显得笨拙而可笑。

她的笑容不仅用力过度，还很僵硬，主人那如涟漪一般轻微到几乎没有的挑眉，在她脸上变成了低俗的挑逗，而她发出的声音也不是轻飘飘的，而是做作的嗲声嗲气，虽然此刻镜子里的形象还是玛丽莲，神情却是电影里那些给玛丽莲做陪衬的女丑角的姿态，连卓深影自己都有些看不过去了。

照理说，她虽是蜜之蜃姬的分身，其实却跟蜜之蜃姬并无二致，主人会的，她也都自带，但当她对着镜子模仿主人的样子时，才发现这一切她竟然还要从头学起……

她一遍又一遍回头，对镜子叫着“帅哥”，但镜子里的玛丽莲，却还是怎么看怎么别扭。

卓深影忍不住叹了口气。叹气时，镜子里的玛丽莲忽然波动了一下，那情形轻微到几乎没有，而且稍纵即逝，但还是被她捕捉到了。

她不由得好奇，又学着刚才的样子叹了口气，还故意把叹气的节奏拉得很长，然后她看见，叹气的时候，玛丽莲的影子上出现了一个叠影，正是做梦时她看见过的那个头发像树冠一样的东方少女。

“卓深影……”她喃喃自语，心下茫然。她这样说的时候，那叠影变得更清晰了。

她努力凝神静气，更用心地模仿主人的姿态，镜子里的形象又重新变成了玛丽莲，但依旧笨拙，无论如何都没有一点玛丽莲那颠倒众生的风姿。

她不由得心烦，放弃了模仿，避开沙发对面的镜子，往房间里看了一眼，除了床上还在沉睡的逃亡少女白雨，那橘黑条纹的蝴蝶正被窗口透进的光线吸引，在努力向光亮处飞去，但因为没找到缺口，向外飞的轨迹被积满灰尘的玻璃挡住了。

卓深影心里一动，再次跃迁到蝴蝶身上。在她的操纵之下，蝴蝶从玻璃窗右上角的缺口里飞了出去。

卓深影和蝴蝶合而为一，在灰蒙蒙的街道和建筑之间漫无边际地翱翔。目光所及之处，眼前的新唐城又旧又脏又破，仿佛一个已经死去的空壳，而生活在其中的人类也和僵尸没有区别，个个神情冷漠，目光空洞。

不知为何，看到这一切，她心里竟生出了一些类似哀伤的感觉。

她不由得惊讶。照理说，作为蜜之蜃姬的分身，她是不该对人类这种低劣生命生出丝毫怜惜之情的。

就在这时，一个红色的朝天辫像个惊叹号，跃入她的眼帘。辫子的主人也留着一个锅盖头，和昨天那个在烟囱上偷窥她的人影如出一辙。

她下意识地朝辫子的主人飞了过去。

那是一位小个子的少年，除了发型，年龄、相貌都和昨天烟囱上的枪手不太一样。少年身边还有几个年龄相仿的同伴，在一片堆满废旧汽车的垃圾场上搜寻着什么。

她在那少年的头顶上停下，试着和他的意识连接。

受她影响，少年开始自言自语：“什么？你问为什么要留这样的发型？”

然后那少年一脸不屑地摇了摇头：“不会吧，这种事情都不知道？”

停顿了一下，那少年舔了舔嘴唇，接着说：“因为这是神枪小施的标志，将来我也要去混壮丁团，做个那样的神枪手……”

少年刚说到这里，有人向他靠拢过来，双手扶住他的肩，在使劲摇晃他：“木头！木头！发什么神经呢？不好好干活，一个人在这里自言自语！”

卓深影连忙断开和那叫木头的少年的意识连接，发现摇晃木头的是个穿着灰西装的家伙。那身西装已旧到满是补丁，却干净而平整，裤缝线笔直，一看就是刚熨过的。这一身打扮有些怪异，卓深影忍不住多看了那人两眼，然后发现，除了西装，那人还留了一头老式的三七分包头，不是用摩丝，而是用蜡油塑形的，头发油光光的，紧贴着头皮。记忆里，她在主人演的怀旧风格的MV里见过，没想到现实中竟也有人留这样的发型。

那叫木头的少年使劲摇了摇头，终于回过神来，说道：“奇怪，这是怎么啦？刚才脑子里一片空白，我自己也不知道为什么要说那些莫名其妙的话。”

穿西装的家伙脸上露出不怀好意的笑容，朝木头身上上上下下地打量着。卓深影注意到这人十八九岁的样子，在周围这波少年人里年纪最大，看上去像是领头的人。

“阿空，你这家伙又在动什么坏脑筋？”

木头警惕地往后退了两步，然而已经来不及，那叫阿空的家伙已把手伸到木头的脑袋上。

然而卓深影没想到，那只伸出的手竟一把抓住了她附身的那只蝴蝶。

这动作并不快，按卓深影的反应速度，应该能躲开，但刚才的那个瞬间，她竟避无可避，然后她发现，这个叫阿空的家伙身上的生物能高得惊人。

她本想发作的，但看了看周围的这群少年，决定忍了。毕竟这些少年包括这个叫阿空的家伙，脸上的神情都很明媚，在新唐城的人类身上，这是难得一见的东西。

“知道吗？”叫阿空的家伙眯缝着眼睛，朝蝴蝶轻轻吹了口气，“这蝴蝶其实是个漂亮的小姐姐变的，你刚才啊，是被她迷住了……”

卓深影心里一惊，还以为自己被这少年看穿了。

“幸好呢，我出现了，她现在觉得我比你帅，所以暂时把你放过了……”叫阿空的少年神气活现地扬了扬头，左手还撩了一下那头油光光的头发。

“阿空，你就别花痴了。”有人在不远处嘻嘻哈哈地说道，“被师父罚得还不够啊？害得我们也跟着你受罪，出来帮你一起找发动机，赶紧干活吧！”

这时，另一个方向有人在叫：“找到了，大家快过来搬东西！”

几个少年都往那声音传出的方向跑去，叫阿空的家伙叹了口气，将眼睛凑得很近，很专注地看着蝴蝶说道：“小姐姐，我有事要忙，等我有空了，你再来找我吧。”

说着手指一松，把蝴蝶从手里放了出去，然后转身朝众少年聚拢的方向跑去。

蝴蝶在盘旋，卓深影看着那叫阿空的人的背影，总觉得对方有些眼熟，想了半天，却没有想明白曾在哪里见过他。

在城里转了一圈，她发现昨天在故地小区发生的那一幕已经在城里传得沸沸扬扬。

烟囱上的那个小辫子显然是个大嘴巴，已把他看到的情况都说了出去，费切拉马公司的电视台还专门为此进行了辟谣。

了解过这些情况后，卓深影发现，再去追杀那个小辫子好像已没有太大必要，决定先回住处，从长计议。

回到故地小区5号楼的公寓时，那个叫白雨的女孩已经醒了，卓深影加载在她意识里的禁制已经失效，白雨恢复了意识，此刻正坐在床边哭个不停，显然在为爹妈将她卖掉的事情伤心。卓深影心里烦躁，但又不想把这个可怜的女孩收割了，便索性从蝴蝶身上跃迁到白雨身上，再次控制了她的意识。

因为觉得有些疲惫，她决定依附在那个女孩的身体里睡上一觉。

如她所愿，在和白雨合而为一后，借着白雨的身体，她真的睡着了。然后，她又做了一个梦。卓霓裳再次出现，还是穿着那件浅绿色的吊带衫，笑得很明媚。

看见卓霓裳时，她不再像上次那样惊慌，虽还是不肯承认自己是卓深影，但已能接受这梦一样的情景和在眼前现身的卓霓裳。

“你上次说，我知道我主人离开后这里还闹鬼的原因，你是想暗示什么？”卓深影问。

“记得吗？在蜜之蜃姬异次元空间的那座行宫里，有个钟楼，钟楼上有一架射电造影仪，你小时候，每次只要蜜之蜃姬一休息，就会从她体内游离出来，跑到钟楼上，用射电造影仪往这里投射出各种影子，吓唬别人。”卓霓裳的声音听上去轻柔却清晰，好像贴在她耳朵边上似的。

“不可能，我只是我主人的一个分身。我主人所在的异次元空间本可以到达宇宙的任何一个地方，但蓬莱洲有些邪门，我主人的异次元空间唯独在这里没有出口。主人的事情多，只好将自己的生物能分了一部分出来，变成了我，然后给了我卓深影这个名字。这之前，根本就没有你眼前的这个卓深影。”她注意到自己说话时有些声嘶力竭。

“不要急着否认，好好回忆一下，我刚才说的那回事是不是真的发生过？”卓霓裳微微一笑。

卓深影闭上眼，想阻止自己回想，然而越是这样，那些奇怪的记忆就越是逼真地涌现。

那是在主人异次元空间的行宫里，风吹过寝宫的纱帘，也吹拂着主人俯卧的身体，吹起了搭在她身上的那层薄纱，把依附在主人脊背上的她吹醒了，她懵懵懂懂像片薄薄的影子，随着风向前飘去。

如果是走左侧的白天走廊，阳光会从走廊顶上的白色栅栏里漏进来，暖洋洋的，让她那头乌黑的披肩头发变得清晰可见，恍恍惚惚中，她能意识到自己的存在。

而如果是走右侧的夜晚走廊，微凉的月光可以让她看见自己纱衣下那对苍白瘦削的光脚丫子，她总是会好奇地盯着它们看上半天。

两条走廊都可以通往钟楼的入口，在那里，她总是会下意识地一跳，这时吹着她往前飘的风会改变方向，她会随着风腾空而起，直接飞到尖顶之下那个有立柱和栅栏围着的瞭望台，然后她会打开主人的射电造影仪，把它对准新唐城的故地小区。通常，这时候她会自己跳到造影灯前，看着合成器的屏幕，做出各种奇怪的造型，只要心里想让自己投出什么影子，她就能看见异次元外的故地小区真的出现了她所想象的情景，看到里面的人被幻影吓得鬼哭狼嚎四处逃窜，她会咯咯咯地笑个不停。

“不是的，不是的，不是这样的！”卓深影摇着头，想要否认。

“不是什么样？”卓霓裳柔声问道，走过来一把将她抱进怀里，脸贴在了她的脸上，“妈妈知道，你那样做是想为我出气，是不是？不过，还是太淘气了。”

“妈妈！妈妈！”她终于再也忍不住，眼眶里憋了很久的眼泪终于涌出，不仅沾湿了她的脸庞，也沾湿了妈妈的脸庞，“为什么？为什么会发生那些事？真的有卓深影吗？”

“如果这一切不是真的，你为什么要哭？你一直都知道自己就是卓深影，对不对？”妈妈将她抱得更紧了。

“证据呢？要证明一件事，总得有证据吧？”她还是不肯承认。

“然后你是不是又会问，怎样才能证明这个证据是真的？”妈妈看着她问。

“不，只要拿得出证据，我就相信。”她咬了咬嘴唇。

“你不想相信，即使有再多的证据，你也不会相信。要知道，不是我要出现在你的梦里，是你把我召唤到了你的梦里。”卓霓裳轻轻托起她的脸，用手指抹着她脸颊上的泪水，然后转过身，向那跛脚的大衣柜走去，到了边上的角落里，回头一笑，倏忽不见。

依附在白雨身上的卓深影一惊之后，醒了过来。

她操纵着白雨的身体坐了起来，窗外灰蒙蒙的天空里隐隐约约可以看见一轮巨大的圆月。她低下头，感觉到自己刚才做梦时流下的眼泪，还挂在白雨的眼角上。

她发了一阵呆，然后站起身，尝试着朝梦中卓霓裳消失的地方走去，绕着跛脚的大衣柜观察了半天，却没有发现异常。

就在这时，白雨的脚踩在了刚才卓霓裳踩过的地板上，地板动了一下。

她蹲下身，发现脚下那块地板两端的钉子孔有点大，钉子钉得不是很紧，她伸手试了试，钉子被轻易地拔起，她挪开地板，下面是空的。她伸手进去摸索，掏出了一个本子。看着本子，她忽然有些害怕，手像被蛇咬了似的，猛地一抖，本子顺势落在地上。

她像只热锅上的蚂蚁，操纵着白雨的身体，一边做着深呼吸，一边在屋子里东窜西走，一直走到白雨的身体感到筋疲力尽，她还是无法阻止想要打开本子的欲望。她叹了口气，一屁股坐下，弓起身将手伸了出去，将本子抓在手里，小心翼翼地翻开封页，一行行娟秀的汉字映入眼帘：

2042年9月3日

今天我十八岁了，但这不是我要记日记的原因。

我写下这些都是因为你，深影，因为在你十八岁时的某一天，你会向我索要证据，这是我能给你的最好的证据。

让我预知这一切的是你。

你让我获得了预知未来的能力，你就是我的未来，我就是你的过去，我们的生命以母女的方式将过去和未来联结在了一起。

…………

因为看得心里发慌，她连忙将刚打开的日记本再次合上。

咬着嘴唇想了半天，她将日记本再一次放回到地板的缺口里。合上地板，把钉子钉回了原处。

做完这一切，为了阻止自己想再去看那本子的冲动，她从白雨身上跳了出来，躲进墙上的镜框里，然后才想起，自己下意识依附的地方正是卓霓裳怀孕时拍的照片。

因为离开时，忘了关闭白雨的意识，此时，白雨已回过神来，先是懵懂了一阵，随后又噘嘴哭哭啼啼起来。

哭声刺耳，卓深影愈加心烦，忍不住将这一切的混乱都怪罪到了白雨爹妈的头上：那对狠心的男女，竟把自己亲生女儿的命给卖了，这样的父母实在没有资格存活于世。

她看了看外面黑漆漆的夜空，心里有了一个主意，再次跃迁到了白雨的身体里。

本章回顾：

为了追杀上次偷窥到自己的神枪小施，卓深影附身在蝴蝶体内，去了城里，偶遇了一个叫阿空的少年。卓深影回到故地小区，再次梦见卓霓裳，卓霓裳在梦里告诉卓深影，她在房间给卓深影留下了一本日记。醒来后，卓深影果然发现了日记。卓深影大惊，不敢再往下看了。

小贴士：

异次元行宫：蜜之蜃姬能量身的外延部分，是个异次元的多维空间，从这个异次元行宫可以到达宇宙的任何一个地点，而时间在这里也是以空间的方式分布的。本来，行宫里也有直达蓬莱洲的异次元通道，但十八年前，因为发生了某种不知名的变故，这条通道被封印。所以，这次蜜之蜃姬只能派出卓深影，让她坐着飞机来到此地。

第九章

人沉下去，尸体很少会有浮上来的时候

很少有人知道，新唐城雾霾最严重的时候是凌晨三点。这时候的霾已经不是霾，而是像在下毛毛雨。白争光很清楚这一点，因为这是他每天从胡记金属精炼厂下班的时间。

白争光上班的地方虽叫精炼厂，其实却是个小作坊，专门回收电路板上的废金属。作坊的主要设备是三台当垃圾卖到蓬莱洲的燃油锅炉，锅炉经过改装，变成了熔炉，用来焚烧电路板，等塑料成分烧尽后，剩下的金属块会被当成原料转卖给更高端的冶炼厂，以分离出其中的贵金属。

因为是粗活，又是在蓬莱洲这种廉价劳动力扎堆的地方，小作坊能挣到的钱有限，工作条件相当恶劣，厂里一共只有六个工人，需要二十四小时不间断地倒班，每人每天需要工作十二个小时，没有节假日。作坊里整日充斥着塑料被烧焦的气味，据说这气味有毒，但除了戴一个棉纱做的口罩，厂里并没有其他的防护措施。即使如此，一个星期干下来，大约也只能挣到三十块费切币，在旧大陆大概只相当于四百块人民币。

即使这样一份工作，白争光也是费了九牛二虎之力才争取到的。

他知道，那是因为他在酒吧做女招待的老婆跟作坊老板有点暧昧，老板才送了他这个顺水人情。

但是他却装作不知道。

在蓬莱洲生活久了，白争光知道，要活下去，很多事情需要装作不知道。

下班后，他骑着吱嘎作响刹车失灵的破自行车先到了新唐城的6号码头。早上三点，也是他老婆从码头酒吧下班的时间。他知道，除了在酒吧卖酒，他老婆有时候也会把自己卖给船上的水手。

但他也同样装作不知道。

因为没有这点外快，家里的三个老人五个孩子至少得饿死几个。这也是他狠下心来，把三女儿白雨的心脏卖给器官贩子的原因。

其实他让包括自己在内的一家人都在器官贩子那里做了体检，但只有白雨配对成功。有了这两万美元，他就可以开一个属于自己的回收作坊了。死一个，活一家，这是没有办法的办法。

到了6号码头的时候，小洁已经在路灯下等着了。

小洁就是白争光的老婆。看他到了，小洁什么话也没说，直接坐到了后车座上。今天小洁的身上没有男人的汗酸味。显然，随着年龄增长，她赚外快的机会也在变少。

两个人都没有说话，白争光一边骑车，一边不断地咳嗽，但是他把咳出来的痰都咽回了肚子。

“你还是把痰吐出来吧，前两天就知道你痰里有血了。”小洁的声音听上去很淡然。

白争光“嗯”了一声。

过了很久，小洁又问了一句：“有多久了？”

“大概两个月。”白争光过了很久才回答。

“不知道小雨现在是不是还活着？”小洁好像在自言自语。

白争光木然地摇了摇头。

“听说卖器官的老钱和那几个来买器官的新加坡人，进了故地小区后，就再没出来。说是被鬼吸走了精气，死了。”小洁的身体靠到白争光背上，微微颤抖。

白争光叹了口气，不知该说什么才好，正好前面马路上有个大坑，他连忙把话题转到了路况上。

“这大坑都有五六年了吧，眼看坑越来越大，就没人来管一管。”白争光愤愤不平地吐了口痰，从车上跳下。

“这路是通往贫民窟的，人家费切拉马集团是做生意的，干吗要给你花这冤枉钱！”小洁也从车后座下来，帮他将自行车从大坑的边缘抬了过去。

过了大坑，两人又上了车。

“要不，你去医院看一下？”小洁怯生生地问。

“要是治不好的病，看了也没用。要是花钱才治得好的病，看了还是没用。”白争光努力笑了笑，“所以不如尽量想办法多留点钱下来。”

“你要是走了，家里孩子怎么办？”小洁的声音哽咽了。

“能怎么办？就算还能活下去，最后还不是活成我们这个样子？死不算是最坏的结果。”白争光挺了挺胸。这个问题他想了好几天，现在已经想通了。

“也是。”小洁好像陷入了沉思，过了一会儿，在身后扯着他的衣摆，推了推他，“要不我们现在就去死？”

白争光回头看了妻子一眼，小洁的目光看上去很坚定，两人不约而同地望向了右前方那个废弃的钻油平台，接着又转回头看了对方一眼，点了点头，放下自行车，牵起手，向着那一大片生锈的井架走了过去。

井架所在的地方原来是个油田，因为要开采海底的石油，油田所在的海域没有被填上，钻井平台像一个被海沟包围的孤岛，通过几座简易的铁桥跟陆地连在了一起。钻井平台四周的海沟据说有上千米深，是周边这个叫作河南森林的贫民窟居民自杀时最爱来的地方。而且人沉下去，尸体很少会有浮上来的时候。

因为心里豁然开朗，白争光和他老婆走起路来，昂首挺胸，健步如飞。走得急，天又黑，一个没注意，在铁桥上被什么东西绊了一下，两人一起摔倒，落在了一个软扑扑的东西上。

白争光正要开口骂娘，发现绊倒他们的是一个虬髯乱发的乞丐。

乞丐又高又壮，白争光只好硬生生地把脏话咽了回去。

“混账东西！半夜三更还往这鬼都不来的地方跑，让不让人睡了。”乞丐说着话，蹲了起来，抬着头不怀好意地打量眼前的两人，嘴里嘟嘟囔囔，像在自言自语，“肯定是狗男女，想来这地方打野炮。哼，不要以为我不知道。”

小洁的脸红了，轻轻地扽了扽丈夫的衣角，白争光也一阵慌乱，匆忙转过身，拉着老婆的手落荒而逃。两人很快回到了自行车边上，扶起车，快速地发动，一溜烟地跑了。

大个子乞丐站在铁桥上看着两人的背影，脸上露出狡黠的笑意。这时，他身后多了一个短小的人影，大个子乞丐没有回头，轻声道：“师兄，你来了？”

“警报一响，我鞋都没来得及穿，就跑来了。没想到还是你比较能跑。”说话的人在大口大口喘气。

“想不开的人太多，整天要死要活的，还非得跑来这里寻死。知不知道，海沟每多一具尸体，白炽座上的玛丽亚娜吞噬体，数量就要增加一倍；知不知道，又有多少经过那里的飞船会遭殃？”大个子乞丐说道。

“他们肯定不知道。”站在乞丐身后说话的人终于走到了他面前，来人是个小个子，看上去比大个子乞丐要苍老一些，身上穿的衣服也是打了一块又一块补丁，应该也是乞丐，“苦就苦在他们不知道。”

“师兄，刚才那两个男女，我怕他们还会寻死，要不我去跟一下他们？”大个子乞丐看了小个子乞丐一眼。

“这地方想寻死的人多了，你又哪里跟得过来？”小个子乞丐叹了口气。

“那就只能看着这地方一天天变坏？”大个子乞丐悻悻地说道。

“业力如此，想帮也帮不过来的。我们要做的，只是守住师父要我们守的东西。”小个子乞丐抬头看了看天。

“这地方要是这样坏下去，这东西又怎么守得住？”大个子乞丐道。

“也许这就是师父留下这东西的用意。除了等因果显现，没有别的办法。”小个子乞丐道。

“师兄，你也太冷静了。”大个子乞丐的嗓门忽然大了起来。

“唉，不得不，我是不得不啊。”小个子乞丐道。

大个子乞丐还想争辩，小个子乞丐却朝他摆了摆手：“不说了，散了吧。”

“好，散了。”

大个子乞丐话音刚落，两个头发乱乱的老头忽然杳无踪影。

此时，在马路对面的黑暗处，一双眼睛正在闪闪发亮。等那两人消失后，一个小小的身影从黑暗中走了出来，是被卓深影附身的白雨。

这便是卓深影刚才在卓霓裳的故居做出的决定，她要帮白雨报仇，取走白争光夫妇的性命，跟踪到这里，却意外目击了这场对话。

卓深影往钻井平台的地方看了一眼，想过去看个究竟，又怕引起刚才那两个怪老头的注意，想了想后，决定等白天人多的时候再来查看。

心里拿定了主意，卓深影驱动着白雨的身体往白争光夫妇消失的方向跑了起来。

她本以为要追出很远，没想到四五百米后，就看到了那两个男女。

夫妇两人好像翻了车，正坐在地上抱头痛哭。

她本想在取他们性命前，替白雨说些恶毒的话，但因为刚才听了两人在路上的对话，就忽然说不出口了。

白争光夫妇也看见了她，脸上满是惊愕。

“小雨……”白雨的妈妈叫出了女儿的名字。

卓深影没有做出回应，而是向那两人走了过去，两人各伸出一条手臂，像是要将白雨拥入怀中，卓深影也将白雨的手伸了出去。那两人的手才刚刚接触到白雨的手，就化成了灰烬，飘散在凌晨的雾霾中。

卓深影拍了拍手，不知为何，心里却有些难过。

她站在原地，发了一阵呆，才往故地小区的方向走了回去。

这一幕从头到尾，都被朴不见看在了眼里。

虽然跟老妈夸下海口，要引诱蜜之蜃姬的分身跟自己合作，但在过去的二十四小时里，朴不见对如何促成这件事还是没有一点思路。

不过，他设计的监视方案显然是有效的，从昨天下午卓深影依附在那只蝴蝶身上，回到废墟的那一刻起，只要卓深影从5号楼来到外面，无论她以影子的形式，还是依附在某个生物体身上，她的每个举动都会被一览无遗。那五个悬浮式复眼摄像头组成的移动监控矩阵像一张天罗地网，随机地分布在所有可能的路径上。蜜之蜃姬的分身对此却没有一点觉察。

到了夜里，朴不见没有回家，他用变形车里的离子浴设备，给自己洗了个澡，然后通过车里的后视镜，用卸妆面纸，清理了一下离子浴洗不掉的眼影唇膏和粉底，接着给自己戴上眼罩，睡在了被全息影像伪装过的变形车里。

半夜一点半，监控装置发出警报，朴不见连忙起身，发现前几天那个逃进废墟的人类小女孩从5号楼里走了出来，悬浮摄像头传来的影像显示，女孩身上的生物能密度超常，应该是被附身了。

朴不见让自己尽可能地平静，好像只是偶然看见这一切的。由全息影像模拟的二十块虚拟无影屏悬浮在他的视野里，追踪程序在不断将最有价值的画面输送到中央最大的那块虚拟无影屏上，他不用自己费劲，就能观察到白雨的一举一动。

白雨像个僵尸一般，两眼无神，直视前方，走路时的动作显得很僵硬，但实际的行进速度却一点不慢，在雾霾笼罩的街道上，这一幕实在诡异不过。

很快，被卓深影附身的白雨来到了故地小区附近的贫民窟，然后在连接码头那一端的路口停下了脚步，藏身在阴影里。

不久，一对坐在自行车上的男女从白雨藏身的地方经过，白雨跟了过去。

很快，朴不见通过远处传来的对话，判断出那两个男女正是白雨的父母。然后，他目击了两人在河南森林准备自杀时，被两个神秘乞丐拦住的情景。因为化身白雨的卓深影正好在画面里，所以那两个乞丐也被拍摄了下来。

等蜃姬的分身杀死白雨的父母，重新往回走时，朴不见没有心思继续追踪，而是将画面切换到刚才河南森林铁桥上的那一幕。

夜晚的照明度很低，大个子乞丐一直背对着摄像头，所以看不到脸，但小个子乞丐的脸，却被捕捉到了镜头里。

他将小个子乞丐的形象从录像里抓了下来，然后跟档案库里新唐城居民的资料比对起来。

三分钟后，搜索程序停了下来，将最终结果定格在画面里。

“啊，是他？”看到无影屏上的搜索结果，朴不见几乎要叫出声来了。

本章回顾：

心情烦躁的卓深影打算去找白雨的父母，要向他们讨个公道。在跟踪两人的过程中，卓深影发现这对草根夫妻卖掉女儿的心脏是另有苦衷，还看到两人想去河南森林自杀，却被两个神秘的乞丐拦住了。朴不见也看到了这一幕，发现其中那位矮个乞丐大有来头。

小贴士：

新唐城：位于蓬莱洲北端，是新大陆上人口最多的城市。居民是以华人为主的东亚移民。勤劳的东亚移民利用来自旧大陆的工业垃圾和化学废料，在此地建起了垃圾回收产业，用从垃圾里提炼的原料，从旧大陆换取外汇和各种生活必需品。所以新唐城是蓬莱洲污染最严重的地方。

第十章
我的十八岁生日终于变得不平凡

从河南森林回住处的路上，卓深影心里有些空落落的。

刚才收割白雨父母的生物能时，那对男女的意识随着生物能一起涌入了她的体内，她感受到了他们的心情，那种怎样都无所谓的情绪实在让人印象深刻，她搜索了一遍从主人那里下载的记忆，终于弄明白，这就是人类那种叫作绝望的情绪。

在主人的记忆里，绝望只是某个特定的标记，在白雨父母那里却是直接的身体感觉，是脖子被人卡住，是胸口被狠狠击中，是想哭却没有眼泪，是疲惫到连疲惫都感知不到，是两眼一抹黑，是彻底的死寂。

然而在这绝望之外，当他们的手触碰到白雨的手时，竟然有某种温暖的东西冒了出来。

他们显然在为白雨还活着，感到欣慰。

那一瞬间真实到令人窒息，但这一切最终在量子提取术作用下，化为了乌有，变成了她身体里的记忆。

因为受到这记忆的影响，白雨的肉身散发出一阵窒息感。她只好放慢脚步，目光逡巡，不断变换视点，好让这被操控的肉身放松下来。

她注意到前方不远处有个小卖店，因为这个地方靠着码头，所以店还开着。

白雨已无处可去，而卓深影除了那只蝴蝶，也还没有其他的宿主，她做了决定，要借白雨的身体一用，这样就可以将她留在自己身边了。

这样想着，卓深影往小卖店走了过去。

小卖店里灯光昏暗，一个脸皮蜡黄的中年男子在收银台后打着瞌睡，看到她进来，脑袋扑棱一下支了起来，机械地叫道："欢迎光临。"然后才注意到，这半夜进店的人是个小孩，目光里满是惊讶。

卓深影没有搭理店主，径直走到店里，从货架上拿了一个漱口杯、一把牙刷、一支牙膏、一条毛巾、两条T恤和两条短裤，还有面包和牛奶。

拿完这些东西，她走到收银台边，手里抓着一张刚才从地上捡来的废纸。废纸被注入能量后，改变了分子结构，变成了一张五十元面值的费切币。

店老板虽一脸狐疑，但还是给她结了账。

从店里出来后，卓深影拿着采购来的东西，在路口拐了个弯，驱动着白雨的身体走了三个街区，回到了故地小区所在的废墟。

回到公寓，她还是茫然若失，都忘了从白雨身上离开。她呆呆地坐在地板上，都没有察觉到自己手上的动作。

过了很久，她发现自己的手在伸向那块钉子松动的地板，然而她没有抗拒，任由自己从地板下的缝隙里取出了那个淡粉红的日记本，翻开封面，里面那娟秀的钢笔字流水一样，映入她的眼帘：

2062年9月3日

今天我十八岁了，但这不是我要记日记的原因。

我写下这些都是因为你，深影，因为在你十八岁的某一天，你会向我索要证据，这是我能给你的最好的证据。

让我预知这一切的是你。

你让我获得了预知未来的能力，你就是我的未来，我就是你的过去，我们的生命以母女的方式将过去和未来联结在了一起。

是的，就在今天，就在刚才，我们相遇了，你以一种匪夷所思的方式进入了我的身体。

自从石油经济崩溃，大萧条开始了，这里的日子一天不如一天，欠了一屁股债的爸妈再也没有笑过。

不过，人活着，总还是要有点盼头，不是吗?

为了给我庆祝生日，爸妈决定休息一天，一家人一起到海边去吹吹风。

七年了，这是我们一家人第一次去度假。

天还没亮，我就醒了，然后再也睡不着了，只好从天窗爬到屋顶的天台，想试下运气，看看是否能见到久违的星空。

自从蓬莱洲变成旧大陆的垃圾集散地后，新唐城就被笼罩在愁云惨雾中，除了海上风暴扫荡过后的短暂瞬间，星空是难得一见的奇迹。

但在这个微凉的秋夜，新唐城的夜空却澄澈到没有一丝杂质，又大又亮的星星低到好像伸手就能摘到。

就在我为这如画似锦的星空而震惊时，发生了一件奇怪的事情，新唐城的地面上忽然升起一道亮如闪电的彩虹。彩虹升到最高处，然后像烟花一般，迸开，上面生出无数条细密的光线，向着夜幕深处伸展，跟天空上的每颗星星都建立了联结，然后那些光幻化出各种海市蜃楼般的奇景，那一瞬，我觉得几乎看见了整个宇宙的开始和结束。情景之美，值得我用全部的生命去交换。然而这一切并没有持续太长时间，光网渐渐暗淡，向着地面沉落，最后和新唐城合而为一。夜空中仅剩下一个巨大的亮斑，亮斑在闪了一下之后，分裂成三颗流星，向三个方向飞逝而去。其中有一颗在朝着我飞来，我都没来得及躲避，它就撞到了我身上，我立刻被无边无际的光吞没了。

等我再次从天台上醒来，心里忽然有了一个奇怪的感觉：在我被流星击中的那一刻，我怀上了你，并因此获得了预知未来的能力。

是的，因为你，我的十八岁生日终于变得不平凡了。

…………

2062年10月27日

没有想到，怀孕是一件这么辛苦的事，早饭的时候，我又吐了，妈妈终于觉出事情不太对劲，带我去了医院。

我们去了一家离住处很远的医院，远到可以让所有认识我的人都不会知道这件事。

我终于被确认怀了孕，医生的检查结果也证明我没有说谎，我确实还是处女。但爸妈不肯接受这样的现实，表示还要带我去别的医院检查。

我早知道事情会是这样，所以也没跟他们争辩。

命运意味着我们每个人都逃脱不了必须去做的事情。

…………

2062年11月6日

今天又去了第四家医院，还是那个结果。

爸妈终于死心，他们又对我展开了新一轮的说服工作，要我趁着别人还没有发现这件事的时候，把你打掉。他们认定你是一个羞耻，而非奇迹。

以前我也觉得人应该多为自己着想。但我的女儿，当你进入我身体的那一刹那，我不再觉得事情是这样的，我第一次发自内心地以为，有一个生命比我自己的生命还重要，这种可以把自己牺牲掉的决心，给了我真实的幸福感，我想这才是奇迹的意义。

但是，我没有告诉他们这些，我只是利用你带来的那种预知能力，跟他们说了几件即将发生的事情，以证明你的到来是老天的意志。果然他们被这些微不足道的魔术震慑了，心悦诚服地接受了你，并欢天喜地地向外人宣布了这个消息。

然而他们不知道，这正是你我不幸命运的开始。

…………

2062年11月20日

人类真的是一种很奇怪的动物，他们有时候会现实到什么都不信，有时候又会迷信到什么都相信。

一个星期前，他们还在背后说我的是非，但当我说的事情都应验后，他们开始跑来膜拜我，好像我真的掌握了他们的命运。

他们总是想从我嘴里听到好消息，但我没想骗他们，每次都会把真实的情况告诉他们。

所以一个星期后，他们又开始想尽办法躲避我，好像是我的预言让他们遭遇厄运，而不是厄运本来就在那里。

现在，只要我一从家里出去，邻居们就像约好了似的，家家户户的房门都紧闭着，楼道里空荡荡的，楼下的空地和小径上也空无一人，整个小区好像变成了一个鬼城。

为了不打扰他们的正常生活，我减少了出门的次数，尽量晚上再去散步。

其实我很想帮到这些不幸的人，所以我试着用你带给我的“透视”能力去寻找真相，我接通了和你相连的通道，来到了未来。

我到达的地方好像是个游乐场一样的地方，到处是长得像真人一样的布娃娃。在那个没有声音没有影子绝对静止的游乐场里，我叫着你的名字，然后我就在布娃娃群里看到了你。我走到你面前，正要把你从旋转木马上抱下，身后忽然传来一个男人的声音。我回过头，发现说话的是个会动的真人。他说他叫摩西沙罗，还说木马上的布娃娃不是你，而是一个叫蜜之蜃姬的女人。我不信，回过头去，发现布娃娃的样子不再是你，变成了一个金发碧眼的西洋人。

我正在诧异，摩西沙罗好像知道我来这个地方的目的，还没等我开口，就主动告诉我，如果想知道蓬莱洲计划的真相，不妨去亚洲购物中心的财神庙，找一个叫狐仙的算命师傅。我还想再问，摩西沙罗朝我挥了挥手。不知道怎么搞的，我就忽然从那个奇怪的地方，回到了自己的住处。

…………

2062年11月21日

今天，我特地去了一趟财神庙。那里果然有一个叫狐仙的算命人。

我犹豫了半天，终于鼓起勇气，跑过去跟他打招呼，告诉他，有个叫摩西沙罗的人说他知道蓬莱洲计划的真相。

我说完这话后，那算命人面无表情地看了我半天，然后忽然笑起来，说我一定是被人骗了。

不过，我注意到，他说话时，眼睛里闪过一丝奇异的光芒。

不知为何，我有一种奇怪的感觉，这个叫狐仙的人有什么地方不对劲，好像我面对的是一个假人。

…………

2062年12月5日

不知从什么时候，附近开始流传小孩失踪的传闻，说失踪的小孩被人掏掉了内脏，还说这是某种古老的巫术。

今天，爸妈忽然神色慌张地告诉我，外面的人已经把小孩失踪的事情跟我联系了起来，认定是我用巫术杀死了这些小孩。

爸妈要我想办法去跟人解释，然而没有的事情，我怎样解释？

我意识到，那个注定的结局正在临近，除了接受，没有别的办法。

这将是我的最后一篇日记。然而我的心里却没有一丝悲伤，因为你，我已经提前到达了未来。我将在那里永远和你在一起。

…………

本章回顾：

从河南森林回到故地小区，卓深影再次打开了卓霓裳留下的日记。日记里记载卓霓裳在目击一场星空奇迹后，怀上了卓深影，并拥有了预知未来的能力。不久，因为发现了生进会的阴谋，她开始遭遇她曾经预见到的那一系列厄运。

小贴士：

摩西沙罗：生命进化委员会的会长，科学狂人，为了找到最佳的生命形式，一直在利用他的进化研究院进行各种生命实验。十八年前，他神秘地失踪，至今没有音讯。

第十一章

有些东西是不需要去寻找的

脸上一阵瘙痒，卓深影回过神时，眼泪已在白雨的两颊干成了泪痕。

昨天夜里，她将手上的日记本翻来覆去看了好几遍。

她尽量客观，一边看，一边审时度势，在心里判断每个字句的真伪。

就像梦里卓霓裳跟她说过的那样，如果她不愿意相信，即使有了手上的证据，她还是会想要更多的证据。

读到第三遍时，她感到口渴，然后意识到，这反应来自白雨的身体。

于是她站起身，跑去厨房，打开了水龙头，龙头里没有水。

她这才想起，这个地方现在已是废墟。

不过，这并没有难倒她，她将手搭在水管上，她的能量身从白雨的体内沿着镀锌的铜制水管扩展而去，很快延伸到楼顶的水箱。

水箱里长满青苔，里面只有一丁点儿前些天下雨积存下来的雨水，不过水箱连接到远处海水净化器的管道好像还完好，只是有几个地方被水垢堵塞了，她用能量波轰击那些被堵塞的环节，水管再次畅通。

龙头涌出水来。

等到干净一些后，卓深影操纵着白雨的身体，大口大口地喝起来，来自肉身的口渴缓解了下来。

回到卧室，路过衣橱时，她往镜子里看了一眼，发现白雨那细细长长的眼睛竟然肿了。

她回想了一下，意识到刚才看日记时，白雨一直在流眼泪。她心下诧异，因为她很确定，白雨的意识已完全在她的操控之下，这流泪的动作不可能是白雨自主的行为。何况，这个女孩没有上过学，就算她能自主，也不可能认识日记里的汉字。

所有迹象都在表明，刚才看日记时流泪的，不是白雨，而是她。但为何她竟没有觉察到一丝一毫。

她没有在这个问题上继续纠缠，开始了第四遍的阅读。这一次，她一边看着日记，一边注意观察白雨的肉身。读着读着，眼泪又从白雨的脸颊上流下，卓深影听见，白雨的嗓子眼里还发出了抽泣声。夜晚寂静，声声入耳。

于是，卓深影跑到镜子前，果然看到白雨的肩膀在不住抽动，这抽动起初只是她在镜子里看见的影像，很快又作为肉身的感觉被她感知到了，然而她又发现让肩膀抽动的，不是肩膀本身，而是别的东西，那东西鼓鼓囊囊的，处于她的能量身和白雨的肉身之间，那东西比肉身轻盈，却又比能量身真实，它似有若无，却在牵动感觉，将伤心和疼痛代入白雨的肉身，引发了泪水和抽泣。难道这就是人类所谓的灵魂？她心里一动，自己也不知道为什么会冒出这样一个念头。

现在不需要证据，她就确信，自己是卓深影。有些东西是不需要去寻找的，因为它本来就在那里。

此时，天光已经大亮，在地球人的观念里，这应该是上午九、十点钟。她想起来，按照计划，白天她是要去河南森林查探情况的。

她让自己振作起来，操控着白雨的身体，进入了卫生间。

打开水龙头，她摆了摆手，将能量注入水流，盥洗盆里的灰尘和污垢都被清理掉了，然后她拿起昨晚买来的漱口杯，开始从龙头里接水。

她含了一口杯子里的水，按照记忆库里记载的刷牙手法，漱了漱口，带着青苔味的自来水给舌头、嘴巴和牙齿带来了清凉的感觉，她小心翼翼，将挤满牙膏的牙刷在牙齿上来回移动，借助白雨的感觉系统反馈来的信息，不断调整动作的力度。

她一边刷牙，一边往镜子里打量，怎么都觉得这刷牙的样子怪怪的，有些不习惯。但她不得不承认，此前只是作为信息而存在的记忆，在成为肉身的行为后，会多出很多细节，即使相同的动作，每一次的感觉也都不一样，微妙到无以言表，这是作为影子一样的能量身所无法体会的。

她放下牙刷，又拿起毛巾，再一遍地体味这来自沉甸甸肉身的感觉。

在将人类起床后要做的动作都做过一遍后，卓深影看了看镜子里已经焕然一新的白雨，才放心地从公寓里走了出来。按照记忆库的设定，这是一个正常的人类女孩所应该有的样子。

从5号楼出来，废墟里弥漫着一股灰尘的气息，卓深影照着人类的样子，捂住了白雨的鼻子和嘴，尽量挑平坦的地方走去。

快到出口时，一阵嘈杂的人声传进了她耳里。卓深影定了定神，向那已经坍塌的小区大门看去，发现废墟外的街道不知何时已变成了热闹的集市，路的两边摆满地摊，几百个小贩正在扯着嗓子大喊大叫，原先冷清的街道此刻已水泄不通。

虽不知道这一切是怎么发生的，但她心里明白，这突如其来的变化是针对她的。

趁街上的人都在忙于讨价还价，卓深影紧走几步，让自己迅速融入人群，随后找了个地摊，蹲下来装出挑选货物的样子，同时查看着四周的情况。

很快，她发现，在人群不同的角落里，一共有二十一个人正在偷偷看她。虽然他们的目光很少直接落在她身上，但来自能量身的波动告诉她，这些人意识的焦点都凝聚在她附体的白雨身上。

这二十一个人好像不是同一拨的，从他们交换眼神的线索看，应该分属四个不同的团伙，彼此之间都没有意识到对方的存在。

卓深影想了想后，改变了计划，决定先回废墟，看看对方的反应再说。

退回废墟后不到五分钟，身后果然有人跟了过来。

卓深影回头瞟了一眼，对方一共有六个人，正是刚才四拨人里看上去实力最强的那伙人。

卓深影没有即刻出手，而是不紧不慢地继续往5号楼走去，很快回到了位于四楼的公寓。

一进房间，卓深影就从白雨身上离开，恢复了她的能量身。

楼梯的方向传来杂乱的脚步声，又脆又响，回声很大。

卓深影侧耳倾听，楼梯那边好像只有三个人的脚步声。她移动到窗边，往楼下看了一眼，另外有两个人正在沿着外墙向上攀爬，速度很快，两人做起这些高难度的动作来，显得很轻松。

找了半天，她还是没有看到那第六个人。不过，这些由肉身构成的生命跟她的能量身相比，真的不堪一击，不管第六个人是不是会出手，结果都是一样的。

卓深影翻了翻手指，隔空将客厅里的三人沙发转了个方向，然后她对着窗口坐了下来。

如她所料，第一波攻击是从窗口那里发动的。没太费什么力气，她就让那两个攀缘者在一瞬间灰飞烟灭。

不过，照卓深影原先的估计，她处理完从窗口上来的人后，楼梯那里过来的三个人应该才刚刚到门口。可她没想到，那三个人却后发先至，而且趁着她还没来得及转身时，已向她发起了攻击。

还有一点她也没有想到，从门口进来的，不是三个人，而是四个人。

那失踪的第六个人是被抬进来的，刚进门就被另外三个人直接抛向了她。

她不以为意，蝼蚁毕竟是蝼蚁，无论玩什么花样，都逃不了灰飞烟灭的命运。她抬了抬手，开始吸取那第六个人的生物能。

然而当她的能量身刚触碰到对方时，她才发现第六个人是个死人，尸体上还有温度，应该是刚死不久，而且是自杀的。不过因为自杀时吞下了某种高能放射物质，他的尸体此刻已变成了一个负离子体。在负离子的作用下，她的能量身不由自主地被吸附到那具尸体里，看起来，一时半会儿都摆脱不了它了。

卓深影只好随机应变，打算操纵着第六个人的尸体跟剩下的三个人作战。但她很快发现，那尸体的每个关节都被人捏碎了，连直立都不可能，更不要说移动了。

敌人太狠了，而且目的很明确，就是要用这第六个人来困住她。

虽然身体已不能动弹，但她还是胸有成竹，只要那三个人敢靠近她，她绝对可以在一米左右的距离内吸走对方的生物能。

但她还是没有想到，敌人竟然还有第七个人。

卓深影甚至都没看清那第七个人是从哪里出来的，一出现，就已经到了她身旁，挥手间将一张钛金属织成的软网套在了她身上。

这才是真正的杀招。

敌人显然很了解她，知道她的攻击是以能量波的方式发出的。有了这张包裹在负离子体上的金属网，只要她出手，能量波就会沿金属网折返，作用在她自己身上，她的能量身会因为短路而自燃。

现在，除了束手就擒，她已别无选择。

放弃挣扎后，卓深影看了一眼站在她身前的第七个人。这是一个打扮奇特的女子，身上穿着一件白色的皮夹克，脸上蒙着红色的丝巾，丝巾面上挂着一副白框墨镜，一米六出头的样子，身姿轻盈，仿佛一位娉婷的少女。

这位脸上蒙着红丝巾的女子也在看她，她淡淡一笑，向三个同伴做了一个手势。

三人像变戏法似的，从腰间摸出一根类似金属棍一样的东西，按了一下上面的按钮，棍子撑开，变成了两米长的叉子。敌人明显是想用叉子将她叉起来带走。

就在卓深影以为自己已经完了的时候，门边传来了一阵“啧啧”声，然后一个头发染成蓝色的不速之客蓦然出现。

来人的样子也有些奇怪，化着浓妆，眼睛上粘着假睫毛，唇上的口红抹得很均匀，一看就是花了功夫的。乍一眼看去，卓深影还以为来人是女子，但仔细一看，似乎又不是。

就在卓深影狐疑的时候，那位不速之客已伸手从斜挎包里取出一个口琴。他的动作很快，一眨眼的工夫，口琴已到了嘴边，他开始优哉游哉地吹起口琴来。

在场的人都被这一系列好像舞蹈般的动作迷惑了，不明白在这样紧张的场合里，怎么还有人有心思扮酷。

直到第一个音符传入耳中，卓深影才意识到，那口琴是个声波武器，能自动匹配被攻击者身体的共振频率。只要是有身体的生命，一旦被找到频率，身体就会爆裂。

来人正在朝她的方向吹口琴，那将她困于其中的负离子体应声而爆，她脱困而出，再次变得像影子一样轻盈，摆手之间，那三个拿着金属叉要抓她的家伙已被她吸走了生物能，连灰都没有剩下。

然而，当她回过头要去对付第七个人时，脸上蒙红丝巾的女杀手却已消失不见，就像她来的时候一样突然而诡异。

“不用找了，少女忍者应该是通过虫洞，去了平行空间，此刻也许已在千里之外。”蓝头发说着，一屁股坐在了卓深影刚才坐过的沙发上，整个身体窝了进去，好像很疲惫的样子，说话的声音懒洋洋的。

“少女忍者？”卓深影目光闪烁，盘算着要不要将蓝头发也收割了。

“哦，那是财神的人。”朴不见顿了顿，继续解释道，“财神是个杀手组织，也是一个人的名字，确切地说，财神跟你我一样，都不是地球上的原住民，他跟你主人好像还是老相识。”

“你知道我主人？”卓深影闪身降落到白雨的身体里，操控着白雨，从床上坐了起来，瞪大眼睛，看着对面的蓝头发。

“哦，我是四天王星驻地球的情报员，我们星球是帝释会的成员，帝释会和蜜之蜃姬大人所在的生进会类似，是一个由高等生命组成的星际联盟，也是势力均衡理事会的常任理事。我从帝释会方面得到消息，知道你是蜃姬大人的分身，奉命来新唐城调查事情，正好跟我来新唐城的目标一致。”朴不见说道。

“你也是来调查这件事的？”卓深影目光闪烁。

“大约半年前，我们星球的重力系统出现了异常，重力系数会以每个月为一个周期，在9.9到10之间来回变化。我们那里的科学家认定这事跟新唐城有关。如果不出意外，跟你要调查的事情应该也有点关系。”朴不见将闭着的眼睛张开一条缝，注视着对面的白雨，停顿了片刻后，指了指自己，“朴不见，费切拉马保险公司的调查员。”

“什么调查员？”卓深影一愣，皱了皱眉头。这语调在朴不见耳里听来有些怪异，语速很慢，没有起伏，仿佛是机器模拟而成的人声。

朴不见马上意识到，对方应该对人间的事物还不太熟悉，便笑着解释：“既然我们是在地球人中间活动，自然需要一个这里的人能接受的身份，这样做起事来会比较方便。就好像你现在选择附身在这个女孩身上一样。对了，还没有问该怎么称呼你？”

“卓深影。”

“卓霓裳的女儿？”

“你知道？”卓深影的语调虽还是没有起伏，脸上的表情却有些惊讶。

“来这个地方前，我做了点功课。”朴不见让自己尽可能地坦诚。

化身白雨的卓深影低下头，若有所思，过了一会儿，才抬头问：“关于卓霓裳，你还知道什么？”

“你想知道什么？”

“算了。”卓深影摆了摆手，然后想到了什么，看了看刚才白雨躺着的地方，日记本已经不在床上了。她连忙用眼睛的余光四处搜索，发现本子掉在了地上，就落在朴不见的脚边。她假装若无其事，将目光从本子上挪开了。

朴不见注意到这轻微到几乎没有的目光，笑了笑，将本子捡起来，随手放在了床上，然后再也没有去看本子，身体又烂泥似的瘫回到沙发上。

卓深影不由得松了口气。

然而她并不知道，在刚才朴不见的手指触碰到日记本的一刹那，与日记本有关的信息已被朴不见全数读取了，根本就不需要打开本子去看。

“对了，忘了告诉你，这几天其实我一直在跟踪你。”朴不见尽量低着头，不去看卓深影，以免激怒她，“三天前，费切拉马公司的市场部死了三个职员，都是我们保险公司的投保人，然后我又听到传闻，说故地小区的废墟里也有类似事件发生，所以我就顺便过来看了看。”

“地球是我的主人蜜之蜃姬的牧场，我收割几个地球人的生物能，好像也没什么大不了的。”卓深影学着主人的样子，撇了撇嘴，做出理直气壮的表情，然后换了个坐姿，将日记本压在了白雨身下。

“哦，说这些，只是想告诉你，我来这里的原因。”朴不见一副不卑不亢的样子，“其实那天你干掉那几个器官贩子的时候，我就在附近，当时好像还被你发现了。”

朴不见涂着指甲油的手在扶手上轻叩，很是刺眼，卓深影忍了半天，才终于没出手收割对方的生物能，她淡淡地说道：“原来那天躲在暗处的人是你？你藏在了哪里？”

“街角的那辆破车上。那车被我用全息影像伪造了一下，本身并不破。”朴不见让自己的语气尽可能客观。

“对了，既然你一直在附近监视，废墟门口为什么突然搞起了集市？”

“我查了一下，费切拉马公司昨天发了一个公告，说要在这里举办集市，过来摆摊的商贩，每做成一单生意，公司会给他们一费切币的补贴，要知道新唐城的居民每个月的平均收入不过五十费切币，这个补贴价简直就跟捡钱一样，即使卖出的东西亏本，都有的赚。大家虽知道这个地方邪门，但谁也不会跟钱过不去啊。然后附近贫民窟的人听说这里卖的东西便宜到让人不敢相信，自然也都跑来抢购了。所以，从早上六点开始，这个地方就热闹了起来。”朴不见说道。

“费切拉马公司为什么要这样做？”卓深影又问。

“我也想知道。”朴不见摊了摊手。

卓深影沉默地想了片刻，又抬起头看了一眼朴不见：“你费这么大力气，大概不是为了来告诉我这些的吧？”

“我是什么情况，你刚才已经了解了，对你来说，我应该有点用，你的能力当然更没得说，我们目标一致，而且谁也不会抢谁的功。”朴不见停顿了一下，将一只手伸到了卓深影面前，“可以合作吗？”

卓深影想了想，点了点头，将白雨的手递了过去：“好啊。”

“对了，能告诉我，你选择在故地小区停留的原因吗？”朴不见收回手，漫不经心地看了卓深影一眼。

“哦，既然我的主人让我用卓深影这个名字，我想多了解一些跟她有关的事。卓深影的妈妈卓霓裳以前就住在这个地方。”卓深影避开了朴不见投来的目光，“还有，这个地方不是一直在闹鬼吗？所以我想应该不会有人来这里打扰。”

“现在看起来，打扰的人还真不少。”朴不见笑道。

“你的意思是，我该从这里搬走？”

“这倒未必，既然现在没有别的线索，我们不如高调一点，这样，说不定线索就会自己找上门来了。”

“这说法倒很像我的主人说的……”卓深影喃喃应道，马上意识到，自己的话有点多了。

本章回顾：

通过日记，卓深影终于确认自己是卓霓裳当年所怀的那个胎儿。第二天，她附体在白雨身上出门办事，发现故地小区门口平白无故地出现了一个集市，有人混迹在人群中监视她。卓深影退回了住处。六个来自“财神”的杀手追踪而至，卓深影险些被擒，而朴不见忽然出现，为她解围。在朴不见的提议下，两人决定合作。

小贴士：

财神：蓬莱洲一个神秘杀手组织的名字，同时财神也是杀手组织大老板的绰号，据说该组织和这位大老板是费切拉马集团十三董事背后的操纵者。财神的前身是一个将自己的意识上传到云端的外星人，拥有六百六十六个仿生机器人，作为自己在人间的化身。

第十二章
怀疑波夜空在扮猪吃老虎

出门前，朴不见特地化了个妆，好让自己看上去能像一个有八岁女儿的爸爸。

在过去的三天里，一直没有新的线索找上门来，朴不见和卓深影商量后，决定趁今天白天人多的时候去一趟河南森林。

三天前，从故地小区离开时，朴不见发现自己被跟踪了。他故作不知，按既定路线回了家，跟踪他的人留在了他家的楼门口，继续监视。

朴不见用那种叫作“苍蝇”的悬浮式摄像头暗中观察，发现来盯梢的是财神的人。所以第二天出门时，他留了个心眼，用空间重组设备，将房间的摆设和家具伪装了一番，把所有需要隐藏的东西都遮掩了起来。晚上回家后，他看了监控录像，财神的人果然潜入过他的房间，不过并没有发现什么有价值的线索。

为了甩掉财神的人，朴不见特地从客厅阁楼的天窗上到楼顶，沿着早已勘查好的路径，跑到往东数去的第六幢大楼，从那里下了楼。

从楼里出来后，他去了附近的游船码头，在费切拉马公司的汽车租赁点，租了一辆供游客使用的电动车，开车去了城里最大的商场亚洲购物中心，买了一套洋气的童装。这是给白雨准备的，小女孩现在成了卓深影的宿主，无论卓深影去哪里，都会借用白雨的身体，以掩人耳目。

在把必要的道具都准备妥当后，朴不见开车去了故地小区。到了小区，他没走大门，而是绕道去了小区后面一堵坍塌的围墙附近。

朴不见刚把车停下，白雨就从一堆隆起的砖瓦后探出了头。朴不见连忙打开电动车的旋翼门，将附体在白雨身上的卓深影让进了车后座，提醒她赶快将放在座上的新衣服换上。

两人到达河南森林的钻井平台时，白雨的穿着打扮已经焕然一新，现在没有人会怀疑朴不见和她是两个来自旧大陆的观光客。

自从石油经济崩溃后，蓬莱洲大部分的钻井平台都被拆掉了，新唐城的河南森林是为数不多的油田遗迹，除了林立的钻井平台，这里还有一条留在人造陆地中央深达几千米的海沟，所以此地成了坐太平洋的邮轮路过此地的游客必到景点。尤其是上午，在太阳出来后雾霾稍稍减退的间隙里，这个地方热闹得就像个游乐场，到处是攒动的人头，根本不会有人注意到这样一对毫不出奇的父女。

两人走上了其中一条通往“森林”的铁桥，每走两三米，卓深影就会停下脚步，摆出各种姿势，让拿着虚拟现实相机的朴不见给她拍照。这是他们约好的掩护手法，可以借着拍照，勘查脚下的海沟。

卓深影操纵着白雨的身体，做出各种符合白雨身份的姿势。

她先是歪着身子做了一个V字，样子虽夸张，表情却茫然，朴不见要她笑一笑，她却将脸上的肌肉全部挤在了一起。无奈之下，朴不见只好提醒她来一个可爱的表情，卓深影却开始对着镜头抛媚眼。显然，这位蜜之蜃姬的分身对如何扮演一个人类，还缺乏感性认识。当年朴不见刚到地球时，也是如此。所有的事情作为知识，他都知道，但真做起来，却有些隔膜。他后来大概用了三个月的时间，才终于让自己看上去像个地球人了，当然，除了梳妆打扮这一点。

到了这时候，朴不见已知道，自己说得越多，卓深影只会错得越多，便不再啰唆。他下了决心，无论卓深影做出什么古怪的动作，他只管咔嗒咔嗒按快门就好。

在铁桥上边走边拍的过程中，有条抹香鲸忽然从海沟深处浮了上来，喷出一条很高的水柱。两人停下脚步，卓深影做了个金鸡独立的姿势，脸上的表情却好像是在英勇就义，为了跟鲸鱼的角度保持垂直。卓深影提起右脚时，身子跟着倾斜了三十度，然而还能屹立不倒，结果看鲸鱼的人都转过头来看她了。

拍照本是为了掩人耳目，被卓深影这么一弄却变成了刻意的哗众取宠。朴不见心里直叹气，却又不知说什么好。

不过，类似的动作做多了，周围的人终于见怪不怪，还以为小女孩天生爱搞怪，投向两人的目光渐渐少了。

不知不觉间，两人已从桥上来到钻井平台，沿着井架上下左右走了好几回，还是没看出这个地方有何特异之处。

正好钻井平台的最高处有个专供游客用餐的旋转餐厅，朴不见带着卓深影进了餐厅，找了个靠窗的位子。朴不见让卓深影点餐，卓深影一口气点了十几道菜。朴不见忍不住咳嗽，瞟了一眼那位留着小胡子的侍者，侍者并没有露出惊讶的表情，可能上这家餐厅来用餐的都是旧大陆来的土豪，这样的情况应该不是第一次，所以见怪不怪了。

趁着菜还没有上来，卓深影凑到朴不见耳边，悄声问道："玛丽亚娜吞噬体到底是什么东西？"

"一种单细胞的暗物质生物体，虽是单细胞，却无比庞大，即使利亚星球上那种有月球那么大的特里斯坎级航天母舰，在玛丽亚娜吞噬体面前，也小得像苍蝇。"朴不见看着正随转动的餐厅不断变动角度的景色，拿起相机按了几下快门。

"啊？还有这么奇怪的生物？长什么样子？"卓深影又问。

"因为是暗物质生物，所以肉眼看不到，只能用暗波探测器在显示器上模拟，样子大约跟水母很像。"

"为什么那天夜里，那两个乞丐会说，如果有人在这里自杀，就会让白炽座上的玛丽亚娜吞噬体增加一倍？"

"这个我也不清楚。"朴不见举着相机一边按快门，一边解释，"白炽座是宇宙中超空间旅行的中转地，只要飞行器用超光速进行空间跳跃，都会先到达白炽星座，然后再从那里中转到其他地方。玛丽亚娜吞噬体只存在于白炽座的太空里，而最让人觉得奇怪的是，人们迄今不知道这种生物体是怎样繁殖的，反正数量上要么一直不增加，一旦增加，就是成倍成倍地出现。生物学家至今没弄清楚其中的道理，不过就现象而言，跟那两个乞丐描述的情况很像。”

“你觉得那两个乞丐是什么来头？”卓深影问。

朴不见摇了摇头。

两人说话间，侍者已端来了三道菜，卓深影伸手将盘子里的一只焗龙虾抓了起来，好奇地看了半天，好像在为该如何下嘴而伤脑筋。

朴不见看着揪心，只好眼不见为净，一门心思地观看起窗外的景色来。他不断调整相机的角度，放大要察看的细部或觉得可疑的人物。

因为过于专注，他几乎忘了时间，直到一声响亮的饱嗝传入耳中，他才放下相机，看了一眼卓深影和餐桌。桌上的十几个盘子，已只剩下三四个，里面的菜也所剩无几。卓深影还是一副很认真的样子，不断地吞咽着食物，一边吃，一边瞪大眼睛，好像在回味一般。

“你一会儿还能走路吗？”朴不见小心翼翼地问。

卓深影不解地看着朴不见，手上的咖喱鸡爪还支在嘴角上。

“肚子不胀？”朴不见进一步提示。

卓深影恍然大悟的样子，想了想，点点头：“明白了。”

说着，她用另一只手碰了碰白雨的肚子，那微微鼓起的腹部好像放了气的皮球，很快缩了回去。

“这样就没有问题了。”说完，她又有滋有味地咀嚼起来。

朴不见不知该说什么才好，只好找来侍者，赶快结了账。

两人从餐厅出来，回到钻井平台，又沿着其他几座铁桥来来回回走了好几圈，还是没有看出任何特异之处，只好悻悻地往回走。

在铁桥上走到一半时，朴不见忽然发现，他租来的那辆电动车边上多了一个兜售香烟的小贩，然后马路对面的长椅上，有个低头看手机的人正不断用眼睛的余光注视着汽车，而桥的尽头也有人在盯着他和白雨。

“那几个人是不是在盯我们的梢？”卓深影显然也发现了这情况。

朴不见点了点头。

“是财神的人吗？”卓深影问。

“风格上不像。这些人显然经验更丰富，我们的伪装在他们眼里好像根本不存在。”朴不见轻声说道，索性不再遮掩，大大方方地朝对方看了回去。

“怎么办？”卓深影问。

“不知道。”朴不见摇了摇头，“先看看他们会怎么做。”

卓深影点点头。

两人上了租来的电动车，将车发动起来，那几个人却没有要跟踪过来的意思。

“什么情况？”卓深影看着后视镜，不解地问。

“不知道。”朴不见皱了皱眉头，“也许像我们这种鬼鬼祟祟探头探脑的人太多了，他们都懒得搭理了吧。”

将卓深影送回故地小区后，朴不见也回到了住处。

他在脸上敷上面膜，像摊烂泥似的躺在浴缸里，脑海中不断回想那天夜里在河南森林外抓拍到的那张脸，他知道那个老乞丐是谁，但他没有告诉卓深影。

那天夜里回来后，朴不见先后派出了三个悬浮式摄像头，去那老乞丐所在的地方探查，摄像头却如石沉大海，一去不复返。显然这不是意外，但对方好像也没有根据这线索反向追踪过来，一副以不变应万变爱搭不理的样子。对方得有多强，才会有这样的自信。

他一遍又一遍地把脸埋入水里，试着用窒息的感觉激活思路。小时候，每次他跟老妈闹别扭，都会把脑袋埋进水里，说要让自己死掉。但老妈总是满不在乎的样子，气他说，真有骨气的话，就别让脑袋从水里浮出来了。虽然他这种威胁的手法对老妈没起过一次作用，却让他从中发现了一个秘密，每次只要他把脑袋埋进水里，就总是会有意外的灵感迸现。

这次也不例外，在他将脑袋埋进水里五分钟后，一个灵感随着鼻子边上的那串水泡冒了出来。朴不见兴奋地抬起头，狠狠地吸了一口充足到都有些过分的氧气，做了个手势，屋子里的全息电脑随着手势被打开。一个由全息影像模拟出来的无影屏呈现在他眼前，他翻开上面的通信录，找到了前几天存进去的一个电话号码，然后开始拨打这个被他加了五个星号的电话。

一个嗲嗲的声音响了起来："喂，这里是悟空寺修理厂，请问有什么可以为您效劳的吗？"

那声音拿腔拿调，像是个没见过世面的村姑在拼命模仿某个三流小明星的做派，朴不见听得别扭，马上调低了电话的音量。

"你好，我的车胎瘪了，能派人来帮我换个轮胎吗？"朴不见说。

"没有备胎吗？"电话那头的女子问。

"是旧货市场买来的二手车，没有备胎。"朴不见道。

"哦，这样啊。"那女子好像在思考，"那你告诉我一下车子的型号。"

"是2047款的玛莎拉蒂四座车。"朴不见说。

"还真是少见的品种诶。"那女子夸张地强调，"不过，幸亏你找的是我们修理厂，只要是旧货，我们都有办法找到配件，刚才查了一下目录，我们虽没有原装货，但是可以用2057款玛玛莎吉地拆下来的旧轮胎来代替，虽然那车是玛莎拉蒂的山寨版，其实性能一点儿也不差，轮胎还是2073年的货，看上去就像才跑了三年，够新够皮实，最主要是便宜，怎么样，可以吗？"

"可以。"朴不见点了点头。

"那请您告诉我地址，敝公司这就派人过去，一定会让您满意的。"那嗲嗲的声音一板一眼地说道。

朴不见实在受不了这声音，皱着眉头，快速报了地址，然后再没给对方啰唆的机会，直接把电话挂了。

打完电话，朴不见扯下面膜，从浴缸里起来，穿着浴袍，开始梳妆打扮。等他抹完口红，对着镜子打量自己时，门铃响了起来。

他打开对讲机，一个小伙子的声音传了上来，说已经在楼下等着了。

朴不见收拾了一下，下了楼。财神派来盯梢的人果然还坐在拐角处的那辆SUV里，看到他从楼里出来，特地把身子往下压低了三寸。朴不见装作没注意到对方，抬头往门口停着的一辆皮卡望了过去。透过那只剩下半扇的前窗玻璃，朴不见看见一个把帽舌压得很低的小伙子正坐在驾驶座上，戴着一副套头耳机摇头晃脑。那人看到他从门里出来后，也在盯着他看，然后拿下耳机从车上下来，迎着他走了过来。

朴不见下意识地后退了半步。那人穿的工装沾满了黑漆漆黏糊糊的油渍，原先的蓝色卡其布差不多变成了黑色。来地球后，朴不见觉得自己那种来自四天王星人类的洁癖差不多已被治愈，但衣服脏成这个样子，他还是忍不住起了鸡皮疙瘩。

那人好像没意识到朴不见的不适，还向他伸出了手："朴先生吧？我是悟空寺修理厂的波夜空，叫我阿空就行。"

年轻人正是上回在垃圾场把卓深影附身的蝴蝶抓到手里的那个阿空，不过，朴不见并没有见过他。

看到这个叫阿空的家伙，手还算干净，朴不见硬着头皮，用手指触了一下他的手心，马上缩了回来。要不是为了一会儿从波夜空嘴里套话，他本来连这个动作都没想做。

"车呢，在哪里？"波夜空似乎没发现朴不见的不适，一边说着，一边东张西望。

"那辆。"朴不见指了指大树下被伪装成二手玛莎拉蒂的变形车。刚才打完电话，他就用遥控器，把右后胎的气给放了，现在车已向右后方陷了下去，"右后胎。"

"我×，瘪得这么厉害，这洞得有多大啊。"那叫波夜空的家伙一副很老练的样子，走过去踢了踢轮胎。

"所以才打电话请你们过来的。"朴不见跟在了波夜空身后，细细观察了一下，此人显然没受过什么训练，应该是个没有任何特殊能力的菜鸟。朴不见顿时放松下来，觉得一会儿套出此人的话应该不会太难。

"OK，包在我身上。"波夜空满不在乎地撇了撇嘴，抬腕看了看那块蠢笨破旧的电子表，"半个小时都不用，就能帮你搞定。要知道，我可是我们修理厂的头牌，今天算你运气好，我得罪人了，才会被派来干这苦差事。"

"得罪谁了？"朴不见没想到自己还没开始套话，这叫波夜空的家伙就已经刹不住话匣子了。

"老秃驴！"波夜空走回皮卡车边，将要替换的轮胎从车上搬了下来。

“老秃驴？”朴不见索性在树边蹲下，问道。

“哦，就是我师父，修理厂的黑心老板，也是那些马屁精嘴里所谓的哭大师。他原来是个和尚，后来看当和尚没什么前途，就把他那破庙改成了修理厂，收罗了像我这样的一批童工，当起了老板。”波夜空说着，把轮胎滚到了朴不见身边，然后好像想起了什么，盯着朴不见上上下下打量起来。

因为长得妖娆，朴不见常常会在街上遇到这类不怀好意的目光，但没想到眼前这个家伙会如此肆无忌惮：“怎么啦？”

“你是不是保险公司新来的那个韩国小鲜肉？”波夜空瞪大了眼睛问道。

“你怎么知道的？”朴不见不安起来，开始怀疑这个叫波夜空的家伙刚才一直在扮猪吃老虎。

“知不知道，你现在可有名了。”波夜空也觉得自己看朴不见的目光有点吓人，不好意思地挠了挠头。

“这从何说起？”朴不见问。

“连满哥都知道你。”波夜空说着，又向皮卡车走了过去。

“满哥？”朴不见不解。

“就是公子阿满！满哥是我朋友，他那台太累摩托，就是我帮他组装的。”波夜空又从车上将千斤顶等工具搬了下来。

“你说的是和生财的顾得满？”朴不见问。

“除了满哥，新唐城还有哪个公子阿满？”波夜空一脸自得，好像说的是他自己似的。

“哦，可能是因为我帮他父亲找回了那幅失窃多年的《山河破碎图》吧，所以他才知道我的。”朴不见让语调尽量平稳。

“你都能把顾老爷子搞不定的事情搞定，还不够有名啊？”说着，波夜空拖着工具走到了车旁。

“好吧，谢谢。”为了打住这个话题，朴不见只好顺着他的意思，克制地点了点头。

“哎呀，看来这次出工还真值，又认识了一个名人。不过，你这打扮实在是……”波夜空看着朴不见，不屑地摇了摇头。

“对了……”趁着那家伙说话停顿的间隙，朴不见连忙见缝插针，转了个话题，“听人说，你师父号称是蓬莱洲三大世外高手之一，是真的吗？”

“都是那些不要脸的马屁精瞎吹捧，但老头自己当补药了，也不谦虚一点，主动出来澄清，结果就以讹传讹了这么久。”波夜空一边说，一边开始干活。

“即使是吹捧，也应该是有点根据的吧？”朴不见继续试探。

“这事说来话长，大概是十几年前吧，这个地方当时还有十几个壮丁团，不是现在的四个，我们修理厂所在的地方归一个叫江湖双杀的壮丁团管。一次他们的老大派一个堂主过来收保护费，老秃驴㞞得很，马上把钱柜里的所有钱都送了出去。但没想到，第二天壮丁团的老大亲自上了门，不仅把钱还了回来，还一个劲儿地给老秃驴赔不是。”说着，波夜空用千斤顶将车顶了起来，然后开始拆轮胎。

“怎么会这样？”朴不见问。

“外面说，老秃驴玩阴的，晚上找到那老大家里，在他枕头边留了个什么东西，把那老大给吓着了。不过，那老大来还钱时，老秃驴装出完全不知情、一副感恩戴德的样子。外面人都说老秃驴会做人，给那老大留了面子。”波夜空将车轱辘上的螺丝一个个拧了下来。

“看来你师父很厉害，他会功夫？”朴不见目光闪烁。

“有没有功夫不好说，但每次他要用那根木鱼棒敲我脑袋，没一次落空过，今天早上被他打出来的包还没退呢。”波夜空一边说，一边拉下帽子，让朴不见看了看他隆起的额头，“而且最擅长玩阴的，我在他手里吃的亏多了去了。”

“不过我听说，除了新唐城，整个蓬莱洲的壮丁团老大都知道哭大师。”朴不见说。

“因为那件事以后，老秃驴出了名，有几个壮丁团的中高层人士，听说他以前是和尚，有什么事都会过来让老秃驴给抽个签算个卦什么的，据说很准，而且老秃驴还预测过，说新唐城的十几个壮丁团最后只会剩下四个，结果还真被他蒙对了。”波夜空终于把瘪掉的轮胎卸了下来。

“那你师父指点他们什么啦？”朴不见又问。

“反正据我所知，他真的从没跟那些老大说过什么，他们每次一来，老秃驴就会让他们住进修理厂后面那间除了一张床什么也没有的客房，然后把门一锁，每天让人从小窗口给送两顿饭、一壶茶。那些人简直就像是来坐牢的。”波夜空一边叹气一边说。

“后来呢？”朴不见问。

“反正少则三天，多则一个星期，那些老大都会自行离开，也没有再问老秃驴什么，只说自己已经想明白了。”波夜空将要换的轮胎推了上去。

“想明白了什么？”朴不见又问。

“我也不知道，就是听说，很多老大来这里前，是准备开战的，但想明白了之后，就没想打了，据说想到了比开打更好的办法。而且常来厂里的老大，后来都混得不错。”波夜空看上去很郁闷的样子，咂了咂嘴。

“那间客房是不是有什么古怪？”朴不见问。

“这我就不知道了，反正来过的老大都说，在我们修理厂的客房里特别静得下来，会有灵感。”波夜空开始将螺丝往新安的轮胎上拧，“一帮神神道道的人，自然会把什么事情都往神神道道上想，结果老秃驴竖子成名。”

“就这么多？”朴不见一边说，一边观察波夜空。

“就这么多！”波夜空一脸满不在乎地摆了摆头，看上去是真的很不屑。忽然，他停下手上的动作，平躺到地上，往汽车底盘上看了一眼：“你这车的底盘好像有些古怪啊，我帮你看一下吧。”

朴不见一愣，连忙制止：“不用，你帮我把轮胎安上了就行。”

“你这车肯定被人改装过，好多部件位置都不对。”波夜空一脸认真地说。

“是吗？”朴不见避开了波夜空投来的目光，“本来就是二手车嘛。”

波夜空点了点头，似乎同意了他的说法：“不过，改装这车的肯定是高手，刚才我想了想，虽然很多部件位置不对，但是很合理，真的很牛啊。哪天你把车开我们修理厂来，让我学习一下。”

“好，有机会一定过去。”朴不见敷衍道。

本章回顾：

朴不见和卓深影相约去河南森林打探消息，却一无所获。将卓深影送回故地小区后，朴不见决定再去单独调查此事。通过电脑系统的比对，朴不见发现那夜出现在河南森林的老乞丐是悟空寺修理厂的厂主哭大师。朴不见假意给修理厂打去电话，要他们派人来给自己换轮胎。不久，自称是修理厂头牌技工的波夜空被派了过来，朴不见通过旁敲侧击，了解了不少哭大师的情况。

小贴士：

河南森林：位于新唐城河南路上的一片钻井平台。因为油井当年是用来开采海底石油的，所以填海造井时，人们特地在陆地和油井之间留下了一条海沟。石油经济崩溃后，这些被废弃的钻井平台和海沟成了旅游景点，被人们称为河南森林。关于河南森林有个神秘的传说，只要有人在河南森林的海沟里跳海自尽，宇宙中白炽座上的玛丽亚娜吞噬体的数量就要增加一倍，会对路过白炽座的飞船造成很大的威胁。

第十三章
只要阿光愿意，能把别人吃得骨头都不剩

从早上到现在，波夜空已在心里默默地骂了三千三百六十三次“老秃驴”和二千四百二十三次“小矮子”，总算把老秃驴从码头上弄来的三辆锈迹斑斑的老破车，拆成了一堆零件。然后朝着老秃驴最喜欢待的闭关室走了过去，不耐烦地敲了敲门：“老子干完活了，可以验收啦！”

门“吱呀”一声开了。

那叫闭关室的地方，其实叫壁龛更合适，宽度和深度刚刚够只有一米五三的老秃驴一个人盘腿坐在里面。老秃驴说过，闭关应该叫闭观，一个人只有把自己关起来，面前除了墙壁什么也没有时，才能真正看清自己。波夜空很奇怪，老秃驴在这样一个密不透风的狭窄空间里待了四个小时，怎么还没被闷死。

门虽然开了，哭大师还是背对着门一动不动。

哭大师虽然矮，但其实并不秃。事实上，茅草一样的乱发几乎快要披到他肩上了。

自从蓬莱洲经济崩溃，那些把哭大师的师父空藏大师请到蓬莱洲开庙的香

客都作鸟兽散，计划中的悟空寺只完成了几间僧房以及两座半大殿的骨架，后来是空藏大师和他那被叫作“哭笑不得”的三位徒弟，用从垃圾堆里拣来的各种废弃物东拼西凑，才总算让这有限的几幢建筑可以遮风挡雨了。

在空藏大师圆寂后，为了吃饭，这三个徒弟就把这计划中的大庙改成了修理厂，专门收集各种还算完整的旧电器和破汽车，然后将它们拆零和整修到可以再用的程度，卖给本地的弃民们挣点辛苦钱。

所谓的“哭笑不得”三弟子，除了哭大师，另两个人就是笑和尚和不得头陀。空藏大师在把这三个徒弟带到蓬莱洲之前，分别派他们去了汽车修理厂、电器修理铺和IT公司上了三年班，空藏大师说这是修行，以后他们会明白的。

等三个徒弟完成这奇怪的修行后，空藏大师终于答应那些一直请他过来的蓬莱洲信徒，到新唐城开办了悟空寺。

后来石油经济破产，蓬莱洲成了全世界共同的贫民窟后，哭大师才忽然明白，师父其实早料到会有这么一天。就像师父在临终前所说，他们师徒四人是来这里应劫的，所有发生的事情自有深意，修行不过是把这些被折叠的事物一一打开。

看到老秃驴还是没动，波夜空有些不耐烦了，刚想伸出手指，去捅哭大师挺直的后背，就听见老秃驴的呵斥声：“停！”

声音虽不响，但在波夜空耳里听来却好像是炸开了似的，吓得他连忙把手指缩了回来。然后他看见老秃驴慢慢回过身，皮笑肉不笑地看着他。即使笑的时候，哭大师那细长的眼睛、眉毛和嘴巴还是向下弯曲着的，正是他那副招牌式的哭相，这也是他的法号“大哭”的由来。

“哎哟，这么激动干什么呀，我是一片好心，想看看你老人家是不是翘掉了？”波夜空往肚子里咽了口唾沫，然后说道。

“你不要以为我不知道，你刚才一边干活，一边在心里使劲骂着老秃驴和小矮子，老秃驴骂了三千三百六十三次，小矮子骂了二千四百二十三次，对不对？”

老秃驴果然厉害，波夜空不禁张嘴发了半天呆，然后索性破罐子破摔：“好吧，那你说说看，我这会儿心里是在骂你老秃驴还是小矮子？”

哭大师没料到波夜空会反问，呆了一下，然后回过神来，大喝一声：“你个小犟驴！”

说着，哭大师手里忽然出现了一个木鱼槌子，“咣”的一下敲在波夜空的额头上。

完了，额头上肯定又是一个大包。

在这一点儿上，波夜空不得不佩服老秃驴，因为他都没看清哭大师是从哪里拿来的木鱼槌子，然后又是怎么出手的。

场地里哭大师收养的其他几个孤儿都停下了手里的工作，为哭大师这一连串漂亮的动作鼓起掌来。

“你服不服？”哭大师得意扬扬地看着波夜空。

波夜空本想说不服的，但看了看老秃驴手里的木鱼槌，想了想额头上正在作痛的大包，只好闭上眼睛，点了点头。

“善哉善哉。”哭大师那只空着的手煞有介事地做合十状，还装模作样地屈了屈身。

“唉，师父啊，你说你一个出家人，本应慈悲为怀，干吗非要跟我过不去？难道你不应该好好反思反思吗？”波夜空说。

“我怎么跟你过不去了？”哭大师又一次比哭还难看地笑了起来。

“今天早上，才五点钟，你就把我从床上拉起来给你干活，你让我十岁起就给你当童工这件事，我就不跟你计较了，但你就不能让我睡个好觉吗？你们资本家到底还有没有人性啦？”说话时，波夜空注意到哭大师的脸上忍不住掠过一丝笑意，终于放下心来，师父并没有真的生他气。

“你是在睡觉吗？”哭大师皮笑肉不笑。

“我是一边睡觉，一边看小姐姐们放在网上的照片和视频。”波夜空叉着腰，振振有词。

“你个小色鬼，还敢说？”哭大师举了举手里的木鱼槌吓唬波夜空。

“就是看看而已，我又不是出家人。师父难道你不觉得，你之所以脾气这么暴躁，就是因为内分泌失调吗？”

“你再说一遍试试？”哭大师又举了举手里的木鱼槌。

“师父，你要讲道理啊！我也就是看一下小姐姐，但阿光每天连在前台上班的时候，都在搞直播，打扮和说话的样子，比那些小姐姐过分多了，你怎么从来都不管？太偏心了！师父，对男对女你要有平等心啊。”波夜空说着说着不禁得意起来，觉得自己实在是太有口才了。

哭大师先是一愣，然后瞪大了眼睛说："你个蠢货，人家阿光是有大智慧的，你能跟她比？"

"师父，我的智商390，阿光才120，她也就比普通人稍微好一点点而已。"波夜空不满地摇了摇头。

"所以说你是个蠢货，连智商这种事都相信。信不信，我放你和阿光到修理厂外自谋生路，不出一个星期，你会被人吃得连骨头都不剩，但只要阿光愿意，她能把别人吃得骨头都不剩……"哭大师道。

"师父，你怎么又在背后说我是非了？"

门外传来了一个娇滴滴的声音，哭大师和波夜空都向声音传来的方向看去，一个把自己打扮得跟个妖精似的姑娘，从门边探了个头进来，嘟着嘴，脸上的表情却一点儿也看不出生气的样子。

"就是，师父你怎么把阿光说得跟美女蛇似的，你这是在夸她吗？"波夜空连忙乘胜追击。

"你小子少挑拨我和阿光的关系。"哭大师一伸手，又往波夜空的脑袋上敲了一槌子。

"阿空，不要跟师父犟嘴，来，帮我个忙。"井下光向波夜空招了招手。

波夜空捂着脑袋上新起的大包看了师父一眼，然后悻悻地低下头，往车间外走去。

修理厂的1号车间是原来悟空寺计划中的大雄宝殿，从前门出去，穿过院子，就是现在由天王殿改造成的前厅。波夜空走进去的时候，井下光已经回到前台接待处，正心急火燎地盯着面前那台破旧的老式电脑看。

"怎么啦？"波夜空走到那用两张瘸腿的桌子拼成的前台边，一屁股坐了上去。

井下光指了指电脑屏幕："唉，老娘对着摄像头才抛了两个媚眼，那些脑残粉就像疯了似的，拼命给老娘送礼物打赏，又死机了，快给我想想办法！"

"知道带宽就这么点，还给人抛媚眼，这就叫作自作孽！"波夜空索性将身体靠到电脑上，把腿跷得半天高，一副幸灾乐祸的样子，"等会儿吧，这就跟堵车似的，过了高峰就好。"

“哎哟，不要这么不耐烦嘛。”井下光不满地打了波夜空一下，“姐姐今年都十八岁了，再不卖力点，啥时候才能挣够去韩国整容的钱？”

波夜空没有马上搭话，带着一脸坏笑，盯着井下光那张甜美的脸看了半天。

井下光被他看得有些发毛，下意识地用手摸了一把自己的脸：“怎么啦？我脸上长痘痘了吗？”

“姐姐啊，虽然你的样子呢，就算你说你才十六岁，都会有人信。但……你其实都二十六岁了，脑子怎么还不开窍？你现在就……”波夜空梗着脖子咽了口唾沫，“……已经是个美女了，干吗还要整容？”

“真的啊？”井下光将脸凑到波夜空面前，笑盈盈地左顾右盼，“那你是不是一直在暗恋姐姐啊？”

波夜空伸出食指将井下光的脸往后推了推：“姐姐，你这一招直播的时候用在脑残粉身上就行了，咱俩谁跟谁啊？再说了，作为一个正常的，有着一定审美能力的年轻人，看到一个像你这么美丽的女子，多看两眼也是情理之中啊。而且，我想过了，要是将来你没有如愿钓到金龟婿，咱俩可以一起过，即使我戴绿帽子都没关系。我思前想后，终于搞明白了一件事，老秃驴把你捡回来后，非让你跟我住一个屋，就是想把你当我的童养媳来养……”

“呸！你要敢娶我，我一定给你戴够一千顶绿帽子。”说完这话，井下光的脸一下子红了，她连忙掉转身，装出一副低头查看电脑屏幕的样子。

“他要是不敢娶，我就来娶，只要是你阿光，不要说一千顶绿帽子，就算一万顶，我也认了。”一个身材高大的男子说着话进了门厅，正是顾得满，他身后还跟着小柯柯大力，门外，小施施另正吃力地推着一辆大摩托，往门厅里走来，看见波夜空，连忙招手：“阿空，别站着，快过来帮忙！”

波夜空应了一声，连忙跑了过去。

“公子满，你怎么也跟那坏小子学，调戏老娘，难道不怕细美吃醋？”井下光不满地捶了一下顾得满。

波夜空、井下光和顾得满，还有顾得满原来的女朋友、日韩城壮丁团老大的女儿河原细美，十年前就认识了，四人关系非同一般，平时说话也毫无顾忌。

“细美现在是李河方的孙子李适之的女朋友，别的玩笑尽管开，不要开这种玩笑。不是为我，是为细美。”顾得满忽然严肃起来。

井下光吐了吐舌头，乖巧地转了个话题，指指门外："阿空给你组装的那台破车又坏啦？"

"好像发动不起来了。"顾得满点了点头。

"从费切拉马城回来后，你真的没再去找过细美？"井下光憋不住又问了一句。

顾得满黯然地点了点头。

"这四年里，每年寒暑假，细美从费切拉马城回来，都会来找我，每次她都会跟我提起你，说你一直不肯见她，很伤感的样子，她对你应该还有点念想。难道你真的没想再争取一下？"井下光小心翼翼地试探。

此时，其他人都识趣地从两人身边走开了。

顾得满摇了摇头。

"为什么？"井下光停顿了片刻，忍不住问。

"这是最好的选择。细美知道她想要的是什么。我知道我没想要的是什么。我们是注定走不到一起的人。"说着，顾得满忽然笑了笑。

他的笑容很迷人，井下光却知道，顾得满这样笑时，一般是他最不爽的时候。

两人都有些尴尬，正好院子里传来了波夜空和小施争执的声音，两人相视一笑，往声音传来的方向走去。

院子里，小柯正一边抽烟，一边笑呵呵地坐山观虎斗，顾得满和井下光走到他身边，也跟着看起戏来。

"……我对天发誓，世界上真的有鬼，我是眼睁睁看着算命师傅、肥牛还有老钱他们被鬼迷了，竟然对着空气把自己脱了个精光，又是搂又是抱，几秒钟的工夫，身上就没了血色，跟彩色照片变黑白似的，风一吹，人就化成了灰，什么也没剩下。虽然我看不到人，但能听见废墟里有人在唱歌，是玛丽莲的《从此以后生命不再完整》，声音又高又飘，跟玛丽莲一样一样的。"小施咋咋呼呼地说。过去的一个星期，只要遇到个熟人，小施就会喋喋不休地跟人说那天傍晚在烟囱上看见的情景。当然他没有说他之所以会在烟囱上面，是打算在那里打黑枪的。

"打住，打住……"小施说得起劲，波夜空不断摆手，绕口令似的，反复说着这两个字。

小施不仅没打住，还因为受到干扰，越说越大声。

因为说得声嘶力竭，说完那一长串话后，小施狠狠地喘了口气。

“你说这是何苦，跟你说了我不相信，你还不依不饶，把自己累着了吧？”波夜空舔了舔嘴唇，看了一眼小施，不屑地摇了摇头。

“你凭什么不信？”小施瞪大眼睛看着波夜空。

“我就是不信。”波夜空梗了梗脖子。

“你要怎样才相信？”小施追问。

“不管怎样都不相信。”波夜空噘了噘嘴，不再搭理小施，转过身故意背对着小施，用扳手拆起顾得满的“太累”摩托来。

“太累”的名字正是波夜空给起的。当年为了给顾得满组装这台追求复古感的摩托，波夜空用了一年时间，从一船船来自旧大陆的垃圾里寻找顶级的二手配件。波夜空为此累得半死，完工后就用油漆在发动机外壳喷了“太累”二字。

“那你说，我看见的是什么？”小施从波夜空屁股后面绕到前方，好保证自己仍然在他的视野里。

“你难道不知道人是会发神经的吗？”波夜空一边拧螺丝一边说道。

“这个倒是……”说完小施就觉得有什么地方不对劲，马上回过神来，“你敢说我是神经病？”

“好吧，我老实告诉你……”波夜空终于把马达外面的铁罩子取了下来，“为了看一看鬼长什么样，我去过那地方不止一次，除了七条野狗和二十二只流浪猫，啥都没看见。不信，你问阿光。”

“这个倒是真的。”井下光笑着点了点头，“小施，你不知道，那谁当时想去，又不敢一个人去，就姐姐长姐姐短，拍了我多少马屁，然后到了那个地方，浑身抖得跟筛子似的，一有风吹草动，就一边叫救命，一边往我怀里钻，差点吓尿了。现在倒是嘚瑟了，成不信邪的汉子了。”

小施动作夸张地大笑起来。

“那时候我年纪小嘛。”波夜空一点儿没有羞愧的意思，“再说了，后来我自己一个人也去过，人和鬼都没见着。”

“好吧，有种的话，你再去一次，记得在卓霓裳的故居里拍张自拍照出来……”小施还是不肯松口。

“没问题。”波夜空一边说，一边试着踩了一下摩托的油门。

看到两人还在掰扯不清，井下光看了一眼身边的顾得满，问道：“小施说的事，你也看到了？”

顾得满摇了摇头。

“但你好像没有不信？”井下光目光闪烁。

“因为我确实听见有人在里面唱歌，而且进去的五个人再也没出来。”顾得满皱了皱眉头，继续道，“第二天白天我带了我老爹手下的人，跟着费切拉马公司保安部的人去了里面，在靠近卓霓裳故居的那幢大楼附近，发现了五个人的衣服和身上的东西，人却好像蒸发了一样，什么都没留下。”

“这么邪门啊？”井下光晃了晃脑袋，“我还听说前一天晚上，城里还发生了好几起命案。”

“多事之秋啊。”顾得满努力抻了抻有些僵硬的脖子。

“满哥。”这时波夜空朝他挥了挥手，“油嘴的电路板不行了，得花时间调，今天车肯定拿不了了。”

“明白了，你先修着吧。”顾得满点了点头，又跟井下光说了几句闲话，带着小柯和小施离开了。

本章回顾：

波夜空因为犯了错误，受到哭大师的惩罚。波夜空不服，挑战哭大师的权威，结果又被棒喝。井下光跑来劝架，将波夜空拉到门厅。顾得满带着小柯和小施来修车。小施说起前些天故地小区闹鬼的事情，波夜空就是不信，小施便让波夜空去卓霓裳故居拍自拍照，来证明他不怕鬼，波夜空应承下来。

小贴士：

悟空寺修理厂：当年旧大陆的高僧空藏，受蓬莱洲信徒的邀请，来新唐城开办悟空寺。没想到悟空寺才修到一半，蓬莱洲就遭遇经济危机，筹资建庙的香客作鸟兽散。师徒四人只好用废旧材料完成了这个只有结构的大庙。空藏去世后，他的三个徒弟哭大师、笑和尚和不得头陀，利用悟空寺开办了修理厂，收养了波夜空、井下光等一群孤儿，一起在此度日。

第十四章

玛丽莲的影子瞬间碎成无数透明的碎片

整整一下午，波夜空都在忙着给顾得满修车，快傍晚时，车终于被发动起来。波夜空借着试车，驾摩托跑到了故地小区，打算去里面拍张照片，给小施发过去。

把摩托开到不能再往前的地方，他将车熄了火。白天的集市早就散了，小区门口空荡荡的，借着还有一点儿天光，波夜空找到废墟入口，进入了那片门窗只剩下框架的楼群。

废墟阴森森的，一股不知从哪儿来的冷风吹打在波夜空身上，将黏糊糊的雾水和灰尘吹上了他的脸。

作为铁杆的唯物主义者，波夜空从不相信有鬼这样的东西，但脑子怎么想的，身体不一定跟得上。随着那一阵阵阴风拂过脸颊，他发现自己的牙齿已经在忍不住地打战，小腿也不争气地发了软，只要稍有风吹草动，在耳里听来都是那样尖锐刺耳。

“要相信科学，一定要相信科学……”他强自镇定，尽量将语速放慢，像是在念咒语一般，一遍遍地给自己打气。

凭着记忆在废墟里摸索了十几分钟，他终于找到了卓霓裳家所在的5号楼。

波夜空记得，这里所有大楼的门要么是没有了，要么都是敞开的，但现在5号楼的门却是紧闭着的。波夜空心里愈加不安，站在楼门口，他想了又想，好几次都打算掉头走人，但终于还是没忍住，一咬牙推开了楼门。

进入大楼后，波夜空深吸了一口气，开始沿着楼梯往上走。离卓霓裳家越近，他的心跳就越快。

"要相信科学，一定要相信科学……"他继续摇头晃脑，念念有词。

就在他觉得气都快要透不过来时，走廊里传来一阵歌声，是玛丽莲的歌，声音像天籁，缥缈而透亮。

听到这声音后，不知怎么搞的，他心里的恐惧反而减轻了，甚至觉得那歌声有些悦耳。

"这就是小施说的鬼唱歌？"波夜空嘟哝了一句，低头看了看自己的手，"奇怪，手怎么不抖了？难道真有色壮孬人胆这回事？算了，豁出去了！"

波夜空抬起头，开始寻找声音的源头。前方一扇虚掩的门里透出一束耀眼的光芒，他记得那正是卓霓裳的家。

他走上前去，推开了门，眼前豁然开朗，门后的空间如同一个水晶宫，一位金发碧眼的女郎正在一张说不清是床榻还是舞台的水晶台子上，扭着身体朝他挤眉弄眼，台子上铺着裘皮，那女郎藏身在裘皮中，向他爬了过来，从女郎裸露在裘皮外的肩背和腰臀看，那若隐若现的身体应该是赤裸的，而且他发现，那女郎长得和那位著名的歌星玛丽莲一模一样。

"哎呀，果然像鬼。不过，还挺好看的。这是……玛丽莲！对，玛丽莲！养眼，真是养眼。"波夜空咂了咂嘴，"接下来该怎么操作？对对对，试试老秃驴教过的《般若波罗蜜多心经》……"

说着，波夜空一边看着玛丽莲，一边跟着音乐的节奏嘴里轻诵："色不异空，空不异色，色即是空，空即是色。"

他这样做时，玛丽莲已向他靠拢了过来，贴着他的身体绕起圈来。虽然眼前的玛丽莲只是影子一样的存在，波夜空却感觉好像有个真实的身体在跟他耳鬓厮磨，不知为何，他怦然心动，嘴里虽还念着《心经》，身体却已在随着玛丽莲的影子翩翩起舞。

在这个过程中，玛丽莲的手一直都没有停过，一会儿伸到头顶摸他的天灵盖和脸颊，一会儿将双手绕在他脖子上摸他的后背，一会儿背对着他，将他的手抓到自己胸前，而她的两只手则向后在他胸部腹部和两肋一阵乱摸，好像在寻找什么东西，最过分的是，竟然还把手伸向了他的裆部。

虽然身体已不听使唤，波夜空的脑子还是很清醒，觉得有什么地方不对劲，但想了想，反正玛丽莲的这一阵乱摸，自己也没什么好失去的，也就没有挣扎，随她去了。

等到玛丽莲的影子第三轮做起这些相同的动作时，波夜空的脑子里忽然灵光乍现：眼前的景象是一个类似全息影像的幻境，他的所见所闻甚至连此刻他自己的身体都只是意念中的幻觉。这样想时，他马上发现，在自己这个幻觉一样的身体之外，隐隐存在着另一个身体。波夜空连忙用意识指挥那若有若无的另一个身体，向前走了几步。

眼前的幻觉烟雾似的消失了。

波夜空看见，自己的身体所在之处是个又破又旧的客厅，正是记忆里卓霓裳的家，只是这个地方原先到处可见的灰尘和蛛网都已消失不见，一切还是很旧，却很干净。他记得左手的房间是卓霓裳的卧室，以前他在里面见过卓霓裳的照片。于是他伸手推开了那个房间的门。

房间里赫然站着另一个玛丽莲的影子，只是此刻这个影子所在之处是真实的空间，影子的脸上满是愕然，全然没有刚才的魅惑，在那个影子身后的床上，还躺着一个熟睡的小女孩。

波夜空忽然有些搞不清楚眼前的状况，跟对面玛丽莲的影子大眼瞪小眼地对视了很久。玛丽莲好像忽然意识到了什么，眼波流动，露出一脸娇媚的笑容。

波夜空看出来，对方是想要诱惑他，只是这诱惑的表情实在笨拙，挤眉弄眼的样子过于做作，眼睛闪得太用力，而且有点多，脸上配合的笑容又有点强颜欢笑的意思，跟刚才那活色生香的玛丽莲比起来，不可同日而语。

“你这是在向我抛媚眼吗？”波夜空心里一动，脱口而出，“知不知道，媚眼不是这样抛的，你得含蓄一点，眉毛上有点意思就可以了，眨眼的时候，也只用到三分之一的程度。”

一边说，波夜空还亲身示范，虽然做得比卓深影刚才的样子还难看，但受他提示，卓深影不知着了什么魔，竟歪着脑袋照做了一遍。

“这就对了嘛，比刚才好多了。”波夜空点了点头，然后又叹了口气，“现在鬼怎么都这么不专业？你刚才那个样子怎么能诱惑到我呢？算了，算了，你不用诱惑我了，看你长得这么漂亮，凡事好商量，只要你跟我合个影，需要我帮什么忙，尽管开口。”

波夜空一边拍着胸脯，一边掏出手机，一点儿也不把自己当外人，跑到卓深影身边，对着自拍镜做了个V字，按下了快门。

直到这时，卓深影才回过神来，自己也不知道刚才是怎么会跟着对方的节奏走的，此时她忽然想起，眼前的人，正是上回在垃圾场，她附身蝴蝶时，一把将她抓在手里的那个叫阿空的家伙。

竟然两次着了这家伙的道，卓深影不由得恼怒，能量身悬空而起，手直接按在了波夜空的天灵盖上。

这神道的家伙身上的生物能果然高得惊人，却没有一点儿会用的迹象，而更让她吃惊的是，她的量子提取术对这个生物能白痴竟毫无作用。

看到“女鬼”以倒栽葱的方式飘到了自己头顶附近，脸快贴在了他的脸上，波夜空愣了愣，眼睛直勾勾地看着这张绝美的脸，几乎连动也不会动了。此刻，他好像看见，眼前的这张脸后面还藏着另一张脸，不仅很美，而且眼熟。

“卓深影？”都没过一下脑子，波夜空就脱口而出。

话音刚落，玛丽莲的影子像被硬物击中的玻璃，瞬间碎裂成无数透明的碎片，一个长发及腰的白衣少女从中脱颖而出，从空中落回到地面上，那双黑色的大眼睛满是惊愣。

“你看得见我？”卓深影愣住了，随着波夜空刚才的那声呼唤，她看见对面的镜子里，玛丽莲的影子已消失不见，此刻的她真的变成了梦里那个本尊的样子，不仅清晰，而且稳定。

波夜空点了点头，随着他刚才叫出那名字，他自己的脑子里也在迸现出一些奇怪的记忆。

“你怎么会知道卓深影这个名字？”卓深影一阵心慌意乱。

“我也觉得奇怪呢……”波夜空挠了挠头，“你不要觉得我神经啊，事情是这样的，刚才看到你样子的时候，我脑子里好像裂开了一条缝，竟记起了一些很久以前的事。”

“什么意思？”卓深影疑惑地看了波夜空一眼。看对方的神情，不像是在骗她。

“哦，对了，自我介绍一下哈，我叫波夜空。”波夜空一边说，一边做出一副很绅士的样子，将手横在胸前，朝卓深影鞠了一躬，“你肯定不知道我叫波夜空，我们认识的时候，我还没有名字呢，但你妈妈那时候已给你起了你现在的这个名字。”

听着这啰唆的介绍，卓深影有些不耐烦，但又不好直接打断，只好闪烁着眼睛打量着眼前这个怪物，她发现波夜空身上穿的还是那套又破又挺的灰西装，忍不住朝那衣服多看了两眼。

“看我衣服干什么？”波夜空注意到卓深影在看自己，挺起胸，像在炫耀一般，伸出手指，弹了弹西装的前襟，“是不是觉得很酷啊？这西装可是老货，我爸留给我的，穿在身上一分不多一分不少，形还特好，就是旧了点。除了干活，我其他时候都会穿它。我太喜欢这西装了，哪怕它将来打满补丁，我也要穿它。衣服打补丁其实挺好看的，你不知道，我师父的衣服全都是补丁，五颜六色的，可帅了，连我那最喜欢漂亮衣服的师姐阿光都爱得不行，常把我师父的衣服偷出来穿在自己身上。对了，阿光跟你一样，也是一个美女……”

“闭嘴！”卓深影终于忍无可忍，大喝一声。

她的样子一定很吓人，眼前这个唠叨起来没完没了的家伙被她吓着了，一只手下意识地捂在了嘴上。

卓深影让表情缓和了一下：“为什么你会觉得，你认识我？”

“不跟你说了嘛，刚才我脑子里灵光乍现，想起了很久很久很久以前，确切地说，是十八年零六个月前……”

“十八年零六个月前？”卓深影心里算了算时间，“我……不是，卓深影当时不还在她妈肚子里吗？”

“对啊，当时你妈怀了你三个月，我妈怀了我六个月。她们都是去荣堂医院妇产科做检查的，候诊的时候正好坐在了同一张长椅上，两人就聊起了八卦，然后我们就认识了。”

“你那时候就能看见卓深影？”她瞪大眼睛看着波夜空。

“对啊，我怎么会看到你的？这个得好好研究一下……”波夜空也一脸困惑地挠了挠头，“是通过我妈吗？但我妈没法看见你妈肚子里的你啊？就算能看见，也不可能是现在这个样子的你啊？可我脑子里为什么偏偏就有这样的印象？当时我还听见你妈跟我妈说，她已经给你起了名字，叫卓深影。”

听着波夜空的疯言疯语，卓深影像中了邪似的，脑子里真的隐隐约约出现了这样的情景。

她想起来，主人说过，生物能是一种携带了信息的能量，也许波夜空的妈妈真的遇到过卓霓裳，这些信息被记录在了卓深影的生物能中，因为她的能量身是由卓深影的生物能构成的，所以拥有相似信息的波夜空在无意中将它解读了出来。正是因为波夜空的这种感应，让她的能量身转换成了卓深影的形象。这好像也能说得通。

“你真的是传说中的女鬼吗？”看到卓深影一直没有说话，波夜空又开始嘚啵嘚啵，语速快得像疾驰的马蹄，“不过，要是鬼都能长得像你这么漂亮，也就没什么好怕的了。看过《聊斋志异》吗？里面有好多人鬼恋的故事，说不定我也会爱上你的。不对不对，我已经爱上你了。要不咱们谈个恋爱吧？我其实还是蛮帅的，智商有390……”

“我是你们说的那种外星人。”卓深影心里一动，打断了波夜空。

“不可能！”波夜空扭了扭脖子，一副胸有成竹的样子，“外星人也是人啊，你看看你的样子，像人吗？没有身体只有影子，鬼就鬼啦，我不会嫌弃你的。”

“我真是外星人，我们那里，生命是以能量的形式存在的，只要有光，就能构成形式，我现在说话的声音也是由光幻化而成的，以前在印度，你们把我们那个地方称为光音天。”

“是吗？这个……理论上倒是也可以成立……”波夜空沉吟着点了点头，然后又摇了摇头，“但你本来不是地球人吗？怎么又变成外星人了呢？”

“外星人把我从我妈的身体里提炼了出来，所以我可以以能量身的方式存在。”卓深影道。

“真的假的？”

“要不你自己试一试？”卓深影反问。

“怎么试？”波夜空又问。

“先闭上眼睛，让自己放松下来，然后将注意力集中到头顶上。”卓深影一板一眼地说。

波夜空真的闭上了眼，照她说的做了起来。

卓深影没想到，这个家伙如此好骗，她愣了好一会儿，才终于确认，自己真的得了手，便继续提示：“接下来我要把手放到你头顶上去了，不要害怕，配合着我的手，你把全部的注意力从头顶转移到我手上。”

波夜空又照着做了。

因为波夜空的主动配合，她的手终于触摸到了他的生物能，只要再一用力，就可以将它收割进自己的能量身了。然而看着波夜空全无防备的样子，卓深影心里竟找不到一丝杀机。

看到她没有了动静，波夜空睁开眼睛，一脸痴迷地看着她。

“干什么？”卓深影被波夜空看得有些不自在了。

“我发现了一件事。”波夜空翻了翻眼睛，一脸认真地说。

“什么事？”

“你要心计时，样子蠢乎乎的，可萌了。跟阿光骗她的粉丝时有点像，特别地low，但low得很有风格。我的意思是你们这种人，人其实很好，只是你不知道自己很好罢了。总之一句话，我喜欢。”说完，波夜空又乐呵呵地闭上了眼睛。

卓深影哭笑不得，不知道波夜空是怎么得出这种结论的，但被他这么一说，自己心里的杀机好像就更少了。

她抬起头看了一眼对面的镜子，镜子里的自己依然是那个长发及腰的白衣少女，无论她怎样驱动意识，都无法重新变回玛丽莲的样子。

她想了想，心里隐隐觉得这叫波夜空的家伙身上似乎隐藏着某些秘密，这些秘密好像还跟自己有着千丝万缕的关系。

这样想着，她缩回手，能量身重新落回到地面上。

看到卓深影很久没有动静，波夜空又一次睁开眼，一脸急切地看着她，说道：“怎么啦？动手啊，我都等不及了。”

“我想了想……”卓深影试着朝波夜空露出迷人的微笑，“总不能让我白帮你吧，在我帮你之前，你也得帮我一个忙，这样才公平嘛。”

说着，卓深影看了看镜子，发现镜子里少女脸上的笑容真的很甜，似乎再也没有之前那种别扭的感觉。

“好啊，怎么帮？你说，完全没问题的！”波夜空好像真的被她甜到了，一脸的兴奋，声音都发颤了。

“不过，有个条件，我们的事你不能告诉别人。”看到波夜空被她的笑容打倒了，卓深影不禁有些小小的得意，似乎很喜欢这样的感觉。

“明白明白，保密嘛！我懂，你们外星人就喜欢来这一套。”波夜空满不在乎地撇了撇嘴。

本章回顾：

波夜空夜探卓霓裳故居，卓深影利用魅惑模式，营造了一个虚幻的景象，想要收割波夜空的生物能。波夜空果然被诱惑，但当卓深影动手收割时，却没有成功，反被波夜空识破了她的真身。正当卓深影不知所措时，波夜空却表现出对她的迷恋。卓深影将计就计，决定利用波夜空，让他来协助自己调查。

小贴士：

波夜空：悟空寺修理厂的头牌技工，哭大师的小徒弟，一个脑子里充满奇思异想的顽童和科学奇才，平日里最爱挂在嘴上的话就是自己智商有390，是地球上最聪明的人。他身上的生物能高得惊人，却很难被收割。从第一次见到卓深影的那一刻，就从玛丽莲的幻影中辨认出她的真身。

第十五章

她要保证自己一次死透不留全尸

晚上，井下光被几个来自费切拉马城的土豪请去喝酒。这些人是她的粉丝，因为家里都有些产业，他们成了她做直播时的金主。这些人这次是包了飞机专门来新唐城看她的，井下光不好拒绝，就去了酒店，跟他们喝了一晚上的酒。

平时直播时，井下光会给粉丝们编排很多关于自己的故事。

其实到今年十二月，她都要过二十六岁生日了，但在粉丝面前，她总说自己只有十八岁。从十六岁时，她就说自己十八岁了，说了十年，粉丝们还是没有怀疑过这种说法，而她的样子也确实跟十年前没有太大差别。她有过一段特殊的遭遇，有人为了让她奇货可居，改造过她的基因，即使到七老八十，如果她愿意声称自己只有十八岁，应该也不会有人怀疑。

除了关于年龄的故事，另一个她说得最多的故事，就是她想回旧大陆，到韩国去做整容手术，给自己做一个玛丽莲式的尖下巴，然后成为像玛丽莲一样的天王巨星。

今天这个来自费切拉马城的粉丝团，就是号称来帮她实现这个梦想的。席间三个土豪粉丝向她表示了求婚的意思。一个是开连锁饭店的老鳏夫，这一席人开酒席的地方就是他在新唐城开的分店；一个是走私犯出身，现在做起粮食贸易的中年商人，据说蓬莱洲人吃的粮食里有八成都是他供应的；还有一个是蓬莱洲船王尤利西斯的私生子。这三个人即使在遍地是富人的费切拉马城，也算是一流的富豪，他们跟费切拉马集团的十三董事比，虽差了许多，但凭他们的财力要想捧一个明星出来，应该绰绰有余。

三个人都在那个叫瀑布的火锅店，半跪着，拿出自己的戒指，希望井下光能从中选一个人做丈夫，甚至表示，为了她的事业，可以隐姓埋名，不以她丈夫的名义出现在公众视野里。

根据她以往跟这些人打交道的情况，三个男人除了有点粗鲁和好色，都不算太坏。如果她真的是那个她在直播平台上扮演的井下光，她或许会从中选一个出来，做自己的丈夫和赞助人。

可惜她不是。

不过，她没有明确拒绝这三个人，而是拿出那套嘻嘻哈哈的样子，说三个人她都想要，但现在的情况是，得到一个，就会失去两个，她才不做这蚀本生意。

她的应答很精彩，席间所有的男人都在为她击节叫好，她也像在做直播一样，让他们每个人都得到了某种想入非非的暗示。

不过，井下光也为此付出了代价，她被这些男人灌了很多酒，回到修理厂，酒劲还是没过去，她的情绪有些失控，那些往事又在她脑海里翻腾，她躲在修理厂外那辆被当成废铁的破公共汽车里，放声痛哭了很久。

直到情绪稍稍平复，她才进了修理厂，回到房间。

然而她还是没想睡，便站到桌子上，趴在上铺的床头，呆呆地看着已睡得像头死猪一样的波夜空。

她十三岁就认识波夜空了，当时波夜空只有五岁。

除了井下光自己，没有人知道她在十三岁前经历过什么，这是她永远不会再跟人提起的事，如果可能，她希望自己也最好忘了这一切。

那天，她终于从“那个地方”逃了出来。为了完成这不可能的任务，她足足准备了四年，恒心、决心加上不留退路的狠劲，她竟然做到了。

不过，她从那个地方逃出来，不是为了活下去，而是为了让自己可以有机会去死。在那个地方，她连死的自由都没有，她是别人的财产和收藏品，生和死是由别人说了算的。

为了这死的自由，她沿着下水道跑了六个小时，最后才爬到路面上，一看到那座横跨在大马路上的天桥，她就跑了过去。这时天色已暗，这条进出码头的主干道已没有行人，除了天桥下呼啸而来呼啸而去的大卡车，几乎可以用寂静来形容。井下光爬到天桥的栏杆上，将大半个身体探到了栏杆外。她看了一眼马路上的情况，心里已经想好，等下一辆装满垃圾的载重货车开到，她就跳下去，她要保证自己能一次死透不留全尸。

就在这时，身后有人在拉她的衣襟。她吓了一跳，回过头，看到身边不知什么时候多了一个小男孩，在小男孩三四步远的地方还站着一个乞丐似的小老头，小老头五官耷拉着，天生一张哭泣的脸，身上穿的衣服与其说是衣服，不如说是一堆被临时缝在一起的破布。

“姐姐，你不要顽皮嘛，很危险的。”

小男孩的眼睛在夜空里闪闪发亮，像有某种奇怪的魔力。井下光费了九牛二虎之力，才保持住了脸上的冷漠。

“阿空，回来，不要打扰人家。”小老头的声音干燥而坚硬，呼唤着小男孩。

井下光第一眼就看出，小老头是个怕麻烦的人，而且小老头好像已经知道她是个很大的麻烦，所以他向小男孩招手时，还下意识地后退了几步。

井下光心里不由得冷笑，更觉得死是一个正确的选择。

“师父，我们把姐姐领回去好不好？”小男孩回头看了一眼小老头，然后又扯了扯井下光的衣襟，“姐姐，我师父收养了好多无家可归的小孩，你跟我们一起回去吧。”

井下光没有回答，只是冷冷地看着那个小老头，想听听他会怎样拒绝。

小老头似乎看出了她的心思，不好意思起来，说话时显得语无伦次：“可以是可以，不过……不过……我们那里没有多余的住处了，她又是女的，除非……”

“除非什么？”小男孩打断了小老头。

小老头有些恼怒，瞪了小男孩一眼，然后好像想到了什么，脸上露出一丝狡黠，眯起眼睛看着那男孩说道：“除非……除非你肯把自己的地方让一半给她。”

这下轮到小男孩为难了，歪着脑袋想了半天，但还是点了点头。

小老头似乎没料到小男孩会答应，愣了一下，又追加了一句：“还有，你每天的口粮也要分一半给她，可以吗？”

小男孩将攥着她的手松开了，使劲挠头。

小老头终于松了口气。

可谁也没有想到，小男孩忽然决绝地昂起了头，说道：“可以。”

小老头舒展到一半的表情尴尬起来，只好回头看了井上光一眼，问道：“你也觉得可以吗？”

“可以！”井下光血往上涌，为了气小老头，故意说得很大声。

小老头叹了口气，灰溜溜地在前头走了起来。小男孩露出甜蜜的笑容，拉起井下光的手跟在了小老头身后。

小男孩的手很暖，跟他闪闪发亮的眼睛一样，有一种奇怪的魔力，竟让她舍不得松开。一路上她努力了好几次，想掉头而去，却怎么也做不到。

这之后，井下光成了哭大师的修理厂里唯一的女孩。她的名字井下光其实是她来这里后，哭大师给她起的。哭大师就是那个在天桥上做出嫌弃的样子，用激将法将她骗回修理厂的小老头。

哭大师说，即使在最深最暗的井里，都一样会有光。

来了修理厂后，她本来还担心那个地方会派人来把她抓回去，但并没有。

后来井下光才从三师叔不得头陀那里得知，这位叫哭大师的小老头是新唐城公认的世外高人，连本地最有势力的四大壮丁团都要给他三分薄面，那个地方的人显然也不敢得罪他。大概因为这个关系，她被保了下来。

可能是梦到了好吃的东西，波夜空的嘴在使劲咂巴，还不时地伸出舌头舔嘴唇，看到这情景她忍不住笑起来。

作为室友，她和波夜空在这个十二平方米的宿舍里住了十三年，波夜空住上铺，井下光住下铺。从小到大，她总像个姐姐一样，照顾着这个一生下来就被遗弃在修理厂里的男孩。

到修理厂最初的几年里，过去的阴影一直缠绕着井下光，只要一想起在那个地方度过的日日夜夜，井下光就会痛不欲生，不止一次动过自杀的念头，幸亏有这个吵吵闹闹的小家伙，一直在身边逗她开心，才让她度过了那些煎熬的时刻。

按以往的惯例，像今晚这样的应酬，井下光本该带着波夜空一起去的，一旦那些男粉丝对她纠缠不清，她就可以把波夜空拉出来，号称他是自己的男友。但从两个月前起，她再也没有这样做过。

那天，也是有粉丝约她出去唱卡拉OK，因为里面有个费切拉马公司保安部的探长，正好管着修理厂所在的区域，井下光怕得罪对方，就答应了这个约会。

在KTV，探长借着酒劲，公然要她做自己的情人。井下光照例推出波夜空，说自己已经有男朋友了。探长却说，井下光是在瞒天过海，如果波夜空真是她男友，不妨来个法式长吻证明给大家看。井下光在人前虽总是扮演着豪放女的角色，衣着暴露，什么话都敢说，还总是在摄像头前慷慨地送出飞吻，但这些年来，除了和波夜空打打闹闹外，她很少跟男人有过实际的身体接触，更不要说法式长吻了。她当时都有些不知所措，快要打破一贯的人设了，却没想到一向在陌生场合蔫了吧唧的波夜空，却突然跑上来，一把将她搂进怀里，真的跟她来了一个法式长吻。

这之后，她第一次意识到，波夜空已经不再是印象里的小男孩，他已经长成了一个男人。

“你不要这样色眯眯地看着我！”不知什么时候，波夜空已经醒了，睁着惺忪的眼睛，露出古灵精怪的表情，“你已经有那么多男朋友了，就不要再惦记我这种纯洁无瑕的英俊少年了。”

说着，波夜空像往常一样，将脑袋凑向井下光，想用自己的脸来蹭她的脸。

从小时候起，只要感到孤单，波夜空就喜欢在半夜跑到井下光的被窝里，用蹭脸的方式，来确认两人间这种相依为命的情谊。这时候，井下光心里总是暖乎乎的，好像怀里抱着的是一个小小的宠物，那种被人需要的感觉足以抵抗世间一切的寒冷。

“你的小脑瓜是不是又荷尔蒙过剩了，怪不得早上五点就在看那些脏兮兮的东西，结果被师父抓了个正着不是？”井下光伸出食指把波夜空往前凑的脑袋顶了回去，露出那轻浮的表演腔，“还有两个月你就要高考了，还不赶快把脑子用到正经地方去。”

“姐姐，不是我吹牛，高考这种事对我来说真是小菜一碟，按我现在的水平，在旧大陆都可以拿好几个博士学位了。”波夜空说道。

“还说不是吹牛，你都考六年了，一次都没考过，还敢说？”井下光道。

“就是啊，你想想，蓬莱洲的华侨一千万总有吧，每年能拿到中国高考特许资格的不到十个，我十二岁起，就年年能拿到高考资格，不是神童是什么？”波夜空得意地仰了仰脖子。

“那你还考不过？”

“唉，老秃驴说得好，业力如此。”波夜空拖长声调，做出老气横秋的样子。

井下光心里暗暗叹了口气，这个智力超常的家伙患有嗜睡症，只要一犯病，说睡就睡，一旦睡下，就怎样也叫不醒，而且每次高考，他准犯病。也许阿空和她一样，都是受到诅咒的人。然而在蓬莱洲谁又不是受诅咒的呢？不是受了诅咒，谁会阴差阳错地来到此地？

“不过，业力总有销尽的一天，要不老秃驴都这么大年纪了，干吗还要拼着命修行呢？说不定今年霉运就走完了，然后我就能离开这个地方了。”说到后半句时，波夜空又恢复了神气活现的样子。

“旧大陆真有那么好吗？”井下光脸上堆出一丝不屑的笑意。

“姐姐你不知道，就说新唐城吧，在蓬莱洲算不错的了吧？但也只相当于五十年前中国的三线城市，现在咱们老家可是旧大陆的发达国家，生活水平虽比不上费切拉马城的那些富豪，但就全世界来说，也算一流，我是想把诺贝尔物理、化学和生物奖都拿个遍，搞这些事情，得有钱有设备啊。放心吧，只要我有出头之日，一定把大家都接过去，到时候我要包一架专机……不行，我困了……”

说着，刚刚还神气活现的波夜空忽然打了个哈欠，然后脑袋往她肩上一耷拉，睡死了过去。

井下光叹了口气，小心翼翼地把趴在她肩上的波夜空放平到床上。时间好像又回到了小时候，她静静守在瞌睡病发作的波夜空身边，看他抿嘴、打鼾，然后用手捏他的鼻子，拧他的脸，或者用从垃圾堆里捡来的口红在他脸上画鬼画符，然后在一边偷笑，直到他再次醒来。

本章回顾：

井下光去和她的粉丝们聚会，喝醉了，想起了往事。当年她从生进会的地狱号逃亡后，想要自杀，却被五岁的波夜空拉住了，然后哭大师用激将法让她跟着两人来到了悟空寺修理厂。自此她和波夜空上下铺住在一个宿舍里，相依为命地长大。

小贴士：

井下光：哭大师的女徒弟，悟空寺修理厂的前台接待员。蓬莱洲有名的女网红，外号“女神光”，手底下有很多死忠的男粉丝。她来历神秘，本是第五代地狱修女的候选人，十三岁那年从地狱号逃到悟空寺修理厂后，才成为后来的井下光。

第十六章
就算有虫洞，也没道理让蝙蝠一次性通过

波夜空起床时，井下光还没有醒。为了不吵到她，波夜空让自己起床的动作尽可能地轻，井下光好像还是感觉到了，不过嘴里嘟哝了几句以后，就又睡了过去。

波夜空跑到外面，洗漱了一下，去了车间，特地换了那套油渍麻花的工作装。

今天波夜空要去的地方有些脏，他舍不得那身平时用来凹造型的旧西装。所以除了换上工装，他还给自己准备了一顶装了头灯的安全帽。

带上几件工具后，他开着那辆前风挡玻璃只剩下一半的皮卡车，往海边的炼油厂旧址赶去。

昨晚在故地小区经历的事情，颠覆了他之前对整个世界的认识，只是当时他被那位没有形体的外星小姐姐迷得神魂颠倒，完全顾不上去想这件事情里匪夷所思的地方。当时只要卓深影跟他说什么，他都觉得听着悦耳，忙不迭地点头称是。

直到离开故地小区后，波夜空才意识到这件事情太过蹊跷，即使是他自己的亲身经历，也还是有些不太可信。

一路上，他把卓深影跟他说的那些事，在脑子里过了一遍：什么除了地球人，宇宙里还有别的生命体；什么很多生命不是以肉身的方式存在的；什么在这个生命体的序列里，地球人很低劣；等等。最匪夷所思的就是，宇宙里发生了很多奇怪的事情，都跟新唐城有关。

这太不科学了，就像师父那个老迷信老爱用相对论、热力学和量子理论来解释他那套神神道道的说法。老秃驴其实对这些物理学理论连门都没摸着，但就是敢信口开河，还说得像模像样的。幸亏有他这个行家在，总是能及时揭穿老秃驴的伪科学，才让这类迷信的说法，没有毒害到他们这帮一起长大的小兄弟。在这一点上，波夜空实在是太佩服自己了。

不过，对卓深影的说法虽然心怀疑虑，但这个漂亮的小姐姐没有形体的事却是假不了的。最主要的是小姐姐都还没自我介绍呢，他脑子里就无厘头地认为，自己认识她，不仅看出了她的真面目，还说出了她的名字和来历。这可不是别人硬要他相信的，而是他自己脑子里跳出来的结论。这事情又要怎样解释？

他思前想后，还是没想明白，便决定不再费这工夫了，是不是、对不对的，不如先实地考察一下。

正好，卓深影说起尔伯氏三眼蝙蝠覆盖了某个行星大气层的事情，虽不知道尔伯氏这个文绉绉的前缀是哪儿来的，他却知道新唐城确实有一种三眼蝙蝠，这些蝙蝠都生活在海边老炼油厂的输油管道里。这正是他今天一大早赶往那个地方的原因。

车开了一个多小时，终于到了海边。已成为废墟的新唐城炼油厂，正位于此地，烟囱、管道和塔桥之类的残迹已从雾霾深处显露了出来。

这座被废弃的炼油厂不仅面积大，还有码头和输油管道，所以在石油经济崩溃后，就成了旧大陆倾倒化学废料的垃圾堆埋场。经过多年的堆放，这里的固体废料已堆积成山，从离它还有三四公里远的地方，就能闻到一股浓烈的焦臭味。

幸亏波夜空早有准备，一闻到那气味，就连忙将一个自己装配的防毒面具套到了脸上。

将车在堆埋场附近停妥后，波夜空一头钻进了那片五颜六色的雾霾中，借着头顶上的探灯，耐心地寻找前行的方向。

来之前，波夜空看过炼油厂的地图。此刻，能见度虽低，他还是凭借脑子里形成的方向感，找到了裸露在地面上的一段输油管道。他拿出随身携带的电锯，打算从管道上锯一个缺口出来，好钻到里面去。为了寻找合适的施工地点，他沿着管道向前走了几十米，意外地发现，管道上已经有一个缺口，直径大约三米，足够让两三个人同时下到管道里。

波夜空心里纳闷，不知道这缺口是怎么来的。他连忙捡了几块烂铁皮，往缺口里扔了下去，金属片撞击在管道底部，发出了清脆的咣当声，下面应该能站人。

波夜空将绳子从缺口放了下去，攀缘而下。

他在管道里落了地，鞋底传来发黏的感觉，他看了一眼，管道里的残油已干涸成沥青，幸好只有浅浅一层，在上面行走虽有些吃力，但应该没有陷进去的危险。

波夜空向前行走起来，不知过了多久，从刚才的缺口处漏进来的风，此刻已经感觉不到了，再拐过一个弯，借着头灯上微亮的光线，波夜空终于看见悬挂在管道壁上的蝙蝠。蝙蝠果然都有三只眼睛，而且体型都有猫头鹰那么大。他听人说过，这些蝙蝠以捕食虫子和老鼠为生，而这些虫子和老鼠又是在化学废料堆里生活的。所以蝙蝠吃下去的东西带着很多化学残留物，由此导致了基因突变，不仅体型变大，还生出了第三只眼。不过，这些蝙蝠最厉害的地方是，它们竟能适应这片有毒的土地，并浩浩荡荡地繁衍了起来。

越往里走，蝙蝠的密度越高，还好是早上，蝙蝠们正在睡觉，只要不去招惹它们，便不会有事。不过看着眼前这密集的蝙蝠群，波夜空还是免不了心惊，心里忍不住在想，这些蝙蝠为什么会出现在几万光年外的西瑶雷瑟星。

“难道这个地方有虫洞？”波夜空自言自语，然后摇了摇头，“不可能啊，就算有虫洞，也没道理可以让这么多蝙蝠一次性通过。而且，就算将这十公里长的输油管道塞满三眼蝙蝠，数量也不够遮住面积是地球五十倍的西瑶雷瑟星啊。”

波夜空正苦苦思索着，忽然觉得有什么地方不对劲，猛地回头，一个灰色的人影闪躲到了管道拐角的后面。

波夜空心里虽害怕，但还是回转身，向人影的方向追了过去。

到了拐角处，人影消失无踪。波夜空回想了一下，确认刚才不是幻觉，他不仅看见了那人影的轮廓，还看见了他乱蓬蓬的头发，以及浑身打满补丁的乞丐装。

波夜空想起来，卓深影跟他说过，在河南森林里也曾有两个老乞丐诡异地现身，还说海沟里每死一个人，白炽座上的玛丽亚娜吞噬体就会增加一倍。照那两个乞丐的说法，输油管道里三眼蝙蝠的情况应该跟河南森林类似，但这种情况显然又不是现有的科学理论能解释得了的。

波夜空皱了皱眉，嘟哝了一句："要是连科学都解释不了，那老秃驴岂不是又有话可以说了吗？"

说到这里，他停下脚步，歪着脑袋吸了口气："荒谬归荒谬，但爱因斯坦当初想到相对论时，不也挺荒谬的吗？管它三七二十一呢，老子先做个数学模型去。反正连外星人都不请自来了，还有什么事情是不可能的？"

脑子里突然闪现的灵感让波夜空有些兴奋，他转过身，一路疾行，回到了刚才的进口处，沿着垂下的绳子爬了出去。

不一会儿，他回到停在堆埋场外的皮卡车上，一路踩着油门，飞驰回了修理厂。

可能是身上还带着废料堆埋场的气味，到门厅时，井下光看见波夜空，一脸嫌弃地捂住了鼻子："哎哟，这一大早的，去哪儿了？身上这味道真是滴滴香浓，意犹未尽啊。"

"是吗？"波夜空低下头使劲嗅了嗅，"我怎么觉得还行啊？算了，不跟你扯了，还有要紧事呢。"

"什么要紧事？"井下光问。

"这种事说了你也不懂，浪费我口舌，也浪费你时间，姐姐，你还是好好做你的网红吧。"波夜空不耐烦地摆了摆手，直接往院子里走。

"对了，刚才有人找你，正在车间等你呢，赶快过去打个招呼吧。"井下光面带微笑，在波夜空身后喊道。看到他已经进了院子，井下光打开对讲机，悄声说道："阿空来了，你们准备一下。"

听说有人来找自己，波夜空心里老大不愿意，今天是他轮休，此刻因为脑子里那个突如其来的灵感，他本打算直接回宿舍干活的，听井下光这么一说，他心里叹气，知道肯定是老客户来找自己，无论如何都要去应付一下的。

这样想着，他来到1号车间，车间的门没完全打开，两扇大门的缝隙刚够一个人进去，波夜空嘟哝了一句："懒鬼，连把门全部拉开的力气都不肯用。"

说着，他进了车间，打算把门完全拉开，刚进到里面，一个人影突然闪了出来，一把将他搂起，摔了他一个大背包。屁股着地后，波夜空一脸惊愕，正要发作，发现面前站着的小兄弟们正在嘻嘻哈哈地鼓掌。

波夜空回头一看，发现摔他的人是个五十多岁的壮汉，一身朋克打扮，留着蓬松庞大的爆炸头，身上贴肉穿着粉底蓝花的丝绸西装，西装很不合身，最下面几颗纽扣完全扣不上的样子，以致一小段啤酒肚暴露了出来。此人脸上留着大胡子，戴着墨镜，墨镜一直往下滑到了鼻梁，露出一双贼溜溜的眼睛，正在冲波夜空坏笑。

波夜空激动地从地上跳了起来："三师叔，你怎么来了？"

说起三师叔不得头陀，这可是波夜空在修理厂里最喜欢的人。

哭大师对人太严厉，尤其爱针对波夜空。二师叔笑和尚是个内向的人，几天都难得说一句话，大部分时间都躲在电器修理室里，摆弄各种精密仪器。只有三师叔不得头陀性情豁达、乐观开朗，最喜欢跟这帮小徒弟没大没小地一起混，有时间就会教他们翻墙抓鸟做弹弓，尤其喜欢跟他们玩摔跤。

想当年，院子里常常可以看到一二十个孩子猴子似的吊在不得头陀身上，用尽吃奶的力气想把他扳倒。但在最开始的两年里，小孩们没一次成功过，直到有一天波夜空想出了一个主意，专门派三个师兄弟去挠三师叔痒痒，然后其他人一起用力，才终于把高大壮实的三师叔给摔在了地上。三师叔后来知道这坏主意是波夜空出的，所以只要有机会，就要想办法摔他一个大背包。

这是波夜空童年里最美好的记忆，只是后来三师叔不在修理厂的时间越来越多，特别是近几年，大家常常大半年都见不着三师叔一面。二师叔说三师叔修的是头陀行，不能老在一个地方停留，是要常常出门流浪的。

看到三师叔终于在修理厂出现，虽然屁股被摔疼了，波夜空还是马上从地上跳了起来，跟三师叔重重地击了一掌。

“哎呀，想你们这些小浑蛋了，所以特地来看看你们。”三师叔笑着说，然后看似不经意地问了一句，“你怎么今天一大早就出门了？”

“哦，今天正好轮休，跑去炼油厂了。”波夜空说道。

“去那个鬼地方干什么？”不得头陀又问。

“听说那个地方有种三只眼睛的大蝙蝠，所以想过去看一眼。”说着，波夜空顺手拉开了身边那半扇被关起来的门。

“怎么会想到这个的？”不得头陀也连忙拉起了另半扇门。

“就是想到了。”由于觉得把真实的原因说出来，有些无厘头，波夜空虚晃一枪。

不得头陀似乎有些失望。这时其他小徒弟都围了过来，跟三师叔没大没小地开着玩笑，拿他这身怪异的打扮开涮，不得头陀没再继续追问，波夜空也加入到了众人的行列中。

如此胡闹了一阵，不得头陀跟哭大师和笑和尚打过招呼后，就离开了修理厂。

送走三师叔后，波夜空回到宿舍，打开了他那台装着二十个CPU和十五组NPU的破电脑，在里面摆弄起一些奇奇怪怪的算式来，嘴里不住地念念有词。

因为过于投入，他甚至连午饭都忘了吃。

不知道过了多久，天色暗下，波夜空一直挺着的脊背忽然靠到了椅背上，右手捏起拳头，兴奋地挥舞了一下：“搞定！”

“搞定什么了？”

波夜空回头，发现井下光正坐在他侧后方，手里抓着一个鸡架，一边啃着，一边看着他问。然后她将膝盖上那一大盘鸡架递给了他。

波夜空没有回答，抓过两个鸡架，嚼了起来，然后丢下一句“以后再告诉你”，便匆匆跑了出去。

“这家伙到底怎么啦？早上这么早就出去了，然后这张十分钟都坐不住的猴子屁股竟然还在房间里坐了一整天。老娘看他没吃午饭，特地给他做了一盘五香鸡架，没想到连这个都对他没有吸引力，有古怪，一定有古怪。”井下光看着波夜空的背影，一脸狐疑地摇了摇头。

本章回顾：

为了调查尔伯氏三眼蝙蝠，波夜空来到老炼油厂的输油管道，经过一番调查，波夜空决定设计一个数学模型，来推算新唐城的特殊地点和宇宙之间的对应关系。从炼油厂回来后，波夜空见到了久未见面的三师叔不得头陀，很是高兴。三师叔走后，他正式展开了模型的推演。

小贴士：

哭大师：悟空寺修理厂的厂主，空藏大师座下“哭笑不得”三和尚的首座，也是井下光和波夜空的师父。此人身世神秘，据说是个深藏不露的高手，连生进会和帝释会这两大势力都对他有所忌惮。

第十七章
在一个弹丸之地上控制整个宇宙

白天时卓深影一直在生闷气。

今天早上醒来后，她特意跑去照了镜子，发现自己的能量身又变回了玛丽莲的样子。

她连忙照着记忆，在意念里想象卓深影的样子。

但费了半天劲，那长发披肩的白衣少女始终只是浮在玛丽莲形象上的一个叠影。她还以为是自己的能量身出了故障，就试着让自己变成另一些形象，无论是男是女，是老是少，都能轻易被实现，唯独她想变成卓深影时，却怎样也做不到。这件事情有些蹊跷，然而她看不出问题到底出在哪里。

因为又变成了玛丽莲的样子，所以无论她对着镜子做什么表情，都显得别扭，从里到外，透着一股山寨味的赝品气息。她回想起昨夜面对波夜空时露出的那个迷人微笑，因为当时她呈现出卓深影的样子，所以她笑起来时行云流水，一切好像理所当然。然后这种状况只维持了不到十二小时。

在镜子前忙活了好一阵，依旧没有效果，卓深影不由得沮丧，只好放弃了尝试，让自己的能量身重新落回到白雨的肉身里，然后操纵着白雨的手，再次拿起了卓霓裳的日记，一字一句地看起来。

她又一连看了好几遍。每次看，都好像又经历了一遍妈妈生前遭遇过的委屈和痛苦，仿佛她真的和那个叫卓霓裳的女人曾经身连着身、心连着心。

天色暗下时，她合起本子，抬起头，发现波夜空已经坐在了房间里，正趴在桌子上，双手托腮，好奇地看着她。

卓深影心里一惊，面子上却装出若无其事的样子，问道："你是什么时候来的，怎么都不打声招呼？"

波夜空低下头，看了看腕上那块蠢笨的电子表："没多少时间，不超过半个小时。"

"就一直趴在那里看我？"卓深影故作轻松地笑了笑，自己也感觉笑得有些假。

波夜空皱了皱眉头，指了指正被她操控着的白雨，说道："你能不能不要笑啊？你看，人家白雨本来多可爱的一个小朋友啊，被你这么一笑，就跟个要给人下套的奸商似的。其实，你刚才哭的时候，才比较自然嘛。"

"什么意思？"卓深影转头看了看镜子，白雨的脸上并没有泪痕。不过，刚才在意念里，她确实有过伤心落泪的感觉，但不知道波夜空是怎么看出来的。

"虽然表面上，你现在依附在白雨身上，但在我眼里，你还是卓深影，我也不知道怎么会这样的，反正就是这样的。"波夜空好像知道她心里的想法，连忙解释。

卓深影冷冷地看着波夜空，过了很久，才终于确认对方没有在说谎。心里不由得更加郁闷，就在这时，她脑子里忽然闪出一个念头，能量身随即从白雨的体内脱离了出来。

卓深影向镜子里望去，发现自己果然又变成了那个白衣黑发的东方少女。

"怎么会这样的？"卓深影脱口而出。

"什么？"波夜空一脸茫然地看着她。

卓深影没有说话，只是试着在意念里，想象着玛丽莲的形象。然而对面的镜子里，并没有出现玛丽莲的影子，她又试着观想了一些别的形象，但镜子里的影子始终还是卓深影。

“你在看什么？”波夜空好奇地凑在她身边，也往镜子里看了起来，“你是很好看，但没必要这么自恋吧？”

“闭嘴！”卓深影呵斥道，然后指了指门口，“出去！”

“为什么呀？”波夜空挠了挠头，“你都还没问我，为什么来找你。我可是有好消息要告诉你。”

“不管好消息坏消息，现在都请你马上离开，我不叫你，就不要进来！”卓深影不容反驳地说道。

“你这个样子虽然有些蛮不讲理，但看着还蛮帅的，简直迷死人了。”波夜空脸上又露出花痴一样的表情。

卓深影恶狠狠地瞪着波夜空，波夜空被她看得心里发毛，只好悻悻地摇了摇头：“好吧，好吧，听你的还不行吗？”

说完，他磨磨蹭蹭地出了门，到门口时，回头看了一眼卓深影，问道：“这样可以了吧？”

卓深影没搭理他，伸出手指，隔空一点，房门“砰”的一声关上，几乎撞在了波夜空的鼻子上。

确认过波夜空已经看不到自己，卓深影转头又朝镜子里看了一眼。她的能量身此刻又变成了玛丽莲的样子，无论她怎样努力，卓深影都只是一个浅浅的叠影。

就在她打算重新叫回波夜空时，门被推开了一条缝，波夜空已将脑袋从缝里凑了进来。

卓深影不由得叹了口气，随即回头看镜子，镜子里的自己果然又变回了那个白衣黑发的东方女子。

因为看到卓深影没有再要把自己赶走的意思，波夜空连忙屁颠屁颠地跑到她身旁，一边看着镜子，一边连连摆手：“没事没事，你自恋吧，尽管自恋，只要让我跟着你一起恋就行。”

“你这人怎么这么烦？”卓深影皱了皱眉头，发现镜子里自己皱眉头的样子，已完完全全是人类女孩的样子，七分厌烦，三分骄傲，她自己也不知道，是怎样做到的。

“又怎么啦？看见什么了？”看卓深影正在出神，波夜空一脸讨好地问。

“对了，想问你个事。”卓深影眼珠子一转，然后把自己的能量身在玛丽莲和卓深影之间来回变异的情况说给了波夜空听。

“你早说呀。”听完卓深影的描述，波夜空拍了一下大腿，大声说道，“我不跟你说了吗？我智商390，这种事情，你问我就对了。我们是拍档，你对拍档要有点信心嘛。”

“你能不能不要这么多废话？”卓深影板起脸，打断了波夜空。

“OK！OK！”波夜空拍了拍胸脯，稍做停顿后，接着说道，“知道‘薛定谔的猫’吗？”

卓深影连忙搜索了一下能量身里储存的信息，找到了相关内容：“你是说在一个箱子里放进一只猫和一些毒药，猫有一半的可能被毒药毒死，那么在箱子被打开前，这只由奥地利物理学家薛定谔想象出来的猫，到底是死的，还是活的？你说的是这只猫吗？”

“对对对，说的就是这只猫！”波夜空忙不迭地点头，“按量子力学的观点来看，这只猫有可能是活的，也有可能是死的。只要不打开箱子，两种情况是同时存在的，但只要打开箱子，猫是死是活，就会由观测它的那个人来决定。”

说到这里，波夜空停顿了一下，意味深长地看着卓深影，说道：“现在，你明白了吧？”

“明白什么？”卓深影瞪大眼睛问道。

“这不明摆着的吗？现在你就是那只薛定谔的猫，因为你的能量身本来就是一种量子态，所以不用箱子，只要我看你一眼，就马上现世。你是卓深影，还是玛丽莲，你说了不算，我说了算。”波夜空得意地扬了扬下巴。

“为什么？”

“因为这是我看见的嘛，只要我心里认为你是什么样子，你就会是什么样子。”

“但我自己心里认为我是卓深影，为什么在镜子里，我看见的却还是玛丽莲？”

“这就是区别！你是‘想’成为卓深影，我是想都没想，就直接看见了。”

“这有什么区别？”

“当然有区别。”波夜空得意地舔了舔嘴唇，说道，“因为！你是‘想’，这说明什么？说明你和你‘想’认为的那个人不是一个人，你是作为你主人的分身‘想’要看见卓深影，所以你的量子态自然就会呈现为两个影子。”

“但为什么除了卓深影，我‘想’变成任何人的样子，都能轻而易举地做到？”卓深影面带讥讽，也故意在“想”字上加了重音。

“因为那些人和玛丽莲一样，在你的潜意识里是没有区别的，都只是你主人的一个幻影而已，但卓深影对你来说，却不是蜜之蜃姬的幻影，而是一个完全不同的状态。两者的区别就在这里！”

卓深影心里一震，似乎有点明白问题的症结所在了，连忙问道：“那我要怎样做，才能让我的能量身完全变成卓深影的样子？”

“简单啊，”波夜空一脸自得地跷起了大拇指，指了指自己，“只要你跟我长相厮守，这不就OK了吗？”

卓深影鼻子出气，皮笑肉不笑地看了波夜空一眼，拖长语调说道：“你这个样子是不是就是花痴的意思？”

“对啊，我师父就是这么说我的。”波夜空完全没把卓深影的讽刺当回事，甚至还有些得意，“有什么办法啊，生来就是这种脾气，一看到美女就激动。你不知道，从小到大，为这事我不知道挨了我师父多少打，脑袋三天两头肿得像猪头。不过，最近好点了，自从见到你，我对其他美女就兴趣不大了。”

“你师父？”卓深影心里一动。

“我师父是个秃驴，就是和尚的意思。不过，他脑袋其实不秃，头发比草还多。”

“你师父是不是教过你什么奇怪的技能，所以你才会看得见卓深影？”

“没有。那老迷信总说我定力太差，什么本事都不肯教我，倒是我那些师兄弟都跟他学了些乱七八糟的东西。对他来说，我就是他用来剥削的童工。不过，谁让我智商高啊，他教别人的那些狗屁功夫，我随便整个机器出来就能搞定。他那些封建迷信和伪科学，哪儿比得了我的真科学啊？”波夜空说着，得意地舔了舔嘴唇。

“这么说来，你身上是带了什么仪器吗？”卓深影一边说着，一边靠拢过来，在波夜空身上搜索起来。

“没有啊……干什么……不要对我动手动脚！这不公平，你碰得到我，我碰不到你，这是一种不平等的男女关系……”

卓深影没搭理波夜空，伸手在他身上上上下下搜了好几遍，却什么也没发现，悻悻地住了手，连忙换了个话题，说道：“让你帮我查的事，查得怎样了？”

“我今天来找你就是为了这件事，这么有难度的事情，换了别人肯定门都摸不着，也只有我这种智商和科学素养都高得离奇的天才，才帮得了你，你说你运气好不好，竟然没费吹灰之力就碰到了我，什么叫天生一对，说的就是你和我啊。”波夜空又开始喋喋不休。

“你能不能少说点废话？”卓深影忍无可忍。

“哎呀，生气的样子都这么可爱，我喜欢！”波夜空痴痴地看着卓深影，不住地摇头晃脑。

卓深影快要被气疯了，虽然她现在是能量身，但她的胸口还是被气得起伏起来，人类所具有的情感和反应，现在她不用特意去找，就已经自然而然地发生，要不是听说波夜空手上有线索，她几乎都想冲过去掐死他了。

波夜空也看出卓深影在生气，连忙一本正经地说道：“好吧好吧，我这就跟你详细说一说，听了上回你跟我说的那些事情，我回去想了想，觉得还是挺有可能的。如果把新唐城这个地方放在我们的宇宙里来看，位置很奇特，完全可以构成一个奇点。”

“奇点是什么？”卓深影连忙平复了一下情绪，问道。

“这个说起来有些复杂，就是一帮科学疯子在胡说八道，内容大概就是宇宙里面存在着一个奇怪的点，过了这个点后，我们这个时空的所有规则都会失效。一般来说，科学疯子们认为，奇点只存在于黑洞之中。但根据我的发现，任何一个地方都可能成为一个奇点，只要你找到可以将它和宇宙的其他部分关联起来的线索。”说着说着，波夜空又得意地扬起了下巴。

“这跟我要调查的事情有什么关系？”

“所以如果有人把新唐城设置成一个奇点，那么你只要在这里对一些特定的事物施加影响，就能影响到整个宇宙。”

“你是说，在这么一个弹丸之地就可以控制整个宇宙，这怎么可能？”卓深影瞪大眼睛，一脸怀疑地看着波夜空。

“你以为宇宙是什么，一个固定的物体？不是的，那只是一个假象，真正的宇宙是一串连锁反应，就像你，如果没有你妈，或者没有你妈在怀你的那天喝的那杯牛奶，你可能就不是现在的这个你了，甚至可能就没有你了。知道蝴蝶效应吗？”波夜空问。

卓深影抬起脑袋想了半天，终于在主人的记忆里找到了相关知识，点了点头说：“是说亚马孙森林里的蝴蝶扇了两下翅膀，两个星期后会在得克萨斯造成一场飓风吗？”

“差不多就是这个意思。”波夜空点了点头。

“但这种事情是可以人为操纵的吗？”

“一般人当然做不到，但你要知道世界上也有像我这样的奇才，只要我们这种人稍微努力一下，还是可能做到的。”

“怎么做？”

“咳，咳，咳，这个……目前我还在研究中，我先给你讲个故事吧，知不知道有一本名叫《聊斋志异》的古书啊？书里讲了一个故事，说有个道士，一天出门时，给一个木盆扣了个盖子，让徒弟不要打开看。结果徒弟没忍住，趁师父不在，打开盖子偷看了一下，发现里面是一盆水和一只小帆船。偷看时，徒弟不小心把船弄翻了。结果不久师父湿淋淋地回来了，大骂徒弟，说你小子肯定偷看了盆里的东西，刚才我在海上航行时，突然刮来一阵风，我的船就翻了。”

“啊，还有这种事情？”听着波夜空说的故事，卓深影不禁入迷，忍不住赞了一声。

“你这个样子好萌啊，哎呀，受不了啦，再这样下去，我会得心脏病的。”波夜空又发起花痴来，盯着卓深影的脸喃喃自语。

“又怎么啦？快说正事！”卓深影做出凶巴巴的样子，心里却有些忍俊不禁。

“其实我师父他们的那个秃驴教，也有一种类似的技术，叫曼荼罗或者坛城，理论上就是利用一个小模型来控制一个大空间。”波夜空舔了舔嘴唇，继续道，“所以呢，为了讨你欢心，我今天一直在废寝忘食地工作，借助这种曼荼罗理论，我用电脑为新唐城和宇宙建立了一个计算连锁反应的数学模型，用了一天时间，终于为这项伟大的工程开了一个好头。”

“你到底想说什么？”卓深影不耐烦地打断了波夜空。

“现在，请你告诉我……”波夜空一脸肃然，但还是掩饰不住来自心底深处的得意，“世界上最近的一次灾变发生在哪里，然后我会将它代入我的数学模型，来寻找这个事件跟新唐城的对应点，再去现场验证，看看事情到底是不是这样。”

“昨天下午五点，印度洋发生了一场十级地震，位置大概是南纬53度，东经66度。”远远传来一个低沉的声音，过了好一会儿，朴不见的身影才姗姗来迟地出现在门口。

“是你？”波夜空夸张地倒吸了一口凉气，回头看了一眼卓深影，“你男朋友？”

“你认识他？”卓深影没搭理波夜空，回头问朴不见。

趁着这个机会，波夜空已经凑到卓深影身边，一边看着朴不见，一边喃喃道：“一个男人长得这么妖艳，不觉得这个事情有点诡异吗？”

波夜空一副煞有介事的样子，虽在压低声音，但他的声音因为这个故意压低的姿势，反而显得更加引人注目。但另外两个人却都当他不存在似的，所有的注意力都放在了对方身上。

“哦，我找他修过车。”朴不见不动声色地解释。

“为什么要找他修车？”卓深影也笑吟吟地问道，眼睛却死死地盯在了朴不见的脸上。

“就是碰巧了。”朴不见笑着摆了摆手，一副懒洋洋的样子，在沙发上坐下。关于哭大师就是河南森林里那个矮个子乞丐的事情，朴不见还是不想就这么告诉卓深影。

“你知道我们刚才在说什么吗？”波夜空见缝插针，插嘴问道。

“我们四天王星人都是顺风耳，只要愿意，方圆十公里之内，没有声音能逃过我们的耳朵。”朴不见说道。

“看到了吧，人品不是一般的差，竟然偷听别人说话……”波夜空再次凑到卓深影身边，毫不掩饰地挑拨离间道，说到一半时，他忽然停了下来，回过头，上上下下打量着朴不见，然后才再次开口说道，“这么说，你也是外星人？”

“你这人怎么这么啰唆，难道我刚才说得不够清楚吗？”朴不见不再搭理波夜空，而是转过头，像看陌生人一样，看着已转变了形象的卓深影，过了很久，才微微撇嘴，说道，“这画风不错，比玛丽莲更适合你。”

“这还用说，这世界上除了我，还有谁能让小影变得这么美，她是我的……”因为看到卓深影在目露凶光，波夜空一哆嗦，连忙又加了两个字，“女神。”

“快点干活！”卓深影和朴不见不约而同地朝波夜空大吼。

“干什么？干什么？干活前，总得介绍一下吧。”波夜空连忙理了理头发，做出一副很帅的样子，向朴不见伸出了手。

“不用介绍了，波夜空嘛！悟空寺修理厂的头牌技工。”朴不见嘲弄地说道，并没有要跟波夜空握手的意思。

波夜空只好将手悻悻地收了回来，说道：“那只是我用来掩护身份的。”波夜空停顿了一下，然后一脸深沉地说道，“我真实的身份是……地球上……最聪明的人！因为我的智商有……390。”

朴不见笑眯眯地冲他点了点头：“幸会幸会！”

“对了，上回忘了问你，外面都说你是弯的，真的假的？”波夜空一边说，一边又回头看了一眼卓深影。

朴不见倒不生气，也意味深长地看了一眼卓深影，然后对着波夜空认真地点了点头：“你说是就是喽，为朋友两肋插刀嘛。”

波夜空满意地点了点头，再次回头看卓深影。卓深影终于被他搞得不耐烦了，皱起眉头狠狠地瞪了他一眼。

“好吧好吧。”波夜空好像被吓着了，连忙闭上眼睛，嘴里念念有词，“让我想一想，刚才我想说什么来着？”

“你的那个数学模型！”卓深影忍不住吼了起来。

“噢，对对对，我的模型……这东西现在就装在我的脑子里，虽然有些复杂，但谁让我的智商有390，三分钟，只要给我三分钟！”说着，波夜空在嘴里叽里咕噜地念念有词，眼睛也跟着闭了起来，眉头微皱，像正在思索着什么。

过了好一会儿，他紧闭的双眼忽然打开，脸上又露出嘚瑟的表情，伸出舌头舔了一圈嘴唇，说道：“有了，我们现在去市政厅！”

“市政厅？”朴不见脸上露出一丝诧异的表情。

“怎么啦？”卓深影问。

“昨天下午五点，也就是印度洋发生十级地震的时候，费切拉马集团正在市政厅召开新闻发布会，当时快闪革命党的人忽然出现，在现场捣乱，引起了一场骚乱。”朴不见道。

“快闪革命党？这是什么东西？”卓深影问。

“是个专门搞恐怖活动的犯罪组织。”朴不见道。

“什么犯罪组织，那是费切拉马公司的人故意抹黑，人家不过是老揭你们的短，然后搞一些好玩的快闪行动罢了，你们非说人家是恐怖组织。要说蓬莱洲有什么恐怖组织，那也是费切拉马集团。”听到快闪革命党的名字，波夜空看上去有些兴奋。

朴不见没搭理波夜空，从沙发上站起来，看了一眼卓深影，说道：“我们现在就去市政厅。”

话音未落，两人已经行动起来，卓深影的能量身直接跃迁到了白雨身上，跟着朴不见往门外走去，两人都没有要招呼波夜空的意思。

很快，房间里就只剩下了波夜空一个人。站在空荡荡的房间里，不住地摇头叹气，波夜空郁闷了老半天，才悻悻地追着两人背影消失的方向出了门。

本章回顾：

波夜空来找卓深影，跟她详细描述了自己的猜想，他怀疑新唐城是个可以控制整个宇宙的曼荼罗，为了验证他的数学模型是否可行，他需要找到第二个蝴蝶效应点。正好此时朴不见跑来找卓深影，并告诉两人，昨天下午印度洋发生了十级地震，波夜空用自己的数学模型一算，发现印度洋跟新唐城的市政厅有着某种对应关系。

小贴士：

快闪革命党：一个蓬莱洲年轻人进行快闪行动的临时组织，是没有实体的虚拟组织，成员之间用区块链的暗网技术进行联络，因为喜欢恶搞费切拉马集团，揭露集团的种种内幕，被费切拉马公司定性为恐怖组织。

第十八章
这朴不见看起来不太好对付

因为被哭大师管得严，波夜空从小到大，很少有机会在凌晨三点来到新唐城的街头。此刻坐在朴不见的车后座上，他看着窗外，城市上空到处飘着烟雾和蒸汽，显然那些负责回收垃圾和废料的工厂到了夜晚也没有休息，正在加班加点地开足马力。

一座如此忙碌的城市，却还是这样贫穷，这显然不合逻辑，却也是蓬莱洲的现实。这片大陆百分之九十的居民都欠了费切拉马集团的高额债务，而另一方面，废料回收和初级原料的再生产，利润极微薄，靠着在这些垃圾回收工厂里的工作，大多数人不仅还不了债，连从旧大陆买回足够的食物都有些困难。从波夜空有记忆那天起，生活已是如此艰难。

不过，幸亏他们这些孤儿遇到的是哭大师。三个退役老和尚手里都有一手技术上的绝活，做事情又靠谱，新唐城里只要有什么机器坏了，大家第一个想到的就是悟空寺修理厂。而修理厂平时也会用各种废料组装一些好用的二手机器，来赚些钱，再加上修理厂又没欠债，赚来的钱，哭大师他们也不会往自己腰包里装，所以艰难归艰难，但从小到大，波夜空却没有挨过一天饿。虽然面子上他老是不买师父的账，但在他心里，师父已是父亲一样的存在。

正胡思乱想间，波夜空的脑子里忽然闪过一个念头：前两天朴不见把自己找去，一定不是为了修车，而是为了调查他师父。而且看朴不见刚才闪烁其词的样子，他调查师父的事情，应该是瞒着卓深影进行的。这么看来，这两个外星人之间关系应该不深，就像卓深影找他来当带路党，肯定也没有跟朴不见商量过，而且卓深影明显是想用他来制约朴不见。波夜空不由得在心里叹了口气：原来外星人也跟我们地球人一样，有自己的小心思。这样想着，不知为何，他傻乎乎地笑了起来。

过了一会儿，波夜空又一转念，想到了朴不见来调查他师父的原因。他想起来，卓深影跟他说过，那天半夜在河南森林里发生的事情，现在想来，那个小矮子和那个大个子乞丐其实很像他的师父哭大师和三师叔不得头陀。

就在这时，车忽然停了下来，市政厅出现在了前方一公里左右的地方。

“我们在这里下车吧。”朴不见对身边的卓深影说道，“市政厅门口附近有很多摄像头，我怕万一有什么问题，他们会查门口的录像，到时候看到这车就不好办了。”

“好。”卓深影点了点头。

下车前，朴不见从储物柜里拿出三个一次性口罩，示意大家戴上，然后才下了车。

波夜空远远地跟在了两人后面，一路上东张西望，不久就来到了市政厅的门口。

这是一幢五层楼高的广场式建筑，进门后的第一层是用来举办大型活动的大礼堂。此刻守在市政厅门口的保安正在打瞌睡，没费什么力气，三人就越过了隔离栏，进入了通往大礼堂的走廊。

快到礼堂入口时，里面传来一阵声响，像是有人在搬东西，三人连忙屏住呼吸，蹑手蹑脚地跑到了入口处，往大厅里看去。

大厅里一片狼藉，地上到处是黏糊糊的果冻和破碎的气球。快闪革命党这次快闪行动的道具是果冻和气球，气球下面还挂着批评费切拉马集团号召大家起来反抗的标语，可以想见，傍晚时分的快闪行动一定充满了戏剧感和想象力。

大厅中央站着三个黑衣人，正在奋力扶起一个被打翻的巨型陶瓷鱼缸。波夜空想不明白，这三个人为什么要在三更半夜干活，而且放着满地的垃圾和宣传品不管，竟然先要去扶正那个大鱼缸，最令人不解的是三个人还蒙着脸。

在将鱼缸摆正后，那三个人开始往缸里灌水，但水不是从水管里接来的，而是那三个人用手从湿漉漉的地面上吸出来的，然后倒灌回了鱼缸。

波夜空回头看了一眼卓深影和朴不见，发现这两人也是一脸的疑惑。

鱼缸很快被注满，三个黑衣人交换了一下眼色，一闪身，凭空消失在空气里。

黑衣人消失后，波夜空抢先从藏身处跑到了鱼缸边，上下左右查看着那个椭圆形的彩釉鱼缸。

“印度洋？”身后传来了朴不见低沉的声音。

波夜空点了点头，心里一动，钻到了鱼缸下方。

鱼缸底部刻着一些奇怪的符号，看上去像是某种咒语。波夜空连忙拿出手机，将它们拍了下来。

“这么说，你的计算模型是有效的？”

波夜空听见卓深影在他耳边说话，一回头，发现依附在白雨身上的卓深影也钻到了鱼缸下面，正跟他肩并肩看着那些符号，因为两人的距离近到可以感知呼吸的程度，波夜空心里有些喜滋滋的。

“不好说，也可能是巧合。”波夜空故作深沉，煞有介事地皱了皱眉头，“还得再找几个证据，才能下结论。”

“这些符号是什么意思？”卓深影一脸疑惑地问。

“不知道。”波夜空摇了摇头，此时朴不见也蹲下身来，将脸凑近了鱼缸，往鱼缸下面看着。

正在这时，一束强光照了过来，然后传来一阵拉枪栓的声音和一个男人的吆喝声：“什么人？待在原地不要动，把手伸到我们能看见的地方来！”

在沉默片刻后，波夜空和白雨将手从鱼缸下面伸了出来，蹲在外面的朴不见也乖乖地举起了手。

接着一个女人的声音悠然地说道：“现在可以出来了，但要慢慢来，很慢很慢……”

本章回顾：

波夜空陪同卓深影和朴不见去市政厅，调查印度洋地震的事情。三人来到市政厅，正好看到三个黑衣人在安放一个被打翻的金鱼缸，行为古怪。他们意识到那鱼缸有古怪，果然在鱼缸下面发现了神秘的符号。正在此时，突然有人闯入市政厅，将三人包围了起来。

小贴士：

费切拉马集团：费切拉马的名字来自英文Futurama，意为未来世界，名字源于1939年的纽约世界博览会。当年蓬莱洲的海上油田被发现后，世界上十三家最大的财团组成了一个费切拉马集团，从联合国手上投标拿下了油矿的开发权。蓬莱洲首府费切拉马城正是得名于此。

第十九章
日记本里没有写出来的内容

波夜空清晰地记得，第一次和顾得满见面时的情景。

那是一个多雨的夏天，因为下了很多场雨，新唐城那些残破的柏油马路和工业垃圾堆上长出了密密麻麻的杂草，这是他第一次看到这座灰蒙蒙的城市变成了绿色。

那一年他八岁。当时师父派他去隔壁街上打酱油。刚拐过一个街口，他就发现，自己被那群打劫的孩子盯上了，一前一后两拨人把他的进路和退路都堵住了，他只好一闪身逃向那条陌生的岔路。

当时顾得满正好回新唐城过暑假，骑着自行车和小柯、小施出门闲逛，半路上车链子掉了，在路边忙活。就在这时波夜空朝他的方向跑了过来。

顾得满一向见不得欺负人的事，眼前又是一伙大孩子追打一个小小孩，他自然不会袖手旁观，便带着小柯和小施跟那伙人打了起来，他天生神力，没费多大工夫，就把那群大孩子给打哭了，作鸟兽散。

波夜空心里感激，嘴上却没说客套话，直接蹲下来帮顾得满把车链子给安好了，然后一番评头论足，说车这地方不好，那地方有问题，把顾得满说得两眼发直，都恨不得当场把车给扔了。这时波夜空却说，可以把车送到修理厂，他免费帮他解决问题。

第二天顾得满真的把自行车送到了修理厂，想看看波夜空是不是在吹牛。波夜空也不怯场，三下五除二把车拆了个七零八落，然后这儿敲打几下，那儿焊接一会儿，忙得不亦乐乎。

就在顾得满心里犯嘀咕时，波夜空又把车重新组装了起来。顾得满骑了一下，简直跟飞一样轻快。

两人就此成了朋友。虽然年龄上差着四岁，但波夜空本就嫌同龄人幼稚，一向喜欢跟比自己大的孩子交往，再加上他从小看了很多从垃圾堆里淘来的旧书，见识比顾得满还丰富，而顾得满本也是喜欢交朋友的人，便接受了这个比自己小四岁的“死党”。

认识了波夜空，顾得满自然就认识了井下光。井下光虽看似虚荣、浅薄，不着调到了极点，但因为是极品，顾得满也不得不承认这女孩身上有种说不清楚的亲和力，竟也稀里糊涂地让她成了自己的朋友。然后在这年寒假，顾得满又把他在费切马斯特学校的同班死党河原细美带到了哭大师的修理厂。四个孩子个性上天差地别，但因为都有一些怪异到跟一般人格格不入的东西，就被彼此吸引了。

四年前，一直在费切拉马城念书的顾得满高中毕业后，决定不再继续读大学，回到新唐城，来接他老爸的班。从那时候起，顾得满就再也不肯跟河原细美见面。原来的四个人，变成了两组三个人，有顾得满就没有河原细美，有河原细美就没有顾得满。虽然波夜空对男女之间那些微妙的东西不是很懂，但知道两人之间一定有什么说不清道不明的事情，以至都无法面对彼此。

但波夜空没想到，刚才在市政厅带人用枪指着他们的，竟是顾得满跟河原细美。

“喂，你们两个不都不共戴天了吗？怎么又在一起混了？”上了鲨鱼商务车后，波夜空左看看右看看，不断地挠头吸气，直把顾得满和河原细美都看毛了，才坏笑着问。

刚才在市政厅发现被人抄了后路，波夜空还真担心脱不了身，回头看见领头的人是顾得满和河原细美，这才松了口气。一阵挤眉弄眼后，顾得满主动当着一帮人的面，说波夜空等三人是来帮自己做调查的，才总算让他们逃过了市政厅保安人员的质询。随后顾得满将他们带回到了鲨鱼商务车上。

“应该是为了对付快闪革命党吧。”顾得满和河原细美还在沉默，朴不见已看出两人有些尴尬，便主动替他们作答，“据我所知，费切拉马集团为了对付快闪革命党，除了保安部，还动员了壮丁团。日韩城虽自成一体，但行政区划上归费切拉马在新唐城的分公司管。今天应该轮到和生财跟极道会在附近巡逻，顾公子跟河原小姐，当然都是替父亲出来值夜班的。”

“快闪革命党不过就是个小玩闹，至于吗？”波夜空不屑地撇了撇嘴。

“这群人可不是什么小玩闹，昨天在费切拉马公司的新闻发布会上，他们竟然截下了现场的音频和视频，然后公布了费切拉马集团的内部账单。这些年蓬莱洲大多数人都穷得只剩下了底裤，除了费切拉马城，其他地方都破得跟贫民窟似的，费切拉马集团却赚得盆满钵满。要知道，昨天媒体都在进行直播，这种时候公布这样的消息，摆明了是想挑事。而且快闪革命党还透露，以后每个月都要公布一桩费切拉马集团的经济丑闻，这样下去，估计蓬莱洲很快就要革命了，费切拉马的人能不急吗？”坐在副驾驶座上的小柯悠悠地说道。

“费切拉马的人急不急我无所谓，主要是看到你们两个又在一起混了，我很欣慰。”波夜空还在来回看着顾得满和河原细美。

“细美现在有男朋友了，阿空，你以后不要再开这种玩笑。”顾得满的神情还是很平静，却透出一股不容置疑的威严。

波夜空吐出舌头舔了一圈嘴唇，知趣地换了个话题：“不过，据我所知，快闪革命党是个没有实体的虚拟组织，成员之间用区块链的暗网技术进行联络，实际生活中并不认识，将他们联系在一起的只是一个理念，就是反对费切拉马集团。他们只是为了这个理念，才选择在特定的时间和地点一起行动，快速地聚合，快速地解散，就算你们抓到再多快闪革命党的党徒，也抓不住那个没有实体的理念。只要蓬莱洲还是今天的样子，这个理念就会一直存在下去。”

“阿空，事情没你想得那么复杂。”一直在沉默的河原细美终于开口说道，“保安部从抓获的快闪党党徒那里获知，十个党徒里有九个不是为了什么理念，纯粹是因为崇拜快闪革命党象征的欢乐女神，而且所有快闪行动的计划都是由欢乐女神发布的，所以保安部认为，只要能把欢乐女神捉拿归案，这件事情就算结束了。”

“你也这么想？”波夜空回头看了一眼顾得满。

顾得满不安地避开了波夜空的目光，他知道波夜空问的不是欢乐女神的事，而是不满他为费切拉马集团效命。顾得满将脸转到了另一边，假装看着窗外的街景：“我们和生财只是在费切拉马集团下面讨口饭吃的民团，政治这种东西不是我们能管的。”

“对了，你们刚才为什么会在市政厅里？”河原细美插嘴打断了两人的对话，脸上依旧是不温不火的笑容，好像只是随口问起，目光却若有所思。

“那个鱼缸是在我们公司投保的藏品，我们是过来看一下鱼缸有没有问题的。”波夜空还没来得及开口，朴不见已经抢先开了口。

“你呢？”河原细美笑眯眯地看向波夜空。

“我是专家！这种事情专家能不到场吗？”听到朴不见说出的借口，波夜空连忙顺着杆子往上爬。

“她呢？”河原细美还在看着波夜空，手却指向化身为白雨的卓深影。

“鱼缸是她们家祖传的，有没有问题她最清楚。反正我们跟那个快闪革命党八竿子打不着，这位朴不见先生也是费切拉马集团的人，我们没有义务回答你的问题。”波夜空一边说，一边趁着所有人不注意，用右手的食指和无名指摸了摸鼻子，这是他以前和顾得满在街上跟其他小孩斗智时约定过的手势。

顾得满心领神会，朝河原细美摆了摆手：“细美，还是先办我们自己的事。”

说完，他让小施把车停到路边，亲手替朴不见和卓深影开了门：“两位可以走了，阿空留一下，我有事要跟你说。”

“你们走吧，明天我去找你们。”波夜空朝两人挥了挥手，然后好像想起了什么，看了一眼朴不见，又看了看卓深影，“小姑娘，记得，我才是你可以信任和依靠的人……”

波夜空还要再说，车已经发动起来，他的声音消散在夜色中。

直到鲨鱼商务车连影子都看不见了，朴不见和卓深影还在看着路的尽头。

“接下来怎么办？”朴不见转过头看了一眼卓深影。

“没有那神道的家伙和他脑子里的数学模型，暂时什么也干不了了。”卓深影摆了摆手，然后指了指自己的鼻子，“我的宿主现在已经很累，她毕竟还是个孩子，我们还是先回去休息吧。”

朴不见点了点头。

然后向刚才停车的地方走去，卓深影操控白雨的身体，跟了过去。

走了一会儿，朴不见忽然想到了什么，目光闪烁，语带讥诮地说道：“蜜之蜃姬的人还会管宿主的死活，我也是第一次听说。”

“这孩子是自己不想活了，所以我偏要让她活下去。”卓深影看着前方，若有所思。

“是不是因为发现了自己的身世，你才会有这样的反应？”朴不见看似不经意地问道。

卓深影心里一惊，转头看了一眼朴不见，能量身已在聚集力量，随时准备动手收割眼前这个多嘴的家伙。

“记得吗？那天你掉在地上的日记本，我故意装出满不在乎的样子，但又很想帮你捡起来，所以我就把它捡了起来。”说到这里，朴不见停顿了一下，脸上露出调侃的笑意，“忘了告诉你，我们四天王星的人除了是顺风耳，还有一个特殊的能力，就是只要接触过一个物品，便能获取隐藏在物品内部的信息。”

卓深影没想到对方竟如此坦白，一下子不知该说什么好了。

“我记得日记本里说，你妈怀你的那天，看见天上的星星连成了一个光网，然后慢慢沉降到新唐城里，你妈妈因此怀上了你，如此看来，你和我们要调查的事情之间，一定有着某种关联。费切拉马集团当年之所以陷害你妈妈，也应该另有奥妙，现在既然没有其他线索可寻，不如先查一下你妈妈的事，也许会有意外的收获。”朴不见让自己的语气尽可能地平淡。

卓深影低头沉思了片刻。这个想法她自己心里也闪现过。但最后她还是选择了逃避。

“对了，我利用在费切拉马当保险调查员的便利，从保安部的数据库调出了你妈妈那桩案子的档案。”朴不见从口袋里掏出一个缩微全息光储器，递向卓深影，“光储器里有办这个案子的侦探和那些证人的资料，我都存成了全息影像，如果你打算为你妈妈报仇，可能会用得着。”

“什么意思？”卓深影没有伸手去接光储器。

“你可能不知道，我不仅能看到日记本里写出来的内容，还能看到没有写出来的内容。”朴不见说道，“你妈妈在日记里故意省略了一些事情。”

卓深影冷笑，但还是忍不住问了一句：“什么事情？”

“那天，她和父母去海边度假时，认识了一个旧大陆来的摄影师。小伙子是富家子，当时对你妈一见钟情，你妈也不讨厌他。后来他向你妈求婚，还说要把你妈一家人都接回旧大陆去。这下你该知道，你外公外婆为什么非要你妈把你打掉了吧？”朴不见夸张地叹了口气，“只是你妈认定了你，把自己的人生放弃了。”

“你骗人！”卓深影叫了起来。

“信不信由你！这些资料，你可以要，也可以不要。”朴不见面无表情地耸了耸肩。

此时，顾得满的鲨鱼商务车已拐了三个弯，驶过了十几个路口。

刚才将朴不见和卓深影放下后，顾得满刚要开口问话，就被波夜空制止了。波夜空神秘兮兮地指了指后视镜里的朴不见，然后掏出手机，比画了一下。

很快，波夜空用社交软件建起了聊天群，示意大家把要说的话用输入法敲到手机里去。

“什么情况？”聊天群刚建完，顾得满就抢着问。

“那韩国人很邪门，据他说，他能听见十公里之内的所有声音，所以有些话还是打字比较方便。”波夜空抬起头，向众人摊了摊手。

“怪不得那人办案子这么厉害，原来他有这一手。”河原细美也往群里输了两行字。

“对了，为了不让他起疑心，大家在嘴巴上胡诌几句吧。”波夜空提示。

众人心领神会，开始七嘴八舌地讨论欢乐女神的真实身份。众人一边说着话，一边在手机上继续着刚才的话题。波夜空把事情的来龙去脉简单介绍了一下，从他在故地小区遇见卓深影开始说起，然后讲了他是如何认识朴不见的，又讲了为何他会认为新唐城和全宇宙之间有着某种联系，一直说到今晚三人夜探市政厅的来由。

敲完这一大段文字，波夜空抬头看了看顾得满和河原细美，本以为两人即使不是大吃一惊，也会怀疑一下，却没想到两人的神情看上去很平淡，好像这种匪夷所思的事情是理所当然的。两人过于沉着的反应，反而让波夜空有些摸不着头脑了。

“你们真不觉得，这些事情是我瞎编的？”波夜空挠了挠头，在群里追问了一句。

顾得满和河原细美都摇了摇头。

“那你们怎么看？”波夜空又问。

“小施好像跟你说过，前几天我们在故地小区外面，遇到了一些奇怪的事情。所以，我没觉得你现在说的事情有多难理解。”顾得满在群里说道。

“对啊，要不是为了跟那个杠精打赌，我也不会去故地小区，就不会遇见卓深影了。不过，杠精现在在开车，我就不去刺激他了。”波夜空一边点头，一边朝驾驶座上的小施做了个鬼脸。

“听我老爸说，费切拉马集团的高层人士这几天派出了很多眼线来新唐城，里面有科学家，也有些异能人士，据说都是为这件事情而来。老爸跟我说，费切拉马集团的十三董事家族，其实都掌握了很多高于地球人现有水准的高科技，有的甚至还一直在跟外星人保持联系，但他们一直对此藏着掖着。这次能把他们给惊动了，可见此事非同一般。”河原细美神色平静，一边在嘴上说着闲话，一边往聊天群里输入了一大串文字。

“哎呀，到底是有背景的人，知道的内幕就是比我们这些平民要多。这下子我心里更有底了。”波夜空一边输入文字，一边伸出舌头，舔了一圈嘴唇。

“对了，想起一件事情来了，一星期前，我们家枯山水里的假山突然冒出了岩浆，我当时好奇，跑去看了一眼，发现枯山水的假山石背后，也有类似刚才金鱼缸底部的特殊符号……”

河原细美把要说的话，刚输入到一半，就被顾得满打断了。

“阿空说的是我们新唐城里有古怪，没说你们日韩城也是如此。”顾得满一边在手机上输入着文字，一边调侃地看了河原细美一眼。

“也不是，日韩城本就是新唐城的一部分，是细美她老爸多事，才分出了一个所谓的日韩城。根据我的推算，这个类似曼荼罗的蝴蝶效应矩阵，应该也覆盖了日韩城的范围。”波夜空在群里说道。

“看到了吧，我就觉得是。”河原细美一边输入，一边抬起头，得意扬扬地看了顾得满一眼。

“有了，我刚才把细美家输入到我的数学模型里试了一下，他们家的枯山水正好跟黄石公园对应，好像一星期前有条新闻，说黄石公园底下的大火山有爆发的迹象，如果成真，人类将会面临--场浩劫。不过，后来又有人出来辟谣说，这是虚惊一场。”波夜空在群里补充道。

“你这么一说就对上了，那天假山刚开始冒岩浆，帮我们设计枯山水的上秘院就派了人来，马上给假山换了几块石头。”河原细美一边输入着文字，一边若有所思地点了点头。

本章回顾：

包围波夜空等三人的，是顾得满和河原细美。两人正好都是波夜空的朋友。在波夜空的示意下，两人放过了卓深影和朴不见。事后，波夜空悄悄将两人的来历告诉了顾得满和河原细美。两拨人分手后，朴不见将当年陷害卓霓裳的凶手名单交给了卓深影，鼓励她为妈妈报仇。

小贴士：

顾得满：新唐城四大壮丁团之一、和生财的少主人，壮丁团年轻一代的佼佼者，不仅能打，人长得也帅，笑起来的时候更是迷死人，在新唐城里有一个“公子阿满”的雅号，身边一直跟着两个铁杆部下：神枪小施和智多星小柯。

第二十章

修理厂有奇怪的东西在干扰她的生物能

卓深影已经在朴不见的变形车里待了一整天。

这车现在使用的是玛莎拉蒂的外形，虽有些夸张，但因为被朴不见用变形车的塑形装置刮花做旧过，所以看上去像是从垃圾堆里淘来的幸存物，在街头晃了一天，并没有多少人真正注意过它。

按照原来的计划，卓深影要找当年那十二个做假证的证人和五个办案的保安部侦探报仇，朴不见是给她做向导的。然而两人都没有想到，他们找到这些人的住处时，才发现当年的仇人都已经死得差不多了，现在只剩下最后一个还没有确认生死。

“怎么会这样？”从上一个家里出来，刚在车里坐定后，卓深影就忍不住问道。

“是有些奇怪。”朴不见还是很冷静，脸上完全看不出对这件事情的态度，唯有涂在唇上的变色唇膏在前窗透进的阳光下闪闪发亮。

“十六个人都在我妈被害后的三个月里死掉了，都是死于交通事故，肇事者还都逃逸了，现场也没有留下目击者。巧合也不至于巧合到这种程度。”

“也许是报应。就像地球人常说的，出来混是要还的。”朴不见的嘴角上露出一丝浅浅的笑意。

“你也相信因果报应这种荒谬的事情？”

“我不是地球人。”朴不见摊了摊手。

“如果我没猜错，郑有生肯定也死掉了。”卓深影咬了咬嘴唇，说道。

“我们去看一下吧。不管怎么说，郑有生是探长，这个案子是他负责的，小喽啰可以死，大头目则未必。”说话间，朴不见已将变形车发动了起来。

“但愿。”卓深影点了点头，心里却早已不抱希望。

果然，两人找到郑有生家时，情况跟前几家如出一辙，在卓霓裳离世八十三天后，郑有生出了车祸，不过，也有跟前面十六个人不同的地方，就是事故现场没有找到他的尸体。

“怎么会连尸体都没有找到？”朴不见轻轻晃了晃手里那张百元面值的费切币，慢条斯理地问道。

郑有生的遗孀躺在一堆乱糟糟的杂物中间，努力抬了抬头，看了一眼那张费切币，下意识地咽了口唾沫。虽然她丈夫生前是保安部的探长，在蓬莱洲也算是中上阶层，但这个地方就是如此现实，她老头子一死，老太婆就顺利地跌入了底层，因为之前嫁了个好丈夫，所以什么生存技能都没学会。人到中年，只好在回收厂做起了最低级的分拣工，分拣的都是有毒的化学品，如今五十不到，已是一身毛病。

刚才进门时，朴不见向老太婆声称，自己和卓深影是兄妹，他们的父亲跟郑有生是老朋友，这次是受父亲所托，来看望世伯的。那老太婆显出了底层人士特有的嗅觉，谈话开始后，两人无论怎样旁敲侧击，她都是嗯嗯啊啊，顾左右而言他。直到朴不见掏出那张百元大钞，老太婆才一下子来了精神。

“不知道，也许是被那个肇事的杀胚毁尸灭迹了。”老太婆咳嗽了两声，喉咙里发出轰隆轰隆的痰声。

“不应该啊，不是在高速公路上出的事吗？而且车都钻到卡车底下了，尸体肯定都卡死了，肇事的司机急着逃跑，哪儿来得及弄走尸体。”

“那你的意思是……他还活着？”老太婆瞪大眼睛看着朴不见，“不可能，就算他想逃开我，也不可能不管他那个小情人，更不可能连工作都不要。”

“小情人？”朴不见心里一动。

“最初我也怀疑他是诈死，特地跑去跟踪了那个小情人一个星期。”老太婆说起此事，咬牙切齿。

“你说的小情人是谁？”朴不见追问道。

“我瞎说的。”老太婆眼里闪过一丝狡黠，脑袋顺势靠回到枕头上。

朴不见心领神会，又往手里加了一张百元大钞：“您再想想看。”

“以前‘天空的面具’夜总会一个跳脱衣舞的小太妹，老不死用黑社会给的钱，替那小太妹赎了身，小太妹就跟了他。”老太婆说话时，眼睛一直在盯着朴不见手里的钱。

“她现在在哪里？”朴不见又问。

“不知道。老头子死后，小太妹又回去跳脱衣舞了。十八年了，她现在应该人老珠黄。还能怎样？要么死了，要么就是在等死。”老太婆显得有些伤感。

“她叫什么名字？”

“忻飞飞，好像是这个名字。”

朴不见点了点头，把钱交到老太婆手里，起身向门外走去，卓深影跟在了他身后。

出门后没走几步，卓深影就听见朴不见在压低嗓子跟她说话：“别回头，继续往前。”

“怎么啦？”卓深影轻声问。

“后面有人在跟踪，没猜错的话，应该是刚才在对面二楼监视老太婆的人。”朴不见说。

“有人在监视老太婆？”

“嗯，刚才跟老太婆说话时，对面老有反光，应该是有人在用望远镜偷窥。”

“我怎么没发现？”卓深影看了朴不见一眼。

“因为你不是我。”朴不见语气平淡，却透出了一丝骄傲。

不久，两个人走到了最近的一个街口，朴不见一把拉起白雨的胳膊闪身躲到街角后面。一分钟后，一个戴眼镜穿着破汗衫的谢顶老头跑了过来，刚探出头，想往拐角后张望，就被朴不见一把拽了过来，他用胳膊肘顶住老头的嗓子眼，将对方按在了墙上。

“为什么跟踪我们？”朴不见冷冷地问。

“什么跟踪你们，走路都不可以啊？”老头嘴上在反驳，脸上却露出不知所措的神情。

朴不见用膝盖猛地撞了一下老头的下身，老头的身体缩成虾米，眼角疼出了眼泪。

“现在是警告，不好好回答的话，我还有更多让人说实话的办法。”即使在威胁别人时，朴不见的语气还是懒洋洋的。

老头喘了几口气，像是下了很大的决心，眼睛一闭，脸上露出了一丝诡异的笑容。

朴不见觉得有哪里不对劲，就像他老妈说的，他有一种可怕的直觉。因为这没来由的直觉，老头的笑容还没完全展开，朴不见就一把拉起卓深影附身的白雨，闪出了好几步远。

卓深影还在纳闷，老头已经像颗炸弹，“轰”的一声爆炸了，老头的身体刚才依靠着的那面墙壁此刻已经坍塌。

朴不见没有再说话，拉着卓深影，头也不回地离开了现场。

“什么人？”卓深影问。

“从寻死的方式看，应该跟上次暗算你的人一样，都是财神的人。”朴不见说。

“财神的人怎么会知道我们要去找郑有生的遗孀？还提前在对面的二楼做好了布置，来监视我们？”卓深影问。

“问得好，所以他监视的不是我们，而是那个老太婆。”朴不见显得胸有成竹。

“那么，这件事情跟财神也有关系咯？”卓深影问。

朴不见点了点头：“应该有很大的关系，那些死掉的证人和侦探很可能都是财神派人杀的。”

“财神为什么要杀他们？”卓深影问。

“不知道。”朴不见摇了摇头，“不过，他们的人一直在监视那个老太婆，这说明郑有生真的可能还没有死。”

“就算郑有生还没有死，我们要怎样才能找到他？”卓深影又问。

“我回去查一下忻飞飞的资料，然后再决定从哪里着手。”

“那现在干什么？”卓深影将白雨的胳膊，从朴不见的手里挣脱出来，轻轻地揉了揉。

“先回你那里，看看那个叫波夜空的傻小子，是不是又去找你了。我有种感觉，傻人有傻福，说不定他真的已经找到了破解新唐城之谜的钥匙。”

“真是搞不明白，那家伙为什么就盯上我了？”卓深影摇了摇头。

“就像地球人常说的那句老话，天生丽质难自弃嘛。”这时两人走到了车旁，打开车门，朴不见不怀好意地看了卓深影一眼，“不过，要不是他盯上了你，我们大概就没法像现在这样摆布他了，花痴也有花痴的好处。”

卓深影瞪了朴不见一眼，没再搭理他。

两人回到废墟，波夜空果然已经在公寓里等着他们了。

“去哪儿了？都等一下午了。”波夜空使劲抽动鼻子，脑袋在卓深影和朴不见之间来回转个不停。

卓深影没搭理他，自顾自从白雨身上离开，让她躺到床上，然后为她盖上了毛巾毯。

“去办一件不能让第三个人知道的事。”朴不见笑着坐到沙发上，声音还是有气无力，一边说话，一边还拿出背包里小化妆盒，给自己补起妆来。

“是什么事？”波夜空将脑袋转向朴不见，紧张地问道，“你说的第三个人是我吗？”

“真聪明，这意思都能听懂。”朴不见慢条斯理地给自己补了点口红。

“你确定，你不是直的？”波夜空又问了一句。

话还没说完，脑袋上就传来一阵尖锐的疼痛，是卓深影拿着刚从白雨脚上脱下的凉鞋，敲了他一下。

朴不见在一边叹了口气：“你能不能不要这么幼稚啊？！”

波夜空捂着脑袋，一会儿看看卓深影，一会儿看看朴不见，气急败坏地张了好几次嘴，想找说辞好像又没找到，眼珠子转了转，才终于脱口而出：“要是不幼稚，这么没油水的事，我还会屁颠屁颠地跟着你们干啊？”

“这个倒是实话。”朴不见煞有介事地点了点头，转头调侃地看了卓深影一眼，“我跟你说过吧？要不是他够花痴，我们还真的指挥不动他。”

波夜空一点儿也不觉得这是讽刺，还来了劲，对着卓深影说：“我这人是花痴，但这能怪我吗？你长成这个样子，就没有责任吗？不要以为我会一直这么迷你，师父说了，我这人最大的特点就是没有常性，说不定明天……”

“闭嘴！”卓深影举起凉鞋，又吼了一声。

波夜空看了一眼凉鞋，用手捂住嘴，乖乖地不说话了。

“说吧，什么事？”卓深影把白雨的凉鞋放回到床边。

“我找到新唐城是个蝴蝶效应矩阵的第二个证据了，要能找到第三个，就能证明我建立的数学模型是成立的。”波夜空说。

“第二个证据是什么？”朴不见问。

“河原细美家枯山水里的假山。”

波夜空说着，连忙把河原细美告诉自己的事，跟两人说了一下，还说了去现场勘察的情况，然后拿出手机，给两人看了刻在假山石背面的符号。

“好吧，我们现在去找第三个证据。”朴不见忽然点了点头说。

“什么证据？”波夜空问。

“我们的四天王星。”朴不见说。

“四天王星是什么东西？你能不能说得通俗一点？”波夜空道。

“就是你们地球人三十年前发现的G3行星。”朴不见说。

“不是说那是离地球最近、最适合人类移民的类地行星吗？看来是空欢喜一场了，原来已经被你们占了。”波夜空说道。

“没有地球人的时候，我们就已经在那儿了。很多年来，要不是我们出手帮忙，地球都不知道毁灭过多少次了。”朴不见道。

“是吗？你们有这么厉害吗？好吧，看在你们这么照顾我们的分儿上，把你们的坐标给我分享一下，我看能不能在新唐城找到跟你们对应的蝴蝶效应点。”波夜空说道。

“A505，C332，F677，H811，L113。”朴不见道。

“好嘞，现在我就用地球上最强的波夜空牌人脑给你计算一下哈。”

刚说完这句话，波夜空的脑袋忽然没来由地歪到了一边，闭着眼睛，站在原地一动也不动。

如果不是看到他还站着，卓深影和朴不见还以为波夜空已经睡着了。两人心里嘀咕，但还是觉得，这可能是波夜空做心算时特有的搞怪动作，所以都没有搭理他。朴不见继续补着妆，卓深影则坐在白雨身边看着镜子里的自己发呆。

直到朴不见连假睫毛都梳理整齐了，波夜空还是保持着一动不动的站姿。朴不见这才觉得事情有点不对劲，看了卓深影一眼，发现卓深影也在看他。

两人不约而同地站起身，走到波夜空身前，卓深影推了他一把。

一推之下，波夜空哧溜一下倒向了地面，脑袋撞在水泥地上，发出了“砰”的一声脆响。即使如此，波夜空的眼睛还是紧闭着，要不是看他呼吸匀称，面色红润，两人都以为他是昏死过去了。

“这家伙真够奇葩的，这样都能睡着？”在用手指探了探波夜空的鼻息后，朴不见“啧啧”地摇了摇头。

“敢当我们不存在？”

看着波夜空这副睡得死去活来的样子，鼻翼还挑衅似的一张一翕，卓深影气不打一处来，又是抓头发又是揪耳朵又是敲脑袋的，最后还将生物能凝聚成一点，一拳打在了波夜空的鼻子上，将他的鼻梁都打歪了，这家伙却还是没有一点反应。

卓深影不由得狂怒，卷起波夜空上上下下地甩过来摔过去，直到波夜空脑袋肿得像猪头，身上没有一块好肉时，他还是在酣睡不止。

这一下卓深影终于确认，波夜空不是在装胡样，而是真的醒不过来了。

无奈之下，卓深影只好浪费一部分自己的生物能，填充到波夜空满是伤痕的身体里，帮他修补分子结构，进行疗伤。

刚才这整个过程发生时，朴不见既不帮忙也不劝阻，只在一边笑眯眯地干看，直到卓深影徒劳地忙过一遍后，才忽然开口道：“要不我们先把他送回去，看看认识他的人怎么说。”

卓深影想了想，知道也没别的办法，就点了点头。

两人架着波夜空上了朴不见的变形车。路上，朴不见告诉卓深影，波夜空住的地方是一家什么都修的修理厂，厂子原来是个庙，他一直挂在嘴上的师父以前是个和尚。

车到修理厂门口时，卓深影才想起来，刚才出来得急，她都忘了依附到白雨身上。她本想直接跃迁到波夜空身上的，却没有成功。她心里不由得丧气，暗叹这叫波夜空的家伙可能真的是她的克星。

不过，幸亏此刻是夜里，周围没有路灯，黑暗中，她的能量身应该不太容易被看见。看到朴不见背着波夜空下了车，卓深影连忙藏到了朴不见的身后，夹在了波夜空和朴不见身体间的缝隙里。

然而才没走几步，她就觉得不对劲，修理厂方向好像有什么奇怪的东西在干扰她的生物能，那东西没有实体，也不存在真实的作用力或反作用力，就像一种虚无，却非常强大，竟让她无法将自己的生物能凝聚起来。

就在这时，前面敞开的门厅里，有个人影从里面跑到了门口，在往卓深影所在的方向张望，好像看得见她似的。卓深影吓了一跳，连忙闪身躲回了车里。

朴不见不解地回头看了她一眼。卓深影只好做了个手势，示意朴不见自己过去。朴不见点点头，将波夜空架在肩上，继续往门厅的方向走去。

快到门厅时，朴不见终于看清，一直站在门厅看着他的人，是个穿着打扮做作到让人不能忍的年轻女子。年轻女子虽在朝他的方向看，却显然没在看他和波夜空，而是在盯着他身后，一边看，一边喃喃自语："奇怪，怎么老觉得车那边好像还有个人似的？"

这声音朴不见听着耳熟，然后马上想起，正是那天打电话来请求换轮胎时，那个说话嗲声嗲气的客服。

朴不见没有回答那女子的问题，而是指了指波夜空："他是你们这儿的吧？"

"应该是。"井下光满不在乎地朝门厅的地上努了努嘴，"随便找个地方把他扔那儿就行。"

"他这是怎么啦？"进了门厅后，朴不见继续试探。

"这不很明显吗？睡着了呀！"井下光撇了撇嘴道。

"睡着的话，能睡得这么死吗？"朴不见皱了皱眉头，忍不住又问。

“别人肯定做不到，他可以。”那女子都没正眼瞧朴不见和波夜空，还在盯着车的方向看个不停。

“那他什么时候能醒？”朴不见终于把波夜空架到了沙发上。

“这可不好说，也许下一秒，也许十天半个月。”井下光一副意犹未尽的样子，慢慢转回头来。

“怎么会这样？”朴不见把波夜空放平在沙发上后，再次转头看向井下光。

“怪胎呗。”井下光此时终于第一次看清了朴不见的脸，忽然两眼放光，看了半天，才怅惘地叹了口气，“呵，一个男人怎么能长成这个样子？让人不我见犹怜都不行。”

朴不见不由得一愣，这是第一回有人当着他的面，口无遮拦地说他好看，用的还是这么花痴的口吻。他心里叹气：难道从这个修理厂出来的人，无论男女都这么花痴吗？

“哎呀，你不要有顾虑，谁说男人就不能美得像朵花？十个直男九个坏，你这样的花样美男才是臭男人们进化的方向。可惜我太穷，要不就包养你了。”井下光一边说，一边手舞足蹈。

虽然眼前的女孩每句话都像胡言乱语，但不知为何，这姿态和语气都装腔作势之极的女孩，却有一种卓尔不群的率真，特别是在近距离接触时，不仅不让人觉得讨厌，甚至让人感觉亲切。

“对了，你是哪儿的，怎么会跟这蠢货混到一起去的？”井下光回头指了指波夜空。

“朴不见，费切拉马保险公司新唐城分部的调查员。你呢？”朴不见问。

“井下光，阿空的室友，叫我阿光就行。对了，干吗在保险公司混？你这型的小鲜肉不混娱乐圈可惜了，要不跟我混吧，我们搞一个‘见不得光’组合，一起杀向旧大陆。”井下光一副自来熟的样子，一边说着，一边还伸手拍了拍朴不见的肩。

“好啊。”朴不见笑了笑，自己也不知道为什么要这样回答。

本章回顾：

卓深影在朴不见的引领下，开始调查卓霓裳的冤案，发现当年此案的证人和办案人员，都已离奇死亡，只有主管此案的探长郑有生生死不明。案子的线索断了，卓深影回到住处，发现波夜空正在等她，说他的数学模型取得了进展。刚说完此话，波夜空就嗜睡症发作，一睡不醒。朴不见和卓深影只好把他送回修理厂。朴不见在修理厂的前台，认识了井下光。

小贴士：

四天王星：宇宙中离地球最近的类地行星，该星球的人类外形上跟人类很像，但进化程度比人类高，平均寿命在一千岁左右，拥有两项特异功能：一是顺风耳，可以听到十公里内的任何声音；二是读物术，一样东西只要被他们接触过，物品上残留的信息就会被读取出来。四天王星人的风俗是不管男女，都很注重仪表，喜欢梳妆打扮。受所属星际联盟帝释会的指派，他们一直在负责监控地球上的科技发展。所以地球上有很多四天王星的情报人员，朴不见正是其中之一。

第二十一章
像有只看不见的手早已安排好一切

在过去的三天里，一到傍晚，朴不见就会跑到悟空寺修理厂附近。他借着自己超级强悍的听力，遥感一下波夜空是否醒了。

然而，在一千米不到的距离内，除了门厅里那个装腔作势的声音外，他什么也听不见。

还有，上次送波夜空回悟空寺时，他曾用手触摸过门厅里的每一样东西，那些看似破旧的家具、摆设和物品好像是凭空来到这个世界的，上面竟没有一丝信息。

那天，朴不见和那叫井下光的姑娘搭讪了半天，终于从她嘴里套出话来，得知波夜空自幼得了一种不知原因的嗜睡症，常会没来由地倒头就睡，一睡下去，少则三五天，多则十天半个月，不管身边发生什么，都会雷打不动。

上次打客服电话，朴不见听到那姑娘装腔作势的声音时，心里有点讨厌对方，但这次见了面，他竟和那姑娘说了很多话，走时还有些依依不舍。

他心里有太多的疑惑，都需要从波夜空那里得到答案。然而每天他只能听到井下光接电话或跟客户打招呼的声音，当然更多的是井下光对着电脑，叽里呱啦唱歌或者跟粉丝打情骂俏的声音。他本该厌恶这些内容的，但不知为何，听久了以后，他越听越想听。他知道里面有古怪，但不知道是什么古怪。

今天，卓深影也跟着一起过来了，此刻她正依附在白雨身上，好奇地看着朴不见。

“看我干什么？”朴不见有点被看毛了。

“就是想着钻进你身体里去感受一下，特别想知道你现在都听见了什么。”卓深影道。其实她不是没有试过，但朴不见身上好像装了什么保护装置，跟波夜空一样，竟让她的能量身无法跃迁到他身上。

“估计你会闷死的，不要以为这样做很有快感，其实大多数时候我能听到的都是沉默和各种毫无意义的噪音，另外人类说出来的话，大部分都是废话。如果只是无欲无求地听，也没什么，偏偏你还想听到点什么，这就有点煎熬了，你知道在公司听老板喋喋不休是什么感觉？那简直就像是被打入了十八层地狱。要不是来地球前受过魔鬼训练，我是半个小时都坐不住的。”朴不见皱了皱眉头，一边说，一边叹气。

“还是没有那个神道的家伙的消息吗？”卓深影问。

朴不见摇了摇头。

“会不会是他自己躲着不肯见我们？”卓深影又问。

“不会，他可能没想见我，但不会没想见你。”朴不见的嘴角露出一丝嘲弄。

卓深影咬了咬嘴唇，知道要是表现出生气的样子，就等于被朴不见说中了，便笑着说：“你对我倒是挺有信心的。”

“事实如此，蜜之蜃姬的人想要迷住一个傻乎乎的地球人，实在太简单了。”朴不见撇了撇嘴，说道。

“你不是说你听不见修理厂里的声音吗？那你是从哪里知道，那蠢货还没醒的？”卓深影问。

“这家伙不是修理厂的头牌嘛，每天都有人打电话找他去修东西，前台就会告诉他们，这段时间那家伙又睡着了，不知什么时候能醒。”

“没想到那蠢货还这么抢手！”卓深影冷漠地抿了抿嘴，但嘴角还是涌出了一丝笑意。

“人是有点秀逗，但技术应该不错。我就是奇怪，这家伙怎么会稀里糊涂掺和到这件事里来了，而且正好还有我们需要的技能。”朴不见摇了摇头。

“你是说，他在扮猪吃老虎？”卓深影看了一眼朴不见。

“这倒不像，就是觉得好像有一只看不见的手，早已安排好了这一切。”朴不见皱了皱眉头说。

“你们四天王星的人也这么迷信啊？”卓深影嘲弄道。

“其实当你知道得越多，你就越觉得，很多事情，好像都是被安排好的，而且天衣无缝。我们看地球人的时候，老觉得他们很低级，但是为什么这么多年来，这种低级生物却没有被别的高级生物或者宇宙中随处可见的灾难毁灭掉？”朴不见一脸深沉地问。

“也许只是运气好？”

“这就是问题所在，运气或者命运这种东西到底有没有？”朴不见看了卓深影一眼，“譬如你妈妈在日记里说，她早已通过你，洞悉了未来。她到底看见了什么？难道你不好奇吗？”

“哪儿来这么多好奇，办完这件事，我就会被我主人收回，世界上再也没有卓深影这回事了。只有当你觉得自己存在时，才会有那么多问题。不存在了，就没有问题了。”卓深影耸了耸肩，不知为何，心里却忽然有点难过。

“真能这样潇洒吗？当你知道为了让你生下来，有人付出了那么大的代价，你还能当自己不存在吗？”朴不见问，自己心里忽然也空落落的。其实他是有些羡慕卓深影的，与卓深影不同，他只是他爹妈之间纯属偶然的产物，并没有人需要他来到这个世界。

“好吧，为了报答她这个美好的愿望，我会为她报仇的。至于之后，就不是我能决定的了。对我来说，这事情其实早已决定，不用我去想。”卓深影道。

“你有没有想过，从你主人的控制中逃脱出来，真的去成为卓深影？”朴不见忽然严肃起来。

“我就是我主人，我主人就是我，卓深影只是我在扮演的一个角色，卓深影跟我主人在旧大陆扮演的玛丽莲没有什么区别。我们就像一条有一千个头的巨蛇，我和玛丽莲不过都是蛇身上的一个头。只是因为通往蓬莱洲的异次元通道被空藏封印了，所以我现在才显得比较独立。不过，我承认，构成我的生物能能量，是卓霓裳创造的，我和我主人都欠她的，在回归之前，我会报答她的。”卓深影目光闪烁，心里并不确定自己的说法。

“如果你相信你自己说的，我就没什么好说的了，但问题是你真的相信吗？”朴不见忽然咄咄逼人起来。

卓深影有些烦躁，她掉过头去，没想被朴不见看到自己显露在白雨脸上的表情，这时她注意到，天色暗了下来，连忙岔开话题，说道：“别忘了，我们还有事要办。”

朴不见抬眼看了看天，没有再多说，直接将车发动了起来。

经过一个半小时的跋涉，他们来到了遍布着大型工业垃圾的北城。

这一大片洼地是新唐城最后被填埋完成的城区，在它完成后不久，蓬莱洲的经济危机就爆发了，所以围海造田刚完成，这一大片土地就被荒弃了，因为面积够大够平坦，这个地方后来成了各种大型工业废件的堆放地。不久周边又出现了配套的工厂，专门负责把这些大型金属件拆零分类，然后熔炼成金属块，再运送到位于蓬莱洲中部的拉丁日耳曼区，在那里将它们重新铸造成各种新的金属构件。因为这些工序都是重污染作业，所以都被放在了人人厌弃的蓬莱洲。

在这片开阔地上行驶了好几十公里，路上还是见不到一个居民区或者一座商业设施，只有各种大得吓人的工业废件，从大型锅炉到火车车厢，有时甚至还能看到一整个万吨巨轮的船头，当然最多的还是密密麻麻冒着黑烟的烟囱，无数条烟柱从烟囱里冒出，占据了一整片天空。

但在这烟囱像森林一样的地方，天空中却存在着一块灰蒙蒙的空白。此刻，那空白里正有上千个激光灯柱从地面直射而上，在烟灰的衬托下，光线丝丝缕缕，夜晚时分看来分外清晰。这片光线所在的地方就是被称为新唐城三大奇观之一的“天空的面具”。

“天空的面具”其实是个专门供游客赌博和看艳舞的夜总会。2070年后，赌博和色情业在旧大陆都被禁止了，有此癖好的富豪们便将蓬莱洲当作了他们寻欢作乐的伊甸园。因为费切拉马集团是在旧大陆也注册过的正规公司，集团的十三位董事在旧大陆各有正当产业，还都是自己母国的仁长善翁，集团自然不可能去搞这类非法勾当，但蓬莱洲是一片以自由贸易和商业利益为号召的大陆，而且没有所谓的政府，只是隶属于费切拉马集团的一个地产项目，所以也不能明文禁止开展这类商业活动，于是这些产业就成了蓬莱洲各个壮丁团的生财之道。“天空的面具”就是新唐城最大的壮丁团四海帮名下的产业。

虽然早年在旧大陆潜伏时，朴不见曾听说过“天空的面具”，但真的来到这座夜总会前时，他还是忍不住吃了一惊。这是一座由全透明材料构成的封闭建筑，因为里外都是灯光，所以从外面看去，夜总会里的每一寸空间几乎都清晰可见，里面除了一个足球场大小的赌场，还有赛马场、购物和餐饮中心。但最奇特的是几百个镶嵌在这座水晶宫表面的透明小包间，正是夜总会里那被人称作金鱼缸的艳舞空间。

“奇怪，为什么要把这玩意儿建在这样一个荒凉的地方？”附身白雨的卓深影问。

“因为来这个地方的人都是旧大陆的游客，这种由工业遗迹构成的垃圾场对本地人可能毫无吸引力，但对那些吃饱了饭没事干的旧大陆富豪来说，可是一个抒发思古之幽情的奇观，反正夜总会是全封闭的，外面的黑烟连一丝也不会进到里面去，还有吃有喝有玩。一个人如果既能享受着二十一世纪下半叶的优裕生活，又能目睹二十世纪污染严重的旧工业，你不妨设想一下，在这个地方拍个照啥的，在旧大陆该有多震撼啊！”朴不见嘴角边又挂上了那丝惯常的嘲弄。

“唉，这些地球人啊！”卓深影也叹了口气。

车在门口的停车场停下，朴不见和卓深影下了车，向玻璃幕墙上显示“入口”字样的地方走去。入口就在正面的玻璃幕墙上，虽用耀眼的光线勾画了门的形状，后面还站着两个戴笑脸面具身穿白底红花绿叶大开衩旗袍的迎宾小姐，但这所谓的门其实和整个玻璃幕墙严丝合缝，完全看不出有进入其中的通道。

朴不见和卓深影站在门口，正不知该如何是好，玻璃幕墙竟自动裂开了一道缝，然后沿着这道缝，玻璃墙向两边收缩，正好停在了一左一右两个迎宾小姐的身边。

“请进。”迎宾小姐向两人屈了屈身。

朴不见连忙带着卓深影走了进去。

“请问两位是哪个旅行社的客人？”左边的迎宾小姐彬彬有礼地问。

“哦，是散客。”朴不见不动声色。

“散客啊？”右面的迎宾小姐好像很为难的样子，停顿了片刻，说道，“我们有规定……”

迎宾小姐的话还没说完，朴不见已经从口袋里随随便便地掏出了一个液晶片，这是一张费切拉马银行发行的电子支票，上面显示的数字是一千万费切币。

“够你们的标准吗？”朴不见轻描淡写道。

“噢，绰绰有余。”迎宾小姐的声音有些颤抖，面具后面的眼睛闪闪发亮。

按夜总会的规定，如果不是旅行社带来的客人，至少要证明自己身上有价值一万费切币的钱财或贵重物品。因为这里的赌场一个筹码就是一千费切币，而整个蓬莱洲人均月收入不过五十费切币。这样一张一千万的电子支票，即使是这里的迎宾小姐也应该从来没有见过。

右面的迎宾小姐还在发呆，左面的迎宾小姐已经拿来了全透明的平板电脑，客气地说道：“按规定，在夜总会里，都要戴面具，这样大家都好办，你们干什么，也不用有心理负担，只要不违反这里的规矩就好。两位先挑一下你们想要的面具。”

这时，迎宾小姐注意到朴不见身后的白雨是个八九岁的小孩，来这个地方的客人虽都有些荒唐，但很少有带小孩来的。迎宾小姐的眼中闪过一丝诧异。

卓深影不动声色，故意找了一个以玛丽莲的脸为造型的面具，朴不见则挑了一个跟他长相差不多的帅哥脸。

入口处那个全透明的3D打印机，很快吐出了两张面具。卓深影和朴不见分别将它们戴到了自己脸上。

“好了，两位可以进赌场和赛马场了，我们这里还有买免税奢侈品和吃东西的地方，两位慢慢玩。”右面的迎宾小姐做了一个“有请”的手势。

“我们想去这里的金鱼缸。”朴不见摆了摆手说。

“哎呀，这个好像有点困难。”左面的迎宾小姐微微欠身，“这里的包间都要提前一个星期预订的。”

“从外面看，这里差不多都有好几百个包间吧，怎么可能都订出去了呢？”卓深影不满地插嘴。

“其实是五百个包间，不过其中的三百八十九个都被个人和公司全年包下了，只有剩余的一百一十一个才是可以通过旅行社跟我们预订的，有很多像你们这样的大老板，一订就是一两个星期，所以包间一直很紧俏。”那迎宾小姐说话时，口气还是不温不火。

“如果我愿意出十万费切币，只在今晚用三个小时，你觉得会不会有人愿意通融一下呢？”朴不见面带微笑，声音却毫不张扬。

那两个迎宾小姐呆了一下，互换了一下眼色，然后右面的迎宾小姐走到一边，对着别在领口的对讲机轻声说了起来。大约过了三分钟，那小姐回过身，对朴不见点了点头：“我们经理跟客户商量了一下，已经给你们安排了‘午夜桑巴’包间。”

另一个迎宾小姐又拿着平板电脑走了过来，凑到朴不见面前说道：“这是我们这里所有舞娘的名单，上面是每个人的照片、技术等级、服务项目和价格，你们需要几个都可以。”

“啊，这么多？”朴不见故作惊讶。

“既然是五百个包间，自然至少要准备一千个人了，平均一个包间才两个舞娘，怎么能叫多？”迎宾小姐显出了职业性的夸张。

“她们为什么都戴着面具？”卓深影将脑袋凑过来问道。

“面具只是这里必要的道具，对客人来说，当然也是可以知道为他们服务的舞娘长什么样。我可以向你们保证，新唐城最漂亮的女人都在这里了。”另一个迎宾小姐轻声解释。

“所以，一会儿她们来包间，如果客人要她们拿下面具，她们是有这个义务的。如果你们想拿下自己的，可以按下遥控器上的隐藏开关，房间的透明玻璃就会变成毛玻璃，外面的人自然不会看见你们的样子，也不会知道你们在干什么。两位可听清楚了吗？”前面的那个迎宾小姐补充道。

这时候朴不见已经把手里的平板电脑还了回去，说道：“挑得眼都花了，不费这力气了，我就要你们这里年纪最大的十个舞娘。”

朴不见算了一下忻飞飞的年龄，知道年轻一点儿的舞娘，来这里的时间短，未必听说过她。直接要求在这里工作时间最长的舞娘，又怕引起对方怀疑，就说出了年纪最大这个选项。

迎宾小姐盯着朴不见看了好一阵，有些迟疑地问道：“您确定吗？”

“确定。个人爱好。”朴不见点了点头，“比起那些幼稚的小姑娘，我更喜欢熟女。”

“也是。”迎宾小姐释然地点了点头，“我们这里的熟女也不少，我就按您的要求给您安排了。”

这个看上去地位更高的迎宾小姐说着，朝另一个同伴点了点头。另一个迎宾小姐马上走过来，带着朴不见和卓深影进了走廊深处的一架电梯，然后领着他们来到三楼的一个包间。

“就是这里。”把他们领进屋后，迎宾小姐示意他们坐到位于中央的那组沙发上，然后指了指前方那个像鼓起的金鱼缸一样的地方，“前面是舞娘们表演的地方，舞台和客人之间我们专门设计了一层有透镜效果的厚玻璃墙，墙后面是水，再后面才是用来跳舞的舞台。从你们的角度看过去，舞娘跳舞的时候，有点像游泳的金鱼，这也是我们的表演空间被人称作金鱼缸的由来。”

朴不见看了看前方，注意到那个所谓的舞台，其实是一张圆形的水床，水床被围在金鱼缸中央，顶上有天窗，舞娘应该是从天窗里下来的。

“虽然你们和舞娘隔着厚玻璃和水，但这不会妨碍你们相互之间的交流，这里有全方位的对讲设施，你们说话和舞娘说话，彼此都可以听得很清楚。”迎宾小姐说着，又拿起茶几上一个遥控器模样的东西，“如果你们需要和舞娘面对面，可以根据所需服务项目的价格，在这个位置刷一下信用卡或者费切拉马银行的电子支票，然后金鱼缸会自动撤走，你们就可以和舞娘面对面了。如果有特殊需要，你们可以自己跟舞娘商量小费的价格。两位，我是否说清楚了？”

说完，那迎宾小姐看着朴不见，好像正在等待着什么。

朴不见心领神会，用电子支票在迎宾小姐的腕表上刷了一下，给了她一百费切币的小费，迎宾小姐鞠了一躬后，步伐轻快地走了出去。

朴不见和卓深影交换了一下眼色，还没来得及说话，房间里就响起了一阵桑巴节奏的音乐，然后一个衣着暴露戴着黑皮面具的舞娘从天而降，掉进了被金鱼缸围着的舞台。

朴不见没想浪费时间，还没等舞娘脱衣服，就直接刷卡打开了金鱼缸。

舞娘对于这两个客人如此没有耐心，有些意外，尤其发现那个戴玛丽莲面具的矮个子真的是未成年的小孩时，更是惊得嘴都合不拢了。

朴不见不等她反应过来，直接用电子支票亮出了一个数字，说只要舞娘回答了他的问题，就可以把钱拿走。

即使对这些收入颇高的舞娘来说，这样一个数字也足以让她们呼吸停止，所以没费太多口舌，前三名舞娘就回答了他们提出的所有问题。

除了第二个舞娘是十二年前从别的地方转过来的，对十八年前的事有些隔膜外，第一和第三个舞娘在“天空的面具”里都是老人了，虽不认识忻飞飞，但对她的事迹都有所耳闻。两人讲述的故事也差不多，在郑有生失踪一年后，忻飞飞不知道哪根筋搭错了，竟偷了夜总会的钱，结果被人发现，之后就不知去向。有传闻说，忻飞飞是被四海帮的人做掉了。不过，这些传闻都是捕风捉影，四海帮的人好像也不忌讳这种传闻，在蓬莱洲这种地方，人命本就不值钱，也根本不会有人关心一个得罪了壮丁团的艳舞女郎的死活，四海帮还正好可以借这种传闻，警告其他舞娘。

根据经验，朴不见判断这两名舞娘应该没有说谎，即使这是有人故布疑阵编造的故事，也应该跟她们无关。

在这个过程中，朴不见还特地问了一下，现在夜总会的舞娘中，还有谁以前跟忻飞飞共事过。第一个舞娘想了半天都没有想出个所以然，只说艳舞女郎是个吃青春饭的职业，一般人最多也就干个五六年，红舞娘大概也就是十年的光景，像她这样能干到三十七八岁的，基本是硕果仅存，要不是为了满足一些有特殊癖好的顾客，她早就被夜总会换掉了。

但第三个舞娘却透露了一个信息，夜总会里有个叫凯瑟琳的老外舞娘，曾跟忻飞飞关系密切。

这名叫凯瑟琳的女子正是忻飞飞的情人郑有生安排进“天空的面具”的。

所谓安排，其实是“卖”的意思。凯瑟琳来蓬莱洲以前，曾经是一个混迹于拉斯维加斯酒吧里的艳舞女郎，因为与一名政客发生了一段露水姻缘，动了真情，没想到那名政客要参加竞选，翻脸不认人，凯瑟琳一怒之下杀了对方。当时旧大陆已废除死刑，凯瑟琳便被发配来了蓬莱洲，外包给费切拉马集团的保安部负责监管。保安部内部有个腐败团伙，专门买卖那些被流放到蓬莱洲的死刑犯，郑有生也是这个团伙的成员，他和四海帮老大又正好是朋友，知道当时四海帮正在为新开张的“天空的面具”物色舞娘，就悄悄把凯瑟琳卖到了“天空的面具”。

跟夜总会里其他的舞娘不同，凯瑟琳没有自己的人身自由。因为知道自己的处境悲惨，又知道忻飞飞是郑有生的情人，所以她就一直找机会讨好忻飞飞，终于让她赢得了忻飞飞的友谊。

听完了这个舞娘的陈述，朴不见想起来，这名叫凯瑟琳的金发女郎好像也在夜总会推荐的十人名单里，便连忙调整次序，将凯瑟琳换成了下一个进房间跳舞的人选。

音乐声响起时，凯瑟琳被直接从上面扔进了金鱼缸。她身上的装扮是做成镣铐形状的亮绿色皮质面具和内衣，嘴巴里还戴着束口球，手脚都被束缚着，但即使如此，她的身体还在随着音乐扭动。

看到这种情况，朴不见还没有来得及反应，卓深影就已抢过他手里的电子支票在遥控器上刷了一下，金鱼缸被打开，但被绑缚着的凯瑟琳还是无法走到他们面前来。卓深影连忙动了动手指，解开了她的手脚和嘴巴上的束缚。

在这个过程中，朴不见一直没有动，只是耐心地观察着凯瑟琳。

在活动了一下手脚之后，凯瑟琳从那水床一样的舞台上走了下来，一脸无所谓的样子，来到茶几边，直接拿起了放在那里的红酒瓶，对嘴灌了下去。大概喝了三分之一瓶后，她才抬起头，眼里露出一丝嘲弄。

“说吧，想让我做什么？”凯瑟琳道。

“什么做什么？”朴不见有些不解。

“菜单上不是说了吗？你们可以对我做任何想做的事，凯瑟琳阿姨可是‘天空的面具’里最下贱的女人。”凯瑟琳将脸凑近到朴不见的鼻子前，用食指钩住了他的下巴。

“我们没想让你做什么。”朴不见把她的手指从自己的下巴上挪开，将背靠到了沙发上，“就想问你几个问题。”

“好吧，说说看，大概是什么变态的问题。”凯瑟琳似乎并不相信朴不见的说法，直接坐到了朴不见的腿上，“听前台的人说，你喜欢熟女，还带了个小朋友来，看来你真的是品位非凡啊。”

朴不见没有搭理凯瑟琳，冷冷地说道：“听说你以前跟忻飞飞很熟？”

凯瑟琳好像屁股被烫到了似的，从朴不见腿上跳了起来。过了好一会儿，才重新恢复了那副烂兮兮的样子。

“什么忻飞飞，我没听说过。”凯瑟琳夸张地晃了晃脑袋，将自己的那头金发晃得飞舞了起来。

听到凯瑟琳否认，朴不见反而有些兴奋，知道这里面一定有文章。他不动声色，马上给电子支票输入了十万费切币的价码，是前面三个舞娘的十倍。

“如果你的回答能让我们满意的话，这些钱就都是你的了。”朴不见晃了晃手里的电子支票。

“不知道就是不知道，你再怎么问，照样是不知道。”凯瑟琳坚决地摇了摇头。

“除了钱，或许我们还可以让你从这里脱身，甚至给你换个身份，让你回旧大陆去也可以。”卓深影已回到了沙发这里，缓声说道。

凯瑟琳不相信地看了卓深影一眼，迟疑了片刻，还是摇了摇头。

卓深影笑了笑，以玛丽莲的形象直接从白雨身上飘了出来，动了动手指，红酒瓶里的酒变成一条细线，飞进了凯瑟琳的嘴中：“先喝口酒，然后坐下来好好考虑一下。”

凯瑟琳呆住了，用手抹了抹嘴，愣愣地在沙发上坐了下来。

“其实，你不回答我们，我一样可以钻进你的身体里，像你这种对自己的意识都没有控制力的低级生命，我可以毫不费力地从你这里得到我想要的一切信息。问你不过是想给你一个机会。我很少对人这么客气的。”

说着，卓深影重新回到白雨身上，在侧面的单人沙发上坐下，一动不动地看着那个叫凯瑟琳的金发舞娘。刚才说话时，她的做派和语气都照足了主人的样子，但不知为何，总觉得有什么地方不对劲，仔细回想了一下，忽然意识到，主人是不会去帮人解开束缚的，更不会给别人机会，只会直接提取对方的记忆，然后收割生物能了事。

“好。”凯瑟琳咬了一下嘴唇，像是下了决心，“你们想问什么？”

“忻飞飞是不是还活着？”卓深影问。

凯瑟琳点了点头。

“她现在哪里？”朴不见问。

“被卖到泰坦号赌船上做船奴去了。”凯瑟琳说话时，声音发颤，伸手拿起桌上那盒用来招待客人的香烟，打开了包装。

“你怎么知道的？”朴不见警惕地看了一眼凯瑟琳。

“是这里一个叫老六的打手告诉我的。”凯瑟琳抽出一支烟，用打火机点上，狠狠地吸了一口，“当时，老六喝醉了，在地下室强奸了我，然后他告诉我，那天是他开车把关在后备厢里的忻飞飞送上泰坦号的。”

“他说了为什么要这样做吗？”朴不见问。

“他说他也不知道，说是上面的意思，忻飞飞并没有偷过夜总会的钱，是有人在故意栽赃。”凯瑟琳道。

“哦？”朴不见若有所思，“你还听到别的什么了吗？”

“听是没有听到。”凯瑟琳摇了摇头，“但我倒是亲眼见到了一件事，忻飞飞被送走的前一天，我在更衣室跟她说话，忽然进来了一个男人，男人穿着厚风衣，戴着帽子和口罩，说是来找忻飞飞的。那男人虽把自己打扮得很臃肿，但我还是觉得他很像郑有生。当时我已听说郑有生出了车祸，死掉了，但不知为何，那人却偏偏让我有那样的感觉。第二天，忻飞飞就出事了，然后失踪了。”

香烟越吸越短，凯瑟琳夹着香烟的手指在不停颤抖。

本章回顾：

波夜空还没有从嗜睡症中醒来，卓深影和朴不见决定利用这段时间，继续追查卓霓裳的冤案。两人来到“天空的面具”夜总会，探长郑有生的情人忻飞飞以前就在这里工作。两人在夜总会里打听到，郑有生失踪后，忻飞飞也跟着失踪了，据说，忻飞飞是被送到了一艘叫作泰坦号的赌船上。

小贴士：

壮丁团：作为地球上唯一没有政府、完全由私营公司管理的大陆，蓬莱洲是被费切拉马集团当作生意来经营的。石油经济崩溃后，公共事务成了无利可图的赔本买卖，于是，除了费切拉马城，集团对其他地区都采取了放任自流的态度，设定了一种叫作壮丁团的招标体制，声称对社会管理实行市场化改革，由那些身强力壮的人来负责维持社区秩序，说穿了，就是让大家比谁的拳头硬，谁更能打。自此，壮丁团成了一种公开的黑帮制度。新唐城的壮丁团经过多年火并，形成了四海帮、和生财、搏击堂和振兴会四大壮丁团分城而治的局面。

第二十二章

费切拉马城仿佛一盏构造精致的灯具

晚上九点，三声响亮的汽笛响过后，泰坦号赌船离开了港口。

朴不见和卓深影站在甲板上，静静地看着正在从视野中离开的海岸线。

费切拉马城仿佛一盏构造精致的灯具，灯光连着灯光，飞在空中的车是亮的，高低错落的路是亮的，形式奇特的建筑物也是亮的，连城市的地下部分也是亮的，因为道路和地面都是用透明材料制造的。光从地下一直透射到一千多米的高空中，展示着地球文明的最高成就。虽然朴不见和卓深影都是从旧大陆过来的，但他们不得不承认，即使在旧大陆，也找不出一个繁华如费切拉马城这样的地方，而它又恰恰位于最穷困的蓬莱洲。

“我们一共有一个星期的时间，对吧？”卓深影目光闪动，看了一眼朴不见。

朴不见点了点头：“对，一个星期后，泰坦号会在新唐城的西区码头靠岸，到时候波夜空应该就醒了，不会耽误上面要我们调查的事情。”

根据邮船公司提供的项目清单，泰坦号除了提供赌博和各种私密服务外，还将绕行蓬莱洲一圈，供来自费切拉马城和旧大陆的赌客们登岸观光，所以大约七天后邮船将到达位于蓬莱洲北端的新唐城，这将是本次旅行半程的终点。

为了搞到这两张船票，朴不见费了不少心思。

泰坦号的船票早在半年前就被订购一空，那些有资格上船的人既有钱又傲慢，船上一个赌局的出入就有上千万，想用钱买通这些超级富豪几乎没有可能。朴不见只好从旅行公司的电脑里黑来了乘客的名单，然后在费切拉马城克莱因大酒店的总统套房，将那对阿拉伯王子加好莱坞女星的露水姻缘组合给绑架了，通过威逼，再加一点利诱，让那对狗男女终于答应打电话给旅行公司，主动把船票转给朴不见。现在朴不见和卓深影的身份是来自马来西亚的拿督和他的女儿。

“已经这么多年了，即使郑有生和忻飞飞当年真的上了船，不代表他们现在还会在泰坦号上，毕竟已经过了十七年。”卓深影看了一眼身边的朴不见。

“嗯。”朴不见点了点头，“不过，目前关于郑有生，我们也只有这一条线索了，上回财神的人在盯他老婆的梢，这说明，郑有生活着的可能性很大。为了害死你妈妈，当时动用了那么多资源，这应该跟费切拉马集团高层授意有关，然后财神是什么来头你也知道，郑有生竟然能逃脱费切拉马集团和财神的追踪，你想想，靠他自己或一个四海帮，可能吗？救他的人至少应该是费切拉马集团十三董事这一级别的人，所以才不会害怕财神。你知道泰坦号的背景，上得了船的人都需要经过人脸认证。如果没有他们大老板的默许，下面的人谁也不会把这样一个人放上船去的。既然郑有生去别的地方都不安全，藏身海上的可能性还是很高的。”

“你的意思是……帮郑有生躲在这里的人是……”附身白雨的卓深影微微蹙眉。

“对，尤利西斯，这个名字你应该不会陌生。”朴不见的嘴角露出一丝嘲弄。

卓深影目光闪烁，说道：“当然，著名的蓬莱洲船王嘛，我主人在地球上的主要化身玛丽莲，当年好像还和他有过一段露水情缘。”

“既然他都跟蜃姬大人的化身做过情人，他大概是不会把财神的人放在眼里的。”朴不见一边说，一边看着卓深影。

“啊，我倒是忘了这件事。”卓深影敷衍道。

来蓬莱洲前，主人关照过卓深影，让她不要去找尤利西斯，以免引起财神的猜疑。根据卓深影从主人那里获取的记忆，尤利西斯是主人偷偷安排在蓬莱洲和费切拉马公司里的傀儡，但不到关键时候，主人不想让别人知道这件事。

朴不见没有说话，脸上还带着那一贯的嘲弄，看着卓深影。

“如果尤利西斯真是我主人的人，我为什么要跟你一起上船来调查，直接问他不就可以了吗？玛丽莲当年跟他好，是我主人为了炒作玛丽莲，故意让她去勾引尤利西斯的。结果玛丽莲靠这样一个绯闻，一下子成了国际巨星。由于这个原因，事后我主人就没有收割尤利西斯的生物能，因为要留着他继续给玛丽莲造势。”卓深影尽量让自己的表述显得客观。

朴不见似乎没有完全相信卓深影的说法，但还是点了点头：“反正我感觉，他应该不会害怕费切拉马董事会和财神，郑有生很有可能是被他保护了起来，而且很可能藏身在泰坦号上。”

卓深影点了点头：“接下来，我们要怎么做？”

“这两天，我先去赌场泡着，然后找机会把船上所有住客的底细都摸一下。”朴不见停顿了片刻，看了一眼卓深影，好像难以启齿的样子。

“没关系。”卓深影心领神会地点了点头，“需要我做什么，你可以直接告诉我。”

“你能不能想办法找个船奴，附体到她身上，混进关船奴的底舱去，看看郑有生和忻飞飞有没有可能藏身在那里。”朴不见道。

“明白了。”卓深影点了点头，“对了，船奴是怎么回事？”

“这事情说来话长，你也知道蓬莱洲是个法外之地，有钱挣，什么生意都能做，为了吸引某些一般刺激打动不了的富豪，尤利西斯发明了一种船奴制度。根据船运公司为船奴制定的守则，船奴们不是拥有独立生命的人类，而只是赌船的附属品，跟船上那些赌具或售卖机一样，只要有人愿意花钱，就可以让船奴做一切事，甚至可以让船奴死。如果泰坦号沉没或解体，作为附属品，为泰坦号殉葬似乎是船奴们没有其他选择的归宿。船上甚至还有一个专门猎杀船奴的游戏项目。”朴不见语气平静，眉头却拧成了一团。

此时，船离港口已经越来越远。

卓深影也皱了皱眉头，心里有些莫名的愤怒。但很快她想起来，自己只是蜜之蜃姬的分身，地球人不过是她主人用来补充生物能的养料，这跟尤利西斯圈养船奴没有本质区别。她不知道此刻自己这揪心的感觉从何而来，自从她梦见那个叫卓霓裳的女孩后，她看世界的方式似乎和以前已经完全不同。她竟已将人类视作同类，还为他们受苦感到不安。

“你怎么了？”朴不见似乎发现了卓深影情绪上的波动。

“哦，没什么。”卓深影连忙掩饰，“我是在想这些船奴是从哪里找来的，为什么他们会接受这样的命运。”

“船奴大部分都是克隆人。虽然在旧大陆克隆人是不允许的，但这是蓬莱洲，除了没钱挣，没有什么事情是不可以的。”朴不见撇了撇嘴，“既然是克隆人，这些人一旦来到人世，就已经是别人的财产，生死都不是属于自己的。”

“你刚才好像说，大部分船奴都是克隆人？”卓深影发现朴不见的话里藏着潜台词。

“你知道，克隆人虽然跟人没什么区别，但毕竟名义上差着那么一点，所以对某些重口味的富豪来说，这样显然还不够刺激，所以船奴里还有少量真正的人类。当然消费真正的人类，价格要比克隆人贵十倍。”朴不见道。

“这些人是哪里找来的？”卓深影问。

“你忘了白雨的命是怎样被他爹妈卖给器官贩子的吗？”朴不见反问。

“还真是，这事都忘了。”卓深影自嘲地笑了笑，“但这些人不会反抗吗？即使是克隆人，应该也有人类的喜怒哀乐吧？”

“船奴们上船前，都做过脑部手术，大部分人的暴力中枢和情感中枢都被切除了，只有一小部分帅哥美女，因为要为富豪富婆提供情感服务，所以还保留了情感中枢，不过一旦这些特殊用途的船奴人老珠黄后，因为没有情感方面的利用价值了，他们的情感中枢就会被切除。你想，如果一个生命体都无法产生暴力冲动，这些人还怎么反抗？同样，既然没有了情感中枢，他们又怎么会觉知到自己的悲惨境地？事实上，我们关于很多事情的看法，不过是我们大脑特定部位的生理功能而已。所以，尤利西斯这么做，也没什么错。”说到这里，朴不见又露出讥诮的神情。

“你相信这样的说法吗？”卓深影看了一眼朴不见，反问。

“由不得我不信。”朴不见脸上还是带着玩世不恭的笑意。

“那你自己呢？”卓深影笑着问。

“当然也是如此，四天王星人只是大脑和身体的生理功能比地球人多进化了一点儿，但本质上，生命这玩意儿是由构成它的生物性能和物理性能决定的，所以人不要对自己的自由意志抱有太大的幻想，这样就不用那么纠结了。”朴不见看了看卓深影，“其实我挺羡慕你的，生命对你来说，不过就是一种能量，记忆不过就是一些储存在能量里的信息，你甚至可以认为自己不存在，而只是别人的一个分身，多好，多简单！”

“那你为什么还要我相信我是我妈妈的女儿？”卓深影笑了笑，问道。

“就是，为什么？”朴不见愣了一下，好像被问住了。

既然连他自己也一向认为生命只是一种按特定程序运作的生物机器，他干吗还要费这么大力气，要让蜜之蜃姬的化身去认同卓霓裳就是她妈妈？还要鼓励她去为卓霓裳报仇？其实，是又怎样，不是又怎样？整件事情不管答案如何，最终不都是没有意义的吗？那么，是什么特定的生物物理机制在促使他这样做呢？朴不见心里紧张，下意识地拿出了放在口袋里的口红。

看到朴不见一脸烦恼的样子，卓深影捂着嘴笑了起来。

过了好一会儿，卓深影才止住笑。此时，费切拉马城已彻底消失在泰坦号的视野里，乌云翻滚的海面上只剩下了无边无际的黑暗。

“回去休息吧。”附身在白雨身上的卓深影推了推正在发愣的朴不见。

朴不见回过神来，也自嘲地笑了笑：“就是，既然上了贼船，还有什么好多想的，不如回去好好睡一觉，然后明天开始干活吧。”

说着，两人从甲板回到了位于三楼的住处。

他们入住的这间套房，面积总共有一千多平方米，据服务手册说，这艘十万吨级的赌船，一共有六十四个这样的套间，所以这虽是艘巨轮，但算上富豪们随身带来的秘书、保镖和仆人，乘客不会超过三百人。船上的服务人员和船奴大概是七百人，整条船上的人员大概在一千个。对朴不见和卓深影来说，用一个星期查清楚这些人的底细，应该不是难事。

想到这些，朴不见马上放松了下来，决定先回房间，去泡个精油浴。客房服务员告诉过他，打开浴缸上的第三个水龙头，从那里放出来的是各种特殊配方的热精油。朴不见给自己的房间浴室预订了美颜配方的精油，七天都是，他很想试试，这所谓的美颜精油到底能给他的肌肤带来怎样的变化。

拿着换洗衣服，朴不见准备进浴室，刚转身，发现卓深影已经以影子的形式，进到了他房间，堵在他面前。

“什么时候进来的？也不敲下门？”朴不见不满地撇了撇嘴。

“敲了，你听不见，白雨睡了，我懒得麻烦她，反正进来也不难。”卓深影道。

“什么事？”朴不见问。

“你把那种跟苍蝇一样的悬浮式摄像头带来了吗？”卓深影问。

“带了。”朴不见点了点头，“怎么啦？”

“放几个到甲板上去，我想看一眼外面的情形。”卓深影道，“现在就找我的宿主去。”

“没必要这么勤奋吧，这么晚了还要工作？”朴不见撇了撇嘴。

“我这个样子……”卓深影指了指自己，“白天出去的话，会吓死人的。”

“嗯，是够吓人的。”朴不见点了点头，“不过，我可以去叫个船奴过来，然后你直接附体到她身上就行。”

“算了，主要是这些天都只能躲在白雨身上，很久没活动了。我想去感觉一下船上的空间，万一有什么突发情况，好提前有个准备。”

朴不见点了点头，找出他藏在行李箱里的四只“苍蝇”，把它们放了出去，然后打开手腕上的便携式全息电脑，用四块光影模拟出来的无影屏观察起外面的情况来。

刚才卓深影没有告诉朴不见，她之所以这样做，不仅是为了感受船上的空间，心里还存了别的念想，她想找一个自己能接受的宿主。

在遭遇过各种匪夷所思的状况后，卓深影发现自己的行事风格发生了很多变化，之前她绝不会在乎宿主是谁，因为连她自己也只是她主人的一个分身。但现在，事情好像正在发生变化。

已是深夜，甲板和走廊上原先亮如白昼的灯光都被调暗了，所有的公共空间除了偶尔闪过几个被人叫去房间的船奴，很少有人类活动的迹象。光看衣着，完全看不出那些衣衫鲜亮的男女是船奴，这些人的样子和气质甚至比船上的绅士小姐们还像绅士小姐。

朴不见指着虚拟屏上的影像，提醒卓深影，船奴的脖子上都会戴着皮质项圈，其中戴黑色和白色项圈的是克隆人，戴黄色和红色项圈的是人类，白色和红色的项圈正是保留了情感中枢的标志。

在把外面的情况都摸索了一遍后，卓深影决定，开始行动。在此之前，朴不见特地黑进了赌船上的灯光控制系统，只要卓深影出现在哪里，他就会故意将灯光调暗下来。

借着朴不见的掩护，卓深影从三楼的走廊飞速飘到了一楼的后甲板。

朴不见正奇怪，卓深影为什么要去那里，随即发现后甲板上站着一对沉默的男女。男的是个东亚人，从服饰上看，应该是个船员。女子是个黑头发的地中海女性，脖子上戴着红色的皮质项圈，应该是个保留了情感中枢的人类船奴。一个船奴竟然在深夜里和一个船员一起站在甲板上看海，确实有些古怪。不过，看到卓深影已顺利地跃迁到了那女船奴的身上，朴不见便懒得再管这事。忙碌了一天，他的肉身可不像卓深影的能量身那样耐劳，他需要照顾一下自己的身体，美是唯一可以让他在这虚无的生命中捕捉到一点愉悦感的东西。

本章回顾：

卓深影和朴不见从费切拉马城上了泰坦号赌船。卓深影从朴不见那里了解到，蓬莱洲船王尤利西斯在他的赌船上创立一种特殊的船奴制度。将真实的人类或克隆人当作消费品，供上船的富豪们任意使用。卓深影听了以后，很震惊。赌船启航后，朴不见和卓深影分了一下工，朴不见负责调查住在甲板上的富豪们，卓深影则利用她的能量身，寻找船奴宿主，在甲板下面配合调查。

小贴士：

费切拉马城：蓬莱洲首府，经过五十年的发展，这座新兴城市已成为地球上首屈一指的大都市，地位大约相当于二十世纪的纽约，是全球的金融和贸易中心，大财团会聚在这个不隶属于任何国家的逃税天堂，将大量的财富堆积在这里，为这座城市带来了繁华的市景和奢靡的生活，少见多怪的地球人都将它称作“宇宙中心”。

第二十三章

露出了一个玛丽莲式的娇媚笑容

早上六点，朴不见被海鸥的叫声吵醒了。

光从没有拉严的窗帘边漏了进来，一只淡蓝色的海鸥站在窗台上，咕咕叫着，绿豆大小的眼睛正在打量朴不见。

朴不见很好奇这只海鸥的颜色，但想到，现在是在污染严重的蓬莱洲，动物发生点奇怪的变异似乎是常态，虽然离着海岸线有好几十公里，但毕竟是在附近。

朴不见盯着那只海鸥看了很久。海鸥也在注视他，一人一鸟对视了大约十分钟，海鸥忽地飞起，向着海面翱翔而去。

朴不见看了看时间，决定就此起床。

一个小时后，他出了门，去了九楼的餐厅，打算先吃点东西，看看情况再说。

因为不到七点半，餐厅人不多。不过，船上的乘客本来也不多，即使在别的时间段，餐厅应该也不会很热闹。朴不见环顾四周，宽敞的餐厅里只有七八桌人，每张桌旁大多坐着两三个人，他们之间的关系类似情人，只是男女双方年纪差得比较多，要么是老翁配少女，要么是靓男配老妇，年轻的一方脖子上通常戴着白色或红色的颈环，大多都是两个年轻的船奴陪着一个年长的金主。有个穿着花衬衫，身上戴了很多金饰的干瘦金发老头，身边甚至坐了七八个身材凹凸到夸张的女船奴。

只有一张餐桌旁坐着三个看上去关系相对正常的男女，一对中年男女，男的黑头发，古铜色的皮肤，五十岁出头，身边的女子四十多岁，金发白肤蓝眼。他们对面是个二十岁出头的女子，像是中年男女的女儿，黑头发蓝眼睛，皮肤苍白，几乎透明。

年轻女子看到朴不见出现在餐厅后，忍不住盯着他多看了几眼。显然，因为朴不见的“艳丽”程度超过了那些提供情感服务的男船奴。

虽然餐厅里客人的状态和关系都有些畸形，但朴不见知道，这才是泰坦号上的常态，这些人身上并不存在他要寻找的异常之处。

朴不见要了些简单的食物和三杯咖啡，找了靠边的位子坐下，静静地看着餐厅的入口。

三十分钟过去了，不时有客人进进出出，大部分人的状态都差不多，脸上带着天生就是成功者的自信。朴不见忍不住打了个哈欠，就在这时，一个穿着黑色连衣裙的女子，走了进来。

朴不见盯着那女子看了起来。

女子戴着一顶黑色宽檐蕾丝遮阳帽，沿帽檐挂着一圈黑色面纱。如果一个女人在室内戴着一顶如此宽大的遮阳帽，一般来说只有一个理由，为了装饰。但如果是为了装饰，她又没理由把脸也遮起来。

透过面纱，隐隐约约可以看见女人的脸部轮廓，应该是个风姿绰约的东方女子。

刚开始朴不见还想，女子戴面纱可能是宗教信仰的缘故。但仔细一看，又不像，因为女子的连衣裙虽是黑色的，却是半透明的，只要不是盲人，就能看见她裙子里若隐若现的胴体，而且连衣裙上面的开口很低，乳沟都能看见。何况这里是赌船，虔诚的教徒怎么会来这种地方。所以戴面纱应该只有一个目的，就是不想让人看清她的长相。

朴不见不由得对这个女子产生了兴趣，他喝着咖啡，装作是在看窗外的海鸥，注意力却一直集中在女子身上。

女子要的早餐很简单，一个煎蛋、一片面包、一杯果汁。一边吃东西时，一边看着窗外。大概吃了二十分钟，女子离开餐桌，找到侍者，轻声说了几句，声音很轻，朴不见却听得很清楚，她要侍者一会儿送一份同样的早餐去楼下的0101。

说完，女子转身离开了餐厅。

朴不见连忙一口喝完杯子里的咖啡，从窗口观察餐厅外面的走廊，看到女子快要走到拐角处了，他也连忙起身，追出了餐厅。

女子没有坐电梯，而是沿着甲板上露天的楼梯，徒步往下走去。

朴不见根据刚才女人要侍者送一份早餐去0101套间的线索，抢先从另一个楼梯跑到了一楼的甲板上，然后装出凭栏眺望海面的样子。

过了大约十分钟，女子才慢腾腾地走到了一楼，看见女子快要进到房间去了，朴不见连忙转身，紧走几步，在女人刷门卡时，到了她身后，想趁着门打开的瞬间，看一下房间里的情况。但他没有想到，女人只将门开了一条缝，就像条鱼似的，钻进门缝，立即关上了门。

朴不见摇摇头，在门外的走廊磨蹭了一阵，想听一下女子进屋后说话的声音，却发现，房间里的声音像被某种介质阻挡了。

好奇之下，朴不见对着身边的船舱壁吹了一声口哨，声音被迅速地弹回。泰坦号显然使用了有声波反射功能的材料，房间的门窗只要被关上后，就不会有声音透出来。

朴不见摇了摇头，知道即使继续待在这个地方，也不会有收获，不如过一会儿用“苍蝇”溜进房间里去看一眼。

他转过身，往船头走去，背靠着栏杆，上上下下观察起整条船来。

泰坦号的甲板以下是机房以及船员和船奴的住处，乘客是不允许下去的，这部分的侦察工作他已拜托给了卓深影，用不着他多费心思了。他决定沿着楼梯往上，假装走马观花的样子，走走停停，不时用手机拍照留念。

借着这观光客的姿势，他跑遍了甲板以上的每个楼层，样子看似漫不经心，实际上却看得很仔细，连每一层的套房有哪几扇窗户没有关上这种信息都没有漏掉，途中只要遇到个人，他就会将对方的脸记在脑子里，只要有套间的房门没关上或窗帘没拉严实，他就会借机观察里面的情况。从一楼走到九楼，他花了整整两个半小时。

看完了九楼的情况，他准备沿着楼梯再往上去，楼梯上忽然跑下来两个穿黑西装的精壮汉子，拦住了他的去路。两个黑西装都戴着无线耳麦，胳膊下面微微隆起，可能是藏着枪。看装束，应是高级别的职业保镖。

“上去拍个照，不可以吗？”朴不见做出一副懵懂的样子。

“对不起，上面不对外开放。”其中一个黑衣保镖面无表情地说道。

“我花那么多钱买了你们的船票，为什么不能上去？”朴不见提高了音量。

“对不起，第十层不包含在您的船票里。”另一个黑衣保镖耐心解释。

“为什么？”朴不见又问。

“严格来说，这一层不属于泰坦号，是我们老板的私人会所，只有受他邀请的人才能上去。”黑衣保安一板一眼道。

“还有这种事？”朴不见摇了摇头，因为不想引起注意，他没再纠缠，走到前甲板，拿出手机，装模作样地朝十层楼的方向拍了张照片。这时他才注意到，十楼的楼顶是个停机坪，上面停着三架直升机。

拍完照，磨蹭了一会儿，朴不见又往另一个方向转去。从下面几层的结构来看，通往十楼的楼梯应该也有六架，但走了一圈后，朴不见发现所有通往十楼的楼梯都有黑衣保镖在那里把守。

回到前甲板后，朴不见靠在船头的栏杆上，一边眺望海面，一边整理思路。根据之前的观察，泰坦号上，除了这六架露天的楼梯，楼内还分布着六架电梯，其中有五架是一直开放的，但电梯里没有第十层的按钮，还有一架电梯一直关着，如此想来，那应该是唯一一架可以通往十楼的电梯。

把来龙去脉都想清楚后，朴不见搭坐电梯从九楼回到了三楼。进到房间里，朴不见把那四个伪装成苍蝇的悬浮式复眼摄像头找了出来。

“苍蝇”们在他的操控下开始往十楼飞去，就在快要接近目的地时，监控画面上出现了电磁干扰。“苍蝇”在发出警报，再往上飞，就要失控了。

朴不见放弃尝试，让“苍蝇”掉头向下，往一楼飞去，让它们绕着0101套房的外围转了好几圈，没想到房门和窗户还是严严实实地关着，连窗帘都没有留下一丝缝隙，“苍蝇”根本找不到偷窥的机会。

朴不见只好让“苍蝇”在附近待命，等了大约半个小时，0101还是没有动静。因为脑子里惦记着十楼的情况，朴不见决定先去九楼的酒吧找人打探一下情况。

进了酒吧，朴不见低头看了看手表，十一点刚过五分，酒吧里空空荡荡的，酒保在吧台边支着脑袋，在颓靡的乐声中打着瞌睡。朴不见刚走到吧台前，那个酒保身上好像装了警报器，耷拉的脑袋猛地抬起，晃了晃后，脸上即刻现出讨好的笑容。

“威士忌加冰？”朴不见还在想着该怎样开口，酒保已抢先问道。他说的是英语，但带着拉丁口音，从微黑的肤色看，应该是南美那一带的移民。

“为什么？”朴不见不明所以。

“一般这时候就到酒吧来，还是独自一个人，要么是好这一口，要么是心情不佳。不管哪种情况，烈酒才是良药，威士忌加冰，形式够单纯，又不像伏特加那般粗俗，刚刚好。”酒保说起话来很有韵律，看朴不见没有反对，就自作主张，往玻璃杯里加了冰块，然后开始倒酒，“当然，你不想要也可以，反正现在酒吧没人，我就自己喝了它。”

“好，给我吧。”朴不见笑了起来，觉得这个酒保很对自己的胃口，与之交谈应该不会困难。

果然，酒保很健谈，而到下午四五点前，这个地方应该都不会有人来，他也无聊，眼前来了个可以说话的人，自然是求之不得。两人聊得很畅快，先是说了些酒和女人的话题，然后又聊起各自的情况。说了一个多小时，两人已喝了两轮。看情况已差不多，朴不见话锋一转，装出不经意的样子，问了一句：“十楼为什么不让人上去？”

“哦，那是我们大老板的地盘。”酒保看上去酒量非同寻常，两杯下肚，脸上还是没有一丝喝过酒的迹象，只是谈兴正浓，“除了我们大老板自己或者他特批的客人，别人自然是不能进去的。而且这些客人都是自己坐直升机，直接到十楼的。连船长也不知道他们是谁，会待多久，会在哪里下船。”

朴不见想起上午在甲板上看见的那三架直升机，点了点头：“哦，这样啊。不过那可是整整一层楼面啊，要平时你们大老板没朋友来搭船，岂不是白白浪费了吗？”

朴不见一边感叹，一边喝了一口酒。

“怎么可能浪费，从我上船那天起，十楼的三个套房就没有空闲过。”酒保撇了撇嘴。

“你上去过？”朴不见问。

“船长都没资格上去，我们这些小喽啰当然就更没有可能了。”酒保摇了摇头，“给那里的客人提供服务的侍者和管家，是大老板直接调配的，上面的船奴跟下面完全不在一个水平上，都是极品。”

“你怎么知道是极品？又没见过。”朴不见故意抬杠。

“我们上不去，并不代表上面的客人不会下来。”酒保一脸神往地咂了咂嘴，“何况就算他们平时不下来，到至尊赌会的那一天总是会下来的。”

“至尊赌会？”朴不见不解地问。

“你不知道吗？”酒保瞪大了眼睛看着朴不见。

“在服务手册上看过这个名称，但我不是很清楚，是什么意思？”朴不见笑了笑说。

“哎呀，看来您还真是把泰坦号当普通邮轮了。”酒保叹了口气，“知道吗，船上的十成乘客里，有九点九九成是为了至尊赌会才上泰坦号的，您就是那另外的零点零一成。”

“亲爱的迪克，你就不要嘲笑我了，说给我听一听嘛。”朴不见做出哀求的样子。

“根据泰坦号上的惯例，住十楼的三位客人，在下船前一晚，会从十楼下到赌场，跟前几天胜率最高的三位客人赌一场。按照规定，至尊赌会上的一个筹码就是一千万费切币，相当于一亿美元。筹码的数量上不封顶，赌局限时三个小时，结束后，每个人可以带走自己赢到的筹码。”说到这里，酒保一脸神往地舔了舔嘴唇，“不是我小看您，虽然能上泰坦号的都不是一般人，但跟住十楼的客人比，可算是小巫见大巫了。所以，自从有了至尊赌会，绝大多数上泰坦号的客人都是为了赌这一局，如果能赢，就等于是给自己升了一个档次。”

“哦，这样啊。”朴不见点了点头。

根据原来的计划，他去赌场，只是为了调查，输赢并不是目的，现在看来，为了近距离见识一下十楼的神秘客人，他必须想办法让自己的胜率进入前三。

想到这里，朴不见连忙问酒保：“这次的至尊赌会是在哪天？”

“船票上附带的服务手册上有，这次是第六天。”酒保说，“是到新唐城前的那一晚，估计三位嘉宾中有人会在新唐城下船。”

朴不见点了点头，连忙换了个话题，又跟酒保扯了些别的事情，才和他告别，回了自己房间。

进屋后，朴不见又把“苍蝇”放了出去，然而0101套房还是密不透风的样子，看来一时半会儿都不会有机会一探究竟了。这时，朴不见想起了卓深影，连忙驱动其中两只“苍蝇”去了楼下安置船奴的地方。

甲板之上，船奴们虽个个一表人才，很像是些最幸福的人类，但到了楼下，等待他们的，却是一个个围着铁栅栏的笼子。普通船奴被关在了几个大约一百平方米大小的大笼子里，每个大笼子里排列着密密麻麻的三层通铺，住着大约三百个普通的克隆人船奴。而那些提供情感服务的克隆人船奴和人类船奴情况稍好些，都被关在大约有十平方米大小的单间里。

借助“苍蝇”的能量探测装置，朴不见很快找到了卓深影。她没有换宿主，还是昨夜的那个黑发船奴。

朴不见打开内置在客厅墙上的显示器，调出了泰坦号的船奴菜单，很快确认，被卓深影附身的船奴叫塞莉娜，二十六岁，是位人类属性的船奴，除了可以提供情感类服务，还可以被当作猎物猎杀。情感类服务是赌船奉送的，客人可以让塞莉娜满足自己的一切需要，猎杀则需要付给泰坦号一百万费切币的猎杀费。

朴不见皱了皱眉头，点开了塞莉娜名下的邀请键。想了想后，又点了另两个叫吉娜和凯莉的船奴，好给卓深影附身的塞莉娜做个掩护。

下完单后，朴不见通过“苍蝇”传输过来的画面，看见楼下有人正在打开塞莉娜居住的那个单间。朴不见认得那个人，正是昨夜跟塞莉娜一起站在后甲板上看海的船员。

船员带着塞莉娜进了浴室，在更衣室的衣柜前，看了一会儿里面的衣服又回头打量一会儿面前的塞莉娜，歪着脑袋想了半天，终于挑出一套白色蕾丝内衣、一件半长的红毛衣和一条深黄色的棉布长裙，递给了塞莉娜。做完这些，他抿了抿嘴，想说些什么，但终究没有说出来。他叹了口气，转过身准备离开。

塞莉娜不知道哪儿来的力气，猛地伸出手拉住船员的手，将他转过去的身子拽了回来，脸上忽地露出一丝挑衅的笑意，脱下了身上那条棉质睡衣，故意在船员面前转了个身。船员的喉结咕噜了一下，苦笑着摇了摇头，拨开塞莉娜，落荒而逃。塞莉娜放肆地大笑，笑着笑着，却已是泪流满面。

在这个过程中，卓深影好像并没有干涉她的宿主。

昨天，他关照过卓深影，不到万不得已，不要主动操控宿主，以免引起别人的怀疑。所以现在卓深影应该只是以旁观者的状态存在于塞莉娜的体内。

半小时后，三个刚才还像囚犯一样被关在笼子里的船奴，已穿上漂亮衣服，施施然地来到三楼，进了朴不见的房间。三人脸上挂着讨好的笑容，像是跟朴不见一见钟情的样子。

因为见过这三位船奴刚才在笼子里的样子，朴不见知道她们此刻笑得有多甜，心里就有多苦。

可能是朴不见看着三名女子发呆的样子引起了卓深影的不满，被她附身的塞莉娜伸出手，碰了碰她的两位同伴，吉娜和凯莉跌坐到地上，脸显出呆若木鸡的表情。

“不至于吧？你们四天王星人不是一直都觉得地球人缺乏美感吗？”卓深影控制住了塞莉娜的意识，慢条斯理地说道。

朴不见没有说话，用手指了指屏幕上关于塞莉娜是猎物的那段介绍。

“正常，二十六岁了，人老珠黄，成为猎物可能是她最后有点利用价值的地方了。”卓深影看了一眼朴不见，“你什么时候变得这么心软了？”

朴不见看着卓深影，注意到她的目光在塞莉娜的眼睛里闪烁不定，说话明显用力过度，显然她的满不在乎只是一种掩饰。她应该跟自己一样，也同情塞莉娜，只是不愿意承认罢了。朴不见没有戳穿她，只是淡淡地一笑。

“找我过来有什么事？”卓深影避开了朴不见的目光。

朴不见把自己这一天收集到的信息跟卓深影详细叙述了一下，然后问：“你那里有什么收获？”

“我把下面这几百个船奴都附身过一遍了，在他们的记忆里搜索了一下，好像没有忻飞飞的线索。”卓深影顿了顿，“看来忻飞飞被卖到泰坦号做船奴应该只是一个烟幕弹。”

“这样啊？”朴不见沉吟着点了点头，“那你回来吧，继续做你的白雨。”

卓深影摇了摇头：“我们两个还是分开比较好，如果需要，你可以随时把我的宿主叫过来。反正我是按你说的，只以旁观者的身份依附在她身上，这就跟住旅馆似的，所以一点也不费劲，还能监控一下甲板下面的情况。”

朴不见不由诧异，不明白卓深影为什么要主动给自己加任务，不过还是点了点头：“也好。最好每天换一个宿主，这样我叫你过来，也能不断换人，不会引起注意。”

“你可以把自己演成一个长情的人。不过，为了表演你的长情……”卓深影在脸上露出一个玛丽莲式的娇媚笑容，指了指昏睡着的吉娜和凯莉，“我不反对你每次也把这俩冤大头一起叫上，别人起疑心的话，也不知道该怀疑我们当中的哪一个。”

看到卓深影笑成眼前的这个样子，朴不见更觉得此事古怪，但他没有多说什么，转过头，看了看全息电脑虚拟出来的那四块无影屏，发现那个戴着黑色面纱的女人不知何时已出现在0101房间的门口，但房间门已经关上。

显然在他跟卓深影说话的时候，女人从房间里走了出来。照理说，“苍蝇”身上有探测装置，目标出现的话，会自行发出警告，不知那女人用了什么办法，让“苍蝇”竟然没有及时反应。

此时，女人已到了走廊，朴不见来不及多想，连忙让“苍蝇”跟在了她身后。

女人坐着电梯到了九楼，进入赌场。赌场里已是灯光璀璨、人声隆隆，显然这才是泰坦号上最隆重的时刻。

“你说的神秘女子就是她？”卓深影看着无影屏问道。

朴不见点了点头。

“接下来怎么做？”卓深影又问。

“去赌场看看，为了参加至尊赌会，我们需要积累胜率。”朴不见抿了抿嘴，停顿了一下，看着卓深影，指了指倒在地上的吉娜和凯莉，“你和她们一起陪我过去吧。”

“好。”卓深影盯着屏幕上的女人，点了点头，“一会儿我或许可以找机会上她的身，看看能不能提取她的记忆。”

说着，卓深影走到吉娜和凯莉身边，伸出手要去唤醒两人。

朴不见连忙朝她做了个手势：“稍等。”

说着，朴不见一边关上虚拟的无影屏，一边拉开房间里的储物柜，找出了摆放在里面的旅行箱。

打开箱子后，他启动了旅行箱里的空间压缩按钮，旅行箱的长宽高马上扩展了一倍，朴不见打开隐藏在其中的一个暗格，从里面挂着的一排眼镜里拿出一副白边平光镜，戴到脸上，对着镜子左顾右盼。

“这又是什么黑科技？”卓深影不禁好奇。

“一会儿到了上面，我可能要利用‘苍蝇’做个弊什么的，戴上这副眼镜，我就能用眼神操控这些小家伙了，然后还能用眼镜来看它们偷拍到的画面。”说着，朴不见又给自己换了一副黑边眼镜。

“你不是只要用手碰一下某个东西，就能得到上面的信息吗？”卓深影问。

“赌场里到处是摄像头，如果我的手碰了不该碰的东西，又正好赢了，难免会引起怀疑。这种场合，还是‘苍蝇’比较可靠。”朴不见调整了一下黑框眼镜的位置，对着镜子满意地点了点头，将箱子重新关上，忽然想起了什么，转头对卓深影道，“能者多劳，如果一会儿在赌场里，除了那个女人，要还有什么人我觉得可疑，我会看他一眼，然后拿下眼镜，擦拭镜片，你看到这个暗号，就想办法让塞莉娜接近目标，然后提取他的记忆。”

卓深影点了点头：“明白。”

又是一阵忙碌，朴不见把刚才打开的一切恢复原样，然后朝卓深影做了个OK的手势：“可以了。”

卓深影让塞莉娜用手摸了摸吉娜和凯莉的脸，两人一脸懵懂地醒了过来，从地上坐起，似乎在为自己刚才打起了瞌睡感到不解，不过一看到站在面前的朴不见，两人脸上迅即露出了职业性的讨好笑容，站起身，一左一右搂住了他的胳膊，林先生长林先生短地招呼着这位来自马来西亚的拿督。

朴不见看了一眼塞莉娜，发现她的神情也已恢复正常，也在笑，笑容却有些勉强。卓深影应该又启动了潜伏模式，没有在操控塞莉娜。

朴不见转过头，故意在脸上露出轻浮之色，左拥吉娜右抱凯莉，带着她们往赌场的方向走去。塞莉娜走在了吉娜另一侧，与其他三人若即若离。

进了赌场，朴不见特意找了几个冷清的赌桌，试了试手气。为了不引人注目，他故意有输有赢，不过在总体上赢多输少。

在这个过程中，他一直在偷偷打量那个戴面纱的黑衣女子。

那女子从开始起就坐在了梭哈桌边。但她不是自己在赌，而是拿着手机将手上的牌拍下来，传输出去，然后根据耳机里的指令，决定下注或者放弃。看得出，在手机另一端指导她的人精于此道，女人面前的筹码正越堆越多。

趁着轮盘赌的桌上没有人，朴不见走到桌边，坐了下来，随意下了两注后，装出偶然瞥见的样子，指了指梭哈桌上的女人问荷官："赌博怎么还可以遥控，万一是作弊怎么办？"

荷官头也没回，好像知道朴不见说的是什么人，神色漠然地说道："别人这么做，自然不可以，黑寡妇这么做，却是可以的。"

"为什么？"朴不见抓起吉娜的手，操纵着它拿起了一个一万费切币的筹码，又下了一注。

"因为指挥她的人，是不可能作弊的。"荷官的态度还是很冷。

"这个怎么解释？"朴不见看着正在滚个不停的骰子，问道。

"因为在遥控黑寡妇的是'泰坦号赌神'，技术到了他那个程度，哪儿用得着作弊？"荷官说道。

"泰坦号赌神又是什么人？"朴不见愈加好奇。

"啊？都来了泰坦号，怎么会连泰坦号赌神是谁都不知道？那你是来干什么的？"荷官忍不住鄙夷，但很快意识到这样对客人不够礼貌，便笑了笑，"看来您是第一次上船，不过，介绍你来的人也太不负责了，都没把情况说清楚，就把你往火坑里推。"

“是是，我朋友临时有事，把船票让给了我。事出紧急，他来不及跟我细说。”朴不见连忙解释。

“你那朋友真不够意思，泰坦号虽说是赌船，但说它是战场也没错。要不是赌船有规定，赌资以每个人的一半财产为上限，估计很多人下船时就会由大富翁变成穷光蛋。像你这种毫无心理准备的菜鸟上船，等于是来送钱的。”荷官说话虽不客气，但样子还算诚恳。

“你还没有告诉我，泰坦号赌神是什么人呢。”轮盘虽停了下来，朴不见还在看着那荷官。

“这事说来话长。”荷官挠了挠头，好像不知该从何说起的样子，“我上泰坦号当荷官大概有十一年了吧，我来这里时，泰坦号赌神就已经在船上了，据说0101房间是他包下来的。也就是说，这家伙一年到头都是在船上度过的。虽然如此，船上却几乎没有人见过他。据说这位赌神以前是职业赌徒，有一次可能在别人的赌场里赢得太狠了，结果被人扔进了硫酸池，所以他现在浑身都绑着绷带，只能坐在轮椅上，这可能是他不肯出来见人的原因。连到赌场来赌博，都是由黑寡妇替他出场，用手机给他直播，然后他在另一端遥控。”

“这黑寡妇倒也挺有意思的，穿得这么性感，还非要戴个面纱。”朴不见又转头往黑寡妇的方向看了一眼，心里不由得怀疑，泰坦号赌神可能就是郑有生，缠满全身的绷带和轮椅都是伪装。要这样的话，黑寡妇有很大概率是忻飞飞。

“据说这是泰坦号赌神的要求，既然他不能出来见人……”荷官一边说，一边收起朴不见输掉的筹码，再次启动轮盘和骰子，“他女人的真面目，自然也只有他才能看见了。”

“哈哈，有意思。”朴不见又抓起凯莉的手，让她拿了三个筹码，分别压在了9、11和23三个数字上，“对了，你们为什么要叫他赌神？”

“自从泰坦号第一次举办至尊赌会以来，他没有落下过一次，也就是说，他在我们赌船上的胜率一直都在前三位，要知道敢到我们赌船上来的人，没一个是省油的灯。这几十年来，他赢的钱都有好几十亿了，你说，他要不是赌神，谁能是？”荷官露出了神往之色。

“他赢得这么狠，你们老板还肯让他留在船上啊？”朴不见学着荷官的腔调问道。

“据说他是费切拉马集团保安部主任切斯迪的人，虽然我们大老板做的事情在蓬莱洲算不了什么，但保安部真想找事，也是一找一个准，大老板明白，切斯迪安排赌神过来，就是明摆着来收保护费的，他也不好赶对方下船。何况赌神挣到的钱，跟赌船的收益比，只是分一杯羹。而且后来很多人上泰坦号就是为了挑战赌神，所以大老板更觉得他是吉祥物一样的存在，让他挣点就挣点吧。”荷官轻松地撇了撇嘴，好像自己是尤利西斯肚子里的蛔虫似的。

朴不见笑了笑，没有说话，更加确定了自己的推测，赌神替保安部收保护费只是个幌子，是尤利西斯为了让郑有生长期留在船上找的说辞，至于那神乎其神的赌技，可能是郑有生和尤利西斯之间的某种默契，尤利西斯保护郑有生，郑有生则以赌客的身份在暗中出老千，帮尤利西斯敛财。

就在这时，轮盘赌的转盘停了下来，11号中了，前后算下来，朴不见不仅把之前输的钱都赢了回来，还多赚了三万费切币。刚才在转盘转起的一瞬，“苍蝇”自带的计算程序，就对各种作用力进行了测算，得出结论，骰子将在11号上停下。为了不引起别人的注意，朴不见特意押了三个数字。

荷官的脸上满是懊恼，似乎没想到这菜鸟的运气会这么好，不由得摇了摇头，把输掉的筹码推到了朴不见面前。

朴不见做出像是赢了大钱的样子，一阵大呼小叫，然后左拥右抱着吉娜和凯莉，往梭哈桌走去，躲在塞莉娜身上的卓深影一阵好笑，觉得朴不见扮菜鸟的样子，比他平时扮酷装颓废可爱多了。

黑寡妇的身边各自空着五六个座位，朴不见看出这是其他人故意让出来的，是敬而远之的表示。照理说，他是不该打破赌桌上的这种潜规则的。不过，他现在扮演的是菜鸟，自然可以视一切规矩为无物，所以他故意在黑寡妇身边坐了下来。

看到朴不见这么有眼不识泰山，黑寡妇皱了皱眉头，但没有多说什么。

朴不见落座后，塞莉娜也跟了过来，经过黑寡妇身边时，卓深影突然占领了她的意识，塞莉娜一个趔趄，摔向了黑寡妇。

黑寡妇的反应很快，脑后好像长了眼睛似的，身子迅速地一闪，塞莉娜跌了个空，幸好倒地时，手微微触到了黑寡妇的脚踝。卓深影本想借这个机会跃迁到黑寡妇身上的，却没有成功。她连忙退回到塞莉娜体内，让塞莉娜恢复了自我意识，自己则继续以旁观者的身份藏在塞莉娜身上。

回过神来的塞莉娜在浑身颤抖，使劲地赔着不是。黑寡妇好像并不在意的样子，轻轻摆了摆手。

塞莉娜走到朴不见的左手边，坐在了离黑寡妇最远的地方。

这时，朴不见也已经发现卓深影没有成功，不经意地吸了吸鼻子。他很快恢复了那种我是菜鸟我怕谁的神情，嚷嚷着，要荷官赶快发牌，还装出一副很阔气的样子，大大咧咧地推出了三个筹码，抢着要先喊牌。直到荷官小心翼翼地提醒他，这张赌桌的一笔赌注至少需要十万费切币。

朴不见歪着脑袋做愁眉苦脸状，想了半天，像是下了很大的决心，拿出另外七个筹码推到了桌子中央。可能是装菜鸟装得太像了，有个年纪稍轻的赌客已在摇头叹气。黑寡妇还是面不改色，甚至都没有看一眼朴不见。

朴不见的样子虽畏畏缩缩，但因为有“苍蝇”帮他偷看别人的牌，三轮下来，竟赢了好几百万。看着眼前一堆十万面值的筹码，朴不见抿着嘴，一脸认真地想了半天，然后拿起筹码，搂着身边两个船奴离开了赌桌，塞莉娜若即若离地跟在了他后面。

这之后，朴不见有一搭没一搭地又转了好几个台，又赢了一两百万。过程中，一旦朴不见觉得有哪个赌客不对劲，就会拿下眼镜擦拭镜片。卓深影也会心领神会，操控着塞莉娜，找机会坐到朴不见暗示的客人身边，截取对方的记忆。在这个过程中似乎没有再遇到什么麻烦，附身塞莉娜的卓深影都不用装一下样子，就能马上得手。

转了一圈后，朴不见注意到，一个赌21点的赌桌边围了一群人，大部分人不是在赌博，而是在看热闹。

朴不见带着女伴们走了过去，被人群围在中间的竟是早上朴不见在餐厅里遇见过那个皮肤苍白的女孩，那两个看上去像她父母的男女正坐在她两边，女孩面前的筹码已堆得很高，朴不见目测了一下，应该有好几千万。桌上已没有别的赌客，坐庄的荷官在不断擦汗。

朴不见放出“苍蝇”跑去女孩身边查探，看不出女孩有作弊的迹象。观察了很久，终于看出女孩是个心算大师，能将十副牌都记在心里。每次牌局刚开始时，她的胜率并不高，她这时的做法只是不断消耗牌面，等翻出来的牌越来越多后，她押出的筹码才会越来越大，因为接下来牌面组合的概率会越来越确定。

四天王星人的记忆力和观察力都要比地球人强很多，朴不见其实也能记住所有打过的牌，但他自忖，可能无法像那个女孩一样，自始至终都做到注意力高度集中。如果是他自己处理这件事情，可能会把工作都交给“苍蝇”的内置程序去干，让“苍蝇”来帮他计算牌面的概率。为此，他不由得对那女孩心生敬意。

从身边围观者的议论中，朴不见得知，女孩叫爱丽丝，在证券界鼎鼎有名，是个做高频交易的操盘手。虽然现在的大券商都会将高频交易交给AI处理，但爱丽丝却能凭着自己的心算和AI拼，还胜多负少，将她爹妈拿来给她玩玩的一百万美元，炒成了几十个亿。在这个人工智能掌控一切的时代，还有人能做到这一点，几乎可以说是奇迹。

因为对爱丽丝产生了兴趣，从赌桌离开时，朴不见故意带着女伴绕着爱丽丝走，然后很轻浮地挠了一把塞莉娜，恰到好处地让塞莉娜的手碰到了爱丽丝的手。卓深影轻而易举地截取了爱丽丝的记忆。

午夜十二点，赌场公布了第一天的胜率排行，爱丽丝和泰坦号赌神位列第一第二。朴不见排在了第十七位，为了不引人注目，跟排名靠前的赌客比，差距并没有大到不可逾越。

这之后，赌客们陆续离开了赌场，朴不见回过头，想去看黑寡妇在做什么，才发现她已经不在梭哈桌边上了。

朴不见连忙驱动“苍蝇”到处搜索，终于在一楼的走廊里追上了黑寡妇。

黑寡妇似乎并没有觉察到背后的“苍蝇”。到了0101门口，她刷了门卡，房门应声而开。

朴不见连忙用自己的眼神反馈给操作系统，在眼镜内侧指挥着那只“苍蝇”摄像头，想让它抢先进入房间，却没想到黑寡妇的启动速度比“苍蝇”快两倍，而且身体刚一滑入只够一人通过的门缝后，就马上带上了门，“啪”的一声，“苍蝇”被狠狠地卡死在了门缝里。

朴不见眼前的画面变成了雪花，耳朵里是刺啦刺啦的电流声。他张大嘴巴愣了半天，直到身边的女伴用力摇他的胳膊，他才回过神来。

回到住处，卓深影第一时间就占领了塞莉娜的意识，先是让吉娜和凯莉“睡”了过去，然后自己也从塞莉娜的身体里脱离了出来，恢复了自己的能量身。

“刚才有什么发现？”卓深影的身影还没稳定住，朴不见就忙不迭地问。

“除了黑寡妇，其他人应该都没有问题。”卓深影道。

“黑寡妇是什么情况？”朴不见又问。

“不知道。”卓深影摇了摇头，她波动的身体轮廓终于变得分明，“刚才我都上不了她的身。”

“怎么会这样？”朴不见问。

“我也不知道。”卓深影努了努嘴，声音有些忸怩，“其实……其实……就像我也上不了你的身一样。”

“你上不了我的身，是因为我打过预防生物能入侵的疫苗……”说到这里，朴不见忽然意识到了什么，盯着卓深影看了半天，“你尝试过进入我的身体？”

“就是想知道你脑瓜子里都在想什么，你知道，既然有这样的能力，不用的话，心里会痒痒的……”说着说着，卓深影的声音越来越轻。

朴不见无奈地摇了摇头：“你的意思是，黑寡妇也打过类似的疫苗？”

“也不一定，除了疫苗，如果对方有心防着你，意志力又够坚强，我也没办法提取意识。当然，收割他们的生物能应该还是可以的，这个你应该知道，疫苗只能防止被我们洗脑和远程提取生物能，如果是正面攻击的话，只要我们的生物能密度强过对手，一样可以把对方收割掉的。”卓深影轻描淡写道，然后欲言又止，“不过……”

“不过什么？”朴不见追问道。

“不过，我就是想不明白，那叫波夜空的蠢货，他连意志力有没有都是个问题，更不要说强大了。而且……”卓深影咬了咬嘴唇，恨恨道，“而且，他真的是一点本事也没有，也不像你这样打过疫苗，要是我有心像主人那样迷惑他，也是一迷一个准，但不知为何，就是没办法控制他的意识，甚至不是他主动配合的话，我也收割不了他的生物能，不知道这里面有什么古怪。”

“遇到冤家了呗。”朴不见调侃地撇了撇嘴，“算了，不说那家伙的事了，言归正传，说说黑寡妇。她是什么情况？”

“不管什么情况，我都觉得她不可能是那个叫忻飞飞的艳舞女郎。”卓深影道。

“嗯。”朴不见点了点头，“黑寡妇是不是忻飞飞，我不知道，但我知道她肯定受过某种特殊的训练，不仅你上不了她的身，刚才我派去追踪她的‘苍蝇’，也被她挤死在了门缝里，这绝对不是意外，但她又能把这件事情处理得像是意外一样，这得有多强，就算我自己，也不能保证可以把这个过程拿捏得那么精确。”

“我们去0101硬闯吧，我，当然还有你，两个人加在一起，对付她应该绰绰有余。”卓深影本想说，自己一个人就可以做到这些，但还是把朴不见加了进来。

“你对付她可能够了。”朴不见似乎知道卓深影的潜台词，不动声色地笑了笑，“但不知道她房间里，是不是还埋伏了后手。就算我们对付得了她，船到新唐城还要四天，动手的话，也应该选择在上岸前，等至尊赌会举行完再进行，万一出了问题，也不会影响到我们这几天在船上的调查。”

“嗯，那么我们还是先调查别人，最后一天再算总账。”卓深影点了点头，“还有，你也别忘了尽快提高胜率，千万不要至尊赌会开始时，你还没闯进前三名。”

“这不是问题，我现在只是扮猪而已，这样才能更好地吃老虎。”朴不见满不在乎地扬了扬头。

“说心里话，你扮猪的时候比你吃老虎的样子可爱多了。”卓深影又想起了刚才朴不见在赌场里装出菜鸟贪财的样子，忍不住笑了起来。

本章回顾：

朴不见开始在泰坦号上查访郑有生的下落，在这个过程中，发现有个叫黑寡妇的客人有些神秘。接着他又发现，赌船的十楼戒备森严，他通过旁敲侧击了解到，十楼的客人都是全世界首屈一指的神秘富豪，十楼以下的亿万富翁跟他们相比，都是不值一提的小人物。在泰坦号此次旅程七天中，十楼的客人会下来一次，参加一个名为至尊赌会的活动。听说这个消息后，朴不见决定争取进入前三名，好参加这个所谓的至尊赌会。

小贴士：

船奴制度：蓬莱洲船王尤利西斯设定一种将人当作赌船消费品的奴隶制度。根据船运公司为船奴制定的守则，船奴们不是拥有独立生命的人类，而是赌船的附属品，类似船上的赌具或售卖机，只要有人愿意花钱，就可以让船奴做一切事，甚至可以让船奴死。如果泰坦号沉没或解体，作为附属品，为泰坦号殉葬是船奴们没有其他选择的归宿。船奴大部分都由克隆人构成，但也有少量被卖到赌船上的真实人类。为了防止船奴们的反抗，船奴们的暴力中枢或情感中枢都被切除了。

第二十四章
修女对准太阳穴扣下了扳机

坐在赌桌边，朴不见有些兴奋，至尊赌会就要开始了，他终于要见到这次航程中最神秘的四位乘客中的另外三位了。

过去的三天，随着至尊赌会临近，所有人待在赌场里的时间都在变长。赌局也日趋惨烈，船上六十多个亿万级的富豪里，有五十一人在还没有排出名次前，就把一半家产都输光了，其中有个来自西班牙的足球俱乐部老板还因为心脏病发，死在了船上。

每天一到傍晚，朴不见也会带着他的三位女伴来到赌场，一直在那里泡到深夜。因为有悬浮式摄像头和手腕上的便携式全息电脑帮忙，朴不见始终留在了竞争者的行列中，第一天，他的排名上升到了第十二位；第二天，又递进了五个位次；到最后一天，他让自己正好挤到了第三名。

在这个过程中，朴不见有输有赢，但算总账时赢多输少。在别人眼里，他给人的印象只是走了狗屎运，并未显出丝毫过人之处。

大家都把注意力放在了第一和第二名的竞争中，心算大师爱丽丝和黑寡妇代理的泰坦号赌神，不断你追我赶，在每个夜晚交替领先。与这两位相比，朴不见扮演的林拿督简直差了不止一个档次。

因为要举行至尊赌会，赌场今天白天没有营业，到了晚上，才打开了紧闭着的门。里面的大部分赌台已被撤除，一千多平方米的场地里只放着一张长约二十米的椭圆形长条桌，以及围在桌边的两排椅子。落选的赌客们都被安排到了隔层的包厢里，成了本次赌会的观众。

八点不到，朴不见就带着三位女伴进了赌场。长条桌被分割成六个区域，林拿督的名牌被排在了左手第二组座位上。

围着长条桌的两圈椅子，第一圈有二十四张，第二圈有三十张，也就是说，每个参加至尊赌会的人，除了本人，还可以带八个随员入场。

朴不见特意在赌会开始前一小时就到了现场，想先观察一下环境，另外也想看一下其他人入场时的情况，除了那三位神秘的顶层客人，他也特别想知道黑寡妇是不是会和泰坦号赌神同时出现。

赌会开始前半小时，被安排在隔层包厢里的观众们陆陆续续到了现场，朴不见看了一下，都是熟面孔，他已调查过这些人，应该都没有问题。

离赌会开始还有十五分钟的时候，爱丽丝也在父母陪同下进了场。她的位子紧挨着朴不见，是左手的第一组座位。朴不见没有想到，入座前爱丽丝会走到他身边，还伸出了手，自我介绍道："爱丽丝。"

朴不见愣了一下，然后才意识到，爱丽丝是要跟他握手，连忙把自己的手伸了过去。

"知道。"朴不见一边和爱丽丝握手，一边点头道，"我是……"

"我也知道。"没等朴不见说出拿督的名字，爱丽丝已经打断了他，"其实那天早上，我在餐厅第一眼看见你，就知道你很强。"

"是吗？"朴不见笑了笑，站起身，拉开紧挨在身边的椅子，让爱丽丝坐下，"为什么？"

"一般人都以为我的心算能力很强。"爱丽丝大大方方地坐了下来，"但如果观察力不行，心算其实没一点儿用的，你只有把所有的变量都观察到了，计算结果才会准确。"

"有道理。"朴不见点了点头。

“那天，我首先注意到了你身体肌肉的分布，虽不突出，但很匀称，尤其是你用餐时做的每个动作，看似平淡无奇，但在拿捏餐具时，你的手很稳，刹那间的启动速度快得惊人。你懂的，速度和肌肉的力量其实是一回事。还有你的眼神看似漫无目的，但实际上只会在该停留的地方停留，虽然停留时间只有几毫秒。还有，黑寡妇进餐厅时，你的身体下意识地坐直了，显然你感觉到那个女人不同寻常，这说明你的直觉很强。”

爱丽丝语速很慢，像是在讲故事，朴不见却听得毛骨悚然。其实他在四天王星间谍学院也受过这种观察身体细节的训练，但眼前这位姑娘的观察力显然不是靠训练得来的。

“说实话，那天我见到你时，没有看出来你有这么强。”朴不见诚恳地点了点头。

“当然，我是真的弱不禁风。”爱丽丝苍白的脸上泛起一丝红晕，“心算能力和观察力在身体上是找不到特征的，对吧？”

“还真是。”朴不见笑了起来，“你跑过来，肯定不是为了告诉我这些吧？”

“向强者示好，也是我的能力之一。”爱丽丝也笑了笑，“我这样的人，是永远不会站到强者的对立面上去的。”

“哈哈，我都不知道该说什么好了，以后请多多关照。”朴不见一脸认真地点了点头。

“对了，至尊赌会怎么玩，你大概还不知道吧？”爱丽丝的神情好像更放松了，“我给你介绍一下吧。赌会开始前，有一个掷骰子的程序，由掷出最大数字的人，来决定这次赌会的赌博项目。所以，你现在可以考虑一下，如果你掷出的数字最大，那么哪种赌博方式是你比较擅长的，这差不多意味着你会拥有主场优势。”

“谢谢。”朴不见点了点头，“我最喜欢……”

“嘘……”爱丽丝将食指放在唇前，站起身，往摆着她名牌的那组座位走去，“你不用告诉我，我喜欢惊喜。”

说完，爱丽丝走到父母身边，在两人中间坐了下来。

爱丽丝刚坐定没多久，赌场入口来了一队职业保镖，每个保镖都穿着黑西装，戴着耳麦。到了门口后，他们分成两列，很快散布到赌场的各个关键位置上，然后有三四个领头的保镖在赌场和隔层坐着观众的包间一边巡视，一边对着耳麦说话。又过了一会儿，七名男女在几名保镖的簇拥下，出现在门口的方向，隔层的包厢里发出了惊呼声，一些人还站起了身。

赌桌这里，爱丽丝也拉着身边的中年男女站了起来，面带微笑，轻轻鼓掌。朴不见连忙学着爱丽丝的样子，带领女伴们站起身来，还是那副没见过世面的土包子的样子，一脸的兴奋，鼓掌也鼓得很用力。虽知道这样子瞒不了爱丽丝，但既然已扮演了这样的角色，他还是决定，要一丝不苟地演下去，这才是职业间谍该有的态度。

朴不见一边鼓掌，一边打量着朝赌桌走来的那七个人，马上认出了其中的两个。

走在最前面的男子一头黑色的卷发，是个脸部和身体线条都如古希腊雕像一般匀称的美男子，竟是蓬莱洲船王尤利西斯，他的身边簇拥着两个身材火辣的金发女子。

这次的旅程，尤利西斯竟是亲自作陪，足见另外两位客人的来头有多大。

走在尤利西斯身后的是个女子，三十七八的样子，绿色的卷发，蓝色的眼睛，嘴唇上的口红又浓又艳，脸蛋白皙而匀称。不过，让人惊讶的倒不是她的美貌，而是她竟然一副修女打扮，黑色的长袍，白色的头巾，身体被严严实实地裹了起来，但举止又像个放浪的土豪，左拥右抱着两个年轻的美男子，不断对他们做出亲热和调戏的样子，而那两名男子也在竭力讨好她，表情很是甜腻。

朴不见盯着那位修女看了半天，记忆里却找不到关于此人的线索，眼镜内侧的屏幕上，全息电脑在数据库里的搜索结果出来了，答案却是查无此人。不过，从尤利西斯对这名修女恭敬的态度来看，显然不是泛泛之辈。

走在最后的那名男子是个精瘦的东亚人，个子不高，五十多岁的样子，朴不见却知道他的真实年龄早已过了七十。老人身边一个随从也没有带，走起路来完全是闲庭信步的样子，但在别人眼里却有种说不出的威严。此人正是费切拉马集团十三董事之一的李河方，也是集团里唯一的华人董事，新唐城正是这位李老先生的根据地，城里有一半的地皮都属于他，据说四海帮在费切拉马高层的后台也是他。想来那个要在新唐城下船的大人物应该就是李河方。

如此看来，尤利西斯和李河方的关系着实非同一般。朴不见马上联想到，做局将忻飞飞送上泰坦号的也许正是四海帮。这说明郑有生能死里逃生，除了与尤利西斯有关，可能跟这位李老先生也脱不了干系。

此时，这七个从十楼下来的客人已到了赌桌边，尤利西斯把李河方让到了上首，自己在右边的一号位上坐下，而那装扮成修女样子的女子则坐到了二号位上。

七人刚落座，赌场里自鸣钟敲响了九点的钟声。钟声响起的那一刻，走廊里传来高跟鞋的声音，很快，黑寡妇出现在门口。她姗姗来迟，却又把时间卡得正正好，好像她才是这里最大的腕儿似的。她的身边还是没有人陪同，到了赌桌，她独自在长条桌下首的空位上坐下，然后在桌上放上一个手机支架，开始现场直播。黑寡妇做起这一切来，一副当别人都是空气的样子。

尤利西斯皱了皱眉头，清了清嗓子后，开始说话："我们这三个不速之客，李河方先生应该就不用介绍了，我嘛，作为这家黑店的掌柜，大家也都认识。我要给大家介绍的，是这位黑尔修女。"

说着，尤利西斯伸手指了指坐在他另一边的那位修女："虽然她不喜欢抛头露面，但绝对是个藏得很深的大富豪，即使把我手里所有的船都卖掉，大概也不及黑尔修女手里的一条船值钱，说起船奴制度，其实是我跟她偷学来的。等大家将来资产也到了一千亿费切币的时候，大概就能收到她的邀请了。"

在这个过程中，黑尔修女没有说话，只是不断在跟身边的两个美男子调情。

朴不见用这个名字搜索了一遍自己的记忆，还是没有找到关于黑尔修女的线索。

黑尔？黑尔？他在心里默念。

黑尔？黑尔？Hell？地狱修女？朴不见忽然灵机一动，自己也不知道为什么会产生这样的联想。

在听到这个名字后，夹层上的包厢里响起了稀稀落落的掌声，显然黑尔修女视大家为无物的态度让人很不爽，所以也没有多少人愿意捧她的场。

"好了，闲话少说，我们开始今天的正题吧。"尤利西斯都没有要向客人介绍另外三位参赛者的意思，直接向场中一个戴白手套穿黑西装的侍者做了个手势。

侍者端着一个托盘走了过来，托盘上铺着一块黑色的天鹅绒，上面是三个翡翠骰子。

侍者还没有走到桌前，黑尔修女就朝他摆了摆手。那侍者看向尤利西斯，尤利西斯点了点头，侍者退了回去。

黑尔修女环顾了一下四周，说道："每次都是掷骰子，太没有创意了，我们来换个玩法吧，除了运气，再来点勇气如何？"

"怎样才能再来点勇气？"尤利西斯笑着问。

黑尔修女涂着血红指甲油的手在空中晃了晃，那纤长白皙的手里忽然多出了一把左轮手枪。连朴不见都没有看清枪是从哪里变出来的。他心里一沉，隐隐觉得事情有些不妙。

"我们来试试俄罗斯轮盘赌吧。"黑尔修女的声音很娇媚，手指像在跳舞一般，只用一只手，就将五颗子弹卸了下来，然后将轮子一转，说道，"我先来。"

说着，黑尔修女已将左轮枪对准太阳穴扣下了扳机，咔嚓，没有枪声跟着响起。

赌场里突然鸦雀无声，所有人都被这个修女的举动吓到了。一个人该有多疯狂，才能如此冷静地做出这样的事情？

"看来运气还不错。"黑尔修女将左轮枪滑到了赌台中央，轻描淡写地耸了耸肩，"有谁想抢这个庄？"

刚才，朴不见看得很仔细，子弹应该在枪的第三个弹仓里，如果他愿意，他现在就可以拿起枪射向自己的太阳穴。但他知道，从修女刚才的举止来看，她应该没有刻意去控制子弹的位置，她是真的抱着必死之心，朝自己的脑袋开枪的。

朴不见没有去尝试，他耸了耸肩，然后看了一眼赌桌上的其他人。

爱丽丝将双手微微举起，表示了放弃的意思，朴不见知道，以她的观察力，应该也能判断出子弹的位置，显然她也没想去挑战这位疯狂的修女。

李河方在微笑，手指轻叩桌面，也表示了放弃的意思。

黑寡妇还是一副冷若冰霜的样子，点了点头："我老板让我放弃。"

尤利西斯鼓起掌来，语调夸张地说道："到底是黑尔修女，有勇气，又有运气，哪儿是我们这些凡人能比的，好吧，就由你来决定今晚的决战方式。"

"很好！"黑尔修女点了点头，然后拍了拍手，"出来吧。"

话音刚落，从赌场天花板上六个最不显眼的角落里，跳下六个年轻女孩，除了衣服的颜色不一样，长相一模一样，个个漂亮如洋娃娃，头发是绿色的，眼睛是蓝色的，眉目间竟能看出黑尔修女的容貌。

六个女孩在赌桌上站定后，脸上露出娇媚的笑容，然后各自在赌桌上轻盈地转了个圈，像是让人看货的意思。朴不见注意到，六个女孩的脖子上都戴着白色的颈环，应该都是船奴身份的克隆人，而且很可能是用黑尔修女的细胞克隆出来的。

在场的职业保镖脸上露出了不安的神情，显然刚才检查赌场时，他们并没有发现这六个早已埋伏在此地的女孩。

朴不见也没有觉察到这个情况，他心里懊恼，抬头看了一眼塞莉娜。塞莉娜依旧低眉垂眼，想着心事，卓深影应该还是被动地潜伏在她身上。不过，在朴不见的目光扫过去时，塞莉娜左手的小拇指在无意识地敲打桌面，似乎是老式电报机用的摩斯码。因为人工智能的发展，这种古老的通信加密方式早已被淘汰，但此刻却派上了用场。卓深影正在告诉他，事情还在可控范围之内。

"三年前，尤尤向我订购了一个极品船奴。"黑尔修女叫着尤利西斯的小名，"我知道他这个人不在乎钱，但很在乎品质，所以我按他的要求，给他定制和训练了六个一模一样的萝莉九代船奴，好让他有挑选的余地。今天我们正好可以把至尊赌会当作试练场，在座的六位参赛者，可以从桌子上挑一个代表自己的选手，然后让她们捉对厮杀，最后活下来的那个，自然就是最好的。我就可以放心地将她交到尤尤手里了。今晚的主赛，我们就赌一赌大家的眼光、运气和现场的判断。尤尤刚才跟我们说了，我们这三个不速之客今天都要拿三百个筹码出来，加上另外三位一半家产的上限，总筹码大概是一千一百个左右，全部归眼光最准确的参赛者所有，一千多亿费切币，要是拿到旧大陆去，就是一万亿美元，这是什么意思，我想大家都应该懂。"

"对不起。"赌桌旁一个怯生生的声音响了起来，爱丽丝小学生似的举起了手，“请问，这六个选手比的是输赢，还是……”

“当然是生死。”爱丽丝还没有说完，黑尔修女就心领神会，轻笑着说，“输掉的人是次品，自然就没活下去的必要了。我卖给尤尤的船奴，一向是绝版货，不可能有第二个的。”

黑尔修女说这话时，六个克隆人船奴还是面带微笑，扑闪着无辜的大眼睛，模特一般，踩着妖娆的猫步，在赌桌上来回走着，和同伴擦肩而过时，还能轻巧地闪身，同时送给对方一个亲密的眼神。

“我能退出吗？筹码我都不要了。”爱丽丝的脸色愈加苍白，说话时有些结巴。

没有等她话音落下，黑尔修女已一闪身，蹦到了她面前，她跪在桌上，手上已多出一把黑色的短刃，架在了爱丽丝的脖子上。爱丽丝那薄得透明的皮肤即刻现出血痕。但比这场景更让朴不见心惊的却是那把黑色的短刀，那刀没有一丝反光，只是看着它，朴不见就感到毛骨悚然。

“至尊赌会哪儿有退出这回事，尤其还是我出的题目，不要说你，就算尤尤和李老要是敢不同意，我也一样会让他们身首异处。”说着，黑尔修女扫了一眼尤利西斯和李河方，脸上浮起一丝娇媚的笑意，好像不是威胁，而是调情。

尤利西斯笑着努了努嘴。李河方的身体和表情都没有一丝变化。朴不见却从这如山般的岿然不动里，看到了李河方的答复，他不会害怕黑尔修女的威胁，但也同样不怕她出的这个题目。

爱丽丝浑身哆嗦，点了点头。

黑尔修女的手一松，人已如鬼魅般回到了座位上。

朴不见知道，如果以影子状态，卓深影的移动速度大概也能这么快，但黑尔修女却是有血有肉的人，这实在有点深不可测。

“既然这位小妹妹心肠这么好，我做主了，就让她先来挑选代表她出场的萝莉九代产品好了。”黑尔修女悠悠地说道。

爱丽丝的脸色愈加苍白，嘴唇哆嗦，眼睛在六个女孩身上转来转去。朴不见看出，她是真的想挑选今晚的幸存者。

“她。”爱丽丝的声音很轻，指了指身穿黄底白色小碎花连衣裙的女孩。

朴不见注意到，爱丽丝刚才盯着六个女孩裸露在凉鞋外的大脚拇指看了半天。朴不见也跟着看了一眼。

爱丽丝挑选的那个女孩，大脚拇指比另外五个女孩要宽上几毫米。大脚拇指更大，脚抓地的力量应该比较强，下盘会稳，耐力也强。这应该是爱丽丝挑选这个女孩的理由。

“嗯。”黑尔修女点了点头，“眼力不错。”

修女朝那个被选中的女孩做了个手势，女孩跳下桌子，坐到了爱丽丝所在的那一组座位上。

“接下来谁挑？”地狱修女看了一眼其他几个人。

“她。”黑寡妇直接用行动回答，指了指桌上那个穿浅绿底白格子连衣裙的女孩。

朴不见对那个女孩印象深刻，因为她笑起来的样子最甜最乖。

女孩被指之后，乖巧地在黑寡妇身边坐了下来。

“不行，再这样下去，好货都让你们挑完了。”没等黑尔修女开口，尤利西斯已指着那个穿大红色连衣裙的女孩，抢先说了起来，“我要她了。”

朴不见也记得这个女孩，刚才走在赌桌上时，她的眼神和形体、动作很是挑逗，简直让人怀疑她的年龄要比她的样子大上五六岁。

红裙子女孩被指之后，尤利西斯马上朝她张开了双臂，女孩直接跳进了尤利西斯的怀里，还用双手搂住了他的脖子。

接下来的三个人都没有动，黑尔修女和李河方在看着朴不见。

朴不见又装出那副土包子的样子，使劲地挠头，在剩下的三个女孩之间，来回地转动脑袋。

“我来帮你选个好的。”黑尔修女朝朴不见妩媚地一笑，指了指那个穿墨蓝底白色大碎花连衣裙的女孩，“她吧，保证你满意。”

朴不见殷勤地点了点头，马上讨好地向那个女孩做了一个“有请”的手势，把她安排到了塞莉娜身边。女孩坐下时，塞莉娜的手不经意地碰了碰她，女孩的神色一变，朴不见看出，蓝裙子女孩已被卓深影附了身。

刚才在赌桌上走台步时，朴不见注意到这个女孩在和同伴擦身而过时，转身的动作最轻盈，应该是其中速度最快的一个。

“李老，我是庄家，应该你先挑。”面对李河方时，黑尔修女收起脸上的笑意，恭敬地说道。

李河方淡淡地一笑，指了指那个穿黑白格连衣裙的女孩。

刚才如果让朴不见自己选，他也一定会选黑白格。因为这个女孩看上去最镇定。

黑白格女孩没有像前面几个女孩一样选择跳起，而是平静地走到了李河方的面前。李河方伸出一只手，平摊在桌子往下五十厘米的地方，女孩似乎和他心有灵犀，脚踏在他手上，不紧不慢地从桌上走了下去，在李河方身边坐下。

赌桌上只剩下了那个穿粉底白色圆点连衣裙的女孩，现在谁都看得出来，她是六人中最弱的一个，显然她已看到了自己悲惨的命运，脸色煞白，眼里满是绝望。

“别自哀自怜了，不早就跟你们说过吗？你们就是我制造的一个产品，千万不要把自己当人看，这样才会好过一点，看来你还是没有学会。现在，知道为什么你是最弱的那个了吗？”黑尔修女嘲弄道，手一伸，张开五指，那女孩竟迎着她的手飞了过去，脖子正好落在黑尔修女的掌心里，黑尔修女像提溜小鸡似的，把她扔到了一边的座位上。

“好了，赌局开始，哪位先派自己的选手上场？”黑尔修女笑着环顾四周，“先上场的，接下来可是会有更多的休息时间哦。”

黑尔修女的话还没有说完，黑寡妇已指了指身边的乖乖女，说道：“你。”

乖乖女马上跃起，站到了赌桌上，笑得很甜，向所有人鞠了一躬。

“那我也不要脸了。”尤利西斯说着，双手一托，将怀中的红衣女孩抛向了赌桌。

那乖乖女看到刚在对面站定的红衣女孩，愣了愣，脸上现出悲哀之色：“姐姐，怎么会是你？”

红衣女孩被这乖乖女说得愣了一愣，有些不知所措。

此时，乖乖女已转向了黑尔修女，声音怯怯地说道：“主人……能不能换一个对手，我和姐姐从小住一个宿舍长大的……”

“这里哪儿有你讨价还价的余地，别忘了本分，从一开始，我就已经告诉过你们，六个只能活一个，你们竟然还姐姐妹妹起来了。”黑尔修女一脸嘲弄地说道。

乖乖女脸上的表情愈加的悲伤，眼角已有泪水沁出。她咬了咬嘴唇，说道：“既然如此，姐姐你过来杀了我吧。”

说完，乖乖女闭上了眼睛，双手张开，她的上臂赤裸，显然不可能藏着武器。

红衣女孩盯着乖乖女看了半天，然后咬牙点了点头：“好吧，我会永远记住你的！”

说着女孩动身飞起，手里已多了一把白晃晃的匕首。

从一开始，朴不见就怀疑乖乖女在使诈，如果她真像表面上那么乖，黑寡妇就不会选她了。红衣女虽有媚功，但心计应该比不过乖乖女。

朴不见这样想着，看了一眼黑尔修女。修女脸上似笑非笑，似乎也在等着这出好戏。

还有三寸，红衣女手里的匕首就要刺进乖乖女的咽喉了，速度快得惊人。

就在这一刻，乖乖女的脚动了一动，匕首原来藏在她的鞋子里。乖乖女将脚踢起，身子正好顺势往后一仰，避开了红衣女刺来的匕首，而红衣女此时已用尽全力，没了改变方向的余力。

就在所有人以为红衣女要被乖乖女破膛的时候，红衣女却突然在半空中做了个空翻，刺向乖乖女咽喉的匕首只是虚招。变向之后，匕首斩在了乖乖女的脖子上，把乖乖女的脑袋直接切掉了。

朴不见心里暗叹，以乖乖女的技巧和速率，如果不使诈，凭着本事，她应该能赢红衣女。但因为她更相信自己的聪明，所以反被聪明所误。

血从乖乖女丢了脑袋的脖子里喷了出来，红衣女却一滴都没有沾上。

看到血，黑尔修女的眼里放出异样的光芒。显然这个女人天生嗜血，她参加这场赌局，可能都不是为了输赢，而是喜欢看到别人被虐杀的情景。朴不见心里愤怒，但想到桌边的每个人都不好对付，只好忍了。他看了一眼已附身在蓝裙子女孩身上的卓深影。卓深影还是一脸冷漠，似乎并没有觉得眼前的场景有什么大不了的。

另一边的爱丽丝却已在呕吐，要不是看到黑尔修女露出凶狠的目光，她可能早就跑开了。

“幸亏我们是一起长大的……”红衣女转过头看了一眼终于倒下的乖乖女。

朴不见听出，她的潜台词是她太了解乖乖女是什么样的人。

说完这句话，红衣女似乎想得意地笑一笑，但眼睛里终究还是露出了悲哀的神情：“不过，我还是会永远记住你的。”

尤利西斯在大力鼓掌：“瞧瞧！我选的人没错吧？！”

然后他再次张开怀抱，红衣女又小鸟依人般地飞入了他的怀里。

黑寡妇输了，前方显示屏上，属于她的一百一十二个筹码，全部被加到了尤利西斯名下。黑寡妇没有表情，继续静静地坐在位子上。显然她知道，不看到最后，黑尔修女是不会放过这里的每一个人的。

几个侍者跑过来，处理着赌桌上的尸体和血迹，乖乖女像块破抹布，被扔进了一个带轮子的垃圾箱。

“啊，我想……我想……”不等黑尔修女开口，朴不见又像个土包子似的举起了手，结结巴巴道，“我想让我的人参加下一场。”

虽知道卓深影不在乎，但朴不见还是想多为她争取点休息的时间。

“我也占个便宜，让我这里的小朋友也参加这一场吧。”李河方一脸慈祥地摸了摸身边女孩的头，好像爷爷在鼓励孙女似的，在她耳边说了几句。

李河方的说话声轻得几乎听不见，但朴不见却听清楚了。李河方在叮嘱女孩，前五十回合全力防守。

朴不见不由得佩服李河方。

就个性而言，那个穿黑白格裙子的女孩沉稳冷静，即使没有李河方的嘱咐，上来后她应该也不会抢攻，而是会选择防守。朴不见的蓝裙子虽然出手够快，但速度是要消耗体力的，如果急攻后不能得手，接下来就会力竭而衰。黑白格本就是蓝裙子的克星，按常规来说，黑白格只要防住二十个回合就够了，但李河方却要黑白格防守五十回合，足见他做事风格的稳健。如果不是知道蓝裙子已被卓深影控制住了，李河方这边的胜率本已在七成以上，又叮嘱了这么一下，获胜应该就有十成的把握了。

虽然觉得自己赢定了，李河方的脸上却看不出一丝端倪。

两个女孩都上了赌桌，看向对方时都有些黯然，但没有多说废话，立刻动起手来。

蓝裙子攻得很漂亮，因为速度太快，手上的匕首都出现了连续的虚影，周边包厢里的看客已有人忍不住喝彩。

黑白格裙子却防得很严密，虽不好看，但几乎没有破绽。

一百多个回合过去了，一路快攻的蓝裙子早该力竭了，但此刻她还是攻得很起劲，好像她有使不完的力气。

桌边其他的五个人，包括黑尔修女，脸上都现出怪异之色，在往朴不见这里看。朴不见装作没看见，脸上带着傻笑，在起劲地鼓掌，为蓝衣女加油，好像他真的什么情况也看不出来似的。

场内，虽然情况出乎意料，但黑白格还是很镇定，有条不紊地继续防守。

朴不见心里暗叹，如果黑白格真正的对手不是卓深影的话，这一阵她几乎已经吃定了蓝裙子。在第一阵的乖乖女输掉后，胜出的红裙子显然战力不够，而后两阵的选手，一个太弱，一个不够狠。不出意外，黑白格应该会是这场赌博最后的胜利者。然而，现在她却要死了。

在内心深处，这六个克隆人女孩中，黑白格是让朴不见最有代入感的人选，他心里不由得一阵难过。

但谁死不是死呢？朴不见同样也不愿意其他五个女孩死。虽然他一向认为人生没什么好事，虽然这六个女孩都是克隆人，但她们终究跟自己一样，有着血肉之躯，即使受过再多的训练和洗脑，依然还是会有身心的痛苦和对死亡的恐惧。

两百个回合后，一直在防守的黑白格终于出现了体力衰竭的迹象，她眼里的绝望越来越深。然而忽然间，她悲戚紧绷的脸缓和了下来，冲着蓝裙子，浅浅地一笑，出人意料地张开双臂，手里的匕首掉落在地，胸口主动迎向了蓝裙子手里的匕首。

蓝裙子呆住了。

不，是卓深影呆住了。显然她没有料到黑白格会做出这样的选择。

在脑袋耷拉下来前，黑白格双手软软地抱住了蓝裙子的身体，将脸靠在了她的肩上，好像是姐妹之间亲昵的相依。

在座的所有人都呆住了。黑尔修女的脸抽搐了一下，这一幕显然不在她的意料之中，她悻悻地哼了一声。

朴不见的眼眶也有些湿润。就在这一刻，他下了一个决心，在他查清楚黑寡妇的真实身份后，他要做的第二件事情，就是杀死黑尔修女。

赌桌上的卓深影抱着黑白格渐渐冷却的身体，像座雕像一样，一动也没有动。直到黑尔修女用力地敲响桌子，她才咬了咬牙，身体后撤，任由黑白格的尸体掉落到桌上，然后她带着冷漠的表情和沾满裙子的血迹，回到了座位上。

“太失败了，我黑尔修女手里竟出了这种跟人类一样软弱的败类，真是奇耻大辱。”黑尔修女的脸色很难看，“幸亏死了，她要是能活下来，就太对不起我的客户了。好吧，现在开始最后一场。”

说完，黑尔修女看了一眼身边那个一脸绝望的女孩，这个穿粉底白色圆点连衣裙的女孩咬着嘴唇，点了点头，站上了赌桌。

爱丽丝身边那位穿着黄底白色碎花小裙子的女孩也在看向她的主人，泣不成声的爱丽丝朝她点了点头。碎花裙轻盈地跳到了桌子上。

朴不见本以为这一场的胜负也早已确定，但他没有想到，那位圆点裙女孩竟然坚持了一百个回合，这固然是因为碎花裙不够狠，却也跟圆点裙绝望之下爆发出来的潜力有关。

然而实力就是实力，此刻，碎花裙已分分钟可以杀死圆点裙了。

圆点裙还在垂死挣扎，身上已被划开了好几道口子。碎花裙开始了最后的攻击，一连刺出了三刀。

朴不见判断，这一次圆点裙即使能躲过第一刀，也很难躲过第二刀，更不要说第三刀了。

朴不见心里暗叹，第三个女孩就要命殒当场了。但他没有想到，圆点裙竟然连第一刀都没有躲开，她只是稍微侧了侧身，让过了自己的要害部位，让碎花裙手里的匕首刺进了她的右肩。与此同时，圆点裙还伸出她的左手，抓住了刺在她肩上的刀刃。碎花裙感觉不对，迅速将手里的短刀向后挣脱，用力之下，直接将圆点裙的半个手掌切了下来。

就在这不到半秒的时间里，圆点裙右手握着的匕首已经刺进了碎花裙的心脏。

圆点裙竟然选择以自己的右肩为诱饵，卡住碎花裙的匕首，然后又牺牲了半个左手，终于成功地诱杀了碎花裙。这股狠劲甚至连朴不见都感到不寒而栗。

爱丽丝大声哭了出来，黑尔修女的脸上却露出欣慰的笑容。

“这个小姑娘虽是最弱的，但诸位大概没有想到，就在刚才她被大家抛弃的那一刻，她已经成了六个人中最强的那一个。”黑尔修女说话时，又恢复了优雅的语气，“在座的诸位出身都不错，人生最大的挫折不过就是输掉一半家产，更不要说面临打不过就要死的局面，而且还被所有人都认定必死无疑，还能有比这更绝望的绝望吗？但是，我可以保证，最深的绝望可以让一个人爆发出自己都无法想象的力量。克隆这六个女孩的细胞都是从我身上取出来的，只有我才了解，绝望会让她们变得有多强！”

朴不见注意到，黑尔修女说到这里，眼中竟有泪光闪动。她努力吸了一口气，才终于平静下来。

“依我看，即使她已没有了一只手。”黑尔修女笑着指了指圆点裙，“剩下的三人中，最后胜出的还会是她。不过……”

黑尔修女停顿了一下，目光扫过场内所有被惊到的人，最后落在了圆点裙的脸上。圆点裙已在瑟瑟发抖。

“不过……”黑尔修女继续说道，“我卖给尤尤的是船奴，不完全是当杀手来用的，她们除了要有武力，还需要有别的功能，既然少了半只手，作为一个船奴，她的价值已经大打折扣，所以……”

黑尔修女脸上露出残忍的笑意，圆点裙嘴唇在颤抖，握着匕首的右手越握越紧，似乎要跟黑尔修女拼命似的。

黑尔修女轻蔑地看着圆点裙，目光好像一万只蚂蚁，将圆点裙脸上好不容易聚起的坚毅吞噬一空。圆点裙的神色越来越沮丧，她忽然一闭眼，举起匕首，切在了自己的脖子上。

赌桌上的血迹再次被清空，最后一场毫无悬念，卓深影附身的蓝裙子，只用了二十个回合，就赢下了跟她对决的红裙子。

看着红裙子被扫进了垃圾箱，尤利西斯带着依依不舍的神情，甚至还拿出插在西装口袋里的手帕，擦了擦眼睛，一副多愁善感的样子。然后才恢复了常态，宣布来自马来西亚的林拿督获得了本次至尊赌会的胜利，然后他从口袋里掏出一张闪着蓝光的液晶片，高高地举起，让场内的所有人过目。液晶片正是费切拉马银行特制的电子支票，上面显示的正是本次至尊赌会的奖金金额——一千亿费切币。周边的包厢里已经有人在喝彩，全然忘了刚才那五个命丧当场的克隆人女孩。

在这个过程中，卓深影还是没有离开蓝裙子女孩的身体。她让那个女孩继续保持一脸的冷漠，趁着尤利西斯做悲伤状和喋喋不休的间隙，用摩斯码和朴不见进行着交流。

“我要跟着他们上楼去，然后杀了黑尔修女。”卓深影的手指不经意地轻敲着桌面。

朴不见吃了一惊，在他的印象里，卓深影对人类的生死一向看得很淡，但他没有想到，此刻她却主动要求为那个黑白格克隆女孩复仇，甚至都把自己真正的任务放到了一边。

不过，这件事也是朴不见此刻想去做的，所以他在桌上轻敲：“我们还是先搞定黑寡妇，看看泰坦号赌神是不是郑有生。别忘了，这才是我们此行的目的。做完这件事，我再和你一起去找黑尔修女算账。”

“可是不附体在蓝裙子身上，我怕到时候再想上楼就难了，你应该能看出，十楼上下来的这三个人没有一个是好对付的。要是现在我就离开蓝裙子，可能再也没有机会上十楼去了。对付黑寡妇和郑有生虽也有点难度，但毕竟他们的实力不如楼上的三个，你一个人应该应付得了。”

虽知道卓深影说的是实情，朴不见还是心有不甘：“我也想亲手杀了黑尔修女。”

“我知道。不过，刚才穿黑白格裙子的女孩临死前，我向她发过誓，我要亲手替她杀死黑尔。你总不能让我对死人食言吧？”卓深影的脸上闪过一丝极淡却似乎有些温暖的笑意。

朴不见看了看尤利西斯的方向，尤利西斯正举起那张巨额的电子支票，要颁发给朴不见。朴不见只好点了点头。

本章回顾：

至尊赌会开始，三位住在赌船十层的客人终于现身，一位是蓬莱洲船王、泰坦号的主人尤利西斯，一位是费切拉马集团的十三董事之一、拥有大半个新唐城的华人富豪李河方，一位是修女打扮的神秘女子，据尤利西斯介绍，她叫黑尔修女，泰坦号上的船奴制度正是从黑尔修女那里学来的。在选择赌会比赛方式时，黑尔修女别出心裁，强迫其他人接受她的提案，亮出了她带来的六个克隆人女孩，提出以她们作为赌具，每个参赛者选一个人作为自己的代理，在赌台上决生死。最后哪个克隆人能活下来，她的主人就是优胜者。这决生死的场面惨烈而残酷，最后朴不见成了赌会的胜利者。

小贴士：

尤利西斯：希腊裔富豪，费切拉马集团的十三董事之一，蓬莱洲船王。泰坦号赌船是他的产业，赌船专门为来自旧大陆和费切拉马城的超级富豪提供特殊服务，其中最有名的就是赌船上的船奴制度，还有就是船上可以让超级富豪升级为顶级富豪的至尊赌会。蜜之蜃姬的宿主玛丽莲和尤利西斯曾经是情人，但尤利西斯真实的身份是蜜之蜃姬在蓬莱洲的代理人。

第二十五章
地狱修女的血肉之躯化为了灰烬

从赌场回来，朴不见把塞莉娜等三人打发走了。他看了看时间，已是午夜一点，离泰坦号在新唐城靠岸，只剩下八个小时了。

因为不知道接下来会发生什么，他先收拾好行李，然后决定去泡个澡，另外还给自己准备了三杯那叫作“三棱镜”的鸡尾酒。

躺在浴缸里，他都没怎么感觉到水温，脑子里一直牵挂着此刻正在十楼的卓深影。

朴不见自己也不知道，事情是怎么发展到现在这个地步的。

他跟卓霓裳本没有关系，没有理由参与到这件事情中。然而，现在他不仅参与了，还反过来不断说服卓深影：要她承认自己是卓霓裳的女儿，还要她来为卓霓裳复仇。他不知道自己是怎么想的，一个如他这般自认冷静的人，一个如他这般行事消极的人，竟然管起了这种闲事，而且还很执着。

但他更没有想到，那个看似冷冰冰不谙世事的卓深影竟被他说服了，也相信了他要她相信的事情。

然而不管怎么说，调查卓霓裳被害的真相至少跟他的任务还有点关系，但去暗杀黑尔修女又是为什么?

而且除了他，卓深影也觉得此事势在必行。两人甚至为这风马牛不相及的事情，在泰坦号这样的险地兵分两路，去独自面对既不了解也没把握的对手。

疯了，一定是疯了。除此之外，没有别的解释。

心里虽这样想着，朴不见的嘴角上却露出了一丝笑意，他不断地抿着那带着浓浓涩味的三棱镜，似乎在为做出这样的选择而感到欣慰。

此时，卓深影已像个影子一样，从那个蓝裙子女孩的身上浮了起来，一连夺走了好几个跟蓝裙子同屋的船奴的意识。他们都是黑尔修女训练出来的特殊产品，除了可供消费，还能杀人。刚才陪在黑尔修女身边的那两位美男子也在其中。这些危险的杀人武器，在被卓深影深度催眠后，睡得很安详。

卓深影回到了蓝裙子的身上，操控着她，从宿舍来到外面的走廊。

她先去了监控室，里面的保镖看到蓝裙子来敲门，脸上露出疑虑的神情，但还是开了门，然后也被卓深影夺去了意识。

又用了十几分钟，所有在十楼驻守的保镖都被她如法炮制。其实卓深影本有更简单的做法，那就是直接收割这些人的生物能，不仅可以一了百了，还能增强自己的力量。但不知为何，她却没有这样做。

完成这些事情后，她本该去找黑尔修女了。但刚来到黑尔修女住处的门口，她忽然心里一动，没有推门，而是歪着脑袋想了想，然后转身往船尾的方向跑去。

如她所料，从十楼往下望去，一楼甲板的尽头有两个黑影倚靠在栏杆上，正在眺望此刻泛着惨白色月光的大海。不用猜，她就知道，那是塞莉娜和水生。

那天，为了寻找宿主，她趁着夜色出了三楼的房间，在一楼的船尾遇见了塞莉娜和水生。

一个船奴和一个船员到了半夜还不肯睡，偷跑到甲板上，肩并肩看着漆黑一片一无所有的大海，这是怎样诡异的情景。当时卓深影不由好奇，立刻将塞莉娜选作了自己的宿主。

自从有过在0967号空姐和白雨身上附身的经验后，她对进入人类的身体产生了莫名的期待。如果抛开那些强加在她身上的使命和身世，这些体验无疑是她这次蓬莱洲之行的最大收获。

此前，卓深影只知道自己是她主人那庞大生物能聚合体的一个组成部分，只是为了完成某个任务，才被从那里释放了出来。她的面前只有任务以及实现这些任务所需要的步骤，其中并没有关于自我的观念。有时她之所以能在人类面前表现出类似人性的东西，那也只是她从主人的记忆库里提取的知识和技巧。因为不觉得自己是独立的生命，所以在任务与任务、步骤与步骤的间隙中，她可以长时间地停留在一个位置上一动不动，但自从她真的开始认为自己是卓深影后，她再也无法忍受那些没有存在感的空白时间。

在离开白雨之后，每当无聊，她总是会忍不住往城里跑，从一个人身上跳到另一个人身上，不断转换着附身的宿主。她不再像以前那样，只是利用那些被她附身的人，她开始像他们的同类一样，感受他们的喜怒哀乐和深藏心底的秘密，很快她对这种事情入了迷。

所以，那天夜里，在后甲板看到塞莉娜和水生后，她想都没想，就直接跃迁到了塞莉娜身上。像往常一样，她先是截取了塞莉娜的记忆。

通过那些沾满痛苦和绝望的记忆，她得知，塞莉娜早在八岁时，就被爹妈卖给了蓬莱洲船王尤利西斯开办的运输公司，十四岁就上了泰坦号。

因为长得漂亮，塞莉娜上船时只被切除了暴力中枢，她的情感中枢因为还要承担娱乐功能，被保留了下来。对一个成为船奴的人来说，这绝非幸事，意味着她将无法麻木地面对自身的悲惨境遇。

所以每到夜深人静，当塞莉娜不用再强颜欢笑地面对客人时，她会躲在笼子里偷偷哭泣。这一切都被那个叫水生的船员看在了眼里。

水生是个来自新唐城的中国移民，在泰坦号上是船奴们的管理员，专门负责给船奴发放保证营养均衡的速成罐头和主食。水生住的地方正好紧贴着关押塞莉娜的笼子，半夜常会被她的哭声吵醒。

水生知道塞莉娜为什么哭，而他也正好寂寞，便假借查房跑去塞莉娜的住处。他本意是想安慰塞莉娜，但因为生性内向，每次进到屋里后，就不知道该说些什么了，然而又没想看一眼就离开，只好说听见屋子里有蚊子叫，然后拿着手电筒照个不停，好像真是在找那只叫个不停的蚊子似的。

塞莉娜虽然从未对水生表示过什么，但卓深影知道，在塞莉娜的心底深处，这些不眠之夜里的手电光和那只永远也找不到的蚊子是她记忆里最温暖的事物。

然而一星期前，在泰坦号这次航程开始的那个晚上，蚊子没有叫，水生却主动跑来了。一向不爱说话的他像在自言自语，跟她说了自己的事：水生是为了挣钱才上泰坦号的，当时和公司签了十年的长约。因为爹妈告诉他，泰坦号上不仅伙食好，还能挣到比新唐城最好的工作还多三倍的工钱，虽然十年内不能下船，但挣到的钱已够他在新唐城娶个老婆开个小店了。十年的时间过得很快，这次泰坦号在新唐城靠岸时，水生就要上岸了。之前他爹妈打来电话，说已经给他找好了结婚的对象和开店的铺面。

水生说，如果让他自己选，他更愿意再跟泰坦号签十年的卖身契。水生没说为什么，但塞莉娜知道，是因为她。然而船运公司有规定，水生这样的低级船员三十岁是个大限，既然有更多年轻力壮的小伙子抢着要上船，公司自然不会再跟年老体衰的老员工续约。

在塞莉娜的记忆里，过去的十年，水生跟她说过的话加起来都不及那一夜多。但在听完水生的这些话语后，塞莉娜只冷冷地说了一句“我知道了”，然后故意在脸上露出嘲弄和厌恶的表情。但卓深影知道，这反常的背后是塞莉娜碎了一地的心。

就是从那一晚开始，每到午夜水生就会邀请塞莉娜一起到甲板上看海。这对两人来说都是危险的举动，而且毫无意义，但他们像是全然忘了这一切。其实在甲板上，两人也没什么话可说，只是看着看也看不清的大海。卓深影无法理解这是一种怎样的情感，那么迷人，让她欲罢不能。所以朴不见让她换个宿主或者要她回去的时候，她却坚持留了下来。

此刻，甲板上的水生笑得很谄媚，不断转头看着塞莉娜。塞莉娜还是爱搭不理的样子，脸上却有两行和大海一样惨白的水光在闪烁，那是再也无法抑止地眼泪。

也许是绝望催生出了勇气，水生第一次搂住了塞莉娜，让她的脑袋靠在自己的肩上。塞莉娜沉默着，过了很久，嘴里忽然哼起了什么。卓深影听出，是那首《从此以后生命不再完整》，那正是玛丽莲的成名曲，也是塞莉娜在给赌船客人提供娱乐服务时，唱得最多的歌。通过塞莉娜，此时卓深影终于明白，为什么有那么多人在听到她主人唱这首歌时常会痛哭流涕，这大概就是人类所谓的爱情，撕心裂肺，无比空虚，却又让人欲罢不能。

“让我们一起去死吧。”

卓深影听见水生在塞莉娜耳边这样说，她心里一惊，还在想水生为什么要这样说，却看到塞莉娜已经在用力点头。紧接着两人没有犹豫，马上行动，站到了船舷上，紧紧拥着对方，真的跳进了那无边的夜色。

卓深影还在发愣，海面上已传来闷声闷气的爆炸声，她马上想到，爆炸是来自装在塞莉娜脑子里的那颗隐形炸弹。当初刚依附到塞莉娜身上的那一刻，卓深影就发现了炸弹，还发现一旦塞莉娜离开了泰坦号的范围，炸弹就会被引爆。然而，炸弹不被引爆又如何？在塞莉娜所有可见的结局里，这可能是最好的一种。

卓深影深知，自己的这个想法过于人类，以至于她附身的蓝裙子此刻也掉下了眼泪。

卓深影不知道自己为什么会被带进这样的节奏里，她心里愈发惶惑，直接离开了蓝裙子的身体，她已化身为玛丽莲形象的影子飘向了黑尔修女的房间，从门缝里钻了进去。

卓深影的能量身还没来得及稳定下来，就听见了黑尔修女那充满媚意的轻笑。黑尔修女坐在正对大门的沙发上，好像早知道她会来。

“我就知道有古怪，萝莉九代3号竟然可以坚持两百个回合，我还以为是那冒充拿督的家伙在作怪，却没想到3号是被蜜之蜃姬的人附体了。”黑尔修女说着，摘去白色的头巾，脱下了黑色的长袍，露出里面的长丝袜和连体的紧身内衣，屁股微微抬起，弓起身子，如临大敌的样子。

“你认识我主人？”卓深影淡淡一笑。

“难道你没有得到蜃姬所有的记忆吗？竟然连我是谁都不知道？”黑尔修女笑道，露出两排亮得好像钻石一样的牙齿。

从晚上第一眼看见到黑尔修女起，卓深影就觉得这个女人有些眼熟，但搜索了一遍从主人那里下载的记忆，她却找不到关于此人的信息。

看到卓深影脸上满是懵懂，黑尔修女脸上的笑意愈发娇媚：“看来我真的是蜜之蜃姬心头永远的痛，我的信息，她竟然连自己的分身也都屏蔽了。”

“黑尔修女是你的真名吗？”卓深影愈发好奇。

“是真名，不过你们没理解对，不是黑尔修女，是地狱修女。”说话间，这位自称地狱修女的家伙往丝袜上摸了一把，那把黑漆漆的短刃忽然出现在她的手上，无声无息地向卓深影刺了过来。

卓深影站在原地没有动，地狱修女的出手速度虽快到超出人类肉身的极限，但一把匕首对卓深影的能量身来说，根本起不了什么作用。

然而就在短刃快要接触到她的能量身时，卓深影忽然感觉事情有些不太对头：这把黑色无光的匕首竟能吸取她的生物能！

一惊之下，卓深影连忙让能量身向后飘去，贴近刀尖的生物能在发出剧烈的波动，好像随时会倾泻而出。

看到卓深影在退却，地狱修女也是不离不弃，步步紧逼。

眼看已避无可避，卓深影猛地发力，将能量身向内收缩，瞬间聚成了乒乓球大小的一团，躲过了这惊人的一击。

卓深影诧异地看了一眼地狱修女。不过，她那骤然收缩的能量身没有办法长时间保持，已经重新膨胀起来。地狱修女没有一丝犹豫，又刺出了第二刀。

“看来蜃姬真的向你隐瞒了很多事，你竟然都不知道我手上的这把痛苦之刃。”手上虽在出杀招，地狱修女的声音还是很轻柔。

卓深影不断向后退却，能量身已经贴到了船舱壁上，她让自己的能量身顺着舱壁从客厅渗透到卧室里，却没想到地狱修女压根没有要收手的意思，直接将金属板焊成的舱壁撞出了一个大洞，虽然她的身体被割开好几个口子，但她追击而来的速度一点儿都没有减缓。

卓深影只好将自己的能量身再次收缩成一团。地狱修女也借着这个机会，回转身来，等到卓深影的能量身又开始膨胀时，又攻出一刀。

如此三番，卓深影的能量身因为不断挤压的缘故，温度在迅速升高，能量身的收缩变得越来越困难，收缩的速度也慢了下来，收缩后的体积却变得越来越大。

虽是如此，地狱修女的脸上还是露出了一丝讶异，喃喃道：“奇怪，按蜜之蜃姬的能量密度，她不可能收缩得这么快，幅度也做不到这么小，这会儿早该被我收割了，难道……”

说话间，地狱修女又向卓深影刺出了一刀，按上一次的收缩幅度推算，这一次卓深影的能量身收缩后，体积又会大上一圈，无论如何都躲不过这一刀了。

看着那柄漆黑无光的短刃带着破空之声飞刺而来，卓深影几乎都快绝望了。

此时，朴不见已来到泰坦号一层船舱的走廊。为了避开摄像头，他没有坐电梯，也没有走楼梯，而是直接用藏在腕表里的弹射钢丝，从三楼吊下了一楼。

出门前，趁着抹口红的间隙，他用腕上的全息电脑，向四天王星发送了一条视频信息。因为怕老妈会干预他的行动，他对信息的权限作了设定，两个小时后，如果他没有取消，信息才会被传送。这证明他的行动已经失败，作为一个专业人士，他有责任把相关信息传递给上司。

此刻，站在0101房间门口，他在那做成腕表样子的全息电脑上输入命令，开始记录整个行动的始末，一旦失手，情报部至少能通过记录，知道发生了什么。

做完这些，朴不见抬起手腕，将腕表对准了房间的电子门锁。全息电脑开始解码，半秒不到，门锁发出了轻微的咔嗒声。

朴不见拧了一下把手，门应声而开。

房间里一片漆黑，朴不见借着戴在脸上的识别眼镜，往房间里巡视了一番，没有看到类似红外线一样的触动装置。他小心翼翼地往里走去，心里却有些异样，房间里应该不会再有声波屏蔽装置，但以他的听力，他竟然连呼吸声都没有听见。

他推开主卧的房门，打算继续往里探索，就在这时，套房的电源开关忽然发出咔嗒声，房间里灯光大亮，打开电源开关的人已在这一瞬从套房的大门跑了出去，朴不见只看见一个白色的衣角在门缝处闪了一下。

他连忙向人影消失的方向追去，走廊里只有海风扑面而来，那快如鬼魅的身影早已消失不见。

因为没想搞出太大动静，朴不见只好先回到房间，再次向主卧走去。在刺眼的灯光映照下，主卧的大床上竟横排着五具尸体，除了黑寡妇和传说中那位浑身缠满绷带的泰坦号赌神，还有两男一女，五个人都被人干净利落地扭断了脖子。

朴不见伸出手，摸了摸地面，脑子里出现他到来前的十五分钟里发生的那一幕，瘫在床上的泰坦号赌神忽然飘了起来，向卧室的门口飞去，缠满绷带的手臂里喷出了火光，应该是微型冲锋枪一类的装备，而坐在房间角落沙发上的黑寡妇也忽然弓起身，将挂在吊袜带上的一串装备了激光的飞刀，扔了出去。一个空白的人影突然从天而降，落在两人身后，倏忽之间扭断了两人的脖子。然后，空白的人影出了卧室，将另外三具尸体拖了进来，跟赌神和黑寡妇并排安置在了床上。

朴不见自料，如果他能抢在黑寡妇动手之前启动自己的声波武器，或许有把握干掉她，但这样的话，肯定躲不过泰坦号赌神的攻击，何况卧室外还有另外三个人。

很快，朴不见还发现，信息里的那个空白人影不是卓深影那种没有形体的生物，而是事后有人从房间每个物体遗留的信息里硬生生地消掉来人的身形。

这位神秘的杀手不仅知道朴不见会来，而且知道他有从物体里提取信息的能力。还有，此人本可以走得悄无声息，但刚才那个开灯的动作，显然是在向他示意。

朴不见倒吸了一口凉气，不知道什么人能强到这个程度，还这么了解他。根据他这几天来调查的结果，此人显然不可能是十楼以下的赌客。

不过，幸好此人不是敌人。

朴不见没有再往下想，而是抓紧时间，打开了蓬莱洲赌神脸上的绷带，那是一个脸上有一块刀疤的阿拉伯人，不是郑有生。

这个过程中，朴不见还发现了一件奇怪的事，五个死者的嘴巴都张得很大，他马上联想到刚才那个空白人影扭断这些人脖子时的动作，一只手是直接捏住了他们的两颊，好让他们的嘴巴张着。朴不见心里一动，往阿拉伯人嘴里的大牙看了过去，正是财神杀手们的标准配置，装在牙齿里的是自杀炸弹！

朴不见还在皱眉思索，腕表里的全息电脑已悄悄启动，朴不见一抬头，老妈那幼齿少女的形象已出现在面前。

“你怎么又黑进我电脑里了？”朴不见有些恼怒，面对老妈的入侵，他总是无能为力。

“其实你应该说，你为什么这么差，老让别人黑进你的电脑？作为一个有五年工作经验的情报员，你的智商和能力都堪忧啊。”朴余韵不住地摇头，声音阴阳怪气，朴不见感到自己已被鄙视得体无完肤。

“不是你技术好，是你的权限高好不好？”一怒之下，朴不见按了按腕表，想关掉老妈的投影，但没有成功，朴不见还想再试，却听见了老妈的喝斥声。

“停！”朴余韵一脸严肃，“我是以上司的身份来问你事情的。”

“什么事？”朴不见不耐烦地撇了撇嘴，顺势在角落的沙发上坐下，此刻他忽然意识到，自己越生气，老妈就会越来劲，碾压自己的时候更有快感，他一定不能让她得逞。

“知道你在做什么吗？”朴余韵轻蔑地朝他抬了抬下巴。

“调查你们要我调查的事情啊。”朴不见让自己放松下来，耸了耸肩。

看到朴不见竟硬生生地冷静了下来，朴余韵不由得有些意外，但语气依旧咄咄逼人：“我让你在新唐城进行调查，你为什么要到泰坦号上来？”

“要查的人有可能在泰坦号上，我能力这么差，又没有权限黑进别人的电脑，只能辛苦一下自己啰。”朴不见冷笑。

“郑有生跟你要调查的事情有什么关系？”朴余韵问。

“你知道郑有生？”朴不见诧异。

“我当然知道。”朴余韵面不改色，干脆利落，“现在是我问你，哪来那么多废话，快说你为什么要调查他？”

“卓霓裳是他带人陷害的，这事你应该知道吧？”朴不见没有再抬眼看朴余韵，掏出口红，对着嘴唇涂抹起来。

“知道。”全息影像里的朴余韵也坐了下来，不再看朴不见，拿起桌上的指甲刀，打磨起自己的指甲来。

朴不见偷偷瞄了老妈一眼，虽然他从小就喜欢跟老妈做对，但身上很多小习惯却都是耳濡目染自朴余韵。如果他的父亲能够在他身边，也许他就不是现在这样的朴不见了吧。他心里叹气，继续说道：“卓霓裳跟我要调查的这件事有很大关系，郑有生陷害她，一定是有人指使的。我想知道这后面到底有什么内幕。”

朴余韵愣了愣，朴不见的话让她有些吃惊。她抬头看了一眼朴不见：“你为什么说卓霓裳跟这件事有关？”

朴不见便把卓霓裳日记里提到的事情，跟朴余韵简单说了说，朴余韵听完后皱了皱眉头：“我还以为费切拉马和财神的人陷害卓霓裳，是怕她把蓬莱洲计划的真相告诉别人，没想到还另有隐情。”

“蓬莱洲计划的真相？”朴不见抬起头，不解地看向老妈。

“其实石油危机发生前，费切拉马集团的人就已经知道，瑞典人汉森即将发明氢能源催化剂，但费切拉马的人为了转嫁损失，想尽一切办法，将这件事情压了下来，然后更加疯狂地招收来自旧大陆的投资移民。不知道卓霓裳从哪里得知了此事，到处跟人传播这个消息。因为怕引起骚动，集团高层有人授意，派人利用传闻丑化卓霓裳，然后找机会灭口。”朴余韵神色凝重，娓娓道来。

“原来还有这种事情，怪不得他们要杀人灭口。”朴不见摇了摇头，“可惜，还是让郑有生漏了网。”

“对了，忘了告诉你，郑有生不在船上。”朴余韵目光闪烁。

“你怎么知道郑有生不在船上？”朴不见再次诧异。

“你有没有想过？你面前这五个财神的杀手为什么要留在泰坦号上？因为他们跟你一样，也怀疑郑有生躲在了这船上。”朴余韵的嘴角又露出了轻蔑的笑容。

“你怎么知道的？”直觉告诉朴不见，老妈对这件事情知道得比他多。

“这事情你没有权限知道，你要做的，就是赶快回新唐城去。我想，不久后，就会有人来把郑有生交给你的。不过这里面有个条件，你要想办法让蓬莱洲的人知道，当年保安部陷害卓霓裳的真相。”朴余韵放下指甲刀，一脸严肃地说道。

“为什么？”

“照做就好，你没有权限问为什么。”朴余韵的脸上又露出了一贯的轻蔑。

“要怎样才有权限？”朴不见努力不让自己表现出生气的样子，懒洋洋地问道。

“等你做事的方法配得上这样的权限时。”朴余韵冷冷地说道。

“我……”

朴不见下意识地捏紧了拳头，但没有往下说，他知道无论说什么，都是在给老妈嘲弄自己的机会。

“知道吗？要不是我一直盯着你，然后安排人照顾你，现在横躺在房间里的，一定不是这五个人。”朴余韵看着朴不见，夸张地叹了口气。

虽然老妈的样子竭尽轻蔑之能事，朴不见却看出来其中的关切，心里不由得生起一丝暖意，但嘴上还是不肯认输：“就是，要不是你多管闲事，五个人里我至少会留一个活口下来。”

朴不见停顿了一下，不等老妈反唇相讥，连忙换了个话题：“对了，你安排的人是谁？除了黑尔修女和她带来的六个克隆人，我真没看出来，船上还有谁有这么好的身手。”

“这个你好像也没有权限知道。”朴余韵不屑地摇了摇头，然后又补充了一句，“对了，你在船上赢的钱，我已经帮你转走了，你……”

“知道，我没有权限知道嘛！”朴不见索性将背靠到了沙发上，无所谓地摊了摊手。

眼前的这一刀似乎已避无可避。

此刻即使她能做到极致，也只是将她的能量身压缩到篮球大小的一团，那把黑色的匕首将从她身体左侧三分之一的地方，刺入她的能量身，然后吸收掉她全部的生物能。

卓深影已经打算放弃了。

然而，一个念头忽然闪现。她马上照着念头去做了。

她没有等比例地收缩能量身，而是改变了策略，将能量身压扁成一个细长条。

黑色的短刀贴着她细长的能量身滑了过去。卓深影没有借机退走，而是朝着地狱修女迎了过去。

于是，当她的能量身再次膨胀起来时，她的左手正好触碰到了地狱修女的身体。卓深影没有犹豫，直接发动了量子提取术。

地狱修女体内的生物能像溃堤的河水，飞速地流入了她的能量身。

然而不知为何，随着那些生物能的涌入，卓深影的眼前出现了无数痛苦的意象，其中大多是人类临死前垂死挣扎的场面。

卓深影意识到情况不对，想要松开地狱修女，但发现从地狱修女身体的方向传来了一股强大的吸力，她刚才从地狱修女身上吸入的生物能被反吸了回去，同时她自己的生物能也被那引力吸引着，涌出了她的能量身。

这引力不是来自地狱修女，而是来自那把黑漆漆的短刀，地狱修女的肉身只是那把短刀吸取生物能的通路，卓深影的能量身正向着短刀的方向倾泻而去。

“快，打开异次元通道，跃迁到地狱修女手上，将痛苦之刃夺下，然后用它杀了地狱修女。”一个声音这样说道。

那声音不是从外面来的，而是来自她的内部。

卓深影没有多想，直接按那声音的指示，启动了异次元通道，让自己消失在地狱修女的体内，随后马上出现在地狱修女的手和匕首接触的位置上，像个膨胀的气球，生生地隔开了地狱修女和她手里的短刀。

短刀落入了卓深影的手中。她转过身，将短刀刺进了地狱修女的胸口。

血从地狱修女的胸前喷涌而出，化作黑气被吸入短刀。地狱修女的血肉之躯瞬间变成了黑色，身体残留的部分很快化为灰烬。

“主人？”虽然惊魂未定，卓深影还是试探着问了一句。

此时房间大门已被打开，门口出现了一个白色的影子，不久尤利西斯也跟着现身，一人一影并肩走了进来。那白色的影子正是她的主人——蜜之蜃姬。

“蓬莱洲的异次元通道不是被封印了吗？”卓深影忽然意识到了什么，“你……是从异次元通道过来的？”

“嗯嗯，”蜜之蜃姬点了点头，说话时如玛丽莲一般拿腔拿调，“这件事情要谢谢你，可能是因为你我之间发生了量子纠缠，我的异次元行宫与蓬莱洲之间的通道被重新打开了。刚才，尤尤向我报告你的事情时，我心念一动，发现我已经到了泰坦号上。”说着，蜜之蜃姬调戏般地吻了吻被她称之为“尤尤”的尤利西斯。

因为心里惶惑，卓深影下意识地握紧了从地狱修女手里抢过来的那把短刀。

“怎么了？”蜜之蜃姬看出卓深影脸上有异样，没等她反应过来，就到了她面前，将手搭在了她的前额上。

等卓深影反应过来时，发现自己的意识已经和蜜之蜃姬的意识连成了一体，这些天她在蓬莱洲的所见所闻所思，刹那间变成了蜜之蜃姬的记忆。

卓深影一阵恐慌，生怕自己的秘密会泄露。但很快，她发现，与妈妈有关的那部分记忆并没有被触及，蜜之蜃姬甚至都没有觉察到她的意识中还存在这样一个独立的空间。而且，只要她让自己的意识停留在这个空间里，蜜之蜃姬甚至都无法捕捉到她此刻的思绪。

卓深影不由得如释重负，脸上却依旧保持恭顺，轻声说道：“我……”

“这些天发生的事，你不用再复述了。”蜜之蜃姬打断了卓深影，将手从她的前额上挪开。

“主人，”卓深影小心翼翼地试探道，“既然通往蓬莱洲的异次元通道已被打开，不如您亲自出马，我也正好可以回归到母体上。不在您身上的时候，我总觉得有些不踏实。”。

“我现在还不能在这里现身，”蜜之蜃姬摆了摆手，“一方面，我没想让人知道通往蓬莱洲的异次元通道已被打开；另一方面，我也担心如果没有你在这里呼应，通道可能会重新闭合。”

“明白了。”卓深影点了点头，握着黑色短刀的手放松了下来。

“对了，刚才我下载你的记忆时，为什么你的情绪波动得那么厉害？”蜜之蜃姬似乎意识到什么，一脸狐疑地看着卓深影，“按理说，你我是一体两面，你对我应该不存在排异反应的。”

“也许是分开时间太久了吧？”卓深影低下头，生怕被蜜之蜃姬看出心事，“还有……还有……”

“还有什么？”蜃姬连忙问。

“刚才我和地狱修女对阵时，她跟我说，她跟你是老相识，我却没有搜索到关于她的记忆。”卓深影故意让自己的声音轻得好像听不见。

“你只是我的分身，能量身太小，可承载的信息有限，所以我只挑了一些最有用的记忆加载给你，我也没想到你会和她狭路相逢。不过，既然她已经被你干掉，你也就没必要知道她是谁了。”蜜之蜃姬脸上掠过一丝隐隐的不安。

“这刀……”卓深影低头看了一眼手里那黑漆漆的短刀。

“把刀留下，”蜜之蜃姬说着，看了看站在身边的尤利西斯，“接她班的人应该已经训练得差不多了，尤尤，你帮我把刀还回去，我很想看一看，我和她的恩怨是不是会有新的戏码。”

“是，蜃姬大人。”尤利西斯毕恭毕敬地点了点头。

卓深影连忙将短刀递给尤利西斯。虽然她心里很想知道蜜之蜃姬所说的恩怨是什么，但她明白，即使自己问了，也不会有答案，便乖巧地换了个话题：“主人，您还有什么吩咐吗？”

蜜之蜃姬沉吟了片刻，然后抬起头来说道：“总之记得，除非情况紧急，否则一定不要让人知道蓬莱洲的异次元通道已被重新打开，尤其不要让你那位来自四天王星的搭档知道此事。”

“是，主人。”卓深影点了点头，看了一眼不远处的梳妆镜，镜子里两个一模一样的玛丽莲正面对面站着，只是神态上有些细微的差异，那个更冷一些的影子显然是她。卓深影心里一惊，生怕引起玛丽莲的注意，连忙将视线从镜子上挪开了。

“蜃姬大人，朴不见应该快回来了，要不让您的分身先回房间去？”尤利西斯提议道。

卓深影茫然地看了一眼尤利西斯：“你怎么知道朴不见快要回房间了？”

“今晚的戏可不止这一出，不过，船上所有的戏码都瞒不过我们亲爱的尤尤，是不是啊？”蜜之蜃姬娇笑着将没有实体的胳膊缠绕到尤利西斯的脖子上，做出了亲昵的样子。

尤利西斯也配合着笑了起来，笑容却有些僵硬，显然他有些害怕眼前的蜜之蜃姬，油嘴滑舌时都有些结巴：“主要是蜃姬大人平时教导有方。”

蜜之蜃姬放肆地大笑起来，朝卓深影挥了挥手。

卓深影如释重负，连忙从刚被开启的异次元通道，返回了林拿督的住处，然后跃迁到睡了七天的白雨身上，让她从床上坐了起来。

卓深影还在回想着刚才的事情，朴不见已从外面走了进来。看到白雨站在床边注视着他，似乎有些诧异。

“搞定了？”朴不见问。

卓深影点了点头。

“楼上还有其他高手吗？”朴不见的神情依旧有些古怪。

“好像没有。”卓深影避开了朴不见的目光，说道，“你呢？”

“也搞定了。不过，过程有些麻烦，套间里一共有五个人，没有郑有生和忻飞飞，所有人都是财神派来的杀手，埋伏在船上，就是为了调查郑有生的事。”朴不见一边说，一边打开橱柜门，拿出早已收拾好的行李，“轮船正在靠岸，我们赶快离开这里吧。”

卓深影点了点头，忽然想到了什么，喃喃道：“不知道那个蠢货现在是不是醒了？”

“什么蠢货？”朴不见不解地问道，随后意识到卓深影是在说波夜空，脸上不由得露出一丝笑意。

本章回顾：

卓深影和朴不见兵分两路。卓深影去找黑尔修女算账，朴不见去硬闯泰坦号赌神的住处。朴不见闯入赌神房间时，发现里面埋伏了五个拥有超强战力的财神杀手，但杀手已被一个神秘客解决了。朴余韵给朴不见传来消息，告诉他，郑有生不在泰坦号上。此时，在黑尔修女的房间里，卓深影也遇到了麻烦。黑尔修女其实真名叫地狱修女，是蜜之蜃姬的老相识。在和地狱修女交手的过程中，卓深影遇险，危急时刻，蜜之蜃姬出现，帮卓深影解决了地狱修女。

小贴士：

异次元通道：蜜之蜃姬这一类的生物能生命体进入四维空间的通道。因为这一类的生命体由能量构成，所以没有具体的肉身，大小、远近或者空间，只是记录在他们能量身内的一个信息，异次元通道就是由信息和能量构成的虚拟通道，蜜之蜃姬可以通过这些虚拟通道，在瞬间到达宇宙中的任何一个地点。不过因为某种原因，通往蓬莱洲的异次元通道一直被封印着，直到卓深影来到新唐城后，通道才被再次打开。

第二十六章
他心里忽然变得空落落的

波夜空还是没有醒，手机也一直关着。

等了两天后，朴不见只好开着他的变形车，带着附身于白雨的卓深影，再次来到和修理厂隔着一条街的地方。

然而竖着耳朵听了半天，除了门厅方向那个拿腔拿调的女声，朴不见还是什么都听不到。

天色渐暗，卓深影有些不耐烦了，表示出要回去的意思。就在此时，几个学徒工从修理厂跑了出来，开着那辆破破烂烂的皮卡车，往码头的方向行去。朴不见连忙开车跟在了他们后面。

皮卡车里的三个少年是去码头附近的垃圾场取二手配件的，听了一会儿他们的对话，朴不见总算拼凑出了关于波夜空的大概信息：他还在宿舍里睡个不停，丝毫没有要醒来的意思。

如此跟了一会儿，朴不见知道，已听不到更多的消息，就在街口拐了个弯，往故地小区驶去，然后绕到废墟后面的缺口，把卓深影放了下来，又开着车去了上班的保险公司。

这两天，除了等待波夜空醒来，朴不见也在等待郑有生现身。

既然老妈说，郑有生会现身，那一定错不了。对老妈的手段，朴不见再清楚不过，只要她说过会发生的事情，就必定发生，从未有过例外。

但朴不见没有想到，老妈这次的预告竟没有马上兑现。老妈一向急性子，做起事情来干脆利落，所以这次一定是那个经办人在故意拖延。可以想见，此人很沉得住气，而且属于老妈无法随意调遣的那类人。

朴不见不由得对此人产生了浓厚的兴趣，直觉告诉他，对方很可能就是在泰坦号上帮他处理掉财神杀手的那个人。

这三天来，除了去故地小区跟卓深影见面，他把大部分时间都花费在了办公室。虽然他拿不到老妈所说的那种权限，但是作为费切拉马保险公司的调查员，他的权限足够让他黑进费切拉马联合储备银行的数据库。

智者千虑，终有一失。老妈没有想到，她还是在无意中透露了一条重要的信息，就是朴不见在至尊赌会上赢来的那笔巨款。

这几天来，朴不见每天都会通过保险公司的电脑绕过费切拉马集团内部的防火墙，进入储备银行的电脑系统。以他的黑客技术，想要潜入四天王星情报部的数据库可能有点不够，但对付地球人的加密系统，就绰绰有余了。很快，朴不见拿到了他所需要的信息。

林拿督名下的电子支票已被兑付，用区块链技术标记的一千亿费切币被划入了费切拉马储备银行下属的十三家跨国银行，而这十三家银行是由费切拉马集团十三董事家族控股的私人银行，一千亿费切币被以各种手段分散在十三家银行的三百多个户头中，又通过这三百多个户头，继续分散，进入了全世界一百多家银行的一万多个户头里，在被洗了又洗之后，最后落进了上千个银行的上百万个户头。那本来看似庞大的线索被扯得非常细碎，淹没在信息流组成的汪洋大海中。

虽然如此，朴不见还是锲而不舍，他用保险公司的电脑下载了那上百万个户头里的历史交易信息。此刻当他来到办公室时，账户上的信息都已被提取到了朴不见的电脑里。

表面上看，这些账户都是个人账户，里面的账单大多都被用于衣食住行等消费项目，譬如在网上购置衣物，或者去电影院看电影之类的，甚至都没有购买房产、汽车或奢侈品这样的高消费内容，无论如何都看不出，这些钱被洗到了谁的名下。

朴不见百思不得其解，嘴里不由得喃喃：“如果这个洗钱的人是我，怎样才能保证用零零碎碎的消费，把一千亿费切币洗到我的资金池里去？”

朴不见站起身，走到办公室的窗前，看了看不远处的亚洲购物中心，咂了咂嘴，继续沉吟：“我需要有一大批购物中心、商铺和电子商务网站来配合这上百万个户头的消费行为，这样才能万无一失。”

想到这里，朴不见不由得兴奋起来，将手腕上的全息电脑连接到了公司的电脑上，对着面前那个做成老妈样子的数字人，朴不见要她马上对这些数据进行分析和筛选，对所有这些商家的关联企业进行追溯和统计。

很快，数字朴余韵把统计结果告诉了他，在这上百万个户头的历史交易中，除了这些户头之间的交易，还有百分之七十的金额，都被消费在跟立方集团、上河投资和李氏财团有关联的商家那里。而这三家大跨国公司又互相持有对方的股份，立方集团和李氏财团各自拥有上河投资百分之三十五和百分之二十的股份，然后上河和李氏又是立方集团最大的两个股东，最主要是这三家巨头公司都跟一个叫李河方的人联系在了一起。

李河方不仅是费切拉马集团的十三董事之一，也是泰坦号这次航班上的三位神秘嘉宾之一。

这绝非巧合。

李河方应该就是老妈嘴里那个他没有权限知道的帮手。

朴不见都有些佩服自己了。不过，即使找出了答案，他还是被这答案惊到了。

在泰坦号上，朴不见虽有机会跟李河方有过近距离接触，却没有看出那精瘦而沉默的老头有这么快的身手，更想不到李河方会和四天王星的情报部有如此深的瓜葛。不过，既然李河方跟尤利西斯关系密切，泰坦号帮郑有生隐瞒逃遁踪迹的事情也就在情理之中了。郑有生现在应该就在李河方的手里。

从这位李老爷子以往的行事风格看，他凡事力求万无一失。郑有生至今没有露面，应该是李河方想要撇清自己跟这件事情之间的关系。

朴不见用电脑在网上搜索了一下李河方的信息，了解到他这次回来，是为不久后费切拉马集团的CEO竞选做预热的。新闻里说，李老爷子是这次CEO竞选的两个热门人选之一，有一千六百多万人口的新唐城是决定本次选战走向的关键选区。老爷子这次会在新唐城停留一个星期，随后再飞回费切拉马城，正式向整个蓬莱洲宣布自己参选的消息。

看到这则新闻，朴不见马上判断，李河方应该会在离开新唐城后，再把郑有生抛给他。而老妈要他把保安部陷害卓霓裳的事情宣扬出去，应该也是为了帮李河方竞选，因为李老爷子的竞争对手正是保安部主任切斯迪，卓霓裳案是在切斯迪任内发生的，一旦郑有生把相关内幕透露出去，肯定会对切斯迪造成负面影响。

朴不见把自己的发现做成视频，给老妈发送了过去。虽然知道查清此事对自己要完成的任务来说毫无意义，但一想到这样做能让他老妈感到不爽，朴不见心里就有一股说不出来的畅快。

录制视频的时候，朴不见故意做出一副轻描淡写的样子，好像这费尽心思所做的一切只是他不经意间的灵机一动，于是老妈的这盘大棋就被他破解了。他将老妈调侃了一遍又一遍，然后才心满意足地关闭了腕上的全息电脑，又开着车去了悟空寺修理厂。

朴不见在隔着修理厂一条街的地方将车停妥后，打开了车上的全息隐蔽装置，好让外面的行人不会留意到车里的情况。然后他把椅子放下，脱去外套，敷上面膜，半躺着，对着车载全息电脑做了个手势。汽车底座上升起一个暗格，三杯冰镇过的三棱镜鸡尾酒出现在他伸手可及的地方，车上的离子浴系统也被启动，让他的身体产生了正在水里浸泡的感觉，配合着顶上的太阳灯跟碧海晴空沙滩的虚拟现实景象，简直就像是在地中海度假一般。

朴不见拿起一杯三棱镜，喝了一口，竖起耳朵听着来自修理厂方向的声音。

当然，他唯一能听到的，还是那个拿腔捏调的女声。

此刻已是深夜，因为不会再有人跑来修东西，那女孩完全放开了，一副很嗨的样子，在门厅里又是唱又是说又是跳，虽然此情状很山寨，但听得出，在女子自己心里，她把自己当成了大明星。

因为每次来附近打探消息，都能听见那个女孩在做直播，朴不见忍不住去调查了一番，发现井下光这个名字在网上鼎鼎有名，粉丝都有上千万，而且还有一个“女神光”的雅号。出于好奇，朴不见忍不住去看了一眼井下光的直播，然后发现自己竟也欲罢不能。

此时，车载全息电脑已经主动将井下光的直播视频投影到了虚拟的无影屏上。

井下光还是那副老样子，穿着打扮就像个不入流的小妖精，一边唱，一边扭腰摆臀做出挑逗的姿态，除了嗓音条件还可以，她的唱歌技术其实也就比一般人在卡拉OK里稍好一点，说出来的话更是前言不搭后语，但即使如此，看着看着，朴不见还是忘记了时间，也忘记了自己来看这直播的目的。

作为一个长年研究地球人的专业人士，在看井下光直播的过程中，朴不见发现了一件奇怪的事情，这位看似没心没肺的姑娘并不像看上去那般浅薄，或者说，她的浅薄里藏着某种特质，撕开她的浅薄，下面当然还是浅薄，却已是另一种浅薄。她的浅薄仿佛层层叠叠无穷无尽，浅薄加浅薄，最后却形成了某种独特的内涵和魅力。

这种奇怪的感觉，让朴不见说不清楚有什么地方不对劲，只隐隐觉得，井下光一定经历过很多事，早年间应该还受过虐待或者有过很严重的心理创伤，这些本可以让人变得冷酷无情或自暴自弃的东西，却在这个姑娘身上转化成了某种温暖。她看似虚荣并且贪财，好像总是在骗粉丝们的钱，号称是为了攒够去旧大陆整容和发展的本钱，但按她的人气，要真想收割她的粉丝，挣到这笔钱应该是小菜一碟。那些来自蓬莱洲底层的年轻人似乎都想在她身上看到自己永远不会再有的未来，所以打赏起来从不吝惜。

但每次真有粉丝要为她倾家荡产时，井下光却会反过来诬赖别人对她图谋不轨，然后还嘲笑别人癞蛤蟆想吃天鹅肉。只是在网上混时间的人观察力过于细碎，哄笑过后，就不会再记得这样一些细节，更不会将它们连缀在一起，体察到这个姑娘轻浮之下的良善。

不过，这并不是井下光的直播吸引朴不见看下去的原因。有一天深夜，看着那个叫井下光的女孩在矫揉造作时，朴不见的心里忽然一动，发现来地球后，自己大多数时候都是这样一个人度过的，以前他没觉得这有什么，甚至同事们在背后指指戳戳，说他是GAY或娘炮时，他心里还有些得意，这说明他和他们不是同类，他一个人就能做到他们一群人都做不到的事。与所有人格格不入，正好可以让他免受骚扰，让头脑时刻保持清醒，他一直很享受这种独立而自由的感觉，但在盯着那个女孩看了两个小时后，他心里忽然变得空落落的，对以前的生活不再那么自信了。

他想这大概就是人类所说的孤独吧。字面上，他懂这个词语，但并没有真正理解过。

孤独，是的，在深夜看井下光的直播，朴不见忽然明白了什么叫作孤独。尤其是看见在如此深的夜里，直播画面的下方还涌动着那么多密密麻麻的人名时，他还明白了孤独虽然叫孤独，但并非只属于一个人。

就在朴不见还想继续往下看时，井下光的表演戛然而止，在抛出媚眼和飞吻后，那个女孩干脆利落地关掉了摄像头。那一刻，井下光显现了果断和决绝，她是一个不会对任何事物有留恋的人。

井下光的影像虽然消失，朴不见却还在侧耳倾听。他听见那个女孩拉起生锈的卷帘门，关掉了门厅的电源开关，然后打开门厅的后门，消失在一片无声的空寂中。

侧耳倾听着声音消失的地方，朴不见意犹未尽，竟下意识地回放起井下光刚才的直播内容来，一遍又一遍，自己也不知道是为什么。

在朴不见看直播回放的时候，井下光已来到修理厂的院子里，刚才那种好像被人盯梢的感觉忽然消失了。她心里纳闷，但知道自己的直觉不会错，她是那个地方训练出来的人，对这类情况天生敏感。

一个多星期前，两只苍蝇忽然飞到了修理厂的门厅里，不知为何，她看着那两只苍蝇，觉得很刺眼，好像她正在被那两只苍蝇偷窥，她忍不住拿起苍蝇拍，想要去对付它们，两只苍蝇却掉头飞走了。

这之后，在她目力所及的范围内，类似的威胁再没有出现过，但直觉里，那种被盯梢的感觉还是存在着，只是看不见摸不着。她本想去告诉哭大师的，但没想到之后的一个星期里，那种感觉忽然消失了，她还以为这只是自己多心，但从昨天开始，那种感觉再次出现，而且在她做直播时变得尤其强烈。她怀疑对方是在利用直播画面窥视她，但这在逻辑上显然说不通，在摄像头后面窥视她的人成千上万，她一直都没觉得有什么，但为什么现在觉得有问题了？她百思不得其解。

因为知道想也想不出什么结果来，井下光索性放松下来，去了一趟厨房，拿出冰柜里的冷冻鸡架，嘁里喀喳做了一大堆芥末鸡架，然后拿着热腾腾的鸡架回到宿舍，爬到波夜空的床上，拧了拧他的鼻子、嘴巴和脸蛋，看到波夜空还是没有要醒过来的意思，她只好叹了口气，一边吃着鸡架，一边若有所思，脑子里还在想着刚才的事，还说出了声，好像是在跟波夜空倾诉心里的疑虑。

“……你说，是不是我神经过敏？那个目光跟别的粉丝看我的时候真的不一样，刀子一样锐利，像是要把我看透了似的。但他不可能是那个地方派来的人，那个地方的人应该对我不会这么陌生，最主要……最主要……他好像对我没有什么恶意……”井下光停顿了一下，皱起眉头，又咬了一口手里的鸡架。

“有没有可能，是你自己发花痴呢？”一个困顿的声音在井下光的耳边响起，波夜空不知什么时候已经醒了。

“你什么时候醒的？”井下光呆了一呆，连忙放下正啃着的鸡架，油渍麻花的手直接往波夜空的脸上拍了过去。

波夜空吓得跳了起来，总算让自己的脸从井下光的魔爪下逃了出来。

“看到老娘干吗怕成这样？”因为出手落空，井下光有点不适应，手在半空中伸缩了几下，才收了回去，继续啃起鸡架来。

“为什么每次发病，醒来后第一个看见的人一定是你？”波夜空终于放心地坐回到床上。

“你认识我才多少年，有这么夸张吗？”井下光满脸不屑的样子，歪着脑袋，好像在回忆着什么。

“我第一次发病就是你来修理厂的那一天，从那时候起我们就开始同居了。”波夜空也学着井下光的样子歪起了脑袋，正好跟井下光脸对着脸。

“什么同居？说得这么难听！”井下光撇了撇嘴，停下咀嚼，脑袋正了过来，“这之前，你真的没有发过病？”

“老天做证。”波夜空举手发誓。

“不过，小时候你这病一年最多也就发一两次，怎么人越大，就病得越厉害？”井下光摇了摇头。

“我哪儿知道啊，又不是我自己想要这样。”波夜空拧了拧脖子，伸了个懒腰。

“对了，师父说，是因为你这人爱妄想，年纪越大，妄想越多，老天看你可怜，就用开关把你关上了。”井下光鼻子一皱，笑了起来。

“什么话，好像我是机器人似的。我看啊，是因为我太聪明，老天怕你们被甩远了，故意让我等等你们。”波夜空说着，眼睛落在井下光身边的那盘鸡架上。这种在旧大陆被当廉价狗食的垃圾食品，是井下光的最爱。波夜空记得，井下光最多一次是一口气吃掉了二十一个鸡架。看到井下光吃得这么高兴，波夜空也忍不住咂了咂嘴：“对了，这回我睡了多久？”

“十二天。”井下光拿起一个鸡架，给波夜空递了过去。

“怪不得肚子这么饿，算了，我就勉强吃一个你的狗食吧。”波夜空拿过鸡架，对着肉厚的地方狠狠地咬了一口。鼻子里有什么东西冲了上来，鸡架是芥末味的。

“对了，送你回来的是什么人？”井下光啃完手里的鸡架，又拿起一个。

“芥末不要钱啊，放这么多？”波夜空咽了半天唾沫，被芥末辣得生疼的鼻腔终于缓过劲来，“我都睡着了，我哪儿知道啊？这问题怎么着也该我问你吧？”

“是个比女孩还秀气的男人，听名字像是韩国人。叫什么……叫什么……”井下光放下鸡架，名字就在嘴边，却一时半会儿没有想起来。

“朴不见，是这个名字吗？”波夜空不满地撇了撇嘴，脱口而出。

“对对对，就是这个名字。”井下光用食指关节敲了敲脑袋，“他到底什么来路，说自己是保险公司的，我觉得没这么简单，但那人嘴巴很紧，探了半天口风，都没有挖到什么料。”

“哦，他是个外星人。”看到手上的鸡架已没什么肉了，波夜空将它扔到一边，又从盘子里拿起一个来。

“啥？难道……”井下光像看怪物一样地看着波夜空，“这就是你说的那个让你一见钟情的人？”

“什么呀？我是再标准不过的直男好不好？除了漂亮的小姐姐，什么都不爱。”波夜空不满地将额头微微仰起。

“你不说你爱上外星人了吗？”井下光故意挤兑波夜空。

“外星人就他一个啊，外星人就不能有女的了？”波夜空又狠狠地咬了一口鸡架，反问。

“行啦行啦，你也别来劲了，只是让你确认一下。”井下光说着，瞟了波夜空一眼。

“奇怪，你没看见有个女的跟他一起来吗？”波夜空皱了皱眉头，脸上的表情很认真。

井下光心里有点说不出来的黯然，但脸上还是一副大大咧咧的样子：“你这么一说，我想起来了，当时我真觉得你们来的方向，还有个人在后面，只是我连个人影都没有看见。”

“正常，在他们的星球上，生命是以生物能的方式存在的，如果她没想让你看见，你就是看不见，不过，即使看见了，那也只是个幻象，她完全可能是另外一个样子。”波夜空放心地点了点头。

“那你为什么能看见她，还爱上她了？”井下光带着夸张的表情看着波夜空。

波夜空好像被这个问题问住了，看着手里吃了一半的鸡架想了半天。

“奇怪，为什么我就看见她了？而且不管她有形无形，附身在哪里，在我眼里她都是一个样子。”波夜空喃喃自语。

“也许……”井下光沉默了片刻，下意识地咬了两口鸡架，然后再次抬起头，“也许就像师父说的，业力如此。”

“有道理，太有道理了！”波夜空露出恍然大悟的神情，“这么一说，就说通了，我和她的相遇是命中注定。”

“对了，你刚才说的生物能是什么意思？”井下光若有所思。

“怎么啦，这有什么不好理解的？”波夜空放下手上已被啃得干干净净的鸡架，从井下光面前的盆子里又拿起另一个，“其实我们人类也是一种生物能的形式，世界上所有无形和有形的事物，本质上都可以换算成能量，但生物能显然比其他能量更精妙，你知道吗？人脑每天要操心那么多事，但消耗的能量却只够点亮一个电灯泡。如果人脑做的事，用计算机来做，需要消耗的能量简直可以用奢侈来形容。以前谷歌公司为了让他们制造的机器人下围棋下过人类，知道消耗了多少能量？”

说到这里，波夜空故意停顿了一下，做出一副吊人胃口的样子。

“不要跟老娘来这一套，快说！”井下光白了波夜空一眼。

“是人脑的两万倍。”波夜空道。

“啊，这么多？”井下光说话时有些心不在焉。

“所以后来有人发现，人脑之所以耗能低，是因为人类使用的能量是生物能，这种能量的精度是其他能量的几万倍，是宇宙中最高效的能量形式。不过，我没有想到，生物能可以不依赖物质形式独立存在，这简直就跟鬼没有什么差别了。”波夜空一边啃着鸡架，一边摇头晃脑。

“这些乱七八糟的事情，你是怎么知道的？”井下光咬了一口鸡架后，又问。

“智商高这种事情，我也没有办法啊。”说到这里，波夜空忽然想起了什么，连忙放下刚吃完的鸡架，拿起井下光的擦手巾擦了擦手，扔下手巾拍了拍脑袋，“不跟你说了！还有件火烧眉毛的事，你不说，我都快忘了，那俩外星人正等着我去帮他们搞定呢！”

说着，没有等井下光反应过来，波夜空就从上铺出溜了下去，脚往鞋里一套，一边走，一边拉起鞋后跟，把井下光一个人扔在了宿舍里。

很快，波夜空就来到了修理厂的大门外，跑了几步后，他忽然想起，要这么徒步走到故地小区，两个小时都未必能到，便马上回头，想要去开厂里那辆破旧的皮卡车。就在这时，一辆又破又烂的玛莎拉蒂风驰电掣般地到了他面前，一个转弯加急刹车，停下来时，正好让波夜空处在了副驾驶座的门边，车停止的那一刻，车门也打开了。

“上车。”一个声音传入了波夜空的耳中。

不用看，波夜空就知道是朴不见，他撇了撇嘴，一边上车，一边唠叨了起来：“怪不得阿光这花痴老觉得有人在偷窥她，原来是你啊？我这一睡十几天的，你和小影一定等得心都碎了吧？想着你们在这附近盼星星盼月亮一样地盼着我醒来，我真是很过意不去，我也不想的啊，可是嗜睡症发作了，我有什么办法呀……”

车载着波夜空很快离开了修理厂门口的开阔地。这时，黑暗处闪出一个影子，身上的衣服很黑，若不是脸上戴着一个白色的狐狸面具，几乎很难将此人从夜色中分辨出来。人影盯着前方的车影看了一会儿，然后跟了过去。

人影脚上的鞋似乎有些古怪，虽贴着地面，却是腾空的，鞋上好像装了某种动力装置，正推着那人影向前奔驰而去，速度竟不比疾驰的跑车更慢。

那黑色的人影显然没有发现，井下光刚才已追着波夜空到了修理厂门口。她站在门边，一只手还拿着个鸡架咬个不停，另一只手则端着那个装鸡架的盘子。

刚才波夜空走得太突然，她没有马上反应过来，然后想起，波夜空已经好几天没吃东西了，怕他一会儿会饿，就想让他拿几个鸡架在路上垫一垫饥，走到门口便看到了门外的这一幕。

朴不见的出现就已经把她给惊到了，但当那个戴狐狸面具的黑影出现时，她几乎都要惊呼了，嘴里喃喃：“狐仙……”

虽然过去了十多年，但她还记得这张狐狸面具。她曾经在她逃出来的那个地方，见过这个戴面具的人。这张面具很特别，上面的表情会变化，后来她从那个地方的主人嘴里得知，戴面具的人叫狐仙，而那面具其实不是面具，是狐仙的脸。狐仙是个仿生机器人，一个叫财神的人将自己的意识上传到了六百六十六个仿生机器人身上，其中一个就是狐仙。狐仙正是那个叫财神的杀手组织的大老板。

“算了，不管这闲事了。”看着狐仙的背影，井下光摇了摇头，转身要回厂里去，嘴里“啧”了一下后，忽然停下了脚步，“但是，总不能连阿空这蠢货也不管吧？”

井下光叹了口气，转过身来，咬了一口手里的鸡架，同时放下另一只手上的盘子，从修理厂的边门走了出去。她从耳垂上摘下那个做成汽车形状的耳环，往空中一扔，然后她自己就消失在了空气中。

本章回顾：

下了泰坦号后，朴不见对那个在船上帮了自己忙的神秘人物产生了兴趣，决定着手调查，终于发现那个神秘人物竟是费切拉马集团的华人董事李河方。此时，波夜空终于从嗜睡状态中苏醒过来，他跑去和朴不见会合，要去找卓深影，却被一个戴着狐狸面具的神秘人物跟踪了，而这一切又被井下光看在了眼里。

小贴士：

李河方：著名的华裔富豪，费切拉马集团的十三董事之一。新唐城是李河方在蓬莱洲的根据地，也是新唐城四大壮丁团之一的四海帮的后台，新唐城有一大半地皮都属于李河方。同时，李河方跟四天王星的情报部门也有极深的关系，而他本人也是一个身手了得的绝顶高手。跟河原细美谈恋爱的李适之，正是李河方最宠爱的孙子。

第二十七章
为什么这钟可以摆脱重力倒挂在地面上?

一下车，波夜空就趴在墙角上，拼命呕吐起来。他不仅把刚垫进肚子的鸡架全吐了出来，还干呕了好一阵子。

刚才在车上，影子一样飘在后座上的卓深影忽然跟朴不见说，后面有人在跟踪他们。朴不见都没确认一下，就开始飞车，车速一下子飙到了二百公里以上。朴不见好像还显得不过瘾，只要看到路口，就会拉手刹或者打方向盘，让车快速地漂移、转弯，这期间甚至还走了两段台阶路。

波夜空一开始还以为，是卓深影神经过敏，直到后来，在卓深影不耐烦的指点下，他才发现，车后方有个不起眼的小黑点，正不离不弃地跟着朴不见的变形车。

因为朴不见一有机会就要拐弯或躲进僻静的窄路去，那个小黑点在不断加速，很快贴到了车尾附近。

波夜空终于看清，人影的脸上戴着一个白色的面具。不知是用了什么方法，那人好像是在贴着地面飞行，膝盖一直没有弯曲过。

就在车里的人以为再也甩不掉那个尾巴时，远处响起一阵口哨声，口哨的旋律由七个音节组成，在不断往复回旋。那白色的面具竟然会动，现出类似诧异的表情。然后那个人影忽然转身，朝着口哨的方向飞驰而去，很快没了踪影。

又转过几条街道，朴不见的车渐渐慢了下来。在波夜空指定的地方，踩下了刹车。

车一停，波夜空就打开车门，跳了下来，然后就开始了没命的呕吐。

虽然吐到最后，已经什么也吐不出来了，波夜空胃里的不适感还是挥之不去。他回头看了一眼卓深影，本指望能换回些同情，却没想到卓深影好像浑然不觉，一点儿也不理解波夜空为什么要这样看她，而且因为被他看得不自在，她还狠狠地瞪了波夜空一眼。

朴不见的嘴角露出一丝微笑，走过来扶住波夜空，说道："算了，还是我来帮你吧。"

波夜空一脸嫌弃，甩脱了朴不见的手，说道："干什么呀？不知道你这样讨好我，是会让人误会的吗？"

说完，脚步还在踉跄呢，他就大步流星地走了起来，一边走，一边不停看着手上那个破破烂烂的仪表。那是一个他用各种二手配件自制的经纬仪。

很快，他们来到一片堆放塑料制品的垃圾场，在堆得像山丘似的可乐瓶编织袋塑料桶之间，隐隐约约有一座高耸的建筑物，看那尖顶的样式，应该是一座废弃的教堂。

在塑料堆之间的羊肠小道上绕了半天，三人终于走到了教堂前。

此时，波夜空已从刚才的不适中恢复过来，为了在卓深影面前表现一下，他抢先一步闯进了教堂。

迎面吹来冷风，风很大，呜呜呜尖叫着，让教堂的气氛有些诡异，波夜空浑身的寒毛不由自主地竖了起来。他回头看了看两位同伴，发现两人已不在身后，不禁倒吸一口凉气，慌乱中转过头来，发现那两人已站在前方两三步远的地方，正在回头看他。波夜空叹了口气，决定不再强自出头，老老实实地跟在了两人身后。

在教堂里搜索了一遍，在波夜空的指示下，三人走上了教堂的钟楼。

钟楼上没有钟。波夜空带着诧异的神情，盯着本该挂钟的横梁看了半天，摇了半天头。

“怎么啦？”卓深影已飘到了本横梁上，看着下方问道。

波夜空还是歪着脑袋，嘴里喃喃：“在想为什么这里没有钟。”

“确实有点奇怪，这教堂看上去挺完整的，没怎么破坏过，照理说，钟不应该损坏的。”朴不见附和道，然后想起了什么，“你干吗要关心钟在不在？”

“如果我的计算模型没有错，钟楼的坐标跟你提供的四天王星坐标，除了一个数值，几乎完全可以对应起来，按理说，这个地方应该有个钟，你们四天王星的对应点就在钟摆上。”波夜空皱了皱眉头道。

“是哪个数值不对？”朴不见连忙问。

“纵向的数值不对，模型里这是个负数，如果是正数，差不多就是我们面前的这片空白，所以我在想，为什么这里没有钟？”波夜空若有所思地摇了摇头。

“你们看下面！”卓深影从横梁上指了指地面。

朴不见连忙走到钟楼正中围着悬空位置的栏杆边，按下腕表上的一个按钮，腕表上射出一束耀眼的光线，向地面上照了过去，钟楼的下方竟出现了一个大坑。

“怎么会这样？刚才在下面，明明看见那里都是水泥地的，为什么从这个地方看过去就成了一个坑？”波夜空凑近过来说道。

“不管是什么原因，至少这样一来，纵向数值是负数的推测就能成立了。”说着，朴不见纵身跃起，直接跳了下去。

“喂喂喂，我怎么办？你们不能丢下我不管啊！”波夜空大喊，眼睛却在看着头顶上的卓深影。

卓深影摇了摇头，张开双臂将波夜空卷进怀里，开始向下降落。波夜空得意地闭起眼睛，脸上现出一副很受用的样子。

忽然，屁股上传来一阵剧痛，波夜空睁开眼，发现卓深影已将他直接扔在了地上。波夜空一边夸张地叫着疼，一边捂着屁股站了起来。

大坑的深处果然有个大钟，这钟竟在没有支撑的情况下，倒立着悬浮在半空中，钟摆也同样违反了重力原则，自下而上地垂向了天空，而且还在摆个不停。

“怪不得四天王星上引力异常，难道是因为钟摆一直在摆动的缘故？”朴不见先是一副恍然大悟的样子，随即脸上再次现出疑惑之色，“但这里不是太空，是在地球，钟怎么可能摆脱重力，倒挂在地面上？”

波夜空也不由得挠了挠头，说道：“就是啊，这不科学嘛！”

“事情难道不就是这样的吗？”卓深影在一边眨着懵懂的大眼睛，似乎对两人的大惊小怪很不理解。

波夜空看了一眼卓深影，刚想张嘴反驳，但看着卓深影那影子一样虚无的脸，心里忽然一动：“好像也是哦。”

朴不见实在看不过去了，不满地摇了摇头：“你能不能稍微有点立场，不能因为别人是美女，就不管说什么，都当真理吧？”

“我刚才这么说，固然是被小影的绝代风姿给震撼到了，但是……”波夜空舔了舔嘴唇，故作深沉地停顿了一下，“你有没有想过，如果我们是小影这样的情况，没有肉身，只有能量，地球或宇宙在我们的感觉里会是什么样子？”

朴不见不由得一愣，似乎被问住了。

“你们在说什么？”卓深影看到两人一脸深沉的样子，忍不住皱了皱眉头。

“小影，事情是这样的，”好不容易找到一个向卓深影秀智商的机会，波夜空两眼立即放射出奇异的光芒，“因为你没有肉身，可以无限小，也可以无限大，所以空间对你来说，是没有意义的存在，大还是小，远还是近，都只是你意识里的一个概念，对肉身来说，需要跋涉几千光年的地方，对你来说，只要形成一个念头，就是近在眼前的存在。你可以认为地球和宇宙存在，也可以认为它们不存在。”

“这有什么奇怪的？这不就是我们的异次元空间吗？要不是通往蓬莱洲的异次元通道被人封印了，我现在就可以把你说的事情演示给你们看。”卓深影还是瞪大着眼睛，像看怪物一样地看着波夜空。

“哎呀，智商高真是没有办法啊！”波夜空兴奋地拍了拍额头，“你不知道，在地球上，我刚才跟你说的这些话，要是我能证明它，就能去拿诺贝尔奖了，你说我厉害不厉害？如果你是一个地球人的话，是不是就会很佩服我啊？”

“蠢货！”

波夜空话音未落，脑袋上传来一阵生疼，原来是卓深影从地上卷起一块石子，砸在了他头上。

“干吗呀？还有没有言论自由啦？你们外星人还讲不讲人权啊？”波夜空一脸委屈地看着卓深影，嘴里嘟哝道。

“慢着，”朴不见若有所思地抬起头，打断了两个人，看着卓深影问道，“所以，这个钟现在所在的位置，不是在我们所理解的空间里，而是在那个所谓的异次元里。”朴不见的眼睛亮了起来。

“对啊，本来就是这样嘛。”卓深影使劲点了点头。

“对啊！”波夜空也学着卓深影的样子，跟着点了点头，“我刚才说的不就是这个意思吗？？”

“那你说说看，本来小影才能进入的异次元空间，现在为什么你这个有粗笨肉身的人类也进来了呢？”

“对啊？为什么呢？”波夜空不由得一愣，挠着头说道，“这不科学啊，除非……，除非……”

“除非什么？”朴不见逼问道。

“反正就是除非！现在我还没有想到，但只要是我老人家决定去想的事情，最后一定会被想出来的！”波夜空梗着脖子傲然地说道，眼睛里却闪过一丝疑虑。

“要不要让那钟摆停下来？”卓深影指了指倒挂在空中的大钟，问朴不见。

朴不见摇了摇头：“保险起见，还是不要去动它了，毕竟这件事情关系到几十亿人的安危。”

本章回顾：

波夜空带着朴不见和卓深影去找数学模型中的第三个对应点，途中发现被狐仙跟踪。无论朴不见怎样想办法，都无法甩脱对方。就在这时，远处响起一段由七个音符组成的口哨声，狐仙被那口哨声引开了。不久，三人来到一座钟楼，发现大钟竟然被悬挂在了一个反空间里。根据波夜空的计算，大钟正是和四天王星相对应的蝴蝶效应点。

小贴士：

狐仙：财神六百六十六个仿生机器人分身中的一个，同时也是蓬莱洲杀手组织财神的幕后老板。

第二十八章

到了该为舒服日子付出代价的时候

这是一片由四幢十层高的旧楼围成的正方形楼群，大楼的墙皮掉得很厉害，玻璃窗很多都坏了，代之以破旧的木板，正是经济崩溃后新唐城的日常景象。

楼群中间其实存在着一大片空地，不过从外面是看不出来这一点的，即使能走到大楼里面，也未必能找到空地的入口。

入口位于大楼西侧五楼的一个普通房间，从这里顺着一个螺旋状的铁皮楼梯往下，才能来到这片边长有一百多米的正方形空地。空地上除了二十几棵树龄在五百年以上的老树，便是一大片修剪得很好的草地，这样的景色在到处都是垃圾和废墟的蓬莱洲简直是奇迹般的存在。

这个地方正是李河方在新唐城的据点。此刻老爷子正坐在空地中央一座黑瓦青砖的阁楼里，阁楼四面的折门都打开了，可以将整个空地一览无遗。不过，因为折门里还有一层玻璃罩，所以开着空调的阁楼很是凉快。李老爷子穿着中式白色府绸衫，坐在一张宽阔的藤制圈椅上，沏着茶，显得很有耐心。他将每道工序都做得一丝不苟，搞得坐在对面的那个中年男子很是惶恐，不住地躬身，用右手的食指和中指叩击着桌面。

中年男子看上去保养得很好，面色红润，细皮嫩肉，因为营养过剩，身体微微发福。今天，他已经跟老爷子聊了两个小时，都是些无关紧要的小事。如老爷子这般日理万机的大忙人，竟肯花时间跟他这样一个无关紧要的人物闲聊，实在不同寻常，也许到了他为过去的舒服日子付出代价的时候。

“有生，你到这里大概有多久了？”李河方虽已七十二岁，倒起茶来，手却很稳。

“十八年了。”郑有生赔着小心，脸上露出腼腆的笑容。

“飞飞和你们的两个孩子还好吗？”李河方倒茶的动作停顿了一下，茶壶半悬，茶水停留在将出未出的地方。

看到老爷子露了这一手功夫，郑有生更是诚惶诚恐：“他们很好。”

“十天前，财神派在你老婆那里盯梢的暗岗，自爆身亡了。”李河方终于给郑有生的杯子斟满了茶。

“是吗？”郑有生努力在脸上保持平静。

“所以，大概到了需要你露面的时候，不管对方是什么人，既然能把财神的人逼死，只要你把你知道的情况告诉他们，这件事情应该就不会石沉大海。”李河方给自己的杯子也斟满了茶。

“好的。”虽知道这一去凶多吉少，郑有生还是故作平静地点了点头，心里不断告诉自己，如果当年不是老爷子出手相救，他早就死了。这十八年的太平日子本就是捡来的。

“飞飞和孩子你不用担心，我会在事情了结后，把他们送到费切拉马城去的。”李河方喝了一口杯子里的茶，不紧不慢地说道。

“谢谢老爷子！”郑有生毕恭毕敬地点了点头。

本章回顾：

李河方在秘密基地里，召见失踪了十八年的新唐城保安部前探长郑有生，要他出去抛头露面，好让朴不见和卓深影找到他，然后由他来揭露蓬莱洲计划的内幕。郑有生虽知道自己这一去凶多吉少，但还是硬着头皮答应了下来。

小贴士：

蓬莱洲计划：该计划最初是指在太平洋建造一块人造大陆，引入移民，然后开发那里的海底油田。不过计划开始后不久，负责此计划的费切拉马集团听说瑞典人汉森即将发明氢能源催化剂，石油将被淘汰。集团的董事会暗中制订了新的蓬莱洲计划，就是故意隐瞒这个消息，加快移民进程，诱使移民们欠下高额债务，将集团的损失转嫁给这些新移民。不久，石油经济崩溃，蓬莱洲的移民成为全世界的弃民。

第二十九章
虫洞发生器

从坐上车的那一刻起，附身白雨的卓深影就显得坐立不安，不断地在车里东张西望。

朴不见一直在透过后视镜观察着卓深影。其实，此刻他自己心里似也有不安在萦绕。

前天，李河方刚离开新唐城，朴不见就接到了一个电话，打电话的是上回他们在“天空的面具”里见过的舞娘之一。舞娘告诉朴不见，在南城的深水市场，她见到了一个很像忻飞飞的女人，当时，女人正跟一个男人在一间茶餐厅里吃早饭。

虽知道这个电话是李河方安排的一场戏，朴不见还是按剧本耐心地问了茶餐厅的名字以及吃早餐的时间，最后还给那个舞娘的账户里打了一笔好处费。

一切都照足了剧本，接下来的事情不过是走过场，以特定的方式将郑有生从李河方手里接收过来。但今天当朴不见在故地小区接上卓深影后，他却没有来由地感到了烦躁，而坐在车后座上的卓深影显得比他还不安。

“怎么啦？”朴不见努力在脸上保持平静，试探着问道。

“我也不知道，就是觉得有什么地方不对劲。”卓深影皱着眉头摇了摇头，然后带着质询的目光，看着前方的朴不见，说道，“是不是有什么重要的东西忘了带？”

“应该没有！”朴不见想了想，虽然心烦意乱，但他的脑子依旧清晰，所有需要携带的武器或工具，都在随时可以拿到的地方，早上出发前，他已经检查过一遍。直觉告诉他，问题肯定不是出在这里。

卓深影咬了咬嘴唇，两眼盯着身边的空位看了半天，然后又伸手在虚空里划拉了两下，好像一无所有的空座上坐着什么人似的。然而还是一无所获，她只好摇了摇头。

“也许我们太紧张啦，毕竟就要见到郑有生了。”朴不见透过后视镜，看了一眼卓深影目光所在的位置，故作轻松地笑了笑。

“可能。”卓深影点了点头，然后又摇了摇头。

朴不见想起，至尊赌会上卓深影使用摩斯码跟他对话的情景，他连忙用手指在方向盘上敲打了几下，透过后视镜，他确认卓深影附身的白雨在盯着他的手指看，朴不见这才把心里要说的话告诉了卓深影：先放松下来，如果车上真的有敌人在隐藏，不如装作不知道，然后引蛇出洞。

卓深影按朴不见说的做了，她不再东张西望，而是仰身靠到椅背上，嘴里还哼起了歌。

两人故作轻松，过了很久，还是没有看出车上有什么异象。

半个小时后，朴不见的变形车终于来到深水市场外的空地。在将车停稳后，朴不见做出低头看表的样子，启动了藏在车里的四只悬浮式摄像头，让它们四下散开，还让其中一只“苍蝇”靠近到白雨的耳边，发出嗡嗡声，好让卓深影知道他的计划。

做完这些，朴不见领着白雨往深水市场里走去。

深水市场是一个位于南城的公共集市，因为住在这一带的居民，不是费切拉马集团的中层雇员，就是在城里开厂或做生意的小业主，所以不像东、西、北三个城区那般破败，集市也不是那种临时的路边摊，而是一片简陋的平房。不过即使如此，集市里满地的污水和空气里的腥臭味，还是让洁癖严重的朴不见感到很不适，他伸出一只手挡在了鼻子前，每走几步，就要停下来看一看前面的路，好保证他的脚不会踩在脏水里。借着这个间隙，朴不见正好也可以观察平光镜里的监控画面，无论是普通的视像，还是红外线和超声波捕捉到的画面，都显示没有人在跟踪他们。

如此走了十五分钟，朴不见领着卓深影到了那间叫作纷纷冰室的茶餐厅，从餐厅的名字看，老板应该是香港来的移民。

进了餐厅，两人开始点吃的，朴不见要了菠萝黄油包和奶茶，卓深影给白雨点了鲜虾云吞面。

吃完早餐，两个人还是没有等到忻飞飞和郑有生。他们便又点了咖啡和冰激凌，好继续留在餐厅里打发时间。

约八点钟的样子，一个男人的身影出现在茶餐厅里，来人衣着虽破旧，朴不见却在他脸上看到了营养过剩的迹象。几乎没费力气，朴不见就认出，男人正是他们要找的郑有生。因为心里早有准备，对郑有生如此轻易地现身，朴不见倒一点儿不意外，被卓深影附身的白雨也是一脸呆萌，除了低头吃冰激凌，同样没有抬头看郑有生。

郑有生四下张望了一下，跟店老板要了两人份的外卖。

店老板很快帮他打好了包，郑有生付了钱，拿着打包盒往外走去。

他刚出茶餐厅没多久，朴不见和卓深影就到了他身后，朴不见还煞有介事地用枪顶住了郑有生的后背，卓深影操纵着白雨，蹦蹦跳跳地跑到了郑有生的前面，一边走，一边做出玩耍的样子，目光却在警惕地看着四周，前方和两侧二百七十度的扇面空间，都处在她的掌控中。至于身后的那九十度空间，自然由朴不见负责照顾。

郑有生没有反抗，脸上甚至都没有现出一丝疑虑，而是乖乖地跟在两人身边，来到了市场外的空地上。

朴不见用手上的遥控器，打开了后车门，郑有生乖乖地上了装扮成玛莎拉蒂的变形车，卓深影也从另一侧上了车，坐到了郑有生右边的座位上。

关上后车门，朴不见坐到了驾驶座上，然后启动了车里的全息隐蔽装置，用光影在驾驶座的位置上，模拟了自己的身形，然后又启动了自驾模式。

做完这一切，他像变戏法似的，身体往后一仰，用了一个类似鲤鱼打挺的动作，身体一蹦之后，已经坐到了郑有生的左边。

“说吧。”朴不见用枪顶在郑有生的脑袋上，威胁道。

郑有生看上去很平静，没有马上接话，上上下下看了两人好几遍，才开口道：“听说最近有两个人一直在找我，是你们吧？”

“找你的可不止我们两个。”朴不见用夸张的语气威胁道。

“我知道。”郑有生嘴边露出一丝苦笑，“我之所以能活到今天，就是因为有人不想让我把秘密带进坟墓去。”

“有人？”朴不见瞟了郑有生一眼，虽知道他所说的那个人是李河方，但因为有卓深影在身边，他只好装出第一次听说的样子，“跟想杀你的人不是同一拨？”

“不是。你们以为我能活到今天，是靠运气？”郑有生一副豁出去的样子，完全不把眼前的这两个人放在眼里。

“保护你的是什么人？”朴不见追问。

“这个不重要，你们想知道的大概不是这件事吧？”郑有生的嘴角边浮出一丝不屑。

“你知道我们想知道什么？”朴不见跟卓深影交换了一下眼色。

“卓霓裳案的真相。”郑有生一字一句道。

“真相是什么？”卓深影迫不及待地抢过了话头。

“真相是，卓霓裳是被冤枉的，小孩失踪，还有所谓被吃掉的说法，都是臆想的传闻，我们不过是利用了这个传闻，靠着威逼利诱，让那些造谣传谣的人当了我们的证人，然后把这件事情给坐实了。”郑有生缓声说道。

“你们为什么要这样做？”被卓深影附身的白雨还是一副懵懂的样子，语速很慢。

“是费切拉马公司高层授意的，具体原因没有说，我们只是在下面办事，只要是上面吩咐下来的事情，都会照办。有些事情不知道原因比知道好，而且只有不知道原因，做起来才毫无牵挂，这是我们这些在保安部干脏活的人的生存之道。但我没有想到，在审讯卓霓裳的过程中，发生了一件事，结果我知道了不该知道的事。”说到这里，郑有生的声音越来越轻，一副心有余悸的样子。

“发生了什么？”朴不见连忙问，他虽已从朴余韵那里知道了事情的大概，但其中的细节还有很多疑惑之处。

“最早让我办这个案子的，是集团保安部原先的主任蒂芬妮，她说高层之所以授意她这样做，是因为卓霓裳发现了蓬莱洲计划的内幕……”郑有生一副欲言又止的样子，好像在提醒面前的人，他说的这件事情很重要。

“什么内幕？”卓深影问。

“蓬莱洲计划从一开始就是一个骗局。这块新大陆在建造到一半时，费切拉马集团的人就已经知道，石油即将被弃用，瑞典人汉森就要发明出氢能源催化剂了。为了转嫁损失，费切拉马集团的十三董事利用他们对政经界和新闻界的影响力，把这件事情给压了下来，延缓了催化剂的发布时间，继续诱骗旧大陆的人移民到蓬莱洲，除了吸走他们的投资，还诱使他们欠下高额债务。经济崩溃后，这些破产的移民被迫滞留此地，成了费切拉马集团控制下的廉价劳动力，所有旧大陆不屑和不愿接受的产业，都被转移来了这里，而那些移民因为欠下高额债务，所以没有资格在这件事情上讨价还价。”说着，郑有生的额头上不断有汗水冒出。

“蒂芬妮为什么要告诉你这些事？”朴不见问。

“我也不知道她为什么要告诉我这些，事后我推测，应该是她觉得自己受到了某种威胁，所以想通过这个方式报复幕后黑手。”郑有生道。

“能详细说一说吗？”朴不见沉声问道。

“那天，我去费切拉马城向蒂芬妮报告案子的进展，她看上去很沮丧，像是喝了酒，把我拉到楼梯间，跟我说了些奇怪的话，说她被董事会抛弃了，就要丢掉集团保安部主任的职位了。还告诉我，董事会背后有个叫财神的人，董事会就是他在操纵，陷害卓霓裳也是他授意的，财神这么做还有一个目的，就是为了卓霓裳肚子里的那个孩子。蒂芬妮说，那个孩子的生物能密度是一般人的一万倍，所以财神要保安部的人在那个孩子出生前，把卓霓裳给解决掉。我不知道她说的生物能是什么东西，听口气，应该很贵重。谈话后不久，蒂芬妮就在办公室不明不白地开枪自杀了，随后切斯迪继承了她的位子。绞死卓霓裳的命令，就是切斯迪签署的……”

“这么说，我妈妈是被财神害死的？”附身白雨的卓深影忽然开口问道。

“你妈妈？”郑有生脸上显出迷惘之色。

“这事跟你没关系，知道得太多对你没有好处。”朴不见皮笑肉不笑地看着郑有生。

“唉，你说得太对了。”郑有生一脸沉痛地点了点头。

这时，卓深影眼里闪过一丝寒光，她的手向郑有生伸了过去。朴不见连忙挡住了她。

卓深影不解地看了朴不见一眼。

朴不见的手掌往下轻轻一切，击中了郑有生的后脑勺。郑有生昏死了过去。

“这人只是个从犯，害死你妈的其实是费切拉马集团的高层，还有他们后面的财神，杀了他……”朴不见朝郑有生努了努嘴，“只能解气，于事无补，可能还正好是财神想要的结果。不如留下这个活口，然后让他把刚才跟我们说的那些话，对外公布。我们真正要对付的人是费切拉马集团和财神。”

朴不见知道自己的解释虽合情合理，但总有点做了亏心事在利用卓深影的感觉。

“好吧，既然你这么说，我就先不取他性命。至于你说的那些事，你可以照你的计划去做，不过对我来说，意义不大，我的目标是杀了财神还有他的那些帮凶，在回归我主人的能量身之前，杀多少是多少。”卓深影点了点头，声音还是那种没有起伏的调子。

“好的，你要信得过我，这事就全部交给我吧，我保证让那些害死你妈妈的人身败名裂……”

话还没说完，朴不见就感觉有什么事情不对头，他连忙转头去看郑有生。一把匕首透过郑有生的胸口露了出来，好像是从郑有生身体内部刺出来似的。正在昏睡的郑有生猛地醒了过来，低头看着胸口涌出的鲜血，一脸的诧异。随着刀尖的出现，一个蒙面人出现在郑有生身后，蒙面人一收手，匕首缩回，蒙面人跟着匕首一起消失无踪。

整个事情发生的过程，大概都不到一秒钟，要不是受过训练，朴不见甚至都不会看见这一幕。卓深影的反应虽比他快，还伸出手抓了对方一把，但也只是抓到了蒙面人脸上黑布的一角，连对方的长相都没有看清。

郑有生从后座滑落下来，早已没了生息。

“那人是从平行世界的虫洞里钻过来的！”卓深影失声道，“他身上带着虫洞发生器。”

“虫洞发生器？”朴不见不由得惊呼起来，“这不是要消耗相当于半个太阳的能量才能驱动的设备吗？”

“这个我不清楚，但我主人记忆库里的资料显示，要做到这一点，要么像我这样，因为没有肉身，可以通过异次元通道直接穿越过来，要么就是像刚才那人一样，通过虫洞发生器来实现瞬间位移。”

“看来我们的对手很不一般，据我所知，要驱动虫洞发生器，至少要拥有萃取恒星能量的黑科技，这种技术即使在我们的四天王星上也都做不到。”朴不见的神色愈加凝重。

“你看见那人的长相了吗？”卓深影懊恼地问。

朴不见摇了摇头：“不过，我想我们可能认识她。”

“是上回财神的七个杀手里逃跑的那个人吗？”受到提示，卓深影好像也想起了什么。

“对，就是财神的王牌杀手，少女忍者。”朴不见点了点头，“虽没有看到她的脸，但认人不一定要认脸的。”

“不过，即使我们知道她是少女忍者，也还是不知道该去哪里找她。”卓深影无奈地摇了摇头。

“我有办法找到她。”朴不见脸上露出一丝微笑，“因为我已经知道她是谁了。”

“这怎么可能，她刚才戴着手套，肯定不会留下指纹，也没有留下其他的线索，你是怎么知道的？”卓深影问。

“除了指纹，除了脸，人的任何一部分，包括动作，都会带着独有的信息，刚才的那个瞬间，已足够我认出她了。”朴不见脸上的笑意越来越浓。

“她是谁？”卓深影不由得惊奇。

“还记得上回和顾得满一起在市政厅逮捕我们的那个日本女孩吗？”朴不见说。

“河原细美？”卓深影问。

“其实上一回见到她，我就觉得她是少女忍者，今天又看了一次，我已经确定无疑。”朴不见点了点头。

“我们现在就去抓她回来吗？”卓深影问。

朴不见摇了摇头：“她应该只是财神的棋子，我们不如假装不知道，然后想办法把她背后的人找出来，那才是陷害你妈妈的主谋。”

本章回顾：

朴不见和卓深影根据密报，在南城的深水市场如愿地抓到了郑有生。正当郑有生说出卓霓裳冤案的真相时，忽然被来自平行空间的杀手少女忍者刺死在朴不见的车上，然后杀手又顺利地逃离了现场。拥有超强观察力的朴不见根据对方的行为方式，判断出少女忍者正是日韩城的河原细美。

小贴士：

河原细美：极道会会长河原义雄的独女，从小就去了费切马斯特学校就读，和顾得满是同班同学，两人是青梅竹马的朋友。在顾得满介绍下，河原细美也跟波夜空和井下光成了朋友。她性格要强，从来不肯认输，身边常带着一只宠物小白狐。她还有一个身份，就是杀手组织财神里最强的杀手——少女忍者。

第三十章
我们做的所有事情不过是为了活下来

海上雾蒙蒙的，虽只是下午，海滩上却没有一个人影。

这一片海岸上聚集着好几个核废料处理厂，所以海滩上到处是核污染的警告标志。那些被用于冷却核废料的海水，没有经过处理，就被源源不断地排放了出去。本地居民都知道此事，所以除了来投海的，很少有人会来这个地方。

前方，一队有龙虾那么大的皮皮虾正一跳一跳地从车前经过。朴不见一边急刹车，一边抬头看了看前方，海水已近在眼前。

刚才把附身白雨的卓深影送回故地小区后，朴不见不知道自己是出于什么想法，竟决定要把郑有生的尸体带来此地，进行海葬。

以前，他也曾遭遇过线人被暗算的情况，他的多数反应都是将尸体不管不顾地扔下。按照他们四天王星的科技水平，他不认为，地球人可以凭着一具尸体查到他头上来。不过，有时要是他心情好，他也会让自己稍微费点劲，用激光枪将尸体化为灰烬。而他这样做，只是为了让普通人不至于在看到尸体时大惊小怪。

然而自从他看过卓霓裳的日记，然后又在泰坦号上目睹黑白格女孩临死前的那一幕，在他心里，有很多东西发生了改变。

他在搜查郑有生身上的物品时，通过触摸那些遗物，他看到了郑有生离家时的情景，他跟他的两个孩子说了很多话，有些话翻来覆去说了十几遍。显然，他是抱着必死的决心来见他的，而郑有生这么做的理由，就是为了保护他的孩子，好给他们一个更好的未来。那一刻，朴不见又一次地被作为父亲的郑有生打动了。

皮皮虾们已渐渐蹦远，朴不见从驾驶座上走了下来，打开后备厢，从里面取出一个拳头大小的超薄皮筏和一罐速燃冰，然后他打开后车门，将身体已经僵硬的郑有生扛在肩上，向海边走去。

他拉开充气阀，超薄皮筏很快在水上膨胀起来。朴不见将郑有生的尸体放在皮筏上，打开手里的罐头，里面的速燃冰化为液体，朴不见将它们洒在了郑有生身上。

皮筏顺着退潮的方向，向远处漂去，到了离岸二十多米的时候，朴不见将手上的打火机打着，朝皮筏扔了过去。

微蓝的火焰在雾霾中划出一道耀眼的轨迹，落在郑有生身上，海面上升起一片青色的火焰，照亮了周围灰蒙蒙的空间。如此烧了一阵，火焰沉入大海，雾霾再次降临，眼前的天空和大海重新连成了一片灰蒙蒙的铁幕。

朴不见自嘲地摇了摇头，重新回到车旁，上车后正准备离开，一束光从车载全息电脑的投影孔里漏了出来。朴不见叹了口气，知道电脑又被老妈给黑了。

老妈的全身像站在了他面前。朴不见低下头，做出了准备挨骂的姿态。

眼睁睁地看着郑有生死在面前，他竟无能为力，确实没什么好为自己辩护的。

“你这是干什么呀？我是你后妈啊？”朴余韵说起话来还是很夸张的样子。

“是我搞砸了，没什么好说的，部里该怎么罚，就怎么罚吧，我都接受。”朴不见停顿了一下，“不过，朴部长，我个人对你老是黑进我电脑这件事情，持保留意见。”

“部里为什么要罚你？”朴余韵一脸嘲弄地问道。

“你们把郑有生交给我，我没能保护好他，让李河方苦心养了十八年的棋子就这么废了。这锅我不背谁背。”虽然心里沮丧，朴不见还是尽量在脸上保持了冷酷的表情。

“对方既然都用上了虫洞发生器，换了谁，郑有生估计都保不住，这事不赖你。”朴余韵的表情稍微缓和了一下，“你上回发过来的视频，我们都看了，那天夜里跟在你车后的人，是狐仙，这几乎就是财神本人出马了。既然财神亲自出手了，按你的战力，根本不可能是他的对手。不过，能逼得财神亲自出马，这或许能成为你日后拿出来炫耀的资本。”

“什么叫几乎是财神本人？”朴不见心里一动，不解地看了朴余韵一眼。

“财神实际上不是肉身意义上的人类，而是一个被上传到云端网络的人类意识，根据我们从帝释会得到的情报，这个意识一共被复制在了六百六十六个仿生机器人身上，可以说其中的每个机器人都是财神，其中有一个仿生机器人叫作狐仙，因为他老喜欢戴着一张白色的狐狸面具而得名，财神这个杀手组织就是由狐仙在负责指挥和调度。”

“意识上传技术，这不是四天王星高研院的姬博士一直在做的课题吗？难道已被人抢先做出来了？”朴不见不由得诧异。

“所以说，在这个宇宙里，我们的四天王星可能连号都排不上，我们在很多外星生命的眼里，就跟地球人在我们眼里差不多。”朴余韵神色凝重地说道，“迄今为止，我们做的所有事情，不过都是为了能在宇宙中存活下来。”

“包括在地球上潜伏？”朴不见嘴角露出一丝讥讽。

“对。”朴余韵点了点头，“我想，通过这次在蓬莱洲的经历，你应该已经看到，如果我们不是加入了帝释会，四天王星的命运不会比地球更好，可能也会成为蜜之蜃姬的牧场、财神的赌场或者摩西沙罗的游乐场。帝释会这个星际联盟虽然内部也有很多龌龊事，但成员之间至少还都把彼此当人看，为了共同的利益，有时也会生死与共。我们之所以往地球上派遣这么多情报员，是因为帝释会把地球所在的区域交给了我们四天王星来监控，我们是在为帝释会履行职责。”

“这些事情为什么你以前没有跟我说？”朴不见警惕地看了一眼朴余韵。

“以前你没有这样的权限，但因为这次的表现，你现在有权知道这一切了。”朴余韵脸上露出了一丝欣慰。

“我做什么了？”朴不见不由得诧异。

“首先，你查清楚了，我们四天王星重力异常的原因，我们这一次其实一共派了十组人马到新唐城，十组人里你的权限最小，经验最少，但只有你完成了任务。其次，你在泰坦号赌船上，为帝释会在本地的分支机构赚到了一大笔经费。还有，你竟然还惊动了财神本人。”朴余韵脸上还是一副公事公办的表情，但朴不见看得出，老妈此刻是有些自豪的。

“对了，你说上回跟踪我们的是财神本人，那他为什么跟到半路就放弃了，是不是跟那个奇怪的口哨声有关。”朴不见忽然想起了那诡异的一幕。

“当时我们收到你的警报后，派出一组人马去跟踪狐仙，发现引开狐仙的人是修理厂里那个叫井下光的女孩。在把狐仙从你们那里引开后，井下光忽然从她隐藏的地方现身，结果把狐仙给惊走了。我们推断，他们以前应该认识，狐仙好像有些忌惮那个女孩。还有，那个叫哭大师的老头，我们也查过了，他师父空藏据说是个连摩西沙罗都忌惮的人物，生进会的人不敢在蓬莱洲做得太过分，就是因为有哭大师的存在。来自帝释会方面的调查说，摩西沙罗是在空藏圆寂后失踪的。所以悟空寺修理厂绝对不是一般的存在。”

“明白了。”朴不见点了点头，“我还有个问题……”

“你说。”朴余韵沉吟道。

“如果以后真的要跟狐仙动手，我该怎么做，他有什么可以被我们利用的弱点？”朴不见小心翼翼地问道。

“没有以后了，我们已经准备从这件事情里面退出了，这是我今天来找你的主要目的。”朴余韵一脸严肃。

“可是……”朴不见咽了口唾沫，“四天王星的警报不是还没有解除吗？”

“已经解除了，我们把你前两天传送回来的情报，转给了姬博士的高研院，他们派出的小分队昨天到了新唐城，已经把教堂异次元空间里的大钟给拆除了，在这个过程中，我们还在现场找到了好几种黑科技的线索。所以我才会说，你这次立下了大功。既然这里的秘密装置已经影响不到我们的四天王星，自然就到了我们该退出的时候，接下来的事情就交给帝释会的人去处理吧。那个李河方就是帝释会在地球的分支机构神隐会的负责人。你已经为他做得够多了，接下来该让老李自己出人出力了。”朴余韵目光闪烁。

“这……”这突如其来的状况，让朴不见的脑袋一阵发晕，都不知该说什么才好了，憋了半天，才总算说出一句，“这也太现实了吧？”

“这本就是一个很现实的世界。资源稀少，人生短暂，对自己没好处的事，我们为什么要去做？你已经是成年人了，在成年人的世界里只有利弊，没有对错，一切都是交易，政治家、商人无不如此，你作为一个情报员也是如此，这是你必备的素质。”朴余韵的口吻不容置疑，朴不见第一次意识到，这是他有生以来和老妈最严肃的一次对话。

朴不见想了半天，终于还是觉得老妈的理由无懈可击，尤其老妈还是第一次拿他当个成年人来对待。

朴不见摇了摇头，又点了点头，说道：“好吧，如果这是情报部的决定，我就服从命令。”

朴余韵本有些紧张的神情终于放松下来：“一会儿，你就不要回住处了，那里我们会派人帮你处理干净的。你把变形车恢复到崭新的样子，到西区码头去，晚上正好有一艘北极星邮轮要去香港，我们已经帮你和你的车买了票，你直接开车上船吧，船上的人脸识别系统会为你放行的。路上要是有什么异常情况，你都不用理睬，只管避开，不要跟人正面起冲突。”

朴不见没有说话，只是点了点头。

“哦，对了。”老妈好像又想起了什么，“在你离开蓬莱洲之前，李河方想拜托你一件事，如果可能的话，你是否能鼓动一下蜜之蜃姬的分身，利用她对她妈妈的感情，想办法让她去跟狐仙对决。”

“为什么？”朴不见不由得诧异。

“根据李河方的说法，只要狐仙干掉了蜜之蜃姬的分身，财神和蜜之蜃姬之间的积怨势必爆发，生进会可能会因此分裂，这对我们帝释会有利，神隐会说不定可以利用两股势力在蓬莱洲开战的机会，火中取栗。”说到这里，朴余韵似乎也觉得这个手段有些过分，微微摇了摇头。

“对不起，这种事情我做不出来。”朴不见张了张嘴，本想把卓霓裳日记里已经说出的和没有说出的往事，都说给朴余韵听，希望老妈能改变想法，甚至让他留下，去帮助卓深影，但他太了解老妈是个怎样的人，终于没有说出口。

朴余韵点了点头，也没有再勉强朴不见。

不过，母子俩没有想到，这一场对话都被卓深影看在了眼里。

在将郑有生的尸体送去海边之前，朴不见先是将附身白雨的卓深影送回了故地小区。一路上，卓深影都觉得朴不见的神情有些怪异。正好，从她得知蓬莱洲的异次元通道已被重新打开后，她还没有试过这种可以实现时空跳跃的能力。所以，一回到卓霓裳故居，她就马上从白雨的身体里脱离了出来，伸手在空气里画了一个圆，于是她面前的虚空好像被挖去了一块，如同一面镜子，可以让她按自己的心意，看到正在远方的朴不见。

她看见朴不见去了海边，还看见他一脸伤感地为郑有生举行海葬。不知为何，她忽然觉得这个失魂落魄的朴不见似乎比那个机智冷静有些颓废的朴不见更可爱一些。

这之后，卓深影又见到了朴余韵的全息影像和那一场发生在母子间的对话。

从一开始，卓深影就知道，跟自己一样，朴不见身后也有自己的老板，他做的所有事都是奉命行事，并不包含多少个人的意志和好恶，就像朴余韵刚才所说，只用照着利弊行事，没有什么谁欠谁、谁要对谁负责的问题。

但卓深影没有想到，朴不见会拒绝李河方的请求，甚至还为这个提议感到生气，这让她不由得感动。如果换了是她，主人向她提出这样的要求，甚至要她杀了朴不见，卓深影都会毫不犹豫地照办。除了对妈妈的歉疚，卓深影不觉得自己亏欠过任何人，但此刻她竟产生了亏欠朴不见的感觉，虽然事实并非如此。

这次，从主人身上离开，来到蓬莱洲的过程里，卓深影在不知不觉间，对很多事情都有了新的看法。

在飞往新唐城的路上，她进入了那个编号为0967的空姐体内，跟主人的宿主，也就是那个经过基因改造几乎没有缺陷的玛丽莲相比，0967的肉身无疑是笨拙而简陋，充满了缺陷，但正是这样的缺陷让卓深影感知到了一个全新的世界。如果0967的身材不是那么臃肿，容貌不是那般平常，如果没有经历过那些遭人嫌弃的伤心时刻，她大概不会变得像现在这样善解人意，即使面对那些粗陋而挑剔的乘客时，也能怀有足够的耐心和诚意，0967不是要讨好客人，只是出于深深的理解和同情：那些人只有在面对她时才会有颐指气使的机会。正是这甘于让卑微的人在她面前感觉良好的善意，让她变得高贵而美丽。然而如果不是变成了0967，真的像她那样去想去看去做，她是永远体会不到其中的美和高贵的，而只会看见0967的缺陷和平庸。所以在离开0967的身体时，她没有执行主人为她设定的行为模式，去收割0967的生物能，相反，她还给了0967一个发自内心的祝福。

然后，她又进入了白雨的身体，感受到了白雨的绝望、无助和不甘心，那种感觉竟让她心痛，产生了要去保护白雨的冲动。

还有白雨的父母，她本来以为那两个男女非常冷酷无情，然而只有在触摸到他们的记忆和情感时，她才知道在那冷酷后面藏着更深的绝望和无助。当一个人活在世上，所有期待过的美好都被辜负时，冷酷似乎也是可以原谅的选择。

在这个过程中，她还梦见了妈妈，看到了妈妈留下的日记。她发现世上还有一种情感，竟可以认为另一个生命比自己的生命和幸福还要重要，这种感情如此虚妄，但一旦能做到，那便是超越一切的存在。她说不出那是什么，却隐隐感到，在那东西面前，整个宇宙都变得渺小了。也正是因为那东西，她开始义无反顾地认为，自己就是卓深影。

然后，便是泰坦号上的塞莉娜和水生，她感受到了他们卑微的相濡以沫，这对其他人来说无足轻重的情感，却让他们将彼此视为自身不可或缺的一部分，她感受到为了这依恋，两人决定去死的那一瞬的激情和决绝。

当然，还有在至尊赌会上，黑白格女孩于无边的绝望和恐惧中，放下屠刀，主动迎向蓝裙子女孩时的凄然一笑和饱含姐妹情谊的一抱。确切来说，当时的那个蓝裙子女孩其实是卓深影，所以她非常真切地感受到了那一刻的震撼。

在这个过程中，她还认识了波夜空和朴不见。

在波夜空身上，卓深影隐隐感觉到某种来自生命深处的神秘波动，波夜空不仅能抓住她化蝶的身体，还能在她不管如何变化的情况下，都能看见她作为卓深影的存在，并叫出她的名字。然后，她也在故意欺负波夜空的过程中，感受到某种说不出来的喜悦，同时她也在波夜空迷恋她的过程中，感受到了某种类似人类女孩一样的虚荣心，除了妈妈，毫无疑问，波夜空也在构造着她隐藏在意识深处的自我。

而跟朴不见的接触，虽是出于相互利用，但她不得不承认，朴不见是个很好的合作伙伴，他足够冷静、理智，不仅清楚自己想要什么，也很清楚她想要什么，还能最大限度地互利互惠，都不用有过多的口舌，也不用虚情假意，就让彼此的距离保持在了一个舒适的范围内。

然而，在这个过程中，有两件事情让她对朴不见的认识发生了偏移，第一次，是朴不见告诉她，妈妈在日记里没有写出的那部分内容，还鼓励她去为妈妈讨个公道。虽然这本也是她自己想做的，但朴不见并没有理由来帮她，他却这样做了。

还有一次，就是刚才，朴不见拒绝了李河方的提议，没有去做出对自己和自己所属群体最有利的选择。这种品质显然属于有缺陷的人性，让卓深影大吃一惊，却也有些被感动了。

虽然知道接下来从朴不见那里不会再得到更多有用的信息，卓深影还是没有关闭那用来观察朴不见的异次元通道。她看着正在向西区码头疾驰而去的朴不见，好像正在目送一个惺惺相惜的拍档。

这次蓬莱洲之旅，无论对她还是对朴不见，都是一次向下堕落的旅程，但两人好像都已接受了这样的堕落。

朴不见的车一直在疾驰，由破烂渐渐变得崭新，而原来需要一个半小时的车程，他却只用了半个小时。这种情况除了说明他的车技惊人，也说明他此刻的心情很不平静。

西区码头已在眼前，卓深影正打算关闭异次元通道，从此告别这位来自四天王星的帅哥搭档，她的视域里却发生了一个突然的变化，那辆高速运行的赛车旋风似的就地打了个一百八十度的转，然后开始往相反的方向疾驰起来。

二十分钟后，卓深影从赛车的运动轨迹上判断，朴不见是在往故地小区的方向赶来。看到朴不见离自己越来越近，卓深影扬了扬手腕，那被打开的异次元通道消失在空气中。她平复了一下自己正随意识波动的能量身，恢复了一贯的冷漠。

果然没过多久，朴不见就进入了这个如今已被整饬一新的老旧公寓。

卓深影还是保持了那有些迟钝的表情，直到朴不见来到她面前，脸上才故意露出一丝诧异，问道：“你怎么过来了，有事吗？”

“你是不是打算去找财神报仇？”朴不见说话时有些咬牙切齿，一点儿也不像他平日那疲疲沓沓的样子。

卓深影缓缓地点了点头。

“连你主人都对付不了他，你觉得你可以吗？”朴不见吸了口气，让自己的表述尽可能客观。

“不可以也要可以。”卓深影咬了咬嘴唇，此刻她终于明白朴不见回来见她的意图了，他不仅没有打算把自己往火坑里推，还打算把她往回拽。

“忘了你妈妈在日记里说的话了吗？她付出那么大的代价，是为了能让你活下去。”话虽有些煽情，朴不见的样子却很平静。

“为了让你活下去，有人就不得不为你去死。这笔债太重了。”卓深影淡淡地一笑，心里却已完完全全将朴不见视为朋友了。

“你是想报仇，还是想逃避你是卓深影这个事实？”朴不见脸上露出惯常的嘲弄。

“这本就是一回事。这个仇没有了，卓深影也就没有了，卓深影没有了，这个仇也一样就没有了。”卓深影努力不让感动从自己的脸上溢出。

“但是你要明白，从你妈妈选择去死的那一刻起，你的生命已不完全是属于你的，你是为自己活着，也是为你妈妈活着。”朴不见的语气有些急切。

“只要这里的事情一结束，我主人就会把我回收。不管我怎样逃避，我都是她能量身的一部分，她随时都能找到我，也随时能将我回收，而我一旦被她回收，我所有的记忆都会消融在她的意识里。”卓深影停顿了片刻，继续说道，“既然注定是消失，不如趁着我现在还觉得自己是卓深影的时候，去为我妈妈做点什么。”

“不会的！从你开始相信你是你妈妈的女儿那一刻起，你就不再是蜜之蜃姬的分身，你是卓深影。这种记忆是怎样也抹不去的，你要相信这一点。”朴不见的表情看着有些激动。

“谢谢你美好的愿望。”卓深影现出甜美的笑容，这一刻她发现自己终于学会了发自内心地笑。

这笑显然跟她平时的做派有些不一样，朴不见也被这笑容惊艳了，他张大着嘴，呆呆地看着眼前的卓深影，那个原本有些木讷和迟缓的影子，此刻好像终于成了一个有着生命迹象的存在。

“这是我第一次学会笑，真的，原来人类的笑是这样的。”卓深影还在笑，“所以，要谢谢你，是你刚才那个愿望，让我做到了这一点。可是，事实上，我们并没有生活在我们的愿望中，不是吗？”

朴不见呆了一呆，都不知道该怎样继续往下说了，脸上不由得掠过一丝悲哀。

“啊，忘了告诉你，其实那天晚上在泰坦号上，我见到我主人了，我主人告诉我，蓬莱洲的异次元通道已被重新打开。这件事情我一直都没有告诉你，刚才我还通过异次元通道，看到了你和你妈妈的对话。你的心意我已经明白，只可惜我的生命和记忆由不得我决定，你此刻要救的人，在此之前和在此之后，都不存在。”

“可是……”朴不见此时已不知该说什么才好了，无奈地摇了摇头。

“不用劝了。”卓深影对朴不见笑了笑。

朴不见本来还想再说些什么，但终究还是放弃了，他摇了摇头，也笑了笑道：“有什么是我能为你做的？”

卓深影指了指在床上熟睡的白雨：“帮我照顾她，给她一个更好的未来。”

朴不见点了点头，从床上抱起白雨，头也不回地从屋子里走了出去。

站在窗前，看着朴不见越来越远的身影，卓深影的脑海里还在回响朴不见刚才的话语：“……从你开始相信你是你妈妈的女儿那一刻起，你就不再是蜜之蜃姬的分身，你是卓深影。这样的记忆是怎样也抹不去的，你要相信这一点。”

她当然相信这一点，连虚无也改变不了。想到这里，卓深影的眼眶湿润了，然后她发现，此刻她虽是个影子，但在这虚幻的影子的脸上竟有真实的眼泪掉落，一滴滴落在了褪色的地板上。

这是人类的眼泪，她想。然后她从对面的镜子里看见，此刻那个重叠在她身上的玛丽莲的影子不见了，她已完完全全变成了卓深影。

本章回顾：

朴不见去海边处理郑有生的尸体，接到朴余韵的通知，要他立刻从新唐城撤离。朴不见还从朴余韵那里得知，帝释会方面想让卓深影去挑战狐仙，以挑起财神和蜜之蜃姬之间的内讧。朴不见不忍心看着卓深影送死，跑去提醒卓深影，让她不要去找狐仙。卓深影虽对朴不见的提醒心存感激，但她还是决定按照原计划去和狐仙对决，为妈妈报仇。

小贴士：

帝释会：宇宙中一个与生命进化委员会齐名的星际联盟。该联盟由与地球人相似的肉身生命体组成，只是他们的进化程度和科技水平远高于地球人。四天王星是帝释会的成员国。帝释会派驻地球的分支机构叫神隐会，李河方正是神隐会的负责人。

第三十一章
狐仙变成了一个戴墨镜的时髦女郎

朴不见离开很久之后，卓深影才再次平静了下来。

她又变回了玛丽莲的样子，伸出手，在面前的虚空中画出一个圆圈，异次元通道再一次被打开。

这一次她要追踪的人是河原细美。

卓深影首先锁定了河原家的坐标，那座豪华的日式庄园出现在异次元通道的视野里。卓深影伸出手，像翻阅一张张三维图画一般，打开了一层又一层的空间，最终她在庄园内部的一间卧室里看见了河原细美。

卧室收拾得很干净，色调素雅，摆放着很多挂件、贴画、小摆设之类的东西，每样东西都精致而饶有趣味，摆放的位置也恰到好处。卧室的主人显然有洁癖，小清新里藏着很多细密的心思。

河原细美现在的样子看上去一点儿也不像那位叫作“少女忍者”的神秘杀手，从头到尾她都像足了一个亲切的邻家女孩。此刻她躺在床上，正在逗弄一只长得像狐狸却又跟老鼠一般大小的白毛宠物。那只小动物从她的掌心爬到了她的额头，发出“吱吱吱”的欢叫。河原细美睫毛很长的眼睛里闪烁着喜悦的光芒，享受地看着正在她脸上跳舞的小白狐。

不久，主人和宠物都有些累了。河原细美倚靠在床上，小憩起来，小白狐也乖乖地躺到了她的怀里。

如此不知过了多久，躺在河原细美怀里的小白狐忽然竖起耳朵，像是听到了什么声音，然后开始发出某种特定节奏的“吱吱”声。如此重复了几遍，河原细美也猛地睁开眼，表情顿时一变，松弛的脸部肌肉收紧起来，那可爱的样子被冷静和沉郁所取代，可亲的邻家女孩瞬间变成了一个战士。

看到河原细美醒了，小白狐马上从她身上跳下，跑去了门边。河原细美跟在小白狐后面，打开房门，出了卧室。

在小白狐的引导下，河原细美来到了日式庄园的大门外，门边的树荫下面停着一辆结构精巧的自行车，河原细美推过车，骑了上去，快速地蹬着踏板，追赶起前方的小白狐来。

小白狐个头虽小，速度却快得惊人，即使河原细美全力骑行，还是没能赶上它。小白狐只好不时地停下脚步，回头观望河原细美。

这情形看似平常，细节上却又有很多不合常理之处，卓深影心里有种预感，接下来可能会有事情发生。

河原细美骑着车，在这片叫作日韩城的城区里不断地拐来拐去。这片区域的街道很狭窄，路面常有陡坡和急转弯，但河原细美还是将车骑得轻盈而飞快。卓深影看着她的样子，不由得心生羡慕，正好有一只橘色的蝴蝶掠过河原细美的发梢，卓深影心里一动，已从所在的公寓飞进了异次元通道，直接跃迁到另一端的蝴蝶身上。她附身于那只蝴蝶，绕着河原细美前后左右地打转，像是有意要跟她比一比谁更轻盈似的。

不久，河原细美放慢了骑行的速度，小白狐也在前方一个牌楼下停下了脚步。卓深影透过蝴蝶的眼睛抬头看了看牌楼上的匾额，发现这是一个叫作幕府的游乐场。

河原细美将自行车在游乐场外停靠下来，小白狐抢先跑了进去，河原细美也跟了过去。游乐场门口的检票员好像认识河原细美，朝她恭敬地鞠了一躬，将她让了进去。

跟着小白狐，河原细美在游乐场七绕八绕，最后来到了一个叫作祇园馆的小剧场。这是一个专门用来表演日式歌舞伎的地方，此刻剧场空荡，只有积满灰尘的换气扇在嗡嗡作响。不过，剧场前方的舞台上，却站着一个戴白色狐狸面具穿鲜艳和服的艺妓，艺妓的脚上穿着一双鞋底足有二十厘米高的木屐，神色凝重，走起路来像是电影里的慢动作，向前向后向左向右，一丝不苟，像是在练习着某种特殊的步伐。

河原细美瞟了一眼舞台上那位戴狐狸面具的孤独艺妓，脸上并无意外的感觉，而小白狐此刻也已跑到舞台上，沿着那件红白相间的和服跳进了艺妓的手掌心，舔起了她的手指。

看到河原细美进来，戴着狐狸面具的艺妓并没有停下那如同仪式一般的练习。

河原细美走到观众席第一排，找了最中间的位子坐下，手托下巴，像是在饶有兴趣地观赏舞台上的这一幕。

等小白狐从手上下来，艺妓才终于开口说话，声音听上去却像是个男人，正在向河原细美发布杀人指令。

卓深影终于确认，艺妓正是她要找的人：财神的真身之一——狐仙。

没过多久，河原细美接受完狐仙的指令，离开了剧场。又过了一会儿，狐仙也从舞台上下来，向剧场外走去。卓深影连忙让那只被自己附身的橘色蝴蝶振动翅膀，跟在了狐仙身后。

拉开剧场弹簧门的一刹那，狐仙将狐狸面具从自己的脸上扯下，然后在门合上的一瞬间，一抖双手，宽大的和服从她身上云一样地散开，转眼间，她变成了一个身穿黑白条纹连衣超短裙，脸上戴墨镜的时髦女郎。

从门里出去的一刹那，狐仙已经跨越了一个空间，门这边还是祇园馆，门那边已是新唐城的西区码头。卓深影不知道狐仙是怎样做到这一点的，不过以财神这个族类的进化程度来说，实现空间跳跃应该不难。幸亏卓深影跟得紧，也同样拥有空间跳跃的能力，所以才没有被甩下。

狐仙好像没有觉察到卓深影在跟踪自己，走起路来还是慢条斯理的样子，只是在拐过街角或进出门洞时，会冷不丁地来一次空间跳跃，所以他走得虽慢，却在短短几分钟里跑到了需要好几个小时才能走到的地方。

跟着跟着，卓深影忽然觉得有什么地方不对劲，就在她努力思索问题出在哪里时，狐仙又拐了一个弯。卓深影也连忙跟着拐了过去，然后她发现，狐仙竟已身处她妈妈的故居里。在客厅站定后，狐仙忽然转过身，朝卓深影所在的地方露出了一丝诡异的笑容。

“我们认识一下吧。”狐仙的声音轻飘飘的。

“你是什么时候知道我在跟踪你的？”卓深影从那蝴蝶的身上离开，现出了自己的能量身，故作轻松地笑了笑。

“从你跟着河原细美进剧场时，我就看到你了。”狐仙摘下墨镜，朝卓深影微微一笑，“我的视觉频谱很宽，能看见其他人看不见的东西。”

“噢，那你说说看，你还看见了什么？”

“我和蜜之蜃姬是老相识，虽然你现在的能量身也使用了玛丽莲的样子……”财神将尖下巴翘了起来，露出了俏皮的笑容，“但我知道你不是蜜之蜃姬，你是卓深影。”

“噢？”卓深影看了看身边的镜子，她看上去完全是玛丽莲的样子。她不知道，狐仙怎么会看出她是卓深影的。

“你跟了我这么久，是不是想问我，为什么要害死卓霓裳？”笑意从狐仙眼角的鱼尾纹上慢慢地蔓延到了整张脸。

“为什么？”卓深影缓缓抬起头来，神色平静，暗中已将全部的生物能凝聚到了指尖。她将手指微微跷起，趁着财神正打算开口说话的机会，突然刺了出去，一道十万摄氏度的高温光线无声地射向了狐仙的胸口。狐仙显然没料到卓深影会这么快出手，眨眼间，已被高温熔成了一摊黏稠的液体，洒落到地上。

此时，朴不见已经来到他在北极星号上的豪华套房。

他是带着白雨一起过来的，上船时没有遇到阻拦。情报三部给他订的船票是VIP级的，每个VIP除了可以在底舱拥有专属的停车位，还可以带三个随员上船。此外，套房里还配置了一对一的人工智能管家。

入住后，朴不见把白雨交给了智能管家，要管家带她去船上四处转一转。

白雨现在名叫朴雨，在把她交给朴不见之前，卓深影改写了白雨的记忆，白雨在新唐城的生活被她从记忆里抹去了，她现在成了朴不见的妹妹，一个来自旧大陆的富家少女，三年前，她的父母因为交通事故，双双身亡，所以现在她跟着身为保险公司金牌调查员的哥哥一起生活，这次她是被哥哥带着，来蓬莱洲旅游的。

朴不见是在白雨醒来后才发现这一切的。

如果让朴不见来选择，他不会同意抹去白雨的记忆。不过，要是不这样做，他也确实不知道该如何跟白雨解释过去一个月里发生的事情，还有他也不知道该如何处理那些会永远留在她心底里的阴影，从这个角度说，给她一个全新的身份和记忆，似乎也无可厚非。

目送着白雨牵着智能管家的手，蹦蹦跳跳地出了门，朴不见马上行动起来，他打开藏在腕表里的全息电脑，登录了四天王星的情报系统。

果然如老妈所说，在经过新唐城的这次行动后，他的权限升级了，可以查看档案库里保密级别更高的情报了。他调出财神的档案，查阅起来。

他越看越惊心，终于明白老妈为什么急着要让他从新唐城撤退了。

财神的强大超乎想象，他的每个分身都是由石墨烯液态钛合金构成的，体内还装着上万个纳米级核反应堆驱动的芯片，也就是说，他的每个分身都可以变成任何他想变成的物体，可以是液体，可以是分散的微粒，还可以膨胀成上百米高的金属巨人，而且财神真正的意识并不在他的分身里，而是被上传到了网络，财神是在云端用不同的算法遥控他的每个分身，因此即使能杀死他的任一分身，也很难杀灭财神的本体。而最要命的地方是，财神这个叫作狐仙的载体，从作战方式来看，正好是卓深影的克星。

看到这些，朴不见不由得心都凉了。他虽知道，即使战胜狐仙，卓深影可能也难逃泯灭虚无的命运，但想到她眼前即将遭遇的危机，朴不见还是心有不甘。

他搜肠刮肚，寻找着可能的解决方案。这时北极星号的扩音喇叭开始呼叫乘客，提醒大家，还有半个小时邮轮就要启航。

朴不见咬了咬牙，给智能管家留了言，说自己有急事要去办，希望智能管家能帮他照顾妹妹，到了香港，会有人来船上接走她的。随后，朴不见又给他在香港的熟人打了电话，告知了此事，要对方先帮忙照顾一阵子他这位名叫朴雨的妹妹。随后，他将自己所有的存款都合并到一个账户里，如果七天内，他没有做出进一步的处理，所有的钱都会转移到朴雨的名下。

处理完这些事，朴不见坐着电梯来到位于邮轮底舱的车库，开着他那辆化身为玛莎拉蒂的变形车，再一次朝着故地小区的方向疾驰而去。虽然，他知道自己去了那里，也帮不上忙，但不知为何，他却无法说服自己罢手。

沿着连接西区码头和故地小区之间的大马路开了十多公里，朴不见的脑子里忽然闪过一个念头，他想起老妈在海滩边跟他说过的话：狐仙很忌惮那个叫作井下光的女孩。

朴不见心里忽然有了一个主意，然后他用力地打起方向盘。

本章回顾：

卓深影找到了财神的分身之一——狐仙。她一路跟踪狐仙，最后却发现狐仙带着她来到了故地小区。狐仙其实早已发现卓深影在跟踪自己。卓深影只得在仓促间向狐仙出手。此时，朴不见通过四天王星的情报系统，发现狐仙的战斗方式正好可以克制卓深影，因为不放心卓深影的安危，临开船前，他下了船，打算去帮助卓深影。

小贴士：

日韩城：新唐城日韩移民的聚居区，属于日韩城壮丁团极道会控制的区域。当年，在极道会会长河原义雄的运作下，日韩城从新唐城独立了出来，成了一个单独的行政区域。又因为日韩城正好位于新唐城连接南北的通道上，河原义雄的极道会和新唐城四大壮丁团常年处在临战状态。

第三十二章
新唐城这个地方很邪门

几天来，波夜空都像吃了兴奋剂，整个人都很亢奋，在修理厂干活时，也不再无精打采。每天他都会早早地把活干完，然后跑回宿舍，面对他那台如同机床一样庞大的怪物电脑，眼睛盯着屏幕闪闪发亮，嘴里不断念念有词，一坐就是大半天，一直会忙到深夜。

今天，这个家伙还起了个大早，没像往常一样要赖半天床，而是即刻去了车间，喊里喀喳一阵猛干。一天的活，半天就干完了。而且一边干活时，一边脸上还不断露出迷茫的傻笑。然后从下午开始，他先是盯着哭大师房间门口那个球形的鱼缸看了两个小时，这会儿又赖在前台，盯着头顶上的吊灯，一看就是三个小时。

这期间，井下光已经在电脑前做了两场直播，还开导了那个要把所有积蓄都打赏给她的小凯子，终于说服对方：迷恋偶像固然精神可嘉，但也要先把自己照顾好，这样才能细水长流。

等井下光把这些事情全部做完后，波夜空还在“坐井观天”。

于是，井下光也忍不住盯着那灯看了起来。

这灯从她来修理厂的时候就已经在那里了，是个水晶灯。可以看出，这座现在改成修理厂的寺庙在开建时，排场还是挺大的。

不过，就算是水晶灯，也不至于值得看上三个小时。所以井下光一边抬头看灯，一边转头观察波夜空，有好几次她都想开口询问，波夜空却总是会抢先将食指放在唇上，做出让井下光噤声的手势。

直到井下光觉得快要无聊死了的时候，波夜空忽然长长地叹了口气，把仰着的脑袋低下来，脸上满是怅惘。

“怎么啦？”井下光揉了揉发酸的脖子，问道。

“想起了很多事。”波夜空说。

“什么事？”井下光问。

“记得吗？有一次我和阿坚、阿东他们打赌，看谁先能用石子打中这盏吊灯上的灯泡。”波夜空脸上露出了神往的笑意。

“你们也太淘气了。”井下光评论道。

“但被二师叔看见了，结果脾气那么好的一个人，追着我们三个人，要打爆我们的头。”一边说着，波夜空一边又抬头看了一眼头顶上的水晶灯。

“你这么一说，我也想起来了，从来就没见过二师叔发那么大的火。”井下光点了点头。

“还有，师父房间的门口不是有个破鱼缸吗？里面养着条又小又难看的锦鲤，小时候我想把那条小破鱼抓出来看一眼，刚动了下念头，老秃驴就在我头上敲出了个大包，还罚我一天不准吃饭。有这么法西斯的老和尚吗？要不是从小到大被他敲了这么多次脑袋，我的智商肯定都不止390。”波夜空说着说着激动了起来。

“师父是出家人，你这种残害生灵的行为，他生气也是很正常的。”想起每次师父整波夜空的情景，井下光就忍不住想笑。

“算了，他人又不在，你还拍他马屁？”波夜空不满地撇了撇嘴。

“对了，就这么点破事，不至于要想一个下午吧？”井下光又好气又好笑地摇了摇头。

“但是！我今天忽然发现了一件事。”波夜空得意地扬了扬脑袋。

“什么事？”井下光问。

“你看这个灯都用了这么多年了。”波夜空伸手指了指头顶上的水晶灯，“就没有换过一次灯泡。”

“还真是……”井下光沉吟着，又抬头看了一眼那盏灯。

“还有，你发现没有，师父鱼缸里的那条小破鱼，从来都没有长大过。”波夜空继续道。

“这个我倒没有注意过。”井下光努力地想了想。

“发没发现，新唐城这个地方其实很邪门，有很多像这样没有办法解释的事情。”波夜空一脸严肃地向井下光看了过来。

井下光心里咯噔一下，想起了自己逃出来的那个地方，那些往事再次浮现。

“算了，这些事情，你的智商肯定理解不了，歪着脑袋想再多也没有用。”看到井下光这副愁眉不展的样子，波夜空又露出了嘲弄的笑意。

井下光却知道，波夜空其实是在逗她高兴，想用调侃的方式分散她的注意力。

像往常一样，井下光也故意配合着，假装伸出手，好像要去捏他的鼻子，等波夜空用双手护住鼻子时，她的另一只手已悄悄扯住了他的耳朵：“就这样，还敢说自己智商高？”

“哎哟，哎哟，你这叫犯规……松手，松手……疼死我了。”

波夜空夸张地龇牙咧嘴，井下光笑了起来。

看到井下光在笑，波夜空叫得更起劲了：“好人没好报呀，祸害延千年啊，人心不古呀，世风日下啊……”

这时注意到波夜空的耳朵被揪红了，井下光连忙松开手，替他揉了揉。

就在这时，井下光看见修理厂门口的空地上扬起一阵灰尘，一辆红得耀眼的赛车忽然出现在路的尽头，她认得那车，嘴里不由得喃喃道：“那个水灵灵的帅哥又来了。”

话音刚落，红色的赛车在几乎快要撞进前厅时，忽然一个急刹车，生生地停住了。

然后门厅里的两个人看见，朴不见从车上走了下来。

波夜空愣愣地看着朴不见，不仅因为他那风尘仆仆的样子，也因为原来那辆破旧的玛莎拉蒂此刻已焕然一新。

虽觉得奇怪，但波夜空的注意力并没有在车上。他盯着朴不见的身后看了半天，却没有看见卓深影的踪迹。

看到狐仙化作了一摊液体，卓深影自己都不敢相信她如此轻而易举地干掉了对方。照理说，财神是和她主人蜜之蜃姬同一量级的强者，虽然眼前并不是他唯一的真身，但也不应该会这么弱。

看着地上那摊黏稠的液体，卓深影心里还在诧异，却发现那滩液体忽然在没有外力作用的情况下，动了起来，很快凝聚在一起，以近乎诡异的速度从她的胯下流过。卓深影正打算转身去看是什么情况，身后已有人在拍她的肩膀，她转过身，发现狐仙已恢复了原样，正笑盈盈地看着她，耳朵高高地竖起，真的变成了一对狐狸的耳朵。

“你妈妈会死，主要原因是她想破坏我们的蓬莱洲计划。当然还有一个原因是，蜜之蜃姬也想让她死。”狐仙说话时的语气还是轻飘飘的，好像刚才那惊险的一幕从未发生过似的。

“跟我主人有什么关系？”卓深影再次挥出指尖的高温光线，向狐仙刺了过去。

“你也太不了解你自己了。知道吗？你的生物能密度是普通人的一万倍，比蜜之蜃姬都要高出一百倍，你知道这对她来说，意味着什么？”狐仙只是轻巧地闪了闪身，就避开了卓深影的攻击。而且这个过程并没有影响其说话的速度。

“意味着什么？”卓深影又接连刺出了好几道高温光线，此刻她虽已知道自己的攻击对狐仙毫无作用，但她的愤怒需要找到一个发泄口。

“意味着只要将你的生物能化为己有，她收割生物能的强度就能提升十倍。”财神一脸轻松地在原地前后左右跳跃着，好像在借着卓深影的高温光线，玩着跳绳游戏。

“如果这件事情是真的，我主人怎么会把详情告诉你呢？想挑拨离间的话，至少也要有点技术含量吧？”卓深影目光闪烁，不知为何，她竟隐隐觉得狐仙说的可能是真的。

“蜜之蜃姬自己当然不会承认这件事情。”忽然，狐仙不再闪避，而是站在原地，笑盈盈地看着卓深影，无论卓深影挥出的高能光线刺向哪里，他的身体都会提前留出一个空洞，让卓深影的攻击落空，“当年我要对付你妈时，她竟然对我表示了支持，还屡次催我动手。你知道，我们两个是死对头，敌人突然对你做的事情表现得很热情，那一定是有什么地方不对劲，所以你妈死后，我特意留了一个心眼，然后我发现，蜜之蜃姬秘密潜入了蓬莱洲，从你妈的身体里将你的生物能提取了出来，变成了她自己能量身的一部分。”

“既然你看破了我主人的心思，那为何又要让她得逞？”卓深影继续冷笑道。

“谁说她得逞了？你觉得……”狐仙停顿了一下，“你认同你是卓深影，这件事情是偶然的吗？还有，难道你没有感觉到，在你能量身的最深处存在着一个独立的意识内核，这一部分的意识是连蜜之蜃姬都无法触碰的吗？”

“什么意思？”卓深影喘了口气，加快了出手的速度，然而无论多快，狐仙好像总是能提前知道似的，轻而易举地避开了。

“蜜之蜃姬炼化你的时候，我趁她不注意，给她的配方里加了点特别的调料，把你和你母亲的信息保留了下来。你看似成了蜜之蜃姬的一部分，但在你的潜意识里，你却有着自己独立的人格，一直在等待被唤醒。”说到这里，狐仙停顿了一下，脸上露出一丝得意之色，“蜜之蜃姬之所以会把你派来这里，就是你的潜意识在反噬她，让她做出了这个奇怪的决定，而她竟然还给你用了卓深影这个名字。你不觉得这一切都很蹊跷吗？”

“为什么要告诉我这些？”说话间，卓深影又发动了一千六百次攻击，因为速度太快，如果有旁人看见这个情景，一定会以为她是在用一张光网将狐仙笼罩其中，而狐仙的躲避，看上去就像是一张拼图被割成了无数的碎片。

不过，这一切都只是佯攻，借着这个机会，卓深影让自己的能量身倒立着飞了起来，将另一只手罩在了狐仙的天灵盖上。不管什么人，只要是生物能驱动的生命体，一旦被她用量子平行提取术罩住了天灵盖，一定会在劫难逃。

然而直到此时，卓深影才发现，眼前的狐仙只是一个被联网方式操控的傀儡，他的天灵盖下没有那种意识和能量结合而成的生物能。等卓深影发现这一切时，狐仙体内那上万个纳米级的核反应堆已经像虫子一样钻进了她的能量身，将她的生物能锁定了起来，让她无法动弹。

“因为我想跟你做笔交易。”狐仙像变魔术一般，将卓深影的能量身慢慢放回到了地面上。

“什么交易？”卓深影一再试着挣脱狐仙的控制，却始终没有成功。

“我可以教你反噬蜜之蜃姬的技巧，然后你可以取代她，成为新的蜜之蜃姬。除了我，不会有别人知道这件事。”狐仙微微一笑，索性坐了下来。

“我为什么要成为新的蜜之蜃姬？”卓深影冷笑。

“想象一下这样的情况……”狐仙涂着鲜红指甲油的手指像在跳舞一般，在沙发的扶手上不断移过来移过去，“你能量身的形象是她的，内核却是卓深影的，除了你我，不会有人知道蜜之蜃姬被调包了。要知道蜜之蜃姬可是我们这个宇宙里最有权势的大人物之一。”

“我不是你们，也没想成为你们，要不是我欠了我妈一条命，我甚至连卓深影都不想做。”卓深影又试着调动了一下自己的生物能，却发现身上的每一丝生物能都被一股强大的原子能固化了。

“你觉得你现在有替她报仇的能力吗？”狐仙笑了笑说道。

卓深影咬了咬嘴唇，没有说话。

“所以，如果我是你，我会选择合作，等把蜜之蜃姬反噬以后，再来报仇，到时候你也许会更有把握。”像是在变戏法一般，狐仙的手上忽然多出了一个高脚玻璃杯，她轻轻抿了一口杯子里的红色酒液。

“这么做，你有什么好处？”卓深影冷笑。

“我是一个有原则的人。”狐仙的语气平淡，“我做的所有事情只有一个目的，就是促成不同生命体之间的竞争，以创造变异的可能。我对别人是如此，对自己也是如此。你应该知道，我和蜜之蜃姬谁也奈何不了谁，这证明我们的进化程度差不多，你不一样，你的生物能密度天生比她高一百倍，即使她炼化了你，也只能将自己吸取生物能的能力提升十倍，但如果是你反噬了她，新的蜜之蜃姬不仅能发挥出你的全部潜能，还能将蜜之蜃姬积累了几千万年的生物能据为己有，你将成为这个宇宙中从未有过的超强生命体，到时候不要说我，就算蜜之蜃姬的情人摩西沙罗回归，应该也不是你的对手。而我将会是这个全新篇章的创造者。”

听着狐仙喋喋不休地说着她的宏伟计划，卓深影有些烦躁。她的目光游移着，然后她注意到摆放在窗边的那张单人床。已经风化的床单上隆起了一个不起眼的皱褶，卓深影心里一动，装出若无其事的样子，在床边坐下，伸手抹平了那皱褶，嘴里应道：“我想一想，不过，我还有个问题。”

“你说。”狐仙点了点头。

“你刚才说，你害死我妈妈，是为了保住你的蓬莱洲计划。这所谓的蓬莱洲计划到底是什么？”卓深影问。

天色已暗，朴不见的变形车在雾霾笼罩的马路上疾驶着，白色的路灯透过风挡玻璃映射到了波夜空的瞳孔上。波夜空神色凝重，向下弯曲的嘴角线像刀刻过似的凝固在他的脸颊上。

刚才在修理厂里，朴不见言简意赅，用最快的语速把卓深影的情况说给了波夜空听，眼里满是哀求，实际上却在盯着波夜空身边的井下光。

井下光脸上带着浅浅的笑意，好像完全听不懂的样子。

而波夜空却已经开始摩拳擦掌，一个劲儿地嚷嚷着要去给卓深影助阵，好像他真的很能打的样子。

看到波夜空如此热情高涨，那个叫井下光的女孩只好摇了摇头，嘴凑在波夜空耳边吩咐了几句，波夜空忙不迭地点头，跑进修理厂，去取井下光要他准备的那些东西去了。

波夜空走后，井下光还是没有说话，只是笑吟吟地看着朴不见。

朴不见被她看得心里发毛，终于憋不住了，只好带着歉意，朝她点了点头，说话时语气很不连贯：“对……对不起。”

看到朴不见窘迫的样子，井下光浅浅地一笑，轻描淡写地点了点头：“小意思。”

朴不见在前厅尴尬了好一阵子，才终于看见，波夜空上气不接下气地从厂里跑了回来。没等朴不见开口，他已经自己跑到变形车边上，一边打开后车门，一边催促井下光和朴不见赶快上车。井下光叹了口气，摇着头跟着上了车。朴不见也连忙赔着小心跟了过去。

上车后，朴不见像做了亏心事一般，一路上都不敢开口说话。一向爱说废话的波夜空因为牵挂卓深影的安危，也破天荒地沉默着。井下光一副百无聊赖的样子，始终没有开口，车子里充斥着近乎怪异的沉默气氛。

“不好！”朴不见皱了皱眉头，打破了沉默。

“怎么啦？”波夜空急忙问。

“她已经跟狐仙动上手了，情况不太妙。”朴不见一边说，一边猛踩刹车。

波夜空认得前面的路，知道此处离故地小区还有五六公里的样子，看到朴不见忽然将车停在半路，他着急起来，催促道：“干吗停车？都情况不妙了，还不赶快过去。”

井下光手法娴熟地捂住了波夜空的嘴，然后看了一眼朴不见，说道：“你怎么知道他们已经动手了？”

“他有特异功能。”波夜空用尽吃奶的力气，挪开井下光的手，说道，“十公里以内的声音，他都能听见。”

“你听见什么了？”井下光没有搭理波夜空，继续问道。

朴不见连忙把自己听到的情况都说给了井下光听，卓深影的能量身已经被狐仙锁定。

听到此话，波夜空急得跳了起来：“你们不去的话，我去！”

说着，他拉开车门，准备下车。

“你凭什么去？”朴不见朝波夜空这边伸了伸手，不仅把门拉上了，还把他摁在了座位上，“我们几个人里，就数你最差，都可以忽略不计。你能去干什么？”

波夜空愣了一下，一副很不服气的样子，想了半天，忽然梗着脖子大叫：“我可以去陪她死啊！”

说着，波夜空用尽吃奶的力气，想从朴不见的控制中挣脱出来，却怎样也挣脱不了。

“神经病！”朴不见撇了撇嘴，回头看了一眼井下光，“你能不能让他安静点？”

井下光耸了耸肩，伸出手，轻轻巧巧地拨开了朴不见的手。

朴不见不由得一惊，为了把波夜空按住，他几乎用了九成的力气。此刻他看向井下光的目光更加诧异，井下光却好像浑然不觉，伸出手撸了撸波夜空额头上凌乱的头发，柔声道：“别着急，姐姐陪你去。让你准备的金属碎屑带了吗？”

波夜空从口袋里掏出一个装着粉末的小瓶子，在井下光面前晃了晃。

“然后，让你编的病毒编好了？”井下光又问。

波夜空又从口袋里掏出一个带天线的遥控器：“编好了，连你要的无线发射器，也在这里了。”

“什么意思？”朴不见不解地看了两人一眼。

“不知道你那边的情报是怎么说的，据我所知，狐仙只是财神操控的傀儡之一，财神是六百六十六台石墨烯液态钛合金仿生机器人联网组成的意识上传平台，采用矩阵计算模式，由六百六十六个算法共同来做出决策，所以对付他需要采用各个击破的战术。我们可以先用金属粉干扰狐仙和矩阵决策系统之间的无线连接，然后用无线发射器，跟狐仙体内的纳米芯片联网，植入病毒，破坏它的操作系统，这样狐仙就没有自我修复的能力了，只要受到攻击，就会彻底崩溃。”井下光目光闪烁，若有所思。

“你怎么会知道得这么清楚？”朴不见忍不住问。

“这个以后再说。”井下光笑了笑，然后指了指波夜空，“反正，对付财神的话，他应该是我们这几个人里最有用的那个。”

“不过，我们要是就这样过去，不等我们出手，财神就能抢先把我们干掉。”朴不见沉吟道，“还得想一想，怎样才能不被他发现。”

“所以，我们需要换一辆车。”说着，井下光从耳环上取下那个只有米粒大小的微型车挂坠。

“你是说这一辆车？”朴不见不解地问。

“对。”井下光点了点头，“不要嫌小，一会儿你坐进去后，它会变得更小，比灰尘还小。”

“怎么坐？”朴不见瞪大了眼睛。

“直接坐进去！”

井下光话音未落，波夜空就已经尝试了，他脑子里刚动了一下坐进去的念头，就发现自己真的就坐在车里了。

“蓬莱洲计划其实一共有三个，第一个是明面上的蓬莱洲计划，就是在太平洋上建造一块人造大陆，然后吸引大家过来做石油富豪；第二个是费切拉马集团转嫁损失制造的金融骗局；第三个是我们生命进化委员会为蓬莱洲量身定制的生命进化计划。这三个计划都被你妈知道了，而且她还打算向世人公布后两个计划的真相，你说这样一来，是不是就会有很多人想要了她的命呢？”狐仙的语气听上去很客观，好像全无个人偏见。

“我妈妈只是个平凡的小女子，她怎么会知道后两个计划的？”卓深影努力回忆日记里的细节，发现其中似乎少了很多东西。显然，妈妈并没想让她知道后两个计划的真相。

“这当然是你的功劳。”狐仙用两个手指捏着杯脚，抿了一口杯子里的液体。

“我的功劳？”卓深影不解地看向狐仙。

“你身上的高密度生物能激发了卓霓裳，让她拥有了超能力。有一天，她跑到新唐城的财神庙找我，说是摩西沙罗叫她来的。我不知道她用了什么方法，竟将她的意识和我的意识连接在一起，窃取了我脑子里的秘密。”狐仙脸上现出心有余悸的神情，“就是从那时候起，我注意到了你的存在，然后又把这个情况透露给了蜜之蜃姬。”

卓深影深吸了一口气，尽可能淡然地说道：“对了，你刚才说，还有第三个蓬莱洲计划？”

“明年是生命进化委员会三千年一次的庆典，我是本次庆典的承办人。第三个蓬莱洲计划，就是我打算将这次庆典安排在蓬莱洲举行。”狐仙说道。

“你说的庆典是什么？还有，为什么要选在蓬莱洲举行？”卓深影问道。

“我先来回答你的第二个问题。”狐仙的嘴角露出一丝俏皮的笑意，“你知道的，地球是蜜之蜃姬的领地，我和她之间正好有些恩怨，所以我跟她开了个玩笑，向摩西沙罗提出，要把这次庆典安排在地球上举行。蜜之蜃姬自然不能明着拒绝，就故意在太平洋上划出一块无人的海域给我，作为庆典的举办地。我也不能示弱，就想了个办法，利用高压生化技术，在海底灌制了一个高纯度的油田。然后我让费切拉马集团的人以此为由，在海面上建造出蓬莱洲，并从旧大陆引进了移民。经过三十五年的经营，移民们生下了第二、第三代，如今整个蓬莱洲的人口已有一亿，足够在三千年庆典上使用了。”狐仙说道。

“移民跟庆典有什么关系吗？”卓深影看了一眼床单，上面的那个皱褶已经消失不见了。

“所谓三千年庆典，其实是一场代理人战争。生进会的每个会员可以在这里替自己圈养十万个代理人，然后对他们进行洗脑和改造，再用十年时间，让他们相互混战。委员会将根据代理人的战绩，来重新排定会员们的座次。同时，那些在庆典上幸存下来的代理人，将成为新的优选人种，在我们的安排下，对地球上现有人种进行更新换代。蓬莱洲的经济危机是为了这个目的特意制造出来的。其中，第二个蓬莱洲计划正是第三个蓬莱洲计划的组成部分。在第一个蓬莱洲计划发布时，我们就已经知道，氢能源催化剂即将取代石油，但我们让费切拉马集团的人施压，延缓了技术的发布，以便将那些被选中的移民吸引到这里来。然后等第一个计划尘埃落定时，才正式发布了氢能源催化剂的消息。于是在我们的安排下，蓬莱洲的石油移民们顺利地破了产。为了活下去，他们就只好听由我们摆布了。”

说话时，狐仙左手的食指在不停地上下左右移动，一道道光线从他的指尖射出，在房间里化作了一段段全息影像。

“一个人得有多变态，才会做出这么荒谬的事情来？”卓深影轻声嘟哝道。

“站在人类的立场上当然是有些变态，但是你有没有想过，”狐仙又动了动手指，屋子里的全息影像被悉数收回。狐仙坐回到沙发上，喝了一口高脚杯里的葡萄酒，“既然人类可以把动物圈养起来，操控它们的命运，吃它们的肉，喝它们的奶，那么比人类更为高端的生命体，自然也可以这样对他们。只要换一个立场，事情不就很好理解了吗？所以想避免被圈养的命运，除了进化到食物链的最顶端，大概就没有别的出路了吧。现在，你的面前就有一个这样的机会。”

“如果我不想要这个机会呢？”不知为何，卓深影忽然放松了下来，脸上现出一丝妩媚的笑意。

这句话并不是她自己想出来的，是波夜空在教她这样说。

刚才卓深影之所以特意跑到床边，是因为她看出，床单上的那个皱褶其实是一辆米粒大的飞车。此刻，那辆飞车已悬浮到她耳边，波夜空正在那里一字一句教她如何应对。

“那你就只有任人宰割了。”狐仙的脸上也露出妩媚的笑意。

“你确定自己真的有这么强？”波夜空的声音再次响起，卓深影连忙跟着复述道。

狐仙用拇指和食指将酒杯举在唇边，轻啜了一口：“事实胜于雄辩。”

狐仙的话音未落，房间里像下起了雨一般，凭空出现了密密麻麻的金属碎屑。

和金属碎屑一起凭空出现的，还有波夜空。他从半空中直接落到了地面上。朴不见和井下光也跟着现了身。

狐仙的神情一变，手上的酒杯和身上的衣服瞬间消失不见，整个人只剩下了一个光秃秃的透明躯体。

与此同时，那些密布在卓深影能量身里的小光点，也在往回收缩。卓深影的样子开始由玛丽莲变身为一个长发及腰的东方少女。

波夜空得意地晃了晃手里那像遥控器一样的东西，慢条斯理地舔了舔嘴唇，说道：“就像你说的，事实胜于雄辩。”

因为操作系统被病毒破坏，与矩阵决策系统之间的连接又被金属碎屑阻隔，狐仙已经连话都说不出来了。她努力支撑着随时要崩溃的身体，喉咙里发出嘶哑的闷哼。随着那闷哼，她光秃秃的躯干解体为一大片闪亮的光点，和那些刚从卓深影身上脱离的光点汇聚在一起，像一颗拖着长尾的彗星，朝卓深影的方向弹射了回去。

此刻，卓深影的能量身还在重新凝聚，她白色的影子像水中刚刚散开的涟漪一般，还在不停地波动着，似乎已无力避开狐仙的最后一击。那些凝聚成一团的纳米光点，几乎快要钻到她的能量身里去了。

就在这时，一个灰色的人影挡在了她的面前。

光点里的纳米核反应堆猛地炸开，爆炸引发的冲击波推着那个人影向后飞去。

卓深影顶在那个人影背后，想要为他缓冲，终究还是没有顶住。

那个人影被冲击波撞击着，一连撞倒了三堵墙壁，才终于停止了后冲的趋势。

人影应声掉落在地上，脑袋已软趴趴地歪向了一边。

那个人影正是波夜空，虽然他还在努力微笑，鲜血却已顺着他的眼眶、鼻孔和嘴角沁了出来。

他什么话都没有来得及说，眼睛一闭，便再也没了声息。

本章回顾：

朴不见从母亲那里得知，悟空寺修理厂的井下光和狐仙是老相识，狐仙有些忌惮井下光。朴不见决定去向井下光求助，正好波夜空也在，一听说卓深影有难，马上自告奋勇。三人赶到故地小区，经过一番周折，救下卓深影，消灭了狐仙。但狐仙的最后一击威力惊人，波夜空替卓深影挡了这一击，自己却生死未卜。

小贴士：

三千年庆典：生命进化委员会的一项传统活动。所谓庆典实际上是一场狩猎竞赛，每三千年举行一次，庆典期间生进会的每个会员都会在参赛地圈养十万人口，对圈养者进行洗脑和改造，然后用十年时间让这些代理人展开一场战争，会员们会根据代理人的成绩来重新排定他们在生进会里的座次。本次三千年庆典被选择在地球上的蓬莱洲举行，财神是这次庆典的东道主。蓬莱洲计划的真正目的就是为参赛者准备可供圈养的代理人。根据计划，本次庆典幸存下来的代理人，将成为地球上新的优选人种，对地球人进行全面的更新换代。

（第一部完）

与光与影与空

2

新唐城的欢乐女神

VISION IN
THE
VOID

X程序 著

作家出版社

目录

VISION IN THE VOID

VISION IN
THE
VOID

第一章
即使在最深最暗的井里也会有光

“三岁时，井下光就被爹妈给卖了……”

坐在地狱号的医疗舱里，井下光面无表情地诉说着往事。虽是在说自己，但井下光在表述时用的却是第三人称。即使如此，叙述的过程中，她还是有好几次透不过气来。

昨夜，在波夜空被狐仙打得七窍流血，眼看半死不活时，井下光在第一时间就想到了地狱号上的这个医疗舱。

当年被地狱修女带上地狱号后，井下光曾很多次尝试自杀。但每次在自杀完成后，摩西沙罗或地狱修女就会将井下光送到医疗舱来，利用医疗舱里的那台全息生命复原器，对她的身体和记忆进行重建。

摩西沙罗曾经说过，在地狱号上，井下光不是想死就能死的，只要她身上还有一个细胞是活的，她就不得不继续活下去。自杀除了只增加她的痛苦体验，并无任何实际的帮助。

虽然按地球人的标准来说，只要储存记忆的大脑死亡了，人类的生命也就终结了。但摩西沙罗告诉井下光，跟宇宙一样，生命也是一系列连锁反应，一个生命只要还有一个细胞是活的，那么通过这个细胞，就能推算出它的过去和未来。摩西沙罗和他的进化研究院根据这个原理，制造了这台全息生命复原器。这机器不仅能在生物和物理层面将一个生命整个复原出来，还能将这个生命所有的记忆也一起复原出来。所以跟克隆不同，全息生命复原器几乎相当于一个复活装置。

为了让波夜空被送入全息生命复原器之前不会死透，在赶往地狱号的路上，卓深影一直在井下光指点下，往波夜空的身体里输送生物能，以维持他的生命机能。经过两个多小时的跋涉，井下光带着众人来到了被隐藏在折叠空间里的地狱号，将波夜空送入这台全息生命复原器。

在等待波夜空复原的过程中，卓深影和朴不见问了井下光很多问题。

在沉默很久后，井下光终于开始了诉说。

这是井下光有生以来，第一次将自己的事说给别人听。

波夜空那奋不顾身的一挡，让井下光忽然领悟到什么，像受了感染，她说出了一直不想说出的事情。当年她是如何遇到地狱修女的，地狱修女又是如何认定，井下光就是她命中注定的接班人。于是她用一笔数目惊人的费切币，买下了井下光。自此，井下光开始了她在地狱号上的地狱生活。

经过一番试探后，地狱修女认定，井下光就是她那个命中注定的接班人，她用一笔数目大到骇人的费切币，从井下光的父母那里买下了她。也是在那一天，井下光被带到了地狱号上，开始了她在地狱里的生活。

为了把井下光培养成全宇宙最变态的杀手，摩西沙罗和地狱修女用尽浑身解数，让她遭受了常人难以想象的痛苦和折磨。在这个过程中，井下光无数次想以死来逃脱折磨，但在地狱号上，她连死的自由都没有。在所有的努力都宣告失败后，井下光放弃了抵抗，接受了摩西沙罗和地狱修女为她安排的命运，让自己也成了一个地狱般的存在。

“井下光本以为自己将沿着既定的轨迹，像所有的地狱修女一样消耗完自己的生命，直到她九岁那年的秋夜。

“那天，摩西沙罗带着地狱修女下船去了，财神也不在，整个地狱号上，再也没有人能约束她了，所以井下光让自己留在甲板上看星星。

“也是那天，常年笼罩在雾霾里的天空一片澄澈，所有的星星都现身在漆黑的夜里，无限地接近大地。井下光从记事起，就从未见过如此璀璨的星空，以至都看呆了，忘记了时间。

“凌晨时，大地上忽然升起一道亮如闪电的彩虹，那情景像是在放烟火，彩虹生出千千万万条光线，向夜空伸展而去，和天上的星星连在了一起。

“然而，一切来得快去得也快，井下光都还没来得及反应过来，彩虹就消失了，天上只剩下一个耀眼的光球。光球分裂成三颗流星，往三个方向飞去，其中一颗是朝着井下光飞过来的。流星击中了井下光，她被一片无边无际的光淹没了，等她再醒来，已经是第二天的中午。

“不久，地狱修女一个人回来了，然后财神也被召唤到地狱号上。地狱修女告诉财神，摩西沙罗失踪了。

“为了等待摩西沙罗归来，地狱修女和她的地狱号只好继续留在了地球上。

“井下光没有把自己在那一晚的见闻告诉两人。

“在经历过那如梦似幻的一幕后，井下光有种奇异的感觉，那个当时撞向她的光球好像真的存在于她的身体内部，像一盏灯，无论她做什么想什么感受什么，都好像在被那个灯一样的旁观者默默注视。只是这旁观者对她做的事情既不指责也不参与，让她全然感觉不到压力，却又让她看清了很多事情。

“井下光本以为自己是不可能逃过地狱修女和她所在的组织的，他们是命运一样的存在，她能做的事情，始终都在他们的意料之中，连反抗都是为了完成这个命运。

“但自从那灯一样的旁观者出现后，井下光发现事情并非她想象的那样，不是摩西沙罗他们为她定制的剧本料事如神，真的能预测到她的每个想法和反应，而是因为井下光自己一直在帮助摩西沙罗他们完成这个剧本。不是他们预测到了她的反应，而是井下光既有的思维和行为模式必然会产生这样的反应。

“但这灯一样的旁观者不同，它虽不能直接给井下光一条出路，却能让她看清自己既定的思维模式，而这才是最关键的一步，意味着她可以突破既有模式设下的任何限制。”

在说起十八年前那个奇迹般的夜晚时，井下光苍白的脸上现出了一丝光彩。然后她又开始述说，在那一夜过后，她如何开始谋划逃亡，然后终于在四年后逃离了地狱号。

在通往西区码头路上的一座过街天桥上，井下光命中注定般地遇到了哭大师和波夜空。

后来哭大师告诉井下光，那天井下光从地狱号上逃亡的时候，波夜空的嗜睡症第一次发作，在睡了五个小时后，还在沉睡的波夜空忽然大喊大叫，要哭大师快去“救救她”。

哭大师这才带着笑和尚和不得头陀，在波夜空的指引下，向着西区码头的方向追踪而来。

半路上，波夜空叫了两次停，笑和尚和不得头陀分别在不同的位置进入了下水道，正是这两个人在下水道里牵制了地狱修女，井下光才得以顺利地逃到了过街天桥上。

井下光走到过街天桥时，哭大师也在波夜空的带领下，从马路的另一边跑到了天桥上。上楼梯时，波夜空忽然醒了过来，随后就发生了波夜空和哭大师在天桥上拉住了想自尽的井下光，将她带回悟空寺修理厂的那一幕。

井下光自此在修理厂住了下来，然而那些痛苦的记忆始终不肯离去。

刚到修理厂那会儿，虽然井下光身边有个没心没肺的波夜空整天逗她开心，但每到夜深人静，那些痛苦的记忆会再次浮现。有好几次井下光想自杀，都被哭大师拦了下来。

一天深夜，井下光哭着请求哭大师，让她去死，因为在她身体和脑海里的那些痛苦记忆，已经超出了人类所能忍受的极限，活着对她而言，是比死要更痛苦的事情。

哭大师却对她说，什么样的痛苦都可以转化，因为她比所有人都了解痛苦，所以才更有动力去改变那些让人痛苦的现实，而这样的心愿正是可以转化这痛苦的良药。哭大师还说，他之所以给她起名叫井下光，就是想告诉她，即使在最深最暗的井里也会有光。

那一夜之后，井下光终于有了一个让自己活下去的理由，并一直活到了现在。

就这样，井下光以第三人称的方式，述说着往事。在这个过程中，当井下光说到十八年前在地狱号的甲板上看到星空奇迹的时候，朴不见和卓深影用怪异的目光对视了一眼。但井下光因为沉浸在回忆中，没有注意到两人这异样的反应。

说完这一切，井下光感到一阵前所未有的轻松，那痛苦的记忆因为终于可以被说出，变得不再那么痛苦了。

她呼了一口气，决定起身去看一眼正躺在治疗舱里的波夜空，就在这时，卓深影朝她移动过来。井下光还没来得及做出反应，卓深影已经进入了她的身体。

井下光不由得诧异，但不久她感觉到自己的身体正在发生某种微妙的变化，心里有股暖流在没来由地慢慢升起，那些和记忆一起储存在她身体里的痛苦感受，好像正在被慢慢抽离。井下光不知道卓深影是怎样做到这一点的，但显然卓深影拿走了她的一部分痛苦。

不久，卓深影从井下光的身体脱离了出来，恢复了能量身。她皱着眉头，似在品味着什么。过了一会儿，才淡淡地说道："对不起，没有经过你同意，就把你的生物能拿走了一些。你知道，我一直觉得我只是我主人……不，蜜之蜃姬的一部分，最近才开始学着去理解人类。我需要收集一些关于人类情感的信息，你这里关于痛苦的信息很齐全，有了这些，我就不用再去别处收集了。"

"可是……"井下光努力寻找着合适的措辞，想表示感谢，"这不是人类应该承受的东西。"

"说的也是。"卓深影轻描淡写地点了点头，"不过，我大概算不上是人类，所以……"卓深影摊了摊手，"再说了，我取走你的信息时，也取走了储存这些信息的生物能，有得就有失，现在就算你要我还，我也还不了了。"

"那就谢谢了。"井下光知道已没有再说的必要，便展颜一笑，点了点头。

"对了，我还有个问题。"一直沉默着的朴不见开口道，"为什么地狱号上现在一个人都没有？地狱修女后来去了哪里？"

"我也不知道。"井下光摇了摇头，"大概是在我从这里逃出来后的第三年，我三师叔不得头陀忽然问起我关于地狱号的事，我就把地狱修女在船上培养连环杀手的情况告诉了他，三师叔性子急，听了后暴跳如雷，一定要我带他来这里找地狱修女算账。我们来时，发现地狱号早已人去船空。后来，我让阿空帮我潜入费切拉马公司的数据库查找地狱号的线索，发现在我离开地狱号后，这艘船就在费切拉马集团下属的博彩公司注销了赌船牌照。我感觉应该是他们看到师父收留了我，怕我走漏风声，弃船离开了，走的时候把船上的动力装置和电脑系统都给破坏了。”

“那为什么医疗舱还能用？”朴不见问。

“我后来不放心，又来过这里几次，想看看地狱修女他们会不会回来，有一次我是带着阿空一起过来的，他一向喜欢稀奇古怪的东西，一看到地狱号，就喜欢上了，自己动手修好了船上的动力装置和电脑系统，把这地方当作了自己的实验室。不想到，今天还真派上了用场，是他自己救了自己一命。”井下光悠悠地说道。

朴不见点了点头，连忙将自己和卓深影在泰坦号上遇到地狱修女的事情，告诉了井下光。

“什么，你杀了地狱修女？”井下光面露诧异，看了卓深影一眼。

“确切地说，我是在蜜之蜃姬的指点下，才死里逃生，把她杀了的。地狱修女手里的痛苦之刃果然厉害。”卓深影点了点头，好像想起了什么，问道，“对了，那家伙为什么到现在还没有醒？”

“唉！本来想好好睡上一觉的，结果被你们吵得睡都没法睡，什么世道啊？”全息生命复原器里传来一个神气活现的声音，听上去虽有些虚弱，但那嘚瑟的感觉却已呼之欲出。

三个人连忙跑到复原舱前，往玻璃罩里看去，波夜空的脸上还是那贼兮兮的样子，但眼角有些湿润，显然刚才井下光说话时，他一直在听。

“你说说看你，都没好透呢，就又一副欠揍的样子了。”卓深影打开复原器的舱门，将手搭在了波夜空的额头上，似乎在检查他的身体状况，过了一会儿，才点了点头道，“好人不长命，祸害遗千年，看来你又彻底活过来了。”

“什么话？看到救命恩人，不以身相许也就算了，竟然谢都不谢一句，世态炎凉啊。”波夜空夸张地摇了摇头。

“又讨打？”卓深影作势朝波夜空举了举手。

“姐姐，救命啊！”波夜空夸张地往侧后方一躲，扑到了井下光的怀里，“一直不知道，你这么能打，我看以后谁还敢欺负咱俩？”

说到一半，波夜空那调皮的眼神忽然温顺起来，井下光看在眼里，心里暖洋洋的，伸出手装模作样打了波夜空一下：“除了你，还有谁敢欺负老娘？”

本章回顾：

为了救回波夜空，井下光带着卓深影和朴不见，来到地狱号。地狱号是一艘海空两栖船，隶属于生命进化委员会的地狱修女，被隐藏在新唐城附近海域的折叠空间里。井下光带着众人来到地狱号，是因为船上有一台全息生命复原器，可以拯救波夜空。在等待波夜空复苏的过程中，井下光讲述了自己当年是如何成为地狱修女候选人，又是如何从地狱号上逃脱，最后被哭大师救到悟空寺修理厂的全过程。

小贴士：

地狱修女：生命进化委员会排位第一的杀手，由会长摩西沙罗直接领导。海空两栖船地狱号的主人。每一任地狱修女都是按照特定程序训练出来的变态杀手，在这个过程中，地狱修女的候选人必须经历如同置身地狱一般的人生，以便拥有驾驭魔刀痛苦之刃的能力。由于受了太多的苦，每一任地狱修女都活不过四十岁，在她们死之前，都会为自己选择一个候选人，将自己的人生复制到候选人身上，然后由候选人接班。第四代地狱修女在泰坦号上的至尊赌会后，死在了卓深影手里（详见《与光与影与空》第一部《遗城秘事》）。井下光在逃亡前，曾经是第五代地狱修女的候选人。

地狱号：地狱修女掌管的海空两栖船，一直被隐藏在新唐城附近海域的折叠空间里。地狱号上最重要的设施，是一台能将活细胞复原成活人的全息生命复原器。在地狱修女弃船逃离后，地狱号成了波夜空的秘密实验室。

全息生命复原器：摩西沙罗按照蝴蝶效应理论制造的一种生命复原设备。

根据这个理论，生命是一段生生不息的连锁反应，只要获取其中的一小片活信息，就能推导出这个生命完整的形态。与克隆技术不同，全息生命复原器除了可以复制生命体，还能复制出生命体所携带的记忆，几乎等于让一个人复活。但前提是，一定要利用携带了活信息的细胞来复原。

井下光：哭大师的女徒弟，悟空寺修理厂的前台接待员。蓬莱洲有名的女网红，外号“女神光”，手底下有很多死忠的男粉丝。她来历神秘，本是第五代地狱修女的候选人，十三岁那年从地狱号逃到悟空寺修理厂后，才成了后来的井下光。她和波夜空是情同姐弟的伙伴，两人多年来一直同住在一个宿舍里。

第二章
想成为狠角色，首先要学会笑

2081年6月29日，西区码头外那块有五层楼高的电子计时牌显示，还有一个星期，费切拉马公司CEO选战的最后一站就要在新唐城拉开帷幕。

今天，候选人之一、费切拉马集团保安部主任切斯迪将坐船到达新唐城。

为了营造切斯迪受到热烈欢迎的场面，很多要看保安部眼色的机构和组织都行动起来，其中自然少不了作为次级权力机构的壮丁团。

早上五点，顾得满就到了西区码头，和他一起的是他的死党小柯和小施，此外，还有十几个和生财的属下。

在这次欢迎仪式上，和生财被安排了三百人的欢迎队伍，站的位置很靠前，足以说明切斯迪对和生财有多看重。所以顾有思在面子上不好怠慢，特意派了儿子来带队。

按照计划，切斯迪乘坐的竞选邮轮将停靠在1号码头，轮船到达的时间是上午九点，但顾得满提前四小时就来了现场。这是他一贯的风格，为了追求完美，他什么事都要给自己留够时间，哪怕画蛇添足。

所以，到七点钟时，和生财方面的准备工作都已经做完了。此时其他的团队刚刚才有人来到1号码头的广场。

“到底是公子阿满，你这样子让我们很有压力的。”一个尖细的声音在说话，顾得满朝那方向看去，来人是振兴会的军师王医生。

王医生不是王医生的绰号，他的名字真的就叫王医生，而且在成为振兴会的军师前，还真的当过医生。

和他一起走来的，是搏击堂堂主李文雅的亲弟弟李彪悍。

王医生又瘦又小，李彪悍则有一米八五高，宽度和厚度也是足斤足两，整个人看上去就像一坨方形的横肉。这两个人搭配在一起，给人一种喜剧搭档的既视感。

“两位大叔见笑。我是大场面见得少，就特地给自己留了点提前量。”顾得满恭敬地低眉垂首，脸上堆出了招牌式的迷人微笑。

老爹跟他说过，要想成为一个狠角色，首先要学会笑。

所以，在过去的十年里，顾得满每天晚上都会站在卫生间的镜子前，将长长的眼睛眯起，练习十分钟微笑，三千六百五十三天，从未间断过。

“到底是公子阿满，真会说话，将来你给和生财当了家，别忘了关照我们这些老人家。”李彪悍长相虽粗犷，其实心思细密，江湖上都在传说，搏击堂堂主李文雅打算将来把自己的位子传给这位小他二十岁的胞弟。

“大叔们关照我才是。”顾得满继续谦虚。

王医生笑眯眯地环顾四周，像在自言自语：“切斯迪对你们真够器重的，安排了这么靠前的位置。”

“哎呀，我老爹都快要为这事愁死了，”顾得满一脸无奈地摇了摇头，“两位大叔又不是不知道，这次CEO选举，切斯迪的竞争对手是李河方李老爷子，新唐城是李老爷子的根据地，和生财虽不是他嫡系，但这城里十块地皮，有五块是他的，他家又是费切拉马集团的十三家族之一，属于我们无论如何都不能得罪的人。其实，要是躲得开这种场面，哪怕给钱，我老爹都愿意。”

“唉，说的也是，可切斯迪也不好得罪啊，”李彪悍跟着叹了口气，“集团保安部的老大，要搁在旧大陆，就相当于一个国家的军事首脑，新唐城的那些保安队长和探长都是他的人，保安部想治我们壮丁团，简直跟捏死只蚂蚁似的，而且我听说，这次他敢出来竞选，是因为费切拉马十三个董事家族里，有七个家族支持他，在这次竞选的前几站里，切斯迪已经领先李老爷子十二个百分点，他要我们来，我们敢拒绝吗？”

“所以啊，还是四海帮的许有理许老大比较清净，”王医生细声细气地附和，“人人都知道他是老爷子的嫡系，切斯迪索性也不请他了。李老爷子这次竞选就算失败了，他也还是集团的十三董事之一，四海帮横竖都有靠山，没的选，反而是最好的选择，所谓丧家之犬，说的就是我们这种二流的壮丁团。”

顾得满挠了挠头，只是笑，没有接话。

老爹教导过他，不知道怎么接话的时候，要懂得沉默。如果对方真有话说，你不接，他一样会说。你说，不如他说，然后你就有选择的余地。

果然，那两个老狐狸看顾得满没有表示，互相看了一眼，李彪悍才把话给接了过去，指了指王医生，说道：“刚才，老王跟我说，保安部派了一个探长去找他们史老大探口风，说这次新唐城选战，只要我们三大壮丁团肯全力支持切斯迪，保安部会考虑在新唐城增加三个保安队的编制，也就是说，我们的壮丁团以后可以用一套班底挂两块牌子，壮丁团的生意可以继续做，然后还能有个正式的身份。”

“阿满啊，咱们这新唐城虽号称是四大壮丁团，”李彪悍话音刚落，王医生即刻接过了话题，“但老爷子太偏心，一个劲地扶持许老大，四海帮一家的实力可以顶我们三家，然后日韩城的河原义雄你也知道，他的极道会能将日韩城单立出去，不断地蚕食我们的地盘，也是老爷子和极道会的后台有默契，要不是有你老爹这个智多星在运作，新唐城早就是四海帮和极道会的天下了。现在好不容易可以找条大腿抱了，过了这村，就没这店了。”

“哦，好的，我一定把这些话转告我老爹。不过，和生财是他当家，最后是他来拿主意。”顾得满一脸诚恳地点了点头。

其实保安部的人去找振兴会的史老大之前，先找的是顾有思。但顾有思为人圆滑，没有正面回答，也没有向外人透露此事的细节。老爹告诉他，这件事后面的坑太多，壮丁团在费切拉马高层的那些人看来，什么都不是，今天用你，明天也可以直接把你给卖了。这事情得先看下形势，最好是谁也不得罪，等形势明朗了，再挑边站，至少可以立于不败之地。壮丁团对他们顾家来说，就是个混饭吃的生意，做得再大也翻不了天，没必要为了生意把身家性命搭进去。

“阿满，你就不要客气了，你老爹早就通告天下，将来和生财是你当家，你说什么，你老爹肯定会听。其实，我和老王跟你联络，是因为我们觉得，这种事情让我们各自的老大直接出面，风险太大，我们三个呢，在各自的壮丁团里都还有点号召力，也都是老大最信任的人，由我们在底下张罗最合适，老大们可以装作不知道，有问题，他们也有回旋的余地。”李彪悍压低了声音说。

“好的，我一定把大叔的想法跟我老爹沟通。”顾得满还是一副乖巧的样子，不置可否。

“果然是老顾的儿子，跟你那滑头老爹一个路数……”王医生还准备继续说服顾得满，一群嘻嘻哈哈的女孩子围了上来，打断了三人的谈话。

这些女孩都是一副小太妹的打扮，大部分人是和生财下属成员的女儿或妹妹，都是顾得满的铁杆粉丝，听说这次在码头带队的是公子阿满，就都向她们的父兄自告奋勇，跑来参加仪式，其实是为了来见她们的偶像。看到顾得满在，她们马上蜂拥过来，要签名的要签名，要合影的要合影。

王医生和李彪悍一阵尴尬，只好放弃啰唆，回了各自的阵营。

顾得满也是哭笑不得，一阵手忙脚乱，幸亏小柯看到这情况，连忙和小施带了几个兄弟过来解围，把顾得满从场地中央护送到了码头外的停车场。

好不容易清静了下来，顾得满的心情却有些沉重，他懒洋洋地倚在鲨鱼11座商务车门边，看着港湾对面的21号码头，想着心事。

21号码头上，红色玛丽号散货船正在靠岸。船的侧面是旧大陆娱乐圈的天王巨星玛丽莲要来蓬莱洲开演唱会的巨幅广告，玛丽莲的小腿浸在水里，从吃水深度看，船上一定又是满舱的电子垃圾。在幸福的旧大陆，人们的任务似乎是不断地升级电子产品，然后将这些被丢弃的电子垃圾源源不断地运送到还未完成便被抛弃的蓬莱洲，再由新大陆上的弃民们将它们分解成各种零部件，回炉加工，提纯成崭新的材料，再运回美丽的旧大陆去。

小柯此刻正蹲在离顾得满不远的地方，大口大口地抽烟。智多星小柯的大名叫柯大力，其实他是个又矮又瘦的小个子，因为一天要抽三包烟，所以皮肤差到耸人听闻，还老是咳嗽，才二十五岁的人，给人的印象却像是三十好几的痨病鬼。

顾得满的另一个死党施另此刻坐在鲨鱼商务车的驾驶座上，手持着他最喜爱的左轮手枪东瞄西瞄，锅盖头上那根染成红色的冲天辫不断摇晃。小施一边瞄准目标，一边还做着扣扳机的动作，看似玩耍，其实不然。

神枪小施的名号并非浪得虚名，就是在这枪不离手地玩耍中练出来的。

对面的红色玛丽号，试了好几次，都没能成功地靠岸，顾得满不由得摇了摇头，为船长的技术深深着急。

他着急是有理由的，在红色玛丽号的电子垃圾中，藏着一批从旧大陆偷运过来的军火。这已是今年的第三批。如果不出问题，后面还会有三批，这样到冬天的时候，顾得满就可以用这些违禁品做点大事了。

今天他到码头上来，除了迎接切斯迪，另一件让他牵肠挂肚的事，就是红色玛丽号上的这批军火。

顾得满转头看了一眼小柯，问道："你怎么看？"

"哪件事？"小柯也抬起头，看了他一眼。

"刚才王医生和李彪悍跟我在商量的那件事。"

小柯笑了笑，长叹一声："多事之秋啊，这切斯迪，为什么不多领先一点，偏偏是十二个百分点？咱们这些东亚和东南亚的移民也真能生，整个蓬莱洲才一亿人，新唐城却有一千六百万。按照规则，李河方只要能在最后一站胜出，这一千六百万选票就全归他了，足够他在这次费切拉马集团的CEO选举中咸鱼翻身。偏偏新唐城又是李老爷子的根据地，所以这一战老爷子的胜算很大，切斯迪要想打败他，肯定得搞事情，我们这三个相对边缘的壮丁团，他是一定要争取的。另两家现在都跃跃欲试，你老爹想中立，估计难，在这种你死我活的斗争中，大家最恨墙头草。"

"我老爹说了，不行就解散和生财。老头子早想去费切拉马城养老了，壮丁团里的那些叔伯兄弟大钱没有，但做个小生意，过个比下有余的生活，应该是可以的。不想退出的话，也可以按自己的意愿加入两边的阵营。老爹的意思是，有命的情况下，钱和权势才有用。"顾得满不动声色，好像只是他老爹的代言人。

"你能接受吗？"小柯吐了个烟圈，似笑非笑地看着顾得满。

“那你觉得，我该怎么做？”顾得满笑了笑道。

“这事你得问自己，你想得到的是什么？搞清楚了这一点，其他的就没有什么好疑惑的了。”小柯一边说，一边弹了弹烟灰。

“我想要的很简单，你应该知道。”顾得满又看了一眼远处的红色玛丽号，说道。此时船终于靠到了岸上。

小柯皱了皱眉头，神情严肃：“那接下来的事情也简单。没有实力，就没有理想。所以不如看谁出的价高，谁能把我们推到离目标更近的地方。”

“明白了。”顾得满点点头，脸上又露出一贯的迷人微笑。

这时，坐在车里的小施向两人做了个手势：“满哥，我们的货车到21号码头了，问要不要现在就去红色玛丽号接货？”

顾得满点了点头：“去吧。等到了仓库，先验一下货，一百二十把微型冲锋枪，二十把激光穿甲器，十把狙击步枪，十万发子弹，一百个激光头。验完货，就把尾款给对方打过去。”

“明白。”小施朝顾得满做了个OK的手势。

“对了，冬天的这件事，你怎么看？”顾得满又看了小柯一眼，虽然这个问题，他们已经讨论过很多次，顾得满也知道小柯会怎么回答，但一有机会，他还是忍不住会问。

“当务之急，是把这六批军火，踏踏实实地拿到手上，把它们藏好。这次只是第三批，现在讨论冬天的事情，好像还太早了一些。”小柯说着，轻描淡写地吸了口烟。

“你帮我想想，除了军火，还有什么事情，是我们要担心的？”顾得满一脸诚恳地说道。

“最大的问题不在我们这里，我最担心的，是一旦我们这里动手了，到时候你们兄弟会在各地的兄弟们都按兵不动，我们就会成为出头鸟，大家只能白白送死。”小柯一脸讥诮地说道。

“但如果我们不动手，其他人就更不会动手。这种事情本就九死一生，只能赌一下。”顾得满眯缝起眼睛，缓声说道。

“呵呵，”小柯干笑了两声，“该赌的时候，当然没道理不赌。我只是想提醒你，做英雄和让别人认为你是英雄，是两码事。不要期待别人会理解你喜欢你。如果只是沽名钓誉，做侠客行小善足矣，要做大事，就注定孤独，你真的准备好了吗？”小柯掐灭烟头，站起身，凌厉地看向顾得满。

顾得满脸上露出了惯常的笑意，点了点头，想表示感谢，却觉得这样做有些虚伪，不应该如此对兄弟的，所以把快要到嘴边的客套话给收了回来。

“不不不，这时候你应该摆出一副很诚恳的样子，感慨地表示，有你这样的朋友在身边真好。”小柯讥诮地撇了撇嘴，“看来你还是太想做个好人了。这不是善良，是软弱。”

顾得满苦笑，虽然在被挖苦一般，但他知道，小柯说这些话是出于真心。小柯就像他藏在内心的另一面。

小柯还想继续往下说，1号码头的广场上传来了喧哗声，铜管乐队开始吹奏《威风凛凛进行曲》，海面上正有一艘红黑两色的巨轮向码头驶来。这叫作“新篇章”的邮轮是切斯迪向船王尤利西斯的船运公司租借来的，切斯迪在这次竞选活动中，就是坐着新篇章在各大选区巡回。这船既是他的交通工具，也是他这次竞选之旅的办公地点。在新唐城选战结束前，新篇章将一直在1号码头上停靠。

新篇章一次性地靠到了岸边，就像它此刻的主人切斯迪一样，高效、准确，绝不拖泥带水。

船一停定，船身靠码头的这一边马上裂开一道缝，一块边长二十米的正方形金属板缓缓落下，然后张开，向码头延伸过来，金属板下方冒出一连串金属脚，将腾空的金属板撑了起来，形成一个类似主席台的装置。

金属板落定后，一队职业保镖列成方阵，从船腹深处鱼贯而出，整齐得像仪仗队，手上的白手套在运动中连成了直线，被黑西装一衬托，显得极为醒目。

方阵到了主席台中央，像变戏法似的，倏忽裂成两列，露出一个穿着白色府绸衫的金发男子和一个红头发的女性仿生机器人。

一个透明的玻璃演讲台，从地板上缓缓升起，金发男子向四周挥手，走到了演讲台前。

金发男子正是今天的主角切斯迪，他实际年龄已有五十，看上去却只有三十五六，身材修长，腰杆挺直，一看就是经常做运动的样子。

保安部主任虽是武夫职位，切斯迪的脸上却看不出一丝戾气，肌肉收得很紧，但神情又足够松弛，透出一股精明而坚定的气息。他身上的白色府绸衫显然是为这次亮相特意准备的道具，是用来讨好新唐城的东亚移民的。府绸衫的做工很精细，收拾得也整齐，面料上没一丝皱褶，甚至没有沾染一丁点细小的纤维或灰尘，切斯迪在此前一定是花了不少功夫。可见此人注重细节，并且很有耐心。只是今年的天气热得变态，4月份开始，新唐城每天的气温都在四十度以上，整个城市就像一个放在灶头上的蒸笼，全天二十四小时蒸煮，每个人都被蒸得湿漉漉的。切斯迪从船里出来不到十分钟，身上就已经湿透，薄薄的府绸衫现出了透明的汗渍。

此时，顾得满已从1号码头的停车场回到了和生财的队列，因为离主席台很近，所以他能将这令人尴尬的汗渍看得很清楚，但切斯迪的神情好像一点也没有受到影响，还是面带微笑，不停地向众人点头致意，然后对着麦克风，开始演讲。切斯迪对着麦克风说话时，说的是一口悦耳的美式英语，但从音箱里播出来后，他的话却变成了新唐城民间通用的汉语普通话。

顾得满不由得好奇，这时他注意到，在切斯迪身边，那个仿生机器人的嘴巴正在蠕动，她应该是在模拟切斯迪的音质进行同声翻译。

顾得满还注意到，切斯迪在演讲过程中，有两次将目光扫到了自己身上，不是漫无目的地掠过，而是有意识地停顿，脸上还露出貌似致意的微笑。第一次顾得满还以为是自己神经过敏，但当这目光第二次直视而来时，顾得满知道，在这种距离下，如此直白的目光和笑意不可能是无意识的。然而他并不认识切斯迪，切斯迪也应该从未见过他，那么他为什么要朝自己行注目礼呢？

顾得满百思不得其解。

他低头看了看表，快九点半了。

此时海面上忽然传来一阵隐约的音乐声。顾得满朝声音的方向看去，远处有个像小汽艇一样的东西正在驶入港湾，音乐是从那地方传来的。

随着汽艇越来越近，音乐声渐渐清晰，好像是贝多芬第九交响乐《欢乐颂》里的大合唱。在场的很多人都听出了那曲子的来历，脸上露出怪异的神情，开始东张西望。

蓬莱洲的人都知道，《欢乐颂》是快闪革命党行动时标配的背景音乐。作为快闪革命党象征的欢乐女神，她的这个绰号也是出自这首大合唱。

码头上和轮船上的保安们率先做出了反应，纷纷拔出武器，跑到警戒位置上，瞄准着那越来越近的汽艇。在轮船的制高点上，甚至出现了狙击手，每个人都如临大敌。

汽艇越来越近，确切地说，这其实是一件来自垃圾场的汽艇残骸，只是被人修好了发动机，并让它浮了起来。汽艇上看不见人影存在的迹象，甲板上摆放着一只巨大的音箱，音箱的外壳破了，里面喇叭的线圈露了出来，每个喇叭都有洞，这是音乐声之所以有这么多破音的缘由。

狙击手开始射击，汽艇以诡异的路线前行着，避开了射向音箱和油箱的子弹。显然有人正在暗处遥控汽艇，手法娴熟，简直像在打电玩，顾得满都忍不住想为这玩家喝彩了。

身后也传来一阵喧哗，顾得满回过头，码头外的街道上，没来由地拥来一群人，来得毫无征兆，开始是零零碎碎的个体，有跑步的，有骑自行车和电动车的，有踩轮滑板的，来自各个方向，但最后都在1号码头外会聚成流，一边向前，一边在高声朗诵："硕鼠硕鼠，无食我黍。三岁贯女，莫我肯顾。逝将去女，适彼乐土。乐土乐土，爰得我所……"

凌乱的声音很快找到了共同的节奏，朗诵《硕鼠》的声音变成了轰鸣。

这突然而至的人群好像没有要停留的意思，像一群掠过天空的鸟，从1号码头外经过，到了远方，便各自作鸟兽散。其中有些人手里拿着用黑布罩住的笼子，跑到1号码头的门口时，突然将笼子打开，一些小香猪大小的肥老鼠从里面跑了出来。

新唐城的居民都认识这种肥老鼠，因为这是本地特产，叫作新唐城食塑鼠。它们最早出现在新唐城西北角的那片核废料处理厂的下水道，可能是受了放射物的污染，老鼠的基因发生突变，形成了一种新的老鼠亚种。

食塑鼠除了个头大，顾名思义，还有个奇怪之处，就是以塑料为食。它们的消化系统能分泌一种特殊的消化液，会将塑料降解成可供生物体吸收的碳水化合物。从环保的角度来说，这本是好事，正好可以解决让人类头疼了上百年的塑料污染问题，但对那些以回收塑料进行再加工来赚钱或谋生的人来说，则是天敌。尤其在石油被禁止后，塑料制品的原料大部分要靠回收萃取，在新唐城，塑料垃圾的回收和萃取，是重要的经济支柱，食塑鼠自然在这里成了人人喊打的公害。

这些被放出来的食塑鼠不知受了什么刺激，朝着1号码头的广场飞奔而来。

顾得满却知道，这些肥老鼠是为何而来。

因为此刻码头的地面上已撒满了高纯度的聚乙烯颗粒，那正是食塑鼠的最爱，为了吃一口这白色的颗粒，食塑鼠们是可以连命都不要的。

然而，地面上为何会有聚乙烯颗粒呢？

显然广场上欢迎切斯迪的人里，有很多人也参加了这次快闪行动。事实上，刚才顾得满也趁人不注意，往广场上撒了一把装在风衣兜里的聚乙烯颗粒。

早在四年前，因为好奇，顾得满就化名加入了快闪革命党的暗网，现在已经是革命党的元老，参加过很多次类似的快闪行动。今天的这次快闪行动，他三天前就知道了，还自告奋勇，成了这次行动中饵料投放组的成员。

此刻，随着上千只食塑鼠闯入码头广场，广场上人群的方阵已经乱成一团，有人在尖叫，有人在奔逃，顾得满一边大声高呼“镇定”，一边欢乐地看着眼前的滑稽场面，不禁为这次行动的提议者“最帅的滑头”叫好。顾得满还知道，此刻在操纵那艘破汽艇的人，正是“最帅的滑头”。顾得满曾和这家伙在网络游戏里比试过飞车，结果他这个现实中的飞车高手，竟然在“最帅的滑头”手下败了三十一次。虽不服，但他心里不得不承认对方确实很帅。

虽然自己的亮相被这突如其来的变故搅和了，切斯迪还是面不改色，一板一眼地念完了演说词，结束时，还没有忘记向已经乱作一团的观众致谢。然后他才在黑衣保镖的护送下，回到了黑漆漆的船腹中，那块张开成主席台的金属板正在慢慢收回。

顾得满心里暗叹，同样的场面如果是自己遇到，他大概做不到这样的镇定。不管未来是盟友还是对手，切斯迪都是一个需要认真应付的对象。

此时，1号码头外，快闪革命党的成员已水银泻地般地消失不见。海面上的破汽艇也在最后一个音符结束时，被一股突然喷发的蒸汽推上了天空，然后以一个漂亮的转体720度加前空翻1170度的跳水动作，一头扎进水里，沉没不见。

“‘最帅的滑头’真是够帅的。”

身边有人在说话，顾得满转头看了一眼，是小柯。他忍不住张大眼睛瞪着小柯。

小柯微微一笑：“刚才你撒聚乙烯的时候，被我看见了。”

“小柯，我看见你也撒了，”另一个方向，传来小施的声音，“当然，我撒的比你们加起来都多，整整两口袋。”

小施那红色的冲天小辫在空气中晃动，三人相视而笑。

本章回顾：

费切拉马集团开始举行新任CEO选举，两个候选人分别是集团保安部主任切斯迪和公司十三董事之一的李河方。前面的选举中，切斯迪遥遥领先，新唐城是选举的最后一站，因为人口众多，李河方如果能在这一站胜出，就能得到1600万张选票，实现反超。为了拉拢新唐城的本地势力，切斯迪特地邀请和生财参加典礼，顾得满老爹顾有思派儿子带队参加。典礼期间，快闪革命党驱动新唐城食塑鼠，发动了一场针对切斯迪和费切拉马公司的骚乱。

小贴士：

壮丁团：作为地球上唯一没有政府，完全由私营公司管理的大陆，蓬莱洲是被费切拉马集团当作生意来经营的。石油经济崩溃后，公共事务成了无利可图的赔本买卖，于是，除了费切拉马城，集团对其他地区都采取了放任自流的态度，设定了一种叫作壮丁团的招标体制，声称对社会管理实行市场化改革，由那些身强力壮的人来负责维持社区秩序，说穿了，就是让大家比谁的拳头硬谁更能打。自此，壮丁团成了一种公开的黑帮制度。新唐城的壮丁团经过多年火并，形成了四海帮、和生财、搏击堂和振兴会四大壮丁团分城而治的局面。

快闪革命党：一个蓬莱洲年轻人进行快闪行动的临时组织，是没有实体的虚拟组织，成员之间用区块链的暗网技术进行联络，因为喜欢恶搞费切拉马集团，揭露集团的种种内幕，被费切拉马公司定性为恐怖组织。革命党的象征性领袖是个绰号“欢乐女神”的神秘人物。

顾得满：新唐城四大壮丁团之一、和生财的少主人，壮丁团年轻一代的佼佼者，不仅能打，人也长得帅，笑起来的时候更是迷死人，在新唐城里有一个“公子阿满”的雅号，身边一直跟着两个铁杆部下，神枪小施和智多星小柯。

和生财：新唐城的四大壮丁团之一，团主顾有思是有名的智多星。顾得满是顾有思最小的儿子。

切斯迪：费切拉马集团保安部的主任。本次集团CEO选举的两大候选人之一。

第三章

我这样的人不能允许自己的人生失败

晚上九点，西区码头南街的霓虹灯都亮了起来，但真正照亮这条酒吧街的，不是街灯，而是停靠在1号码头到10号码头的那排邮轮。

如灯光一样，让这条酒吧街热闹起来的是来自邮轮上的乘客。邮轮上虽然也有酒吧，但大家毕竟是来旅游的，总是要体验一下这地方的异国风情的。

所以在西区码头南街上有很多的异国风情。

但这些所谓的异国风情其实都是模仿自从世界各地来的邮轮，然后被不露声色地拼接在了一起。随着时间的推移，那些不明就里的游客就把这些当成了本地的异国风情。

此刻，正是游客们下船过夜生活的高峰，街道上人流如织，各种怪异的音乐声交汇着，酒吧里挤满了人头，空调也开足了马力。不过，透过橱窗，依然能感受到酒吧里那种汗水蒸发的燥热感。

在街道西侧的尽头，一家叫“风儿醉”的酒吧却格外冷清。

酒吧门口站着四个男人，两个西装革履神情严肃，身材和相貌透着一股武打明星的感觉，凡是想进酒吧的人都被他们礼貌地拦住，看到他们又高又壮又能打的样子，没有人敢对此提出异议。

站在帅哥边上的另两个人则有些歪瓜裂枣，一个又细又长，一个不仅矮，还微微驼背。那又细又长的人留了一个锅盖头，头中央扎着一个红色的朝天辫；矮子则脸色蜡黄，站到门口后，香烟就没有从嘴上离开过。这对歪瓜裂枣自然是小施施另和小柯柯大力，至于那两个武打明星，则是河原细美的贴身韩国保镖金大正和金大尚。

此刻，闲极无聊的小施又在跟金氏兄弟说起三个月前他在故地小区遇鬼的事，那鬼如何发出令人心神摇荡的歌声，然后遇鬼的人如何被吸干精华，身体由彩色变成黑白，最后化为灰烬。那两个韩国人的汉语不是很好，听小施的话有些吃力，不停地打断着他的叙述，要小施停下来慢慢给他们解释。小柯则倚在门边，似笑非笑，只有眼睛的余光瞟向别处时，才会偶尔露出几分凌厉。

酒吧已清过场，只坐着顾得满和河原细美，还有站在吧台后的那位无所事事的酒保。

这小清新风格的酒吧是河原细美特意挑选的。

从费切马斯特学校的高中部毕业四年后，河原细美和顾得满是第一次坐在一起喝酒。

下午河原细美打电话给他时，顾得满找了个借口，想推掉约会，河原细美却锲而不舍，竟又向顾有思打去电话。结果老爹跑来找顾得满，要他务必赴约。

“人家是女孩子，都主动约你了，怎么能不见？可以不谈感情，但要给人面子，她爹是极道会的老大，她本人又跟费切拉马董事会那十三个家族的第二代关系密切，说不定哪天你也需要人家给你面子。既然你要接我班，就不能太任性。”老爹语重心长。

为了给老爹面子，顾得满只好跑来赴约了。

从酒吧橱窗外看到河原细美的侧影那一刻起，顾得满就在避免直视眼前的这女子，但他的注意力却一刻也没有离开过她，这才是他不想见河原细美的原因。

整整四年，顾得满都在努力不去想河原细美，却无时无刻不在想她。

河原细美还是一副干干净净的样子，她都二十二岁了，却还清纯得像个中学生，不长不短的直发，脸上没有一丝化妆的痕迹，衣服也是最普通的款式、最素净的颜色，然而这看似不起眼的搭配却比所有费尽心思的搭配还醒目，有一种不经意的十分美丽。只有顾得满知道，这不费心思的打扮其实是费了更多的心思，只是这些心思细微到一般眼睛看不出来的程度。

这是顾得满喜欢河原细美的原因，她的魅力和野心是用相反的方式来呈现的。

可能这也是河原细美喜欢顾得满的原因，别人只看到她的清纯，他却能看穿她的心机。

河原细美是个喜欢挑战的女人，但那些被她视作猎物的男子中没有人跟她旗鼓相当。

本质上，他们是一样的人，都不喜欢做容易的事。

“你也太绝情了吧？躲我躲了四年。”刚才，一看到顾得满进门，河原细美就放下手上那只老鼠大小的宠物白狐，朝他挥了挥手。语气轻描淡写，但在河原细美这里，却足可以用豪放来形容，这样的说话方式，细美大概只有在面对顾得满时才会使用。

面对别人时，河原细美总是面带微笑轻声细语，能用点头摇头或者表情表达的内容，她绝不会说多余的话。

“主要每次见面，吃亏的总是我。都已经开始混社会了，这样下去不是办法啊。”顾得满也露出了那招牌式的迷人微笑，走到桌前，坐了下来，“直说吧，这回又要我做什么？”他大大咧咧地把杯子里的酒一口喝干，然后又倒了一杯。

河原细美也不否认，只微微一笑：“说正事前，可以叙叙旧嘛，毕竟我们六岁就认识了。既然来了，不管愿不愿意，你大概都是要被利用的，至少感觉上可以让自己舒服一点。”

顾得满无奈地摇了摇头，刚想开口，河原细美伸出食指，堵住了他的嘴：“别说话。”然后她慢慢闭上了眼睛，说道，“我眼前现在就像在放电影，我们第一次见面时的情景历历在目，这样默默地想一想也是够好的。”

河原细美的手指很软，印在顾得满的唇上，让他有种被催眠的感觉，看着她那张干净到没有瑕疵的脸，顾得满也忍不住想起了他俩第一次见面时的情景。

他们两家其实住得不远，日韩城本就是新唐城的一部分，后来这地方的日韩移民在细美的老爹河原义雄鼓动下，向费切拉马集团请愿，才被分割为一个相对独立的区域。绝对距离上，他家跟河原家的距离甚至比去本城其他地方还要近。

但两个人的第一次见面，却是在蓬莱洲遥远的首府费切拉马城。

他们的父母虽是混黑道的，却都把儿女送到了费切马斯特学校，那是费切拉马城学费最贵的全日制贵族学校，费切拉马集团十三个董事家族的儿女也都在那里上学。费切马斯特翻译成中文，其实是“未来主人翁”的意思。

蓬莱洲虽是最破败的大陆，但蓬莱洲的费切拉马城却是世界上最繁华的城市。

这就是他们两个人的相遇，自相矛盾，却又无比和谐。

老爹说，这就是费切拉马资本主义的好处，在旧大陆凡事还要讲个身份和来历，在这里钱就是身份，身份就是钱，只要有钱，你就可以在费切拉马城买到最好的房子，上最好的学校，吃最好的食物，得到最贴心的服务和最有效的安全保障，没人会问你钱从哪里来，没人会因为你赚的钱多而来收你的税，只要你不在费切拉马城做有损本地居民的事情，也不会有人问你在城外干了些什么。

所以凡是在蓬莱洲混出了点名堂的壮丁团老大都会在费切拉马城的银行开个户头，给自己在城里安个家。

所以组成费切拉马董事会的十三个富豪，虽在旧大陆有各自的国籍和产业，但都把家和公司本部设在了费切拉马城。

那地方是世界上最好的避税天堂，每年都有很多来历不明的钱和来历不明的人远赴此地，在蓬莱洲衰败的过程中，费切拉马城却成了全世界的金融中心。

这些都是第一次去费切拉马城的路上，老爹告诉顾得满的。当时顾得满只有六岁，完全不明白老爹话里的意思，但从坐上飞机的那一刻起，老爹就翻来覆去地跟他说起这些，就算他不想记得，也不得不记得了。

路上，老爹还告诉他，他是在费切拉马城的医院出生的。所以他记忆里的第一次去费切拉马城，并不是真正意义上的第一次。

那天，飞机在费切拉马机场降落时，顾得满透过舷窗，终于看见了被遮掩在云层下面的费切拉马城，很快他被眼前的景象震惊了，那琳琅满目直插云霄的建筑群，正在阳光下闪闪发亮，天空中甲壳虫似的小飞车在来回穿梭。跟这地方比，新唐城就像一个乡下小镇，顾得满忽然有一种从城里少爷变成乡下小子的惶恐。

坐在出租飞车上，顾得满什么话也不敢说，他两手小心翼翼地扶着车窗，眼睛一眨不眨看着窗外的街景和行人，希望能把每个细节都记在心里。即使老爹老妈不断逗他说话，顾得满还是抿着嘴，一个字也不说，生怕说错了话，被前排座上的出租车司机嘲笑。

那天，他们在老爹买下的公寓里住了一晚，第二天去了费切马斯特学校。

在开班典礼上，别的小孩都在叽叽喳喳，忙着自我介绍，或者跟别的小孩攀交情，希望尽快地交到朋友，顾得满却特地找了个不起眼的角落。他从这个地方观察着每个人，却又不让别人注意到他。

他就这样一声不响地东看西看，像在玩着乐高游戏，将眼前的一块块“乐高”归类，想着将他们摆到哪个位置上，以便搭出最好看的“形状”。

他把所有人都看了三遍以上，心里总觉得好像漏掉了什么。再次扫描全场时，他看见了河原细美。

河原细美跟他一样，也把自己藏在了一个不起眼却又能观察全场的角落里，而且也在看他。两人的目光碰到一起，都被对方吓了一跳。

两人连忙把头低下，可能是因为觉得这样做太露怯，很快就又将头抬了起来，于是又一次地对眼，又一次慌乱地低头，如此三番，两人才终于稳住了，目光索性肆无忌惮，从头到脚不停地打量对方。

后来，河原细美主动跑了过来，和他握了握手，指了指家长席上那个穿着黑色和服的中年人，说那是她爸爸河原义雄。

顾得满早就从大人们的谈话中听过这名字，大家说起这位日韩城壮丁团的首脑时，都会咬牙切齿。但他没有想到，老爹竟然会坐在河原义雄身边，还跟他谈笑风生。

在蓬莱洲，壮丁团是费切拉马公司之下的第二层权力机构，只要肯不要命，谁都可以跑出来立个字头招兵买马，成立一个属于自己的壮丁团，以争夺属于自己的地盘、财路和人口，所以壮丁团之间的斗争层出不穷。而费切拉马公司也乐于看见这种斗争，如此一来，只要谁敢挑战公司的权威，公司都不用自己动手，就能利用壮丁团之间的倾轧，将挑战者平衡掉。

顾有思和河原义雄都是从这种割据状态中崛起的枭雄。

十年前，河原义雄统一了日韩移民的社区，成为日韩城唯一的壮丁团老大。但这并不能满足他的野心。这之后，义雄一心想着要扩充地盘，但日韩城除了东边的海岸线，其他三面都和新唐城交界，整个地区就像一枚被葫芦形状的新唐城夹在腰眼里的鸡蛋，想要扩张，就必须跟华人的壮丁团开战。十年来，河原义雄不止一次这样尝试，但都没有成功。

让他败下阵来的人就是顾得满的老爹顾有思。

河原义雄本是打算利用华人壮丁团四分五裂的状态，搞各个击破的，但不想到，在顾有思这个老狐狸的游说下，华人壮丁团的老大们选择了联手对抗河原义雄。

在新唐城，人人知道顾有思和河原义雄是天敌。所以，看到两人像老朋友一样在费切马斯特学校的开班典礼上谈笑风生，两人的儿女都有些不知所措。两位父亲甚至还把正在斗嘴的他们招到身边，要他们在费切马斯特学校里互相照顾。

多年以后，直到顾得满自己也成了壮丁团的一员，他才明白，双方父亲的恩怨，只是他们在费切拉马城外不得不做的事情，他们拼杀，只是为了让自己的儿女有资格到费切拉马城生活。

这就是顾得满与河原细美的第一次相遇，如此合拍而特别，一辈子都不可能从他们的记忆中抹去。

这之后，因为两人都将对方视为自己的同类，在费切马斯特学校的十二年里，他们成了知己中的知己，同时也是对手中的对手。

因为这种怪异的关系，两人隔三岔五就要闹一下别扭，然后是长时间的冷战。

每次冷战，他们都曾尝试去建立别的人际关系，虽能把新交的朋友笼络得服服帖帖，却总是觉得缺了点什么，朋友交得越多，就愈加感觉孤独。所以每次冷战末了，河原细美都会忍不住找顾得满无理取闹一番，撕咬肉搏，然后抱头痛哭，重归于好。

这个剧本一演就是十二年，这期间他们从早熟的童年到了野心勃勃的青春期，正在发育的身体让他们的关系在知己加对手外，又多了一丝暧昧。像他这样的少年，像她这样的少女，又怎能不被对方吸引？但理智告诉他们，他们始终是走不到一起的人。然而正是这不可能，让他们愈加被对方吸引。

四年前，从费切马斯特学校高中部毕业后，顾得满就再没私下见过河原细美。每年大学放假，河原细美都会回日韩城陪伴父母，每次回家，细美都会托人带话，表示要跟顾得满见面，但都被他拒绝了。

他们想要的东西截然相反，对彼此来说，是永远不可能走在一条路上的人。他们需要的不是见面，而是尽快忘记对方。顾得满本以为自己能做到这一点，但分离的时间越长，他对她的思念就越深。一想到河原细美终将如愿钓到金龟婿，嫁入她所渴望的十三豪门，顾得满就心如刀割。

不知不觉间，杯子里的威士忌已经喝尽，顾得满抬头看了一眼河原细美，发现她的杯子空了，干净得没一丝瑕疵的脸泛起了桃红。

“还记得我们第一次偷偷喝酒是什么时候吗？”河原细美拿起酒瓶，给顾得满的杯子添了点酒。

“记得，那是你的十六岁生日，你用你父亲的名义在学校隔壁的费切拉马假日酒店订了房间，我也谎称父母来费切拉马城看我，请假离开了学校。到了饭店，才发现你竟然准备了整整一瓶威士忌。要知道费切拉马城可是最保守的地方，十六岁的孩子偷偷喝酒，还是威士忌，简直大逆不道。大概谁也不会想到，像我们这种在学校里乖得不得了的孩子，会做这么出格的事。”顾得满道。

“就是因为乖得不得了，才会这么出格，不是吗？”河原细美长长的眼睛弯了弯，浅浅地一笑。

“也是。”顾得满也跟着笑了起来。

“不过，那天准备威士忌，除了想试一下喝酒是什么感觉，我其实还想看看会不会有别的事情发生。”说到这里，河原细美的眼圈忽然红了。

“我知道。”顾得满严肃地点了点头。

“知道什么？”河原细美的声音轻到听不见。

“你一贯小清新，那天却穿得很性感。我们都是早熟的人。”顾得满沉默了片刻后，说道。

“那你为什么没有表示，都喝了那么多酒？”河原细美看了顾得满一眼。

“平时你借着自己是女生，占了我多少便宜，要我真跟你有点别的事，以后你岂不更是吃定我了？”顾得满笑着说。

“别人都说你不爱计较，但为什么老跟我计较？”细美还是目不转睛地看着顾得满。

顾得满想了想，然后认真地点了点头：“因为你不是别人。”

“是好话，还是坏话？”河原细美沉默了片刻，然后问。

“都是。”顾得满又露出了那种用来掩饰的笑容。他知道，细美的意思是问，他跟她计较，是因为跟她关系太亲密，还是为了防着她。他的回答也确实是心里话。

河原细美忍不住在鼻子里哼了一声，自嘲地摇了摇头，接着问：“虽然我们都跟对方说过很多自己的事，但你从来没有告诉过我，你为什么这么早熟。”

“小时候，有个跟我们家关系特别好的叔叔，隔三岔五就会来家里玩，每次都会给我带玩具，然后陪着我，一陪至少半小时。有一天，他突然不告而别，老爹说叔叔搬去了外地。后来有一天我装睡，偷听大人说话，才知道那位叔叔策划了一个阴谋，要把老爹从壮丁团搞掉，老爹亲手杀了他。不过，即使知道了真相，我还是一直装作不知道，好像世界上从来就不曾发生过这件可怕的事。”顾得满说话时有些结巴。他把这藏了很久的秘密告诉河原细美，是想她以后不要再来找自己。

“哈，我们差不多，五岁的时候，我爸为了表现他是个慈爱的父亲，带着我和妈妈去亚洲购物中心逛商场，突然迎面来了两个壮汉，一边走，一边在从口袋里掏着什么，我爸的第一反应，就是抛下我和我妈，自己跑路了。虽然长大后，我也知道这是最明智的选择，但不知道为何，心里总盼着爸爸当时能留下来，用身体挡在我和妈妈前面。就算我们一家三口都会死，也好过现在这样假心假意装作什么事都没发生过。我在想，是不是所有壮丁团老大的孩子都有类似的经历，还是就我们两个人是这样。”细美悠悠地说。

“至少我们两个是这样。”顾得满顿了顿，然后继续说，“我们太像了，我们这样的人是不可能自己骗自己的，觉得对方会不顾一切爱上自己，对吧？”

“这样的念想真的一次也没有过？”细美直勾勾地看着顾得满，表情严肃极了。

“十六岁以后，就再也没有过。”顾得满有些不安，目光在左右闪躲。

“为什么？”河原细美还是不依不饶。

“还记得吗？在那次庆生聚会时，你跟我说了你的志向。”顾得满终于平静下来。

“是，我是跟你说过，将来我要想尽办法，嫁到费切拉马集团那十三个董事家族去。”看到顾得满在看自己，河原细美反而低下了头。

“你想做的事，谁也拦不住的。”顾得满举起杯子碰了一下细美放在桌上的杯子，自己先喝了一口。

“但我想做的事，未必做得成。”河原细美也拿起杯子，放在唇边抿了一口。

“不，别人未必，你一定做得到。”顾得满的嘴角边挂着一丝笑意。

河原细美摇了摇头：“虽然在费切拉马城大家都认钱不认人，是个最没有门第观念的地方，但问题是，在费切拉马公司当家的蓬莱洲，没有人能比那十三个董事家族挣更多的钱，所以门第这东西，其实还是有的。”

“你是女孩，不需要挣更多的钱，只要让那些家族的男孩爱上你就行。”说话时，顾得满感觉自己握杯子的手下意识地加大了力度。

“哈，哪儿有这么便宜的事？不是随便谈个恋爱，是明媒正娶，我要说服的可不是那些毛头小伙子，他们的长辈没一个省油的灯，我们自以为是的各种小肚肠，他们心里清楚得很，他们才不愿意自己的下一代娶一个壮丁团老大的女儿呢。所以，我的这个愿望八成实现不了。到时候我要成了老姑娘，大概就只能去追求‘真正的爱情’了吧，嫁给你的可能性还是很大的，如果你肯留在费切拉马城。”细美的眼睛微微一弯，笑了起来，顾得满却知道这笑很苦。

“所以，我们之间最大的障碍是因为我不肯留在费切拉马城？”顾得满也笑了笑，笑得有些僵硬。

“不，确切地说是你离开费切拉马城后要做的事情太危险。你的野心太大了。”河原细美低下头，让自己的目光避开顾得满。

“不是野心，是理想。”顾得满又拿起杯子喝了一大口。

“你确定是理想？”河原细美的脸上露出嘲弄的笑意。

“我确定。”顾得满用力点了点头。

细美低头喝了口酒，淡淡一笑：“你凭什么认为这是理想？”

顾得满平静地看着细美，眼睛一眨不眨：“因为我生在这样一个世界，一个看似最亲切的叔叔，却在密谋杀死我老爹甚至我们全家。我老爹总是装出很轻松的样子，却每天如履薄冰，有时会像防贼一样，防着他的兄弟和朋友。我想，这些情况你应该不会陌生。还有……”顾得满笑了笑，尽量不去看河原细美的脸，“我有个最好的朋友，她那么美，那么聪明，那么有才，却认为要实现自己的抱负，只有嫁给十三家族的人才可以。在这地方，想要活下去不容易，想要活得像个人样更不容易，为了生长，每个人都只能让自己变得扭曲，不是这里的人天性险恶，而是环境让人一天天变得险恶。我不想再活在这样一个世界上。所以我确定，这是理想。”

听着顾得满的话，细美的眼圈微微发红，但很快被她用嘲弄遮掩了起来。她昂起下巴，冷冷地说：“凭什么你认为别人没有这样想过？但为什么他们没有这样尝试，因为他们知道做不到。这么多强者和聪明人，都觉得做不到的事，你凭什么觉得你能做到，这不是野心是什么？”

“不，这是理想！”顾得满斩钉截铁。

“好吧，你的理想太危险了，我这样的人是不能允许自己的人生失败的。”细美的眼圈又红了，顾得满想把自己的手伸出去，握住她的手，但还是克制了。

“对了，我们还是言归正传。”顾得满低头看了一眼杯子，拿起来放到嘴边喝了一口。

河原细美也拿起杯子，低着头抿了一口，再抬起头时，那张干净的脸又恢复了没有一丝破绽的样子。

“听说你早上去1号码头了？”河原细美慢条斯理道。

“切斯迪给我老爹发了请柬，总不能不给面子，就像我也不能不给你面子。”顾得满淡淡一笑。

“听说……”细美的长眼睛拉成一条线，“振兴会的王医生和搏击堂的李彪悍在码头上跟你密谋了半天？”

“你消息倒是蛮灵通的。”顾得满不动声色。

“你知道，为什么这次费切拉马集团会突发奇想，要在蓬莱洲搞全民公选？”河原细美刚才还警惕的脸忽然松弛下来。

“我也觉得奇怪，以前CEO的人选不都是董事会说了算嘛，这次是为什么？”对这个问题，顾得满心里早有答案，但他还是想听一听河原细美的分析。

“为了堵大家的嘴啊。”河原细美目光闪烁，嘴唇微微翘起，“这些年，蓬莱洲的人都开始对费切拉马公司把持新大陆感到不满，各种势力跃跃欲试，最激烈的当然是被费切拉马公司指为恐怖组织的快闪革命党。”

“你我都知道，快闪革命党不过是个能拿到台面上来说的借口。”顾得满忍不住打断了细美，“快闪革命党甚至都没有真正的组织，不过是一种即兴的表演，可能是你，可能是我，可能是每个人和他们心中的不满。”

“你说得完全正确，既然有这么多不满，自然这就是民意了，对吧？”河原细美脸上的笑意更浓，“其次就是像你这种壮丁团里的少壮派，也想利用大家的不满挑战费切拉马公司。所以公司就用全民公选来堵大家的嘴。另外，董事会的十三个家族经过这些年，也积累了不少纠纷，正好想找机会洗牌，便有了这次竞选。新唐城选战是这次选举的最后一站，胜负会决定今后一二十年蓬莱洲的大局。”

“你来找我，大概不是为了告诉我这些吧？”听了细美的分析，顾得满不得不佩服她的敏锐和缜密，然而越是如此，他就越是想挑衅她。这么多年来，他们都是这样互不相让，也正因为如此，才在彼此心中留下了难以磨灭的印象。

“嗯，你说得不错，我找你是有事相求。想请你帮我说服你父亲，在这次选举中全力支持李河方。”河原细美说道。

“为什么？”顾得满问。

“显而易见的理由是，李家是费切拉马集团十三董事家族里唯一的华裔，新唐城的多数居民是中国和东南亚过来的华裔移民，如果李河方能当选CEO，肯定对你们有利。你们四大壮丁团也能借机攀高枝，跟着李老一起驰骋蓬莱洲，作为你老爹唯一的继承人，你也许能成为一方诸侯，说不定还有机会实现你的野心。”细美调侃道。

“再说一遍，是理想。”顾得满笑了起来，笑容迷人，却又别有意味。

“反正都一样，差别就是站在哪个角度看。”细美也微微一笑，清纯到让人不由得怀疑，刚才那些城府深沉的言语是否真的是从同样的一个人嘴里说出来的。

“你呢？你劝我这么做，你有什么好处？”顾得满问。

河原细美没有马上接话，只是看着顾得满，似乎在寻找合适的措辞。

顾得满知道她为什么难以启齿，便主动替她说了出来：“听说你最近和李河方的孙子李适之走得很近？”

“哈哈，原来你还在关心我的动向。”河原细美有些不安，但很快释然了，眼里露出决绝。

“谁让你现在是社交界的名媛，关于你的消息，隔三岔五就会在蓬莱洲的媒体上曝光，想不知道都不行。”顾得满故作轻松。

“也是，为了实现我的野心，我也确实蛮拼的，这一点你还是应该佩服一下我的。”河原细美举了举杯子，向顾得满示意干杯。

“你觉得自己帮了李河方，就能得到李家的好感，破格让你成为他们家的少奶奶？刚才你自己都说了，那十三个家族的长辈没一个省油的灯，我看八卦消息说，李适之的父母都在反对你和他们的儿子交往。”顾得满也举起杯子，和细美碰了碰杯。

“那两个草包说了不算，他们家是老太爷说了算。”河原细美一脸自信。

“李河方给你承诺了？”不知为何，顾得满心里一沉。

河原细美轻描淡写地点了点头。

“你怎么知道，不是老头为了利用你，开出的空头支票？”顾得满又问。

“老太爷找我深谈了一次，说他的儿女没有一个成器的，然后他最喜欢的宝贝孙子李适之又太善良，他怕李适之将来守不住这份家业，所以看到我这么有心机，社会形象、学业和健康状况又出色，自然觉得物有所值，就求我务必拴住他孙子的心，同时也不要辜负了李适之，李家的家业将来都要靠我帮他孙子在幕后支撑。当然，让我大权在握之前，他有个条件，就是先给他们李家生一个继承人，这样为了自己的下一代，我自然不可能做出背叛李家利益的事。”河原细美道。

顾得满没有说话，只是静静听着。他在费切马斯特学校跟李适之有过几面之缘，知道那是个干净如天使的孩子。可能因为家境好，平时又受到太多保护，所以没有机会接触太多阴暗的事物。同时又因为种族和性格的关系，他跟其他十二个家族的子弟也没有过深的交往，虽是豪门子弟，身上全无纨绔气，简直是贾宝玉式的人物，每个见过他的人，都有一种不忍心伤害他的冲动。这样的孩子在河原细美这种有城府的高手面前，大概是不会有抵抗力的吧。利用李适之对河原细美的痴情，李河方既可以不伤害宝贝孙子对幸福人生的幻想，又可以给家族引进一个强有力的继承人，大概也在情理之中。看来，细美真的要实现她少女时代的梦想了，然而顾得满不知道，自己该为此高兴还是难过。

“所以，我过来求你帮忙，不是李河方的意思，是我自己要来，我是帮自己，李家的未来就是我的未来。”说话时，细美的声音还是很轻，却斩钉截铁。

“我该怎么回答你？”顾得满努力笑了笑。

“你先回去权衡一下，然后再答复我。”河原细美轻巧地努了努嘴，“还有，不管你的答复是什么，新唐城的选战，我都势在必得，就算跟你刺刀见红，我也在所不惜。”

说完，河原细美朝门口站着的金氏兄弟做了个手势，然后站起身，向门口走去。快到门口时，忽然回眸一笑：“对了，你来买单，谁让你是男人！”

看着那妩媚的眼神和笑容，顾得满觉得自己心都要碎了。

本章回顾：

河原细美约顾得满见面，两人回忆一起在费切马斯特学校念书时的往事，心里满是怅惘。河原细美告诉顾得满，她在和李河方的孙子李适之谈恋爱，李河方已经同意了两人的关系，并将富有心机的河原细美视为家族事业下一代的掌舵者。河原细美这次是来向顾得满游说的，要他在CEO选举中支持李河方。

小贴士：

费切拉马城：蓬莱洲首府，经过五十年的发展，这座新兴城市已成为地球上首屈一指的大都市，地位大约相当于20世纪的纽约，是全球的金融和贸易中心，大财团会聚在这个不隶属于任何国家的逃税天堂，将大量的财富堆积在这里，为这座城市带来了繁华的市景和奢靡的生活，少见多怪的地球人都将它称作“宇宙中心”。

河原细美：极道会会长河原义雄的独女，从小就去了费切马斯特学校就读，和顾得满是同班同学，两人是青梅竹马的朋友。在顾得满介绍下，河原细美也跟波夜空和井下光成了朋友。河原细美还有一个身份，就是杀手组织财神里最强的杀手少女忍者。河原细美性格要强，一向不肯认输，十六岁时就发誓，要嫁入费切拉马集团的十三董事家族，成为人上人。后来，她如愿以偿，嫁给李河方的孙子李适之。

李河方：著名的华裔富豪，费切拉马集团的十三董事之一。新唐城是李河方在蓬莱洲的根据地，也是新唐城四大壮丁团之一的四海帮的后台，新唐城有一大半地皮都属于李河方。同时，李河方跟四天王星的情报部门也有极深的关系，而他本人也是一个身手了得的绝顶高手。跟河原细美谈恋爱的李适之，正是李河方最宠爱的孙子。

第四章
总会有各种各样的眼睛在看你

跟河原细美见过面后，顾得满骑着摩托，在城里飙了大半夜车，凌晨三点才回到家，一头倒在床上睡了过去。

醒来时，他看了看表，已经是上午十点，他心里不由得略感诧异。自从他向老爹表示了接班的意思，无论前一晚他是几点睡的，如果第二天七点还没有起，老爹就会雷打不动地跑来叫他。

老爹说，要想在老大的位子上站住脚，对自己对别人都要够狠。一直以来，老爹都是这样对他的。

然而，今天到了这时候，老爹却还没有来叫他。

顾得满连忙起身，洗漱一番后，跑去餐厅找答案。

兰妈已经在等他，一看到顾得满出现，马上热情地招呼起他来。

兰妈是将顾得满带大的保姆，现在成了家里的管家，但她还保留了把顾得满当儿子来照顾的习惯。

在把吃的东西端来后，兰妈喜滋滋地坐在桌边，看着顾得满吃东西。

顾得满从盘子里拿起一根散发着奶香的油条，咬了一口。油条是用黄油炸的，是兰妈的看家点心，也是顾得满的最爱。顾得满脸上露出了享受的表情，又狠狠地咬了一口，然后想起了什么，问道：“老头子今天什么情况，怎么没来叫我？”

“三姐夫从昨晚到现在都没有合过眼，特地关照，今天不要吵醒你，让你把精神养好，说中午有人要请你吃饭。”兰妈说。

兰妈嘴里的三姐夫正是顾有思，兰妈是顾得满老妈家的远房亲戚，称他老妈为三姐，所以老爹就成了三姐夫。

“什么人面子这么大，让我见他前还要养好精神？”顾得满放下咬了一半的油条，若有所思。

兰妈摇了摇头：“我只知道，昨晚门口来了个车队，有个金毛老外在一帮黑衣保镖护送下，跑来拜访三姐夫，两人在书房里说了两个小时的话。金毛走后，三姐夫就跑来问，你回来了没有，然后让我们今天早上不要叫你起床，让你睡到自然醒。”

“那他自己为什么还不睡？”顾得满愈加好奇。

“晚上十一点钟的时候，姐夫本来已经打算睡了，突然来了一串电话，然后辛军师还有几个堂主都跑来了，你说他还怎么睡？”兰妈摇了摇头。

顾得满心里一沉，知道昨晚自己飙车时，城里一定发生了什么大事。照理说，这种情况，作为堂主，顾得满也应该被召回的，老爹却没有这样做。看来今天他要去见的人，比让老爹睡不着觉的事还重要。

“老头子现在还在书房？”顾得满喝了口豆浆，问道。

“在。三姐也在。”兰妈点了点头。

三姐指的是老妈阮异草。阮异草是他爹顾有思的三姨太，大妈二妈现在都去了费切拉马城，顾家现在是老妈在当家。

想到连老妈都一夜没睡，看来事态真的不是一般严重。顾得满连忙加快了吃东西的节奏。吃完手里的油条，又拿起一根，然后端起杯子直接去了书房。

书房里烟雾腾腾的，几个老烟枪把这摆满古董的房间，折腾成了柴火灶。

进屋后，顾得满找了个不起眼的角落，坐了下来。大部分人都没注意到他进来，只有老爹和小柯用眼睛的余光扫了一下他。

老爹干瘦的脸看上去有些虚弱，眼皮垂着，大口大口地喝着茶叶占了大半个杯子的绿茶。

老爹喝茶时，负责情报工作的小柯在一板一眼地陈述着他收集来的情报。

“昨夜到今早，十个小时，新唐城发生了十七起命案……”小柯借着停顿的机会，吸了一口手里的香烟，“晚上九点半，一辆载着三十三个垃圾焚烧厂夜班工人的通勤巴士行驶到半路时，马路忽然塌陷，掉进了一个五十米深的陷坑里，车上乘客和司机无一幸免。”

老爹很快喝干了杯子里的最后一滴茶水，给站在身后的老妈做了个手势，示意把茶叶全部换掉。老妈没有说话，只是马上付诸行动。

“十点十五分，四海帮的老三从和记赌场出来，跟保镖和司机一起失踪，早上有人在海边的鳗鱼养殖场找到了四人的脑袋，尸体已被鳗鱼吃得差不多了。

“十点五十分，振兴会的人突然冲进搏击堂的宿梦夜总会，两个壮丁团的人发生火并，死伤二十多个，后来虽然查出来是误会，但死了人，想讲和也不容易。

“十一点三十分，我们和生财下面的一个小队长姜进酒跟手下人吃夜宵，不知中了什么毒，突然喊肚子疼，然后一组人全身冒烟，自燃而亡。

“……”

“可以了……”顾有思举手打断了小柯的叙述，然后看了一眼跟随自己多年的军师辛见添，说道，“军师，你怎么看？”

方头方脸的辛见添一看就不像聪明人，和生财里最老谋深算的人是顾有思。但正因为如此，每次老爹问大家意见，壮丁团的叔伯们都怕闹笑话，一般不敢将心里的想法开诚布公。只有辛见添心直口快，什么话都敢说，所以就被推选成了军师。

“这地方虽一向不太平，杀来杀去是常事，但很少有过这么短时间就发生这么多命案的情况，而且每件命案都这么离奇，确实很不寻常。”辛见添摸着下巴摇了摇头。

“我在和生财当家二十多年，这二十年来，新唐城的壮丁团每三年要洗一次牌，五年要来一次大火并，原先的七大壮丁团变成了今天的四家，剩下的四大壮丁团唯一没改朝换代的就是和生财。我也算活久见多，但没有一次，像这次这么蹊跷。”顾有思喝了一口新沏好的热茶。

“会不会是河原义雄在搞事？毕竟这五年来他一直想从日韩城往外扩张。”辛见添说。

“他要是真能闹出这么大动静，新唐城早就没有这么太平了。说心里话，得谢谢他，要不是他想把势力往新唐城扩，我们这四个华裔壮丁团也不可能结盟，城里这五年的太平日子，都靠他成全。”顾有思语气里带着一丝嘲弄。

“应该跟费切拉马集团的CEO选举有关，毕竟新唐城是最后一站，将决定谁是新的CEO，中国移民又是蓬莱洲人口最多的社群，估计壮丁团以前的各种矛盾会在这一个星期里集中爆发。”看到辛见添老说不到点子上，老爹又在一个劲地打太极，顾得满终于忍不住了，知道这时候只能由自己这个做儿子的出来说话了。

顾有思看了看儿子，没有说话，沉思片刻后，抬头说道：“算了，大家都回去想一想吧，这几天尽量小心。”

众人点头，准备从书房离开，顾有思叫住了儿子：“阿满，你留一下。”

顾得满本就没打算走，便侧了侧身，把其他人都让了出去。小施出门前和他顶了顶拳头，小柯则意味深长地看了他一眼，老妈也被老爹赶了出去。很快，书房里只剩下了父子二人。

“昨天来拜访你的，是切斯迪吧？”顾得满一口喝完剩下的豆浆，将杯子放到了一边的茶几上。

顾有思眯着眼睛看了儿子半天，然后点了点头。

“决定跟他合作了？”顾得满又问。

“合不合作，你决定。我老了，无所谓。你决定了就好。”顾有思双眼微合，一副意兴阑珊的样子。

“他说什么了？”顾得满愈加好奇。

“算了。”顾有思摆了摆手，“一会儿他会自己跟你说。我不啰唆了，免得你到时候再听一遍。”

“都不用准备一下吗？”顾得满被老爹吊胃口吊得心里发痒。

“有什么好准备的，都是明牌。”顾有思脸上还是看不出高兴还是不安，似乎连顾得满会怎样答复，也已了然于胸，“十一点去门口等着，切斯迪会派车来接你的。”

“好吧。”顾得满点了点头，“还有什么要说的？”

“还有什么好说的？”顾有思反问了一句，然后将眼皮合了起来，“既然你猜出要去见谁，我大概就不用再提醒你什么了，我困了，你也去准备一下吧。”

其实也没什么好准备的，顾得满按老爹的吩咐，十一点不到就站到了顾家别墅的门口。五分钟后，随着马达的轰鸣声，一辆大如碉堡的吉普车出现在路右边的尽头，将路面上的灰尘和石子都碾飞了起来。

顾得满面带微笑，往后退了两步。

那悍马车虽减了速，但还是将灰尘带到了他刚才站立的地方。

车停稳后，后车门开启，一个金发女子笑着招呼：“满公子，请。”

顾得满认得那女子，正是昨天码头上站在切斯迪身边的仿生机器人。机器人声音清脆，汉语流利，口音甚至比城里的二三代华裔移民还标准。

顾得满点了点头，上了车。

悍马的后车厢很宽，两排座位面对面排列。坐在那仿生机器人的对面，顾得满一直没有说话，心里早已打定主意，只要对方不开口，自己绝不搭讪。他要让对方看不出他心里的想法，并尽可能地获取对方的信息。老爹说过，最好的谈判策略就是沉住气，把说话的机会让给对方。

车里的气氛有些沉闷，顾得满趁着仿生机器人的目光看向窗外的间隙，偷瞄了对方几眼。

他看过关于切斯迪的报道，知道这红发机器人叫特蕾莎，是切斯迪的秘书兼保镖。切斯迪派她来接自己，显然是在表示重视。

和昨天在1号码头时的形象不同，今天特蕾莎的头发由火红的直发，换成了金色的卷发，身上的衣服也不再是那套黑色的西装裙，而是换成了一条超短牛仔裙和一件白T恤，超短裙很短，T恤的开口很低。特蕾莎的身材本就火辣，在这服装的衬托下，几乎就是赤裸裸的诱惑。

顾得满却知道，这是一种试探。从上车的那一刻起，特蕾莎身上的红外探测器就一直在扫描他的身体，测量他的体温和心跳。只是特蕾莎和切斯迪并不知道他有能力感知这一切。顾得满没有刻意控制自己，而是像最普通的青年男子一般，对这绝色尤物动了一下心，同时又保持了必要的礼貌。

在这个过程中，他注意到特蕾莎的手腕上有两道隐蔽的隆起，毫无疑问，那下面应该是藏着两件火器，一旦特蕾莎裂开手腕，她马上会变成一台高效的杀人机器。

顾得满还注意到，特蕾莎的胸口和脑后都有一小片粗大的毛孔，这两个地方应该隐藏着两组纳米复眼，这两组复眼和特蕾莎的眼睛都有摄像功能，切斯迪很可能正在远方透过屏幕观察自己。

对此，顾得满也没有刻意防备。人生本是一场戏，大多数时候，总有各种各样的眼睛在看你，他对此早就习以为常，沉默的微笑是他最好的保护色。

不多久，悍马车来到了西区码头。

自从出了昨天快闪革命党搅局的事情，1号码头上现在是一副如临大敌的样子，正在巡逻的是保安部的特别行动队。与普通保安不同，行动队由来自旧大陆的雇佣兵组成，所携带的装备都是重武器。这些人堪称蓬莱洲境内最强悍的武装力量，很少会在公共场合露面。

顾得满下了车，由特蕾莎引领，上了那艘叫作“新篇章”的邮轮，被带到了最高处一个类似玻璃房的瞭望塔里。

瞭望塔面积不大，只有十几平方米，房间里只有一张桌子和两个椅子。桌上摆着一大盘西班牙海鲜饭和一盆沙拉，另外有一小碟鱼子酱，一瓶红酒，一个已倒入一半酒的醒酒器，两个高脚杯和两套餐具。

穿着浅灰色休闲西装的切斯迪看到顾得满进来，连忙做了一个手势，要他在对面坐下。特蕾莎则走到切斯迪身后，双手反剪，如同一座凝固的雕像站定了下来。

切斯迪自己动手，往顾得满的盘子里夹了一大勺海鲜饭，然后又给他斟了半杯刚刚醒好的红酒。

“西班牙海鲜饭是我最拿手的料理，不是吹牛，全世界都找不出几个厨子，能做出这么好吃的海鲜饭。”

切斯迪带着自得的表情，将酒杯推到了顾得满的面前。

说话声来自切斯迪身后，但此刻他并没有开口，如此看来，特蕾莎不仅能做同声翻译，应该还有接收脑电波的功能，切斯迪是在用意识对她进行操控。

顾得满低下头，拿起勺子，吃了一口盘子里的西班牙海鲜饭，味道果然不错。

“怎么样？”切斯迪的脸上满是期盼。

“好吃。”顾得满点了点头。

“再来一口红酒。我们切家酒庄八年以上的卡百内，跟我的海鲜饭放在一起，堪称绝配，要是能再来一小勺鱼子酱，那就完美了。”切斯迪眉飞色舞，说话时还夸张地挥舞了一下拳头。

顾得满照着切斯迪的指点，拿起小勺，舀起一点鱼子酱，放进嘴里，又抿了一口杯子里的酒。酒味醇厚，甚至比那些贵如黄金的法式红酒还好喝。他不由得对眼前这个喜欢自比恺撒的意大利佬产生了一点兴趣。

今天之前，顾得满只知道，切斯迪是来自美国的意大利移民，家里原先在拉斯维加斯开赌场，因为费切拉马城税低钱多，他们家便把大部分生意转到了费切拉马城。但顾得满并不知道，切斯迪家还有自己的酒庄。

看到顾得满脸上露出享受的表情，切斯迪的神色愈加满意。他豪迈地拿起勺子，一连往嘴里塞了好几口海鲜饭，又一口喝干了杯子里的酒，似乎要将自己粗犷的一面毫无保留地表现给顾得满看。

顾得满不动声色，照着自己的节奏吃着盘子里的饭，喝着杯子里的酒。

很快，切斯迪吃了三盘海鲜饭，给自己倒了三次酒，然后肆无忌惮地打了个饱嗝，停下动作，开始笑眯眯地看着顾得满吃东西。

虽有些不习惯，顾得满还是一脸放松地吃着，七成饱的时候，他才放下勺子，抬头对切斯迪笑了笑。

“好吧，言归正传。”切斯迪摘下围在领口的餐巾，变得严肃起来，“你父亲跟你说了我请你来的用意了吗？”

顾得满摇了摇头：“老爹说，听他说不如听你说。”

“呵呵，身边能有一位智者给你这么好的建议，真是让人羡慕。不像我，十八岁时父亲就去世了，至爱亲朋老弱病残，远房亲戚各怀心思。”切斯迪脸上露出唏嘘之色。

“我老爹其实是不希望我接他班的，他更想我留在费切拉马城，过个平安而平庸的人生。”顾得满笑了笑道。话是在就着父亲的话题发感慨，其实却传达了某种信息，顾得满相信，切斯迪应该能听懂其中的意味。

“我也觉得这是最好的选择。但你肯定不是这样想的，对吧？”切斯迪眼中闪过一丝嘲弄。

“也许将来我会这样想。”顾得满笑了笑。

“好吧，这么说来，在将来到来之前，我们还有合作的可能。”切斯迪脸上的笑意更浓。

“你说的合作是指什么？”顾得满将身体往椅背上靠了靠，努力让自己放松下来。

切斯迪淡淡一笑，语气看似随意：“据我所知，前些年你在费切马斯特学校念书时，一直在联络各地壮丁团的第二代，你们搞了一个费切马斯特兄弟会，打算有朝一日联手对抗费切拉马集团。”

“这事情我怎么不知道？”顾得满心里一惊，脸上笑得愈加轻松了。

切斯迪不为所动，眼睛直勾勾地看着顾得满的脸：“你知道，我是保安部的负责人，除了那些在明处的保安人员，手里还有一些眼线，五年前我就知道你们那个小团体了，但一直没有向董事会报告，把这件事情给压了下来。”

顾得满终于知道，那天站在1号码头演讲时，切斯迪老是看他的原因了，显然他是有备而来。这种情况下，再掩饰就是露怯，顾得满收起笑容，问道：“你这么做，就是为了今天？”

“不，是为了蓬莱洲的明天。不要以为只有你们想改变现状。”切斯迪似笑非笑地看了顾得满一眼，似乎很满意他的坦诚，“我的出身和你差不多，祖上是西西里人，家族到拉斯维加斯做酒店前，一直被人当作黑手党。我很理解你们这些壮丁团第二代的想法，谁不想干正行啊？蓬莱洲不能老是由董事会那十三个家族说了算，该变一变规矩了。”

顾得满沉默片刻后，点了点头：“说说你的计划。”

“如果我能当选CEO，我会说服董事会，让费切拉马减免蓬莱洲居民所欠的债务，至少免去利息。还会让公司出钱，改善所有社区的治安和民生状况，创造更多工作机会，让蓬莱洲不再做旧大陆的垃圾集散地，各个壮丁团的首脑也有机会成为董事会的非常任董事。”切斯迪侧过头，看了一眼玻璃房外一望无际的海天交接处，一副志存高远的样子。

“你自己呢？”顾得满一动不动看着切斯迪的眼睛，“你这么做的理由是什么？

“对外，我当然会说，是为了蓬莱洲的人民和我们共同的家园，反正就是些唬人的陈词滥调，怎么好骗怎么来。”切斯迪露出玩世不恭的表情，耸了耸肩，“但你是聪明人，糊弄你没有意义。实话实说吧，钱我已经有很多，女人更不缺，权力的滋味当然也尝过，除了登顶。”说到这里，切斯迪停顿了片刻，“我们这样的人，就是为登顶而生的。为此，我可以不惜一切代价，善恶于我，都只是手段。当然，最好的结局，是登顶后青史留名，这大概能最大程度地满足我的虚荣心。”

“逻辑上倒也合理。”顾得满点了点头，“说说看，需要我做什么？”

“还能有什么。”切斯迪瞪大眼睛看着顾得满，好像很不理解他会问出这么没水平的问题，“当然是帮我赢得新唐城选战！”

顾得满不由得一愣，切斯迪坦诚到如此地步，让他很不习惯，他不由得摇了摇头道：“怎么帮？”

“知道我的‘青年才俊计划’吧？”切斯迪问。

“有所耳闻。”顾得满点了点头。

“我还是跟你实话实说。”切斯迪站起身，走到瞭望塔的窗前，一副指点江山的样子，“这次选举前，我的人做了个统计，蓬莱洲有一亿人口，十八岁以上的选民是八千万，其中呢，十八岁到三十岁的人口占到百分之八十多，大约六千五百万。”

“也是，这地方的人都短命。”顾得满一脸讥诮地插嘴。

切斯迪装作没听见，继续道：“所以想要赢得选战，当然就要想办法赢得年轻人的支持。怎么做？当然是给他们一个强烈的信号，只要我当选，年轻人就能在费切拉马集团里拥有更多的发言权。所以我制订了这个青年才俊计划，每到一个选区，都会从当地挑一个这一年龄段的青年才俊，来做选战代言人。一旦我当选CEO，这些青年才俊就会被聘任为总公司各部部长或分公司总经理的首席助理，对各部门的决策不仅有知情权和发言权，还有一票否决权。这计划已经帮我在大部分选区赢得了选战。新唐城自然也不例外，你就是我心目中新唐城的青年才俊。”

“这么重要的事，你难道不应该早点来跟我商量的吗？万一我不答应呢？”顾得满微微一笑。

“你是我的王牌。翻开前，知道的人越少越好，也包括你自己。”切斯迪转过头，一脸热诚地看着顾得满，“虽没有跟你提前通气，但选择你，绝非随便一拍脑袋。”

“稍等。”顾得满做了个手势，“从哪一点看出，我是你的王牌？”

“据我所知，在新唐城，你是数一数二的偶像人物，越是不认识你的人，就越是崇拜你。我的人说，只要你在新唐城登高一呼，估计至少会有一百万追随者鞍前马后。公子阿满可不是浪得虚名。”切斯迪慢悠悠地说道。

“我有个朋友，在网上很红，别人都叫她‘女神光’，她的粉丝有一千万，比我强多了，要不我把她介绍给你。”顾得满不动声色道。

“井下光嘛，我听说过，既然要了解你，不可能不了解一下你的朋友。”切斯迪的嘴角浮出一丝嘲弄，“不过，我找你可不是因为你有很多粉丝。从你组织兄弟会那天起，我就在注意你了。我当时只是想看看，这事情会怎样收场。要知道，你们这些壮丁团二代有哪个不是自视甚高，相互之间又有那么多矛盾，谁肯听谁的，即使一起开个派对，都可能互相拆台，竟然还要组织起来，联手对抗费切拉马集团，这事情得有多难啊！”

“要他们在一起开个派对可能很难，但蓬莱洲人对费切拉马集团的仇恨是不用别人动员的。我的意思是你高估了这件事情的难度。”顾得满语气平淡地提出异议。

“凭这一点，就说明我没有看错你。”切斯迪脸上露出了赞赏的笑意，“这样的目光，不是什么人都可以有的，何况，即使有共同的目标，要把这些人组织在一起，也不是随便说说就可以的，你得有手腕，得有让人佩服的组织能力，得了解人性的弱点，还得有个人魅力。此外，跟井下光不同，你的追随者可不是撞大运撞来的，那是苦心经营的结果。政治和娱乐到底是不一样的。”

“看来，要是我不接受邀请，今天大概就下不了这艘船了？”顾得满的神情忽然严肃起来。

“果然是公子阿满，都已经猜出我下面要跟你说的话了，你这样的人，如果不能为我所用，我就只能亲手毁了你，我是不可能让你站到对立面上去的。”切斯迪的脸上露出决绝的神情，“不过，要是你没有上这条船，可能这会儿尸体都已经凉透了。”

“怪不得我老爹跟我说，都是明牌，哈哈！”顾得满忽然露出那充满亲和力的笑容，“不过，即使没的选，我还是想知道，你为我开出的价码是什么？”

“如果我当选CEO，你会成为保安部的首席助理。保安部主任的职位我会继续兼着，但不会被这位子牵扯太多精力，也就是说，以后在保安部，你会是真正的当家人。还有，我计划将你那个兄弟会里的壮丁团子弟都召入保安部。我们要进行的改革，需要有武力做后盾，否则根本推行不下去。这下，你应该明白，在我的计划中你有多重要了吧。你是生来就要做大事的人，跟我合作符合你的志向和利益。”

“明白了。”顾得满点了点头。

“跟聪明人合作就是愉快，不用说太多废话。事不宜迟，我请的记者应该都到了，我们这就去宣布好消息。”切斯迪走过来，拍了拍顾得满的肩膀。

本章回顾：

顾得满早上醒来，才听说老爹顾有思昨夜通宵未眠，正在召集和生财的各路人马开会，原来昨夜城里发生了很多命案，局势风雨飘摇。顾有思告诉顾得满，切斯迪昨夜特地跑来顾家，要召见顾得满。约了顾得满今天过去。顾得满在切斯迪的“竞选办公室”新篇章号邮轮上，会见了这位保安部主任，才知道自己被选为切斯迪在新唐城顺利竞选的伙伴之一。顾得满要是不从，切斯迪就会要了他的命，顾得满只得接受邀请。

小贴士：

费切马斯特兄弟会：顾得满在费切马斯特学校念书时建立的一个秘密组织，成员都是蓬莱洲各地壮丁团的二代子弟。该组织计划在蓬莱洲发动起义，推翻费切拉马集团的统治。顾得满是费切马斯特兄弟会的头领。

顾有思：新唐城的四大壮丁团之一的和生财的团主，以足智多谋而著称。顾得满是顾有思最小的儿子。

第五章
跟命运抗争本身就是命运必要的一环

整整一下午，顾得满都在笑。

面对无数镜头枪林弹雨似的扑向自己，他全力开动保护色，脸上的肌肉都笑疼了。

幸好发布会不需要他发挥，都是切斯迪在侃侃而谈，他只用点头或者鼓掌就好，过程还算轻松。

他回到家时已是下午四点，雾霾笼罩的新唐城一派黄昏景象。目送着将自己送回家的悍马车消失在路的尽头，顾得满看了一眼四周。他家宅院的围墙占据了大半条街，此刻街道上空无一人，他身后的大门也紧闭着。

顾得满没有往家里去，而是像个陀螺似的旋转起来，而且越转越快，然后消失在了空气中。

几乎在顾得满从家门口消失的同时，他的身影就出现在二十公里外日韩城的一个日式庭院内，正是上秘院进门后的第一进院子。

上秘院是一家日式的密宗寺院。自蓬莱洲经济崩溃后，此地的大部分宗教场所都每况愈下，唯以神通和奇迹为号召的上秘院还维持了不错的人气，俨然成了整个蓬莱洲的佛教中心。

此刻，香客们差不多都离开了，院子里除了雾蒙蒙的一片，什么也看不见。然而雾霾深处，却有清晰的扫地声在持续。

顾得满知道，那是他师父在扫地。

顾得满的师父是寺院里的低级僧人，法号一舟，是庙里专门负责清洁、做饭之类的杂役。

但扫地僧一舟其实还有另一个身份，地藏会地球分会的会长大愿比丘。而他之所以甘愿化名进入上秘院打杂，是为了等待一个命中注定要成为他徒弟的蓬莱洲少年。

大约十二年前的夏天，放暑假的顾得满来日韩城找河原细美玩，细美带他来了上秘院，遇见了正在院子里扫地的大愿比丘。

师徒两人第一次见面，就产生了感应。

当时为了求证顾得满是否就是自己在等的人，大愿比丘偷偷露了一手功夫，扫地时故意将一片落叶扫进水池。别人没注意，顾得满却看见了，他开始目不转睛地盯着那落叶看，落叶在水上旋转，转成了一朵盛开的青莲花。顾得满自幼便听说过神奇的扫地僧的故事，知道自己遇见了高人。

那天，跟河原细美分手后，顾得满又折返回来，大愿比丘已经在等他了。

两人就此结成了师徒。

此后无论顾得满在新唐城还是遥远的费切拉马城，师父每个月都会来找他一次，传授他一项新的技能，然后往他身上添一道文身。五六年前顾得满才大概看出，师父给他文的是一只青底朱纹的大老虎，师父说这不是一般的老虎，而是猛虎太岁，是传说中宇宙的保护者。

刚才，顾得满从自家门口倏忽来到此地的技能，就是师父传授给他的。师父说，这是地藏会七大秘术中的隔空跳跃术。旋转身体是一种类似安慰剂的障眼法，目的是骗过人类的自我意识，以减少意识对肉身的干扰，让身体里的粒子汤由散乱转为有序，让这些四处乱窜的微粒往同一方向运动，以实现量子隧穿，这样一来，他的肉身不仅可以穿过一切有形的障碍，还可以让行动的速度接近光速。

这里面的原理，顾得满直到今天都没有想明白过，但并不妨碍他做到这一切。师父常说，明不明白不重要，重要的是能否做到。就好像那些篮球天才，他们未必清楚自己为何能做出那些眼花缭乱的动作，但就是能做到。对地藏会那些古老的秘术来说，顾得满就是这样一个天才。

在跟师父学艺的过程中，顾得满一直在学习一种叫作地藏秘力的召唤术，师父说地藏秘力是宇宙刚形成还未暴涨时，让那些散乱的粒子汤凝结成固体的原始能量，他传授给顾得满的所有技能，想要发挥最大的威力，都需要借助这种叫作地藏秘力的力量。

不过，师父虽一直在让顾得满练习地藏秘力，却又将他身上不断增长的地藏秘力给封印住了。师父这么做，是担心顾得满小孩子家不懂事，滥用这神奇的力量，封印住是为了保护他。

师父说，地藏秘力威力巨大，但它是宇宙本身的造化之力，不属于任何个人，使用者运用它时须出于公心，只要夹杂了一丁点的私心，地藏秘力就会反噬使用者。

今天顾得满来上秘院找师父，就是想让师父帮自己解封地藏秘力。

循着扫地声传来的方向，顾得满向前行去，一个孤零零的高大身影渐渐清晰。

师父还是穿着那发白的灰色短僧衣，衣服和裤子打满了补丁，却很干净。

师父知道他来了，没有要停下的意思，还是一丝不苟地扫着落叶。落叶已有一米多高，但将它们扫在一起的却是一把快秃掉的竹扫帚。秃扫帚将落叶堆一丝不乱地向前推进，过程中，不断地将周边零碎的落叶聚拢了过来。

“师父……”顾得满亦步亦趋跟在师父身后，小心翼翼地叫了一声。

“是想让我帮你解封地藏秘力吧？”大愿比丘说话时并没有回头。

“您怎么知道的？”顾得满诧异地看了师父一眼。

“最近出了这么多事，我也正好想帮你解封呢。”大愿比丘终于将落叶推到墙根，那地方有个砖砌的大坑，是用来焚烧落叶的。

将落叶推进大坑后，师父动了动手指，坑里的叶子烧着了。大愿比丘将竹扫帚随便往墙边一扔，正好落在工具架上，然后才又回过头来。

“脱了。”师父指了指顾得满身上的衣服。

虽不知师父要做什么，顾得满还是点了点头，将长风衣从身上脱下。

“还有这件。”师父又指了指顾得满贴身穿着的汗衫。

顾得满又照做了。

“还记得使用地藏秘力时要遵守的规则吗？”师父的声音还是冷冷的。

“记得。”因为汗衫很贴身，顾得满费了点劲，才将它扯了下来，“不能夹杂半点私心，否则秘力会反噬使用者。”

看到他把汗衫脱下后，师父又做了一个手势，顾得满照着提示，转了个圈。

就在这时，师父忽然伸出手，长长的指甲在顾得满的胸口刺了两下，正是猛虎太岁的脑袋所在的地方。顾得满的皮肤破了，沁出了两颗血珠。

顾得满的脑子随之一晕，恍惚间，觉得自己像是被抛入了一片无边无际的黑暗，一股来自四面八方的引力，正在撕扯他的四肢和五脏六腑，将他的身体越扯越大。然后黑暗中出现了几片密集的光斑，光斑被撕扯成光点，原先那无边无际的黑暗变成了无垠的星空，随着撕扯之力，他的视线正在远离这一大片星空，很快他看见了那些星星勾勒出来的轮廓，那是一只老虎，跟文在他身上的猛虎太岁一模一样。

心里刚意识到这一点，眼前的幻境忽然消失，顾得满又回到了现实中。他低下头看了看自己的身体，猛虎太岁文身的眼眶上，多了一对红色的眼珠，正是被师父长长的指甲戳破皮肤时沁出的血珠。

“别人是画龙点睛，我是画虎点睛，这下你身上的猛虎太岁就活了，地藏秘力终于可以发挥出来了。”师父一边说，一边从工具架上拿下那把破破烂烂的蒲扇，对着火坑扇了扇，落叶里的微火开始向上旋转，变成熊熊大火，很快所有叶子都被烧成了灰。

师父又将蒲扇放回架子，取下了一个铲子。

顾得满的脑子有些发晕，心里也有太多的疑惑，但看到师父的动作后，他马上行动起来，将衣服穿好，跑到师父身边，推起靠在墙角的小推车，跟在了师父身后。

“好戏就要开始，大家都在粉墨登场，你得做好心理准备，接下来发生的一切会非常残酷。”大愿比丘的语气里带着一丝讥诮。

“是指这次新唐城选战吗？”顾得满小心翼翼地问。

“新唐城选战只是其中的一环。还记得三个月前故地小区闹鬼的事情吗？那时起，蓬莱洲被困在时间尽头的命运，就重新打开了。”大愿比丘低下头，将焚烧坑里的枯叶灰一铲一铲地送到车上。

“什么意思？”顾得满愈加不解，然后想到了什么，说道，“听我朋友波夜空说，在故地小区作怪的是个外星人，您是指这件事吗？”

“跟外不外星人的没什么关系。你知道命运是什么吗？那是一串早已注定好的连锁反应，每个人，包括你我，都只是连锁反应的一个环节，也就是说，在这个连锁反应里，我们每个人的结局早已注定。”大愿比丘的声音隐隐有些苍凉。

“这是不是太宿命论了？您不是说，命运是可以改变的吗？”顾得满沉声说道，心里对师父的说法有些不以为意。

“道理是如此，但谈何容易！你有没有想过，很多时候，所谓的抗争，可能本身就是命运安排给你的戏码，也是连锁反应的一部分。”

枯叶灰很快堆满了推车，大愿比丘开始沿着刚才扫地的路径往反方向走去，一边走，一边将草木灰撒在了沿途的树根上，作为肥料。顾得满推着车，紧紧跟随其后。

“师父，这有点故弄玄虚了吧？”顾得满忍不住反驳。

大愿比丘从不是讲究长幼尊卑的人，只有在训练顾得满时，为了严格要求，才会摆出师父的威势。只是顾得满早熟，对师父一向恭敬，以至习惯成自然。此刻看到顾得满冷不丁反驳自己，大愿比丘不由得呆了呆，挠了挠脑袋，然后干笑起来：“唉，你这小子，我老人家好不容易装一下，你都不给面子，什么意思嘛！实话告诉你，这说法是你太师父当年用来教育我的，我也是很不服，但你太师父说的话一向都很有道理，我总不能藏着掖着，不把这么重要的事情告诉你吧。对了，为什么你觉得这是在故弄玄虚？”

“啊？太师父说的啊？那可能就不是在故弄玄虚了。”顾得满也难得一见地露出了顽皮的笑容。

“你小子怎么能这么偏心？别人的师父是师父，你的师父就不是师父啦？”大愿比丘回过头，眼睛瞪得跟牛眼似的。

“嘿嘿，主要是刚才那些话，不符合您一向豪迈的人设，所以我也凌乱了，您一说是太师父说的，一下子就变得合情合理了。”顾得满说着，朝师父一本正经地作了个揖，“师父，我给您赔罪了哈。”

“其实当时我对你太师父也表示了同样的质疑。”大愿比丘摇了摇头，继续向前，“然后，他问我，你听说过俄狄浦斯的故事吗？”

“太师父为什么这么问？”顾得满心里一动，若有所悟。

“你也听说过这故事？”大愿比丘夸张地看了顾得满一眼。

顾得满点了点头：“费切马斯特学校有讲授希腊神话的课程。”

“这样啊？那你真是太有文化了。”大愿比丘调侃道，“如此，我就不废话了，你自己推测一下，你太师父讲这个故事是什么用意？”

顾得满皱了皱眉头，然后说道：“在这个故事里，俄狄浦斯听到了一个预言，他将弑父娶母。为了逃避这悲惨的命运，他决定从父母身边逃开，流亡他乡。但他不知道，他现在的父母只是养父母，他逃亡的结果反而是把他送到了亲生父母身边，最终促成他的命运。不仅俄狄浦斯如此，故事里，所有知道这结局的人，都因为想要克服这个命运，选择了逃避，但他们这么做，结果都是在促成这个结局。故事告诉我们，跟命运抗争，可能本身就是命运必要的一环。”

“对对对，跟你太师父说得一样一样的。”大愿比丘一本正经地竖起了大拇指。

“那太师父有没有提示您，这种情况下，怎么做才是对的？”顾得满问。

大愿比丘咂着嘴，摇了摇头：“他让我自己参悟，还说别人能告诉我的，可能都是连锁反应的一部分。最后一步，只能靠自己去选择。”

说到这里，大愿比丘忽然停下动作，好像在侧耳倾听，然后叫道：“啊，不好……”

说完，他像个陀螺似的，原地打起转来，正是刚才顾得满在自家门口做过的事情。

顾得满没有多想，也连忙跟着行动起来。师徒两人同时消失在上秘院的树林里。

等他们的身体停下来时，顾得满发现这次隔空跳跃的终点是西区码头附近的泰山街。师父正在朝马路上方的电线观望。他顺着师父的目光望去，看见电线上停着一只幽蓝色的海鸥，师父正将目光从海鸥移动到前方一座二层楼房的阳台上，一个男孩正端着一杆气枪，在瞄准海鸥。

师父的手轻轻动了动，顾得满看见一块小到几乎不会被人注意的小石子飞向阳台，钻进了气枪的枪膛。就在此时，小男孩扣动了扳机，咔嗒一声，气枪卡壳了。那海鸥好像觉出了危险，从电线上忽地一下飞了起来。

“不能便宜你了。”大愿比丘脸上露出一丝顽皮的笑意，嘴里嘟哝着，手指一弹，又一块石子飞起，正好打在那海鸥的脖子上，海鸥的身体抖了抖，向下坠落了一阵，才又恢复平衡，继续向前飞去，消失在海平线的尽头。

“师父，你这是干什么？”顾得满不解地问。

“知道吗？宇宙中有一个法则，某一很强的事物，在另一个角落里，会有一个很弱的事物跟它对应。只要那个弱者受到伤害，强者也会受到伤害。”大愿比丘看着海鸥消失的方向慢悠悠地说道。

“你是说，海鸥就是那个弱者，那强者是谁？”顾得满灵机一动。

“说了你也不知道。”大愿比丘不耐烦地摆了摆手。

“既然救了它，你为何又要用石子打它。”顾得满问。

“让它心里不安一下。”大愿比丘叹了口气，“这事说来话长，以后慢慢跟你解释。好了，我回去了。”

说完，师父朝他摆了摆手，又是一阵旋转，再次消失不见。

顾得满站在原地，把刚才的情景回想了一遍，还是想不明白其中的奥妙，只好摇了摇头，决定先回家再说。

顾得满本想再次发动隔空跳跃术，前方忽然出现了一个人影：一个踩着机动轮滑板的快递员正在穿过马路。顾得满心里一动，觉得自己可能认识这个留着络腮胡子，模样有些颓废邋遢的男人。

说时迟那时快，不知道哪儿来的直觉，顾得满忽然伸出手往侧后方的虚空中抓了一把，手里猛然多了一把飞得比子弹还快的飞刀。

按常理，飞刀已快到这种速度，应该连硬度最高的金刚石都会变得像豆腐一样不堪一击。以人类的肉身，抓住飞刀的可能完全没有。

但他是顾得满，就像他的地藏秘力和隔空跳跃术一样，刚才他的那一抓，他所操纵的并不是他的手，而是由手上微粒构成的粒子汤，被抓住的也不是那把飞刀，而是飞刀的粒子汤。飞刀里的一部分粒子因为他这一抓，改变了行动的方向，在不到一毫秒的瞬间里以肉眼难以察觉的速度扭曲了一下，大部分的前冲力都被卸掉，那肉眼看上去仿佛是整体的飞刀落在了同样看似是整体的手上。

而对顾得满来说，刚才飞刀经过他身侧的那一刹那，他只是做了一个下意识的动作。就像师父说的，大脑是个累赘，不仅妨碍反应速度，还会让构成肉身的粒子汤处于无序的散乱中，无法发挥这些微粒本身就有的各种潜能。所以，要相信身体自发的行动。刚才，正是这个自发的行动，让他救下了前方那位快递员的命。

就在他的手抓住飞刀的同时，顾得满的头也向侧后方转了一下，身后的马路中央，不知何时站了一个身穿白色皮夹克的女子，女子脸上蒙着一层红丝巾，丝巾外戴着一副白框墨镜。

女子的手指上套着一个夹子，顾得满看出那是一个微型电磁弹射器，那把速度惊人的飞刀正是在弹射器的帮助下发射出来的。

不过，真正让顾得满感到惊讶的不是那个用黑科技制造的电磁弹射器，而是那名女子。他总觉得那女子有些眼熟，就像他觉得前方的那个快递员也有些眼熟一样。

那女子看到顾得满回过头时，神情很是诧异，但她马上回过神来，手指又动了动，又有三把飞刀，从她的指尖飞出，向快递员奔去。顾得满也下意识地动了动手指，心里却觉得有什么地方不对劲。然后他看见更远的地方，三架无人机喷着火舌向他飞驰而来，他的身体以匪夷所思的方式折叠了好几下，避开了三串喷着火舌的子弹，此时无人机已经到了二十米开外的地方，他看见无人机上坐着三个像摩托车骑师一样的侏儒，正在扣动肩上扛着的火箭发射器。

就在顾得满暗叹要完蛋时，身后响起了一阵怪异的口琴声，紧接着那三架无人机不知为何爆炸了，连带着飞机上的三个侏儒，一起被炸成了碎片。

拿着那三把抓握在手的飞刀，顾得满笑眯眯地看向了那个穿白色皮夹克的女子。女子脸色苍白，咬着嘴唇，身体在微微发抖。

顾得满相信对方此刻已经逃不出他的手掌心，所以并不着急，悠悠然地向对方走了过去。

这时身后有个声音传来："小心，她牙齿里装着自杀炸弹！"

顾得满一阵迟疑，那女子的神色悲愤，抿着嘴，两腮微微鼓起，一副咬牙切齿的样子。就在这时，虚空里传来一阵缥缈的口哨声，那女子的神情一松，忽然消失在空气中。

本章回顾：

见了切斯迪之后，顾得满去了位于日韩城的上秘院。上秘院的扫地僧一舟正是顾得满的师父。一舟的真实身份是地藏会地球分会的会长大愿比丘。他之所以甘愿以扫地僧的身份进入上秘院，就是为了等待顾得满来向他拜师。顾得满向师父讲述了最近新唐城的乱局，要师父帮忙解封他身上的地藏秘力。两人分手后，顾得满正好目击到财神的第一杀手少女忍者当街杀人，顾得满出于本能阻止了此次暗杀行动。

小贴士：

地藏会：地藏会是一个号称以拯救世间苦难为己任的秘密团体，成员是一些具有超能力的小人物，因为蓬莱洲现在是地球上最苦难的地方，所以地藏会的地球分会被设置在了此地。地藏会的会长就是顾得满的师父大愿比丘。

上秘院：位于日韩城的日式密宗寺院，在蓬莱洲经济崩溃后，大多数宗教场所都已经没落，唯有以神通为号召的上秘院香火旺盛，俨然成了蓬莱洲的佛教中心。

第六章

老板好像变了一个人

河原细美没有想到，自己会败得如此彻底，但更不想到，她竟是败在了顾得满的手里。

从十二岁加入财神，她就一直是常胜将军。对财神这样一个淘汰率高得惊人的组织来说，她这样的人物几乎空前绝后。

在过去十年里，河原细美没有在行动中失过一次手。然而在最近的三个月，她已经失手两次。

第一次是去抓蜜之蜃姬的分身。那次失手情有可原，因为那个对手连老板都忌惮三分，而且那次让她带六个其他杀手出手的目的，只是为了试探对方，老板并没有真的想做成这件事。所以出发前，老板偷偷告诉河原细美，其他人可以死，她却一定要活着回来。

即使如此，那次她还是差一点成功了。要不是一个叫朴不见的家伙突然出现，蜜之蜃姬的分身几乎就要被她生擒。

但这一次，顾得满只是轻轻松松地伸了伸手，飞刀就随随便便地落在了他的手里。要知道细美手上的那个微型电磁弹射器，可是用纳米核反应堆驱动的，飞刀的速度超过二十马赫，比声音还要快二十倍。

但更可怕的是，她竟看不出，顾得满是怎样做到这一点的。她一直以为，只有自己才有不可告人的秘密，但没有想到，顾得满也有他的奇遇。

河原细美心里不由得苦涩，但同时又有一种解脱之感。

从加入财神的那天起，她就知道自己终究会有失手的一天，然后会像组织里其他失手的同伴一样，被迫杀身成仁。

只是她生来不服输，每逢绝境，反会愈战愈勇，再加上好得出奇的运气，才幸存至今。但幸存的时间越长，她的心里就越是惴惴不安。

为了完成今天的任务，她早晨三点就来到了泰山街。

出任务前，老板告诉她，有位快递员将在下午五点接到一个订单。根据老板的测算，快递员会在五点十三分三十三秒，踩着一个电动轮滑板经过泰山街和黄河路的交界口。

快递员的实力很强，组织里其他人对付不了，只有细美手里的电磁飞刀，才能保证万无一失，所以老板把任务交给了她。

“只要飞刀不射偏，即使那家伙看到你出手，也必定躲不过。”说话时，老板的语气斩钉截铁。

既然这话是老板说的，她当然相信。因为老板所说的事情，很少有过误差。

不过，细美并未对此掉以轻心，她早早地就跑来了泰山街，靠着老板给她的变色龙装置，仰面躺在马路中央，让自己变成了马路的一部分，其间有好几次，路过的卡车都要轧到她身体了，河原细美还是不为所动。

细美在人前虽是人见人爱的邻家少女，但实际上她对人对己都很苛刻，甚至连老板都觉得她对自己的要求实在太高了。但正是这种气质吸引了老板，也让她在这个严酷的组织里幸存至今。

经过十二个小时的埋伏，一般人到这时候已经忍无可忍，细美却越来越兴奋，每个神经细胞都变得活跃，身外的世界在她的感受中由此变得崭新。

就在这时候，她注意到顾得满和一位高大僧人以匪夷所思的方式忽然出现在泰山街上，然后僧人做了一些古怪的举动，接着又消失不见。

细美心里疑惑，但并未忘记自己的任务。因为那位快递员的身影已经出现在街道的另一头，细美马上收起她的变色龙装置，现出了少女忍者的形象，然后摆动手指，将飞刀弹出。她的这一连串动作完美到无懈可击，她自己都想为之喝彩了。

然而她没有想到，作为路人甲出现的顾得满会将这完美的一刀收走。

一怒之下，河原细美又接连弹出了三把飞刀，却又被顾得满轻松地拦下。

于是，本次行动的支援组开始向顾得满发起攻击，顾得满的身体发生了类似折断一样的运动。而此时，快递员也已经回过神来，从怀里掏出一个口琴模样的声波武器，引爆了支援组的侏儒和他们乘坐的无人机。

细美终于认出，这次她要对付的暗杀对象是朴不见。

至此，暗杀行动彻底失败，顾得满朝她走了过来，带着吃定了她的表情。

细美抿了抿嘴，想引爆藏在她牙齿里的微缩炸弹。不过，粉身碎骨之前，她想拉下面纱，让顾得满最后看自己一眼。

就在细美刚伸出手时，身后传来了一阵呼哨声，是小白狐在尖叫，然后细美发现，自己离开了泰山街。

显然，是老板启动了虫洞发生器，将她从现场转移了出来。

等一切平静下来，河原细美定了定神，才发现自己已身处日韩城，眼前正是她家开的那个河原美容所。河原细美一边平复呼吸，一边将墨镜和面纱取下，小白狐已从她的斜挎包里跑了出来，进了美容所，细美没有多想，马上跟了过去。

大堂经理身上穿着和服，正在迎客，看到河原细美穿着这样一身夸张的服饰，不由得吃惊，但脸上却露出了职业性的甜美笑容，欠了欠身道："小姐，您怎么来了？"

"看见小白狐了吗？"河原细美往四周看了一眼，大堂里没有其他人在。

大堂经理愣了愣，随即指了指右面的走廊："好像往那里去了。"

河原细美点点头，往经理指示的方向追了过去。

跑进走廊，小白狐正在角落里回望她，看到细美跟了过来，又是一阵急跑，连拐两个弯后，跑进了走廊顶头左手倒数第三个房间。

河原细美也跟着小白狐进了那房间，老板已在等她了。

老板的脸上还是戴着狐狸面具，刚刚才从浮满玫瑰花瓣的浴缸里出来，此刻老板裸着背，俯卧在按摩床上，身边的按摩师正在用力按压老板的背。按摩师的眼神很空洞，像是被人催眠了似的。

老板的背看上去很娇嫩，但细美知道，仅凭这一点不能判断出老板的性别和年龄。每次和老板见面，她的样子都会变化，声音也各不相同，有时女声，有时男声，有时苍老，有时年幼，唯一不变的是脸上的狐狸面具。不过，细美倾向于认为老板是个女人。

最近，每次跟老板见面时，细美心里总有些奇怪的感觉，老板好像变了一个人。她自己也说不清为何会有这样的想法。细美并不知道，真正的狐仙两个月前，在井下光、波夜空和卓深影联手下，已经自爆而亡，正在财神的量子飞船里重建，现在的狐仙是由财神的另一个分身代理的。

河原细美心里还在狐疑，小白狐已跳进老板的手掌心，不断摇动尾巴。老板用右手的食指轻抚它的脑袋。细美知道，那是老板在和小白狐沟通。

十四年前，河原细美在费切马斯特学校的花园里发现了这只小白狐。当时小白狐只有她拇指那么大，要不是有条又粗又壮的长尾巴，细美还以为那是一只小白鼠。

因为细美实在喜欢这长得像精灵的小动物，便把它捡回了宿舍。她用了两年时间，将它从拇指大小养到了手掌般大。这之后，小白狐就再也没长大过。

大约在十年前的某一天，小白狐忽然挣脱了细美的控制，发力狂奔起来。细美只好拼命追赶，跟着小白狐来到了费切拉马城郊外的一座中式小庙，庙里供着一尊狐仙。

进到庙里，细美看见，小白狐正在一个戴狐狸面具的人手里亲昵地蹭来蹭去。

那戴狐狸面具的人就是财神的老板。老板告诉细美，财神不仅是他的名号，也是一个秘密组织的名号。

那一年，细美才十二岁。对这个十二岁而又野心勃勃的女孩来说，如此神奇的一幕足以叫她怦然心动。于是在老板发出邀请后，她欣然加入了组织。

这之后，细美在老板的安排下，开始学习各种奇异的格斗和杀人技能。

一开始细美将这一切当作奇遇，直到有一天老板派给她一项任务，要她去杀人。老板告诉她，如果杀不死对方，那么细美自己就要死。要么她自己动手，要么有人会动手让她死，而后一种选择会比前一种选择痛苦一百倍。直到这时，细美才知道自己上了贼船。

第一次老板派给她的任务几乎没有什么难度，细美没费力气就将它完成了。老板给了她超乎想象的奖励，除了钱，还有各种可以让她成为超人的技能和装备，以及一个关于未来的许诺。细美后来之所以能跟费切拉马集团十三家族的子弟搭上关系，在他们面前不显得寒酸，除了她自身的努力，还有一个重要的原因，就是老板和其组织一直在暗中帮助她。

虽然细美跟老板打了十二年的交道，但她对老板还是知之甚少，连每次她跟老板见面的时间和地点都是不确定的，将她和老板联系在一起的媒介就是小白狐。小白狐和老板之间似乎有着某种神秘的联系，每次只要老板想见细美，小白狐就会指引细美，来到老板所在的地方。

看到老板一直没开口，河原细美有意识地清了清嗓子，好让老板知道，自己已经到了。

老板朝细美所在的方向做了个手势，开始说话，声音听上去像是一个年轻女子："小白把大致的情况告诉了我。"

细美没有搭茬，只是点点头。老板虽是俯卧着，但她知道，老板不用眼睛也能看见她的每个动作。

"对不起，老板，我……"

"这事不怪你，谁也想不到顾得满会出现。"老板轻描淡写道。

"你能原谅我，我却不能原谅自己。"细美冷冷地说，这也确实是她心里的真实想法。

"很好，我们就是喜欢你这种不服输的劲头，我们是不会轻易让你被淘汰的。"老板悠然道。

细美愣了愣，忽然意识到，为什么她会觉得老板好像换了个人似的。因为以前，老板称呼自己时，都喜欢用"我"，但这几次见面，老板都喜欢用"我们"。

细美恭敬地欠了欠身，问道："老板，顾得满是什么情况？为什么他的出手速度这么快？"

老板抬头看了她一眼，说道：“我们也没有想到。以前，我们只知道他在费切马斯特学校，和那些壮丁团子弟搞了一个兄弟会，却没有想到，他有超出肉身极限的能力。不过，那跟他一起出现的僧人，从衣着打扮看，应该是上秘院的人。”

“上秘院？那不是我们日韩城的寺院吗？我们河原家还是他们最大的赞助人，我怎么不知道那寺院还藏着这种不可告人的秘密？”细美皱了皱眉头道。

老板停顿了片刻，变了一个声音，原先那年轻女子的声音被换成了一个说起话来不断喘气的垂暮老人：“上秘院的柿落上人和悟空寺的哭大师并称蓬莱洲三大世外高人，你想想这大概是一个什么概念？”

“哭大师我知道，那不是阿空和阿光的师父吗？虽然外面都说他很厉害，但依我看，除了长相怪异，他好像也没有什么特别之处啊。”细美道。

“所以才是高人，连你都看不出他的深浅，这得有多高啊？”老板下意识地咂了一下嘴，“而柿落上人，外面甚至都不知道有他这个人存在。”

“为什么他要把自己藏得这么深？”细美又问。

“这事情我们也百思不得其解，我们怀疑他可能是我们的某个老相识，但既然他自己不说，我们也不好主动去揭他的底。”

“如此说来，顾得满会出现在泰山街，是受了他的指派？”细美又问。

“根据小白狐当时看到的情况，顾得满和那叫一舟的僧人，应该是为了别的事，才意外来到泰山街的。顾得满应该只是临时起意。根据以往的经验，柿落上人和我们一向井水不犯河水。所以我们才认为，这次行动失败不是你的责任。”老板道。

“明白了。”细美点了点头，“老板，请再给我一次机会，我一定可以干掉朴不见的。”

“不必了。”老板摆了摆手，又换了个音调，变成了一个口齿不清的稚童，“这件事，我们会安排别人去做，你现在最主要的任务，是帮李河方赢得这次新唐城选战。这件事不仅对你个人很重要，对组织来说也很重要。”

“您的意思是，组织已决定支持李河方？”细美不由得诧异，因为从各种蛛丝马迹看，财神真正属意的人是切斯迪。这些天，她正在为如何说服老板而发愁，不想老板会这么说。

“我们支持的人是你，如果你能帮李河方赢得这次选战，我们自然会放弃切斯迪。培养你这么多年，不是为了让你当杀手，而是为了等待这一天。你千万不要辜负我们的期望。”

河原细美没有说话，抿着嘴点了点头。

“对了，顾得满已决定支持切斯迪。上午你在泰山街埋伏的时候，切斯迪开了一个新闻发布会，很高调地宣布了这件事情。”

“是吗？”细美发现，听到这消息后，自己的心里竟有些失落。

“顾得满是你的劲敌，某种程度上，你真正要对付的人不是切斯迪，而是他。”老板的语气里带着一丝讥诮。

细美一脸严肃地点了点头：“我是李河方未来的孙媳妇，此事孰轻孰重，我早有决断。”

“这样最好。没事的话，你可以走了。”说着，老板歪着的脑袋垂了下来，小白狐也从老板身边回到了细美手中，吱吱叫了几声，钻进了她的挎包。

“是。”河原细美毕恭毕敬地退到门外。

在门口沉默了片刻，她想起来什么，转身向大堂走去。

大堂经理看到细美折返了回来，脸上旋即露出讨好的笑容。

“1307房间的客人长什么样，你看清楚了吗？”细美问。

大堂经理一脸迷惑，想了半天，又跑到总台那里看了看电脑屏幕，然后摇了摇头说：“1307号房间没有安排过客人。”

大堂经理的话没说完，河原细美马上折身向1307房间的方向赶去。

但当细美回到1307时，按摩床上已空无一人，刚才还在替老板按摩的技师两眼呆滞，正坐在地上朝着细美傻笑。

本章回顾：

河原细美暗杀朴不见失败，本打算自杀，却被狐仙用虫洞发生器救出。随后，细美发现自己已来到河原家开的美容院，在小白狐的引领下见到了戴着面具的老板狐仙。细美并不知道，组织真正的老板狐仙已被干掉，现在的狐仙是由财神其他的分身代理的。老板告诉河原细美，她现在最主要的任务不是做杀手，而是帮李河方赢得此次CEO选举。

小贴士：

财神：蓬莱洲一个神秘杀手组织的名字，同时财神也是杀手组织大老板的绰号，据说该组织和这位大老板是费切拉马集团十三董事背后的操纵者。财神的前身是一个将自己的意识上传到云端的外星人，拥有666个仿生机器人，作为自己在人间的分身。每个仿生机器人都是一个独特的算法，这666个算法共同组成了财神的决策矩阵，已经被卓深影等铲除的狐仙正是其中的一个算法。除了是杀手组织的幕后老板，财神也是生命进化委员会的秘书长，在组织里是摩西沙罗之下的二号人物。蓬莱洲计划正是由财神一手策划的，目的是在蓬莱洲展开一场名为“三千年庆典”的代理人战争。

第七章
只好把朴不见抛出来背锅

午夜，在这叫作“陌路”的小酒馆里，朴不见和顾得满已面对面坐了四个小时。

坐了这么久，但两人说的话却不超过十句。

在泰山街的暗杀事件结束后，顾得满主动邀朴不见来这里喝酒。朴不见不好拒绝，就跟了过来。

若是两个月前，朴不见绝不会想到，有朝一日，自己会变得如此邋遢而狼狈。

他已整整一个星期没有洗澡，也没刮过胡子了。要在以前，他就算死，也不可能忍受这样的情况，然而在逃亡了一个月后，这一切已不再重要。

两个月前，在狐仙被干掉后，朴不见坐船离开了蓬莱洲。

船还在太平洋上航行，老妈就黑进了他的电脑。不过，这一次，她不是作为情报三部的负责人，而仅仅只是他的老妈。

老妈的样子有些失态，歇斯底里地冲他发了一通火，然后开始哭哭啼啼。

通过老妈的叙述，朴不见得知，自己帮卓深影他们对付狐仙的事，已经败露。虽然这事的主角是卓深影，但她是蜜之蜃姬的分身，财神在这件事里也有把柄被抓着，所以不好翻脸，至于井下光和波夜空，因为他们有哭大师罩着，财神也不敢招惹。反倒是朴不见和他背后的四天王星成了最弱的一环，于是朴不见就被抛了出来，成了背锅侠。

老妈告诉朴不见，追杀令已在一小时前发出，第一波追杀者正在路上，除了财神的人，四天王星和帝释会方面也希望尽快将朴不见灭口。朴余韵是冒着生命危险，来通风报信的。

老妈要朴不见赶快弃船跳海，然后隐姓埋名，能逃多远逃多远。

老妈的话还没说完，乘坐隐形飞行器而来的特种部队就已经登船，经过一番浴血奋战，加上一点点运气，朴不见逃过了帝释会方面的第一轮追杀。

跳海后，他回到了新唐城。

过去的两个月里，他已遭遇过二十三次狙击，随着逃亡经验的增长，加上他的形象已越来越不像他，敌人想要找到他，正变得越来越困难。

过去的一个星期里，朴不见给自己找了一份快递员的工作，变身为一个普通得不能再普通的地球人。然后再没有遭遇过追杀，直到今天。

朴不见知道，下午的这一次追杀，要不是顾得满出手相助，他甚至连那把飞刀是什么样子都没看见，就会死在少女忍者的手里。他欠顾得满一条命。这是顾得满邀他来喝酒时，他会答应的原因。

顾得满是个很好的酒友，喝了四个小时，都没问过一句不该问的话。只在点菜时，递过菜单，要他点几个喜欢吃的菜。于是，朴不见点了鱼香肉丝、宫保鸡丁和香菇油菜。

这之后，两人再没说过话，样子像是在喝闷酒，但朴不见知道，对话是在无声中进行的。

每一次斟酒，每一次碰杯，每一次眼神的交流，都是对彼此的试探和掂量。

顾得满斟酒时，会让酒停留在杯子九分之八的地方，作为回报，朴不见斟酒时，也会保持同样的刻度，一分不多，一分不少。

杯子是用来喝白酒的小酒杯，只有拇指大小，装酒的坛子却很大，即使用两只手捧，也很难保持稳定，何况是用一只手斟酒，还要让斟出的酒保持在同一个刻度上。碰杯时，还要让碰出来的声音很清脆，又不能让杯子被碰碎。

到了喝酒的环节时，顾得满喜欢仰着头，将酒直接倒进嘴里，过程中喉结一动也不动，一看就知道，酒不是被咽下去的。

与此对应，朴不见则是低着头，只用嘴唇轻碰酒杯，酒就消失了，但过程中却听不见吸酒的声音。

如此种种。

这是他们的语言，别人不懂，但他们懂。

所以，虽然两人没有说话，但看向彼此的目光却越来越欣赏。

酒大约喝到三分之一时，小酒馆来了一伙人，样子都很年轻，领头的正是小柯和小施。

这些人是来找顾得满的，小酒馆应该是小团伙平时会面的据点。

顾得满朝小兄弟们做了个手势，这些人便在门口的两张桌子边坐下，正好夹着小酒馆狭窄的入口。如果有人此时进来闹事，需要先闯过这一关。

看到这个情形，朴不见喝酒时更加放松。

跟小酒馆同样名为“陌路”的土酒，口感不错，甚至不比朴不见自制的三棱镜鸡尾酒差。点菜时，顾得满跟他介绍，这酒是店老板自己酿的。即使以朴不见的标准来说，这外表平平的土酒也算难得的佳酿。所以，他一直没有要停下来的意思。

将坛子里的最后一滴酒倒进朴不见的杯中后，顾得满忽然再次开口：“考虑一下，要不要加入我们？”

“加入你们？我现在可有很大的麻烦在身。”朴不见笑道。

“明白。”顾得满也微笑着点了点头。

“明白？”朴不见反问。

顾得满将身体靠在椅背上，一脸轻松地说道：“下午的那一幕，至少可以看出两件事。第一，能让对方派出那种高手来对付你，说明你很强；第二，因为同样的原因，说明你惹的麻烦也很大。”

“你不怕麻烦？”语气虽嘲弄，朴不见心里却颇欣赏顾得满的判断力。

“我只怕你麻烦不够大。”顾得满一字一句道。

“哦？”朴不见不动声色。

“也许未来我的麻烦比你大。对我来说，麻烦越大的人才越值得信任，一个人只有在没有退路时，才会死心塌地。”顾得满神色凝重。

“你的朋友都是这样的人吗？”朴不见看了一眼门口的小柯和小施。

“他们是我的朋友，我就是他们最大的麻烦。何况我们都是蓬莱洲的弃民，我们早已没有东西可以失去。”顾得满道。

“据我所知，你父亲给你在费切拉马城安排了一个未来，你虽是蓬莱洲人，但不是弃民。”朴不见微微一笑。

“只要我的兄弟里还有一个人是这地方的弃民，我就跟他们没有两样。”顾得满挺了挺胸。

“哦，看来你好像打算要搞点事情出来，哎呀，确实有点麻烦啊。”朴不见挠了挠自己凌乱的头发。

“当然，如果你怕麻烦的话，可以拒绝。”顾得满笑道。

“对我来说，死一次是死，死两次也是死，有什么麻烦比死还大？”朴不见还是一脸嘲弄，“只是我这人独来独往惯了，不太喜欢跟人一起混。不过……”

“不过什么？”顾得满问。

“不过，我们可以一起做点生意。现在我没有金主支持了，正打算找点活赚些零花钱，你要有什么事，不方便自己出面，可以花钱买我。价钱公道，而且不会给你们惹不必要的麻烦。鉴于你这次救了我的命，第一笔生意免单，你正好可以掂量一下值不值。”其实刚才朴不见已经想答应顾得满了，但想到追杀自己的不是普通人，所以找了一个折中方案。

“好啊，如果你觉得这样更好。”顾得满点了点头，“然后，你要有麻烦的话，也可以出钱买我，价钱跟你一样，如何？”

“那我们以后就是贸易伙伴了。”朴不见将手伸到半空中，顾得满心领神会，也伸出手和朴不见击了一掌。

朴不见将杯子里的酒喝完，站起身想要离开，忽然想到什么，从口袋里掏出一个盒子，递到顾得满手里。

顾得满打开盒子，发现里面是用类似海绵一样的材料包裹和固定的一串风铃，不解地看了朴不见一眼。

“哦，这风铃是用铜锡钛合金做的，声音的频率比较对我的频道，方圆一百公里之内，我都能听见。所以，如果你要找我做生意，可以把它挂起来，让它持续发出声音，只要我没有死，铃声又在有效范围内，我就会来找你。”朴不见笑着解释。

顾得满点了点头：“谢谢！”

“好了，再见。”朴不见头也不回地向门外走去。

就在朴不见快要出门时，远处传来一阵巨响，然后东南方有火光冲天而起。

所有人都开始往那地方看，小施已经在叫：“我敢保证，爆炸的地方一定是火车站！”

本章回顾：

顾得满救下朴不见后，邀他来到一家叫作“陌路”的小酒馆，两人惺惺相惜，都对彼此印象深刻。顾得满邀请朴不见加入他的起义事业，朴不见怕自己连累顾得满，只答应以雇用杀手的身份，帮顾得满做事。两人喝完酒正要离开，听见火车站方向传来爆炸声。

小贴士：

朴不见：四天王星潜伏在地球上的情报员，在保险业界是鼎鼎有名的金牌调查员。作为四天王星人，他有两项特异功能，一是顺风耳，他能听见十公里内的任何声音；二是读物术，一样东西只要被他接触过，物品上的残留信息就能被他读取出来。因为参与击杀财神分身狐仙的行动，然后后台又不够硬，成了背锅侠，遭到各方追杀。

第八章

日后我一定会为她立个纪念碑

火车站门口烟雾腾腾的，大火虽然熄灭了，地面还是湿漉漉的，随处可见正在收拾水管的消防队员。费切拉马公司的保安们围成一道人墙，挡住了来看热闹的人。

昨夜，看见火车站方向发生爆炸时，顾得满和小兄弟们曾惊愕了半天，但想到如今是多事之秋，又是在人命比草贱的蓬莱洲，似乎一切也在情理之中。大家议论了一阵后，就散了。

然而顾得满没有想到，早上五点钟时，切斯迪打来电话，说来接他的车已经到顾家大宅门口了，要他赶快准备一下。

心里叫着晦气，顾得满马上行动起来，强打着精神起了床，洗漱一番后，出了门。

切斯迪派来的悍马车果然已经在等他。他被接到了1号码头，被人带到了位于新篇章号一楼的新闻发布厅。

切斯迪没有要跟顾得满商量的意思，直接在发布会上宣布，他将派遣顾公子代表自己调查这起恐怖事件。

虽然心里不明所以，顾得满还是在脸上露出了招牌式的迷人微笑，他接过话筒，一脸诚恳地表示，一定不辜负切斯迪主任和新唐城市民对自己的信任，会将此事一查到底。

他的表演很成功，引来了热烈的掌声。

趁着新闻官回答记者提问的间隙，切斯迪把顾得满拉到了一边，悄声告诉他，要他在发布会后，再到案发现场表演一番，让记者们给他拍点照片和视频。

“政治就是一场无尽的表演，我没有看错你，你很适合这样一个角色。”切斯迪拍了拍顾得满的肩膀，“放心，你只用负责表演，具体的事情，有人会替你做。”

替切斯迪发声的，还是那个名叫特蕾莎的仿生机器人。

顾得满点了点头，随后在新闻官的安排下，和一班记者，坐上了停靠在邮轮顶上的直升机，飞到了新唐城火车站。

此时，小柯和小施已收到讯息，也开着鲨鱼商务车来到了集合地点。

顾得满在两人一左一右的簇拥下，雄赳赳气昂昂地向坍塌了一半的火车站走去。

守卫在车站入口的，是几名保安部特别行动队的成员，戴着钢盔，端着冲锋枪，一副如临大敌的样子，把气氛烘托得很严肃。看到记者们已经架好相机等在那里，顾得满连忙上前，和特别行动队的队员们热情地握手，然后一脸凝重地进入了车站。

踮着脚跨过门口的积水，顾得满再抬头时，眼前的情景让他吓了一跳。大半个车站已被炸塌，地上到处是断肢残躯和瓦砾，此外还有座椅、行李和售卖机的碎片，整个车站的二楼已荡然无存，顾得满抬头望去，玻璃瓦做成的穹顶已开了一个放射形的大口子。

顾得满带着严肃的表情东张西望，不时停下脚步查看情况，还在一对母子的尸体前，三分真七分演地默哀了三分钟。

闪光灯不断亮起，随行的记者们很活跃，不时向他递来话筒，顾得满说话时语调低沉，虽然没有实质性的内容，但他给人的感觉却好像一切已尽在掌握中，破案只是时间问题。

记者们显然很满意顾得满的表现，看到大家所需要的素材都已经记录得差不多了，新闻主管恰到好处地跑了过来，说顾助理一会儿还要跟保安部的侦探商讨案情，内容不便公开，让记者们尽快离开现场。

顾得满知道，自己的表演时间已经结束。但在记者离开后，顾得满并没有按剧本的安排，结束这一次的行程。他抬起头看了一眼四周，注意到不远处有几名便衣正在废墟里进行搜索，其中有个戴棒球帽的中年人，像是其中的头目。

顾得满向棒球帽走了过去，自我介绍道："顾得满，切斯迪主任的特别助理，他派我来协助调查此案。"

"久仰久仰。李三省，保安部新唐城分部的总探长。"叫李三省的探长和顾得满握了握手，态度虽谦恭，眼神里却满是敷衍，显然他并没有真的把顾得满放在眼里。

"什么情况？"顾得满小心翼翼地问。

"恐怖袭击啊。"李三省不经意地挑了挑眉，似有些不耐烦。

"我知道。"顾得满不卑不亢，"我是问事情的细节。"

"什么细节？"李三省继续装傻充愣。

"譬如，用的是什么爆炸物？"顾得满笑了起来，眼神咄咄逼人。

"这事情太专业了，解释起来有些麻烦。如果那些狗仔队问起这事，您就说是一种新型烈性炸药，恐怖分子不仅有预谋，出手也非常狠辣，而且掌握了高科技。估计这么说应该就够用了。"李三省轻描淡写道。

对方的轻蔑并没有激怒顾得满，他笑容可掬地指了指四周围，假装是在附和对方，说道："您说得太对了，这样的爆炸力，肯定不是一般的炸弹，感觉像军用品，我猜是CF3空气炸弹，只有空气快速膨胀造成的冲击力，才能形成如此惊人的效果。"

李三省愣了愣，忽然大笑起来，夸张地挑起了他的大拇指："哈，到底是切老大选中的人，果然牛×！"

李三省用"切老大"这个亲热的称呼，提醒顾得满，他和切斯迪关系非同一般。

顾得满还是故作不知，继续问：“听说你们已经确认，这是快闪革命党搞的事情？”

“哦，根据切老大的意思，这件事情先不要对外宣布。讲故事嘛，要一环扣一环，估计下次发布会，应该就会让你向狗仔队透露此事了。放心，哥哥我会把猛料给你提前备好的。”李三省大大咧咧地拍了拍胸脯。

“我的意思是，你确定这是快闪革命党干的？要没有过硬的证据，万一到时候有人质疑，我丢脸是小事，就怕耽误了切斯迪主任的竞选。”顾得满说话时，语速很慢，看向李三省的目光愈来愈凌厉。

“本来我们也不太相信，不过我们抓到放炸弹的人了。”李三省朝远处三个被看管着的小男孩努了努嘴，“炸弹刚炸没多久，那三个小家伙就在车站外吓哭了起来，当时他们手里还拿着一个炸弹遥控器。此外，根据保安部的资料，前几天在拉丁省、大阿拉伯区和斯拉夫郡也发生了类似的爆炸案，作案手法跟这起很像，而且都已经确定，是快闪革命党干的好事。”

“畜生！”小施在一边嘟哝道。

顾得满看了一眼另一边的小柯。小柯面无表情。

顾得满想了想，指了指那三个小男孩，朝李三省看了一眼：“我可以去问他们几个问题吗？”

李三省点了点头，团起手指塞进嘴里，朝几个看管小孩的侦探打了个呼哨，然后又指了指顾得满等人，那边的侦探朝这里点了点头。李三省回过头，说道：“去吧。”

顾得满点头致谢，带着小柯和小施朝那三名拖着鼻涕的小孩走了过去。

三个小孩都只有六七岁的样子，从穿着打扮看，应是附近贫民窟里的孩子。顾得满走到他们面前，蹲下身子，盯着他们看了半天，然后想到了什么，回头朝小柯招了招手：“口香糖。”

小柯不情不愿地从口袋里掏出珍藏的口香糖，递了过来。顾得满接过后，拧开盖子，给每人发了三颗，让他们放进嘴里咀嚼。

“炸弹是你们放的？”等那三个小孩稍稍放松后，顾得满开口问道。

三个小孩点了点头。

“谁让你们放的？”顾得满又问。

“晚上我们在网吧玩打僵尸，游戏里跳出一个漂亮的卡通小姐姐，说她叫欢乐女神，问我们要不要一起玩一个游戏。”其中一个小孩一边描述，一边哽咽。

“她说她在游戏厅外放了一个书包……”另一个小孩接过话来，“让我们把它带到火车站二楼的候车厅，然后我们到车站外面按下遥控器上的那个红色按钮，就能看到好看的烟花了，跟每年圣诞节在费切拉马城放的马戏烟火一样。”

说到这里，三个小孩大哭起来。等他们情绪缓和了一些，顾得满又给他们发了一轮口香糖，然后掏出手机，让他们看了一眼他保存在里面的欢乐女神头像。

“电脑上看到的欢乐女神是这样的吗？”

三个小孩点了点头。

顾得满把剩下的口香糖都给了那三个小孩，转身往车站外走去，一边走一边轻声问小柯：“你怎么看？”

“有点蹊跷。”小柯皱了皱眉头。

“怎么说？”顾得满问。

“快闪革命党是怎么回事，我想你也很清楚。这些人可能是你，可能是我，也可能是他。”小柯又指了指落在两人身后的小施，“也就是说，根本没有什么快闪革命党，只是些临时起意的快闪行动，谁都可以提议这样的行动，谁都可以报名参加。只是这些年，大家都恨透了费切拉马集团，所以革命党大部分的快闪行动都是针对费切拉马的。这是人心所向，真不是靠组织的。而且每次快闪结束，很多网友可能今生都不会再相见了。”

“但在快闪革命党的暗网里，大家都认为欢乐女神是革命党的领袖，这总是事实吧？”三人沉默了片刻，小施忽然反驳。

“欢乐女神不过就是个群主，大家只是看她名字顺眼，就一起起哄，把她选了上去。所谓‘领袖’，只是一个玩笑。你会因为她是‘领袖’，就对她言听计从吗？”小柯皱着眉头道。

“我不会，但别忘了，快闪革命党里，有很多人都唯她马首是瞻，每次只要她在自己的页面上说句什么，你看看响应的程度，光跟帖的目录就三四百页，你要说她一句不是，骂你的评论马上刷屏，这样看来，在快闪革命党里，她得有多少脑残粉啊！”小施越说越激动。

“看来你肯定在欢乐女神的页面里跟她抬过杠，然后被人刷屏了，对不对？难怪印象如此深刻。”顾得满笑道。

“我本来就喜欢抬杠嘛，你们又不是第一天知道。”小施毫不在意地梗了梗脖子，“我的意思是，虽然快闪革命党里绝大多数人做事情都是临时起意，但也不能保证里面没有几个别有用心的人。真不好说欢乐女神背后，有没有团队在运作。还有快闪革命党里的另外那几个大神，也有很大的嫌疑。反正有人的地方，就有是非，快闪革命党肯定也不例外。”

“那么请问你，欢乐女神或者她背后的人有什么理由，要对都是穷人的火车站搞恐怖袭击呢？而且，还好像生怕别人不知道欢乐女神是幕后主使？”小柯冷冷地问。

小施愣了愣，嘴上还是不肯服输：“当然是为了引人注目！然后把革命党里的所有人都拉下水，来实现她的政治野心。”

“哎呀，怎么觉得你好像是在说我呀？”顾得满自嘲道，“不带这么拐弯骂人的啊。”

“满哥，我们这叫理想，不叫野心。”小施有些不好意思地挠了挠头，“何况我们肯定不会做这种伤天害理的事。”

“谁说不会？如果有需要，我做起这种事情来，眼睛都不会眨一下。”小柯一脸严肃，不像是在开玩笑的样子。

“行啦，咱们自己就不要杠了。”顾得满连忙打圆场，然后看了一眼小柯，“小柯，我想听听你的看法。”

对整件事，顾得满已经有了自己的判断，但还是想听听小柯的意见。

“我是觉得，这件事情最有嫌疑的应该是费切拉马集团，抹黑快闪革命党，符合他们的利益。一旦快闪革命党被定性为恐怖组织，以后快闪革命党的人再指控他们，就不会有人相信了，然后那些不满现实的蓬莱洲人，也就没有这样一个可以让大家凝聚在一起的旗号了。”小柯缓缓说道。

“你有证据吗？”小施冷冷地问。

“CF3空气炸弹可不是一般的军火，即使在旧大陆的军队里，也是被严控的大规模杀伤性武器，不是高层特批，一般人根本拿不到这种东西，更别说制造了。除了费切拉马集团手眼通天的十三董事，还有谁能搞到这种货色？”小柯说道。

“如果真是费切拉马集团自己做的局……”顾得满沉思了片刻，继续道，“那我们该怎么做？”

“当然是找证据，然后想办法曝光他们。”小柯还没有开口，小施已经迫不及待地给出了答案。

“曝光他们，这对我们要做的事情，有什么好处？”小柯冷冷地问。

“好处多了，让费切拉马的人不爽，就是最大的好处。”小施愤愤不平地反驳。

“小施。”顾得满做了个暂停的手势，“听听小柯怎么说。”

小施梗了梗脖子，但还是闭上了嘴。

小柯又给自己点了一支烟，深吸一口后说道：“我是觉得，现在对我们最有利的事情，就是尽可能借着切斯迪的名头，给阿满造势。切斯迪想要的，是竞选成功，我们想要的，是让阿满获得更多的知名度和权势。这样到了冬天，我们起事的时候，就有可能得到更多的支持，那些还在观望的人，也许会坚定地站在我们这一边。”

“但是，切斯迪会顺着我们的心意来吗？”顾得满问。

“他顺不顺我们的心意不重要，这就是一场戏，既然他现在已经宣布你在这出戏里的角色，他怎么想都不重要，关键是你怎样演。演得好的话，他要想让这场戏往下走，就得让我们得到我们想要的东西。”烟雾中，小柯的眼睛越来越亮。

“嗯，好像有点道理。”小施也若有所思地点了点头，“还不快点把你的一肚子坏水说出来听听？”

“所以，我们要高调行事，在刚才那个探长找到替罪羊之前，抢先把欢乐女神给找出来。”说完，小柯故意看了一眼小施。

听到此话，小施不由得一脸惊愕，小柯脸上马上露出不以为意地坏笑，继续道：“我让阿空帮我追踪过欢乐女神的ID，虽然每次都没有追到，但她的真身就在新唐城，这一点是确定无疑的。我估计，只要费切拉马的人继续造势，很快欢乐女神就会成为人人痛恨的恐怖分子。这时候，我们要是能把她抓出来，阿满就会成为英雄，切斯迪的支持率也会大幅度提高，最后胜出的可能性就会大增。这样至少在明面上，切斯迪会不得不继续依靠阿满，一旦竞选成功，就必须兑现诺言，将阿满安排在保安部助理的位置上，这样我们做起事情来，会更方便。”

“好是好，但欢乐女神是不是太冤了？”小施吞吞吐吐道。

“你这杠精，刚才不是还对她恨之入骨吗？”小柯不满地看了小施一眼。

“你不是说，她是被费切拉马的人陷害的吗？我这人天生正义感强不行啊？”小施面红耳赤地反驳。

“是阴损了点。”看到顾得满一直在沉默，小柯意味深长地看了他一眼，“但是，要做大事，就是要牺牲很多东西的。要是我们这次能成功，日后我一定会为欢乐女神立个纪念碑，每年清明都会给她献束花，但今时今日，她必须被牺牲。如果那个需要被牺牲的人是我，我希望你们也不要对我客气。”

“满哥，你也这么觉得吗？”小施求助地望向顾得满。

顾得满深吸了口气，闭上眼狠狠地点了点头：“对不起，事实就是如此，小柯只是说出了我心里在想却又说不出口的话。”

“还是那句老话，你是主事的人，别人能软弱，你不能。为了最后的胜利，一切的牺牲都是值得的。”小柯看了看顾得满，似乎在安慰他。

“好的，我会记住这句话的。”顾得满故作轻松地笑了笑，拳头却下意识地越握越紧。

本章回顾：

顾得满被切斯迪派往新唐城火车站调查爆炸案。其实只是让他去那里代表自己作秀，为竞选活动造势。但顾得满到了现场后，却真的开始查案。爆炸现场留下的人证表示，此事的幕后黑手是快闪革命党的欢乐女神。小柯觉得此事没有这么简单，不过他建议将计就计，建议拿欢乐女神当牺牲品，为顾得满赢取晋身之阶。

小贴士：

快闪革命党：一个蓬莱洲年轻人进行快闪行动的临时组织，是没有实体的虚拟组织，成员之间用区块链的暗网技术进行联络，因为喜欢恶搞费切拉马集团，揭露集团的种种内幕，被费切拉马公司定性为恐怖组织。革命党的象征性领袖是个绰号“欢乐女神”的神秘人物。

第九章
让他来为欢乐女神殉葬

夜已深，新篇章号的瞭望塔里空调开得很足，李三省探长却还是在不断擦汗。因为切老大一直在给他倒酒，然后不断地问他问题。

“就这么多了？”切斯迪又给他倒了三分之一杯红酒。

李三省一边擦汗，一边搜肠刮肚。过去的两个小时，切斯迪一直在问他顾得满下午在爆炸现场的表现。李三省本以为这是一个很简单的问题，切老大却问得很仔细。很多记忆是在切老大的追问下才被激活的。

“老大到底是老大，要不是你问得这么细，很多细节，我自己都快忘了。不过，基本上就这些了。”

李三省一边说，一边看了看桌子中央那个装着西班牙海鲜饭的大盘子，里面的内容已所剩无几，他想伸勺子，却又不好意思。

切斯迪看出了他的心思，主动端起盘子，将剩下的海鲜饭一股脑地扫进李三省的盘子。

“好吃，真好吃。”李三省一连吃了好几口，一边吃，一边不时地抬头谄媚。

“好吃就多吃点。”切斯迪笑着拿下围在胸前的餐巾，抿了一口杯子里的酒。

“老大，您还有什么要吩咐的？”李三省放下勺子，看着切斯迪问。

“火火现在什么情况？”切斯迪换了个话题。

“根据您的意思，我找人把她安插到了李河方的竞选办公室，现在她已经在那里待了一个月，好像很受器重的样子，办公室主任，李河方那个未来的孙媳妇，特别喜欢她。现在就等您一声令下，我立马去抓人。照您的吩咐，火火会承认，她就是欢乐女神，恐怖袭击是她指挥的。估计到时候李河方想把自己摘出来也难。”李三省得意地舔了舔嘴唇。

“嗯。”切斯迪点了点头，“抓人的时候，别忘了把顾得满带上。”

“明白，我会把戴手铐的那一幕，交给他来演。”

“不不，你去告诉火火，顾得满给她戴手铐时，让她出手干掉他。”切斯迪转头看了一眼站在身边的特蕾莎，“特蕾莎到时候也会跟你去，火火在正面动手，特蕾莎在后面补刀，务必保证欢乐女神被抓时，顾得满能壮烈殉职。”

“老大，您的意思是……”李三省小心翼翼地试探。

“顾得满是个人才。但现在看来，我们未必吃得住他。不如趁他羽翼未丰，让他来为欢乐女神殉葬。”

“那您的青年才俊优选计划怎么办？”李三省擦了擦额头上的汗，继续问。

“一个死了的顾得满对我们更有用。只要我们把该演的戏都演足，他的那些拥趸会自动站到我们这一边来，可能比让他活着效果更好。”切斯迪悠然地说道。

“高，实在是高！”李三省听得心惊肉跳，脸上却露出豁然开朗的神色，高声叫好。

看出了李三省内心的紧张，切斯迪微微一笑：“小李子，虽然你只是一个探长，但在新唐城，你是我最信任的人。这些年我一直想给你在总部安排个位子，让你跟家里人在费切拉马城团聚，但我实在找不到可以替代你的人。”

“谢谢老大！”李三省诚惶诚恐地点了点头，为自己没有才华却又足够忠诚，暗自庆幸。

本章回顾：

切斯迪召见探长李三省，询问顾得满在爆炸现场的表现。按照切斯迪的计划，李三省已派遣一位女杀手混入了李河方的竞选阵营，届时保安部会去抓捕那名女杀手，女杀手会承认自己就是快闪革命党的首领欢乐女神。切斯迪在听完李三省的报告后，决定一石二鸟，在抓捕现场让女杀手找机会杀死顾得满。

小贴士：

新唐城：位于蓬莱洲北端，是新大陆上人口最多的城市。居民是以华人为主的东亚移民。勤劳的东亚移民利用来自旧大陆的工业垃圾和化学废料，在此地建起了垃圾回收产业，用从垃圾里提炼的原料，从旧大陆换取外汇和各种生活必需品。作为代价，新唐城成了蓬莱洲污染最严重的地方。

第十章
你要让适之觉得你是爱他的

才早上六点钟，河原细美就和井下光一起来到了这家叫作“陌路”的小酒馆。两人在脏兮兮的餐桌边，大口喝着那脏兮兮的自酿白酒，吃着那脏兮兮的隔夜猪头肉和炸花生。

两个美女一清早就在干这种事情，这一幕要是被旁人看见，肯定觉得诡异。河原细美和井下光做起来却显得极为日常。

同样觉得这场面日常的，还有酒馆的林老板，他看了一眼那两位一大早跑来把他叫醒的女人，打了个长长的哈欠，手支着脑袋，在账台上打起了瞌睡。

连续两天，媒体上都充斥着顾得满的新闻，先是切斯迪宣布顾得满是他在新唐城选定的青年才俊，然后是顾得满在火车站爆炸现场探案的情况。两个事件的中间还发生了一个小插曲，河原细美奉命去杀朴不见，却被顾得满意外地搅局，连她都差一点要杀身成仁。这情况让河原细美感觉好像又回到了在费切马斯特学校的时候，顾得满再一次成了她的竞争对手。然而现在的问题是，为了走到今天这一步，她已付出了那么多，甚至都交出了自己一生的幸福，打算嫁给一个并不爱的男人，她本以为自己的付出已取得了丰厚的回报。却不想，顾得满只用了两三天时间就完成了翻盘，把她机关算尽的布局全部否决，再一次毅然决然地站在了她的对立面。

那些过往的记忆，那些近在眼前的挑战，在她脑子里反复翻滚，让她无法入眠。最后在凌晨五点钟的时候，河原细美给井下光打了个电话，约她来酒馆喝酒。

“喝呀！干吗这么秀气？”之前，河原细美已经喝了两碗，此时才第一次放下那个有缺口的小碗，笑着问。

此刻她的笑容不再温婉，透着一股豪迈，这是河原细美喜欢井下光的原因。在井下光面前，细美不用再演自己。

井下光的表情反倒很温婉，正小口地啜着酒。

“半夜里，阿空做了个噩梦，叫得惊天动地的，醒来后，蠢货的眼角还挂着两滴眼泪，说梦见你用一把匕首从身后捅进了阿满的心窝。虽然是梦，我还是有点担心。”说话时，井下光两眼直直地看着河原细美。

第一次见到井下光，河原细美就看出这女孩的矫揉造作是一种伪装，正如她的婉约朴素也是一种伪装。

井下光似乎也看出了这一点。于是，两个看上去说不到一起去的女孩，成了知己。

“你是觉得，我够心狠手辣，下得了这个手？”细美笑了起来，眼睛弯成一条缝，拿起酒坛子，又给自己斟了一碗酒。

“我的意思是，你们没必要这样。”井下光一脸沉静，不温不火。

“没必要怎样？我是李家未来的孙媳妇，顾得满是切斯迪选中的接班人。我们两个都不想放弃这种一步登天的机会，不这样，还能怎样？”细美讥诮地说，将碗里的酒又喝了个干净。

“但你喜欢的人不是阿满吗？”看到细美还要喝，井下光连忙伸手按住了酒坛子。

“我喜欢的是权力。只有李适之才能让我得到我喜欢的东西，所以，我喜欢的人应该是他。”细美脸上的自嘲之色愈浓。

井下光张了张嘴，想要反驳，似乎没找到合适的措辞，微张的嘴巴紧紧抿了起来。

“就算满公子将来真能当上保安部主任，又能怎样？别说他，在费切拉马十三董事面前，连切斯迪，也不过是条看门狗。要不是这次董事会有七个老家伙给他撑腰，切斯迪哪儿有胆子跟老爷子单挑啊？老爷子这次竞选就算失败，也还是比切斯迪高着半个头呢，更不用说顾得满了。”河原细美淡淡地一笑，端起刚斟满酒的小破碗，悠然地喝了一口，“姐姐，你又不是不知道我是什么人，外面都说我心机深，他们没说错，我就是！但你知道吗，对一个心机深的女人来说，最可悲的是什么？”

井下光苦笑着摇了摇头。

“是变成一个失败的心机女。”说到这里，河原细美将碗里的白酒一股脑地倒进嘴里，放下碗，眼睛里忽然多了一丝凄楚，“你用了那么多心机，最后却什么也没有得到，那么你就成了一个笑话。我可以被人恨，但不可以被人骑在头上笑。”

“如果你真是这样的人，为什么这四年里每次放假回新唐城，你都要找机会跟阿满见面。每次他不肯见你，你都会那么伤心？还有，你每次约我出来借酒浇愁，为什么总是约在这脏兮兮的馆子里，不就是因为这是阿满最爱来的地方吗？”井下光拿起桌上的餐巾纸，递给细美，示意她擦拭溢出嘴角的酒液。

“男人是衣服，姐妹是手足。”河原细美带着醉意笑出声来，“姐姐，我们不说这无聊的话题了，喝酒喝酒。你知道吗？我最喜欢你什么，就是你对什么事情都不在乎！”

井下光再次摇头，然后看向河原细美，说道：“如果城里的壮丁团因为这次CEO选举发生火并，答应我，你和阿满至少不要自相残杀。”

“好吧，如果注定会有把刀子捅进满公子的心窝，我保证一定不是从我手上递出的，这样可以了吧？”河原细美的脸上泛起桃红，如愿以偿地进入了微醺，眼里的水色说不出是酒意还是笑意。

“哈哈，感觉好有面子！”井下光笑着拿起面前的破碗，一饮而尽。

这场酒整整喝了三个小时，九点钟的时候，细美起身告辞，因为李河方约了她中午见面。

从那叫“陌路”的小酒馆出来，河原家的黑色雷克萨斯已经停在酒馆门口，叫金大正的韩国保镖正在冲她鞠躬，看细美走路不稳的样子，连忙跑过来扶住了她。

“小姐，什么情况？”金大正小心翼翼地问。

“没事。”河原细美摆了摆手，“去跟桥本说，我们现在去香港路100号。”

“好的。”金大正把后车门打开，将细美让进了车里，然后关上了门。

车里的隔板早已升起。司机桥本从河原细美八岁起，就开始为她开车，最了解她的脾气，知道她每次见人前，都会在车里把自己收拾一遍，这是她的独处时间。

坐到后车座上，细美按下了扶手边上的一个按钮，一个小抽屉缓缓地从前面的椅背里伸展出来。抽屉里放着一套浅黄色的连衣裙，还有一个小瓷瓶。

河原细美拿起小瓷瓶，打开塞子，将里面的浅草醒酒露，全部喝了下去。不过一刻钟的时间，肚子里的灼热感就消失不见，她对着腕上的万能表哈了口气，嘴巴里的酒精浓度已经归零。

在给自己换上浅黄色的连衣裙后，细美按下了另一个按钮。抽屉柜和那套换下来的黑色西装裙被收了回去，接着旁边又有另一个抽屉伸了出来，抽屉里是细美最喜欢用的化妆品，抽屉上方还有一面小小的梳妆镜。

河原细美看了一眼镜子，脸上的红晕已经褪去，只是神情依旧憔悴。细美连忙行动起来，就像一台被输入特定程序的机器，她的每一个动作都高效而准确。

在河原细美心里，梳妆打扮从来都是一项战斗技能，在某些场合，甚至比那些精妙的杀人技术还要有效。此刻她的每个动作，都是经过精心练习和反复修改的，没有一丝多余，极致而恰到好处。

如此过了十五分钟，细美又恢复了她那不经意的十分美丽。她对着镜子缩了缩肩膀，浅浅地一笑，小清新的感觉扑面而来。细美满意地点了点头，然后开始闭目养神。

又过了半小时，雷克萨斯在香港路100号门口停了下来。河原细美没有马上下车，而是透过车窗，打量了一下这幢回字形的大楼。

大楼的建筑样式显得有些奢侈，每一层的高度至少在四米以上，外立面的墙体都是用花岗岩装饰的，有一种古典大气的既视感。

只可惜房子的大部分窗户都已经残破，上面的玻璃掉得差不多了，用破木板胡乱地遮挡了起来，普通得如同新唐城里那些随处可见的废弃建筑物。

看着这幢大楼，河原细美心里不禁诧异，她不知道老爷子为什么要约自己来这里见面。但她的表情还是很平静，不急不缓地下了车。

大楼正面那扇连接了十几级台阶的大门也在这时恰好打开了，里面走出一个穿着白色西装裙的女孩，正在笑吟吟地冲着细美招手。

河原细美认得那女孩，是竞选办公室里一个叫火火的志愿者。细美不由得诧异，不知道火火为何会出现在这里，而且看上去好像很熟悉这地方似的。

不过细美脸上没有一丝一毫诧异，笑着走上了门前的台阶，跟着火火进了门。

楼里的情况看上去并不比楼外好多少，走廊两侧和天花板的墙皮都已掉得差不多了，墙面上布满污渍，大理石地面也满是裂纹和浅坑。两侧所有房间的大门都紧闭着，楼里安静得可怕，只有火火的说话声和两人的脚步声在发出空洞的回音。

不久，两人走到了一个带栅栏门的老式电梯前，开始往楼上行去。

电梯在五楼停下。火火带着细美沿着走廊转了一个弯，推开了533房间的门。两人穿过客厅，来到里面的大房间。

大房间的尽头是个敞开式的大阳台，阳台的入口站着两个穿运动衫的男人，样子精瘦，但四肢的关节粗大，手上看不见一丝赘肉，像用刀削过似的骨感，应该是经常击打沙袋的结果。

两人的目光刀子一样，在河原细美身上扫了一遍，年纪稍大的男子，指了指细美身上的挎包，然后又指了指门边的一个架子。

“他们让你把包留在这里。”火火连忙解释。

细美沉默地点了点头，将挎包取下，放到架子上。一直将脑袋伸在包外的小白狐吱吱叫了两声后，躲进了包里。

河原细美心里松了口气，她终于有理由逃开这个像监工一样的小家伙了。

看到河原细美放下挎包，两个堵住入口的门神这才让出一条路，细美跟着火火进了阳台。

细美心里满是疑惑，不知为何进个阳台都要如此麻烦，直到她看见连接在阳台外沿的那座螺旋状的铁皮楼梯。

楼梯盘旋而下，尽头是一块被回字形大楼围起来的草坪，草坪中央矗立着一座青砖黑瓦镶着落地玻璃的中式阁楼。阁楼的样式虽古旧，但应该是全新的设计，并非真正意义上的古建筑。

河原细美终于恍然，外面破旧的大楼是用来掩护草坪和阁楼的。老爸告诉过她，李河方在新唐城有个秘密据点，但没有人知道据点具体在哪里。

这样想着，河原细美忍不住又看了一眼在前面带路的火火。

火火是一个月前河原细美从来报名的志愿者里亲手挑选的，却不想对方原本就是李河方的心腹，甚至比她这个未来的孙媳妇，更早知道老爷子的这个秘密据点。

为了掩饰心里的疑惑，河原细美在脸上露出清新可人的笑容。下了楼梯后，火火直接带着她往阁楼的方向走去。河原细美注意到那座暗色调的阁楼里有个醒目的小白点。

白点越来越大，渐渐清晰，变成了李河方的身影。

细美虽是李河方认可的孙媳妇人选，但直到今天为止，她只见过老爷子九次。即使在细美就任竞选办公室主任后，李河方的大部分指令大多还是通过电话或者代理人传达给她的。

细美知道，这不是老爷子架子大，而是他习惯于藏身幕后。

即使在李家，除了老爷子最宝贝的孙子李适之外，连他的亲生儿女都不是想见他就能见到的。老爷子正是用他的深居简出，向所有人强调了他的存在。

所以，这次李河方忽然从幕后跑到台前，说要竞选费切拉马集团的CEO，让每个人都大吃一惊，但也正是因为意外，他的参选一下赢得了很高的关注度。

上了楼，河原细美没有主动打招呼，而是让自己停在了离老爷子不远不近的距离上，朝那一脸慈祥的老头怯生生地点了点头。

李河方还是在低头沏茶，一副很专注的样子。直到洗完茶，将开水注入紫砂壶后，他才抬起头，言简意赅地招呼道："来了？"

"来了。"河原细美也还以言简意赅。

李河方又指了指对面的座位。河原细美心领神会，伸手拉开那张红木靠背太师椅，小心翼翼地坐了上去。因为只坐了一半，所以她的背挺得很直，为了不显出紧张，她有意识地让身体松弛了下来。

“喜欢吗？”李河方指了指四周的环境。

“喜欢。尤其是这座阁楼，有了它，绿地一下子有了灵魂。”因为猜出阁楼的设计是出自李河方，细美特地拿它出来夸赞了两句。

“我设计的。”李河方不动声色地朝细美点了点头。

“是吗？”河原细美瞪大眼睛，做出一副好奇的样子。

“我是学建筑出身的，毕业时正好遇到房地产热，靠自己的本事赚了第一桶金，继承家里的银行其实是这之后的事情了。”李河方缓声说道。

“哦，这样啊。”河原细美点了点头。虽然她早就做过功课，已经知道李河方的这些过往，但脸上的表情却好像她第一次才听说此事。

“不说这些了。”李河方拿起紫砂壶，开始给河原细美沏茶，“喝茶。”

“谢谢。”细美用双手各三个手指端起茶杯，小心翼翼地喝了一口。

“大风你认识吧？”李河方指了指背着手站在另一边的火火。

“她不是叫火火吗？”细美做出吃惊的样子。

“三天前，火火已经被大风处理掉了。”李河方给自己的杯子也斟上了茶。

“处理掉了？”河原细美不禁诧异。

“火火是切斯迪派来的卧底，现在已经被大风取代。”李河方看似慈祥的表情忽然严肃起来。

“爷爷，我……”河原细美不由得心里一凉，为自己竟没有看出火火的来历而一阵懊恼。

“这事情不怪你。”李河方摆了摆手，“火火受过专门的训练，是个克隆人，她的基因是经过特殊处理的，所以很善于伪装和格斗，是专业的杀人机器。这种事情，你可能闻所未闻，看不出来很正常。要不是我和训练她的人认识，可能我也发现不了这个秘密。”

“那大风也是克隆人吗？”河原细美看了一眼大风，小心翼翼地问道。

“火火是西施五代产品，大风是貂蝉九代，除了战斗能力比火火强，她还有脸部肌肉重组的技能。”说着李河方朝大风做了一个手势，“大风，让细美看一下你的本来面目。”

大风点点头，朝河原细美淡淡地一笑，脸上的皮肉马上像橡皮泥一样扭曲了一下，英气逼人的鹅蛋脸变成了柔媚的瓜子脸，鼻子和眼睛都要比刚才的火火更秀气，但嘴唇更厚。

“怎么会有这种事？”作为财神的杀手，河原细美并不是第一次听说克隆人杀手，但她还是做出了很吃惊的样子。

“我们这个乱糟糟的地球，并不是人们所知道的那个样子。有些事情我以后再慢慢告诉你，这次让你过来，是要跟你交代一下火火，哦，不……”李河方停顿了一下，“应该说是大风的事情。”

“好的。”河原细美点了点头。

“大风已经调查过了，对方派火火来卧底，除了想来我们这里打探消息，还有一些别的想法。”说话时，李河方开始沏第二壶茶。

“什么想法？”细美沉声问道。

“你听说新唐城火车站的爆炸案了吗？”李河方拿起茶壶给细美斟茶。

“我看新闻了。”细美轻叩桌面，向李河方致谢。

“保安部方面把这次恐怖袭击归因为快闪革命党和欢乐女神，至于真实情况是不是这样，跟我们关系不大。但切斯迪下一步的计划，是想让火火当替罪羊，承认自己就是欢乐女神，然后他会派人来抓捕火火，在这个过程中，火火会找机会杀死顾得满。这样一来，我们就会被牵连到这件事情里面。新唐城的选民、顾得满的支持者和他老爹的和生财，估计都会把我们当敌人看。就算以后我们能把自己从这件事情里摘出来，这次的新唐城选战也早已尘埃落定。这一计一石三鸟，确实妙不可言。”李河方放下了手里的紫砂壶，然后拿起杯子，缓缓喝了一口。

“爷爷，我们要怎么做？”河原细美让自己的神情保持平静，不紧不慢地说道。

看到河原细美一副很沉得住气的样子，李河方满意地点了点头：“既然火火已经被大风取代，这件事最后的结局自然是切斯迪作茧自缚，大风已把他们会面的内容偷拍了下来。到时候，我们只需要把相关视频对外公布。所以，现在不妨让他们的计划继续往下进行。”

“需要我做什么？”细美又问。

“什么也不需要做，这事情太过凶险，就交给大风来处理吧。告诉你这件事，是怕你到时候觉得意外。你是我信任的人，对你来说，我这里没有秘密。”李河方露出一脸的诚恳之色。

河原细美心知，自己如果不是现在这个藏了很多秘密的河原细美，也许李河方这番表述，会让自己彻底折服。老爷子能让那么多不可一世的人物甘愿为他卖命，不是没有原因的。

“不过，我以前跟顾得满有过一些瓜葛，您可能不太了解。”河原细美故意将声音压得很低。

“既然你已经放弃顾得满，选择了适之，说明你是一个很清楚自己想要什么的人，你这样的人，不会不知道轻重。之所以支持你和适之在一起，正是看中了你这一点。”李河方轻描淡写地说道。

河原细美连忙点了点头：“明白了。”

“对了，适之还没向你求婚吗？”沉吟了片刻后，李河方缓声问道。

“啊，这种事情，我又没办法勉强他的。”河原细美低下头，做出忸怩害羞的样子。

“你对付适之应该绰绰有余，尽快把这事了结吧，我还有很多别的事情要交代给你。还有，你我之间还是坦诚相待比较好。”李河方抬起头看了河原细美一眼。

“是，爷爷。”细美脸上一热，但很快掩饰了过去，表情变得诚恳而又成熟。

“我听说，适之今天会坐飞机过来，然后去府上拜访，是吗？”李河方又看了一眼河原细美。

“嗯，是有这样的计划。”细美低下头，避开了李河方探询的目光。

“不要再吊他胃口，你要想尽办法让他觉得你是爱他的，这样他才有信心求婚。”李河方说着，又给细美倒了一杯茶。

“可是……”河原细美停顿了片刻，“爷爷，你知道的，我可能……没有像适之爱我那样爱他，我怕……”

“这有什么关系？重要的是他爱你，你只要让他觉得你也爱他就可以了。做到这一点，对你来说，应该不难。”李河方笑了笑，说道。

“但好像有些不公平。”细美垂着脑袋，迟疑道。

“什么叫公平？我们不都是活在自己的幻觉中吗？重要的是，你要让适之觉得，你是爱他的，这样至少在他的感受中，他会觉得自己很幸福，这就够了。这也是一个溺爱孙子的爷爷，唯一请求你务必做到的事情。”李河方停顿了一下，继续道，“既然你已经选好自己的路，就不要再拖延了。”

说着，李河方端起面前的杯子，又慢慢地喝了一口茶。

本章回顾：

河原细美受到李河方的召见。在李河方的秘密基地里，细美见到了那个叫火火的奸细，李河方告诉河原细美，火火已经被他调包，现在替代火火的是一个叫大风的克隆人。李河方已通过大风，了解了切斯迪打算栽赃自己并杀掉顾得满的计划，决定将计就计，最后让大风冒充火火，倒打一耙。说完自己的计划，李河方要求河原细美尽快答应他孙子李适之的求婚，这样他就可以放心地将更多重要的任务，交付给河原细美。

小贴士：

井下光：哭大师的女徒弟，悟空寺修理厂的前台接待员。蓬莱洲有名的女网红，外号“女神光”，手底下有很多死忠的男粉丝。她来历神秘，本是第五代地狱修女的候选人，十三岁那年从地狱号逃到悟空寺修理厂后，才成了后来的井下光。她和波夜空是情同姐弟的伙伴，两人多年来一直同住在一个宿舍里。

第十一章
钱是最简单的计量方式

老板正坐在日本面店的小隔断里吃着叉烧面，没有戴狐狸面具，但脸上涂着厚厚的白粉，白粉上是彩笔描绘的狐狸脸庞，所以她的脸本身就是面具。

除了脸上的粉，老板还穿着一身花团锦簇的和服，头上的发髻繁复到无法看全上面的小饰品和所有细节，活脱脱像是隔壁祇园馆里扮演狐仙的艺妓。

小白狐正围着老板的面碗欢快地转着圈子，河原细美猜测，老板来找她一定是因为上午李河方约见她的事情。因为小白狐被留在了入口处，所以她跟李河方的谈话内容，老板应该一无所知。

老板终于吃完了面条。她用餐巾纸擦了擦嘴，然后笑眯眯地看着河原细美。

“上午李河方找过你了？”老板问。

“是。”河原细美点头。

“楼里的警卫那么严密，那地方应该不一般吧？”老板的样子还是很温柔。

“四幢楼的中央是一大片草地，就像另一个世界。”细美也在脸上保持着乖巧。

“他跟你说什么了？”老板问。

“他说，切斯迪正在策划一个阴谋。”细美道。

“哦？”老板不由得动容，“说来听听。”

河原细美马上将李河方告诉她的事情，原原本本地转述了出来。

来见老板之前，细美本打算隐瞒此事，因为她知道财神和切斯迪之间有某种默契。但在刚才那一刻，她忽然改主意了。

细美这么做，是因为顾得满。

从李河方的秘密据点出来后，河原细美一直有些心神不定。自从和顾得满在“风儿醉”摊过牌后，她早打定了主意，一旦和顾得满在根本利益上发生冲突，如果需要，她可以亲手干掉顾得满。尤其在顾得满这些天出了这么多风头后，她更是觉得，顾得满已是她前进路上的绊脚石，你死我活，是早已注定的命运。

但昨天当李河方告诉她，顾得满将成为这场斗争的牺牲品时，细美的心里动摇了。因为她这才发现，顾得满并非她臆想中的竞争对手，而是别人随时可以丢弃的棋子。

随着嫉恨的消失，她眼前一次又一次地闪现，她和顾得满在费切马斯特学校时的点点滴滴，两人间那种相互吸引但又不断撕咬，难舍难分的感情。她不得不承认，这个名叫顾得满的家伙不仅是她青春时期最重要的记忆，还是她生命和灵魂的一部分。杀死顾得满，几乎就是杀死另一部分的自己。

所以她下了决心，要把这事情的来龙去脉说给老板听，看看老板是否会给她一个别的指示，让顾得满可以有死里逃生的机会。她知道这想法有些软弱，但又确实无法抵御这样的诱惑。

“哦，看来李河方和他的神隐会，还真有两把刷子，不仅能找出切斯迪派去的克隆人杀手，还准备倒打一耙。有意思。”听完河原细美的叙述后，老板沉默了很久，忽然笑着说。

“神隐会？”河原细美轻声问。

“说来话长。”老板举起手里的餐巾纸，再次擦了擦嘴，“你应该知道，在所谓的民主时代到来之前，世界上大多数人都相信统治者是神在尘世的代言人，譬如欧洲人会把这叫作君权神授，中国人会把他们的皇帝称为天子，意思都差不多。后来的人认为这是统治者愚弄老百姓的权术，但实际上每个能长期存在的王室真的都是被选中的。”

“被谁选中？”河原细美不由得好奇。

“西方人把他们叫作上帝，中国人则把他们叫作玉皇大帝，印度人叫他们因陀罗，实际上他们不是一个人，而是宇宙中一个古老的星际联盟，因为它的总部位于帝释星系，所以被称为帝释会。这个联盟由一群伪君子组成，他们跟我们一样，心底里也相信生命体有高低贵贱之分，高等级的生命体就该统治和利用低等级的生命体。但这些伪君子又想为这个弱肉强食的世界寻找合理的借口，于是提出了一个理论，认为生命体虽有等级，但高贵者对低贱者负有不可推卸的责任，要尽力去保护和领导他们。所以，牧羊人牧羊，虽也是为了吃肉或换取利益，但他们偏要把这种事情包装成高贵、善良和责任。这么说来，我们生命进化委员会反倒更加实在，既然弱肉强食是无法改变的现实，也就没什么好温情脉脉的，想要不被吃掉，只有不断进化，让自己永远处于食物链的最高端，这本身就是宇宙的意志。宇宙之所以要诞生生命这种存在方式，就是为了让我们以进化的方式，创造出更高端的生命形式。如果你进化得不够快，被别人奴役甚至吃掉，都是理所当然的。财神这个组织之所以对你们这些被选中的人这么苛刻，也是基于这一原则。你想想，如果你没有遇到我们、被我们选中，你现在会是什么样子？绵羊在这个世界上永远只有被吃掉的份儿。”虽是在高谈阔论，老板的声音却轻柔婉转，无比悦耳。

“多谢老板栽培。”河原细美屈了屈身，她知道这句话是出于真心，在停顿了一下后，细美又问道，“神隐会和帝释会又是什么关系？”

“神隐会就是帝释会在地球的分支。随着封建时代的结束，人们不愿再接受过去的等级，负责替人类选贤的帝释会在地球失去了影响力，大部分人离开了组织，帝释会只能暂时隐退，改名神隐会。然后我们生进会的人利用这种制度的变化，把地球的控制权拿了过去，帝释会的很多成员都改投到生进会名下。不过，神隐会一直在找机会重建他们的地球王国，李河方之所以加入费切拉马公司，参与蓬莱洲计划，应该就是为了这个目的。”老板面带讥诮。

“怪不得李河方要出面竞选集团的CEO。”细美若有所思地点了点头，“那我们确实应该破坏他的计划，帮切斯迪一把。”

“没有必要。”老板道。

“不是说李河方跟我们不是一伙的吗？”河原细美小心翼翼地试探。

“但你跟我们是一伙的，李河方即使打下了这片江山，最后还是会交到你手里。我们的原则是，谁强，就选择谁。无论他赢，还是切斯迪赢，最后都是我们赢。所以，你不妨好好为李河方卖命，尽力帮他打败切斯迪。只要你能证明这一点，你就是我们想要的那个人。” “明白了。”河原细美用力地点了点头，向老板表达了自己的决心。她知道，这是老板所期待的反应。

“哦，对了。”老板似乎想起了什么，眯缝起眼睛，看着细美说道，“看起来，现在顾得满是双方都欲除之而后快的人物，他的实力你也见识过一回了，那叫大风的克隆人杀手，估计很难得手，所以我想交给你一个任务。”

“什么任务？”细美心里一惊，脸上却若无其事。

老板嘻嘻一笑，将手伸进宽大的和服，变戏法似的，从里面拿出一颗红色的糖丸和一个钥匙圈样子的遥控器，交到了细美手上。

“这是……？”河原细美接过糖丸和遥控器看了一眼。

“这是一颗纳米级的基因集群导弹，是用顾得满的DNA方程式为诱饵精确制导的。到时候，你只要把糖丸扔到地上，然后按下遥控器，小糖丸会分散成三万颗纳米级的缩微导弹，攻击顾得满，只要有一颗击中他，他就会被炸得粉身碎骨。而且导弹是用他的基因来制导的，所以不会伤及其他人。每颗缩微导弹的大小和灰尘差不多，按地球人的科技水平，不可能发现其中的奥妙。”老板看着细美，脸上露出得意的神情，声音还是那般优雅。

“好厉害。”细美连忙作态赞叹。

“自从你上次告诉我们顾得满的真实实力后，我们就开始研究对付他的方案。导弹虽小，却花了我们相当于十亿费切币的人力和物力，顾得满要是知道杀死他要花这么多钱，应该知足了。”财神瞟了一眼河原细美，“这下你应该知道，组织为什么会那么崇拜财富了吧？”

“您跟我说过，当生命体进化到智慧生命的级别后，接下来的进化方向，会变成财富和资源的比拼，想要站到食物链的最顶端，就要看谁能调动更多的资源，而钱是最简单的计量方式。”细美做出一副恭敬的样子，低眉垂眼地说道。

财神点了点头，眼里露出了欣赏的神情：“所以，你要知道，你能成为财神迄今为止存活时间最长的杀手，除了你确实优秀，还有一个重要的原因，就是我们用了最好的生物技术来改造你，给你吃的食物和药品都是效率最高的，然后给你的装备也是最先进的，钱才是生命体从生物时代进化到下一个时代的唯一推动力，只要你继续努力，终有一天，你也会成为我们中的一员。”

“明白。”河原细美再次用力地点了点头。

“你还有什么没有告诉我的？”老板将手上餐巾纸放下，死死地看着河原细美说道。

细美心跳加快，犹豫了一下后，才说：“小白应该告诉过你，两个月前，我和顾得满共同的朋友波夜空，曾带着朴不见和一个据说是外星人附体的小女孩潜入了市政厅，被我和顾得满当场查获。后来三个人上了顾得满的车，在车上，波夜空告诉我们，新唐城可能是个可以控制全宇宙的蝴蝶效应矩阵，因为这件事情太过神奇，阿空这人又一向神神道道，我不能确定此事的真假，所以没有向您报告。不过，从之后的一系列事件看，我觉得这事情可能是真的。顾得满可能也是这秘密的一部分。”

“你的直觉很对。”老板好像并不吃惊，眼皮都没有动一下，“这件事，我已经查了十八年，只是没告诉你罢了。”

“老板，要我跟进此事吗？或许我们可以从上秘院入手，追查此事。”河原细美建议道，心里却盼望老板能收回杀死顾得满的决定。

“这件事，你就不要介入了，不该知道的事情，你最好不要知道。”老板看上去有些不耐烦，站起身，朝细美摆了摆手，打算从面馆离开，“我走了，你就照我的吩咐，先把你要办的事办好。”

“是，老板。”细美连忙起身，点了点头，目送着老板离去。

本章回顾：

跟李河方见过面后，河原细美又跑去见财神的幕后老板。老板告诉细美，李河方的背后有一个叫作神隐会的秘密组织，该组织是另一星际联盟帝释会在地球的分支。老板让河原细美继续全力协助李河方，因为李河方赢了，就等于河原细美赢了。财神想通过这种方式，让河原细美和切斯迪展开竞争，决定谁是财神在蓬莱洲的代理人。同时，财神还交给河原细美一个任务，要她在大风谋杀顾得满时，在背后补刀，以保证顾得满能被杀死。

小贴士：

神隐会：星际联盟帝释会在地球上的分支机构。在民主时代到来前，地球曾经是帝释会控制下的低等生命聚居区。帝释会以神或上帝的面目出现，从地球上选择中意的人物，构成了地球上的统治阶级，在暗中控制着地球的历史进程。但随着资本主义的到来，地球的控制权被生命进化委员会取得，帝释会的拥趸们只好退到幕后，组成了所谓的神隐会。

第十二章

她已经送出了她的初吻

河原细美特地换了一身和服，是她妈妈直子要她这样做的。

河原义雄虽是平民出身，但细美的母亲却大有来头，直子所在的家族曾经出过好几个日本国会议员和内阁大臣，是个历史悠久的政阀之家。后来因为河原细美的外公出了经济丑闻，家族才被逐出了政界。

当年因为看好河原义雄的政治前景，直子选择了他作为丈夫，却不想义雄因为受到直子家族的牵连，失去了在政坛发展的机会。丑闻发生时，夫妇两人都还年轻，不甘心就此沦落，正好看到蓬莱洲在招募移民，就商定一起到这里来开辟新天地。

河原义雄在这里找到了属于自己的政治舞台。正是在他的运作下，日韩移民的社区从新唐城独立了出来，成了一个单独的行政区域——日韩城。

但义雄和直子都没有想到，他们这崭新的事业才刚刚开了个头，蓬莱洲的石油经济就崩溃了。

不过乱世也有乱世的好处，河原义雄很快以另一种方式实现了抱负，让自己成了日韩城里说一不二的壮丁团团主。细美的妈妈直子据此认为，丈夫的成就要是放在日本的战国时代，也可以算是一路诸侯了。所以她一直是用古代大名家的规格来制定家庭礼仪的。现在未来的女婿即将到访，她是一定要向对方显示一下教养的。

河原细美虽不喜欢臃肿繁复的老式和服，但她不敢不听妈妈的话。细美不怕义雄，却很怕这个无时无刻不在关注自己的妈妈。

刚把和服换好，就有人来敲门了，应该是一直跟着她的韩国保镖金大正，因为换衣服时可以不让小白狐留在身边，她事先跟金大正约定，要他这时候来汇报情况。

下午，老板警告她不要参与到蝴蝶效应矩阵的调查中，细美反而因此对这件事情发生了浓厚的兴趣。显然，这是难得让老板介意的事情。如果有一天细美想摆脱老板，那么她一定要找到制约老板的方法。

所以跟老板分手后，回到家里，乘着小白狐被放逐到院子里玩耍的机会，细美偷偷关照金大正，要他去调查上回来家里帮忙换假山石的园丁。因为按照波夜空的说法，她家枯山水里的假山石和黄石公园里的大火山存在着某种对应关系。

“查清楚了吗？”打开房门，将金大正让进屋后，细美问。

“管家说，他也不知道那个园丁的来历。”金大正小心翼翼地说道。

“不认识，那为什么要允许他这么做？”细美问。

“因为那人说，是上秘院的执事让他来的。你知道，会长是上秘院最大的赞助人，家里的枯山水都是上秘院的师父帮忙设计和打理的，管家一听说对方是上秘院派来的，又带了假山石过来，就没多想。后来他去寺院，想把换假山石的钱给执事送去，执事却说没派来过这样的人。管家吓坏了，回来把假山石仔细查了一遍，没发现有什么毛病，所以就把这事情给忽略过去了。不过，他一直想不明白，怎么会有这种冒名顶替白帮人干活的事情。”金大正道。

“知道了。”河原细美点了点头，“去告诉管家，不要声张，要有新情况，随时报告。”

“好的，小姐。”金大正向河原细美鞠了一躬，准备离开，忽然想起了什么，补充道，“桥本一个小时前打来电话，说他在机场接到李公子了，这会儿应该快到了。太太和会长已经在客厅里等着了。”

“知道了，去跟他们说，我马上过去。”河原细美摆了摆手。

“是，小姐。”金大正倒退着向外走去，出门前小心翼翼地带上了门。

河原细美坐回到梳妆台前，按直子的教导，给脸和发髻做了最后的装饰，然后对着镜子检查了一遍，这才从房间走了出来。刚到走廊，就听到楼下有个温润的声音在叫着伯父伯母。

“细美，化妆怎么用了这么长时间？”

到楼梯口时，河原细美听见妈妈直子在装模作样地批评她。不过细美知道，妈妈其实是鼓励她迟到的。直子说过，女人要善用矜持这件武器。

“妈妈，您不是一直跟我说，女孩子不把自己打扮得干干净净的，就出来见人，是很失礼的吗？”细美也装模作样地回了一句。

直子瞟了李适之一眼，说道：“李公子，我们家细美别的都好，就是什么事情都追求完美，有时不太顾及别人的感受，你不要在意啊。”

“没关系的。”李适之嘴里应着，眼睛却没有离开过楼梯上的河原细美，看上去有点被她这身装扮惊艳了。

“怎么啦？”河原细美故作不知，一脸无辜地看着李适之。

“从没见你过穿和服，一下子不太适应。”李适之喃喃道。

“好看吗？”河原细美张开双臂，踮着脚在楼梯转弯处的平台上轻巧地转了个圈。

李适之点了点头：“只是没想到你还能这么古典。”

细美笑了笑，眼睛弯成了一条线，沿着楼梯居高临下，向着等在下面的李适之走了过去，如同一只猛兽，准备扑向一只毫无防备的小动物。

这是李适之第一次来河原家，按照双方的门第，这次见面完全可以约在费切拉马城。李适之却一定要亲自来日韩城拜访。他总是为细美着想，对她好得过分，让细美都有些不忍心了。如果可以的话，河原细美情愿李适之是个纨绔子弟，这样她对他用心机时，就不会有这么多心理负担了。细美是在自己知情的情况下，要把自己的一部分人生牺牲掉，来换取另一部分她想要的人生。李适之却是在不知情的情况下，把自己的一部分人生牺牲了，来换取他以为可以得到的那部分人生。

“我有话想跟你说……”河原细美刚走到面前，李适之就迫不及待地抓住了她的手，然后意识到细美的父母还在一边，有些不好意思起来，朝他们笑了笑。

“细美，我和你妈妈去准备晚餐，你陪李公子到院子里转一转，过半小时，你们来餐厅吃饭吧。”河原义雄识趣地朝河原细美做了个手势。

“好啊，我带你去看樱花。”说着，她将一只手从李适之的手中挣脱出来，用另一只手拉着他往门外走去。

“樱花？这地方这么热，哪儿来的樱花？”李适之有些诧异，但还是跟在了河原细美身后。

李适之本以为河原细美是要带他去看类似虚拟现实一类的布景，却不想到，河原家的庄园里真的有樱花。

“看到了吧？樱花！”河原细美指了指面前二十五棵呈正方形排列的樱树，说道，“想不到吧，这么热的地方，也能看到正宗的日本樱花。”

二十五棵樱花树都被罩在了一个玻璃温室里，外面的气温已高达四十摄氏度，温室里的感觉却依然是春天，密密麻麻的樱花正缓缓落在两人的头上和身上。即使出身如李适之，他也没有见过这样的阵仗，一下呆住了，抬着头，不停地喃喃自语：“太美了，在费切拉马城，大概也看不到这么美的樱花。”

“樱花树是从京都空运来的，地上的土也是，温室里的气温每天都和两个月前的京都严格同步。妈妈说，我们河原家的人，什么东西都要用最好的，这是她四十岁生日时，爸爸送她的生日礼物。你来得真巧，昨天是我妈妈的生日，所以这两天正好是花期。”河原细美嘴里这样说，心里却知道，李适之之所以会在这时候来家里，都是她刻意安排的结果。

“我们都三个月没见面了，你不知道，有好几次我想飞过来看你，但一听到，你在忙大事，就觉得不能这样。忍耐还是有好报的。”李适之看向她的目光很澄澈。

“我也很想你，真想抛下这一切去跟你过神仙日子。”河原细美说着，眼圈红了。这虽是装出来的，但她的难过不是装出来的。

“好啊，那就抛下这一切吧。”李适之的样子看上去不像是在开玩笑。

“我爸爸妈妈怎么办？你爷爷怎么办？你们李家几代人开创的事业怎么

办？”河原细美的脸上露出了恰到好处的忧愁。

“交给那些经理呗。反正他们喜欢干这种事。”李适之大大咧咧地说。

“能交给他们，你爷爷早就交给他们了。你爷爷都七十二岁了，身边要是能有替他分忧的人，哪儿还用这样忙碌？亏他这么疼你。”河原细美在脸上露出了一丝不满。

李适之被说得不好意思了，挠了挠头道：“说实话，如果不是心疼爷爷，这个家我早就不想要了。”

“那你还跟你们家那些老爷太太少爷小姐学，也不帮帮你爷爷？”河原细美伸出手，贴心地帮李适之捋了捋丝绸衬衫上的褶皱。

“行了，听你的，我会帮爷爷在公司里死扛到底的。”李适之用力点了点头。

“唉，这就是命，没的选的。”河原细美悠悠地叹了口气，“你刚才说，有话跟我说，是什么事？”

“就是……”李适之停顿了一下，终于下了决心，抬起头，看着她说道，“你到底爱不爱我？”

“我的心意，你还不知道吗？”河原细美恰到好处地低下头，避开了李适之的目光，她明明是可以用肯定句的，不知为何，却偏偏要迂回。

“可我怎么老是觉得，你心里没有觉得非我不可，告诉我，我还要做什么，只要你说，我都可以做。”李适之抓着细美的手，一动不动地看着她的眼睛。

“嘘……”河原细美打断了李适之，因为心里有些感动，她踮起脚，将自己的唇印在了李适之的唇上，直到做完这动作很久后，她才意识到，她已经送出了她的初吻。

李适之被细美的这个举动惊到了，也是过了好一会儿，才回过神来，他连忙捧住细美的脸，热烈地亲吻起她来。

河原细美不知道这个吻进行了多久，她的心里只有一片麻木，但又有一种靴子落地的踏实感。

结束亲吻后，李适之跪了下来，从口袋里掏出了一个小盒子。河原细美知道，接下来就会是那个老套的求婚情景了。她依足情境，一丝不苟地配合着，将这情节演了下来，戒指套到她手指上的一瞬间，眼泪早已不受控制地涌了出来。

“我太高兴了！我太高兴了！”河原细美大声说着这句自己也不相信的话，拉起李适之的手往温室外走去，“好了，我们把这好消息去告诉爸爸妈妈吧。”

在进入餐厅前，不知怎么搞的，河原细美心里忽然一阵冲动，于是她找借口跑去了卫生间，然后拨通了一个电话。

“刚才李适之向我求婚了，我已经答应，还吻了他。除了我和他，你是第一个知道这件事情的。”河原细美说得很慢，咬牙切齿地，像是在诅咒，而不是通告。

电话那头是长时间的沉默，然后才传来了顾得满的声音：“恭喜。”

那声音很平静，但河原细美太了解顾得满了，越平静就是越难受的意思，她心里忽然生出一丝报仇雪恨的快意。

她转过头，看着镜子，很有耐心地给自己补了妆，那被和着泪水的眼影刮花的脸，终于又变得干净起来，这才是她应该有的样子。

本章回顾：

李河方的孙子李适之来新唐城探访河原细美，河原细美送出了自己的初吻，两人正式订婚。河原细美对此很伤心，在接受求婚后，第一时间将此事告诉了顾得满。

小贴士：

河原义雄：河原细美的父亲，日韩城壮丁团极道会的会长。日韩城当年就是在他的运作下，从新唐城分立出来，成了一个单独的行政区域。

第十三章
让我们一起去死吧

细美打电话来时，顾得满正在环城公路上飙车。他的身边到处是来往于西区码头的载重货车，顾得满在车与车的缝隙间钻来钻去，寻找着最快的路径。

摩托车已加速到一百五十公里，但对顾得满来说，这样的状况其实跟散步并没有区别。听到电话铃响后，他没有将车减速，而是伸出一只手，从风衣口袋掏出手机，看了一眼。看到打电话来的是河原细美，顾得满本想挂掉，但终于还是接了。

电话里，细美的声音慢条斯理，温柔得像把刀子："刚才李适之向我求婚了，我已经答应，还吻了他。除了我和他，你是第一个知道这件事情的。"

听着细美的陈述，顾得满的脸上露出了作为保护色的微笑，虽然此刻身边没有别人，他还是笑得很到位。

"恭喜。"他缓缓地说道。

电话那头却再没有说话。顾得满也放下手机，踩着油门的脚更加用力了，脸上的笑容还是很灿烂。

过了很久，他终于回过神，才发现摩托车已加速到了两百二十公里。在新唐城这种坑坑洼洼的路面上，这是极限中的极限，重心或方向控制上稍有差池，人和车都会飞掉。然而顾得满还是没有要将油门松下的意思。

他喜欢在深夜的街头飙车这件事，朋友们都知道，但所有人的态度都是劝他不要这样做。

只有一个人例外。

当别人还在阻止他的时候，河原细美却第一时间坐上了他的后车座。

有多少个冬天或者夏日的午夜，只要顾得满和细美从费切马斯特学校放假回新唐城，就会和死亡一起在阒无人迹的街头飞驰。

每当这时，细美都会紧紧搂着他的腰，将整个身体贴在他背上，夜风吹在他们的脸上，整个世界忽然静止了，而他们好像也由两个人变成了一个人。

从那时起，顾得满就知道，本质上河原细美和他一样，都是喜欢危险的人，只是他们品尝危险的方式不同。

“让我们一起去死吧。”每次，坐上后车座，细美都会这样说。

“让我们一起去死吧。”此刻，顾得满的脑子里在不断回响着那个声音，他将油门踩得更紧了。

然而，即使速度超过极限，危险离着他还是很远。

师父说过，他是天才，神经系统的反应速度要比绝大多数人快几十倍，人类眼里快到无法看见的移动，在他的神经系统里可以被清晰地分辨出来。

对此，作为佛教僧侣的师父，自有他的一套理论：拥有这样超常的潜能，是因为构成顾得满生命的连锁反应曾在时间长河中为无数的生命创造过无数的利益，所以信息在他的神经系统里才会出现这种低阻力传输的现象。人类神经系统的每个节点每时每刻都在和其他生命发生纠缠和共振，所以会展现出完全不同的形态和情境。此外，师父还告诉过他，当神经系统所有的阻力都为零时，整个世界就会在他面前袒露无遗。

顾得满不知道师父的这个理论是否有根据，但他真的很喜欢这美得有点不真实的说法，这也是他决定追随师父的原因。

胯下的“太累”终于失控。车身在颤抖，随时可能散架。顾得满却把油门踩得更死，随着一声轰鸣，摩托车的前轮脱离车身，飞了出去，顾得满的意识还没来得及对这突发情况做出反应，身体已自行其是，他稳稳地跃起，然后又稳稳地落地，其间都没有一丝惊险的感觉。

看着散架的摩托贴着地面擦出火星，然后重重地撞进路边的垃圾堆，冒出黑烟，顾得满感觉脑子木木的，过了很久，才总算回过神来。

顾得满的脸上又露出了习惯性的笑容，随着这层保护色被召唤到台前，他终于平静了下来。

他故作无所谓地撇了撇嘴，给小施打了个电话。

半小时后，小施和小柯开着鲨鱼商务车来到了现场，把太累摩托的残骸装上了车，同时将他送回了家。

因为看出顾得满心情不佳，小柯和小施没有多做停留，借口要把太累送去交给波夜空修理，开着车离开了。

顾得满直接回了自己的房间，一头扎到床上，想好好地睡上一觉。但翻来覆去老半天，脑子还是清醒到触目惊心。

因为想起火车站的爆炸案还没有着落，顾得满索性起了床，打开电脑，登入了快闪革命党的暗网。

很快，顾得满找到了欢乐女神的主页，给她发了一份请求见面的私信。

这已是三天来他发的第五份邮件。

顾得满是在三年前加入快闪革命党的。当时他刚回新唐城，因为思念远在费切拉马城的河原细美，他常会在夜里失眠。上网成了他打发时间的主要手段。在这个过程中，他发现了一个用区块链非法搭建的虚拟现实游戏——“诅咒费切拉马的幽灵们”。因为觉得名字有趣，顾得满就加入了这个地下性质的网络游戏。

游戏讲的是在环境恶劣的蓬莱洲死去的亡魂们向费切拉马集团复仇的故事，除了游戏部分，程序里还有一个论坛，玩家们可以用自己的虚拟形象直接在那里跟其他玩家讨论游戏技巧和心得，但每次这种讨论都会变成对费切拉马公司的控诉。

其间，顾得满也参加了几次这样的控诉，不久就有快闪革命党的人来拉他入伙。经过多个革命党党员的认证，他被引荐到快闪革命党的暗网里，化名虎哥，和其他成员包括被视为革命党象征的欢乐女神混了个脸熟。

当时，顾得满已经在和兄弟会的同伴们策划起义的事了，想到有朝一日自己的计划可能需要更多的人支持，他就留在了快闪革命党的暗网里，还参与了几次在新唐城的快闪行动。其中一次行动遭到了保安部的伏击，顾得满挺身而出，帮忙搞定了现场，于是“虎哥”这个虚拟人物成了快闪革命党里的偶像，号称快闪革命党的十八大神之一，他的人气虽不如欢乐女神，但也是数得着的人物。

根据快闪革命党暗网平台设定的规则，每个成员只能和其他十名成员建立私聊，顾得满虽是元老，但加入暗网时，欢乐女神名下的密友名额已满，除了发私信，他并没有别的可以联络欢乐女神的办法。

正在他为如何才能联络上欢乐女神而犯愁时，暗网的私聊工具上有人在呼叫他，是“最帅的滑头”。

在快闪革命党里，“最帅的滑头”一向点子多，黑客技术更是出众。但恰如他的网名，此人滑头得有些过分，在网友里不太受人待见。顾得满却因为滑头是暗网附带的飞车游戏里唯一赢过自己的人，对他有些惺惺相惜，所以加入暗网不久后，就和滑头互加了密友，两人平时的互动颇多，时不时会相约在飞车游戏里赌上一局。

在思量了片刻后，顾得满将虚拟现实模拟器戴到了头上，他的眼前一阵天旋地转，耳朵里也配合着出现了胀痛。

这个控制器是他花大价钱从费切拉马城买回来的，控制器除了视听模拟功能外，还有味觉、嗅觉、触觉乃至神经中枢通感系统的模拟功能。

随着一个前滚翻，顾得满发现自己的落脚之处是一座处于高山之巅的平台。平台窄得过分，只够站三四人的样子，后方和两侧都是峭壁，前方则是一条穿云而过的盘山小路，小路很窄，大概只够开一辆摩托车的样子，在跨过一道大约一千米长的山梁后，小路通向了一座呈倒三角的大山，盘山公路分布在山的外侧，盘旋而下，只有在急转弯处，才会出现够两辆车并排而过的超车道。道路的设计极尽刁钻险恶之能事，对绝大多数游戏者来说。连跑完赛道都会是一件困难的事，更不要说在上面比赛了。

“赛道是你新设计的？”顾得满看了一眼最帅的滑头。

顾得满化身的虎哥，是只青底朱纹直立行走的大老虎，形象来自他的文身。最帅的滑头在图形界面里是个大胖子，而且是胖到不能再胖的那种，有点日本相扑选手的意思，大眼睛、细眉毛、朝天鼻，厚嘴唇上长着两撇小胡子，身上穿着一套很夸张的丝绸印花西装，总之一看就很搞笑。

最帅的滑头点了点头，然后煞有介事地眯起眼睛，打量着顾得满，鼻子在不断地抽动。

“怎么啦？”顾得满低头看了一眼自己，确认自己身上没有任何不妥之处。

“一看你的样子，就知道你有心事。”最帅的滑头细声细气地说。

“这个也被你看出来了？这可是头猛虎，人类真的能看懂？”顾得满不屑地撇了撇嘴。

“你看，你额头上的那个王字纹，最后一横都不见了，生生成了一个干字，这哪儿是老虎，明明是拉张虎皮做大旗嘛。”最帅的滑头语调愈加夸张。

“是吗？”顾得满摸了摸额头，“是有点烦心事。”停顿了一下后，顾得满继续道：“对了，你有办法联络上欢乐女神吗？”

“给她发私信啊。”滑头应道。

“发了，没回复。”顾得满沉声说道。

“也是，像你们这种大神级的人物，每天都有成千上万的脑残粉给你们发私信，估计都会被扫进垃圾箱。”最帅的滑头沉思片刻后，摆了摆手，“行啦，我帮你想想办法。”

“有什么办法？”顾得满看了一眼最帅的滑头，感觉对方好像不是在敷衍。

“当然是作弊啦。”最帅的滑头一脸傲骄地挺了挺胸，“我叫最帅的滑头嘛，耍滑头是我的拿手好戏。不过，这事情有风险，说不定我会被踢出这狗屁组织的。”

“明白，你开条件吧。”顾得满连忙应道。

“跟聪明人打交道就是愉快，我也不能漫天要价啊。”最帅的滑头停顿了一下，“这样吧，咱们赌一局，你要是赢了，我就帮你办这件事。”

“输了呢？”顾得满问。

“输了，你就给我一千费切币。”

“然后呢？”顾得满问。

“还有什么然后？输了，说明你不够格，我凭什么帮你？”最帅的滑头摆出一副不屑的样子。

“好的，成交！”顾得满点了点头。

“唉……”最帅的滑头好像想起了什么，懊恼地摇了摇头，“是不是我开价太低了？”

“我本以为，你会要十万费切币的。”顾得满笑道。

“真是贫穷限制了想象力啊！”最帅的滑头伸手打了一下自己的脸，肥嘟嘟的脸像抹布一样折叠了一下。

“不废话了，我是客场，自然该我先出发，对吧？”顾得满说着，伸手在半空中一挥，伸手可及的方位上，出现了十辆不同型号的摩托，顾得满抓下那辆体形和马力看上去最大的巨型黑色摩托，没等滑头回答，就已经坐上车，疾驰而去，跑上了那道狭窄的山梁。

最帅的滑头叹了口气：“都说我滑头，不想到这老哥比我还滑头。”

说着，滑头也伸手从空中摘下了一辆体积只有黑摩托一半大小的亮灰色小摩托，追着顾得满的背影赶了过去。

赛道果然设计得很刁钻，倒三角的山体就是针对顾得满这种强人的，让他没办法利用技术优势，从上一层道路直接飞车跳到下一层道路。

幸亏顾得满看出了其中的机关，抢先出发，最帅的滑头虽熟悉道路拐弯时的角度，速度和力度也都控制得恰到好处，却始终没找到超车的机会。

平心而论，要是道路设计得没有这么窄，顾得满选择的这辆大摩托跑弯道时其实很吃亏，分分钟都有可能被超。但现在劣势变成了优势，大摩托在弯道上一横，就把好不容易扩了一倍的赛道给堵住了，最帅的滑头骑的摩托虽小，却根本找不到可以超车的缝隙。顾得满只用稳稳地把车开过弯道，不让车翻下悬崖，就可以将领先一路保持下去。

很快，前方只剩下了最后一个弯道，过完这个发卡一样的急弯，接下来是一段向下俯冲的四十五度陡坡直道。直道虽险，但对顾得满这辆大马力重型摩托有利，即使剩下的路有两个以上的车道，顾得满也有把握稳操胜券。想到这里，顾得满回头看了一眼，发现最帅的滑头竟已没了踪影。

正在思考对方要出什么幺蛾子，顾得满就听见前方发出了一声巨响，山体竟然塌方，山石滚落之后，道路上方出现了一个缺口，那辆银灰色的小摩托从缺口直接飞到了陡坡上，竟稳稳地跑在了顾得满的前方。

顾得满闻到了一股浓重的火药味，这才想起，那辆银灰色摩托踏脚边上，挂着一个圆锥形的筒状物体。

“啊，那是个小型火箭弹！”顾得满不由得在心里惊呼。

最帅的滑头显然就是利用那火箭弹，在上一层道路炸出了一个缺口，此刻他已经开始向终点俯冲而去。

心里虽充满诧异，顾得满还是小心翼翼地从塌方的碎石堆上冲了过去。过碎石堆时，路面中央横着一块二十多厘米长的石头，顾得满心里一动，一脚将石头踢起，抓在了手里。

因为大摩托的马力强，本身又重，在陡直的坡道上，顾得满很快追上了最帅的滑头。

最帅的滑头一点也没有着急的样子，银灰色的摩托不仅没有加速，车上的滑头还显出一副闲庭漫步的样子，嘴里叼着一支大雪茄，一边哼着小曲，一边朝顾得满扭动着肥硕的大屁股，像是在表示轻蔑。

最帅的滑头确实有理由得意。眼前的道路太窄，两边又是悬崖，而此刻是在游戏中，除了技术和规则许可的特殊方法，顾得满无从调动他在现实中的超能力，想要用眼下的大摩托超越对方几乎全无可能。

顾得满将摩托车的速度放慢，似已打算放弃。但就在这时，他的手臂不经意地动了动，被他抓在手上的石头沿着地面滑了出去。

顾得满狠狠一踩油门，摩托车猛然加速，俯冲而下，前车轮碾过石头，向上弹起，车身的重心出现了向上的趋势，顾得满抓住这电光石火的一瞬，用尽全力猛提把手，黑色的摩托像只秃鹫一样飞起，越过了滑头的头顶，落在了前方的赛道上，直接冲过了终点。

身后传来掌声，顾得满回头，看见最帅的滑头正在鼓掌，他已从银灰色的摩托上下来了，脸上的笑容依然猥琐，却由衷。

“到底是虎哥，这样都能赢，只能说明，你的狗屎运不是一般的好。”话是如此，滑头的语气里却满是钦佩。

此时，顾得满已经想明白了一件事，火箭弹爆炸后那块落在赛道上的石头，本就是滑头设计好的过关彩蛋，否则不可能在游戏中产生让车飞起的效果。

在快闪革命党的暗网中，虽然人人都说他滑头，其实滑头做事却极公道，只要是他设计的游戏赛道，无论是哪种路径，都会留后路给对手。最后那段俯冲跑道，最帅的滑头之所以把车开得那么慢，并不完全是为了嘚瑟，应该就是想看看顾得满能否把彩蛋找出来。

“行了，愿赌服输，三天后，正好是快闪革命党的例会，欢乐女神要来主持会议，到时候肯定会登入进来，我找机会半路拦截她，让你们私聊。这两天你得保持登入状态，把传呼程序开着，一有眉目，我就通知你。”最帅的滑头一边说，一边伸手在三维画面里东抓一把，西扯一下，随着他的动作，眼前的游戏场面像是二维做成的，被一层层撕开，然后眼前出现了滑头在暗网内的工作室。

这是一个程序设计室。

在这个以区块链为架构的暗网程序里，每个参与者都可以用暗网的源代码设计场景和应用程序。作为快闪革命党里最牛的黑客，最帅的滑头差不多参与了暗网三分之一的场景和外挂程序的设计，现今暗网的一大半黑客差不多都是他的徒子徒孙。称他为快闪革命党的总设计师，好像也毫不违和。

按照暗网的基础设定，每个应用的设计过程需要在程序内部的平台上展开，以便留下日后供查验和追责的痕迹。这个工作室场景正是最帅的滑头在暗网中保存其工作痕迹的私密场所。在暗网里，除非得到场所的主人或者快闪革命党一半以上成员的共许，其他人是不允许进入这类隐私场所的，顾得满却是这个设计室的常客。每次和最帅的滑头赛完车，设计室的主人都会带着他，来这里喝一杯虚拟的咖啡。

顾得满自己也不清楚，为什么这个以滑头著称的黑客会对自己一见如故，从顾得满加入革命党的第一天起，就把他加成了密友。

“你好像还没问我，我为什么要找欢乐女神？”顾得满端起杯子，喝了一口最帅的滑头刚沏好的咖啡。

“有什么好问的，你是虎哥，你不主动告诉我原因，自然有你的理由，我对你的信任是无条件的。”滑头也端起杯子喝了一口咖啡，脸上露出无比享受的表情，“×，虽然我没有喝过真正的蓝山咖啡，但我相信我的这杯蓝山一定比真正的蓝山更像蓝山。”

“当然。”顾得满一本正经地点了点头。

看着最帅的滑头那充满孩子气的表情，顾得满心里忽然生出一丝歉疚。

如果最帅的滑头知道自己要找欢乐女神的真正用意，如果他知道自己可能会把欢乐女神当筹码牺牲掉，不知道这位并不滑头的滑头会做何感想。

为了要做成他要做的那件事，顾得满不知道自己已经说过多少谎，有意无意地利用过多少人，辜负过多少信任，做过多少违心的事。

当然，他有他的理由，如果真的能做成他要做的那件事，蓬莱洲悲惨的现状也许就会改变，所有被压迫被遗弃的人也许能拥有一个更好的未来。也许到那时，那些被付出的代价都能得到补偿，就像小柯说的，可以在未来为那些被牺牲的人立一个纪念碑，为他们献上美丽的花环。

如果顾得满真的对此坚信不疑，也许此刻他就不会纠结了。但是他心里对此是存疑的：那些被牺牲的人，那些被牺牲的道义，真的能被补偿吗？

也许这就是小柯一直在批评他的东西：软弱。

本章回顾：

顾得满听到河原细美订婚的消息后，彻夜难眠，想起火车站爆炸案还没有着落，便登入到快闪革命党用区块链搭建的暗网“诅咒费切拉马的幽灵们”，想联系欢乐女神，没有成功。正好遇到暗网里著名的黑客“最帅的滑头”，滑头要顾得满和自己玩一局虚拟的摩托赛，如果顾得满能赢，滑头就帮他和欢乐女神联络。经过一番周折，顾得满侥幸获胜。

小贴士：

快闪革命党：一个蓬莱洲年轻人进行快闪行动的临时组织，是没有实体的虚拟组织，成员之间用区块链的暗网技术进行联络，因为喜欢恶搞费切拉马集团，揭露集团的种种内幕，被费切拉马公司定性为恐怖组织。革命党的象征性领袖是个绰号“欢乐女神”的神秘人物。

第十四章

因为你真的敢杀人

三天来，河原细美一直做小鸟依人状，陪着李适之在新唐城四处转悠。他们去了上秘院，感受了那地方闻名遐迩的东方神秘主义；去了西区码头南街，感受了拼接着各种异国风情的本地特色；去了河南森林，感受了油田遗迹和深埋在人造大陆里的孤独海沟；去了天空的面具，感受了被包围在垃圾堆里的摩登、豪奢和荒淫。

在这个过程中，河原细美一直做出需要被呵护和照顾的样子，时不时使点小性子，制造点小别扭，让李适之产生了自己是贾宝玉，正在面对柔弱的林黛玉的感觉。河原细美知道，这是李适之内心深处最认同的角色，只是他本人并不清楚自己的这种倾向。

河原细美很早就知道，世界上每个人都在有意无意地扮演自己想要的角色，只是有些人知道，有些人不知道，有些人演得成自己要演的角色，有些人演不成。细美是知道自己在演戏而又演得成的那种人，李适之则属于不知道自己在演戏却也演得成的那种人。

因为属性不同，河原细美一直在努力配合李适之，好让两人的节奏能进入各自舒适的范围，这看似被动，其实主动的操纵感，有些累，却让细美很满足。李河方看中她是有原因的，没有人比她更适合这样一个角色了。

因为玩得开心，李适之本想将假期再延长几天的，但下午，他接到一个来自费切拉马城的电话，说有急事一定要他回去处理，李适之这才依依不舍地离开了新唐城。

河原细美心里清楚，这是老爷子的安排。她相信自己不在的这三天里，竞选办公室一定有很多事情开展得不顺利。这种不可或缺的状况，一方面确实是因为她的能力无人能及，另一方面也是她刻意的安排。她相信老爷子很清楚这一点，这也是老爷子选择她在未来掌管李家的原因之一。

前脚刚把李适之送走，后脚河原细美就让桥本送自己来到了香港路100号，现在她也可以刷脸进入这幢隐秘的大厦了。当然在进入草坪之前，细美还是需要把她的包和包里的小白狐寄存在入口处。她也乐得如此。

李河方已经在等她。老头的样子看上去很悠闲，好像只是坐在伏秋小筑里喝茶养神。河原细美却知道，真实情况并非如此，否则李河方就不是李河方了。老爷子要处理的事情，任何一件拿到台面上来，都可以让一个未经阵仗的普通人寝食难安。老头的闲只是裹在针尖上的棉花。

“爷爷，找我什么事？”经过老爷子上次的点拨，河原细美没再故意拿捏，直截了当地问了要问的问题。

“他们找过大风了。确定后天动手。”李河方指了指对面的座位，让河原细美坐下。

虽知道这是迟早的事，但得知了确切的时间，细美心里还是一惊。她凝神静气，一边入座，一边问：“您有什么安排？”

“我想了想，这事就全权交给你处理吧。”李河方看了河原细美一眼，并没有给她斟茶，而是把一个透明的液晶片，推到她面前，“光储器里拷贝的是大风偷拍的这两次会面的全息影像，你拿回去看一下，想一想我们这里的应对步骤。”

“明白。”河原细美点了点头，“其实这两天里，我也一直在想这件事，我觉得，我们最好不要急着把材料抛出去，先让对方火力全开，把该说的话都说完，没有改口的余地了，我们再把这两段影像放出去，这样效果才最好。只是，您可能要承受一段时间的压力了，顾得满要真的在抓捕现场被他们干掉的话，可能还有人会来找您报仇。”

“这个你不用担心。”李河方露出一丝淡淡的笑意，“新唐城的壮丁团已经很久没有开过战，也该洗洗牌了，估计这也是你父亲乐于看到的局面。”

“那您的安全……”河原细美迟疑道。

“我这样的老家伙是千年龟，缩头这种事情一向最拿手了，估计整个蓬莱洲也找不到几个有我能忍的家伙。借这个机会，我正好可以在这里偷偷闲。你就放手去做吧，记得，出了问题，还有我帮你在后面兜着。”李河方一脸的怡然自得，似乎很满意河原细美提出的这个思路。

说完此事，李河方又跟河原细美聊了一些无关的话题，询问了这两天她陪李适之在新唐城游玩的细节，像极了一个喜欢打听小辈八卦的老人家。细美却知道，这也是老爷子的习惯，越有大事发生，他就越是会跟当事人说些无聊的闲话。

正事只聊了不到十分钟，闲话却说了足有两个小时。其间，他们从伏秋小筑到了外面的草坪，沿着草坪和老树之间的人造小路，绕了好几个弯。

天空里的雾霾浓到连月亮的光晕都已隐没不见，草坪上的空气却依然清新，细美这才注意到，四周大楼面对草坪的墙壁上，排列着密密麻麻的小孔，装在后面的新风系统虽然安静到听不见一丝声音，但凭着超级杀手的敏感，细美感受到了那些细密气流的变化。

“这些小孔应该都是换气孔吧？”河原细美指了指身边的墙壁。

“竟让你看出来了。”李河方淡然一笑。

“怪不得这地方空气这么好。”河原细美连忙赞叹。

“你知道，一个人到了我这种地步，连空气都可以为我改变，这大概就是金钱和权力最让人感觉良好的地方。”虽然说话的内容霸气，李河方的声音却很平淡，并没有丝毫的得意。

说着，李河方忽然在一棵至少有两千年树龄的银杏树下停下了脚步，回头看向河原细美。老爷子身后的那盏路灯正好可以照亮细美的脸，而他自己的脸却藏在了阴影中。

“知道我为什么会选择你吗？”李河方的声音听上去轻飘飘的。

“因为我野心勃勃，有心机又有手腕，还因为我恰好让适之爱上了我。”细美不动声色，语调平缓，她知道，诚实是此刻最好的应对方法。

“有上进心，能力也强，然后我最喜欢的宝贝孙子又离不开你，这些当然都是很重要的理由。”李河方微微点了点头，河原细美刚才的那番描述，在老爷子的嘴里都变成了褒义词，忽然他的话锋一转，“但还有一条更重要的理由，就是你真的敢杀人。”

听到这里，细美掌心一热，捏成拳头的手湿透了。

“在下决心让你和适之继续发展之前，我权衡了很久，对你做了一个小小的调查。我知道，你在费切马斯特学校参加过很多社团，最有名的当然是你在插花社连拿七届冠军的故事，还知道你是学校交响乐队的首席小提琴手。不过，很少有人知道，你还加入过两个很冷门的社团。一个是空手道社，据替社团管理场地的人说，曾有一次在半夜一点，看到你在场地里没命地练习。他只看到过一次，但我相信这应该是你经常性的行为。”

“每周三的夜里，我都会趁大家休息的时候，去练三个小时。十五年里，只要我在费切马斯特学校，这件事情就从未间断过。”河原细美平静地补充。

李河方点了点头：“我还知道，你单挑过空手道社每个年级的最强选手，每次单挑的对象都是至少比你大三岁的男生，到你十四岁的时候，社里所有的高手都被你打败了。这些人本来是不想跟你这么个小女生对打的，但你实在太可爱了，那些男孩或是为了跟你套近乎，或是为了占你便宜，才答应跟你打的，本来是打着玩的，后来被激怒了，就跟你来真的了。但即使如此，也没能打过你。这些人都是男生，又都是靠着能打招来一群小弟的大哥，所以自然不会把这种丢脸的事说出去，即使在空手道社内部，大多数人并不知道你很能打。”

“不过，还是没能瞒过您。”河原细美微笑。

“还有一件事，也没能瞒过我。”李河方回过头，继续向前走去，细美紧紧地跟在了他的侧后方，“这些男生都说你，除了出手又快又重外，还有一个特点，就是敢下狠手，一出手就是别人的要害，而且是真打。其实连这些狠人，平时也不敢真的出这种狠手的。”

“所以，您觉得，我真的敢杀人？”细美缓声问道。

“另外，你还参加了射击协会。”李河方没有直接回答，而是换了个话题，“协会里的人说，老看见你在射击场练习，但你从来没有报名参加过他们的比赛，然后练习的时候，你也从未留下过成绩，每次打完后，你都会把靶纸带走。”

“我是想再好好研究一下这些着弹点，看看有没有可以改进的地方。”河原细美低眉垂眼。

“得知你和适之谈恋爱后，我专门把射击场的监控录像调来看了一下，根据我的判断，你手枪的速射水平到奥运会拿个冠军破个世界纪录之类的，应该也绰绰有余。但你好像根本就没有这样的想法。所以，你练枪的目的自然是在为杀人做准备。”李河方不经意地回头看了河原细美一眼。

“哈哈，毕竟我是河原义雄的女儿。”细美感到自己的喉咙有些干涩，“如果我没能在学校钓到十三家族的金龟婿，接我老爸的班也是一个选择。要做极道会的女主人，杀人是必备的生存技能。”

“不管真实的理由是什么，敢杀人也是李家的当家人必备的生存技能。”李河方再次停下脚步，转过身看着河原细美道，“其实，这两次见面，我一直在观察你，我知道你和顾得满是青梅竹马的知己和对手，在听说他要成为这次行动的牺牲品时，你的神情很淡然，说明你已经为将要承担的角色做好了准备。这样的素质，如果你不是我们李家未来的孙媳妇，我一定寝食难安，说不定我会亲手除掉你。”

“爷爷，您过奖了。”河原细美还是不动声色。

“既然确认了你是这样的人，我打算告诉你另一件事，关于我的小秘密。”虽然脸藏在阴影中，李河方的眼睛还是很亮。

“谢谢爷爷信任。”细美迎着李河方的目光看了过去。

“除了是李家的家长，我还是神隐会的三名轮值主席之一。”李河方缓缓说道。

“神隐会？”细美愣了一愣，故作不知，问道。

李河方微微一笑，简单地介绍了一下神隐会的来龙去脉。细美虽已从老板那里听说了此事，但脸上她还是做出了惊呆的样子，倾听着老爷子的叙述，不知不觉间两人又回到了伏秋小筑。

老板嘴里贬义的说法，在李河方这里都变成了自豪的夸赞。对这样的情形，细美倒是没有觉得有什么矛盾的地方，她一向知道，立场不同，对同一件事情的描述就会全然不同，最后哪种描述能成为标准，将由胜利者说了算。对细美来说，唯一重要的，就是选择和胜利者站在一起，让自己也成为胜利者。

“既然你已决定跟我们李家捆绑在一起，那么你自然就是我们神隐会的成员了。”说到最后，李河方一脸严肃地看着细美。

“好的，爷爷。”河原细美乖巧地点了点头。

李河方似乎没料到河原细美的反应会这么快，愣了愣，然后释然地颔首，指了指草坪西南角和大楼连在一起，有点哥特式感觉的副楼：“过几天，在那小教堂里，会有人来为你主持一个入会仪式，逐条告诉你组织的守则，以及违反守则要受的惩罚。这些规矩对意志薄弱者来说，难度有点大，这也是我没把家族里大多数子侄引入组织的原因。但对你这样的人来说，遵守这些约定，根本不是个问题，这也是你会被我们选中的原因。”

“谢谢爷爷的信任。”河原细美一脸凝重地点了点头。

“当然，被选中的人自然也能享有某种福利。本来这福利应该在入会仪式后再发放的，但考虑到后天的局面有些凶险，所以我就做主，提前给你发放了。”

说完，李河方笑了笑，按了按八仙桌上一道看似木纹的突起，说道：“星姐，把东西拿过来吧。”

细美这才注意到，那木纹是一个隐藏得很好的对讲机。

不久，一个穿着中式白衣黑裤的中年女子从楼下来到二楼，手里端着一个长方形的白瓷盘子，盘子里放着一支银灰色的电子针管。

女子没有说话，朝河原细美做了一个手势，示意她将袖管挽起。

虽然心里有些狐疑，面子上河原细美还是毫不犹豫地照做了。

“针管里的注射液是来自帝释星系的1型基因定向优化剂，只有神隐会里最高等级的会员才有资格注射1型优化剂，其他人都只能注射2到9型的优化剂。这支优化剂注射到你体内后，会从基因层面改变你的身体机能，再过十二个小时，你神经的反应速度会比地球人快一倍，脑细胞的密度会增加三倍，肌肉束的力量将提高十倍，你的注意力可以长时间凝聚在一个比针尖还小的点上，睡眠质量好到只用一个小时就能恢复全部的体能。某种程度上，你差不多已经是半个帝释星系的人类了。所谓上帝的选民，大概就是这个意思吧。”李河方在一边静静地看着星姐给河原细美注射药液，语气淡然地解释。

听着李河方的话，细美让自己放松了下来。星姐将针管扎入细美的静脉，电子针管的针尖上放射出一道强光，细美的血管瞬间变得透明，一股蓝色的细流正在汇入细美的血液，慢慢稀释着。

“对了，还有一件事情，也想麻烦你。”李河方又开口道。

“请说。”河原细美收摄心神，恭敬地点了点头。

“可能的话，这两天不妨找顾得满叙叙旧。”李河方站起身，走到玻璃墙那里，看着外面的草坪说道。

“为什么？”河原细美不解地看着李河方的背影，说道。

“我想再争取一下，看看有没有可能让他为我们所用。前些天，发生了一件事。我有个老朋友的孩子，得罪了不该得罪的人，我那老朋友受身份所限，不便出手相救，便托我暗中关照一下那孩子。”

李河方的声音听上去有些阴郁，细美马上猜出，他说的老朋友的孩子是朴不见。

“一个星期前……”李河方继续说道，“那孩子在泰山街遭到了伏击，当时顾得满正好经过，把他救了下来。顾得满的出手很惊人，那种能力堪称奇迹。当时，我派去的人目击了这一切，回来后把情况告诉了我。我据此判断，顾得满应该是地藏会的人。”

河原细美暗自心惊，不想到那天她对朴不见动手时，神隐会的人也在暗中窥伺，而她竟没有觉察。

“地藏会？”河原细美做出一脸疑惑的样子。

“地藏会是一个号称以拯救世间苦难为己任的秘密团体，成员是一些看似不起眼的小人物，其实却大有来头，这事情说来复杂，等你正式加入了神隐会后，可以登入我们的资料库，去慢慢了解。还有，那个出手杀人的组织，叫财神。财神既是这个组织的名字，也是这个组织头目的代号。我不知道，顾得满怎么会跟地藏会扯上关系的。不过他跟财神对抗这件事，或许对我们有利。根据我们的情报，这些年来，只要切斯迪出现在哪里，财神就会出现在哪里。”

“您的意思是……切斯迪是财神。”河原细美倒吸了一口凉气。

“应该不是。”李河方摇了摇头，“但切斯迪和财神之间应该有着很深的渊源。而且我还知道，费切拉马董事会里至少有四个人是财神的人，这次让切斯迪出来竞选公司的CEO，应该也是财神的意思。切斯迪并不可怕，真正可怕的是财神。”

“这个财神到底是什么人？”河原细美问。

“听说过意识上传这种技术吗？”李河方转过身走回到桌边，在太师椅上坐了下来。

“是科幻故事里说的，将人类的意识上传到机器或人造身体里的技术吗？类似以前日本漫画《攻壳机动队》里面的情形？”河原细美问。

“差不多。”李河方点了点头。

“现实中可以做到吗？”河原细美问。

“地球上做不到，但在财神出生的地方，这一切早就实现了。”李河方说道。

“也就是说，财神的形象是不确定的，男女老少都有可能？甚至可能会是某个机器人或小动物。”河原细美问。

“对。”李河方点了点头，然后又摇了摇头，“不过，他不能算是完全的机器人。我们帝释会的成员，跟地球人一样，身体主要由碳水化合物构成，属于有机生命体，但财神的种族，通过各种无机材料、AI算法和意识上传技术，将自己变异为一种全新的生命类型，是一种无机生命体。这种无机生命体虽比有机生命强大，甚至有长生不死的潜能，但需要消耗极多的能量和资源，所以这个种族在宇宙中的数量并不多，主要通过代理人在宇宙中扩展势力。过去的几千年里，地球一直是我们帝释会在保护，但到了近代，随着财神和他所属的生命进化委员会在地球上的代理人越来越多，我们才渐渐失去了对地球的控制。不过，生命进化委员会内部并不团结，所以地球的情况才没变得更糟。蓬莱洲是财神专属的殖民地，关于这件事的内幕，你以后也可以到资料库去了解情况。”

“好的，爷爷。”河原细美点了点头，这些事情她其实早就知道，连她自己都是财神的代理人之一，老爷子上次抛出来对付切斯迪的筹码、那个郑有生，就是死在她手里的。

电子注射器里的蓝色液体全部进入了河原细美的血管，那被李河方称为“星姐”的女子，在拔下针管后，无声无息地离开了。

“所以，要是能把顾得满争取过来，跟财神对抗时，我们或许能得到地藏会的支持。在传说中，顾得满可能是一个会改变历史的人。据我所知，顾得满对切斯迪的支持也非出于真心，他应该有自己的计划。切斯迪当然也知道这一点，所以才会选择在这次行动中，把他牺牲掉。”李河方目光闪烁。

河原细美还是面无表情，小心翼翼地试探：“可是，爷爷，我和顾得满之间有太多的过去，我怕……”

“我好像告诉过你，我对你很放心，你是那种下了决心就不会回头的人，所以我不担心你会对他手软，但我想看看，他是否会是那种把感情看得过重的人。”李河方的脸上露出一丝讥诮的笑意，在“感情”二字上加了重音，“如果是这样，或许他真的可以为我们所用，你可以把切斯迪准备暗算他的事，告诉他，让他觉得欠了你的，以后你也可以有一个强援。如果顾得满不是一个重感情的人，那么在这次行动中，你务必要想办法保证大风成功。反正这笔账最后都会被算到切斯迪和财神的头上。”

“好的，爷爷。”河原细美再次用力地点了点头。

本章回顾：

李适之离开新唐城后，河原细美再次受到李河方的召见。李河方将神隐会的秘密告诉了细美，并将她正式吸纳入会，然后给她注射了可以强化各种身体机能的1型基因优化剂。李河方告诉河原细美，顾得满是地藏会的成员，在传说中，他将会是改变蓬莱洲历史的人物，要求河原细美去试探一下，看看顾得满是否有可能为神隐会所用。如果不能的话，就全力协助克隆人杀手大风，杀死顾得满。

小贴士：

地藏会：地藏会是一个号称以拯救世间苦难为己任的秘密团体，成员是一些神秘的小人物，因为蓬莱洲现在是地球上最苦难的地方，所以地藏会的地球分会被设置在了此地。地藏会的会长就是顾得满的师父大愿比丘。

财神：蓬莱洲一个神秘杀手组织的名字，同时财神也是杀手组织大老板的绰号，据说该组织和这位大老板是费切拉马集团十三董事背后的操纵者。财神的前身是一个将自己的意识上传到云端的外星人，拥有666个仿生机器人，作为自己在人间的分身。每个仿生机器人都是一个独特的算法，这666个算法共同组成了财神的决策矩阵，已经被卓深影等铲除的狐仙正是其中的一个算法。除了是杀手组织的幕后老板，财神也是生命进化委员会的秘书长，在组织里是摩西沙罗之下的二号人物。蓬莱洲计划正是由财神一手策划的，目的是在蓬莱洲展开一场名为“三千年庆典”的代理人战争。

第十五章
感觉像死亡，又像飞翔

从香港路100号出来，已经是凌晨一点。河原细美感觉有些疲惫，刚才她一直在故作轻松，心里却没有一刻不在紧张，比在财神出任务杀人时还要累，她估计自己今晚又要失眠了。

刚出香港路100号的大门，司机桥本就开着那辆黑色雷克萨斯跟在了她身后。细美没有要上车的意思，桥本只好把车速压得很低，没开车灯，不远不近地跟在河原细美身后一米远的地方。

沿着空寂的街道走了大约半个小时，河原细美才终于上了车。

桥本一个劲地踩油门，只用了半个小时，那座横亘在海湾上的斜拉桥就出现在眼前。

从地图上看，新唐城的形状就像一个葫芦，南部和北部各自构成葫芦的上端和下端，葫芦腰间的东西两侧各有一个弧形很大的海湾，但东部的海湾比西部多出了一个椭圆形的半岛，形如一枚夹在葫芦腰眼上的鸡蛋。这鸡蛋一样的地方，就是所谓的日韩城，居住此地的是日韩两国来的移民。

因为河原义雄的运作，这地方成了新唐城内部的一个独立区域，在这里，车要靠左行驶，而且，非日韩城的车辆如果要在南北两城间来往，还要给极道会缴纳过路费。新唐城的四大壮丁团被逼急了，就集资在东部的海湾上造了一座三十公里长的跨海大桥，这事当年曾闹得沸沸扬扬，后来四大壮丁团将斜拉桥的一半产权都归到了费切拉马集团名下，所以河原义雄最后只能眼睁睁看着日韩城的头顶上出现了这样一道形如绞索的斜拉桥。

看着跨海大桥，河原细美心里不由得一动，命令桥本将车往引桥的入口开去。在这个过程中，细美弹出藏在椅背上的化妆盒，往眼睛下面添了些黑色的眼影，好让自己看上去有些憔悴。

车停下后，河原细美沿着引桥的安全楼梯，上到了桥面。桥上水汽很重，雾霾浓到伸手不见五指。

河原细美低头看表，两点钟了。

河原细美也不知道这一切是怎么开始的，每年学校放假，她回到新唐城，只要夜里睡不着，她就会偷偷跑到桥上。因为顾得满告诉过她，他常会在午夜两点来这里飙车。

那一年河原细美十五岁，就是在这个地方，她第一次坐到了顾得满的摩托车上，抱着他的腰狠狠地说了一句："让我们一起去死吧！"

受了她鼓动，顾得满的脚在她上车后，就再也没从油门上松开过，车速越来越快，最后一段俯冲，整个世界都在这贴近死亡的速度中瞬间静止。时间被无限拉长，当时细美想，如果就这样和顾得满死在一起的话，也是不错的结局。

这反复上演的戏码终止于四年前，顾得满离开了费切拉马城，决定回新唐城接他老爹的班。当时河原细美也已终于如愿以偿地让李适之爱上了她。那之后，她就再也没有在凌晨两点的时候上过跨海大桥。

河原细美还在回忆着往事，远处传来一阵轰鸣声，一束强光，透过雾霾打到了她的脸上。

河原细美平静地站在马路中央，没有要闪躲的意思，只是让身体微微摇荡，做出弱不禁风的样子。

迎面而来的摩托也没有减速，直到快撞上河原细美时，前轮才向上腾起，直直地立在她身前。过了很久，前轮才重新落回到地面上。

河原细美幽怨地看着顾得满，一句话也没有说，忽然扑上来，拳头雨点一样砸在顾得满的胸口上。

顾得满没有闪避，直到击打在身上的拳头越来越无力，才冷冷地问了一句："怎么啦？"

"跟你打完那个电话后，我每晚都在失眠。"河原细美低下头，两只手还是握着拳头，指甲快抠到肉里了。

"你知道我会来这里？"顾得满还是面无表情，眼角微微翘起的眼睛凝视着细美。

河原细美摇了摇头："不知道，就是想来。"

"看来我们还是像过去一样了解对方，对吧？"顾得满笑了起来，似乎已看穿河原细美此刻的戏码。

细美本以为，那晚打过那个宣告和李适之定情的电话后，顾得满至少应该有些伤感，但此刻看来，他并不在意，语气里甚至暗含讥讽。

"什么意思？"河原细美没有放弃，还是一副悲戚的样子。

"一般人说谎时，呼吸都会凌乱，但你说谎时，呼吸却比不说谎时还平静。"停顿了片刻，顾得满露出惯常的迷人微笑，"我们都是不太容易上当的人，又都这么了解对方。"

"啊，这个我倒忘了。"细美脸上的悲戚变戏法似的一扫而空，露出略带狡诈的笑颜。

接着，河原细美没有再多说什么，因为她看见后车座上那个属于她的头盔还挂着。她走过去，将它摘下，说道："都这么多年了，没想到这个头盔还在。"

"我是个很懒的人。"顾得满下意识地避开了细美的目光。

河原细美沉默，脸上露出挑衅的笑意，盯着顾得满的脸看了半天。确认自己已经找回了面子，才笑吟吟地将头盔戴到头上，坐到了后车座上。

"让我们一起去死吧。"还是那句不变的台词，然后细美的双手搂住了顾得满的腰，脸贴紧在他的背上。

顾得满发动摩托，不断加速，风在河原细美的耳边飕飕响着，周围的世界在变得越来越慢。

“我们还能回头吗？”河原细美对着头盔上一个不起眼的小孔说。这是一个对讲孔，可以把声音直接传送到嵌在顾得满头盔里的耳机上。

这两个头盔是波夜空为他们两个量身定制的，波夜空还给这对头盔起了个名字，叫作“美满的情侣头盔”。

“你觉得呢？”顾得满反问。

“只是问问而已。”河原细美柔声说道。

“哈！”顾得满的笑声轻飘飘的。

“对了，如果有一天我们的老板，要我们杀死对方，你会怎么办？”河原细美将靠在顾得满背上的脸贴得更紧了，顾得满的背下意识地僵了僵。

“怎么会？虽然这次竞选有点你死我活的感觉，但终究到不了这个份儿上。”顾得满收起荡漾的心神，缓声说道。

“我是说万一。”河原细美不动声色。

“如果真有这样的情况，可能反而是好事。”顾得满道。

“怎么说？”河原细美忍不住好奇。

“我会很高调地假装把你杀了，然后将你扔进阁楼，除了我，世上再不会有人知道你的存在。”顾得满的声音有些嘲弄，好像在开着一个无关紧要的玩笑。

“那么，你为什么不现在就这样做？”河原细美让自己声音变得无比娇媚，像是某种诱惑的邀请。

“因为事情没有到这个份儿上，你还能选择做自己喜欢的事情。”

听着这话，细美有些感动，心里终于有了决断。

“如果是我的话，我会毫不犹豫地杀了你，与其让别人杀你，不如我动手，这样我就会永远记住你。”河原细美咬牙切齿道，此刻她已经下定决心，放弃了李河方要她争取顾得满的支持，并让顾得满活下来的那个选项。

顾得满并不知道，他已经被河原细美判了死刑，还在大声笑着，然后问道：“难道你不打算网开一面，放我一条生路？说不定我出于感激，会投靠你们的。”

“对别人，我或许会这样尝试，对你，我不会。”河原细美咬了咬嘴唇，停顿了一下，“这样来利用你，太委屈你了。”

此时，摩托车已过了斜拉桥的最高点，正在向下俯冲。这是河原细美最喜欢的一段路程，感觉像死亡，又像飞翔。

本章回顾：

得到了李河方的指示后，河原细美来到新唐城的跨海大桥，因为午夜的时候，顾得满常常会来飙车。河原细美果然等到了顾得满，他们像以前一样乘着摩托，开始了一段向死而生的飙车进程。经过试探，河原细美发现，顾得满在心底深处依然爱着自己，有些感动，不想这样去利用顾得满，她下了决心，要让顾得满去死。

小贴士：

日韩城：新唐城日韩移民的聚居区，属于日韩城壮丁团极道会控制的区域。当年，在极道会会长河原义雄的运作下，日韩城从新唐城独立了出来，成了一个单独的行政区域。又因为日韩城正好位于新唐城连接南北的通道上，河原义雄的极道会和新唐城四大壮丁团常年处在了临战状态中。

第十六章
世界就像舞台，命运就像剧本

昨天傍晚，一场热带风暴在新唐城登陆，又是风又是雨的，河原细美没有睡好，但她还是起了个大早。

她在梳妆台前用了两个小时化妆。前一个小时，是为了让自己惊艳，后一个小时是为了抹去所有化妆的痕迹。

之后，经过一个小时的斟酌，她挑了一件绣着一枝玫瑰花的黑T恤和一条红色的中短裙。

今天是新唐城选战开始的第一天，作为新唐城的居民，李河方要在亚洲购物中心的投票站投出他的选票，河原细美则会陪同老爷子，也投出自己的那一票。

按照计划，投票现场会来很多记者，细美自然是要想办法给人留下深刻印象。

然而，这不是她费尽心思打扮自己的原因。

如果是为了引人注目，她只用一个小时就可以了，反正做这一切，她早已轻车熟路，即使闭着眼睛，也能分毫不差。

花两个小时，是为了做出一点不一样的感觉。

因为今天将是顾得满的死期。

昨天夜里，大风再次确认，保安部的人会来投票现场抓人。这样可以趁着有记者在现场，把整个过程传播出去。

自从上次在泰山街看过顾得满的身手后，河原细美判断，大风未必有机会一击得手。但细美对老板给她的那件武器却很有信心。有了这件武器，只要顾得满过来，他就必死无疑。

也许过了今天，世上就再也没有东西能牵绊住她了。当然，顾得满也不用在日后的岁月里，无休无止地受她折磨。这结局，对两人都是解脱。

既然她和他都无法放下自己的野心。

梳妆打扮完毕后，河原细美拿出了那个做成糖丸模样的基因定向集群导弹，放在灯下看了很久，然后闹钟响了，细美知道，自己该出发去投票站了。

在细美床头的闹钟响起的那一刻，顾得满乘坐的鲨鱼商务车刚刚驶入位于西区码头东街的12号码头。

昨天，太平洋上的“麦克斯韦尔妖”热带风暴浩浩荡荡地从新唐城路过，风暴中心此刻虽已去了二十公里外的地方，但风暴的尾巴还没完全离开，码头上依旧风雨大作。

顾得满那身平时用来拗造型的风衣，此刻每一个纽扣都已扣上，酷酷的短发也有些凌乱。身边的小施因为穿着短袖，下车时脸部肌肉有些僵硬，他虽努力做出轻松的样子，但掩不住事实上的龇牙咧嘴。倒是小柯用一件厚实的黑色橡胶雨衣将脑袋和身体严严实实地裹在了里面，脚上还蹬着一双及膝的雨靴，走起路来反而有些昂首挺胸的意思。

前方，巨大的蓝鸟号集装箱船正在岸边轻轻颠簸，顾得满沿着晃动的舷梯上了船。

蓝鸟号是昨天赶在热带风暴到来前，从斯拉夫郡抵达新唐城的，将在这里装上另外三千个集装箱，然后开往位于旧大陆的泰国。

这三千个集装箱里，有一百个集装箱位常年包给了和生财名下的货运公司，所以名义上顾得满这次是替老爹到船上来交接货物的。

绰号“厉害哥”的俄国水手已在舷梯那头等候多时，看到顾得满三人到了眼前，没说废话，直接转身在前头给顾得满一行三人带起路来。

仿佛是行走在一片集装箱的迷宫中，四人七绕八绕上下十几次后，终于来到一道被集装箱包裹起来的深沟里，天空变成了头顶二十多米处的一道蓝色窄隙。

厉害哥在一个银灰色的集装箱前停下了脚步，箱子前后，守着另外三个俄罗斯壮汉，看到顾得满来了，都在朝他点头。

“他发现情况不对了吗？”顾得满朝银色集装箱的方向努了努嘴。

“应该没有。”那满脸络腮胡子叫柯察金的大个子回答，“如果发现了，里面不会这么安静。”

“你们是怎么跟他说的？”沉吟片刻后，顾得满继续问。

“瓦西里照你的吩咐，跟他说是去泰国受训，半年不能跟外界联系。”柯察金答道。

“他信了？”顾得满问。

“没看出不相信的迹象，我们监听到，他跟保安部汇报了这件事，然后去费切拉马城跟女朋友吃了顿告别餐，就上了船，一直躲在里面，没有出来过。”大胡子继续道。

“明白了。”顾得满点了点头，然后指了指集装箱门上的大锁，“打开，我要进去。”

大胡子打开锁，拉开门栓，把顾得满让了进去。小柯和小施想一起跟着，被制止了。

进了集装箱后，顾得满即刻掩上门。

这个有三米宽十多米长的集装箱被布置成了一个房间，一个戴黑框眼镜的瘦高个男子正躺在床上看电子书，看到顾得满忽然出现，苍白的脸一下子变得惨白。

顾得满没说话，拉过一张椅子，在瘦弱青年对面坐了下来。

六神无主了一阵后，这个绰号“托翁”的俄罗斯青年抬起头，用力咬了咬嘴唇，问道：“你们都知道了？”

“知道了。”顾得满点了点头。

这叫托翁的瘦弱青年大名真的叫列夫·托尔斯泰，跟那位著名的俄国文豪一模一样。他是俄罗斯移民的后代，本名叫米哈伊尔·托尔斯泰，列夫这名字是他十五岁时，因为读了《战争与和平》，执意给自己改的。

这位文学青年的父亲是斯拉夫郡的一个壮丁团老大，跟顾得满一样，托翁也是被家里送去费切马斯特学校的。因为这个关系，顾得满搞费切马斯特兄弟会的时候，把他也拉进了组织。

在兄弟会里，跟顾得满志同道合的人很多，但真正让他发自内心喜欢的人却不多，托翁绝对是少数中的少数，在整个费切马斯特学校里，他跟顾得满的关系亲密程度可以排进前五。

不久前跟切斯迪见过面后，顾得满马上通知了费切马斯特兄弟会的肃反部门，要他们彻查向切斯迪出卖组织的叛徒。三天前，在付出了很大代价后，肃反委员会从保安部拿到情报，查出叛徒就是托翁。

于是，托翁被设计送上蓝鸟号，来到了新唐城。

“你是来杀我的？”托翁说话的声音很轻。

“不然呢？”顾得满本想在脸上露出微笑的，但终于没有笑出来。

“好吧。”托翁沮丧地点了点头。

“为什么要出卖我们？”顾得满让自己的语调尽可能客观。

“不是出卖，我本来就是保安部的人。”托翁脸上露出一丝苦笑，“十二年前，斯拉夫郡发生了一场壮丁团之间的火并，有几个大团准备联手吞掉我们家的那个小团。幸亏切斯迪在暗中出手，撑了我父亲一把，我们才幸存下来。作为代价，我们家自然就成了切斯迪潜藏在斯拉夫郡的狗腿子。我之所以能去费切马斯特学校读书，是切斯迪在暗中拨款资助的，他给我这样一个机会，就是要我帮他在学校里收集大家的情报。”

“就算你不是叛徒，对奸细，我们也一样要处理。”顾得满下意识地避开了托翁投来的目光。

“我知道。”托翁点了点头。

“你还有什么要说的？”顾得满板着脸问。

“我没有把兄弟会所有的事情都告诉切斯迪，只说你们这些壮丁团的少壮派准备联合起来，挑战费切拉马，以获取更多权力。切斯迪并不知道你打算在新唐城起义的事。”托翁低下头缓声说道。

“我知道。”顾得满点了点头，“否则我不可能还站在这个地方。切斯迪的心再大，也不会把叛乱分子拉进自己的阵营。不过，即使如此，我还是不会放过你。”

“明白。”托翁的脸色依旧惨白，但显然比刚才坦然了些。

“这是你死我活的斗争，兄弟会里有各种想法的人很多，放过你，会给别人一个不恰当的信号。我们要做的事，九死一生，对一个组织来说，威慑比理念更有凝聚力。”顾得满努力挺了挺胸。

“哈，你还是心太软，如果我是你，就不会说这些话，会直接动手。”托翁的脸上露出一丝欣慰的笑意，“就像你说的，这是你死我活的斗争，所以，要想成为赢家，无论对别人，还是对自己，都要够狠。”

顾得满心里一凛，随即也笑了笑：“这计划名叫‘飞蛾扑火’，本就是自取其死的意思。起义的目的并不是成为赢家。现在的蓬莱洲就像一个火药桶，大家对费切拉马集团的仇恨都在等一个引爆的机会。虽说，星星之火可以燎原，但人们只会知道那颗燎原的星星之火，之前也许会有更多的星星之火，无声无息地消失在历史深处，很可能我就是这样的角色。也许像我这样的人，心肠不用那么硬的。”

“不，至少这一次，你会成为赢家。”托翁斩钉截铁道。

顾得满不解地看了托翁一眼。

“我没有完全向切斯迪出卖你，是有理由的。当年我从小彼得堡坐船去费切拉马城的路上，遇到了一个神秘的算命人，他在船上跟我说了很多事。因为过于荒诞，我当时不怎么相信，就没搭理。但从我到达费切马斯特学校的那天起，我便发现，很多事都像算命人预言的那样发生了，由不得我不信。当时那位算命人向我强调，不要向切斯迪出卖你，尤其不要告诉他，你打算在新唐城发动起义的事。既然那些预言都兑现了，算命人当年这么说，一定是已经预见到，你能够做成这件事。”托翁语气平稳，神情诚恳。

顾得满眯起眼看着托翁，没有找到托翁在说谎的迹象，但顾得满还是露出了不以为意地嘲弄：“既然他算命算得那么准，难道他没有提醒你，你的身份会暴露，然后会被我杀死在这里？”

托翁摇了摇头，笑容惨然：“如果他告诉过我这些，为了自保，也许我早就向切斯迪出卖你了，至少我不会傻到被你们骗上这条船。算命人不向我透露这一点，应该也是我命运的一部分。所以，你一定要相信命运是存在的，连那位算命人可能也是命运的一部分。”

“就像俄狄浦斯？”顾得满不由得心里一动。

“对，就像俄狄浦斯。”托翁也用力点了点头。

“对不起。”

顾得满忽然毫无征兆地出手，说出第一个字时，他已闪身到了托翁身边，说到第二个字时，手已扼在了托翁的脖子上，到了第三个字，一把亮晃晃的匕首刺穿了托翁的心脏，刀尖从托翁的后背透了出来。

这一切发生得太快，托翁的呼吸和心跳几乎是同时停止的，死时应该没有太多的痛苦。

此刻托翁的身体像一棵缩水的青菜，软塌塌地耷拉在床上，脸色还是那样苍白。

顾得满也已回到床对面的折叠椅上，呆呆地看着托翁，心里还是觉得有些歉疚。

身后传来打火机点烟的声音，顾得满回过头，小柯不知何时已站在了他身后。

“什么事？”顾得满问。

“切斯迪派了一辆车过来，正在码头外面等你。”小柯言简意赅。

“他们怎么知道我在这里？”顾得满不解地问。

“司机说，他先去了你家，然后老大说，你在这里替他交接货物，司机就开车来了这里。”小柯吸了口烟。

顾得满点了点头，站起身，往集装箱外走去，边走边问：“他们说了是什么事吗？”

“没有说。”小柯紧跟在顾得满身后，出门时，朝等在门口的那几个俄国人做了个手势。

俄国人开始往集装箱里面走，应该是去收拾托翁的尸体了。

同样等在门口的小施，看到两人出来，连忙凑了过来，三个人沿着来时的路，开始往外走。

“说了是去哪里吗？”顾得满又问。

“好像是去亚洲购物中心。”小柯答。

“今天是选战的第一天，没记错的话，李河方今天要去亚洲购物中心的投票站投票。”顾得满皱了皱眉头。

“是。”小柯点了点头，“我们在保安部的线人刚才也给我发来消息，说李三省一大早就带着特别行动队出了门。”

“看来他们是打算在今天出手。”顾得满道。

“应该是。”小柯点了点头。

“你们在说什么？”小施一副摸不着头脑的样子，凑到小柯身边，急切地问。

“保安部现在要去抓捕欢乐女神。”小柯不耐烦地撇了撇嘴。

“抓捕欢乐女神跟李河方去投票又有什么关系？”小施继续问。

“这些天，我们说话的时候，你都没有在听吗？”小柯不满地看了一眼小施。

“听了，不就是你在保安部的线人说，车站爆炸案发生后，李三省大张旗鼓地调动人马，开始调查欢乐女神。但奇怪的是，他派出的人不是新手，就是站街的低级探员，没有一个是有刑侦经验的。”小施结结巴巴道。

“这说明什么？”小柯问。

“这你也说过，说明只是在做样子走过场。”小施迟疑片刻后说道。

“还有呢？”小柯瞟了小施一眼。

“还有就是，李三省的心腹都被派去监视李河方的竞选办公室了。然后你还说，李三省一直在跟办公室的一位女志愿者偷偷见面。”小施的神情愈加迷惘。

“这又说明了什么？”看到小施这副装深沉的样子，小柯忍不住露出又好气又好笑的表情。

“明白了！”小施一拍大腿，露出恍然大悟的神情，“说明欢乐女神就藏在李河方的竞选办公室里。”

小柯咂了一下嘴，痛心地摇了摇头：“欢乐女神是不是藏在李河方那里，我不知道，但切斯迪方面打算把这黑锅往李河方的头上扣，应该是错不了的。”

“哦，原来是在下一盘大棋啊！”小施又挠了挠脑袋，看了看顾得满，“满哥，你也这么觉得吗？”

顾得满点了点头，然后又摇了摇头：“不过，我是觉得这事情进展得太顺利了，好像有什么地方不对劲。”

“嗯，防人之心不可无。”小柯点了点头，对小施道，“一会儿，我们也去亚洲购物中心，带上你的狙击枪，找个地方埋伏，只要觉得谁对阿满不利，就直接端掉。”

“收到。”小施做了一个OK的手势，脸上的迷惘一扫而空，“打黑枪这种事，我一向最拿手了。”

“不用，你们还是留在这里。”顾得满坚决地摇了摇头，“别忘了，现在最重要的事情，是不让切斯迪对我们起疑心。”

“万一他要借这次机会，连带着把你也搞掉呢？”小柯一边说话，一边将眼睛眯缝了起来。

“好像你说过，为了最后的胜利，如果需要有人被牺牲掉，即使是你，也不能例外。既然如此，我也同样不是例外。”顾得满冷冷地说。

“可你是我们的头。”小柯道。

“头也不能例外。做不到这一点，我们有什么资格要别人去赴死。既然叫飞蛾扑火，那我们人人都是飞蛾，我死了，你顶上，你死了，还有小施。如果有人可以例外，我们为什么还要去反对费切拉马？”

“可是……”小柯还想继续争辩。

顾得满摆了摆手，沉声说道：“不要再说，既然你们承认我是头，那么这就是命令！”

小柯点点头，脸上露出一丝讥诮的笑意：“好吧，祝你好运。如果你死了，到时候我还活着，我会为你立个纪念碑，每年清明都会为你献上一束鲜花。”

“真他妈装。”小施不屑地撇了撇嘴，“满哥，我会给你来点俗的，每年带两个漂亮妞到你坟头上，让她们给你跳艳舞。”

“×，我现在不还活蹦乱跳吗？你们就把我当死人了？”顾得满故作痛心地摇了摇头，刚才还有些压抑的心情一下舒展了起来。

三人大笑，走到舷梯边，风雨中，黑色的悍马车停在码头中央，显得很醒目，那叫特蕾莎的机器人站在车旁，正在看着顾得满。

顾得满忽然想起托翁临死前跟他说过的话，忍不住回头看了一眼小柯，说道：“你相信命运这回事吗？”

在河原细美的提议下，亚洲购物中心已将《命运》交响曲当作了商场的背景音乐。

来购物中心的路上，看着风雨飘摇的街景像幻灯片一样滑过车窗，河原细美忽然有些感慨，不禁想到了命运这回事。不知出于什么心理，来到亚洲购物中心后，细美特意跑去经理室，提出了播放这首交响乐的要求。

从经理室回到设在一楼大堂的临时投票站，记者们都来了，各种摄录器材三百六十度无死角地分布在各个角落，在等待那位新唐城之王投出选票的那一瞬间。

因为是上午，加上“麦克斯韦尔妖”热带风暴还未完全离开，亚洲购物中心此刻有些冷清，簇拥在投票站前的“群众”都是四海帮组织来的，放在整个环境里，这种局部上的密度有些假得过分。细美皱了皱眉头，跑到正在二楼守望的四海帮老大许有理身边，要他将三分之二的人手从投票站附近疏散到整个商场，等李河方出现时，再从四面八方拥来，这样媒体上的画面才比较真实。

许有理连连称是，拿着对讲机跟手下的头目们一阵低语，“群众”开始向四处扩散，冷清的店堂一下子有了人气。

趁着许有理他们调度群众的间隙，河原细美也巡视了一遍布置在商场各个位置上的警戒点，为了保证这些来自极道会的保镖没有走神，细美按特定的路线，让自己在每个警戒点的监控范围内现了一下身。一见到河原细美出现在视野里，保镖们都立刻警觉地朝她点起头来，看来这些天细美对他们的训练很有效，此刻没有人敢有丝毫的怠慢。

河原细美满意地点了点头，然后回到投票站，低头看了一眼手表，时针指到了十点整。

就像配合好似的，李河方的黑色车队此刻也正好到达了亚洲购物中心的门口，穿着黑衣的工作人员开门的开门，打伞的打伞，簇拥着身穿黑色西装的老爷子向大堂走来。

“群众”不失时机地拥向门口，在保安人员的配合下拥成人廊，鼓掌欢呼，老爷子很配合地信步向前，时不时地和身边的“群众”握手问好，记者们手里的长枪短炮也马上开动起来，闪光灯像流星一般亮起又熄灭。

河原细美的眼光却一刻都没有离开过大风。

大风穿着一身白色西装裙，走在李河方身后两三步远的地方，身边其他的工作人员都穿着黑色的正装。大风的这身服装是河原细美特意给她安排的，以保证大风在今天的这场戏里足够醒目。

大风的目光不经意地从河原细美脸上滑过，露出会心一笑。河原细美也报之同样的微笑。

世界就像舞台，命运就像剧本。

很久以前，还在费切马斯特学校念书时，顾得满在四年级的班长竞选中赢了河原细美，在越过细美跑到讲台上之前，顾得满偷偷在细美耳边说了这样一句话。那是细美人生中遭遇的第一次重大挫折，对那个场景和这句台词，细美一直刻骨铭心。

直到此刻，河原细美忽然意识到，她和说出这句话的顾得满其实从未真正理解过这句话。因为他们没有想过，舞台会如此复杂，剧本会如此凶险，不是他们选择，而是他们被选择。

细美这样想的时候，李河方一行人已到了大堂中央的投票站。

河原细美向前走了几步，正打算去给李河方引路，一群穿着迷彩服拿着冲锋枪的武装人员突然从天而降。这些人吊着钢索，直接从五楼破窗而入，越过大堂敞开式的空间，降落了下来，落位极为精准，二十四个武装人员围成了一个圆，各自控制着面前大约十五度的扇形空间，里层还有六个人从圆心内部作为火力补充。

河原细美布置在现场的保镖们也开始行动，从立体分布的监控点上，一百多个人，每三人一组，用手枪瞄准了场内那三十个武装人员。李河方身边的保镖马上用身体护住了老爷子。

武装人员中的领头者开始喊话："我们是保安部特别行动队，正在执行任务，在场人员请马上放下武器，举起双手。"

"如果一帮恐怖分子忽然闯进来说自己是保安部的人，难道我们也要放弃抵抗吗？"河原细美不动声色，笑眯眯走到那位领头者身前，拨开了指向她的冲锋枪，"要不你们先把枪放下？"

"我可以担保，他们真的是特别行动队，如假包换！"刚才李河方一行人进来的地方，传来一个熟悉的声音，细美知道，主角终于到了。

顾得满走在一行人的最前方，身后跟着几个便衣和穿制服的保安，记者们手上的长枪短炮都转向了顾得满。又是一阵热闹的闪光灯，顾得满三步并作两步，走到了大堂中央，跟在他右后方的是一个中年男子，中年男子马上亮出证件，冲着李河方不断地点头哈腰："老爷子，不好意思，我是费切拉马公司保安部新唐城分部的总探长李三省，以前跟您见过一面的。"

"哦，记得。"李河方客气地点了点头，然后朝身边的人摆了摆手，那些在监控点上的保镖在河原细美的示意下，放下了手里的枪。

此时，顾得满已走到身穿白色西装裙的大风面前，说话时有意识停顿了片刻，将身体的角度微微调整了一下，在确认自己和对方的脸都已被捕捉到镜头里后，顾得满才缓声说道："霍火火是吧？"

"是。"大风沉着地点了点头。

"据调查，我们相信你是恐怖组织快闪革命党的领袖欢乐女神，并怀疑你发动了在新唐城火车站的恐怖袭击事件，现在遵照费切拉马集团制定的保安条例，正式逮捕你。"说着，顾得满从风衣口袋里掏出了一副闪着蓝光的黑色电子手铐，"你有权保持沉默，否则你所说的一切，将会成为呈堂证供。"

河原细美冷冷地看着这照本宣科的乏味一幕，让手里的小糖丸沿着裙摆滑落到地面上，然后看着糖丸慢慢向顾得满和大风所在的方向滚去。细美的另一只手则留在了裙子另一侧的口袋里，紧紧地握着那个做成钥匙圈形状的遥控器。

就在这时，细美注意到，大风手上那长得有些过分的指甲正在暴涨，闪烁着钻石般的耀眼光芒。那指甲竟是十把可伸缩的碳晶刀，虽薄，但因为材料的分子式和金刚钻完全一样，所以很硬，锋利程度应该可以削铁如泥，人类的肉身在这种武器攻击下，根本不堪一击。

不过，因为上次在泰山街看到过顾得满隐藏着的实力，细美认为，大风的这次攻击不会有一丝机会。

“他是我的。他只能是我的。”细美在心里强调，眼眶里有雾气在升腾，握着遥控器的手沁出了汗珠。

不过，细美没有马上按下按钮，因为她想看看顾得满会怎样处理来自大风的攻击。

然而，就在大风的指甲就要刺进顾得满的胸口时，他还是没有丝毫的反应，简直都可以用迟钝来形容了。

事实上，顾得满此刻正在暗暗叫苦。在大风的指甲暴涨前，顾得满就已经看出了端倪，这样的攻击对他而言实在有些小儿科，他动了动手指，想伸手攥住那两只伸向他的纤纤玉手，却发现，自己的手竟已无法动弹。不是对方用什么手段，将他压制住了，而是他的身体忽然不明原因地失了灵，仿佛瘫痪了一般，不仅他的手，他身体的任何一个部位，此刻仿佛都已经不再属于他。

这个瞬间快如闪电，但在顾得满的知觉里却漫长得好像有十分钟，眼看那闪着寒光的碳晶刀就要刺入他的心口，顾得满想到了什么，目光流转，视线落在另一侧的河原细美身上，这是在死亡到来之前，他想做的最后一件事。

直到此时，顾得满才注意到，细美今天的妆容不是那种不经意的十分美丽，而是精心打理过的，尤其是那圈黑色的眼影。顾得满记得，他曾经跟河原细美说过，如果细美给自己化一个烟熏妆，一定会显得很洋气。顾得满心里忽然豁然开朗，河原细美应该早就知道今天针对他的这场暗杀，她的这个妆容是为他化的。只是还有更多的事情顾得满不明白，然而他已经没有时间去想明白了。

河原细美也正在朝顾得满微笑，顾得满甚至觉得自己看见了细美眼睛里的泪意。然后细美的身体以肉眼难以觉察的程度晃了一晃，应该是她插在裙子口袋里的手做了个什么动作。

就在顾得满以为自己已经死定了的时候，他的耳边响起一阵哧哧声，成千上万颗灰尘大小的小黑点正在朝他飞来，速度快过了子弹。

就在小黑点即将雨一样地落在顾得满身上时，它们忽然拐了个弯，一股脑地钻入对面大风的身体里。然后是一片耀眼的火光，一个爆炸接着一个爆炸，就像节日夜空里连绵不断的烟火，大风的身体就这样在空气中化作了虚无。

整个爆炸的过程对顾得满而言充满了可探查的细节，但这些火光过于短暂，顾得满知道，这情景在普通人的眼睛里不会留下任何痕迹，大堂里的绝大多数人应该只能看到大风在指甲暴涨后，忽然消失了。

然而，顾得满不知道，河原细美也偏偏看见了这一切。

自从在李河方那里接受过1型基因定向优化剂的注射，河原细美眼睛里的世界忽然变慢了，高速行驶的汽车或者飞驰的子弹都慢得好像电影里的慢镜头，那是因为她神经系统的反应速度提高了一倍。

看着眼前突然出现的变化，细美恍然大悟，老板给她的基因集群导弹不是用来对付顾得满的，而是用来针对大风的。

不过细美还是有三件事情没有搞明白：第一，大风发动攻击时，顾得满为何会没有反应？第二，财神方面为什么要杀死大风，难道是因为大风比顾得满还要危险？第三，老板为何要骗她，不把基因导弹的真正目标告诉她，是为了考验她，还是因为对她起了疑心？

亚洲购物中心的现场，一下子变得鸦雀无声，刚才那诡异的一幕，让所有在场的人都有些不明所以，每个人都惊愕地张着嘴，好像在回味刚才发生的事情。

就在这一刻，一阵清脆的手机铃声响了起来。李河方从口袋里掏出手机，看了看来电显示后，才接通了电话：“约翰爵士，请问什么事？”

电话铃声和李河方的应答像是叫魂声，让现场的所有人都回过了神来。李三省探长大声喊道：“什么情况，嫌犯去哪儿了？”

“像是……像是凭空消失了。”特别行动队的那位小队长一脸迷惘地回应。

“对啊，什么情况？”河原细美也故意大声问，这变故虽然打乱了原先的计划，但细美马上想到了应对的举措，“你们是不是故意的？专门挑了这个日子，在我们投票的时候，说欢乐女神在我们这里，然后又存心让嫌疑人失踪，好栽赃给我们？”

说话时，河原细美将身体侧了侧，正好可以面对最近的那台摄像机。细美的声音虽响亮，语气却平稳。细美心里很清楚，自己的这些话不是为了跟对方争辩，而是要说给正在看直播的观众听。

“河原小姐，别忘了，霍火火可是李老先生竞选办公室的工作人员，她又是在我们准备逮捕她时，突然失踪的。如果有问题，也应该是我们问你们。”顾得满脸上又挂起了那种招牌式的迷人微笑，不温不火地说道。

“好啊，既然你们要这样问，没有问题，只要你们不后悔。”细美的眼睛弯成了一条缝，笑吟吟地看着还活生生地站在她面前的顾得满，将她的手机举了起来，打算播放存在手机里的那段全息视频，视频的内容正是李三省向大风布置任务的情景。

就在这时，细美听到了一阵急促的咳嗽声，她转过头，发现咳嗽的人是李河方。李老爷子已经打完电话，正在放下手机，他的脸上没有表情，只是眼角微微垂了一下，其他人看不出这个细微到几乎没有的动作，细美却看出来，老爷子在朝她使眼色。于是细美闭上了嘴，拿着手机的手才刚刚伸出去，就马上缩了回来。

此时，站在李三省身边那个叫特蕾莎的机器人，将嘴凑到了李三省耳边，悄声说着些什么。李三省的脸像变戏法似的，马上堆起了谄媚到有些过分的笑容，大声说道：“误会！误会！刚才切斯迪主任带来口信，说这件事情，是欢乐女神给大家设下的套，想在他和李老先生之间制造误会，破坏这次CEO选举。我们不能让欢乐女神得逞了。我在这里谨代表切斯迪主任，向李老先生和他的团队表示真诚的歉意。”

说着，李三省朝李河方所在的方位鞠了一躬，然后抬起头继续说道：“老爷子，您看这样可以吗？”

“我无所谓。”李河方微笑着点了点头，“只是欢乐女神和快闪革命党老是这样跟切老板过不去，确实有点过分。”

老爷子看似云淡风轻，却在不动声色间将了切斯迪一军，言下之意，等于是在指责切斯迪和保安部办事不力。

“我觉得在选举结束前，我老板那里应该会给大家一个交代的。”顾得满朗声说道，一脸的胸有成竹。

本章回顾：

CEO选举正式开始，李河方要来亚洲购物中心投票，切斯迪准备在今天动手，在栽赃李河方的同时，干掉顾得满，但此事早已在李河方这一边的计算中。顾得满并不知道，切斯迪和李河方两边都想借这个机会杀了自己，还专门跑去码头，除掉了切斯迪安排在费切马斯特兄弟会里的奸细托尔斯泰。托尔斯泰在临死前告诉顾得满，自己曾经听过一个神秘算命人的预言，说顾得满即将发动的革命，一定会成功。在亚洲购物中心，克隆人杀手大风向顾得满出手，顾得满竟然无法还击，就在这时峰回路转，财神交给河原细美用来杀死顾得满的基因导弹，其实真正的目标是大风。大风当场毙命，切斯迪和李河方各自的阴谋都宣告破产。

小贴士：

费切马斯特兄弟会：顾得满在费切马斯特学校念书建立的一个秘密组织，成员都是蓬莱洲各地壮丁团的二代子弟。该组织计划在蓬莱洲发动起义，推翻费切拉马集团的统治。顾得满是费切马斯特兄弟会的头领。

第十七章

那台超级计算机的CPU就是我的大脑

虽然正坐在李河方的宾利车上，河原细美却能清晰地听见车轮碾过外面积水的声音。窗外，太阳正在艰难地穿过云层。

这场太平洋上的热带风暴，吹垮了城里无数破旧的建筑，也导致很多地方被倒灌的潮水淹没，但也让这个整日被雾霾所笼罩的城市，难得地清亮起来。

李河方一直没有开口，河原细美却知道，老爷子邀她坐到车上，一定是有什么事要交代。细美很想知道在那个鸦雀无声的瞬间，给老爷子打来电话的人是谁，跟老头说了些什么。

看到李河方上车这么久都没有说话，河原细美这才恍然大悟，老爷子是在等自己开口。

“爷爷，刚才为什么不让我公布大风偷拍到的视频，这样我们不就能一举打垮切斯迪了吗？”在确认呼吸已经匀称后，河原细美缓声问道。

“因为刚才财神也在现场。”李河方的声音听上去有些疲惫。

“是吗？在哪里？您怎么知道的？”细美心里一沉，忍不住问了一连串的问题。

“应该就在对方派出的那队人马里，具体是谁，我没看出来，但我身上的这块怀表……”李河方说着，从西装的内插袋里掏出一块金黄色的古董表，“里面装了财神分身的探测器，那队人马一出现，它就一直在振动。”

“为什么财神在，就不能播视频了？”河原细美不解地问。

“你自己看一眼手机里的视频。”李河方无奈地努了努嘴。

河原细美连忙低头打开储存在手机上的视频，视频的内容已经变成了奶粉广告，一个白白胖胖的婴儿正如痴如醉地吮吸着一个奶瓶。

“财神的每个分身都是一大群纳米机器人的集合体，这些机器人之间是通过无线电波联络的，所以只要电波没受到干扰，它们就能侵入任何一台电子设备。你在现场的动作和企图，应该已被财神看穿，所以，如果你真的播放那段视频的话，只会闹出笑话来。”李河方的语气依旧平静。

“但这个视频在别的地方，我还有很多备份……”河原细美强调。

“没用的。”李河方叹了口气，“即使视频在你这里没有问题，但传送出去后，在观众那里，也会是另一个模样。只要人类还在依赖媒介，他们看见的世界是什么样子，很多时候都由别人说了算。确切地说，在蓬莱洲，所有由电子设备传播的信息都由财神说了算，如果不是帝释会和财神之间有协议，确保我和切斯迪能够公平竞争，在这场选举中，我们可能连一点机会都不会有。”

“既然有协议，他们为什么还要派火火卧底栽赃。”河原细美问。

“这应该是切斯迪的意思，财神只是坐山观虎斗，然后我们也用大风取代了火火，所以这件事情大家就算扯平了。某种程度上来说，因为在今天这场戏里我们迫使切斯迪的人当众道歉，舆论上应该是我们占了点便宜。作为董事会主席的约翰老头打电话向我保证，这种事不会再有下一次，这应该是财神的意思，我们当然只能见好就收。”李河方一边说，一边摇下车窗，雨后清新的空气涌入车内，李河方顺势深吸了口气，“只要接下来几天不出意外，我们拿下新唐城的一千六百万选票应该没有什么大问题了。”

“但我还是不明白……”细美皱了皱眉头。

“什么事情不明白？”李河方转头看了一眼河原细美。

“您看到那些射入大风体内的小黑点了吗？”河原细美问。

李河方点了点头：“如果我没猜错，那应该是某种专门针对大风的基因导弹。”

“照理说，对方好像没有杀死大风的必要，为什么要花那么大力气，好像非要将她整个抹去不可？”河原细美问。

“当然是为了保住顾得满。”李河方停顿了片刻，悠然地叹了口气，“要知道大风可是这个世界上，少数几个有把握杀死顾得满的人。”

此刻，大风已经醒了。

她感觉浑身湿漉漉的，睁开眼后，发现自己正躺在一个鸡蛋状的椭球体里，四周都是黏液，然而她却没有正在溺水的感觉。

随着醒来，大风的脑子里出现了一些奇怪的记忆。她记得自己好像死过一回了。死之前，她曾感到一阵毛骨悚然，有什么东西好像在钻入她的毛孔和内脏，然后是一阵撕心裂肺的疼痛，耳边是连绵的轰鸣，随即一切归于沉寂，她好像堕入了一片虚无。

大风正在诧异自己是不是做了一个关于死亡的梦，椭球体外隐隐约约走来了两个黑色的人影。人影手里拿着类似刀锯一样的东西，将这个包裹住大风的椭球体切成了两半，淹没着她的黏液倾泻而出，大风这才发现椭球体的外壳是一层韧性很足的薄膜，整个被悬挂在一个圆柱形的金属架内，好保证椭球体不会滑落在地。

大风不知道自己是怎样进入到黏液中的，也不知道这之前究竟发生了什么。她挣扎着，想先从剩下的半片薄膜中走出来，但刚一伸出脚，就发现自己的腿像是橡皮做的，软绵绵的，伸到一半就耷拉了下来。这时大风才发现，虽然裹住她的黏液已经消失，但眼前的世界还是模糊的，那两个黑色的人影虽近在眼前，却又好像跟她隔着一层毛玻璃似的。

“进入确认程序。”其中一个黑色的人影凑到大风跟前，像是喃喃自语，“姓名？”

“大风。”不知怎么搞的，大风好像着了魔似的，竟然不由自主地回答起对方的问题来。

“来自何处？”黑色的人影继续问。

“地狱。”这时，大风发现自己的视线跟刚才相比，似乎清晰了一些，她终于看出那个黑色的人影是个光头。

“地狱？”人影的声音还是很机械。

“地狱实验室，是隶属于生命进化研究院的一个生物实验室。我是一个克隆人。”大风喃喃道，随着这话语，她脑子里好像有什么地方被激活了，一幕幕过往场景在静静地涌现。

“克隆人？”黑色的人影又问。

大风心里一动，黑色的人影不是在提问，而是在激活她的记忆。

“我的基因来自一个死婴的人体标本。”大风说着，眼前出现了一个在福尔马林液体中沉浮的女婴，一个戴着单片眼镜的男人正在看着那瓶子，“十年前，生命进化研究院的摩西沙罗博士，将我的干细胞基因复制了出来，把它交给他的助手地狱修女。地狱修女将这段基因植入了她的貂蝉系列产品，制造出貂蝉九代杀手，然后将我卖给了李河方。大风就是李河方给我起的名字。”

“李河方为什么要买下你？”黑色的人影问。

“因为是地狱修女把我推销给他的，说只有我才能对付大愿比丘那个据说是天才的徒弟。”大风答道。

“顾得满？”黑色的人影问。

“对，顾得满。”大风点了点头。

“他没有跟你说，这是为什么？”黑色的人影问。

“没有。”大风回答道。此刻，她的视野已清晰起来，可以看清楚凑在她面前的黑色人影了，那是个穿着黑色僧袍的和尚，眉宇之间似乎有些眼熟。

“今天在亚洲购物中心发生的事情，你还记得吗？”黑衣和尚问。

“记得。按照指示，当时我正准备杀死顾得满，而且看起来，也快得手了，然后……然后……”说到这里大风忽然怔住了，记忆好像在这个地方被切断了。

“你被人用某种特殊的武器暗算了，你死了。”和尚的语气很平淡，好像只是在陈述一个事实。

“也许。”大风点了点头。

“你不觉得有点难过吗？”和尚问道。

大风摇了摇头。

“为什么？”和尚停顿了一下，继续问。

“因为事情本该如此。”说到这里，大风心里却忽然有些难过了，“为什么事情本该如此？”

“很好，说明地狱修女对你进行的洗脑正在失效。”和尚笑了起来。

“什么意思？”大风不解地问。

“很简单，你对这个世界和你自己的认识，都是地狱修女灌输给你的。如果从诞生之日起，你就在承受各种痛苦，然后有人不断告诉你，你是为杀人而生，也将为杀人而死，死亡是一件无限美妙的事情，意味着所有痛苦的终结。那么，你自然觉得，活着的意义就是为了去死。”和尚缓声说道。

“那么我现在为什么又觉得不该如此？”大风茫然地问。

“因为三个月前，你离开了地狱修女，从那时起，你看到的世界并不只有痛苦。然后……”说到这里，黑衣和尚故意停顿了一下，“你又真的死了一回。”

“如果我真的死了一回……”大风忽然想到了什么，“现在又是什么情况？”

“你可以叫它重生。”和尚脸上露出一丝微笑。

“重生？”大风不解。

“还记得吗？五天前，你陪河原细美来过这里。”和尚道。

“啊，这里是上秘院？”大风终于明白为什么会觉得眼前这和尚脸熟了。当时，河原细美因为要陪李适之在城里游览，无法分身去竞选办公室，就把大风带在了身边，好随时把自己的想法通过她传达给办公室的同事。

河原细美和李适之到上秘院游玩的那天，大风也在，当时就是这个叫有鹿的和尚在一边作陪。

“那天，我师父早算到你会来，还算到你会在客堂喝茶时，掉下一根头发。就是这根头发，让我们取得了你的基因编码，才有了你此刻的重生。”那叫有鹿的和尚平静地说。

“我是大风的克隆？”大风问。

“你可以认为你就是大风本人，因为构成你们生命的连锁反应大部分条件相似。根据我师父的计算，上一刻你刚在亚洲购物中心化为虚无，下一刻你的克隆体就在这间密室成熟了。两者之间，几乎无缝对接。除了肉体，意识也是如此，你和上一刻的大风之间的差异，可能连十亿分之一都不到。即使大风此刻还活着，她的身体和意识也不免要发生一些变化，跟上一刻大风的相似程度甚至可能还不如此刻的你，所以，为什么不能认为你就是大风，大风就是你呢？其实刚才我所做的事情就是在确认这一点。”有鹿缓声说道。

“你师父是谁？”虽不太理解有鹿所说的事情，大风还是对有鹿这位料事如神的师父产生了兴趣。

“我师父就是上秘院的方丈，柿落上人。这个说起来太复杂，还是让他自己来解释吧。”有鹿一边说着，一边朝身后的另一位黑衣僧人招了招手，那僧人捧着一件折叠整齐的黑色僧袍递了过来。

“穿上它。”有鹿说道。

大风心里诧异，手却已伸了出去。此时她才发现，自己的身体已经能动。她连忙从留在金属架上的那半片薄膜里走了下来，披上黑色僧袍，然后又接过僧人递来的僧鞋僧袜，依次穿上。

“好了吗？”有鹿的声音很温柔。

“好了。”大风点了点头。

“请跟我来。”有鹿说着，已向前走去。

大风连忙跟在了有鹿身后。

有鹿推开密室的门，门外是一片大草坪，跟李河方的秘密据点几乎一样。

有鹿回过头笑了笑说：“哦，忘了告诉你，此刻你只是行走在你的意识中，你看见的景象，都是你脑子里的记忆元素构造出来的，不过，不用在意，只要跟紧我就好。”

“你的意思是，我现在是在做梦？”大风皱了皱眉头。

“可以这样理解。怎么说呢？”有鹿咂了咂嘴，想了一会儿，继续说道，“你刚才看见自己被从培养液中释放出来的情况，现实中也在发生，不过因为你的大脑现在还连接在寺院的服务器上，所以你此刻看到的和感受到的，都是对真实情况的模拟，不过，我们现在要走的路径没有做过特别的设计，是用你的记忆直接构造出来的，你想让现在的空间呈现出什么模样，它就会是什么模样。你不妨自己试一下。”

听到这里，大风在脑子里动了一下念头，发现眼前的大草坪已变成了亚洲购物中心的大堂。只是大堂空荡荡的，除了身前的有鹿，没有别人。然后大风发现亚洲购物中心的空间好像被放大了两倍，从她所在的地方，走到对面的门那里，大概要花上两倍的时间。

“为什么不在现实中带我去见你师父？”大风问。

有鹿回过头，朝大风歉意地笑了笑：“因为我师父藏身在一个很秘密的地方，他现在的身体很虚弱，如果敌人这时候找到他，他毫无招架之力。为了确保他的安全，那地方越少人知道越好。所以，只能用这个方法来让你们见面。说起来，这跟在真实中见面，也没有什么差别。就像我师父常说的，我们所认定的真实，不过是一场幻象。”

大风一脸疑惑，但还是点了点头，表示同意。

两人终于走到了大风要去的那扇门。大风推开门，面前出现了一条幽暗的走廊。有鹿指了指走廊尽头那扇斑驳的木门，说道：“我师父就在那扇木门后面，你自己去吧，我在这里等你。”

大风没有多说什么，按照有鹿的指示，向木门走去，到了门前，一伸手推开了它，身后的走廊消失，她已身处在一间暗室里。

暗室很小，大概八九平方米的样子，但房间里到处飘浮着扁平的数字和符号，密密匝匝，无穷无尽，将大风的视野遮挡了起来。在数字和符号的缝隙间，不断有烟雾渗漏，传来一股呛人的烟味。

大风忍住不适，用手拨开挡在眼前的数字和符号，向烟味传来的地方走去，然后她看见了一双光脚丫子。光脚丫子在地面上快速地移动着。随着脚丫子的移动，不时有黑色僧衣的一角从数字和符号间飘过。那僧衣皱巴巴的，上面甚至沾着油。

因为那衣角转得实在太快，虽是在一个只有九平方米的房间里，大风还是没能赶上僧衣的主人。

大风脑子一转，忽然朝着相反的方向扑去，然后她看见了一张胡子拉碴的瘦脸。

眼前的僧人戴着一顶鸡冠一样的僧帽，脸色蜡黄，两眼无神，嘴里叼着一支香烟，在大口大口吸着，双手快速地拨弄着眼前的数字，情形就像传说中古代的中国人在打算盘。从僧人脸上密密麻麻的皱纹看，年纪应该不小了。

“大风？”僧人愣了愣，问话的时候手上的动作并没有停止，身形还在快速地转动。

幸好大风在地狱修女那里受过特殊训练，否则肯定跟不上僧人的移动速度。此刻大风终于明白，有鹿为什么不肯进房间的原因了。跟柿落上人在这个虚拟空间里见面，简直是一种煎熬。

“是。”大风喘了口气后，答道。

“有鹿确认过，你就是大风吗？”叫柿落上人的邋遢和尚问。

“确认过了。”大风点点头。

“你自己对此没有异议吧？”柿落上人又问。

“没有异议。”大风边跑边说。

“很好。这样我就放心了。”柿落上人点了点头。

“放心什么？”大风不解地问。

“这事情说来话长。”柿落上人皱了皱眉头，但在他如皲裂的土地一般充满皱纹的脸上皱眉的表情看上去并不明显，“知道摩西沙罗为什么要将你的基因从那女婴的标本上复制出来吗？”

“为什么？”大风问。

“这又是一个很长很长的话题。”柿落上人叹了口气，“有没有人告诉过你，我们的生命其实并不是某个固定不变的物体或者思想，而是一种时刻都在变化的连锁反应？”

大风摇了摇头。

“这个解释起来有点麻烦，为了节省时间，你就把这句话当作一个不证自明的公理吧！”柿落上人的神情有些烦躁。

“哦，好的。”大风连忙点头。

“正是因为万事万物都是连锁反应，所以只要有一个速度够快容量够大算法够好的计算机，那么，所有事物在过去是什么样子，在未来是什么样子，都可以算出来，这也是我现在正在做的事情。”随着身形的转动，柿落上人说话的语速很快。

“哦，这样啊。”因为一直跟着柿落上人不停地移动，大风也有些上气不接下气。

“这个宇宙里，性能最好的人造计算机，无疑是十年前摩西沙罗为生命进化研究院研制的那台名叫‘有顶天’的量子计算机。沙罗正是通过有顶天，算出顾得满将是传说中那个会改变蓬莱洲命运的人，也算出你是我们这个宇宙里少数几个能毫不费力地杀死他的人，所以他才会找到那个被制作成标本的女婴，提取你的基因。”柿落上人继续道。

“为什么我会是顾得满的克星？”大风问。

“那个被泡在瓶子里的女婴，其实是顾得满的双胞胎妹妹。顾得满和她妹妹出生前，由于某种原因，两人只能活一个，他妈妈做出了杀死女孩留下男孩的决定，所以顾得满的生命是以牺牲你为代价获得的。他欠着你一条命。当然，事情不止于此。”说话间，又有一大串数字和符号在柿落上人手指的拨弄下，改变了位置。

听着柿落上人在说一件很悲惨的事，而且还跟自己有关，大风却没有特别切身的感觉，她努力了半天，想让自己对此产生某种激烈的感情，但终于没有成功，便摇了摇头，只是出于好奇，继续问道：“事情不止于此，是指什么？”

“就像我刚才告诉过你的，我们的生命是一系列的连锁反应，构成你的连锁反应，和构成顾得满的连锁反应，在时空流转中曾有过无数次的相遇，几乎每次相遇，顾得满都会亏欠于你。只是构成顾得满的连锁反应，曾为我们这个宇宙的顺利运转做出过无数贡献，这个宇宙中绝大多数的人和事都亏欠于他，无数多的连锁反应或多或少都依赖于构成他的那部分连锁反应，所以一般人很难对他不利。然而你却是他极少数的债主之一，他欠你的那些旧账，到了今时今地，已经变得无比强大，只要你出手，就会有99.999%的得手概率。经历过今天在亚洲购物中心的这次暗杀后，这个概率又提高了很多。”柿落上人说道。

“让我重生，就是想要我去杀他？”大风问。

“说来惭愧，但这确实是我的真实想法。”柿落上人转过头，看了大风一眼，脸上掠过一丝歉意，“这么做是不太地道，你完全有理由拒绝，但是站在我的立场上，我又必须做成这件事。”

“为什么？”大风愈加好奇。

“因为根据我的计算，如果我们不能让你在此刻重生，你会彻底从我们这个宇宙中逃逸出去，跃迁到另一个宇宙里，从此以后，我们的这个宇宙里，很难再找到一个像你这么有把握杀死顾得满的人。”柿落上人的脸上露出了恳切的神情。

“不，我问的是你们为什么非要杀死顾得满不可？”大风皱着眉头问。

“顾得满是个好人，这件事情当然没有问题，但根据计算，接下来他要做的事情，会在无意中带来一场浩劫，很多人会因他而死，甚至这个宇宙也会因为这个变数而毁灭。而他自己同样会因为接下来的一系列连锁反应，毁掉他累生累世积累的功德，将我们的宇宙和他自己带入万劫不复之境。”说到这里，柿落上人忽然停下手上的动作，长跪于地，向大风深深地鞠了一躬，“所以，请务必帮我们杀了顾得满！”

大风愣了一愣，盯着柿落上人的脸看了半天，看出对方没有说谎的迹象，低头想了想，然后点了点头。

“谢谢！”柿落上人继续长跪于地，又向大风深鞠了一躬，“那么，接下来的几天，请在上秘院好好休息，有什么需要的，尽管跟有鹿提，他会想尽一切办法满足你。然后，他们师兄弟会替你安排，只要时机成熟，便会请你出手。这一次，我们不会让你去做无谓的牺牲。”

大风点了点头，准备从这被数字和符号淹没的房间离开，忽然想到了什么，回头问道：“对了，你是用什么办法算到这一切的？”

“因为我有一台宇宙中最犀利的量子计算机。”柿落上人此时已站起身来，再次拨动那些在面前飘浮的数字，带着诡异的笑容，指了指自己的脑袋。

大风不解地摇了摇头。

“摩西沙罗虽是绝世天才，他的那台有顶天几乎是人造计算机的巅峰，但他还是走错了方向，没有意识到，生命本身就是一种生物化的量子计算机，即使一片树叶，其细胞层面的精密程度，就远非任何人造计算机可以比拟。这片叶子是怎样让二氧化碳和光子进入细胞的，然后又是通过什么机制，生成了氧气和各种有机物的？如果这是一块芯片，你要怎样布线，设置怎样的算法，才能完成这些复杂的运算和分配？一片叶子尚且如此，何况是有着更为复杂系统的智慧生命。要知道智慧生命可是宇宙用了万亿年计的时间，不断研发和改进后才制造出来的生物量子计算机，你怎么可能只用几十年时间，就想造出一台超过原生机的机械计算机？摩西沙罗已是惊才绝艳了，但他造的有顶天，其运算能力大概也只到普通人大脑潜能的一半而已。”说到这里，柿落上人无神的眼睛里闪过一丝奇异的光芒。

“可据我所知，有顶天在一秒钟里能做的计算，如果让一万个人分工合作，用一亿年都未必能做到，这个又怎么解释？”大风忍不住反驳。

“这不是因为算力不够，而是因为算力过于分散。知道吗？当一个念头在你大脑的前台运作时，后台有多少个其他的念头在同时运作？”柿落上人反问道。

大风下意识地摇了摇头。

“超过三千个。如果让有顶天同时开这么多线程，然后在线程之间来回切换，你知道这会消耗多少时间和能量吗？然后它会有多慢？可能它的表现还不如一个老年痴呆症患者。”柿落上人干枯的脸上现出一丝轻蔑之色。

“有证据吗？”大风问。

“我就是证据！”好像是为了向大风证明什么，柿落上人张了张嘴，眼前那几万亿计的符号被瞬间吸入了他的身体，然后柿落上人的胸口和肚子忽然透明起来，那些被吸入的符号在他的身体里快速转动着。

“你的意识现在所处的服务器，其实就是我的大脑。”柿落上人说着，动了动手指。

空荡荡的房间里出现了一段全息视频，视频里以十分之一的比例出现了一个和眼前一样的房间，房间中央盘膝坐着一个两眼无神的黑衣僧人，除了头上贴满电磁硅胶片，连接着上百根透明光纤外，僧人无论穿着打扮还是神情，都和眼前的柿落上人如出一辙。

“虽然跟我大脑连线的是上秘院地下机房里的那台超级计算机，但它的主CPU却是我的大脑，那台大型计算机只是用来做信息收集、分发和存储的，难度最高、工作量最大的那部分运算都是在我脑子里完成的。我们上秘院能以神通为号召，正是因为有我这样一台超级计算机存在，我只是利用了一些多余的算力，便帮那些香客算出了他们所求之事的过去未来，替他们安排了最好的结果和最佳的路径。结果就让他们对上秘院崇拜成了这个样子，送钱的送钱，出力的出力，所以上秘院才有了今天的规模。”柿落上人缓声道，语气虽调侃，但不难听出其中的骄傲之意。

“你是怎么做到的？”大风问。

“通过脑电波和人机语言转换，让人脑和计算机相连，这技术现在来说已非常成熟，譬如此刻你的意识其实也正处于这个服务器之中，这就是最直观的证据，你不用问别人，自己也能一目了然。真正的难度在于如何实现人类神经系统本身的潜能。这需要我们关闭那几千个在后台运行的程序，让意识不用在多线程里来回切换。每次只做一件事，不仅在显意识层面上，也在潜意识和无意识层面上做到这一点。而这恰好是我的拿手好戏，从三岁起，我所在的寺院就开始训练我的定力。所谓定力，说穿了就是将那些后台程序通通关掉的能力，好让大脑和身体都进入绝对的寂静，这样人脑的算力就能达到极致，整个世界在你眼前不过是一些不断流转的数据，而你的算力此时会超越电子的运动速度，也就是说超过光速，时间在这之后，便不复存在，只要我愿意，我随时能知晓算式中任意位置的运算结果。”柿落上人平静地说道。

“这就是传说中的入定？”大风忽然想起了那个古老的名词。

“不错，这就是入定，只不过现在的技术，可以让我在入定状态中成为一台超级计算机的人肉CPU，所以才有了你我之间的这段因缘。为了挽救这个行将崩溃的宇宙，请务必帮我解决掉顾得满。”柿落上人又是长鞠一躬。

本章回顾：

从亚洲购物中心离开后，李河方告诉河原细美，刚才在现场，财神也在，即使细美公布关于整个阴谋真相的视频，视频内容也会被改写。然后柿落上人告诉大风，大风是顾得满孪生妹妹的克隆体，是顾得满在这个世界上最大的克星。与此同时，大风的又一个克隆体已经在上秘院醒了过来，这个新的大风在一个叫有鹿的僧人安排下，在虚拟空间里会见了上秘院的住持柿落上人，柿落上人告诉大风，顾得满虽然是个好人，但他的存在可能会给蓬莱洲甚至整个宇宙带来一场浩劫，而顾得满的战力又太强，只有大风最有把握杀死他，所以柿落上人再次请求大风能出手杀死顾得满。

小贴士：

柿落上人：日韩城密宗寺院上秘院的住持，笃信人类就是世界上最强大的量子计算机，万事万物都是可以计算出来的。所以他以入定的方式，和上秘院地下的那台超级计算机连接在了一起，忙着计算人类的命运。有时会用多余的算力替上秘院的香客们排忧解难，故而上秘院以神通而闻名，俨然成了蓬莱洲的佛教中心。

第十八章

灵感这东西跟算命没半毛钱关系

和大风的这场对话，耽误了柿落上人正常的运算。他是在一天后才算到，这场对话进行时，顾得满正好就在上秘院，只不过是在外院的那片树林里，当时他正愁眉苦脸地看着他师父大愿比丘，大愿比丘也在愁眉苦脸地看着他。

如果只看长相，大愿其实一点也不像个和尚，倒是很像屠夫。除了高头大马，他还满脸横肉，所以愁眉苦脸时，每个看到他的人都会产生痛不欲生的感觉。

托翁在临死前说的那些话，还有亚洲购物中心里，大风出手时，他竟还不了手，然后大风又被神秘地炸没了，所有这一切都太过诡异，顾得满只好跑来向他师父寻求答案。

然而，当顾得满说完这一切后，老和尚看上去竟比顾得满还要惊讶，他下意识地蹲下身子，做出了类似便秘一样的姿态和表情。

“这肯定是命运无疑了！”看到让师父如此烦恼，顾得满自嘲地摇了摇头，主动打破了沉默。

“废话！除了命运，还能是什么？一个能力远不如你的杀手，动手杀你时，你竟全无抵抗之力，这他妈的也太不合理了，除了让命运这种虚无缥缈的东西来背锅，还能怎样？”大愿比丘瞪着铜铃般的眼睛粗鲁地说道，“但问题是，这到底是一种怎样的狗屁命运？”

“师父，您不是很会算命的吗？”顾得满小心翼翼地试探。

“你怎么知道我很会算命？”大愿比丘不满地看了顾得满一眼。

“当年我第一次来上秘院，您不一眼就看出，我是您要等的那个人吗？还说，你注定要成为我师父，我注定要成为你徒弟。这不是算命是什么？”顾得满笑道。

“我忽悠你不行啊？”老和尚不满地瞪了顾得满一眼，然后叹了口气，“实话跟你说吧，这些都是你师祖告诉我的，我只是引用一下而已。”

“但是，有时候您自己不也会跟我预测一些事情吗？然后这些事情也真的发生了。”顾得满道。

“那只是我脑子里临时冒出来的灵感而已，灵感这东西说有就有，说没有就没有，跟算命没半毛钱关系。”大愿比丘撇了撇嘴。

“您现在真的一点灵感都没有？”顾得满皱眉问道。

“我现在是连忽悠你的灵感都没有！”大愿比丘懊恼地拍了拍脑袋。

“好吧，您自己没灵感，但您这种大人物，总该有点厉害的社会关系吧？”顾得满继续给师父打气。

“这个倒是。”大愿比丘点了点头，“我有个很厉害的师兄，他的灵感比较多一点，估计能说出点什么道道来。但我混进上秘院，偷偷收你当徒弟这事，一直都是瞒着他的，而且你师祖当年跟我说了，不到关键时刻，不能把这件事跟师兄说。”

“什么关键时刻？”顾得满不由得好奇。

“这个我不能跟你说。到了那时候，你不问，我也自然会跟你说。这是你师祖嘱咐下来的事，我不能不听。其实心里有个秘密憋着不能说，很难受的。但你师祖都那么语重心长了，我又欠他那么多，这誓言我说什么都得守啊。唉，人生真是好辛苦呀！”大愿比丘脸上的愁容更浓。

“明白了，您的没灵感和不能说，也是命运的一部分。”顾得满咂了咂嘴，笑道。

“哎，真是一语点醒梦中人啊，这么犀利的说法，我怎么就没有想到？”大愿比丘一副恍然大悟的样子，直起身子，狠狠地拍了一下顾得满的肩膀，“看来，你师祖让你当我徒弟，是有道理的。咱爷俩真是天生一对啊！”

“师父，您这又是在忽悠我吧？”顾得满连忙配合着师父，在脸上堆出狡黠的笑意。

“嗯？这个也被你看出来啦？”大愿比丘哈哈大笑。

顾得满嘿嘿笑着，正想再跟师父扯上几句，手机忽然振动起来，他连忙打开屏幕看了一眼，发现是最帅的滑头在呼叫他，这时才想起，今天是快闪革命党举行例会的日子，作为革命党的领袖欢乐女神肯定会出席会议，滑头应该是想借这个机会，安排自己和欢乐女神见面。于是他跟师父打了个招呼，便准备离开。

“行啦，反正那杀手已经死了，就算是你克星，现在也威胁不到你，至于其他事情，走一步看一步吧。”看到顾得满的身体在快速地旋转，大愿比丘嘱咐道。

“明白。”顾得满点了点头，消失在上秘院外院的树林里。

看着顾得满消失的地方，大愿比丘喃喃自语：“师父，您说的那个时间，应该就在眼前了。”

说着，大愿比丘摇了摇头，向外院林子里那间破旧的杂物间走去，进了屋，他跑到脸盆架前，洗了一把脸，过程中照了照镜子，脸部肌肉扭动了一下，镜子里竟出现了悟空寺不得头陀的脸，随着脸部肌肉继续运动，那张脸又变回了大愿比丘。

做完这些，大愿比丘一屁股坐在了屋子中央的蒲团上，打起坐来。

从上秘院消失后，也就一眨眼的工夫，顾得满的身影出现在海边一条偏僻的小巷里。

那巷子本就人烟稀少，顾得满的现身之处又是一个凹陷的死角，两边破房子开门的方向都没对着这个死角，所以没人注意到他的出现。

顾得满看了看四周，给自己戴上了一个黑色的口罩，然后从死角拐进了巷子，朝死船海的方向走去。

死船海是和河南森林齐名的旅游观光地，位于新唐城的东南角。这地方本是一片用白色细沙堆叠而成的美丽海滩，在蓬莱洲计划最初的蓝图中，是要建成度假胜地的，但经济崩溃后，铸炼废旧金属成了新唐城的支柱产业，所以海滩和附近的海面也摇身一变，成了世界上最大的旧船解体基地，形形色色等待报废的轮船从各处汇聚而来，在这里排队，等待着最后的归宿。

这片将近十平方公里的海面，每天总是密密麻麻地分布着各类斑驳残缺的旧船，好事者给它起了“死船海”这个奇怪的名字，不想却一下子传开，成了这地方正式的地名。

对来自旧大陆的观光客而言，死船海无疑又是一个史前奇观式的工业遗迹，每个人到了新唐城，自然是要来看一看，拍拍照，留个念，抒发一下思古之幽情的。

从海边的小巷子里出来，大概也就五六分钟的样子，顾得满就到了死船海的入口。

顾得满往四周看了看，海滩上，除了正在拍照的观光客和兜售小商品的本地居民，并没有其他如自己这般茫然四顾的本地人。

顾得满掏出手机，给最帅的滑头发去信息，说自己到了。最帅的滑头依旧没有现身，只给他回了个消息，要他打开手机的定位系统，然后他会通过耳机，给顾得满指路。

心里虽有些犹豫，顾得满还是戴上了耳机，照着滑头的话，上了一架生锈的舷梯，进入了一条搁浅在海滩边的散货船。

为了方便附近解体船坞的工人上船检查，停在死船海里的旧船之间都有舷梯、索桥或者跳板之类的临时连接物，顾得满按照滑头的提示，在这片由废船构成的迷宫中不断上下左右绕行着。

“向前……向左，哦，不对，从你的方向应该是向右……然后，第三个口子右拐……”滑头使用的声音还是暗网中那个模仿自唐老鸭的声音。

“为什么不能在网络里见面？”顾得满一边走，一边忍不住问。

“你以为我想啊？不要以为就你怕曝光，我比你更怕！向左向左，然后继续向前！”滑头的语速快如爆豆。

“为什么？”顾得满问。

“因为我帅啊！怕你忌妒我！”滑头没好气地说。

顾得满还是不依不饶：“你还是没有告诉我，为什么要在暗网外面见面？”

“还不是为了帮你作弊？”滑头叹了口气。

“作弊对你来说很难吗？暗网的主程序不是你设计的吗？你没给自己留个后门什么的？”顾得满问。

“你把我想成什么人啦？我能干这么伤天害理的事情吗？”滑头高声抗议，给顾得满指了下路后，继续道，“再说了，一个人聪明到我这种程度，用得着给自己留后门吗？只要我愿意，什么防火墙不都跟空气似的？”

“那现在是什么情况？”顾得满反问。

滑头叹了口气：“唉，你不知道，自从五年前我把快闪革命党的暗网给设计出来后，只要有点空闲，我就会寻摸，能不能在里面搞个后门什么的。但凡想到一个思路，我就马上反其道而行之，立刻给程序打上一个补丁。左右手互搏懂不懂？我这样自己跟自己过不去，埋头苦干了五年，然后我就傻眼了，发现连我自己都没办法在上面开后门了。啥叫自作孽？这就叫自作孽啊！”

“那你怎么帮我作弊？”顾得满问。

“所以，只能用笨办法，靠物理手段来解决问题了。”最帅的滑头语气里忍不住透出一丝得意。

“能用什么物理手段？这可是区块链搭建的暗网，节点分散在每个成员那里，就算你把你自己的电脑大卸八块，对整个网络也不会有任何影响。”顾得满一边走，一边不屑地反驳。

“嘿嘿，等你到地方后就知道了。”滑头故作神秘，然后停顿了一下，“一会儿，你看到我时，可不要太激动啊。”

“为什么？”顾得满不解。

“不跟你说了吗？因为我帅啊！”滑头的声音依旧神气活现。

又绕了好几个弯子，顾得满发现自己最后跑到了一艘有五十年船龄的旧游轮上，上了甲板，向前望去，面前已是死船海的尽头，再往前，就没有船，只剩海了。

“你在哪里？”顾得满看了一下海面，皱了皱眉头道。

“别着急，还没到地方呢！”滑头的声音优哉游哉，“现在你去甲板的左侧……看见了吗？栏杆上吊着一个绳梯，你从绳梯下到靠在那里的汽艇上。”

“然后呢？”顾得满按指示，越过了栏杆。

“然后，你就甭管了，我来遥控那汽艇，咱哥俩很快就能见面了。”滑头欢快地说道。

顾得满心里一动，不知怎的，觉得对方说话的腔调有些耳熟。他默然不语，因为嫌麻烦，直接从栏杆边跳到了汽艇上。双脚刚一落定，马达声就响了起来。

汽艇乘风破浪，开了大约十五分钟的样子，海面上已空无一物，除了海还是海，根本没有可以用来确认地点的标记物。

顾得满目光闪烁，空无一物的海面上好像藏了什么东西，竟吸引了他全部的注意力。

汽艇拐了个弯，朝着顾得满目光凝视的方向驶去。随着距离越来越近，前方的空气虽还是透明的，但总有种不真实的感觉，那看似虚无的透明如同液体，像有某种波动的迹象。

此时，汽艇撞到了波动的空气上，然后像是钻进了一个透明的洞，一截一截地消失在海面上。

而在透明大洞的另一面，汽艇又开始一截一截地出现。大海还是大海，跟刚才汽艇消失时的那片大海几乎没有两样，唯一的不同，是海面上停靠着一艘黑漆漆的巨轮。

这巨轮在设计上很不一般，下半部是流体形的设计，像一根雪茄或者导弹，上半部的船舱则是一座摩天大楼，不仅高，而且平面面积整整比底舱大出三四倍，像是被硬生生焊接上去的，有点空中楼阁的感觉，无论形状还是重力结构，都好像随时会倾覆，却偏偏立得很稳。

另外，还有一个奇怪之处，就是船壳的涂层黑得有些怪异，那些直射而下的阳光照在船体上，竟没有一丝一毫被反射回来，船体甚至都不能算是黑色的，而只是一片三维的阴影。

此刻，顾得满脚下的汽艇已开始减速，然后紧贴着黑色的巨轮停了下来。

汽艇的停靠处连着一架从甲板上延伸而来的舷梯，有人从舷梯口探出头，在亲热地跟他打招呼："满哥，满哥，你在哪里？你现在可以上来了。"

汽艇上没有回复，那探头的人忍不住挠了挠脑袋，正喃喃自语着，忽然听见身后传来一个声音："满哥？满哥是谁？"

说话的人正是脸上还戴着口罩的顾得满，不知何时，他已到了滑头身后，还拍了拍他的肩膀。

滑头吓得蹦了起来，回过头，尴尬地笑道："哎呀，满哥，我就知道，你已经猜出我是谁了。"

最帅的滑头不是别人，正是波夜空。

顾得满叹了口气，摘下脸上的口罩，说道："这么说，你早知道虎哥是我？"

波夜空挠了挠头，嗫嚅道："那时候吧，我还小，不懂事，而且当时开个后门什么的也容易，看你赛车玩得那么帅，我一个没忍住，就黑进了你的设备，把你的底牌全看了。说实话，一看到是你，我心里那个悔啊。不过，事已至此，也倒不回去了，只能装作不认识你。"

顾得满又好气又好笑地冷哼了两声。

波夜空有点被吓着了，不敢直视顾得满，低头道："时间不早了，办正事要紧，满哥，有什么咱们以后再说，你先跟我来。"

说着，波夜空掉转头，目不斜视地在前面带起路来。

看着波夜空灰溜溜的背影，顾得满无奈地摇了摇头，只好跟了过去，问道："既然你那时候年纪小，开后门又是信手拈来，为什么不把欢乐女神的底牌也看了？"

"不是不想，我就是这么干的。谁知那家伙像是我肚子里的蛔虫，但凡我有个想法，她好像都能提前知道，所以一直没有得逞。哎呀，克星啊。"波夜空意犹未尽地叹了口气。

波夜空还要就着话题继续说，顾得满知道一旦这家伙打开话匣子，就会没完没了，连忙制止："打住，先办正事！"

"对对对，先办正事。"波夜空忙不迭地点头，还煞有介事地看了看时间，"还有二十分钟，大会就要开始了，从现在起，咱们既往不咎，就当一切没发生过哈。”

顾得满叹了口气，忽然想起了什么，连忙问：“这是什么地方？”

“地狱号，当年阿光就是从这地方逃出来的，然后才落入了老秃驴的魔掌。”看到顾得满已经没有在生他气，波夜空好像又活过来了似的，添油加醋地将地狱号的来历给顾得满说了一下。

不知不觉间，两人到了地狱号的主控机房。一进门，顾得满就看见了影子一样飘浮在房间里的卓深影，不由得呆了一呆。

波夜空见状，连忙指了指卓深影，解释道：“这是卓深影，你们见过的，上回市政厅那个附身在小女孩身上的外星人，现在才是她真正的样子。美吧？”

“介绍就介绍，不要不三不四。”那叫卓深影的女孩狠狠地瞪了波夜空一眼。

“有性格吧？”波夜空不以为意，指着卓深影对顾得满道，“今天她是过来帮忙的。”

顾得满朝卓深影点了点头。

卓深影瞪了一眼波夜空，然后朝顾得满笑了笑。

波夜空从电脑桌上拿起一个又破又旧的头盔，递给顾得满：“满哥，戴上，准备作弊。”

“这是什么？”顾得满拿过头盔，看了一眼裸露在头盔外的电线和焊接点，问道。

“登入虚拟空间的模拟器啊。”波夜空满不在乎地撇了撇嘴，“这鬼船上，只有电脑，没有供正常人类使用的模拟器，我就从老秃驴的厂里偷了点高端的二手元件，又从垃圾场顺了个破头盔，拼接成了这台模拟器。样子是寒碜了点，但效果不会比你那台从费切拉马城买来的发烧设备差，戴上就知道了。”

“接下来呢？”顾得满将头盔戴上，没有启动开关，看了一眼波夜空。

“接下来，我会在网络外面，给你指路。”波夜空指了指主机台前那个用全息影像虚拟出来的显示屏，屏上是一个二维的游戏界面，“这是‘快闪革命党’的概览界面，程序肯定不是按界面运作的，但通过图形界面，可以把程序语言转译出来，”波夜空拿起一个类似无线耳麦的东西戴到了头上，“然后我会用这个步话器，跟处在程序里的你进行联络，告诉你具体的行动步骤，类似GPS导航。”

“就算你这个人肉GPS可以在虚拟空间外给我导航，但就像你说的，这是用区块链搭建的网络，每个参与者的权限份额是均匀分布的，在未经多数成员认证的情况下，你不可能用单个电脑来操纵整个网络，你怎么给我开这个后门？”顾得满不解地问。

“不是还有温柔、美丽又善良的小影吗？”波夜空故意拉长语调，朝卓深影的方向谄媚地笑了笑，继续道，“她的身体是由能量构成的，也就是说，可以以电波的方式，直接进入网络，对她而言，那些数字化的程序，只是电流的变化，所以她可以在我们选定的任意节点上，为你和欢乐女神硬生生地制造出一个可以见面的虚拟空间来。”

“行了，不用说那么多废话。”顾得满摆了摆手，“直接告诉我怎么做。”

波夜空伸出手指，隔空点了点图形界面上一个礼堂模样的标志：“记得吗？每次快闪革命党开例会，大家登入后，不会直接进入大会堂，而是先要经过一道门，推开门，才会被安排到各自的座位上。这道门是个冗余的细节，是我为了营造气氛才额外设计的，所以到门厅后，你不要推门，就在那里等，小影会在礼堂程序的接口上，扫描每个调用程序的IP，只要欢乐女神进入门厅，小影就会把她拦截住，为你们建立起虚拟通道。通道一建立起来，我就能在图形界面上看见你们，然后我会通知你，教你怎么走过去和欢乐女神见面。记住快闪革命党的程序每半分钟就会刷新一次，欢乐女神是群主，例会时间一到，程序就会自动将她送到主席台上，有什么话，你一定要在三十秒内说完。”

“明白了。”

顾得满点了点头，按下了头盔上的启动开关。眼前即刻闪现出“快闪革命党”的登入界面，一系列的操作后，顾得满扮演的虎哥顺利地到达了快闪革命党的行政区，在大会堂的门厅里停下了脚步。

因为以前到门厅时，顾得满都会直接推门进入会堂，所以从未注意过这个风格怪异的门厅，此刻闲来无事，顾得满细细地打量起门厅墙上的那些壁画来，那竟是按《清明上河图》风格绘制的新唐城市井图，里面的街景虽破败，人物却有着勃勃的烟火气，顾得满在其中看见了很多熟悉的面容，甚至还有他自己，这些人毫无例外都是波夜空生活中出现过的人，被他做了变形处理，看似滑稽，却温暖。顾得满不由得哑然失笑。

就在这时，顾得满的耳边传来波夜空的声音："满哥，欢乐女神到了，你看到墙上的壁画了吗？现在你往河南森林的方向走，墙后面是小影给你开的后门。"

顾得满依言向河南森林的方向走去，竟一下子穿过了那道虚拟的墙壁，进入了另一个门厅。

这门厅和他刚才所在的门厅并无二致，只是多了个穿着高开衩蓝色旗袍头扎白色蝴蝶结的少女，那形象来自老式街机游戏《街头霸王》里的春丽，正是欢乐女神在暗网里的标准形象。

欢乐女神正在用力推门，试了好几次没有成功，有些着急，往后退了几步，像游戏里的春丽一般，开始用飞腿踹门。在侧身飞起的过程中，她看到了站在另一侧的虎哥。

"虎哥？"欢乐女神停下动作，吃惊地看着顾得满。

"你好。"顾得满朝欢乐女神点了点头，"这不是程序出错，是我故意安排的，就为了跟你说一句话。"

欢乐女神收起脸上的惊愕，点了点头："什么事？"

"是关于火车站恐怖袭击事件的，有时间见个面吗？"顾得满加快语速问道，门厅空间开始波动，若有若无中，他听到欢乐女神跟他说了一个地址。

本章回顾：

顾得满到上秘院向师父大愿比丘请教，为什么大风向自己动手时，他竟没有回手之力。大愿比丘回答不了这个问题，顾得满走后，大愿比丘露出了他的真面目，原来他就是悟空寺修理厂的不得头陀。为了解决顾得满的疑惑，不得头陀开始入定。此时，顾得满接到最帅的滑头的信息，约他去死船海见面，好安排他跟欢乐女神见面。顾得满来到死船海，最后被滑头指引着来到地狱号，顾得满发现，最帅的滑头竟是波夜空。在波夜空的安排下，顾得满终于在暗网里跟欢乐女神联系上了，两人相约在现实中见面。

小贴士：

不得头陀：悟空寺修理厂“哭笑不得”三和尚中的老三，同时也是地藏会的会长大愿比丘。为了收顾得满为徒，他化名一舟，潜伏在上秘院里，做着打杂的扫地僧。

地狱号：地狱修女掌管的海空两栖船，一直被隐藏在新唐城附近海域的折叠空间里。地狱号上最重要的设施，是一台能将活细胞复原成活人的全息生命复原器。在地狱修女弃船逃离后，地狱号成了波夜空的秘密实验室。

第十九章
只有悲伤的人才需要一个欢乐女神

“天空的面具”夜总会就在前方，顾得满把摩托车停靠在附近的垃圾场后，拿出之前准备好的老虎面具和虎纹斗篷，穿戴起来，确认无误后，才向那水晶宫一样熠熠生辉的透明建筑走去。

进门时，顾得满亮出VIP卡，跟迎宾小姐说了一句“阿拉伯肚皮舞”，身穿旗袍戴着笑脸面具的迎宾小姐没有再多问，直接领着顾得满往夜总会深处走去。

下午，欢乐女神在虚拟空间的门厅消失前，跟他说了九个字：晚上阿拉伯肚皮舞见。

顾得满把这九个字当谜语猜了三个小时，直到遇见小施。

小施告诉他，“天空的面具”有一个叫“阿拉伯肚皮舞”的艳舞空间。

抱着试一下的想法，顾得满来到了这地方。

将顾得满领进包房后，迎宾小姐就离开了。

坐在沙发上，顾得满有些惴惴不安，不知道自己是否猜对了欢乐女神的意思，猜对的话，对方是不是会出现。

他的目光在屋子里，来来回回扫了好几圈，还是没等到第二个人出现。因为感觉无聊，他打开遥控器，随意点了一支艳舞。

金鱼缸的方向响起了音乐，正是阿拉伯肚皮舞的细碎节奏，舞台上方亮起一束强光，一个阿拉伯装扮的舞娘从插在舞台中央的钢管上滑落，舞娘穿着长袍裹着黑色的面纱，只有眼睛和长袍中间那没有一丝赘肉的肚子裸露在空气中。鼓起的金鱼缸像一面放大镜，把舞台中央的舞娘放得很大。舞娘在随音乐舞动，雪白的肚皮始终朝着他的方向。

顾得满的目光却在看着那舞娘的眼睛。

那眼睛里，似乎藏着万念俱灰的绝望，眼睛的主人好像已随时做好了去死的准备。

“欢乐女神？”顾得满心里一动，一个名字脱口而出，说完后，他开始相信，在他面前跳舞的正是欢乐女神。

“虎哥？”跳肚皮舞的黑衣女郎停下动作反问。

顾得满点了点头。

“你怎么猜出我是欢乐女神？”黑衣女郎问。

“因为你的眼睛。”顾得满说。

“我的眼睛？”黑衣女郎不禁迟疑。

“太悲伤了，我忽然想到，你叫欢乐女神，可能不是因为欢乐，而是因为悲伤，只有悲伤的人才需要一个欢乐女神。虽然你的卡通形象在暗网里出现时，总是兴高采烈，声音也悦耳到让人心生欢喜，但一个生活在蓬莱洲的成年人，又怎会如此欢乐？”顾得满沉声说道。

金鱼缸里的肚皮舞女郎没有再说话，盯着顾得满看了半天，然后又随着音乐的节奏舞动起来。

“嗯，有点意思，到底是顾得满，见识就是跟一般人不一样。”跳了一会儿，欢乐女神突然来了一个三百六十度的转身，开口说道。

“你知道我是谁？”顾得满也吃了一惊。

“从你进快闪革命党的那天起，我就知道你是谁。那个拉你进论坛并为你认证的人就是我。”欢乐女神道。

“无明也是你？”顾得满问。

“对，那是我的小号。”欢乐女神的眼里闪过一丝笑意。

“知道我是谁，你还敢来赴约？”顾得满故意放慢语速。

“我当然知道你费劲约我见面，是想抓我。”欢乐女神语气平淡，好像并不觉得这事情多严重，“但我还是觉得，也许等我们见过面后，你的想法会改变。”

“你真的认为，你有这么大魅力？”顾得满嘲讽道。

“不，不是相信我，是相信你。当初拉你进快闪革命党，就是因为我觉得你值得信赖。”欢乐女神道。

“谢谢。”顾得满彬彬有礼地点了点头，像是真的很受用的样子，然后话锋一转，“可是，我却一点也不相信我自己。”

“你是聪明人，不要说你真的认为，火车站爆炸案跟我或者快闪革命党有关。这样的话，你就太低估我的智商了。”欢乐女神依旧显得很平静。

“但是放炸弹的小孩说，是欢乐女神让他们这么干的。”顾得满发现自己说话时，有些心虚，语气都不连贯了，连忙凝神静气，停顿了一下，在脸上堆起那种作为保护色的迷人微笑，继续说道，“至少蓬莱洲的人都相信，这件事是你做的。所以，这件事就只能是你做的了。”

“说的也是。”欢乐女神慢条斯理地点了点头，“总得有人来为这件事背锅，而且设计这事情的人，本就是要让我和快闪革命党来背锅的，而你也需要这样一个机会，好取得切斯迪的信任。”

“那我们还在讨论什么？”顾得满提高了音量，他知道自己此刻最该做的，是突破面前的金鱼缸，将欢乐女神直接拿下，然而不知为何，他竟下不了这个手。

“好吧，你把我带走。”说着，欢乐女神不知道按了个什么按钮，眼前的金鱼缸冉冉升起，站在水床上的欢乐女神完全暴露在顾得满面前。欢乐女神闭上了眼睛，一副听天由命的样子。

“跟我回去？你会没命的。”顾得满下意识地松开捏紧的拳头，缓声说道。

“如此世界，活着也没什么意思。如果抓我回去，能让你赢得切斯迪的信任，我也死得其所。还是那句老话，我相信你。真相自会大白，也许到那时候你就有力量来改变这一切了。我相信你，也相信你的能力。让我在我们两个人之间选一个能改变未来的人，我选你。”说到这里，欢乐女神忽然睁开眼睛，那浓得化不开的悲伤里面忽然多了一丝欣慰，然后她拉下了蒙在脸上的面纱。

本章回顾：

在“天空的面具”夜总会，顾得满终于见到了化妆为艳舞女郎的欢乐女神，两人都很快认出了对方，欢乐女神也知道顾得满是来抓自己，但为了能让顾得满取得切斯迪的信任，她甘愿将自己牺牲掉。顾得满开始面对良知的拷问。

小贴士：

欢乐女神：快闪革命党的象征，在革命党的暗网里，她的形象是老式街机游戏《街头霸王》里的春丽。

第二十章

有些东西无法放到天平上去衡量

竞选办公室里，所有人都停下了手头的工作，看着前方占据了整整一面墙的荧光屏。

顾得满在二楼的敞间里，透过玻璃幕墙，也在陪着切斯迪观看这条临时插播的新闻。

那位金发碧眼的仿真机器人走到两人身边，将端着的两杯红酒递了过来。除了到手的红酒，两人的另一只手还各拿着一支刚刚点燃的大号雪茄。

电视画面上，出现了两辆在高架路上疾驰的摩托，后面那辆正是顾得满的太累。主持人正在画外解说。

“这是昨夜发生在环城高架上的一场追击战，画面是用多个监控摄像头录制的视频剪辑的。前方逃逸的，就是著名的恐怖组织快闪革命党的首领欢乐女神，后方追击的，是本地壮丁团和生财的一位少年侠客。‘公子阿满’这个名字，相信大家都不会陌生，他也是本次CEO选举的候选人之一、费切拉马公司保安部主任切斯迪在新唐城选定的青年才俊，在切斯迪主任的安排下，顾先生一直在暗中查访火车站恐怖袭击案的主犯——欢乐女神。据顾先生透露，昨天夜里他得到线报，欢乐女神会在‘天空的面具’夜总会出现，于是他孤身勇闯虎穴，和欢乐女神狭路相逢，两人便在环城高架上，展开了这场惊心动魄的追击战。”

伴随着新闻主播的话语，画面上出现了枪战场面，欢乐女神的摩托车后方伸出两根钢管，喷射出火舌，子弹带着呼啸声穿过空气，顾得满左闪右避，不时凌空飞起。

“据悉，蓬莱洲最近发生的一系列恐怖袭击，包括两天前在新唐城火车站发生的爆炸案，都是由这位恐怖女王——欢乐女神一手策划的。”

虽然欢乐女神百般阻挠，顾得满的摩托还是在不断迫近，到了前方一个急转弯处，欢乐女神的摩托车忽然打滑，车身失去重心飞了起来，从高架路上掉落，然后发生了剧烈的爆炸。

“在顾先生的一路追击下，欢乐女神慌不择路，最后冲下了高架路。根据保安部的法医现场勘查的结果，欢乐女神已在爆炸中身亡。今天上午，据接近快闪革命党的人士透露，这群用暗网进行联络的乌合之众，在听说欢乐女神身亡的消息后，已宣布解散他们的非法组织，并关闭了他们用区块链搭建的暗网。最新的民意调查显示，由于顾先生在这起事件中出色的表现，切斯迪主任的支持率飙升了二十三个百分点，目前已遥遥领先于落后的李河方先生，专家预测，切斯迪主任极有可能赢得这次新唐城选战的胜利。”

竞选办公室爆发出雷鸣般的掌声，大家都在抬头观望站在大厅二楼的顾得满，切斯迪也在举杯祝贺。

“很好，我没有选错人。”切斯迪的声音从那仿生机器人的嘴里传出时，已变成了中文。

“没想到高架路上会有这么多摄像头。”顾得满喝了一口酒，面无表情地说道。

事实上，顾得满早已知道保安部在高架路上安装了很多摄像头，是波夜空告诉他的。

因为知道，所以顾得满故意安排了这场戏。

昨夜当欢乐女神摘下脸上的面纱后，顾得满就再也无法硬起心肠，继续原先的计划了。

刚才在荧光屏上播放的新闻画面，从头到尾都是伪造的。在高架路上一路狂奔的只有顾得满自己，而那个被追击的欢乐女神，是波夜空利用虚拟现实摄制的假视频，然后黑进保安部的视频库添加进去的。

至于那个车毁人亡的爆炸现场也是特意布置出来的，尸体是小柯和小施他们从城外的乱葬岗找来的无名尸，反正谁也不知道欢乐女神是谁，也就没有验明真身这回事了。欢乐女神和快闪革命党将会消失一段时间，好让顾得满有机会调查切斯迪和费切拉马集团的不法行为。

虽然这么做，让顾得满十月份的起义计划增加了很多风险，但世界上有些东西，是无法放到天平上去衡量轻重的。

不过，从最后的效果看，好像还可以。这是一个一切的观看都已成为娱乐的时代，人们只关心事件是否够刺激，并不关心它背后的真相。而对切斯迪方面来说，则更简单明了：凡能给选举带来好处的事情，就是真相。所以，切斯迪也没有想要怀疑的意思。

“你知道，我在保安部十年，做的最重要的一件事，就是在蓬莱洲所有的交通干道上都安了摄像头。虽然保安部是公司的职能机构，预算和人手无法保证公司以外区域的安全，但出了问题，只要我们想查，都可以查到。”切斯迪走到敞间中央那组三人沙发前，坐了下来，特蕾莎一直跟在他身边，做着同声翻译。

“哦，这样啊，幸亏除了夜里飙车，我没干过什么见不得人的事。”顾得满没有跟过去，只是转过身，背靠玻璃幕墙，好让自己面对切斯迪和机器女郎。

“我很喜欢看河原细美坐在你车后座上的样子，你们真的是天生一对，现在这样有点可惜。”切斯迪讥诮地努了努嘴。

“啊，这件事情你也知道？”顾得满故作惊讶。

“所以你要相信，选择你，不是一时冲动。”切斯迪伸了个懒腰，仿生机器人将双手背到身后，轻声细语地代言。

“谢谢。”顾得满点了点头，“如果没有别的事，我就先撤了，昨天的事，还有些收尾工作要做。”

切斯迪点了点头。顾得满转身离去。

看着顾得满的背影，机器女郎俏皮地眨了眨眼，玻璃幕墙前的窗帘缓缓落下，把办公室和外面隔离了起来。特蕾莎绕过切斯迪，在对面的沙发上坐了下来。

“为什么老觉得这小子不太可靠？”切斯迪看了一眼对面的机器女郎，用英语自言自语。

“啊，看来你也到了忌妒年轻人的时候。”机器女郎拿起切斯迪放在玻璃茶几上的酒杯，喝了一口，又拿过放在烟灰缸上的雪茄，手法娴熟地吸了一口，超短裙下那雪白的长腿交叠在一起，跷起了二郎腿。此刻她不再像是受切斯迪操控的傀儡，反倒是切斯迪望向她的目光有些敬畏。

“这孩子太倔，竟把那些不知所谓的理想当了真，我是怕他借着我们坐大，然后回过头来对付我们。”切斯迪沉声说道。

“就怕他不这样做。权力是最好的春药，让人类变坏最快的办法，就是给他权力，让他欲罢不能。你想想，二十年前，你可比他倔多了，后来呢？”机器女郎将浓浓的烟圈向切斯迪的脸上喷了过去。

切斯迪下意识地往后躲了躲，但没有躲过去，他索性向机器女郎靠了过来，手指钩在她下巴上，大笑着说道：“会不会有一天，你会为了他放弃我，像以前对别人那样。”

“你知道，我一向最公平。只要你还是最强的，我肯定全力支持你。”说着，机器女郎将娇艳的嘴唇印在了切斯迪的唇上。

本章回顾：

顾得满在波夜空的帮助下，用费切拉马公司的监控录像伪造了欢乐女神在顾得满的追击下，坠落而死的过程。事件被当作新闻报道出来后，切斯迪的支持率大幅飙升。

小贴士：

切斯迪：费切拉马集团现任保安部主任，本次CEO竞选中的两大候选人之一。他是财神在蓬莱洲的代理人，身边的特蕾莎正是财神的分身之一。

第二十一章
抱着他身体的手勒得更紧了

早上，还没到起床时间，兰妈就跑来敲门，说外面有人找。

顾得满睡眼蒙眬地起了床，来到客厅，发现客人竟是切斯迪身边的仿生机器人。特蕾莎说，切斯迪派她来送一个礼物。

客厅里摆放着一个包着彩纸扎着蝴蝶结的长匣子，那应该就是特蕾莎说的礼物。

“谢谢。”虽知对面是机器人，顾得满还是习惯性地在嘴角边露出了招牌式的微笑。

“我老板说，这件礼物很珍贵，希望你不要跟别人提起，以免别的同事有想法。”说话时，特蕾莎目光闪烁。

“明白。”顾得满点了点头。

“老板还说，即使在他面前，最好也不要提这件事，他会装作没听见的。”特蕾莎又补充。

“哦。”虽不知道切斯迪葫芦里卖着什么药，顾得满还是礼貌地答应了。

把特蕾莎送走后，顾得满抱着礼物回了房间，都没有拆开，就直接扔进了储藏室。

吃完早饭，顾得满陪老爹顾有思去了和气茶楼。

选战开始后，新唐城的四大壮丁团一直摩擦不断，几天来已发生了好几起火并。老谋深算的顾有思一直想将四大壮丁团的老大约在一起喝茶讲和，但四海帮的许有理一直找各种理由推脱，还和华裔壮丁团的宿敌河原义雄走得越来越近。

但昨天，当顾得满杀死欢乐女神的消息一公布，选战形势突然逆转，本来落后十个百分点的切斯迪开始遥遥领先，投票就只剩下最后三天了，不出意外，李河方败局已定。昨天许有理打来电话，把推迟好几天的茶会定在了今天。

为了今天的约会，顾有思召集壮丁团的骨干们开了准备会，确定由顾得满带一队人马护送顾有思去和气茶楼。

按老爹的说法，每次费切拉马公司有人事变动，都是壮丁团大火并的时候。原先董事会的十三个董事是铁板一块，壮丁团即使火并也不敢大张旗鼓。但到了换届的时候，董事会自己就会起内讧，为了让自己人上位，甚至会借助壮丁团的力量搞小动作，各个壮丁团也就此顺水推舟，借机将旧怨新恨做个了结。顾有思推测，许有理这次应该是在李河方的默许下，过来议和的，但也不排除会有别的可能。

到了现场，情况果然如开会时预料的那样，其他几个壮丁团的老大，也都带了大队人马过来。楼上的大堂只有四个老头在慢悠悠地喝茶聊天，楼下同样大小的空间里却挤了两三百个壮丁团的小弟，大家虽然面带笑容，但额头上都是热汗和青筋，谁都清楚，只要楼上有点风吹草动，楼下就会血肉横飞。

看到楼梯前已堵得连缝都没有了，顾得满带着小柯和小施到了茶楼外，准备一有情况，就直接飞身上楼。

到了下午五点，四个老头谈笑风生地从楼上下来，楼下的人总算松了口气，知道能平平安安回家吃口热饭了。

回家的路上，老爹告诉顾得满，四位老大已经约定，在选战剩下的三天里，大家可以继续支持自己的候选人，帮忙宣传或者拉场子，但不能搞小动作，更不能用武力胁迫选民。然后四大壮丁团联合抵制极道会的同盟不变。如果切斯迪当选费切拉马集团的CEO，顾得满则有义务帮助其他壮丁团在公司谋取利益。

一连紧张了好几天，大家终于可以放松下来，顾得满本来也想好好睡上一觉的，但脑袋一沾枕头，脑子里就开始不断回放那天在亚洲购物中心发生的惊险一幕：在杀手被炸成空气前的那一刹那，细美的身体以肉眼不可觉察的程度，微微动了动，那应该是手指或者细小肌肉群运动造成的余波。

那一幕被重放了四十九次后，顾得满终于确认，是细美那个细微的动作救了自己。显然细美身上也隐藏了某种不可告人的秘密，但顾得满并不觉得这事情有多难理解，毕竟他自己也有秘密。真正让顾得满辗转反侧的，是河原细美这么做的动机。

“她也许还是爱我的。”顾得满忍不住这样想。

因为这种想法，他又想到，不久后，细美就要嫁人了，心里便满是苦涩，再也睡不着，只好跑去健身房，出了一身汗，累到筋疲力尽，才回了房间。

身体累了，脑子还是不肯消停，为了转移注意力，顾得满想起早上特蕾莎送来的礼物，便把那长匣子从储藏室里拿了出来。

打开匣子，里面竟是一根软绵绵的，像是透明硅胶制作的金属棍。之所以知道这不是硅胶是金属，是因为在费切拉马城读书时，顾得满曾见识过这叫作液态石墨烯钛合金的新材料。

心里正纳闷着，切斯迪为何要送一根金属棍给自己，金属棍忽然开始膨胀，并从长匣子里蹦了出来，然后呈现出人形，透明的身体有了颜色，表层的液态合金变成了皮肤、五官、头发、衣服和饰品。这干瘪的金属棍竟是一个仿生机器人。

顾得满注意到匣子底部放着一个做成耳塞状的脑波遥控器，便拿起遥控器，将它塞进耳朵，向那机器人发出了启动的指令。

机器人睁开眼，脸上有了表情，身体有了波动。

看着这情景，顾得满忍不住呆了一呆，恍惚中，他还以为眼前站着的是河原细美。

这机器人其实长得一点也不像细美，个头也要高上六七厘米。但眉眼间的神情和举手投足间的细节却像足了细美，干干净净的样子，不长不短的直发，脸上没有过多的修饰，浅黄色的碎花连衣裙普通而素净，看似不起眼的搭配，却比费尽心思的搭配还醒目，正是河原细美那标志性的“不经意的十分美丽”。

仿生机器人的设计者，不仅很了解河原细美，也很了解顾得满，在不一样的外貌下装配了一个让他耳熟能详的灵魂。

顾得满不由得愈加纳闷，因为他知道，这型号的仿生机器人是费切拉马集团用了二十年的时间才研制成的，每台的造价在一亿费切币以上，最后并没有被投放到市场上，这一型的机器人，数量不会超过一百个。甚至顾得满还听到了这样一个传闻：费切拉马的人正在研究将活人的意识移植到机器人身上，好让费切拉马集团的董事们拥有不死之身。

正百思不得其解，顾得满的耳边传来一个脆生生的声音。

“你好，我是雅雅。”机器人在用陌生的声音跟顾得满打招呼，但语调、语气甚至字与字的间隔，都是河原细美的。

顾得满眼里的雅雅此刻已完全幻化成了河原细美的形象，他都忍不住想张开双臂去拥抱对方了。

顾得满不由得心里一凛，使劲晃了晃脑袋，趁着清醒的间隙，连忙用耳中的脑波遥控器，关闭了机器人的电源，雅雅又干瘪成一团，回到了长匣子里。

顾得满把仿生机器人扔回储藏室，沉思片刻后，下了决心，骑着他的太累摩托，向日韩城的方向疾驰而去。他要去找河原细美，亲口向她要一个答案。

快到河原家的时候，顾得满发热的脑子终于冷静下来，摩托车在飘移中转了一个一百八十度的弯，在河原家门口转身掉头而去。

顾得满一路狂奔，自己也不知道要去哪里，直到看见那座横跨海湾的斜拉桥。

从海面升腾而起的雾霾正在将一切吞没，然而顾得满还是看见桥中央有个隐隐约约的小黑点，那是个人影，正张开双臂，做出螳臂当车的姿态。顾得满心里一动，加大了油门。

果然是河原细美。干干净净的脸，干干净净的素色连衣裙和凉鞋。

“这算是巧合吗？”太累在快要撞到河原细美时，猛地停下，顾得满故作轻松地问。

河原细美只是看着顾得满，一句话也没有说，脸上像开花一般，慢慢绽放出一丝嘲弄，只是说不清嘲弄的是顾得满，还是自己。

“怎么啦？”顾得满又问。

河原细美仍旧没有回答，横坐到后车座上，戴上了系在那里的头盔。

“让我们一起去死吧。”依然是那句不变的台词，那双柔软的手搂在了顾得满的腰上。

顾得满使劲踩下油门，风开始在耳边飕飕响起。

车快到桥顶的时候，顾得满忽然故作不经意地问：“大风是你杀的吗？”

河原细美没有回答，过了很久，才传出一声轻笑：“如果我说，我是为你这么做的，你相信吗？”

“我愿意相信。”顾得满笑了笑。

他真正想说的其实是“我相信”，说出口的时候，却变成了“我愿意相信”。

河原细美没有再说话。她将头盔摘下，让脸毫无阻隔地贴在顾得满的背上，抱着他身体的手勒得更紧了。

本章回顾：

因为切斯迪在选举中反转，选举结果几乎尘埃落定，新唐城的四大壮丁团终于决定讲和。特蕾莎突然来造访顾得满，神秘兮兮地送了他一件礼物。顾得满发现，礼物是一个叫作雅雅的仿生机器人，虽然外貌不同，但打扮、气质、动作和说话的样子都像极了河原细美。顾得满不由得又思念起细美，跑去跨海大桥，果然见到了河原细美。两人又开始了一次死亡飙车。

小贴士：

新唐城四大壮丁团：经过多年的洗牌和淘汰，新唐城最后剩下的四个华裔壮丁团，分别是顾有思的和生财、许有理的四海帮、史无声的振兴会和李文雅的搏击堂。其中许有理是新唐城之王李河方的嫡系，“天空的面具”夜总会正是四海帮的产业。

第二十二章
你没听说过，财神是会流眼泪的吗？

特蕾莎趴在床上，小腿跷着，双手撑着脑袋，摆出一副诱惑的姿态，好让在地毯上做平板支撑的切斯迪可以看到她挺拔的胸部。

切斯迪已经徒手支撑了十五个小时，体毛旺盛的身体早已湿透，但他的呼吸还是很匀称。特蕾莎知道，切斯迪这么做是要证明，他值得财神的选择。然而当一个人需要向别人证明点什么的时候，一定不是因为自信。作为还有肉身的人类，切斯迪应该清楚，他正在走向衰迈，被新一任的代理人取代只是时间问题。

不过，此刻特蕾莎的注意力并未放在切斯迪身上，她的意识早已通过电波，进入保安部的监控系统，正在透过摄像头，监视着正在午夜街头狂奔的顾得满和河原细美。

特蕾莎对这两人之间有些怪异的关系，越来越感兴趣，很想知道，这故事会演变成怎样的结局。

作为财神的分身之一，特蕾莎虽拥有和肉身看似并无二致的机器身体，但毕竟这不是真正的肉身，对那些由肉身的局限滋生出来的复杂情感和纠结关系，她早已忘记了其中的滋味。

在财神出生的地方，大约在地球纪元的二十万年前，那里的人类发明了将意识上传到云端的技术，生命终于可以不用再依赖肉身而存在，每个人都可以将自己的意识在网络中无限复制，任何一个被联网的物体都可以成为意识的寄身之处。

按照肉身的分类方法，当时的财神还是一个女人，年纪大约在三十岁，名字就叫特蕾莎。在特蕾莎三十岁那年，她选择了将自己的意识上传，开始了这无休无止的云端生活。现在的特蕾莎算法，就是财神以当年的特蕾莎为原型，模拟而成的。

那种云端上的生活最初曾让特蕾莎感到无限的自由，她可以在云端变幻出一切她想要的形式，实现一切的欲望，然而随着云端记忆的不断扩充，特蕾莎发现在这没有尽头的拓展中，外部和他人正在消失，因为一种意识一旦抵达了无限和永恒，也就失去了它的独特性，每个云端上的个体意识都会变得面目雷同，在日益同质化的网络中，所有这些意识似已融合为一个面目相似的共同意识，只要记录下其中的一个意识，就等于记录下了所有的意识。处于云端的特蕾莎不再是特蕾莎，而是她所在星系上所有生命的总和，她是他、是她，也是它。但正是这没有边际的生命形式让特蕾莎感到恐惧，因为这意味着她没有了存在感。

终于有一天，特蕾莎下了决心，断开了自己和主网的连接，用666台仿生机器人组接了一个独立的局域网，她为局域网中的每个意识载体，都设定了独特的个性和算法，让自己既是这666个意识载体中的某一个，又是他们的共同体。

完成了这一工程后，特蕾莎从她所在的星球盗取了一艘量子飞船，从她的宇宙跃迁到了现在的这个宇宙。

就是在这个宇宙里，特蕾莎遇见了生命进化委员会的老大摩西沙罗。

摩西沙罗此时也同样进化到了纯意识层面，只是比特蕾莎更进一步，不再需要寄身于网络或联网的机器上面，也不像蜜之蜃姬那样要靠能量来保存意识和记忆，摩西沙罗能以纯粹的意识存在于虚空中。

特蕾莎知道，从相对论和量子力学的角度来说，空间本身也是一种物理形式，但空间的延展性和可能性显然超过了物质和能量的范畴。这意味着摩西沙罗可以占据一切的存在形式，大到一个宇宙，小到一粒灰尘，都可以成为他的意识载体。

在摩西沙罗向特蕾莎展露了自己的手段后，特蕾莎对他心悦诚服，加入了生命进化委员会，成了摩西沙罗的副手，还得到了财神这个如今响彻整个宇宙的名号。

摩西沙罗告诉特蕾莎，那种失去存在感的恐惧，他也曾遭遇过，但后来摩西沙罗发现，高等级的生命可以通过操控低等级的生命，来实现自己的存在感。这也是摩西沙罗之所以这么热爱这个宇宙的原因，因为这地方遍布着形形色色的低级生命。

此刻，顾得满和河原细美那相依而孤独的身影，让特蕾莎回想起了一些伤感的往事，记忆穿过几十万年的断层，回到了她还是有血有肉的人类的年代，她和此刻的河原细美一般美丽并且野心勃勃，同样不可救药地爱上了自己的一生之敌。

那个叫“云端”的意识上传世界，正是特蕾莎和她的一生之敌共同创造的，但特蕾莎窃取了这个成果，抢先将自己上传到了云端，然后利用云端的强大技术，将她的一生之敌送上一艘量子飞船，从他们所在的宇宙流放了出去。

特蕾莎在和一生之敌的竞争中取得了最后的胜利，但也感受到“嫦娥应悔偷灵药，碧海青天夜夜心”的孤独。

这感受起初撕心裂肺，但随着她的肉身体验变得日渐隔膜，那些往事和关于它们的感受简化成了云端上的代码，特蕾莎虽可以将它们模拟成如同游戏一般的似真情境，但毕竟承受这一切的不再是脆弱的肉身，其中的感觉自然是差了很多，而且因为这情境可以被反复调用，那因不可重复才有的惘然最终变得如白开水一般寡淡。永远无法挽回的遗憾在时间的磨蚀中，越来越淡漠，泯灭在碎片四溢驳杂繁复的虚拟记忆里。特蕾莎对当年的特蕾莎或现在的财神来说，仅仅只是一个算法而已，和财神的矩阵决策系统里其他665个算法并没有什么区别。

然而此刻，当顾得满和河原细美以如此近又如此远的方式，奔驰在特蕾莎化作摄像头的视野里时，那早已陌生的感觉忽然变得熟悉。特蕾莎的眼眶湿润了。那眼泪虽是用“特蕾莎”算法模拟出来的，此刻却显得无比真实。

“亲爱的，怎么啦？”不知何时，切斯迪已凑到特蕾莎跟前，一脸关切地看着她，指了指挂在特蕾莎眼角上的泪滴。

“难道你没听说过，财神是会流眼泪的吗？”特蕾莎收起心神，在脸上露出了魅惑的笑容。

“当然，财神什么都会。”切斯迪拿起挂在床边的擦汗巾，开始擦拭他被汗水浸透的身体，“财神的每个身体虽都是由液态合金构成的，但经过多年的模拟，你们在身体的每个细节上都可以和真实的人类保持一致，包括长时间运动后会发热，会出汗，会散发出汗酸味，会产生酸痛等。跟你生活在一起这么多年后，这些事我当然不可能不知道。只是刚才那一瞬间，我隐隐觉得你好像变成了一个普通的人类。”

“怎么会有这种奇怪的感觉？”特蕾莎做出俏皮的样子，歪着脑袋看着切斯迪。

“你看，你现在的这个样子也很像人类，但毕竟不是。”切斯迪一脸认真地说道。

“你是想说……我现在的表情很套路？”特蕾莎嘲弄地撇了撇嘴，脸上的表情猛然一变，开始用算法模拟之前那种失魂落魄的样子，泪水很快噙满了她的眼眶，并从眼角沁了出来，“这样就不套路了吗？”

切斯迪迟疑着，右手拧了拧下巴，想了半天，然后摇了摇头：“还是少了点什么。”

“少了什么？”特蕾莎将身体松弛下来，靠到了床头上。

“我也说不清楚，但就是不一样。”切斯迪再次认真地摇头。

特蕾莎娇媚地大笑，笑声却有些不自然：“没想到，你还能这么文艺！”

“你知道的，文艺不是我的人设。”切斯迪面无表情地将挂在床边的T恤套到了身上，“你们选我做代理人，不就是因为我从来都不文艺吗？对自己没有好处的事情，我是不会去做的。这是我们合作的基础，对吧？”将T恤展平后，切斯迪看了看手表，淡然地一笑，“刚才的平板支撑，我坚持了十六个小时，完成了我们的赌约，那么，我想知道你们什么时候能满足我的要求呢？”

“我再想想。”特蕾莎眼皮半垂，不为所动。

然后特蕾莎让自己的瞳孔迅速地涨缩，朝切斯迪露出了魅惑的笑容。切斯迪望向她的目光突然变得呆滞，身体随之扑倒在床上，做起了一些不堪入目的动作，嘴里还哼哼唧唧着，显然他的意识进入了幻境，自以为正在和特蕾莎卿卿我我。接下来的三个小时里，切斯迪将一直停留在这样的状态中。

“连狐仙的幻境之眼都对付不了，你有什么资格来跟我们提要求？”特蕾莎伸了一个懒腰，从床上站起，声音轻飘飘的，看向切斯迪的目光有些鄙夷，“狐仙用这一招，对河原细美从来就没起过作用，早上我去找顾得满，对他也试了试，同样没有效果。也许到了你该被淘汰的时候了。”

两个月前，在故地小区的伏击发生后，那个叫狐仙的意识载体爆机了，财神的矩阵决策系统举行了一场选举，剩下的665个意识载体中，383票赞成，162票否决，120票弃权，决定在新的狐仙被制造出来并完成算法训练前，由算法最接近狐仙的特蕾莎代理狐仙的职责，成为河原细美的联络人。所以特蕾莎现在既是特蕾莎，也是狐仙的代理人，可以从主机上调用狐仙的记忆和算法。刚才她用来催眠切斯迪的幻境之眼，正是狐仙特有的战斗技能。

做完这一切，特蕾莎滑动了一下手指，房间里灯光熄灭，黑暗中她像是在喃喃自语：“特蕾莎呼叫主机，特蕾莎呼叫主机。”

然后特蕾莎的意识透过无线电波的传送，到达了一个水晶体一样的透明空间。或者也可以说，特蕾莎从来就没有离开过这个水晶体一样的透明空间，她在外面的一切作为都始于此终于此。这地方就是财神主机的矩阵决策系统，水晶体不过是特蕾莎算法里的一个想象，如果在狐仙的算法里，那么这个水晶体就会呈现为一片椰子林。财神的666个意识载体是在各自的想象中到达这同一个地方的，正是在这同一个地方，他们组合在一起，按特定的规则，构成了完整的财神意识。

这次的矩阵会议是由精灵发起的。精灵是决策系统里负责协调的算法，形象上，他是一个银发碧眼身穿白袍的英俊男子，在财神以往的云端生活中，财神曾用五千个地球纪年的时间，扮演过这样一个角色，后来当她决定从云端系统逃离时，便截取了这段历史，将它总结成精灵算法。

“龙王有事要告诉大家。”精灵的目光扫过会场，在确认所有人都已到场后，沉声说道。

龙王真的是龙王的打扮，比在场大多数人都要高大一百倍，当他站起身来时，一下子占据了大半个水晶体，脑袋上的两只角几乎快要戳破水晶体的上沿了。

“自从上星期特蕾莎告诉大家，日韩城的上秘院有些古怪，我就奉诸位的指令，潜入了那地方，消灭了柿落上人那叫苔痕的哑巴徒弟，用我的纳米聚合体改扮成他的样子，在寺院里展开调查。我意外地发现，在亚洲购物中心死于河原细美之手的克隆人大风，被上秘院的和尚又一次克隆了出来。根据我从有鹿那里得到的消息，柿落上人已经确认，顾得满就是那个传说中将帮助我们开启三千年庆典的枢纽，这跟之前摩西沙罗花三年时间，用有顶天计算出来的结果一致。”龙王沉声说道。

“柿落上人现在躲在哪里？你查到了吗？”精灵问。

“柿落上人现在只会在网络上的虚拟空间里跟其他人见面。为了找他，我已经走遍上秘院的每个角落，没有看出，庙里还有什么没有暴露的藏身之地。”龙王叹了口气。

“有没有试过上传到上秘院的服务器，通过柿落上人发出指令的IP地址，逆向推演他的物理地址。”代号叫比尔·盖茨的程序员算法在提问。

“试过，但庙里的那个服务器太强大了，运算速度是我的一千倍，我无法突破它的防火墙。所以没敢多试，怕被它发现，逆推回来。这样的话，反而会暴露我的身份。”龙王答道。

“庙里的服务器用的是什么芯片，算力怎么可能这么强，摩西沙罗的有顶天应该也只比龙王算法快五百倍。”精灵带着疑惑的表情，摇了摇头道。

“柿落上人的事情一会儿再说。”特蕾莎打断两人的对话，“先讨论一下大风，按你上次的说法，大风是顾得满的克星，被河原细美杀死后，属于她的那一串连锁反应，应该会从这个宇宙迁移出去，但为什么大风现在又被重新复制了出来？”

“估计是柿落上人做的手脚，既然庙里服务器的运算速度比有顶天快，它应该能在结果发生前，提前预知大风的死亡时间，只要将这个时间和她这一次复活的时间无缝对接，大风就能在迁移前，被留在地球上。这个结果，有顶天也有过预测，但概率只有十万亿分之一，所以被忽略了。”精灵缓声解释。

“接下来我们要怎么做？”特蕾莎皱了皱眉头。

“既然没有杀死她，那就再杀一次。现在已确认，顾得满就是我们在等的那个关键人物，那么无论如何，我们都要保证他的安全。”精灵斩钉截铁，“这事情就交给你和小白狐了。”

在水晶体的另一个角落里，听到此话的小白狐马上支起耳朵，“吱吱吱”地叫了几声。

“还有我！”在水晶体的二层楼上，有个羽毛一样的身影飘落下来，在会议桌上转了个身后，变成了雅雅的形象，“你们不是已经把顾得满的监控权交给我了吗？保护他，自然也是我的任务。”

“不好意思。”精灵笑了起来，“竟然把你给忘了。”

“现在你还被扔在顾得满房间的储藏室里呢，如果顾得满不肯启动你，你怎么插手？”特蕾莎调侃道。

“拜托姐姐帮我想个办法。”雅雅微微欠身，朝特蕾莎作了个揖。

“明白了，这事情包在我身上。”特蕾莎点了点头。

“还有……”精灵插嘴道，“既然河原细美跟顾得满之间的纠葛一时半会儿结束不了，我看不如利用一下她，由她来负责保护顾得满。这三人是个连环套，河原细美正好是大风的克星。对付大风，她是最适合不过的人选。”

“好。”特蕾莎的脸上露出一丝耐人寻味的笑容，“我有个计划，切斯迪最近一直要我帮他将意识上传到仿生机器人的身上，我有些烦了，想把他淘汰掉，打算在顾得满和河原细美之间选一个人出来，做我们在蓬莱洲的总代理。大家觉得如何？”

“这样啊。”精灵沉吟着，眼里现出一丝笑意，“知道吗，你的提议和有顶天计算的结果一样。”

“是吗？那就不要卖关子了，把摩西沙罗告诉过你的那些计算结果，跟我们透一下底吧。”特蕾莎急切地说道。

“你知道，对命运这件事情来说，有些时候有些情况，只有告诉当事人，才能让它发生，而有些时候有些情况，需要瞒着当事人，才能保证事情顺利发展。相信我，该说的，我都会说，不该说的，就算你们表决杀了我，我也不能说。”精灵一脸正色道。

“行啦行啦，没人要杀你。”特蕾莎轻笑着摇了摇头，“我只是想知道，后面的戏码会怎样发展。”

本章回顾：

因为顾得满的出现，切斯迪产生了危机感，努力向特蕾莎证明自己宝刀未老，还要财神帮忙把自己的意识上传到仿生机器人身上，被特蕾莎拒绝。特蕾莎将切斯迪催眠后，进入到有666个算法组成的财神矩阵决策系统，系统的决策人精灵告诉参加财神所有的分身，顾得满正是摩西沙罗预言中，将开启此次三千年庆典的关键，要求大家务必确保顾得满不被大风杀死。

小贴士：

特蕾莎：切斯迪身边的仿生机器人，表面上她是切斯迪的秘书和保镖，实际上却是财神的另一个分身。财神正是通过特蕾莎来控制切斯迪的。在狐仙身亡后，特蕾莎因为算法跟狐仙最接近，所以她开始代理狐仙的职能，负责指挥那个同样名为财神的杀手组织。在财神将自己的意识上传到云端、成为后来的财神之前，她曾经是个叫特蕾莎的女人。财神后来将自己的这段经历总结成了现在的特蕾莎算法。这个叫特蕾莎的仿生机器人，正是由这个算法来进行操控的。

第二十三章
爬不上去，就只能让人骑到头上来

天光快亮时，天空里飘起了毛毛细雨。河原细美醒了过来，发现顾得满的太累摩托正停靠在河原家庄园的拐角处，顾得满还是挺直身子坐在摩托上，好让细美靠在他背上睡觉。

细美没有动，装出还在沉睡的样子，继续感受着那随呼吸缓缓起伏的温暖身体。

这一觉睡得再舒服不过，每个细胞好像都恢复了过来，透出新鲜的活力。

这事情无法解释，和一个被认作天敌的家伙，奔走在死亡的边缘，竟让她生出了无比安心的感觉。好像如果能这样死去，也是很好的选择。与生俱来的不安全感就此消失，细美终于可以让自己放肆地睡去。

然而，现在毕竟她醒了，野心总是伴随着力量而生。

墙下的草丛里，一只褐色的蚱蜢蹦到了她赤裸的脚踝上，河原细美忍不住甩了甩脚。

顾得满的背也随着细美的动作，猛地绷紧。

顾得满又成了顾得满，而河原细美也又成了河原细美。

细美从车座上轻盈地跳下，将手上的头盔重新挂回到那个属于她的老位子上。

“好了，该去睡一觉了。”河原细美故作轻松地掸了掸有些发皱的裙子，“下午还要替我们的老板去市政厅看场子呢。”

“也是。”顾得满的脸上也浮起一丝作为保护色的微笑，“下午见。”

说完，他一踩油门，决绝到没有一丝留恋。

河原细美也毫不犹豫地回过头，带着用力的微笑，脚步尽可能轻快，向自家大门走去。

进了庄园，细美本想回房间洗漱一番的，但斜挎包里沉睡着的小白狐忽然醒了，支起耳朵“吱吱吱”叫着，从包里蹦了出来，如往常一样跑在了前面，给河原细美带起路来。

河原细美本以为小白狐是要带自己往庄园外跑，却不想它是在往后花园跑，一溜烟地跑进了位于花园的藏樱阁。

虽然心里满是狐疑，河原细美还是跟了上去。

藏樱阁里，凋落在地的樱花不知怎么搞的，重新飞舞了起来，黑色的树间，一个穿着红色和服打着油纸伞的女子正背对着河原细美，仰头观望那漫天花雨。

细美认得女子身上的红色和服，那是她妈妈用来压箱底的行头，只有在去见河原义雄的后台老板板田荣一时，妈妈才会穿上这身和服。

心里有些惊讶，但河原细美还是毕恭毕敬地停下脚步，轻声说道：“老板，找我什么事？”

老板优雅地转过身，脸上照例是皮肤一样的狐狸面具，说话的声音却像足了她妈妈：“这衣服穿在我身上，是不是很好看？”

“穿在您身上，让我想起了妈妈十年前的样子。对人类的肉身来说，美丽终究抗不过时间。”河原细美黯然道，脑子里想起妈妈以前苗条的身影。

“所以，聪明的女人都知道什么才是靠得住的，你和你妈妈都很聪明。”老板悠然道。

“多谢。”河原细美淡淡一笑。

“知道吗？昨天你和顾得满在街上飙车时，我一直在保安部的监控系统里面看着你们。事情都演变到了这个地步，你们竟然还能找到契机，让彼此贴得这么近。不知道李河方看到这情景会做何感想？”老板笑吟吟地看着河原细美。

“这本就是老爷子的意思，他很清楚，我和顾得满就算走得再近，也不会背叛李家。”河原细美坦然道。

“李适之呢？”老板又问。

“我永远不会让李适之看见这样的情景。”河原细美下意识地握紧拳头，“我一定会做一个最好的妻子。不过……”细美停顿了一下，抬起头看着老板，“如果是你们不想看到这样的情景，我会照办。你知道，那天在亚洲购物中心，我确实启动了你给我的那件武器，但我没有想到，你真正的目的是想让我救下顾得满。”

“你看上去好像对我们很不满的样子。”老板脸上的笑意更浓，“不错，我们确实想看看，到了关键时候，你是不是下得了这个手。你应该感谢有这样一次接受考验的机会，从现在开始，我们对你的信任，将毫无保留。”

“谢谢。”河原细美平静地点了点头，“但是你还是没有告诉我，以后我该怎么处理和顾得满的关系。”

“这就是我今天来找你的目的。我们打算给你一个机会，让你跟顾得满死去活来地爱一次。”老板伸手接了一把飞舞在空中的樱花瓣，然后将它们轻轻吹落。

“为什么？”河原细美皱了皱眉头。

“因为接下来，我们给你的任务，就是保护顾得满。还记得大风吗？就是上回在亚洲购物中心被你干掉的那个杀手。相信李河方已经告诉过你，他之所以向地狱修女买下大风，是因为摩西沙罗给顾得满算过一个命，推测大风正是顾得满的克星。”

“大风不是已经死了吗？”河原细美问。

“她在亚洲购物中心被你杀死的时候，新的克隆体在上秘院被柿落上人唤醒了。所以，作为连锁反应的一部分，这个新的大风依然会是顾得满的克星。柿落上人的目的当然是想要杀死顾得满，而我们却需要他继续活着。原因以后我们会告诉你的。”老板缓声解释。

“如果只是保护他，需要用到感情吗？”河原细美紧张地看着老板，都忘记了掩饰。

“只是保护他，当然不用，但我们想通过你来控制顾得满。根据我们的观察，这是我们能控制他的唯一机会。既然你要往上爬，那么所有人都可以是你的棋子，顾得满也不例外。”老板那勾人心魄的美目闪烁不定。

“我不是你们。对人类来说，感情是最危险的游戏，最后谁会陷进去都不一定，这游戏里女人尤其弱势。”河原细美深深吸了一口气，神色有些凝重。

老板轻轻地笑了笑，顾左右而言他：“还记得吗？刚加入财神的时候，你跟我说过，你想往上爬的理由。”

“因为爬不上去，就只能让人骑到头上来了。”河原细美的脸上掠过一丝哀伤。

“其实，这话应该是你父亲跟你说的，对吧？”老板看了看头顶的樱花树，“说这话时，你父亲跟你正站在藏樱阁的外面，你母亲当时就在这棵树下跟她的情人幽会，你们却不能阻止这一切。那一幕真是让人刻骨铭心。”

“你怎么知道的？”河原细美的眼皮微微垂了一下。

“那天小白狐也在。”老板停顿了一下，“所以，心软的时候，你不妨回想一下那一幕。”

说着，老板的目光轻轻地扫过河原细美。细美的皮肤上起了鸡皮疙瘩，润泽的嘴唇变得苍白，上齿在下嘴唇上留下了一排深深的齿印。

本章回顾：

特蕾莎接见河原细美，要她设法保护顾得满，不要让大风有机会杀死顾得满。同时还要河原细美利用顾得满对她的感情，控制顾得满。河源细美不愿利用顾得满的感情，特蕾莎向她提起了一件让细美刻骨铭心的往事，以激发她的斗志。

小贴士：

河原细美：极道会会长河原义雄的独女，从小就去了费切马斯特学校就读，和顾得满是同班同学，两人是青梅竹马的朋友，在顾得满介绍下，河原细美也跟波夜空和井下光成了朋友。河原细美还有一个身份，就是杀手组织财神里最强的杀手少女忍者。细美性格要强，从来不肯认输，十六岁时就发誓，要嫁入费切拉马集团的十三董事家族，成为人上人。后来，她如愿以偿，跟李河方的孙子李适之订了婚。

第二十四章

人心是如此幽暗而曲折

外面开始下毛毛雨时，大愿比丘终于睁开了眼睛。

三天前，顾得满来找过他以后，他就一直坐在这间破陋的小屋子里，没有动过。

大愿比丘想理清楚一些事，他本以为用两三个小时就能想明白，不想却一直坐到了现在。他这样做的时候，竟没有感到时间的流逝。

按照一舟在上秘院的身份，大愿比丘本是没资格住单间的，他应该去内院的东侧院，和其他的低级僧人一起住大僧房。但因为一舟是庙里的扫地僧，起得早又睡得晚，大愿比丘便以怕打扰其他僧人休息为由，给自己在这间放杂物的破旧偏房里搭了个小铺。

房间的条件简陋又凌乱，跟大僧房比，实在差了很多，管这件事的执事僧知道这个要求不会引起别人的不满，所以只是客气了几句，就顺水推舟了。

大愿比丘选择住在条件这么差的地方，自然不是因为风格高尚或修为深，只是他身份特殊，常需要去做些不能让别人知道的事。除了扫地，其实他大部分时间都不在上秘院。扫地僧一舟不仅是地藏会的大愿比丘，还是悟空寺的不得头陀。跟大风一样，大愿比丘也有一张可以将肌肉进行重组的脸，当他以不得头陀或一舟的身份出现时，他的面貌都是重组过的。除了大愿比丘的师父空藏老和尚，没有人知道这个秘密。

在入定的三天里，有很多人曾经来杂物房窥探过。

最先来的，是这些年一直替柿落上人管理寺院的有鹿。

三年前，当有鹿忽然没来由地到杂物间看望一舟时，大愿比丘就知道，柿落上人应该已经知道他就是大愿比丘，只是人家不方便挑明这件事。

有鹿的脚步很轻，脚踩在外面的落叶上，却没有发出声音。三天里有鹿来了九次，每次都是走到右侧的破窗前，往屋子里看，看了一会儿后，有鹿便会自行离开，没有要打扰大愿比丘的意思，所以大愿比丘也装作不知道。

昨天，寺院里那个哑巴僧人来时，大愿比丘心里一惊，因为那僧人身上有热气却没有人气，很快他就明白哑巴是被财神的分身取代了。

财神的分身趴在窗口看了他很久。其间大愿比丘感觉到，那分身有一刻产生了要进来动手的欲望。大愿比丘虽知道，却没有动。过了很久，财神的分身终于放弃了这个企图，离开了。

到了晚上，有个黑色的人影突然来到了屋外，大愿比丘看不清对方的面目，但能感觉到那人身上有种让人窒息的感觉，就像死亡本身。对方显然有杀死他的意图，但大愿比丘还是当作对方不存在，继续着自己的思考。

然后，他师兄哭大师来了。

哭大师一来，那个如同吃人野兽一般的影子被惊走了。师兄没有进来打扰他，只是叹了口气，离开了。

此时大愿比丘才终于明白，师兄其实早知道他藏身在上秘院里。

到了早上，大愿比丘的心里忽然有一丝豁然开朗的感觉，心中那个黑暗混沌的地方被疏通了，那些本以为怎样也想不出来的答案，不用想，就已经明明白白地呈现在他的脑海里。

他站起身，从杂物房走了出去。

因为这场毛毛雨，树林里本就潮湿的土壤有些发黏，大愿比丘让自己的脚步尽可能地缓慢而轻巧。

他要去的地方是方丈室。

自从十年前柿落上人忽然没了音信，方丈室就一直关闭着，整理房间的僧人还是当柿落上人依旧住在这里的样子，每天都会进房间打扫，然后按季节的变化，在桌案上的一个青瓷花瓶里，精心插上一枝当季的鲜花。从那扇故意做得很小的窗户里漏进来的光，会将鲜花和花瓶投射出一个漂亮的影子。

这是上秘院的一个保留项目，大愿比丘扮演的一舟也去柿落上人的房间轮值过，见过房间里一尘不染的样子。

入定的第二天，大愿比丘的意识中隐隐约约出现了方丈室的意象，有个唇红齿白的年轻僧人住进了方丈室。是有鹿在亲自照顾那僧人的起居，除了安排三餐，还按僧人的要求找来了很多漫画书。那僧人在那安静、简洁和狭窄的空间里竟然待得住，没有显出丝毫的烦闷之色，天天坐在窗前看着那些毫无意义的漫画。

后来，大愿比丘才意识到，那僧人不是僧人，而是一个穿着僧衣的年轻女孩。不知怎么搞的，他还知道了，那女孩叫大风，正是在亚洲购物中心里对顾得满出手的那个刺客。

然而当大愿比丘推开方丈室的门，大风已经不在。房间里空空荡荡干干净净。

大愿比丘正在怀疑昨天出现在脑海里的那个意象是不是幻觉，身后传来了一个声音。

“大风已经走了，为了保证她能杀掉顾得满，上人给了她一百个可以杀死顾得满的时间和地点，因为在这个连锁反应里，出现了时间表这个变量，现在连上人都算不出，她究竟会在什么时间什么地点动手。”

大愿比丘认得那温和到没有情绪的声音，是有鹿。

新唐城选战的最后一场电视辩论被定在了下午三点，顾得满一点钟就赶到了市政礼堂。

为了表示对顾得满的信任，昨天开始，切斯迪就做出安排，自己在CEO竞选期间的安保工作由顾得满全权负责。

顾得满不知道切斯迪对自己的态度为什么会有这么大的转变。不过，这种信任对自己接下来要做的事情，应该有好处，他便欣然接受了，还决定要将此事做到极致。

市政礼堂对顾得满来说，熟悉得不能再熟悉，每周有两天时间，和生财都要负责在这地方巡逻。

即使闭着眼睛，顾得满都能画出这建筑物的每个细节。但他还是耐着心，像第一次来这里一样，把礼堂的十六个进出口都走了一遍，然后挑了几个不同区域的座位，在上面坐了坐，想象如果自己是个杀手，会怎样行动，接着又去了最高处的警戒位置，看看还有什么没注意到的盲点。然后他还把卫生间的每个隔断和废物箱，都仔细看了一遍。

师父大愿比丘跟顾得满说过，不厌其烦地去做一件熟悉得不能再熟悉的事情，是磨炼心性的好办法，战士需要用这种手段让自己时刻警觉，这世界上很多人都是在自以为熟悉的事物上栽跟头的。

在这个过程中，河原细美也带着自己的人马，和顾得满同步行动着，只要顾得满在什么地方放下一个保镖，河原细美也会跟着布置一个。她好像一点也没有要避嫌的意思，还特地和顾得满肩并肩走在了一起。

“什么意思？你不怕被人误会吗？”顾得满目视前方，嘴里嘟哝了一句。

“也许旁人还以为，我是故意和你针锋相对。所以，也许该我问你，为什么要神经过敏？”河原细美也是目不斜视，嘴角却露出一丝笑意。

“我是怕你前功尽弃，毕竟……”顾得满停顿了一下，“为了当上李家的少奶奶，你付出了那么多代价。”

“难道你心里没有期盼过，我前功尽弃？”河原细美下意识地用手指将几缕散乱的发丝撩回到耳后。

“我是一个高尚的人。”顾得满也在脸上露出作为保护色的微笑，在又一个警戒点停下脚步，安排了两个手下在这个地点站岗。

河原细美也马上照做。

两人继续向前行去。

“说真的……”河原细美收起嘴角的笑意，“我收到情报，说有人要杀你。既然上次我在亚洲购物中心已经救过你一次，自然觉得，好人应该做到底。”

“你怎么知道有人要杀我。”顾得满忍不住转头看了一眼河原细美。

“别激动。”河原细美不动声色地目视着前方，“就像你有你的秘密，我也有我的秘密。有些事情我没有义务说给你听。”

“那些人为什么要杀我？”顾得满问。

“因为你是个高尚的人啊。”河原细美轻飘飘地说。

“也是，我们是在蓬莱洲，高尚是要受诅咒的。”顾得满自嘲。

“对，一个灾星。”河原细美目光闪烁。

两人调侃着，在礼堂里里外外转了三遍，直到确信再也找不到安全漏洞，才坐到楼上可以窥见全局的监控席上，两人所在的位置只隔了一条走廊。跟在他们身后的大队人马都已被分派完毕，他们成了孤家寡人。虽没有转头看对方，却比用眼睛看，更清楚对方的状态。

时间点卡得恰到好处，切斯迪和李河方就在这一刻开始入场，电视台的人和观众也已各就各位。

选战还剩三天，自从顾得满杀死欢乐女神的新闻播出后，李河方已尽显劣势，但老头在辩论现场还是一副气定神闲的样子，和切斯迪辩论时，和风细雨慢条斯理，但转折间暗藏机锋，总是恰到好处地将切斯迪逼入死角，只看辩论现场，不了解情况的人一定以为，李河方才是领先的那一个。顾得满知道，只有受过无数挫折吃过很多哑巴亏，还能幸存下来的人，才会拥有这样的淡定。

“我跟你说过，我为什么那么想往上爬吗？”顾得满耳边传来河原细美的声音。

顾得满摇了摇头。

“因为爬不上去，就只能让人骑到头上来了。”河原细美的语速很慢，声音轻飘飘的，就像舞台上恍惚的念白。

顾得满吓了一跳，用眼睛的余光看了一眼河原细美，发现细美嘴角带着微笑，放在腿上的手却在下意识地抓挠。

“怎么会这样想？”顾得满故作轻松地问。

“那一年，我十岁，听说家里的樱花开了，专门翘课从费切拉马城跑回家里。到家时，发现还有人也从费切拉马城来了日韩城。”河原细美说道。

“谁？”顾得满问。

“费切拉马公司的十三董事之一，板田荣一。”河原细美道。

“那个新帝国保险集团的老板？”顾得满问。

河原细美点了点头。

“他怎么会去你家的？”顾得满问。

“他是我们家的朋友，确切地说，是我妈娘家的朋友，当年我外公家所有的政治活动，都是板田家在经济上支持。传说我妈妈年轻时，曾和有妇之夫的板田荣一有过一段不伦之恋。我爸之所以会到蓬莱洲谋求发展，就是因为板田荣一是费切拉马集团董事会的成员。”河原细美语调平缓地说道。

“你爸爸知道他和你妈妈的关系吗？”顾得满问。

“知道。”细美停顿了一下，“因为知道，才移民过来的。”

“你爸爸……”顾得满努力寻找合适的措辞。

“我爸爸当然很爱我妈妈，但他也爱权力，这也是我妈妈选择他的理由，这两件事情互为因果。在日本本土，我爸爸已经没有往上爬的机会了，但在这片新大陆，一切还有可能。他也确实在这里找到了出人头地的机会，一直在背后支持他的人就是板田。”河原细美说话时语速很慢。

“怪不得我老爹常说，一直想不明白你爸的极道会为什么总有花不完的钱，然后费切拉马公司也老是偏袒他，原来是因为板田。”顾得满点了点头。

“当然这是有代价的。作为男主人，他得默许家里的女主人在他眼皮底下和另一个男人偷情。我们家那座恒温的樱花园，其实是板田送我妈的。藏樱阁建成的第一年，我为了给家里惊喜，没通知爹妈，就偷偷从费切拉马城赶回日韩城。晚上回到家，发现管家、仆人和保镖都在外院待命，说是我爸吩咐的。我感到不解，便跑去内院找爸妈，屋子里没有人，我只好去了藏樱阁，在门口看见已站成了一座雕像的爸爸。他两眼无神，嘴唇哆嗦，双手握成拳头，上面的青筋都暴了出来，说不清楚这表情是迷惘、愤怒还是恐惧。然后我听见樱花园里传出我妈故意叫得很响的呻吟声，我就什么都明白了。我跑过去，拉住我爸的手，想要安慰他，他的手是冰凉的，男人的手在大热天发凉，我还是第一次遇到。就在我想该怎样安慰他时，我爸却自己开口说，他之所以站在这里，就是为了提醒自己，如果爬不上去，就只能被人骑到头上来了。他要我也记住这句话。就是那次，我发誓一定要嫁入豪门，绝不让这样的事情再发生在我这里。”说完这些，刚才胸口还在起伏的河原细美忽然平静了下来。

“你为什么不早点告诉我这件事？”顾得满看了河原细美一眼。

“因为这不是什么人都能知道的。”河原细美说。

“那为什么现在又要告诉我？”顾得满问。

“因为我觉得应该让你知道。”河原细美的嘴角上浮起一丝苦笑。

顾得满都不知道，自己该说什么了。不过他可以肯定，细美是在告诉他，他们虽势不两立，但他是她唯一信任的人。对这个潜台词，顾得满不知道是该高兴，还是难过。

从上秘院出来，大风就直接跑来了市政礼堂对面的太平大厦。在屋顶上，她将有鹿交给她的狙击枪组装了起来，然后开始瞄准。

柿落上人给她的一百个时间和地点的选项里，这是第一个。大风是个怕麻烦的人，既然这事情必须做，那么晚做不如早做。

除了交给她杀人的时间和地点，柿落上人还给了大风一份详尽的逃亡计划。在计划中，大风只要杀死了顾得满，就可以逃离蓬莱洲，到美丽的旧大陆去，拥有一个全新的人生。

在那里，没有人知道她的过去，也没有人知道她是一个克隆人。大风将拥有一个属于人类的社保号码，一幢海边的别墅，一笔在她的肉身消亡前用不完的钱。

但这并不是大风急着来做这件事情的原因，在大风的意识里，旧大陆的美丽生活、海边的别墅和一辈子也花不完的钱，都是没有意义的事情，甚至连她自己的生命也是如此。

下午五点，当大风在瞄准镜里，看见顾得满从市政礼堂出来时，她才恍然大悟。她之所以急着来做这件事情，是因为她很想再次看见顾得满的脸。大风自己也说不清楚，她为什么这么热切地盼望看见这张脸，仿佛那里面藏着某种对她而言非常重要的东西。

大风的目光在瞄准镜里跟着顾得满的脸移动了整整五秒钟，如柿落上人所料，顾得满对此一点反应也没有。

然而大风也一直没有扣下扳机，反倒是远离顾得满的河原细美神色一变，冲过去，一把推开了顾得满，然后往大风所在的方向看了过来。

大风叹了口气，调整了一下位置，再次瞄准。顾得满还在发呆，大风依然有十足的把握杀死他。大风的手指落在了扳机上，但又马上松开了。

就在这时，杀手的直觉告诉大风，身后来了一位不速之客。

“你可以无视我，如果你决心已下，尽管扣扳机吧，我不会拦你。”不速之客好像知道大风心里的想法，开口说道。

大风回过头，站在她身后的是一个不修边幅的胖大僧人。僧人虽也穿着上秘院的黑色僧衣，但那本来不落尘埃的帅气服装，在胖大僧人身上却有一种皱巴巴的感觉，说不出来的别扭。此外，和尚脸上的胡子虽有刮过的痕迹，却留下了东一块西一块的残痕，反倒不如不刮。

如此一个“不好看”的和尚，却让大风觉得，他有一种说不出来的“好看”。原因何在，大风自己也说不清楚。

大风忍不住呆了一呆。

“赶快，留给你扣扳机的时间不多了。”胖大僧人催促道。

“你是什么人？”大风没有回头去扣扳机，还是在看着那个胖大僧人。

“顾得满是我徒弟。”刚说完此话，大愿比丘连忙摇了摇手，“不要误会，我不是来救他的。”

“那你是来干什么的？”大风愈加好奇。

“来确认一件事情。”大愿比丘咧开嘴笑了起来，露出一口蜡黄的牙齿。

“确认什么事？”大风问。

“确认你不会开枪。”大愿比丘收起笑容，认真地说。

“为什么你这样认为？”大风下意识地皱了皱眉头。

“别问我，问你自己。”大愿比丘威猛的大眼睛眯成了一条缝，“如果你真的想开枪，现在应该已经开了好几枪，这么简单的一个动作，为什么你迟迟做不出来呢？”

“我正打算做……”大风愣了愣，忽然不说话了。

“是不是因为那张脸忽然让你产生了亲切感？”大愿比丘脸上又露出那可以气死人的笑容，“你心里是不是产生了一种冲动，很想叫他一声哥哥？是不是觉得自己这一生的孤苦无助，如果能有这样一位哥哥在身边保护你，一切就会不一样了？”

大愿比丘的语速很急。等大风回过神来，她发现自己的脸颊上已经有泪痕。

“柿落上人是算到了很多事情，但他没有算到，当你得知顾得满是你哥哥后，你心里会产生一些莫名其妙的情绪，这一点甚至连你自己也没有意识到，因为人心是如此幽暗而曲折，有时候连我们自己都未必能看见它的全貌。”大愿比丘的嘴角上浮起了一丝嘲弄的笑意。

“我不是他妹妹，也许是有过这样的可能，但到了今时今日，我和他只是毫无关系的路人。”大风抬起头，挑衅似的看着大愿比丘，“何况，柿落上人还告诉我，今生之前，当我们以其他的形式遭遇时，他还无数次地伤害过我。”

“他是欠了你很多，但这跟伤害你可不是一回事。”大愿比丘顿了一顿，“很多时候，都是你自己选择，为了保护他，牺牲了自己。只有一次，在你们出生之前，你的脐带绕在了他的脖子上，是你们那个重男轻女的妈妈替你们做出了选择。如果他真的伤害过你，看到他时，你又怎么会对他生出这么深厚的亲切感，也许你早就会毫不犹豫地扣下扳机了。”

“你来这里，就是为了告诉我这些？”大风冷冷地问。

“不，这些都是我额外奉送的。”大愿比丘又一次咧开嘴，笑着说，“就像我刚才告诉过你的，我只是来确认一件事，你不会扣下扳机。确认过这件事情后，我就可以去找柿落这个死脑筋了。”

说完最后一个字，大愿比丘都没有给大风反驳的机会，忽然消失在太平大厦的楼顶上。

看着空空如也的楼顶，大风一阵发呆，不知不觉间身体瘫坐在了地上。

听河原细美说起童年时她在藏樱阁外目击了那刻骨铭心的往事，在接下来的一个多小时里，顾得满的心里一直沉甸甸的，没敢再转过头去看河原细美，因为他实在不知该如何安慰细美。

时间过得飞快，辩论结束后，河原细美抢先跑下了楼，招呼李河方去了。顾得满也连忙起身，指挥着保镖们前呼后拥着切斯迪，将他护送到了市政礼堂的门口。

站在台阶上，目送载着切斯迪的车队缓缓离开，顾得满的脑子里还在回想刚才细美跟他说的那些话。

这时，有人忽然用力推了他一把，顾得满抬起头，发现河原细美不知何时已来到他身旁。顾得满愣了愣，不明白河原细美为何要推开自己。

正狐疑间，小施已经在细美的指挥下挡在了顾得满身前，一脸警惕地看着四周。

紧接着，小柯也带着几个手下，向对面的太平大厦冲了过去。

十五分钟后，小柯回来了，手里端着一杆长长的狙击步枪，告诉大家，跑上楼顶时，杀手已经逃跑了。

直到这时，顾得满才回过神来，意识到刚才发生了一起针对自己的暗杀。他抬起头，想对河原细美表示感谢。细美已经离开了。

顾得满摇了摇头，把会场的收尾工作托付给小柯和小施，想回家好好睡上一觉。他跑到停车场，却发现特蕾莎正倚在太累摩托边上等他。

“你怎么没跟老板一起走？”顾得满有些吃惊。

“嘘。”特蕾莎朝四周看了一眼，确认没人后才继续道，“老板让我带你去一个地方。”

“什么地方？”顾得满不解地问。

“去了就知道。”特蕾莎一伸手，拿起夹在后座上顾得满为河原细美准备的头盔，套在了自己头上。

顾得满看着特蕾莎，迟疑了片刻，终于还是上了车。

两人穿街走巷，不久来到了日韩城的地界，在特蕾莎的指引下，顾得满将车停在了那个叫幕府的游乐场门口。然后跟着特蕾莎进了那叫祇园馆的小剧场。

两人没有走剧场的正门，而是从工作人员进出的边门来到了后台，走上一架生锈的铁制楼梯，爬到了舞台上方用来调整灯具和吊装各种设备的悬桥上。

剧场里空荡荡的，只有积满灰尘的换气扇在嗡嗡作响。

“这是要干什么？”顾得满不解地问。

“等会儿。”特蕾莎言简意赅。

“等什么？”顾得满狐疑地看向特蕾莎。

“到时候就知道了。”特蕾莎诡异地笑了笑。

这时，一个戴着白色狐狸面具，身穿鲜艳和服的艺妓走上了舞台。艺妓的脚上穿着一双鞋底足有二十厘米高的木屐，神色凝重，走路的速度慢得像电影里的慢动作，一会儿向前，一会儿向后，或者向左，或者向右，像是在练习某种步伐。

“什么人？”顾得满问。

“财神。”特蕾莎说。

顾得满转过头看了特蕾莎一眼。他虽早已从师父那里听说过财神的事，但还是露出了好奇的神情。

“财神是一个有名的杀手组织，财神既是组织的名字，也是组织首领的代号。”特蕾莎解释。

此刻，在舞台上扮演狐仙的是精灵。经过财神矩阵决策系统的讨论，他们特地安排了这场戏。

“财神在这里做什么？”顾得满问。

“一会儿你就知道了。”特蕾莎微微一笑，没有再继续往下说。

顾得满只好低头继续观看这近乎乏味的练习。如此持续了十几分钟，剧场正面的弹簧门忽然被推开，有人进来了，是河原细美。

河原细美瞟了一眼舞台上那位打扮成艺妓的财神，好像一点也不觉得意外。

细美的反应让顾得满终于明白，一直以来在背后支持河原细美的，不是李河方，而是财神。然后，他脑子里灵光乍现，那天在泰山街上暗杀朴不见的少女忍者，就是河原细美。

河原细美的小白狐此时已经从她的斜挎包里蹿了出来，向着财神飞奔而来，沿着那条红白相间的和服爬到财神的手上，舔起她的手指。

看到河原细美进来，财神还是没有停下那如同仪式一般的练习。细美走到第一排，找了最中间的位子坐下，右手托着下巴，像是在饶有兴趣地观赏这一幕。

等小白狐从手上下来，财神才终于开了口，声音却像是男人：“为什么要把你父亲受辱的事情告诉顾得满？”

“你不是要我取得顾得满的信任吗？”河原细美的嘴角边露出了讥诮的笑意。

“你确定，这样做有用？”财神停下动作，看着河原细美，眼睛却眯缝着。

“有用。”河原细美点了点头。

直到这时，顾得满才终于弄清楚特蕾莎带自己来这地方的用意。他回头看了一眼特蕾莎。特蕾莎也在似笑非笑地看着他。

本章回顾：

大风按照柿落上人的指点前去暗杀顾得满。面对大风的狙击，顾得满反应迟钝，最后是河原细美看出端倪，出手护住了顾得满。不过，在看见顾得满后，大风无论如何都无法产生扣下扳机的动力。这时，大愿比丘突然来到，告诉大风，顾得满虽欠她的，但那都是大风心甘情愿的，两人的因缘之深超乎想象。果然，大风到最后也没有开枪。顾得满逃过一劫后，特蕾莎突然来找他，带顾得满去了祇园馆，目击了河原细美向财神透露，她要利用顾得满的计划。

小贴士：

精灵：财神666个分身之一，财神的矩阵决策系统的主持人。在财神的666个算法中，是权限最高的一个算法，常常代表财神去和其他势力或人物进行接洽和谈判。

第二十五章
宇宙中所有事情都是可以计算出来的

大愿比丘回到上秘院时，夜已很深，树林里的雾霾浓重得好像露水，走在林子里，大愿比丘的脸和手不一会儿就变得湿漉漉的。

下午看见大风始终扣不下扳机，于是大愿比丘做出了一个决定。因为这个决定，他特地回了一趟地藏会的总部，召集起在那里工作和受训的会员，交代了一些事情，然后将他们从总部疏散了。

做完这些让他头疼的事务性工作，大愿比丘回到了上秘院，打算去找柿落上人。

自从柿落上人十年前神秘失踪后，大愿比丘一直在猜，柿落上人去了哪里。

直觉告诉他，柿落上人还在寺院里，只是不想让别人找到他。

前几天打坐时，大愿比丘想到了一些事情，心里豁然开朗，大约猜出了柿落上人的去向。

就在大愿比丘快要走到上秘院内院的入口时，林子里闪出一个人影，挡在了他面前，是大风。

大愿比丘点了点头，一点也没有惊讶的意思，好像早知道大风会出现似的。

“我知道你心里有很多疑问。不过，现在我没有时间跟你掰扯这些，你跟我来，也许一会儿等我跟柿落上人说完我要说的话，你的疑惑也就解决了。”大愿比丘语气淡然地说道。

大风咬着嘴唇点了点头，没有说话，紧紧跟在了大愿比丘身后。

出了外院的小树林，大愿比丘进了内院，没有在任何地方停留，而是绕过那些殿堂和楼阁，来到了内院的后墙。

前方已经没有路，大愿比丘还是不管不顾，走进了墙边那片有半人高的草丛。

“去哪里？”大风怯生生地问道。

“后面。”大愿比丘指了指墙。

“后面是哪里？”大风看了看墙外那片黑漆漆的建筑。

“是一家精神病院。”大愿比丘顿了顿，回头看了一眼大风。

“您是说，柿落上人藏在了那里？”大风问。

墙外的那片土地也是属于上秘院的，但三十年前就出租给了一家医疗机构。那机构利用这块地，开了一家精神病院。

蓬莱洲的石油经济崩溃后，很多机构都倒闭了，但这家精神病院还一直开着，只是里面的建筑日渐凋敝，从外面看去阴森诡异，所以平日很少有人会接近这地方。

“果然是聪明孩子，直觉比你哥哥强。蓬莱洲这种人命如狗的地方，一般人家里就算有个把疯子，也会任由他们在街上自生自灭，哪里需要什么精神病院？”一边说着话，大愿比丘一边蹲下身子，拍了拍自己的肩膀，示意大风站到肩上来。

“哦，不用了。”大风摆了摆手，双脚一蹬，转眼间人已经站在了墙头。

大愿比丘叹了口气，摇摇头，直起身子，双手叉腰，抬头看向大风，问道：“那你能不能拉我一把呢？”

“哦，好的。”大风忙不迭地点头，伸出手抓住大愿比丘的手，轻轻一拽，把大愿比丘胖大的身体直接提溜到了墙头。

“唉，到底是年轻，身轻如燕，又浑身是劲。”大愿比丘咂了咂嘴。

“这点笨力气，跟您那说消失就消失的功夫比，真的啥也不算。”大风朝大愿比丘羞涩地笑了笑。

“聪明孩子就是聪明孩子。”大愿比丘赞叹道，“马屁都拍得这么好。”

大风愈加羞涩，低下头不再说话。

两人从墙头跳下，进入了后面那如同废墟一般的精神病院。

看了看眼前的几幢建筑，大愿比丘想都不想，直接朝左边那幢檐角已塌陷的大楼走去。

大风不解地看了一眼走在前面的大愿比丘。

“怎么啦？”大愿比丘好像脑袋后面有眼睛，能看到大风的表情似的。

“您怎么知道柿落上人是在那幢楼里？”大风问。

“不知道。瞎猜的。”大愿比丘摇摇头，然后大摇大摆地进了楼。

“瞎猜的？”大风皱了皱眉头，跟了过去。

“虽说是瞎猜，但可能比睁着眼睛猜，还要准一些。”大愿比丘道。

“为什么？”大风更是不解。

“刚说你是聪明孩子，怎么突然就笨了？难道你不知道，有些事情说不出原因，但就是很有把握吗？”大愿比丘说话的声音很响，楼道里都有了回声，好像他一点也不在乎别人能听到他的声音，“而且，我很确定，那个死脑筋就住在303。”

“既然您确定柿落上人就住在这里，您说话就不要这么大声了。”大风压低声音提醒。

“不用担心，那些来找柿落的人，之所以从来没有怀疑过这地方，就是因为这里不设防。不设防才是最好的防守，因为死脑筋们习惯于认为，不设防就不重要，所以也就不会找到这里来。只有我老人家，这种天才中的天才，才能想明白这种事情。”大愿比丘唾沫横飞地自夸道。

没费什么周折，两人已沿着楼梯到了三楼。大愿比丘依旧目不斜视，直接跑到一扇斑驳的木门前。门上的数字早已剥落，但大风认得这门，正是上回她在虚拟场景里推开的那扇门。

柿落上人果然在门后，情形就跟那次在虚拟场景里上人给她放过的那段全息影像一模一样：柿落上人头上贴满了电磁硅胶片，连接着上百根透明光纤，正两眼无神地坐在空荡荡的房间中央。

因为大愿比丘进门时动静搞得很大，柿落上人只好无奈地叹了口气："大愿师兄，终于还是被你找到了。"

"不客气，说来应该是你先识破了我的伪装。还是你更犀利些。"大愿比丘在墙角边坐了下来。

大风小心翼翼地站到大愿比丘身边。

"倒不是我故意发现的，只是为了搞清楚顾得满的来龙去脉，才一不小心算到了你是他的师父，还算到了你藏身在我们上秘院。不过，我躲在这里不是为了避开你，而是为了集中精神，好计算那些重要的事情。"柿落上人缓声说道。

"你算到了什么？"大愿比丘笑着问。

"我算到，生进会的三千年庆典越来越近了。这次的情况很特殊，因为空藏师父在圆寂前，留下了那个可以将整个宇宙纳入新唐城的曼荼罗。一旦庆典开启，不仅蓬莱洲会生灵涂炭，整个宇宙也可能因此倾覆。而开启庆典的关键就是顾得满。"柿落上人道。

"所以你要杀死他？"大愿比丘问。

"所以我必须杀死他！"柿落上人斩钉截铁。

"你这么相信你自己的计算？"大愿比丘又问。

"我相信。"柿落上人缓缓地点了点头。

"那你有没有算到，大风刚才为什么会扣不下扳机呢？"大愿比丘指了指身边的大风。

"这个我确实没有算到，但毕竟后面她还有99次机会。而且就算她不动手，我还有别的备选项。"柿落上人道。

"那你有没有算到这件事呢？"大愿比丘说着，用手摸了摸自己的脸，瞬息间，他的脸已经恢复成了不得头陀的样子。

"不得师兄……"柿落上人不由得怔了怔。

"你应该也没有算到，地藏会的上一任大愿比丘就是我师父空藏，但我师父却算到了你没有算到的这些事。"说到师父，大愿比丘的脸上露出了一丝感伤。

“这些都是小细节，而且具体过程中，确实存在很多别的可能性，但只有顾得满将开启三千年庆典这件事，因果已经成熟，没有别的选项了，只要他还活着，就必然成就此事，不管他愿不愿意，都是如此。对他来说，死是最好的选择。”柿落上人平静地说。

“也就是说，为了阻止这个所谓的三千年庆典，哪怕蓬莱洲人继续过着生不如死的悲惨生活，也是可以忍受的？”大愿比丘逼视着柿落上人。

“如果没有别的选择，那就只能忍受。”柿落上人目光闪烁，语气坚定。

“好吧，那么我们这么说，如果没有顾得满，你觉得生进会的三千年庆典就不会开启了吗？到底是因为生进会要搞这个三千年庆典，还是因为有顾得满才会发生这些事？”大愿比丘的声音越来越冷。

“但杀死顾得满是这个连锁反应里，我唯一还能去做的事情。总要试一试的！解决了这件事，就可以知道是否还有别的路径，如果有，我也一样会想办法解决。”柿落上人还是一脸的心平气和。

大愿比丘忽然也平静了下来，笑了笑，说道：“我师父圆寂前，曾经跟我们三个师兄弟说，除了你，我们这个世界上还有一个非常执着于计算的人，就是摩西沙罗，他也相信宇宙中所有的事情，都是可以算出来的。但我师父说，能计算的，都是已有的东西，不是还没有的东西。”

“我虽然很尊敬空藏师父。”柿落上人打断道，“却不能同意他的这个看法。既然相信因果律，那么就应该相信，还没有的东西终究都是从已有的东西里生出来的。”

“那么你认为人的觉悟到底是有呢，还是没有？觉悟后生起的愿望，到底是有呢，还是没有？觉悟和愿望如果是有，那么在算式里，究竟应该算是无限小呢，还是无限大？”大愿比丘缓声问道。

柿落上人的嘴唇动了动，想了很久，回应道：“这事情口说无凭……”

“这就是我今天来找你的原因，接下来还会发生一件事情，是关于我的，你看一下，你是否算得出来，我们以此为约赌一下，如何？”大愿比丘笑道。

“这种事怎么赌？你说我没算到，我可以说我算到了，你不怕我到时候赖账？”柿落上人问。

“我相信你。”大愿比丘言简意赅。

说完，他站起身，头也不回地离开了柿落上人的房间。

大风朝柿落上人匆匆地鞠了一躬，也连忙跑出门，朝大愿比丘的背影追了过去。

“可惜了，接下来我要做的事情，不能有别人在场，否则我很想花点时间，和小姑娘你结个缘的。”大愿比丘快步向前，没有回头，忽然想到了什么，停下脚步，从怀里掏出了一个全息光储器，手指轻拈间，抛进了大风的掌心，“你哥哥是我以大愿比丘的身份收的徒弟，但我作为不得头陀还没收过徒弟，光储器里有不得头陀的一点修行心得，送给你吧。”

“谢谢师父！”大风攥着手心里的光储器，跪倒在地，朝着大愿比丘的背影磕了一个头。不知怎么搞的，大风心里竟隐隐有不祥的感觉。

“哈哈，很好，不想到，我以两个身份，和你们两兄妹都结了一个师徒的缘分。如此幸运，夫复何求！”

说话间，大愿比丘已经消失不见。

本章回顾：

大愿比丘回到上秘院，来找柿落上人，大风也跟随而来。两人在上秘院后面的精神病院，见到了藏身其间的柿落上人。柿落上人表示，根据他的计算，顾得满是生进会开启这次三千年庆典的关键，为了拯救蓬莱洲和整个宇宙的命运，他必须杀死顾得满。大愿比丘却对柿落上人的计算表示不屑，两人立下赌约，大愿比丘赌柿落上人算不到接下来他要去做的那件事。说完，大愿比丘离开。在和大风告别前，大愿比丘以不得头陀的身份，收了大风当徒弟。

小贴士：

大风：地狱修女培养出来的克隆人杀手，属于最顶级的貂蝉九代产品。神枪手。用来克隆她的基因来自顾得满的双胞胎妹妹。当年顾得满的妈妈阮异草在怀孕时，为了保住顾得满，牺牲了大风。然后她的胚胎被摩西沙罗所取得，克隆出了大风。在传说中，大风既是顾得满累生累世的拥趸和恩人，也是对他最有威胁的克星。

第二十六章
都是戏精本精

今天是箱子俱乐部开张三十周年，早上十点，赌场就已经人声鼎沸。顾得满也早早来了这里站台。

为了迎接这个特殊的日子，和生财向各路熟客，送出了上亿元的免费筹码。这是顾得满的老妈阮异草的主意。老妈告诉顾得满，赌场生意不在乎一时得失，只要赌客还肯来，送出的筹码迟早会回来，连赌客兜里的钱和将来挣到的钱也都会自动送来赌场。赌客才是赌场真正的资产。

顾得满的老妈是他老爹的三姨太。顾有思虽有“智多星”之称，人也开明，但还是保留了老派中国帮会分子喜欢娶姨太太的习惯，这固然有风流和面子的成分，却也是权术的一种。要想在一个人情社会里扩展统治力，最可靠的还是血亲和姻亲，多一个姨太太，就可以多一堆血亲和姻亲，不管家里如何鸡飞狗跳，对外终究是一家人。出卖老大、兄弟或组织还有出头机会，出卖自家人，就基本上是在自寻死路。在江湖上混得久了，顾有思深知其中的奥妙。

嫁给老爹之前，老妈是箱子俱乐部的荷官。她是越南来的华裔移民。石油经济崩盘后，聚居在新唐城的越南移民也搞了一个自保的壮丁团，顾得满的舅舅就是团伙的头目。为了在这弱肉强食的地方不被吃掉，舅舅后来带着他的团伙投奔了顾有思。

当时顾有思刚开始做赌场生意，舅舅觉得这行当比进垃圾回收厂当工人有前途，就想办法把妹妹阮异草塞进了箱子俱乐部。阮异草聪明伶俐，情商高，手也巧，掷起色子来，手法眼花缭乱，再加上有个在壮丁团做小头目的哥哥，很快升职当了领班。

那时和生财的盘子做得还不像今天这么大，箱子俱乐部是顾有思手里最大的生意，顾有思几乎天天在这里坐镇，一来二去，和阮异草对上了眼，然后就有了顾得满。阮异草虽不甘心做小，但想到肚子里的孩子，只好忍了这口气，以三姨太的身份进了顾家。

顾得满是在顾家三房太太的钩心斗角中长大成人的。只要在家里，他天天耳闻目睹的，都是些指桑骂槐的事。他妈妈最年轻，脑子又好使，嫁进顾家后，还要在外面替顾有思打理赌场，世面见得多，每场家斗，总是她得胜而归。另外两房眼看单打独斗不是对手，就索性联手孤立阮异草。所以顾得满自幼跟顾家其他兄弟都形同陌路，即使都在费切拉马城上学，也是老死不相往来。因为前两房太太的孩子在费切拉马城都有了各自的事业，不想再回新唐城，他们的母亲也索性搬去了那里，留在新唐城陪着老头子的就只有阮异草和顾得满了。顾得满总算在成年后，过上了正常的家庭生活。

“我忽然发现了一件奇怪的事……”老妈不怀好意地看了顾得满一眼。

从在箱子俱乐部现身的那一刻起，顾得满就成了被围观的对象，那些给和生财来帮忙的小太妹都在抢着跟顾得满合影。顾得满只好不断地露出招牌式的迷人微笑配合她们。老妈看到这情景，一直在开他玩笑，一会儿问他，对这个女孩是不是有感觉，一会儿又问他，要不要跟那个女孩约会。顾得满哭笑不得，不住地摇头叹气。

“你今天发现的怪事也忒多了吧？”顾得满没好气地说。

“你虽忙着跟小太妹们拍照，眼睛却一直没闲着，东看西看，看个不停，但唯独不看最左边的角落，这是为什么？”阮异草朝那个完全没有人气的梭哈桌子努了努嘴。

“什么为什么？您也真够闲的。”顾得满眼睛瞟了一眼那地方，然后迅速地移向了别处。

“那小清新打扮的女孩是河原细美吧？”阮异草继续问。

“什么呀？”顾得满含含糊糊地应了一句。

“你把你老妈的免费筹码送了五十万给人家，真当老妈糊涂啊？”阮异草伸出手，要拧顾得满的耳朵。

顾得满连忙躲开：“知道了您还问？”

“这姑娘不好对付，看着清纯，连一点装饰的痕迹都没有，但清纯到没有一点漏洞，这才叫厉害呢。而且人家名花有主，你就别惦记了。”阮异草瞟着远处的河原细美说道。

顾得满笑了笑，没有说话。

“唉，你别的不学，偏偏感情这种事情要跟你老妈学。当年我一个水灵灵的大姑娘，一失足，就不明不白地跟了一个半老头子，还当了人家的三姨太……”阮异草说着，眼睛开始往老爹的方向瞟去。

老爹应对起这种事情来驾轻就熟，装作没听见，眼睛看着别处，不断举手跟来来往往的熟客打着招呼。

老妈自觉无趣，就又把头转向了他这里。顾得满也连忙掉转头，索性向河原细美所在的地方走了过去。

昨天在特蕾莎带领下，目击了河原细美和财神的对话后，顾得满派人把五十万免费筹码和一张请柬给日韩城的河原家送了过去，只为让河原细美能有一个来这地方的理由。既然细美想用感情做筹码钓住他，顾得满觉得不如将计就计。

河原细美果然像预料的那样，代表河原家出席了今天的庆典，不过一直都坐在赌场里那张最冷清的牌桌边，与所有人保持距离。

传说中这张赌桌在俱乐部里赌运最差，所以能坐下二十个人的桌台边只有四个人，荷官、河原细美和那两个穿西装打领带的韩国保镖。

顾得满带着微笑，走到桌边，替下荷官。河原细美也马上把那两个韩国保镖支走了，牌桌上只剩下了他们俩。

“为什么笑？”

顾得满还没有发牌，河原细美就把自己面前一半的筹码，推到了桌子中央，眼睛一直看着顾得满。

“你为什么老是这样一副打扮？”顾得满反问，然后直接推了五张牌给细美。

“也是。”河原细美笑了起来，“我们都是有保护色的人，对吧？”

“你是天生就会。”顾得满也给自己摸了五张牌，“我是对着镜子练了十年，才笑得像个样子了。”

“你想说什么？”河原细美看也没看自己的牌，直接翻开，五张牌里，有两个10。

“我想论天分，还是你更好一些。”顾得满也翻开自己的牌，只有一对3，河原细美赢了这一局。

“我是天生就会，你是学会了自己本来不会的东西，论天分，应该是你更好才对。”河原细美豢养的那只小宠物，不知何时从她的帆布背包里跑了出来，蹲在赌桌上，一会儿看看细美，一会儿看看顾得满，河原细美伸出手指轻轻地敲了敲它的脑袋。

“果然是河原细美，说出来的话能让人舒服到心里。”顾得满笑着把河原细美赢到的筹码推到了她面前。

“可惜我们是生在这样的世界里，又都是这样的人……”河原细美把顾得满推过来的筹码又推回到桌子中央。

“什么样的人？”顾得满又给两人各发了五张牌。

“就是你我这样的，无法形容，但只要看看你我，就知道是什么样的了。”还没等顾得满给自己发牌，河原细美就直接把牌给翻开了，牌里有一对6和一对8。

“如果我们不是这样的人呢？”顾得满也给自己发了五张牌，是三个J，他赢了。

“但要不是这样的人……”河原细美笑着努了努嘴，眼圈红了，“估计谁也不会看上谁。”

“无解的死局，对吧？”顾得满把赌桌中央的筹码往自己面前圈，到一半时忽然停了下来，“真的无解吗？”

河原细美的眼圈红得更厉害，她忽然站起身："对不起，我要去下卫生间。"

说着，河原细美起身向卫生间走去。顾得满看着她的背影，心里忽然生出一个灵感。他离开赌桌，追了过去。在拐角处，趁着四周无人，一把拽过河原细美的肩，看着她的脸，狠狠地吻了下去。河原细美没有料到顾得满会这样做，一下子惊呆了，身体开始发抖。

然后她回过神，猛地推开顾得满，擦了擦自己的嘴，恶狠狠道："下次你要是再敢这样做，我就杀了你！"

说完，河原细美又恢复了清纯可爱的表情，好像什么事情都没有发生过似的，笑了笑，回身进了卫生间。

顾得满目送着河原细美的背影消失，苦笑着摇了摇头，低声喃喃道："唉，都是戏精本精啊。嘿嘿。"

顾得满继续在老地方站着，想等河原细美回来后，将戏接着往下演。

就在这时，身后有人推了推他，顾得满回头，竟是师父大愿比丘。只是大愿比丘现在没穿着僧衣，身上是一套颜色夸张的花格西装，头上戴着做成爆炸头的假发，脸上还戴着墨镜。

顾得满刚想开口问师父是怎么回事，大愿比丘朝他做了个手势，示意他不要说话，跟着自己走。

顾得满带着一肚子的疑问，从防火门走到了通往地下车库的消防楼梯。往下走了两层后，师父才在拐角的地方停下脚步。

"师父，什么情况？"顾得满指了指师父的打扮。

"有人在跟踪我，所以我特地化了个妆。"大愿比丘拿下墨镜，说话时神色凝重。

"什么人？敢跟踪您？"顾得满问。

"厉害角色。"大愿比丘咂了咂嘴，"也许，这一劫我过不去了。"

"师父，您别乱说。"顾得满不禁皱了皱眉。

大愿比丘淡淡一笑："生死不过是一个连锁反应的不同阶段，既然你是地藏会的人，这种事情就不要放在心上。训练了你这么久，如果这一关都过不了，那才是我最大的失败。"

顾得满点了点头，努力让自己平静下来：“师父，找我什么事？”

“如果我有事，地藏会这边得找人接我的班。”大愿比丘停顿了一下，抬头看了看顾得满，“本来应该让你接班，但你有更重要的事情要做，地藏会的事我打算交给你的朋友井下光，到时候，你把我的嘱托转达给她和地藏会的其他人。”

“阿光？你认识她，她也是地藏会的？”顾得满有些惊讶。

“她不是地藏会的，但和我之间有些渊源。我的另一个身份，是阿光的师叔，不得头陀。”说着，大愿比丘摸了摸自己的脸，变成了不得头陀的样子。

“什么？您就是阿空和阿光那个神龙见首不见尾的三师叔？”因为是第一次看见不得头陀的真容，顾得满不由得呆了一呆。

“我一直跟你提起的师父，就是以前悟空寺的空藏和尚。地藏会的会长是他让我接下的担子，所以我既是他的徒弟不得头陀，也是地藏会的大愿比丘。阿空他们很少见我，就是因为我一直托身在上秘院，以便跟师兄他们撇清关系，万一地藏会有事，不至于牵连到他们。”大愿比丘耐心解释。

“阿光知道您是大愿比丘吗？”顾得满问。

“不知道。”大愿比丘摇了摇头。

“那她……会不会拒绝？”顾得满问。

“有些事情是命运，她一定会接下的。你的任务就是把这个口信带给她。”大愿比丘说。

“师父……”顾得满欲言又止。

“怎么啦？”大愿比丘问。

“知道吗？阿光……”

顾得满刚想说什么，大愿比丘就打断了他：“你们的事我都知道。”大愿比丘说着，将一个电子记事本递到顾得满手中，“这是需要你帮我处理的事，别的我就不多说了，你一定要记得使用地藏秘力时需要遵守的戒律，别忘了你发过的大愿。”

“是，师父。”顾得满点了点头，接过电子记事本，打开看了一眼，再抬头，大愿比丘已经没有了踪影。

顾得满和大愿比丘说话时，在特蕾莎的水晶体里，财神矩阵决策系统的成员们已看完了小白狐传送过来的画面。顾得满强吻河原细美的那一幕，引起了一片啧啧赞叹声。

“很好，看了昨天祇园馆里我们安排的那场戏后，顾得满身上那些被压抑的人性，终于觉醒了，你给他们两个人安排的这场游戏，这下可以开始了。”精灵看了一眼特蕾莎，缓声说道。

“真有点舍不得，为了培养河原细美，我们可是花了不少精力和资源。要是这次对决，河原细美败下阵来，就只能被舍弃了。”特蕾莎有些伤感地叹了口气，那伤感来自她此刻调用的狐仙算法。

“舍了一个河原细美，得到一个顾得满，这生意挺划算的。”精灵脸上现出一丝耐人寻味的笑意。

“不过，据我观察，顾得满可没那么容易搞定，调教他，比调教河原细美或者切斯迪要难多了。”特蕾莎忧虑地摇了摇头。

“你说过的，权力是春药，要让人类变坏，最好的办法就是给他权力。”精灵目光闪烁，停顿了一下后，继续道，“何况，根据超级计算机有顶天算出来的结果，顾得满正是那个将帮我们开启三千年庆典的人。虽然我们不知道他将以何种方式开启庆典，但这个注定的结果不会变，那我们还有什么好担心的？”

“明白了。”特蕾莎点了点头，“那就让小白狐去联络河原细美吧，我这就去跟她见面。”

说完，特蕾莎没有再废话，她的意识很快从矩阵决策系统的水晶体回到了新篇章号上的卧室。

切斯迪正在外面的办公室里跟幕僚们开会商量事情。特蕾莎没去招呼他，从床上起身后，跑去打开墙壁暗门后的衣橱，从里面找出了一件穆斯林妇女的黑袍。穿上后，特蕾莎又往头上蒙了一块黑色的头巾，然后学着河原细美扮演少女忍者的样子，在脸上架上了一副可以挡住三分之一脸的墨镜。

把这些必要的装备都穿戴好，特蕾莎启动了虫洞发生器，到了西区码头西街上的费切拉马假日酒店新唐城分号，然后坐着电梯来了位于顶楼的酒吧。

因为是上午，酒吧几乎没有人，特蕾莎在吧台跟酒保要了两杯叫作“垃圾激情”的鸡尾酒。

说出酒名时，酒保脸上露出诧异的神情。酒单上没有这种酒，这是酒保自己发明的饮品，配方是两份五十二度的二锅头配一份秋梨膏再加两份苏打水，但这发明被酒吧经理以太低端为名否决了，酒保一怒之下给鸡尾酒起了“垃圾激情”的名字。平日里这位酒保会趁着没客人的时候，给自己调上一杯“垃圾激情”。刚才在电梯里，特蕾莎透过切斯迪布置在酒吧里的摄像头获悉了这个情况。她还看见，酒保把秋梨膏和二锅头藏在了吧台下面的暗格里。

酒保发了三分钟呆，然后摇了摇头，从暗格里拿出了秘藏的原料，开始帮特蕾莎调制这种由他发明的鸡尾酒。

特蕾莎很满意自己的幽默感，笑着离开了吧台，找了一个最偏僻的角落，坐了下来。根据小白狐传来的信息，河原细美此时已来到了一楼的电梯间。

五分钟后，小白狐蹦蹦跳跳着把河原细美带到了她跟前。特蕾莎和小白狐按照规定情境，演了一遍双簧，做出正在交换信息的模样，然后才进入正题，跟河原细美交谈起来，

在这个过程中，特蕾莎的眼睛在看着别处，但隐藏在胸口的纳米复眼却一直在观察河原细美。特蕾莎注意到，河原细美也在观察她。

“老板，什么事？”可能意识到自己的样子过于紧绷，借着说话的机会，河原细美有意识地让身体松弛下来，懒洋洋地靠到了椅背上。

此时，酒保端着“垃圾激情”，送到了桌上。特蕾莎举起杯子，停顿了一下，示意河原细美，先喝酒再说话。

“尝一尝，这可是酒保小哥的秘密武器。”特蕾莎撩起面纱的一角，将酒杯贴在唇上，用鼻子嗅了嗅杯子里的液体，“二锅头加秋梨膏特制而成的‘垃圾激情’。”

“是吗？用二锅头调鸡尾酒，还真是第一次听说。”河原细美也将酒杯放到唇边，伸出舌头舔了舔杯子里的液体，然后吸了口气，好像被辣到了的样子。

特蕾莎也喝了一口杯子里的液体。财神的每个分身虽然都是机器人，但他们的感觉系统都是根据人类的五觉进行设定的，所以酒液在特蕾莎舌头上的感

觉，跟河原细美的，应该相差不多。特蕾莎并没有觉出，这叫“垃圾激情”的鸡尾酒有多辣，转念间，她意识到这是河原细美在表演柔弱。于是特蕾莎笑了笑，说起了正题：“上次电视辩论结束后，李河方凭借临场发挥，挽回了一些劣势，现在他和切斯迪的差距只有不到二十个百分点了。”

“投票后天就要结束，现在还剩百分之三十的选票没有投出，看这个趋势，老爷子想在新唐城选区胜出几乎已是不可能的事情。”河原细美借着放下酒杯的机会，低下头，将自己的眼神藏了起来。

“靠选票胜出，希望确实不大。”特蕾莎将假装看向别处的目光收了回来，直愣愣地落在河原细美的脸上。

“您的意思是……”河原细美眯起了眼睛。

“你知道的，你才是我们想要支持的人，所以李河方输，就是你输。不想输的话，也许你可以试试你的老本行？”

“你是说，我可以动手杀掉切斯迪？”河原细美忽然莞尔一笑。

“明天下午两点，切斯迪在号角体育场有个演讲，体育场太大，参加集会的人又杂，保安上想要万无一失很难，应该是动手的好机会。别人不可以杀他，但你出手的话，我们可以给你特许权。但是，你要知道，如果你失手的话，我们是不会保你的。”特蕾莎故意将语速放得很慢，其间还换了一个声音。

“好的，老板。”河原细美没有要退缩的意思，抬起头看了特蕾莎一眼，似乎在等待下文。

“明天下午一点半的时候，你去六号看台下面第三个小门，到时候我会想办法把保安调开，你必须在五分钟内，潜入看台下面位于左手第二间的女厕所，找个隔间，在那里潜伏一个小时。切斯迪演讲完，开始答问时，我会安排人从十个地方向他发起攻击，到时候，保安的注意力会被吸引过去，你要在三分钟之内，从六号看台下面的通道，一直跑到主席台下面，切斯迪这时候会从安全楼梯撤下，到时候留在切斯迪身边的，估计只有顾得满和那个仿生机器人特蕾莎。你不要管他们，直接朝切斯迪出手就可以。特蕾莎只会根据切斯迪的脑波采取行动，只要你第一时间干掉切斯迪，特蕾莎就不会来攻击你，至于顾得满……”特蕾莎又抿了一口杯子里的“垃圾激情”，“他要想阻止你，除了开枪杀你这个选择，应该没有第二种可能，到时候就看他下不下得了这个手。”

河原细美还是面无表情，手不停地转动着桌子上的酒杯：“我明白你的意思。不过到时候我是蒙着脸的，我不知道，顾得满能不能认出我来。如果我不蒙脸，就算我杀了切斯迪，李河方也会受我牵连，那么，杀死切斯迪也就没有任何意义了。”

“放心吧，你蒙着脸，别人认不出，但顾得满不是一般人，他对细节的观察力很强，何况对你还这么熟悉，哪儿用看脸。”特蕾莎放下杯子，微微一笑，“你要担心的是，他对你的感情及不上他的野心。”

“为什么不把虫洞发生器借我用一下？”河原细美问。

“你大概不知道，虫洞发生器每使用一次，要消耗相当于一颗太阳的能量。发生器是靠里面那颗人蛇量子石吸收人蛇系的恒星能量来运作的，因为用得太多，人蛇系已经在三天前进入寂灭。我的虫洞发生器现在只是个无用的摆设。不过，这次任务的对手只是些地球人，大概用不着这一类的先进武器。现在是考验你之前对顾得满的美人计是否有效的时候了。”特蕾莎慢慢抬起手，涂着鲜红指甲油的手指收拢了起来，捏成了一个拳头。

本章回顾：

顾得满家开的赌场举行周年庆典，河原细美代表河原家来祝贺，已得知河原细美真实身份的顾得满将计就计，故意和她玩起了感情游戏。这时，大愿比丘忽然找到顾得满，说自己这一次可能在劫难逃，交代了顾得满一些事情。此时，在财神的矩阵决策系统里，财神的分身们一致决定，让顾得满和河原细美展开一场竞争，两人中的胜者，将取代切斯迪，成为财神在蓬莱洲的代理人。特蕾莎按照决议，给河原细美下达了暗杀切斯迪的指令。

小贴士：

三千年庆典：生命进化委员会的一项传统活动。所谓庆典实际上是一场狩猎竞赛，每三千年举行一次，庆典期间，生进会的每个会员都会在参赛地圈养十万人口，对圈养者进行洗脑、改造和指导，然后用十年时间让这些代理人展开一场战争，会员们会根据代理人的成绩来重新排定他们在生进会的座次。本次三千年庆典选择在地球上的蓬莱洲举行，财神是这次庆典的承办人。因此，蓬莱洲计划的真正目的就是为参赛者准备可供圈养的代理人。根据计划，本次庆典幸存下来的代理人，将成为地球上新的优选人种，对地球人进行全面的更新换代。

第二十七章
新唐城是一只可以扇动宇宙的蝴蝶

从箱子俱乐部出来，正好有辆破破烂烂的公共汽车从门口经过，大愿比丘没有多想，直接坐了上去。

上车后，借着玻璃窗上脏乎乎的投影，大愿比丘观察了一下身前身后。

昨夜，从柿落上人处回来，刚到杂物间，大愿比丘就发现，前两天打坐时曾经窥探过他的敌人又出现了，如同一只野兽，在看不见的地方散发出危险的气息。然而当大愿比丘想去寻找对方时，敌人总会抢先一步逃出他的感知范围。而一旦他放弃追踪，就又会回来。

虽无法知道对方是男是女，一个人还是几个人，但大愿比丘看出来，对方的能力至少不在他之下。

作为空藏大师的三大弟子之一，十年来在蓬莱洲的范围内，他已经很难再找到几个能成为对手的人。但最近，新唐城有不少不速之客现身，然后发生了很多匪夷所思的事情。

大愿比丘心里清楚，眼下的危险正是他自己招来的。

就像混沌理论所认为的，亚马孙森林里的一只蝴蝶扇了几下翅膀，两个星期后会在美国的得克萨斯造成一场飓风。当年他师父空藏圆寂前，特地将新唐城布置成了一只可以扇动整个宇宙的蝴蝶，只要在这里启动某些特定的地点和事物，就能在宇宙其他地方引发一系列连锁反应。师父为布置这些蝴蝶效应点，耗尽了心力。而师父之所以要留下这样一些蝴蝶效应点，就是为了阻止生命进化委员会的三千年庆典。

大约在一年前，大愿比丘开始按照师父当年的布置，引发了其中的一些蝴蝶效应点，果然引起了掌管宇宙权柄的势力均衡理事会的恐慌，除了蜜之蜃姬和财神的人，宇宙中的其他强者也都在派人潜入此地。蓬莱洲那些被认为可以忽略不计的弃民，终于引起了全宇宙的注意。

今天借着上秘院举行秋日法会人来人往的机会，大愿比丘悄悄出了门，去了日韩城三个游人最多的地方——茶楼街、东京购物中心和幕府游乐场，每到一个地方，大愿比丘就会利用那里的卫生间给自己换一身和平日大相径庭的装扮。如此三番后，他才终于确认，那个跟踪他的敌人被甩掉了。

于是，大愿比丘才跑来见了顾得满。

交代完该交代的事情后，大愿比丘心里已了无牵挂，他知道，到了该去将整件事情推向高潮的时候。

为了引人注目，大愿比丘在公共汽车上，撕下做成爆炸头的假发，将脸上的墨镜扔到地上，一脚踩碎，然后把身上的那件花里胡哨的西装脱了下来，从车窗里扔了出去，露出光头和那件灰色的旧僧衣。在这样做时，大愿比丘让自己尽可能地靠近车厢前方的摄像头，以保证自己的所作所为能被拍摄下来。他要用一切可能的办法，让刚才跟丢自己的敌人尽快找到他。

公共汽车在亚洲购物中心门口停靠时，大愿比丘下了车，然后他直接把站牌拽断，掐头去尾后，单独留下了那根用来支撑站牌的铁杆。他将铁杆拿在手上，朝购物中心门口的灯箱广告走了过去。左侧第三个灯箱是玛丽莲即将到蓬莱洲举行演唱会的广告。师父临终前曾让他们师兄弟三人背熟了蝴蝶效应点的坐标，这块广告牌对应的正是阿尔法星的暴雪三号卫星，根据阿尔法星地藏会同人提供的信息，卫星是生命进化委员会36个核武库中的一个。

大愿比丘在广告牌前站定下来，举起手里的铁棍直接朝玛丽莲娇艳欲滴的嘴唇砸了下去，伴随着玻璃碎裂的声音，灯箱广告火光四溅，像被炸裂了一般。购物中心门口的广场上，人们都在惊愕地看着他。

大愿比丘好像什么事情都没有发生似的，扔下铁棍，走到附近一个摄像头前，像照镜子一样，整了整身上的旧僧衣，轻声细语道："从今天起，我每天都要做一件这样的事，直到你们来找我谈一谈蓬莱洲计划的事情。"

说完，大愿比丘从摄像头前离开，朝着对面的汽车站走去，坐上了一辆刚到站的公共汽车。

汽车第三次靠站时，上来了三个乘客，一个白发苍苍的老头，一个三十出头的年轻妈妈和她七八岁的儿子。大愿比丘一眼看出，这三人都是受过训练的杀手。因为他们目光移动的效率很高，只会在真正有价值的地方停留，而不像普通人那样散乱而没有焦点，身体的动作虽和他们扮演的角色严丝合缝，但每个动作的幅度和停下的位置却恰到好处。不过，这三个杀手显然是小角色，并不是这些天来让他头疼的那个跟踪者。所以大愿比丘没有打扰他们，而是任由他们继续跟踪，好引出他真正要找的那个人。

公共汽车在一条无名的臭水河边停下时，大愿比丘下了车，三名杀手也跟着下了车。

车站边的臭水河正在散发着令人窒息的气味，河边那几个蓬头垢面的孩子好像浑然不觉，依旧在大呼小叫，正齐心协力用一张庞大的渔网，打捞着那种蓬莱洲特有的生物——蓬莱巨鲇，这是一种因为受工业废液的刺激而基因突变的鲇鱼，它们比普通的鲇鱼要大上一二十倍，据说有清洁河道的功能，所以住在此地的居民常会来臭水河打捞蓬莱巨鲇，好卖给那些来自旧大陆的鱼贩子。

臭水河所在的地方是个钢筋混凝土浇筑而成的陷坑，面积大约有五万平方公里，这原先是个人造湖，是专门用来收集雨水和淡化海水的。石油经济崩溃后，陷坑改变了用途，变成了旧大陆各种无法降解的工业废液的倾倒地，每天来自三条路线的废液输送管将各种废液源源不断地输送到这里，经过二十多年的倾倒、蒸发和沉淀，废液坑边缘出现了河汊纵横的湿地，有人就在这些无人收租的湿地上建起了简易民居。眼前的臭水河就是这些流淌废水的河汊中的一条。

因为附近有这样一个面积庞大的废水池，此地的雾霾五颜六色的，再加上那些千奇百怪的简易建筑，让整个贫民窟弥漫着一股魔幻的气息，而最魔幻的就是其中那个生锈的煤气包。煤气包是用来自旧大陆的废件组装而成的，有五层楼那么高，比周边所有的建筑要高出很多，正是地藏会地球分会的总部。

大愿比丘故意让自己走得很慢，好让那三个有意和他保持距离的杀手能跟上来。

进了煤气包，大愿比丘跑到五楼，打开一扇不起眼的小门，走到用生锈的栅栏围起的瞭望台上。

站在瞭望台上，大愿比丘看见，刚才那三个杀手已经在往回走，很快到了汽车站，坐上了一辆返程的公共汽车。看这样子，应该是赶着回去报信了。

大愿比丘回到楼下，在一楼大厅那片天井一样的空地上坐下。这地方从一楼到屋顶，都没有隔断，抬起头就可以看见雾霾笼罩的天空，有些坐井观天的意思，大愿比丘就在天井里打起坐来。

半夜里，来了三拨杀手，都被大愿比丘轻松搞定。

大愿比丘不愿意难为这些小角色，但没承想，这些人身上都在牙齿里装了炸药，一旦被制服，就会选择自爆身亡。

大愿比丘看出了门道，等第二拨杀手来时，大愿比丘在制服他们时，用从各个办公室搜来的笔撑住了他们的嘴，然后将这些杀手一个个绑在一楼大厅用来支撑上一层楼面的柱子上。

第一拨杀手有十个人，第二拨翻了一倍，第三拨又翻了一倍。等大愿比丘把第三次的四十个杀手全部搞定后，他发现不仅一楼，连二楼的柱子上都被绑满了人，按这个趋势发展下去，下一拨应该会来八十个人，大愿比丘不知道煤气包里还剩下多少地方，可以用来拘禁这些人。

正在大愿比丘犯愁的时候，煤气包虚掩的门又一次地被推开了，大愿比丘强打起精神，准备迎战，却发现来人是师兄哭大师和井下光。

“你们怎么会过来的？”大愿比丘有些吃惊。

“是我带师父过来的。昨晚我听人说，财神的杀手们都在往这里聚集，我就潜入了保安部的监控室，发现监控录像里的人是您，所以连忙把师父带过来了。”井下光说着，将哭大师领到大愿比丘跟前。

“师兄，你什么时候知道我是大愿比丘的？”大愿比丘晃了晃脑袋，恢复了不得头陀的样子。

“有些时候了。”哭大师不好意思地挠了挠头，“发生了这么多事，我总不能不调查啊，结果就发现了你的秘密。”

“这些事是师父在圆寂前特意托付我的。”大愿比丘也不好意思地笑了笑，“说我这人反正不要脸，适合干这种挑起事端的脏活，还让我不到最后时刻，不要让你们知道。”

“唉，师父是何苦？你又是何苦？为了别人的因果，把自己也搭进去了，值得吗？”哭大师叹了口气。

“什么值得不值得，我又不是柿落那种死脑筋，整天算算算，算得过来吗？”大愿比丘不耐烦地摆了摆手，然后想到了什么，说道，“对了，上回我在上秘院打坐时，有个家伙好像要对我出手，幸亏你来了，你看到对方是什么人了吗？”

哭大师摇了摇头：“没看清，从身材看，应该是个女人，可能会隐身，或者把自己缩小之类的技能。”

“是吗？”大愿比丘点了点头，“连你也看不出对方的来历，我很欣慰，说明不是我太弱鸡了。”

哭大师苦笑，叹了口气：“唉，都这种时候了，你还有心思开玩笑。”

“我们都有自己的命运，师兄你不必劝我，师父让我接过地藏会的事，应该是有理由的。师父说，这是改变这个连锁反应的唯一机会。”大愿比丘低头沉吟了片刻，“只是我有个请求，万一我有三长两短，地藏会的事我想让阿光来接手。”

“为什么？”哭大师问。

“上次在上秘院入定时，我看到了一个意象，阿光会成为地藏会下一任的负责人。”大愿比丘看了一眼站在一边的井下光。

哭大师想了想，点点头，朝井下光招了招手，示意她过来。

井下光走到哭大师身边，哭大师指了指不得头陀：“三师叔的话，你都听见了？”

“听见了。”井下光点了点头。

“你觉得呢？”哭大师又问。

“师父，我想跟您单独说点事。”井下光怯生生地说道，脑袋向哭大师耳边凑了过来，哭大师连忙踮起脚，好让自己脑袋的高度可以接近井下光的嘴。井下光的脸上忽然现出一丝诡异的笑容，不知何时，手上已经多出了一把寒光闪闪的黑色短刃，朝着哭大师的肋下刺了过来。

黑色的短刃闪烁出魅惑的光芒，哭大师的眼前出现了无数个号叫的鬼影，那些鬼影好像举着同样的短刃，从四面八方在向他发起攻击。

哭大师向后退去，却还是来不及避开这快如惊鸿的一击。

就在短刃即将刺入哭大师的胸膛时，一个身影扑了过来，替哭大师挡住了攻击。

是大愿比丘。黑色的短刃刺进了他胸口，被刀刺中的部位，血肉在刹那间像失去水分的树叶，干枯了下来。

一击不中后，井下光已经开始撤退。出门前，她挥刀截断了一名杀手身上的绳子。杀手用解脱了的手拿下撑在嘴上的铅笔，然后闭上眼睛，将牙床咬在了一起。

大愿比丘在脑袋垂下前，拼尽全力喊道：“快从这里出去！”

哭大师没有迟疑，抱起大愿比丘，纵身飞出门外。刚到门口的空地，煤气包发出沉闷的爆炸声，然后第一声爆炸引起了一连串爆炸，煤气包整个坍塌了下来。

井下光早已没有了踪影。

“不得！”哭大师将大愿比丘抱在怀里，大声叫道。

“很好，总算把该做的事情都做了。”大愿比丘无力地笑了笑，想再要说些什么，却已说不出话来，他用力握了一下哭大师的手，像是要嘱托什么。

“明白。”哭大师点了点头，“你的事情，我帮你做完。”

大愿比丘点了点头，闭上了眼睛。

天没亮时，笑和尚就醒了，因为他听见有人在敲门。打开门，他发现敲门的是井下光。

见到笑和尚时，井下光愣了一愣，说自己敲错了门，又跑去了隔壁，开始敲哭大师的门，然后把师兄给叫走了。

不知为何，这个没来由的突发事件让笑和尚很不安，他再也睡不着，只好在房间里打了会儿坐。早上上班后，笑和尚没有像往常那样，在机房里鼓捣芯片和软件，而是待在外面吵闹的车间里，焦躁地走来走去。

快八点钟的时候，井下光慌慌忙忙地从外面跑了回来，看到笑和尚后，使劲地喘着气，老半天才缓过劲来，说出了一句完整的话："师父……师父……他被三师叔刺伤了……"

"什么？现在他人在哪里？"笑和尚忙不迭地问。

"跟我来。"说着，井下光伸手拉起笑和尚的衣袖，要带他往外走。

笑和尚心里一动，想将被井下光拉住的衣袖撤回，电光石火间，他瞥见井下光手里已经多了一把闪着寒光的黑色短刃，笑和尚凭着直觉立即闪身，刀贴着他的胸口滑了过去。

一击不中后，井下光已飞身向后退了十几步，然后向门外跑去。笑和尚连忙飞身追去，但还是被井下光抢先跑到了门外。井下光朝笑和尚诡异地笑了笑，突然遁身，没了踪影。

笑和尚的心里愈加不安，如果井下光变成了敌人，那师兄可能已凶多吉少。笑和尚不敢多想，派了修理厂的小徒弟去外面找哭大师，自己则待在门厅等消息。

一个小时后，门前的大路上，出现了一个熟悉的身影，是哭大师，笑和尚心里松了口气，但又觉得有什么地方不对劲，这才发现，矮小的师兄身上背着一个比他高出了两个头的人，那人脑袋耷拉着，好像已经不能动弹了。

笑和尚愈加不安，等师兄走近，才发现哭大师背上的人是三师弟不得头陀。

"三师弟怎么啦？"笑和尚平时说话轻声慢语，但此刻声音大得连他自己都吃了一惊。

哭大师摆了摆手，示意笑和尚到修理厂里再说。

笑和尚点了点头，帮着师兄抬起三师弟进了车间。

三师弟的身体虽已没有生命迹象，却还温暖柔软。

哭大师将不得头陀平放到地上后，小徒弟们都围了过来。

"三师弟怎么啦？"笑和尚又重复了一遍刚才的问题。

“阿光突然出手攻击我，三师弟替我挡了一刀。”哭大师一脸沉痛地摇了摇头。

“怪不得，刚才阿光跑回来，说三师弟把你刺伤了，然后趁我不注意，也要对我出手，我觉得不对劲，才躲过了那一刀。”笑和尚说道。

“她手里的那把短刀，你看清楚了没有？”哭大师问笑和尚。

笑和尚点点头。

“是不是觉得眼熟？”哭大师说。

“当然，十三年前，去救阿光时，我和地狱修女交过手，见过那把刀。”笑和尚说道。

“对，应该就是摩西沙罗送给地狱修女的痛苦之刃。这魔刀刺人时，对手如果没有防备，刀上那些死者的生物能会让人产生被包围的幻觉。”哭大师掀开不得头陀的衣服，露出了伤口，“刀刺在身上，被刺的部位会被刀刃吸走一部分的生物能。”

“但阿光不是从地狱修女那里逃出来的吗？怎么又会跟她扯上关系的？”笑和尚一脸疑惑。

“我也觉得奇怪。”哭大师皱了皱眉头，“照理说，阿光跟我们相处了这么久，要是有问题，也早该被看出来，何况她真要对我们动手，曾经有过很多更好的机会。”

“师父，你们怎么又在背后说我是非了？”门厅方向传来了一个熟悉的娇嗔声，然后出现了井下光的身影，她身后还跟着一脸嘚瑟的波夜空。

笑和尚的手下意识地动了动，哭大师连忙伸手拉住他的衣袖，脸上现出那比哭还难看的笑容，问道：“你们去哪儿了？”

“干吗要告诉你呀？虽然我们命苦，只好给您老人家当包身工，但这两天该我和阿光轮休，我们爱去哪儿去哪儿，没义务告诉你的。”波夜空梗着脖子露出趾高气扬的神情，双手早已护在了脑门上，防备着哭大师的偷袭。

“又废话！”井下光娇嗔地打了一下波夜空的头，然后笑着对哭大师道，“这两天我和阿空在地狱号上办点事，我一直盯着他呢，他没时间干坏事的。”

“哪儿跟哪儿呀？我脸上哪个地方让你们看出我是坏人啦？”波夜空不满地撇了撇嘴。

哭大师叹了口气：“唉，我就知道，早上的那个阿光肯定不是你。”

本章回顾：

大愿比丘故意在亚洲购物中心门口制造事端，想要引出生命进化委员会来跟自己谈判。不久后，大愿比丘发现自己被人跟踪了。他回到了地藏会的总部，准备和对方决战。入夜来了三批杀手，都被大愿比丘轻松搞定。大愿比丘正在等待敌人的第四次进攻，井下光带着哭大师找来了，大愿比丘正要给哭大师解释事情的来龙去脉，井下光忽然对哭大师出手，大愿比丘替哭大师挡了一刀，死在了痛苦之刃之下。哭大师带着大愿比丘的尸体回到修理厂，笑和尚表示，自己也被井下光用痛苦之刃攻击了。两人正纳闷时，真正的井下光和波夜空一起回来了。

小贴士：

痛苦之刃：摩西沙罗制造的一把魔刀，他将所有对手临死前最后残存的生物能都储存在了这把智能合金刀里。由于这部分的生物能里充满了痛苦的记忆，所以摩西沙罗自己都驾驭不了，但这刀却和有着痛苦之身的地狱修女相得益彰，成了地狱修女的专用兵刃。这把刀在与敌人拼杀时，能让对手的意念被痛苦的幻象所包围，还能吸收对手的生物能，被认为是整个宇宙最凶险的单兵武器。

第二十八章
我们是和尚，不是账房先生

跟往常一样，打开庙门迎客之前，有鹿带着苔痕来到了上秘院西南侧的护法殿。

光线阴暗的护法像背后藏着一扇不为人知的小门，从这里可以进入面积跟上秘院一样大的地宫。上秘院那台无比强悍的超级计算机舍利子就被安置在这地方。

昨夜关了庙门，有鹿把香客们的所求之事和个人资料分门别类输入了舍利子。今天他是来提取计算结果的，然后好把需要处理的事情分派下去。

这是上秘院的不传之秘，即使在庙里也只有最核心的几个僧人才知道。上秘院有求必应的魔法依靠的正是这台超级计算机。但其中只有有鹿知道，超级计算机舍利子只是用来分派和储存信息的，真正的超级计算机藏身在上秘院后面的那座精神病院里。

像往常一样，有鹿坐到了舍利子的操作台上，准备打开柿落上人给他发送的运算结果，然后把结果分发给此刻在地面上等待指令的各路执事僧。

然而打开接收程序时，有鹿发现，文件夹是空的。他连忙刷新了屏幕，还是如此。

思索片刻后，有鹿想重启系统。就在这时，他听见身后传来一个虚弱的声音："别看了，昨天的功课我没做。"

有鹿回头，发现柿落上人无力地瘫坐在机房一个阴暗的角落里，脸上满是疲惫。

"师父，什么情况？"愣了半晌，有鹿才回过神来。

"我有个老朋友，今天早上走掉了。"柿落上人缓声说道。

"去了哪里？"有鹿问。

"去了今生不再见之处。"柿落上人道。

"今生不再见之处？"刚复述了几个字，有鹿就恍然大悟，连忙安慰道，"那您先休息两天，我让执事们随便去应付一下。"

柿落上人摆了摆手："不用，我打算住回庙里了。"

"太好了！"有鹿面露喜色，"早就想跟您说了，庙里也一样可以进行计算的。"

"算什么？我们是和尚，又不是会计师事务所的账房先生！"柿落上人抬起头狠狠地说，这时他注意到站在一边的苔痕，目光闪烁，用手指了指苔痕，"你，过来！"

苔痕不解地看着柿落上人，没有马上照做。

"让你过来给我敲敲背，我十年没回庙里，你就连师父都不认了？"柿落上人看上去有些暴躁。

有鹿连忙朝苔痕使了个眼色，苔痕只好朝柿落上人走了过来。苔痕刚到跟前，柿落上人突然伸出手抓住了他的手，掌心上像变戏法似的，多出了一个电磁硅胶片，那硅胶片刚一触到苔痕的皮肤，苔痕的身体便瞬间崩溃，变成了一堆粉末。

柿落上人的鼻子里发出一声轻嗤，对目瞪口呆的有鹿做了一个手势："去找个金属盒，把这些乱七八糟的东西都给装起来。"

"师父，这是……"有鹿喃喃道。

"这是龙王，财神的分身之一，这些粉末是构成他身体的纳米机器人，真正的苔痕早被他害死了。刚才我和他连了线，破坏了他的操作系统，他才变成了这样子。”柿落上人重新瘫坐下来，“我累了，要在这里休息一会儿，你快去找隔离这些碎末的金属盒。”

“噢，好的。”有鹿点了点头，准备离开，忽然想到了什么，回头道，“大风昨天给我发了条信息，说她退出了我们的行动，要不要另外找人去对付顾得满？”

“对付什么？”柿落上人叹了口气，“我们是和尚，又不是杀人犯。”

在过去的两天里，因为要替顾得满安排一些事情，井下光一直和波夜空待在了地狱号上。今天，两人是赶回来上班的。不想一回工厂，就发现三师叔已经和他们天人两隔，而杀死三师叔的人，还疑似井下光。

整整一上午，修理厂的师父徒弟们都在大眼瞪小眼，一边黯然神伤，一边苦苦思索事情的症结所在。

“既然阿光和阿空一直都在地狱号上，那早上来找我们的阿光又是谁？”哭大师皱着眉头，自言自语。

“会不会是财神的傀儡？那些液态仿生机器人如果要变成我的样子，应该也不难。”井下光目光呆滞，正看着院子的方向，三师叔不得头陀已经被小徒弟们架在了柴火堆上。

“我是底比克西星人，我们那里的人都是光谱眼，认人的话主要不看相貌，而是看光学谱系。那个阿光跟你的光学谱系完全一样，所以我才会在她行为反常的情况下，没有怀疑。”笑和尚的脸上现出一丝沉痛之色。

“天哪，我彻底凌乱了，你们到底是谁？这么多年来，难道我一直跟一群陌生人生活在一起？你们也好意思，这么多稀奇古怪的事情，只瞒着我一个，还瞒了我十八年……”波夜空刚在院子里忙完，脸上还挂着泪痕，回到车间就听见了对话，叽叽咕咕地唠叨起来，话还没说完，脑袋上就挨了一下哭大师的当头棒喝。

波夜空不满地看着哭大师，想叫屈，哭大师又将手里的木鱼槌举了起来，他只好乖乖地闭上了嘴。

“会不会是克隆人？”笑和尚看了一眼井下光，“毕竟，阿光曾经跟他们生活了十年，生进会的人有她的基因档案也很正常。”

“但克隆人只能克隆阿光的外貌和身体，无法克隆她的经历和记忆，不仅是脑子里的记忆，还有身体里的记忆，那个冒牌阿光出手的速度如果没有经过二十年的训练，不可能快到那种程度。”哭大师摇了摇头，“而且她对人笑时，有种夺人心魄的感觉，应该是地狱修女特有的神经控制术，也不是一天两天就可以做到的。”

“我知道……”刚说出三个字，波夜空就夸张地伸出手捂住了嘴，挑衅地看了哭大师一眼。

“知道还不说……”哭大师也瞪了波夜空一眼。

“谁叫我一说话，你就打我的。”还没说完，波夜空的脑袋上就又挨了一下。

“让你说的时候不说，也得打。”哭大师又比画了一下手里的木鱼槌。

波夜空哭丧着脸，求助地看向所有人，谁都没搭理他。他只好愁眉苦脸地摇了摇头，舔了舔嘴唇，慢条斯理道：“说就说，谁让我智商有390……”

“还废话？”哭大师冲着他吹胡子瞪眼。

波夜空吓得连忙加快了语速：“那个冒牌阿光其实是第五代地狱修女。”

哭大师不由得一愣，手里的木鱼槌往回收了收：“理由呢？”

“还记得地狱号上的那台全息生命复原器吗？只要阿光还有一个细胞活着，他们就能让她原样复活。”波夜空道。

“你的意思是，当年地狱修女用从阿光身上获取的活细胞，复原了她？”笑和尚目光闪烁。

“对，要知道当时阿光可是从身上放了很多血，只要这些血红细胞还有生机，他们就能用全息生命复原器将阿光复原出来，不仅是她的身体，还有她身体里的记忆和其他信息。财神和地狱修女之所以放弃地狱号，就是因为害怕被人发现这个秘密，还有刚才老秃……”波夜空咳嗽了一声，把“驴”字生生憋了回去，“……和二师叔说了，那个冒牌阿光手里的兵器是痛苦之刃，除了正牌的地狱修女，没有第二个人能使用这把魔刀。而且据我所知，第四代地狱修女已经在泰坦号赌船上被小影干掉了，蜜之蜃姬当时将痛苦之刃收了起来，说要交给下一任地狱修女的。”

“所以……”笑和尚的神情微微一凛，若有所思，“他们没有放弃让阿光成为第五代地狱修女的计划，一直在某个秘密场所，继续他们的计划。”

“早说过嘛……”波夜空用力拍了一下自己的大腿，“修理厂里，也就二师叔能听懂我在说什么。”

说着，波夜空下意识地瞟了一眼哭大师。一看哭大师在朝他瞪眼，便连忙闭上嘴，摆出一副乖巧的样子。

“也就是说，还有一个我，最后成了第五代地狱修女？”井下光脸上露出茫然之色。

“没有另外一个你，从你开始叫井下光的那天起，你就不再是地狱修女！”说话间，哭大师忽然举起木鱼槌，敲了一下波夜空的脑袋，发出“咚”的一声脆响。

井下光像被这声音震了一下，回过神来，看到波夜空龇牙咧嘴捂着脑袋惨叫，不禁露出笑颜。

“你跟阿光说话，干吗打我呀？”波夜空捂住脑袋，冲着哭大师叫屈。

“哦，手边没木鱼，借你的头用一下。”哭大师看上去神情平淡，说完，再一次将木鱼槌敲在了波夜空的脑袋上。

本章回顾：

柿落上人得知大愿比丘亡故的消息，从上秘院后面的精神病院出关，决定放弃所有的计算，回到现实中来。而此时，大家都在猜测杀死大愿比丘的“井下光”究竟是何许人，波夜空揭开了谜底，这个“井下光”正是第五代地狱修女，是用当年井下光遗落在下水道的血液，通过全息生命复原器重新制造出来的，拥有井下光在十三岁前所有的记忆和能力，几乎就是井下光本人。

小贴士：

笑和尚：悟空寺修理厂哭笑不得三大师，排名第二的老和尚，法号大笑。他是底比克西星人，该星球的人类拥有两项特殊能力：一是光谱眼，看人的时候主要通过光谱而非外貌来辨别；二是能将意识通过脑电波的方式，从肉身中分离出来，依附到其他物体身上。

第二十九章
最好能死在顾得满的手里

此刻，跟新唐城隔着一百海里的海面上，一艘全透明的，面积足有十平方公里的巨轮正在拉响汽笛。

如果有人有幸能看见这条大船，就会发现，轮船海面以上甲板以下的部分竟是一个完整的水族缸，缸里除了珊瑚、水草外，游弋着或鲜艳或庞大的海洋生物，有剧毒的盒水母、蓝纹章鱼、黄鲷鱼、石头鱼和海蛇，也有尖牙利齿攻击性极强的大白鲨、虎鲨和咸水鳄。平日里这些海洋生物只要出现一样，对附近海域的生命来说，就是一场灾难，而此刻在水族缸里，它们却是成群结队地聚集在了一起。只是这些平日里极其凶猛的动物此刻显得惊恐不安，正在慌不择路地四处逃散。

让这些凶猛的动物躲之不及的，是一个穿黑色比基尼的黑发少女。少女正在水族缸里游泳，游到哪里，那些色彩鲜艳的动物就会自动给她腾出一片空白的水域，供她一人畅游，仿佛她才是这里最可怕的猛兽。

少女自然是另一个井下光无疑，也就是那位两个月前才接过痛苦之刃的第五代地狱修女。而她现在所在的地方是一艘叫作“天堂”号的海空两栖船。

因为怕哭大师他们来找麻烦，上一代地狱修女在井下光逃走后，放弃了地狱号，建造了这艘天堂号。之所以给船起这个名字，是因为上一代地狱修女忽然想明白了一件事，她的地狱只是别人的地狱，对她而言应该是天堂。

此刻，精灵已从一架刚刚停靠在船顶的直升机上走了下来。沿着透明的扶梯他一边走，一边欣赏着像条美人鱼一样在水中徜徉的地狱修女。

地狱修女好像知道精灵来了，特地将泳姿换成了仰泳，仰面看着精灵，懒洋洋地问：“情况怎样了？”

地狱修女虽然跟精灵隔着一千米左右的距离，说话的声音也不算大，但传到精灵耳中，却像是在很近的地方跟他说话。

天堂号在设计上使用了一种叫作智能均质声场的黑科技。对话人的说话声在船上的任何一个地方听起来都是一样的，但如果是非对话人，则又完全听不见。

“确认过了，大愿比丘，噢，不，应该是不得头陀，已经死了。”精灵神色平静地说道。

“这么说来，你们交代的任务，我已经完成了，那么三千年庆典大概什么时候能开始呢？”

“快了。”精灵的脸上露出一丝笑意，“接下来就看顾得满的了。”

中午的太阳很大，体育场屋顶上的沥青都快被晒化了。

因为心烦，顾得满破天荒地跟老烟枪小柯要了一根烟，刚吸第一口时，就呛得直冒眼泪。小施看到他狼狈的样子，不由得捧腹大笑。

号角体育场里贴满了玛丽莲九月份要来开演唱会的海报，空空荡荡的体育场，就像一片红色的海洋。

顾得满还在努力保持微笑。他囫囵着吸完手里的烟，又带着小柯和小施开始了第三次绕场巡视。

昨天大愿比丘来找过顾得满后，他一直都有些惴惴不安。下午时，有人给他报信，说有个和尚打扮的疯子，在上海大道的亚洲购物中心砸碎了一个广告灯箱，然后又对着摄像头胡言乱语了一番。

顾得满马上判断出，人们嘴里的疯和尚就是他师父。

所以，顾得满一夜没睡好，天还没亮，就骑着摩托车去了地藏会。

到了地藏会的会址，顾得满才发现那个生锈的煤气包已化作了废墟。顾得满利用地藏秘力修习者之间的共生感应，在废墟里搜索了一遍，没有找到师父的踪迹。他不由得松了口气，但还是不放心，想起师父临走前，告诉过他，自己除了是大愿比丘，也是波夜空的三师叔不得头陀，于是跑去了悟空寺修理厂。到修理厂时，哭大师他们正准备给不得头陀做火化时的荼毗仪式。院子里堆起了高高的柴堆，一向俗家打扮的哭大师和笑和尚都特地穿了僧衣，看到这情形，顾得满马上知道，师父已经走了。

果然，师父安详地躺在柴火堆上，像是睡着了一样。

顾得满强忍眼泪，甚至还故意微笑，因为他相信，师父一定想看到他镇定自若的样子，而不是乱了阵脚。这是他报答师父的唯一办法。

看到顾得满突然出现，在场的人都有些吃惊，只有哭大师不动声色，好像早知道他会来，还朝顾得满招了招手，示意他站到人群的最前面来。

然后荼毗仪式开始，哭大师主持，笑和尚在一边协助，顾得满则在最前面带领众人祭拜，最后也是他第一个将师父身下的柴火点着了。

火光升起时，顾得满故意让自己留在浓烟里。然后，他看到波夜空和井下光也跟他站在了一起。

“烟这么大，你要哭的话，别人也看不见，看见了也以为是被烟呛的。”井下光好像在自言自语，她的话还没说完，眼泪就从顾得满的眼眶里涌了出来。

等烟雾散去，顾得满脸上又恢复了那迷人的微笑，第一次以晚辈的身份，拜会了哭大师和笑和尚，随后平静地表示，自己还有事要办，荼毗仪式后面的事宜只能拜托两位师伯了。说完这些，顾得满从修理厂离开了，波夜空也借口要给顾得满帮忙，跟他一起出了门。

路上，波夜空在后车座上把不得头陀去世前发生的事都告诉了顾得满。顾得满心里发誓，一定要为师父报仇，但他知道报复生进会最好的方式，就是让蓬莱洲摆脱费切拉马集团的控制，所以他要尽快完成欢乐女神交给他的任务。

虽已是第三次巡视体育场，顾得满还是跟前两次一样，每到一个哨位，就会站在那里左顾右盼，以确认没有遗漏下任何死角。

一百五十七个哨位，每个哨位，顾得满都站上去看了一遍。然后又去看台下面和周边的通道，让随行的人仔细搜查了每个垃圾箱和花盆。但走到六号看台下的通道时，有人挡在了他面前。特蕾莎戴着一副墨镜，穿着白色的风衣，在朝他微笑。

顾得满心里一沉，开始猜测特蕾莎是怎样进到走廊里的。特蕾莎好像知道他的心思，用手指了指通道上狭小的气窗。

顾得满连忙吩咐身边的人，再去查一遍所有通道上的气窗，想办法打上封条。那小窗户虽然小到普通人钻不进来的程度，但杀手并不一定是普通人。

小柯和小施遵照顾得满的吩咐，各带一队人马查气窗去了，走廊里只剩下了顾得满和特蕾莎。

"谢谢提醒。"顾得满朝特蕾莎客气地点了点头，"你来这里，应该不是为了告诉我，你可以从气窗进来这件事吧？"

"顾公子果然是聪明人。"特蕾莎笑着拿下墨镜，"切斯迪主任得到情报，说河原细美今天会来刺杀他，所以特地派我来告诉你。到时候，你最好留在他身边，他说，除了我，你是他最信得过的人。"

"你不担心我会串通河原细美吗？"顾得满笑着问。

"他相信你不是这样的人。"特蕾莎似笑非笑地看着顾得满。

一点半不到，河原细美就照老板的吩咐，潜入了六号看台下的走廊。

通往走廊的小门虚掩着，门后和走廊里都没有人。河原细美知道，顾得满做事情不会这么粗心，但她不知道，老板是用什么方法做到这一点的。细美没有多想，而是马上掩上门，带上锁，潜入了卫生间，藏身于里面的小隔间。

刚把自己安顿好，河原细美就听到外面传来了脚步声，几个听上去像是保安的人，正在嘟嘟哝哝，对刚才被特蕾莎找去搬东西表示了不满。

河原细美听老板说过，特蕾莎是切斯迪的贴身秘书兼保镖，是个仿生机器人，只受切斯迪的脑电波控制。但她想不出来，切斯迪有什么理由，要支开保安，好让自己潜入这里。不过老板是近乎妖魔一般的人物，好像没有什么事情是她办不到的，这样一想，河原细美也就释然了。她静心凝神，根据脚步的方向和速率，判断着外面的情况。

六号看台下的走廊里一共分布着六个保安，两个人一组，一共是三组。两组人守在六号看台跟五号和七号看台的连接处，一组人守在河原细美刚才进来的小门附近。每隔十五分钟，还会有一队八个人组成的巡逻队经过此地。

河原细美在心里默默计算，如果就这样从卫生间冲出去，她怎样才能以最快的速度，解决掉前往主席台路上的岗哨。这事情难度虽大，但毕竟她是河原细美，处理这些小角色，应该问题不大。真正的挑战是在主席台下，根据细美从李河方那里得到的情报，切斯迪本人的身手也很是了得，何况他身边还有一个手臂里藏了两把微型冲锋枪的特蕾莎。但最让河原细美顾忌的是顾得满。

不过，对此细美早有觉悟，如果注定要死在什么人手里的话，那最好就死在顾得满手里。同样，如果顾得满必须死，细美也希望动手的人是自己。踩着自己爱的人往上爬，这情节一定会让他们永远记住彼此。细美已打定主意，到时候她只管不顾一切地朝切斯迪开枪，其他的事就交给顾得满来选择。

这样一想，河原细美也就坦然了。她坐在抽水马桶的盖板上，给耳垂挂上了十二岁生日时顾得满送她的耳环，图形是两只握在一起的手捏成的拳头，只有一只。她将它戴到左耳上，开始调整呼吸，倾听扩音器里切斯迪的演讲声和看台上的喧闹声。

此时的号角体育场已是人山人海，其中一大半都是和生财、振兴会和搏击堂的成员，为了给切斯迪造势，顾得满使出浑身解数，把三个壮丁团的人都拉了过来，填充在每个看台上。这么做，一方面是为了让转播画面声势浩大，一方面也是为了加强现场的保安。就像老爹顾有思说的，越是胜局已定的时候，就越危险。

此时，切斯迪的演讲已到了尾声，他正在耍弄他的招牌动作，他先将手指放在嘴唇上，示意大家安静，然后将放在唇上的手慢慢伸向天空，举成一个V字，停顿片刻后，切斯迪说起了带着意大利口音的拉丁文，说得很慢，温柔得好像耳语，他说的是罗马皇帝恺撒那著名的三V名言：“Veni（我来）！Vidi（我看见）！Vici（我征服）！”

体育场里，拥趸们发出山呼海啸般的叫喊声，地上的摄影机和天上的无人机在多角度抓拍这富有戏剧性的场面。

站在切斯迪身后不远处，顾得满心里不屑，脸上却露出看似由衷的微笑。

就在这时，三号看台的方向，好像有什么东西在闪烁，不像闪光灯，而是某种亚光质地的金属在阳光直射下发出的轻微眩光。

直觉告诉他，敌人出手了，顾得满连忙向切斯迪冲了过去，一把将他推倒在地。顾得满的动作引起了切斯迪那几个高大保镖的注意，他们迅速站过来，组成了一道肉墙。此时，密集的子弹已经到达，打在保镖们的胸口上。这些人虽都穿着防弹衣，但还是一个个中了弹。

就在这一瞬间，顾得满做出了两个判断：第一，杀手不止一个，而是散布在多个看台上，移动的速度快得惊人，而且是从体育场上方突然跃入看台的，所以杀手不是人，而是无人机一类的装备；第二，无人机上的枪和子弹都强悍到可以射穿防弹衣，一般的遮挡物无法阻挡攻击。于是顾得满马上做出了下一个动作，他拉开藏在演讲台下面的机关，切斯迪脚下出现了一道暗门。特蕾莎抢先进了暗门，走在前面开道，然后切斯迪跟了过去，顾得满也朝暗门的方向移动起来，一边走，他一边通过耳麦吩咐小柯和小施，让哨位上的狙击手向无人机开火，体育场里枪声大作，看台上乱作了一团。

数呼吸数到983次时，外面响起了枪声，为了给戴面罩留出时间，河原细美没有用手，而是直接用身体撞开了隔间。

用了半秒的时间，细美戴好了面罩，冲到门口前将拿着枪的左手伸了出去，根据对保安脚步声的判断，细美预测好了他们的行进位置，拿着枪的手随便甩了甩，枪声响起，等她的身体冲出门时，左右两边的保安已经倒下。她脚上的大拇指动了动，财神为她定做的那双离心鞋发动起来，利用这加速度，河原细美顺利地跑到了走廊的墙壁上。沿路上的保安因为从未见过这般奇怪的角度，都来不及做出反应，要么被她左手的快枪撂倒，要么就被她右手拿着的匕首，挑断了手筋。因为双方实力过于悬殊，细美有足够的自信，不取性命就可以让这些小角色失去还击能力。

只用了三分钟，河原细美就跑到了主席台下的通道，切斯迪正好刚刚从楼梯上下来，顾得满还在往下走，看到河原细美出现，下意识地拔出了枪。

细美注意到，顾得满已经看见她左耳上的耳环，眼睛里有了一丝迟疑。

细美对着顾得满笑了笑，拿枪的手却甩向了另一边的切斯迪。

剩下的事，就看顾得满会不会朝自己开枪了。

顾得满没有扣下扳机。

河原细美都要被感动得哭了。

但在子弹飞出枪膛的一刹那，细美发现，眼前的空气忽然凝固，变成了透明的晶体，她的身体被凝固在半空中，那颗射出的子弹也被镶嵌在空气组成的晶体里。站在她对面的切斯迪和特蕾莎跟她一样，也被凝固了，只有顾得满还在行动，这些晶体对他来说，不是坚硬的固体，顾得满像是行走在水中，慢慢地来到了河原细美身前，他用手指拨开已经凝固的子弹，然后又伸手撑开了细美的嘴，将那颗伪装成智齿的自杀炸弹从她嘴里取了出来，往子弹飞行的方向扔了过去。

做完这些，顾得满用双手搂住了河原细美的腰。

晶体再次变回空气，那颗子弹因为动力不足，在快飞到墙壁时突然向下坠落，正好和飞行而来的智齿炸弹相遇，一声巨响，墙壁坍塌，走廊里正在发生的这一幕被暴露在体育场的观众面前。外面刚才发起攻击的无人机，都已被小施带领的狙击手击落了。

河原细美重重地落在了顾得满的怀里，顾得满只用了一只手，就将细美的双手反剪起来，然后用另一只手摘下了她的面罩，得意扬扬地说道：“刚才看我没向你开枪，你一定感动得眼泪都要掉下来了吧？”

河原细美气得浑身发抖，伸嘴狠狠咬在了顾得满的肩膀上。顾得满毫不在意，转身对切斯迪大声说道：“报告老板，我已顺利将杀手拿下，杀手是李河方先生竞选办公室的行政主任河原细美。”

顾得满说话时，现场进行转播的摄像师已从墙壁的缺口处冲了进来，顾得满将河原细美已平静下来的脸拧向了镜头，体育场里的大屏幕都被河原细美的脸占据了，看台上刚才还慌作一团的观众发出了惊呼声。

几个保安部的侦探跑了过来，当着摄像机，给河原细美戴上了电子手铐。特蕾莎在切斯迪的示意下，给河原细美搜了身。

在这个过程中，顾得满一直得意扬扬地看着河原细美，直到摄像师离开，保安们要将河原细美带走时，顾得满好像想起了什么，跑上来，一把将河原细美搂在怀里，他看着细美的脸，笑容满是嘲弄，悠悠地说道："上次你在箱子俱乐部里，好像跟我说过，如果我再敢强吻你，你就杀了我。我没记错吧？"

说着，顾得满狠狠地垂下头，将嘴贴在了细美的唇上。河原细美用尽全力，牙齿咬着嘴唇，都咬出血来了，还是没能挣脱。顾得满就这样当着众人的面吻了河原细美很久，直到眼泪淌满她的脸颊。

本章回顾：

河原细美在特蕾莎的安排下，潜入号角体育场，准备暗杀切斯迪。切斯迪在演讲时，突然遭遇无人机袭击，在顾得满的掩护下，逃到了看台下，此时河原细美从埋伏的地方闯了出来，向切斯迪开枪，被顾得满用地藏秘力控制。暗杀失败，河原细美被顾得满当众羞辱。

小贴士：

第五代地狱修女：用井下光的血液细胞复原出来的井下光分身，拥有井下光十三岁以前的记忆和能力，但之后的人生和井下光出现了分叉。最终她被培养为地狱修女的候选人，在第四代地狱修女被卓深影杀死后，正式继承了地狱修女的衣钵，居住在地狱修女新建的天堂号上。

第三十章
玫瑰无声地落在灯箱前

在新唐城，几乎无人不知，亚洲购物中心的顶楼是座财神庙。整个亚洲购物中心只有六层，但顶楼的高度却抵得上下面的五层，因为里面修了一座将近三十米高的财神像。

财神庙的香火很旺，除了新唐城的居民，还有很多来自别处的香客。

财神庙原先是狐仙用来装神弄鬼的地方，现在狐仙的角色由特蕾莎代理了，所以财神庙现在也被划给了特蕾莎。一个小时前，特蕾莎给顾得满打了电话，模仿切斯迪的声音，要他来财神庙见面。

现在是午夜，财神殿除了特蕾莎没有第二个人，狐仙手下的庙祝和道士刚才都被她找理由打发走了，看着窗外的那轮明月，特蕾莎有些莫名的兴奋。

“你真的有把握说服顾得满？”小白狐从特蕾莎的袖管里钻了出来，抬头问道。

下午在给河原细美搜身时，特蕾莎把小白狐给收了回来。虽然小白狐也是财神的666个意识载体之一，在矩阵决策系统里和特蕾莎是平起平坐的算法，但按照角色的分派，它现在是特蕾莎的下属，需要听从她的指挥，不过小白狐也有为特蕾莎提供纠错建议的义务。

“你的意思是，操控顾得满不太容易？”特蕾莎的嘴角上露出一丝嘲弄。

小白狐支棱着脑袋，点了点头。

“切斯迪当年也很有理想……”特蕾莎用食指和拇指绕成一个圈，从她的角度看过去，远处的月亮正好被框在了这个小小的圆圈里，“有理想的人更容易变坏，只要他们有了权力。这件事情我一点也不担心。”

“顾得满不是切斯迪。”小白狐说道。

“但权力就是权力。”特蕾莎将手指绕成的圆圈往里收了收，远处的月亮好像被卡死在了圆圈里，“还记得下午顾得满收拾河原细美时那副得意的样子吗？只要多给他一点可以操控别人命运的感觉，并让他这样做时还觉得自己很正确，他离我们想要的样子，就已经不远了。”

顾得满把摩托在马路边停靠下来，沿着那条由两排广告灯箱夹着的通道，往亚洲购物中心的正门走去。

那个被他师父打碎的灯箱，如今已被收拾干净，还换上了新的灯箱，只是还没有挂上海报。

顾得满面无表情地走过灯箱，只用眼睛的余光看了一眼灯箱上方的摄像头，利用身体的遮挡，他从风衣口袋里，掏出一枝刚从家里花园摘下的玫瑰花，让它无声地落在灯箱前。他吸了吸鼻子，没有停留的意思，继续往商场走去。

亚洲购物中心里的灯大多已熄灭，但还留着一扇门，门口没有保安。顾得满心里觉得蹊跷，但还是毫不犹豫地走了进去。

顾得满本想沿着已经停运的自动扶梯往上走，眼前忽然闪过一个白花花的影子，是河原细美的小白狐。小白狐正在冲顾得满“吱吱吱”地叫，随后小白狐向另一个方向跑去，一边跑，一边不断回头看顾得满。顾得满会意地跟了过去。

顾得满被小白狐带着，到了电梯间，有个电梯的灯还亮着，门也开着。顾得满跟着小白狐走了进去。

电梯把顾得满带到了六楼的财神庙。那扇足有五层高的红漆包铁庙门，正开着一条缝，顾得满跟着小白狐，从这条足可以并排走过三个人的门缝里走了进去。

占据了整整一层楼面的财神殿此刻空旷而阴森，里面只有一个人影朝门的方向站着，在庞大的财神像衬托下，那人影显得极渺小，但顾得满还是通过那头金发认出了对方。

“我早听说过这家财神庙，就是没有来过。”顾得满故意做出满不在乎的样子，朝特蕾莎走了过去，说话声在大殿里发出嗡嗡的回音。

“好像新唐城壮丁团成员都喜欢来这个地方烧香，这里的财神很灵的，有求必应。”特蕾莎站在原地没有动。

“我知道。其实我老爹老妈，都是这里的老香客。”顾得满停顿了一下，抬头看了一眼头顶上的财神像，“不过，据我所知，凡是来求愿的，都要先写一个求愿签，然后庙里的管事到月末，会从所有的签面里抽一支出来，只有那支签里的愿望才会有求必应。”

“很公平啊，求财这种事，如果每个人求了都应，那大家还是差不多，没有穷人衬托，又怎么会有富人这回事？但是，既然是财神，不给点奇迹看看，人类也不会相信，所以这个显灵的办法最好不过。”特蕾莎笑了起来。

“好是好，不过有个问题……”顾得满走到特蕾莎面前，“每个月的求愿签几千万支总是有的，有这运气和概率的话，买彩票就可以了，干吗还要来求财神？”

“有道理。”特蕾莎点了点头，“人类的愚蠢真是不可理喻，不过，你看起来要比他们聪明。”

“把我找来，不是为了夸我聪明吧？”顾得满将脸上那招牌式的微笑收了起来，“老板在哪里？”

“你是说切斯迪？”特蕾莎的嗓音变成了切斯迪的。

“是你给我打的电话？”顾得满迷惑地看着特蕾莎，“不对啊，你的一言一行难道不都是老板的意思吗？”

“为什么操纵仿生机器人的一定是切斯迪，不可以是别人吗？”特蕾莎又变回了自己的声音，脸上的笑容更加迷人。

“你是……”顾得满又上上下下打量了一遍特蕾莎。

“特蕾莎，或者你也可以叫我财神。”看到顾得满还是一脸迷惑，她又补充道，“我来自一个跟你们地球很相似的地方，我们那里的人类，在以前几乎跟你们一样。”

“以前？”顾得满问。

“后来我们发明了意识上传技术，又用液态石墨烯钛合金制造出了可以随意变形的仿生机器人，再把这两项技术一结合，就进化到了现在这个阶段。从你们地球人的角度看，我们可以长生不老，七十二变。”说着，特蕾莎在他面前轻盈地转了个身。

“也就是说，之前有很多事，你不让我跟切斯迪提，是因为他确实不知情？”顾得满笑了笑，说道。

“聪明。”特蕾莎举起手做了一个轻巧的绕手指动作，“切斯迪不过是我们选定的代理人，某种程度上，他是因为得到了我们的支持，才爬到了今天这个位置。”

“你们？”顾得满打断了特蕾莎。

“对，我们！”说着，特蕾莎的身体浮了起来，变成了液体，像张皮一样覆盖到了财神像的表面，财神像变成了正在说话的特蕾莎，“特蕾莎是财神，但财神不仅仅是特蕾莎。”

“也包括祇园馆里那个戴狐狸面具的艺妓？”顾得满说。

“聪明！所以财神不是一个人，财神是666个意识联网后根据特定的算法矩阵组成的一个共同体，那个名叫狐仙的艺妓不过是这666个上传意识中的一个。”特蕾莎说。

“既然你和狐仙都是财神，为什么你要拆她的台，让我去破坏暗杀切斯迪的计划？”顾得满问。

“你怎么知道，这是拆台，不是我们在演双簧？”化作财神像的特蕾莎笑着说。

“什么意思？”顾得满问。

“你是聪明人，为了表示我们的诚意，我就实话实说，切斯迪是我们的代理人，但他年纪不小了，我们需要为他物色一个接班人，你和河原细美是我们敲定的最终人选，本来我们更看好河原细美，因为你心太软。不过，在最后这场考试里，你的表现出人意料，我们也就没什么好担心的了。”特蕾莎道。

“你凭什么认为，我一定会接受你们的建议？”顾得满抬起头看了一眼特蕾莎。

“你可以不接受，反正河原细美还在，她一定会很乐意跟你换个位子的，尤其在你那样侮辱了她之后。”特蕾莎停顿了一下，“何况你不是还有一个远大的理想吗？如果有我们的支持，做到这些易如反掌。”

“你们会怎样支持？”顾得满问。

“你可能不知道，掌控费切拉马集团的十三个家族，都不过是我们手里的棋子。”特蕾莎说。

“他们也是你们的人？”顾得满目光闪烁。

“差不多。不过跟切斯迪的情况不太一样，他们自己并不知道，他们家族财团的控股权其实掌握在了我们的手里。每个家族虽然都是财团的大股东，但手里的股份都在百分之二十到百分之三十五之间，一半以上的股份被分散在了666个小股东手里。这666个小股东是什么人？我想你应该能猜出来。只要你能得到我们的支持，那十三个家族的人，只要谁敢挡你的路，他们可能会连自己的家族财团都保不住。”特蕾莎一边说，一边从财神像上收拢起来，变成了一个液体金属球，然后摇身一变，恢复了特蕾莎的样子。

“看来这本就不是一道选择题。”顾得满一边叹气一边摇头。

“跟聪明人说话，就是愉快。”特蕾莎笑着将手伸到顾得满面前，发出了握手的邀请。

河原细美已经在看守所待了十个小时。这是关重刑犯的单间，囚室很小，墙很高，没有窗，隔音效果好到只能听见自己的呼吸。房间顶上只有一盏简易的吊灯，但十点以后，已经被外面的总开关统一熄灭，黑暗中只有墙角那个简易茅坑传来的气味还很清晰。

河原细美对居住环境的卫生条件一向有近乎强迫症的要求，在这样的地方待了这么久，她本来早该崩溃了，但此刻她还是很平静。她盘腿坐在脏兮兮的床铺上，调整着呼吸，静静地聆听，以等待某些事情的发生。

下午，顾得满强吻河原细美时，细美一直忍着的眼泪终于掉了下来，就在这时，她发现顾得满那只穿过她发际的手，往她耳里塞了个类似耳机的东西。河原细美心里一动，一腔悲愤忽然消失，但还是装出愤怒的样子，朝顾得满的脸上吐了口唾沫。

从那时到现在，细美一直在等待耳机发出声音，却没有等到。

这期间细美心里已转了千百个念头，一会儿怀疑这是顾得满要弄她的花招，一会儿怀疑耳机可能出了故障或者信号被看守所屏蔽了。但所有这些念头都没有战胜过她对顾得满怀有的那丝期待。心底深处，河原细美渴望着顾得满能不顾一切前来救她。

这时，门的方向传来“哐当”一声脆响，有人正在外面拉铁闩，然后牢房的门被打开，三四道耀眼的光，把斗室照得亮如白昼，有人在用硕大的手电筒照她。因为手脚都戴着镣铐，河原细美没有挪动位置，只是朝来人的方向看了一眼。手电光有些刺眼，细美很快数清楚了门口看守的数量，一共九个人，领头的正是下午把她带来这里的看守所所长，她记得当时所长自我介绍，说他姓王。因为知道细美是日韩城河原家的人，夫家又是费切拉马十三董事之一的李家，所以王所长对她的态度很是客气。

此时，王所长已经走到细美面前，朝她深深地鞠了一躬，脸上陪着讨好的笑容，说道：“河原小姐，请您跟我们出去一下。”

“出去？”河原细美警惕地看着王所长。

“是这样的……”王所长脸上露出羞涩的表情，好像很为难的样子，一边蹲下来给细美解开脚镣，一边小心翼翼地解释道，“自从您被逮捕后，您家还有李先生家，给公司施加了很多压力，本来挺团结的一个公司，因为您的关系，几乎要闹分裂了。上面权衡再三，觉得不如大事化小、小事化了，所以只好委屈您了，让您尽快上路，这样就不用再追究别的人了。您一个女孩子家，又是半夜三更的，这么急着让您上路，确实挺不人道的。但没办法，我只是具体办事的人，还请您多多见谅，不要为难我们。”

王所长终于将脚镣从细美脚上卸下，然后向身边两个看守递了个眼色，两人跑过来，一左一右将河原细美架了起来。

河原细美知道“上路”是什么意思，心里不免悲凉，不是因为要上路，而是因为本该来救她的人没来救她。或许死了也好，可以让顾得满负疚一辈子。

这样想着，河原细美很配合地站起身，在看守们的簇拥下，从囚室到了走廊。

穿过一道又一道铁栅栏，前方是看守所的门厅，以前河原细美为了准备来这里杀人，研究过新唐城看守所的地图，知道门厅往右一拐，就是看守所的后院，后面那间孤零零的平房就是绞刑室。为了保证万无一失，门厅里已经站了一排看守，正在迎接她的到来。

细美抬了抬头，举起铐着的双手，理了理前额的发梢，想让自己死得好看一点。

就在这时，耳机里传来了一阵沙沙声和轻微的呼吸声，好像有人正在捂着嘴笑，笑声越来越放肆。

笑了很久，耳机那边的人终于停了下来："哈喽，细美，我啊，阿空！认识这么久，就没见你这么狼狈过。这样才对嘛！否则，我们在你面前会很自卑的。你一定想问我，我现在哪里？我在你身边，其实从下午那会儿起，我就一直跟着你了，从体育场一直跟到了这里。现在我这个角度看你，简直像是在看IMAX巨幕电影。连你现在眼角不屑地抖了一下，都被我看到了。不是不想早点救你，是满哥说的，不到万不得已，不要开口，其实我也憋坏了，总算盼到了这个万不得已。"

河原细美心里叹了口气，知道这话痨一旦开口，就不知道要啰唆到什么时候了。

"……对了，把你救出来之前，咱们先谈个条件吧，你怎么谢我？请我吃饭吧，标准高一点，想起来了，去你们日韩城最贵的那家日料店，叫什么来着，秋刀鱼之刃，对，应该就是这个奇怪的名字，满哥那土豪请我去吃过一次，我从来没有吃过那么好吃的海胆。"耳机里传来波夜空咽唾沫的声音，然后停顿了一下，"……不行……下午你被抓到的镜头全城都在转播，到时候我把你救出去了，你不就成通缉犯了吗？看来是不能去外面吃饭了。要不去你们家吃吧，你们家的厨子很不错，虽然我不太喜欢你老爹老妈，但看在好吃的分儿上，我也将就了……不行不行，你都逃跑了，保安部肯定要监控你们家……对了，快想一下，一会儿逃跑后，有什么地方可以去。OK，预备……"说着说着，细美已经来到了门厅，波夜空忽然话锋一转，说道，"先一脚踢翻你右边的那个丑八怪，然后用肘挤开贴在你左侧的那个帅哥……”

河原细美没有犹豫，直接照着波夜空说的做了。两个贴身的看守一下子被打倒在地，另外几个看守马上散开，拔出枪对准了细美。

“太酷了！感觉像在玩声控游戏，来吧，细美，闭上眼，用尽全力向上跳！”波夜空的声音在河原细美耳边回响。

虽不知道为什么要这样做，细美还是即刻闭上了眼睛，用力跳了起来。睁开眼时，她发现自己已经坐在一辆悬浮于半空中的小汽车里，透过车窗，细美看见刚才那几个用枪指着自己的保安，正面面相觑，此刻他们看起来好像被放大了几百倍。

“是不是感觉很迷惘啊？”坐在驾驶座上的波夜空得意扬扬地回头看了河原细美一眼，“这辆芥子车，是我跟阿光借的，酷不酷？”

“芥子车？”细美皱了皱眉头。

“佛经里有个说法，叫作芥子纳须弥，意思是一粒芥菜籽里可以放进一座大到无限的山。我们这辆车就是这样一个情况。”波夜空一边说，一边从前面的车筐里拿起一把钥匙，朝河原细美比画了一下。

“那我是怎么进来的？”细美将戴着手铐的手送到了波夜空面前。

“你问我，我去问谁？反正你能进来就行了呗。”波夜空将河原细美的手铐解下。

“这好像不符合你的风格？”细美揉了揉被勒红的手。

“说老实话，我也琢磨过这事。”波夜空挠了挠头，“就是不想明白，为什么我想跳进来，就能跳进来，然后我想让你进来，你也能进来。”

“也有你阿空想不明白的事啊？”河原细美对着芥子车的后视镜，整理了一下衣服和头发。

“我不明白的事多了去了。”波夜空回过头，放下手刹，将这小得像灰尘似的车子发动起来，“我们去哪里？”

“随便。”河原细美沉默了片刻，抿嘴说道。

本章回顾：

在河原细美被捕后，特蕾莎约见了顾得满，正式将顾得满确定为切斯迪的继承人，等切斯迪年老体衰之后，顾得满将取代他，成为财神在蓬莱洲新的代理人。此刻，费切拉马集团的人为了平息内部矛盾，正准备让河原细美成为替罪羊，秘密地处死她。危难之际，波夜空受顾得满的委派，乘坐着井下光的芥子车出现，救走了河原细美。

小贴士：

财神：蓬莱洲一个神秘杀手组织的名字，同时财神也是杀手组织的大老板的绰号，据说该组织和这位大老板正是费切拉马集团十三董事背后的操纵者。财神的前身是一个将自己的意识上传到云端的外星人，拥有666个仿生机器人，作为自己在人间的分身。每个仿生机器人都是一个独特的算法，这666个算法共同组成了财神的决策矩阵，已经被卓深影等铲除的狐仙正是其中的一个算法。除了是杀手组织的幕后老板，财神也是生命进化委员会的秘书长，在组织里是摩西沙罗之下的二号人物。蓬莱洲计划正是由财神一手策划的，目的是在蓬莱洲展开一场名为“三千年庆典”的代理人战争。

第三十一章
始终都是一个可以被兑掉的棋子

顾得满到看守所时，已是中午。他是受切斯迪委派，过来调查河原细美逃跑一事的。

早上，李河方通过媒体，宣布了退出竞选的声明，切斯迪正式当选为费切拉马集团的下一任CEO。

在新篇章号的办公大厅里，切斯迪方面举办了一个内部的庆祝酒会。酒会举行到一半，切斯迪特意找来顾得满，要他去看守所走一趟。交代任务时，切斯迪看上去已经把顾得满当成了自己人，态度很亲热，又是勾肩搭背，又是称兄道弟。

特蕾莎站在两人身边，脸上带着笑意，不动声色地看着切斯迪的表演。同时在场的，还有上次特蕾莎送给顾得满的仿生机器人雅雅。在财神庙时，特蕾莎告诉顾得满，以后雅雅就是他的助手了。

顾得满知道，助手的另一个意思就是监视者，这是和财神合作的代价。

同时，顾得满也知道，雅雅虽然长得很像那些贵得要死的仿生机器人，但智力水平、制造工艺和隐藏的特殊能力都不可同日而语，最主要是她还有一个“灵魂”，和切斯迪的特蕾莎一样，也是财神那666个意识载体之一。

看到切斯迪演得如此卖力，顾得满也不好示弱，便做出毕恭毕敬受宠若惊的样子，很有耐心地给切斯迪当起了配角。

如此演了半天，到分手时，切斯迪忽然说，他已经派了一个老朋友去看守所，来协助顾得满调查这件事。

一路上，顾得满都在猜测老朋友是谁，直到在看守所的门厅见到了李三省。

这一次，李三省对他的态度恭敬到了让人难受的程度，无论顾得满走到哪里，李三省都如影相随，说话时非要把嘴贴到他耳根子上，好像说的都是不能让人听见的悄悄话，跟在两人身后的小柯和小施一直在指指戳戳偷着乐。顾得满却不以为意，还特地做出一副很欣赏对方的样子。

因为这事情本来就是顾得满自己设下的局，所以他最清楚这案子的来龙去脉，调查过程中，他只是认真地敷衍着，心里却在猜测切斯迪把李三省派来的用意。

借着李三省要带他去死囚室查看的机会，他故意加快脚步，把其他人都甩开了，身边只剩下了亦步亦趋的李三省。

“满公子，我们知道你的事了。”咳嗽一声后，李三省脸上再次露出讨好的笑容。

“什么事？”顾得满不动声色。

“就是您要接切老大班的事。”李三省道。

“谁告诉你的？”顾得满不置可否地笑了笑。

“当然是切老大自己。现在李河方宣布退选了，切老大自然是新任CEO了，他说以后你就是保安部的主任助理，部里以后归您调遣了。”李三省道。

“看来切老大一定很信任你。”顾得满回头看了一眼李三省。

李三省满脸堆笑，正好两人已经到了死囚室门口，他连忙加快脚步，走到前面，替顾得满打开了囚室的铁门。

“切老大的意思是想让我帮您跟保安部的老伙计们搭一下线。”李三省做了一个有请的动作。

“老伙计？”顾得满走进囚室，扫了一眼这阴暗狭小的空间。

“您是江湖人，不像那些科班出身的管理层，很多事情你肯定能理解，我就不跟您绕弯子了，可以吗？”李三省还是一副很谦卑的样子。

“这样最好。”顾得满还了一个招牌式的迷人微笑。

“我们保安部，说穿了就是给公司干脏活的，很多事情，给人看和实际做肯定不是一回事，要坐住保安部老大这个位子，就要懂得给下面的兄弟们护短，这样大家才会护您的短。”李三省说道。

“可以说得具体一些吗？”顾得满在囚室的床上躺了下来，看着天花板，想象着河原细美在这里等候发落时的情景。

“在街上办事的兄弟拿的薪水比不了坐办公室的，干的又都是脏活累活和要命的活，大家找机会在外面赚点外快拿点花红很正常，只要没碍着公司赚钱，也没碍着您高升，您就不要小题大做。当然，您可以把这些把柄捏在手里，要是他们不服您管，您再拿来惩治他们。有把柄在您手上的人才值得信任嘛，这个道理您肯定比我懂。”李三省蹲下身子，说话时再次将嘴贴在了顾得满的耳边上。

“还有吗？”顾得满转了个身，侧卧着，他的脸几乎碰到了李三省的脸。

李三省连忙往后退了退，咽了口唾沫，好像生怕唾沫星子会喷到顾得满脸上，说话时特地用手挡在嘴巴前：“还有，您知道吗？那些科班出身的管理层最大的问题是什么，就是只知道讲道理，不知道讲实际，譬如以前大阿拉伯区分部的兄弟们，为了抓那个恐怖大亨奇拉格，把他的大小老婆和女儿都抓到审讯室，扒光了衣服，又是强奸又是虐待的，还让他家其他的人都在旁边看着，手段确实够龌龊，但有效啊，才干到第三个，他大老婆就说实话了，然后我们才把奇拉格给干掉的。结果分部的主任知道了这件事，把办案子的兄弟都给关起来了。这下可好，下面的兄弟寒心了，以后你有事，大家表面上热烈响应，但在下面给你使绊子，死一个奇拉格，结果大阿拉伯区反而起来了十来个新的恐怖大亨，那个分部主任最后只能惨淡收场。”

“刚才你好像还说过，只要我护你们的短，你们也会护我的短，”顾得满从床上坐了起来，“大概是怎么个护法？”

李三省蹲在床边，抬头说道：“根据以前的规矩，老伙计们会把赚到的外快拿出一半，汇集到各区的召集人那里，然后召集人会把钱存到一个用死人名字开设的账户上，密码只有您知道。出事的话，也不会牵连到您。对了，跟您说一下，新唐城的召集人就是我。”

“你们这么做，切老大没意见吗？”顾得满问。

“这是保安部内部的行规，只认位子不认人。何况切老大都成CEO了，这点好处应该入不了他的法眼。”李三省说道。

“还有吗？”顾得满问。

“此外，我们还能为您做一切您想要我们做的事。”李三省的脸上露出一丝笑意。

“譬如……”顾得满不动声色。

“譬如快闪革命党搞恐怖袭击那件事，就是切老大授意的，要不然，您怎么有借口干掉欢乐女神呢？”李三省说这些话时，脸上满是无辜的表情。

“很好。”顾得满点了点头。

“那我就帮您把各地的召集人都叫过来，大家一起吃顿饭，认识一下？”李三省小心翼翼地提议。

“好啊。”顾得满站起身，慢悠悠地说道。

河原细美又沿着墙壁飞奔了一圈，十秒不到的时间里，便将插在不同位置上的一百支蜡烛都给射灭了。

小时候，河原细美最喜欢在幕府游乐园，看那叫作“飞檐走壁”的马戏节目，在一个桶状的密闭空间里，两个像兄妹又像恋人的男女，有时各自骑一辆自行车，有时一前一后坐在摩托车上，直接从地面飞到墙上，一圈一圈绕着圆桶爬到桶壁的最高处，然后一起放手，朝下面仰望他们的观众挥手致意。

这节目极单调，看过一遍，新鲜感一过，就再没有吸引力了，所以后来成了游乐园最没人气的节目，河原细美却对它情有独钟，整个场子常常只有她一个人在里面当观众，不厌其烦地将这反复上演的节目看一个上午。因为她是河原义雄的女儿，这早该裁撤的项目就被幕府游乐园保留了下来。

河原细美自己也不知道为何会对飞檐走壁情有独钟，直到有一天，她加入财神的杀手组织，得到了一双纳米加速鞋。

鞋是财神用液态石墨烯钛合金的纳米晶体制造的，这种纳米晶体其实是一些布满高密度集成电路由核动力驱动的特殊芯片，纳米加速鞋的脚垫上有一个能用脚趾控制的加速器，鞋的主人在脚上加力，加速鞋就能将作用力加倍，每走一步，行走的速度就能加快一倍，三步后就能加快到八倍。河原细美很早就知道，飞檐走壁的秘密就是利用速度制造离心力，来克服重力。所以一拿到纳米加速鞋，细美做的第一件事，就是让自己飞到了墙壁上。那一刻，她忽然明白当年那个马戏节目让她觉得酷帅的原因，在这个角度上，看到的世界是完全不一样的。这才是细美想要的东西。

地狱号的格斗场大得就像体育馆，非常适合在反重力情况下进行这种大范围的移动和射击。从被送上船的那刻起，在格斗场射击就成了河原细美打发时间的最佳方式。每次她差不多要花十五分钟，将那插在一百个位置上的蜡烛点燃，然后用不到十秒的时间将它们射灭，尝试不同的行走轨迹和出手方式。这动作在外人眼里极帅，对练习者来说却极枯燥，即使如此，每天除了吃饭睡觉，河原细美还是会将所有时间都用在这乏味的练习上。河原细美能成为财神组织里最好的杀手，靠的不仅仅是那些让她拥有超人力量的装备，而是她花了比别人多十倍的时间和汗水，同样的装备在她手里和别人手里，威力可以差上百倍。

号角体育场的这次失败的暗杀行动，河原细美虽知道那是因为被财神算计了，但她还是将之视为平生里的奇耻大辱，她绝不允许自己的人生再有第二次这样的失败。要做到这一点，她就只有让自己的出手更快更准，让别人即使拥有性能更强的装备，都没有机会出手。就像顾得满说的，再快的装备也需要使用者来启动，只要启动速度超过对手，战斗会在装备发生作用前结束。

为此，这十多天来，河原细美没有松懈过一分钟，为了逼迫自己，她还从地狱号的装备室，找来了一根电警棍，每完成一次射击，如果速度没达到要求，她会毫不犹豫用手握住打开电源的高压警棍。她知道大脑的决心只有变成身体里的痛苦记忆时，才能发挥效应。

功夫不负有心人，半个月来，那令人胆寒的电击惩罚，让河原细美完成这一整套射击动作的速度整整提高了五秒。如果号角体育场的暗杀再发生一次，她能保证，在顾得满出手前就把切斯迪干掉。

这过程中，河原细美一直没有见到顾得满，听波夜空和井下光说，现在顾得满身边被安插了一个仿生机器人，就像以前躲在细美包里的那只小白狐。

不过，波夜空说，那叫雅雅的机器人在行为模式和风格上跟河原细美很像，因为这个原因，波夜空派给了河原细美一个特殊的任务，这两天就会找机会让她去做。她现在这些练习都是在为此进行准备。

透过井下光和波夜空断断续续的转述，河原细美还得知，顾得满目前正在利用成为保安部主任助理的便利，偷偷调查费切拉马集团保安部人员陷害快闪革命党和欢乐女神的案子，打算在切斯迪担任CEO的就职仪式上，将有关内幕曝光出去。

虽然顾得满他们将计划制订得很周密，但以河原细美对财神的了解，她知道，真正难对付的不是费切拉马公司，而是董事会背后的财神和财神所代表的生命进化委员会。顾得满的费切马斯特兄弟会和快闪革命党加在一起，跟对方相比，实力差得太远，这完全是九死一生的赌博。河原细美一向都不太喜欢赌博，这是她和顾得满最大的不同。

但在经历过看守所的那一夜后，细美终于明白，在这个财神们控制了一切的地方，如她这样的人类，始终都是一个可以被兑掉的棋子，不管愿不愿意，她早已在赌局中，也许顾得满的选择才是对的。

河原细美又开始点蜡烛，透过察看蜡烛灭掉后留下的痕迹，她判断着自己上次出手的精确程度。细美一向认为，事后核查是比奔跑和射击更为重要的环节。

就在这时，波夜空和井下光来到了格斗场，两人没有往场子里走，而是在门边的空地上看着她表演。河原细美当然也知道他们来了，但没有回头。直到她在再一次把所有的蜡烛都给点亮，然后又全部射灭后，她才停下了动作。

这一次射击用时是九点七秒，细美满意地点了点头，拿起放在一边的毛巾，擦了擦脸上的汗。

做完这些，河原细美才回过头，向井下光和波夜空走了过去。

井下光的脸色看上去有些苍白，嘴唇正在微颤。

“脸色怎么这么差？”河原细美关切地问道。

“噢，是吗？”井下光故作轻松地摸了一下自己的脸，然后调整了一下呼吸，“这个练习场以前死过很多人。”

“我知道，”河原细美点了点头，“我是财神培养出来的杀手，什么地方死过人，我能感觉得到。”

“那你还待得住？”波夜空撇了撇嘴。

“我必须待住。”河原细美笑了笑，“这地方能提醒我，活下来是一件很不容易的事。”

“去甲板上说话吧。”波夜空朝河原细美使了个眼色，然后拉起井下光的手，向门外走去，河原细美连忙跟在了两人身后。

在甲板上透了会儿气，井下光的脸色终于恢复了过来。

“今天你们两个怎么一起来了？”河原细美问道。

“我们是专程来给你道喜的。”波夜空嬉皮笑脸道。

“什么意思？”河原细美不解。

“今天你终于可以见到朝思暮想的公子阿满了，难道不是喜事一桩？”波夜空不怀好意地看着河原细美。

“阿空，不要胡说八道，”井下光轻斥波夜空，然后转过头对河原细美道，“小柯早上来修理厂，说阿满乘雅雅不在，告诉他，会把雅雅引到地狱号上来，让我们按计划做好布置，保证万无一失。”

“明白了。”河原细美点了点头。

趁着天还没有黑，河原细美把脑波控制仪又一次戴到了头上。

这脑控仪的外壳是个从垃圾堆里捡来的自行车头盔，两个耳罩是头戴式耳机的听筒，但因为是从两副破耳机上拆下来的，大小和颜色都不匹配，里面的元件和发射器也是波夜空从坏掉的电脑和机器人的线路板上找来的，戴在头上，感觉像是往脑袋上缠了一堆破电线。要是在以前，河原细美是打死也不愿意戴这种东西的。

但此刻她不仅将它戴到了头上，还凝神静气，试着用意念操控眼前屏幕上那个呈现为雅雅的数字人像。自从波夜空给她派下这个任务后，每天晚上睡觉前，细美都会戴上脑控仪至少练习三遍。

刚才波夜空告诉她，今天顾得满会把雅雅引到地狱号上来，伏击雅雅的行动将正式展开。

根据计划，雅雅登船后，波夜空将根据上一次伏击狐仙的经验，先用金属碎屑干扰雅雅和财神矩阵决策系统之间的远程通信，然后再用他制作的病毒入侵雅雅的单机系统，将雅雅内置的人工智能算法删除，再由细美通过脑控仪，将自己的意识接入雅雅的系统，成为雅雅算法的替代者。

如果这个计划能够成功，河原细美以后就可以透过雅雅，让自己的意识入侵财神的矩阵决策系统，一方面可以向财神提供关于顾得满的假情报，另一方面则可以获取财神的行动计划。

波夜空说，他之所以选择河原细美作为雅雅的代理人，是因为雅雅的算法就是以她为模板设计出来的，同时细美也是他们这伙人里最了解财神的那一个，被财神的矩阵决策系统看出破绽的可能性最小。

为了即将到来的行动，细美在波夜空的督促，开始了今天的第三次练习，她通过脑电波，让自己的意识接入到脑控仪的图形界面里，模拟着夺取雅雅控制权的每一个步骤。

因为持续不断的高强度练习，她的注意力已经到了极限，精神有些集中不起来了，所以在用脑电波操纵脑控仪的间隙中，她会忍不住往舷窗外看上几眼。

舷窗外，此刻井下光正在甲板上负责警戒。她站在轮船的围栏上，一边眺望远方，一边做着准备活动。

海面上的风很大，把井下光的头发和连衣裙上的衣带都吹得飞了起来。甲板上的栏杆又细又窄，井下光必须踮着脚，才能让自己立定，但她却又能在上面飞快地来回行走，每次一走到尽头，还能在不到六厘米宽的杆子上就地将身体提拉起来，来上一个后空翻，那样子轻盈得仿佛一只凌空飞翔的海燕。

忽然，井下光猛地停下脚步，身子像一张绷直的弓，反弹了一下，身体闪动，转眼已进到了船舱里。河原细美都没有看出，井下光是怎样做到这一点的。

“来了。”井下光朝波夜空和细美点头示意道。

“收到。”波夜空做了个OK的手势。

三人连忙按照先前拟订的计划，跑到了甲板之下的格斗场，他们已经在那里做好了伏击雅雅的布置。

不久，甲板上传来了脚步声和说话声。

因为接受过帝释会1号基因优化剂的注射，河原细美能清晰地听见甲板上来人的对话内容。

“这里就是地狱号？”那叫雅雅的机器人在低声询问。

“这事情你应该比我清楚。”顾得满的声音听上去很平静。

“以前跟地狱修女联络的人是精灵，我是第一次来这里。”雅雅停顿了一下，“你怎么会知道这地方的？”

“我和井下光是朋友。”顾得满说道。

“哈，差点忘了这事儿。”雅雅轻笑着说。

很快，两人开始沿着甲板上的楼梯，往上行去。

“你确定，河原细美藏在了船上？”雅雅问。

“我收到的情报是这样说的。”顾得满说话时，依旧不温不火，忽然他用手指了指轮船最上方游泳池边的栏杆，“看！”

栏杆上，有几件晾着的衣服在随风飘荡。

雅雅一蹬脚，直接从二楼跳到了顶楼的甲板上，然后伸出手，拿起晾在栏杆上的衣服，端详起来。

顾得满也连忙蹲下身子，往上跃去，虽然他跳得没有雅雅那么高，但也够他用双手抓住上一层甲板的边缘了。顾得满像是在演练体操的单杠动作一般，用一个又一个三百六十度的腾空翻身动作，一层一层地攀登起来，不到十秒钟的时间，也到了地狱号的顶楼。

“看衣服的风格，应该是河原细美的。”雅雅说道。

“这船这么大，”顾得满环顾了一下四周，说道，“我们要不要分头去找？”

“不用，我身上有红外线定位追踪装置，只要她在船上，小事一桩。”雅雅轻松地努了努嘴。

因为听见两人在这样说，河原细美连忙奔跑了起来，好让自己的身体能散发足够多的热量，以便雅雅尽快定位到她。

“啊，找到了，”雅雅说起话来还是轻声细气，“她在甲板下面的格斗场里，格斗场的入口应该是甲板以下的第三层。”

雅雅的话音一落，外面忽然鸦雀无声。

河原细美连忙透过脑电波，将自己的意识连接到了脑控仪上，很快，她在脑控仪自带的监控屏上看见，有两个小红点正在朝格斗场的方向快速移动而来。

此时，井下光和波夜空也都在各自佩戴的监控眼镜上，看到了这一幕。

“轰隆”一声，格斗场上方墙壁的钢板被撞出了一个大洞，雅雅竟然没有下到位于地下三层的入口，而是直接在地下二楼，以意想不到的角度闯入了格斗场。这种出其不意的攻击方法显然正是河原细美的行事风格。

幸亏波夜空对此早有准备，一看到雅雅出现在格斗场的半空中，他就马上按下了手上的遥控器，挂在格斗场顶部的几个破麻袋忽然炸开，金属粉末簌簌落落地撒下，布满了整个空间里。

此时，井下光也以迅雷不及掩耳之势，从芥子车里跳了出来，正好站在也刚刚落地的雅雅对面，她的手轻轻往前一送，就将手里拿着的病毒代码发射器直接插在了雅雅的身体上。

雅雅神色一变，还没来得及做出回应，身体就在一瞬间崩解，构成她身体的无数个纳米机器人散落了一地，变成了一大堆细小的粉末。

直到这一系列行动全部完成时，顾得满才刚刚从格斗场的正门进来，看到眼前的情景，有些意外，显然他没有料到事情会进行得如此顺利。

“搞定！”波夜空站在格斗场的吊灯上，荡秋千似的，伸出食指和中指，做出一个表示胜利的V字。

与此同时，在脑控仪的界面里，河原细美的脑电波已经透过插在雅雅身上的病毒代码发射器，和雅雅那些纳米机器人里的操作系统完成了连接。

细美的眼前此刻幻化出河原家的那座日式庄园，这是波夜空为雅雅的操作系统特意制作的图形界面，以便细美能用自己熟悉的方式，实现对雅雅的操控。

按照波夜空的设计，在如同游戏一样的图形界面里，细美只要从庄园敞开的大门冲进去，一路跑到藏樱阁，就能将她的意识融合到雅雅的操作系统里，取得对雅雅的控制权。

然而，河原细美就在快要跑到图形界面里的河原家时，庄园的大门忽然合上了。

随着图形界面里这个突然的变故，外面的格斗场里也起了变化。场地里传出一阵桀桀的怪笑，地上那些化为粉尘的纳米机器人像流动液体一般，聚拢到一起，重新变回了雅雅的模样。

“细美？”因为不清楚眼前的状况，顾得满试探着问了一句。

“不好意思，她被关在防火墙外了，”雅雅的手上忽然多出了一面镜子，她一边一本正经地整理着自己的头发和妆容，一边说道，“想不到吧？上次在你们伏击狐仙后，我们有个同伴去故地小区做了一次调查，在狐仙遗留的残骸里，我们发现了你们植入他体内的病毒代码，所以我们的矩阵决策系统，将所有单机系统的防火墙都进行了升级。现在的这道防火墙是由多种算法构成的，无论什么病毒，都可以在三秒钟之内被我们自带的防御系统破解。”

雅雅说话时，波夜空朝河原细美的方向看了过去，细美已经暂停了与脑控仪的连接，朝波夜空点了点头，脸上的神情却没有要放弃的意思。

“再试一次。”河原细美说话的声音很轻，语气却异常坚定。说完，她又再次让自己的脑电波登入到脑控仪的图形界面里。

另一边的井下光也即刻做了一个OK的手势，两只手往空中一抓，像是变戏法一般，手上忽然多出了两把激光刀。随后她的整个人像颗子弹似的，直接扑向了雅雅，一眨眼的工夫，就将激光刀插进了雅雅的腹部，然后双手用力向两边一拉，嘴里喝道：“就算你百毒不侵，也要你喝喝老娘的洗脚水。”

话音未落，雅雅闷哼一声，身体已被激光刀切成一上一下两部分。

但即使如此，位于雅雅身体上半部分的拳头和下半部分的脚还是毫无阻滞地击中了井下光。

井下光的身体猛地飞起，然后重重地摔倒在地，嘴角边顷刻间已冒出了血丝。

几乎是在同时，站在另一侧的顾得满也发动了地藏秘力。

在地藏秘力的作用下，雅雅周围的空气先是变成了丝丝缕缕的雾气，接着就凝固了起来，看上去好像一层硬邦邦的水晶，雅雅的整个身体都被包裹在了这层由空气转化而成的结晶体里。

虽然身子已经不能动弹，雅雅还是没有束手就擒。她那被困住的身体开始发红发热。位于纳米机器人内部的核反应堆显然已经被她发动起来，正在对位于外层的空气晶体进行加热。

几秒钟后，空气晶体开始融化，不久就融化为一种像水一样的稀薄液体。作为代价，雅雅的身体也发生了液化，变成了一种类似树脂一样的黏稠液体。那黏稠的液体开始流动，似乎在试图突破外面的那层稀薄的液体。

此时，波夜空已顺着挂在吊灯上的绳梯，来到了地面，他拿起刚才从井下光的手里掉落到地上的病毒发射器，将它直接插进了那摊黏稠的液体里，同时摁下了上面病毒B的按钮。他一边做着这些动作，一边朝河原细美喊道："快！你只有三秒钟！"

波夜空刚喊出第一个字，河原细美就已经在脑控仪的图形界面里行动了起来。

她沿着眼前的墙壁飞奔而上，从刚开了条缝的庄园大门里直接冲了进去。

几乎与此同时，她的手上已经凭空出现了两把手枪，这是她用自己的意识幻化出来的虚拟装备。她一边奋力向前奔跑，一边开枪射击着那些呈现为士兵和工程师模样的修复程序。

说时迟那时快，此刻在格斗场里，雅雅黏稠的身体终于突破了那层稀薄的液体，以反重力的方式，向半空中流动而去，渐渐凝聚成了一个液化的人形。

顾得满连忙挪了个方向，准备第二次发动地藏秘力的攻击。刚才摔在地上的井下光已站起身来，拿着激光刀，也在攻向那个液态的人形。

就在这一秒钟不到的间隙里，雅雅已经移动到波夜空的身后，将他当作挡箭牌，挡在了自己身前。

"停！"雅雅大声喊道。

因为顾忌被押为人质的波夜空，顾得满和井下光不约而同地放慢了手上的动作，同时停下脚步，虎视眈眈地看着眼前的雅雅，似乎在思索应对这个情况的方法。

"你是细美！"波夜空眼珠子一转，大声叫道，然后大大咧咧地回头看了一眼用手卡着他脖子的雅雅。

"哈哈，还是让你看出来了。"雅雅的脸上露出了甜美的微笑。

在格斗场另一个角落里，河原细美的脸上也露出了同样甜美的微笑。

伏击雅雅的行动一结束，井下光和波夜空就识趣地找借口离开了。

河原细美和顾得满相对无言，好像重新变成了陌生人，谁都不知道该说什么以及从何说起，两人的目光不时相遇，然后尴尬地相向而笑。

不知为何，笑着笑着，细美就流下了眼泪。

顾得满手足无措，言不由衷地表示，自己还有事，过些天再来看河原细美。

河原细美想要挽留，却也没有说出口。她陪着顾得满从格斗场走到了地狱号的甲板上。

顾得满在船头挂着一张绳梯的地方停下了脚步，绳梯下方停着一艘快艇。顾得满正是坐着这艘快艇，和雅雅一起来到船上的。

此刻，雅雅已经站在了快艇的驾驶室里，正在抬头看向两人。当然，操纵雅雅这样的人正是河原细美。顾得满看了看下面的雅雅，又看了看身边的河原细美，莞尔一笑，然后便想转身，直接从船上跳到快艇上去。

河原细美再也没有忍住，忽然扑了过去，直接抱住了顾得满，然后将整个身体挂在了他身上，没头没脑地亲吻起他来。

顾得满先是一惊，然后也热烈地回应起来。吻着吻着，那道被两人刻意营造了很多年的防线，顷刻崩溃。

河原细美扯开了顾得满风衣的第一个纽扣，顾得满一把拉掉了细美白色的连衣裙。

因为都身怀绝技，这些本该笨拙的脱衣动作，在他们做来却像眼花缭乱的杂技表演。两人甚至都没有意识到他们正身处在露天的甲板上，一切该发生的就发生了。

等到夜色来临，两人才安静了下来。

河原细美白得像羊的身体，紧紧地贴在顾得满纹满猛虎太岁的身体上，她将脑袋枕着顾得满的胸口，咯咯咯地笑个不停，自己也不知道为何要笑得这么用力，是兴奋，还是为了掩饰心底的不安。

“细美……”顾得满轻唤她的名字。

“嗯？”河原细美歪着脑袋看向顾得满。

“嫁给我！”顾得满脸上的神情很认真。

“我可是见不得光的通缉犯。”河原细美不动声色。

“这样才好，我们终于可以做拍档了。”顾得满挽着她腰的胳膊在用力抱紧她。

“怎么听上去像是老大在招小弟入伙？”河原细美调侃地撇了撇嘴。

“为什么不是小弟在向老大表忠心呢？”顾得满眯缝的眼睛又长又弯，上面挂满了笑意，“怎样？答不答应？”

“好啊。”河原细美敷衍着，将脸埋进了顾得满的胸口。

在这一瞬间，河原细美做出了一个决定。因为下了这个决心，她的眼眶湿润了，泪水沾湿了顾得满的胸口。

顾得满还以为河原细美是被感动了，怜爱地用手抚摸着她凌乱而潮湿的头发。

本章回顾：

切斯迪当选费切拉马集团的CEO，顾得满接替他掌管集团保安部。在切斯迪安排下，保安部的内部贪腐集团邀请顾得满加入，顾得满假意应允，着手调查费切拉马集团的黑幕。与此同时，河原细美也在波夜空和井下光的协助下，积极备战，根据波夜空的计划，细美的任务是取代财神的分身雅雅，取得对她的控制权，并打入财神的矩阵决策系统。经过一番周折，计划获得成功。河原细美见到了顾得满，两人激情难耐。

小贴士：

雅雅：以河原细美为原型，制造的仿生智能机器人，财神666个分身之一。她的主要分工就是替财神监控顾得满。后来成为由河原细美操控的傀儡。

第三十二章
只能让现状来改变你们

海上正在起风，天空阴沉沉的，厚重的云层浪一样翻滚着，暴风雨就要来了。

顾得满一边揉着太阳穴，一边看着窗外，甲板还是空荡荡的，他等的人始终没有现身。

这些天来，顾得满一直跟波夜空和井下光待在了机房里，河原细美一次也没有出现，但细美操控的机器人雅雅却始终在房间里陪着他。虽然雅雅的一颦一笑，每个举止，每句话都十足是河原细美的感觉，但越是如此，顾得满却越是想见到那个带给他这感觉的真人。

“OK，渲染好了，可以完整地看一遍了。”波夜空在剪辑台上手舞足蹈。

前方的投影屏出现了几个大字和惊叹号，然后是三天前顾得满在龙头宴上偷拍到的画面，李三省正在挨个介绍保安部在各地的召集人，每个人是做什么的，各自手里在经营什么样的黑色产业，每年能给保安部上交多少份子钱，以及为了保证这次选举顺利举行，如何制造了一系列恐怖事件，并将之栽赃到快闪革命党和欢乐女神头上，还有这些人多年来在见不得光的地方为费切拉马集团立下的赫赫战功。画面里不断穿插着顾得满从保安部的档案库搞来的各种资料和录像。

视频将在切斯迪的就职仪式上公布，然后顾得满会联合四大壮丁团的少壮派和地藏会、快闪革命党的人在新唐城发动起义，那些在费切马斯特学校和顾得满一起组织兄弟会的壮丁团二代也会在各地响应。蓬莱洲能否摆脱费切拉马集团的控制，在此一举。

“要不要我去把细美叫来一起看？”井下光走到顾得满身边，悄声问道。

“算了。”顾得满看了一眼身边的雅雅，“细美应该能看到，她说了，这些天她的任务就是练习远程操控雅雅，所以才故意不跟我们一起的。”

“什么呀，我看她是怕跟你在一起，一个干柴，一个烈火，现场偏偏还有两个不识趣的电灯泡，万一情难自禁怎么办？”波夜空坏笑着说。

“你就不能说点好听的吗？”井下光伸手打了一下波夜空的脑袋。

“我这说法是有根据的，操控雅雅哪儿用练习呀？那次伏击后，细美的意识已经被拷贝到雅雅的操作系统里，现在大部分时间都不用细美发出指令，雅雅就能妥妥帖帖地按细美的心意行事，同时将伪造的假信息反馈给财神的矩阵决策系统。只有在发生问题时，才需要细美亲自纠错，然后雅雅操作系统的自适应学习程序也会据此不断调整算法。”波夜空一边说，一边看了一眼雅雅，“细美你自己说，我有没有说错？”

雅雅没有做出反应，而是将脑袋别到了另一边。

“不说话，就当是默认了啊。”说着，波夜空把脸转向了顾得满，“满哥，我还要向你透露一个秘密，虽然雅雅的待人接物可以全自动处理，但雅雅跟你相处时，绝对都是细美在亲自操刀。”

“阿空，不要胡说。”井下光使了个眼色，朝雅雅努了努嘴。

“干吗呀？这是好事，不用瞒着。”波夜空摆了摆手，“满哥，前几天细美还特地跑来问我，如何保证雅雅和你说话时，都是她在说，而不是雅雅的算法在说。看到了吧，为了让你不被雅雅的算法勾引走，细美有多用心啊。”

波夜空喋喋不休时，顾得满一直目不转睛地看着前方的大屏幕，好像压根没在听。但实际上，波夜空说的每句话，他都听在了心里。

那天，激情过后，顾得满向河原细美求婚，细美虽未拒绝，但顾得满总觉得有什么地方不对劲。这几天，他本想再去跟河原细美当面确认的，却都被她以训练雅雅为由拒绝了。顾得满太了解细美了，知道她这样做，一定是心里有别的想法，但依着她的性格，她是不会把想法说出来的，顾得满只能靠自己去猜，直到他找出正确答案。

这些天，顾得满过得很煎熬，一方面是因为他要从切斯迪、保安部和费切拉马集团的绝密档案库获取情报，所以每天都如履薄冰，一方面则是因为他始终猜不透细美的心思。

好不容易熬到了看完视频，顾得满决定不再等待。趁着波夜空和井下光在商量怎么黑入CEO就职仪式的直播系统，顾得满悄悄地离开机房，跑到了甲板上的第一层楼面，那是地狱号宿舍区所在的地方，雅雅悄无声息地跟在了他身后。

借着东张西望的间隙，顾得满不时观察着雅雅。雅雅则低眉垂眼，好像完全不知道顾得满要去找细美。这样的不动声色，正是细美特有的处事方式，顾得满虽不喜欢，却不得不承认自己常常会被这态度撩拨得心浮气躁。

终于到了走廊尽头最大的那间套房。套房原是属于地狱修女的，几乎占了整整一个船头，除了面对走廊的这一面是墙壁，其他三面都是高透明的落地玻璃，从房间可以尽览海上风光。这是井下光特意安排给河原细美的。

站在门前，顾得满耐心地按了三次门铃，房间里还是没有动静。

在顾得满将手指再次伸向门铃时，身后的雅雅忽然伸出手，拧下了门把手。

门应声而开，房间里却空无一人，海风正从敞开的窗户吹进来，三面环绕的白色纱帘波浪般地起伏着。

“她走了。”雅雅在身后用没有起伏的声音说道。

“她？”顾得满转过身，眯缝起眼睛，看着雅雅的眼睛，他知道在这双眼睛的后面，是细美在看着他。

“她当然就是细美。”雅雅不温不火地陈述。

“那么你呢？”顾得满问。

“当然是雅雅。”雅雅笑了笑。

“你的意思是，细美是细美，雅雅是雅雅？”顾得满问。

“事情难道不就是如此吗？”雅雅笑得更明媚了，还在顾得满身前优雅地转了个身，似乎想让他把自己看个真切。

顾得满沉默了片刻，忽然笑了起来：“那细美去了哪里？”

“自然是去了她该去的地方。”雅雅说。

“什么是她该去的地方？”顾得满问。

“她是李适之的未婚妻，自然是去找她的靠山李河方了。”雅雅说道。

“你觉得，在发生了这么多事情后，李家还能接纳她吗？”顾得满问。

“她现在跟你一样，是个赌徒，李河方也是个赌徒。赌徒最了解赌徒，现在，李河方已经输掉了CEO的竞选，虽然董事会的人没有清算他，但估计他很快会被排挤出董事会，我从财神的矩阵决策系统得知，董事会里已经有十个董事一致决定，要将李家的董事席位转给切斯迪。李河方和神隐会肯定咽不下这口气，据说他们正设法从费切拉马集团独立出来。现在正是李河方用人之际，他自己年纪又大了，所以需要一个可靠的接班人和替他在前台主持局面的人。细美觉得，只要她肯向老爷子认错，并表示效忠，老爷子应该会再给她一次机会。”

“别忘了，她现在是通缉犯。”顾得满讥诮地摇了摇头。

“很快就不是了，只要你们把视频公布出去，切斯迪和费切拉马集团就会信誉扫地，细美可能还会被当成是反抗暴政的英雄，神隐会肯定很乐意接受这样一个形象代言人。”雅雅的脸色很平静，左手的食指和拇指在来回摩擦。顾得满知道，这是河原细美紧张时会做的小动作。现在他终于确认，跟他说话的雅雅就是河原细美。

“为什么细美不肯和我们在一起？”顾得满苦涩地笑了笑。

“因为她就是这样一个野心勃勃的心机女。”雅雅咬了咬嘴唇，“她不能容忍失败，她好像跟你说过，如果不能往上爬，就只能被人骑在头上了。这是她绝对不能接受的，即使是你，也不能！”

说着，眼泪从雅雅的脸上滑落下来。

“我就想知道，她到底爱不爱我？”顾得满抬起头，一动不动地看着雅雅。

“细美不会再爱你了。”雅雅也抬起头凝视顾得满，“但雅雅会一直爱你，如果有海枯石烂这回事，她会爱你到海枯石烂。”

说着，雅雅踮起脚，身体前倾，在这个过程中，她的外貌在发生变化，完完全全地变成了细美的样子，将她的唇贴在了顾得满的唇上。

在雅雅亲吻顾得满的时候，一艘快艇正在划过风雨交加的海面。虽然知道这样做很危险，河原细美还是放下了方向盘，将快艇的驾驶模式调到了自动档，然后开始全心全意指挥雅雅。

她一边指挥雅雅，一边放声大哭，哭声被淹没在雷电、狂风、大雨和海浪的声音里，河原细美已经分不清脸上哪里是泪水哪里是雨水，此刻，她唯一可以确定的是，她的伤心是真实的。但即使如此，也改变不了细美想要离开顾得满的决心。

细美现在戴着的脑控仪是波夜空重新为她做过的，配件是顾得满以保安部的名义，从费切拉马集团的机器人公司调来的，只有耳塞大小，波夜空将它改装成了红宝石耳钉的形状。有了这个更高端的脑控仪，即使在风雨中，也丝毫不影响细美和雅雅之间的远程联系。刚才的那个吻，确切地说是细美送出的，借用的却是机器人雅雅的嘴唇。

快艇在乘风破浪，离岸越近，雨就越小，等快艇冲上沙滩时，已经是晴天。河原细美湿漉漉惨兮兮的样子震惊了几个正在沙滩上踢足球的游客，不过他们很快从细美凌乱的发梢下，看见了她美丽的脸庞，小伙子们不再惊讶，开始冲她吹口哨，其中一个长相腼腆的小伙子拿起放在沙滩上的浴巾，跑过来递到了她手里。

河原细美冲小伙子笑了笑，拿起浴巾擦了擦头发，然后将浴巾交还到小伙子手里。小伙子还想跟她搭讪，这时已经有两个穿着黑色中山装的男子挡在了小伙子面前，前方一辆加长版的劳斯莱斯里走下了身穿白西装上衣口袋插着朵红玫瑰的李适之。李适之一边向细美走来，一边取下了那朵玫瑰，笑着递到了河原细美手里。

细美扑进了李适之的怀里，做出小鸟依人的样子，适时地流出了眼泪。

李适之一边抚着细美的头发，一边柔声道：“好了，好了，没事了，我跟爷爷说过了，他让我现在就带你去见他。”

然后，李适之拉起河原细美的手，钻进了劳斯莱斯。

在车里，李适之什么也没问，只是搂着细美，呆呆看着她的脸，好像是在告诉她，无论发生什么，他对她的爱都不会改变。如果不是因为有顾得满，河原细美觉得自己可能真的会爱上这位心地纯良的少爷，然而世间事就是这般阴错阳差。

李适之带细美去的地方，果然是神隐会的秘密基地。

进了香港路100号的那幢大楼后，河原细美先去了盥洗室，从李适之给她带来的三套衣服里，选了那件银灰色带皱褶的短袖上衣和黑色的针织短裙。然后河原细美对着镜子一丝不苟地照了半个小时，用她最喜欢的浅草系列化妆品，一点一点修饰细节，直到确认头发和脸庞干净到没有一丝破绽却又看不出化妆的痕迹时，她才停下了动作。

化妆对别人来说是对容貌的修饰，对河原细美来说却是一种测试，每次要经历重大考验，她都会通过这个方法，来确认自己是否已经做好准备。

确认完这一切后，河原细美又一次和李适之会合，坐着电梯到了五楼，进了503。在房间过厅里，李适之被站在里屋门口的保镖拦了下来，无论李适之怎样软硬兼施，两个面无表情的家伙都不肯松口，坚持说这是老爷子的意思。

李适之还想硬闯，被河原细美拦了下来，她婉声说，有些话你在场，老爷子可能说不出口，既然是负荆请罪，自然得让老爷子骂个痛快，这样事情才算过去。

李适之将信将疑，不过还是听了河原细美的劝，留在了过厅里。

河原细美穿过房间内侧的阳台，沿着肠子一样绕来绕去的铁皮楼梯，下到环抱在大楼中央的草坪上，从一棵棵零落的巨树前走过，来到了青砖黑瓦的伏秋小筑。

上到伏秋小筑的二楼，河原细美发现，坐在八仙桌边的人，除了李河方，还有费切拉马集团的另两位董事板田荣一和张泽恩。板田荣一是河原家的老熟人，张泽恩虽是第一次见面，但因为是费切拉马集团的十三董事之一，这张脸对细美来说，也早是熟得不能再熟。

心里虽然吃惊，细美在脸上却保持了镇定，朝李河方欠了欠身，淡淡一笑：“爷爷，我回来了。”

“回来就好。”李河方神色平静，指了指那个空着的座位，“坐。”

河原细美想了想，没有推辞，大大方方坐到了红木太师椅上，好像她本就该坐在那里似的。细美知道，面前的三个人不是李适之，在他们面前怎样装低调都没有用，他们就是想看看细美有没有压住这把交椅的气魄。

“很好。”张泽恩点了点头，不经意地朝板田荣一笑了笑。

“爷爷，我当过财神的杀手这件事，您应该知道了吧？”细美不卑不亢，看着李河方说道。

李河方显然没有料到河原细美会这么直接，沉默了片刻，点了点头：“知道。”

“以后我和他们不会再有瓜葛，不知道神隐会是不是还肯接受我？”说话时，河原细美的神情很平静。

李河方笑了笑，顾左右而言他：“今天适之见到你后，对你们两个人的关系是怎么说的？”

“您应该比我更了解适之。”河原细美将视线微微下垂了半寸。

“既然他那里没有问题，你自然还是我们李家的人。”李河方好像想到了什么，伸手从面前的茶盘里递过一个杯子，然后拿起茶壶，一边给河原细美倒茶，一边继续说，“至于神隐会，自然更没有问题，你是我们选中的人。”

河原细美轻叩桌面：“但我出卖过你们，这也没有问题？”

“之前我们不知道你的情况，你可能也不知道自己的情况，所以才发生了这么多事情。以后就不会了。”李河方将手里的茶壶放了下来。

“我的情况？”河原细美有些诧异。

李河方指了指板田荣一：“其实，板田先生才是你的亲生父亲。”

河原细美诧异地转过头，看着板田荣一，为了掩饰慌乱，她下意识地拿起杯子，慢慢喝了一口里面的茶。

“这是你妈妈告诉我的。”板田荣一一副面无表情的样子，好像是在说别人似的。

“板田先生和张先生都是神隐会的人，这么多年来，神隐会一直都是我们三个老家伙在坐庄。”李河方停顿了一下，然后轻描淡写地补充，“还有什么比血缘更让人放心的东西呢？”

“所以，我们对你的信任是毫无保留的，何况你就要嫁给李老的孙子了，我看不出，你还有什么理由背叛神隐会。”张泽恩笑着说。

“我们商量过了，会尽快让你和适之成亲，这样所有的事情就都理顺了。”李河方又拿起杯子喝了一口茶。

在李河方和张泽恩你一言我一语的过程中，河原细美的视线一直没离开过板田荣一。

关于这个男人和自己妈妈关系暧昧的事情，河原细美早就知道，但她没有想到，这个年纪足够做她爷爷的男人，竟是她的生身父亲。细美之所以拼尽全力往上爬，就是因为板田荣一让她的父亲受了屈辱，然而现在，她原以为的父亲不是父亲，她原以为的屈辱成了一个关于自己身世的秘密，她生命中最重要的一根支柱突然被抽掉了。除了震惊，此刻河原细美的心里更多的是茫然，但她又不能表现出六神无主的样子，或者像个头脑简单的小女人，哭着喊着扑到对面那男人的怀里去，所以细美一直在保持微笑，没有做任何的表示。

直到脸上的肌肉笑得发酸，河原细美才打定了主意。既然她连顾得满都可以不要，那么在这个世界上，她就再也不是任何人的女儿或者妻子，她是一个战士，必须去成为赢家，此外没有别的选择。

把这件事情想清楚了，细美心里也就坦然了，她将注视着板田的视线转向了李河方：“我看明天就可以成亲。”

“你的想法跟我们的想法不谋而合，基地里正好有教堂……”李河方站起身，不知按了个什么按钮，阁楼四周的折叠门缓缓打开，草坪西南角有一个不起眼的尖顶建筑，建筑的样式很陈旧，应该是从什么地方整体搬迁过来的。

李河方走到玻璃墙前，继续说道：“蓬莱洲的红衣主教今天在新唐城，他是受邀来参加切斯迪的就职仪式的，他也是我们神隐会的人，正好可以让他明天来主持婚礼，适之的爸爸、妈妈、叔叔和姑姑，都被我从费切拉马城叫了过来，你名义上的父亲和你的母亲我们会派人把他们接过来，当然还有板田先生和张先生。现在你身份特殊，李家也是内外交困，婚礼的规模大概只能到这个程度了，希望你不要介意。”

河原细美点了点头：“我也觉得婚礼应该简朴，尤其在这个遍地是穷人的地方，要赢得民心，就必须让人知道，我们不是为富不仁的强盗，和费切拉马集团里的其他人都不一样。”

在场的三个老人显然没有料到河原细美会这样说，都有些动容，不约而同地看向了她。

“只可惜我们没有办法把我们的低调宣传出去。”李河方沉默了片刻，叹了口气，坐回到八仙桌边。

“也许到明天，情况就不一样了。”河原细美微微一笑，后背彻底靠到了椅背上，现在她确信，她是值得和这三个老人坐在同一张桌子上的。

“什么意思？”张泽恩不解地问。

河原细美指了指内置在玻璃幕墙里的显示器：“切斯迪的就职仪式已经开始了，能打开看一下吗？”

李河方的眼睛眯缝了起来，盯着细美看了很久，然后动了动手指，四面的玻璃墙上，出现了透明的显示屏，在场的四个人都可以在自己的位子上看见切斯迪就职仪式的现场直播。

此时，仪式已到了最关键的时刻，董事会原来的主席，那位一百零一岁的约翰·罗德爵士颤颤巍巍地站在麦克风前，在特写镜头里，他干枯的手背布满皱纹，皮肤像皱砂纸一样耷拉着，手上正握着象征蓬莱洲权柄的金钥匙。这位老得已缩成虾干的英国银行家在麦克风前上气不接下气地说道：“现在，我宣布，切斯迪先生正式接任费切拉马集团的CEO。”

说着，金钥匙被交到了切斯迪手里。

看着屏幕上的这一幕，河原细美瞟了一眼身边的三个老人。三人脸上举重若轻的表情不见了，虽还在笑，笑容却说不出来地僵硬。他们本来都应该去出席就职仪式的，却都托病躲在了神隐会的基地里。

基地离市政礼堂只有两公里，刚才市政厅方向的礼炮声震耳欲聋，三个人应该早就听见了，却一直当作这事情没有发生，直到河原细美要求他们打开电视。

“这切斯迪……”三人中最年轻的张泽恩一边揉着太阳穴，一边愁眉苦脸道，“赢了就赢了，还非要把仪式选在新唐城，这不是想让李老难堪吗？谁不知道，新唐城是李老的根据地。”

“要怪就怪顾有思和他的儿子，竟然在亚洲人的地盘上跟洋鬼子联手搞我们。”板田荣一拿起眼前的茶杯，将早已冷却的茶水倒进茶洗，拿起李河方的茶具，自己沏起茶来。

“正常，人家答应当选后让小顾掌管保安部，生意就是生意。不过，据我所知，小顾可有没那么好对付，也许有朝一日还有可能成为我们的盟友呢。”李河方的嘴角边露出一丝轻描淡写的笑意，瞟了河原细美一眼。

河原细美没有接话，装作没听见的样子，聚精会神地看着眼前屏幕。

她终于在人群中找到了顾得满。

顾得满此刻正站在主席台侧面那个几乎很难吸引到目光的角落里，脸上带着招牌式的微笑，雅雅站在他的身侧，如细美一般婉约而乖巧。

看到这里，河原细美的手下意识地摸了摸右耳垂上的红宝石耳钉。

此刻屏幕上，切斯迪刚从约翰爵士的手里拿过金钥匙，礼堂里响起了掌声和欢呼。切斯迪踌躇满志，目光由左至右巡视着，开始接受人们的致意，如此三遍，才终于伸出双手，示意大家安静，然后右手举着V字，慢慢地伸向了半空。就在他要说出那来自恺撒的3V口号时，现场发生了突变，所有的大屏幕上出现了标语式的大字，音响里传来嘈杂的脚步声，一个大舌头的男人的声音隐约可闻：“什么快闪革命党，什么欢乐女神，在我们保安部面前就是一堆炮灰，我们只是略施小计，替他们放了几颗炸弹，这些自以为代表民意的家伙就被民意抛弃了，谁敢在蓬莱洲挑战费切拉马公司和我们的切老大，谁就是自己找死……”

随着那声音，一张肥脸渐渐淡入，正是保安部那位著名的总探长卡西莫夫。画面里的卡西莫夫看上去已经有九成醉，踉跄着走在一个大型宴会的现场，从一张桌子走到另一张桌子，桌旁坐着来自蓬莱洲各地的探长和保安人员，其乐融融地推杯换盏着。

电视台的直播被切换成了现场屏幕上的这段视频。然后画面又切换到一个灯光昏暗的会议室，视频边角上有时间码，显示会谈的时间是在切斯迪当选CEO后不久，应该是用监控录像偷拍的，在座的除了卡西莫夫和几位探长，还有切斯迪。切斯迪正在向几位心腹封官许愿，要他们继续效忠。

“明天，应该就不会有人认为我是坏人了吧？”笑容从河原细美的眼睛里慢慢往她的脸上荡漾而去。

屏幕刚被曝光视频占据的五分钟里，市政礼堂鸦雀无声。能在这地方的人，都是经过挑选的，每个人都和费切拉马集团或切斯迪有这样那样的利害关系，突然看到这内容，谁也不知该怎样表示，都在等别人反应。

此刻从切斯迪的角度看过去，只见无数颗脑袋在茫然地转动，没有人发声。切斯迪自己的脑子里也是一片空白，直到特蕾莎拉了拉他衣服的后摆，他才终于回过神，大声叫道："小顾！小顾！这是什么情况？"

直觉告诉切斯迪，这事情跟顾得满有关，因为画面上的内容只有顾得满才能搞到手。

"就是大家看到的情况喽。"顾得满的声音听上去懒洋洋的，是从现场的音箱里传来的。切斯迪找了很久，才在礼堂后方二楼的监控席上看到了顾得满。

顾得满手里也拿着一个麦克风，面带微笑，彬彬有礼地朝切斯迪点了点头。顾得满的身侧站着雅雅，雅雅也在捂嘴窃笑。

切斯迪回头看了一眼特蕾莎。特蕾莎茫然地摇了摇头，似乎也没有搞清楚眼前的状况。

"来人，把摄像机和屏幕都关了！"切斯迪冲着身边的保安大喊。

"没用的。"顾得满坐在监控席上，笑着摇了摇头，"视频的播放源不在这地方，屏幕上的内容是电视台逆向发射过来的。即使把市政厅的电闸拉了，也不影响外面的人看到这些。"

切斯迪低下头，似乎在沉思，再次抬起头时，神情已经平静下来。

"为什么要这样做？"切斯迪问。

"还记得吗？当初你拉我进竞选班子，答应过，要改变现状的。现在看来，你，还有各位费切拉马集团的老爷们，似乎并没有这样的计划。"顾得满从楼上往下左右巡视了一番，"既然你们不想改变现状，那就只能让现状来改变你们了。"

"别忘了，你自己是杀害欢乐女神的凶手！"切斯迪冷笑着说。

"谁说我杀害了欢乐女神？"顾得满伸手在空中打了个响指，"阿空，把画面切换一下，让欢乐女神给坐在礼堂里的老爷太太们说两句。”

“OK！”音响里传来一个男子的声音，正是波夜空。

舞台上的大投影和悬挂各处的光屏画面马上被切换到市政厅不远处的电视台。画面在急速上升，在现场进行拍摄的，是四台在不同角度向上飞升的无人机。

无人机很快升到了位于电视台大楼顶上的电视塔。

黑色的电视塔此刻好像被附上了一层五彩装饰，以鲜艳的天蓝、嫩绿、深黄、淡橙、洋红、浅粉的顺序由下至上地分布着，直到无人机离电视塔越来越近，才分辨出那其实是一些穿着一色服装的年轻人，年轻人的脸上都戴着面具，正是《V字特攻队》里象征着革命的笑脸面具，这显然是销声匿迹已久的快闪革命党的又一次快闪行动。

“快闪革命党的朋友，你们好！”顾得满在二楼的监控席上对着话筒大声说道，“我是快闪革命党的虎哥！”

“虎哥好！”蚂蚁一般覆盖住整座电视塔的快闪革命党在齐声欢呼。

“现在，我正在市政礼堂，跟费切拉马公司的切斯迪先生和各位老爷太太在一起，请把你们的心声告诉他们。”顾得满对着话筒悠然地说道。

“改变！就在！今夜！”快闪革命党的年轻人发出了惊天动地的呐喊。

喊声透过音响，震彻整座礼堂。

礼堂里的人还在正襟危坐，有人脸上甚至带着轻蔑的笑意。切斯迪正在舞台上用手机拨打电话。

“很好！”顾得满将手抓成拳头，在空中挥舞了一下，“现在，请快闪革命党的象征，我们的欢乐女神，跟大家说两句！”

顾得满话音刚落，无人机开始向电视塔的尖顶伸展而去。在那只能落下一只脚的尖顶上，一个穿红色连衣裙长发飘飘的女子，正以金鸡独立的姿态，傲然立在塔顶，她的脸上也戴着一个笑脸面具。

当无人机飞到跟女子脸一样的高度时，红衣女子慢慢揭下了脸上的面具。

攀附在电视塔上正拿着手机看直播的人里发出了惊呼：“女神光……我们的欢乐女神原来是女神光！”

这声音在电视塔上传播着，在蓬莱洲的贫民窟、上下班的公共汽车和正在歇息的夜班工人那里传递着。

“对，我们的欢乐女神，就是我们蓬莱洲穷人最喜欢的网红主播女神光！”顾得满对着话筒大声说道，“她有话要对大家说。”

电视塔上的人安静下来，四架无人机中的一架逼近到井下光身边，井下光朝着镜头挥了挥手：“各位蓬莱洲的朋友，你们好。我们快闪革命党的志愿者，现在已经戴着我手上的这个面具来到街头，如果你们跟我们的想法一样，不想再这样痛苦地生活下去，那么请你们放下手上的事情，走到街头来，戴上这个面具，让我们一起来占领蓬莱洲的每一条大街小巷。让我们用行动告诉费切拉马集团，蓬莱洲不是他们的蓬莱洲，蓬莱洲是我们每个人的蓬莱洲，我们的未来由我们自己决定！今夜以后，让我们一起做幸福的人类！”

说着，井下光又将那笑脸面具戴到了脸上。

“既然欢乐女神没有死，我大概就不能算是凶手了吧？”顾得满耸了耸肩说。

“精彩！太精彩了！”切斯迪脸上忽然露出轻松的笑意，用力鼓起掌来，“如果这是一场戏，确实好看，可惜，现实不是戏。”

礼堂里发出哄堂大笑，有人在鼓掌。

“你想说什么？”顾得满笑着问。

“我不想说什么，我只想让事实来说话。”切斯迪笑了笑说。

“好，那我们就让事实来说话。”顾得满慢条斯理地舔了舔嘴唇，“离你刚才打电话已经过去十几分钟？你不觉得奇怪吗？为什么你布置在礼堂内外的保安部心腹和特别行动队的人，没有冲进来？”

切斯迪呆了一呆，笑容慢慢收敛。

“还有电视台原先也有重兵把守，为什么快闪革命党的人会轻易爬到电视塔上去？”顾得满停顿了一下，又举手打了个响指，“阿空，让大家看一下什么是事实！”

屏幕上的画面切换到了礼堂外，保安部的侦探和特别行动队的人正被小施带着的一队人马用枪指着，双手抱着脑袋，蹲坐在一起。小施冲着镜头做出了V字手势。

然后画面又切换到电视台，守卫电视台的保安队也被小柯带领的人马成功地缴了械。

画面再次切换，是发生在蓬莱洲各地的情况，都是保安部的人被缴械的画面，其中一些画面里一些保安和特别行动队的成员也戴上了笑脸面具，在收缴身边同伴的枪械。

“很好，不得不承认，你真的很棒，我们没有看错人。”切斯迪忽然又鼓起掌来，一边说，一边在嘴角露出一丝神秘的微笑，“既然如此，那就一起来让改变发生吧！”

说完，切斯迪和身边的特蕾莎相视而笑。

切斯迪拉开身上的西装，衣服的内衬上挂满了微型手雷，切斯迪取下手雷，拉开保险，扔到了观众席上。礼堂里被炸出了一个个血肉横飞的大坑。

切斯迪身边的特蕾莎手腕上那道隆起的裂缝也忽然打开，露出两挺微型冲锋枪，开始向观众席扫射。

特蕾莎身上还蹦下来那只原属于河原细美的小白狐。小动物落地后，瞬间长成了一只巨狐，向观众席扑了过去，凶残地撕咬着。

观众席上也有三个观众站了起来，从他们刀枪不入的样子看，应该都是财神的分身，其中一个在用一把五六米长的大刀像电风扇一样快速地转动，刀锋所及之处，无不血肉横飞；一个人变身为一辆重型坦克，向观众席碾轧而去；还有一个掏出了一把萨克斯，每吹奏一下，萨克斯里就会喷出火焰，将身边的人烧成焦尸。

这变故发生在电光石火的一瞬间，顾得满还没来得及回过神，观众席已是一片血泊和焦土，除了切斯迪和财神的五个分身，其他的人都已惨遭杀戮。

顾得满使劲敲了敲话筒，试图跟波夜空通话：“阿空，阿空，这情况都拍下来了吗？”

话筒里一片沉寂，没有声音返回。

“刚才发生的事，除了我们，没有第三方看见，这件事情将成为一个悬案。你肯定会说，这是我干的，我也会告诉别人，这是你做的。至于到底是谁做的，不重要。”切斯迪慢慢地扣上了西装的纽扣。

“为什么要这样做？”顾得满眯缝起眼睛，看着切斯迪。

“为了改变啊，不是你说的吗？”切斯迪耸了耸肩，“这些人都是别人的爷爷奶奶、父亲母亲、老板金主、老大恩公，只要他们死了，才会有血海深仇这回事，改变才会开始。谁让人类有劣根性，情和利总是重于理性，我们生命进化委员会的三千年庆典，现在终于开始了，我们是不是该感谢一下你呢？”

切斯迪大笑着拍了拍西装上的灰尘，在财神五个分身的簇拥下，悠然自得地离开了舞台。

本章回顾：

河原细美决定离开顾得满，回归神隐会的阵营。在香港路100号的基地里见到了神隐会的三位主席：李河方、板田荣一和张泽恩。河原细美这时才得知，自己其实是板田荣一的私生女。这时，在切斯迪担任费切拉马集团的就职仪式上，顾得满发布了揭露费切拉马集团黑幕的视频，然后正式发动了起义。就在顾得满以为胜券在握的时候，切斯迪和财神分身突然大开杀戒，杀死了参加就职典礼的所有人。然后告诉顾得满，生进会的三千年庆典正式开始了。

（第二部完）

与光与影与空

3

虚无的战场

VISION IN
THE
VOID

X程序 著

作家出版社

目录

VISION IN the void

VISION IN
THE
VOID

第一章
债多不怕欠

新篇章号启航了。

两个月前，这邮轮还是切斯迪竞选CEO时使用的行宫，现在却挂上了联合国难民署的旗帜，载着满满一船人，正在驶离一号码头。

新唐城已被联军围困了一个星期，新篇章号是三天来从西区码头出发的第七艘难民船。

极远处的海平线上，黑压压的一片，样子看上去就像聚集着一层又一层的蚊子。

不过，要是站在港口的灯塔上用望远镜观察，会发现那些密密麻麻的小黑点，并不是蚊子，而是一个又一个的航母战斗群，舰只与舰只的间隙极小，而且绕着新唐城的海岸线，足足围了三圈。要知道位于蓬莱洲最北端的新唐城三面都是海，海岸线长达三百多公里，要把这一圈的周长用战舰填满，而且是三层，还是在四十公里外，这需要布置多少舰只啊，足见联军的兵力有多恐怖。

“即使把旧大陆所有国家的海军都调过来，大概也不及这里的十分之一吧。”顾得满一边用一个大号望远镜巡视海面，一边讥诮地说道。

“真不知道这帮家伙是怎么做到的，只用了两个月，就搞来了这么多船，每艘船上还装备了这么多先进的武器和飞机，简直跟打游戏似的。”小施别出心裁地举着他的狙击步枪，用瞄准镜看着海面的方向，轻轻撇了撇嘴，“说心里话，这二十多家海军只要派出一支，横扫旧大陆都不在话下，现在竟然全部堆在了这里，这是在闹哪样呀？”

“如果对方真的只是想碾轧新唐城，根本用不着舰队和飞机，南城的那个坦克阵就足够了。”小柯拿着他那副只有巴掌大小的望远镜，转头看向了城南。

城南的天空一片澄澈。

在这次革命发生前，蓬莱洲曾是世界上最大的垃圾废料回收基地，尤其是北边的新唐城。当时只要城里的工厂开足了马力，全城就会被笼罩在一片雾霾之中，哪怕小柯拿着最先进的望远镜，也不可能看见一百米外的地方，但现在即使没有望远镜，他都可以用肉眼看见远处的地平线，要不是那地方现在尘土滚滚，他还能看得更远。

“不说别的，”小柯用拿着香烟的手，指了指其中的一个方向，透过望远镜，能看出那是一个由一千多辆土黄色坦克组成的方阵，“就说秩序联盟的一〇一装甲师吧，根据我们的人传回来的情报，这种悬浮式坦克的装甲一共植入了十八层石墨烯，夹着石墨烯的每一层合金，在材料和功能上都有不同的作用。即使我们能从旧大陆搞到最先进的涡轮式反坦克导弹，打过去的话，最多也就能在坦克的装甲上留下一层很淡的划痕，即使你发狠使用原子弹，也不可能对坦克和里面的步兵造成任何伤害。而且这种坦克底部装着喷气式悬浮设备，可以卸掉自重的百分之九十五，虽然是两百吨的大家伙，但即使在烂泥地上也能开得跟赛车一样快，最高时速据说能到七百公里。这一千辆坦克，排成一排，只要十五分钟，就能把新唐城碾成一片平地，甚至一枪一炮都不用开，而且使用的还是全自动无人驾驶模式。”

“我×，那他们干吗还布下这么大阵势？秀肌肉也不是这么秀的呀。”小施的脑袋还是贴在狙击枪上，看向了南城的方向，“人工不要钱啊，发动机不用折旧啊？”

“人家有钱，任性一下不行啊？”小柯摇头咂嘴，“据说，联军的那帮家伙已经把新唐城当彩头了，各自押了一大笔钱，最后看谁占下的地盘多，奖金池里的钱就归谁。”

在这过程中，顾得满都没有往南城的方向看过一眼，他的望远镜一直在跟随着新篇章号。

新篇章号此刻已行驶到了离海岸线有两三公里远的地方，邮轮最高处的瞭望台上，一个穿藏蓝色制服的海员正在挥舞着一面白旗，他是在向远处的舰队表示着投诚的意思。

舰队方面没有反应，好像不置可否。于是，新篇章号又向前推进了五百米。然后它好像触发了某个临界点，轮船刚越过那个特定的距离，海平线的方向飞起一片乌云。倏忽间，乌云到了新篇章号的头顶上，然后一股脑地落下，那是几千枚形状各异的导弹，等导弹的火光消失后，新篇章号就像不曾存在过似的，消失了。

“这帮狗东西真够狠的，这已经是三天来被打掉的第七艘难民船了。看来只要是从新唐城出去的，哪怕是只老鼠，他们都不打算放过。”小施一脸怅惘地看着重新变得空荡荡的海面，喃喃道。

“唉，可怜，想要逃命的人，却是死得最快的。”小柯也叹了口气。

“不是说，新篇章号的船长已经跟尤利西斯打过招呼了吗？”顾得满放下望远镜，回头看了一眼小柯。

“刚才尤利西斯的舰队确实没有开火。”小柯无奈地耸了耸肩，“虽然号称是联军，但估计谁也没把谁当回事。”

“确认过了吗？他们真的会在今天晚上发动总攻？”顾得满沉声问道。

“确认过了，几方传回来的情报都是这样说的。”小柯一脸凝重地点头说道。

顾得满摇了摇头，回头四顾，好像在寻觅着什么，最后他的视线落在了灯塔左侧的阳台上，井下光正站在栏杆上，百无聊赖地玩着走钢丝和后空翻的游戏，动作轻盈而帅气。

“喂！怎么说，你现在都是新唐城的最高长官，能不能拿出点领袖的气质来？”顾得满冲着井下光一脸沉郁地呵斥。

“也是哦。”井下光停下脚步，将脸转向顾得满，使劲抿嘴，将脸板了起来，还用力地皱了皱眉头，这样试了好几次，才总算变得严肃起来，“这样是不是就比较像了？”

顾得满忍不住摇头叹气：“拜托你的事，做了吗？”

“什么事？”井下光一脸懵懂地看着顾得满，直到顾得满开始不满地咂嘴，才露出恍然大悟的笑颜，“哦，你是说，投降的事情啊？我已经跟切斯迪交涉过了。”

“他怎么说？”顾得满问。

“他说绝不接受。”井下光摊了摊手。

“你是怎么跟他说的？”顾得满还是面无表情。

“就按你说的，只要不伤害城里的平民，我们可以不抵抗。”说着，井下光一个后空翻，从栏杆上直接跳到了地面。

“还有呢？”顾得满继续问。

“还有什么？”井下光挠了挠头，看到顾得满看过来的目光越来越冷，鼻子一皱，笑得更开心了，“哦，是说把你交给他们，要杀要剐随便，是吗？”

“大姐，你说话能不能干脆点？”顾得满被井下光逗自己玩的语气激怒了，声音抬高了八度。

“哎呀，人家根本不在乎啊！”井下光故意拉长声调，轻飘飘地说。

“你给他看你的芥子车了吗？没告诉他，就算他们飞机坦克导弹再多，我想跑，他们也拿我没办法？”顾得满道。

“我就是坐着芥子车去见切斯迪的，他又不傻，这还能看不明白？至于你是什么人，财神也应该早就告诉过他。人家说了，只要这城里一千六百万人都死了，就能让你生不如死，既然你甘于做一个低级的人类，那么这笔良心债会一辈子追着你不放。你是死是活，其实一点也不重要。”井下光一边说，一边用眼睛的余光瞟着顾得满。

听到井下光的话，顾得满的神情更加凝重。眼前的这个局面，正是因为两个月前他发动的那场革命。他本以为，革命可以把蓬莱洲的弃民从原先的悲惨境地里解救出来，但没想到切斯迪和财神会把情况往更加狂乱的方向上带，他设想的全新局面没有出现，蓬莱洲反倒陷入了更为凶险的境地。顾得满心里不禁苦涩，如果两个月前，他选择跟切斯迪和财神合作，接受他们的安排，新唐城甚至整个蓬莱洲是否就能避免这场浩劫？

就在眉头快要拧到一起时，顾得满的神情忽然舒展了起来，一层迷人的笑意从他两颊的酒窝，荡漾到整张脸上，他的声音忽然变得轻松：“好啊，债多不怕欠，既然债都欠到这个份儿上了，那就想尽一切办法来还吧。”

井下光知道，顾得满发狠了，满意地点了点头，走到他身边，用拳头捶了一下他的肩：“这才对嘛，没你，生进会的三千年庆典也是一样要搞，死的人一点也不会少。有了你，反倒多了一个搅局的机会。你要相信三师叔的选择，不能让他白白牺牲了。”

“明白，”顾得满缓缓地点了点头，转身看了一眼小柯和小施，“我们再想想办法，看看还有什么是我们没有想到的。”

小柯和小施跟着点了点头。

“哦，对了，”井下光好像想起了什么，“我跟切斯迪的谈判结束的时候，他身边那个叫特蕾莎的机器人没来由地说了一句，说想要保住新唐城这一千六百万条人命，可能性只有一个。”

“什么意思？”顾得满连忙问。

“她没说，只是说如果这种可能性发生的话，我们自然会知道。”井下光缓声说道。

“哦？”顾得满下意识地皱了皱眉头。

“别想了，也许只是他们在跟我们玩心理游戏，”井下光看似随意地拍了拍顾得满的肩，目光闪烁，“细美把婚礼定在了上午十点，我现在要去观礼，你一起去吗？”

顾得满点了点头：“她也给我发了请柬。”

“这细美，都这时候了，还要搞这种花样？”小施不满地摇了摇头。

“你这种又蠢又幼稚的直男懂什么呀？”井下光不屑地瞟了一眼小施，不知道她是怎么做到的，倏忽间人已经到了小施面前，将他锅盖头中央的冲天辫抓在了三根手指间，前后左右扯动着，小施龇牙咧嘴地叫了起来，想挣脱却怎样也挣脱不了。

井下光没搭理小施的叫唤，继续道：“婚礼可是女人一生中最隆重的一场戏，哪怕死，也得在死前把这场戏给走一遍，对吧？”说着，井下光把头转向顾得满，拿腔拿调地说道：“唉，本来我还以为，你会是这出戏的男主角呢。”

顾得满的嘴角浮起了作为保护色的微笑，淡然地说道：“做个配角也不错。放心吧，我一定会在婚礼上献上真诚的祝福。”

“你的心倒还挺大。”井下光终于松开了小施的冲天辫，好像手被弄脏了似的，一脸嫌弃地将那三根手指在另一只手的袖管上擦了又擦。

本章回顾：

新唐城被以切斯迪为首的联军重重包围，联军发出屠城的指令。顾得满愿以自己为交换，要求切斯迪放过城里的平民，但被切斯迪拒绝。没有退路的顾得满在井下光鼓励下，决定再想想办法。

小贴士：

新唐城：位于蓬莱洲北端，是新大陆上人口最多的城市。居民是以华人为主的东亚移民。勤劳的东亚移民利用来自旧大陆的工业垃圾和化学废料，在此地建起了垃圾回收产业，用从垃圾里提炼的原料，从旧大陆换取外汇和各种生活必需品。所以新唐城是蓬莱洲污染最严重的地方。两个月前，在顾得满、井下光和河原细美等人的领导下，新唐城的奔民发动了一场起义，费切拉马集团在蓬莱洲的统治被推翻，新唐城建立了共和国。

第二章

白色象征纯洁、死亡和重生

空调开得很足，房间里的温度已经快到十摄氏度了，河原细美却还是觉得很热。

为了准备今天和李适之的婚礼，妈妈直子为河原细美准备了三套日本传统的花嫁和服，分别是白无垢、色打挂和大振袖。

根据计划，今天婚礼的第一个步骤是去香港路一〇〇号的教堂举行仪式。地点虽是教堂，但典礼的规矩却又依足了日本的神道教。

在神隐会的人看来，所有奉天为主的宗教都是同一个，其背后的意味都是在向这个宇宙中最古老的统治势力帝释会表示效忠。

按照神道教的规矩，在神前宣誓结婚时，新娘要穿白无垢，因为白色象征纯洁，同时也象征着死亡和重生，意味着新娘嫁入夫家便是再世为人。

所以，白无垢的意义“重”如泰山。所以，现在穿在细美身上的这套白无垢，足足有六点八公斤重。当然，重的另一个意思，就是热，河原细美觉得此刻穿在身上的好像不是和服，而是一床棉被。

虽然身体燥热，河原细美的神情还是清新而婉约，她没有接受妈妈的指令，给自己化一个传统的浓妆，而是保持了一贯的风格——“不经意的十分美丽”。

这场婚礼本该在两个月前就举行了，但谁也没想到，革命最后会演变成这样一个局面。

那天，在顾得满发布起义的消息后不久，来自市政礼堂的转播画面就忽然中断了，礼堂方向传来了爆炸声。在香港路一〇〇号的伏秋小筑里，李河方、板田荣一和张泽恩看着冒出雪花的空白画面，都在猜测市政礼堂里发生了什么事，而河原细美借着仿生机器人雅雅的眼睛，看见了事情的全过程。

礼堂里的大屠杀在三分钟不到的时间里就结束了。当小施带着守在外面的起义军冲进会场时，切斯迪和财神的五个分身已经离开。礼堂里只剩下了顾得满、雅雅和一大堆肢体残缺的尸首。

因为这场神秘的大屠杀，一系列的连锁反应便随之发生。

河原细美和李适之的婚礼也从两个月前推迟到了今天。

此刻，看着镜子里的自己，河原细美既无欢喜，也无悲伤。

从革命前她决定离开地狱号，回到伏秋小筑的那一刻起，她已经为她的人生做了最终的决断。眼前的一切，对她而言，顺理成章，并无波澜。

身为伴娘的雅雅正在用白绢往细美挂满缀饰的发髻上，小心翼翼地围上一圈配合白无垢的“角隐”头巾。

毫无疑问，雅雅可谓是细美的另一个自我，因为是她在用脑波控制仪，控制着眼前的这个仿生机器人。这样说起来，此刻帮她梳妆打扮的，正是她自己，为她做伴娘的，也同样是她自己。

那天，河原细美偷偷从地狱号离开时，也许是心里存了某个念想，特意把雅雅留在了顾得满身边。

但革命后的第二天，雅雅就被顾得满送了回来。将雅雅从身边送走时，顾得满只淡淡地说了一句：“你知道我是怎样的人，我也知道你是怎样的人。既然你已经做了选择，留一个温情脉脉的尾巴不适合我们这样的人。”

这话虽是对雅雅说的，在听的却是河原细美。顾得满和河原细美都很清楚这一点。

既然决心已下，河原细美就欣然接受了这个被顾得满遣返的仿生机器人，她对外宣称，雅雅是她的远房表妹，然后让雅雅成了她的私人秘书。整个新唐城，除了少数几个人，并没有人知道雅雅的真实身份。

耳垂上做成红宝石耳钉模样的脑控仪忽然振动了起来，河原细美的耳边响起了要求通过雅雅跟她建立脑内连接的请求。发出请求的正是财神的矩阵决策系统。构成这个决策系统的是财神为自己设定的六百六十六个算法，每个算法都有特定的名字和形象。雅雅原先也是其中的一个，只是后来被波夜空用黑客手段，将她置换成了细美的意识。

两个月前，因为雅雅在市政厅起义现场的表现，财神的决策系统终于发现，雅雅被调包了。不过，矩阵系统无法通过雅雅，来逆向控制河原细美的意识，只好将雅雅从系统里踢了出来。

在耳垂上的脑控仪振动了三分钟后，河原细美才接受了来自财神的邀请。她不是在犹豫，而是在试探，想看看对方想见她的愿望有多强烈。现在她终于有了结论：对方显然有求于她。

于是，两个月后，河原细美终于又一次进入了由比特信息构成的财神矩阵决策系统。

矩阵系统的虚拟图形界面采用的是特蕾莎的水晶宫模式。当河原细美的意识跃迁到这个虚拟空间时，眼前出现了一个冰雕一般的巨型建筑。此刻建筑显得空荡，四周和楼上的席位都被撤走了，只剩下宫殿中央那个可以坐下上百人的水晶长条桌。在长条桌的远端，坐着三个财神的算法，分别是精灵、特蕾莎和小白狐。其中特蕾莎是以狐仙算法的身份参与这次会面的，所以她脸上戴了一张狐狸面具，只是眼睛、鼻子和嘴依旧是特蕾莎的。自从狐仙被井下光、卓深影和波夜空他们干掉后，至今还没有完成重建。负责监控切斯迪的特蕾莎因为在算法上比较接近狐仙，便暂时接管了狐仙的角色。狐仙和小白狐这两个算法，一个是河原细美以前给财神当杀手时的老板，一个是以前负责监控河原细美的特殊算法，所以两个人自然是要出面作陪的。而精灵则是这六百六十六个算法的总代理，他一个人就可以代表财神所有的算法。

河原细美朝眼前的三个人点了点头，在长条桌的这一端坐了下来。因为没有必要再把自己伪装成雅雅，细美索性使用了自己的真面目，她的穿着打扮跟此刻坐在闺房里，穿着白无垢的自己并无两样。

看到河原细美在长条桌前落座后，小白狐直接跳到了桌上，朝她飞奔而来，扑进她怀里。河原细美怜爱地抚摸着小白狐的脑袋，小白狐则欢喜地舔着她的手。好像之前她们之间那些相互背叛和辜负的戏码都从未发生过似的，好像她还是小白狐的主人，而小白狐也依旧是她的宠物。

腻味了足足五分钟，精灵咳嗽了一声，小白狐识趣地停下动作，跑回到自己的座位上。

“说正事吧。”呈现为狐仙模样的特蕾莎表情显得很严肃。

“稍等，”河原细美微微一笑，“说正事前，有几件事我很好奇。”

“你说。”精灵颔首。

“那天在市政礼堂发生的那场大屠杀，是你们早就计划好的，还是临时做出的调整？”河原细美轻声问道。随着她意识的闪回，水晶宫的玻璃幕墙变成了屏幕，开始播放革命那天在市政礼堂发生的一系列血腥场面。

“这是我们临时做出的调整。”精灵道。

“也就是说，之前你们并没有发现雅雅被调包了，也没有觉察到顾得满的起义计划？”河原细美问道。

“不得不说，你和顾得满确实都很优秀。当初我们选你们做我们的代理人，也确实没有选错。”精灵沉声说道。

“明白了。”河原细美点了点头，“只是从你们把我……哦，不对，应该是你们把雅雅踢出系统，一直到礼堂发生杀戮，这中间只有十五分钟时间，按你们的习惯，如果没有把事情的前因后果都讨论清楚，并得到矩阵内大多数算法的同意，你们是不会轻易行动的。”

“你自己也在矩阵里待过，矩阵里的时间和现实里的时间，不是一个概念。我们做过一个测量，现实中的一微秒，大约相当于矩阵里的一小时，十五分钟对我们来说，意味着可以有六年时间来策划这场大戏。好像你们地球人有个说法，叫作‘洞中方一日，世上已千年’，对矩阵系统来说，情况可能正相反。”精灵脸上的笑意含而不露，“在这所谓的十五分钟里，我们推演出了很多变化，终于明白，为什么当年摩西沙罗会说，顾得满将是开启这次三千年庆典的关键。”

“这十五分钟里，我们不仅策划了礼堂里的杀戮，还布置好了后续的事情，过去的两个月里蓬莱洲发生的一切，都是我们在那时候做出的应变措施。”特蕾莎补充道，颀长的手指在空中跳舞似的挥了挥，手上凭空出现了一支细长的香烟，然后她心旷神怡地吸了一口。

“我只是奇怪，第二天顾得满在起义军的新闻发布会上，讲了当天在礼堂发生的事情，既然你们设下了这个局，为什么不让切斯迪出面否认一下？”河原细美的神情依旧平静。

“为什么要否认？”特蕾莎露出无辜的表情。

“事实你也看到了，”精灵缓声补充，“即使顾得满做出了解释，他的话也没有人相信，那么，我们有什么必要出面否认呢？反正我们也不在乎蓬莱洲的人会不会把我们当凶手，我们想要的只是一场无可挽回的乱局。我们已经达到了目的。”

“也是。”河原细美释然地笑了笑，“你们确实够强，但另一方面来说，也因为地球上的人类确实够蠢。当时我也没有想到，连起义的支持者也会为这场屠杀叫好。”

“很正常，”特蕾莎耸了耸肩，“毕竟，这二十多年来，这里的大多数人都像活在地狱里，那些人受了那么多苦，都有家人或亲朋好友死在眼前，无论是谁，心里大概都会积压着很多的怒火。所以，对大多数人来说，这场屠杀可能只是在为他们伸张正义。”

“市政礼堂里的这场屠杀只是一个示范，我们真正的目的是想让大家来模仿。”说到此处，精灵停顿了一下，“果然，就像我们预料的那样，在看了大屠杀的新闻后，各地也都开始了烧杀抢掠。”

精灵动了动手指，水晶宫幕墙上的画面，变成了发生在蓬莱洲各地的暴力事件。

“事情到了这一步，土豪们自然不肯坐以待毙，他们一定会用武力对抗暴民。”特蕾莎朝空中吐了一个粉红色的烟圈，“我想这件事情，你自己应该深有体会，神隐会的李河方、板田荣一和张泽恩虽都在起义那天，宣布加入义军，但毕竟他们屁股上费切拉马的印记太深。听说起义第三天，就有暴民组织起来，跑去香港路打土豪，幸亏那三个老家伙在新唐城经营多年，手底下有四海帮和极道会这种武装力量护驾，然后被视为起义军领袖的井下光和顾得满又出面为三人担保，才总算稳住了局面。当然，最重要的原因还是由于李河方有一个孙媳妇，就是河原小姐您，也是本次起义的领导者。这些因素加在一起，新唐城才没有像其他地方一样爆发内战。”

“你们必须承认，新唐城的局面能稳下来，老爷子他们也功不可没，”河原细美不温不火地补充道，“毕竟逼宫事件发生后，他们马上向起义军捐献了大笔资金和物资。要知道起义后，蓬莱洲的废料回收生意停滞了下来，各地都在闹饥荒，唯独人口最多的新唐城，人均生活水平甚至比起义前更好。”

“所以说，人类真是太没有节操了，前几天还嚷嚷着要吊死那三个老家伙，吃了点好处，就又当他们是亲爹了。前些天你们搞新唐城共和国的时候，选民们竟然还让他们掌管了财政和货币委员会，把城里的经济命脉都交到了他们手上。”特蕾莎讥笑道。

河原细美不动声色，只淡淡一笑：“你们不觉得，这种趋利避害的能力，正是人类进化的动力所在吗？”

“不过，其他地方就没有新唐城这么好运气了，土豪们在反攻，起义军也内讧不断，你们计划中的统一政权不仅没有建立，在短短两个月里，蓬莱洲还出现几百个割据政权。理智对你们人类而言，真可谓是稀有之物。”精灵缓声说道。

“出现这样的局面，主要还是你们的功劳，”河原细美站起身，走到水晶宫的幕墙前，抖了抖衣袖，将自己的意志投射到水晶幕墙上，幕墙上出现了航母战队、空战机群和坦克方阵的画面，“根据我们得到的情报，每个割据政权成立后不久，战力都得到了突飞猛进的提升，靠蓬莱洲自己的那点资源，是不可能做到这一点的。”

“确切地说，不是我们，是生命进化委员会几百个会员共同努力的结果。这就是我们所谓的‘三千年庆典’，那几百个大小军阀只是不同的会员给自己选定的代理人。”精灵应道。

“好一个代理人。”河原细美转过身看向长条桌尽头那三个财神算法的化身。

“总不能让会员们自己杀来杀去吧？”特蕾莎面带微笑，拖长音调说道，“所以我们的会长摩西沙罗想到了一个两全其美的办法，通过代理人战争，来检验会员们在过去三千年里取得的技术进步，然后重新排定大家在委员会里的座次。”

“摩西沙罗说过，我们这个三千年庆典，就好比你们地球上的奥运会，也算是一种和平年代的战争，”精灵补充道，“生进会和帝释会不同，会员们都比较好战，所以外面有一种说法，说我们是阿修罗会。但事实上，我们只是比较要求上进而已，不过这样一来，相互之间就比较容易起冲突，所以摩西沙罗就想到了这样一个平衡策略。对委员会的成员来说，这是一场实验，也是一场游戏，是赌博，也是政治。”

“明白了。”河原细美点了点头，“蓬莱洲的地球人对你们来说，就像是实验室里的小白鼠，对不对？”

“话不中听，但情况就是如此，”精灵一脸诚恳地说道，“你们在我们眼里，跟你们看小白鼠没什么两样。”

“不过，跟小白鼠比起来，你们还是有些特别之处的，”特蕾莎脸上露出促狭的笑意，“你们是人类嘛，你们认为自己有自由意志，会以为你们那些被操纵的行为是在争取自由、独立和出人头地的机会，比小白鼠好玩多了，这也是三千年庆典里最有趣的地方。”

河原细美心里一阵悲哀，脸上依旧不温不火，淡淡说道：“好吧，现在我们来说正事。”

“看来，你们神隐会的人已经把今天的事情都布置好了？”精灵面露笑意。

“既然帝释会和生进会达成了这笔交易，我和三位老爷子自然是要竭尽所能的，既是为自己，也是为城里的一千六百万苍生着想。”河原细美重新回到长条桌的另一端，正襟危坐。

“要是你们搞不定顾得满他们，协议就会作废。”说话时，精灵的眼睛微眯了一下，“到时候，帝释会也没有理由保你们了。外面的联军一旦开始冲锋，你应该知道会是什么结果。”

“放心，今天的这场婚礼既是婚礼，也是我们布下的天罗地网，名单上的人除了井下光，没有人还能看见今晚的月光。”河原细美一字一句地说道。

“包括顾得满？”特蕾莎问。

“包括顾得满。”河原细美用力点了点头，“你们不是通过帝释会通知李河方了吗？按照摩西沙罗失踪前留下的计算结果，除了大风，只要我和雅雅联手，也一样能杀死顾得满。”

“但我们不是很明白，你为什么要求留下井下光？”精灵盯着河原细美的眼睛，问道。

“因为她是我的朋友。”河原细美的嘴角露出一丝笑意。

“仅仅因为她是你的朋友？”特蕾莎笑道，笑容里别有意味，“我还以为，你们觉得她人气高又不懂政治，只要顾得满、小柯他们被除掉，她就可以任由你们来操纵了呢。”

“你这样理解也没有错。反正结果是一样，我们依然会是朋友。”河原细美不动声色。

“那怎么跟她解释顾得满他们的死呢？”精灵问。

“自然是被你们暗算了，我还会当着井下光的面，亲手将凶手正法。这些事情好像并不难。”河原细美的语调依然优雅。

“不得不说，在这个星球上，你是最优秀的。”精灵点了点头道。

“你们忽然找我过来，应该不是为了跟我说这句话吧？”河原细美不为所动，语气依旧平淡。

“今天，我们不是代表财神，而是代表生进会，来跟你探讨某种可能性的。”说到这里，精灵停顿了一下，看了看分坐在两边的特蕾莎和小白狐，继续说道，“今天的事情如果真的如你所愿，那你和我们或许还有别的合作机会。”

“什么合作机会？”河原细美莞尔一笑，“你们不是已经答应了帝释会，只要今天的政变成功，新唐城被我们控制的话，我们神隐会就能以外卡选手的身份，参加你们的三千年庆典，跟你们的代理人拥有同等权益，还可以接受帝释会方面提供的军事援助。此外，这次庆典，最后的胜利者如果是神隐会，你们生进会的人就会选择退出地球，你们是这样说的吧？”

“虽是这样说的，但话又说回来了，即使新唐城在你们的控制下，真的能成为这次三千年庆典的优胜者，”特蕾莎的嘴角挂着显而易见的轻蔑，“你们也只是帝释会在地球上的傀儡，李河方他们怎么想，我不知道，但这个结果肯定不能满足你的野心。”

“我能有什么野心？”河原细美故作轻松地低下头，好像只是在关心手上的指甲油是否涂均匀了，“作为一个低级别的生命体，我还能有什么更高的期望？”

“也许我们能给出比帝释会更好的条件。”精灵银色的睫毛在闪动。

“哦，说来听听。”河原细美没有抬头。

“如果你能把新唐城和神隐会都控制在你手里，或许我们会考虑让你成为生进会的秘密会员。”精灵的脸上露出一丝笑意，“换句话说，你不再是一只实验室里的小白鼠，而将升格成为小白鼠背后的操控者。当然这件事情需要瞒着帝释会。这个计划要是能够成功，你们的人又恰巧在庆典上胜出，那么按照我们生进会的规则，你就是本次庆典的最终胜利者，在未来的三千年里，你就是我们生进会里说一不二的会长。”

“条件够好吗？”特蕾莎笑道。

“条件太好了。”河原细美抬起头，脸上露出了明媚的笑颜，突然话锋一转，“只是不明白，我有何德何能，能值得这么好的条件。”

“也许是因为我们真的很喜欢你。”特蕾莎的语气里满是嘲讽。

“难道不是因为新唐城里藏着某个特别的秘密吗？”河原细美笑吟吟地反问。

“你是聪明人，就不跟你绕弯子了，”精灵收敛起脸上的笑意，神情变得严肃，“帝释会的人之所以费这么大力气，要在势力均衡理事会的常务会议上向我们发难，为神隐会争取这样一个外卡参赛的机会，自然也是为了藏在新唐城里的那件东西。十八年前，我们的会长摩西沙罗之所以会失踪，应该也和此事有很大的关联。”

“所以你们需要有个人来帮你们控制新唐城，查清此事的真相，对吗？”河原细美问。

“正是如此。”精灵点了点头。

“那你们觉得，我是应该答应呢，还是不答应？”河原细美的脸上浮起一层耐人寻味的笑意。她一边笑，一边收摄起心神，猛地断开了雅雅和矩阵决策系统之间的脑内连接。

于是，河原细美眼前的景象又变成了闺房里的那面梳妆镜，雅雅的自动操作程序已妥妥地将“角隐”围在了她的头上，端端正正，干干净净。

河原细美不由得对着镜子喃喃自语：“这辈子，我一直都在等你们的决定，这一次也该让你们等一等我的决定了。今天之后，我有足够的时间，来想清楚要不要答应你们。”

本章回顾：

河原细美在为婚礼换装时，通过她和仿生机器人雅雅的脑内连接，进入了财神的矩阵决策系统。原来，今天河原细美和李适之的婚礼，还隐藏着一场政变。根据生命进化委员会和帝释会的协议，只要神隐会在这场政变中取得对新唐城的控制权，神隐会将以外卡选手的身份参加生进会的三千年庆典，新唐城也将躲过今晚的这场浩劫。财神将河原细美召唤到财神的矩阵决策系统里，是想让她成为生进会在神隐会里的内应。财神给河原细美开出了很好的条件，河原细美没有马上答应。

小贴士：

财神：蓬莱洲一个神秘杀手组织的名字，同时财神也是这个杀手组织大老板的绰号，据说该组织和这位大老板是费切拉马集团十三董事背后的操纵者。财神的前身是一个将自己的意识上传到云端的外星人，拥有六百六十六个仿生机器人，作为自己在人间的分身。每个仿生机器人都是一个独特的算法，这六百六十六个算法共同组成了财神的决策矩阵，已经被卓深影等铲除的狐仙正是其中的一个算法。除了是杀手组织的幕后老板，财神也是生命进化委员会的秘书长，在组织里是会长摩西沙罗之下的二号人物。蓬莱洲计划正是由财神一手策划的，目的是在蓬莱洲展开一场名为“三千年庆典”的代理人战争。

三千年庆典：生命进化委员会的一项传统活动。所谓庆典实际上是一场狩猎竞赛，每三千年举行一次，庆典期间，生进会的每个会员都会在参赛地圈养十万人口，对圈养者进行洗脑、改造和指导，然后用十年时间让这些代理人展开一场战争，会员们会根据代理人的成绩来重新排定他们在生进会里的座次。本次三千年庆典选择在地球上的蓬莱洲举行，财神是这次庆典的承办人。因此，蓬莱洲计划的真正目的就是为参赛者准备可供圈养的代理人。根据计划，本次庆典幸存下来的代理人，将成为地球上新的优选人种，对地球人进行全面的更新换代。

生命进化委员会：简称“生进会”，宇宙中一个势力很大的星系联盟，生进会的人相信只有通过不断地优胜劣汰，才能促进生命进化。为了达到这个目的，他们可以无所不用其极，甚至不惜挑起战争和杀戮，所以在宇宙中他们被人偷偷叫作阿修罗会。生进会的会长叫摩西沙罗，财神和蜜之蜃姬也都是该组织的成员。

帝释会：宇宙中一个与生命进化委员会齐名的星际联盟。该联盟由与地球人相似的肉身系生命体组成，只是他们的进化程度和科技水平远高于地球人。四天王星是帝释会的成员国。帝释会派驻地球的分支机构叫神隐会，李河方、板田荣一和张泽恩是神隐会的三位轮值主席。

第三章
概率什么的，都是浮云

一路上波夜空都在长吁短叹。

今天为了参加细美的婚礼，他花了半个小时，才熨好了身上这套打着很多补丁的旧西装，然后又花了半个小时，用完了他攒了大半年的高级蜡油，总算给自己梳了这个油光锃亮的包头。波夜空本是想到细美的婚礼上，去向那些大人物和土豪秀一秀自己这副穷酷穷酷的样子的，但没想刚做完这些，就被老秃驴抓了壮丁。

老秃驴递给他一个罩了一层黑布的匣子，要波夜空跟着他走一趟。波夜空刚想反对，话没说完，就被老秃驴“咣咣咣”地在脑袋上敲打了十几下。直到眼前金星乱冒，老秃驴才皮笑肉不笑地问，他到底去还是不去。除了服软，波夜空还能怎么办？只好乖乖地提溜起那匣子一样的东西，跟在了老秃驴身后，往海边的方向行去。

路上，波夜空有好几次打算掀开匣子上罩着的那层黑布，想看看里面藏了什么。没想到只要一动这念头，老秃驴就会以迅雷不及掩耳之势，突然转身，将木鱼槌狠狠地敲在他脑袋上。几次之后，波夜空只好强迫自己，连这样的念头都不敢再起。

不过，波夜空心里真的很不甘，所以一路上都在长吁短叹。看到老秃驴对此没什么反应，波夜空眼珠子一转，小心翼翼地试探道："哎呀，师父啊，咱们到底是要去哪里呀？"

"有什么好问的，到了不就知道啦？"哭大师双手反背，头也没回。

哭大师个子虽小，走起路来，速度好像也不快，但波夜空为了跟上他，却是用尽了吃奶的力气。

"十点钟之前赶得回来吗？"波夜空继续试探。

"赶回来干吗？"哭大师还是阴阳怪气的样子。

"当然是参加细美的婚礼咯。"波夜空鼓起勇气，大声说道。

"说话声音这么响干什么？"哭大师不满地回过头，手上不知什么时候，又出现了那根要命的木鱼槌子，嘬着嘴朝波夜空比画了一下，幸好没有敲打过来，"又不是你自己结婚，瞎起什么哄呀？"

"不管怎么说，细美都是我好朋友！"波夜空用力点了点头。

"好朋友？你说是就是啊？"哭大师没有再看波夜空，而是回转头，继续一路向前。

"要知道收到婚礼请柬的，非富即贵，连阿光现在都是新唐城的吉祥物了。只有我一个人是屌丝，难道这还够不上是好朋友吗？"说到这里，波夜空得意地舔了舔嘴唇。

"不就一张请柬吗？最多也就值十个费切币，然后就算你在婚礼上撑开了肚子大吃大喝，吃的都是山珍海味，大概也就九十费切币到顶了，所谓好朋友才值一百费切币啊？"哭大师道。

"师父啊，你也太斤斤计较了，佛祖是怎么教育你们出家人的，我真是为你感到害臊！"看到师父情绪还算稳定，波夜空又肆无忌惮起来。

"我这是为你着想，你想想，换了是你的话，会眼睁睁地看着好朋友受穷吗？当年阿光还不是你好朋友呢，你都把自己住的吃的，分了一半给她，对不对？"因为知道波夜空看不到自己的表情，走在前面的哭大师脸上露出一丝笑意，不过配合着他那奇怪的眼睛眉毛鼻子，那笑起来的样子真是比哭还难看。

"被你这么一说，我才发现原来我有这么伟大呀！"波夜空用舌头舔了一下嘴唇，脸上又现出神气活现的表情，“不过，要求人人都成圣人也不现实啊，细美还是个好同志嘛，至少能想到给我发请柬，我们对别人也不能要求太高了，对不对？其实，我对您老人家不也一直很宽厚吗？”

“你这小猴崽子，顺着杆子往上爬的本事倒是不用别人教啊！”哭大师道。

“您老人家好不容易才给个杆子爬，这时候不爬，还等什么时候？”说着，波夜空一阵小跑，赶上了哭大师，一脸讨好地跟老和尚勾肩搭背起来，“师父啊，您说您这是何苦，修理厂的伙食这么差，我好不容易才有机会去吃顿好的，厂里有那么多廉价劳动力，您干吗非找我啊？”

哭大师转过头看了波夜空一眼，不耐烦地将波夜空的手从肩膀上打开：“说话就说话，没规没矩！”

“好好好，”波夜空缩回手，正色道，“那您给个说法呗。”

“因为你比较帅嘛。”哭大师吸了吸鼻子道。

“这个倒是。”波夜空一本正经地点了点头，然后话锋一转，“不过，您给解释一下，这事情跟帅又有什么关系呢？”

“因为接下来会有大场面发生，只能靠帅哥来压一压场子了。”哭大师目光悠远，看着前方，海滩已近在眼前。

“噢，明白了，您现在要去做的事情有点凶险，是吧？这样一说，我就理解了，不是吹牛，修理厂里也就我和阿光见过大场面，真不是那些小屁孩可以比的，”波夜空又得意地舔了舔嘴唇，“算起来，我也是跟财神打过架的人，还是新唐城起义的革命元老，”波夜空忽然想到了什么，咂了一下嘴，“师父啊，我真的很不能理解，革命成功后，满哥、细美，包括阿光，都邀请我加入革命政府，您为什么非要把我死死摁在修理厂里？虽然我知道我很帅，修理厂离开我，就少了半壁江山，但您要这样算这笔账，如果大家看到悟空寺修理厂出了两个新唐城共和国的大人物，该有多拉风啊！等于是给您这个老板白白打了个大广告。您平时看上去挺聪明的一个人，怎么连这笔账都算不清楚啊？”

波夜空话还没说完，脑袋上就一阵生疼，不知什么时候，哭大师手里又多出了那根木鱼槌，结结实实地打在波夜空的额头上。波夜空“嗷”的一声怪叫，嘴巴动了动想表示不满，看到哭大师在似笑非笑地看着他，只好乖乖地闭上了嘴。

“把手上的东西放下，”哭大师指了指那个用黑布遮住的匣子，然后又指了指倒扣在沙滩上的一条小舢板，“去，把船给我拖到水里去。”

波夜空捂着脑袋，往舢板的方向看了一眼，脸上刚现出一丝为难之色，哭大师又举起了木鱼槌。

波夜空无奈地摇了摇头，说道：“知道了，知道了，我拖还不行吗！”不过他心里终究还是有些不甘，就又指了指脚上的皮鞋，补了一句，“这鞋可是小牛皮的，在您这里打一辈子工，都未必买得起，被水泡坏了怎么办？我先脱了行不行？”

说着，波夜空蹲下身子，慢条斯理地脱起鞋来，本来想先解鞋带的，眼睛的余光瞄到哭大师又把木鱼槌举了起来，吓得他不管三七二十一，直接将鞋从脚上扯了下来，然后连滚带爬向着小舢板扑了过去。

看着波夜空狼狈的背影，哭大师无声地开怀大笑，但只要看到波夜空的目光扫回来，他就又马上一本正经地板起了脸。

一阵手忙脚乱，波夜空终于把小舢板翻了过来，拖进海里。然后气呼呼地回转头，看着哭大师说道：“接下来呢？”

哭大师一脸严肃地指了指身边的匣子，波夜空叹了口气，从水里走回沙滩，嘴里不断嘟哝：“师父啊，您好歹也是出家人，看着也是苦出身，怎么现在就懒成这个样子了？自己就不能动动手吗？”

跑到匣子边，波夜空先拿起自己的鞋袜，然后才用另一只手拎起了那藏在黑布里的方匣子，气呼呼地走回到海水里，从船尾上了小舢板。一抬头，发现哭大师不知什么时候已经站在了船头上，正背对着他说道：“划船。”

“划船？”波夜空刚想问用什么划，就发现小舢板的船壁上固定着两个又短又小的木桨，不满地撇了撇嘴，说道，“杠杆原理你懂不懂？这么小的桨，您是要累死我呀？”

“哪儿来那么多废话？”哭大师背在身后的右手轻轻一转，木鱼槌又出现在掌上。

波夜空叹了口气，冲着哭大师的背影一阵龇牙咧嘴、指指戳戳。

“又在干什么呢？”哭大师阴阳怪气道。

“取船桨呀！您老都这么大年纪了，性子怎么还这么急呀？”说着，波夜空将船桨从船壁上取下，放进水里，愁眉苦脸地划起来。

划的时候他只是虚晃一枪，船桨被放在了刚刚接触到水面的样子，他心里想着要用这法子磨磨洋工，但没想到只是这样虚虚地一划，小舢板就哧溜一下前进了大约一百米的样子。

波夜空不敢相信地晃了晃脑袋，又试着划了一下，又是一百多米的距离。

“这不科学啊……”波夜空喃喃道。

“这算什么，当年我们的达摩祖师一苇渡江，就一根芦苇，划都不用划。要不是受你这蠢货拖累，小舢板的速度能比现在快一百倍。你以为让你划船，是为我啊？”哭大师淡淡地说道。

“师父，我也知道，您这人是有点古怪，您不愿意告诉我实情，我也无所谓，但您没必要老跟我说些有的没的，您这样就太低估我的智商了。”波夜空没好气地说道。

“好吧，那我就不说了。”哭大师耸了耸肩。

波夜空眼珠子一转，连忙改口道：“算啦算啦，看您这么想说的样子，我就忍着听一下吧，反正闲着也是闲着。”

知道波夜空又在耍泼皮无赖，哭大师不以为意，唇边微露笑意，说道：“你不是很爱看几十年前那对不男不女的兄弟姐妹拍的那个什么电影吗？”

“什么不男不女，人家拍《黑客帝国》的时候，还是男的，叫沃卓夫斯基兄弟。”波夜空撇了撇嘴道。

“对对对，就是《黑客帝国》，里面不有个情节吗？那个叫尼奥的家伙去见先知，在先知家里，他看见有个小孩能够用意念让不锈钢勺子弯曲，然后问小孩是怎么做到的，小孩是怎么回答的？”哭大师问。

“小孩说，你不要以为勺子是存在的，你要认为勺子不存在。”波夜空脱口而出。

“然后呢？”哭大师又问。

“尼奥照他说的做了，然后勺子就弯了。”波夜空道。

“嗯，就是这个道理！”哭大师点了点头。

“什么道理？”波夜空眨了眨眼睛，歪着脑袋想了片刻，继续道，“您的意思是，我们其实是活在了一个类似黑客帝国一样的幻想空间里？”

“你这什么智商啊？”哭大师不屑地摇了摇头，“我是跟你说，你看到这一切都不存在，所以它们才能存在。”

“您这又是什么逻辑啊？”波夜空不满地撇了撇嘴。

“你看你非要跟我讲逻辑，所以咱俩真说不到一起去，还是不要互相伤害了。”哭大师似笑非笑地指了指前方，“算了，有这力气，还是用来看风景吧。”

“好像我想跟您说似的，”波夜空说着往前看了一眼，那密密麻麻包围了新唐城的舰只此时已经在依稀可见的距离上，波夜空的脸都被吓白了，说话哆嗦了起来，“师……师……师……父，完了，完了，我们要被轰成灰了。”

“为什么呀？”哭大师依然在东张西望。

“没时间跟您废话了，我们跳海吧，以后我再慢慢跟您解释，”说着，波夜空站起身，准备一头往海里扎去，看见师父还站在船头扮酷，咂了咂嘴，嘟哝着向哭大师靠拢过去，打算将他推进海里去，“唉，都这么大年纪了，还要让别人为你操心！”

“停！”就在波夜空的双手快触碰到哭大师的身体时，哭大师好像脑后有眼，能看见似的，大喝道。

“轻点，轻点，”波夜空压低声音，跺了跺脚，只好耐心解释起来，“师父，您是不知道，这两天港口里有好几艘邮轮想从新唐城逃走，开出没多远，就被这帮不要脸的杀坯用几千颗导弹轰成了灰。这哪儿是打仗，根本就是欺负人啊。”

“导弹在哪儿呢？我怎么没看见？”哭大师煞有介事地将一只手拢在额头上，东张西望时身体摆动的幅度更大了。

波夜空正要进一步争辩，忽然觉出有什么地方不对劲，挠了挠头，脸上的神情随之缓和：“明白了，您这又是在玩阴的了，虽然我看不出是怎么做到的，但不要以为我猜不出来。”

说着，波夜空气鼓鼓地坐回到船尾，又开始划桨。

“为什么一定是我做了什么，不能是他们疏忽了吗？”哭大师笑道。

“如果说一两个人疏忽了，我还信，那些船上至少有几十万双眼睛，还有那么多雷达、声呐和红外探测器，都疏忽了，这是什么概率，您算过吗？”波夜空道。

“不管概率有多小，但只要发生了，那就是百分之百的概率，对不对？”

哭大师道。

波夜空愣了愣，好像在回味哭大师的说法，觉得哭大师也没说错，即使亿万分之一的概率，只要发生了，那就是百分之百。最后，波夜空只好悻悻地点了点头："虽然有些强词夺理，但逻辑上也说得过去。"

"这就叫作业力如此，概率什么的，只是你们这些蠢货用来自我安慰的。很多事情只要到了眼前，该发生就是会发生，概率什么的，都是浮云。"哭大师沉声说道，语气里似乎没有开玩笑的意思。

"师父，您看您看，好不容易说了一句正常点的话，就又开始说有的没的了。真没办法跟您对话，要不是我智商有三百九十，意志又坚强，被您这么个洗脑法，早就变成神经病了。"

波夜空本还想继续往下说，看见小舢板已到了舰船的眼皮底下，正在密密麻麻的舰船缝隙里穿来穿去，便识趣地闭上嘴，一边小心翼翼地划船，一边抬起头，眼珠子贼溜溜地转个不停。

事情果然如老秃驴所料，小概率的事情只要发生了，那也是百分之百。船上警戒的士兵在一脸严肃地看着前方，全然没有觉察到正在眼皮底下滑行的小舢板。其中一些人的目光本已落在小舢板的运行轨迹上，却偏偏在小舢板即将进入视野前的一刹那，忽然转向了别处。

如此三番，波夜空再不觉得有什么好担心的，划船的动作舒展起来，身体一仰一俯，小舢板运行得快如鱼雷，宽度足有十公里的舰阵，只十分钟不到，就被抛在了脑后，海面上又是一片空阔。

波夜空仰头舒了口气，忍不住问道："师父，我们到底是要去哪里？您该不会是想跑路吧？"

"我要是想跑路，带谁也不会带你啊，这件事情，难道你到现在还没想明白吗？"哭大师背剪双手，挺立船头，悠悠说道。

"这个倒是！我很欣慰。"波夜空点了点头，"不过，您还是给我透个底吧，告诉我，还要划多久？"

"快了快了，就在前面。"哭大师指了指不远处的前方。

波夜空顺着哭大师手指的方向，端详了半天，那地方除了一片空无的大海，并没有别的东西存在。波夜空歪着脑袋想了片刻，然后目光落在了身边那个被黑布罩着的匣子上，一只手已忍不住伸了出去，还没触到黑布，耳朵里就是“咣”的一声，脑壳上跟着一阵生疼，不用猜，他就知道，老秃驴的木鱼槌又出手了。

本章回顾：

波夜空要去参加河原细美的婚礼，却被哭大师临时拉了壮丁，要波夜空陪他去个地方，还交给他一个用黑布罩着的匣子。波夜空想看匣子里是什么东西，被哭大师严厉制止。两人来到海边，乘一条小舢板向联军舰队的方向驶去。波夜空本以为会遭到攻击，却没想到舰队上的敌人仿佛看不见他们似的。两人轻轻巧巧地穿过了敌人的封锁线。

小贴士：

波夜空：悟空寺修理厂的头牌技工，哭大师的小徒弟，一个脑子里充满奇思异想的顽童和科学奇才，平日里最爱挂在嘴上的话就是自己智商有三百九十，是地球上最聪明的人。他身上的生物能高得惊人，却很难被收割。

第四章

樱花行动

结束了在教堂的婚礼仪式，按照规矩，河原细美先给自己换了一身“戏服”，纯洁的白无垢变成了华丽的大振袖。根据传统，大振袖上是要有夫家族徽的，所以这身黑底的和服上绣着一只五彩尾羽的蓝色凤鸟，那不是李河方家族的族徽，而是帝释会的会徽，因为神隐会是帝释会在地球上的分支机构，所以在场的神隐会会员对这个图案的含义都心知肚明。

整个婚礼过程中，井下光一直都陪在河原细美身边。

在婚礼仪式开场前，河原细美好像只是临时起意，拉起刚刚入场的井下光的手，非要她也来做自己的伴娘。井下光推辞了好一阵子，但河原细美一直苦苦哀求，她便没好意思再拒绝，只好跟雅雅一起，站在了河原细美的身后，替她拿着要在婚礼仪式上用来交换的婚戒。

婚礼的第一道程序是神前仪式，仪式结束后，河原细美拉着井下光去了梳妆间，在脱下白无垢换上大振袖的过程中，细美给井下光挑了一身浅黄色的和服。不过，这次换装过程，只是一次预演，目的是麻痹井下光，下一次换装才是这次行动的关键环节。

换完了大振袖，河原细美在井下光和雅雅的陪同下，来到伏秋小筑前的草坪上。那块比足球场还大的草坪，此刻已被用白玫瑰堆砌的花墙隔成了一个个开放式的包间，包间里摆放着纯白色的餐桌餐椅，穿着黑色燕尾服的侍者在来回穿梭。

河原细美和李适之以及双方的父母，在伏秋小筑前的观礼台上进行了致辞，表演了他们各自的角色需要表演的内容。在这个过程中，河原细美一直在偷偷观察顾得满。

顾得满没有坐在婚礼组织者为他安排的座位上，而是坐在了一个别人不会注意他，他却可以看见全场的位子上，就像他跟河原细美第一次在费切马斯特学校见面时一样。如果不是因为是这场戏的女主角，河原细美可能也会选择这样一个位子。这不仅是个旁观者的位子，也是一个可以操控全场而不被别人操控的位子。除了目标和立场不一样，河原细美和顾得满就好像是一个模子里出来的物种一般。

观礼过程中，顾得满一直在笑，笑容很迷人。

不过顾得满笑得越迷人，河原细美就越满意，因为那说明此刻顾得满的心里很难受。这是细美唯一想要的结婚礼物。别的，她都没想要。

对此刻的她而言，整个世界，除了权力，还能让她在意的，就是顾得满的伤心和井下光的友谊了。

礼台上的表演结束后，按照程序，接下来是新郎新娘挨个桌子地敬酒。为此，细美需要去换今天的第三身“戏服”，一身缀满樱花花瓣的“色打挂”，这是日本传统的花嫁和服里的第三种形式。穿上这身和服后，意味着她为今天策划的樱花行动，将正式开始。

在井下光和雅雅的陪同下，河原细美进入了化妆间。她刚把身上的大振袖换下，一个穿着英式女仆装的女侍就端着一个盘子走了进来。盘子上放着三块红丝绒蛋糕和三杯橙汁。女侍说，这是细美的母亲直子夫人特地让她送过来的，因为接下来新娘和伴娘没有时间吃东西，所以趁着换衣服的间隙，可以吃蛋糕垫一下肚子。

女侍离开后，河原细美都没看一眼盘子里的餐具，就直接用手拿起蛋糕，狠狠地咬了一口。奶油沾满了她涂着口红的嘴唇和光洁的嘴角，细美心满意足地点了点头，用另一只手拿起橙汁，咕嘟一下喝掉了大半杯，样子看上去就像一个毫无教养的村姑，而不是人们熟悉的那个“绿茶细美”。

不过，对井下光来说，这一幕却是日常不过的场景，那是河原细美在小酒馆里喝酒时常有的表现。当然，这种时候的井下光也会相应地表现出秀气的一面。想到这里，井下光拿起盘子里的小勺，一点一点地抿着蛋糕，小心翼翼地送进嘴里，然后拿起橙汁，小口小口地抿着。此刻，两人都变得不像平日里的自己，都在走向各自的反面，而这正是她们用来表达姐妹情深的特殊语言。因为信任，所以任性。

看着这一幕情景，两人忽然都觉得有些怪异，不禁哑然失笑。

雅雅在一边，还是一脸木然的样子，现在的她重新变成了一个没有生命的机器，而不是细美饰演的另一个自己。

蛋糕很快被吃了个干净，细美开始在雅雅的帮助下，给自己换发型。这工程不小，要不是利用了雅雅程序化的高效操作，至少需要半个小时，现在却只用了十五分钟。

在这个过程中，井下光终于把自己盘子里的蛋糕全部吃完了。

趁着雅雅开始给自己戴那个用樱花粘起来的花环，细美在心里默数，数到一百时，她让自己一头栽倒在梳妆台上，雅雅也随之呆若木鸡。河原细美这么做是为了给井下光留下这样的印象：她是在井下光还清醒的时候先昏迷过去的，这样事后井下光就不会怀疑整件事情跟细美有关。

果然，看到河原细美突然倒下，井下光连忙跑过来，不断呼唤她的名字，摇晃她的身体。不过，这样做了没多久，井下光就如预计的那样，自己也双腿一软，瘫倒在地，昏了过去。

在井下光倒下很久后，河原细美还是没有动，她透过雅雅的眼睛，反复观察着井下光，终于确认对方完全失去了知觉，才慢慢坐起身来。她先是对着镜子整了整有些歪斜的发髻，然后对雅雅点了点头。雅雅向门口走去，是去通知守在门外的金大尚，要他去把顾得满叫来。

因为对雅雅下一步的行动已了然于胸，河原细美没有让自己的目光跟着雅雅移动，而是将头转向了井下光，悠悠地说道：“有两件事你错了。第一，你不该让我做你的朋友；第二，当初顾得满要成立军政府，你不该固执己见，非要搞什么共和国，还要四权分立。很多人会因为你的这两个错误，在今天送命，包括顾得满。”

话还没有说完，雅雅跟守在门外的金大尚交代完毕，回到了河原细美身边，重新变成了呆若木鸡的样子。细美脸上掠过一丝涟漪，说不清是微笑，还是伤感，随后她躺回到梳妆台上，再一次做出昏迷不醒的样子。

虽然眼睛合上了，但这并不妨碍河原细美继续了解门外发生的一切。此刻，方圆三公里内的动静没有一样能逃过她的耳朵。

很多人都以为眼睛才是最敏锐的感官，河原细美却知道，其实耳朵远比眼睛锐利。

自从在伏秋小筑接受过一号基因定向优化剂的注射，细美现在已不再是完全意义上的地球人，她是上帝的选民，她神经系统的灵敏程度不仅可以让她听见几公里外汽车的鸣笛声，还可以让她听出每辆车的引擎型号和新旧程度。在这一点上，眼睛不如耳朵，即使视力再好，也会受到方向和环境的阻隔。

此刻，细美听见金大尚已沿着走廊来到了大楼向内的出口，即将踏上那片点缀着老树的大草坪。金大尚的新皮鞋在草地上踩出了新鲜的沙沙声，他转了两个弯，然后才停了下来，说话的声音很轻很干涩，应该是在贴着顾得满的耳朵说话，语气里透出一股严肃的意味。他要顾得满跟自己去一趟河原细美的化妆间，因为发生了一些事情。顾得满的脖子贴着衣领发出摩擦声，应该是在点头。然后细美听见，顾得满站起身，跟着金大尚离开了饭桌。顾得满走路的时候脚步很稳，每走一步，脚跟都会跟着脚掌落下，草下的泥土因为受到挤压，会像海绵一样收缩，然后弹起。细美什么都听得见，那无穷无尽的声音细节，像是她亲眼在看着这一切似的。

顾得满刚离开座位，细美就听见小柯的手机响了起来。

小柯今天专门负责婚礼上的保安工作。因为婚礼上除了神隐会的三位老爷子、细美的父亲和四海帮的人，还有另外三个壮丁团和起义军的头面人物，细美知道小柯的性格腹黑多疑，一定会在婚礼现场做出自己的安排，所以就索性把所有的保安工作都交给了小柯，这样在暗处的就全是自己这边的人了。

给小柯打电话的，是亨廷顿兄妹。

刚才金大尚在去找顾得满的路上，给那两兄妹发去了短信。根据计划，兄妹两人会在收到短信五分钟后，给柯大力拨打现在的这个电话。

亨廷顿兄妹之前都是财神的杀手，隶属于细美掌管的那个行动小组。蓬莱洲爆发革命后，河原细美为她的这些旧部属拆去了藏在牙齿里的自杀炸弹，然后收归到自己麾下。亨廷顿兄妹是来自中部地区的北欧移民，那地方现在隶属于秩序联盟。在河原细美的安排下，两人加入了小柯主持的情报机构，替新唐城共和国收集来自秩序联盟的情报。今天他们名义上是来向小柯递交一份绝密情报的。情报极为重要，只能亲手交给小柯。又因为兄妹俩身份特殊，所以只能单独和小柯在香港路一〇〇号附近的一辆厢式货车上私下碰头。

细美推算过行动的细节，小柯的脑子好使，身手却一般，亨廷顿兄妹中的任何一人都可以轻易搞定他，何况两人同时出手。只要小柯走上那辆厢式货车，就注定要被一根金属线勒上脖子，直到屎尿失禁身体僵直。

亨廷顿兄妹里的哥哥说起话来简练而有效，只说了三句，就挂断了电话。

小柯额头上的皮肤发出一阵细微到几乎听不见的沙沙声，细美知道这是小柯在皱眉头。但毕竟亨廷顿电话里提到的情报太重要了，所以小柯犹豫了半天，还是站起了身，他对身边的同伴关照了几句，然后离开了觥筹交错的现场，匆匆往大厦外走去。

小柯从香港路一〇〇号的大门出来时，马路对面那幢小洋楼的阁楼里传来一阵窸窸窣窣的声音，应该是埋伏于此的席三方在从口袋里掏手机。

席三方是河原细美的行动小组里最好的狙击手，新唐城起义后，在细美的授意下，席三方加入了革命军，成了小施的部下。根据小柯的安排，小施今天负责大厦外围的保卫工作，此时大约有五百个革命军的卫兵分布在周围五分钟的行程内，一旦大厦有风吹草动，这些人将在小施的指挥下赶来增援。

在席三方掏出电话前，细美用耳朵搜索了一下，终于听到了鲨鱼商务车那熟悉的引擎声。鲨鱼商务车一直在绕着香港路一〇〇号兜圈子，小施左右手的食指在按特定的节奏，叩击着方向盘的内侧。细美知道，小施是在练习扣扳机。大概还需要三分半钟，鲨鱼商务车就会再一次路过香港路一〇〇号的大门口。

此时，席三方也已经通过手机上的定位系统确认了此事。所以他马上翻了个身，将右膝蹲在地板上，端起了架在老虎窗上的狙击步枪，脑袋贴到了枪托上。因为紧张，他虚扣扳机的手指在微微颤动，周围的空气受到手指颤动的影响，发出了只有蚊子才能听见的嗤嗤声。以席三方的枪法，只要鲨鱼商务车进入他的视野，枪膛里那颗待发的子弹将以三马赫的速度，也就是说子弹的速度将三倍于声音的速度，直接钻进小施左边的太阳穴。即使小施能听见子弹出膛的声音，但在他听见这声音前，他就已经死了。这是无懈的一击。

此时，顾得满和金大尚的脚步声已到了门口，金大尚正在推开化妆间的门。

不过，河原细美还是把注意力放在了草坪上。

此刻草坪上鸦雀无声，和生财的顾有思和辛见添、搏击堂的李文雅和李彪悍、振兴会的史无声和王医生，还有革命军的重要首领以及小柯布置在现场的警卫们，此刻都至少被三把以上的枪械指在了脑袋上。

此时无声胜有声。

只要李河方饮尽他手里拿着的那杯一九八四年的茅台酒，婚礼就会变成很多人的葬礼。

这样的场面此刻也发生在城里的很多地方，就像樱花盛开时，会有无数花瓣同时簌簌落落地掉下。

河原细美心里明白，李河方之所以还没有喝下手里的酒，应该是没想惊动此刻已来到她身边，正不断呼唤她和井下光名字的顾得满。

然而，草坪却有人在发出声音。是李适之，他正在大声呵斥："混账！敌人还没有动手，你们却在用枪指着自己人，这是谁的主意？！"

这是河原细美没有料到的。

她本以为李适之对这突然的变化可能会感到诧异，但毕竟他是没有暴力经验的普通人，第一反应应该是惊得说不出话来，却没想到，他的爆发力如此强悍。看来对老实人不能太低估了。

李适之的喊声显然也传到了顾得满的耳朵里，然而这又如何。因为此时他已经走到了河原细美面前，正在俯身看着她，所以细美轻而易举地抓住了他的双腕，身后原本呆若木鸡的雅雅也动了起来，柔弱无骨的右手此时已变成了一把闪着寒光的匕首，正要刺向顾得满的后背。

这些场景此刻正在地狱修女的天堂号海空两栖飞船上，进行着实况直播。

这场婚礼开始前的一个小时，蓬莱洲上空的空间轨道里就已经聚集了二十一颗间谍卫星。在生命进化委员会面前，蓬莱洲的人类是没有秘密可言的，就算他们此刻躲进地洞里，也跟在阳光下没有区别。

为了今天这个盛大的开幕式，过去的两个月里，委员会的三百六十一个成员，除了老大摩西沙罗下落不明外，其他人都在忙着整合和装备他们的代理人，现在已万事俱备，攻陷新唐城就是这场庆典的开幕式。从昨天起，会员们就从各自的航天器里，下降到天堂号上，入住了为他们量身定制的各种套房中。

根据财神事先制定好的庆典节目单，如果白天河原细美和帝释会的人不能控制住局面，拿到参加此次庆典的外卡，那么到了晚上，那二十六个实力最强的代理人组成的联军，将扫荡新唐城。之后，各代理人之间的混战才算正式开始。

从地球时间的早上七点开始，生进会的会员们就聚集在位于天堂号顶楼的会展中心，观摩这场既是婚礼又是政变的大戏，透明的大堂里飘浮着一个个光影组成的虚拟屏，每个虚拟屏都在随观察者的意念，变换出他们想要看到的画面。

根据规则，会员们可以为庆典里的每个戏码押下赌注。到场的三百六十个会员里，有三百五十八人都把赌注押在了帝释会这边，要不是还有两个会员将赌注押在顾得满他们这一方，这场赌博就会流产。

将赌注押给顾得满的是生进会的两位女大佬，会长摩西沙罗的情人蜜之蜃姬和他麾下的第一杀手地狱修女。如果其他会员知道这两位大佬会这样押注，或许也会跟风，但她们都是在别人下完注后，才突然出手下注的。

进行实况转播的虚拟屏上，婚礼正在按部就班地举行。两位女大佬却连看一眼的兴趣都没有。两人穿着比基尼，在会展中心靠近船头的地方晒着日光浴，作为财神代表的精灵躺在两人中间的一张沙滩椅上，手拿高脚酒杯，一边煞有介事地喝着杯子里的酒，一边观望着身边的两个同伴。

“对了，有件事情，我一直没有想明白。”趴在左边红色浴巾上的蜜之蜃姬忽然侧过头，好奇地看着精灵。此刻她正寄宿在玛丽莲的肉身上。

“请说。”精灵放下酒杯，优雅地欠了欠身。

“你的身体不是机器的吗？这样装模作样喝酒，真的有感觉吗？”蜜之蜃姬往下拉了拉墨镜，露出玛丽莲那蓝色的眸子，然后又将墨镜推了回去。

“感觉不就是某个特定的神经回路吗？这些都可以被模拟成算法，包括你面前的这杯红酒。这杯酒其实也是一个算法。本质上，所谓感觉，就是酒肉穿肠过，算法心中留。不过，我们这些财神的意识载体，只有一个算法是一致的，就是喝酒时，都能体会到肉体亲尝的愉悦。就好比你，虽没有肉体，却可以通过占据玛丽莲的肉身，体验到肉身的欢愉。”精灵一边说，一边咂着嘴，像是在回味葡萄酒留在舌尖上的余韵。

“好像这也说得通。”蜜之蜃姬轻笑着点了点头。

“对了，有件事我到现在都没有搞明白，为什么你要赌帝释会输？”精灵似笑非笑地看着蜜之蜃姬。

“没有理由。”蜜之蜃姬的眼睛藏在墨镜后面，看不见她此刻真实的想法，只有嘴角挂着一丝笑意，“我是修女妹妹的脑残粉，只要她押什么，我就跟什么。”

“哦？”精灵笑着点了点头，将脸转向了地狱修女那一侧，“那么，修女大人又是怎么想的呢？”

地狱修女没有说话，她穿着一身黑色的比基尼趴在一条白色的浴巾上，一脸的心不在焉，双手托腮目视前方，过了很久，才淡淡地说道：“有人来了。”

话音刚落，大海深处的空气上出现了果冻一样的波动，一艘小舢板从那地方钻了出来。

“啊，是那老秃驴？”蜜之蜃姬一边说，一边拿下了脸上的墨镜，看向那疾驶而来的小舢板。

“这就是我赌帝释会会输的原因。”地狱修女目光沉郁地点了点头。

只两句话的时间，小舢板就已经到了眼前，直接撞在了天堂号的船头上，没有粉身碎骨，而是借着这一撞之力，直接弹起，跃上了天堂号的顶楼。

建造天堂号的透明材料和构成财神身体的材料一样，都是可聚合的液态石墨烯钛合金纳米颗粒，颗粒里面内置着AI芯片，可以根据地狱修女的心意和外部环境的变化，改变形状，坚硬时超过金刚石，柔软时堪比棉花糖。

此时，玻璃幕墙本该坚硬如铁，小舢板却好像只是在穿过一层水幕，几乎没有遇到什么阻力，就直接钻入了会展中心，在空中画出一道优美的抛物线，稳稳地落在会展中心中央的空地上，在向前滑行了十几米后，终于停下。

会展中心里一阵惊呼，地狱修女手下的杀手，还有那些武力超强的会员马上冲过来，将小舢板围了起来。

“什么人？”一个高约五十米的重甲机器人沉声问道。

那声音实在太响，将整层楼面都震得嗡嗡作响。

波夜空下意识地放下双桨，双手捂着耳朵龇牙咧嘴，好像很痛苦的样子，缓了缓后才说道：“×，什么玩意儿？老子的耳膜都要被震破了。”

“你就是灵鬼吧？”站在船头的哭大师背着双手，脸上照例挂着那比哭还难看的笑容，“在生进会里，你只排在第三十七位，照你们的规矩，这里好像还轮不到你来说话。”

“生进会里当然轮不到我说话，但如果只是面对一个地球上的蝼蚁，我出来说话，大概还是绰绰有余。”这叫灵鬼的重甲机器人桀桀地大笑起来，周围的人也发出了附和的笑声。

“老汉我呢，生得是比较精致，但比起蝼蚁来，大约还是高了一些，足足有一米五三呢！”哭大师慢条斯理道，“据我所知，灵鬼施主在库切星上虽是个伟岸的男子，但比老汉我还是矮了三十厘米，这大约才是你要把自己装在这样一个大铁壳子里的原因，对吧？”

“哦，原来是个侏儒啊？”波夜空拍着脑袋，一副恍然大悟的样子，还煞有介事地朝灵鬼拱了拱手，“失敬失敬。”

波夜空话还没说完，灵鬼那比小舢板还大的铁掌已朝着两人拍了下来。

一道银线飞起，在那落下的铁掌上轻触了一下，铁掌被弹了回去。

银线落下，是个留着披肩银发和长着一对竖耳朵的男子，正是精灵。

不久，周围的人群一阵波动，很快让出了一条宽阔的路径，蜜之餍姬和地狱修女也缓步走到了精灵身边。

“原来阿光的身材有这么好啊？”波夜空上上下下打量着身穿黑色比基尼的地狱修女，情不自禁地叹道，然后脑袋上一阵生疼，那熟悉的木鱼槌，刹那间已在落下后再次离去。

敲完波夜空的脑袋后，哭大师又站回到船头，朝三人微微屈身，说道：“虽然你们的老大摩西沙罗不在，但排位二、三的大佬都到齐了，还有没有排位、实力却不低于第四的地狱修女也在，应该是做得了主了。”

“哭大师有话请说。”精灵一脸恭敬地说道。

波夜空捂着发疼的脑袋，瞪完哭大师，目光转向了穿着红色比基尼的玛丽莲。附身玛丽莲的蜜之餍姬顺势朝他抛了个媚眼。波夜空一激灵，晃了晃脑袋，赶紧把头转开，不敢再往那眼神夺人心魄的妖女看过去。然而，无论他脑袋往哪个方向转，过不了多久，玛丽莲的身影就会再次出现在他的视野里，波夜空索性闭上眼，学着老秃驴在修理厂壁龛里的样子打起坐来。

“听说你们晚上有大动作？”哭大师的声音轻飘飘的，好像在说着一件无关痛痒的事情。

“如果帝释会的人搞不定的话，就只能由我们来动手了。”精灵微微停顿了一下，“您知道，我们生进会的人做事都比较直接，也许今晚之后，新唐城就会被从世界上彻底抹去。”

“你的意思是……”哭大师微微一笑，等着精灵自己将话头接过去。

“所以，如果能让帝释会的这帮伪君子得逞，这样或许更符合你的愿望，至少新唐城会被保留，城里的大多数人暂时不用死。如果运气好，帝释会最后能赢下这次庆典，城里或许还能留下不少幸存者。”精灵缓声说道。

“没有第三种可能了吗？”哭大师语气平静地问。

“我也知道，大师手段非常，只是您既非伪君子，也不像我们这般直来直去，喜欢用实力说话，何况我们还有这么多追随者。跟我们比起来，您难免形单影只。晚上我们的冲锋，可能伤害不到大师和大师身边的人，但您怎么来得及搭救城里那一千六百万不堪一击的蝼蚁呢？”精灵不动声色，好像只是在陈述一个简单的事实。

“我倒不完全是为城里的一千六百万人考虑，而是担心你们会受到伤害。不仅你们，可能其中还有你们的同类和亲朋好友。”哭大师还是一副轻描淡写的样子。

天堂号的会议中心发出一阵哄堂大笑，其中灵鬼藏身的重甲机器人笑得尤其大声，他一边笑，一边还故意上气不接下气，显得很夸张，顿了顿后说道：“据我所知，这星球上最快的飞行器飞到我们库切星，大概也要几百万年，估计到时候连你们的骨头渣子都已经找不见了。你用什么来伤害我的同类？不如实际点，你先试试看怎么伤害我吧。”

“哭大师要想伤害你的话，应该还是够的，”精灵举了举手，制止了灵鬼，“只是我不明白，为什么我们攻打新唐城，会有大师所认为的后果？大师您千万不要跟我说因果报应之类的事，这种事情即使有，也离现在太远。你们地球人好像有个说法，叫作远水救不了近火。”

哭大师微微一笑，木鱼槌从袖管里滑落到手上，落在了波夜空的肩头：“喂，醒醒，轮到你说话了。”

波夜空睁开眼，看着已经回到船头的哭大师，摸了摸自己的肩膀，似乎不明白哭大师这回为什么会这么温柔，不禁喃喃道：“说什么？”

“随便说。”哭大师不耐烦地摆了摆手。

“就算我智商三百九十，也不是你肚子里的蛔虫啊。到底想让我说什么呀？”波夜空不满地撇了撇嘴。

“就是你平时最爱说的那套东西。”哭大师道。

“哪套？哦，对对对，”波夜空愣了愣，然后一拍脑袋，露出恍然大悟的表情，神情随即变得一本正经起来，声情并茂地说道，“你们以为宇宙是什么，一个固定的物体？不是的，那只是一个假象，真正的宇宙是一串连锁反应，譬如说……”波夜空的手指在周围晃了晃，先是指着地狱修女，然后又在精灵和蜃姬身上划过，如此三番，最后落在了灵鬼身上，“……譬如说现在躲在这个铁壳子里的你吧，如果没有你妈，或者没有你妈在怀你的那天喝的那杯牛奶，你可能就不是现在的这个你了，也可能就没有你了。对这个问题，我们地球上有个相当美丽的说法，叫作蝴蝶效应，大意是说亚马孙森林里的蝴蝶扇了两下翅膀，两个星期后会在得克萨斯造成一场飓风。所以，我们每个人做出的每个选择，都会产生一系列的连锁反应，每时每刻都在改变着这个宇宙的面貌。”说到此处，波夜空转头看了一眼哭大师，“是这个意思吧？”

哭大师点了点头：“差不多。”

“小弟弟，你的说法逻辑上是没有问题，但不知道，这跟我们今天晚上的行动有什么关系？”蜜之蜃姬双臂交叉，一只手托在下巴上，目光闪烁，脸上满是崇拜的表情，看着波夜空说道。

“解释一下。”哭大师又朝波夜空努了努嘴。

“好吧，”波夜空得意地舔了舔嘴唇，索性站起身，昂首挺胸道，“我也不知道是谁干的好事，竟然把新唐城布置成了整个宇宙的蝴蝶效应点，这城里的每件东西，可能都和这个宇宙里的某个星球、地点或者人物有关联，而且关联的方法不是牛顿力学的，不是热力学的，也不是相对论的，而是量子力学的，也就是说蝴蝶一旦在这里扇动了翅膀，不用发酵，即刻就会因为量子纠缠效应，在远端引起飓风。所以如果晚上你们真的打算铲平新唐城的话，不要说你们自己或你们的老家，恐怕整个宇宙也会跟着玩完。你们的三千年庆典即刻会变成所有人的葬礼。”

“哈哈哈……”躲在机甲里的灵鬼大笑起来，可能是觉得光发出声音还不够，那个如巨人一般的机甲捂住了肚子，发出夸张的颤动，“我本以为，我们这些人的存在对你们来说，已经够科幻的了，没想到还是不如你们的想象力科幻。好吧，如果铲平新唐城就能让宇宙毁灭，那就让毁灭来得更猛烈些吧。”

天堂号的会议中心里，大多数生进会的会员都在跟着灵鬼大笑，站在最前端的精灵、蜜之蜃姬和地狱修女却没有笑。

“大师，生进会的原则虽是排位越高，说话越有分量，但如果大多数会员都不认可你们的说法，我们也没有办法说服大家，毕竟说话最有分量的人已经十八年没有音信了，这次庆典结束前，生进会新的话事人始终是空缺的。”精灵说话时，依旧笑容可掬，不温不火。

“明白，”哭大师轻轻摆了摆手，“你们想要证据嘛。”

“如果有证据，自然最好不过。”精灵点了点头。

“你，”哭大师指了指波夜空，又指了指灵鬼面前的那片空地，“把你带来的东西，拿到那里去，让大家看一眼。”

“哦。”波夜空连忙点头，好不容易可以揭开悬念了，他一阵兴奋，提起黑匣子，从小舢板上走到灵鬼身边，一放下匣子，就马上揭开了罩在上面的黑布。

黑布下面，是个木笼子，里面躺着一只肥硕的食塑鼠，正在熟睡。因为突然受到强光的刺激，肥老鼠猛地醒来，睁大了眼睛，“吱吱吱”地抓挠着笼子上的木栏杆。

场内所有人的目光都聚焦在了笼子和那只食塑鼠身上。

精灵也往那方向看了一眼，然后转回头朝哭大师屈了屈身，说道：“大师，请解释。”

哭大师朝波夜空努了努嘴：“让他来给你们解释。”

“解释啥？”波夜空挠着头，不解地看着哭大师。

“这只食塑鼠原先住在珠穆朗玛路十七号的下水道里，离地面大约五米深。老鼠洞的上面是个塑料熔炼作坊，所以这一窝食塑鼠就在作坊下面的下水道里繁衍了起来。这一只就是那窝食塑鼠里的鼠王。”哭大师抬头看了一眼波夜空，继续缓声说道，“你不是搞过一个数学模型吗？不妨算一下老鼠窝对应的坐标值是哪个地方。”

“数据不够细，我也只能算个大概，”波夜空说着，抬起头，眨着眼睛，嘴里念念有词，过了老半天，忽然打了个响指，然后松了松脖颈，舔了舔嘴唇，才慢条斯理道，“那老鼠窝大致的对应坐标为T505、J321、D008、F333、H711，至于是什么地方，我还要去查一下万维星图。”

“不用了，正好我的数据库里资料还比较全，”精灵点了点头，然后意味深长地看了一眼灵鬼，“这个坐标差不多正好跟库切星的坐标重合，灵鬼老弟所在的库切星首府吉吉马拉好像就在这个范围之内。”

“继续编，你们两个继续编。”灵鬼不屑地指了指波夜空和哭大师。

“你说是编，就是编吧，无所谓。”波夜空耸了耸肩，然后摊了摊手，愁眉苦脸地看了一眼哭大师，“反正我师父整起人来，连我老人家都吃不消，你们直接掐吧，别把我扯进去就好。”

“什么话！我什么时候整过你了？哪次不是你自作自受？”哭大师不满地瞪了波夜空一眼，然后露出比哭还难看的笑容，对灵鬼说道，“灵鬼施主，这熊孩子的话，你别往心里去哈。我的话，你可能不相信，但我有义务告诉你，强与弱并不是绝对的。我曾经在我师父那里听过一个传说，说宇宙里每个看似强大的事物，都会有一个很弱小的事物跟它相互对应。只要那个弱者受到伤害，强者也会受到伤害。我不像阿空那小子，什么事都能给你说出个道理来。我没有道理，但我就是知道，笼子里的那只食塑鼠，和你之间存在着某种对应关系，如果它受到伤害，你也会受到伤害。”

“哈！哈！”灵鬼干笑了两声，本来充满细节的机甲脸部，此刻有些僵硬，“你以为我灵鬼是吓大的吗？”

“就是！”在一边沉默不语的地狱修女忽然开口道，“灵鬼兄，不如直接拍碎笼子里的小玩意儿，这样，大家就不用继续听这两个疯子胡言乱语了。”

“这个……”灵鬼呆了呆，然后往蜜之蜃姬的方向看了一眼，“沙罗老大不在的这些日子里，我唯夫人马首是瞻，我想听听夫人的意见。”

“那就试试吧，”蜜之蜃姬不经意地抬了抬手，“我会替你护着场子，如果有人敢在这里对你用手段，我想，除了我，”蜜之蜃姬水汪汪的眼睛瞟过精灵和地狱修女，“秘书长和修女妹妹大概也不会袖手旁观的，对吧？”

“当然。”精灵笑着点了点头。

“好，”地狱修女黑白相间的身影，倏忽间已来到波夜空身边，一把搂住了他的脖颈，“这个小的，就由我来看着了。”说着，地狱修女转头凑到波夜空耳边，轻笑着说道：“刚才，是你在夸姐姐的身材好吗？”

“说的是阿光，不是你，瞎起劲啥呀？”波夜空伸手想打开地狱修女搭在肩上的手，却像是打在一块坚铁上，不仅没让地狱修女的手挪动半分，还把自己的手给打疼了，波夜空一阵龇牙咧嘴。地狱修女不由得笑得更加亲切。显然波夜空已成为地狱修女手里的人质，如果哭大师敢在现场做手脚伤害灵鬼的话，波夜空也会吃不了兜着走。

因为得到了三位大佬的加持，灵鬼不由得趾高气扬起来，他看了哭大师一眼，然后将那足有十平方米大小的铁掌高高地举起，朝那笼子里的食塑鼠拍了下去。

哭大师叹了口气，把脸别向了另一边。

机甲的巨掌落下，笼子被拍碎，食塑鼠被拍成了肉泥。

会议中心响起雷鸣般的掌声，还有呼哨和怪叫。

灵鬼的机甲骄傲地昂起了头，然而动作只做到一半，就戛然而止，那机甲好像变成了一座凝固的雕像。

蜜之蜃姬的神色一变，手指往机甲的脸部指了指，一扇小门轻轻弹开，血水涌出，机舱深处一个血肉模糊的东西耷拉在驾驶椅上，形如此刻已被拍成肉泥的食塑鼠。

因为看到这情景，地狱修女搂着波夜空脖颈的手慢慢松开了。

大厅里鸦雀无声，所有人都被这突如其来的一幕震撼了。

波夜空也在往机甲的脸部看，嘴里喃喃道：“真的挂掉了？唉，阿弥陀佛，早跟你们说了，不听老人言，吃亏在眼前，为什么就不相信呢？”

“阿弥陀佛！”哭大师也高诵一声佛号，朝着精灵双手合十，“秘书长，事到如今，你总该相信了吧？”

“相信了又能怎样？还请大师明示。”精灵依旧不温不火，向哭大师鞠了一躬。

“施主客气了，我不是来替各位做决定的，只是来告诉大家，如果诸位将晚上的计划付诸实施，可能会发生些什么。”哭大师淡然地说道。

“都听见了吗？”精灵的目光缓缓扫过现场的众人，最后又落回到哭大师脸上，“不过，大师可能有所不知，晚上的计划本就是用来应付不时之需的，也许不用等到晚上，也许根本就不用如此血腥。”

“你是说，此刻帝释会能搞定这件事情？”哭大师嘴角微嘲。

“大师果然是高人。”精灵毕恭毕敬道。

“修女施主，”哭大师将身子转向波夜空身边的地狱修女，“能说一说，你为什么要押帝释会会输掉这一局吗？”

“因为井下光。”地狱修女的眼眸里闪过一丝迷惘。

“什么意思？”蜜之蜃姬不解地看向地狱修女。

“我好像告诉过你们，我常会隐约地感觉到井下光的所见所闻所思所想，而自从她也知道我的存在后，她应该也有类似的感觉。我们对彼此而言，都像是只有谜面没有谜底的谜语，对各自的情况介于知道与不知道之间。早上押注时，我隐约感觉到，她已经通过我，猜到了帝释会的计划，还做出了某种安排。我没猜出具体的安排是什么，但我是个很自恋的人，除了相信井下光会成为赢家，我不相信还有别的可能。”地狱修女说话时，语速很慢。

“事情就是如此，”哭大师点了点头，“大家刚才可能没有注意，我却一直在留意你们的直播内容。”哭大师挥了挥衣袖，飘散在大厅各处的虚拟屏聚集过来，凑成了一张巨幕，“大家可以看一下回放。”

巨大的虚拟屏上，出现了小柯那张蜡黄的脸，他正在往路口停靠的一辆厢式货车走去。厢式货车的门虚掩着，小柯一到跟前，一个脸部线条硬朗的金发女子就从门缝里探出头来，将门往外推了一把，然后递了一只手给小柯。小柯拉住女子的手，一蹬脚上了车，进到车厢里。车门掩上。

巨幕上的画面一闪，切换到车厢内部。小柯正在和车厢里的一名金发男子握手。

“这用的是什么技术，不至于在车厢里装了摄像头吧。从镜头切换的情况看，这得装多少摄像头才能做到啊？”波夜空看着画面，挠头自语。

“我们的卫星上有能量造影技术，所有的封闭空间都可以通过异次元通道实现曝光。卓深影没有告诉过你这些吗？”不知何时，附身玛丽莲的蜜之蜃姬已凑近到波夜空身边，目光流转，轻声解释道。

蜜之蜃姬说话时，画面上已发生了变化，小柯和金发男子握手时，那金发女子已从背后，将一根金属线勒在了小柯的脖子上。小柯在使劲蹬腿，口中发出了“嘶嘶”的呻吟。

就在这时，不知哪里传来一阵缥缈的口琴声。金发女子的身体抖动起来，炸裂成血肉模糊的碎片，然后金发男子也跟着爆体而亡。小柯还没有反应过来，厢式货车的门已经被拉开，一个邋遢的身影出现在画面里。波夜空认得那张脸，正是朴不见，这位四天王星的帅哥曾和波夜空、井下光一起参加过对抗财神营救卓深影的战斗，干掉了财神那位名叫狐仙的分身。因为这件事，朴不见被帝释会当替罪羊交出，险些丧命。波夜空前不久听井下光说，朴不见现在已经加入了阿光领头的地藏会。波夜空没有想到，这位对仪容极为在意的帅哥，如今竟变成这样一副胡子拉碴不修边幅的样子。

虚拟屏上的画面没有停顿，又切换到香港路一〇〇号神隐会秘密基地的大门口。小施驾驶着鲨鱼商务车，正在从那里经过。

对面洋楼的老虎窗里闪过一丝不易觉察的炫光，席三方右手的食指已狠狠地扣上了扳机。就在他的食指即将触到扳机时，一种莫名的虚无让他忽然失去了力量。不知怎么搞的，他的额上出现了一个幽深的小洞，可能连他自己都没有感觉到，那颗致命的子弹是从哪里来的，是什么时候射进他头颅的。

间谍卫星上的高清摄像头正在迅速地向鲨鱼商务车的后车座推近，车窗上不知何时已多了一个不显眼的小洞。镜头从小洞推进车里，一个蓝衣少女正在缓缓放下手上的狙击步枪。

“如何？”蓝衣少女看着驾驶座上的小施，轻声问。蓝衣少女正是那个曾经试图暗杀顾得满的克隆人杀手大风。

“高手！”小施用力点了点头，“能告诉我，你是谁吗？”

大风摇了摇头。

鲨鱼商务车的后车门忽然打开，然后又关上。

原来还坐在后座上的大风已不知去向。

画面被切换到了神隐会的大草坪上，坐在那里的每个人还是像雕像一般凝固，偌大的空间里细微而急促的喘息声此起彼伏。刚才还在大喊大叫的李适之，此刻已倒在李河方的怀里，像熟睡了似的，看来是被他爷爷打昏了过去。李老爷子慈爱而悲伤地看着他的宝贝孙子，似乎在为终究要让他看见这残酷的世间而自责。

空气里忽然拂过一阵微风，草坪上老树的枝叶在摇曳，僵持的人们忽然嗅到了一股樱花的香味，李河方在发出警告：“赶快闭住呼吸！”

然而，他的话才说到一半，草坪上的人都已经软倒在地，只剩下他、板田荣一和张泽恩依旧坐在主宾席上没有倒下。

对面的大楼里走出一个穿灰色夹克衫白色运动鞋的中年男子。中年男子面色苍白，像是常年不见阳光的样子，夹克已洗得发白，还有补丁。现在是21世纪，即使在穷困的蓬莱洲，衣服可以旧，却也没有必要缝缝补补穿了又穿，除非这是一种特殊的传统和标记。

“笑大师。”李河方朝着那男子微微颔首。

悟空寺修理厂的笑和尚脸上露出优雅的笑意，一边走，一边双手合十，回了一礼：“抱歉，看到这么多人，还有这么多凶器，和尚我不敢造次，只好用了点手段。这样，大家就不用流血了。”

“大师慈悲。”板田荣一也淡淡一笑，“不过，您觉得，单靠您一个人，能搞定我们三个老家伙吗？”

“搞定两个半应该绰绰有余，剩下的半个，我来。”伏秋小筑二楼的玻璃折门缓缓打开，一个穿着黑色僧衣戴着一顶鸡冠帽的老僧站在阳台上缓声说道。

老僧正是上秘院的住持柿落上人。

类似的一幕此刻还发生在新唐城的许多地方，就在每个流血事件即将发生的一瞬，一些看似普通得不能再普通的小人物忽然出现，这些人看上去就像大家天天都能见到的街坊大妈、走街小贩、邻家小妹、商铺伙计和邋遢的流浪汉，其中甚至还有一条狗、两只猫、三只鸽子，只在不经意间，一个个危机便因为他们的出现，化解于无形，随后这些人和物就像来的时候一样，消失不见。

只有井下光知道，这些人都是地藏会的成员。

天堂号的会议中心里，画面在那个巨大的虚拟光幕上迅速地切换，最后又切换回了香港路一〇〇号，进入了那间让新娘换衣服的化妆间。

就在雅雅变成匕首的右手即将刺进顾得满的后背时，她的动作戛然而止，然后像个融化的蜡人，变成了一摊黏稠的液体。

在此之前，河原细美感觉到自己的右耳垂好像被人碰了一下，她用眼睛的余光扫去，那只做成红宝石耳钉的脑控仪已落在了一只骨感颀长的玉手里。

纤纤玉手的主人正在笑吟吟地看她。细美颓然地松开了攥着顾得满的手。

“刚才你说的那两件事，我都没有做错。”井下光缓声说道，“第一，选择你做我的朋友，是因为我相信，你和我旗鼓相当。第二，我也相信，这城里的一千六百万生灵同样和我们旗鼓相当，除了共和国，我不知道还有什么方式，可以让我相信我的相信。”

河原细美的脸上露出一丝自嘲：“既然你赢了，说什么都是你有道理，所以，无论你想怎么处置我，我也只能接受。”

“我没有想过怎么处置你，既然你成为新唐城的行政长官，李老先生成为财政和货币委员会的首席委员，是人民的选择，我只能相信他们的选择。如果你们也决定相信他们的选择，那么一切保持原样，除非你们不打算接受这样的选择。”井下光沉声说道。

“不行，我不同意！”回过神来的顾得满沉声说道，“叛徒是没有选择的。”

“阿满，我为我刚才想杀你感到抱歉，你是好人。但政治就是政治，没有那么多是非，只有利弊成败。”河原细美静静地转过身，整了整头上的花冠，对着镜子慢条斯理地补起妆来，“我想，姐姐这么做，一定有很充分的理由，不妨先听听她怎么说。”

“不错，”井下光一脸严肃地点了点头，“要想让新唐城避开这场大杀戮，没有帝释会的协助，几乎是不可能的。”

“很好！”河原细美也用力地点了点头，“谢谢你说了实话，也谢谢你如此识时务，只是帝释会拯救新唐城的计划已在三分钟前被你破坏了，因为我没有完成对生进会的承诺，晚上的杀戮已不可避免。”

“未必。”井下光的脸忽然转向正在偷拍这场面的镜头，露出了甜美的笑颜。

就在井下光的笑颜占据整个画面的一刹那，站在天堂号会议中心小舢板上的哭大师击了一下手掌，虚拟光幕上的画面变成了井下光笑脸的定格。

“诸位也看见了，帝释会的樱花行动已经失败。”哭大师停顿了一下，环视四周。波夜空得意扬扬地站到了他身边，随着哭大师的目光，对场内诸人无声地指指戳戳。哭大师瞪了他一眼，波夜空连忙正色，不再狐假虎威。哭大师这才继续说道："不知道，诸位的屠城计划是不是还要进行？"

"大师客气了，"精灵莞尔一笑，"生进会的人虽不怕别人威胁，却也知道进退，没有把握的事情，自然不会硬来。"

"那么，你们会怎么做？"哭大师又一次比哭还难看地笑了笑。

"在搞清楚怎么解决您提出的难题之前，我们自然会远远地避开新唐城，不过这城里的人要是出来的话，我们大概也不会客气。"精灵停顿了一下，目光闪烁，"当然，有朝一日，如果大师或者城里做得了主的人来请我们进城的话，我们也不会拒绝。"

"好，"哭大师点了点头，"那么就来日方长。"然后他转头对波夜空说道："划船！"

"划船？"波夜空愣了愣，随即摇了摇头，坐到船尾，拿起双桨，装模作样地在地上划了一下。没想到小舢板在这一划的作用下，竟然跃起，从刚才进来的地方钻了出去，落到甲板后，波夜空又是一划，舢板便落进了水里，很快变成了海面上一个模糊的小黑点，消失在果冻一样的虚空中。

"你答应得倒是挺痛快，"蜜之蜃姬看着舢板消失的地方，冷冷地说道，"真的就这么算了？"

"除了算了，还能怎样？"精灵看了一眼在场的所有人，"有谁不同意吗？"

"秘书长，不要卖关子了，我听出来，你刚才话里有话。"地狱修女双手交叉于胸前，脸上带着嘲弄的笑意，说道。

"修女大人果然冰雪聪明。在座的诸位，为了自保，自然是要撤走代理人的，"说着，精灵的目光扫过灵鬼那张鲜血淋漓的金属脸，"不过，死人是没办法指挥代理人的，秩序联盟的人应该还是会按原计划，在午夜向新唐城发起攻击。"

"明白了，"蜜之蜃姬露出恍然大悟的表情，点了点头道，"你的意思是，为了挡住秩序联盟的坦克阵，老和尚一定会回来向我们求助，到时候我们就可以和他讨价还价了。"

"这倒未必，别忘了，井下光已经打算和帝释会的人和解，这样的话，帝释会或许会出面帮他们搞定秩序联盟。"地狱修女在一边悠悠地说道。

"根据我们和帝释会的协议，只有河原细美的樱花行动成功后，他们才可以向自己的代理人派发军事援助。而且，”精灵顿了一顿，脸上的笑意更浓，“就算他们现在想帮，也是远水解不了近渴。”

话音未落，会议厅里已响起一片掌声。

精灵矜持地摆了摆手：“不过，凡事都有万一，大家不妨先想一想，万一事情没有照着我们的预想发生，还有什么办法，能让他们就范。”

本章回顾：

河原细美策划的政变——“樱花行动”正式开始，除了井下光，起义军方面所有的重要人物都面临着被定点清除的危险。此刻在折叠空间的天堂号上，生进会的大佬们也在看着这场大戏，哭大师突然带着波夜空坐着小舢板来到天堂号，然后拿出波夜空带着的那个神秘黑匣子，里面是一只新唐城食塑鼠。哭大师借此向生进会的人证明，如果生进会的人晚上屠城的话，他们自己会因为他们的行为受到伤害。生进会的灵鬼不相信，结果他杀死食塑鼠的举动，杀死了他自己。此刻，进行中的樱花行动也出现了戏剧性的变化，河原细美布置好的每个环节都被击破。而策划这一切的正是井下光。

小贴士：

井下光：哭大师的女徒弟，悟空寺修理厂的前台接待员。蓬莱洲有名的女网红，外号“女神光”，手底下有很多死忠的男粉丝。她来历神秘，本是第五代地狱修女的候选人，十三岁那年从地狱号逃到悟空寺修理厂后，才成了后来的井下光。她和波夜空是情同姐弟的伙伴，两人多年来一直同住在一个宿舍里。

第五章
革命只是一个开始

夕阳如血，正悬挂在西海岸的虚空中，将此刻的大海照得寂寥而空旷。

从中午起，那些蚊子一样漂浮在远处的舰只就在渐渐散去，此刻的海平线好像已变成一条隐隐约约的虚线。

从东海岸和北海岸也有好消息传来，那两边海面上的舰艇也几乎散尽了。

“早跟你们说过，在我老人家大力协助下，老秃驴已经帮你们把傀儡们都给搞定了。”波夜空惬意地瘫坐在灯塔瞭望台的太阳椅上，对着站在栏杆上的井下光说道。然后看了看井下光身边的顾得满和小柯，又看了看独自站在另一个角落里的河原细美，继续补充道：“不要一脸的阶级斗争嘛，反正细美这回也是出了个大丑，又没伤到你们半根毫毛，还死了好几个手下，阿光都原谅她了，她也跟你们道过歉了，就这样吧，人生嘛，哪怕是心里恨得咬牙切齿，脸上也要笑里藏刀，你们说是不是呀？”

波夜空话音未落，那几个刚才还有些尴尬的“政敌”，因为同仇敌忾而异口同声地吼道：“滚！”

“干什么？干什么？又没说错你们。”波夜空不满地撇了撇嘴，瞄了一眼河原细美，然后继续一本正经地对另外三人说道，“看看人家细美，都能跟个不爱的男人同床共枕，内心得多强大啊。再看看你们自己。”说着，波夜空把脸转向了另一边，“细美，我选择跟你站在一起，从概率上来说，这样我幸存下来的可能性才比较大。”

“好啊，我也很看好你。”河原细美面不改色，只微微一笑，声音清晰而淡然。

“这样说来，我们才是天生一对啊。”说着，波夜空又瞄了一眼顾得满。顾得满没搭理他，只是拿着望远镜，继续看着南城的方向。

“你跟谁天生一对？”一个红色的小辫子从楼梯那里冒了出来，很快像个被拔起的萝卜缨子一样带出了高高瘦瘦的小施。

“情况怎么样？”还没等波夜空开口，顾得满就抢着问道。

“我们的侦察兵坐船绕到了坦克阵后面，抓了几个搞后勤的民工回来。据这些家伙说，南城其他的部队都撤了，但秩序联盟没有走，晚上会按原计划向新唐城发起攻击。”小施沉声说道。

“不应该啊，我亲眼看见，生进会的人已经答应撤退了的，”波夜空歪着脑袋吸了口气，然后想到了什么，“啊，明白了！”

“明白什么？”小施问。

“那个藏在机甲里的侏儒不是自己把自己给拍死了吗？秩序联盟就是由他操纵的傀儡，主人家不在了，傀儡自然还是会按原计划行动。”波夜空一脸忧虑地点了点头。

“细美，你有办法解决这件事吗？”井下光看了一眼瞭望台左侧还穿着花嫁和服的河原细美。

河原细美摇了摇头：“照原先的约定，上午的事情如果能成，帝释会的航天舰队会在一星期后，送来军援。”

“行啦！”波夜空拍了一下大腿，“看来只能再辛苦我老人家一次了。我这就去划船，把老秃驴送到天堂号上去。”

说着，波夜空伸了个懒腰，起身打算离开。

“慢着！”井下光从栏杆上跳下，“刚才你说，师父为什么要把你派过来？”

“说你们一会儿可能用得上我。”波夜空得意地昂了昂头，“这不现在就派上用场了吗？”

说着，波夜空拔脚欲走，却发现脖子被什么东西缠住了，差点摔了一跤，低头一看，缠在脖子上的是一根布带，他的耳边传来了井下光的声音：“师父说的是用得上你，不是说让你回去找他。”

波夜空被带子拽着，转过身来，这才看清缠在脖子上的是井下光和服上的衣带，井下光正用这带子，把自己当个木偶似的摆弄着。

“阿光，你干什么？”波夜空不满地将脖子上的衣带扯了下来，“我知道你是很能打，但这并不代表你就能欺负弱小，对不对？”

“你要再废话，我可真要欺负你啦。”井下光半嗔半笑道。

“好吧好吧，谁让我们青梅竹马，如胶似漆，”波夜空叹了口气，“那你说说看，老秃驴为什么要派我过来？”

“我哪知道，你不是智商高吗？这点事情自己还想不明白，那你凭什么老那么自信，连师父都敢顶撞？”井下光嘲弄道。

“这个倒是，”波夜空一脸严肃地点了点头，“那你们说说看，现在到底是什么情况把你们难住了。”

“小柯，”井下光朝柯大力努了努嘴，“把你的望远镜借给这家伙用一下，告诉他往哪里看，别看错地方了。”

小柯回头看向波夜空，波夜空直接往他身边走了过去，小柯将手里的缩微望远镜递给了他。

波夜空拿起望远镜，往小柯手指的方向看了过去，嘴里还在唠叨：“哎呀，那个小姐姐好漂亮啊，裙子那么短，腿也好长，不过呢，”波夜空回头看了一眼井下光，“跟我们的阿光比起来，还是差了很多。”

“少废话！”井下光恶狠狠道，嘴角却忍不住露出了笑意。

波夜空不再说话，看着望远镜里的画面，神色渐渐凝重。所有人看着他的表情，各自脸上也是阴晴不定。

过了很久，波夜空才终于放下望远镜，长长地叹了口气。

“怎么样？”井下光焦急地问道。

“唉，怎么说呢，”波夜空一脸苦恼地挠了挠头，脸上忽然现出得意的表情，“幸亏你们遇到了我……”

“滚！”众人异口同声吼道。

“好吧好吧，从小到大，你们就是看不得我优秀，我也早有思想准备，”波夜空无奈地摇了摇头，“不过，朋友一场，这种时候，我不帮你们，谁帮你们？”

“你有完没完？”说话间，井下光又将手里的衣带往前一送，勒到了波夜空的脖子上，“你要再废话，可真要把你吊起来打了。”

“停！”波夜空做出暂停的手势，说道，“要是外面都是人肉做的军队的话，我肯定没办法，但既然是坦克，那就相对简单了，让它们瘫痪就可以了。”

“怎么个瘫痪法？”井下光将衣带往回一收，“坦克又没联网，操作系统都是自带的，就算你有本事入侵，这么多坦克，你也来不及一台台搞定啊。”

“它们现在不都还趴在那里没有动吗？而且离我们这里还有一大段距离呢，这就是我们的机会。”波夜空一脸深沉地扬起了下巴。

“我派人近距离侦察过，但只要是一千米之内的移动物体，都会被坦克上的红外线侦测到。你想去搞破坏，估计人还没靠近坦克，就会被打成筛子。”小柯神色凝重地说道。

“谁说搞破坏就一定要联网或者靠人肉蹚了？”波夜空的脸上再次露出得意之色。

“嗯，精神胜利法也是可以的。”小施撇了撇嘴，“反正嘴炮和键盘侠总是最厉害的。”

“没时间逗你这种没文化的杠精玩。”波夜空别转头，一脸认真地对顾得满说道，“满哥，还记得当初在地狱号上，你看见我在实验室造的那种可以充电的子弹吗？”

顾得满若有所思地点了点头：“我当时问你，那是什么子弹，你不是不肯告诉我吗？”

“哎呀，这是人家的隐私嘛，当然不能随便告诉你们啦！”波夜空忸怩了一下，然后一本正经地说道，“其实是这样的，你们也知道，我现在正在追求那个冷冰冰的小影，我对她怎样，你们都知道；她对我怎样，你们也知道。总而言之，就是我对她这么好，她却一点都没有要被感动的意思，所以我在想，是不是我没有用对方法。你们想，她的身体是由纯粹的能量构成的，她的记忆是直接储存在能量中的，所以要打动她，我是不是该用她更容易接受的方式，来向她表达我的爱意呢？譬如，直接将信息输送到她的能量身里。”

“这跟打坦克有什么关系？”小施终于忍不住了，插嘴道。

“闭嘴！”波夜空瞪了小施一眼，继续说道，“所以呢，我趁着跟小影相处的时候，一直在研究怎样实现能量和信息的结合。经过对小影反复地研究又研究，我终于找到了一点点门路，虽然做不到让能量和信息大幅度地结合，但一丢丢还是可以做到的。所以我研制了一种可以将能量灌入子弹的空包弹，每颗能量弹大约可以储存一兆比特的信息。我本打算在明年情人节的时候，把一万首最牛逼的情诗灌入能量弹，然后用我改装的电子马克辛机枪，给她来个一百梭，把她彻底打晕。”

“你的意思是，可以将病毒灌入能量弹，然后用狙击枪，将病毒通过电能，输送到坦克的主控电脑上，让秩序联盟的神风坦克……”小柯皱着眉头，像挤牙膏一样地猜测着波夜空的潜台词。

其他几个人听到这里，也都眼前一亮，都已面露喜色。

“你的能量子弹现在在哪里？有多少？”井下光急切地问。

“当然在地狱号上，”看到所有人都在看着自己，波夜空得意地舔了舔嘴唇，“虽然情人节还有大半年，但我已经把这一万颗爱情的子弹都提前准备好了，看你们现在都这么崇拜我，唉，我就心软一下，先贡献给你们啦。”

“滚！”众人再次异口同声，然后哈哈大笑。河原细美也笑得很大声。

一只蓝色的海鸥在划过幽暗的天空，因为在夜色的衬托下，显得出奇地蓝。

这当口，小施将手指伸进嘴里，朝海鸥打了个响亮的呼哨。

小施此刻心情不错，因为一刻钟前，他又见到了这位名叫大风的姑娘。而且，大风还和他肩并肩走在了一起。

按照下午在灯塔瞭望台上的约定，井下光跟河原细美将地藏会和神隐会隐藏在城里的神枪手都交给了小施，要他负责带领他们，用狙击枪在两千米外的地方，向秩序联盟的坦克阵发起攻击。

晚上八点，波夜空让人送来了那一万颗爱情的子弹，病毒编码已被拷贝到弹头里，和电能结合在了一起。只要神枪手们将子弹射中坦克的头灯，病毒编码就会沿着电路，入侵坦克的操作系统，让那些坦克变成一堆无法动弹的废铁。

能量弹被分成了两份，其中五千颗被分发给了这支由五十个神枪手组成的小分队，另外五千颗留在了城外的第二道防线上，以防有漏网之鱼突破。

“还以为再也没机会见面了呢。”在张口结舌地说话前，小施先是嘿嘿笑了两声。

“哦。”大风点了点头，没有露出一丝感慨或欣喜的意思。

看到话题就这么被终结了，小施心有不甘，挠了挠头，继续说道：“你这枪法是怎么练出来的？”

“譬如，最开始有一千个像你这样的人，然后每次射击课上，这一千个枪手，只要谁在课后的小测验里，排在最后一名，这个人就会被当着其他人的面射杀。这种情况下，如果你能活下来，你的枪法一定会变得很完美。”大风的语气很淡。

“你是在开玩笑吧？”虽然心里有些毛骨悚然，小施还是努力在脸上堆出了轻松的笑意。

“当然是玩笑。”大风也笑了笑。

“哈，我就说嘛，”小施终于笑得不那么僵硬了，“对了，你是怎么跟光姐认识的？”

“她是地藏会的会长，我是地藏会的会员，自然就认识了。”大风道。

“你又是怎么加入地藏会的？”小施还是不依不饶。

“我师父是地藏会的。”大风道。

上一任地藏会的会长大愿比丘在临死前，以不得头陀的身份收了大风为徒，因为这个原因，大风选择加入了地藏会。

“那他老人家一定很厉害吧？”小施道。

“当然，大概不会有人比他更厉害了。”

大风想起了不得头陀，脸上掠过一丝悲伤。

小施没有注意到大风脸上的变化，他张了张嘴，想继续没话找话，但终究没有找到合适的话题，他自己也觉得郁闷，只好闷着头一个劲地继续赶路。

“听说你和顾得满是好朋友？”过了很久，大风忽然开口问道。

“是啊，”看到大风主动跟自己搭话，小施面露喜色，“我爸是顾老爷子的兄弟，所以我跟满哥也是从小玩到大的兄弟。”

“他这个人怎么样？”大风问。

“再也没有比满哥更仗义的兄弟了，如果要在世界上找一个可以把脑袋托付出去的人，那一定是满哥。”小施道。

“哦。”大风点了点头。

又是长时间的沉默。小施忽然想到了什么，转头对大风道：“你要是想认识满哥，我可以帮你搭线。”

“不用，”大风摇了摇头，“认识你就可以了。”

“嘿嘿。”小施憨厚地挠了挠头，走路时脚步不由轻快起来。

前方到了一片到处是坟包的荒地，这是新唐城有名的乱葬岗，这些年来城里死去的弃民大都被葬在了此地。如果死者还有家人在，家境稍好的话，他们的坟包上会被用一个工业废件在附近做个标记，但大部分的坟包除了隆起，就没有留下任何特征，可以让人知道黄土之下埋着谁，他（她）的名字、人生和记忆。更有些本就是无名尸，因为各种原因无声无息地死在了城里，没人前来认领，保安部或壮丁团的人就将死人拉来这地方，有时候都懒得挖个坑，而是直接将它们暴晒在空气中，任由风吹雨淋、腐烂风干。这些尸体最后都化作了森森白骨，点缀在一个个坟包间。此刻，在月光映照下，白骨白得有些瘆人，小分队里胆子稍小的人，目光都已有些迷离了。

“到地方了，”小施侧了一下脑袋，对着别在衣领上的微型对讲机说道，“大家自己找地方埋伏，按之前说好的方案，两人一组，各管一片区域，按顺序从前往后捋，争取在敌人发觉前，把这一千多辆坦克全干翻了。这活真的不难，每个人只要轰掉二十辆坦克就可以了，对不对？”

小施话还没说完，耳塞里就传来了敷衍的应答声，然后身边的枪手们开始向四处散去。等到小施把所有话都说完，身边除了大风，早已空无一人。

“唉，怎么都这么着急？我话还都没说完呢！”小施悻悻地摇了摇头，然后转头看了一眼大风，“你看，我们去哪里埋伏？”

“那里。”大风指了指前方。手指之处停着一辆报废的载重货车，车身下隆着三个坟包。汽车应该是坟包的主人用来做标记的，不过因为汽车的存在，这地方周围的白骨显得尤其多。

小施倒是无所谓，但怕大风不习惯，连忙紧赶几步，想先帮她把白骨清理了。才收拾了几根，就听见大风在身后说道：“不用了，死人不会比活人还危险，而且也干净。”

小施诧异地回头，盯着大风的脸看了半天。大风的表情很平静，无喜也无悲。

“也是。”小施用力点了点头，在其中的一个坟包后趴下，大风在紧靠小施的另一个坟包后面蹲了下来，打开随身携带的手提箱，将里面用塑形海绵隔开的零件一个个取出，像在弹奏乐器一般，颀长的手指做起动作来，简洁而高效，一分钟不到，一杆重型狙击枪就被装配成型。然后，大风将分配给她的一百颗子弹，从随身的布袋里取出，压进了两个特制弹匣中，做这些动作，前前后后只用了三分钟不到的时间。

虽然眼睛在看着大风，小施的手却没有闲着，在大风完成这一系列动作以前，他已经把那杆又细又长的两米枪组装了起来，同时也填完了那个有一米长的弹匣，将它挂到了两米枪的下方。

“帅！”小施放下了手里的长枪，朝大风扬起了大拇指。

“要是像你一样，不用眼睛看着，应该会比现在慢五秒钟。”大风难得地在脸上露出一丝笑意。

“高手就是高手，这眼力。”小施的大拇指举得更高了，“不过我的枪构造没你复杂，用不用眼睛看，时间都差不多。”

大风点点头，没有再说话。

“再等五分钟，等其他人都好了，我们就开始。”小施补充道。

“哦。”大风将脑袋抵在枪托上，眼睛凑到了带有夜视功能的瞄准镜上。

“一会儿，我们比一下谁打的坦克多，好不好？”小施将脑袋歪在枪托上，看着大风说道。

“好啊。”大风一动不动，脑袋好像已经焊接在了瞄准镜上。

小施有些无聊，只好拿着两米枪，通过上面的瞄准镜，在坟地里巡视起来。

很快，所有枪手都已准备完毕，小施也将两米枪重新转向了前方，然后对着衣领上的微麦下令道：“预备，一、二、三，开始！”

话音刚落，子弹出膛的声音在坟地里此起彼伏，如同微风钻过细缝，发出极细的嗖嗖声，这是因为所有的狙击枪都已安装了消音器。小施也扣下了两米枪的扳机。

因为对自己的枪法有自信，傍晚分派任务时，小施特地给自己和大风所在的小组要了六十辆坦克的任务，比别的小组整整多出一半。按他的想法，其中四十辆是属于他的。但是，当他打到第二十八辆时，属于他和大风定点区域里的坦克就都已经瘫痪了。此时，离打出第一枪，时间才过去了五分钟，也就是说，在这五分钟里，大风比他多打了四辆坦克。而此时在场的其他狙击小组，才刚刚打了不到十辆坦克。

小施心里不服，咬了咬牙，说道："再来！这回咱们从后往前捋，看谁打得快！"

"可以。"大风还是一动不动，直接扣动了扳机。

小施也不再说话，脑袋趴在枪托上，一边扣扳机，一边报数字。

"一百！"打完最后一颗子弹，小施转头看向大风，没想大风早已放下了枪，正笑吟吟地看着他。

小施自嘲地摇了摇头："我知道你高，但没想到你有这么高！"

大风没有搭茬，还是在笑。

就在这时，坦克阵的后方，传来了一阵凄厉的警报声。然后大约有三十多辆没被打掉的神风坦克，忽然亮起了头灯，碾轧着前方瘫痪的坦克，开始冲锋。这些巨无霸，无论火力还是动力，都很惊人，密集的炮弹铺天盖地地落在坟地上，有一半的枪手猝不及防之下，一下子就被炸飞了，剩下的枪手同时举枪射击，弹雨如泻，但还是没来得及打掉全部的坦克，只一分钟不到的时间，最后的十几辆坦克排成三百米宽的坦克阵已到了小施和大风的面前，眼看着就要并排碾轧过来，小施和大风的枪里已经没有子弹，从坦克阵的宽度和速度看，两人已避无可避。于是他们不约而同地相视一笑，索性站起身来，腰杆挺得很直，好像已打算接受命运最后的审判。

就在这时，一个穿着灰色风衣的背影一阵风似的，出现在两人身前，人影手上端着一架足有两三百公斤重的重型机枪。

因为来人的速度太快，在他的对比下，原先看似飞驰如电的坦克一下子变得很慢。来人手里的机枪喷出一串火花，火花打在坦克的头灯上，头灯熄灭，坦克顿时如石头一般凝固不动。

"满哥！"小施冲着顾得满的背影大声欢呼。喊叫完成后，他想起身边的大风，正想把她介绍给顾得满，发现不知什么时候，大风已不知去向。

天堂号的泳池前，精灵和蜜之蜃姬正躺在各自的沙滩椅上，远远地看着投射在泳池水面上的监控画面，穿着黑色比基尼的地狱修女畅游在神风坦克投下的阴影里，左顾右盼着身边影像中的小施和大风。

“这顾得满……”精灵悻悻地摇了摇头。

“就是，”蜜之蜃姬娇笑一声，“秘书长都忍不住作弊，给秩序联盟通风报信了，他还是这么不给面子。”

精灵不为所动，淡淡地说道：“如果和顾得满单挑，蜃姬大人可有把握拿下他？”

蜜之蜃姬摇了摇头。

“我也没有把握，除了我们的老大摩西沙罗，估计生进会里没人能凭借一己之力搞定他。”精灵道。

“不过，我听说你已经跟河原细美重新建立了联系，根据沙罗留下的有顶天的计算结果，这小女人是顾得满的克星。”蜜之蜃姬不动声色，瞟了精灵一眼，手指轻轻一挥，新唐城的画面被切换到一个庞大的机房里，机房里有灯光在闪烁，那是一组组机箱，连绵不断，排满了一个面积足有两万多平方米的机房。这些机箱正是摩西沙罗制造的那台叫作“有顶天”的超级计算机。

“你知道得还真不少。”精灵面不改色，笑着对蜜之蜃姬说道。

“彼此彼此。”蜜之蜃姬也轻笑着回应。

“好吧，我会尽快跟河原细美联络，想办法让她跟我们合作，”说到此处，精灵转过头，看向蜜之蜃姬，“不过，我听说，蜃姬大人在城里好像也有颗棋子，而且这颗棋子还正好认识波夜空，如果那小子真的能找出城里所有的蝴蝶效应点，不知道蜃姬大人，是否可以把数学模型拿过来跟大家分享一下？”

“没有问题，”蜜之蜃姬脸上的笑容愈发妩媚，“不过……只要那老和尚还在城里一天，估计就算我们知道了所有的蝴蝶效应点，也是徒呼奈何。”

“除了你们手里的这些棋子，我也有个计划……”刚才还在潜泳的地狱修女，忽然将脑袋探出水面。她的声音很轻，由于距离比较远，她此刻的声音本来应该比蚊子的叫声还轻的，但因为天堂号上的智能均质声场，在精灵和蜜之蜃姬这里听来，依旧清晰得好像近在耳旁。

此刻，河南森林的旋转餐厅里，那盘正在下着的围棋已接近尾声。

蓬莱洲革命后，旧大陆的观光客都离开了，城里的物资供应捉襟见肘，这间著名的餐厅也人去楼空。

但在今晚六点钟时，餐厅里的灯光忽然重新亮了起来，驱动着餐厅不断转圈的底盘也又动了起来。

将餐厅的电闸合上的人是哭大师。他今天特意约了笑和尚和柿落上人，来这地方观摩南郊的那场坦克阻击战。

阻击战的场面对当事人来说，或许惊心动魄，但对事不关己的旁观者而言，则无疑有些乏味，尤其三个老和尚早已经预料到了最后的结果。所以来餐厅时，柿落上人特意带了一副围棋，一坐下来后，就跟笑和尚手谈了起来。

哭大师平时除了敲打波夜空，一向没什么业余爱好，看两人下棋，对他来说，比看坦克阻击战还要无趣，所以只好一个人孤独地趴在窗前，朝南城的方向看个不停，一边看，一边不停地唉声叹气。

这样熬了三个小时，南城的方向忽然升起了三颗红色信号弹，共和国的起义军开始冲锋。各种简陋的交通工具在那片荒地上奋勇向前，其中有载重货车、家用小汽车、三轮电动车，还有两轮的助动车，凡是城里现在能动起来的车辆，都已经被调来了此地，此刻正乱作一堆，向着秩序联盟的阵地猛冲而去，然后便是枪声大作。

在秩序联盟的坦克阵后面压阵的，是些技术兵种和负责警卫的宪兵，虽然这些人的装备比新唐城的乌合之众精良许多，但看到己方最强的主战坦克不明不白地熄了火，那些军人正心神激荡，早已没了战意，起义军几乎没遇到太强的抵抗，就占领了敌人的阵地。

“行啦，小崽子们已经把事情搞定了，”哭大师站起身，走到那两个正在下棋的同伴身边，不满地看了两人一眼，继续说道，“有了这一千辆神风坦克，应该不会再有人敢从陆地突击新唐城了，生进会的那三位大佬机关算尽，却没想到，反而给城里送了一份大礼。唉，没有摩西沙罗坐镇，他们果然还是不太行。”

笑和尚和柿落上人都是一脸茫然的样子，只是出于礼貌，才转过头，认真地看着哭大师，煞有介事地努了努嘴，然后用力点了点头。但这头点得实在过于僵硬，一看就是在敷衍。然后哭大师话音还没落下，这两人就已经如释重负，再次埋下脑袋，又在聚精会神于眼前的棋局了。

哭大师不由郁闷，叹了口气，看着棋盘问道：“这棋真有这么好玩吗？”

“好玩倒未必，但至少还有点悬念。譬如下到现在，大笑师兄虽已占尽优势，”长相枯干的柿落上人一脸凝重地指了指棋盘中央那块黑白子犬牙交错的地方，说道，“但至少我还能在这里打个劫，苟延残喘片刻，盼着他能犯个错，让我翻个盘什么的。而外面的那件事情，所有的牌都是明牌，怎么变化，都是一个不变的结局。”

“你不是发过誓，不再当超级计算机了吗？怎么又开始算起命来了？”哭大师皱了皱眉头，说道。

“很多事情，如果所有的线头都已扯到头上了，无论怎样变化，终究逃不过那最终的答案。根本就不用费心思去算。你可以说，这就是命运，也可以说，业力如此。两个月前，我还以为，不得师兄的死改变了很多事情，然而谁能想到，到头来，他和顾得满所做的一切，最后都成了促成命运的必要一环。生进会的三千年庆典不仅没有被破坏，反而在更顺利地往下进行。不得师兄死得太不值了。”柿落上人脸上的皱纹深深地拧在了一起。

“嗯……”哭大师歪了歪脑袋，脸上神色凝重，似乎在认真思考柿落上人的这些话语，如此想了半天，才终于回过神来，然后用力摇了摇头，脸上露出一丝淡淡的笑意，只是无论他浅笑还是大笑，笑容总是一样地比哭还难看，“那么，那天当你听说不得的死讯时，你为什么要从上秘院后面的那幢破楼离开，决定不再做替人算命的事情了？”

“因为不得师兄圆寂的那一刻，我发现了一件事情，如果当时大风真的照我的心意，杀了顾得满，那么顾得满的死就会成为这次三千年庆典的引子，而不是后来的那场革命。我算到了别人，却唯独漏算了自己。在这场命运的棋局里，我的计算本就是命运的一部分，我算得越多、越清楚，命运就会越顺利地进行下去。不得师兄的死，让我得以从这一系列的连锁反应里跳了出来，看明白了这一切。站在我的角度上，我确实应该谢谢他。”柿落上人脸上的神情一阵黯然。

“所以不得还是改变了很多事的。譬如在原来的那个故事里，三千年庆典虽会发生，但不得自己是无论如何都不用死的，但这无论如何都不会发生的事情，不还是发生了吗？又譬如，不得的死，也让你不用再承担那个本该由你来承担的后果。再譬如，老汉我本已打定主意，除了悟空寺内的事务，外面即使翻了天，我都要置身事外的，现在我不也参与到了这些乱七八糟的事情里。既然如此，又怎么能说，不得什么也没改变呢？可惜，我想明白这一点有些晚了，”说着说着，哭大师脸上的神情越来越平静，因为意识到自己说话时声音有些响，他停顿了一下，然后才补充了一句，“是不得让我想明白了这一点。”

“所以，你认为这场浩劫还有改变的可能？”柿落上人的目光渐渐明亮起来。

“应该说，改变已经发生。”哭大师缓缓地点了点头。

海水泛着银光，一叶轻舟剪影一般被投射在海面上那轮巨月的前景上。船上一共三个人，一头一尾坐着两个，中间站着一个。

坐在船头的是井下光，坐在船尾的是波夜空，站在中间的则是顾得满。这叶轻舟，正是上午由波夜空划桨，载着哭大师去天堂号的小船。

从天堂号回来后，小船被扔在了那片荒凉的海滩上，好像被扔下的只是一片没有用的烂木头。因为看到老秃驴的表现这么酷，波夜空觉得自己也不能太小家子气了，就学着老秃驴的样子，像个土豪一般，大摇大摆头也不回地离开了那艘小船，只是在心里将停船的地点死死地记了下来。

晚上，南城的狙击战结束后，忙活了一天的波夜空有些累了，本想和井下光一起回修理厂的“狗窝”休息去的，却被顾得满叫住了。顾得满要两人陪自己来海上播撒三师叔的骨灰。

两个月前，在悟空寺为三师叔举行完荼毗仪式后，那些收拢起来的骨灰就被交给了三师叔的徒弟顾得满。按照三师叔留下的遗言，他的骨灰由顾得满负责撒到海里去。只是三师叔死后不久，新唐城就爆发了革命，然后是一系列的杀戮和混乱，作为起义军领袖的顾得满一直没有机会腾出手来，加上这段时间他心情也不好，所以这事情一直被拖到了现在。

可能是今天这一战有点转折点的意思，新唐城的死围不仅被解开了，起义军还意外获得了秩序联盟留下的一千辆神风坦克，陆战的武力升了好几级。顾得满的心情总算好了一些，这才想起把师父的骨灰撒入大海的任务还没完成，便特地约了井下光和波夜空一起来做这件事。

一直到午夜两点的时候，顾得满才终于把打扫战场的事情都布置妥当了。

此时，波夜空已经打了三场瞌睡。

顾得满本来是要带两人一起去西区码头坐巡逻艇的，波夜空心里惦记着早上去天堂号的这条小舟，便开着他的破皮卡，来到了海滩边。

看到这条小木船时，井下光惊呼了起来。波夜空这才知道，这条不起眼的小船竟是生进会的老大摩西沙罗留下的。摩西沙罗失踪那天，就是坐着这条轻舟离开地狱号的，然后他的人和船从此杳无音信。

按井下光的说法，这条小舟有个特别的名字，叫作轻子舟，是摩西沙罗诸多匪夷所思的发明中的一个。构成小舟的材料不是元素周期表意义上的那种材料，而是纯一色的轻子，那些电子、光子和中微子等被用一种轻子聚合场技术，强行压缩在了一起，构成了所谓的轻子体。这轻子体不仅自身没有重量，还能让置身其上的物体被隔离在重力和摩擦力之外，所以坐在轻子舟上，只要有人稍微划一下桨，小船就会快如疾风地掠过海面。

听了井下光的解释，波夜空豁然开朗，终于明白白天的时候，这小船为什么会有那么神奇的表现。所以他心里打定了主意，撒完三师叔的骨灰后，他要想办法把轻子舟弄到地狱号上去，然后在实验室里好好地拆解一番。

只用那两片短小的船桨划了十几下，轻子舟就到了二三十海里外的地方。海面上已是一片空阔，除了海天交接处那轮硕大无比的月亮，四周空无一物。顾得满示意波夜空将船停下，波夜空即刻照办了。

小舟停稳后，顾得满打开随身携带的布袋，布袋里装着顾得满自用的摩托车头盔。顾得满特意把师父的骨灰保存在了这个他最喜欢的头盔里。

顾得满一脸凝重地翻开头盔上的面罩，从里面抓起骨灰，一把把地撒入月光潋滟的海水中，嘴里喃喃自语道："师父，我不知道，除了这一捧骨灰，你的生命是否还有其他部分依然留在了这个世界上，不知道你是否能看见这两个月来，蓬莱洲和新唐城发生的一切？看了这一切，你是否还觉得，这场革命是值得的？革命发生的那天，大家喊着要做幸福的人类，走上了街头。因为这个口号，费切拉马集团倒台了，革命好像成功了。但两个月过去后，蓬莱洲并没有出现所谓幸福的人类，反倒因为这场革命，很多本不会死本不该死的人，死去了，整个大陆变成了一个大杀场。两个月来，为了重建被革命摧毁的秩序，我杀了很多人，其中相当一部分最初都是在我的召唤下，加入这场革命的，后来我却以革命的名义处死了他们。随着被杀的人越来越多，我似乎已经习惯了这样的杀戮，不再觉得那是一个个活生生的有血有肉的人，我甚至还很不要脸地安慰自己，杀掉他们，是为了保护更多的人。然而，怎么能以保护生命为名去杀人呢？两个月前，我还是这城里大多数人眼里的英雄，现在却成了他们不敢说出口的独夫民贼。革命在新唐城看似成功了，但城里的情况跟革命前也没有太大差别，四大壮丁团还是四大壮丁团，极道会还是极道会，有的只是换了个名头，有的连名头都没有换，这城市的大部分土地、产业和财富还是被掌握在李河方、板田荣一和张泽恩这三个老人以及跟他们关系密切的人手里，所有人还是要靠着他们的施舍，才能换来一份口粮。当然，这场革命确实造就了一批如我这样的新贵，然而这和城里一千六百万人的生活又有何干？早知道这样，我们当初又为什么要去发动这场革命？为什么您这样的智者也默许了我的冲动？为什么？为什么？”

骨灰一捧捧地散落在海水中，很快消逝无踪，在这空旷的海面上，顾得满的一声声质询如海面上的微风一样缥缈而微弱。

井下光和波夜空一前一后坐在自己的位子上，都没有说话。

两个月来，眼前这个别人眼里的硬汉或者恶人，肩上担负了太多的压力。

大家本以为，只要革命成功，一切就会顺理成章地走上正轨，然而谁也没有想到，紧接而来的却是泥沙俱下的混乱。为了结束混乱，在议会授权下，顾得满对城里实施了军管，他抓了很多人，也杀了很多人，虽没出现血流成河的情况，却也是恐怖异常。

那些被杀和被抓的人里，确实有野心家、暴民和罪犯，也有很多是被误抓和误杀的，然而情况如此危急，哪里有时间一一分辨，秩序本身已成为唯一的目的，所有的个人都变得无关紧要，是随时都可以被牺牲和碾轧的。显然，这不是顾得满本打算扮演的那个角色，但除了他，又没有其他人能扮演这个角色。

此刻只有面对这片空无的大海，面对师父沉默的骨灰，他才终于可以将这些疑问、苦涩和愤懑倾泻而出。

直到把头盔里的骨灰全部撒完，顾得满还在继续做着那个如痴如醉的撒骨灰动作。

如此过了很久，井下光忽然伸了个懒腰，打了个长长的哈欠。顾得满这才意识到，自己走神了，他放下头盔，朝波夜空做了个手势：“我们回去吧。”

“嗯！”波夜空用力点了点头，然后双臂一展，轻舟如箭一般地掠过水面。

“想起来了，”井下光忽然开口道，语气轻飘飘的，“三师叔在让我接任地藏会的留言里，说了一句没头没尾的话。他说，革命什么也不是，革命只是一个开始。”

本章回顾：

借助波夜空发明的“爱情的子弹”，小施和大风带领的狙击队，打垮了秩序联盟的坦克阵，一千辆神风坦克成为新唐城共和国的武装力量。生进会的三个大佬看到这情况，决定要对新唐城实施新的秘密行动。坦克战打完后，顾得满在井下光和波夜空的陪同下去海上撒师父的骨灰，顾得满对这场由自己发动的革命表示了深深的疑虑。

小贴士：

不得头陀：悟空寺修理厂“哭笑不得”三和尚中的老三，同时也是地藏会的会长大愿比丘。为了收顾得满为徒，他化名一舟，潜伏在上秘院里，做着打杂的扫地僧。后来为了阻止生进会的三千年庆典，选择了自我牺牲。在赴死前，他又收了大风为徒。

第六章
这种空间结构显然是违反常识的

要是在旧大陆的东亚地区，冬至应该是一年中最寒冷的时节。不过对处于亚热带的新唐城来说，这时候的体感温度大约类似于南中国的春天，除了偶尔因为下雨会有点冷冽，大部分时候，只用穿一件薄毛衣就能打发过去。即使真的冷到了反常的程度，也还可以躲进屋里，打开三四十年前安装的旧空调，抵挡一阵。新唐城里的工厂多，海边遍布着配套的氢能发电站，加上用于发电的海水不要钱，还用不完，所以电力供应很充足，只要不出门，人们依然可以将自己留在春天里。

但对住在南城荒郊营地里的难民来说，感觉就没有这么好了。

过去的三个月里，蓬莱洲各地都在打仗，唯有新唐城平安无事，所以各处的战争难民都在拥向这里，聚集而来的难民总数已经超过五十万。为了应对这个紧急状况，共和国在南城的荒地上，专门设立了难民营。

因为连日的饥饿，难民有好几次都已经想冲进城去了，若不是有三道电网和守在电网外的武装人员强力弹压，这五十多万人可能早就翻天了。

此刻，共和国首席代表井下光正在营地里给难民们发放衣服、棉被和食物，共和国另两位年轻的领袖顾得满与河原细美也在井下光的要求下，陪着她一起过来了。不过两人没有进入营地，而是隔着铁丝网，远远地看着这一切。

“不了解她的人，一定以为她在作秀。”站在铁丝网后，河原细美朝前方努了努嘴，悠悠地说道，“共和国的最高领导人，放着那么多紧急的事情不处理，跑来这里做这种无聊的事，得多装模作样呀？”

“如果换一个人，”顾得满面无表情地说道，然后停顿了一下，“可能会给人这样的感觉。”

“你的意思是，要是我这样做，会显得很装？”河原细美目视前方，嘴角的笑意温和而含蓄。

“我的意思是，”顾得满看了一眼河原细美，继续说道，“你永远不会去做这样的事。”

“谢谢你这么看得起我。”说着，河原细美揉了揉自己微微隆起的肚子。

“我只是很了解我自己罢了。”顾得满的声音有些干涩，“这样子作秀，失分的可能性很大，我要是作秀，一定会找个更好的机会。所以，我们不如她。”

“说实话，我是觉得，论心智，她不在你我之下，但她又常常会做这一类的蠢事，真不知道她是怎么想的！”河原细美嘴角微翘，好像欲言又止。

“所以，我们不如她。”顾得满又重复了一遍刚才的话，然后又看了一眼河原细美，沉默片刻后，继续说道，“我知道，你心里一定想说，她肯定有别的算计。但我知道，她没有。你不知道她的过去。”

“我知道，”河原细美用力点了点头，“财神告诉过我，她和地狱修女有着共同的过去，曾经在地狱号上，受尽了比死还难忍的折磨。”

“既然知道，那你应该明白，她连自己的命都不在乎，哪还会在乎别的？”顾得满的目光忽然变得悠远起来。

“看来还是你比较了解她。”河原细美微微一笑，点了点头，“所以在她想把难民放进城里来的时候，你才会想尽办法阻挠她，让代表们在议会里否决了她的提案。这应该是她第一次在表决中败北。”

“这是她自己制定的规则，所以只能遵守。”顾得满语气坚定，不容置疑，“只是我不明白，你为何要别出心裁，事后又和她联手，提出要在城外搞这样一个难民营。”

“她总算是我的姐妹，我不能太驳她的面子了。”河原细美笑道，眼睛闪闪发亮。

“你难道不知道，城里的物资供应给一千六百万居民就已经捉襟见肘，为什么还要提议开辟难民营？现在，因为看到难民营里有吃有喝，正有更多的难民在拥向这里。你这是故意在给大家埋下定时炸弹。”顾得满沉声说道。

“哦，我只是行政官，我是配合共和国的首席人民代表执行法令而已，你不觉得，她才是那个需要被说服的人吗？”河原细美再次讥诮地朝井下光的方向努了努嘴。

“你都是快要做妈妈的人了，就没想给孩子留一个更好的未来？”顾得满看着细美隆起的肚子，笑意更浓，那是因为他真的愤怒了。

“对啊，都快要做妈妈了，当然要给孩子留一个更好的未来。”河原细美轻笑着，顺着顾得满的目光又轻轻地揉了揉自己的肚子。

“我不会让你们有机会伤害她的。”顾得满收敛起笑容，缓声说道。

“我知道！”河原细美点了点头，“所以就没有什么好讨论的了，大家走一步看一步吧。”

顾得满不再说话，脸上的凝重顿时转成了迷人的微笑。顾得满的微笑是比严肃更危险的预兆，但河原细美却从来没有害怕过这样的表情，此刻她反而为自己成功地激怒了顾得满而暗自得意。

“那不是朴不见吗？他什么时候跟着阿光混了？”河原细美指了指赈济队伍中一个留络腮胡子的男子，问道。

顾得满往细美手指的方向看了过去，点了点头，说道：“被帝释会出卖后，他无处可去，只好加入了地藏会。阿光现在是地藏会的会长，他自然是要听命于会长的。”

“当初的花样美男，现在变成这样一副脏兮兮的样子，大半年前我们谁能想到啊！”河原细美感叹道。

“是啊，我们不是也没有想到，自己会变成现在的样子吗？”顾得满的嘴角露出一丝讥嘲的笑意。

“是你，不是我，我是变成了我想变成的样子。”河原细美也笑了，笑得很明媚。

顾得满沉默了片刻，点了点头："好吧，那我只有祝贺你了。"

两人针锋相对时，一个金发女子从领救济的难民队伍中冲了出来。负责警卫的朴不见一阵紧张，挡在了那女子面前。

"林先生，不认识我了吗？"那女子冲朴不见笑了笑，说道，她说的是英语，口音却有些生硬。

"你是……"朴不见打量着女子苍白到几乎透明的脸，眼里闪过一丝诧异。然后他终于认出，眼前的人正是上次在泰坦号之旅中，那个靠玩二十一点，拿到至尊赌会预赛第一名的波兰姑娘爱丽丝。他记得，爱丽丝好像是个在证券行业做高频交易的高手，据说心算能力都能赶上AI。所以朴不见对她的印象很深刻。

"……爱丽丝！"因为认出了对方，朴不见连忙热情地朝爱丽丝点了点头。

"你果然还认得我？"爱丽丝下意识地整了整凌乱的头发。

"你这样的人，想不记住都难，"朴不见脸上露出善解人意的笑容，拉着爱丽丝走到旁边人员稀疏的空地上，问道，"你怎么会……"

"为什么不会？"爱丽丝故作轻松地笑了笑，脸色愈发苍白，"半年前，谁能想到蓬莱洲会打仗？既然打仗了，就没有什么是不可能的。"

"你不是住在费切拉马城吗？而且……"朴不见挠了挠头，再次欲言又止。

"而且还很有钱，对吧？"爱丽丝又笑了，眼圈不禁发红，"我们家原先是斯拉夫郡的，我大伯是那里势力最大的壮丁团团主，现在切斯迪的人正在全力进攻斯拉夫郡，死了很多人，我们这些斯拉夫郡的余孽就成了费切拉马城的人民公敌，自然是要被清算的。那天武装起来的暴民来斯拉夫移民区杀人时，我爸带着人一路奋战，把我们送到了城外，他自己却伤重身亡。因为知道斯拉夫郡到处都在打仗，我们这些死里逃生的妇孺不敢往老家去，然后听说整个蓬莱洲只有新唐城没有打仗，而且交战各方有默契，给各地难民留了一条逃往新唐城的活路，所以我们选择了一路北上。路上死了很多人，我和妈妈总算活了下来，我们是一个星期前到这里的。"

"唉，谁也没想到，蓬莱洲会变成现在这个样子。"朴不见无奈地摇了摇头，连忙换了个话题，"对了，重新介绍一下我自己，我真名叫朴不见，林拿督是我上次为了混上泰坦号，用的一个假身份。”

“是吗？”爱丽丝有些吃惊，“原来你是那个保险业里鼎鼎有名的调查员？”

“你知道我？”朴不见不禁好奇。

“要知道我可是证券业有名的操盘手，对隔壁保险业的信息不可能一点都不知道。”爱丽丝自嘲地说道。

“不过，那都是过去的事情了。”朴不见苦笑，“对了，有什么我能帮你的吗？”

爱丽丝露出一脸的恳切，说道：“我妈妈在路上得了流感，一直在发高烧，这两天开始咳血，难民营里的医生说，可能是肺部感染，但因为没有设备，无法确诊。而且就算确诊了，我们也没有抗生素。你能不能帮我们想想办法，哪怕找点药来也行。”

朴不见点了点头，正要答应，听到身后传来了一个悠长的声音：“哎呀，爱丽丝姐姐，到了新唐城，你怎么都不来跟我们打个招呼？”

朴不见回头，发现刚才还在铁丝网边观望的河原细美和顾得满已经到了附近，两人一边走，一边在冲爱丽丝挥手，说话的人正是河原细美。

朴不见不解地看了看两边，不知道这三人是什么关系。

顾得满似乎看出了他的疑惑，走过来和爱丽丝握了握手后，趁着河原细美做亲热状拥抱爱丽丝的间隙，向朴不见解释道：“爱丽丝是我们在费切马斯特学校念书时，比我们高两级的师姐，她是有名的数学神童，九年级时，就已经在股市上赚到了属于自己的第一桶金，所以大家都认识她，她可是细美曾经的偶像。”

“何止是偶像，”河原细美终于完成了和爱丽丝的拥抱，意味深长地看了顾得满一眼，“爱丽丝的男友托尔斯泰和我们的公子阿满还是好朋友呢。”

“对了，你有托翁的消息吗？”受到提示，爱丽丝转过头问顾得满。

爱丽丝并不知道，起义前夕，她那位叫托翁的男友被顾得满查出，是保安部安插在费切马斯特兄弟会里的奸细，所以半年前被诱骗到新唐城，秘密处死了。当时动手的人正是顾得满。

听到爱丽丝的问话，顾得满面不改色，只是淡淡一笑，然后摇了摇头。

“半年前，他说他要去旧大陆学习泰拳，我也不知道他为什么会有这样奇怪的想法，不过看他这么坚持，我没有拦着。按理说，他现在早该从旧大陆回来了。”爱丽丝喃喃道。

“看现在的这个形势，他也许不会回来了。”顾得满不动声色，缓声说道。

“也是，”爱丽丝展颜一笑，“这时候没回来，应该是好事。”

“当然。”顾得满点了点头。

“别说闲话了，”河原细美拉着爱丽丝的手，看了朴不见一眼，“朴大哥，我和阿满一会儿还有事，你帮我们安排爱丽丝的妈妈去看病吧，一会儿我给你签一个通行证。”

“谢谢！”爱丽丝一脸感激地朝河原细美点了点头。

“你送她们去故地小区吧，那里有医生和设备，阿空他们这些天又修好了几套公寓，你让他找一套，给爱丽丝和她妈妈住。”顾得满在一边悄声补充道。

朴不见点了点头，陪着爱丽丝去了她住的帐篷，然后又带着爱丽丝和她妈妈去了停车场，安排两人坐到了他的变形汽车里。

蓬莱洲革命发生后，帝释会方面终于和生进会摊了牌。势力均衡理事会对朴不见的追杀令被终止。不过，朴不见不愿再回四天王星情报部，所以就留在了新唐城，他找回了这辆变形汽车，又将它变成了一辆看似破破烂烂的二手豪车。

开着车，朴不见带着爱丽丝母女来到了故地小区。

革命爆发后，新唐城的垃圾回收业全面停产，常年弥漫在本城的雾霾终于消失不见，每天的阳光好得让人心碎。即使今天的云层有些厚，但空气依然透亮，不过故地小区里的气氛还是有些凄清。

爱丽丝的妈妈在朴不见搀扶下，在瓦砾堆中缓步前行着，神情有些不安。虽然刚刚经历了逃难，但毕竟之前一直生活在精致摩登的费切拉马城里，所以看到身边这一幢幢残缺的破楼时，这位贵妇人的身体下意识地僵硬起来，无力的手心愈发冰凉，走在另一边的爱丽丝似乎也有些惶惑。

为安慰这母女俩，朴不见连忙解释道：“这地方叫作故地小区，石油危机发生前，是新唐城有名的住宅区，因为某种原因，被弃置了二十年，大部分的居民楼因为一直没人打理，陆续坍塌了，现在大概还剩五六幢比较完整的。战乱开始后，在共和国议会首席代表的主持下，这些房子被开辟了出来，专门用来收留重病在身和行动不便的老弱难民。”

“首席代表，你说的是井下光？快闪革命党的那个欢乐女神？”爱丽丝问。

“哈，你也知道她？”朴不见点了点头，“起义胜利后，她被新唐城人民选为最高领导人。刚才在难民营，领头给大家发放救济品的女孩就是她。”

“怪不得觉得她眼熟。起义那天的直播我看了，那女孩只露了一脸，给我留下的印象却很深。”爱丽丝道。

“要知道，女神光可是一个在蓬莱洲有一千万粉丝的网红，只是你的世界跟她的世界没有交集，所以没机会知道她，要是之前你看过她的直播，一定会对她印象深刻。”

“我会不会对她印象深刻，这事情现在已无从说起，不过……”爱丽丝莞尔一笑，“我想你一定对她印象深刻。”

“你的逻辑没毛病。”朴不见笑着点了点头，“我在看过一次她的直播后，也上了瘾。”

“对了，这个首席代表是什么意思？”爱丽丝好奇地问。

“起义后，蓬莱洲各地都建立了自己的政权，新唐城也成立了自己的共和国。共和国实行的是四权分立的政体。以原先五大壮丁团控制的地盘为界线，分成了五个行政区，每个行政区各选出三百个区人民代表，成立了区议会，每个区议会又选出六十名更高一级的人民代表，加起来是三百人，一起组成了共和国议会。共和国议会是国家名义上的最高权力机关，除了立法和监督其他机构，还承担了最高法院陪审团的职责，议会的最高领导人叫首席人民代表，同时也是共和国的最高元首。”朴不见一边走，一边给爱丽丝解释道。

“还有三权是哪三权？”爱丽丝继续问。

“还有就是军事委员会，专门负责军事、警察和情报部门，现任委员长是你老同学顾得满。另一个权力机构就是行政司法院，顾名思义，自然是主管行政和司法的，现任院长也是你老同学，河原细美。”朴不见说到这里，停顿了一下。

“没想到，我的老同学都成了共和国的大人物，”爱丽丝俏皮地撇了撇嘴，问道，“那第四权呢？”

“第四权就是财政和商业委员会，掌管货币、财政、物资供应这一类的经济事务，主席是李河方，两个副主席是板田荣一和张泽恩，之所以成立这样一个机构，是因为城里一千六百万人的吃饭问题，还有各种生活必需品，都指着这三个人想办法解决，所以只能把这部分权力让渡给了他们。”朴不见似乎心有不甘，下意识地摇了摇头。

说话间，三人到了五号楼门口。

为了接待难民，五号楼的门窗和外墙已经被悟空寺修理厂的小徒弟们修葺一新。整幢楼跟大半年前比，已是不可同日而语。除了五号楼，旁边成为废墟的六号楼，现在也被整理了出来，小徒弟们正在利用原来的地基，重建六号楼。

朴不见带着爱丽丝母女进了五号楼，楼道里一股石灰水的味道，墙面湿漉漉的，应该是刚刚完成粉刷，朴不见蹲下身，背起爱丽丝的妈妈，上了楼梯，很快到了四楼。四〇三的门虚掩着，朴不见喊了几声阿空，没有人应声，他便自己推门走了进去。

房间里没有人，朴不见扶着爱丽丝的妈妈进了客房。将两人安顿下来后，又里里外外找了一遍，还是没有看见波夜空的身影，正打算跑到窗口喊人，卓深影不知什么时候，无声无息地飘了进来，因为波夜空不在，她的能量身现在只能呈现为玛丽莲的形象。

刚让妈妈在客房躺下的爱丽丝正好也回到了客厅，看到房间里的卓深影，不由兴奋地喊道：“这是玛丽莲的全息影像吗？”

“哦，介绍一下，这位是卓深影，其实你们已经见过面了。”朴不见回过头，看了一眼卓深影的能量身。

“什么卓深影？”爱丽丝不解地问。

“这事说来太复杂。”朴不见挠了挠头，“简单点说就是，玛丽莲不是玛丽莲，而是一个叫蜜之蜃姬的外星人，蜜之蜃姬的生命形态是由能量构成的，所以她可以占据任何一个地球人的身体，类似传说中的鬼。那个叫玛丽莲的女明星其实是蜜之蜃姬现在在地球上的宿主。这位卓深影小姐因为是蜜之蜃姬的分身，所以她的样子跟玛丽莲也是一样的。”

“分身？”爱丽丝又问。

“这事情说起来更复杂，总之眼前这位不是玛丽莲，不是蜜之蜃姬，而是卓深影。上回她跟我一起上过泰坦号，我身边那个扮演我女儿的小女孩就是被她附身了，后来在赌场里陪在我身边的塞莉娜同样也是被她附身了，至尊赌会上，那个赢了所有克隆人的蓝裙子女孩，也是她。”

“怪不得当时觉得，蓝裙子女孩赢黑白格女孩的那一局有些不合理，这样就解释得通了。”爱丽丝点了点头，朝卓深影招呼道，“你好，我终于见到你的真面目了。”

卓深影笑着朝爱丽丝点了点头，玛丽莲的影子上浮起了卓深影的影子。

“这才是她的真面目，”朴不见指了指那个叠在玛丽莲影子上的白衣女孩，说道，“只是她的克星现在不在，所以暂时只能以玛丽莲的面目现身。”

卓深影瞪了朴不见一眼，对他的玩笑表示了不满。

朴不见连忙换了个话题，正色道：“阿空去哪里了？”

卓深影指了指窗外的六号楼。

“奇怪，这楼都造到六层了，为什么还不封顶？”朴不见问。

“那家伙说，他要造十二层楼。”卓深影解释道。跟大半年前相比，卓深影现在说话的样子不再木讷，语调也有了起伏。

“嘿，这小子就是个爱折腾的主。”朴不见回头看了一眼爱丽丝。爱丽丝此时已坐到客厅的电脑前，正在盯着电脑屏幕看，朴不见跟她打了声招呼，说道：“我现在去找阿空，等他回来了，就可以给你们安排住处和医生了。”

“哦，好的。”爱丽丝忙不迭地点头。

朴不见朝卓深影做了个告辞的手势，从客厅到了门厅，然后出门下楼，跑到了隔壁六号楼的工地上。

没费什么力气，朴不见就找到了大楼的入口。进门后，里面是个砖块还裸露在外的门厅。这门厅有些奇怪，是个呈八角形的放射形空间，门厅除了平面上的八条通道，还有一上一下两座螺旋形的楼梯。

“这家伙，搞什么名堂？”朴不见一边摇头，一边喃喃，这种如同儿戏一般的设计，除了波夜空，别的人应该不会这样做，朴不见有些哭笑不得，站在门厅，扯开嗓子吼了一声，“阿空！”

“这儿呢！”三号入口的方向传来了波夜空隐约的应答声。

朴不见循着声音的方向，找了过去，三号入口后面是另一个正方形的门厅，除了在建的四个电梯，还有两个消防楼梯的入口，整个门厅只比六号楼的平面面积小一圈。

朴不见不由诧异，如果刚才八角形门厅的每个入口后面都是这样的布局，那么这种空间结构显然是违反常识的。朴不见下意识地提高了音量，又喊了一声波夜空的名字。

“这儿呢！”波夜空的声音从头顶传了下来。

朴不见坐上施工用的临时电梯，向上行去，到了七层。

七层还没有封顶，只刚刚搭好了结构。从临时电梯上下来，朴不见远远地看见了波夜空。那家伙正戴着一顶黄色的安全帽，身上依旧穿着那套整齐而破旧的灰西装，双手反剪在背后，踱着方步，颐指气使地指挥着修理厂的师兄弟们，那神抖抖的样子活脱脱像个小包工头。小徒弟们都没怎么把他当回事，只要他说一句，大家就七嘴八舌地回他十句，然后发出阵阵的哄堂大笑。波夜空一脸的愁容，不断摇头叹气：“唉，终于明白，跟一帮垃圾在一起工作是什么感觉了，苍天啊，人生啊，到底还有没有是非啦……”

波夜空还想继续啰唆，一抬头，朴不见已经像堵墙似的挡住了他的去路。

朴不见没有说话，只是微微眯眼，似笑非笑地看着波夜空。

“什么眼神啊？”波夜空夸张地打了个激灵，“我知道自打你由小鲜肉变成胡子男后，我是显得帅了一点，但你也没必要羡慕成这种样子吧？”

“闭嘴！”朴不见不耐烦地打断了他，指了指周围，“这楼是什么情况？”

“什么什么情况？”波夜空不解道，随即恍然大悟，“你是说下面那个门厅吧？看来你的智商跟我比虽有点差距，但还算差强人意，竟然被你看出来了。怎么样，牛吧？用一个空间造了十个空间出来，除了我，还有谁能想出这么妙的主意……”

“你是怎么做到的？”波夜空还要继续自夸，朴不见已毫不留情地打断了他。

“还记得地狱号所在的那个折叠空间吗？”波夜空得意地扬了扬头，“我可是花了很长时间，来研究这个事情。按照弦理论的观点，空间其实一共有十一个维度，在这十一个维度上，折叠着无数个我们现在所知道的四维空间。根据这个理论，我在六号楼的元空间里分出了十个相同的四维空间，也就是说一座六号楼变成了十座六号楼。”

“跟你说话，怎么这么费劲？我不是让你吹嘘自己有多牛，是问你怎么做到这件事的！”朴不见不满地摇了摇头。

波夜空挠了挠头：“这个嘛，得感谢小影，还记得那次在教堂里的事吗？跟你们四天王星对应的那口大钟，被摆放在了一个反向的空间里。当时，我们两个人理解起这件事情来，都有点困难，但对小影来说，这根本就不是问题，因为她的身体是由能量构成的，空间对她来说并不存在，只是一个概念。所以……”说到这里，波夜空将声音放低了八度，神情忸怩起来，“所以，我就让小影帮了我一个小忙，让她帮我完成了空间结构的叠化工作。”

“哦，明白了，”朴不见露出不怀好意的笑容，用力点了点头，“原来这是你让卓深影帮你作弊的结果。”

“这话说得，好像我占了她多大便宜似的，”波夜空不满地辩解，“要知道，我也是一直在帮她做事，大家这是公平交易。”

“行了，你也不用跟我废话，有事找你，快跟我回去。”

说着，朴不见拽着波夜空进了临时电梯，向下行去，过程中朴不见把爱丽丝和她母亲的情况，简要地说了一下。

两人很快回到了五号楼，进了四〇三。

一进门，波夜空就看见，爱丽丝正坐在那台怪物电脑前，噼里啪啦地敲着键盘。

“嗨，这是干吗呢？搞乱了我的数据模型，你赔得起吗？”波夜空冲着爱丽丝大叫，说话间已到了她身边，正打算将爱丽丝从椅子上拽起，朴不见连忙从后面赶来，拉住了波夜空伸向爱丽丝肩头的手。

“刚才我坐在这里，看见这个地方算得不太对，你不应该用伯利兹方程式来求解，而应该用哈兹夫数列。”爱丽丝回过头冲波夜空笑了笑，指了指屏幕，然后滚动鼠标，“还有这个地方，你的运算到这里就进行不下去了，为什么不试一试李嫦娥定律？我自己算了一遍，已经把解求出来了，你看一下，对不对？”

刚才还情绪激动的波夜空看着屏幕，两眼发直，过了很久，才悻悻地摇了摇头：“好吧，算你有点小聪明，这件事情我就不跟你计较了。我叫波夜空……”

说着，波夜空向爱丽丝伸出了手。

“哦，你就是那个总是号称自己智商有三九〇的阿空啊？”爱丽丝捂着嘴笑起来，然后跟波夜空握了握手。

“你怎么知道的？我名气有这么大吗？”波夜空一边跟爱丽丝握手，一边瞄了一眼身边的朴不见。

“自然是阿满和细美告诉爱丽丝的。”朴不见吸了吸鼻子，“对了，忘了跟你说，爱丽丝当年可是费切拉马城有名的数学神童，十岁就拿过奥数冠军了。”

“真的啊？”波夜空低下头掰了掰手指，“那智商至少有二百了，已经超过这个世界上……”

“呀，外面下雪了！”一直像影子一样飘在房间里的卓深影打断了波夜空，指着窗外喊道，她的影子此时已完完全全变成了白衣黑发的卓深影。

“真的吗？”因为心情激动，波夜空一个箭步蹦到窗前，双手迎着漫天漫地的鹅毛大雪，探出了窗外，“哎呀，这可是我这辈子第一次看见雪，还是这么大的雪。想想就激动死了。”

听着波夜空夸张的表述，身后三人都忍俊不禁。

“不对。”波夜空忽然又摇了摇头。

“怎么啦？”朴不见问。

波夜空抬头看了看正越积越厚的云层，脸上满是忧虑：“我们这里不是亚热带吗？照理说，就算下雪，也不应该下这么大呀？而且看这云层，估计一时半会儿都停不了了。”

“那不挺好吗？”卓深影说道，“你不是一直说要去旧大陆看雪景的吗？现在不用离开蓬莱洲，就能看见了。”

“唉，这雪要是真的积起来，可就出大事了。”波夜空一脸深沉地摇了摇头。

本章回顾：

蓬莱洲的代理人战争开始后，各地的战争难民纷纷拥向新唐城。一天，井下光带领众人去给难民发放救济，朴不见遇见了以前在泰坦号上有过一面之缘的爱丽丝，爱丽丝也是顾得满跟河原细美在费切马斯特学校就读时的师姐。在顾得满和河原细美的安排下，朴不见带着爱丽丝和她身患重病的妈妈来到故地小区。故地小区现在成了收容老弱病残难民的营地，波夜空正带着修理厂的师兄弟在这里搞建设，波夜空将这里原来的建筑改建成了由多空间组成的折叠建筑。波夜空就此认识了数学天才爱丽丝，爱丽丝帮波夜空完善了他的数学模型。就在这时，天空忽然下起了大雪。

小贴士：

新唐城共和国：蓬莱洲革命后，新唐城成立自己的共和国。共和国采用四权分立的政体，其中共和国议会是名义上的最高权力机关，除了立法和监督其他机构，还承担了最高法院陪审团的职责，议会的最高领导人叫首席人民代表，同时也是共和国的最高元首。井下光是共和国议会的第一任首席代表。共和国的第二个权力机构是军事委员会，专门负责军事、警察和情报部门，首任委员长为顾得满。共和国的第三个权力机构是行政司法院，主管行政和司法，首任院长为河原细美。共和国的第四个权力机构为财政和商业委员会，负责掌管货币、财政、物资供应等经济事务，首任主席为李河方。

第七章
我已经做好了将来下地狱的准备

谁也没有想到，二〇六一年冬至的这场雪会连下三天三夜，以至城里的每条街道都被埋在了半人高的积雪中。

对出生在新唐城的二三代移民来说，这是他们平生第一次看见雪。大雪虽带来了彻骨的寒冷，大家还是忍不住兴奋。雪刚开始下的那一阵子，有人甚至穿着单衣跑到街上狂欢。但下到第二天时，浪漫变成了严酷，大家终于明白，旧大陆的数九寒天是一种什么感觉了。人们都缩在了家里，再不敢出门。幸好房子里有空调，冷归冷，总还是能够忍受。

但住在南城荒郊帐篷里的难民们就没有这么幸运了。

大雪带走了很多老弱病残。三天后，天刚一放晴，白茫茫一片的难民营里冒出无数个黑色的人头，就像是白纸上无数个黑色的逗点。人们用各种方式，抬着死去的亲人和同伴，来到铁丝网边，将尸体层层叠叠地堆放在那里。尸体中，除了老人，还有很多是未成年的孩子。

有这些尸体摆在眼前，不用动员，难民们就自发地聚集到了第一道铁丝网的门口。没有人说话，但所有人都步调一致，持续地用身体顶着铁丝网和大门。第一层铁丝网很快被顶开，然后是第二层，当难民们冲到第三层铁丝网前时，有人跑来宣布，共和国议会正在商量安置难民的方案，要大家少安毋躁。

人群这才没有继续冲击那最后一道铁丝网的大门，但也没有离去。不知道是谁，首先举起了一个圈成三的手势，然后所有人都学着样子，陆续举起相同的手势。大家用这样的方式达成了默契：只给议会三个小时用来商量。

天堂号的会议中心里，这一幕正在悬浮的虚拟屏上直播着。此刻，大得像广场一样的会议厅空荡荡的，只在船头透进阳光的地方，坐着三个人，分别穿着白色的西装、红色的长裙和黑色的比基尼。白色的自然是精灵，红色的是化身为玛丽莲的蜜之蜃姬，黑色的是第五代地狱修女。

“雨狼的气候操纵技术真是越来越娴熟了，好美的雪，我喜欢。”蜜之蜃姬说话时语气夸张，仿佛一个正在抒情的文艺女青年。

新唐城的这场雪并非巧合，是生进会刻意安排的结果。生进会里有一个名叫雨狼的会员，最擅长的事情就是对气候进行操纵。

“嗯，”地狱修女点了点头，语气依旧冷涩，“接下来看看，他们会怎么应对。井下光肯定是想把这些人放进城里去的，就是不知其他人会如何反应。”

“根据我从河原细美那里得到的消息，帝释会这边的人会附议井下光，因为他们也认为，形势越乱越好。”精灵喝了一口手里的酒，坐在遮阳伞下说道，“接下来就看顾得满他们怎么应对了。”

“不行的话，让雨狼再加一场雪。”蜜之蜃姬站起身，迎着阳光，张开双臂，露出心旷神怡的表情，深吸了一口气。

“对了，雨狼为什么还没有过来，照他的性格，这会儿早该跑来邀功了。”地狱修女抬头看了看空荡荡的海面。

“是有点奇怪。”精灵目光闪烁，轻轻地点了点头。

一听此言，蜜之蜃姬不由得皱了皱眉头，她的影子从玛丽莲的身上浮了出来，倏忽间又消失不见。玛丽莲的身躯像失了魂似的，顿时呆若木鸡。

精灵和地狱修女似乎对这一幕并不感觉惊讶，沉默地坐在原先的地方，继续晒着日光浴、喝着酒。

大约过了五分钟，蜜之蜃姬在她刚才消失的地方再次现身，脸色有些发白。

“什么情况？”精灵问。

“雨狼飞船上的所有人都死了。”蜜之蜃姬一脸茫然地摇了摇头，回到了玛丽莲的身上。

“怎么死的？”精灵又问。

“看那样子，像是被冻死的。但飞船里的温度我看了，空调开到了最高，都有四十摄氏度了。”蜜之蜃姬似乎心有余悸。

“哭大师果然不是故布疑阵。”精灵点了点头，“新唐城也确实太邪门了。”

“不过，不管怎么说，雪已经下了。雨狼至少没有白死。”地狱修女淡淡地说道。

就在这场对话刚发生时，哭大师也忽然在他用来打坐的壁龛里睁开了眼。

他轻轻地推开壁龛的门，叹了口气：“唉，因果，因果。”

而更早的时候，新唐城议会的常务代表们已被召集到市政厅楼上的小会议室，正准备召开紧急的常务代表会议。

按照新唐城共和国的宪法，十三位常务代表象征着最高的民意。除了首席代表井下光，其他十二位代表分成了两个阵营，一个是由军方和其中三个壮丁团构成的土著派，六名代表除了顾得满、小柯柯大力和小施施另外，还有和生财的顾有思、振兴会的史无声跟搏击堂的李文雅；另一个是属于帝释会阵营的精英派，除了河原细美，还有神隐会的三位大佬李河方、板田荣一和张泽恩，再加上四海帮的许有理跟极道会的河原义雄。

一接到通知，顾得满就从新兵训练营赶了过来。不过，他没有马上上楼，而是跑到了市政大礼堂西边男厕所边上的储藏室。他约了小柯和小施在这里见面，打算在参加常务会之前先商量点事情。

储藏室里有个一米多高的人字梯，顾得满将它撑开，坐到了用来站人的平台上。

百无聊赖间，他扫视了一遍周围的摆设，十平方米左右的空间里塞满了拖把、扫帚和各种清洁用品，室内充溢着霉菌和消毒剂混合而成的怪味。顾得满在费切马斯特学校读书时，每年放假回新唐城，只要礼堂放映来自旧大陆的新电影，小柯和小施他们都会领他来这里埋伏。

对穷人扎堆的新唐城来说，放映电影是无利可图的奢侈消费，穷人们更习惯用自己的破电脑和破手机下载盗版片看。所以这些在礼堂放映的片子其实是费切拉马集团发放给下属员工的福利。所谓新电影其实是些已在旧大陆下线的旧片，绝大部分顾得满一两个月前就在费切拉马城看过，不过，只要小柯和小施发出邀请，他还是会欣然接受，提前来到储藏室，和一屋子毛没长齐的男孩挤在这方寸之地，抽着劣质香烟，熬上两个小时，然后等礼堂熄灯后，潜入其中，各寻空位坐下。顾得满明白，这件事情的重要性不是看电影，而是小兄弟们通过这种违反禁制的行为来确认友谊。这做法虽幼稚，却也是他人生中为数不多的快乐记忆。革命后，他和小兄弟们的肩头都各担了一份责任，大家都再也回不到可以乱说乱做的状态中了。但总算友谊还在，还可以毫无保留地信任对方。

顾得满还在沉思，柯大力已经到了。一进门，这老烟枪没说话，干的第一件事就是先给自己点了一支烟，然后一口接一口地吸个不停，狭小的空间里很快充满了呛人的烟味。以至小施进门时，被呛得咳嗽起来。

“这简直是个毒气室！”小施捏着鼻子一脸嫌弃地说。

小柯没反驳，只是嘿嘿笑了两声。

“满哥，什么事？”小施看了一眼坐在破人字梯上的顾得满，问道。

顾得满朝小施做了个手势，让他先找地方，然后转过头对小柯说：“说说你那里了解的情况。”

“根据我这边刚拿到的电话记录看，李河方在通知许有理来市政厅开会时，特地关照，一定要投票同意放难民进城。”小柯抬起头，缓声说道。

“李河方给许有理打电话的记录，你是怎么拿到的？”小施不解地问。

“不是我拿到的，是我让人记录下来的。我的人在许有理的手机里装了个小设备。这六个人里，就他防守最薄弱，所以我能做的也就这么多了。”小柯羞涩地挠了挠头。

“你没有在我的手机里装设备吧？”小施夸张地瞪大了眼睛。

“嘿，用这么麻烦吗？你平时除了用手机看A片，还能干什么正经事，这不早就是公开的秘密了吗？”小柯不屑地撇了撇嘴。

“胡说，我已经好几个月没看A片了！”小施瞪大眼睛反驳。

顾得满摆了摆手，打断了两人的斗嘴，皱着眉头道：“这么说来，放难民进城的动议已经有七票支持了。”

“不是六票吗？”小施不解。

“阿光这个人，你又不是不知道，就算其他十二个人都反对，她也会投赞成票。”小柯叹了口气。

“那我们该怎么办？”小施问顾得满。

顾得满的眉头皱得更紧了，向小柯伸出了手：“给我支烟。”

小柯连忙从烟盒里抽出一支递给顾得满，并帮他点上。

顾得满狠狠地吸了一口，坐在人字梯的平台上，沉思着，五分钟后，掐灭了只剩下三分之一的香烟，说道：“小施，一会儿你不用上去开会了，帮我调五十辆坦克，去难民营盯着。”

“为什么？”小施瞪大眼睛，不解地望向顾得满，“不是还没表决吗？阿光不是还有可能被说服吗？只要我们把道理给她说清楚了。我在的话，我们有七票呢。”

“如果阿光能被我们说服，细美他们只有六票，过不了半数，动议也一样通过不了，你在不在都一样，”小柯调侃地撇了撇嘴，“你先听阿满怎么说。”

“如果我们说服不了阿光，动议一通过，我就给你打电话，你让人开枪，直接往难民身上扫，估计多数人会选择逃跑。然后部队做出追击的样子，把他们从新唐城驱走，再把难民营里的帐篷全烧了。如果议会事后追究，就说动议达成前，难民已经开始暴乱，只能选择开枪。估计议会就算怀疑，对我们这些手里有枪有坦克的人也不敢逼得太紧。”顾得满沉声道。

“满哥，你这也太狠了吧？”小施有些吃惊地看着顾得满。

“这是没有办法的办法，”矮了二十厘米的小柯踮着脚拍了拍小施的肩膀，解释道，“如果把这些难民放进来，将来城里会死的人，可能比你今天开枪打死的要多。这些账都会算到阿光头上。你知道，这城里藏着让那些家伙忌惮的东西，如果让他们钻空子控制了新唐城，就不仅仅是死人那么简单了。”

“我们要做的，就是不惜一切代价保护新唐城和阿光的权威，我已经做好了将来下地狱的准备。”顾得满用力地点了点头。

“明白了，要是下地狱的话，我陪着你下。”小施决绝地扬起了头。

“还有我。”小柯猛吸了一口烟，补充道。

本章回顾：

大雪下了三天三夜，南城的难民营死了很多人，愤怒的难民开始暴动。新唐城共和国的议会决定开会商量如何安置难民。这场蹊跷的大雪其实是生进会使用气候操纵技术，故意引发的，目的就是让难民进城，然后制造冲突，火中取栗。财神通过河原细美得知，帝释会方面的六个常务代表已决定通过让难民进城的动议。在常务代表们表决前，顾得满也召集小柯和小施商量，决定一旦动议通过，小施就带领军队朝难民开枪，将难民从新唐城驱走。

小贴士：

顾得满：新唐城四大壮丁团之一、和生财的少主人，壮丁团年轻一代的佼佼者，不仅能打，人也长得帅，笑起来的时候更是迷死人，在新唐城里有一个“公子阿满”的雅号，身边一直跟着两个铁杆部下，“神枪手”小施和“智多星”小柯。革命后，他成为共和国军事委员会的委员长。

第八章

在座的各位哪个有我经的事早、经的事多？

临时常务会开始的时间已过了十分钟，顾得满、柯大力和施另这三个常务代表却还没有到，主持会议的井下光宣布不再等他们了。

看到局面比自己预想的还要顺利，李河方老爷子不禁深感欣慰。

从难民向新唐城拥来的那一刻起，老爷子就料到会有今天的这一幕。只是没想到这一切会来得这么快，不能不说，生进会赐给了新唐城一场好雪。

只要城外这五十万人拥进城里，日后就会有更多的难民拥向新唐城。开战后，城里的经济活动早就停滞，吃喝拉撒都成了大问题，一下又要多出这么多张嘴，一定会激怒本就衣食不足的本地人，矛盾一激化，现政府就有可能倒台。

井下光这帮小孩虽厉害，毕竟没当过家，不知道柴米油盐贵。到时候肯定不得不向他们三个老家伙求助，新唐城的实权很快就会落入神隐会的手中。

很多人都以为政治是政治，经济是经济，却不知道经济才是最深刻的政治。因为这世上绝大多数的人都是目光短浅的羔羊，只要有奶便是娘，既看不了太远，也看不了太多，至于舆论或者来自专业人士的判断，都是花钱就能买到的事情，谁有政绩，谁得民意，谁当选人民代表或者行政首脑，最后都是钱说了算。对把握这样的局面，他们三个老家伙早已驾轻就熟。顾得满他们虽控制着军队，但也不足为虑，毕竟神隐会手里也有四海帮和极道会，只要有钱，分分钟都可以将这些人马武装到牙齿，何况神隐会后面还站着实力足以跟生进会抗衡的帝释会。

想到这些，老爷子拿起面前的茶杯抿了一口。杯子里的茶叶虽一般，老爷子却感觉像是在喝顶级的龙井，一阵心旷神怡，不过他脸上还是没有一丝变化。他下意识地瞟了一眼身边的板田荣一和张泽恩，另两个老家伙跟他一样，也是一脸的凝重，不知道的人会真以为他们是在为眼前的事情忧心忡忡。

"大家应该都知道了吧……"坐在长条桌上首的井下光顿了顿，扫视了一遍两侧的常务代表，"因为这场大雪，难民营里死了很多人，里面有不少还是在襁褓中的婴儿，难民们已经冲到了第三层铁丝网那里，我恳求大家，通过我的紧急动议，马上放行。"

"我同意。"井下光话音刚落，河原细美马上举起了手。

"表决前，我想大家还是应该按照常代会的程序，讨论一下这事情的利弊和细节，毕竟我们身后站着一千六百万人，不能只凭着自己的好恶做出决定，井首席，您觉得呢？"坐在李河方对面的顾有思慢条斯理地开口说道。

"应该的，"井下光点了点头，"那我们就照着程序走，先来讨论一下。"

"顾先生，您怎么看这件事？"李河方朝顾有思笑了笑，以前对方在他面前都是以下属自居的，不过今时已不同往日，李河方特地对他用了尊称。

"李先生客气了。"顾有思向李河方恭敬地屈了屈身，"我只是觉得，在自己人都吃不饱的情况下，再增加这五十万额外的负担，好像不合适。"

"就是！仗是他们自己要打的，这些赖皮家伙也没想办法阻止，却跑来我们这里讨便宜，我们欠他们的啊？要不是他们的人打仗，我们跟旧大陆的贸易也不会中断，大家的日子哪至于过得这么紧巴巴的？"振兴会的史无声性子急，把心里想的直接说了出来。

"老史，你这就不对了，"四海帮的许有理阴阳怪气地说道，"我们还是要讲点人道主义的嘛，人家有难，到我们这里来求助，哪儿能置之不理，不怕这事情传出去，坏了我们新唐城的名声吗？”

“老许，既然你想要这个名声，那这五十万人的口粮和住宿，就交给你来解决吧！”史无声没好气地反驳。

“史先生可能不知道，”李河方在跟板田荣一和张泽恩交换了一下眼色后，打断了两人的争执，缓声说道，“其实城里的存粮最多也就够支撑三个月，增加这五十万人，不过就是把死限提前了三天，改变不了最后的结果。”

“但城里的老百姓不会这么看，他们肯定认为，是因为阿光把这些难民放了进来，才抢走了他们的食物和衣服。”一个声音从众人身后传了过来，有人推门进了会议室，说话的人正是顾得满，“老爷子，您见多识广，不会不知道，出了这个房间，政治不过就是一场表演，只要出了事，就需要有人出来当替罪羊，然后让另一些人成为大救星。”

顾得满说着，和同时进场的小柯各自在会议桌边落座。

虽被说破了心事，李河方脸上依旧波澜不惊，甚至还点了点头，表示赞同。

“所以，爷爷早就想到了应对的方法。”李河方还没有开口，河原细美就抢过了话头。

“哦？”顾得满露出那惯常的迷人微笑，看了一眼坐在对面的河原细美。

“其实，我早就想跟大家说说我们的计划了，不过有些事情需要得到某些人士的承诺，所以直到昨天晚上，在板田兄和张先生的协助下，才总算把这些事情给谈妥了。”李河方缓声说道。

“愿闻其详。”顾得满依旧笑容可掬，朝着李河方欠了欠身。

“既然我们是中立方，那蓬莱洲其他地方的混战跟我们的关系就不大了，所以爷爷觉得，”河原细美又一次抢过话头，替李河方代言道，“过了公历新年，城里的工厂可以重新开工了，我们和旧大陆的贸易也可以重启。这样一来，城里的粮食和日用品就能供应得上了，那些难民不仅不会成为我们的麻烦，还可以为我们带来额外的劳动力。”

“老爷子刚才说，他得到了某些人士的承诺，”顾得满没有看河原细美，而是一直在注视斜对面的李河方，“不知道，是什么样的承诺？”

李河方清了清嗓子，神情淡然地说道：“我们虽是中立方，但如果无法得到交战各方的许可，我们的贸易通道还是会有问题。所以，我们三人跟以前费切拉马公司董事会的老朋友接洽了一下，现在最强的几股势力都跟他们有些关系，他们答应，只要我们的生意能让他们入一半的股，就能保证我们的船只不受攻击，还可以把他们名下的远洋货轮租借给我们。”

“也就是说，新唐城日后会继续接收来自旧大陆的废料和垃圾，然后将它们提炼成工业原料，再卖回旧大陆去，以换回粮食和日用品，再卖给城里的居民，股东们则可以从这些贸易活动中抽取红利，是这样吗？”顾得满问。

“不错。”李河方颔首。

“明白了。”顾得满点了点头，脸上的笑容愈加迷人，“只不过，有一点，我不明白，这样的话，大家最后还是要做回以前的事，那么，半年前我们发动这场革命，又是为什么呢？”

“至少，在座的各位都不用再做跟以前一样的事了，每个人应该都有机会从河原小姐的行政部门拿到贸易许可证，没想自己操心的话，还可以入股成为股东。”许有理插嘴道，“至于其他人嘛，至少不用像其他地方的人那样上战场去当炮灰。何况大家还能一人一票，选出自己喜欢的人民代表。”

“在座的诸位都是这样认为的吗？”顾得满的目光扫过坐在桌边的每个人，最后落在了井下光脸上。

井下光的眼睛眯成了一条缝，轻笑了一声，说道：“你有什么更好的办法吗？”

“没有，”顾得满收敛起脸上的笑容，摇了摇头，“但我知道，这样的话，也许不久后，我们这些人就会成为下一次革命的对象。”

“也就是说，如果不能出现你想要的局面，就会死更多的人，流更多的血？”井下光还是一脸的调侃，脸差不多快要贴在顾得满的鼻尖上了。

“回到老路上，也一样会死很多的人，流很多的血，还记得快闪革命党的暗网里那个游戏的名字吗？诅咒费切拉马的幽灵们。也许将来就是诅咒欢乐女神的幽灵们，诅咒顾得满的幽灵们。”顾得满依旧不动声色。

“唉，你这人怎么老这么严肃，没劲！”说着话，井下光伸出手，捏住了顾得满的鼻子，顾得满没有料到井下光会做这样的事情，他竟已来不及避开。

“行了，说一下我的想法吧。”井下光随即松开顾得满的鼻子，身体靠回到椅背上。

“姐姐，你有什么好主意？”河原细美一脸亲切地问道。

“好主意嘛，谈不上，不过就是装可怜耍无赖，找个冤大头，厚着脸皮吃白食而已。”井下光撇了撇嘴，轻描淡写道。

“啊，还有这样的好事？”河原细美的眼睛微微眯起。

“哎呀，说起来还真有点不好意思，”井下光做羞涩状，挠了挠头，“以前我做网红的时候，认识了一个土豪，名字叫王八八。就是王八后面再加一个八。李老爷子，您知道这个人吧？”说到这里，井下光停顿了一下，看了李河方一眼。

“知道。”李河方点了点头，“那人原是在旧大陆做走私生意的，后来移民到了费切拉马城，有了一个合法身份，就开始在蓬莱洲和旧大陆之间做粮食贸易。据我所知，打仗前，蓬莱洲有八成的粮食，都是由他供应的。听说开战后，他又跑回旧大陆去了。没想到井首席竟然认识他。”

“当年为了钓住他，让他给我打赏，我对他用了点美人计，结果这土鳖就成了我的脑残粉，还向我求过婚呢。不过，我没答应。但买卖不成交情在，前一阵子，我听您说，城里的粮食快不够了，我就想起他了。为了找他，费老劲了，前些天我瞒着大家，”井下光说到这里，忸怩了一下，“低级趣味了一把，又做了一次直播，呼唤了几声王八八，没想到他真的冒出来了。我跟他私聊了一下，想让他给我们捐点粮食来着。他倒是想捐，但为了从蓬莱洲逃回旧大陆，这土鳖花掉了大半辈子的积蓄，现在就算他把底裤当掉，也只够咱们吃一个月的。而且，你们也知道，我这人心软，人家要真为我做了这么大的牺牲，我也不能无动于衷啊。但你们总不能为了这么点粮食，就让我以身相许吧？好歹我也是你们的首席人民代表。所以，当时我没让他捐。”

众人听到这里都面面相觑，不知道该怎么接话了。

看到众人沉默，井下光只好自己接着往下说：“没想到，这土鳖还真把这事放心里了。通过关系，帮我联系到了中国政府的华侨办公室。祖国到底是祖国，虽然我们不是中国公民，但听说了我们的处境后，马上帮我们想了办法。按照联合国当年关于蓬莱洲事务的协议，任何一个旧大陆的国家不能插手蓬莱洲事务，所以他们没法直接过来救援，但根据《日内瓦公约》，他们又可以通过红十字会向我们投放人道主义救助，也就是说，到战争结束前，他们会不限量地为我们提供粮食、药品和各种必需的物资。”

“井首席，你是不是听错了，这可是一千六百万人的口粮，而且什么时候是个头还不知道呢！”小柯瞪大了眼睛问道。

“真是贫穷限制了想象力，你以为是在我们蓬莱洲啊？那可是祖国！”井下光拿腔拿调地说道，“阿空说了，祖国前不久刚刚完成了一场农业革命，他们都开始在工厂里种粮食了。一个占地三千平方米的粮食车间，高大概有两百多米，里面分布着两百多个种植层，正反两面都可以种粮食，二十四小时光照，不间断地翻面，一年四季都可以种。种子都是优选品种，口味好，产量高，每层一季可产粮食一百吨，一年就是四百吨，再乘以两百就是八万吨，一个工厂占地一平方公里。那边至少有两百个这样的车间，也就是说，一家粮食工厂一年的产量是一千六百万吨。而咱们城里一千六百万人，就算每人每天能吃一斤粮食，加起来一天不过就是八百万吨，一年也就是三千万吨，两家粮食工厂的产量就可以搞定。而祖国为了这一次的农业革命，一共搞了一万家这样的粮食工厂，我们这点口粮，对他们来说简直就是九牛一毛。”

“阿光……”顾得满看着井下光，目光有些发直。

“怎么啦？”井下光不解地问。

“你什么时候数学变得这么好啦？”顾得满道。

“唉，”井下光愣了愣，叹了口气，“就是啊，怎么会这样的？”然后她做出恍然大悟的样子，拍了拍脑袋，“一定是被阿空那小子给洗脑了，真是近墨者黑啊。”

“但是这么多粮食，我们怎么运过来？”河原细美托着腮帮子，问道。

“我在旧大陆的脑残粉们帮我调查了一下，李先生、板田先生和张先生名下十万吨级的巨轮至少有一百条，现在因为没活干，只能在旧大陆附近的海面上趴着。这些船只要往蓬莱洲跑个三趟，全年的粮食就都能运过来了。三位老先生都是共和国的领袖，一向热心肠，帮我们这点忙应该是没有问题的，对吧？”井下光笑眯眯地看向了那三个老家伙。

“当然，”李河方脸上没有现出一丝难色，笑着点了点头，“义不容辞！”

“看到了吧？我就知道会是这样。”井下光笑眯眯地扫了一眼所有与会的常务代表，等于把这件事情给坐实了。

“不过，有个问题，”河原细美细声细气地开口问道，“贸易通道怎么解决？”

“我这人不太懂地理，一说东南西北就头疼，不过阿空说了，新唐城在蓬莱洲的最北面，然后祖国也正好在北面，船从那里过来，都不用从其他地方借道。”井下光说到这里，歪着脑袋眨了眨眼睛，然后说道，“细美，我这个说法对吗？”

“理论上是这样，”河原细美笑得很甜的样子，点了点头，“但不能保证开战各方不会抄我们的后路。”

“我们不是中立国吗？而且前不久，还刚跟他们都签了互不侵犯的协议吗？”井下光收敛起脸上轻飘飘的笑意，一下子严肃起来。

“他们当然不会明着这么干，但不能保证不会在暗地里使坏，譬如假装海盗，来攻击我们。”河原细美一本正经地说道。

“这样啊？”井下光点了点头，“那就不关我们的事了。”说着，她转过头看了一眼另一边的顾得满，“这是军事委员会的责任，现在大家这么困难，还要养着这帮丘八，不就是让他们来干这种事的吗？对吧，委员长？”

“我想想办法，”顾得满不动声色地点了点头，“不过，在此之前，还有个问题需要解决。”

“啊？还有问题？你说说看，什么问题？”井下光又将脸向顾得满逼了过去。

想到刚才被捏住鼻子的窘状，顾得满下意识地往后退了退，摸着鼻子说道：“把这些难民放进来后，他们住哪儿？总不能露宿街头，或者抢别人的地方住吧？而且这么一放进来，估计后面至少会有一两百万人赶着过来，到时候怎么收留他们？”

井下光咂了咂嘴，拉长音调说道：“啧，你以为我想啊？还不是赖你那个小兄弟，波夜空小朋友吗？”

“这跟阿空又有什么关系？”顾得满一阵头皮发痒，心里实在有点吃不消这个现在还有心思插科打诨的最高领袖。

“那天刚开始下雪，这小子就给我打电话，说这雪不平常，看云层的厚度，最后肯定要积雪。到时候南城难民营里的人必然会闹事，当时就要我把他们放进城来。”井下光慢条斯理地舔了舔嘴唇，那动作一看就是在模仿波夜空嘚瑟时的样子，“幸亏我这人比较成熟，不像那种小屁孩没轻没重，当时，我就问了他，你现在问我的这个问题。”

“他怎么回答？”顾得满问。

“他当然回答不上来啦！”井下光一脸夸张地强调，“不过，这小子脾气倔，这两天一直在想办法，这不，刚才我来的时候，他又给我打电话了，说想到办法了。”

“什么办法？”顾得满急着问。

“我这不赶着来开会吗，哪儿有时间听他唠叨？”井下光不耐烦地撇了撇嘴，“想听啊，可以！我让他自己来跟大家说。”

说着，井下光拿起手边的遥控器，打开了会议室里的全息投影仪，然后跟波夜空连上了线，波夜空的身影很快被投射到了会议桌上。

“喂！”井下光朝波夜空打了个响指，“说说你的想法吧。这里都是长辈，说话注意点。”

“行行行！”波夜空不耐烦地摆了摆手，然后转着圈子朝所有人鞠了一躬，“各位长辈好，谢谢大家肯抽出时间来听我说话，在下不胜荣幸。”

“说正题说正题，哪儿来这么多虚头巴脑的？”井下光不耐烦地训斥道。

“OK！这么说吧，”波夜空连忙挺直了身体，侃侃而谈，“这三天，我和修理厂的师兄弟们，分头在城里摸了一下底。城里现在能住人的地方还挺多的。譬如，故地小区有三幢完整的旧楼，死船海上有报废的旧游轮，费切拉马公司也留下一大堆物业，还有顾老爷子的箱子俱乐部、四海帮许帮主的天空夜总会、李堂主的宿梦夜总会、河原会长的幕府游乐园、香港路一〇〇号的那幢回字形的旧楼……”

随着波夜空报出一个个地名，井下光笑眯眯地向在座的一个个业主看了过去。因为第一个被报到名字的顾有思爽快地点了头，其他人无论尴尬还是犹豫，终究还是硬着头皮答应了。尤其是李河方这一边的人，刚才提议让难民进城时，表现得那么积极，现在总不能自己打自己的脸，除了点头答应，似乎也没有别的选择。

“反正蓬莱洲现在就是这个样子了，旧大陆的游客一时半会儿，是不会再来这地方闲逛了，这些设施闲着也是闲着，不如废物利用，做点好事。”波夜空眉飞色舞，越说越来劲。

“什么叫废物利用？会不会说话呀？”井下光微嗔道。

“好好好，就算是救一下急吧，”波夜空忙不迭地点头，“我算过了，所有这些地方加在一起，可以住下五十三万三千六百五十一个人，足够让难民营里的那些倒霉蛋住了。”

“不跟你说了，只要把难民放进城里来，后面会有更多的难民跟过来，这事情怎么解决？”井下光一副一本正经的样子，问道。

“别忘了，你们手上还有一个智商三百九十的超级天才，这种事情对他来说，根本就不是个事。”波夜空得意地敲了敲自己的脑门，“说实话……”

“哪儿来那么多废话？说正事！”井下光不满地打断了波夜空的自吹自擂。

“好好好，我就给你们看一下我的最新成果。”说着，波夜空伸手在虚空中划拉了一下，故地小区六号楼的全息影像被投射在会议桌上，波夜空像玩魔方一样，伸手把大楼的全息影像拧过来拧过去，露出了里面那有十个通道的入口，“看到了吗？这就是我根据弦理论发明的多维建筑。简单来说，这座建筑里一共容纳了十个由长宽高和时间组成的四维空间，换句话说，这一幢楼就相当于原来的十幢楼。”

“你是说，你在故地小区六号楼原先的地基上，造了十幢楼？”小柯插嘴问道。

“不是不是，”波夜空摆了摆手，“只造了一幢，但我让里面的空间出现了十个分岔，这样楼里的每个单元都可以住十个家庭。虽然十个家庭都住在同一个空间里，但他们摆在里面的东西不会重叠，他们也看不到听不到碰不到对方，除非你有多维视野，才有可能在同一个单元里，同时看见他们。”

“还有这种事情？”河原细美忍不住蹙了蹙眉，随后故作轻松地耸了耸肩，“不过，既然是你阿空说的，我只能选择相信了。”

“就是嘛，不相信聪明人，你们还能相信谁？”波夜空又嘚瑟起来，舔了舔嘴唇，继续说道，“按照我的计划，我打算把故地小区里的废墟都给清理出来，进行重建，全部做成多维建筑，楼层也会加高一倍。这样一幢楼就能容纳九百六十家住户，是原来的二十倍。等建完了新楼，再把剩下的旧楼也给改造了。我算了一下，原来可以容纳两万人的故地小区，至少可以接收四十万难民。除了故地小区，还有大陷坑那边的湿地，那地区也是城里的无主之地，改建好了故地小区，我们就去那里造房子。别说一两百万，就算来个一千万难民，也都能住下。”

“房子是动动嘴就能造出来的吗？材料从哪儿来？造房子的人哪里找？”井下光一脸凶巴巴地抢白道，然后有意无意地瞄了一眼李河方，笑道，“小屁孩没经过什么事，以为做事情就这么简单，各位长辈，不要见怪哈。”

“阿光，什么叫没经过什么事？我可是三岁开始，就在悟空寺做童工了，从小到大，什么活没干过，修房子、修车、修电器到修电脑程序，哪件工作我波夜空拿不出手？修理厂的头牌技工可不是浪得虚名，在座的各位哪个有我经的事早、经的事多？”波夜空越说越来劲，自己也被感动了，开始双手叉腰，头仰得越来越高。

“干什么，干什么，这么低端的履历也敢拿出来现，靠你一个人一双手，能把房子造出来吗？”井下光白了波夜空一眼。

“靠我一个人当然不行，这城里不还有一千六百万活人吗？反正现在工厂也开不了工，就算开工，估计大家也不愿意再干那种短命折寿断子绝孙的工作了，革命那天，你们每个人不都哭着喊着，从今以后，要做幸福的人类吗？喊完口号，就忘啦？”波夜空咂了咂嘴，慢条斯理道。

在座的所有人都目光闪烁，唯有井下光面不改色，笑盈盈地继续问道：“说得简单，你去城里喊一声呀，除了修理厂的师兄弟们，看谁会跟着你干？”

现在任谁都看出来，井下光是在和波夜空演双簧。

“嘿，还真不瞒您说，革命后，你们这几位快闪革命党的大佬，都成了大忙人，不再搭理粉丝们了，我呢，被老秃驴拖了后腿，只能当个平头百姓，所以只好继续在社交平台上混社会。我在平台上把我的这个想法一公布，结果你们知道发生了什么？超过五十万的快闪革命党成员，都表示要来做志愿者。嘿嘿，因为这个提议，我老人家现在也是快闪革命党的大明星了！”说到这里，波夜空再次得意地扬起了小脑袋，“不就是造个房子吗？一万个人也就差不多了，修理厂的那些废柴师兄弟，等他们造完六号楼，基本上就能被我训练出来了，个个都可以出去当包工头了。我们至少可以成立二十支建筑队，能同时在二十个地方造房子。剩下的四十九万志愿者，还真不好安排呢。”波夜空摇了摇头，叹了口气，“唉，真是愁死我了！我还想了想，除了给难民造房子，咱们是不是还可以为自己服务一下，把大家现在住的房子都给修整一下，城里的路啊下水道啊也可以修一修了，然后还可以修一修医院、学校、公园、体育场和博物馆之类的玩意儿，虽然祖国表示可以无限量地供应粮食，但咱们也不能老吃白食，我们也可以给自己造几个粮食工厂出来嘛。不是说了，要做幸福的人类吗，对吧？”

“除了人，刚才阿光还问了造房子的材料和工具从哪儿来。”河原细美在一边轻声补充。

“对啊对啊，知不知道私有财产神圣不可侵犯？”井下光故意提高音量，语调愈加夸张，一边说话，一边又笑眯眯地看了一圈周围的人。

“各位长辈，不要紧张哈，”波夜空又一次伸出舌头舔了一圈嘴唇，“你们的私有财产，我是不会惦记的。不过既然革命了，费切拉马集团留在城里的码头、水泥厂、钢铁厂、冶炼厂，还有载重货车、叉车、吊车和各种施工机械，自然就都收归国有了。这些天，快闪革命党的志愿者做了一个统计，费切拉马集团留在城里的各种工业垃圾和化学废料，能提炼出各种原材料的数量，有好几亿吨，应该是够用了。大家还商量好了，我们不能像旧大陆那样，把垃圾都往外扔，要建立自己的物料循环系统，以后所有被丢弃的物品，都会重新提炼，循环再利用。这样既不会给别人添麻烦，也可以解决自己的原材料供应问题。志愿者们已经为下一步的行动设立了好些课题，大家按课题分成了好几百个小组。造房子的这个小组归我管，其他人按自愿原则，组成了各种建设和研究小组。我这才发现，快闪革命党的人才原来这么多，各个门类都有。当然，智商最高的肯定是我，这个问题我就不再多啰唆了。”

说到最后，波夜空还是没有忘记夸自己一句，脸上的表情却严肃而谦虚。在座的常务代表很多人听了他这一席话，心里有些不舒服，但看到他那副欠揍的表情，又都忍俊不禁。

一时间所有人的脸部表情都有些古怪，唯有井下光因为这种情况见得多了，依旧面不改色。她清了清嗓子，干脆利落地按下了遥控器，把波夜空站在会议桌上的全息影像，直接给灭了，然后看着众人柔声说道：“还有人对提案有疑问的吗？”

坐在长条桌两侧的常务代表中，没有人发声。

井下光点了点头，说道：“那么，开始表决吧。我同意将难民现在就放进城里来。”

说着，井下光举起了手，然后是河原细美，接着是李河方和顾有思。

其他常务代表也都随之举起了手，小柯看了一眼顾得满，右手也慢慢伸过了头顶。顾得满摇了摇头，沉默片刻后，也将手举了起来。

“很好！”井下光满意地点了点头，“提案以十二比零全票通过。缺席的一票因为不影响结果，按弃权处理。”

说到这里，井下光意味深长地看了一眼顾得满：“那么，顾委员长，现在是不是该给司（施）令（另）同学打个电话了？让他千万不要擦枪走火。”

说着，井下光的脸上浮起似笑非笑的表情，手轻轻抚过耳垂上那颗米粒大小的芥子车耳环。

本章回顾：

共和国议会的常务代表讨论是否要放难民进城，首席代表井下光和以李河方为首的精英派都表示要放人进城，顾有思为首的土著派表示反对。大家就粮食和住宿等问题唇枪舌剑，争执不休。李河方方面表示要重新开启垃圾回收产业，顾得满则反驳，如果回到过去，那么半年前那场革命的意义何在？井下光在其间故意插科打诨，然后在波夜空的帮腔下，另辟蹊径，在不损害本城居民利益的情况下，找到解决民生问题的方法。矛盾迎刃而解，常务代表们通过了放难民进城的动议。

小贴士：

李河方：著名的华裔富豪，费切拉马集团的十三董事之一。新唐城是李河方在蓬莱洲的根据地，李河方本人正是新唐城四大壮丁团之一的四海帮的后台，新唐城有一大半地皮都属于他。同时，李河方还是帝释会下属的神隐会三主席之一，其本人是个身手了得的绝顶高手。跟河原细美结婚的李适之，正是李河方最宠爱的孙子。

顾有思：新唐城的四大壮丁团之一的和生财的团主，以足智多谋而著称。顾得满是顾有思最小的儿子。

第九章
她生气的时候眼睛会很亮

很早以前，河原细美就知道，自己生气的时候，眼睛会很亮。

那大约是她在费切马斯特学校读一年级时，妈妈直子从新唐城坐飞机来看她，给河原细美带来了外公从日本寄来的巧克力。细美自己舍不得吃，分了一半给顾得满，却没想到第二天在班里，她在一个叫费雯丽的美国女孩那里，看到了一颗自己送出的巧克力。

乍一看到这情景，细美还特意在脸上露出了微笑，笑得很甜。她告诉自己，顾得满把巧克力送给别的小孩吃，说明他很慷慨。这正是她喜欢顾得满的地方。

然后，直到那天上完课，回到宿舍，河原细美还在脑子里不断回放着这件事。

六年级之前，费切马斯特学校的学生们住的都是四人一间的集体宿舍，如果细美想静一下的话，她就只能躲进卫生间，一个人在里面待上半小时。

那天，她又把自己关进了卫生间，都没有开灯。因为无所事事，她呆呆地看着镜子里的自己。她的脸隐没在黑暗中，唯有眼睛闪闪发亮。这时，她脑子里灵光乍现，恍然大悟，自己的情绪反常是因为她在生气。因为她送巧克力给顾得满，是想告诉他，他在她心里的分量跟所有人都不一样。而顾得满把这巧克力送给别人这件事，无疑是在告诉细美，她在他心里的分量跟所有人都一样。想到这里，眼泪终于夺眶而出。

随着年龄的增长，特别是在加入财神这个冷酷的杀手组织后，河原细美不会再因为生气而流泪，但她生气时眼睛会发亮的这个特征还是被保留了下来。

刚才在雷克萨斯的后车座上，对着镶在前座隔板上的镜子整理妆容时，河原细美注意到，自己的眼睛亮得吓人，里面像藏着两束幽暗的火。这说明她心里很愤怒，不过因为表情、呼吸和心跳都没有反常的感觉，所以连她自己都没有觉察出来，唯有那闪闪发亮的眼睛没有骗她。

河原细美知道，她如此生气是因为井下光。虽然常务会上的表决结果，完全符合细美的预想，但她心里还是有一种深深的挫败感。整个会议都是按细美预先设定的剧本一步步展开的，但到了最后，她却发现，不是她和李河方利用了井下光，而是他们都被井下光利用了。这出戏的主角自始至终都是井下光，而不是她。

为了抢回这场被夺走的戏，河原细美借口自己是新唐城的行政首脑，把接下来的事都大包大揽了过来，她跑去南城的难民营，亲自指挥，让难民办理进城手续，为他们分配住处和食物，忙前忙后，好让这些人看见，是她在为他们的福祉鞍前马后。就像顾得满说的，出了那会议室，政治就是一场表演。人们不会知道井下光做了什么，而会根据他们的所见，把所有功劳都算在河原细美头上。

局面已完全控制在了自己手里，河原细美本该喜悦的，但她心里还是很烦躁，眼前不断闪现常务会上井下光举重若轻的表现，那样子实在太帅了。这是细美想演却演不出来的感觉，所以她忌妒。然后，她发现自己抢着来难民营表演的动机太急吼吼了，不符合她婉约清新的人设，她占了一个大便宜，却露了更大的怯。

在难民营一直忙到大半夜，河原细美的心绪还是难以平静。

上午常务会结束时，李河方曾悄悄告诉河原细美，要她在忙完所有事后，无论多晚，都去跟他碰一下头。河原细美看得出来，老爷子表面上风轻云淡，心里的懊恼却不在她之下。

想到这种种一切，细美感到脸上发烫。她打开车窗，积雪融化带来的寒意扑面而来，远处有钟声响起，已经是午夜一点。

车窗外是一片看不见尽头的荒野，垃圾场连着垃圾场，垃圾场里到处是巨型的工业废弃物，从万吨巨轮的船头到塔吊，再到锅炉和一架架被淘汰的旧飞机，其间间隔着一片片如森林一般密集的烟囱，那是一个个大型冶炼厂。这一整片土地大概有四万平方公里，几乎占据了六分之一个新唐城，比河原家所在的日韩城要整整大上二十倍，而这片土地和土地上的一切都属于李河方，所以这片荒野又被称为李家废地，著名的“天空的面具”夜总会就处在李家废地的西北方。

不过，此刻细美要去的地方，在“天空的面具”的另一个方向上，在往东南快接近海边的地方，那里有一片用来堆放旧火车的垃圾场，里面最多的自然是报废的电气机车和漆皮掉落的流线型金属车厢，间或也会有一些黑色的内燃机车、货运车厢或绿皮火车。车头连着车尾，彼此纠缠、盘旋，绵延几十公里，仿佛一个用火车搭建的超级迷宫。此地正是神隐会的二号基地。

自从那天在婚礼上，河原细美制定的“樱花行动”完败后，李河方就有意识地将神隐会的机关和三巨头的家人迁到了此地。

所以，上午井下光表示要征用香港路一〇〇号供难民居住时，老爷子没有拒绝，而是爽快地把神隐会最后的那点家当也从那地方撤了出来。

只用了一个下午的时间，围在香港路一〇〇号四幢老楼中间的绿地便被搬空，草坪不见了，点缀在草坪中间的千年老树不见了，带孔墙壁后面的新风系统不见了，伏秋小筑不见了，从五楼盘旋而下的铁皮楼梯不见了，西南角的神殿不见了。

傍晚六点，当细美带着一队难民入驻香港路一〇〇号时，她发现那些曾经熟悉不过的场景像没有存在过似的，消失不见。空荡荡的楼群中央除了一片坑坑洼洼的青砖地，什么也没有剩下。河原细美当时倒吸了一口凉气，虽然她对神隐会的组织架构介入得很深，但她没有想到，这个组织藏在水面之下的部分依然深不可测。细美终于明白什么叫“瘦死的骆驼比马大”了，这才是权力应该有的样子。她当初选择李适之，而不是顾得满，无疑是正确的。

不过，之前河原细美没有跟随大部队一起迁往这个二号基地，她和李适之住回了河原家的庄园。河原细美给自己找的理由是她怀孕了，需要妈妈在一旁照顾，而且行政署的办公地点在市政厅，离李家废地很远。所以住在日韩城，显然比住在那鸟不拉屎的地方，更适合她现在的状况。

李河方没有坚持，河原细美就此顺利地摆脱了李家的牵绊和神隐会的耳目，再一次将生活掌控到了自己手里。

按照李河方给她的GPS定位，雷克萨斯车终于找到了火车迷宫的入口。一架闪着信号灯的直升机已停靠在前方的空地上，螺旋桨缓缓转动着，发出了低沉的轰鸣。

河原细美的车停定后，直升机的舱门打开，一个身穿白衣黑裤的中年女子探出头来，在朝她招手。正是上回在伏秋小筑为她注射一号基因定向优化剂的星姐。

河原细美吩咐了几句坐在前排的司机桥本和保镖金大正，然后打开车门，迎着那女子走了过去，低头登上了直升机。

直升机启动，很快升到了半空，开始往火车迷宫的中央驶去。

河原细美这才发现，幸亏是坐在了直升机上，如果开车的话，要想进入迷宫的内部，距离虽看似还有半小时的路程，但只要从地面上走，最后一定会陷入死胡同。那条看似通畅的道路，其实是条只有入口没有出口的环路，开进去的话，只能在原地绕圈。唯有直升机才能越过用死胡同布下的疑阵，到达里面的那一层。

迷宫的内部依旧由一列列破旧的火车组成，跟外部比，车龙与车龙之间的间隔更宽，绵延婉转的车龙每隔一段就有十数节亮灯的车厢。

在直升机缓缓降落的过程中，河原细美透过车窗，看见那些亮灯的车厢已被布置成房间，里面的装修、家具和摆设虽风格各异，或中式或西式，或古典或现代，或繁复或极简，但都竭尽奢华之能事，那不是一节节车厢，而是由旧火车构成的一幢幢别墅。

十分钟后，直升机降落在一片绿油油的草坪上，正是火车迷宫的中心地带，这附近还停泊着另外二十几架直升机，应该是供住客出入的。

下了飞机，河原细美坐上了一辆来接自己的电动车。电动车绕了几个弯，到了一片由上百节白色车厢组成的庄园。庄园中央的草坪上，那消失在香港路一〇〇号里的伏秋小筑赫然在目，周边的草坪和老树，也还是原来的布局和模样。

李河方已经在伏秋小筑二层的阁楼上等她了。和他坐在一起的，还有板田荣一和张泽恩。

虽然确认过，板田荣一才是自己的亲生父亲，但每次细美见到他，还是觉得和他有种隔了一个世界的陌生感，直到现在，她跟板田荣一都没有过私下的接触，称呼他时还是会叫他板田先生。板田荣一对此似乎也没有异议。

在桌边坐下后，河原细美没有说话，只是端起李河方为她沏好的茶，一口一口地喝着，样子安静而乖巧。

“你怎么看早上的常务会？”盯着河原细美看了很久，李河方终于开口说道。

“您指哪方面？”河原细美恭敬地问道。

“你心里的感受。”李河方道。

“有点沮丧。”河原细美想了想，决定照实陈述，“按理说，事情跟我们的预想差不多，到难民营去表现的机会，我也争取到了。但感觉还是像输了一样难受。”

“知道为什么吗？”李河方淡淡地笑了笑。

河原细美摇了摇头，她想听听李河方会怎么说。

“因为我们之前以为，对手是顾得满，最后却发现，真正难对付的是井下光。我们和顾得满都不过是她的棋子，不是我们利用井下光达到了目的，而是我们被她利用了，城里的实力对比正在向他们倾斜。”李河方缓声说道。

“‘樱花行动’失败的那天，我们还以为是哭大师安排了这一切。现在看来，老和尚只是摆平了生进会的人，新唐城里的那场反击，应该是井下光在主持，她甚至都瞒住了顾得满，派出的人手也正好都是我们的克星。”张泽恩补充道。

“根据我们得到的消息，那天在各处向我们发动反击的，除了笑和尚和柿落上人，大都来自地藏会。据说大愿比丘去世前，特地把地藏会的领导权交给了井下光，而不是他的宝贝徒弟顾得满。能得到大愿比丘如此信任，可见此人的厉害。”板田荣一似笑非笑地看着河原细美，说道。

“以前在地狱号上避难时，我听波夜空说过，井下光本来是生进会的第五代地狱修女，因为摩西沙罗失踪了，她才找机会摆脱了生进会，被悟空寺修理厂的三个老和尚保护了下来。”河原细美咬了咬嘴唇，沉声说道。

“所以，我们三个老家伙下午商量了很久，决定从现在开始，韬光养晦，静观其变。”李河方端起杯子喝了口茶。

“如何韬光养晦？”河原细美问。

“只要没有损害到我们的利益，就尽可能配合井下光，满足她的一切要求。”李河方斩钉截铁道。

“然后呢？”河原细美感到喉咙里有些干涩，忍不住咽了口唾沫。

“只要她不犯错误，就没有然后了。既然井下光是最强的那个，那就应该由她来领导所有人，这也是我们帝释会的行事原则。”板田荣一一脸严肃地说道。

“明白了。”河原细美点了点头。

“好了，你先回去休息，毕竟是快要做妈妈的人，现在对你来说，照顾好自己才是最重要的事情。”李河方的脸上露出了慈祥的笑容。

“替我问你妈妈好。”板田荣一在一边补充。

“好的。”河原细美点了点头，起身离开。

很快，细美的背影出现在了草坪上。阁楼上的三个老家伙，此时已站起身，隔着玻璃，目送着河原细美。

“你真的认为这样做有用？”李河方看了一眼身边的板田荣一，神色淡然地问道。

“有用。”板田荣一缓缓地点了点头，“她妈妈跟我说过，细美的忌妒心极强，一旦被激发，就能突破自己的潜能，我想这也是财神当年录用她的原因。她的性格其实更适合生进会。不过，既然她是我的女儿，自然是带领神隐会在蓬莱洲对抗生进会的最好人选，不过，在此之前，她需要先打败井下光，用将不如激将，相信我，接下来她一定会做出一些让所有人刮目相看的事情。”

“板田先生，真的羡慕你能有这样一个优秀的女儿。”张泽恩笑着说道。

“不过，姜还是老的辣啊，”板田荣一看了一眼李河方，感叹道，“她再强，最后也不得不按照李先生的棋谱往下走。”

“不管怎么说，我们李家将来都是要交给她的，所以我不得不多多地磨炼她一下。”李河方悠然地说道。

本章回顾：

井下光一系列光彩耀人的表现，让河原细美很是忌妒，李河方、板田荣一和张泽恩决定利用河原细美的忌妒心，故意激将，想引导她去跟井下光争斗。

小贴士：

神隐会：星际联盟帝释会在地球上的分支机构。在民主时代到来前，地球曾是帝释会控制下的低等生命聚居区。帝释会以神或上帝的面目出现，从地球上选择中意的人物，构成了地球上的统治阶级，在暗中控制着地球的历史进程。但随着资本主义的到来，地球的控制权被生命进化委员会取得，帝释会的拥趸们只好退到幕后，组成了所谓的神隐会。李河方、板田荣一和张恩泽正是神隐会的三位轮值主席。河原细美是三人为神隐会确立的接班人。

第十章

牛刀用错了地方

河原细美回到家，已是凌晨三点。

路上，她的手一直在下意识地抠着皮套。车座上留下了一串串的指痕和破洞。细美是在下车时才发现这个情况的。之前，她只记得自己一直在微笑，脑子里却是一片空白。她不仅完败在井下光手里，还因此被神隐会搁置了起来。

回到家时，李适之正坐在客厅里看书，显然他在等她。

看到细美出现在门口，李适之马上起身迎了上来，然后拉起她的手，给了她一个温暖的微笑。细美也回之以微笑，随后淡淡地表示，她有些累，想回房间睡觉去，李适之不管不顾，硬拉着她来到餐厅，从厨房里端出十几个手掌大的小蒸笼，里面是热腾腾的潮州茶点，另外还有一盅银耳燕窝羹。

李适之是个美食家，不仅懂吃，还懂做。眼前的这些点心都是他亲手做的。

河原细美记得，在费切拉马城读大一时，李适之曾带她去了城里潮州菜做得最好的“无垢记”，这也是河原细美有生以来第一次去一家米其林三星餐厅，她本以为今生不可能再吃到比无垢记更好的中国菜了。但三天后，李适之又邀她去了自己的小公馆。

那是一幢两进三开间加连廊的广式镬耳屋，是李适之二十岁生日时，李河方送他的礼物。李适之平时会在这地方，招待某位他认为值得招待的朋友。这样的朋友在整个蓬莱洲不会超过三个，而所谓“招待”，就是李适之亲自下厨为朋友做一桌潮州菜。

河原细美后来才知道，三天前她被带去无垢记，只不过是招待例行的前戏。为了招待河原细美，李适之接下来整整准备了三天。

在小公馆吃完那顿饭，河原细美感动得哭了，一半是演戏，一半是真心。因为无垢记做的潮州菜跟李适之的手艺比起来，简直就像路边摊的家常菜。

这次经历让河原细美第一次意识到，李适之其实是个聪明又有恒心的人，只是他的牛刀用错了地方，辜负了自己手里握着的一手好牌。

不过，如果李适之不是李河方指定的首席继承人，他这样使用自己的天资似乎也没有什么错。至少米其林三星以上水平的大厨，可以过得比世界上绝大多数人都要好。此外，李适之的钢琴弹得也相当不错，要是去流行乐界的话，或许会成为顶级的爵士乐手，要是去室内乐发展，说不定就会成为古典乐演奏大师。还有，他对青花瓷和中国明清文人画的鉴定水准，想去索斯比拍卖行混口饭吃，应该也绰绰有余。

也许李河方正是看出自己的孙子资质非凡，才会如此用心培养他。

然而李适之偏偏对权力缺乏敏感和欲望。

在“招待”结束后的数次交往过程中，河原细美通过旁敲侧击，了解到李河方为了让李适之“开窍”，其实是花了无数心思的。但李适之对这些刻意的软硬兼施缺乏兴趣，在他那里，李河方的种种手腕都被解释成了爷爷对他的各种好。细美想象，如果自己是李河方，一定也会对这个心地纯良的孙子产生无限的怜爱，真的没办法狠下心毁掉他对人生的那点美好念想。这也是细美能得到现在这种机会的原因。

“想什么呢？”李适之关切地看着细美，一边问，一边从靠近自己的一个蒸笼里给她夹来了一只虾饺。

细美朝他笑了笑，将虾饺放进嘴里，细细品味起来。

虾饺的皮是冬瓜味道的，细美猜，李适之一定是把菜园里自己种的冬瓜打碎了，挤成泥，然后轧成了虾饺的皮。而里面的虾仁也有两层，海虾仁里埋着一个用花雕醉过的河虾仁。

“怎样？”李适之一脸期待地看着河原细美。

“好吃！”细美用力点了点头，这话是发自内心的。

李适之喜滋滋地笑了起来。

自从和这个被自己利用的男人生活到一起后，河原细美发现，自己对他的依恋正变得越来越深。如果抛开一切的计算，让她再在李适之和顾得满之间做个选择，她真不知道自己会如何决定。

“再尝一下我新发明的这道粉蒸排骨。”说着，李适之从另一个蒸笼里，给细美夹来一块排骨。

细美很配合地点了点头，夹起排骨送进嘴中，品尝起来。

“啊，粉是用蟹籽做的，排骨上的肉其实有三层，第一层是牛肉，第二层是鸡肉，第三层是猪肉，里面的软骨是用松茸菌压制的，骨髓是鹅肝。”河原细美一边吃，一边说出了制作粉蒸排骨的食材。

“哈，你的味觉好厉害，竟然说得一点不差。”李适之满意地点了点头。

“身边有这么好的大厨，不成为顶级吃货，似乎有点说不过去啊。”细美脸上露出调皮的笑容，这是她在别人面前从未显露过的表情。一天的郁闷似乎被一扫而空，因为心情好，她心里咯噔一下，好像有个地方被打通了。她眯缝起眼睛，看着李适之，微微一笑。

“怎么啦？”李适之下意识地问。

“你好像跟我说过，你爷爷的孙子们，只有你一直被他留在身边，但十六岁时，他把你一个堂兄也召到了身边。”细美若有所思道，她心里忽然有些明白老爷子今天特地召她过去的原因了。

“是啊，那是我二伯的三儿子，可有霸道总裁的气质了。爷爷可能看出我对商业兴趣不大，便想培养我堂兄。我当时就松了一口气，觉得可以解脱了。所以，我一直在想办法增进爷爷对堂兄的好感。但没想到，爷爷不知为什么，后来还是放弃了堂兄。堂兄因为失望，就自杀了。为这事，我很生爷爷的气，三个月没有理他。”说着，李适之脸上现出一抹痛苦的表情，“对了，你怎么会突然想起这件事的？”

“哦，因为我听你说，正是你这位堂兄的到来，让你可以有多余的时间去练习厨艺，这会儿吃东西时，我忽然想起了这件事。”河原细美连忙掩饰，心里却想明白了这件事背后的曲折，老爷子把那个替死鬼堂兄安排在李适之身边，其实想让李适之忌妒，没想到反倒遂了李适之的心意，老爷子说不定心里都吐出了一口老血。

“唉，我情愿没有这手厨艺，只要堂兄还活着就好。虽然爷爷对我很好，但对别人，真的很残酷。”李适之的眉头皱得更紧，不断地摇头。

细美没有再说话，只淡淡地一笑，心里愈加觉得自己和李河方对不起李适之。

吃完宵夜，趁着李适之收拾餐具的工夫，河原细美回了卧室。浴缸已经放好了热水，里面的恒温开关已被打开，水里撒了细美最喜欢的柠檬味浴盐，这一切应该也是李适之为她准备的。

细美脱下衣服，坐进浴缸，抚摸了一下微微隆起的肚子，幽幽道：“如果你知道肚子里的孩子不是你的，一定会很难过吧？”说着，河原细美摇了摇头，嘴角露出一丝嘲弄，“都差点被你们三个老家伙算计了。好吧，既然你们想对我用激将法，那我就好好地表现一下给你们看。”

想到这里，细美用耳垂上的脑波控制仪，跟待在楼下客房里的雅雅建立了脑内连接，通过雅雅，她连通了财神的矩阵决策系统。当细美的意识被传送到那个如同水晶宫一样的虚拟空间时，精灵、特蕾莎和小白狐已经在那里等她了。

“难得，你竟然主动联系我们。”呈现为狐仙模样的特蕾莎笑着说。

“有句老话，叫敌人的敌人就是朋友，不是吗？”河原细美的脸上露出了一丝娇媚的笑意。

“敌人？朋友？”精灵疑惑地看向河原细美。

“难道井下光和顾得满他们，不值得让我们成为朋友吗？”河原细美的目光毫不示弱地迎向了精灵。

“好吧，那么，”特蕾莎故意拖长语调，停顿了一下，“朋友，你这次找我们有何贵干？”

“城外的难民进城，我想这大概也是你们乐于看见的，对吧？”河原细美似笑非笑。

“你们地球人有个很高大上的说法，叫作人道主义，”特蕾莎看着自己纤长的手指，神色怡然，“我们现在也喜欢上这个说法了。”

“难民里面应该会藏着你们的人吧？”河原细美问。

“财神留在新唐城里的杀手，现在都被收归到你的名下了，难道这些人还不够你用吗？”精灵问。

“对付别人或许够用，但要对付井下光可能就有点吃力了，而且经历过‘樱花行动’，井下光和顾得满他们现在应该都已经知道，财神的杀手现在都是我的人。”河原细美缓声说道。

“你要对付的人，不是顾得满，是井下光？”特蕾莎有些诧异。

“神隐会的三位老爷子现在都觉得，跟井下光比，顾得满简直逊毙了。我想，现在他们应该也是这样看我的。”河原细美低眉垂眼道。

“没想到，你河原细美也会有危机感？”特蕾莎调侃道。

“但在我们的心目中，你依旧是最好的。”精灵一脸诚恳，“为了证明诚意，我们可以不惜一切代价帮你上位，你有什么要求，尽管开口。”

“我要你们把你们在城里的人都交给我调拨，我保证，一个月之内，帮你们解决掉井下光，可能的话，再奉送一个顾得满。”河原细美斩钉截铁道。

“为什么我们要把我们的人交给你，难道我们不能自己来做这件事？”特蕾莎阴阳怪气地说道。

“我要再说一句老话，堡垒总是从内部攻破的。”河原细美的嘴角处缓缓露出一丝笑意，“我相信，没有人比我更适合指挥这次行动了。”

本章回顾：

河原细美回到家中，李适之为她准备了一顿精致的宵夜。河原细美在和李适之聊天的过程中，猜到晚上李河方对她使用激将法的真相。于是，她将计就计，通过雅雅连接到了财神的矩阵决策系统里，要财神将跟随难民混进城里的杀手交给她指挥，她要利用这些杀手除掉井下光。

小贴士：

河原细美：极道会会长河原义雄的独女，从小就去了费切马斯特学校读书，和顾得满是同班同学，两人是青梅竹马的朋友。在顾得满介绍下，河原细美也跟波夜空和井下光成了朋友。河原细美还有一个身份，就是杀手组织财神里最强的杀手少女忍者。河原细美性格要强，从来不肯认输，十六岁时就发誓，要嫁入费切拉马集团的十三董事家族，成为人上人。后来，她如愿以偿，嫁给李河方的孙子李适之。蓬莱洲革命后，河原细美成了新唐城共和国的行政司法院院长。

第十一章
一个无限的新唐城

卓深影轻轻摆臀，一手叉在腰间，一手放在了下巴上。

这正是玛丽莲招牌式的诱惑之姿，而她此刻在唱的那首歌，也是玛丽莲的，正是那首著名的《从此以后生命不再完整》。

一个带翅膀的球形摄像头，正在根据她的运动轨迹，自行调整着与她之间的距离。

虽是在模仿主人蜜之蜃姬在地球上那位最迷人的宿主，但呈现在电脑屏幕上的少女，神情还是有些冷漠，鹅蛋脸白得没有一丝血色。不过，那双大大的眼睛里却有水波流转的感觉，树冠一样的长发也在随身体的节奏，有力地摆动着，仿佛一片流转的乌云。

此刻呈现在电脑屏幕上的并不是影子一样的能量身，而是一个真实的肉身。身体的主人将自己交给她使用，却在细节上保留了自己的特点。

这身体是井下光的。

半年前，在地狱号等待波夜空苏醒的时候，卓深影从井下光身上取走了她一半的痛苦记忆，那之后，卓深影便和井下光成了莫逆之交。

当波夜空来故地小区找卓深影时，井下光有时也会一起过来。两人对波夜空的数学模型都没有什么兴趣，所以这种时候，井下光就会带着卓深影一起在另一个房间玩直播。直播时，井下光会让卓深影寄宿到自己身上，和她一起在摄像头前唱歌跳舞，跟粉丝交流。为了让卓深影能有更强的代入感，井下光每次都会用脸部肌肉重组技术，让自己的脸呈现为卓深影的面貌，然后还亲手做了一头如树冠一样的假发。

起初，卓深影还有些犹豫，但禁不住井下光不停的劝说，就试着玩起了这种直播游戏。

因为有井下光在一边指导，卓深影上手得很快。“模仿自己的光与影”这个ID现在在“红秀权”这个直播平台上，已成了小有名气的网红。这个虚拟人物最轰动的技能就是模仿玛丽莲唱歌，有人甚至认为，“模仿自己的光与影”唱起歌来，要比玛丽莲还像玛丽莲，所以卓深影已在蓬莱洲和旧大陆赢得了一大批粉丝。

刚才当这位新晋网红表示想要离线的意思时，粉丝们纷纷恳求，要她再为大家唱一次《从此以后生命不再完整》。这已是她今天第三次唱这首歌了，但粉丝们的热情还是没有减退的迹象。

就在刚才那一瞬，又有好几万粉丝进了直播间，弹幕像瀑布一样涌过屏幕。看到这情景，卓深影发现自己竟有些兴奋，这种虚荣心显然是属于人类的。如果是主人蜜之蜃姬遇到这种情况，她会让玛丽莲表现得很兴奋，但自己心里不会有一丝波澜。卓深影却恰恰相反，她脸上的表情是冷冰冰的，心里却有一种天旋地转般的欢喜。这一切反映到井下光的身体上，便转化成了有力的心跳和加速的血流。

以前，每次卓深影模仿主人的样子唱这首歌，都是为了启动魅惑模式，好扰乱对手的神志，吸收他们的生物能。

但现在她是为了让自己和别人开心而唱。因为目的不一样，她唱得很放松，过程中，她慢慢体会到了歌里的情绪，无论忧伤还是欢乐，这些虚无而琐碎的人类情绪好像总有某种说不出来的魅力，让人欲罢不能。

唱着唱着，卓深影开始进入角色，心里真的像歌词和音乐提示的那样，生出了难过的感觉。屏幕上MV里的男主角幻化成波夜空，而她自己好像也进入画面，变身为其中的玛丽莲。在玛丽莲和男主角生死离别的那一刹那，卓深影感到心里的伤感好像不是演出来的，而是真实存在于她的心中，如果再发生一次和波夜空生离死别的情景，她一定会像MV里的女主角一样放声痛哭。

这时卓深影还发现了一件奇怪的事，这情绪不仅发生在她心里，也发生在井下光心里。

卓深影对痛苦的感受都是从井下光那里分享过来的，所以她能非常真切地感觉到井下光情绪上的波动，还有那来自肉身的下意识反应。

每次唱这首歌，一唱到高潮部分，井下光的鼻腔里就会涌起热流，随后两眼模糊，呼吸和心跳也几乎停止。她是被井下光带着，才体会到失去一个人便是失去整个世界的感觉。

也是通过这身体上不能自主的感觉，卓深影还发现了井下光自己也未必清楚的事情，或者说，是一种因为不愿意承认而被压抑的情感。所谓当局者迷，旁观者清。

直到伴奏音乐结束了很久，卓深影还是沉浸在一片惘然中，然后她发现井下光的身体在不停地晃动。

“嘿嘿嘿，入戏有些深了哈！”耳边传来一个沙哑的声音，是井下光，然后卓深影发现，电脑上的直播界面不知何时已被关上。显然在刚才那个失神的瞬间，井下光已抢先摆脱了她的控制。卓深影连忙从井下光的身体里闪了出来。

站在对面的井下光，眼角还挂着泪珠，在使劲地吸鼻子：“你看看你，把我折腾成什么样子了？我阿光可是有名的女汉子，这种惨兮兮的样子，我已经很多年没有试过了。”

说着，井下光拿起桌上的纸巾，擦了擦眼睛和鼻子，开始破涕为笑。随着这灿烂的一笑，她的脸又变回了井下光的脸。她一边将那顶及腰的长发从头上摘下，一边问道：“怎么样？做个人类还是很好玩的吧？”

“好玩。”卓深影不动声色，报之以微笑。

“不知道这些乱七八糟的事情什么时候是个头，等把这些事情都了了，我们两个合作吧，一起到全世界去开演唱会，肯定秒杀蜜之靥姬那叫玛丽莲的化身。”说着，井下光轻轻一跃，一屁股坐在了办公桌上，二郎腿跷得半天高，“我专门看过我们直播时留下的录像，你的歌唱得真好，而我借给你用的身体也真是美不胜收，把你底子里的那股妩媚，表现得淋漓尽致，要是阿空这色鬼看到了，指不定会怎样流口水呢！真是天生丽质难自弃啊！”

如果此刻有第三个人在场，一定会感觉诧异。共和国的最高领导人，他们的首席人民代表，上班时竟然不务正业，在办公室里唱歌扮网红，还以如此不雅的坐姿，说着这般不雅的话题。

然而，卓深影却以为，这正是井下光最让她喜欢的地方。

“好啊，我们一言为定！”卓深影用力地点了点头。

“对了，”井下光忽然想到了什么，蹙眉说道，“我前些天听二师叔说，蜜之蜃姬可以通过演唱会或者表演实况，吸收粉丝们的生物能，是这样吗？”

“你以前在地狱号上时，没听摩西沙罗说过这件事吗？”卓深影问。

“他在地狱修女和财神面前，很少提及蜜之蜃姬。”井下光道。

“这样啊？”卓深影不解地摇了摇头，“根据我的推测，蜜之蜃姬的能量身经过千万年的增长，体量大得惊人，本身的引力又大，再加上能量身可以不受时空阻隔，只要她在演出时使用魅惑模式，所有陶醉其中的粉丝都会被她收割生物能。不过，在这个过程中她一般会手下留情，每人只收割一定的限量，就好像培养韭菜，不会连根拔，只是隔一段时间收割一茬。”“她倒是够机灵的。”井下光撇了撇嘴。

“所以她才要将地球作为她的领地，因为这是她的生物能牧场，地球人的生物能纯度够高，不是其他低等生命体所能比拟的，同时他们又不像别的高等生命体那样懂得保护自己的生物能，所以对蜜之蜃姬而言，地球人是再合适不过的食物。”卓深影缓声说道。

“可怜的地球人。”井下光自嘲地摇了摇头，“我有段时间也很迷玛丽莲，看来一定也被收割了不少生物能。”

“姐姐太谦虚了，意志力如你这般强大的地球人，她应该是没有本事收割的。”卓深影笑道，“要是阿空这家伙，就不好说了。”

“唉，真是一个不让人省心的家伙啊。”井下光皱着鼻子笑起来，笑了一会儿，想到了什么，便问，“最近，蜜之蜃姬常来找你吗？”

“她每星期至少会来一次。”卓深影蹙眉道。

“她没对你起疑心吧？”井下光问。

“应该没有，”卓深影摇了摇头，“狐仙被你和阿空干掉后，财神的另一个分身精灵来故地小区找过我。我们都向对方摊了牌。我的能量身里隐藏着蜜之蜃姬无法突破的意识内核，所以我才会在看了妈妈留下的日记后，开始认同自己是卓深影。但我之所以会有这样的内核，却是因为当年财神在我的生物能里留下了后门，所以蜜之蜃姬虽提取了我的生物能，却无法真正将我融合。事情明摆着，我的身世之谜一旦被揭破，财神的阴谋也会暴露，大家都有痛脚捏在对方手里，所以他只好跟我达成默契，不再追究此事。只要财神不说，蜜之蜃姬应该不会怀疑我已经跟你们联手了。”

“这样就好，”井下光点了点头，又问，“她每次来找你，都是为了什么事？”

“自然是为阿空正在做的这个数学模型。阿空这家伙确实很厉害，据说生进会里没人能做这么复杂的数学推演，难度不在于计算的部分，而在于想象力，生进会的人甚至打算在阿空做完这件事后，把他的脑袋切下来，好好研究一番。”卓深影道。

“啊，我还以为他的脑子里全是色情和精虫呢，没想到还有这样的用途啊？”井下光笑起来。

“人家不是说了吗，他的智商有三百九十。”说到这里，卓深影停顿了一下，“对了，他这智商是怎么测出来的？”

“不知道，”井下光摇了摇头，“小时候，这家伙有一次嗜睡症发作，醒来后，就天天跟人宣扬，他的智商有三百九十，都不知道他这是哪儿来的自信。”

“真是奇葩中的奇葩。”卓深影又停顿了一下，说道，“不过，每次我都会把模型的最新进展拷贝给蜜之蜃姬，这样做真的没有问题吗？你师父会不会觉得你们两个在吃里扒外？”

“应该不会。”井下光笑着摇了摇头，“师父我是不敢问，不过，我偷偷问过二师叔。”

“他怎么说？”卓深影问。

“他说，只要阿空真的将这数学模型做出来了，即使蜜之蜃姬他们得到了它，也一样没用。因为那时候阿空就会出现某种变化，蜜之蜃姬他们根本不足为虑。”井下光沉声道。

“啊，这里面是什么讲究？”卓深影一脸诧异。

“具体什么原因，二师叔不肯告诉我，说只要我们照着自己的心意去做就好。”井下光也是一脸迷惘。

“这样啊？”卓深影迟疑着点了点头。

阳光从纱帘的缝隙里漏进了屋子，不刺眼，但又恰好照亮了整个空间。

波夜空又坐在他那台机床大小的怪物电脑前，继续着他的攻关工作。他的身边坐着爱丽丝，也在皱着眉头，聚精会神地看着屏幕上的数列。

自从爱丽丝来了故地小区，波夜空的心情一直都不错。

一方面是因为爱丽丝的数学好到逆天，连他都算不明白的方程式，常会被爱丽丝轻轻巧巧地解开。波夜空想要搭建的数学模型正在变得越来越完美，描绘新唐城和宇宙对应关系的蝴蝶效应图，细节越来越多，范围也越来越广。照现在的进度，大概只需要三个月，就能把大致的效应点都给绘制出来。

爱丽丝带来的另一个可喜变化，是让卓深影对波夜空的态度终于有了一些改变。

大半年前，波夜空第一眼看见卓深影，就毫无理由地喜欢上了这个只有影子的女孩。而卓深影对他却总是一副利用完就可以放弃的态度。要不是后来波夜空不管不顾地替卓深影挡住了狐仙致命的一击，可能卓深影对他现在还是那副爱理不理的样子。

即使有了同生共死的情谊，他们之间也只是多了一点比友谊更深的牵绊。只要波夜空开口，让卓深影替他办个什么事，她都会毫不犹豫地出手相助。此外，就没有此外了。

不过波夜空脸皮够厚，真的曾经向卓深影索要过爱情。卓深影的回答是，她很想给，但不明白这叫爱情的东西是什么。不知道，所以无从给。

这个说法确实没毛病。如果连肉身都没有，如果连自己是谁都没有明确的概念，那又怎么可能理解爱情是什么?

什么叫一日不见如隔三秋?什么叫甜蜜的哀伤?

感情或念想是需要转化为肉身的悸动才可以验证其存在的，譬如急促的呼吸，譬如失去节奏的心跳，譬如忽而燥热忽而冰凉的皮肤，譬如失眠，譬如身体空落落的失重感，唯有在爱情中，身体的失序才会转变成美丽的幻觉。这种东西怎能靠想就想明白，爱情和爱情的概念，就像白天和黑夜，是永远不可能相遇的东西。

为此，波夜空苦恼了很久，他甚至把他的那台怪物电脑从修理厂搬到了卓深影的住处，只要有时间，就会和她朝夕相处。每次爱情的煎熬来临时，波夜空甚至试过，让卓深影寄宿到他身上来，好让卓深影真实地感受到自己对她的一片深情。但不知为何，他的肉身天然可以屏蔽能量身的依附，这本是一种难得的天赋，现在却成了障碍。

不过，爱丽丝到来后，波夜空隐隐感觉，事情好像发生了一些微妙的变化。每次，只要他和爱丽丝脑袋凑着脑袋，盯着电脑商量事情时，卓深影都会故意留在现场，瞪大了眼睛看着他们。

波夜空怀疑，这可能是一种类似忌妒的反应。因为他发现，如果爱丽丝不在身边，卓深影就不会这么看他了。

“喂喂喂！又在磨洋工了？”耳边传来爱丽丝的声音。她的声音一向很细，但此刻听上去却有些尖厉。

“谁说我在磨洋工？我是在绞尽脑汁呢。”波夜空一本正经地将视线重新凝聚到屏幕上，“为什么这些方程式到了最后都会溢出呢？哎呀，真是好伤脑筋啊！”

“嘿，明明是开小差，眼珠子在屋子里东看西看的，别以为我不知道你在找卓深影。”爱丽丝放低声音调侃道。

“这个都被你看出来了？”波夜空自嘲地挠了挠头，“还是太年轻，心里藏不住事啊。”

“脸皮厚的家伙，我也见过不少，但真没见过脸皮有你这么厚的！”爱丽丝啐了一口，笑道。

波夜空伸出舌头，舔了一圈嘴唇，慢条斯理道：“姐姐，这事情吧，真的急不得，现在这个情况，肯定是我们整体的思路在什么地方被卡住了，不解决这件事情，硬往下算，都是在做无用功。所以适当开点小差，也是一种战术，譬如古希腊的阿基米德，要是不泡澡的话，又怎么会发现阿基米德定律呢？所以，我不是在泡小影啊，我是在找灵感。俗话说，浑水才能摸鱼嘛。”

“你这鱼都已经摸了三天，别说鱼，水花我都没见到一点。”爱丽丝又好气又好笑地摇了摇头。

“好吧好吧，那我就切换到绞尽脑汁模式，”波夜空夸张地点了点头，然后歪着脑袋，愣了一下，“对了，我们现在的问题是什么？”

“这个还需要问我吗？”爱丽丝摇头叹气。

“讨论问题嘛，总得一步一步来，主要是这种一问一答的方式，比较有利于我进入状态。”波夜空皱了皱眉头，露出讨好的笑容，“姐姐，辛苦一下嘛。”

“唉，真是被你气死了，”话虽如此，爱丽丝却还是面带笑容，“我们现在的问题是，即使算上折叠在一起的多维空间，新唐城也已到了尽头，而与之对应的宇宙却还无穷无尽，我们的数学模型已经溢出了现实，怎么解决这个问题，才能让这样一个有限的空间和一个无限的空间对应起来？”

“对对对，就是这个问题，怎么解决呢？”波夜空挠了挠头，“一个办法是将模型往新唐城外面扩展。不过，为了验证这个思路，我们已经去实地考察过了，只要离开了新唐城，用模型算出来的蝴蝶效应点，根本无法和某个宇宙现象对应。所以，这个思路基本上已经可以被否决。”说着，波夜空抬头看了一眼爱丽丝。

“继续。”爱丽丝点了点头。

“那么，要把无限装进有限，还有一个办法，就是从微观入手，因为事物在微观层面上是可以无限细分的……”说到这里，波夜空歪着脑袋愣了半天，眼睛盯着爱丽丝身体的另一侧看起来，好像有什么东西在那里吸引了他的注意力。

爱丽丝回过头，发现不知什么时候，卓深影已无声无息地进了客厅，坐在沙发上，跟往常一样，瞪大眼睛注视着她和波夜空。爱丽丝怕波夜空脑子又转到卓深影身上去，连忙催促道：“然后呢？”

波夜空晃了晃脑袋，定了定神，继续道：“但问题是，如果蝴蝶效应点细小到那样的程度，人类的身躯就显得过于庞大了，很难做到精确操控，即使能将小到肉眼看不见的蝴蝶效应点设计出来，也不具有现实意义。而且这样的话，我们之前算出来的蝴蝶效应点也会变得毫无根据，整个数学模型会自相矛盾，这个思路肯定行不通。”

“那什么样的思路才可行呢？”爱丽丝继续提示道。

“唉，这就是要命的地方啊！”波夜空举起双手，抓挠头发，一副痛不欲生的样子，又叹了好几口气，眼珠子却滴溜溜地转个不停，不断看向爱丽丝身后的卓深影。

爱丽丝没有再阻止波夜空，只是无奈地摇了摇头，开始双手托腮，自顾自看着电脑屏幕上的算式，发起呆来。

波夜空这下更加肆无忌惮，索性大大方方地将身体转向了卓深影，还不住地挤眉弄眼，跟卓深影打招呼。卓深影却没有搭理他，依旧是一脸的冷若冰霜。

因为自觉无趣，波夜空又将脑袋转回到电脑这里，看着屏幕上的算式，也发起呆来。

不过，才看了没十分钟，他又将目光转向了卓深影。如此三番。

在这个过程中，因为要不时地盯着屏幕看，波夜空的脑袋不知不觉间，已跟爱丽丝凑得越来越近，他自己都没有觉察，但另一边的卓深影却开始恶狠狠地朝他使眼色。波夜空不解，不断做手势，无声地询问卓深影：出了什么情况？

爱丽丝实在看不过去了，只好伸出手指，将波夜空的脑袋从自己身边顶开，撇了撇嘴，说道："跟我靠得太近，有人吃醋了。"

"是吗？"波夜空吸了口气，为了验证这说法，再次将脑袋向爱丽丝靠拢过去，几乎要脸贴脸了。果然，卓深影又狠狠地瞪了他一眼。波夜空这才满意地点了点头，喃喃道："你说得对，确实是在吃醋。"

话音刚落，电脑忽然宕机，房间里的灯也跟着熄灭了。

"完了，又停电了，幸亏今天没有进展，否则又得再做一遍。"波夜空叹了口气，"最近怎么回事，动不动就停电，电力办这帮吃闲饭的家伙，每天都在干什么呀？"

"行了，你也别愤青了，"爱丽丝笑着站起身来，"我这人一向识趣，就不继续留在这里做电灯泡了，我去照顾妈妈吃饭，你们慢慢聊。"

说着，爱丽丝离开了四〇三，去了隔壁的单元。

爱丽丝一离开，波夜空就连忙屁颠屁颠地跑到卓深影身边，在她对面的沙发上坐下，一脸深沉地问道："说实话，你刚才有没有在吃醋？"

"吃醋？"卓深影不解地皱了皱眉。

"意思就是，看到我和别的女孩亲热，你心里是不是有一点点不舒服？"

波夜空耐心解释道。

卓深影歪着脑袋想了想，然后恍然大悟地点了点头：“哦，你说的吃醋原来是这个意思啊？”

“对啊，就是这个意思！”波夜空也忙不迭地点头。

“我主人的记忆库有这个概念，但我一直不是很理解，你这么一说，我就明白了，吃醋差不多就是跟爱情有关的忌妒，对不对？”卓深影一副恍然大悟的样子。

“对啊，没有爱情，就不会有吃醋这回事！”波夜空点头道。

“明白了。”卓深影也点了点头。

“那你承认你爱我咯？”波夜空瞪大眼睛，等待着卓深影的确认。

“我是说我大概明白吃醋和爱情是个什么关系了，但没说我刚才在吃醋。”卓深影瞪着无辜的大眼睛慢条斯理道。

“那你刚才是什么意思？”波夜空不满地撇了撇嘴。

“我刚才是怕你和爱丽丝擦枪走火。”卓深影道。

“那还不是吃醋？要不是担心爱丽丝把我抢走，我和她擦出火花又关你什么事？”波夜空毫无羞愧之意地说道。

“哦，你是说这个意思啊？”卓深影皱了皱鼻子，又一副恍然大悟的样子。那皱鼻子的动作，是她从井下光那里模仿来的。

“那还能是哪个意思？”波夜空大声道，“跟你说话，怎么就这么费劲？”

“如果你和爱丽丝之间发生了什么，我真的无所谓。”卓深影一脸无辜地摆了摆手。

“那你为什么又怕我和爱丽丝擦出火花？”波夜空不由得悲愤，使劲挠头。

“因为有人会伤心。”卓深影咬着嘴唇点了点头。

“这个‘有人’不是你吗？”波夜空停下手上的动作，一动不动看着卓深影的眼睛。

“当然不是。”卓深影摇了摇头。

“那是谁？”波夜空又问。

“这个我不能告诉你。”卓深影道。

“为什么？”波夜空又问。

“因为事实就是如此。”卓深影面无表情地说道。

波夜空正准备继续掰扯，屋子里响起了一阵刺耳的刺啦声，是他那台怪物电脑启动的声音，屋子里不知什么时候又通上了电。脑袋晃动间，波夜空的目光掠过侧前方的电脑屏幕，忽然一怔，好像想到了什么，又往电脑屏幕的方向看了一眼，喃喃道：“原来是这样！”

“什么？”卓深影不解地问。

“不跟你掰扯了，我得干活了。”说着，波夜空站起身，扑向了那台装着二十个CPU和十五组NPU的怪物电脑。手指开始在鼠标和键盘间来回切换，噼里啪啦地输着数据和符号。如此全神贯注了半个小时，终于舒了口气，将背靠回到椅子上，说道：“不得不说，我真是一个不世出的天才啊。”

刚说完，波夜空便发现，卓深影已到了他面前，正一脸认真地看着他，那呈现为3D影子的鼻子几乎快贴到他脸上了。

“干什么？”波夜空故作矜持地往后退了退。

“我要是不问你发现什么了，你岂不要憋死了吗？”虽然是在调侃，卓深影的语调和表情还是没有起伏的样子。

“倒也是，”波夜空认真地点了点头，并不觉得自己被挖苦了，“那我就把我的发现给你说一下哈。”

“嗯！”卓深影点头。

“你也知道，我的数学模型早在大半年前就搭建了出来，但最近进展缓慢，因为要把整个宇宙跟新唐城对应起来，新唐城就明显太小了。至少对人类来说，宇宙是无限的，而新唐城却是有限的，那怎样才能把这个无限的宇宙装进有限的新唐城里呢？”波夜空停顿了一下，看向卓深影，“我说的事情，你能理解吗？”

“你管我理解不理解！你不就是想嘚瑟，然后想有个人来听你嘚瑟吗？”卓深影不耐烦了。

“这个倒是。”波夜空点了点头，“那我就继续说了，就在刚才，我脑子里忽然闪过一个念头，会不会这个有限的新唐城里还藏着一个无限的新唐城呢？这样一想，我心里就豁然开朗了。不过，这个思路要是能成立的话，那个无限的新唐城一定会有个入口，所以刚才我算了一下，发现真的有这样一个入口，而且入口竟然是在那里！”

“哪里？”卓深影忍不住问。

本章回顾：

卓深影和井下光现在已成了好朋友，两人合作，一起创造一个叫作“模仿自己的光与影”的网红，经常凑在一起玩直播。通过附体在井下光身上，卓深影发现，井下光对波夜空怀有情愫。此时，在爱丽丝的帮助下，波夜空在继续破解蝴蝶效应矩阵的工作，但最近他遇到了瓶颈，一直找不到问题的症结所在。在一次计算过程中，因为停电波夜空忽然来了灵感，发现在这个有限的新唐城里还藏着一个无限的新唐城。

小贴士：

爱丽丝：波兰人，伯父为蓬莱洲大斯拉夫区的壮丁团团主，所以自小被送到费切马斯特学校就读，是顾得满和河原细美的师姐，也是顾得满的好友托尔斯泰的女朋友。爱丽丝是有名的数学神童，十岁时就拿过奥数冠军，后来成了证券界高频交易的操盘手。因为战争，逃亡到了新唐城。

第十二章
爬得越高，朋友越少

“阿光！阿光！”波夜空朝下铺叫了好几声，井下光还是没有一点反应。

虽然已经成了共和国的最高领导人，井下光仍旧住在悟空寺这间狭小的宿舍里，和波夜空共享着简陋的上下铺。

确认过井下光已经睡死，波夜空点了点头，蹑手蹑脚地下了床，向门外走去。

外面除了走廊里的灯，所有房间的窗户和门缝都已没有亮光，波夜空拿出手机看了看时间，是凌晨两点，老秃驴应该熟睡正酣。

出了宿舍，波夜空往一号车间的方向行去，那地方最早是用来做大雄宝殿的，最后没有封顶，地基和大梁还是原先的规模，现在简陋是简陋了点，不过远远看去还是很巍峨。此刻月光正好，密密麻麻地洒在了用各种废旧塑料铺成的屋顶上。

这就是中午时候波夜空发现的那个秘密，这座废弃的大雄宝殿正是那个无限的新唐城的入口。

此刻波夜空开始用一种全新的目光，打量这座熟悉得不能再熟悉的建筑，他忽然意识到，即使以前在新唐城被雾霾笼罩的岁月里，一号车间上方的天空也是澄澈的，夜晚的月光会像银针一样插满整个屋顶。显然他太迟钝了，竟没有看出这熟视无睹中的不平凡。

到了车间门口，波夜空费了点劲，才将那两扇快要倾倒的大门推开了一条缝，朽坏的门在寂静的夜晚发出清脆的吱呀声，他吓了一跳，下意识趴倒在地，东张西望了一番，终于确认，并没有人被他惊动，他这才舒了口气，从地上爬起，向漆黑一片的车间大堂走去。

凭着记忆，波夜空摸索到哭大师用来闭关的小壁龛前，脸上露出一丝笑意：老秃驴再狡猾，也终于被他发现了秘密。现在他要亲眼去看一看，藏在这后面的神奇世界了。

波夜空将手摸向壁龛门的拉环，稍一用力，门就被打开了。

黑漆漆的壁龛里闪烁着两个发亮的小圆点——是老秃驴的眼睛！

“啊！”波夜空大叫，仿佛活见了鬼。

哭大师也学着他的样子，故意“啊”地大叫。这下波夜空更慌了，跟着叫出了第二声“啊”。

如此三遍，哭大师按了个什么开关，车间大堂的灯全部亮起，哭大师盘腿坐在壁龛里，小眼睛正瞪得跟灯笼似的。

因为觉得没法跟师父解释，波夜空连忙转身，准备开溜，一回头，发现井下光正站在他身后，于是他又“啊”地大叫了一声。

“说吧，什么情况？”哭大师一边眯缝着眼睛，一边摇头晃脑。

“什么什么情况？梦游不可以啊？”反正也逃不掉了，波夜空索性双手叉腰，破罐子破摔。

“师父啊，阿空确实是在梦游，我跟了他半天，可以做证。”井下光笑盈盈地将手搭在了波夜空的肩头。

“看到了吧，阿光可以为我做证。”波夜空没想到井下光会为他说话，连忙顺着杆子往上爬，“行了，好梦都给你们吵醒了，我得回去睡觉了。”

说完，波夜空甩开膀子，大摇大摆地往外走去。

眼见波夜空脱了身，井下光看了一眼哭大师，打了个哈欠：“师父，我也回去睡了。”

“慢着！”哭大师叫住井下光，盯着她看了半天。

“师父，你这是干什么？”井下光吓得往后退了两步。

“你干吗为他开脱？”哭大师问。

“师父啊，你又不是不知道阿空这个人，这么戳穿他，打死他也不说实话的。”井下光辩解道。

“这倒是，对付他，还是你比较有办法。”哭大师似笑非笑。

“师父，你这是什么话？好像我老算计他似的。”说到这里，井下光自己也忍不住得意地笑起来。

“对了，你帮我留心一下，这小子最近在忙什么，今天不知道犯什么毛病了，老在我这闭关室前转来转去。亏我留了心眼，看他晚上老到我房间看我睡了没有，所以才特地在这里等他的。”哭大师说着，得意地挠了挠乱蓬蓬的头发。

“师父，到底姜还是老的辣，行了，我帮你留心。对了，您这闭关室到底藏着什么宝贝啊？”井下光笑眯眯地往哭大师的闭关室里看了一眼。

“看什么看？”哭大师瞪了井下光一眼，啪嗒一下关上了壁龛的门，然后整个车间的灯都灭了。

井下光摇了摇头，叹了口气，转身往门外走去。

如她所料，波夜空正在门外等她。他坐在外面的台阶上，正一脸深沉地看着头顶上的月亮。

“怎么了？”井下光在波夜空身边坐下，跟他一起抬头望天。

“什么怎么了？”波夜空没好气地瞪了井下光一眼，“又算计我？明明醒了，偏要装睡。”

“谁让你干坏事不把我一起叫上的？”井下光得意地笑起来。

“什么叫干坏事？”波夜空叹了口气，“我是怕连累你，到时候一起被师父骂！”

“说吧，”井下光抬了抬下巴，“半夜三更跑来这里干什么？”

“这事情还没到可以跟你说的时候。”波夜空敷衍道。

“不就是有限的新唐城里还藏着一个无限的新唐城，然后入口可能就在师父的闭关室里吗？”井下光不屑地撇了撇嘴。

“你怎么知道的？”波夜空一惊一乍地从台阶上跳了起来，居高临下地看着井下光。

“自然是你的小影妹妹告诉我的。”井下光的嘴角带着一丝嘲意，“下午的时候，她可是跟我在一起。”

“嘿，”波夜空释然地拍了拍脑袋，“怎么忘了你们已经勾搭成奸这件事。这小影，怎么能这样，都跟我发誓了，说不会告诉任何人的。”

“没想到吧，在小影这里，我的地位比你高。”井下光又得意地扬了扬下巴。

“这个也正常，”波夜空无奈地点了点头，“谁让你们是那种关系！”

“哪种关系？”说着，井下光要揪波夜空的耳朵，“你的小脑瓜子又在想什么脏兮兮的事情了？”

波夜空一晃脑袋，闪了过去：“姐姐，你不要以小人之心，度君子之腹。我是说，你和她的交情之深可能都超出你自己的想象。”

“什么意思？”井下光不解道。

“这个事情，我不是跟你分析过吗？”波夜空道。

“你是说，小影妈妈在日记里说，她怀小影的那天晚上，看见新唐城升起满天星光的事情？”井下光道。

“对啊，这跟你那天在地狱号上看见的情况一样。另外，星光最后剩下的光芒汇聚成一个光球，化作三颗流星，其中一颗击中了小影的妈妈，让她怀上了小影，一颗击中了你，让你开始谋划从地狱号上逃跑。这说明什么，说明你们在那时候就已经建立了某种神秘的联系。”波夜空道。

“也是。”井下光点了点头，“要不是我自己也是当事人，一定会觉得这事情就跟编出来似的。”

“业力如此，就像老秃驴常说的。”波夜空眨了眨眼睛，一本正经道。

“业力如此。”井下光淡淡一笑，点了点头，忽然想到了什么，问道，“对了，如果师父的闭关室里，真的藏了一个无限的新唐城，接下来你准备怎么办？”

“这个我还没有想好，不过，你这么一说，倒还真是有些麻烦。”波夜空一脸苦恼地挠了挠头，“算了，八字还没一撇呢，现在一切都是假设。即使所有的数据都对了，可能也只是一个虚假的命题，并不代表事实必然如此。除非老秃驴肯发善心，让我看一眼他的闭关室。”

“我感觉师父应该已经知道你在查这件事了，否则他今天不会特意留在闭关室里的。”井下光脸上露出会心的笑意。

“他知道？那干吗不直接阻止我？”波夜空嘟着嘴，摇了摇头。

“也许，他根本就没打算瞒你，只是逗你玩。”说到这里，井下光露出恍然大悟的表情，“你想想，要不是从小到大，他老这么刁难你，按你的猴子脾气，哪儿会有耐心去钻研那些乱七八糟的事情？你能有今天，都亏师父调教得好。”

“你这么说，倒是有点道理，”波夜空一本正经地点了点头，“这老头也太阴了，老这么捉弄我们。你想想，当初你会被骗到修理厂来，就是他故意气你，结果你就上了他的套。唉，越想越觉得他不是个好东西！”

“所以，师父就是师父，徒弟只能是徒弟。”井下光说到这里，一边笑着，一边眼圈微红，显然，她又想起了那些往事，以及师父对她的种种恩惠。

“哼，总有一天，老子也要想办法算计一下他。”波夜空狠狠地握了握拳头。

“行了，就别意淫了，有本事自己去把结果算出来，天快亮了，睡个回笼觉去吧。”井下光站起身，伸手将波夜空从台阶上拉起。

两人并肩往宿舍的方向走去，波夜空又想到了什么，问道：“你和小影最近都在一起干什么呢？问她，就是不肯说。你们到底有什么不可告人的秘密？”

“就是一起唱唱歌，说说话。我们是闺密嘛。”井下光扬了扬头，说道。

“闺密？你和细美还闺密呢。”波夜空不屑地撇了撇嘴。

“所以说高处不胜寒啊，爬得越高，朋友越少。都是给你们害的，非要选我当什么首席人民代表，还以为就跟做网红似的，只要哄哄那些小凯子，然后骗点好处就可以了。没想到还要出卖朋友出卖灵魂，唉！”井下光一脸沉痛道。

“矫情！我要是也能成为像你这样的大人物，哪怕出卖再多的朋友，贱卖所有的灵魂，我都愿意！”波夜空目光闪烁，语气调侃，然而他心里知道，这三个月来，井下光一直在承受怎样的压力。

两人说着笑着，消失在宿舍区的尽头。

本章回顾：

波夜空趁着夜色来到修理厂的一号车间。按他的猜想，哭大师用来闭关的小壁龛正是那无限的新唐城的入口。但当波夜空打开壁龛门时，发现哭大师已经在那里守着自己了，幸亏这时井下光跑来帮他解围。波夜空和井下光在月光下一起回忆了一些往事，井下光感叹，自从当上了首席人民代表，有一种高处不胜寒的感觉。

小贴士：

悟空寺修理厂：当年旧大陆的高僧空藏，受蓬莱洲信徒的邀请，来新唐城开办悟空寺。没想到悟空寺才修到一半，蓬莱洲就遭遇经济危机，筹资建庙的香客作鸟兽散。师徒四人只好用废旧材料完成了这个只有结构的大庙。空藏去世后，他的三个徒弟哭大师、笑和尚和不得头陀，利用悟空寺开办了修理厂，收养了波夜空、井下光等一班孤儿，一起在此度日。波夜空后来发现，悟空寺修理厂里有那个无限的新唐城的入口。

第十三章
真是帅哥门前是非多

波夜空并不知道，他和井下光说话的时候，卓深影已陪着蜜之蜃姬，绕着悟空寺修理厂转了三个圈。

幸亏修理厂周边都是堆垃圾的货场，半夜很少有人来，否则来人一定会看见两个穿着红色连衣裙的鬼影，还会发现鬼影的长相都跟旧大陆的那个天王巨星玛丽莲如出一辙。鬼影自然就是蜜之蜃姬和卓深影的能量身。

在来悟空寺修理厂之前，蜜之蜃姬曾试图通过高维度的异次元通道直接进入修理厂，却没有找到这样的路径，所以只能让卓深影陪着来硬闯了。但在绕着修理厂的围墙兜了三圈子后，她才发现，只要一逼近到工厂十米以内的范围，她的能量身便会陷入一片虚无中。而作为她分身的卓深影情况更糟，早在二十米开外的地方，就已经无法再前进一步了，只能像颗卫星似的，在外围随着蜜之蜃姬打转。

来来回回试了三次，都以失败而告终。蜜之蜃姬只好返身，回到了卓深影身边。

“邪门，这是什么情况？”蜜之蜃姬皱着眉头，像是在自言自语。

卓深影摇了摇头：“上次，我也是这样被挡在了门外。”

“你有没有试过，找个宿主，附在对方身上混进去？”蜜之蜃姬抬头看了一眼卓深影。

“想过，但他们既然有办法把我们挡在外面，即使找个宿主混进去，应该也会被识破。”卓深影沉声说道。

“别人当然不行，你就不一样了，你和井下光，还有那个波夜空，都是朋友。你是谁，对他们来说，本就不是秘密。他们都可以为你跟财神拼命，带你进到厂里，不还是小菜一碟？”蜜之蜃姬微微眯起眼睛，像照镜子一样，看着这个和自己像是一个模子里刻出来的分身。

“我找什么理由这么做？然后应该怎么跟他们说？”卓深影尽量让自己看上去面无表情。

“你可以说，从我这里得到消息，财神和地狱修女的人正在计划对付井下光，你想留在她身边保护她。”蜜之蜃姬的脸上露出一丝娇媚的笑意，“这可不是我编的，他们的人已经跟着难民进了城，听精灵说，最近就会有动作。”

“是吗？”卓深影心里一紧，脸上还是不动声色，点了点头，“好吧，那我就试一下。”

蜜之蜃姬伸出手，指尖微动，像是在虚空中画圆圈，随着她的动作，空气好像被镂空了一块，出现了一个旋涡状的空洞。蜜之蜃姬跨入空洞，卓深影也连忙跟了上去。

空洞的另一端是蜜之蜃姬在异次元空间里的行宫。此刻她们到达的地方，正是那条黎明走廊。卓深影走在蜜之蜃姬的身后，亦步亦趋地跟随着她。

这条走廊是敞开式的，抬起头，天色如它的名字，是黎明前那幽深的蓝，同时靠近东南角的一侧，一丝暖红隐隐地透了出来。

在蜜之蜃姬的异次元行宫里，时间是以空间的形式呈现的。对她这一类由能量构成的生命来说，异次元里的时间或者空间只是一个虚拟的概念，只要她想，可以让时空呈现出任何一种可见的形式。蜜之蜃姬的异次元行宫其实并非真实的空间，只是她能量身的外围部分，容积大约与整个宇宙相当，但能量的密度跟蜜之蜃姬的身体相比，却只有十万分之一，蜜之蜃姬通过她的异次元行宫可以在瞬间到达宇宙中的任何一个地点。

不过，在过去的十八年里，异次元行宫通往蓬莱洲的入口一直被封印着，原因不明。直到卓深影从旧大陆坐着飞机去了新唐城，这种异常状态才被解除。

“对了，上回你怎么会和财神起冲突的，还把他狐仙算法的化身给干掉了？”蜜之蜃姬别过头，看了一眼侧后方的卓深影，皱眉问道。

“整个过程您不是已经从我的记忆里下载过了吗？”卓深影轻描淡写地摆了摆手。

“我只是奇怪，你跟财神结了这么大一个梁子，他竟然没有找你报仇，只是把气撒在了朴不见头上，这事情实在有些蹊跷。”蜜之蜃姬一脸疑惑地摇了摇头。

“可能是他对您有些忌惮吧，知道如果报复的话，会收不了场。”卓深影低眉垂眼，尽量不露声色。

“道理上是这样，但总觉得有什么地方不对劲。我怀疑这里面有什么阴谋。”蜜之蜃姬皱了皱眉头，停顿了片刻，然后又说道，“反正你多加小心，如果他跟你动手，你不要跟他纠缠，马上启动异次元通道，来跟我会合。”

“明白了。”卓深影郑重其事地点了点头。

“对了，波夜空的数学模型做得怎样了？”蜜之蜃姬问。

“还在进行中，不过，现在有爱丽丝在一边帮忙，情况应该还不错。”卓深影道。

“如果有进一步的突破，记得随时跟我联系。”蜜之蜃姬一脸凝重地点了点头，“另外，你要小心帝释会或生进会的其他人，这种可以控制整个宇宙的量子节点，是沙罗失踪前一直在寻找的终极武器。哭大师虽难缠，但毕竟这怪老头没有太大的野心，所以这东西如果不能被我们掌握，至少也不要让它落入别人手里。”

“明白。”卓深影又点了点头。

接着，蜜之蜃姬又交代了她一些别的事情。说话间，两人已回到了蜜之蜃姬的寝宫。

蜜之蜃姬抖动双臂，红色的连衣裙变戏法似的，掉落在地。她的脸上露出了疲惫之色，一头倒向薄纱掩映的大床，然后背着身子朝卓深影挥了挥手：“你回去吧。”

“是，主人。”卓深影恭敬地点头，从寝宫的另一扇门向正午走廊走去，从那里回到了她在故地小区的住处。

从镜子里出来时，卓深影发现波夜空正坐在客厅的沙发上，愣愣地看着镜子的方向。看到她出现，好像并没有惊讶的意思，脸上满是若有所思的表情。

“怎么啦？爱丽丝呢？”卓深影定了定神，微微转头，往镜子的方向瞄了一眼，此刻她又重新变成了那个长发披肩的东方少女。

“被我打发走了。”波夜空还是一动不动地看着卓深影所在的方向。

“为什么？”因为被看得发毛，卓深影下意识地侧了侧身子。

“心烦，没心思干活。”波夜空一脸忧愁地叹了口气。

“有什么好烦的？”看到波夜空煞有介事的样子，卓深影想笑，但终于忍住了。

“昨天你说有其他人喜欢我，是真的吗？”波夜空一本正经地皱了皱眉头。

“我还在想，你这样的祸害怎么可能心烦？这下明白了，原来是发花痴，这比较符合你的人设。”卓深影脸上露出幸灾乐祸的笑颜，往前走了两步，在波夜空对面的沙发上坐下。

“先回答我，到底是，还是不是？”波夜空问。

“是啊。”卓深影点了点头。

“是不是阿光？”波夜空加快了语速，神情也愈加严肃。

卓深影愣了一下，然后忙不迭地摇头：“你胡说什么呀？”

“打格愣了，摇头还摇得这么用力，那肯定是了！”说到这里，波夜空停顿片刻，脸上露出痛不欲生的表情，双手开始抓扯自己的头发，“唉，我是知道我很可爱，但没想到，我有这么可爱，连阿光这样的奇葩也被我勾引了。真是帅哥门前是非多啊，这下叫我如何是好？”

“嘿，我知道你脸皮厚，但还是没有想到，你脸皮能有这么厚。”卓深影故意夸张地模仿波夜空的语气。

“你也不用蒙我了。”波夜空朝卓深影摆了摆手，“昨天阿光一跟我说，你们两个最近老在一起混，我就明白了，你说的那个某人一定是阿光。除了阿光，你还认识谁？还要既跟我熟，又跟你熟，而且得是个女的。今天早上躺在床上，我回想起平日里她对我的点点滴滴，我要是再想不明白，我智商凭什么有三百九？你可以侮辱我，但请不要侮辱我的智商。”

卓深影歪着脑袋想了想，发现自己确实没有注意到这一点，便不再否认，索性反问：“阿光喜欢你，不好吗？至于这么痛不欲生吗？”

“不是不好，是太好了。说实话。从很小起，我就把她当我的媳妇看。昨天被你这么一说，我发现，其实我也很喜欢她，只是跟她太熟，一直没好意思往这地方想。”波夜空皱着眉头撇了撇嘴。

“那现在可以想想了。”卓深影瞪大眼睛说道。

“唉，你不是我们，你不知道其中的微妙之处。而且……”波夜空停顿了一下，“我不还喜欢着你吗？何况她也知道这件事，这就更复杂了。我都不知道该怎么跟你解释了。”

“你们人类所谓的爱情，难道不是以专一作为指标的吗？”卓深影的语气里满是嘲弄。

“理论上是这样，但实际上没这么简单。”波夜空的神情愈加深沉，看着卓深影一脸不解的样子，便继续解释道，“这么说吧，虽然你现在在我面前，但如果此刻这里还站着另一个漂亮的小姐姐，我说不定也会喜欢上她。但如果我知道，我要是喜欢上了她，你会很伤心，还有可能会失去你，我就只好放弃喜欢另一个小姐姐了。所谓的专一，其实是这么个东西，它很反人性，但你不能不承认，这可能是更高层次的人性。”

“这样啊？”卓深影轻描淡写地耸了耸肩，“那就简单了，你要是喜欢阿光的话，我肯定不会伤心。而且我的情况你也知道，随时都有可能被蜜之蜃姬回收，你喜欢的卓深影也许从来就没有存在过，只是你自己的一个念想。”

“这就是问题所在，就是因为我知道你随时会消失，所以我才更加确定，如果再也见不到你，我会很伤心，要比自己死了还难受。这种事情你很难理解的，如果我有办法让你理解，就好了。”波夜空脸上的神情既认真又痛苦，好像这事情已真的发生了似的。

“你这是什么表情，至于吗？”卓深影笑着撇了撇嘴。

“算了算了，跟你说再多，你也不会懂。”波夜空说着站起身，没好气地朝卓深影摆了摆手，往门口的方向走去。

“你要去哪里？”卓深影问。

“被你这么一搅和，心里更乱了，我要找个地方，清静清静去。”说着，波夜空头也不回地走了。

看着波夜空消失的背影，卓深影脸上现出一丝怅惘，她在波夜空刚才坐过的地方坐了下来，嘴里喃喃道：“谁说我不懂，懂了，所以才不能让这事情发生。”

说着，卓深影抬头看了看镜子里的自己，她的能量身此刻还是卓深影，上面并没有浮着玛丽莲的影子。

“你大概还没发现，现在不用你在，我也能按自己的心意，完完全全地变成卓深影了。”她幽幽地叹了口气。

自从那次在地狱号上，从井下光身上分走了她一半的痛苦，卓深影就不再是那个不谙人事的影子。在那短短的一瞬间，她经历了井下光所有的人生，那无边无际的黑暗，那除了痛苦还是痛苦的经历，然而很快她在那些比海还深的痛苦中，感受到了一丝强烈的温暖。那是跟悟空寺修理厂有关的记忆，其中最明亮的部分是波夜空在过街桥上大声说出的那句“可以！”和哭大师的那句“即使在最深最暗的井里，也一样会有光”。此外就是和波夜空在一起的日日夜夜，尤其是那天在夜总会，波夜空为了替井下光解围，和她来了一个法式长吻。

和那些拷贝自蜜之蜃姬的信息不同，这些来自井下光的记忆都带着切身感受。在有了这样的经验之后，她又怎么可能不懂人类的爱情?

卓深影幽幽地叹了口气，决定不再纠结此事。

她站起身，再次进入镜子，然后很快从镜子的另一面走了出来。出来的地方，是井下光办公桌上的电脑屏幕。

井下光正愁眉苦脸地支着脑袋，看着屏幕上那份长达二十几页的文件，嘴里在不住地嘀咕：“唉，这么简单的事，干吗非要说得这么复杂？”

看到卓深影突然出现，井下光有些始料未及，不过很快展颜为笑，皱着鼻子，两颊泛起浅浅的酒窝，很是俏皮的样子：“为什么每次你出来的地方，都这样清新脱俗？”

“因为这样才可以保证，你每次都能正好看见我呀。”卓深影报之以同样的微笑，然后才发现自己在模仿井下光，不过她并不打算掩饰这一点。

“怎么啦，阿空这家伙又让你心烦了？”井下光往后靠了靠，好给卓深影让出足够的空间。

“何止是烦，简直要人命。真是不由得佩服你，这么多年来，你是怎么忍下来的？”卓深影索性坐到了桌上，两条腿在桌边摇来荡去，这是井下光平日里最喜欢做的动作。

“幸亏以后可以把这祸害转嫁给你了。”井下光一脸的如释重负，卓深影却在那故意舒展的眉头上，看到了一丝黯然。

“姐姐，你还是自己留着吧，人类的这种感情游戏，我真的不能理解，你还是多想想办法，让他不要再对我垂涎欲滴了。”卓深影目光闪烁，避开了井下光的视线。

“你不能这样，阿空可是真心喜欢你，他这种猴子性情，难得对人这么专一的。”井下光认真地说。

“我倒是想，但我真的不懂啊。而且我感觉，他喜欢的人可能是你，要不你想办法把他给收了吧。”卓深影装出开玩笑的样子，暗示道。

“不要乱说！”井下光的神情一下子严肃起来，然后意识到自己有些失态，便转了个语气，轻飘飘地说道，“我都忍了他这么多年，早已忍无可忍，你不要再陷害我了。”

“也是，我们见面，干吗老说他呀。”卓深影知趣地换了个话题，煞有介事地看了一眼屏幕上的文件，“姐姐，你这是在忙什么？”

“就是些无聊的事，有些人为了显出自己在做事，一定要搞出这种又臭又长的东西。不过就是修三个公厕，自己到现场组织几个人就能做到的事，非要打个报告，要我签字，好把事情推给别人做。政治乃是世界上最无聊的事情，大家都情愿花时间摆布别人，也不愿亲力亲为，写这么一份报告，层层推脱的时间，厕所的地基都打好了。”井下光不满地摇了摇头。

“哦，那你先忙，”卓深影点了点头，“我到旁边坐一会儿。”

“没事，”井下光冲卓深影笑了笑，“我也是闲得无聊，才看一下打发时间的。其实看不看的都一样，最后都是交给细美处理。她整治起这帮官僚来，最拿手了，估计不让他们脱层皮，也得掉三斤膘，以后都不敢打这种报告了。要不是细美小心思多，新唐城交给她管，其实最好不过。”

“明白明白，她管新唐城，姐姐管她嘛，这样就完美了。”卓深影笑道。

“唉，被你这么一说，真是怪不好意思的。”井下光忸怩着挠了挠头，“我和她本来还是好姐妹来着，老是这样被我算计，估计她现在心里一定恨死我了。”

说着，井下光脸上掠过一丝哀伤。

“哦对了，想起一件事来了。”卓深影连忙正色道，“蜃姬昨晚跑来找我，绕着你们修理厂转了三个圈，硬是没有找到闯进去的办法。”

“是吗？”井下光神情一紧。

“然后她跟我说，财神和地狱修女的人可能最近要对你动手，要我以保护你为由，混进修理厂去。”卓深影道。

“哈，又有机会跟人打架了，真的是好期待啊。”井下光张开双臂，转了手腕，一副跃跃欲试的样子，“这样也好，你就搬修理厂来吧，正好可以摆脱蜜之蜃姬的纠缠，要是阿空听说这消息，不知道会高兴成什么样了。”

本章回顾：

蜜之蜃姬带着卓深影夜探悟空寺修理厂，发现她们的能量身不要说进入修理厂，连靠近都很难。蜜之蜃姬指示卓深影，要她找个宿主混进悟空寺去。卓深影领命后，回到故地小区，见到波夜空，波夜空已经猜出，卓深影嘴中喜欢自己的人是井下光，心里很是烦恼。而此时，卓深影也早已在不知不觉中，喜欢上了波夜空。

小贴士：

异次元通道：蜜之蜃姬这一类的生物能生命体进入四维空间的通道。因为这一类的生命体由能量构成，所以没有具体的肉身，大小、远近或者空间，只是记录在他们能量身内的一个信息。异次元通道就是由信息和能量构成的虚拟通道，蜜之蜃姬可以通过这些虚拟通道，在瞬间到达宇宙中的任何一个地点。不过由于某种原因，通往蓬莱洲的异次元通道一直被封印着，直到卓深影来到新唐城后，通道才被再次打开。不过，蜜之蜃姬依然无法通过异次元通道进入悟空寺修理厂。

第十四章
不会有第二个人比我更想杀死顾得满

为了帮卓深影搬家，朴不见特地把他那辆可以变形的小汽车，由小巧的玛莎拉蒂改成了带车斗的皮卡车。

车斗上属于卓深影的东西不多，除了她妈妈的照片和日记，就是几件旧衣服以及一些小摆设，主要的空间都被波夜空的那台怪物电脑占据了。

爱丽丝也跟着他们一起来了。一方面是来认路的，以便日后有需要，可以过来给波夜空帮忙。另一方面是她听说卓深影进庙时需要有宿主，便自告奋勇，要把自己的身体借给她用。

从故地小区出来时，太阳刚刚开始落山，等来到悟空寺门口那条扬尘的土路时，太阳差不多只剩下了地平线附近的一条细线。

庙门虽还在一公里外，卓深影的脸上却已露出不安之色，她坐在副驾驶座上，能量身下意识地往后靠了一靠，被坐在后面的波夜空看在了眼里。

“你老人家原来也会害怕呀？”波夜空调侃道。

卓深影回过头瞪了波夜空一眼，没有说话。

“你师父的修理厂好像有点邪门。”朴不见的嘴角露出一丝笑意，说道。

“什么叫邪门，那叫空门。师父说了，我们的修理厂原来是当和尚庙用的，所以我太师父绕着庙，以水为墨，在墙上抄了一遍《金刚经》。师父说，水蒸发了，但用水抄写的经文却还在，这就是空的力量，看似没有的东西里，藏着所有的东西。就算天王老子来了，到了咱这空门，也得低头做个凡人。”说完，波夜空得意地伸出舌头，舔了一圈嘴唇。

“你名字里的那个空字，就是这样来的？”朴不见问。

“聪明！”波夜空打了个响指，说道，“其实我的姓——波夜，也是《金刚经》里来的。”

“《金刚经》我知道，但哪儿来波夜二字？”朴不见瞥了他一眼。

“《金刚经》其实是《般若经》的一部分，师父说，直接叫般若太狂妄了，要谦虚，就给我用了个谐音——波夜。”波夜空说。

“般若是什么意思？”卓深影问。

“约等于智慧的意思，我的智商有三百九十，配这个姓非常完美。”波夜空道。

“聪明？给了你这么长时间，到现在还没有把那数学模型给搞出来，你还敢说自己聪明？”卓深影道。

“不跟你说了，到了空门，智商什么的通通见鬼去，除了那老秃驴，谁在里面都是菜鸟，不服你们可以去试试。外面不好说，反正那道围墙里，老秃驴就是大爷，没人强得过他。”波夜空说。

“你师父真这么厉害？”朴不见问。

“我师父说了，不是他厉害，是你们的我执都太重。”波夜空说。

“什么意思？”卓深影问。

“这个我也不太懂，反正呢，老秃驴这个人有厌女症，是老处男，从来不吃活物，除了剥削我、打我之外，好像也没干过太多的坏事，这种怪胎在空门里自然就比别人厉害点。”波夜空说道。

在离着庙门还有三十米不到的地方，朴不见刹住了车。波夜空直接下车，向专供汽车出入的大铁门跑去。

爱丽丝朝卓深影点了点头，大方地张开双臂，说道：“来吧，希望可以成功。”

“谢谢。”卓深影报之以甜美的微笑，让能量身浮起，落在了爱丽丝身上。她的影子消失在爱丽丝的身体里。

前方，波夜空已拉开铁门，朝朴不见举了举大拇指。朴不见将变形车发动起来，车缓缓朝大门驶去。在这个过程中，爱丽丝的神情很平静，寄宿在她身上的卓深影，显然在进入悟空寺时没有遭遇任何阻碍。

车在天王殿改建的门厅和一号车间中央的空地停下，卓深影的能量身从爱丽丝身上浮起，直接从车里渗透到了车外，站在那片空地上，她好奇地看着四周。朴不见和爱丽丝也各自开门，跟着下了车。

“喂！人呢？还不快来帮忙搬东西？”站在空地上，波夜空大喊大叫，“平时没事的时候，老见你们在眼前晃，要用人了，就连影子都没有了。”

“叫什么叫？”一个人影从一号车间后面转了过来，正是井下光，她笑吟吟地冲卓深影、朴不见和爱丽丝挥了挥手，然后继续训斥波夜空道，“师父怕小影初来乍到不习惯，把那帮没轻没重的小崽子都赶回房间去了，又没几件东西，你老人家自己就不能动一下手？”

波夜空挠了挠头，不再吭声，灰溜溜地跑到车斗那里，开始往下搬东西，朴不见也连忙过去帮忙。井下光带着卓深影和爱丽丝四处转悠起来，向两人介绍修理厂的情况。

天色彻底暗下的时候，车斗里的东西都搬空了。朴不见开车带着爱丽丝离开了修理厂，井下光和卓深影也回到了宿舍。看见波夜空正在忙着装配那台怪物电脑，屋子里很乱，也很吵，实在没法待，井下光便领着卓深影去了门厅。

把门厅的前后门都关上后，两人用那台登记维修记录的破电脑登录进了那个叫“红秀权”的直播平台，又玩起了直播。两人玩得很开心，一直折腾到晚上十点。直播结束后，井下光一脸兴奋地告诉卓深影，“模仿自己的光与影”粉丝数已突破三百万，同时在线人数超过一百万，打破了之前所有的纪录。虽不明白这事情有何意义，卓深影还是莫名其妙地跟着兴奋了一阵子。

看到波夜空一直没来找她们，井下光猜测他那里应该还没有完事，正好肚子有点饿了，便又带着卓深影去了食堂。她从厨房的冰柜里找出自己珍藏的冷冻鸡架，开始烹制五香味的红烧鸡架。

在这个过程中，井下光一直在耐心介绍烹调菜肴的步骤，还时不时让卓深影上到自己身体里，邀她亲身感受其中的火候和色香味的变化。做完鸡架，她当即拿起一个，啃了起来，让嘁里喀嚓的咀嚼感和舌头上的每一丝滋味，都通过她的肉身传导进卓深影的能量身。

放下已被啃得干干净净的鸡架，井下光有滋有味地舔了一遍自己的手指。这才端起盘子，和卓深影一起往宿舍走去，打算和过去许许多多个夜晚一样，跟波夜空分享这一大盘鸡架。

回到宿舍时，波夜空的那台怪物电脑已被装配在一起，他正坐在电脑桌前，看着屏幕发呆，眉宇间的皮肉拧成了一个深深的川字。

“怎么啦？”井下光放下盘子问道，“把电脑装完了，也不来通知我们一声，我们怕打扰你，都已经在外面晃了四个小时了。”

“有这么长时间吗？”波夜空转过头，愣愣地看了两人一眼。

“到底怎么啦？”因为感觉有些不对头，井下光连忙加重了语气。

“刚才我装完电脑，为了验一下机，特地打开我的数学模型看了一眼，发现好多数据被篡改了。幸亏我记性好，马上把它们恢复了过来。然后，我查了一下系统的底层数据，发现数学模型在被篡改前，有人拷贝了一份出去。”波夜空说话时有些迟疑，似乎对此事已有结论，只是有些说不出口。

“难道……”井下光也是欲言又止，但终于还是将下半句说出了口，“……是爱丽丝？”

“虽然我也觉得不太可能，但除了爱丽丝，没有别人能做到这一点。”波夜空一脸沉重地点了点头。

爱丽丝将手里的光储器慢慢地推到了李河方的面前。

三个小时前，她被朴不见送回故地小区后不久，河原细美就找到了她，将爱丽丝和她妈妈送到了神隐会的二号基地。

按照事先的约定，爱丽丝在伏秋小筑，将拷贝好的数学模型，亲手交到了李河方手里。

爱丽丝让自己的手和神情都尽量沉稳，语气也尽可能地淡然：“我把您要的东西带来了，那么您大概什么时候能兑现对我的承诺？”

李河方笑了笑，没有直接作答，而是将桌上的一个青花瓷罐推到了爱丽丝面前。

爱丽丝没有说话，不解地看着李河方。

站在李河方身后的河原细美连忙解释："罐子里装的是托翁的骨灰。说来也巧，顾得满杀托翁的那天，我们正好也打算干掉他。所以他带人上青鸟号时，被我派去跟踪的人看见了。出于好奇，我们也派人去调查了，发现顾得满上船是为了杀掉托翁。后来，船上的俄国人把托翁装进麻袋扔到了海里，我特地让人将麻袋打捞了上来。我想可能你会需要保留一份骨灰。毕竟他曾为你写过那么多情诗，我是女人，自然知道这份情义的重量。"

爱丽丝的眼圈慢慢红了，脸色更为苍白，神情却依然坚定："好像我们之前说好的，用来交换这份情报的，不是他的骨灰。"

"哦，这只是额外奉送的，至于顾得满的命，我们一定会帮你拿下的。"河原细美的表情依然没有一丝起伏。

"什么时候？"爱丽丝不依不饶。

"过了这一两天，等我们把手头这件事料理了，就会全力处理顾得满。不过，说不定做眼下这件事的时候，就可以顺便把他也给处理了。总之，姐姐你放心，老爷子答应别人的事，从来都没有落空过。"河原细美的嘴角露出一丝淡淡的笑意。

"你真下得了手？"爱丽丝疑惑地看着河原细美，"刚才你好像说过，你也是女人。"

"我是女人，但我是个已经有丈夫的女人。"河原细美一脸轻松地摊了摊手，"其实，之前我已经下过两次手了，老爷子可以为我做证，世界上绝不会有第二个人，比我更想杀死顾得满。"

本章回顾：

波夜空在朴不见和爱丽丝的帮助下，带着卓深影入住了悟空寺修理厂。波夜空在将他用来演算数学模型的计算机装好后，发现数据被篡改，而且还被人拷贝了一份出去。此时，在神隐会的二号基地，爱丽丝正将拷贝交给李河方。原来爱丽丝知道她男友托尔斯泰死在了顾得满手里，这份拷贝是一个交易，河原细美和李河方答应帮爱丽丝杀死顾得满。

小贴士：

卓深影：蜜之蜃姬的分身，其生命形态由能量和意识构成，没有具体的肉身，类似鬼。卓深影的名字来自一个多年前死去的婴儿。在来到新唐城后，卓深影发现自己并不完全是蜜之蜃姬的分身，她有着自己的人格，在得知了妈妈卓霓裳为了她牺牲自己的往事后，她开始重新寻找自我，学习如何去做一个人类，并和井下光、波夜空和朴不见等人成了朋友。

第十五章
高手！

早上九点，市政厅广场上的自动喷泉忽然停止了。近一个月来，这样的事情已经发生过很多次，人们早已见怪不怪，路过的行人和附近巡逻的军警并没有停下脚步往喷泉的方向多看一眼。

广场和市政厅是新唐城最早建成的一批建筑，整个新唐城就是以这里为中心一层层向外扩展的。为了让广场看上去更像广场，费切拉马集团当初在建造它时，特地配置了呈现出三个梯度的音乐喷泉。蓬莱洲什么都贵，唯有电便宜到几乎不要钱，以前因为有便宜的石油，后来因为有了更便宜的氢能发电站，所以喷泉一年四季都会喷水，并播放现在听起来已有些走音的音乐，正是捷克人德沃夏克的那首《自新大陆》。

在音乐喷泉停止时，柯大力正站在市政厅二楼办公室窗前，他低头看了看手腕上的智能表，按下了界面里的保存按钮，把时间储存了下来。

作为共和国议会的常务代表，小柯在市政厅里有一个专属于自己的办公室，正好面对着南侧的市政厅广场。这一个月来，小柯几乎每天都会守在这个办公室里。即使他自己不能来，小柯也会让小施或者顾得满来替他当班。作为共和国军方的三巨头，小柯要求包括自己的三个人里必须有一个随时都能留在市政厅里，以便出现突发情况时，可以不用请示就紧急处置。

让小柯做出这决定的，正是城里一个月来频繁出现的停电事故。虽然每次停电的时间和地点都是随机的，小柯还是认定，敌人的目标是市政厅和井下光。

一个月过去了，什么事也没有发生。想到这些，小柯不由得心烦，他掏出香烟，大口大口地吸了起来。

"会不会是你神经过敏，想多了。照理说，已经过了这么长时间，敌人要动手的话，早该出手了。"身后有人推门进来，好像猜出了小柯此刻心里的疑虑，问道。

小柯没有回头。

半个小时后，他要去香港路一〇〇号附近跟小施会面，所以提前通知了顾得满，要他来这里顶班。顾得满比约定早到了半个小时。

"不会！"小柯沉默了片刻，坚决地摇了摇头。顾得满的质疑反让他坚定了自己的判断，他掐灭手上的烟头，说道："要是我没记错的话，停电事故是在难民进城后的第二天开始的，一直持续到现在，这绝对不是偶然。"

"我问过电力办的人，他们说，城里大部分的变压和控制系统都是二十五年前安装的，之后就没有更新过，设备和线路现在都到了老化期，出故障也在情理之中。根据现在的情况，要把线路和系统全部换掉也不现实，只能哪个部件出问题，就换哪个部件。但换了新的部件，又会引发连锁反应，别的部件或线路也会跟着出问题，需要不断调配，所以停电事故才会在这段时间频发。而且，你也知道，事故是随机的，城里几乎每天都有几十上百个地点会发生类似这样的事故，时间都不一样。就算有蹊跷，你也没有理由盯着市政厅吧？"顾得满走到窗前，和小柯并肩而立，注视着外面的广场。

"如果你半个月前这么跟我说，我可能会被你问得哑口无言，只能说这是我的直觉，但现在我可以非常肯定，其他地方的事故，是用来故布疑阵的。"小柯的嘴角露出一丝笑意，又给自己点了一支烟。

"为什么？"顾得满连忙问。

小柯悠然地吐了一个烟圈，说道："因为这些事故中，唯有市政厅这片区域停电停得很有规律。从我储存的时间记录看，这一个月来市政厅一共停过二十二次电，六次是在九点到九点十五分，七次是在十二点四十五分到下午一点，九次是在下午四点四十五分到五点。第一个时间段是市政厅里各机关刚开始上班的时候，第二个时间段是午休结束前的十五分钟，第三个时间段是下班前的一刻钟。别的地方停电确实是随机的，唯有这里是卡着时间来的。所以，制造这些事故，目的就是想让这里的人习惯在这些时间段里停电。以前我听过一个故事，讲以色列的间谍组织摩萨德，为了暗杀某个敌方的要人，花了很长的时间，不断在敌人居住的城市里制造停电事故，然后等对方完全失去警觉，忽然发动致命一击。我认为，城里的停电事故应该也是如此。”

此时，远处的喷泉又开始喷水，《自新大陆》的走调音乐再次响彻在空荡荡的广场上。小柯扬了扬腕上的智能表，屏幕上的时间正是九点十五分。

顾得满点了点头，接着问：“除了停电，你还有别的证据支持你的判断吗？”

“你不觉得这一个月来，城里安静得有些过分吗？”小柯撇了撇嘴，目光在追随广场上那几只蹦来蹦去的蓝色海鸥，“现在是战争期间，城里暗流涌动。那场蹊跷的大雪后，难民拥进了城里，根据我得到的情报，这些人里混杂了很多职业杀手和间谍，照理说应该会有很多事情发生，但除了常规的治安事件，城里竟什么也没有发生。事出反常必有妖，不是吗？”

“好像有点道理。”顾得满脸上浮起一丝微笑，心情却不由得沉重，“为什么你认为，敌人要对付的是阿光？”

“本来我也以为，他们最想除掉的人是你，因为你手里有军队，在老百姓那里也有一定的人气，要想打破城里的平衡，你是一定要死的。”小柯停顿了一下，脸上浮起一丝笑意，“不过，一个月前的那次常务会后，我想所有人对阿光都应该有了全新的认识，对方现在可能认为，她要比你更难对付。自然，她就成了那个最该死的人。”

“惭愧，竟让阿光这疯疯癫癫的家伙抢了我头号公敌的风头。”顾得满摇了摇头。

“除了上述原因，还有一个理由，就是敌人把动手地点选在了市政厅。我们这些人里，你基本每天都会待在兵营里，训练你的青年近卫军，只有阿光需要来这里上班。”小柯补充道。

“明白了。”顾得满点了点头。

“明白就好。”小柯看了一眼顾得满，准备转身往门口的方向走，一边走，一边招呼了一句，“我得去找小施了，这里的事拜托你了。”

顾得满朝小柯摆了摆手，然后看着窗外的广场陷入了沉思。

小柯没有再打扰他，悄悄地掩上门，离开了办公室。

半小时后，小柯的身影出现在香港路一〇〇号对面的一幢小洋楼里，正是上次河原细美手下的枪手伏击小施的地点。

施另已经提前在小洋楼三层的阁楼里等候小柯了，和他一起的还有大风。

小洋楼现在变成了大风的住所，最近三四个星期以来，小施只要有时间就会往这里跑，一待就是两三个小时。

在河原细美的“樱花行动”破产后，这属于财神的据点就被小柯接收了，成了情报部的物业。

难民进城的那天，大风给小施打来电话，约他见面，说有重要的事要跟他说。

接到大风的电话后，小施很是兴奋。自打那次伏击神风坦克的行动过后，小施再没见过大风。他曾经试图找井下光帮忙，想问她要大风的联系办法，却被井下光毫不留情地拒绝了。井下光说，这是大风的意思，因为她没想和顾得满的人有任何关系。小施不解，问为什么。井下光却不肯说，只说原因太复杂，除非大风自己想说，否则最好让它永远成为秘密，让小施不要再惦记大风。

小施虽不太满意这答复，但对方是井下光，他知道即使不断问下去，也不会有结果，说不定还会被井下光找机会整蛊自己。想到自己给自己的人设一向是顶天立地的大丈夫，既然大风没想见他，他也不好强求，只好断了这个念想。

那天，按电话里的约定，小施开着车，来到了香港路和上海路交叉的十字路口。小施放慢车速，眯缝起眼睛，在路口寻找起大风的身影，忽然听到后门咔嗒一声轻响，他透过后视镜望去，发现大风已经坐到了他的车上，身法形如鬼魅，和上次来救他时的情况一样。

大风的脸色有些苍白，落座后，告诉小施，她在难民队伍中看到了几个熟人，这些人都是地狱修女手下的克隆人，他们的首领就住在香港路一〇〇号的公寓里。因为怀疑这些人可能会对顾得满不利，所以她特地跑来通知小施。

小施想带大风去见顾得满，大风却不肯。小施只好退而求其次，找到了负责情报工作的小柯。

跟小柯见面后，大风把跟小施说过的话，又说了一遍。小柯和大风没有什么交情，为人又一向多疑，所以跟大风说话时，绕了很多弯子，用了很多心机。大风为了取信于他，只好把自己的来历说了出来。

小施这才知道，大风原先也是地狱修女手下的克隆人，由于某种原因从地狱修女的地狱部落里逃了出来，加入了地藏会。不过，大风在地狱部落里的等级很高，所以知道部落内部的很多秘密，譬如部落里的克隆人一共有十九个身体细节，诸如身体某个部位上不起眼的痣、某根眼睫毛的颜色，等等。一般人即使能看到这样的细节，也不会注意，注意到了，也无法分辨出其中的差异。但对受过严苛训练的大风来说，这些细节却如惊叹号一般醒目。根据地狱部落的规则，一个地球人身上只要同时拥有三个这样的细节，就可以确认，这一定是来自地狱部落的克隆人潜伏者。

潜伏者们一共有九个等级，最低等级的潜伏者只知道其中的三个细节，只能认出跟自己同一类型的潜伏者。唯有顶级的潜伏者，才知道所有的十九个细节，并能认出其他所有的潜伏者。九级潜伏者在整个地狱部落里只有十八个，大风是其中的貂蝉九代产品。由于某个特殊的原因，大风在一次行动中被认为已经遇害身亡，因此她才得以从地狱部落里脱身而出。

小柯其实一开始就相信了大风的说法，只是为了诓她的话，才故意绕了很多弯子。不过，就在他还想继续诓下去的时候，大风终于被激怒，表示如果小柯不相信，那就算了。幸亏小施在一边打圆场，才总算没有出现僵局。事后，小柯主动提出，要大风帮忙找出那些混进城里的潜伏者。大风同意了，但也提出了自己的条件，一定不能让顾得满知道她的存在。虽然小柯和小施都觉得这事情蹊跷，但还是答应了她的要求。

为了方便联络和监视，小柯把香港路一〇〇号对面的这幢小洋楼贡献了出来，给大风当住所。于是，小施也有了每天可以来这里找大风的理由。

小柯上到洋楼的三楼时，小施和大风正趴在阁楼的老虎窗上，看着对面围成正方形的香港路一〇〇号。大风手里拿着一架望远镜，小施则还是老一套，把他那杆两米枪的瞄准镜当成了望远镜，只要大风往哪个方向看，他便跟着往哪个方向瞄。之前，他有好几次想跟大风搭讪，却被大风置之不理，所以他只好通过与大风保持步调一致，来讨好她。

小柯到了阁楼后，没有马上开口，先给自己点了一支烟，然后带着笑意，看着两人的背影。过了很久，才终于用力咳嗽了两声，说道："情况怎样了？"

"不太好。"小施一脸深沉地说道。

"什么不太好？"小柯追问。

小施窘迫地挠了挠头，求助地望向大风，他刚才的那句话纯是滥竽充数，自己也不知道这么说的理由。

"看见街角的那辆冰激凌车了吗？"大风没有回头，还是端着望远镜看着窗外，只是身体稍微转了个方向。

小柯通过大风的视线，注意到那辆停在边门附近的粉红色冰激凌车。

这种冰激凌车本是新唐城各观光景区里的流动设施，是专门为来自旧大陆的游客提供服务的。起义后，这些属于费切拉马公司的冰激凌车便被人私下里分掉了。

小柯记得，一星期前来小洋楼时，还没有这辆车，应该是最近才被人开到这里的。

"这车是什么情况？"小柯吸了一口烟，问道。

"三天前有人把它开了过来。"大风缓声说道，"说起来，我们的运气不错，选了这地方监视敌人。这些天，地狱部落的人几乎都已经来过这里，都不用我们再去大海捞针了。"

听到这里，小柯用询问的目光，看了一眼小施。

小施忙不迭地点头："大风把这些人都指给我看了，我让埋伏在周围的便衣去跟踪他们，已经记下了他们的住址。"

小柯点了点头，又把脸转向大风，说道："他们来这里是做什么的？"

"每个人都会跑到车上，放下一些东西，然后离开。"说话时，大风的神情有些凝重。

"什么东西？"小柯问。

大风放下望远镜，从兜里掏出一块橡皮泥样子的东西，丢给小柯："昨天，趁车上没人，我跑上去看了一眼，拿了一小块下来，现在车厢里装满了这种东西。”

小柯拿着那橡皮泥似的东西端详了片刻，神情不由得一变。

“CF3空气炸弹！”小施的表情严肃到有些夸张，“上回保安部栽赃快闪革命党时，只是用了一书包的CF3，就炸掉了半个火车站，要这么一大车，开到市政厅去，估计方圆几公里内，都会寸草不生。”

“这些天，地狱部落埋伏在对面的人，一直在往市政厅跑，应该是在熟悉地形。”大风沉吟道，“早上我们窃听到一个电话，对方是个女人，让这里领头的人今天下午四点行动。”

小柯又看了一眼小施。

小施连忙道：“我让人做定位了，打电话的地点是在跨海大桥上。然后那电话的信号消失了，应该是通完话后，手机被扔进了海里。”

小柯点了点头，然后问：“叫我过来，就是要告诉我这些？”

“我和大风商量过了，如果地狱部落的人一上车，我们就直接干掉他们，不会给他们靠近市政厅的机会。”小施努力让自己显得沉稳。

“他们要是还有后手呢？”小柯轻轻地吐出一个烟圈。

“把你叫过来，不就是因为你肚子里坏水多，想听一下你怎么说嘛，别绕弯子了，有屁快放！”小施不满地撇了撇嘴。

“这样吧，我们开始收网。”小柯掐灭了手上的烟头，说道，“你和我各包一片区域，把地狱部落的潜伏者都控制起来，能活捉就活捉，不能活捉，直接干掉。争取下午四点之前，把这些事情都做完，然后再来收拾这里的人。大风带几个狙击手和拆弹专家在这里待命，如果对面公寓里的人提前动手，你就自行处置。要不然，等我们回来，最后再处理这里的人。”

“好的。”大风点了点头，手里不知什么时候多出了一根细铁丝一样的东西，“对了，昨天夜里去车上的时候，我把起爆装置里的引信拆了出来。”

“高手！”小施狠狠地举起了大拇指。

本章回顾：

新唐城最近一直在发生停电事故，作为情报头子的小柯怀疑这事情有蹊跷，背后极有可能隐藏着阴谋。恰好，不久前大风通过小施找到小柯，说地狱修女的地狱部落里有人跟着难民一起混进了城里，还带来大批CF3空气炸弹。小柯根据这些情报确认，地狱部落想要对付的人是井下光。

小贴士：

大风：地狱修女培养出来的克隆人杀手，属于顶级的貂蝉九代产品。神枪手。用来克隆她的基因来自顾得满的双胞胎妹妹。当年顾得满的妈妈阮异草在怀孕时，为了保住顾得满，牺牲了女儿。然后她的胚胎被摩西沙罗所取得，克隆出了大风。在传说中，大风既是顾得满累生累世的拥趸和恩人，也是对他最有威胁的克星。

第十六章
我们可以出王牌了

刚吃完午饭，戚景明就从附近的贫民窟，步行到河南森林，登上那座最高的钻井平台，然后在瞭望塔一直待到了下午四点。

戚景明本是费切拉马旅游公司下面的外包合同工，革命前，专门负责在河南森林的景区里卖冰激凌。那辆停靠在香港路一〇〇号门口的冰激凌车就是属于他的。

当然，因为这辆冰激凌车的关系，真正的戚景明其实已被杀掉。现在的戚景明，是一个名叫比尔·拉登的克隆人。作为搜神七代克隆人，比尔·拉登拥有面部肌肉重组技术。所以在将戚景明杀死后，他取代了戚景明。在过去的三天里，他有时候是比尔·拉登，有时候是戚景明，在香港路一〇〇号和河南森林的贫民窟之间来回切换着。因为戚景明是个年过半百的鳏夫，所以至今没有人发现他被调包了。

比尔·拉登是这支雇佣军里唯一的七代克隆人，自然也就成了本次行动的最高指挥官。出发前，地狱部落的顶头上司给他打了一个电话，告诉他，他的部队已经被租借给财神，进城后，财神的人会用行动电话跟他联络，告诉他需要做些什么。出发前，上司让每个队员都带了一块肥皂大小的CF3空气炸弹。

进了新唐城后，比尔·拉登和几个心腹，坐上了前往香港路一〇〇号的安置车，住进了楼里的公寓。三天后，有人通过行动电话，给他发来一份详尽的计划，有个女人的声音在计划书后给他留言，要他照计划做好准备，随时等候通知。

根据那份计划，三天前，比尔·拉登完成了所有的布置，昨天夜里，他把起爆装置也安装好了。

比尔·拉登本以为，他还可以有几天的休息时间，但雇主好像卡好了时间点。昨天比尔·拉登刚把所有事情都准备妥当，今天早上雇主就给他打来电话，吩咐他下午四点开始行动。比尔·拉登遵照命令，将引爆炸弹的任务交给了他的孪生兄弟杰克·拉登。杰克·拉登是比尔·拉登的同体克隆人，只是版本比较低，是搜神三代产品。杰克·拉登在这支雇佣军里，属于比尔·拉登可以信任同时也可以牺牲掉的那类下属。

来河南森林时，比尔·拉登特地带了一台两千倍的长焦瓦拉德虚拟现实相机，然后用了大约半个小时，架好了拥有智能跟焦功能的轨道式魔术三脚架。经过反复实验，他设计了一套自认完美的拍摄方案，以便将整个行动记录下来。这是他的特殊爱好，每次在布下行动时，比尔·拉登都会寻找一个制高点，用他的瓦拉德为他们拍摄一部纪录片，同时也用这个方式监控行动的整个过程。

将一切都准备妥当以后，比尔·拉登开始抽烟。抽完三支后，他看了下时间，已经是下午三点四十五分。比尔·拉登将脑袋凑到瓦拉德相机的目镜上，提前十五分钟开了机。瓦拉德虚拟现实相机的长焦镜头很高端，远处的香港路一〇〇号在镜头里好像就在眼前一般。比尔·拉登不由得满意地点了点头。

然而，接下来发生的事情出乎比尔·拉登的意料。四点钟刚过十五秒，他看见杰克·拉登按照计划来到了冰激凌车这里，身旁还跟着他的副手穆罕默德·李。然而杰克·拉登刚准备把手伸向车门，他和李的脑袋就同时开了花。每人都中了三颗子弹，分别来自三个方向。然后，附近的街角或建筑物里拥出上百个穿着各色便衣的武装人员，迅速地进入了香港路一〇〇号。

比尔·拉登的嘴里不由得苦涩，他深吸了一口气，冷静了片刻后，从口袋里掏出一个微型步话机，启动了紧急呼叫程序，要求埋伏在其他地方的指挥官迅速带着部下撤离新唐城。然而，耳机里没有任何回应声出现。

比尔·拉登将微型步话机狠狠地摔在地上，用脚踩碎，然后掏出手机，用镜子模式确认了一下自己的脸，嘴里开始喃喃背诵着戚景明的背景资料，转身往瞭望塔楼梯的方向走去。

沿着锈迹斑斑的楼梯，比尔·拉登才往下爬了没几步，就听见有人在透过扩音器，向他喊话，要他马上投降，把身上携带的所有东西包括衣服都扔下来。除了下面喊话的人，比尔·拉登注意到，附近三个钻井平台的瞭望塔上，有光闪烁。显然，他正处在三个狙击点的聚焦火力上。

因为知道自己已经没有幸免的可能，比尔·拉登反而冷静下来，嘴角露出了一丝笑意。昨天，比尔·拉登在冰激凌车上安装起爆装置时，他曾经灵机一动，拿出几块CF3炸弹，绑在了身上，现在只要他按下上衣口袋里的起爆按钮，就能将方圆一百米内的物体都炸成碎片。他做出恭顺的样子，将脸上的平光眼镜扔了下去，然后把手伸向了上衣口袋。

就在这时，一阵很细的风声钻进了他的耳朵，紧接着一颗子弹穿过他的前额，在后脑勺上开出了一个大大的洞。

比尔·拉登直接从楼梯上坠落而下。

“我改主意了，没想抓活的了。”西南角一个钻井平台的瞭望塔上，冒出一个红色的冲天小辫，是小施。

此时。冲天小辫也带着小施的脸出现在远方的一个虚拟屏上，然后占据了整张屏幕。小施的嘴很大，牙齿雪白雪白的。

虽然是在矩阵系统虚拟的水晶宫里，但河原细美看见的这个监控画面跟现实中并无差异。

中午的时候，河原细美借助着和雅雅之间的脑内连接，进入了财神的矩阵决策系统，跟精灵、特蕾莎和小白狐，一起观看了小柯和小施他们对地狱部落的雇佣军进行的猎杀行动。

“知道我们向地狱修女买下这支雇佣军，花了多大的代价吗？”特蕾莎的声音好像是从鼻孔里出来的，听上去有些阴阳怪气。

“不妨说来听听。”河原细美的手指在水晶长条桌上划来划去，一脸轻松地回应。

“这个说起来有些复杂，我都不知道该用地球上的哪种币值来衡量这件事，嗯……”精灵皱着眉头沉吟了片刻，然后抬起头来，说道，“我们付出的代价，大概够地狱修女修建三条地狱号或者两条天堂号海天两栖船，你在地狱号上待过，应该知道这大概值多少钱吧？”

“明白了，”河原细美点了点头，“那是挺多的。”

“既然知道了代价，你还觉得，让这些人就这样白白送死，值得吗？”特蕾莎微微眯起了眼。

“值得。”河原细美笑了笑，眼皮都没有抬一下。

“理由呢？”特蕾莎问。

“这些人虽然贵，但如果让他们真的去跟井下光和顾得满当面搏杀，估计一点机会都没有，反正都要死，不如这样比较有价值。”河原细美说道。

“哦？”特蕾莎微微挑眉。

“你们知道跑马拉松的感觉吗？”河原细美的脑海里闪现出当年接受杀手训练时练习长跑的情景，那时候她每天半夜，都会被狐仙逼着，在费切拉马城的街头，连跑两个马拉松。因为她正在这样想，水晶宫玻璃幕墙上的虚拟屏里，就出现了她此刻脑海中的情景。

“马拉松没试过，不过，以前我们没有将意识上传云端时，曾经试过登山，高度大概相当于两个珠穆朗玛峰。只是这些事情现在都成了一些数字化的记忆，你所说的感觉现在对我们来说，并不是很真切。”精灵一脸诚恳地说道。

“除了跑马拉松或者登山，其实还有一些需要坚持很长时间的事情，包括活着，这些事情做到后来，你肯定会身心俱疲，只能凭着惯性往下扛。这种时候，就怕停下来休息，一休息的话，就再也不想扛了。”河原细美的脸上现出一丝说不清含义的笑容，“之所以让地狱部落的人去送死，就是想要这一刻他们大功告成后的松懈，这样我们就可以出王牌了。”

“感觉这种事情虽无从说起，但逻辑上来说，应该没毛病。”精灵缓缓地点了点头。

本章回顾：

地狱部落小分队首领比尔·拉登在河南森林打算远程遥控时，发现行动已经失败。比尔·拉登准备撤退，被小施当场击毙。此时，河原细美正通过脑内连接，在财神的矩阵决策系统里观看了事情的全过程，原来这支小分队只是财神和河原细美故意放出去的诱饵。针对井下光的行动，直到此时才刚刚开始。

小贴士：

地狱部落：地狱修女在蓬莱洲的嫡系部队，人员由潜伏者、雇佣军和杀手组成。所有成员都为克隆人，为了达到目的可以不计一切后果，对同伴和自己的生命都不在乎。地狱部落成员的身上有十九个标记，一个地球人身上只要同时拥有三个以上的标记，就可以确认是地狱部落的潜伏者。潜伏者一共有九个等级，上一级的潜伏者能认出下一级的潜伏者，但下一级认不出上一级。大风原来是地狱部落的貂蝉九代产品。

第十七章
情绪药丸

早上五点钟，河原家庄园里的黄鹂鸟就在叫个不停。

卧室的窗户是双层真空玻璃的，隔音很好，房间里很难听到外面的声音。然而河原细美一晚上都没怎么睡，她数着呼吸，在床上躺了五个小时，听觉因此变得灵敏，黄鹂鸟的叫声仿佛细针，直接刺在了她的耳膜上。

于是，她不再装睡，把李适之也拉了起来，邀他一起去花园里练琴。

练琴这件事，是婚后李适之为增进两人情感设计的余兴节目。河原细美对此兴趣不大，每次都是因为李适之一再邀请，才勉强为之。所以，看到河原细美竟然主动发出邀请，李适之喜出望外，没有一丝拖延，就马上起了床。

两人简单洗漱了一下，跑去了位于花园的琴房。

琴房是新建的，原先是个白色的八角亭。两人搬来河原家后，李适之找人给亭子做了一圈白色格栅形式的玻璃折门，然后把他的贝希斯坦钢琴搬到了里面。

看到李适之在贝希斯坦前落座，然后打开琴盖，河原细美也连忙将她的斯特迪瓦里小提琴夹到了颈肩上，朝李适之点了点头。

这把斯特迪瓦里是河原细美二十岁生日时，李适之送她的礼物。据说这把琴值一百万费切币，大概相当于一千万美元。河原细美自己当然也出得起这笔钱，但问题是，这琴是五百年前制作出来的古董，被炒到这个价钱，是因为拥有它的人都不太在乎钱，想要买到它们，仅有钱是不够的。这才是这件礼物真正的珍贵之处。

虽然从四岁开始，河原细美就一直在练习小提琴，但她的水平实在一般，因为这个课程是细美在妈妈河原直子的威逼下，不得不接受的“素质教育”，所以在演奏上她没有花太多心思，直到九年级时，她加入了费切马斯特学校的交响乐队。

加入乐队后，河原细美仅用一年时间，就成了乐队的首席小提琴手。她的进步如此神速，把所有人都吓了一跳，大家由此对她印象深刻。直到这时，细美才在“不经意”间，给了乐队钢琴手一个搭讪自己的机会。

那位钢琴手，自然就是李适之。

河原细美加入乐队，本就是为了结识这位看上去有些孤独的钢琴少年，因为当时她通过财神的情报系统，得知这位钢琴手隐瞒了自己的身世。

这是两个人这段姻缘的由来，也是李适之为什么要在婚后坚持合奏这个余兴节目的理由。

河原细美为今天的练习选择了德彪西的《月光曲》。这是一首为钢琴谱写的曲子，细美却抢了戏，让小提琴成了主角。而李适之则心安理得地扮演着那个体贴的好丈夫，让自己的钢琴退到幕后，全心全意地配合着细美的小提琴，他尽量降低钢琴的调门，好让升高调子的小提琴能被衬托出来。

几遍练习下来，细美的心情越来越好，自己都忍不住感叹，如果她不是这样的河原细美，凭着这手琴艺，她完全可以倾倒整个世界。

因为心情好，从昨天下午开始注满她身心的紧张感，在慢慢退潮，河原细美终于放松下来，不再为今天的行程牵肠挂肚。

练习整整持续了两个小时，最后是李适之主动喊停，河原细美才意犹未尽地放下小提琴，然后她发现自己的两鬓已被汗水沾湿在脸上，后背也湿透了。

“难得看你这么投入，是不是今天有什么重要的事情等着去做？”李适之的笑容依旧温和而含蓄。

“为什么这样认为？”河原细美笑着说。

“因为每次都是这样。你有压力时，才会拉得如此投入。”李适之掏出一块白色的手帕，小心翼翼地替细美擦去了脸上的汗珠。

“哈，今天要去修理几个老油条，心情确实有点紧张。”河原细美让自己尽量笑得明媚，踮起脚吻了吻李适之，“看来你知道的事情还真不少，说说看，你还知道些什么？”

“我还知道，当年你加入交响乐队，是为了认识我。”李适之也低下头，吻了吻细美的额头。

河原细美一呆，随即笑道：“是什么让你自我感觉这么良好？”

“因为第一次来乐队时，你在观察所有人，却唯独没有看我，这说明你其实早知道我是谁了。”李适之顿了顿，笑着看了一眼河原细美，“从很小的时候起，就有很多人都想接近我，大部分人很直接，极少有人像你这样，会故意装出不在乎的样子。”

“那你为什么一直装作不知道？”河原细美生气地推开了李适之。

“你可能不相信，第一眼见到你，我就喜欢上你了。我自己都被吓了一跳，不知道该如何是好。所以，我想看看，你会怎样做。没想到你会这么有耐心，足足让我等了一年。那天回宿舍的路上，我看见你的高跟鞋坏了，一脸不知所措地左顾右盼，我就知道，你是故意来等我搭讪的。但你不知道，我其实已经暗恋了你一年，我的日记里都是你的名字，你在小提琴上的每一点进步，我都看在眼里，并帮你记录了下来。”李适之将河原细美拥入怀里，吻了吻她的唇。

河原细美都不知道该说什么才好了。

“好了，你去冲个澡吧，我给你做早饭。”说完，李适之松开双臂，转身往厨房的方向走去。

河原细美看着李适之的背影，忽然发现，自己从未真正了解过这个男人。他的聪明超出她的想象。同时，随着时间的推移，她对他的依赖也在变深。细美甚至觉得，某种程度上，不是她在操纵李适之，而是李适之在操纵她，而且操纵得如此完美，姿态孤绝，无怨无悔。

洗完澡，吃过李适之特地为她做的煎蛋三明治，河原细美坐着雷克萨斯去了她在市政厅的办公室。

经过市政厅广场时，河原细美抬头看了一眼小柯办公室的方向，那张皮色蜡黄、表情阴鸷的脸没有出现在窗口处，广场周围的特勤和便衣好像都撤走了，河原细美心里顿时轻松了不少。

让细美忌惮的不是小柯，而是和小柯连在一起的顾得满。

下了车，河原细美直接去了办公室，不知疲倦地工作到下午五点，午饭都没有吃。这是她的习惯，不仅仅是为了身材，也是为了让自己工作时，头脑能保持高效。

一天下来，积压在案头的上百件事务，都被她干脆利落地处理完了。河原细美很喜欢这份工作，除了享受工作带给她的权威感，她也喜欢这种将事情处理得井井有条的感觉。对行政事务，河原细美似乎有一种敏锐的天赋，每份报告或文件，她只要看个开头，就能知道后面要说什么，说这些话的官员在文字里藏了怎样的心思，真正的目的是什么。而她处理起这些问题来，也都不用多想，大笔一挥，就是最佳方案，路径短、成本低、效率高。

在共和国行政分支的官员那里，细美的权威是毋庸置疑的，那些年纪和资历都远超过她的大叔，现在只要听到细美的声音或看到她的笑脸，都有藏不住的噤若寒蝉。她管理的部门无疑是共和国效率最高的部门。河原细美相信，如果新唐城能交到她手里，在这场生进会的三千年庆典里，新唐城共和国一定会在所有势力中成为最后的优胜者。

下班铃声响起时，看着空空如也的办公桌以及电脑里的待办文件夹，河原细美长长地舒了口气。休息了五分钟，她起身去了卫生间，小心翼翼地给自己补了个妆，确信自己从内到外都已武装起来，这才跑去了井下光的办公室。

刚到门口，还没敲门，细美就听见井下光在里面叫她的名字。显然，井下光一直在等她。

河原细美索性也就不敲门了，直接推门走了进去。

井下光正跷着二郎腿，坐在办公桌上，神情有些百无聊赖。河原细美注意到，井下光今天上身穿了一件绣着红花的黑T恤，下身是一条红裙子，和自己的白衬衫黄裙子看上去很搭。

“等你很久了，怎么才来？”井下光从桌上跳下，一副已经等不及的样子。

“和姐姐这样的大美人一起出门，不把自己打扮得漂漂亮亮的，怎么行？”河原细美将眼睛拉成一条缝，笑道。

“我们今天可是要去微服私访，太漂亮了，会引起围观的。”井下光也皱着鼻子笑起来，迎着细美走来，朝她做了个手势，引领着她出了办公室的门。

“姐姐的本事，我现在可是知道得清清楚楚，你的神经控制术，能让别人看见我们时，就好像没看见似的。”河原细美亦步亦趋地跟在了井下光身后。她注意到井下光没有往电梯那里走，而是在往走廊的西侧行去。河原细美记得，西侧走廊的尽头，应该有一个步行的楼梯，看来井下光是想从那里离开。

“哎呀，神经控制术的事情都让你知道了，看来我的秘密越来越少了。”井下光往左边让了让，好让河原细美跟自己并肩而行。

“只是我不知道，你的这个神经控制术，是怎么做到让别人看见我们时，就好像没有看见似的。”河原细美加快步伐，走到了井下光身边。

“很多时候，我们眼睛看某个东西时，只要没往心里去，看见了也好像没看见一样，你想一想，是不是这样的？”井下光轻笑着说道。

“你这么一说，好像真是如此。人类实在是太容易心不在焉了。”河原细美的嘴角也露出一丝嘲弄的笑意。

“我的这种神经控制术，说穿了，就是通过某些特定的身体语言，跟环境、光线、声音和气味配合，让看见你的人心不在焉，然后对你视若无睹。”说着，两人到了楼梯间门口，井下光推开了楼梯间的弹簧门。

“姐姐，你是不是以前对我用过这一招？”河原细美露出了一脸天真无邪的表情。

“这种花招也就能骗骗那些成天心不在焉的人，对妹妹这样内心强大的人，我可不敢用，只会弄巧成拙，让你更加留意我。”井下光回头看了一眼河原细美，笑得更加灿烂。

“谢谢姐姐夸奖。”河原细美点了点头，却之不恭。

“这才对嘛，你我之间，本该坦诚的。”井下光也笑眯眯地点了点头。

“呵，好怀念以前跟姐姐一起到‘陌路’吃猪头肉的时光，那时候多开心啊。”河原细美感叹。

陌路是革命前顾得满和他的小兄弟们最爱去的一家小酒馆，所以河原细美也常常会邀请当时和自己情同姐妹的井下光去那里喝酒。小酒馆里最吸引人的就是那种也叫作陌路的自酿烧酒。

“也是，”井下光的神色不由得凝重，“要是没有这场革命，你我的日子可能过得还不错，至少不比现在差，唉，我们这是图个啥呀？”

“不说了。”河原细美摇了摇头。

“总算现在你我又能去陌路，喝陌路、吃猪头肉了。”井下光展颜为笑，看了河原细美一眼。

“对了，姐姐，林老板真跟你说过，他又酿了一批陌路出来？”河原细美问道。

今天这场约会，虽是井下光提出的，却是河原细美精心策划了一个多月的结果。一个半月前，细美不知道哪根神经被触动，忽然想起和井下光一起在陌路喝酒的往事，在回家路上特地跑去了位于火车站附近的陌路。

革命后，因为一切供应中断，上馆子吃饭成了奢侈的事情，陌路已关门许久。不过，林老板一家就住在饭馆后院，所以河原细美来敲门时，林老板还是跑出来接待了这位已成为大人物的老主顾。聊天时，河原细美才得知，井下光也在不久前来过陌路。她是来问林老板讨陌路喝的，林老板却告诉井下光，陌路是用一种产自山东水泊梁山的高粱小米酿制的，如果用别的材料制作，就没有陌路的味道了。河原细美听到这里，当即不动声色地表示，她可以帮林老板采购一批这样的高粱小米。

七天后，一艘从旧大陆运来粮食的散货船，给河原细美捎来了一吨产自水泊梁山的高粱小米，然后她让人给林老板送了过去，还特地关照，让他不要跟别人说。

做完这件事，河原细美就开始掐时间，因为林老板跟她说过，酿制一批陌路，大概需要三十六天。同时，她也知道，只要这酒被酿制出来，林老板就一定会去通知井下光。而井下光只要去了陌路，细美就可以借这机会，安排一场好戏了。

但河原细美没有想到，昨天收到林老板的通知后，井下光却主动跑来找她，邀她一起去陌路喝酒吃猪头肉。这样一来，细美一直在谋划的那件事，就有了更多的把握，不过面子上，她却装作不知道。

“这个林老板路子野得狠，据说通过远洋船上的水手，搞来了一批酿酒的材料，还有真空包装的麻辣猪头肉。于是我就想起来，以前我们一起大口喝酒、大块吃肉的日子，这才想到来邀请你。”井下光伸了个懒腰，说道。

“真是难得，姐姐竟然还想得到我。”河原细美笑道。

两人沿着楼梯来到了地下一层。井下光带着河原细美进了一道不显眼的暗门，里面是安置各种管道、线路和变电器之类物事的设备间。井下光好像很熟悉这地方，带着河原细美在迷宫一样的暗道里穿行起来。不知过了多久，两人来到一扇半地下的窗前。窗户上的玻璃已经碎了，外面堆着木板、塑料之类的杂物。

“从这里出去，对你来说难度应该不大吧？”井下光仰起头，朝窗户努了努嘴，然后低头，将裙子的下摆打了个结。

“难度不大，”河原细美笑着点了点头，“只是这身衣服就算交代了。”

“嘿，都是要去吃猪头肉的女汉子了，还在乎这个？”井下光不屑地撇了撇嘴，脚往上一踢，竟然已搭在了高过头顶的窗台上，然后另一只脚跟着一蹬，人已蹲到了窗台上。井下光伸手推开面前那块面积最大的木板，头往外探了探，东张西望一番后，才从缺口钻了出去。

河原细美依样画葫芦，也跟着上了窗台，从井下光钻出去的地方，来到了地面上。

看到河原细美从窗口出来，井下光又将那木板放回了原处，然后往上扔了几件别的杂物，作为遮掩。

河原细美看了一眼周围，这地方是市政厅的后巷，正对的建筑物是原来的保安部、现在的警察局。小巷的两头，各有三四个警察在警戒，只是他们望向巷子的目光，好像完全没有注意到她和井下光的存在。

河原细美学着井下光的样子，掸了掸身上的灰尘，然后好像想起了什么，说道：“姐姐，为什么你不用一下你的芥子车，要这样麻烦？”

“主要是去陌路的路上，我想带你微服私访一下，老从芥子车里冒出来，会吓着别人的。”井下光掸完身上的灰，直起身子笑着说。

“姐姐果然还有别的安排。”河原细美点了点头。

“对了，我们现在都是名人了，微服私访的话，还得有点别的装扮。”井下光说着，从口袋里掏出一个小盒子，递给了河原细美。自己则伸手抹了一下脸，于是她的圆下巴变成了尖下巴，圆眼睛变成了长眼睛，眉毛微微一收，一下子纤细起来，整张脸已完全是另外一个样子。

看到这好像变戏法一样的变化，河原细美连忙赞道：“原来姐姐也会脸部肌肉重组！”

“我本是第五代地狱修女的候选人，这种雕虫小技，六岁时就会了，不过只能瞒一下地球人，对地狱修女和摩西沙罗他们来说，根本一点用都没有。”井下光沉声说道。

“可以对付地球人就够了。”河原细美说着，低下头，打开井下光给她的小盒子，里面装着一张薄薄的面具，材料正是构成财神身体的液态石墨烯钛合金，河原细美将面具放到脸上，面具开始蠕动，结结实实地吸附了上去。

“要不要看看你现在的样子？”井下光指了指嵌在盒子底部的小镜子。

“好啊，”河原细美拿起镜子看了一眼，眼前是一个皮肤黝黑的方脸女子，与细美的婉约不同，女子的眼睛鼻子都有些咄咄逼人，大大的嘴巴厚厚的唇，性感而诱人，“哈，真是够豪放的。”细美笑道。

两人说着话，已到了巷子北端的出口，站在那里的警察依然对她们视若无睹，眼睁睁地看着两人从眼前经过，却没一丝异样。

河原细美和井下光捂着嘴相视而笑。

井下光带着河原细美来到前面的街角，两辆破旧的自行车正靠在墙边。井下光走上去，扶起其中一辆，河原细美也连忙跟着扶起了另一辆。

两人骑到车上，沿着街道一路向西，然后往南，很快来到了一片街市。

河原细美认得这地方，正是以前南城著名的深水市场。革命后，因为物资短缺，粮食和必需品的供应都采用了配给制，深水市场的店铺纷纷关门。然而，河原细美没有想到，三个月前还冷冷清清的市场，如今又热闹起来，不仅所有的店铺都开了门，街道上还人头攒动。

河原细美忍不住转头看了一眼井下光，井下光耸了耸肩：“就像你看见的那样，一切又恢复如常。”

“怎么可能？”河原细美摇了摇头，指了指店铺里琳琅满目的日用品，“就算现在有人利用从旧大陆往这里运送救济品的机会，夹带私货拿来卖，也不可能有这么充足的客源来买这些奢侈品，就算有客源，客人们能拿什么来交易这些东西呢？”

“所以才要带你来这里微服私访嘛。”井下光笑道，翻身下车，做了个手势，示意河原细美跟随自己下车。

河原细美连忙刹车，推着车跟在井下光身后，往市场深处走去。

“到底什么情况？”河原细美又问。

“自己看，自己听。”井下光语气淡然。

河原细美点了点头，正好身边走过来几个人，一名男子背着一个麻袋走在前面，一名女子带着一双儿女哭哭啼啼地跟在身后，嘴里在不断地数落和哀求。

河原细美听了几分钟，终于听出个大概：男子身上背着的麻袋是这家人一个月的口粮，他要拿这袋配给的粮食去参加一个赛狗会，十斤粮食可以买一个号。如果中了的话，不仅能赢十倍的粮食，还可以拿到一万元的购物券，然后就可以凭着购物券，在深水市场买到所需的商品。男子说，他有赛狗会内幕，肯定能赢。而从那女子的口中，可以得知，这已经不是男子第一次这么干了。不久前，他还只是拿余粮来赌，这一次却是要把刚发下的口粮，背来这里全力一搏。

听到这里，河原细美看了一眼井下光，然后两人一起跟在了那一家人的身后。

跟着前面的一家四口，河原细美和井下光来到了位于深水市场西边的大货场。

货场紧挨着西区码头，原先是一个批发市场，所有刚从旧大陆运来新唐城的消费品，都会从码头上直接送到这里。然后城里的各路批发商会以十吨卡车为一个单位，按批发价，一车一车地瓜分走货物。新唐城的生意人都知道这个地方。河原细美的父亲河原义雄虽是日韩城壮丁团的团主，但手上也经营着一些生意，小时候，义雄常会让细美坐在卡车上，来这里看热闹，所以河原细美对这个批发市场并不算陌生。

蓬莱洲革命后，新唐城旧有的生活都已停顿，这个原先隶属于费切拉马公司的批发市场也关了门。但此刻，镶嵌在大门上的那扇小门却敞开着，有两个穿着中式白短褂的中年男子正守在那里。有个男人的声音正通过扩音器从场地里透出来，似乎在吆喝大家赶快下注。

前方的一家四口走到门前，领头的那个男主人指了指身上的麻袋，守门的中年男子点了点头，神色嘲弄地看了一眼跟在男主人身后的母子三人，似乎对这样的情况早已司空见惯，身体往后撤了撤，把四人让了进去。

河原细美和井下光交换了一下眼色，各自找地方将手上的自行车停妥，然后也往那小门走去。看门的男子看到这两个年轻女子走来，神情有些古怪，上上下下地打量着两人。井下光从口袋里掏出一张纸，在看门人面前晃了晃。两名男子没有再多说什么，将两人让了进去。

因为接受过一型基因定向优化剂的注射，河原细美的神经反应速度要比别人快一倍，井下光刚才挥动那纸片时，细美已经把上面的内容都看在了眼里。那是一张万元面值的购物券，购物券的底纹上有个水印，是一个用圆圈圈起来的“和”字。河原细美认得那标记，正是和生财的会徽。

“对了，这就是刚才那赌棍嘴里说的购物券。”井下光好像知道河原细美在想什么，抖了抖手里的纸片，说道，“拿着这张纸，可以到深水市场的任何一家铺子里去扫货。这大概是现在新唐城最有用的硬通货了。”

“上面好像有个‘和’字。”河原细美不动声色。

“不错，确实跟顾得满家的和生财有点关系。”井下光点了点头。

说话间，两人进到了场地里。原先用来停车和堆货的空地上，已是人山人海，四周还有用木架子搭起来的临时看台，扩音器里有个男人的声音正响彻整个广场，好像是在介绍下一场赛狗会的背景资料。

井下光带着河原细美，跑到旁边的货栈那里，登上了防火楼梯，来到二楼的简易阳台，这地方虽然离赛狗场有些远，但可以将整个货场一览无遗。

井下光倚在生锈的栏杆上，指了指一个方向，河原细美顺着她的手指看过去，发现一堆背着麻袋的人正在那里排队。队伍的尽头是一排桌子，十几个男女坐在桌后，在收取排队者交上来的粮食，然后过秤、登记，按照排队者的要求，给他们发放纸片，纸片应该是用来押注的号码。

在离这堆人大约有十来米的地方，是原先批发市场的办公室，柱廊式平房的屋檐下，有个穿黑色绸纱衫的女人正坐在一张带扶手的太师椅上。椅子看上去有些奢华，上面雕着花纹，和此地的环境很不搭，一看就是从别的地方搬来的。不过，把河原细美的注意力吸引住的，不是椅子，而是坐在椅子上的女人。女人虽孤零零地独自坐着，但从气势上看，一看就知道，她才是这一大片场子里的主事人。

“顾得满的妈妈？”河原细美忍不住转头看了一眼井下光。

“不错。”井下光点了点头。椅子上的女人正是顾得满的亲娘阮异草。

“这个赌口粮的赛狗场是她开的？”河原细美问道，“顾得满的老爹知道这件事吗？”

“我的感觉，要是顾老爹在主事，不会做得这么张扬，老爹要么不知情，要么就是拿他这位如夫人没办法，只好睁只眼闭只眼。毕竟顾老爹的另两房夫人现在都从费切拉马城搬回来了，阿满的老妈一定又在家里闹了。顾老爹估计也头疼。”井下光无奈地摇了摇头。

“顾得满应该不知道吧？”河原细美又看了一眼井下光。

“估计从上到下，大家就瞒着他一个人呢！”井下光淡淡一笑。

“唉，高处不胜寒。”河原细美感叹。

“是啊，不胜寒。”井下光意味深长地看了河原细美一眼，似乎在暗示，她和细美何尝又不是如此。

河原细美装作不懂，笑道：“那姐姐想让我怎么做？”

“不着急，”井下光摆了摆手，“我们接下来再去个地方。”

河原细美点了点头，没有再说话，跟在了井下光的身后。

她们接着去的是西区码头南街。酒吧街上的店面现在都关着门，显得异常冷清，但僻静的街角处，不时能看见有人在那里交头接耳，好像在做着某种交易。

井下光又拿出另一种类似购物券一样的东西，从上面的水印看，应该是另一个华人壮丁团振兴会发放的。井下光拿着购物券，连着过了十几个街角，终于看到前面的街角处，站着两个戴鸭舌帽的小伙子，正无所事事地看着对面空空如也的码头，发着呆。忽然眼前来了两个骑自行车的美女，他们忙不迭地吹起了口哨。

井下光笑吟吟地下了车，朝那两名青年男子走了过去。河原细美也连忙跟了过去。

井下光好像熟门熟路的样子，跟那两名男子攀谈起来，一阵讨价还价后，她用手里的购物券换来了一小瓶橙色的药丸。

然后，井下光甩开那两个纠缠不清的鸭舌帽男子，骑着车继续往前。

“瓶子里装的是什么？毒品？”河原细美紧蹬几下，和井下光并肩而行。

井下光将手里的小药瓶扔给了河原细美。

河原细美腾开双手，接住小药瓶仔细看了一眼上面的标签。即使脱了把，她身下的自行车依然骑得又稳又快。

“啊，是洛可可公司生产的情绪药丸。”看完小瓶子标签上的内容，河原细美点了点头，说道。

洛可可公司是一家跨国制药巨头，老板是个瑞士人，叫狄兰·瓦格纳，和费切拉马公司十三董事之一的梅纽因·瓦格纳是亲兄弟。情绪药丸是一种神经类药剂，据说人类的每一种情绪都对应着某种神经回路，而情绪药丸的作用就是通过刺激某个神经回路，为人类模拟出某种特定的情绪。从二十一世纪三十年代起，情绪药丸就在旧大陆的北美和澳洲地区流行起来，虽然这是一种心理类的处方药，但因为旧大陆的医疗费用反正都由国家来出，所以只要有患者提出要求，心理医生都乐意为他们开具这样的药丸。虽然情绪药丸不是毒品，但情绪药丸上瘾的问题，已经成为旧大陆一个很严重的社会问题。

“你的样子对这药丸好像还很熟悉。”井下光瞟了河原细美一眼。

“不瞒你说，在费切马斯特学校的时候，为了让自己集中注意力，我一直在吃洛可可公司的‘注意力’药丸。就跟吃巧克力豆似的，每天几十粒总是有的。”河原细美脸上露出一丝说不出是调侃还是哀伤的笑意。

“啊，这么多？不怕伤身体吗？”井下光问。

“河原细美是不可以输的，无论在哪方面，只要能做到这一点，身体算什么？”河原细美咬了咬嘴唇，说道。

“也是。”井下光苦笑着摇了摇头。

“不过，现在不用再吃了。因为现在我是上帝的选民。”河原细美仰起头，一脸轻松的样子，将手里的小瓶子扔还给井下光。

井下光伸手接住，点了点头道：“我听二师叔说，帝释会的一型定向基因优化剂确实很厉害，能从基因层面改变人类的身体构造，包括神经系统。如此说来，通过改变神经回路的模式，来增强你的注意力，应该也是不在话下的。”

“据说，基因优化剂对身体的改造，还可以遗传，希望我的孩子能比我更强。”河原细美低下头，揉了揉微微隆起的肚子。

“希望他能比我们幸福。”井下光微微一笑，好像想起了什么，晃了晃手里的小药瓶，说道，“对了，这橙色的药丸就叫‘幸福’，据说只要吃下一颗，就能在接下来的六个小时里，一直沉浸在幸福的感觉里。正好蓬莱洲现在这样的情况，城里应该会有很多人都需要幸福的感觉，所以振兴会的这种药丸生意做得很好。”

“但那些人能用什么东西来换取这种幸福药丸呢？”河原细美皱了皱眉头，说道。

“自然是我刚才拿着的那种购物券，至于用什么来换购物券，再过一会儿你就能看见了。”井下光说着，脚上加力，自行车轮子飞快地转动起来。

河原细美也连忙加快动作的节奏，好让自己不被井下光甩下。

“不过那些人可能不知道，情绪药丸其实有个副作用……”河原细美欲言又止。

“这又怎么说？”井下光不解地看了河原细美一眼。

“所谓情绪，其实是靠比较出来的。譬如什么叫注意力集中，是因为有注意力不集中做比较，所以才会有注意力集中这种感受。但注意力集中的时间长了，你会感觉不到注意力的存在，所以你的精神会变得很涣散。当年刚吃‘注意力’药丸的时候，第一年我每天只要吃两颗就够了，但到第二年，就需要吃四颗了。而且一旦吃上了，就会欲罢不能。我想‘幸福’应该也是如此。”河原细美的声音听上去有些干涩。

“啊，原来还有这么回事。怪不得洛可可公司的生意会越做越大。”井下光蹙眉道。

这时两人拐了一个弯，从西区码头南街来到了河南道，这条坑坑洼洼的老路最近刚被快闪革命党的市政志愿者整修过，现在显得平坦而宽阔。河南森林就位于这条大道的中段，再往北是以前的贫民窟，南端则分布着各种大大小小的工厂。

此刻，工厂的烟囱里正在冒出黑色的烟雾，湛蓝的大空在这一段顿时变得灰蒙蒙的，这情景好像又回到了革命前的新唐城。

井下光猛地刹车，停在路边，指了指周围上百个冒着黑烟的烟囱，说道：“购物券就是在这些工厂打工的报酬。”

“你是说，深水市场的赛狗会和西区码头的幸福药丸，都是为了引诱‘韭菜们’来这里打工？”河原细美的眼睛微微眯起。

井下光点了点头，看着天空中越来越浓的雾霾沉默了很久，才开口说道：“听旧大陆的朋友说，蓬莱洲开始打仗后，旧大陆的工业原料一直在涨价，已经是战前的十几倍。倒不是说旧大陆生产不了这些东西，而是因为生产这些东西的工厂都是重污染产业，政府对此有很严格的环保要求，税也收得高。所以费切拉马集团那些董事家族的企业，都在偷偷运作，想让新唐城的工厂重新开工，然后利用那些空舱返回的运粮船，将提纯的原材料走私回旧大陆，这样就能挣到百分之一千的利润了。”

“共和国成立的时候，不是早就宣布，废料回收工厂不能再开了吗？现在这样明目张胆地开工，不是当行政部门不存在吗？”河原细美的语速极快，她是行政司法院的院长，自然不能对这样的事情袖手旁观。

“河南路附近的这片地区是归搏击堂管的，如果搏击堂的堂主李文雅没有点头，估计谁也不敢在他眼皮底下做这种事情。”井下光一脸凝重地说道。

“也就是说，在这件事上，和生财、振兴会和搏击堂都有份儿？”河原细美若有所思，忽然脸上露出一丝诡异的笑容，然后她转过头看了一眼井下光。

本章回顾：

河原细美准备对井下光动手，正好这天井下光邀请河原细美去一家叫陌路的酒馆，路上井下光带着河原细美去微服私访，发现新唐城的市井和街巷中，正有暗流涌动，黑市、赌博和精神药品买卖在暗中卷土重来，目的就是用这些项目诱使人们重新回废料回收工厂工作。而主持此事的，正是本地的那几个壮丁团，顾得满的妈妈也卷入了其中。

小贴士：

神经控制术：地狱修女的独门秘技，利用人类的感觉和情绪都受神经回路控制这一特点，通过声音的质感、腺体的气味和身体不同部位细微的变化，来对人类的神经回路直接施加影响，营造一种类似幻觉的情境，以控制人类的意识和行为。

第十八章
陌路

入夜，外面下起了一阵小雨，雨声透过潮湿的空气弥漫在小酒馆里，“陌路”的林老板真是个妙人，看到此景，马上将酒馆里的背景音乐切换到了《一个小心愿》。二十世纪七十年代华语歌坛的天后邓丽君那甜美的声音在酒馆里回响：“看丝丝小雨，轻飘在窗前，听丝丝小雨，轻轻打在屋檐，丝丝的小雨，悄悄来到人间，小雨多诗意，那小雨多可爱，我分外留恋，一个小心愿，常在我心田，愿那小雨洗去尘烟，一个小心愿，常在我心田，愿那小雨烦忧都洗遍，sha la sha la la，小雨sha la la， sha la sha la la sha la la la la……”

有一次，也是在下毛毛细雨，河原细美和井下光也像今天一样，坐在靠窗的位子上，喝着名为陌路的土制烧酒。河原细美忽然心血来潮，要林老板下载这首老歌，然后作为背景音乐循环播放。林老板对此印象深刻，日后河原细美和井下光来陌路喝酒，只要是下雨天，他就会把这首歌拿来播放。

看着这熟悉的天气，听着这熟悉的音乐，两人已经喝了三小坛陌路。还是跟以前一样，河原细美的表现一反常态地豪放，井下光的表现也一反常态地婉约。只是两人自始至终都没有说话。

“真怀念以前的日子啊。”河原细美猛地喝完碗里的酒，直接用手抹了一把溢出嘴角的酒液，打破了沉默。

“是啊，真让人怀念。”井下光也拿起碗，微抿了一口，轻声附和，然后好像想起了什么，看了一眼河原细美隆起的肚子，“这么喝酒……没关系吧？”

“不是跟你说了吗？”河原细美又打开一坛陌路的酒封，一边往碗里倒酒，一边说道，“我现在是上帝的选民，身体的构造已类似帝释星系的人类，连接到孩子身上的脐带具有自动筛选功能，能把所有对孩子有害的物质都过滤掉。”

“上帝的选民果然不是浪得虚名。”井下光笑道。

“所谓上帝的选民，其实也是自然选择的结果，日后人类的女子里只要有一个人出现这样的基因突变，然后再经过几千几万年的筛选，能够幸存下来的人类，应该都会带有这样的基因。你我这样的人类，都是经过几万年的淘汰、厮杀和牺牲才得到的结果。”河原细美放下碗，揉了揉肚子，说道。

“这不就是生进会在做的事情吗？”井下光的嘴角露出了一丝嘲弄。

“也是，生进会只是把这进程加快了，这对我们这些还处在食物链底端的人类来说，有些残忍。站在我们的立场上，自然是要反抗他们的，对这一点，我也从来没有怀疑过。”河原细美的神情看上去很平静。

“但你现在可是上帝的选民。”井下光的神情愈加讥诮。

“姐姐不也是第五代地狱修女的候选人吗？所以，我们都是被选中的人。”河原细美长长的眼睛弯了弯，浅浅地一笑。

“我宁愿不被他们选中。”井下光低下头，那些痛苦的记忆再次涌上心头。

“算啦，我不跟你争辩这种事情了。姐姐，实话实说吧，今天约我出来微服私访，大概不仅仅是喝酒这么简单吧？”河原细美咄咄逼人地看向了井下光。

“不错，”井下光抬起头，脸上的神情一下子严肃起来，“你是聪明人，既然我带你去看了那三个地方，你大概已经猜出，我想让你做什么了吧？”

“哈哈，虽然工厂私自开工这件事，归行政司法院管，但因为涉及和生财、振兴会和搏击堂，按照常代会以往心照不宣的潜规则，即使有问题，也应该是你或者顾得满出面处理，对不对？”河原细美轻声细语道。

“在新唐城的派系结构里，我是中间派，阿满才是土著派的首领，这事自然得是他出面节制。你我都知道，以他的个性，为了所谓的原则，他肯定不惜得罪自己人，说不定土著派会因此起内讧。其实，我们即使闭着眼睛想，都知道像小柯这样的包打听，不可能不知道这件事，小柯不告诉阿满，应该就是没想让阿满这样做。”井下光说话时，脸上的神情依旧淡然。

“既然如此，那就继续瞒着他咯。反正我们这边也有些见不得光的事情。怪不得小柯没来找麻烦，应该也是没想把这些事情拿到台面上来说。”河原细美说道。

“你应该知道，我今天把你找出来，其实是想借刀杀人。”井下光沉声说道，“如果一切又回到以前，我们当初起来反抗，不就没有意义了吗？”

“这个我不会不懂，但这样做，我有什么好处？”河原细美将身体靠回到椅子上，笑盈盈地看着井下光。

“河南道那边的动静已经这么大了，这事情瞒不了多久的。只要阿满知道，他一定会出手，虽然会得罪自己这边的人，但肯定会在老百姓那里赢得更多的人气，他手里有军队，又有大部分老百姓支持，即使土著派的人都跟他决裂，只要他愿意，还是可以把新唐城的权力全部接管过去，我想这也是你不愿意看到的，对吧？”井下光停顿了一下，然后悠悠地说道，“依你的性格，你自然不愿意把这种赢得人气的好事，让给阿满。何况，在精英派那里，你不是首领，土著派要是瓦解的话，你也许会变得无足轻重。”

“这个分析倒是合理，”河原细美点了点头，“那么，姐姐，你这样逼我出手，自己又有什么好处呢？”

“我是首席代表嘛，议会要是就这么散了，我岂不是也当不成这个最高领袖了吗？”井下光一脸调侃地说道。

“姐姐真是冰雪聪明。”河原细美露出了豪放的笑容。

“那么说来，你答应出面禁止工厂开工这件事了？”井下光道。

“姐姐，都已经说得这么透了，我自然恭敬不如从命。”河原细美举起碗来，朝井下光示意。

两人按各自的节奏喝了一口碗里的酒。河原细美好像忽然想起了什么，放下碗，说道：“既然姐姐带我出来微服私访，那我一会儿也要带姐姐去个地方，也许这件事，要靠姐姐你来帮我了。”

“好啊，互相帮助，才是好姐妹嘛。”井下光笑道。

本章回顾：

井下光在酒馆里跟河原细美摊牌，要她出手，阻止土著派三个壮丁团重启废料回收工厂的计划。河原细美权衡利弊答应了这个请求，但也顺势提出，要井下光也帮她一个忙。

小贴士：

新唐城四大壮丁团：作为地球上唯一没有政府，完全由私营公司管理的大陆，蓬莱洲是被费切拉马集团当作生意来经营的。石油经济崩溃后，公共事务成了无利可图的赔本买卖，于是，除了费切拉马城，集团对其他地区都采取了放任自流的态度，设定了一种叫作壮丁团的招标体制，声称对社会管理实行市场化改革，由那些身强力壮的人来负责维持社区秩序，说穿了，就是让大家比谁的拳头硬谁更能打。自此，壮丁团成了一种公开的黑帮制度。新唐城的壮丁团经过多年火并，形成了四海帮、和生财、搏击堂和振兴会四大壮丁团分城而治的局面。除了四海帮是李河方的嫡系，其他三个壮丁团都是草根出身。在新唐城共和国成立后，以后三个壮丁团为班底，形成了议会里所谓的土著派势力。

第十九章

真的没有另一条路可以选吗?

西区码头所在的地方正是新唐城的西南海湾。位于码头南街的一到十号码头都是用来停靠邮轮的。而位于东街和北街之间的十一至五十号码头，是专门的货轮码头。因为一个多月来，一直有散货船给新唐城运来人道主义救援物资，所以码头上现在停满了各种型号的货轮。仅从货船码头的情况看，一切好像又回到了战前的日子。

来十九号码头时，河原细美和井下光都没有骑车，两人一起坐在了井下光的芥子车里。

外面的毛毛细雨在芥子车里看来，就像星罗棋布的瀑布，开启自驾模式的芥子车在不断闪避，但还是有大团大团的水，从天空倾泻而下，落在了芥子车的玻璃顶上。同时，雨水还把灯光折射出大片大片的炫光，晃得两人眼睛都要花了。

“以前在费切马斯特学校上生物课时，我曾想象过，像草履虫那般微小的生灵，看见的世界会是什么样子。现在终于明白，它们的世界原来风雨飘摇。

可见，以蝼蚁的形式存在于这个世界上，是多么可悲。只有这时候，你才会为自己生而为人感到庆幸。”河原细美倚在窗边，看着外面的景色，神情木然地感叹道。

“你难道不觉得，草履虫看见的世界其实也有它的奇妙之处吗？譬如这壮丽的瀑布，譬如这五彩的炫光？”井下光舒服地躺在椅子上，也在看着透明的天花板发呆。

“你这么一说，倒也是哦。”河原细美愣了愣，然后说道。

“叫我来这里，不是为了发感慨的吧？”井下光侧过头，看了一眼河原细美。

“再等等，应该快了。”河原细美笑道。

细美的话音未落，西区码头东街的尽头传来了汽车的鸣笛声，一道刺眼的光柱从那里拐了出来，向着十九号码头疾驶而来。轮胎碾过湿漉漉的马路，刺啦刺啦的声音充满了颗粒感，仿佛那正在溅起的细小水珠，此刻都可以被听见似的。

井下光坐起身，迎着灯光的方向看去。那是一辆由二十四座面包车改装成的厢式货车，车身被涂成了黑色，在远光灯和黑夜构成的反差里，很难被辨认出来。

不久，车驶进了十九号码头，但一直没有停，直到快撞上那艘名叫“出云”的散货轮时，才猛地刹住。车灯熄灭，有人开始从驾驶座上往上方打手电，先是三长两短的闪光，然后手电光绕起了圆圈，一共绕了三次。船上传来一阵电机声，一道可伸缩的舷梯从甲板侧面慢慢伸出，落到码头上，发出了清脆的哐啷声。

面包车副驾驶座的车门打开，一个男人从车上下来，绕到车后面，用手敲了敲货柜的门。门吱呀一声开了一条缝，有人探出头确认了一下，才将车门整个地打开了。

井下光按了一下手上的遥控器，芥子车向货车停靠的地方逼近了过去。

面包车后面的货柜里跳下了四条汉子，各自从货柜里拖出一条麻袋，然后将麻袋扛到了肩上。麻袋在不断扭动，有喘息声从里面透出，麻袋里装着的是活物。

井下光带着质询的目光看了河原细美一眼。

河原细美没有回头，继续看着货车的方向，不过她似乎知道井下光正在看自己，一脸平静地说道：“这些人是四海帮许老大的手下，麻袋里装着的是难民们的孤儿。因为没了父母，被照顾她们的人卖给了四海帮。”

那四个扛着麻袋的大汉，此刻已走到舷梯前，一个穿船员制服的人从船上下到了地面。四个汉子打开各自背着的麻袋，像是在让那船员验货。井下光看见麻袋里，露出四个女孩的脑袋，一个黑发，一个金发，两个褐发，看长相，都不是本城的东亚居民。每个女孩的嘴里都塞着布条，年纪最小的大概三四岁，跟井下光当年被地狱修女带走时的年龄差不多，年纪最大的不会超过十岁。

井下光的脸色变得煞白，手已经在抠着椅子的坐垫了。

“根据我得到的情报，这些小姑娘都被卖给了尤利西斯的船运公司，会被送到赌船上做船奴。”河原细美瞄了一眼身边的井下光，继续说道，“虽然现在是战时，尤利西斯的赌船生意并没有停，除了在公海上赌博，上船的富豪们还喜欢近距离观看陆地上正在发生的战争，赌船的生意甚至比战前还火爆。交战各方已达成默契，即使与尤利西斯交战，也不会攻击他的赌船。赌船可以在任何一方的码头靠岸，补充给养，船方还会带着赌客们去周边观看战争，就像古罗马的贵族去角斗场看真人厮杀一样。据说交战各方都在尤利西斯的赌船公司里有干股，可以从这门生意里分一杯羹。”

河原细美本想用这些话激怒井下光，却没想到井下光在最初的情不自禁后，慢慢平静下来，脸上的表情也渐渐云淡风轻。她按了按手里的遥控器，芥子车开始往回退去。

“明白了。”井下光点了点头，“我会去告诉阿满，然后让他的人来帮你把这件事情给处理了。许老大应该不会知道是你在搞鬼。”

“那就谢谢姐姐了。”河原细美一脸乖巧地点了点头，“我也会尽快让河南道上的工厂关门的。”

芥子车很快来到西区码头东街和南街的交会处，河原细美和井下光的自行车正停靠在街角边。

两人从芥子车回到地面，井下光将那水滴状的小车重新挂回到耳垂上，然后扶起靠在墙边的自行车，朝河原细美挥了挥手，往悟空寺的方向骑去，才走了几米，井下光忽然想到了什么，刹住车回头看了一眼河原细美，问道：“只是有件事情，我没有想清楚，这么做，对你有什么好处？”

河原细美的表情没有一丝修饰的痕迹，显得极其平静，缓缓地说道：“因为我也是女人。我是绝对不能容忍这样的事情发生的。”

井下光盯着河原细美的脸看了很久，还是没有看出一丝破绽，这才猛地回头，骑着自行车继续向远方行去。

河原细美的嘴角露出一丝嘲弄的笑意，摊开刚才藏在裙兜里的手，里面是三只看上去长得像苍蝇一样的悬浮式复眼摄像头，这是她从神隐会那里要来的。摄像头离开了她的手，朝着井下光的背影追去。然后河原细美从随身携带的小包里，拿出一副平光眼镜，戴到脸上，转身往日韩城的方向骑去。平光眼镜的深处有块半透明的虚拟屏，正在不断切换那三个复眼摄像头拍到的画面。

正如河原细美预料到的那样，井下光在骑出一段时间后，猛地刹住了车，开始没命地往回骑，显然她是想赶回十九号码头去。

河原细美嘴角上的笑意更浓，右手摸了摸耳垂上那颗伪装成红宝石耳钉的脑控仪，仿佛是在自言自语：“不出我的所料，她正在往出云号赶去，接下来就看你们的了。”

河原细美跟财神通风报信的这一幕，井下光自然无法看见。

不过，对河原细美刚才那一番义正词严的表述，井下光的心里并非没有疑惑。所以她才会做出若无其事的样子，头也不回地骑着自行车往修理厂的方向驶去。然而走了没多远，她的脑子里已是翻江倒海。当年，她被卖给地狱修女带上地狱号的那一幕幕，再次闪现，井下光努力想让这些回忆停止，却怎样也停不下来。

她双手猛地按下刹车，回头看了看河原细美所在的方向。细美的背影此时刚刚拐过前面的街角，终于消失不见。

井下光用力做了几次深呼吸，然后拿出手机，给顾得满打了个电话，电话那头却没人接听。井下光只好留言，说了大概的情况，然后骑着车返身往西区码头东街的方向行去。

到了十九号码头附近，她将自行车藏在一个垃圾桶后，再次取下芥子车，坐了进去。

四海帮那辆改装的厢式货车此时已经离开码头，从出云号上伸展出来的舷梯，也已消失不见。

井下光坐着芥子车，上到了出云号的甲板上。甲板前端用来住人的船舱差不多都熄了灯，只有三个房间还在透出微光。

为了以防万一，井下光先在船上转了一圈，并没有发现任何有埋伏的迹象。她这才驱动芥子车，朝那三个亮着灯的房间挨个查了过去。

没想到，才查到第二个房间，她就找到了她要找的。

芥子车从那房间没有关严的窗缝钻了进去。房间里，一个身高差不多有两米的年轻男子正在扒去身上的背心，男子身上的肌肉如石头一般结实，正一块块地从皮肤下面隆起。男子的背上文着红黄蓝三朵牡丹花，但连在牡丹花下的，不是枝叶，而是一个绿色的蛇身，所以那三朵牡丹其实不是牡丹，而是三个呈现为牡丹样子的蛇头。

男子此时正在露出一脸淫猥的笑意，朝床铺的方向看着。一个金发女孩嘴里塞着布，双手被皮带绑着，正在拼命地向后蠕动，眼里满是哀求，正是刚才四个被卖的女孩里年龄最大的那个。

房间里的男子，虽看似高大威猛，好像很能打的样子，但在井下光眼里，这点肌肉根本就不够看的。

确认过眼前的状况她一个人就可以搞定后，井下光轻轻松松地从芥子车里跳了出来，笑眯眯地看着那剽悍的男子，同时伸出手，打算将悬浮在空中的芥子车收回。

然而她的手却抓了个空。刚才还在床上做楚楚可怜状的金发女孩，此时已到了她身边，抢先一步将芥子车抓在了手里。

与此同时，房间里那张单人床的床底下，又蹿出了三个人影，分别站在了三个不同的方向上，正是刚才另外三个被装在麻袋里的女孩，再加上正面的高个男子，五个人已经对井下光形成了合围之势。

如果这仅仅是五个“人”，井下光对付起来，应该还是绰绰有余。但问题是，他们并不是人。四个女孩的身体，瞬间暴涨，已变成了成年人的样子。

财神为了伏击她，竟派出了五个分身。

“有人想要这个小玩意儿当礼物，”放大后的金发女孩将芥子车捏在手里，笑着说道，“我就替你做主，把它送给她了。”

“有人？你是说河原细美？”井下光还是很放松的样子，眼前的危机似乎并没有吓到她。死亡从来都不是能让她感觉害怕的东西。

“你猜，你尽管去猜。但不要指望我回答，因为那人不让我说。好像她不太相信我们的实力，认为即使到了这种时候，煮熟的鸭子还是有可能飞走。所以我们答应她，不把她的名字说出口。”金发女孩的神情愈加嘲弄。

“总算姐妹一场，她对我倒真是很有信心。”井下光也笑起来，手上不知何时，多出了两把激光刀，“看来我也不能太辜负她了，不管怎样都要试一试的。”

财神的那五个分身，好像一点也不着急的样子，并没有急着要扑过来的意思，而是将他们的身体又放大了一倍，在这本就不大的房间里，五个人的身体挤作了一堆，像个圆圈似的将井下光团团围住，然后开始向内收缩，往处在圆心上的井下光逼了过来。

显然，财神的分身们并不急着制服井下光。他们首先要做的，是保证不让她逃走。

井下光也看出了敌人的战术，她开始抢攻，先假意用刀刺向那个金发女孩，然后一个后空翻，突然出现在那彪形大汉的面前，手上的激光刀向前一递，然后朝两边一划，男子那庞大的身躯被划开了一个大口子，足够井下光从中飞身而过了。

井下光用尽全力向前一冲，脑袋刚从那条大缝里出来，前面就又出现了一道透明的墙，是那个黑发女孩的身体。井下光暗叫一声不好，刚想往后退，背后的金发女孩已经贴了过来。三人的身体像蛹一样将井下光包裹在里面。紧接着，构成他们身体的液态石墨烯合金开始向内挤压，井下光听到自己的骨头在发出“吱呀吱呀”的声音。

就在井下光几乎要绝望时，身上的压力忽然减轻下来，裹住她身体的那团软绵绵的物质，像是瞬间凝固住了。

“阿满！”井下光想喊出顾得满的名字，却发现嘴巴已没有可以张开的空隙，她的这声呼喊最后变成了一阵模糊不清的呜咽。

随后，她感觉到身体外面一阵炙热。显然财神的分身们正在加热自己的身体，想要突破这股突如其来的地藏秘力的限制。就在这时，远处传来一阵口琴声，财神的分身在快速地颤抖，忽然碎裂，变成了极细的粉末，向地面上撒落而去。井下光的身体因为失去了支撑，也随之摔倒在地。

井下光一个鲤鱼打挺，再次从地上站起。顾得满果然已经到了房间里。

“你怎么会在这里的？”井下光拍了拍身上的粉末，问道。

“还记得昨天小柯他们对地狱部落的围捕吗？”顾得满沉声说道，“事情结束后，我总觉得有什么地方不对劲。”

“哪里不对？”井下光不由得一愣。

“敌人花了这么多心思布这个局，这么容易就被我们破掉了，不合常理。正好我听陌路的林老板说，今天你约了河原细美喝酒。然后，我还听说，林老板用来酿酒的材料，其实是细美偷偷提供给他的，还让他不要跟你说。”顾得满的嘴角露出了一丝笑意。

“你的意思是，昨天地狱部落的行动是故布疑阵，只是为了让我们放松警惕，以便展开今天的行动？细美也早就把这些事情都计算好了？”井下光也露出释然的表情。

顾得满点了点头。

“这么说，今天你一直在跟踪我和细美？”井下光目光闪烁，“那你也知道你妈妈……”

“知道了。”顾得满点了点头。

“不过，”井下光欲言又止，沉默了片刻后，郑重其事地说道，“这事情还是交给细美去处理吧。”

“明白！”顾得满点了点头，“不过，你准备拿细美怎么办？”

“既然她已经把自己从这件事情里择了出去，都不肯让财神的化身提她的名字，我也不好拿她怎么办。”井下光苦笑着摇了摇头，“毕竟大敌当前，城里的人不能自己先乱起来。”

正在这时，关着的房门被从外面推开，朴不见走了进来，身后还跟着波夜空。一看波夜空满头大汗气喘吁吁的样子，井下光就知道，两人应该是从很远的地方跑过来的。

“怎么样，幸亏带我来了吧？你那把破口琴，对付人类还行，对付财神这种用纳米机器人堆叠起来的仿生机器人，就差远了！”进门后，波夜空都没跟井下光打招呼，就直接蹲下身子，用手抓起一把地上的粉末，饶有兴致地看着它们从手指缝里漏了下去，然后伸出舌头舔了一圈嘴唇，又露出那副欠揍的嘚瑟表情，“要不是我刚才在码头上，帮你把财神的共振频率给锁定了，你以为靠着你自己，就能轻松搞定他们吗？”

井下光、顾得满和朴不见都露出又好气又好笑的表情，不住地摇头。

“对了，我还有点事要处理。朴兄，麻烦你护送阿光和阿空回修理厂去。”顾得满好像想起了什么，朝朴不见打了个招呼，袖管一卷，地上的粉末便被卷成一道灰柱，送到了门外，簌簌落落地掉进了海里。

做完这些，顾得满人像陀螺似的旋转起来，忽然间消失不见。

“这阿满，老是风风火火的，都没把事情说清楚，就急着走了。”井下光看着顾得满消失的地方，若有所思地摇了摇头。

“什么事情不清楚？问我啊！有智商三百九十的人在你身边，都不知道要虚心请教一下的吗？”波夜空直起脖子摇了摇头。

“好吧，那我问你，你们是怎么知道，伏击我的人是财神的化身？”井下光拉起波夜空的耳朵，将他直着的脖子按了回去。

“干吗？”波夜空不满地打开了井下光的手，沉吟了片刻后，脸上露出一脸的茫然，“这个你倒是真把我给问住了。满哥是怎么知道会有财神的化身在这里的，还特地把老朴找了过来，要我协助他锁定财神的共振频率？”

这三人正在为这个问题百思不得其解时，顾得满此时已经到了新唐城的东海岸，进入了隐藏在大海深处的地狱号。

因为刚过阴历月半，漆黑的海面上，月亮几乎还是圆的，折叠空间的大气层似乎有透镜效果，月光亮得就像探照灯，连像个黑洞一般的地狱号都被照出了反光。

到了地狱号船尾的甲板后，顾得满沿着走廊向前，来到了船头那本属于地狱修女的豪华套房，然后推开了门。

套房正好是朝着月亮的方向，四壁又是落地窗，此刻这房间亮得就像白昼。那叫雅雅的仿生机器人穿着一身白色连衣裙，端坐在床上，正看着门的方向。雅雅那不经意的十分美丽，正是顾得满再熟悉不过的东西。他知道此刻在远方操纵着雅雅，做出这副样子的人正是河原细美。顾得满下意识地呆了一呆。因为意识到自己失态了，他连忙在脸上堆起作为保护色的迷人微笑，特地走到背对月光的沙发前，坐了下来，好把自己的表情藏在阴影里。他知道，这样的逆光效果，对作为机器人的雅雅根本不构成障碍，她的红外成像技术，还是可以将他的表情一览无遗。顾得满选择这个位子，只是为了给自己找一个心理安慰。

“怎样，都搞定了吗？”静静地看了顾得满很久之后，雅雅才懒洋洋地开口说道。

“你确定，财神那里监控不到地狱号上的情况？”顾得满没有直接回应。

“这地方可是地狱修女修筑的禁区。”雅雅停顿了一下，“何况，要是不能确定财神监控不到，我又怎么可能冒险在这里跟你见面？”

“为什么要帮我们？”顾得满微微眯眼，看着雅雅，好像他真的能看见雅雅背后的河原细美似的，“按我对你的了解，你忌妒心一向很强，这半年来你一定恨死阿光了，因为她抢了你所有的戏，如果不是你告诉我，这次伏击她的是财神的五个化身，我就算知道你们还有后招，估计也对付不了他们，也许连我都会被搭进去。”

“或许，你可以认为，我是一个念旧的人。”雅雅浅浅地一笑。

“你觉得在你的婚礼大戏上演之后，还有人会相信这种话吗？”顾得满笑得更加迷人了。

“当时想杀你，也是出于无奈。”雅雅面不改色，“否则，你怎么解释，我这次为何要冒这么大的风险，出卖财神，来帮你们？”

“我说过，你的忌妒心太强，如果这次阿光真的被财神杀了，并不能证明你比阿光强，可能还会让你觉得，永远都无法扳回这一局了。现在你这样出手，情况就变成是你救了阿光，这一下子你就变成了这一局的主导者，终于可以压过阿光一头了，或许这才是你想要的效果，不是吗？”顾得满道。

“你真是太了解我了。”操控着雅雅的河原细美坦然承认。

“更主要的是，你要真帮财神杀了阿光和我，那么无论对财神还是帝释会来说，你的利用价值就没有现在这么大了，也许双方会绕过你直接谈判。阿光和我虽有些讨厌，但跟那两股势力比起来，我们还是更好对付一些。你的野心不允许你现在就把这两个最有价值的筹码给舍弃了。”顾得满依旧不动声色。

“不得不说，这个世界上，确实没有人比你更了解我了，”雅雅悠悠地叹了口气，“可惜，我们是注定走不到一起的人。”

“叫我来这里，不是为了发这样的感慨吧？”顾得满的嘴角露出了一丝嘲弄。

“当然，”雅雅点了点头，“既然我们的合作已经开始，你我再次刺刀见红之前，可以商量一下如何合作。”

“你说。”顾得满点了点头。

“既然我答应了井下光，帮你出面做恶人，约束你们土著派的人，你自然也要帮我一个忙，在议会上发难，将那三个老家伙和许有理，从常务代表的位置上赶下去。”雅雅的脸上露出一丝优雅的笑意。

“你给我的那些政治丑闻的资料，我已经交给小柯，他那边应该会制造出一些假象，好让这些事情看上去像是被情报部查获的样子。然后，我会让阿空找快闪革命党的人，把这些资料传到网上去，让它们持续发酵，那四个家伙即使还想赖在议会里也不可能。只要换了人，估计议会里的精英派，包括在他们幕后的神隐会，以后就只能由你来领头了。”顾得满缓声说道。

“很好。希望合作愉快。”雅雅从床上站起，将一只手递到了顾得满面前。

顾得满的身体没有动，只是伸出手，跟雅雅轻轻地握了握。

“很好，那我就没什么要说的了。”雅雅满意地点了点头，转身向门外走去。快到门口时，好像想到了什么，忽然停下脚步，说道：“对了，有件事我一直忘了告诉你……”

“你说！”顾得满让自己的语气干脆利落，不给河原细美拿捏的机会。

“还记得上次在亚洲购物中心里想杀你的那个杀手吗？”雅雅问。

“对了，我一直忘了问，那时候你用了什么办法，将那个杀手在瞬间炸成了乌有？”顾得满问道。

“是一种基因制导的纳米集群导弹，别看好像只有糖丸大小，里面可是藏着三万颗纳米导弹呢。也就是你和我才能看出，她是被炸没的，其他人还以为她是用了什么黑科技，忽然遁形了。”雅雅慢慢转过身来说道。

“你刚才想告诉我什么？”顾得满问。

“那杀手叫大凤，是李河方从地狱修女那里买来的貂蝉九代克隆人，据说正好是你的克星，可以不费吹灰之力杀死你。”雅雅说道。

“怪不得，那天她动手时，我竟全无招架之力。”顾得满老实地点了点头。

“知道这是为什么吗？”雅雅笑了起来。

“为什么？”顾得满问。

“因为用来克隆她的细胞，来自你的双胞胎妹妹。”河原细美说道。

“我什么时候有过双胞胎妹妹了？”顾得满不屑地撇了撇嘴。

“你妈怀你时，肚子里其实有两个孩子。一个是你，一个是你妹妹。你妈妈一开始很高兴，觉得这是双喜临门，但到了你们五个月时，B超显示，连接你妹妹的脐带绕在了你的脖子上。所以你妈妈做了一个决定，杀死了你妹妹，切断她的脐带，将她引产，来保住你。那个被杀死的女婴，后来被生进会的老大摩西沙罗拿了去，根据摩西沙罗的计算，构成你生命的那一系列连锁反应，在过去曾和构成这位女婴的连锁反应有过无数次的相遇，其中有好几次为了救你，你妹妹都选择了自我牺牲。所以，你欠她太多，只要她出手杀你，一杀一个准。这也是李河方为什么要从地狱修女那里将她买来的原因。”雅雅娓娓道来。

“我怎么相信，这不是你编的故事？”顾得满问。

“后来，上秘院的柿落上人利用大风的一根头发，把她重新克隆了出来，让她来杀你，还记得吗？那次从市政厅出来时，对面太平大厦的屋顶上有个狙击手想要杀你，你的反应却很迟钝，都没有意识到这一点。”雅雅道。

“那个狙击手也是大风？”顾得满问。

“对，当时你师父大愿比丘也在那里。因为你师父料到，大风在了解了你们之间的渊源后，不会对你动手，所以他特地跑到太平大厦的楼顶，来验证这件事。事情果然如你师父所料。大风后来成了你师父以不得头陀的名义收下的徒弟。这事情，你要是不信，可以去问柿落上人。”雅雅道。

“大风现在在哪里？”不知为何，顾得满心里对此竟没有一丝怀疑，他已经完全相信了细美的说法。

“她现在加入了地藏会，上次狙击神风坦克时，和小施在一起的那个女神枪手，就是她。”雅雅说道。

“是她？怪不得我当时觉得她有些眼熟。”顾得满忍不住坐直了身体，说道。

“还有帮小柯他们发现地狱部落的人，也是大风。她是为了你，才这么做的。”雅雅道。

“这件事，你怎么知道的？”顾得满不由得警觉起来。

“我是雅雅嘛，自然是通过财神知道这件事的。”雅雅笑了起来。

“然后呢？”顾得满问。

“然后？”雅雅故作不知。

“你告诉我这些，目的是什么？”顾得满脸上又露出了作为保护色的迷人微笑。

“聪明！果然还是你比较了解我，”雅雅也笑得愈加优雅，“大风现在在我手里。我把她控制起来的目的很明确，就是为了来要挟你。”

雅雅收起脸上的笑意，忽然转过身，消失在黑漆漆的走廊尽头。

已是午夜，顾有思顾老爷子却偏偏在这时候跑到了顾家大宅的后花园，搞起了园艺。这并非一时兴起，而是他保持多年的习惯。至于为什么要保持这样一个习惯，顾有思自有很充分的理由，但他从来没有告诉过别人。

眼前这块大约十五米见方的空地是顾老爷子昨天夜里清理出来的，他将原先种了一个多月的罗勒连根拔起，然后松了土，加了底肥。今天他是来做第二道工序的，他要在每隔十五厘米的地方，撒下一颗薄荷种子。一般人做播种工作，都会一把把地往土里撒种子，等种子发芽后，再做间苗，把多余的芽苗清理掉。但顾有思的习惯却是一粒一粒地种。如果日后播下的种子没有发芽，他会在老地方，再播下一颗。这么小的种子，仅仅是单独挑一颗出来，就已经很麻烦，这样做简直就是没事找事。而这恰恰是顾老爷子想要的效果。正因为这个播种方式烦琐而耗神，这样他才能在入睡前给自己营造出昏昏欲睡的感觉。

在空地里播下第五十三颗种子时，顾有思打起了今天的第三个哈欠，他伸了个懒腰，然后发现有人正蹲在不远处看着他，是顾得满。

“什么时候回来的？”顾有思敲了敲腰，问道。

“就刚才。”顾得满咂了咂嘴，“去了房间，看你不在，想起来，这时候你应该在这里。”

“你妈睡了？”顾有思问。

顾得满点了点头。

“什么事，非得这时候来找我？”顾有思顿了顿，问道。

“不是找你，是去看一眼老妈。我已经让人安排好了，明天送她回旧大陆。”顾得满面无表情地说道。

“为什么？”顾有思看了一眼顾得满，心里虽吃惊，脸上却没有表现出来。

“她在深水市场搞的博彩把戏，还有其他一些事情，譬如让工厂开工……”顾得满疲惫地闭上眼，摇了摇头，才又继续道，“明天细美就要拿这件事情开刀。所以，我想先把老妈送走，省得她要死要活地闹事。”

“你和细美达成默契了？”顾有思问道。

“嗯，阿光知道这事快要瞒不住了，怕我出手，所以特地借细美的手，帮我们这边清理门户。然后细美又向我提出，作为交换，我这边也帮她清理掉挡在前面的绊脚石。”顾得满点了点头，“这次，振兴会的史无声和搏击堂的李文雅也会被抛出来。我们这里则会猛攻四海帮和李河方他们。估计得洗一阵子牌了。”

“这样啊？”顾有思点了点头，“要不要我陪你老妈一起走，其实我也早就想退出了。”

“不行。”顾得满坚决地摇了摇头，“和生财、振兴会和搏击堂的那些老人，我还得靠你帮我安抚，虽是洗牌，但我希望，我们这一边至少不要流血。这半年来，流的血已经够多了。”

“呵，”顾有思苦笑着摇了摇头，“改天换地，哪儿有不流血的？既然半年前你做了那样的选择，现在就不要再有妇人之仁了。”

顾得满摇了摇头，连忙换了个话题：“老妈做的事，你都知道？”

“她想尽办法，要瞒住我，但像我这样的老狐狸，对眼皮底下发生的事情，又怎么可能不知道，只是装装糊涂罢了。”顾有思又开始了他的播种工作。

“这件事情，我却连一点风声都没得到。”顾得满无奈地撇了撇嘴，“小柯是你带出来的徒弟，至少他是不可能不知道的。但我没想到，他会帮着那些人一起来骗我。”

“知道为什么没有人骗我吗？”顾有思抬起头，意味深长地看了顾得满一眼。

“为什么？”顾得满问。

“因为大家都知道，我就算知道了，也会睁只眼闭只眼，所以不觉得非要瞒我不可。”顾有思从手上的小盒子里又挑出了一颗薄荷种子，小心翼翼地将它放进土里，“小柯不肯告诉你，是因为他知道，你眼里揉不得沙子，一定会出手制止，最后会把自己搞得众叛亲离。这游戏不是这么玩的。”

“如果眼睁睁地看着城里的情况又变回以前的样子，那半年前我们为什么还要起来反抗费切拉马？”顾得满脸上露出一丝悲色。

“你可能有你的理想，但别人只是从中看到了自己的机会，譬如细美，譬如李河方。对大多数的人来说，也许这只是一时冲动，因为终于有机会发泄一下积压在心里的怒火，就跟着你们一起上了，并没有想清楚事情的前因后果。要知道，蓬莱洲之所以会成为蓬莱洲，不完全是费切拉马的问题，而是人心一向如此。这次即使你妈妈或者其他的叔伯长辈不出来做这些事情，估计也会有其他人来做这些事情。除了给旧大陆做些低端的废料回收工作，这个世界从来就没有给蓬莱洲留下过别的出路。”顾有思缓声说道。

“但你自己为什么不去做这些事情？”顾得满问。

“我老了，累了。确实也没有这样做的必要了。”顾有思叹了口气，“家里就数你年纪最小，也都出道了，可以独当一面了。我没有拼命的理由了。”

“那老妈是为什么？”顾得满又问。

“她比我年轻二十岁，还没有到耐得住寂寞的年龄。更重要的原因，当然是为你，一方面她想帮你笼络住和生财下面的那些人，一方面，她知道没有财力上的支持，这样的局面你撑不了多久的。还是那句老话，只靠理想，没有实际的好处，别人为什么要跟你混？这个世界很实际的。”顾有思苦笑道。

“所以你默许了她？”顾得满脸上的神情愈加悲哀。

“有什么默许不默许的，人最后不都是靠自己想明白的？就像当初我劝你不要做这些事，老老实实待在费切拉马城，做一个小富即安的公子哥，你不也是不肯听我的话吗？”顾有思嘲弄地看了一眼顾得满，“其实，我是不希望你妈这样做的，只有让你走到弹尽粮绝的那一步，你才能想明白，这世界自有其通行的游戏规则，是不以你我的意志为转移的。”

“你觉得，半年前我在新唐城起事，完全做错了？”顾得满疲惫地将身体靠到了树干上。

“没什么错不错的，年轻时，谁没有过一点理想啊？这么折腾一下，也挺好的，至少能想明白看明白很多事。”顾有思嘲弄地说道。

“你呢？你当年也有过这样的理想？”顾得满忽然意识到了什么，一脸疑惑地看向老爹。

“如果只是打家劫舍欺压良善，和生财做不到这么大规模的。当年我们这些小兄弟，是有出人头地的想法，但也确实想过要保一方平安的。”顾有思脸上的笑意越来越浓，顾得满却知道这笑容后面满是苦涩。老爹给他上过最重要的一堂课，就是告诉他，笑容不是用来讨好别人的，而是为了让别人来敬畏他的。

“后来呢？”顾得满问。

“后来就是现在这样子了。在这个过程中，你自己慢慢成了孤家寡人，兄弟们各怀心思，你除了使用权术，找不到更好的办法，来维持壮丁团的运行。有时候需要给大家尝点甜头，有时候需要装装糊涂，有时候需要动用铁腕，甚至出手杀人。即使你没想挡别人的路，事实上你就是挡了别人的路。当你的权力越大，你就越孤独。没有谁对谁错，人心就是如此，这个世界也一直是在如此运行的。”顾有思语气平淡，然后停顿了一下，又继续道，“还记得王之云吗？”

“你是说，小时候老送礼物给我，陪着我玩游戏的王叔叔？”顾得满迟疑地问。

“你果然还记得他。”顾有思淡淡地一笑。

“当然，不仅仅因为他一直对我很好，”顾得满沉吟了片刻，“还因为有一天你在书房里，跟老妈说悄悄话，被我听见了，你说你已经杀了王叔叔。这样的事情，对一个四岁的孩子来说，简直就是毁掉了他的整个世界。”

“哦？”顾有思愣住了，神情满是诧异，“看来我们还是太不小心了，我和你妈妈当时以为你已经睡死了。”

“小孩子是会装睡的，而且也会装作从来没有听到过那样可怕的事情。”顾得满苦笑着说。

“王之云就被埋在了那棵香樟树下。”顾有思抬起头，指了指院子里一棵树冠茂密的樟树，“这就是为什么我喜欢在夜里做园艺的理由，因为花园里埋着很多我当年的兄弟和部下。”

“都被埋在了哪里？”顾得满愣了半天，终于还是忍不住问了一句。

“凡是树长得很高，或者花开得很茂盛的地方，应该都有。”顾有思神情淡然，又将一颗薄荷种子放进了土里。

“那你现在……”顾得满不由得欲言又止。

顾有思不满地看了一眼顾得满，没好气地说道：“自从把你送到费切拉马城读书后，我就再没做过这种事情。”

“既然如此，为什么不早点退出？”顾得满问。

“我想过，但问题是别人会相信吗？而且家里还有你们，我总不能看着自己的孩子将来跑去垃圾回收厂做苦力，家里的女人沦落到去码头上讨生活。我要把你们都送到费切拉马城去。我的后半生差不多都是在为这件事情而奋斗。新唐城的这几个壮丁团里，只有我从来没有想过，要让家里人接我的班。可是我没想到，你竟然会主动要求接班。我的退休计划一下子被你打乱了。”顾有思无奈地叹了口气。

“难道真的没有另一条路可以选吗？”顾得满凝神问道。

“至少我没看到过还有别的路。”顾有思低下头，一边继续播种，一边说道。

“对了，有件事想问一下你。”顾得满沉思了片刻，抬起头来说道。

看到顾得满如此郑重其事，顾有思不由得愣了一愣，说道：“你说。”

“妈妈怀我的时候，我是否还有一个孪生妹妹？”顾得满一字一句地问道。

本章回顾：

河原细美带着井下光来到西区码头，目击四海帮将难民小孩卖去做船奴的事情。井下光想起自己的往事，决定冒险上船救人，结果中了财神的埋伏。幸亏顾得满及时赶到，然后又有朴不见和波夜空帮忙，终于把财神的五个分身全部干掉了。顾得满之所以会知道财神派了五个分身过来，正是河原细美通过雅雅报的信。因为河原细美知道，一旦自己真的把井下光和顾得满都干掉了，在财神和帝释会那里，她也就没有太大的利用价值了。所以故意反水，然后又跟顾得满订下了攻守联盟，让顾得满在议会里发难，把李河方等人搞下台。河原细美通过雅雅告诉顾得满，大风是顾得满的孪生妹妹，并说大风现在被控制在她的手里。顾得满跟河原细美分手后，回去找老爹顾有思，向他询问自己当年是否真的曾经有过一个孪生妹妹。

小贴士：

雅雅：以河原细美为原型制造的仿生智能机器人，财神六百六十六个分身之一。她的主要分工就是替财神监控顾得满。后来雅雅成了河原细美操控的傀儡。河原细美正是通过雅雅和财神的矩阵决策系统建立了脑内连接。

第二十章

因为我还没能来得及跟她告别

去年夏天的革命还历历在目，二〇六二年的盛夏又到了眼前。

五点不到，上秘院外院树林里的知了就聒噪地叫个不停，与知了声相伴的，是竹扫帚刷过地面的嚓嚓声。

小施已经在这里扫了两个小时的地，汗渍在那件黑T恤上泛出了白色的碱花。

半年前，得知大风失踪的消息后，小施就开始了这项作业。每天三点起床，开着鲨鱼商务车赶到此地，任劳任怨地帮上秘院义务打扫卫生。

给他出这主意的人是井下光。

大风失踪的消息虽是顾得满告诉小施的，但顾得满自己也对此知之甚少。因为想到大风是地藏会的人，小施便去了悟空寺修理厂，向井下光求助。

“你为什么要找大风？”当时井下光的语气满是调侃。

虽然井下光的样子看似轻松，但小施早就从波夜空那里得知，井下光已经让地藏会的人在城里搜索了好几遍，只是至今还没有找到任何蛛丝马迹。

所以听到井下光的调侃，小施并没有退却，他挺了挺胸，梗着脖子说道：“因为我还没能来得及跟她告别。”

小施的回答让井下光愣了一愣，随后她反问道：“告别这件事情很重要吗？很多人离开时，不都是不告而别吗？”

“对我来说很重要！”小施用力点了点头，锅盖头上的红色冲天辫，在脑袋停止摇动后，还在随惯性不断晃动。

“真是被你烦死了！”井下光摇了摇头，“算了算了，那我告诉你吧，从今天起，你每天早上三点钟起床，到上秘院给那些臭和尚打扫四个小时卫生，然后看看是不是能把柿落上人给感动了。”

“好的。”小施点了点头，然后嗫嚅地问道，“能不能问一下，这里面到底有什么讲究？”

“现在的这个大风是柿落上人通过计算，才把她留下来的，所以他那里关于大风的资料最完全，应该能算出大风现在在哪里。”井下光不耐烦地撇了撇嘴。

“笑师父和柿落上人的关系不是很好吗？上次他们还一起对付李河方来着。不能让笑师父去跟柿落上人说说情吗？”小施讨好地建议道。

“你这种呆鸟能想到的事情，老娘我能想不到吗？只是柿落上人在我三师叔去世后，已发誓不再替人算命。二师叔哪里劝得动？”井下光皱着眉头道。

“那我去有用吗？”小施不由得头皮发麻。

“去了，不一定有用，但不去，肯定没用。”井下光声音懒洋洋的，脸上露出了狡黠的笑意，“现在只能靠死磕碰碰运气了，谁让你非要跟大风告别一下的，那这死磕的任务，就非你莫属了。”

虽然知道自己被井下光摆了一道，但小施除了照做，也没有别的办法，谁让他非要想着跟大风告别一下呢？

所以，半年来，小施每天早上三点就会来到上秘院做义工，一直做到上午七点，才会离开。井下光告诉过小施，这事情，他不用去求柿落上人，只要他每天出现在上秘院，柿落上人自然会懂他的意思。

对此小施心存疑虑，有好几次都想去找那个面无表情的日本老头当面确认，但还是没有这样做，而是照着井下光的意思，耐心地干起了这份苦差事。直觉告诉小施，既然井下光这样说，一定有她的道理。

第一个月小施给上秘院打扫卫生时，心里一直觉得自己亏死了。这些时间，即使他不用来睡觉或者练枪，也能用来干点别的，譬如玩个游戏、听个音乐或者泡个妞，哪怕看个爱情动作片，也比留在这寡淡的地方，天天干这些单调的事情要好。每天这四个小时，对他来说，甚至比一年的时间还要漫长。有好几次他都想放弃了，但每当此时，大风的脸就会浮现在他的脑海中，他多么想再一次看见这张脸。所以，最后他还是捏着鼻子坚持了下来。

到了第二个月，因为已经有了一个月的付出，小施更是不愿意放弃了。既然这四个小时注定要浪费，他开始设想，是否能借着打扫卫生的机会，磨炼一下自己的枪法。无论扫落叶，还是修剪树枝或者冲洗厕所，这些事跟打枪还是有相似之处的，譬如都需要用到手，所以完全可以利用拿扫帚、剪刀或者刷子的机会，练习自己的手指，增强它们的力量、速度和准确性。同时，做这些事情时，也需要用到眼睛，眼睛看得真切，才能和手相得益彰，这既是扫地的必修课，也是打枪的不二法门。

到了第三个月，小施有一天惊奇地发现，自己变了，变得越来越不喜欢跟人吵架。有一次，小柯故意跟他抬杠，他竟没有上套。搞得小柯只好无比寂寞地说了一句："没有杠精的世界太无趣了。"小施这时候才意识到，自己身上发生了很大的变化。他仔细想了想，发现自己之所以抬杠抬得少了，是因为耐心变好了。而促使这变化的，无疑是早上那四个小时的苦役。练枪虽苦，但那是他喜欢的事情，哪怕五六个小时，他都觉得时间过得很快，耐心从来不是问题。而这四个小时，并不是他想要的。

第四个月的时候，小施发现自己的观察力变好了。以前他喜欢跟人抬杠，是因为有很多事情他看不明白，只好通过跟人抬杠，来让自己想明白。而现在因为有了耐心，眼力变得不一样了，很多事情，他发现只要有耐心看得够久，都能看出个所以然。以前他不懂的事，现在他都懂了，以前他以为懂了的事，现在他才真的懂了。他因此变得沉默，因为很多事情，其实是不用说的。

如此过了半年，那面貌枯瘦的老头好像还是没有被他感动的迹象，但小施似乎已习惯了在上秘院的苦役。最初的时候，他扫一遍地，需要用两天，前后一共八个小时，而现在只用两个小时，他就可以扫遍上秘院的每个角落。打扫四个厕所的时间也由四个小时变成了一个半小时。剪一遍内院的草坪也缩短了一半时间。现在他确信，如果再一次去狙击神风坦克，他的用时可以缩短一半。至少在打枪这件事情上，他应该已经远远甩开了九个月前的大风。

因为注意到，经过半个月的生长，内院的草又盖过了脚踝，扫完地后，小施决定用接下来的时间修剪草坪。他哼着小曲，挥舞着两把又长又宽的剪刀，好像他自己是一台顺滑而高效的剪草机似的。

最早的时候，看到上秘院没有剪草机，小施曾开着鲨鱼车，从外面拉了一台过来。就在他打算大干一番时，那叫有鹿的僧人突然如幽灵一般出现，说早上是僧人们做功课的时间，不能有噪音。他可以剪草，但不能用剪草机来剪。那语气好像小施真的是寺院花钱雇来的小工一般。虽然心里气不打一处来，小施还是忍了。于是，他开始练习用剪刀剪草，等他把这一切做娴熟了以后，小施又找波夜空定制了两把一米多长、可伸缩的剪草刀。

现在，这两把当时怎么看怎么别扭的剪草刀，好像已成了他手的一部分，如无声的旋风，在草坪上飞舞，被剪下的碎草在随着他的身体旋转，落在了十几个特定的地点上，形成了一排错落有致的草堆。

此时，柿落上人正站在方丈室的窗前，透过窗帘缝，看着这近乎神奇的一幕，他的身侧站着有鹿。

“去把那个锅盖头叫进来吧。”柿落上人忽然开口对有鹿说，他的神情此刻有些疲惫。

“好的。”有鹿点了点头，出了方丈室。不久出现在草坪上，对小施说了句什么。

小施没有马上回应。直到剪完草，将碎草都放进装垃圾的小推车后，他才拍了拍手，跟着有鹿，往方丈室走来。柿落上人站在窗后下意识地点了点头，对小施这番有始有终的举动似乎很欣赏。

不久，在有鹿的引领下，小施进了方丈室。

虽然之前小施曾远远透过方丈室的窗户，不止一次看见过这位干瘦的老头，但直接面对面，这是第一回，他忍不住盯着柿落上人看了很久。

“你在这里的工作可以告一段落了。”任由小施看了自己一阵后，柿落上人才终于开口说道。

“为什么？”小施愣了愣。

“其实，你来这里两个月后，我就已经被你感动了。”柿落上人笑道。

“啊？您知道我来这里扫地的目的是什么吗？我还在等着哪天您跑来问我

呢。”小施挠了挠头。

“井下光难道没有告诉过你，人脑才是最好的计算机，只要愿意，没什么事情是算不到的。”虽然在说一件神奇的事情，柿落上人的语气却很平淡。

“怎么可能？”小施不信。

“怎么不可能？”柿落上人笑道，“你想想，这半年来，你是不是觉得自己的脑子好使了许多？为什么呢？因为你在我们这里打扫卫生的时候，也是在打扫你脑子里的那些胡思乱想。这就好比关掉电脑里那些无用的后台程序，电脑的运行速度自然会变快。其实，我给人算命用的也是这个原理。”

“你这么一说，倒是有点道理。”小施点了点头。

“为了帮你，这四个月来，我一直在闭关。”柿落上人道。

“怪不得我看您一直都不肯高抬贵脚从房间里出来，吃饭什么的，都要人给你送，还以为你比较大牌，不屑于干这些事呢。”小施撇了撇嘴，说道。

“师父是为了你，把自己在斗室里关了四个月，知道这样牺牲有多大吗？”有鹿神态平静，但话的意思里，能听出强烈的不满。

“你不说我不知道，你一说我就明白了。每天我来这里才四个小时，老和尚是二十四小时都关在房间里，想来应该比坐牢还苦。”说完，小施双手作揖，毕恭毕敬地朝柿落上人鞠了一躬。

柿落上人摆了摆手，似乎想到了什么，问道：“对了，四个月没有出门，除了帮你测算大风的下落，我没时间去关心其他事。能告诉我，外面的仗打得怎么样了吗？”

“除了不断地死人，还能怎样？”小施叹了口气，“不过，原先的三百多家军阀，现在只剩下了五十三家。”

“城里呢？”柿落上人又问。

“您应该知道，从半年前开始，议会里的土著派和精英派就在斗个你死我活，大家都在挖对方的丑闻。过去的五个月里，两边一直在洗牌，我们这边振兴会的史无声和搏击堂的李文雅，因为走私工业废料、偷开工厂的事，被取消了常务代表的资格，两人被驱逐出境，回了旧大陆，他们的席位被振兴会的军师王医生和李文雅的幺弟李彪悍取代了。阿满的老妈因为这件事，也被阿满亲自送上了回旧大陆的轮船。精英派这里，四海帮贩卖人口的事被曝光，情报部去抓帮主许有理时，许有理带着四海帮要在城里闹独立，四海帮的少壮派人物程无常联手河原细美，杀了许有理，成了四海帮的新团主。货币和财政委员会的三个老家伙，因为下面的船运公司参与了走私活动，也不好意思继续在公职上赖着，各自派代理人取代了自己。李河方把女婿梁庆西推到了幕前，板田荣一让儿子板田敬太郎接了他的班，张泽恩则让他的情妇、天照集团的总经理张天一出来替他站台。”小施娓娓道来。

“哦，那差不多就是改朝换代了。”柿落上人微微一笑。

“改朝换代倒未必，但老家伙们都沉到了幕后是事实。在这个过程中，河原细美成了最大的赢家，她现在在精英派那边已经是绝对的核心，恰如她所愿。”小施咂了咂嘴，看了柿落上人一眼，继续说道，“估计接下来，她应该会全力对付我们了，如果不能把大风从她手里救出来的话，我们这里会有点麻烦。”

“惭愧。”柿落上人叹了口气，“这么小的一件事，本来应该只用五六个小时，就能搞定的。然而，现在用了四个月的时间，我却还是不知道大风被藏到了哪里。”

“难道她被……”小施欲言又止，脸上露出一丝悲戚之色。

“这倒没有。”柿落上人摇了摇头，“直到现在，她的生命迹象还是很旺盛，只是我推算不出她在哪里，每次快要接近答案时，方程式上的数值就会溢出，于是我不得不另想办法重新开始。”柿落上人叹了口气。

“那还有希望找到大风吗？”小施急切地问。

“不用找了，她应该最近就会现身。”柿落上人的脸上掠过一丝黯然之色，“所以，也就没必要去算她在哪里了。这也是我今天结束闭关的原因。”

“这样啊？”小施不由得挠了挠头，“那她到底什么时候会现身？”

“不超过三天，她就会来找你。”柿落上人缓声说道。

“那……”小施本想说，这下自己不用再来了，还没说出口，就觉得有点过河拆桥的意思，没好意思继续往下说，愣在那里嘿嘿傻笑起来。

“你确实不用再来这里了。”柿落上人似乎知道他的想法，笑着说，“接下来，可能会有很多事情，估计你会忙得不可开交。”

“是吗？”小施愣了一下，不知道该怎样接话了。

柿落上人从袖管里拿出一个光储器，交到小施手里：“这是我这些天，算到的一些事情，麻烦你帮我跑一趟悟空寺，把光储器交给哭大师和笑和尚，然后替我向他们问好。”

“好的！”小施接过光储器，一脸严肃地点了点头。

“对了，”又一个光储器出现在柿落上人的手里，然后被递到小施面前，“还有这个，你去交给顾得满。”

“满哥……”小施疑惑地看了一眼柿落上人，心里不知为何，觉得有些蹊跷。但蹊跷在哪里，他却说不出来。

“他师父不得头陀，是在我的上秘院收顾得满为徒的。我和顾得满还有大风之间，都有些渊源。闭关的这些日子里，我算到了一些事情，也许不久后，他需要做一个重要的选择。你告诉他，希望他做选择时，要以大局为重，不要儿女情长。别让他师父白白牺牲了。”说话间，柿落上人干枯的脸上已满是愁容。

本章回顾：

大风失踪后，小施为了找到她，在井下光的提议下，每天一早都会来日韩城的上秘院做苦工，目的是想感动柿落上人，让他帮忙计算大风的下落。这个过程中，小施的个性大变。而柿落上人也终于被小施感动，开始着手计算大风的下落，却怎样也算不出来。不久柿落上人发现，大风即将重新出现，便将此事告知了小施，还告诉他，城里即将发生一系列大事，要他去通知悟空寺和顾得满。

小贴士：

柿落上人：日韩城密宗寺院上秘院的住持，笃信人类就是世界上最强大的量子计算机，万事万物都是可以计算出来的。所以他以入定的方式，和上秘院地下的那台超级计算机连接在了一起，忙着计算人类的命运。有时会用多余的算力替上秘院的香客们排忧解难，故而上秘院以神通而闻名，俨然成了蓬莱洲的佛教中心。

第二十一章
“新唐城的秘密”

已是深夜，哭大师站在悟空寺修理厂的院子里，看着针一样插在一号车间屋顶上的月光，心情有些沉重。

上午，小施带来了柿落上人给他的光储器，里面的信息让哭大师意识到，命运就像一条顺流而下的大船，终于载着众人来到了他师父空藏圆寂时，预言过的第二重转折。

哭大师本指望，这第二重转折永远不要发生，但仅凭着愿望是没有用的，毕竟这世界是由生活在其间的人们共同创造的，既然人心依旧，这第二重转折，大概也就不可避免了。就像他常跟别人说的：业力如此。

不知不觉间，哭大师到蓬莱洲已经有二十个年头，眼前这本该是悟空寺大雄宝殿的地方，现在却成了一个堆满工具和杂物的修理车间。他师父空藏大师常说，既然生活在这样一个无常的世界上，除了接受现实，并没有其他出路。

不过说归说，师父为了让那个将要到来的劫难能有一丝转机，自己并没有像他说的那样，只是随缘地应对一下，而是以自己的生命为代价，在新唐城留下了这个与全宇宙相对应的曼荼罗，然后把守护曼荼罗的使命交给了他的三个徒弟。

哭大师是到后来才想明白，以师父对世事的洞悉，是不会不知道，蓬莱洲终将破败到今天这个地步的，当然也不会不知道，计划中的悟空寺根本没有建成的可能。师父之所以还坚持要到蓬莱洲来，不是为了接受别人膜拜，而是跑来救人的。

若不是因为受了师父的感召，以哭大师一向怕麻烦的性格，他或许早就从蓬莱洲脱身而出了。但现在他不仅留了下来，还一留就是二十年。一向不爱跟人相处的他竟然还在身边收留了一堆孤儿。因为跟各种麻烦事打交道打得多了，哭大师不再像以前那样怕麻烦，就像师父常对他说的：烦恼即菩提。

哭大师还在唏嘘，门口已传来喧闹声，阿光揪着阿空的耳朵跑了进来。

“阿光，你这样揪我耳朵，你的心不会痛的吗？”波夜空夸张地叫道，却还在嬉皮笑脸，显然井下光并没有真的对他下重手。

“师父，我把他带回来了。”井下光将波夜空揪到了哭大师跟前，“这熊孩子现在不知道什么毛病，一听说要来见你，就故意拿糖，硬赖在工地上不肯走，为了把他揪回来，这一路上，我甭提有多累了。”

哭大师没有言语，只做了个手势，就转过身，要两人跟紧自己，然后他径直往车间里走去。井下光连忙揪着波夜空跟了过去。波夜空一边走，一边嘴里还在说个不停：“你好意思说，你以为我跟你们一样闲啊？我在忙着给难民造房子呢，你们说要见我，就能见我呀？都不用预约一下的吗？”

“闭嘴！”进到门里，哭大师举起木鱼槌，狠狠地敲在了波夜空的脑袋上。波夜空一声惨叫，手捂着脑袋再也顾不上说话了。

这时，波夜空注意到，笑和尚和卓深影也在车间里，好像正在等他们。波夜空朝卓深影一阵挤眉弄眼，想跟她打招呼，卓深影却一副视若无睹的样子。波夜空悻悻地挠了挠头，没有再继续尝试。

走到笑和尚身边后，哭大师清了清嗓子，那张天生哭丧模样的脸，此刻看上去更加悲戚，他放缓声音说道：“大家说一下自己查到的情况吧，小影，”哭大师看了一眼卓深影，“你先说。”

“好的。”卓深影点了点头，“早上小施来过后，哭大师请我帮忙……”

“小施？这家伙什么时候来的？我怎么不知道。”波夜空嘟哝了一句，看到哭大师又要抬手，连忙识相地闭上了嘴。

“我就按他的吩咐，附身到院子里的那只蓝海鸥身上，跟它飞去了海边。绕着新唐城的海岸线转了一大圈，却没有发现有第二只蓝海鸥。我又驱动它，去了更远的地方，还是没有找到它的同类。就这样在外面转了一整天，我看天色不早了，才驱使着它回来休息了。”卓深影说着往车间西南角看了一眼，原先养在院子里的那只蓝海鸥，正凑在一个饭盆前，啄食着里面的金枪鱼罐头，样子有些无精打采，即使面对平日里最喜欢的食物，吃的时候也是有一搭没一搭的，看来它是真的累了。

“你这么一说，我就想起来了，真的已经好几天没在市政广场上见过蓝海鸥了。只是一直没有把这件事情放在心上，现在想来，着实蹊跷。”井下光皱了皱眉头，看向哭大师，说道，“师父，您让小影去查这件事，应该是有用意的吧？”

“这不明摆着的吗？”波夜空伸出舌头，舔了一圈嘴唇，脸上又露出那惯常的嘚瑟表情，“怎么说你好？平时让你多关注一下我那个蝴蝶效应矩阵的数学模型，你老嫌费脑子。唉，所以人要是自甘愚昧，那就只能做睁眼瞎了。”

井下光不满地瞪了波夜空一眼，又想伸手揪他耳朵，波夜空连忙闪躲了过去。

“行了行了，怕你了。”波夜空双手护住耳朵，露出服软的表情，“你不动手，我就解释给你听。”

井下光手势一变，捏住了波夜空的鼻子：“那你就老老实实说，虽然我没师父的本事，打你一打一个准，但想要收拾你，那还是相当容易的。不经打，聪明有个屁用啊？”

井下光一皱鼻子，露出了灿烂的笑容，然后才把捏着波夜空鼻子的手，松了下来。

波夜空摇了摇头，叹了口气：“唉，这都什么世道？天哪天哪！”看到井下光又要动手，才连忙正色道，“好吧，那我就告诉你，根据我的数学模型，可以推算出，新唐城的蓝海鸥，跟帝释星系的人类有着某种对应关系，而且对应的，应该都是那个星系里的精英人士，因为只有生物能密度够高，才有可能跨过遥远的时空，将一部分的量子信息投射到地球上。”

“你的意思是，蓝海鸥是被人有意收走了？”井下光问。

“这不明摆着的吗？”波夜空耸了耸肩，“既然爱丽丝从我的电脑里，把数学模型偷给了帝释会的人，那么帝释星系的人，自然能用模型推算出，蓬莱洲的蓝海鸥和他们之间的关系，所以肯定不会把自己的命运交到别人手上。”

“这样啊……”井下光扬起脑袋，若有所思。

“阿空说得不错。”一直在边上笑吟吟地看着两人的笑和尚开口说道，“受师兄委托，我去查了一下地球附近的空间轨道。除了生进会的那些飞船，帝释会里战力最强的第三特混舰队，已经集结在月亮背面的帝释会基地里了。蓝海鸥应该是被他们收走的。”

哭大师点了点头，看了一眼井下光：“阿光，让你去打听的事，问得怎样了？”

井下光点了点头：“嗯，城里贴出的海报是真的，玛丽莲确实重启了到蓬莱洲开巡回演唱会的计划，虽然现在各地都在打仗，但军阀们还是给玛丽莲的演出公司开了通行证。演出的第一站在新唐城，细美掌管的行政司法院，也已经给玛丽莲发放了演出许可证。这件事情属于细美的职权范围，不用经过议会同意，所以我是问了以后，才知道这件事的。然后我又去问了小柯，小柯说，玛丽莲用来巡回演出的千年女优号正在洛杉矶补充给养，准备开往新唐城，再过几天就会到达西区码头附近了。”

“这么说来，柿落算到的结果，可能是真的，帝释会和生进会都在准备动手，可能近期就会潜入新唐城，争夺曼荼罗的控制权。师兄，我们要怎么做？”笑和尚抬起头，看了一眼哭大师。

“业力如此，我们又能如何，既然师父已经做了安排，除了让这事情自行展开，你我也没有什么可做的。”哭大师黯然地摇了摇头，然后看了一眼波夜空，脸上露出一丝狡黠的笑意，只是这笑容依然比哭还难看，“你不是一直想知道，我们这修理厂里，藏了什么秘密吗？”

波夜空一哆嗦，往后退了一步，双手护住脑袋，开口说道：“您老人家不是一直像防贼一样，不肯让我知道吗？害得我那数学模型，因为无法验证，只能卡在这地方了。不过，也好，至少爱丽丝拿走的模型不够全，我们还有翻盘的机会。”

“哪儿来那么多的废话？你到底想没想知道？”哭大师不耐烦地瞪了波夜空一眼。

“想……当然想。”波夜空咽了口唾沫，点了点头。

哭大师往空荡荡的车间四顾了一番，扬了扬下巴，说道："我们去找个安静点的地方。"然后他又看了看井下光和卓深影，说道，"你们也一起吧。"

"哦。"井下光点了点头。

卓深影虽有些摸不着头脑，但也学着井下光的样子，点了点头。

波夜空自作聪明地指了指哭大师闭关的小壁龛，问道："我们是要到您老人家的那个小窟窿里面去吗？我感觉，里面一定别有洞天。"

哭大师没搭理波夜空，而是转身往车间东南角走了过去，跑到堆杂物的角落里，在一堆架子、纸箱、扶梯和自来水管间扒拉了一下，露出一台积满灰尘的弹子游戏机。

波夜空记得，从记事起，这弹子游戏机就一直躺在这角落里。可能是嫌这二十世纪的弹子游戏过于老土，修理厂的孩子们从来都没有想过，要把它找出来玩一玩。

这么多年来，波夜空最接近它的一次，是来角落找修阀门的管钳。放管钳这类冷门工具的纸箱子正好被摆在游戏机的下面。

当时在把管钳翻出来后，波夜空顺便趴在游戏机的玻璃罩上，看了看里面的图案。那弹子游戏的名字叫作"新唐城的秘密"，图案是新唐城的缩微地图，而阻挡弹珠前行的障碍物都是城里一些地标建筑的模型。因为觉得这游戏机的名字有些怪，波夜空便对此留下了印象。

看到师父在清理弹子游戏机，波夜空还以为机器后面的墙壁上有入口之类的东西，便跑来帮忙，要把机器搬开，手刚搭到弹子机上，就挨了一木鱼槌。

"干什么？"哭大师呵斥。

波夜空捂着被打疼的手，一阵龇牙咧嘴："帮您搬机器啊！真是好心没好报。"

"自作聪明……"哭大师瞪了波夜空一眼，回头看了一眼井下光和卓深影，"小影，你附体到阿光身上，然后你们一起过来。"

卓深影点了点头，跃入了井下光的身体。井下光连忙紧赶几步，走到了哭大师身边。

哭大师双手一展，搭在了波夜空和井下光的肩上。

波夜空都不知道发生了什么，一眨眼间发现自己竟已站在了海边的摩天轮下。

刚才在修理厂时还是晚上，海滩边却已是清晨，空气里飘着一层淡淡的晨雾，一股新鲜的海水味正在涌入波夜空的鼻腔。因为是涨潮，海浪正一遍遍地刷过海滩，却没有一丝声音传来。

这座摩天轮是新唐城刚落成时建造的，那正是蓬莱洲历史上最繁荣的时候，移民此地的人们，除了来淘金，还在谋划如何为这片新大陆创造一个美好的未来。这高达一千米的摩天轮由八百个全透明的豪华包厢组成，号称世界第一摩天轮。石油经济崩溃后，摩天轮因为没钱维护，包厢的玻璃碎成了碴子，主体结构也开始锈迹斑斑。如果把今天的新唐城比喻为一座坟墓，这座摩天轮就像是一个挂在坟头上的花圈。

但眼前的摩天轮却是崭新的，就像波夜空在书本的图片上看到过的一样。

波夜空脑子里不由得闪出一个念头："我们现在是不是在弹子游戏机里？"

他记得，游戏机里，最高的障碍物就是海边的摩天轮。他还记得，哭大师的手搭到他肩上时，他的目光正好落在了摩天轮的模型上。

"你反应倒还挺快。"身边的哭大师愣了愣，好像听得见波夜空心里的想法，不满地看了他一眼。

"智商高真是没有办法的事情啊！"波夜空得意地仰起头，也朝师父的方向看了一眼，提前将手护在了脑门上。

此时，卓深影也从井下光的身体里脱离了出来，在和井下光一起好奇地东张西望。

"师父，按阿空刚才的说法，新唐城里的每样东西都可以和宇宙中的某个事物对应起来，那这弹子游戏机里的新唐城，又是怎么回事？它是真的，还是假的？为什么这里既没有声音也没有人，而且还这么新？"井下光皱着眉头问哭大师。

哭大师点了点头，又摇了摇头："这也是真的新唐城，不过不是外面的新唐城，而是虚无地里的新唐城。"

"虚无地又是什么东西？"井下光追问。

"这事情说起来太复杂，这个曼荼罗由两部分组成，外面的就是我们所生活的那个新唐城，只对应宇宙中的一小部分。里面的就是我们所在的虚无地，宇宙中所有的事物都会以素材的方式存在于这个虚无地中，弹子机里的新唐城就是虚无地的入口，只要进入这里，我们就变成了纯粹的意识，所以在这里说话的，是我们四个人的意识，除了我们自己，谁也听不见我们在说什么。”哭大师说。

“既然只是入口，那从这里是不是还可以去别的地方？”波夜空问。

“只要你脑子里出现什么画面，下一刹那，你就会到达那地方。”哭大师说。

“是吗？”波夜空说着，脑子一转，念头还没起来，脑袋上就又是一阵生疼。

“少胡思乱想！”哭大师举起落在波夜空脑门上的木鱼槌，然后又是一下，“你要是再敢打妄想，老汉我今天就只好打破你的头了。”

“好吧，好吧，我不跟您计较，”波夜空用手护住脑袋，“刚才在外面您要跟我们说什么来着，现在可以说了吧？”

“对，师父赶快告诉我们，这到底是怎么回事？”井下光也在一边催促。

“这事情要从我师父空藏老和尚说起……”哭大师的表情显得很严肃。

“慢！”波夜空拍了拍脑袋，打断了哭大师。

“怎么了？”哭大师不满地看了波夜空一眼。

“就在刚才，您说您还有师父的时候，我忽然想到了一件事……”波夜空道。

“什么事？”哭大师问。

波夜空没有搭理哭大师，转过头对井下光说道：“阿光，你来这里已经有十三年了吧？”

“怎么啦？”井下光不解地问。

“我比你待的时间更长，刚来时，师父就已经是五十多岁的样子了，十八年过去了，他总该长成一个更老的糟老头了吧，但是！”波夜空咽了口唾沫，“他还是跟十几年前一样老，你说这事情妖不妖？”

“还真是。”井下光若有所思地点了点头。

看到自己的两个徒弟和卓深影都在目不转睛地打量自己，哭大师一阵吹胡子瞪眼：“看什么看？老汉今年二百二十一了！”

“师父，您这个牛吹大了，您说您一百二十一吧，我可能还会相信，二百二十一，地球上从来就没发生过这样的事情啊！”波夜空咂着嘴，摇了摇头，调笑中脑子里忽然一闪念，念头已转移到摩天轮上的豪华包厢里，然后他发现，果然像刚才哭大师提示过的那样，只要他脑子想到了什么地方，他的人就会在一瞬间到达那里。此刻，他发现自己已真的坐在了摩天轮最高处的包厢里。透过包厢的玻璃窗，他朝下面望去，哭大师、井下光和卓深影已小成了三个黑点，波夜空连忙冲着他们招了招手。

哭大师叹了口气，一转念间，也坐到了包厢里，然后是井下光，她捂着嘴，也笑盈盈地进了包厢，坐到了波夜空的身边。不久，卓深影也带着一脸懵懂，在哭大师的身边坐了下来。

摩天轮开始旋转，海边的海鸥可能是受了惊吓，扑扇着翅膀飞了起来，远处的海豚好像是为了看热闹，也纷纷跃出海面。

“阿空，你也太调皮了，”井下光又揪了一下波夜空的耳朵，然后看了一眼对面的哭大师，说道，“师父，您真的有二百二十一岁了吗？”

“怎么？不可以啊？”哭大师不满地瞪了井下光一眼。

“不是不可以，是难度有点大嘛。”井下光低下头，吐了吐舌头。

“有什么难的？不吃不该吃的，不做不该做的，不说不该说的，不看不该看的，不听不该听的，没想不该想的。任谁都能活这么久。”哭大师翻了翻眼皮，说道。

“这倒是。”卓深影点了点头，“蜜之蜃姬说过，死亡就是因为肉身里的生物能被耗尽了，所以无法维持身体的运行了。”

“有道理。”波夜空一脸深沉地点了点头，“不过，有个问题，师父，要是像您这样活着，那还活个啥劲呀？”

波夜空话还没说完，脑袋上就又结结实实挨了一记木鱼槌。

“可以用来敲打你呀，你说开心不开心？”哭大师得意地昂了昂头。

“好好好，算我错了。”波夜空一边捂着脑袋，一边摆手，“对了，还有个问题，如果您都二百二十一了，那您师父得有多大呀？”

“按地球上的算法，你师祖要是没有圆寂的话，现在大概一千两百岁了。”哭大师道。

“按地球上的算法……”波夜空顿了顿，“您的意思是他老人家其实不是地球人？”

“到了现在，这件事情理解起来难道很困难吗？”哭大师不满地撇了撇嘴，然后下意识地看了一眼身边的卓深影。

“这倒也是，”波夜空点了点头，“那他没事干吗跑来地球？”

看到师父又在用眼睛瞪他，波夜空乖巧地闭上了嘴。

“老和尚前世和释迦牟尼佛有过一个约定，答应会来地球弘法一百年，没想到这一待却是两百年，最后都没有离开。”哭大师一脸悲痛地说道。

“行了行了，您这套封建迷信的东西，我真的是不能接受啊，师父，还是继续说刚才的事情吧。”波夜空连忙打断了哭大师。

哭大师又瞪了波夜空一眼，波夜空低下头，吐了吐舌头。

“好，我继续说，”哭大师停顿了片刻，挠了挠脑袋，“给你这小王八蛋打岔打的，我都不知道该从哪儿说起了。”

“没事，没事，我来问，您来答，这不就没有问题了吗？”波夜空道。

“你问吧。”哭大师往下垂的眉毛被波夜空气得翘了起来。

“师父，您师父为什么要鼓捣出这个……这个……”波夜空努力寻找合适的措词。

“曼荼罗！”哭大师道。

“对对对，曼荼罗，也就是蝴蝶效应矩阵，为什么他要这样做？”波夜空问。

“因为你师祖得知，蓬莱洲计划的背后，其实是生进会想在这块人造大陆上，举行他们的三千年庆典，弃民们是用来进行代理人战争的斗兽。根据他们的计划，这场进化之战结束后，幸存下来的人类将成为新的优选人种，取代现在地球上的人类。为了挽救这场浩劫，师父只好耗尽自己的能量，将新唐城和整个宇宙捆绑在了一起，想以这样的方式来要挟势理会，让他们出手制约生进会……”哭大师沉声说道。

“等会儿，等会儿，知识点太多，来不及理解了。您先解释一下，这个势理会是个什么东西？”波夜空打断了哭大师。

“势理会就是势力均衡理事会的简称，”哭大师还没开口，卓深影已经替他回答起来，“是宇宙中类似议会一样的权力机构，由进化程度最高的外星生命组成。其实，蜜之蜃姬派我来蓬莱洲，也是因为她受了势理会的指派。整个地球在管辖权上，属于蜜之蜃姬的私人牧场。”

“噢，明白了。”波夜空点了点头，“这么说来，势理会其实类似新唐城共和国的常代会，都是让大人物们坐在一起，来决定小老百姓的命运，对吧？”

“你这么理解，也没错。”卓深影点了点头，“其实常代会里的精英派，他们后面的神隐会，就是帝释会在地球的分支机构。在势理会里，帝释会是唯一一个能跟生进会进行分庭抗礼的星际联盟。要是没有新唐城里的这个曼荼罗，帝释会本来是打算任由地球人自生自灭的。毕竟，为了地球人这样一种低等生命，得罪了生进会，有些得不偿失。”

“没想到外星人也这么现实！”波夜空叹了口气，看了一眼哭大师，问道，“只是，我不明白，太师父是怎么做到的，竟然把整个新唐城变成了可以控制整个宇宙的蝴蝶效应矩阵？”

“这有什么不能理解的？要知道我师父空藏老和尚可是菩萨级别的觉悟者，他的能力不可思议。”哭大师一脸肃然地说道。

“您看看您，说着说着，又在说这些有的没的了。不跟您说了吗，我们要讲科学，您跟我说话时，能不能有点科学素养啊？”波夜空抢白道。

哭大师叹了口气：“唉，知道你悟性差，但没想到会差到这个程度。这么跟你说吧，就像你自己一直在说的，你以为宇宙是什么，一个固定的物体吗？”

“对对对……那只是一个假象，”波夜空模仿着哭大师的腔调，把话头接了过来，“真正的宇宙是一串连锁反应。就像你，如果没有你妈，或者没有你妈在怀你的那天喝的那杯牛奶，你可能就不是现在的这个你了，甚至可能就没有你了。师父，这不是我一直在跟您说的话吗？要剽窃，您也别当着我的面说呀！”

波夜空话还没说完，那神出鬼没的木鱼槌就又出现在哭大师手里，然后结结实实地落在了波夜空的脑门上。

波夜空捂着脑袋，摇了摇头，悻悻道：“好吧好吧，我就不追究版权问题了，您继续说。”

“就像你知道的，既然亚马孙森林里的蝴蝶扇了两下翅膀，就能在两个星期后的得克萨斯制造一场飓风，一个像你太师父这样能看到所有因果的人，哪怕站在原地不动，也可以对整个宇宙产生影响。”哭大师道。

“这样啊？道理上呢，好像也找不到太大破绽。但具体做法上，好像还是有点问题。”波夜空咂了咂嘴，继续说道，“亚马孙森林里的蝴蝶扇翅膀，虽说是可以在得克萨斯引起飓风，但那也得是两个星期以后了。而现在我们面对的可是整个宇宙，那可比得克萨斯远多了，很多星星你站在地球上看，它们还在闪闪发亮，但实际上可能几万年前就已经寂灭了，而新唐城里的蝴蝶效应点产生的连锁反应，都是即时的，这又怎么解释？”

“这有什么不能理解的，现世报，懂不懂？”哭大师皱起眉头，申斥道。

“师父，您看看您，说得好好的连锁反应，您就又开始说那套因果报应的东西了，逻辑上能不能保持点连贯性啊？否则我真没法跟您讨论下去了。”波夜空一边说，一边用手护住额头，身体往后仰了仰。

“因果报应不就是连锁反应吗？”哭大师瞪了波夜空一眼，说道。

“理论上来说，连锁反应确实体现了因果律，但是因果之间是有逻辑的，不是您说什么，就是什么的。”波夜空梗起脖子反驳道。

“嗯……”哭大师心里格登了一下，皱着眉头，似乎在想合适的措词，忽然眼睛一亮，说道，“量子纠缠！对，量子纠缠你总听说过吧，曾经在一起待过的相似粒子，只要有一个发生了变化，另一个粒子就会在遥远的时空里，即刻跟它遥相呼应。这不就是现世报的意思吗？”

“好吧，这个地方算您蒙对了，那您说说看，太师父是怎么实现这所谓的量子纠缠的？”波夜空又问。

“我们的肉身不就是一个量子机器吗？物理层面上它就是由无数微粒构成的。在这个系统里，意识本身就是量子间相互作用的结果。反过来说，意识的改变同样也可以让身体的微粒发生改变。而构成我们身体的微粒和构成整个宇宙的微粒，来源是一样的，都来自宇宙还未暴涨前的那一小撮粒子汤……”说到这里，哭大师看了一眼波夜空，“这好像也是你跟我说的，大概多少克来着？”

“三十克，大小只有质子的十亿分之一，我们的宇宙就是从这个地方，从无到有的。”波夜空翻了翻眼皮，补充道。

“对对对，就是这样！”哭大师忙不迭地点头，一副很欣慰的样子，“所以从量子层面上来说，肉身和宇宙都是从那一小点开始的，构成宇宙和我们肉身的微粒，一开始就是纠缠在一起的。只要你能知道是什么和什么纠缠在一起，你就能通过操纵自身，来让整个宇宙发生即时的反应。因为你太师父是个菩萨级的觉悟者，所以，他可以通过让自己的肉身解体为粒子，将新唐城变成了一座可以影响整个宇宙的曼荼罗。”哭大师缓声说道。

波夜空一边听，一边皱着眉头，眼珠子不停地转着，似乎在寻找哭大师话语中的破绽。有好几次都忍不住要打断哭大师的话头了，但事到临头，却又有些不自信了，一边摇头，一边否定了自己的质疑，一直到最后都没有开口。

井下光和卓深影都瞪着眼睛，没怎么听哭大师说话，而是步调一致地将视线在哭大师和波夜空的脸上来回切换，观察着两人的反应。

直到哭大师说完很久以后，波夜空才用力晃了晃脑袋，总算回过神来，悻悻地说道："逻辑上……确实没找到太大的毛病，不过科学是要讲证据的，您说说看，您的这些说法有证据吗？"

"证据？"哭大师脸上又露出比哭还难看的笑容，用手指了指摩天轮包厢里的三个年轻人，"你，你，还有你，你们三个人都是证据。"

"什么意思？"三人面面相觑，不约而同地说道。

"这事情说来有些神奇，你太师父圆寂的那一天，除了我们师兄弟三个，还有三组人也看到了他解体时的满天光雨，"哭大师把头转向了井下光，"阿光，还记得吗？你九岁那年秋天，因为睡不着，趴在地狱号的甲板上看星星，是不是看到大地上忽然升起一道亮如闪电的彩虹，彩虹好像烟花，衍生出千千万万条光线，向夜空伸展而去，和天上的星星连在了一起……"

井下光脸上现出茫然之色，问道："师父，您是怎么知道这件事的？"

哭大师没有回答井下光的问题，继续自顾自地说道："后来，彩虹消失了，天上只剩下一个耀眼的光球，光球分裂成三颗流星，分别往三个方向飞去，其中一颗是朝你飞去的，然后流星击中了你，融入了你的身体。你昏了过去。是不是这样？"

井下光点了点头，说道："当时，我确实昏死了过去，等我醒来，已经是第二天的中午。"井下光看了看卓深影和波夜空，接着说道，"这事我只告诉过阿空、小影和朴不见，师父，您是怎么知道的？"

"你太师父在大雄宝殿解体时，我和你两个师叔都在场，随着他的身体化作一片七彩光雨，三组人的形象就被映射在大雄宝殿的三面墙上，确切地说，整个新唐城都被映射在了大雄宝殿里。那一刻，在大殿里看到的世界，跟外面的世界比，既不更多，也不更少，既不更近，也不更远，只要我们想看，每个细节都能看得很清晰。"说着，哭大师看了一眼卓深影。

"我妈妈的日记里也说到了这件事，"卓深影沉静地点了点头，"那天另一颗流星击中的人就是我妈妈，她是在那之后怀上我的。"

哭大师点了点头，似笑非笑地看向了波夜空。

波夜空马上摆手，一副无比拒斥的样子："哎，少来！少来！我智商可有三百九呢，这种有的没的，您老人家就算磨破了嘴皮子，也别指望我相信。"

哭大师没搭理波夜空，继续说道："那天晚上，三组人中还有一对来自北城贫民窟的年轻夫妇，两人都在垃圾回收厂工作。那天两人得知，他们有了自己的孩子，因为兴奋，晚上睡不着觉，丈夫骑着运货的电动车，带妻子去了海边，两人都看到了那一幕。那三颗流星有一颗是飞向他们的。大约八个月后，那丈夫带着摇篮里的你来到了这里，说有人在追杀他们，然后说当时还没有学会说话的你，忽然开口要他们把你送到修理厂来。那个年轻的丈夫没有再多说什么，把你留下后，头也不回地离开了。"

"编！继续编！"波夜空梗着脖子，脸上满是嘲弄，却又在催促哭大师继续往下说。

"我不放心，把你托付给二师叔后，追了出去。等我追到前面的街口，发现夫妇二人已相拥着倒在了血泊中，应该是被乱枪打死的。后来我想明白了，那个年轻的丈夫之所以急着离开，是没想让追杀你的人，发现你的下落。"

"说谎！狗屁不通！编故事不是这样编的！"波夜空大声说道，眼泪已止不住地掉了下来。

井下光怜惜地将波夜空搂在怀里。哭大师在一边无奈地摇头。

"不科学！这一点也不科学！根本解释不通的嘛！"波夜空还在不住地说。

"这事情发生后，你三师叔当时就表示，要去保护小影的妈妈，但被我拦住了。"哭大师又叹了口气，脸上满是内疚。

"师父，你一定是有充分理由的，对不对？"井下光连忙安慰哭大师。

"唉，当时卓霓裳的事闹得太大，如果我们去守着她的话，你太师父花了一番苦心建成的曼荼罗就有可能暴露。而你太师父圆寂前曾有过预言，说有朝一日你们三个将聚到一起，所以我当时还以为卓霓裳能逢凶化吉，没想到……"哭大师痛心地摇了摇头。

听到这里，卓深影的脸上也现出悲戚之色。

"太师父预言了什么？"井下光连忙岔开话题。

"圆寂前他告诉我们，他的修行没有到家，身上还残存着一点点贪嗔痴，没办法融入曼荼罗，所以最后会化作三颗流星，附在三个人身上，十八年后，曼荼罗暴露时，你们三个将成为它的守护者。”

“你的意思是，我、阿空，还有小影就是太师父残存的那点贪嗔痴？”井下光问。

“要是我没猜错，你应该得到了师父那点没修干净的嗔，阿空是贪，小影是痴。”哭大师的目光一一扫过三人。

“太师父那样的高人，怎么还会有贪嗔痴？而且贪嗔痴又怎么能成为曼荼罗的守护者？”井下光又问。

“唉，要是没有这点贪嗔痴，你太师父哪儿有可能继续留在这个到处是缺憾的世界上。当你变得完美时，你看到的世界，就不会再有一点缺憾。不过，这个我是听你太师父说的，自己也不是很能理解。不过，贪嗔痴和贪嗔痴也是有区别的，连那些凡夫俗子都能将他们的贪嗔痴转化，何况大修行人的贪嗔痴。总之在师父的预言中，你们三人注定将成为曼荼罗的守护者。接下来可能会发生一些事情，是不是这样，应该很快就会见分晓了。”哭大师一脸凝重地点了点头。

本章回顾：

波夜空被哭大师召回，原来此时新唐城内外暗流涌动，宇宙两大势力帝释会和生进会都在暗中布局，觊觎藏在悟空寺修理厂里的曼荼罗（蝴蝶效应矩阵）。哭大师带着波夜空、井下光和卓深影进入了一个叫作虚无地的虚拟空间。在虚无地里哭大师叙述了他师父空藏大师如何利用蝴蝶效应，布置了一个曼荼罗，将整个宇宙和新唐城绑定在了一起，想为蓬莱洲在这场浩劫中找到一个博弈的机会。在虚无地里，哭大师透露了波夜空的身世，还将光影空三人之间的联系告诉了他们。

小贴士：

哭大师：悟空寺修理厂的厂主，空藏大师座下“哭笑不得”三和尚的首座，也是井下光和波夜空的师父。此人身世神秘，是个深藏不露的高手，连生进会和帝释会这两大势力都对他有所忌惮。

第二十二章
异次元行宫

夜已深，窗口漏进来的月光，投映在下铺内侧的墙壁上，白得有些晃眼，井下光却瞪大了眼睛，一直在盯着这一片耀眼的惨白，看个不停。

宿舍里安静得让人发慌，一丝声音也听不见。井下光却知道，那是因为房间里的人，心里正充满噪音，所以外面的世界就寂静了。

他们三人跟随哭大师从虚无地里出来后，谁也没说话，也没跟哭大师道别，就离开了原是大雄宝殿的一号车间，回到了宿舍，一声不吭地上了床。

卓深影此刻正躺在井下光的对面，盯着她的脸看个不停。

卓深影来到悟空寺后，哭大师本是要给她另外安排住处的，却被她拒绝了。卓深影的能量身本就不占地方，空间是大是小，对她来说差别不大。所以在卓深影表示了想跟井下光待在一起的意思后，哭大师就没有再坚持。

每天夜里，井下光和波夜空上床睡觉时，卓深影就会坐在井下光身边，将那些因为耗散而凌乱的能量碎片，聚集在一起，整理到能量身的不同位置上。

井下光曾偷偷观察过这个过程，情形就像是在玩3D版的拼图游戏。

然而今天卓深影却没有这样做，而是目光呆滞地贴墙躺着，一副心事重重的样子。

不过井下光此刻最关心的，还是躺在上铺的波夜空。

刚才在回宿舍的路上，井下光借着晃眼的月光，偷偷从侧面观察过波夜空。那孩子一向亮闪闪的瞳孔现出了晦暗之色，嘴角线像刀刻过的一样，向下弯曲着，不时地抽动一两下。最主要的是，在过去的三个小时里，井下光都没听见波夜空的呼吸声，说明他此刻还醒着，正在有意识地控制自己的呼吸。醒着却没有说话，对这个一向喜欢啰唆的家伙来说，可是一件破天荒的事情。

师父在虚无地里透露的秘密，井下光虽也感到震惊，但毕竟十三岁前，她一直生活在地狱号上，曾经历过世上最黑暗也最神秘的事物，很难再有什么东西能让她烦恼了。但波夜空不同，修理厂的生活虽艰苦，却是个温暖的地方。师父看似老在针对波夜空，一有机会就要找茬敲打他，其实又是最宠他的。波夜空自己也知道这些，否则就不会老是“老秃驴”“小矮子”地跟师父没大没小了。这孩子是在没有心理阴影的情况下，快快乐乐地成长起来的，运气也不错，即使在蓬莱洲这样的地方，也没有遭遇过真正的险恶。今晚忽然听到这些与自己身世有关的悲惨往事，应该无异于晴天霹雳。

然而，井下光知道，这种时候说什么都是多余的，人要长大，难免要经历这样的时刻。所以，除了默默关注，她也没什么好做的。

凌晨三点，上铺传来了沉重的呼吸声。波夜空终于睡着了。

井下光不由得松了口气，使劲撑着的眼皮也不听使唤地合了起来，鼻尖前的卓深影随后消失在她的视野里。

看到井下光睡着了，卓深影眨了眨眼睛，立马从床上坐了起来。

今天哭大师说的事情虽也出乎卓深影的意料，但对她的情绪影响不大。某种程度上，她反而为找到了和井下光与波夜空的联系，而生出了踏实的感觉。她一直躺在井下光的对面，盯着她看，只是为了等待井下光入睡。

看到井下光的呼吸已变得越来越均匀，卓深影让自己的能量身悬浮起来，越过井下光，下了床，然后她走到门边，直接穿墙而过，向着门厅的方向走去。

到了门厅和一号车间之间的空地，卓深影准备跃起，想跳到车间的屋檐下，去寻找那只栖身在那里的蓝海鸥，好依附到它身上，到修理厂外面去。她还没来得及这样做，就听见身后有人在咳嗽。卓深影回过头，发现哭大师不知何时已站在了她身后。卓深影心里诧异，但还是朝那哭丧着脸的老头点了点头："大师，还没睡？"

"今天月亮真圆。"哭大师答非所问，抬头看了看那轮满月。

"以前我主人蜜之靥姬最喜欢在这时候出来活动。"不知怎么搞的，卓深影不由得想起了关于月圆之夜的往事，"因为她觉得这是月球引力场最大的时候，这时候开演唱会，或者在她控制的电视台和视频网播放她的节目，就可以从粉丝那里吸收到更多的生物能。"

"那时候你在哪里？"哭大师将仰起的脑袋垂下，看着她问道。

卓深影愣了愣，迟疑了片刻，然后说道："那时候我还以为自己是她的一部分。"

"如果你真是她的一部分，就不会有这个以为了，就像我认为我的手是我的一部分，但我的手是不会这样认为的，否则它就不是我的手了。"哭大师皱着眉头，举起右手，翻来覆去地看着。

"这个我倒从来没有想过。"卓深影忍俊不禁，觉得哭大师这绕口令和举手观望的样子过于严肃，再加上那张天生的"愁眉苦脸"，有种说不出来的滑稽感。

"你明白我想跟你说什么了吗？"哭大师忽然放下手，一本正经地看着卓深影。

"什么？"卓深影摇了摇头。

"算了，我也不是很明白我在说什么，你只要记得我说过这话就行。"哭大师挠了挠乱蓬蓬的头发。

"哦，好的。"卓深影点了点头，然后看着哭大师，想知道接下来他还会说什么。

"看着我干什么？"哭大师好像被她看得不好意思了，夸张地往后退了两步。

"等着您还有什么话要跟我说。"卓深影道。

"我又不是阿空，哪儿来那么多废话？"哭大师看似不满地撇了撇嘴，"你可以去办你要办的事了。"

"您知道我要去干什么？"卓深影瞪大眼睛看着哭大师。

“帮阿光的忙嘛，去蜜之蜃姬那里打探消息。”哭大师满不在乎地挺了挺胸。

“这个您也知道？这事情我只是心里想了一下，生怕阿光拦着不让我去，所以谁也没告诉。”卓深影道。

“惭愧，”哭大师腼腆地低下头，声音有些忸怩，“在修理厂里，谁心里动了下念头，都有可能被我知道。我真的不是故意的。”

“怎么会这样？”卓深影还是有些不信。

“我哪儿知道，反正就是知道。”哭大师一脸无奈地摊了摊手，“这事情好尴尬，尤其是阿空那小王八蛋在心里骂我时，打他吧，我没有证据，服不了众；不打他吧，我实在咽不下这口气。”

“嗯，知道了，以后要在心里骂您，我尽量不在修理厂骂。”卓深影笑道。

“聪明孩子总是一点就透。”哭大师也笑了起来。

“对了。”卓深影指了指屋檐的方向，“想跟您借一下这里的蓝海鸥，要不然过不了修理厂的这道墙。”

“不用那么麻烦，”哭大师朝卓深影招了招手，“跟我来，我带你去个好地方。”

“什么好地方？”卓深影不解地问。

哭大师没有说话，直接转过身，朝一号车间走去。卓深影连忙跟了过去。

哭大师带着卓深影，走到他平日用来闭关的小壁龛，打开门，朝里面那只够一人坐的空间指了指，说道：“进去吧。”

卓深影点点头，钻进了壁龛。

壁龛里，没有发生什么奇怪的变化，除了眼前的门，没有别的出口，她不解地看了一眼哭大师。

“你先在蒲团上坐下。”哭大师提示道。

卓深影依照吩咐，坐到了蒲团上。能量身刚一落座，眼前就是一片漆黑，感觉中她的能量身好像在不断膨胀，眼前出现了星星点点的亮光。她似乎已不在悟空寺里，而是到了外太空，近身处有一颗苹果大小的暗蓝色石头，蓝色石头边上还有一颗更小的暗灰色石头。

“对，你现在看见的就是地球和月亮。”哭大师的声音在她耳旁响起，然后哭大师的身影也出现在她身旁。

“怎么会这样？这是什么地方？”卓深影回过头看向哭大师，这才发现身边的哭大师好像是被投影到她身边的，他身体的左右是反着的，就像镜子里的镜像。

“这不是什么地方，而是在你自己能量身的内部。”哭大师道。

“这不是外太空吗？”卓深影又往黑漆漆的深处看了一眼，确认这正是以前她随同蜜之蜃姬坐飞船漫游宇宙时看到过的景象，唯一不同的地方，就是现在只要她伸出手去，就能把地球抓进手里，而那些看似无限远的地方，却又好像无限近，只要她想去，就能马上到达。

“里面就是外面，外面就是里面，你说这是外太空，也没错。”哭大师的声音听起来，也好像来自她能量身的内部。

“接着我该怎么做？”卓深影问。

“你不是说要去找蜜之蜃姬吗？”哭大师用手指了指她身边的那块蓝色石头。

受哭大师提示，卓深影看了一眼那块蓝色的石头，心里忽然动了一个奇怪的念头，然后就发现自己已经来到了蜜之蜃姬的异次元行宫，身边的哭大师也已消失不见。

就在卓深影到达异次元行宫的时候，蜜之蜃姬自己正身处千年女优号玛丽莲居住的豪华套间里。她附身于玛丽莲，和玛丽莲的四个助手吸食着可卡因。

千年女优号是一条十万吨级邮轮的名字，这邮轮是玛丽莲名下的财产。玛丽莲常年居住在这条邮轮上，坐着它去世界各地开演唱会。

此刻玛丽莲套房里的另外四个人分别是玛丽莲的经纪人兼丈夫布拉德，玛丽莲的保镖兼司机舍伍德，常年给玛丽莲伴唱伴舞的露露和雪莉。这四个人跟玛丽莲一样，也是蜜之蜃姬常用的宿主，此刻他们被蜜之蜃姬用四个分身附体。这四个分身因为需要长期陪伴在玛丽莲身边，和她一起面对公众和媒体，所以都有自己特定的人格。

吸食完可卡因，蜜之蜃姬驱动着玛丽莲，随着房间里电子音乐的节奏，和布拉德跳起了贴身热舞，她一边跳，一边抓着布拉德的手，沿着玛丽莲那身敞开的透明丝袍，抚着自己隆起的曲线。另一边，露露和雪莉也一前一后夹着打赤膊的舍伍德，用紧身皮衣包裹的身体摩擦着舍伍德。

根据以往的经验，卓深影知道，蜜之蜃姬的角色扮演瘾又发作了。

在摩西沙罗神秘失踪后，蜜之蜃姬常会借着玛丽莲的身体，跟分身们玩弄这种欲望的游戏。

“哦，沙罗，沙罗。”被附身的玛丽莲轻声呼唤，眼角已掉下了两滴冰冷的泪珠。

几乎是同时，露露和雪莉也在做着相似的动作。

而卓深影此刻正在异次元行宫的卧室里，透过梳妆台的镜子目击这一幕。

蜜之蜃姬的异次元行宫在玛丽莲套房里，是客厅书架上的那个水晶球。按照蜜之蜃姬的说法，每个事物上，都重叠着无数个次元，而每个次元里，即使是同一个空间，大小都可能是不一样的。就好像在玛丽莲的次元里，水晶球的体积不到一个拳头大，但在蜜之蜃姬的次元里，水晶球背后的异次元行宫，却要比玛丽莲的千年女优号都要大上几千倍，而玛丽莲在邮轮上的豪华套间，在行宫里看来，却只有卧室里的那面梳妆镜那么大。对无法超越肉身的人类来说，很难理解这样的空间关系。

那五个被蜜之蜃姬附身的人类折腾了大半夜，终于筋疲力尽，一个个倒在地上，睡了过去。蜜之蜃姬从玛丽莲的身上脱离了出来，她的四个分身也从各自宿主的身上离开，走到了蜜之蜃姬跟前，融入了她的能量身。然后，蜜之蜃姬独自走到装饰架旁边，像一阵烟雾一般，渗入到架子上的水晶球里，然后从行宫卧室的梳妆镜里走了出来。

看到卓深影正在镜子前等着自己，蜜之蜃姬的神情稍稍有些吃惊。

“你是什么时候来的？”蜜之蜃姬问道。

“来了大概有三个小时。”卓深影低眉垂眼，细声细气。

“为什么不直接过去找我？”蜜之蜃姬走到卓深影身边，将手搭到了她的头顶上。

卓深影惴惴不安，努力不让心事从自己的记忆内核里泄露出来。

“怕打扰到你。”卓深影小心翼翼道。

“我就是你，你就是我，有什么好打扰的？”蜜之蜃姬眯缝起眼睛，问道。

“也是。”卓深影笑了笑说。

“不过，现在你确实需要认为自己就是卓深影，这样跟那些人打交道时，才不会露馅。”蜜之蜃姬将手从卓深影头上拿开，皱了皱眉，说道，“奇怪，你的记忆里为什么会有这么多的断点？”

“因为那妖怪一样的哭大师会读心术，为了不被他看破，我不得不让自己的意识经常保持在空白状态中。”卓深影解释道。

“嗯，那个小老头确实有点难搞，小心总是好的。”蜜之蜃姬目光闪烁。

“是的，主人。”卓深影点了点头。

“这次回来有什么事？”蜜之蜃姬抬了抬眼皮，问道。

“昨天晚上，我从悟空寺那里得知，新唐城里的蓝海鸥忽然全部失踪了。然后井下光说，玛丽莲也要来新唐城开演唱会。所以我想知道，你这里是不是有什么安排了？我好准备一下，到时候配合你们行动。”卓深影沉声说道。

“明白了，”蜜之蜃姬点了点头，“我带你去个地方，你自己问他们吧。”

“去哪里？需要我跟你合体吗？”卓深影问。

“不需要，现在这样就好。你跟我来。”蜜之蜃姬朝卓深影努了努嘴，转身出了卧室。

卓深影跟着蜜之蜃姬到了寝宫外的黎明走廊，走廊里的天色是黑里透红的晨曦。没走几步，蜜之蜃姬便拐进了走廊右手的第五个房间，卓深影也连忙跟了过去。

这房间的布置类似餐厅，中间放着一张可以坐十几个人的长条桌，桌上铺着台布，摆着餐具和餐巾。

蜜之蜃姬走到长条桌中间的座位前，指了指桌上的一个盘子。

盘子上是一幅格斗场面的釉上彩画，有人正在画面里厮杀。蜜之蜃姬朝卓深影笑了笑，能量身化作一缕烟雾，钻进了盘子里。盘子上即刻出现了玛丽莲的形象。卓深影也学着蜜之蜃姬的样子，附身到盘子上，来到了彩画描绘的那个格斗场。

跟卓深影刚才在盘子上看到的情况一样，格斗场中央两个戴防护面具的格斗士正在拼杀，一个黑衣，一个白衣，手上拿的虽是木刀，但因为两人的出手速度极快，木刀带起的风声比真刀听上去还要凌厉。

在格斗场边观战的，除了蜜之蜃姬，还有一个长着银发和尖耳朵的男子，样子就像是动画里的精灵。卓深影自然知道此人是谁。狐仙被波夜空他们消灭后，精灵曾经到故地小区来找过她，两人还为此达成了默契。

卓深影没有说话，装作不认识精灵的样子，乖巧地站到了蜜之蜃姬的身边。

格斗场里的拼杀已趋白热化，两个武士的脚几乎很少沾地，都在借着对方攻击产生的反作用力，在腾空对战。两人在虚晃和试探了好几个回合后，各自手里的木刀开始“啪啪啪”地连续对击起来，场子里好像有一架无形的梯子似的，随着刀与刀的碰撞，两个格斗士开始扶摇直上。

因为个子高，白衣武士的头首先顶到了天花板，趁着这机会，黑衣武士一个变招，木刀突然往回一收，另一只手抓着白衣武士的衣襟往下扽了扽。白衣武士失去重心，快速向下坠去，黑衣武士一个翻身，脑袋冲下，追赶而去。

就在白衣武士落地的一刹那，黑衣武士手里的木刀追上了他的天灵盖，白衣武士被生生地劈成了两半。黑衣武士一个翻身，落在离白衣武士有三四米远的地方，身上竟没有沾到一丝喷洒而出的鲜血。黑衣武士优雅地扬了扬手，手里的木刀落在了场边的刀架上。

银发精灵当即鼓起掌来，蜜之蜃姬用余光往侧后方的卓深影瞟了瞟。卓深影故作不知，目光依旧停留在黑衣武士的身上。

黑衣武士取下防护面具，露出一头乌黑的长发，将脸转向了卓深影。要不是听说过第五代地狱修女是井下光的同源复制体，此刻卓深影都要惊呼起来。

地狱修女盯着卓深影看了半天，忽然说道：“虽然你的样子跟蜃姬姐姐一模一样，但我知道，你是卓深影。就像我看上去像井下光，其实却不是。”

卓深影点了点头，下意识地往后退了一步，才发现精灵已神不知鬼不觉地站到了她身后。

“对了，就不用自我介绍了吧？”精灵的脸上露出了淡淡的笑意，“其实，我们应该算老相识了。”

“既然是老相识，你大概不会忘记你跑来故地小区收买我，要我背叛主人的事情吧？”卓深影回头看了一眼蜜之蜃姬。

“但是，为什么我从来没有在你的记忆里，读到过这个信息呢？”蜜之蜃姬半闭着眼睛，拉长语调问道。

“我……”卓深影愣了一下，心里恍然，眼前的三个人早已串通一气。她索性不再争辩，让自己恢复成了卓深影的样子。

“哦？没想到你现在不用别人帮忙，就能变成卓深影了？”精灵阴阳怪气地说道，“看来一定发生了一些我们不知道的事情。”

“也没有什么大不了的，因为我已经从心底里认同，我是我妈妈的女儿。怎样，这样子还不错吧？”卓深影轻盈地转了个身，连说话的语气都变了，站定后，目光一一扫过已对自己形成合围之势的三个人，笑道，“我只是奇怪，你们不是死对头吗？怎么突然这么有默契了？”

“敌人的敌人就是朋友。”精灵笑了笑，语气轻描淡写，“因为你，我们三个人就又不得不做朋友了。”

“你们两个老家伙就不要欺负人家小妹妹了。”地狱修女的声音娇滴滴的，手上不知什么时候，已多出了一把黑漆漆的短刀，“让姐姐我来帮你解脱吧。”

说话间，黑色的短刀像变魔术似的，都没有中间过程，就直接到了卓深影胸前。短刀上发出引力，卓深影的能量身一阵波动。幸亏她早有准备，弓起身，一个空间跳跃，想通过异次元通道逃遁。然而她没有想到，她的半个能量身才进入异次元空间，蜜之蜃姬已抢先一步挡在了她面前，脸上还带着嘲弄，她的手上拿着一个已打开的吊坠式项链盒，不知怎么搞的，卓深影竟避无可避，能量身很快被吸进了小盒子里，什么也没有剩下。蜜之蜃姬关上了项链盒的盒盖，将它挂到了自己的脖子上，在另外两人面前，笑吟吟地转过了身。

“这条项链挂在玛丽莲的脖子上应该会很好看。”蜜之蜃姬说道。

“这就是当年摩西沙罗用来收服你的蜜盒？”精灵问道。

“你知道的还真不少。”蜜之蜃姬脸上现出一丝旖旎之情，“我还真有点怀念当年那死鬼天天将我贴身戴在胸前的感觉，那才叫如胶似漆呢。”

“姐姐，好生羡慕你啊。”地狱修女在用一块雪白的丝巾擦拭着痛苦之刃，“沙罗主人对我就没有那么好，一有机会就欺负人家，害得我每次活不到四十就要换一个身体。”

“为什么不试试意识上传，给自己换一个机器身体？或者像夫人那样，将自己炼化成纯粹的生物能？”银发精灵问道。

“因为没有肉身特有的存在感，就无法体验到真正的痛苦，痛苦之刃里与痛苦有关的生物能自然就发挥不出来。这样的话，对沙罗主人来说，我自然就没有利用价值。”地狱修女撩起衣襟，露出短裤下被黑色丝袜包裹的长腿，将痛苦之刃狠狠地插了进去。她嘴里发出一声闷哼，妖刀和她的腿融为一体，丝袜裂缝处的皮肤上顿时现出一个匕首形状的黑色文身。

“你好像还挺享受这感觉的嘛。”蜜之蜃姬拖长语调，嘲弄道。

“我享受不享受的不重要，反正沙罗主人挺享受这感觉的。”地狱修女挺了挺隆起的胸，挑战似的看了蜜之蜃姬一眼。

“行了，说好的，先放下以前的恩怨，别忘了，我们是为什么才联手的。”精灵说道。

“财神爷，我跟姐姐可没有什么恩怨，”地狱修女眼珠子一转，忽然变得娇媚起来，“最多也就是争点风吃点醋，但为了沙罗主人，我们两个是可以连命都不要的。姐姐，对不对？”

“就是，不像有些人，死鬼失踪后，就一直想取而代之。”蜜之蜃姬附和道。

“摩西沙罗也是我最敬重的大哥好不好？”精灵一副很委屈的样子，“他苦心经营生进会，好不容易把这些难伺候的主都给镇住了，撮合到一起，我总不能眼看着它分崩离析吧？”

“明白明白，你还是很爱他的。”地狱修女一副娇滴滴的样子，身体前倾，用手指钩住了精灵的下巴，像是在调戏他一般。

“嗯，尤其是那位叫‘狐仙’的意识载体，她对沙罗，那才真叫一个柔情蜜意呢。”蜜之蜃姬也笑着补充。

精灵还是面不改色，伸出手，轻轻拨开地狱修女钩住他下巴的食指。

“说正事吧。”精灵看了一眼蜜之蜃姬，“夫人，你有什么计划？”

蜜之蜃姬轻轻巧巧地转了个身，能量身分出了另一个影子，正是那个一直陪伴在玛丽莲身边的伴唱女郎露露。

“什么意思？”地狱修女不解地问。

蜜之蜃姬面带微笑，朝露露扬了扬手指。

露露心领神会，像脱衣服一样，双手在衣襟上一扯，她的能量身被扯成两半，从里面现出另一个影子一样的能量身，那形象正是卓深影的。

“你是想让露露冒充卓深影，混进修理厂去？”精灵脸上露出一丝会心的笑意。

蜜之蜃姬点了点头。

“这种障眼法怎么瞒得过那整天哭丧着脸的小老头？”地狱修女道。

“所以我准备了这个。”蜜之蜃姬摘下挂在胸口的蜜盒，拿在手里晃了晃，然后朝露露抛了过去，落在了她的脖子上，“有了这东西，卓深影的生物能和记忆，就都可以为露露所用，而且不用担心被她反噬。”

本章回顾：

卓深影决定回蜜之蜃姬的异次元行宫，帮井下光他们打听玛丽莲到蓬莱洲开演唱会的用意。结果中了蜜之蜃姬、财神和地狱修女设下的埋伏，被关进了一个叫作“蜜盒”的装置里。然后，蜜之蜃姬派出另一个分身露露，要她冒充卓深影，混进悟空寺修理厂去。

小贴士：

异次元行宫：蜜之蜃姬能量身的外延部分，是个异次元的多维空间，从这个异次元行宫可以到达宇宙的任何一个地点，而时间在这里也是以空间的方式分布的。对蜜之蜃姬这一类由纯粹的能量构成的生命体来说，每个事物上面都重叠着无数个次元，次元与次元之间是互相套嵌的，而且可大可小。

第二十三章
这帮家伙应该有别的想法

早上六点钟，波夜空被一阵隆隆的轰鸣声吵醒了。

那声音连绵不断，响到连床架子都震动了起来。

昨天在虚无地听哭大师说了自己的来历，波夜空受了刺激，三点才入睡，此时睡得正酣畅，这突如其来的声音加上震颤，让他猛地惊醒，还以为地震了。此刻他眼睛还闭着，身体却已经开始行动，他将手伸到床架边的栏杆上，用力一撑，身子就直接落了地。

“不好，地震了，阿光，赶快逃命……”波夜空一边嘟哝，一边用力睁开被眼屎粘住的眼皮。

眼前出现了一张熟悉得不能再熟悉的脸庞，井下光正歪着脑袋，一脸严肃地看着他。

“啊，你已经起来了？怎么不叫我一声？”波夜空使劲揉了揉眼睛，说道。

“你这人真够厉害的，别的本事没有，逃起命来，倒是犀利得很，眼睛都不用睁，就能准确落位，真是好生让人佩服啊！”井下光皱着鼻子捂嘴笑起来。

“这是什么情况？”波夜空看了看四周，发现屋子里一切无恙，只有轰隆隆的声音还在持续。

“什么什么情况？”井下光反问。

“哪里来的声音？”波夜空道。

“这不正打算去瞄一眼嘛，被你这从天而降的架势，给拦在这里了。”井下光撇了撇嘴。

“那还废什么话？赶紧的！”波夜空一边说，一边往井下光身后看了一眼，“小影呢？”

“醒来的时候就不在了，应该是去外面看热闹了。”井下光忙不迭地绕过波夜空，往门外走去。

“都什么人呢！”波夜空挠了挠头，也跟了上去。

两人出了门，循着声音，一直跑到修理厂外。一路上，两人看到修理厂里的小徒弟们跟他们一样，也都是一脸兴奋，在急急忙忙地往外赶。

“哎呀，现在我总算明白，什么叫作唯恐天下不乱了。平时让这帮家伙干活，个个愁眉苦脸的，一旦有什么热闹可凑，就都像过节似的啦。唉！”在门口站定后，看着两边熙熙攘攘列成一排、对着前方指指戳戳的师兄弟，波夜空不住地摇头叹气。

“好像你比他们更好似的。”井下光那白得像新笋般的手，在他脑袋上轻轻拍了一下。

看着这熟悉得不能再熟悉的玉手，波夜空不禁呆了一呆，又想起卓深影暗示过他的事情：井下光喜欢他。心里顿时说不清，此刻自己到底应该欢喜还是烦恼。

“干什么？”看到波夜空在发愣，井下光不解地问。

“快看那里！”波夜空指了指前方，岔开了话题。

此刻，修理厂门口的大路上，驶来了一长排载重量足有一百吨的重型货车，车队有七八公里长，一辆接着一辆，所过之处灰尘像黏稠的液体，从地面喷涌到空气中，一眼望去，似乎又回到了那雾霾笼罩的过去。

卡车正是轰隆声的来源，也是大地微颤的原因。

这些重型货车在离修理厂门口还有十米远的地方，拐进了两边的空地，随后将装载其上的旧汽车旧机床旧锅炉，一股脑地倾倒下来，又马上掉头往来路返回。

看了大约有一刻钟，车队的长度不仅没有减少，还不断有新的载重货车加入队列。波夜空挠了挠头，朝两边看了看，终于找到了哭大师和笑和尚的身影，连忙努了努嘴，朝井下光示意，两人便向哭大师所在的地方走了过去。

“师父，这是什么情况？”波夜空将脑袋凑在哭大师耳朵边上，悄声问道。

由于样子看上去有些鬼祟，哭大师不满地瞪了波夜空一眼，啧了一声：“问话就问话，干吗跟做贼似的？”

“我心里紧张嘛。”波夜空挺了挺胸，声音放高了八度，说道。

“你紧张个屁啊！”哭大师翻了翻眼皮，“什么时候你变得这么胆小了？”

井下光在一边忍俊不禁，笑和尚则依旧是那副面无波澜的样子。

“唉，你不知道，昨天你跟我说了那些话后，我整个人都不好了。心里正打鼓呢。”波夜空指了指前方，“然后你看，就又出幺蛾子了！”

“师父，他们是在干什么？”井下光见缝插针，趁着波夜空说话的间隙，问哭大师。

“运垃圾咯，这事情你自己的眼睛不也看得见吗？”哭大师摊了摊手道。

“您这人，怎么这么死心眼？阿光其实是问您，他们这么干，是什么用意？”波夜空在一边帮腔。

“我又不是他们肚子里的蛔虫，有何德何能，可以知道他们在想什么。”哭大师双手叉腰，翻着眼皮反诘。

波夜空被问住了，咽了口唾沫，继续问：“我们就是想探讨一下，您反应这么大干什么？还有，这些人到底是什么来路，是不是也该打听一下呢？”

“打听啥？这周边所有的土地都是李河方的，悟空寺的地，当年也是他捐给你太师父的。没有他的允许，谁敢把这些乱七八糟的东西往这里扔？这些工业废件以前不都是扔在北城李家废地上的吗？”哭大师没好气地说。

“你这么一说，事情就豁然开朗了。”波夜空煞有介事地点了点头，“李河方的背后是帝释会，然后城里的蓝海鸥也都被他们收走了，看来这些家伙是想对我们动手了。”

“你的意思是，他们要用这些东西，把我们给活埋了？”井下光指了指眼前的工业垃圾，调侃道。

“这个……也不是没有可能。”波夜空挠了挠头，“但好像有点费劲，还不如直接动手呢，反而更简单一些，我感觉这帮家伙应该有别的想法。”

“师父，我们该怎么做？”井下光看了一眼哭大师，问道。

“看看再说。”哭大师轻轻巧巧地应了一句，然后看了看四周，举起双手击了一下掌，“各位小爷，热闹都看够了吧？是不是得去准备准备了？然后该忙啥忙啥去？”

“就是！”井下光也叉起腰，杏眼圆睁，做出一副凶巴巴的样子。这帮孩子中，井下光做惯了大姐头，此刻自然是要帮一下腔的，“平时干活的时候，就没看你们这么积极过！”

修理厂的小徒弟们一阵起哄，然后作鸟兽散，悟空寺前的空地上，很快只剩下了井下光、波夜空、哭大师和笑和尚四个人。

井下光没有要走的意思，还在原地东张西望。

“喂，”哭大师朝井下光努了努嘴，“井首席，你是不是也该忙自己的去了？刚才说别人说得那么起劲，怎么就忘记自己了。”

井下光忸怩了一下，赔笑道：“我是在找小影，今天早上起来就没见她，还以为她正附在谁身上看热闹呢。”

“对啊，刚才我也纳闷，我的光谱眼竟然没看见那小孩的身影。”笑和尚点头附和。

“昨天夜里，她说要回蜜之蜃姬那里打听消息，我就把她放走了。”哭大师挠了挠头。

“师父啊，我怎么说您好？都这么大年纪了，还一点不懂事？”波夜空一脸沉痛地摇了摇头，“现在这么敏感的时候，您还放小影去蜜之蜃姬那里，万一被识破她已经反水了怎么办？做事情知不知道轻重啊？”

哭大师被波夜空说得也是一愣，然后马上回过神，木鱼槌又出现在手上，敲在了波夜空的脑门上。波夜空龇牙咧嘴地一阵哀号。

“怎么啦？我说错您啦？”痛过之后，波夜空还是不肯服气。

“从昨天夜里，我在虚无地里，把你们的事情说给你们听后，我们之间原来的关系就结束了。你太师父说了，从那一刻开始，凡是你们想干什么，我们师兄弟只能配合，不能给你们拿主意。命运会带着你们，到你们该到的地方。曼荼罗接下来的连锁反应，就要靠你们三个人来展开了。”哭大师一脸严肃地说道。

“是这样吗？”波夜空看了一眼笑和尚。

笑和尚还是不温不火的样子，点了点头。

“哎呀，这么一说，那您打我，是不是犯规了？”波夜空双手叉在胸前，用舌头舔了一圈嘴唇，得意地仰起脑袋，看着哭大师说道。话音未落，脑袋就又挨了一下。

“打你就是配合你，我又没有给你拿主意。”哭大师一本正经地收回木鱼槌，然后似笑非笑地看着波夜空。

波夜空还要争辩，井下光连忙伸手捂住了他的嘴：“早跟你说了，你跟师父不是一个量级的选手，咱好汉不吃眼前亏哈。”

说完，井下光已忍不住皱着鼻子笑起来。

“对了，阿光现在是新唐城共和国的吉祥物，需要天天去市政厅供大家膜拜，别的人也都有事做，厂里就你最闲，今天起，由你负责留在门厅，盯着外面的情况。”哭大师抬了抬下巴，一边说，一边又举了举手里的木鱼槌，看着波夜空，一副不容置喙的样子。

“我有很多事呢……”波夜空拨开井下光的手，不管不顾地争辩道，井下光马上又用另一只手捂住了他的嘴。

“你有什么事呀？大陷坑那里的工地，结构都做完了，砌墙什么的，你又不会，就是在那里指手画脚了，不要以为我不知道，没你，大家干起活来效率更高。怎么，说错你了吗？”哭大师又举起木鱼槌，瞪着眼睛说道。然后，一转身，自顾自往修理厂走去。

“唉，可怜的孩子。”笑和尚走到波夜空身边，揉了揉他肿起的脑门，叹道。然后，也转过身，回到了修理厂。

“法西斯主义老秃驴！”波夜空压低声音，但动作夸张地指着哭大师的背影骂道，然后又看了看笑和尚的方向，挠了挠脑袋说，“以前，我一直觉得二师叔是好人，现在怎么觉得，他有点蔫坏呢？”

井下光在一边笑得浑身乱颤，看到波夜空转头看她，连忙一本正经地点了点头："嗯，我也觉得是。"

本章回顾：

波夜空还在睡觉，听见外面传来巨响，他和井下光出去看，发现悟空寺修理厂外的空地上，正有大型载重货车在源源不断地运来各种工业垃圾。哭大师等人判断，这事是帝释会授意李河方干的。不过这么做的用意何在，大家暂时都没有猜出来。

小贴士：

笑和尚：悟空寺修理厂哭笑不得三大师，排名第二的和尚，法号大笑。他是底比克西星人，该星球的人有两项特殊能力，一是光谱眼，看人的时候主要通过光谱而非外貌来辨别；二是能将意识从肉身中分离出来，依附到其他物体身上。

第二十四章

比起原来的样子总是差了点

黄昏的时候，波夜空又绕着修理厂的外墙走了一圈。

早上载重货车刚来时，波夜空还以为车队只是要在厂门口的空地上倾倒垃圾。但很快他发现，情况并非如此。

坐在门厅里，外面空地上的垃圾已堆得半天高，沿着大马路开来的卡车已无法驶进两边的空地，但连绵的车队好像没有要停止的意思，还在继续往前，到了厂门口，开始兵分两路，朝两边驶去。

不久，又开来一队卡车，车上装着重型轧路机和大吊车。

卡车停下后，轧路机沿着特制的轨道，从卡车上面缓缓驶下，毫不留情地碾上了两边空地上的巨型金属废件，经过反复碾轧，那些旧汽车、旧机床和旧锅炉被轧瘪，成了金属块，然后大吊车将金属块吊起，堆叠了起来。

看到这情景，波夜空在门厅再也坐不住了，跑到外面，绕着围墙走了一圈，发现修理厂四周的空地上，都有卡车在卸货，卸满了一块地方后，就马上有轧路机和大吊车过来进一步作业。

波夜空将这情况跑去向哭大师报告。哭大师坐在一号车间用来闭关的小壁龛里，眼皮都没抬一下，只说了一句“知道了”，就把他打发走了。

下午一点钟的时候，波夜空还是不放心，又绕着围墙走了一圈，发现环绕修理厂的金属垃圾堆已经堆到了围墙的高度，就再次跑去向哭大师报告，又被老样子打发了回来。

波夜空心里生气，决定不再管这件事。

但到了黄昏，眼看着外面的金属垃圾堆已有二三十米高，波夜空又忍不住了，开始第三次绕着围墙察看情况。

四周的金属垃圾堆此时已变成了一座连绵不断的山丘，将悟空寺修理厂完全包裹在了里面，只在大门口马路的方向上，留下了一个缺口。

在这个过程中，波夜空特地跑到垃圾山的最高点，实地考察了一番，发现只要站在山丘上，就能将悟空寺里的情况看个七七八八。

这一圈走下来后，波夜空坐回到门厅里，没有再去哭大师那里自讨没趣，而是坐在客服的位子上，撑着脑袋，眼睛看着门外的夕阳，耳朵听着轧路机碾轧在金属件上发出的吱嘎声。一边发呆，一边在心里盼着井下光能快点回来，这样自己就可以有一个商量的对象了。

波夜空正愁眉苦脸时，朝向修理厂大门口的马路上，一辆被涂成嫩绿色的老式甲壳虫突然从一大堆卡车中钻了出来。甲壳虫在来往对开的车丛中，快速地绕来绕去，只用了半分钟，就从一公里外的地方，开到了垃圾山的内侧，在修理厂门口猛地刹住了车。可能因为车速过快，车还是往前冲了五六米，轮胎贴着地面，发出尖厉的摩擦声，最后硬生生地在门厅的台阶前停住了。

车门打开，一个卷发女子走了下来。从女子的肤色上看，这应该是个黑白混血儿，鼻梁上架着一副盖住了半张脸的墨镜，身上穿着一件亮黄色的皮质长风衣，里面是一件露腰的浅灰色皮质短胸衣和一条仅够遮住大半个臀部的牛仔热裤，热裤之下是一双红色的羊皮靴，长度几乎可以把整个大腿根都装在里面。

因为这身打扮太过拉风，女子一从车里出来，就把所有人的眼光都吸引了过去。工地上的卡车和铲车都忽然停了下来，一个正沿着垃圾山向上行走的工人，因为回头看那女子，脚下还打了个趔趄。

美女在前，波夜空自然也不能当作没看见，更何况那女子正在朝他走来，一边走，一边还对他挥手。波夜空心里不免有些小得意，但脑子还没有到不清楚的程度，他暗暗嘀咕，自己到底何德何能，竟可以让这样一个陌生女子对自己这般亲热，于是忍不住又上上下下看了那女子好几眼。不知怎么搞的，他竟隐隐有种奇怪的感觉，认为那女子有点像卓深影，但细细一想，又发现，两人并没有一丝相似之处，最主要的是卓深影对人不可能这么亲热。

女子走到波夜空面前，冲他“嘿”了一声，看他没有反应，就把脸上的大墨镜取下，大声说道：“我啊！”

“你？”波夜空还是迟疑地看着来人。

“卓深影啊！”女子说道。

“哪个……卓深影？”波夜空挠了挠头，问道。

“哦，对了，这个是我的附身，”女子指了指自己，“就是老给玛丽莲伴唱的那个露露。你床头那张玛丽莲的海报里，应该有她。不附在她身上，我怎么进得了这个门？”

“嘿，你早说呀！”波夜空拍了一下大腿，好像恍然大悟的样子，“我说呢，怎么隐隐觉得你跟小影很像，原来是这么回事。我真是太佩服自己了，样子差得这么多，还能看出来，智商高，真是一点办法也没有啊。”

露露捂着嘴笑起来：“你废话怎么还是这么多？”

“什么叫废话多？这叫风趣好不好？”波夜空撇了撇嘴，然后不知为何，目光竟被露露胸前戴着的项链盒吸引了过去，“这个项链盒看上去很漂亮啊。”

“难道只有项链盒漂亮吗？”露露不动声色，轻盈地转了个圈，“别的地方就不漂亮？”

“漂亮是漂亮，但比起原来的样子，总是差了点。”波夜空说着，使劲甩了甩脑袋，努力让自己清醒过来，然后连忙转了个话题，“对了，你消息打听得怎么样了？”

“那些蓝海鸥确实是被帝释会收走的。帝释会的人最近正打算以势力均衡理事会的名义，来找修理厂的麻烦，要你们交出蝴蝶效应矩阵的控制权。他们收走蓝海鸥，就是怕你们到时候，用蓝海鸥来要挟他们。”露露说道。

“这帮家伙倒也机灵，知道要先保住自己的命门，”波夜空啧了一下嘴，摇了摇头，“都怪我，蝴蝶效应点的计算模型让爱丽丝给拿走了。不过，幸亏悟空寺内部还有一个无限的新唐城，还没来得及纳入模型。要不然这帮家伙，就不会像现在这样小心翼翼了，应该早就动手了。”

“蜜之蜃姬他们也是这样估计的。”露露点了点头。

“他们？”波夜空挑了挑眉，问道。

“蜜之蜃姬带我去见了地狱修女和财神。这是他们三个人共同的意见。”露露补充道。

“对了，那蜜之蜃姬为什么要在这个时候，跑来新唐城开演唱会？是想趁火打劫吗？”波夜空问。

“这个想法不能说没有。”露露努了努嘴，“我听他们说，最主要的目的，还是为了寻找摩西沙罗。”

“这事情跟摩西沙罗又有什么关系？”波夜空问。

“空藏大师舍身化为蝴蝶效应矩阵的那天，也是摩西沙罗失踪的时间点，所以他们认为，这两件事之间一定有某种联系，想趁着帝释会发难的机会，趁乱混入悟空寺，打探消息。”露露道。

“沙罗真的失踪了吗？会不会是生进会在放烟幕？”波夜空问。

“应该是失踪了，否则他不会不参加这次的三千年庆典。按规定，谁在庆典上拿了第一，生进会会长一职就归谁。这么要命的事情，摩西沙罗要是在的话，不会不出手。而且只要摩西沙罗在，生进会的实力绝对在帝释会之上，出手控制悟空寺这种事情，绝对轮不到帝释会来做。”露露沉声说道。

“摩西沙罗真的有这么厉害吗？”波夜空瞪大眼睛问道。

“当然。据说，上一次三千年庆典，当时，生进会里最强的成员是财神和蜜之蜃姬，摩西沙罗让两人联手挑战自己，结果轻轻松松地赢了他们。”露露说道。

“那他跟老秃驴比呢？”波夜空接着问。

“他们说，如果摩西沙罗还在，上次在天堂号上，就不会让你们随随便便地来，随随便便地去了。”露露道。

“哎哟，我的妈呀，原来世上还真有能克住老秃驴的人啊？好消息。”波夜空嘴上轻松，神情却有些凝重。

“你没有听哭大师跟你说过摩西沙罗的事情吗？”露露目光闪烁。

“没有，”波夜空摇了摇头，“老秃驴一向防我跟防贼似的，连他那个宝贝闭关室，都死活不肯让我进去看一眼。”

说到这里，波夜空想起早上挨师父打的事，忍不住伸手摸了摸额头上的那几个隆起的肿块。

“一定又是被师父棒喝了吧？”露露笑着，将手伸了过来，“我来帮你揉揉。”

“慢！”波夜空猛地往后一退。

“怎么啦？”露露有些摸不着头脑。

“妹妹，你别跟阿光似的，这样我很不习惯的。”波夜空不好意思地挠了挠头，“对了，你赶快去闭关室找老秃驴吧，把刚才你跟我说的事，再跟他说一遍。”

“你不陪我一起去吗？”露露眼波流动，朝波夜空妩媚地笑了笑。

“不去啦。”波夜空使劲地摇头。

“怎么啦？”露露噘嘴问道。

波夜空呆了呆，咽了口唾沫后说道：“现在修理厂人手紧，又是这种时候，我得在这里帮他们看门，别的人真干不了这事。”

露露一脸娇嗔地摇了摇头，别转屁股往厂里走去。

波夜空转过身，看着露露的背影，喃喃自语：“以前她冷冰冰的时候，我老盼着她能热情点，为什么她真热情了，我却很不适应呢？”

本章回顾：

波夜空被哭大师安排在门厅看门，发现李河方的人用工业垃圾堆起了一座环绕修理厂的山丘。波夜空正在猜想对方这样做的用意时，假扮卓深影的露露来到修理厂，告诉波夜空，根据她从蜜之蜃姬那里得来的消息，帝释会可能正试图将悟空寺掌控在自己手里。而蜜之蜃姬和财神这些生进会的大佬，也准备进入新唐城，查访失踪了十八年的摩西沙罗。

小贴士：

摩西沙罗：生命进化委员会的会长，科学狂人，为了找到最佳的生命形式，一直在利用他的进化研究院进行各种生命实验。他自身就是这些研究的成果，他既拥有一个像财神那样的机器身体，也能像蜜之蜃姬那样以纯粹的能量形式存在，还能变成纯粹的意识，不用依赖任何物理形式，直接和空间结合。十八年前，他神秘失踪，至今没有人知道他去了哪里。

第二十五章

新唐城将有大事发生

小施拿着一块崭新的白毛巾，沿着餐桌边缘，从外往里，将桌子又擦了一遍。

这餐桌其实早已一尘不染，烛台上的光线都能把桌面照成白花花的一片了，但小施还是擦得又慢又仔细，好像他的眼睛能看见别人看不见的微尘一般。

这样擦了很久，小施才终于直起腰，满意地点了点头，将几乎还是崭新的白毛巾扔进了废纸篓，开始往桌面上铺展两条绿色的方格餐巾，接着又从酒柜里取出两个方形玻璃杯，还有一瓶开了封、已喝掉四分之一的威士忌。他将杯子小心翼翼地放到餐巾上。一个放在对面略靠左下方的位置上，一个放在了自己这一边，大约是餐巾正中稍稍靠上的地方。酒瓶则被摆在了两条餐巾之间靠近小施的这一边。

桌上所有的物品都恢复到了半年前的样子。

在大风不告而别前，他们两个当时就是这样面对面，坐在这张正方形餐桌边，一起喝着威士忌的。

当时餐厅的灯都被熄灭了，因为大风想看看房间里那对老式烛台的照明效果。小施便照办了。

两人就这样喝了两次三分之一杯的威士忌。然后，小施起身，说要去一趟卫生间。

然而等小施从卫生间回来时，大风不见了。

小施叫着大风的名字，在小洋楼里上上下下找了好几遍，门窗都关着，并没有大风进出过的迹象。他想起第一次见大风时的情景，大风也是这样神秘地出现，然后又神秘地离开。

当时小施还以为，这只是大风另一次的不告而别。不过，他现在开始相信，大风一定会在未来某个时间点，再次出现在他面前。所以小施虽怅惘，但想到终究还有和大风重遇的一天，也就释然了。然而第二天，小施却从心急如焚的顾得满那里得知，大风被河原细美绑架了，并且生死未卜。

正是听了这个消息，小施才跑去找了井下光。然后又在井下光的唆使下，开始了在上秘院长达半年的扫地活动。

不过，除了在上秘院打扫卫生外，这半年来，小施还一直在做另一件事，就是每晚九点，准时来到这幢位于香港路一〇〇号对面的小洋楼，将餐厅里的布置恢复到大风离开时的情景。小施自己也不知道，他为什么要这样做，好像这是一个必要的仪式，可以让事情重新回到大风失踪前的一刹那。

小施正回想着往事，眼前忽然一暗，他抬起头，是对面香港路一〇〇号楼顶的那排装饰灯熄灭了。于是小施站起身，就像那天晚上一样，朝对面的空位欠了欠身，说道："我去一下洗手间。"

说完，他转身离开，去了楼梯拐角处的卫生间。

他在卫生间里看着手表，让时间过了三分五十三秒，然后从里面出来，回到了餐厅。

他已经这样近乎强迫症地做了半年，但小施没有想到，这一次他回来时，对面的空座位上，竟赫然坐着大风，样子和她失踪时如出一辙，上身是短袖牛仔帽衫，下身是红色的裙裤，刘海有些零乱，分成三缕，散落在额头。时间好像又回到了半年前，仿佛其间没有发生过任何变故。看着眼前的一切，小施不由呆住了。

"怎么啦？"大风被看得有些发毛，低头看了看自己身上的装扮，没有找出毛病，便再次抬头问道，“什么问题？”

小施一时语塞，都不知该从何说起。

“对了，你怎么去卫生间这么久？”大风皱了皱眉头，她的语气里，好像过去的半年从来不曾存在过似的，她一直都坐在餐厅里，等着小施从卫生间回来。

看到小施没有回答自己，大风又开口道：“那个叫摩西沙罗的人是你朋友吗？”

“摩西沙罗？”小施皱了皱眉头，脱口而出。

“呀？”大风猛地捂住了嘴，像是喃喃自语，“摩西沙罗？摩西沙罗不就是生命进化研究院里的那个怪人吗？为什么刚才我完全没有想起来这件事？”

小施心里咯噔一下，要在以前，此刻他可能早就大呼小叫起来。但经过这半年在上秘院每天四小时的历练，他发现即使面对这样匪夷所思的事情，他还是很冷静，甚至开始主动安慰起此刻魂不守舍的大风来。

“别急，我们不妨先把事情捋清楚了。”小施一脸诚恳，手下意识地往前伸了伸，想要握住大风有些无措的手，然后因为觉得这样做有些不合适，就又将手往回缩了缩，才继续说道，“你估计一下，从我离开到回来，大约过了多长时间？”

“大概十五分钟。”大风皱着眉头想了片刻，然后用力点了点头。

“你确定？”小施一字一句地问道。

“我确定！”大风再次点头，“你自己难道不知道你在卫生间里待了多久吗？”

“这就是问题所在，”小施让自己的语气尽可能淡定，“那天，我在卫生间里只待了三分五十三秒，出来时，才发现你已经不在餐厅了。也就是说，你印象里的十五分钟，在我这里是整整半年。”

说着，小施站起身，走到窗边，打开窗户，指了指香港路一〇〇号门口的那排樟树，说道：“你应该记得，我们喝酒的那天，樟树的叶子已经黄了，树冠有些稀疏，但现在它们又变绿了，而且很茂盛。除了时间已经从冬天来到了夏天，大概没有别的魔法可以做到这件事。”

听到小施的话，大风连忙走到窗边，看了一眼街对面的樟树，惊愕之后是一脸的迷惘。

小施尽可能地保持客观，说了半年前大风失踪后，河原细美如何向顾得满声称，自己绑架了大风。然后又说了，为了找到大风的下落，他是如何去向柿落上人求助的，但柿落上人却一直没有算出大风的下落。

“现在看来，柿落上人之所以算不出你在哪里，是因为你压根就没有被细美绑架，更没有失踪，只是你的时间和别人的时间错开了。”小施一脸沉静地说了自己的推论，“摩西沙罗突然出现在你面前，也不是无缘无故的，这一切应该都是他在做手脚。”

“要是摩西沙罗的话，倒真有些可能。”大风若有所思地点了点头，“以前地狱修女说过，摩西沙罗在研究所谓的时空操纵术，据说这种技术可以将时间和空间随意地缩小或者放大。也许摩西沙罗已经把这种技术给研发出来了。”

“对了，给我说说，在你以为的十五分钟时间里，发生了什么？”小施一脸好奇地问道。

“就在你刚去卫生间没多久，一个戴单边眼镜穿白大褂的男人进了房间。从他的穿着打扮看，像是一个医生或者实验室里的研究人员。你知道的，我曾经受过专业的杀手训练，一般人只要出现在我周边，我不会一点觉察都没有。但这一次，直到摩西沙罗走到我面前，我都没有意识到他已经进来了。看到我吃惊的样子，他笑着对我说，他是你的朋友，然后说了自己的名字。其实我是认识他的，因为连我这个人都是被他克隆出来的。但我当时却感觉，好像不认识他似的，连他的名字都感觉很陌生。”大风说着，脸上的神情愈发迷惘。

“然后呢？”小施问。

“然后？”大风歪着脑袋，好像在用力回想，“然后他就在你的座位上坐了下来，说了一些莫名其妙的话。”

“他说什么了？”小施又问。

大风摇了摇头：“不记得了，等我意识到时间已经过去十五分钟，你却还没有回来，我有些着急。这时，摩西沙罗却站起身，彬彬有礼地跟我告别，然后无声无息地出了门，我正在纳闷，想追出去看一眼，你就推门走了进来。然后就是现在了。”大风下意识地咬了咬嘴唇。

听大风说完这些情况，小施也沉默了起来。过了很久，他忽然将自己的脑袋低下来，伸到大风面前，说道：“这样吧，你拧一下我的耳朵，要用力拧，让我确认一下，我现在不是在做梦。”

大风没有伸手，抿嘴笑了笑，说道：“肯定不是，我身上被植入过唤醒基因，是用来防止别人对我进行催眠的，如果现在是做梦的话，我一定知道的。”

“但我没有这个本事啊，只有用这个笨办法，才能让我确认，我不是在做梦。”小施还是固执地将脑袋留在了大风面前。

“好吧。”大风点了点头，伸手拧了一下小施的耳朵。

“太轻了！重一点！重一点！”小施大声鼓励道。

大风皱了皱眉头，手上又加了把劲。小施终于嗷地叫了一声，然后满意地点了点头：“应该不是做梦，这下我就放心了。至少你回来这件事是真的，别的都不重要。”

听到这话，大风的脸红了一下，她低下头轻声问道：“你刚才说，这半年来，你天天跑去上秘院打听消息，就是为了跟我告别？”

小施挠了挠头，嘿嘿傻笑了几声，说道：“这事情确实有点秀逗，不过，既然过去了，就不要再提了。”然后好像想到了什么，又说道，“对了，前天我从上秘院回来，把你马上会现身的消息，跟满哥说了。他关照我，只要你一出现，就带你去见他。他说，他欠你太多，要你一定给他一个还债的机会。”

听完小施的话，大风没有说话，一个劲地摇头，脸上的神情楚楚可怜，眼泪已在她的眼眶里打起转来。

看到大风这样子，小施没有再犹豫，直接拉起她的手，带着她上了鲨鱼商务车，一路向着顾家大宅的方向狂奔而去，路上他还给顾得满打了电话。

鲨鱼商务车来到顾家大宅门口时，顾得满已经在那里等候多时，他的身边还站着顾有思。看到大风从车上下来，顾有思的神情有些古怪，好像有心事被触动了。

小施放下大风后，没有留下来碍事，朝顾得满打了个招呼后，便离开了。

站在离顾得满只有咫尺之遥的地方，大风使劲低着头，不去看对方，但身体已不听使唤地颤抖起来。

顾得满没有说话，一把将大风搂到怀里。

大风顿时感觉好像已被这温暖的怀抱融化了，心里兀地生起一股广阔到无比宁静的幸福感。她虽不知道，在那无穷的过往岁月里究竟发生了什么，但她很确定，为了眼前这个哥哥般温暖的存在，她会毫不犹豫地再去死一次。这感情没有理由，却无比真实。

过了很久，这哥哥一样的男子才终于松开环抱，揉了揉大风的脑袋，开始端详起她的脸，笑道：“我妹妹太漂亮了，要是别人知道我有这样一个漂亮的妹妹，一定会羡慕死的！”

大风不由羞涩地低下了头。

然后顾得满好像想到了什么，拉起大风的手，走到顾有思身边，将她的手交到了顾有思手里，说道：“介绍一下，这就是那位狠心妈妈的丈夫，也就是我们的老爸，顾有思顾老大。”

顾有思摇了摇头，又叹了口气，一副百感交集的样子，将另一只手也伸了出来，将大风的手拢在掌心中，沉声说道：“这些话可能有些矫情，但真是我的心里话，我这辈子最大的愿望，就是想要个女儿，如果我事先知道当时阿阮怀着的是双胞胎，在两个只能活一个的情况下，我会选择留下你，而不是眼前这个讨债鬼。”

大风没有说话，怯生生地看着眼前这个略显苍老的男子，努力不让眼眶里打转的泪水掉下来。

“唉，”顾有思吸了吸鼻子，声音不由沙哑了，“不说了，我带你去个地方。”

说着，顾有思拉起大风的手，将它挽在自己的胳膊上，领着大风往大宅深处走去，顾得满远远地跟在了两人身后。看到主人家走远了，管家兰妈连忙示意身边两个男佣，关上了宅门。

顾有思带着大风，到了顾家大宅的后院。

花园深处，有一座精致的中式二层小楼。

顾有思推开门，进了小楼的客堂间。屋子里一尘不染，里面的家具虽然旧，但很整齐，不仅没有划痕，棱角也是分明的。看得出，房子应该是有年头了，但应该没有住过人。

顾有思没有在客堂多作停留，而是带着大风直接去了后间，从侧面的楼梯上了二楼，进到了位于客堂上方的卧室。

卧室靠门的这一边摆着一张仿古的中式雕花木床，床架上挂着绣花镶边的蚊帐，床上叠着一条缎子面的薄被子，还摆着两个绣花枕头。房间的西侧有一个带镜子的梳妆台，台子上放着各种精致的小摆设和几个像首饰盒一样的东西。

“这里是你的闺房。”顾有思指了指房间，对大风说道，然后拉着大风，跑到梳妆台边的大衣橱，打开橱门，露出挂在里面的衣服，衣服几乎塞满了整个空间，从样式上看，应该都是年轻女孩穿的。

“这小楼是阿满六岁时，你妈让人修的，我是那时候才知道，我曾经有过一个女儿。小楼造好后，你妈把二楼布置成了你的闺房。从那时候起，只要阿满添一件新衣服，她就会往里面添一件你穿的衣服，”顾有思一边说，一边又跑到对面的另一个衣橱前，也将橱门打开了，“然后等衣橱里的衣服都摆满了，她会把旧衣服烧掉，然后根据你的岁数，添上你现在可以穿的。”

说着，顾有思又打开了五斗柜和梳妆台的抽屉，里面摆着各式各样的首饰盒，顾有思将盒子一个个打开，让大风看：“还有，每次只要给阿满买了新的玩具或者用品，你妈妈也会挑一件你可以戴的首饰，放在抽屉里。”顾有思又从摆在梳妆台上的首饰盒里，拿出一条钻石项链，“这是你十八岁生日时，你妈妈为你准备的生日礼物，你戴上试试。”

说着，顾有思不由分说，将项链戴到了大风的脖颈上。

“这二十二年来，你妈妈一直很自责。所以这间小楼建成后，她几乎每天都会来这里，把自己一个人关在里面，一待就是四五个小时，”顾有思说着，又领大风到了二楼的后楼间。整间屋子看上去像一个书房，中间摆着一张大桌子，桌上放着文房四宝，还有胭脂水彩之类的颜料，四边是各种仿古的木架子，木架子上叠着一个个小卷轴，像是经过装裱的画作，“除了打扫屋子，她做得最多的事，就是躲在房间里画画。她本是个粗人，为了你，才专门去学了工笔画。”

说着，顾有思拿起架子上的卷轴，一幅幅打开，让大风看。卷轴上画着一个女子的画像，从襁褓中的婴儿，一直画到了风姿绰约的妙龄。从女子成年的画像来看，眉宇之间和大风竟有九成的相似，画像边上的题字里，除了标明岁数外，都一律写着“流云”二字。

“顾流云就是她给你起的名字。”顾有思拿起最新的一幅画，一边端详，一边说道，“所以刚才看见你时，我有些吃惊，因为你的样子跟你妈妈想象的几乎一样。也许冥冥中，真的有某种安排。”

“老爹，你就别使劲给妹妹洗脑了！”顾得满一直在一边安静地观察着两人，此刻终于忍不住了，打断了老爹的抒情，“您先回去休息，我有重要的事跟流云说。”

顾有思沉默地看了看顾得满，又看了看大风，然后点点头，转身下楼而去。

顾得满拉着大风回到前楼的闺房，关上门，将大风安置到床对面的坐榻上，一脸严肃地说道："事出紧急，我就长话短说。这些天，新唐城会有大事发生，局面会变得很复杂，我已经跟阿光说过，要把你和老爹送回旧大陆去，让你们去跟老妈会合。三天后，西区码头会有一艘开往上海的货船，我给你们安排好了铺位。"

大风昂了昂头，想要反驳。

"这事情没有商量的余地，你不走的话，老爹也一定不肯走，你们留下，不是帮我，是在拖累我。师父临走前跟我说过，他收了你当徒弟，给你留了一个光储器，里面说了我的情况。所以，你应该知道，我们这一边，除了哭大师，剩下的人里，我是最强的，即使师父还在，论战力，他也不如我。你和老爹两个人里，只要有一个继续留在蓬莱洲，就会成为敌人要挟我的手段。所以你们必须走！不是为你们自己，是为我！"顾得满斩钉截铁地说道。

本章回顾：

大风重新出现在上次失踪的地方。她对小施说，她没有离开过这座小洋楼，她还以为时间只过去了十五分钟，但没想到在小施那里却是整整半年。然后她告诉小施，在那十五分钟时间里，她见到了生进会那个失踪了十八年的老大摩西沙罗。两人都知道这事情很蹊跷，却也找不出其中的症结。小施决定先带着大风去见顾得满。大风跟顾氏父子相认，得知母亲阮异草一直都在为当年牺牲大风保全顾得满的事情而内疚。顾得满告诉大风，新唐城将要发生大事，要大风陪着顾有思离开蓬莱洲，回旧大陆去。

小贴士：

小施：顾得满的两大铁杆手下之一，大名施另，除了车技一流，还是一位神枪手和搏击高手。他的标志性特征是锅盖头上留了一个红色的冲天辫。他使用的武器，是一把有两米长的细口径狙击步枪，被装在一个他随身携带的长箱子里。在顾得满身边的小兄弟里，他是有名的杠精，但在去上秘院打扫了半年卫生后，他变成了一个很有耐心的人，不再跟人抬杠。他还喜欢上了顾得满的妹妹大风。

第二十六章
我们的曼荼罗难道就不是政治？

河原细美陪科查玛元帅来悟空寺时，修理厂外那座金属垃圾山经过三天三夜的作业，都足足有五十米高了。

负责工程的工头，本想用电动爬山车送这一行人上山的，科查玛元帅却忽然来了兴致，表示要步行上去，河原细美只好陪着科查玛，徒步向上攀登起来。

堆叠在一起的金属废件虽被压瘪，相互之间已没有一丝空隙，但走在上面，还是有些硌脚，河原细美因为考虑到今天是正式场合，穿着不能太随便，所以特地给自己换了一双皮鞋，鞋跟虽不高，但终究有鞋跟，所以走在这些金属垃圾上，有些不舒服。

陪同科查玛元帅一起来视察的，除了河原细美，还有李河方、坂田荣一和张泽恩。科查玛也带了一个同伴过来，据说是四天王星的情报头子，叫朴余韵，样子看上去像是个三十出头的少妇，却偏将自己打扮成了卡通少女的模样。通过李河方私底下的介绍，河原细美得知，这位朴余韵正是朴不见的妈妈，年龄已经有一百六十岁。不过因为在四天王星上人类的平均寿命有一千多岁，所以已是十几个孩子母亲的朴余韵现在依旧正值壮年。

走在朴余韵身边的科查玛打扮上虽显得老成持重，但看上去要比朴余韵年轻，几乎就像地球上那些十六七岁的少女。让人不敢相信，她已经是帝释会第三特混舰队的司令员，还拿到了最高的元帅军衔。

如果按照地球人的年龄来算，科查玛元帅今年其实已经有七十三岁，不过在帝释星系，人类的平均寿命大约在三千岁，所以这样算起来，科查玛的年纪应该要比地球上的少女们还年轻。

此次为了迎接科查玛的到来，河原细美专门做了功课，从神隐会的资料库将帝释星系的信息浏览了一遍。资料显示，神隐会所属的帝释会其实是以帝释星系为核心组建的一个星际联盟。

帝释星系是个构造奇特的行星系，核心是一颗有一千颗太阳那么大的蓝色恒星，然后是九颗只有一半太阳大的红色恒星，红色恒星绕着蓝色恒星公转，外围则是三千颗大行星和它们的卫星。整个星系一共有三十三颗行星和卫星拥有跟地球相似的生命维生系统。这三十三颗星球的人类经过七千万年的进化和整合，形成了后来的帝释联邦。帝释联邦是宇宙中肉身系生命组建的最强大的共同体，因为族群庞大，有丰富的多样性，进化的年代又久远，所以这些人类无论在文明形态、科技水平、政治体制还是生命体的优化程度上，都已经达到了肉身生命的极致。

一百万年前，以生命进化委员会为首的非肉身系生命体，发动了第一次宇宙大战，试图将宇宙中所有的生命体都纳入他们的控制中，成为他们的奴隶或者附庸。战争开始后，生进会所向披靡，那些肉身系的生命体，在这些超级生命面前，几乎全无抵抗之力，直到生进会的远征军到达帝释星系后，情况才有所改观。

帝释星系的人类虽然个体能力不如生进会的那些超级生命体，但他们人数众多，组织上也很严密，生进会里的超级生命体虽拥有各种特殊能力，但帝释星系的人类也拥有可以克制他们的科技手段。经过数次惨烈的争战，帝释星系终于在开局不利的情况下，稳住了局面。之后经过一千多年的拉锯战，最终将生进会的远征军赶出了帝释星系。

经过这一战，帝释星系在宇宙中名声大噪，其他高端的肉身系生命体都主动依附到帝释星系的领导下，来对抗生进会。之后又经过三次宇宙大战，终于形成了今天的帝释会。

大约在二十万年前，生进会和帝释会确立了均势，因为谁也吃不掉谁，在中立的第三方调停下，决定平分整个宇宙的权柄，组建了势力均衡理事会，来划定各方的势力范围，以解决争端和矛盾。在理事会的十八个常任理事中，生进会和帝释会各占了六席，剩余的六席由六个第三方最强势的星际联盟瓜分。于是，这个叫作娑婆世界的宇宙终于有了现行的秩序，至少在高等生命体之间实现了初步的和平。

因为帝释会的成员人口众多，宇宙中绝大部分维持秩序的事务，都被交给了帝释会的三十六个特混舰队来负责。所以最近的二十万年以来，势力均衡理事会的秘书长一职一直由帝释星系的人来出任。

科查玛元帅来自帝释星系中一颗名为恒河雅利安的行星，据说地球上的印度人和恒河雅利安星人有一定的血缘关系。事实上，如果科查玛穿着地球人的服装在大街上行走的话，一定会被认为是来自印度的移民。

恒河雅利安实行的是君主立宪制，科查玛是现任女王苏诗拉的长公主，在王位继承人中排名第一，但她自幼对军事事务情有独钟，十六岁时考取了帝释联邦最著名的军校战神学院，其后加入了帝释会负责维持银河系秩序的第三特混舰队，从陆战队的排长，一步步升职，七十岁的时候当上了舰队司令，成为帝释会直属的三十六个特混舰队中最年轻的司令和元帅。

不到三分钟，这一行“上帝的选民”就到了垃圾山的最高点，开始俯视如山谷一般陷落在“群山”中的悟空寺修理厂。河原细美以前曾来过修理厂很多次，即使闭着眼睛，都能知道工厂里每幢建筑的位置和功能。所以，在众人对着悟空寺指指点点时，她没有参与其中，而是一直在一边偷偷观察着科查玛和朴余韵。

科查玛脸上戴着一个黑色的无缝口罩，小巧而精致，刚好可以遮住鼻梁到嘴巴的部分。但即使如此，她的鼻子还是在下意识地抽动，眉头也微微皱了起来，褐色的皮肤上冒出肉眼难以觉察的细小颗粒，淡得像是掺了牛奶的咖啡。

虽然脚下的工业垃圾，气味并不像生活垃圾那么难闻，但河原细美知道，帝释星系的人都有近乎强迫症的洁癖。

其实四天王星的人也差不多，只是朴余韵曾有长期在地球上潜伏的经历，早已适应了这里的脏乱差。所以神情显得云淡风轻，只是眼角的蝴蝶纹常会不经意地抽动几下，然后她会借着这个机会，将眼睛里凌厉的余光扫过身边的李河方。

昨天下午，第一次在神隐会的二号基地见到朴余韵时，河原细美就注意到了这一点。虽然两人装出一副很疏远的样子，但直觉告诉她，朴余韵和李河方之间一定有着某种特别的联系。

这次在河原细美见到科查玛和朴余韵之前，这两个女人已经在地球上待了三天。不过神隐会的三个老家伙没有把这件事情告诉河原细美，直到科查玛要求河原细美陪同自己造访悟空寺修理厂时，才临时通知了她。

李河方告诉河原细美，瞒着她是为了保证科查玛和她此行任务的安全。细美当即表示了理解。

其实早在三天前，河原细美就已经从财神那里得知，帝释会的科查玛元帅来了新唐城，同时她还得知，科查玛的第三特混舰队也正在月亮背面的帝释会基地里待命。

帝释会和生进会此次之所以决定联手，固然是因为爱丽丝拿到了蝴蝶效应点的计算模型，但另一方面，也跟河原细美在财神那里推波助澜有关。

生进会和帝释会显然都无法容忍自己的命运被更低级的地球人所控制。就是揣摩到了双方的心理，河原细美才向精灵提出了生进会和帝释会联手的建议。

河原细美没有想到，她的建议很快被双方接受了。

经过财神的一系列运作，生进会的代表们在势理会上，和帝释会达成了协议，双方决定在这出戏里各自扮演红脸和白脸。先由帝释会出面，以势压人，逼迫悟空寺方面交出蝴蝶效应矩阵的控制权。如果没有成功，再由生进会出面，武力夺取悟空寺。不管最后哪种方式获得成功，悟空寺的控制权都将归属在势理会名下，由帝释会和生进会共同掌控。

河原细美之所以向财神进献这个计策，是因为她有自己的小算盘。毕竟，悟空寺就在新唐城内，而她又是唯一一个跟生进会和帝释会都有渊源的人，只要悟空寺的人在这次行动中被清理出局，那么新唐城就会成为她的囊中之物，或许她有机会谋求更多的利益。

在制高点上向下俯视了很久，科查玛元帅终于回过头，看了李河方一眼。

河原细美知道，科查玛的意思是想听听李河方的意见。

李河方心领神会，恭敬地点了点头：“元帅，既然藏在里面的东西如此重要，那就不要客气了，派陆战队直接拿下这地方吧。做大事者，不拘小节。”

朴余韵的脸上掠过一丝淡淡的嘲弄，显然对李河方的提议有些不屑。河原细美也从李河方的答复中，看出李河方并不知道帝释会此次兴师动众的真正用意。

“朴姐姐，你的意思呢？”科查玛笑了笑，看了一眼朴余韵。

“李先生的看法不能说不对……”朴余韵欲言又止。

“那你是同意李先生的意见咯？”科查玛不动声色地追问道。

“不过，我们是帝释会的人，不是生进会的。有些事情，他们可以做，我们是不可以做的。”朴余韵让自己的语气尽可能地轻描淡写，言下之意却是否决了李河方的提议。

河原细美心里不由暗赞，这个四天王星的老牌间谍果然狡猾，言简意赅，直接把动武的提议给堵了回来，但究竟该怎么办，她却没有说，故意要引导自己这一边的人，主动说出她想要的方案，好让这一切看上去不像是事先安排好的。

李河方也果然是老狐狸，虽不知道帝释会已经和生进会达成了默契，此次朴余韵和科查玛来新唐城，其实已有别的打算。但听完朴余韵的这席话，他马上警觉了起来，狐疑地盯着朴余韵的脸看了半天，似乎在揣测她话里的用意。

“河原小姐，你的意见呢？”科查玛忽然转过头，看着河原细美问道。

细美知道，自己已无法置身事外，只好点了点头，说道：“如果动武能搞定的话，我也同意动武。”

“哦？”朴余韵的目光轻飘飘地掠过河原细美，对她似乎有些轻视的意思。

细美不动声色，继续面带微笑，说道：“只是我有个疑问，我们的人已经用垃圾山把修理厂围了起来，还堆得这么高，厂里的人为什么一点反应都没有？”

“你的意思是他们不怕我们动武？”科查玛问。

“我的意思是，既然他们能布置出这种能把整个宇宙都控制住的蝴蝶效应矩阵，还瞒了别人这么久，应该不会这么好对付。”

朴余韵脸色一变，看向河原细美的目光不再像原来那般轻蔑。

李河方点了点头，连忙顺着河原细美的话往下说：“这个我倒没有想到，但分析得很有道理，动武的话可能会有风险，毕竟对方掌握着整个宇宙的枢纽。”

“据我所知，主持修理厂的哭大师是个有原则的人，我们不动武的话，他应该也不会动手。可以试试谈判，让他们自己交出曼荼罗的控制权。”河原细美轻声说道。

科查玛一行人在垃圾山上俯瞰悟空寺时，正是哭大师每天出来扫地的时候。

此刻，哭大师手里拿着竹扫帚，从宿舍区开始扫起，一直扫到了一号车间。进入车间前，他正好看见垃圾山上的那几个人影。

哭大师于是皱起眉头往那地方看了很久。人影所在的方向是逆光，除了那几个小黑点，他并没看出什么名堂来。

经过三天的折腾，哭大师对围墙外的垃圾山已有些习以为常。所以，他盯着来人的方向看了三分钟，便摇了摇头，提起扫帚进入了一号车间，开始从车间的这一头往另一头扫起地来。

根据哭大师和笑和尚的分工。每周逢单，下午三点半开始，由他负责扫地，笑和尚负责在厨房带三个小徒弟，给大家做饭。逢双则相反。

所以哭大师每天下午的扫地活动，对这里的人来说早已是司空见惯的事情，此刻并没有多少人在注意他，因为车间里每个人的视线都已被那叫阿坚和阿东的小徒弟吸引了过去。

阿坚正挥舞着一把螺丝刀，阿东则在用扳手敲打着一辆沾满泥垢的翻斗车。

十分钟前，两人还在配合默契地修理翻斗车，现在却已争得面红耳赤。那叫卓深影的女孩站在两人身边，露出怯生生的样子，好像在为两人的争执而内疚。

哭大师看出来，让两个男孩起争执的人正是卓深影。

这三天来，修理厂里的小徒弟们脾气都有点冲，一方面，是因为修理厂没来由地被一座垃圾山包围了，另一方面，是因为这个叫卓深影的女孩。

当年的小男孩现在都已长大成人，到了对漂亮女孩有想法的年纪。虽然阿光也是女孩，但毕竟她是这帮孩子的大姐头，她自己的经历也不同寻常，所以懂得如何使用手腕，来摆平这些还没有开窍的小男孩。

其实卓深影住进修理厂也已经有半年了。但过去的半年里除了波夜空那花痴，厂里并没有几个人在意过这如同影子一样的女孩。虽然她很漂亮，但态度有些冷漠，一副拒人于千里之外的样子，对多数人来说，并没有多少吸引力。

但这一次，当卓深影从蜜之蜃姬那里回来后，她好像忽然长大了，由女孩变成了女人，举手投足间，隐隐约约间多了些什么东西出来，虽然她仍是影子一样的存在，但终究还是让厂里的男孩们注意起她来。大家开始下意识地想要接近她，寻找各种跟她搭讪的机会。哭大师还看出来，那女孩好像很享受这种被人众星捧月的感觉，虽然竭力含蓄，但骨子里的东西还是不由自主地流露了出来。

一开始哭大师怀疑过，眼前的卓深影可能被调包了。但观察了一段时间后，他又觉得这影子女孩的内核跟之前好像是一样的，但又似乎被什么东西束缚住了，就像一个有着某种心结的人类。这让哭大师很是疑惑。

不过，哭大师并不急于知道答案，他师父空藏大师曾经告诉过他的，如果答案还没自己找来，说明火候还没有到，所谓智慧就是懂得如何等待。万事万物总有水落石出的一天。

就好像现在，阿东和阿坚都快打起来了，哭大师还是不准备过去劝架。人要长大，有些事情一定是要经历的，只要还回得了头，没什么大不了的。

果然，两个孩子就在快要动手时，忽然回过神来，脸一下子红了起来，各自低下头，默默地从翻斗车边走开，下意识地想把显摆的机会让给对方。

看到这些，哭大师心里不由一阵欣慰。

就在此时，他心里忽然一动，抬头看了一眼前方，然后就从一号车间那两扇朝外开的大门走了出去，来到了门厅。

今天在门厅值班的，是笑和尚的徒弟阿康。这男孩天生结巴，此刻正在口齿不清地阻拦着四个不速之客，因为无法把意思顺畅地表达出来，正急得满头大汗。

来访的四人中，一人是河原细美，一人是李河方，还有两个是漂亮得都有些不真实的陌生女子。

“阿康，”哭大师走过去，拍了拍小徒弟的肩膀，“你去忙自己的吧。”

阿康点了点头，回到了前台。

“哭大师，您来得正好，”河原细美朝哭大师双手合十，乖巧地屈了屈身，“我们是专程来找您的。”

“明白，”哭大师笑了笑，“我们去找个说话方便的地方。”

哭大师做了个手势，带着四人从门厅来到了前院。

看到院子里没有别的人，哭大师点了点头，说道：“就这里吧。”

说完，他低下头看了看还拿在手里的竹扫帚，挠了挠那乱蓬蓬的头发，想了半天，抬头说道：“不好意思，现在是我扫地的时间。我师父收了我们师兄弟三人后，教我们做的第一件事，就是扫地，从我还是个小沙弥起，我就在不断地扫地，然后一直扫到了今天。这么多年养成的习惯，都成了强迫症，每天一到这个时间点，不扫的话，就浑身不舒服，脑子也没法开动，反而没办法把话说开，四位施主见谅，请允许我跟你们说话的时候，干点自己的私活。”

“好的，您随意。”朴余韵笑着点了点头，向另外三人做了个手势，示意跟哭大师保持距离，不要挡在他身前。三人会意地点了点头。

哭大师一板一眼地扫起地来，一边扫，一边看了一眼河原细美，说道：“细美，你帮大家介绍一下吧。”

“好！”河原细美点了点头，指着哭大师说道，“这位是哭大师，悟空寺修理厂就是他在管，”说完，她又指了指朴余韵，“朴余韵女士，是势理会的特派代表。势理会全名叫势力均衡理事会，是……”

“我大概知道势理会的情况。”哭大师点了点头，示意河原细美不用给自己解释。

紧接着，河原细美又指了指李河方：“李河方先生，您应该认识，我就不废话了，”然后又指了指科查玛，“这位……是朴特使的助手……”

河原细美的话刚说到一半，哭大师长长的眉毛忽然动了一下，样子看上去有些吃惊。他停下手上的动作，转向科查玛，双手合十，作了个揖：“科查玛元帅，幸会。”

“啊，您怎么会知道的？”河原细美有些吃惊，想到自己说谎被识破了，又有些尴尬，不好意思地低下了头。

知道自己的身份没有瞒过哭大师，科查玛索性也双手合十，朝哭大师恭敬地屈了屈身。

“哭大师是高人，”朴余韵笑了笑，悠悠地说道，“没事情能瞒得了他的。不过，科查玛元帅这次是微服私访，希望大师能为我们保守这个秘密。”

“没有问题。”哭大师点了点头，又低头扫起地来。

另外的四个人交换了一下眼色，正在他们思考该如何开口，哭大师已经又停下了扫地的动作，抬头朝四人释然地笑了笑：“四位应该是为曼荼罗的事情而来的吧？”

“大师，您是明白人，我们就不绕弯子了，势理会方面希望您能交出蝴蝶效应矩阵的控制权。”虽然是在下达最后通牒，话从朴余韵口中说出来时，却像是在讨好。

“理由呢？”哭大师言简意赅。

“这东西威力太大，连宇宙中一些自以为很强大的物种，都觉得自己成了危墙下的鸡蛋。所以势理会最近通过了一个决议，要第三特混舰队拿下地球，幸亏秘书长释提桓因出面调停，大家才决定，在动武前，看一下能不能和平解决。只要您把蝴蝶效应矩阵交给势理会，势理会就不追究其余的事情了。”朴余韵小心翼翼地看了哭大师一眼。

“主要是这蝴蝶效应矩阵关系到整个宇宙的存亡，落到坏人手里，就不好办了。”李河方在一边补充。

“你们的意思是，我们是坏人？”哭大师停下动作，抬起头，露出一脸无辜的表情。

“大师见笑，我们的意思是，势理会是全宇宙最高的议事机构，代表了所有人的利益。所以把蝴蝶效应矩阵交到势理会手上，似乎顺理成章。”朴余韵说道。

“所有人的利益？那为什么没人来管一管生进会在地球上做的这些事呢？”哭大师眯缝着眼睛，目光在四个客人身上扫了一遍，然后继续低头扫地，“先是蜜之靥姬一直把这里当牧场，随意收割别人的生物能，然后是财神选择拿蓬莱洲当屠场，准备牺牲一亿人，为生进会举行三千年庆典，为什么代表所有人利益的势理会，却对这些事情一直睁一只眼闭一只眼？”

“大师，这事情，我们神隐会已经通过帝释会，向势理会提交过报告了，但您知道，政治这东西，没有实力，就没有发言权。势理会的大部分成员，都不愿意为地球人得罪生进会。而生进会早就想撇开势理会自行其是了，总不能为了这些事情，让大家扯破脸吧？”李河方说道。

“既然说到政治这件事情，我们的曼荼罗难道就不是政治吗？”哭大师轻描淡写道。

“大师，帝释会的第三特混舰队已经在地球轨道上待命了，”朴余韵的嘴角露出一丝笑意，“只要三秒钟，飞船发射的真空弹就能抽干地球上的空气，到时候除了蓬莱洲的一亿人，其他人恐怕也会跟着倒霉，蝴蝶效应矩阵最后还是会毫发无损地落到我们手里。”

哭大师的小眼睛又一次地眯缝了起来，他停下脚步，缓缓说道：“你们可以试试看嘛。”

“我知道，您是不会有事，理论上，还可以在蝴蝶效应矩阵上动手脚。但您是出家人，有自己的原则，总不能真的大开杀戒，让整个宇宙和您自己陷入万劫不复吧？”朴余韵低着头，翻来覆去地看着自己的手，似乎在检查手上的指甲油是否涂均匀了。

“如果你们可以这样做，那这个宇宙就已经是地狱，还能怎样万劫不复？”哭大师深吸了一口气。

朴余韵还想接着说，一直在沉默的科查玛朝她摆了摆手，拿下脸上的黑口罩，朝哭大师笑了笑，说道：“大师，这样吧，我正好是势理会的非常任理事，有权提请召开听证会，您是否能跟我去势理会作证，让您的政治和他们的政治当面对质，然后我们将蓬莱洲和蝴蝶效应矩阵的事，一次性解决，这样可好？”

“元帅都这样说了，老汉我恭敬不如从命。”哭大师一脸凝重地点了点头。

“元帅，刚才为什么要做出那么大的让步，我怕以后他们更不会把势理会当回事了。”坐在吉普车里，李河方看了一眼科查玛，小心翼翼地问道。

“你能想到的，元帅怎么会想不到，只是她有自己的考虑。”朴余韵坐在前排，从包里拿出指甲油，一脸轻松地给指甲补起妆来。

“朴特使，请详示。”李河方朝朴余韵躬了躬身。

朴余韵回头看了一眼独自坐在中间的科查玛。科查玛朝她点了点头。

“这次帝释会派我们来，动武不是主要目的，一是借这个机会，把第三特混舰队布置在地球附近，好直接监控生进会的三千年庆典，二是以调停为由，把那哭丧着脸的老和尚从新唐城调走，好让生进会的人有机会攻占悟空寺。”

“噢，原来是这样啊，”李河方一脸凝重地点了点头，“不过，要是生进会的人得手了，他们利用城里的蝴蝶效应矩阵要挟大家，怎么办？”

“把控制权抢到手，并不代表他们懂得怎样用，用错了，他们自己也遭殃。根据你们搞到的计算模型，我们现在至少知道，城里的蝴蝶效应点，只是冰山一角，而且大部分都跟生进会有关，而其中跟帝释会有关的蓝海鸥，都已经被我们保护了起来。更多的蝴蝶效应点都藏在悟空寺里，估计只有空藏老和尚的三个徒弟知道怎么用。不得头陀死了，哭大师跟我们去了势理会，笑和尚即使对付不了生进会，自保应该没有问题，即使生进会的人真能抓住他，笑和尚也有办法应付。他是底比克西星人，他们底星人都有灵魂出窍的本事，可以把身体和记忆都舍弃掉，生进会的人奈何不了他的。所以，只要哭大师在我们手里，生进会就算控制了悟空寺，也一样没用。我们已经和生进会达成了一个协议，要是他们攻占了悟空寺，他们会把新唐城交到神隐会手上，然后你们可以以外卡选手的身份参加生进会的三千年庆典，帝释会将会在背后支持你们，如果你们能在庆典中胜出，那么，生进会就会把悟空寺的控制权交出来。”朴余韵一边悠悠地说着，一边轻轻吹了吹刚刚涂满指甲油的右手，然后伸出左手的食指，蹭了蹭右手的指甲，以确认上面的指甲油已经干透。

此刻，垃圾山的制高点上，哭大师和笑和尚正站在一起，看着科查玛一行人乘坐的吉普车由一个小黑点变成了一片虚无。

刚才还在垃圾山周围活动的人，好像没有存在过似的，都已消失不见，连绵成一片的垃圾山，此刻显得无比空旷而寂寞。

“这出调虎离山的戏，他们演得倒也真是有模有样的，师兄，你真的准备跟他们一起去帝释星系吗？”笑和尚语气淡然地问道。

哭大师点了点头。

“照柿落算到的结果，那接下来就要轮到生进会出马了。”笑和尚转头看了一眼哭大师。

“这件事，师父圆寂的时候，就跟我们说过，他要我跟着帝释会的人走，虽然我不明白师父的用意，但除了相信他的判断，我也没有别的选择。”哭大师脸上露出一丝苦笑，“我这个差事，其实轻松得很，倒是你要付出的代价很大。”

“没什么，毕竟我是底比克西星人。肉身只是我们的一个外壳。”笑和尚脸上依旧平静到没有一丝波澜。

“大笑，说起来，我们师兄弟已经认识有两百年了，没想到，相聚百年，也终有一别。”哭大师有些伤感地说道。

当年空藏大师收他们三人为徒，每一次都正好隔了十年，师父给哭大师起的法号是大哭，笑和尚是大笑，当时他们一直没有想明白，师父给三师弟取的法号，为什么是不得，而没有用同样的“大”字。直到后来他们得知三师弟就是地藏会的大愿比丘时，才终于明白其中的奥妙。

“哈哈，就像师父常说的，无常。”笑和尚淡淡地一笑，“不过，师父还有一句常说的话，就是世界上从来就没有过分离这回事，所以师兄也不必太伤感。”

“也是。”哭大师笑着点了点头。

“那你什么时候去跟阿空说那件事呢？”笑和尚想起了什么，问道。

“真不知道师父当年是怎么想的，”哭大师摇了摇头，“竟要你们接下来，都听阿空那小混蛋的号令。”

“就像你说的，除了相信师父的判断，似乎也没有别的选择了。”笑和尚神情肃然地点了点头。

本章回顾：

帝释会的科查玛元帅在朴余韵、河原细美等人陪同下，一起来悟空寺修理厂谈判，希望哭大师能交出藏在悟空寺的曼荼罗（蝴蝶效应矩阵），哭大师拒绝，表示如果生进会不停止这场发生在蓬莱洲的杀戮，他会利用曼荼罗反制宇宙中所有的高等生命体。最后，科查玛表示要召开听证会，邀请哭大师去帝释星系作证。哭大师答应了。

小贴士：

势力均衡理事会：简称势理会，是宇宙中的最高权力机构，宗旨是让强者来议定整个宇宙的秩序和势力范围，类似地球上的联合国安理会。在理事会的十八个常任理事席位中，生进会和帝释会各占了六席，剩余的六席由六个第三方最强势的星际联盟瓜分。宇宙的现行秩序，主要由这十八个常任理事决定。

第二十七章
会不会是你把自己看得太重要了？

扬尘如汹涌的波浪，在无遮无拦的蓝天下，滚滚而来。波涛汹涌处，隐隐可见一辆辆巨型的坦克，还有在坦克间借助吉普或摩托车来回穿插的摩托化步兵。

这场面煞是壮观，但在目的地看着这一切的顾得满却打起了今天的第三个哈欠，他身边的朴不见已忍不住在侧目看他了。

“专业，真的是太专业了！”可能是因为意识到朴不见不满的目光，顾得满放下望远镜，指了指前方，一本正经地赞叹道。他说得很大声，目的是想让自己尽快从这无精打采的状态中振作起来。

自从意外地缴获了这批来自秩序联盟的坦克后，这八九个月来，顾得满有一大半时间，都是在南城外的这片开阔地上度过的。只要手上没有别的事，小柯和小施也会来这里陪他练兵。在坦克来回演练的过程中，原先坑坑洼洼、布满坟包和金属垃圾的开阔地，如今被碾轧成了一片白晃晃的硬土地。这过程中，由乌合之众组成的起义军，终于变成了今天这样的精英部队。

顾得满至今记得，起义军刚成立时的样子，从小兵到将领，都是站没站相、坐没坐相，组成它的人员里有壮丁团的帮会分子，有快闪革命党的志愿者，也有贫民窟里那些想要发泄怒火的青壮男女，五湖四海，三教九流，只是因缘际会，才聚拢到了一起。要把这样一支队伍，训练成一支专业的军队，在当时看来几乎是不可能完成的任务。顾得满和小施等人虽然战力强大，各自也有发动起义和在壮丁团组织帮会人士的经验，但对如何训练军队、行兵布阵，则完全两眼一抹黑，一问三不知。

不得不说，那场发生在九个月前的坦克伏击战意义确实重大，在那场战斗中，除了缴获了一千辆神风坦克外，起义军还俘获了两千名秩序联盟的官兵。

这些北欧移民的后代，最初表现出了不合作的态度。派去讯问他们的小柯，竭尽威逼利诱之能事，战俘们还是不肯将操纵和维修坦克的方法和盘托出。就在顾得满一筹莫展时，井下光向他推荐了朴不见。

作为四天王星年轻一代的王牌间谍，朴不见在审讯方面也有相当的心得。正好顾得满跟他是老相识，知道他的底细，便接受了提议，把朴不见调到了自己身边，由他来负责战俘的审讯和策反工作。

没想朴不见来了战俘营后，并没采用更为严厉的手法，他反而解除了战俘营的警戒，还让战俘们按原先的编制，由长官来负责下属的管理。整个战俘营变成了一个自我管理的兵营。

顾得满听到小柯的人来告状时，心里也是一惊，但还是把这件事给压了下去。

一个星期后，朴不见带着秩序联盟坦克部队的最高指挥官施密特上校，跑来见了顾得满。那个高高瘦瘦的施密特在觐见顾得满时，出人意料地表示，他的人可以帮忙训练起义军，除了教他们如何操纵坦克，还可以教如何在坦克配合下，进行穿插和占领。

施密特虽是在表达归顺的意思，脸上却没有一丝表情，一副公事公办的样子，都没有露出一丝讨好顾得满的意思。而且话一说完，就头也不回地离开了。搞得顾得满当时愣了老半天，都没搞清楚状况，直到朴不见为他做了解释。

原来，这两千名秩序联盟的官兵并非一般意义上的军人。大约是二十年前，蓬莱洲的斯堪的纳维亚大区曾流出过一个传闻，说常有飞碟掳走当地的小孩。顾得满小时候也听过这流言，不过在蓬莱洲，人命一向如草贱，而且每天都会有各种稀奇古怪的事情发生，所以这传闻并没引起太大的轰动，事情过去了，也就过去了。

当年那些失踪的北欧小孩，就是现在秩序联盟的这两千名军人。据朴不见说，当年四天王星情报部曾得到过线报，这些北欧小孩其实都是被库切星的灵鬼给掳走的，然后被安置在地球附近的空间站上，接受了二十年的洗脑和训练。这些人表面上保留了人类的肉身，但从意识到行为早已是标准的战争机器，除了打仗和服从命令，对别的事情一无兴趣。这些人正是灵鬼为自己参加生进会三千年庆典准备的代理人。

小柯因为不了解这事情后面的故事，只知道对这些人威逼利诱，所以没有找对频道。

朴不见却知道问题的症结所在：对这些北欧人来说，获释成为普通人，并不是他们想要的结果，他们更愿意继续留在军中，做他们的战争机器，这是他们生而为人的意义所在。所以，朴不见当时提出的条件，是让这些北欧人留下，保留战斗编制，和那一千辆神风坦克继续待在一起。施密特欣然接受了这个提议。

不过，顾得满还是有些疑惑，不明白这些北欧人既然是被深度洗脑的人肉战争机器，为什么那天坦克阵瘫痪后，并没有拼死抵抗，而是乖乖地缴了械。朴不见的解释是灵鬼在对这些人进行洗脑时，并没有要求他们杀身成仁。因为灵鬼知道以库切星人的实力，无法保证他们的代理人在庆典中成为最后的胜利者。按照灵鬼设计的方案，一旦坦克部队被击溃，代理人就要选择向胜利者投降。这样等战事结束时，他的代理人就有可能以附庸的身份成为幸存者，加入未来地球人类的进化计划中。

虽然对这些人肉战争机器随时会变节的属性有些不感冒，但顾得满不得不承认，秩序联盟的军人做起事来，确实高效而职业。这八九个月来，经过他们的调教，起义军的军事素养和战斗力得到了迅速的提升。连顾得满、小柯、小施他们也跟着教官学到了很多军事方面的知识，对如何指挥大部队有了更深的体会。因为知道朴不见曾经在四天王星间谍学院接受过正规的军事训练，顾得满便向井下光提出要求，把朴不见从地藏会要了过来，让他做了这支混编坦克部队的指挥官。

前方的坦克转眼间已从十公里外冲到了三公里不到的地方，现在不用望远镜，顾得满用肉眼就能看见坦克车后面的摩托化步兵了。

就在这时，开阔地上起了一阵凉风，远处滩涂上绿色的芦苇开始随风摇曳，无边无际的绿色此起彼伏，让直射而下的阳光不断变换着折射的角度，泛起阵阵白色的眩光，仿佛水中的涟漪，煞是好看。

顾得满忍不住眯缝起眼睛朝芦苇荡的方向看了过去，都没有一点要掩饰的意思，身边的朴不见终于忍无可忍，提醒道："嗨嗨嗨，在演习呢，你好歹也是共和国的总司令。"

于是，顾得满笑了起来，不是那种惯常用来掩饰的迷人微笑，他雪白的牙齿毫无遮拦地从微张的唇间露了出来，都有些傻乎乎的感觉，连朴不见看了，都觉得有些摸不着头脑。

"刚才起风的时候，芦苇荡真的很漂亮，错过的话，有些可惜。"顾得满挠了挠头，说话的样子显得不着边际。

"你们新唐城的华人好像有个说法，叫装13，说的应该就是你现在这个样子。"朴不见不满地摇了摇头。

"你不是我，你这样认为也没错。"顾得满还是在笑，笑得还是有些傻，然后指了指前方，淡淡地说道，"行了，有人过来了，我们还是照规矩先装一下样子吧。"

朴不见这才注意到，坦克阵已在前方不远处停了下来，那叫施密特的教官正一路小跑，朝着他和顾得满行来，应该是来报告演习结果的。朴不见连忙一脸正色，学着顾得满的样子，目视前方，将身子挺直了起来。

施密特用生硬的汉语做完了陈述报告，然后开始向顾得满请示下一步的行动指令。顾得满表示了让部队回营休息的意思，施密特朝顾得满和朴不见敬了一个标准的军礼，向着远处的装甲部队跑了回去。

目送着施密特远去的背影，顾得满转过头看了一眼身边的朴不见，说道："今天家里有事，我不回兵营了，有情况的话，你就帮我处理一下。"

"好的。"朴不见点了点头，"应该不会有什么事。你回去好好休整一下，明天别再心不在焉了。"

"晓得了。"顾得满朝朴不见摆了摆手，从坦克车顶跳了下来，向停靠在不远处的太累摩托走了过去。

“对了，”朴不见忽然想到了什么，冲着顾得满的背影说道，“昨天我去城里办事，好像被人跟踪了，对方开车跟我擦肩而过时，我感觉坐在对面车里的人，应该是我老妈。如果是她的话，那她应该是受了帝释会的委派，来新唐城谋划什么事情的。不知道李河方跟河原细美那边最近是不是会有什么动作，你这里小心点。”

“明白。”顾得满一边点头，一边将摩托车发动了起来。

通过柿落上人让小施转给他的光储器，顾得满对接下来要发生的事情，已略有所知。只是这些事，他不能跟别人说。他不由在心里叹了口气，拧了拧车把，稍微变了变车头的方向，让车贴着芦苇荡的边沿向前疾驰而去。

顾得满特意没有戴头盔，西晒的阳光从西海岸一路追着他的影子，透过芦苇之间的间隙，不断打在他的侧脸和后脑勺上，阳光虽然灼热，但跟视野里的芦苇荡配合在一起，让他产生了无忧无虑的欣快感。他知道，这是因为他心头的压力已超过了临界点，所以此刻反而变成了一种解脱。在夜晚来临之前，至少此时此刻是完全属于他的。

不知这样过了多久，顾得满心里忽然一动，凝神朝着前方望去，一个小黑点挡在了他的去路上。

小黑点越来越大，变成了一件打满五彩补丁的旧衣裳，顾得满自然认得那穿着这件旧衣裳的糟老头。此刻他忽然意识到，天气虽热，但哭大师穿这么厚的衣服，却没有一点要流汗的意思。

这样想着，他踩下刹车，让摩托车在哭大师跟前稳稳地停了下来。

“哭大师，您怎么会在这里？”虽知道眼前的糟老头是自己的师伯，顾得满还是习惯像小时候第一次在修理厂里见到他时那样，称呼他哭大师。

“当然是为了来见你。”哭大师还是盘着腿，坐在地上，微微翻了翻眼皮。

“但是……您怎么知道，我会在这里出现？”顾得满皱了皱眉头。

“我也不知道怎么知道的。瞎猜的。”哭大师满不在乎地摆了摆手。

“瞎猜也能猜得这么准？”顾得满从摩托车上下来，挠了挠头道。

“瞎猜才能猜得这么准。”哭大师得意地笑了起来，皱巴巴的脸缩成了一团。别人笑，眉毛眼睛嘴巴都是向上弯曲的，他却是一股脑地向下坠落而去。

“您这说法跟我师父的说法倒是很像。”顾得满笑着说。

“什么叫很像？这话本来就是死胖子从我这里学舌学过去的。”哭大师撇了撇嘴道。

“是吗？”师父的音容笑貌忽然在脑海里浮现，顾得满鼻腔里涌起一股热流，他连忙在脸上露出了作为保护色的微笑。

“可不是吗，”哭大师也笑得更用力了，“你师祖把他捡回来时，他还裹着尿布呢，给他换尿布的活，是我和大笑轮班来做的，我们常常一边给他换尿布，一边教他说话，他说的十句话里，没有三句，至少也有两句是跟我学的。”

“唉……”顾得满忍不住摇了摇头，终于再也说不出话来。

“不说了，不说了。”哭大师也摇了摇头，然后正色说道，“知道我为什么来找你吗？”

“您是说，我接下来要做的那个选择吗？”顾得满的神情随之凝重起来。

哭大师点了点头，沉默片刻后，才说道：“我知道，柿落给了你一个光储器，把接下来会出现的几种可能，都给你演算过了。本来我是想过来劝你以大局为重的，但刚才坐在这里等你时，我忽然想明白了一件事，命运之所以是命运，就是因为我们所有人都在命运之中，而不是之外。不管你怎么选，或者别人怎么劝，可能都是错的，可能都是命运自带的戏码，只是为了更顺利地促成最后的结果。”

“所以……”顾得满疑惑地看了一眼哭大师。

“既然都是错，那就不如照着自己的心意去做，其他的，管它三七二十一。所以，我也就没什么好说的了。”

“说得也是。”顾得满会心地一笑，用力地点了点头。

“对了，明天我就要离开新唐城了，过了今夜，你要是没事的话，就去帮帮阿光和阿空他们吧。”说着，哭大师从地上站起，掸了掸衣服上的灰尘，说道，“我回去了，你也去忙你自己的吧。”

说完，哭大师转过身，正打算离开。顾得满忽然想到了什么，说道：“有件事情，我一直很困惑。”

“哦？”哭大师停下脚步，回头看了一眼顾得满。

“这一年来，我一直在问自己，如果没有发生这场革命，现在的情况是不是会更好一些？”顾得满一字一句地问道。

“会不会是你把自己看得太重要了？其实你要问自己的应该是这个问题：究竟是这场革命必然发生，还是因为你，才发生了这场革命？”哭大师语带嘲弄地说道。

顾得满不由一愣，似乎被这问题问住了，过了许久，才回过神来，点了点头道：“明白了。”

“不过呢，”哭大师脸上再次露出那种比哭还难看的笑容，淡淡地说道，“既然革命是注定的事情，由你来发起，自然更好一些，毕竟你是那死胖子的徒弟，而阿光是我的徒弟，上面有人好办事嘛。老汉我这点人情世故还是懂的。”

说完，哭大师飘然而去。他看似走得很慢，但走了没几步，就已杳无踪影，好像一滴水，被慢慢融化到了空气里。

看着哭大师消失的背影，顾得满不由摇了摇头，重新骑上了他的太累，空落落的心里因为哭大师刚才那番搞笑的话语，一下子温暖起来。

晚上七点，因为才吃过饭，大家都还没有要睡的意思，几个小徒弟此刻都留在了一号车间里，各自做着手头的事情。

波夜空看了一眼自己搭在角落里的临时铺位，长长地叹了口气，愁眉苦脸地跑到紧挨铺位的破吉普边上，用力拍了拍锈迹斑斑的前车盖，然后拿起扳手钻到了车底下。

三天前，卓深影借用露露的身体回到了悟空寺，然后她把露露给催眠了，将她安置在了波夜空的铺位上。

如果波夜空可以自己选，他倒是不介意跟这位性感女子共享一张床铺，无奈哭大师不肯，硬是将他从宿舍区赶了出来，让他在一号车间里搭了个临时铺位，还给他下了一道禁令，只要露露在一天，他就不能回宿舍去。

想到整件事情的来龙去脉，波夜空心里郁闷，忍不住长叹一声。

不过事已至此，除了继续在一号车间里混时间，鼓捣他那辆装了三年都没装完的破吉普，他似乎也没有别的辙可想。

这辆破吉普是波夜空为自己装的，车的外壳和零件是他从各种废铁里找来的，总共花了他两百费切币，因为都是二手货里的稀缺品种，所以价钱还算便宜。问题是要将这些看起来完全不匹配的零件凑到一起，性能上还要做到最优，确实有点难度。总算功夫不负有心人，倒腾了三年零两个月后，这车已渐渐有了完整的雏形，只是细部还需要不断地调整。

波夜空趴在车底下，手上干着活，脑子里又开起了无轨电车。这些天发生了太多事，让他都有些应接不暇。

先是哭大师将瞒了他十八年的身世之谜告诉了他，然后第二天，悟空寺修理厂就被人用垃圾山包围了，再后来卓深影带着那叫露露的女子，诡异地回到了修理厂。

今天，因为大陷坑那里的建筑工地有事要他处理，波夜空在工地上待了一整天，回来时发现，门口的垃圾山突然人去山空，早上还在忙碌的人群、卡车和施工机械，就这样没了踪影，只有黑漆漆的垃圾山，孤零零地矗立在悟空寺修理厂的外围。波夜空问了其他小徒弟是什么情况，小徒弟们都一问三不知，波夜空最后只是从看门的阿康那里得知，下午修理厂来了四个不速之客，除了李河方跟河原细美，还有两个长相惊艳的神秘女子。等哭大师将这一行人送走后，一直在外面垃圾山上忙碌的施工队，即刻如水银泻地般撤走了。速度之快，效率之高，令人咋舌。

波夜空本想去找哭大师和笑和尚问个究竟的，但庙里庙外都没有这两人的身影，同时失踪的还有阿光。阿康跟波夜空说，阿光一回来，就被哭大师和笑和尚叫走了，然后三人分头出了门。波夜空愈发觉得此事蹊跷，但除了等待那三个人回来，他似乎也没有什么可做的。

波夜空一边仰面躺在车底下干活，一边整理着自己的思绪，就在这时，他的目光被刚进入车间的卓深影吸引了过去。

卓深影东张西望着，似乎在找人。波夜空感觉她是在找自己，便连忙屏住呼吸，躲在车底下，一动也不敢动。

逡巡了一阵后，卓深影因为没有找到波夜空，神情有些悻悻。因为正好看到笑和尚的徒弟四眼拿着一本围棋棋谱，在一张画着棋盘的破桌上摆棋子，便在他对面的凳子上坐了下来，冲他笑了笑。四眼明显有些不淡定了，从他说话的口形来看，应该是在结结巴巴地没话找话。卓深影看上去很老练的样子，捂着嘴笑了起来，然后说了句什么，四眼也开始傻笑，紧绷的身体随之松弛下来，说话时不再结巴了。

“她啥时候变得这么社会了？之前我怎么没看出来呢？”波夜空轻声嘟

咴道。

“想知道？自己去问呗，这偷偷摸摸的样子，好像也不是你的作风吧？”耳边响起了一个声音。

回头之前，波夜空就已经知道说话的人是井下光。井下光显然已来了些时候，此刻正啃着一个鸡架，模仿着波夜空的姿势和角度，观望着远处的卓深影。

“你不觉得她有些奇怪吗？”波夜空的目光从井下光脸上转了回来，又盯着远处的卓深影看了起来。

“奇怪什么？”井下光问。

“说不出来，就是奇怪。”波夜空摇了摇头。

“正常，情人眼里出西施嘛，是会越看越特别的。”井下光说着，咬了一口手里的鸡架。

波夜空转过头，一动不动地看着井下光。

“干什么？我脸上又长粉刺了？”井下光下意识地摸了一把脸。

“你看，我看你也是越看越特别，但是，”波夜空脸上现出一丝坏笑，“我却一点也不觉得你奇怪。”

“小混蛋，又寻老娘开心。”井下光拿着手里的鸡架，往波夜空脸上一阵乱抹。

波夜空先是闪躲，眼看躲不过去，索性从井下光手里抢过鸡架，顺势咬了两口，点了点头道：“嗯，咸淡差不多，就是胡椒粉放多了。”

“我靠，咬掉这么多，还要挑毛病？”井下光抢过鸡架，也用力咬了两口。

“跟你说正经的，不觉得这次小影回来后，有点不一样了吗？”波夜空若有所思地看着卓深影说道。

“被你这么一说，还真是，说话时，我老觉得好像跟她隔了层什么东西似的。”井下光点了点头，“昨晚，我想让她上我身，一起来玩直播，她说啥也不肯，要知道，平时都是她来求我的。”

“发现没有？”波夜空指了指卓深影的方向，“她现在明明是没有实体的能量身，脖子上却挂着一条真的项链，这是什么情况？”

井下光放下鸡架，顺着波夜空的手指，看了半天，若有所思地点了点头：

“要不是你提醒，我还真没有看出来。”

“所以，”波夜空拉长语调，脸上露出一丝狡黠的笑意，看着井下光说道，“姐姐，你有没有想过，哪天趁她睡着的时候，把那项链拿下来看一眼？”

“这么龌龊的事情，凭什么让我干？”井下光不满地瞪了波夜空一眼。

“谁让你跟她是室友，看上去还这么人畜无害。”波夜空用肩膀顶着井下光，摇个不停，脑袋还要往她肩上靠，“而且，难道你没有一点点冲动，想去满足一下自己小小的好奇心吗？”

井下光连忙用手挡住了波夜空凑过来的脑袋，皱着眉头，往卓深影的方向看了半天，叹了口气道：“唉，被你这么一说，我心里真是奇痒难忍啊。”

“这就对了嘛，这才是你阿光的本色啊！”波夜空得意地舔了舔嘴唇。

井下光忽然想到了什么，打了一下波夜空的头，说道：“看被你打岔打的，差点忘了重要的事。”

“什么事？”波夜空连忙问。

“师父让我悄悄叫上你，然后去他房间，二师叔也在等你。”井下光压低声音说道。

“干吗要悄悄的？”波夜空不解。

“意思就是，最好不要让别人知道。”井下光一边说，一边看了一眼远处的卓深影。

波夜空心领神会地点了点头，然后一副鬼祟的样子，从车底下钻出，跟着井下光去了哭大师的住处。

一进门，波夜空就看见正端坐在房间里的哭大师和笑和尚，两人在一个劲地冲他媚笑，因为笑得很用力，难免给人一种不怀好意的感觉。

哭大师的笑依旧是那种比哭还难看的笑，波夜空倒也习惯了，主要是笑和尚的笑，实在有点狼外婆的意思，亲切得过了头。

看到这情形，波夜空也一改平时那副有事没事都在嘚瑟的表情，一本正经地向两个和尚作了个揖，出语时也是老气横秋：“两位大师，不知有何见教？”

看到波夜空一下子变得这么严肃，两个和尚有点始料未及，脸部肌肉不经意地痉挛了一下。

井下光在一边偷偷观察着双方反常的举止，已忍不住捂着嘴，花枝乱颤起来。

“嘿嘿，”哭大师笑得更用力了，脸上的褶子凝结成了一朵哭泣的花，“好像你的嗜睡症，已经有很长一段时间没发作过了，是不是？”

“是吗？”波夜空挠了挠头，“您这么一说，好像还真是。都有半年没犯病了，难道是……你们给我下了什么药？”

哭大师愣了愣，因为没想到波夜空会这样说，一下子不知该怎么接话了。

笑和尚见状，也笑得更谄媚了，在一边帮腔：“我们是出家人，怎么可能对你做这样的事呢？”

“就是嘛。”哭大师也忙不迭地点头。

“那你们的意思是……”波夜空转动眼珠子，目光不断在哭大师和笑和尚的脸上扫来扫去，神情愈发警惕。

“你看，你现在能不能努力一下，让自己再犯一次病呢？”哭大师将脸凑近过来，轻声细语道。

“就是啊，这样就可以证明，我们没有给你下过药嘛。”笑和尚也连忙附和。

“这个……”波夜空挠了挠头，然后回过神来，坚决地摇了摇头，“为什么呀？犯病是因为没办法，我现在好好的，干吗要生病给你们看？”

波夜空话还没说完，早已不耐烦的哭大师手上已多出了那根木鱼槌，结结实实落在波夜空的额头上。

“你倒是睡还是不睡？！”哭大师板着脸，又一次扬了扬手中的木鱼槌。

笑和尚也变了表情，在一边哀其不幸怒其不争地摇头叹气。

“凭什么呀？我到底哪里做错了，非要犯病给你们看？”波夜空哭丧着脸，不服地梗着脖子说道。

就在哭大师又要举起木鱼槌的时候，一直在边上笑个不停的井下光连忙挺身而出，将波夜空护在了身后，说道：“师父，您还是跟阿空实话实说吧，他又不是不讲理的人，一定能理解您的。”

“好啊，阿光，原来你也跟着他们一起算计我？”波夜空愈发叫起屈来。

“什么叫算计你，师父是怕跟你说实话后，你非要跟他讲科学，所以才对你循循善诱的。”井下光做出怜惜的样子，替波夜空揉了揉刚才被打疼的地方。

“你们又在搞什么封建迷信啊？”波夜空不满地看了看在场的三人。

“看到了吧？就知道他会这样说。”哭大师无奈地摊了摊手。

“阿空，是这样的，接下来会发生一些很不好的事情，要想应对这个情况，有一个关键选项，就是需要你嗜睡症发作，然后才能找到化解这件事情的办法。”井下光一脸严肃地对波夜空说道。

“你们自己发疯也就算了，我可以睁只眼闭只眼的，干吗非要拉我一起呀？”波夜空先将脑袋藏到井下光身后，大着胆子对哭大师说道。

“反正你也没有什么损失，对不对？”井下光闪过身子，将波夜空让到了身侧。

“损失是没什么损失，但有什么好处呀？”波夜空转了转眼珠子，说道，“要我干这种傻事，总得付点智商税的吧？”

“说到好处的话，还真是有，”井下光皱着鼻子笑起来，“等你这次犯过病后，你再醒过来的时候，我们所有人就都要听你的号令了。”

“还有这种好事？”波夜空看了看边上两个又露出狼外婆表情的老和尚，倒吸了一口凉气，“你们该不会是想趁我嗜睡症发作的时候，把我给卖了吧？”

“怎么可能？你想想，我们是这样的人吗？”笑和尚又开始循循善诱。

“你这种赔钱货，倒贴都没人要！”哭大师又不耐烦了，恶狠狠地说道。

“虽然我不同意你的这个说法，”波夜空点了点头，“但你的这个态度，倒反映了你一贯的想法。好吧，我就相信你们不会卖掉我了。不过……”波夜空又看了一眼身前的哭大师，露出欲言又止的表情。

“又怎么啦？”井下光也有些不耐烦了。

波夜空不怀好意地看着哭大师说道：“如果有人想打我，就能打到我，他凭什么要听我号令？”

“等你醒来的时候，师父就不在悟空寺了，你想被他打，也没可能了。”井下光不禁黯然。

“啊？难道您老人家得了什么不治……”波夜空的神情不由凝重，说到最后似已不忍再往下说了。

“你想什么呀？”井下光忍不住用手指戳了一下波夜空的脑门，“师父是要出趟远门，今天我们不在时，帝释会的人来拜访师父，他们想要拿下悟空寺，因为师父不肯让步，他们才答应让师父到势理会所在的帝释星系去讲理。师父这一走，少则三年，多则十年，所以悟空寺才会由你来作主。这些话其实不用我们说，等你再次醒过来，就会明白了。”

“啊，还有这种好事？”波夜空看了哭大师一眼，“那您老人家啥时候走呀？”

“明天一早。”哭大师还没开口，笑和尚已经在替他说了。

“虽然我们是天敌，”波夜空露出一脸满不在乎的表情，不过还是下意识地抿了抿嘴，“但您老人家要走这么久，不送你一下，会显得我这人无情无义。这样吧，等明天把你送走了以后，我再争取发一下病吧。”

“不行，我要是不能亲眼看到你发病，我就不走了。因为我实在放心不下悟空寺，也放心不下新唐城。”哭大师一脸严肃地说道。

波夜空看了看笑和尚，又看了看井下光。两人都在点头。

“哎呀，一下子变得这么重要，我也很不适应啊！”波夜空摇了摇头，“不过，你们能告诉我，为什么我犯一下病，就能有这么大的作用吗？”

“这是你太师父留下的遗言，具体什么原因，他当时没有跟我们说，只是说，你这次犯过病后，会出现一个出人意料的变化。如果让我们知道了，便没有效果了。”哭大师不耐烦地解释道。

“这样啊？”波夜空神情凝重地点了点头，举手投足间能看出他内心抑制不住的得意，“算了，看在三五年内不用再受您老人家气的分上，我就试一试吧。”

说完，波夜空准备挪步出门，回一号车间去睡觉，忽然想到什么，停下脚步，说道：“不过，现在车间里都是人，我也不好就这么去睡啊。”

“不用了。”哭大师指了指自己的床，“就在这儿睡吧，这房间以后就归你了。”

“好吧，看在您老人家这么慷慨的分上，我就勉强接受了。”说着，波夜空走到床边，就势躺下，用力闭上眼睛，嘴里念念有词，想要把自己给催眠了。

“你这是在干什么？”耳边传来井下光的声音。

“你们不是让我现在就睡吗？”波夜空睁开眼睛说道。

“是让你发病，不是让你装睡。”井下光道。

“哦，这样啊？”波夜空挠了挠头，“这个好像有点难度，每次犯病，我也不知道是怎么触发的。”

波夜空坐在床上愁眉苦脸了半天，忽然眼前一亮，拍了拍脑袋，说道：“想起来了，这半年跟以前最大的不一样，就是我已经很久没有看小姐姐们的写真和那个啥了，我刚才在脑子里数了一下，从小到大，我一共犯过一百零一次病，其中五十三次，都是在看那一类东西时昏过去的，概率超过百分之五十……”说到这里，波夜空捂着脑袋，瞄了一眼哭大师，叹了口气道，“唉，所以！我现在很为难啊。”

哭大师哭笑不得，皱了皱眉头，不耐烦地摆了摆手：“那你还不赶快去？”

“唉，算了，为了让大家满意，我只能牺牲一下自己的纯洁了。”波夜空煞有介事地摇了摇头，转过身，昂首挺胸，背着手，往门口走去。

跨过门槛时，他脚下拌蒜，打了个趔趄，一个狗啃泥，摔倒在地。

哭大师三人见此情景，都忍不住开怀大笑。

等他们笑完，波夜空却还是没有要起身的样子，井下光连忙跑过去，将波夜空的身体翻了过来，捏着他的鼻子，看了半天，然后满意地点了点头：“行了，他成功地犯病了。”

“啊，这么容易？”哭大师瞪大眼睛，一副不敢相信的样子。

“我怀疑，这事情跟阿空的主观意愿关系不大，既然这一切都是连锁反应的一部分，到了该犯病的时候，他就是会犯病的。”笑和尚若有所思地解释道。

“这样的话，那我们刚才拼命讨好这小混蛋，是为什么呀？”哭大师不满地撇了撇嘴。

“师父，就像您常说的，业力如此嘛！”井下光笑着，一踮脚尖，将波夜空直接踢到了哭大师的床上。

“唉，冤孽啊！”哭大师沉痛地摇了摇头，然后也哑然失笑。

“师父，接下来我们还有什么可做的？”井下光问。

“接下来就是等着，让事情自己发生。”哭大师走到门前，看着夜空中的月亮，沉声说道。

“只是不知道，顾得满两兄妹会做出怎样的选择？”笑和尚神情黯然地说道。

“真是为难这两个孩子了。”哭大师叹了口气。

此刻，西区三十二号码头上，橙子号散货船正在从岸边缓缓驶离。

顾有思和大风肩并肩站在甲板上，冲着码头的方向不断挥手。

顾得满站在码头上，笑得很迷人，虽然他知道，船上的人看不见他的脸，但此时此刻，他脸上显出保护色，只是为了让自己安心。

他的身边站着小柯和小施。

小柯是专门来送顾有思的，他虽是顾有思的跟班出身，但跟顾老爹其实情同师徒，小柯的处世手段、见识和人脉，都是顾有思手把手教给他的。

小施自然是来送大风的，虽然他找的借口是来帮顾得满开车，但大家谁都心知肚明。

这一别后，不知何日再能相见。小柯和小施的心里满是伤感。顾得满却不同，此刻充斥在他心中的，只有决绝。

他选择了让大风走。他知道，这后面的代价是什么。

“行了，我们走吧。”顾得满朝小柯和小施做了个手势，然后自己先坐上了小施的鲨鱼商务车。

小柯和小施又用力地朝轮船的方向挥了挥手，也随顾得满一起上了车。

车以最短的弧线掉了头，向码头外驶去。

看着鲨鱼商务车红色的尾灯消失在夜色中，大风一动也没有动。上船前，她已经下了一个决心。

大风知道，顾得满为什么要急着送她离开，为了达到这个目的，顾得满还把顾有思也一起送上了船，好让她相信这一切不过是为了解除他自己的后顾之忧。

然而顾得满不知道，那天大风在小洋楼里见到摩西沙罗时，摩西沙罗跟她说过，今晚将会发生什么，并要大风做一个选择。只是她没有把这件事告诉过任何人。

“他们已经走了，我们也回去休息吧。”耳边传来顾有思的声音。

夜风吹在老人的脸上，让他显得有些沧桑。此次跟他们一起离开的，还有顾有思另两房的家眷。虽然蓬莱洲不是顾有思的出生地，但毕竟他在这地方待了三十年，这几乎是他人生中最好的时光，这一走，可能就是永别，所以难免百感交集。

大风看出了顾有思此刻的心绪，像个体贴的女儿一般，挽住他的胳膊，一边走，一边安慰道："等打完仗了，我们再一起回来。"

顾有思拍了拍大风挽在他胳膊上的手，用力点了点头。

大风将顾有思送回了房间。

自从开战后，所有开往蓬莱洲的飞机和客轮都停航了。借着运送救援物资的机会，那些来新唐城的货船，都在原先的船员住宿区开辟了一小片客房，专门用来帮那些出得起钱的贵客，偷渡回旧大陆。因为是供贵客住的，房间都是按船长休息室的规格布置的，条件还不错。

大风陪着顾有思说了会儿话，看老爹困了，便放心地回到自己在隔壁的房间。坐在房间里，她耐心地等了一刻钟，确信顾有思已经入睡，才又再次出了门。

按照上船时看好的路径，大风跑到船顶摆放救生艇的地方，将靠近船尾的救生艇悄悄解下，扔进海里，然后直接从船顶跳到了救生艇上。

此时，橙子号货轮已到了离新唐城三十海里外的地方，大风将救生艇上的柴油机发动了起来，向远处那块呈现为葫芦形陆地的腰眼驶去，那正是日韩城所在的方向。

一个半小时后，大风进入了河原家的庄园。她直接来到了藏樱阁，推门走了进去。

"你果然来了。"樱花深处有个声音悠悠地说道，然后一个身穿灰色短袖衬衫和浅黄色中裤的年轻女子，走了出来。那女子的衣着虽朴素，却给人一种不经意的十分美丽之感，正是河原细美无疑。

"你知道我会来？"大风不禁诧异。

"不然呢？"河原细美淡淡一笑，"否则摩西沙罗为什么要让你来这地方送死？"

"摩西沙罗？"大风愈发好奇，"你也见到他了？"

"上次他去小洋楼见你之前……"河原细美走到大风跟前，缓声说道，"不对！应该说，我们所谓的时间跟摩西沙罗的时间，根本不是同一回事，你可以说，他就好像是一个穿越者，可以在任何一个时间点上，到达我们所在的时空里。总之，当时他也跑来跟我见了面，告诉我，接下来你会因为他的关系，被失踪半年。于是我利用了这一点，跟顾得满说，你被我绑架了。”

“摩西沙罗都跟你说了些什么？”大风下意识地抿了抿嘴。

“他跟我说的，自然是正在发生的这件事。”河原细美笑得愈发亲切，“说要是你今天不来藏樱阁，我就有十足的把握杀死顾得满，新唐城会成为我的囊中之物。可惜，你来了，这样即使我现在去找顾得满，也一样杀不了他。我只能选择杀死你。”

“可惜。”大风点了点头，嘴角露出一丝欣慰的笑意，“那你还在等什么？”

本章回顾：

顾得满和大风再次面临两个只能活一个的生死选择，顾得满决定牺牲自己保全大风。他将大风送上了前往旧大陆的轮船，大风偷偷跑下船，去日韩城找到了河原细美。原来大风从摩西沙罗那里得知，她和顾得满只能活一个，所以主动跑来挑战河原细美。此时，哭大师即将去帝释星系参加听证会，根据当年空藏大师的预言，要避免蓬莱洲的这场浩劫，必须让波夜空嗜睡症发作。大家循循善诱想让波夜空发病，波夜空也努力了，却没有得逞。最后无心插柳，得来全不费工夫。

小贴士：

朴不见：四天王星潜伏在地球上的情报员，在保险业界是鼎鼎有名的金牌调查员。作为四天王星人，他有两项特异功能，一是顺风耳：能听见十公里内的任何声音；二是读物术：一样东西只要被他接触过，物品上的残留信息就能被他读取出来。他参与了击杀财神分身狐仙的行动，因为后台不够硬，成了背锅侠，遭到各方追杀。后来他加入地藏会，在新唐城共和国成立后，成为共和国坦克部队的指挥官。

第二十八章
千年女优号

抛完锚，像是在发出宣言，千年女优号拉了三声长长的汽笛。

随着汽笛声，轮船的上半部，像朵绽开的莲花，向外伸展而去，很快变成了一个类似体育场的碗状建筑。

这开放式建筑的四面都是钢结构的看台，中间是一片陷落的洼地，洼地里有个将近两万平方米的游泳池，中央是呈射线状分布的一大四小五个舞台，用浮桥串联在了一起。

船是蓬莱洲船王尤利西斯送给玛丽莲二十二岁的生日礼物。

虽然两人的情爱关系在轮船下水时就已经结束，但船还是被顺利地交付给了玛丽莲。

这是全世界唯一一艘供个人使用的百万吨级邮轮，玛丽莲常年坐着它，带着她的演出团队和器材，环游世界。这既是她的住所，也是她的工作室、广播台和电视台，同时还是她开演唱会时使用的剧院。十年间，这船跑遍了全世界每一个深水港，举行了一千多场演唱会。

对地球人来说，玛丽莲的演唱会只是演唱会，但对作为地球殖民主的蜜之蜃姬来说，这一千场演唱会是她大面积收割地球人生物能的一千场盛宴。

按照原先的计划，去年九月是玛丽莲第二次来蓬莱洲举行巡回演出的时间。本来是要等到蜜之蜃姬完成这一轮对蓬莱洲的收割后，生命进化委员才会开始本次的三千年庆典，但因为去年七月的那场革命，庆典被提前了，演唱会则被无限期地延后了。

蜜之蜃姬对此耿耿于怀，为了这件事，她跟财神理论了很多次。不过，现在她终于得偿所愿。根据帝释会和生进会达成的协议，三千年庆典将暂停一个月，供双方运筹帷幄，谋夺悟空寺的控制权。于是，玛丽莲的蓬莱洲巡回演唱会，又被重新提上了议事日程。

新唐城是本次演唱会的第一站，千年女优号此刻停靠的地方，正是西区码头所在湾区的中心地带。

为了这次演出，蜜之蜃姬特地让玛丽莲将千年女优号漆成了向日葵的颜色。

此刻是阴天，厚重的乌云仿佛一口新出厂的铁锅，将湾区的海面罩得严严实实的。在一片乌压压的钢蓝色中，千年女优号显得卓尔不群，恍若一朵盛放在海天间的金莲花，尤其在船上的涡轮空气净化器加足马力后，邮轮上方的云层很快出现了一个缺口，金灿灿的阳光透了过来，那一小片脱颖而出的湛蓝天空既不多也不少，刚刚好，跟下面的千年女优号连成了一片，构成了一个奇观。

在那一小片湛蓝色的天空映衬下，船上那个巨型泳池里的水变得更蓝，工人们开始在舞台和浮桥上，搭建起布景和电子设备来。

在船头的那个小型游泳池里，穿着黑色比基尼的地狱修女也在挥臂畅游。泳池边，化身为玛丽莲的蜜之蜃姬趴在浴巾上，一边晒着太阳，一边拿着望远镜，观望远处的西区码头。

码头上，几个玛丽莲的忠实粉丝正拿着鲜花和签名本在往千年女优号的方向张望，似乎在寻找与偶像相遇的机会。

“有没有发现，如果不是因为战乱，这地方应该永远不会有这样的宁静？”蜜之蜃姬转过头，看了一眼正躺在沙滩椅上闭目养神的精灵。

精灵把脸上的墨镜往鼻子上拉了拉，看了玛丽莲一眼，语气淡然地说道："这就是人类的劣根性，不到绝境，永远不会明白，什么才是他们真正需要的。"

"那我们呢？"蜜之蜃姬的嘴角带着微笑，轻声细语地问道。

"问题是他们在追逐他们永远追逐不到的东西。追逐对他们来说，就是失去。而我们却没有这个问题。"精灵悠然地说道。

"是这样吗？"蜜之蜃姬眨了眨眼睛，笑而不语。

"港口好像有巡逻艇在往这里来。"地狱修女从泳池里走了出来，一边擦着头发，一边指了指远处的西区码头。

蜜之蜃姬连忙拿起望远镜，往码头的方向看了一眼，说道："站在甲板上的好像是顾得满。"

"那我回避一下吧，他认识井下光，应该知道我是什么人，他师父就是死在我手上的。"说着，地狱修女快步从甲板上离开了。

蜜之蜃姬朝地狱修女的背影挥了挥手，然后继续用望远镜看着破浪前行的巡逻艇，说道："这顾得满倒还真够帅的，感觉他的生物能，质量应该不错。"

"你最好别打他的主意，地藏秘力正是你的克星，它可以直接将能量转化为粒子，也就是说，你的能量身在他的地藏秘力作用下，会被凝结成固体。这样的话，哪怕一个最低级的地球人，都可以用锤子或电锯之类的工具，让你碎成一堆渣子。"精灵一边说着话，一边用手摸了摸脑袋上竖起的耳朵，他的耳朵和头发瞬间变成了礼帽，身上的长袍也变成一件灰色的休闲西装，"这样子如何？像不像一个演出经理应该有的样子？"

蜜之蜃姬瞟了精灵一眼，点了点头道："你是怎么说服大家批准这次巡回演出的？"

"战事吃紧，大家缺钱缺粮，我答应把你的演出收入捐给他们，还要送他们一批物资和药品。这世界不就是这样吗？有好处，就没有事情是不可以的。"精灵一边说着，一边整理了一下身上的西装。

"你倒是挺会做顺水人情的。"蜜之蜃姬脸上露出嘲讽的笑意。

"钱应该不是你的目的，你来这里，不就是为了收割地球人的生物能吗？"精灵淡淡地笑了笑。

巡逻艇终于行驶到了千年女优号跟前，顾得满带着几个全副武装的士兵上了邮轮，很快来到了两人跟前。

“玛丽莲小姐，”顾得满面带微笑，朝蜜之蜃姬彬彬有礼地点了点头，“我是新唐城共和国军事委员会的顾得满。虽然行政司法院批准了您的演出申请，但职责所在，我需要在船上进行安全检查，打扰之处，请多包涵。”

“理解，”被蜜之蜃姬附身的玛丽莲大大方方地点了点头，“船上所有的地方你可以随便看。”然后她指了指已变身为经理人的精灵，“这是我的演出经理阿方索，他会给你带路的。”

本章回顾：

蜜之蜃姬、精灵和地狱修女坐着千年女优号来到了新唐城，准备对新唐城展开秘密行动。顾得满坐着巡逻艇，上船来探查情况。

小贴士：

蜜之蜃姬：生进会会长摩西沙罗的情人，由纯粹能量构成的生命体，其由能量构成的身体可分可合，可附身于人类或其他物体之上，以收割人类身上的生物能为生。蜜之蜃姬收割生物能的主要方法是吸引人类的注意力，以注意力为媒介导出人类体内的生物能。玛丽莲是目前蜜之蜃姬在地球上最主要的宿主，露露和卓深影等人都是她的分身，船王尤利西斯则是她在蓬莱洲选定的代理人。

精灵：财神六百六十六个分身之一，财神的矩阵决策系统的主持人。在财神的六百六十六个算法中，是权限最高的一个算法，常常代表财神去和其他势力或人物进行接洽和谈判。

地狱修女：生命进化委员会排位第一的杀手，由会长摩西沙罗直接领导。海空两栖船地狱号和天堂号的主人。每一任地狱修女都是按照特定程序训练出来的变态杀手，在这个过程中，地狱修女的候选人必须经历如同置身地狱一般的人生，以便拥有驾驭魔刀痛苦之刃的能力。由于受了太多的苦，每一任地狱修女都活不过四十岁，她们在死之前，会为自己选择一个候选人，将自己的人生复制到候选人身上，然后由候选人接班。井下光曾经是第五代地狱修女的候选人，后来井下光的另一个自我成了第五代地狱修女。

第二十九章
这酒也叫细美

顾得满让自己走得很慢，好去看清楚更多的细节。

他很清楚玛丽莲是什么人，她在这个时候突然来新唐城，当然不仅仅是为了来开演唱会。

顾得满在柿落上人送给他的光储器里得知，今年七月，新唐城会有大事发生，届时他需要做一个选择。

按照柿落上人的说法，去年亚洲购物中心的那次暗杀活动中（大风因为失手，本应该从现在这个宇宙中迁移出去的，但柿落上人为了杀死顾得满，通过再次克隆，将大风强行留了下来。）于是，在接下来的连锁反应里，顾得满和大风必有一人需要为此付出代价。不是顾得满，就是大风。

在过去无数个类似的剧本里，都是大风选择了牺牲。这一次将是他们之间关系的终结，无论两人谁死谁活，各自所属的连锁反应都将进入不同的宇宙中，从此再无交集。

顾得满虽不清楚，以前究竟发生过什么，但既然柿落上人这样说，一定有他的根据。所以，这一次顾得满没想再让大风为他做牺牲，一个星期前，他选择让大风陪着老爹离开。

然而，顾得满没有想到，第二天老爹从船上打来卫星电话，告诉他，大风失踪了，船上还少了一条救生艇，大风应该是回新唐城了。

听到这消息后，顾得满便去上秘院找了柿落上人。柿落上人告诉他，既然大风回了新唐城，那么在这个连锁反应里，此刻她应该已经死了。至于死在谁手里，柿落上人算了半天，却一直没算出来。情况就跟他上次算不出大风的下落一样，这反而证明了大风的死应该跟生进会的老大摩西沙罗有关。

听到了这消息后，顾得满的心里满是苦涩，大风竟然连最后一次还债的机会都不肯给他。

从柿落上人那里离开后，顾得满遇到了特地跑来找他的笑和尚和井下光。两人告诉他，哭大师为了参加势力均衡理事会的听证会，已经去了帝释星系，生进会的人会借此机会进攻悟空寺。既然顾得满现在安然无恙，那么他就需要跟他们一起，保卫悟空寺。直到此时，顾得满才终于明白，柿落上人所说的生死大劫，指的是什么。所以今天一听说千年女优号到了西区码头，他决定上船来一探究竟。

“听名字，你应该是西班牙人？”顾得满带着那作为保护色的微笑，一边走，一边有一搭没一搭地问身边的阿方索。

“我是墨西哥人，祖上确实是从西班牙来的，但自从给玛丽莲小姐打工后，我就加入了美国国籍。”阿方索微微欠身，一板一眼地说道。

从上船的那一刻起，顾得满就觉得这叫阿方索的家伙有些怪异。果然不久，他手腕上的仿生机器人探测器，开始振动。这个探测器是波夜空为他制作的，准确率大概有八成。顾得满据此推测，除了藏身在玛丽莲体内的蜜之蜃姬，生进会这次至少还派出了一个财神的分身。

不过，除了阿方索，甲板上其他的人看上去都算正常，水手们在忙着搭舞台，乐队和伴唱伴舞的演员在排练，每个人对自己的工作都驾轻就熟，连心不在焉时的失误都显得行云流水，这显然是人类特有的品质。

在甲板上查看了一遭后，顾得满又要阿方索带自己去甲板下巡视。阿方索爽快地答应了，不过顾得满还是觉察到，在点头之前，阿方索曾有过瞬间的迟疑，虽然时间都不到零点零一微秒。

在甲板下的区域里察看了半天，顾得满还是没有发现一丝可疑之处，直到他来到那个庞大的水族馆。

阿方索告诉他，这水族馆是用来饲养海豚和白鲸的，这两组动物都是演唱会的保留嘉宾，因为在唱那首《我心似海》时，玛丽莲会穿着比基尼从巨型泳池下被海豚和白鲸托出水面，在它们的帮助下在水上行走或飞翔。每次这都是演唱会的高潮之一。

听着阿方索的介绍，顾得满一直在盯着那两头白鲸中更为巨大的公鲸看个不停。不知为何，他觉得那公鲸身上有一种让人毛骨悚然的东西，以他多年的临战经验来说，那显然是死亡的气息。但盯着公鲸看了五分钟，顾得满还是没看出其中的端倪。

顾得满忍不住回头看了一眼阿方索。

“怎么啦？”阿方索和颜悦色地问道。此刻，这位精灵算法构成的仿生机器人借着体内的红外探测器，看见地狱修女正蜷缩在公鲸的嘴里，手里拿着痛苦之刃，正透过白鲸的齿缝向外张望。他不由得紧张起来，生怕顾得满会看出破绽。

“哦，”顾得满的表情忽然松弛下来，笑了笑后说道，“我在想象玛丽莲骑着白鲸表演时，会是怎样的情景。”

“啊，我把最重要的事情都给忘了。”阿方索拍了拍脑袋，从口袋里掏出一沓演唱会的入场券，“这是我们准备的招待券，如果您和兄弟们有时间，明天演出时，可以亲自来看一眼。”

顾得满点了点头，接过入场券，说道：“我们肯定没有时间。”然后他回过头，将入场券递给了身后的士兵，“你们看一下家里是不是有亲戚朋友要过来看，我先替大家谢谢阿方索先生了。”

说完，顾得满心有不甘地将目光从白鲸身上收回，离开了水族馆。

在船上上上下下检查了两小时，走遍了每个角落，顾得满这才离开了千年女优号，坐着巡逻艇，回到了一号码头。

巡逻艇还没完全靠岸，顾得满就看见，一个穿着淡绿色连衣裙的人影正站在码头上，凝视着驶向码头的巡逻艇。

因为整个码头空荡荡的，只有那绿色的人影孤零零地占据着一整片空地，所以显得很醒目，早在两百米外，顾得满就认出，那人影是雅雅。也就是说，河原细美正以她的另一个形象在码头上等他。顾得满心里微感诧异，提前在脸上准备好了自己的保护色。

巡逻艇靠岸后，顾得满缓步向雅雅站立的地方走了过去，一边走，一边沉声说道：“你的消息真够灵通的，我前脚刚从千年女优号上下来，你已经在码头上堵着我了。”

“玛丽莲的演唱会本就是小姐亲自批准的，你刚上船，人家就给小姐打来电话了。”雅雅淡淡地一笑，一丝不苟地将河原细美称呼为小姐，似乎很享受这种一人分饰两角的感觉，“不过，我不是来向你问罪的，小姐特地要我来这里等您，邀您去河原家的庄园小酌一番。小姐此刻应该正在厨房里忙活，她要为您做几道拿手的小菜。”

“是吗？”顾得满不动声色，脑子却在高速地运转，想了半天，他还是没有看出，河原细美这样做的用意何在，他微微一笑，说道，“不好意思，今天我有很多事要做，可能会让你们小姐失望了。”

顾得满故意在“小姐”二字上加了重音。

“小姐已经料到你会拒绝，所以特地让我跟您说一句悄悄话。说只要我跟您说了这句话，您就会同意的。”雅雅不卑不亢，脸上仍旧是河原细美惯有的乖巧表情，她将嘴凑到顾得满耳边，低声说了句什么。

听完这句话后，顾得满心里一惊，脸上的笑容却愈加迷人。他点了点头，说道：“那我就恭敬不如从命了。”

“谢谢。”雅雅缩了缩肩膀，浅浅地一笑，样子依旧那样小清新。

因为雅雅说出的这句话，让顾得满过于震惊，他站在原地，迟迟没有行动。雅雅已经抢先一步，往顾得满停在一号码头上的太累摩托走了过去。到了摩托车前，她拿下后车座上那个属于细美的头盔，娴熟地戴到了自己头上。

顾得满摇了摇头，也走到车边，然后带着雅雅，往河原家的庄园疾驰而去。

派雅雅去一号码头迎接顾得满后，河原细美就忙碌了起来。她先将一张桌子和两把椅子搬到藏樱阁里，又从地窖找出了一罐家酿的烧酒。

把烧酒也拿去藏樱阁后，她又跑来厨房，亲手做起了下酒的小菜，她炸了天妇罗，又煎了秋刀鱼。

在这个过程中，河原细美的儿子李亦舟一直在婴儿车里睡觉，丝毫没有被油锅里传来的刺啦声吵到。

到今天，李亦舟来到这个世界已经有一百一十一天。河原细美生下他的那天，还在上班，她是直接被人从市政厅送到医院去的。但河原细美只在医院里住了一个星期，就又重新跑回行政院上班去了。

对这样的情况，李亦舟似早有觉悟，知道自己的母亲是个停不下来的战士，所以平时他不是在睡觉，就是躺在婴儿车里自得其乐地傻笑，很少见到他有哭闹的时候，乖得都让人感觉心疼。

李适之显然是个很好的奶爸，河原细美不在家时，都是李适之在照顾李亦舟。现在李亦舟对父亲的依赖程度，甚至远超过河原细美这个做妈妈的。

煎到第四条鱼时，通过和雅雅的脑波连接，河原细美知道，顾得满到了，正在雅雅的引领下，进入藏樱阁。

时间跟她预料中差不多，河原细美将最后一条鱼煎好了，装进盘子，然后放到架在婴儿车上方的一个大托盘里。她摘下围裙，低头看了看身上这件淡洋红底粉色圆点的和服，在确认没有沾上污渍和料理的碎屑后，才推着婴儿车出了厨房。

到藏樱阁时，顾得满已在桌旁落座，雅雅按事先的布置，站到了顾得满的身后。

河原细美将鱼放到了餐桌上，然后在顾得满对面坐了下来。

顾得满看了一眼还在熟睡的李亦舟，笑着问："你儿子？"

河原细美点了点头："摆满月酒的时候，我好像请过你，你没有来。"

"自从喝过你的喜酒后，这一类的场面，一般人估计很难再消受一次了。"顾得满说话时没有看河原细美，而是探出身子，用手指碰了碰李亦舟的小脸蛋，然后才又重新落了座。

"你不是一般人。"河原细美脸上没有一丝表情，好像只是在陈述一个事实。

"我是的。"顾得满点了点头。

"也是，否则你今天就不会来这里了。你还是太想做一个好人了。"河原细美轻描淡写地点了点头。

"你做的？"顾得满顾左右而言他，指了指桌上的菜。

"除了酒。"河原细美拿起桌上的那个小陶罐，把已经挑开的瓶塞拔了出来，给顾得满和自己面前的小杯子斟上了酒。

顾得满看了一眼那个小酒罐，酒罐上贴着用毛笔手写的“细美”二字。

“这酒也叫细美？”顾得满问。

“嗯，”河原细美点了点头，“这酒是我出生时酿的。我爸爸家里是在九州开酒坊的，酒坊有上百年的历史。爸爸虽没有继承家业，但学过酿酒的手艺，家里但凡有值得纪念的大事发生，他就会亲手酿制一批，我出生自然也算是件大事，爸爸就用本格烧酒的酿造法酿了这批烧酒。标签上的汉字，是分装时妈妈手写的。这是我第一次拿这酒来招待客人。”

“真是太荣幸了。”顾得满脸上露出那迷人而假惺惺的微笑，问道，“对了，你先生呢？”

“你是说李适之？”河原细美不动声色地拿起面前的杯子，微微啜了一口，“我让他陪爸妈去海边了，这样我们说话时可以方便一些。”

“他知道……你约的是我？”顾得满也拿起面前的小杯子喝了一口。

“知道。”河原细美用筷子夹起一块切得很薄的北极贝，蘸了点芥末，一边咽一边皱着鼻子，说道，“好吃。”

“他没有说什么吗？”顾得满放下杯子问道。

河原细美摇了摇头：“他比我们干净。”

“那你还嫁给他？”顾得满的脸上浮起了讥讽的笑意。

“这事情你懂的，再给你解释，就无聊了。”河原细美举起杯子，向顾得满示意干杯。

顾得满拿起自己的杯子，跟细美的碰了碰。两人一口喝净了杯子里的酒。河原细美又拿起小陶罐，重新给杯子斟满了酒。

“可以说正事了吗？”顾得满笑着问。

“不急，反正除了接下来的这件事，你我之间再没别的事情要处理了。在此之前，我们可以多叙叙旧。”河原细美将身体后仰，伸了一个长长的懒腰。

“叙旧这戏码，你我之间已经上演过太多次，我真的提不起兴趣了。”顾得满脸上的笑意在慢慢收敛。

“好吧……”河原细美点了点头，正准备切入正题，李亦舟忽然大哭起来，河原细美连忙将李亦舟从婴儿车里抱了起来，说了一声，“抱歉。”

然后她解开衣襟，旁若无人地给李亦舟喂起奶来。

顾得满没有说话，拿起面前的酒杯，起身走到近旁的樱花树下，一边喝酒，一边开始欣赏藏樱阁里那些年月久远的樱花树。

喝完奶的李亦舟终于安静下来，又熟睡了过去。河原细美将他放回婴儿车里，没有去招呼顾得满，而是拿起勺子，小心翼翼地搅拌着那块撒满鱼干和酱油的新鲜豆腐，好完成这道木鱼豆腐的最后工序。

做完这些，河原细美拿起自己的小木勺，舀了一口豆腐放进嘴里，尝了一尝，一脸享受地赞叹道："哎呀，味道还真不错嘞！"

受到提示，顾得满坐回到桌旁，没有等河原细美开口，就抢先问道："大风在哪里？"

河原细美微微一笑，一个精致的遥控器从她和服的袖管里滑出。河原细美按了一下上面的按钮，在她身后不远处，地面忽然裂开一条缝，一个玻璃缸一样的东西正在缓缓升起，里面赫然是被封在干冰中的大风。

"那天，她来找我，想让我杀死她。因为根据摩西沙罗的说法，你跟大风，我只能杀死其中之一，我先遇到谁，我就必须杀死谁。因为如果我不出手的话，那个先找到我的人就会杀死我。"河原细美悠然地说道。

"摩西沙罗为什么要告诉你这些？"顾得满沉默了片刻，缓声问道。

"他跟我说，这是我们两个人命运的一部分，也是他命运的一部分，所以为了完成这个叫作命运的连锁反应，他必须来告诉我这些。"河原细美的嘴角露出一丝鄙夷的笑意，"不过，直到大风来找我的那天，我才忽然想明白，摩西沙罗告诉我这些，是为了保住你。所以，我就改了一下这个剧本，没有杀大风，而是把这道选择题，又一次地交还给了你。不要试图用地藏秘力，那个玻璃缸是特制，只要外面的空气一凝固，里面就会爆炸。"

"我怎么知道大风现在还活着？"顾得满不动声色地问道。

河原细美举起遥控器，又按了一个按钮。玻璃缸里的干冰开始融化成气体，大风苏醒了过来，因为看到坐在不远处的顾得满，她开始拼命地拍打玻璃缸，大声呼喊着什么。只是那玻璃缸太厚，什么声音都没有传出来。

"动手后，你真的会放过她？"顾得满问。

"我已经跟她交过手，以她的实力，根本没可能威胁到我。但根据摩西沙罗的推测，只要我不杀大风，大风一定死不了。只要你死了，我一定会给她安排一个幸福美满的人生。"河原细美的语速很慢，声音轻飘飘的。顾得满知道，河原细美这样说话的时候，是她最自信的时候，所以不可能说谎。

“还有什么要告诉我的？”顾得满嘴角上翘，不是那作为保护色的笑意，而是释然的微笑。

“如果我是你，我就不会来这里。你觉得这样做很有英雄气概，但在我看来，只是妇人之仁。所以，你这样的人确实应该被淘汰。”河原细美的话还没有说完，顾得满身后的雅雅已悄无声息地掩了上来，一把抱住了顾得满，还用自己的手锁住了顾得满的手。

河原细美笑了笑，匕首从她和服的另一个袖子里滑了出来，转眼间插在了顾得满的心口上。顾得满看着细美几乎已贴到他鼻尖上的脸，眼里没有一丝惊愕。

“忘了告诉你，李亦舟是你的儿子，我会把他养大的。”河原细美的声音还是很温柔，然后才慢慢地将匕首拔了出来。

顾得满的脑袋歪到了一边，河原细美用另一只手慢慢合上了他的眼睛，细美的眼角似有泪意在缓缓释放。

“知道接下来怎么做吧？”河原细美擦了擦眼角，抬起头看着一脸茫然的雅雅。

“知道。”雅雅点了点头，然后她的身体开始发生变化，很快变成了顾得满的样子。

“很好，”河原细美缓缓地坐回到自己的座位上，脸上没有一丝表情，“你给井下光打个电话吧。”

本章回顾：

顾得满在千年女优号做完检查，在码头上遇到了雅雅。原来雅雅是替河原细美来邀请顾得满去做客的。在河原家的庄园，河原细美亲自下厨做了饭菜，以大风为要挟，杀死了顾得满。

小贴士：

李亦舟：河原细美和李适之的儿子，但实际上却是顾得满与河原细美在地狱号上那次激情迸发的产物。

第三十章

要么我死，要么你死

站在镜子前，井下光盯着自己看了很久，好像站在镜子里的，真的是那个跟她同根生的地狱修女。

自从知道有那位第五代地狱修女的存在，井下光心里生出了一种奇怪的感觉，仿佛在她的身体之外，还存在着另外一个自己。

这并非想象，而是真实的感受。每次只要井下光一想到那位第五代地狱修女，十三岁前的那些痛苦记忆就会不断涌现。同样，只要井下光忆起十三岁前的某个经历，她也一定会产生自己的意识在和地狱修女的意识连接的幻觉。

刚才，就在顾得满给她打来电话前的那一刻，井下光的眼前闪现出自己作为地狱号的船奴，被一个脸上挤满肥肉的中年赌棍凌辱的情景。

她之所以会想起这件事，自然是因为那位第五代地狱修女正在回忆这件往事。然后井下光好像亲眼所见一般，看见地狱修女被这记忆逼迫着，发了狂，在一艘犹如莲花盛开的巨轮上，用一把黑色的短刃砍杀了几个正在布置灯光的工人。

井下光知道，这一切绝非幻觉，而是真实发生的事情，地点就在西区码头外的千年女优号上。

这些血淋淋的意象配合着过往的记忆，一幕幕闪现在井下光的脑海里，让她几乎透不过气来，就在这时，电话铃响了。

打来电话的是顾得满，他告诉井下光，生进会的人会在晚上进攻悟空寺修理厂，蜜之蜃姬会亲自出马，陪在她身边的还有财神最强的意识载体——精灵以及那位第五代地狱修女。顾得满还告诉井下光，因为他正在监视蜜之蜃姬等人，所以暂时不能来修理厂和大家会合。

顾得满打电话时，语气有些怪异，虽然声音完全是顾得满的，但井下光总觉得有地方不对劲。想了半天，还是没有想出个所以然，只好决定先去哭大师的宿舍里看一眼。

波夜空已经睡了一个星期，还是没有要醒来的意思。哭大师在临走前说，波夜空将是这次防御战的总指挥。虽然对师父的话，井下光从来没有怀疑过，但阿空至今未醒的事实，还是让她惴惴不安。

从自己的宿舍出来，井下光拐了个弯，进了哭大师的宿舍，想去看看睡在里面的波夜空。没想到笑和尚和卓深影已经在等她了。

“师叔，你也在？”一推门，看到笑和尚正在笑吟吟地盯着自己看，井下光不由一阵诧异。

笑和尚挠了挠头。他虽是哭大师的师弟，年纪其实只比哭大师小十岁，外貌上却只有四十出头的样子。

“刚才阿满给你打电话时，我正好……”笑和尚咽了口唾沫，“……听到了。不是故意的，可能因为跟我有关系，所以声音就自动跑到我耳朵里来了，然后我又告诉了小影。”

“明白了。”井下光笑着点点头，“这样一来，正好省得我跟你们复述了。”

“姐姐的话，总是最有道理了。”卓深影在一边附和。

“蠢货还没醒吗？”井下光朝床的方向努了努嘴。

卓深影摇了摇头。

井下光的目光不经意地扫了一眼卓深影的能量身，笑道：“这家伙和隔壁床上的露露倒是绝配，都睡得这么安详。”

说着，井下光忍不住又看了一眼卓深影胸前戴着的项链盒。

卓深影目光闪烁，脸上却在露出甜美的笑颜，说道：“露露已被蜜之蜃姬附体了十几年，她现在跟植物人也没什么区别。只要我或者蜜之蜃姬没有附体在她身上，她一直是这副呆若木鸡的样子。”

“可怜。”井下光轻轻地摇了摇头，“那个歌星玛丽莲，应该也是这种壳子一样的存在吧？”

“除了露露和玛丽莲，蜜之蜃姬还有另外五个这样的壳子，现在都沉睡在千年女优号上，一旦有需要，蜜之蜃姬就会调用她们。”说着，卓深影下意识地抿了抿嘴。

“对了，”笑和尚打断了两人的对话，“既然生进会的人要来了，我们还是先把厂里的小徒弟们都疏散了吧，反正他们也帮不上忙，不要做无谓的牺牲。”

“我也是这个意思，”井下光点了点头，“师叔，您是长辈，说话比较有分量。您去跟他们说吧。”

“我要怎么跟他们说？”笑和尚皱了皱眉头，“说实情的话，他们肯定更不肯走了。”

“真够让人头疼的，”井下光低下头，双眉紧蹙，沉思片刻后，说道，“这样吧，地藏会正好在重建会址，您就说这是帮三师叔完成遗愿，我们要争取在共和国成立一周年前完成这项工程，这几天得连轴转，让他们在工地上待着，休息的话，就直接在那里打地铺，不用来回赶了。”

“这办法好。”笑和尚点了点头，转身离开宿舍，跑去一号车间，找小徒弟们去了。

小徒弟们果然相信了笑和尚的说法，像是出门秋游一般，兴高采烈地背着铺盖，去了地藏会的工地。到下午四点时，偌大的修理厂里，还能行动的物体就只剩下笑和尚、井下光和卓深影。

想到那个无限的新唐城就藏在一号车间的平行空间里，波夜空又是此次攻防战的总指挥，井下光就把还在昏睡中的他，提前请来了这里。

她揪着波夜空的衣领，像拖着条死鱼一般，从宿舍绕过食堂，拖进后院，又从仓库后面绕到前面的中院，最后才终于将波夜空拖进了一号车间。

这一路上动静很大，波夜空的大半个身子都在地上反复摩擦，但这家伙好像全无知觉，还是一副要睡到天荒地老的样子。井下光不由叹了口气，将波夜空直接扔在了车间中央的空地上。她揉了揉有些僵硬的右手，然后抬起头，发现卓深影也已经来了，正笑盈盈地看着她。

卓深影给自己换了个画风，由白衣飘飘的东方少女变身为那位打扮拉风的黑白混血儿露露，影子一般的能量身变成了结结实实的肉身。

“怎样？”卓深影驱动着露露那凹凸有致的身体，轻巧地转了个圈，问道。

“还行吧！”井下光用两根手指托着下巴，俏皮地点了点头。

“有这么个壳子，到时候万一需要进出修理厂，能方便些。”卓深影若有所思地说道。

“也是，说不定到时候还会有些别的用处。”井下光的脸上也掠过一丝意味深长的浅笑。

不久，笑和尚也从外面来到了一号车间，他给自己换了身衣服，不再是那件洗得发白的夹克衫，而是穿上了一身灰色的短僧衣。这样子显得过于郑重，但井下光并没有多问。

这或许将成为他们生命中最漫长的一天，井下光心里清楚这一点。

三人沉默着，谁也没有说话。因为觉得气氛沉闷，井下光低头看了下时间，想到顾得满至今还没有出现，便连忙又给他拨了个电话，还是忙音。

这之后，每隔半个小时，井下光就会给顾得满拨出一通电话，从下午一直打到了深夜，顾得满还是杳无音信。井下光心里已隐隐有了些不祥之感。

当，当，当，挂在墙上的电子钟脆生生地响了三下。

下午时，为了提醒自己，井下光特意将钟调到了发声模式。她侧目看了看那像两个惊叹号一样的时针和分针，深吸了口气，随后又一次举起手机，准备给顾得满拨出今天的第二十五个电话，

就在这时，外面忽然起风了。风势很大，一号车间和外面的工厂大门正好都敞开着，站在车间里可以一直看到门外大路的尽头，一条裹着沙土的黑色风柱正在奔袭而来。风柱穿过路两边的垃圾山，直接冲到了修理厂的门前。然而到了门口，巨大的风柱像被什么东西阻挡了，再也无法前进半步，便开始向上盘旋，升到了垃圾山的上方，在挣扎一番后，像泄了气似的，突然崩塌，裹在

风柱里的尘土簌簌落落地掉下，聚成了浅浅的土包。

看到这情景，井下光不由加快了拨打电话的节奏，然而电话那头还是忙音。

“还是找不到阿满？”笑和尚一脸凝重地问道。

井下光放下电话，点了点头。

“会不会……”笑和尚欲言又止。

井下光叹了口气，摇了摇头，说道：“不知道。”然后她又努力笑了笑，补充道，“依阿满的实力，就算搞不定生进会的三位大佬，应该也不会有事，也许他正在想办法牵制他们，所以不方便接电话。”

因为心里的焦虑无以言表，井下光索性蹲下身子，看了一眼躺在脚边的波夜空，伸出手，狠狠地捏了一下他的鼻子。

波夜空还是没有一点反应。

“奇怪，都睡一个星期了，照理说，饿也饿死了，这蠢货气色怎么还这么好？”这时，附身露露的卓深影也跟着蹲了下来，顺手捏了捏波夜空的脸蛋。

“要不是知道阿空是什么样的人，我真以为他是老僧入定了呢。要知道入定能入到这种程度，除了师父和师兄，我还没见过有其他人能做到这程度的。”笑和尚无奈地摇了摇头。

“那他这叫什么？”井下光故意放大音量，似乎在给自己打气。

“蠢货嘛，自然是叫犯蠢。”卓深影用手揪着波夜空的双腮，往外扯了扯，说道，“这样子是不是很蠢啊？”

井下光连忙配合着，将波夜空的鼻子拱成了猪鼻子：“这样的话，就更蠢了。”

两人大声地嘻嘻哈哈。就在这时，波夜空的眼角忽然有眼泪沁出，随着眼泪，他慢慢睁开了眼睛，脸上满是悲伤，懵懂地看着正在抓扭他脸蛋的井下光和卓深影。

两个女孩吓了一跳，下意识地将手缩了回来。

波夜空不能自已地抽泣起来。

“至于吗？开个玩笑而已。”井下光将缩回的手又伸了出去，摸了摸波夜空的脑袋。

“就是，别装胡样了，你是什么人，我们最清楚不过啦！”卓深影也伸出手，拍了一下波夜空的前额。

“什么情况？”波夜空若有所思地晃了晃脑袋，看了一眼井下光，又看了看卓深影，目光在一号车间里逡巡一番，终于回过神来，脸上的悲伤慢慢收敛起来，露出恍然大悟的神情，“我的妈呀，原来是在做梦，吓死我了。”

“什么梦？都让你哭成这样子了？”井下光瞪着眼睛看着波夜空，问道，“以前你神经病发作，醒来后从来没说过，你犯病的时候会做梦的？”

“我也奇怪，刚才在梦里，我好像进入了师父带我们去过的那个虚无地，在虚无地里，我遇到了一个怪人。”波夜空摇了摇头，似乎在回忆着什么。

“什么怪人？”卓深影问。

“那人说他叫摩西沙罗，还说我以前嗜睡症发作，之所以没有记忆，是因为所有嗜睡症发作的时间轴都合并到了这一次发作中。”波夜空说道。

“摩西沙罗，你说的摩西沙罗，是不是一个穿白大褂戴单片眼镜的男人？”笑和尚脸上的神色有些紧张。

“是啊。”波夜空点了点头，一脸不解地看了一眼笑和尚，“师叔你怎么会知道这个摩西沙罗的样子……”说到这里，波夜空忽然不说话了，然后下意识地捂住了嘴，“摩西沙罗？摩西沙罗？摩西沙罗不就是生进会那失踪了十八年的老大吗？”

“应该是，”井下光的脸上不禁现出忧虑之色，“你怎么会梦见他的？”

“摩西沙罗跟你说什么了？”卓深影也连忙追问道。

“也……没说什么，”波夜空使劲摇了摇头，“就是变了一个戏法，让我看见了一些景象。”

“什么景象？”井下光问。

“算了，不说了，这只是梦而已，我都没当真，你们还当真了。”波夜空抿了抿嘴，露出一脸轻松的表情，然而谁都看得出，这轻松有些用力过度，“对了，我这次睡了多久？”

“到今天，正好一星期。”井下光一脸正色地说道。

“啊，有这么久吗？”波夜空不由皱了皱眉头。

“行了，别说废话，敌人应该就要来进攻了。”卓深影说道。

“什么敌人？”波夜空不解地问。

“忘了师父临走前跟你说的事情了？阿满下午打来电话，说生进会的人今晚要来找麻烦。”井下光解释道。

“唉，好不容易才醒过来了，你们却要催我去跟人拼命，都什么世道啊？”波夜空一脸无辜地挠了挠头，话还没说完，脑袋上就挨了一记打。

“你废话能不能少一点？”卓深影一边打，一边恶狠狠地说道，“既然哭大师临走前，要我们都听你的。你快点想清楚了，我们要怎么做？”

波夜空皱了皱眉头，神情再次凝重起来，好像想到了什么，问道：“满哥和其他人在哪里？”

“其他人被师叔派去了地藏会的工地，”井下光愁眉不展地摇了摇头，“阿满中午打来电话后，就再没消息了，当时他说，他在跟踪生进会的三位大佬。”

“是吗？”波夜空目光闪烁地低下了头，“他没有去找细美吗？”

“他为什么要去找河原细美？”卓深影不解道。

“没去找就好。”波夜空摇了摇头，“算了，不说这个了。不是说敌人今天要来进攻吗？现在都三点钟了，‘今天’已经是昨天了。”

“亏你还老说自己智商高，不知道地球是圆的，是有时差的吗？”门外的虚空中传来一个娇滴滴的声音。

不久，声音所在之处，化身玛丽莲的蜜之蜃姬浮现了出来，随后是精灵和地狱修女。

“这话倒没说错，”笑和尚点了点头，笑眯眯作了个揖，“三位施主辛苦了，从昨夜十一点起，就看见你们一直在异次元通道里，围着我们的破庙转，还试过强行突围，所以才会有刚才那阵狂风，看你们玩得这么高兴，我一直没好意思打断你们。”

蜜之蜃姬有些尴尬，她转了转眼珠子，脸上又一次露出灿烂的笑颜，说道：“看来什么事情都瞒不过大师，确实有些小家子气了，所以我们决定，还是大大方方地走进来比较好。”

说着，三人对视了一眼，都在等其他人先动。看到谁都不愿意带头，蜜之蜃姬只好驱动着玛丽莲的肉身，第一个跨过了修理厂的大门，精灵和地狱修女这才也跟了过来。

到了门厅后，三人没有继续向前，一起停下脚步，然后各自忙碌了一番。

地狱修女右手颀长的食指顺着超短裙向下滑去，拂过长筒丝袜，来到位于大腿外侧的一个破洞。袜洞所在之处，是一处匕首形状的文身。地狱修女的手指刚触到那文身时，痛苦之刃的刀柄便毫无征兆地出现在她手里，地狱修女闷哼一声，将那由文身变成的刀刃从皮肉里拔了出来。地狱修女举起那黑色的匕首，在手上轻巧地比画了几下，又伸出舌头，舔了舔刀刃上残留的血渍。

精灵还是一脸悠闲的样子，目光在门厅里逡巡着，最后落在那张沾满污渍还破了好几个洞的格子布长沙发上。目光刚一落定，身子就已经躺在了沙发上，完全没有中间的过程。随后他的身体如水银一般忽地散开，向四处流窜而去，转瞬间将整张沙发裹了起来，破旧的布沙发变成了一张崭新的真皮沙发。接着又是一眨眼的工夫，那个满头银发耳朵竖起的精灵就又重新出现，正跷着二郎腿，倚靠在沙发上，抽着一支大号的哈瓦那雪茄。

与此同时，蜜之蜃姬也驱动着能量身，从玛丽莲的肉身中浮了出来，那彩色的透明光体开始往外扩展，很快填满了整个门厅，然后一个轻轻地震动，门厅里除了精灵、地狱修女和玛丽莲的肉身，所有物体都在一瞬间碎为尘土。

看着忽然空空如也的门厅，蜜之蜃姬满意地点了点头，将能量身重新注入玛丽莲的肉身中。她轻扭腰肢，摆出风情万种的姿态，一步三摇地向着一号车间的方向走了过来。精灵和地狱修女连忙亦步亦趋地跟在了她身后。三人的样子和姿态虽都显得云淡风轻，行进的速度却慢到不正常，仿佛是电影里的慢镜头一般。

这过程中，笑和尚、井下光和卓深影一直在警惕地注视着对面的那三个人。整个场子里，只有波夜空一脸轻松，不时嬉皮笑脸地朝蜜之蜃姬和地狱修女挥手致意。只不过对方并没有将他放在眼里，波夜空不由自觉无趣，悻悻地挠了挠头，叹气道："唉，我和两位姐姐说来也是老相识，上回在天堂号上，你们对我都那么亲热，没想老秃驴一不在，就被当空气了，看来要让小姐姐们重视自己，还是得靠实力说话啊。"

"小弟弟，你想说什么就说吧，不必绕这么多弯子的。"蜜之蜃姬轻笑着说道。

说话间，三人进入了一号车间，在离大门三四步远的地方，停下了脚步。

"也是，"波夜空咽了口唾沫，点了点头，"那我就实话实说吧，这里的人除我之外，都是有身份的人，就算大打出手，也不能跟街上的小混混一样没品吧？所以我觉得，大家能不能文明点，来个捉对厮杀之类的。这样呢，动静也比较小。你们知道的，车间里有些东西碰坏了的话，后果会很严重的。”

“会严重到什么程度？”地狱修女对着波夜空浅浅一笑。

“这可说不好，”波夜空一本正经地歪着脑袋，抿了抿嘴，“大概也就是灭掉几个星系，死个几百亿人吧。当然，在场的人里也可能不明不白地倒下几个，好像上次天堂号上那叫灵鬼的侏儒一般。”

对面的三人听着波夜空的描述，看似神情自若，但还是下意识地交换了一下眼神。沉默片刻后，精灵开口道：“那你说说看，怎么个捉对厮杀法？”

“这样好不好？你呢先吃点亏，跟我们二师叔打头阵。虽然你胜算不大，但毕竟有那么多化身可用，就算精灵算法被搞定，也还有另外几百个算法可用。”波夜空语气夸张地说道，然后没有等精灵给出答复，已将脸转了过去，对着地狱修女说道，“修女姐姐，你和阿光本就是同根生的好姐妹，你们两个人打起来的话，一定会很好看，说不定到时候我们这些吃瓜群众都分不清你们谁是谁，这事情想一想，就已经很好玩了，”波夜空舔了舔嘴唇，一脸心满意足的样子，然后侧了侧身子，将脸转向了蜜之蜃姬这一边，指着卓深影说道，“蜃姬大人，现在我可以跟你说实话了，小影被你派来新唐城后不久，因为看我长得帅，被我用美男计策反了，她现在已经是我们的人。其实，财神老爷早知道这件事，只是为了算计您，才帮我们瞒了这么久。”

“是吗？”蜜之蜃姬眯缝起眼睛，一副阴阳怪气的样子，煞有介事地看了精灵一眼。

“夫人，大敌当前，你我的恩怨，等事了之后，再另行了断，您看如何？”精灵连忙欠了欠身，配合着蜜之蜃姬的表情，把自己的戏也演了一遍。

蜜之蜃姬哼了一声，转过头看向波夜空，脸上再次露出娇媚的笑意，说道：“然后呢？”

“所以，小影自然就是我们这一边的人了，她以前只是您的一个分身，跟您的真身比，能量值差得比较远，至于我嘛，完全就是废物，我们两个再加一个顾得满满哥，三人一起和你对阵，你觉得公平吗？”

“公平。”蜜之蜃姬眼里的笑意更浓，用力点了点头。

“对了，顾得满现在在哪里？”精灵一脸严肃地问道，眼里却透出一丝耐人寻味的笑意。

“还没到，”波夜空挠了挠头，“不过应该快了，反正我们是第三场，他要赶得来，我们就三个对一个，赶不来的话，就二对一，你们不正好可以占个便宜吗？”

蜜之蜃姬和两个同伴交换了一下眼色，三人不经意地微笑起来。

“你们没在路上遇见过阿满吗？”井下光一脸凝重插嘴问道。

“这个问题我来回答你吧，”地狱修女笑吟吟地接过了话头，“打顾得满从千年女优号离开后的那一刻起，我就一直在让人跟踪他，我的人告诉我，他去了河原家的庄园，然后再也没有出来过。你们或许可以去问一下河原细美。也许他已经沉醉在温柔乡里，早把你们忘得一干二净了……”

这一边的四个人一下子沉默了起来，波夜空用力闭了闭眼，似乎要把某个念头从脑子里驱赶走似的，然后摇了摇头，将说话的声音提高了八度：“你们对我的提案，没有意见吧？”

“没意见。”精灵一脸轻松地耸了耸肩。

“我也没有。”地狱修女也随后摊了摊手，目光在井下光身上游移着，里面满是嘲弄。

“我更不应该有意见了。”蜜之蜃姬媚眼如丝，看向波夜空笑着说道，“看在你对姐姐这么照顾的分上，一会儿我一定会对你很温柔的。”

波夜空回头看了一眼笑和尚，说道：“师叔，就先麻烦您了。”

“分内事而已。”笑和尚眉毛微垂，淡淡一笑。

“对啦……”波夜空忽然想到了什么，凑到笑和尚跟前，与他耳语了几句。

笑和尚一边听着，一边点头道：“明白了，到时候就由你做主吧。”

波夜空跟笑和尚说悄悄话时，另一边的精灵竖起了耳朵，但听了半天，却没能听出所以然，脸上不由现出迷惘之色。

“他们在说什么？”蜜之蜃姬悄声问精灵。

“没听见，”精灵皱了皱眉头，“不过没关系，就算我的这个机器分身被毁了，也没太大损失。要搞定我，笑和尚的体力也会消耗很多，到时候就看你和修女的了。”

蜜之蜃姬点了点头。

此时笑和尚走向前来，到了一号车间的中央空地上，朝精灵做了个手势：“施主请。”

精灵也连忙向前跨了一步，倏忽间到了笑和尚的跟前，恭敬地还了一礼：“大师请。”

笑和尚双手合十，朝着精灵躬了躬身：“出家人不打诳语，提醒一下，我本是底比克西星人，我们那里的人类都有灵魂出窍的本事，可以让意识以脑电波的形式脱离身体，跃迁到任何物体的内部。所以，一会儿我的意识可能会直接跃入施主的操作系统里，我们这一战将发生在构成你身体里那上亿个纳米机器人的智能单元上，你要小心了。”

笑和尚话没说完，精灵的神色大变，猛地闭上了眼，似乎想要锁定自己的意识通道。

“施主，我来了。”说完，笑和尚眼睛一闭，双膝一盘，已趺坐在地。

精灵也随之呆若木鸡，身体好像突然凝固了一般，再也没有一丝活动的迹象。

一号车间里一片静寂，所有人都在看着这两个瞬间凝固成雕像的身体。

趁着其他人没有注意到自己，波夜空跑到井下光身边，跟她耳语着什么。等把话都说完了，他用力拍了拍手，将其他人的注意力都从笑和尚和精灵那里，吸引到了自己这里。

“各位，我二师叔和精灵的这场战斗会持续很长时间，也许是几天，也许需要几万年，我们不等了，直接开始下一场吧。”

“好啊，”地狱修女笑道，“刚才你一直在跟你的阿光姐姐说悄悄话，看来第二局应该是我和她出场了？”

“聪明！”波夜空一脸严肃地竖起大拇指，朝地狱修女翘了一下，“那接下来的事情，应该就不用我废话了吧？”

波夜空话没说完，地狱修女和井下光早已腾身而起。两人向前飞驰的身体在半空中会合，地狱修女的痛苦之刃和井下光手上的那两把激光刀，上上下下地对击着，随后一起落在了一号车间的中央空地上。

落地后，两人站在原地，神情都有些怪异，愣愣地看着对方。

“刚才……”井下光迟疑了片刻，开口说道。

井下光的话没出口，地狱修女就已经在点头了：“刚才我脑子里确实在回想，九岁那年我用那一招杀死响亮的情景。不，应该说，是你杀死响亮的情景。他是跟你一起长大的，是你最好的朋友，每次你觉得孤苦无助时，都是他在安慰你，陪你说话。但那一次，摩西沙罗却要你们自相残杀，打斗时，你始终狠不下心来，但响亮为了活命，却对你动了真格，最后，他用凌空一击对你下狠手时，你出于本能腾空而起，出手杀了他。那天你哭了一晚，你发誓自己再也不要有朋友了。”

地狱修女一边说，一边嘴角上浮起一丝笑意，眼角却有泪意奔涌。井下光静静地听着，身体在微微发颤。

“我的记忆就是你的记忆，那样的痛苦，我再也不会去经历了。”井下光深吸了一口气。

“你说得不错，过了今天，就只有我的记忆，没有你的记忆了，这痛苦就算你想经历，也没有可能了。”地狱修女轻笑着，黑色的痛苦之刃在她右手食指的指尖上飞速地旋转起来，“我拥有沙罗主人为我定制的痛苦之刃，里面积累着几十万个高手临死前剩下的生物能，这一战其实早已分出了高下。”

“这倒未必，”井下光微微一笑，苍白的脸庞恢复了一丝血色，“水能载舟，亦能覆舟，你已是这把妖刀的奴隶，我却是自己的主人。这是你我最大的不同。因为我曾经是你，所以我知道，死是你现在唯一渴望的事情，但对井下光来说，她却有充分的理由活下去。”

地狱修女的神情微微一变，随即嫣然一笑：“我们还是让事实来说话吧。”

说完，地狱修女再次挥动手臂，痛苦之刃像道黑色的闪电，无声无息中已来到井下光的身前。

面对这一连串暴风骤雨般的攻击，井下光似有些应接不暇，她开始向后退却，从车间一直退到了院子里，又被从院子逼入了门厅。

井下光已经有些力竭，防守的动作明显不连贯了，为了避开痛苦之刃的又一次攻击，她的身体下意识地微微弓起，痛苦之刃贴着她的后背，滑了过去，然而她的腹部已是城门大开，地狱修女的左脚已经找了过来，结结实实地踹在了她的小腹上，井下光的整个人被直接踹出了工厂大门。

井下光趴在门前的柏油路上挣扎了半天，才踉跄着站起身，嘴角已有血丝渗了出来。

波夜空不由关切地大叫起来：“阿光，你怎么啦？”

井下光朝波夜空摆了摆手：“没事，我顶得住。”

趁着这机会，地狱修女慢条斯理地走出了修理厂的大门，朝井下光微微一笑：“现在，你还相信，你的人强过我的刀吗？”

“相信！”井下光用力点了点头，一咬牙又向地狱修女冲了过来，激光刀舞得飞快，像一道光网，将地狱修女罩在了里面。

地狱修女的神情依旧轻松。轻描淡写间，手里的黑色匕首在用力挥舞之下，已连成了一道黑色的烟雾，隔开了逼向她身体的那道光网。

井下光用激光刀挥出的光网被黑色烟雾越撑越大，不久变得支离破碎，那黑色的烟雾已从破损处扩散出来，反过来逼向了井下光的身体。井下光手里的激光刀不得不回撤，那道闪亮的光网很快罩在了她身体的外围，拼命地抵抗着那道黑色烟雾的侵袭。

这过程中，井下光的身子也一直在后退，并且退得越来越远。从一号车间看过去，此刻那两个长得一模一样的人影已变成了两个小黑点，不久消失在路的尽头。

“不知道最后回来的，会是哪一个？”蜜之蜃姬转头看了波夜空一眼，那属于玛丽莲的长睫毛不动声色地闪了一下。

“当然是阿光！”波夜空斩钉截铁地说道。

“真是很佩服你的信心，”蜜之蜃姬的手指轻轻一转，好像有风在吹拂玛丽莲身上的蓝色吊带裙，那薄如蝉翼的裙摆轻轻飘了起来，“那你觉得，我们这一战的结果会怎样？”

“要是满哥能赶来，我们这边一定稳操胜券了，现在嘛，”波夜空说着，看了一眼身边一直没有说话的卓深影，“大概势均力敌吧。”

“是吗？”蜜之蜃姬妩媚地一笑，那个伸出来的手指，朝着附体在露露身上的卓深影勾了勾。

卓深影耸了耸肩，朝波夜空摊了摊手，说道：“对不起。”

说着，她走到了蜜之蜃姬身旁。

“哦，刚才忘了告诉你，上次她去异次元行宫打探消息时，我又把她变成了我的人。你现在看见的卓深影，只是我的另一个分身。这下，你觉得自己还有几成把握？”蜜之蜃姬笑道，手指点在下巴上，脸上满是无辜的表情。

“这下就更有把握了！”波夜空低下头，做出拼命的样子，朝蜜之蜃姬扑了过去。

井下光此时已退到了修理厂三公里外的地方。

刚才，波夜空跟她说的悄悄话，就是要她想办法将地狱修女引开，离修理厂越远越好。

但此刻井下光撤退得如此干脆利落，却不是故意为之的结果，而是她真的打不过地狱修女。

显然，在她逃离地狱号后，这个跟她拥有同样记忆的地狱修女，接受了更为严酷的训练，再加上她手里有那把积累了无数生物能的痛苦之刃，地狱修女的战斗力已远在她之上，败退已是注定的事情。

眼看无论如何都是打不过，井下光索性大大方方地开始了她的逃亡。她取下耳环上的芥子车，腾空一跃，跳了进去，将芥子车调到了全速模式。

只是她会的，第五代地狱修女也会。所以井下光很快从芥子车的后视镜里看见，地狱修女也跳进了她的芥子车里，正在后面紧追不舍。

跟井下光的芥子车不同，地狱修女的车上装备了全新的激光炮和导弹之类的武器，此时已火力全开，无数条火舌正在喷向井下光的芥子车。

井下光把着方向盘，不停地左闪右避。此刻她心里想着的，已不是如何幸免，而是尽可能地拖延，好为留在修理厂的波夜空和笑和尚多争取些时间。

跑了半个多小时后，井下光的芥子车已是千疮百孔，后面最新打来的一发激光炮，击中了芥子车右翼的引擎。芥子车失去重心，在空中翻滚起来。

这时井下光注意到，芥子车所在之处的上方是一座过街桥。那正是井下光跟波夜空和哭大师他们第一次相遇的地方。

井下光心里一动，拉动操纵杆，借着芥子车打滚的趋势，让这灰尘大小的车子顺着地面上窨井盖的透气孔，跌进了下水道。借着这机会，她从车里跳了出来，落定在下水道阴暗潮湿的甬巷中。

地狱修女果然也追了下来。因为井下光的身形已恢复到正常大小，芥子车发出的攻击，甚至不如蚊子的叮咬更有杀伤力，地狱修女也索性从她的芥子车里跳了出来，

听到身后传来脚步声，井下光没有回头，只是一个劲地向前奔跑。她仿佛

又回到了十三岁那年的秋天，当年逃亡时的一幕幕在她脑海中再次闪现，像刀刻过一样的醒目，即使她现在闭着眼睛，都能清楚地知道前方的每一个路口和每一个分岔，只是这一次的逃亡走的是上一次逃亡的逆行路线。

身后的地狱修女对这段路线显得很陌生，动作有些迟缓。这段路程的记忆是井下光才有的记忆。就是在这条路线上，井下光成为井下光，第五代地狱修女成为第五代地狱修女。

想到这里，井下光脑海里忽然闪出一个灵感，她稍稍放慢脚步，好让身后的地狱修女能跟上自己。

就在快要跑到西区码头的时候，井下光心里猛地格登了一下，她忍不住回过头，发现地狱修女停在了离她大约十米远的地方，脸上满是迷惘。

井下光当然知道，地狱修女为什么会有这样的反应，她回过身看着地狱修女，放慢语速说道："照摩西沙罗的说法，我们的生命是一连串生物信息构成的连锁反应，所以只要获得其中的一小片信息，就可以将生命整个地复原出来。这原理有点像克隆，但又不完全是克隆，因为用这个原理复原的生命，除了遗传信息，还会带有原先的记忆和能力，是真正意义上的重生。地狱号上的那台生命复原器，就是用这原理制造出来的。当年，我被选为地狱修女的候选人后，曾不止一次地试过自杀，但每次自杀后，他们都能用那台生命复原器，逼迫着我重新来过，每次只要我的身体被重建出来，那些痛苦的往事就会再次出现在我的记忆里。"

"这事情不用你提醒，别忘了，你十三岁前的事，我都知道。"地狱修女轻描淡写地说道，脸上的笑容因为太过用力，显得有些怪异，显然此刻她心里的感觉，并不像脸上表现得那样轻松。

"说这些，只是想告诉你，那段将你重建出来的生物信息，就是在这个地方从我的血管里放出去的，"井下光神色凝重地顿了顿，"我们此刻所在之处就是你我命运的分岔点。"

"你想说什么？"地狱修女加重了嘴角上的嘲弄。

"我只是想告诉你，既然从这里开始，我变成了另一个人，那么说明，你也不一定是要成为地狱修女的。"井下光目光闪动，想起了波夜空在过街桥上拉住自己的那一幕，眼眶忽然湿润了。

"是啊，你是逃掉了，那些本该由你承受的事情，都让我承受了。无论是谁，经历过那些事情后，就再也回不了头了。既然你我是一体两面，你应该懂我在说什么。”地狱修女的声音听上去有些沙哑。

“既然我们是一体两面，我相信，我可以做到的，你也能做到。”井下光一字一句地说道。

地狱修女不屑地撇了撇嘴，嘴角的笑意还没展开，手里的痛苦之刃就已到了井下光的咽喉上。井下光根本没看清，地狱修女是怎样将这十几米的距离化为乌有的。

“明白了吧？刚才一出手，我就能杀了你的。而且我也知道，波夜空想要你将我从修理厂引开，我所做的一切，只是在配合你们演戏。”地狱修女淡淡地说道。

“你为什么要这样做？”井下光努力让自己镇定下来。

“第一，我想看看你到底想做什么；第二，我想给你一个机会，但我没想让蜜之蜃姬知道这件事。”地狱修女说道。

“什么机会？”井下光愈发不解。

“就是这个机会，”地狱修女忽然将手中的痛苦之刃倒转了过来，示意井下光将刀接过去，“用这把刀杀了我！”

“杀了你？”井下光一脸诧异。

“你说得没错，我是早就没想活了，但在我的替身杀死我，把我的生物能吸收进痛苦之刃之前，我是无法被杀死的。正好，成为地狱修女本就是你的命运，你杀了我，我们就两清了。”地狱修女脸上露出了诡异的笑容。

“这就是你说的机会？让我杀了你，代替你成为地狱修女？”井下光感觉喉咙里有些发涩。

地狱修女面无表情地点了点头。

“问题是，就算我杀了你，我也不可能取代你成为地狱修女。”井下光道。

“你可以试试看，”地狱修女的脸上又现出了讥讽的笑意，“如果你能摆脱掉痛苦之刃的控制，那我祝福你。”

“如果我想摆脱，就一定能摆脱。”井下光抬起头，目光沉静地看着地狱修女，“所以如果你真的想摆脱，也一定能做到。”

地狱修女动了动手指，刀把又转回到自己手里，她将痛苦之刃向前顶了顶，刀尖扎破了井下光脖子上的皮肤："你不杀我的话，就只能我来杀你了，要么我死，要么你死。"

井下光用力地摇了摇头。

"对活下去这件事，我已不抱希望，既然你说，你对活下去还怀有希望，我才决定给你这个机会的，如果你想放弃，那说明你根本不值得拥有这个机会，"说到这里，地狱修女撇了撇嘴，"对了，忘了告诉你一件事，其实卓深影早被我们调包了。还有，听精灵说，顾得满也已经被河原细美干掉了。所以，你们要是想翻盘，现在只有一个机会，就是杀了我，这样你拿着这把痛苦之刃赶回去的话，还有机会救下你那位小兄弟的命。"

"你撒谎！细美根本没可能杀死顾得满的。"虽然心里知道，地狱修女说的都是真的，井下光还是不肯接受这个事实。

"怎么样？这一下是不是就能下决心了？"地狱修女又动了动手指，将刀把塞回到井下光手里，"如果我数到三，你还没将这把刀插进我心口，它就会插在你的心口上。一……，二……"

看到波夜空向自己扑了过来，蜜之蜃姬一点也没有要闪躲的意思，她故意张开双臂，由着波夜空一把抱住了玛丽莲的腰肢，然后面带调侃，像是故意要看波夜空的笑话。

没想波夜空在死死抱住玛丽莲后，开始歪着脑袋对卓深影大喊："快，现在该你了！"

蜜之蜃姬脸上的笑意更浓，回头看了一眼露露。露露站在原地笑盈盈地看着这一幕，并没有要动手的意思。

蜜之蜃姬再次低下头，看着波夜空，撇了撇嘴道："你是不是想告诉我，你早就发现卓深影被露露调包了，所以又想办法把她给掉了回来？"

波夜空一愣，然后使劲点了点头："对对对，就是这样！你还真聪明呀。不过，不是我调包的，是摩西沙罗在我做梦时，偷偷把小影给换回来的，还用了点小手段，让你以为她还是那个叫露露的分身。"

"你竟然知道用摩西沙罗来说事，难得，"蜜之蜃姬点了点头，朝露露勾了勾手指，"露露，既然这孩子如此看好你，你就帮一帮他，然后我们看看，他还能有什么别的说头。"

露露捂着嘴，嘻嘻一笑：“好的，主人。”

说着露露走到蜜之蜃姬身边，问道：“要我怎么做？”

“你不妨竭尽全力，试着收割我的生物能。”蜜之蜃姬说道。

“是。”露露点了点头，走到蜜之蜃姬身后，将双手按在她的后背上，发起了量子平行提取术。然而她使了半天劲，玛丽莲的肉身好像还是没有一点反应，反倒是露露的肉身出现了崩解的迹象。

“怎么样？”蜜之蜃姬低头看了一眼波夜空，“就算卓深影没有被调包，现在大概也就是这个样子了。这一战还没开始，就已经结束。”

“是吗？”波夜空的眼睛忽然亮了起来。

蜜之蜃姬身后，卓深影从露露的身上浮了起来，她正在取下露露脖子上的蜜盒，然后她打开盒盖，将盒子对准了玛丽莲的后背。

蜜之蜃姬惊呼一声，将手搭在了露露的头顶上。露露的肉身在一瞬间灰飞烟灭。即使如此，蜜之蜃姬那影子一样的能量身还是被从玛丽莲的身上吸了出来，像一缕烟雾似的进入了卓深影手里的蜜盒。

“不跟你说了吗？小影被露露调包的事，早被我老人家发现了，在我嗜睡症发作后，你那失踪了十八年的老公，透过做梦，跟我打了个赌，作为条件，他答应帮我将小影调包回来。这件事除了我和小影，没有第三个人知道，摩西沙罗说，这样才不会让你起疑心，露露身上的蜜盒才有机会用在你身上。”波夜空一边抱着玛丽莲的身体，一边大声解释道。

蜜之蜃姬拼命挣扎着，想要摆脱蜜盒的控制，回到玛丽莲的身上去。趁着能量身还有一大半没有被吸进蜜盒，她伸出手，罩在了波夜空的天灵盖上，想要提取他的生物能。

然而波夜空像是一点反应都没有的样子，脸上还是悠然自得的表情，不住地在给蜜之蜃姬加油：“再加把劲，我支持你！”

“怎么会这样的？”蜜之蜃姬一惊之下，茫然失色。

“废物也有废物的特长嘛，我是打不过你和小影，但你们好像也没有办法收割我的生物能。”波夜空得意地扬了扬脑袋，“我叫阿空嘛，意思就是什么也没有，你能收割有，但你怎么收割没有？这么深奥的事情，你肯定理解不了，你要是能理解，就不会做这种徒劳的事情了。”

波夜空话没说完，蜜之蜃姬的能量身已被完全吸进了蜜盒。

波夜空松开双臂，玛丽莲仿佛一个失去生命的玩偶，一脸茫然地倒在地上。

此时，站在波夜空对面的卓深影关上了蜜盒，将它递了过来。

“你废话怎么还是这么多？”卓深影皱着眉头说道，“战斗就战斗了，还非要跟人说些大道理，太烦了。”

“哎呀，好怅惘啊，就这么结束了吗？真的很不过瘾啊！我还有装13的话没来得及说呢。”说着，波夜空低头看了一眼手里的蜜盒，拿在手里晃了晃，“啊呀，不得不承认，摩西沙罗真是个天才，仅次于我，这么奇怪的东西，他都造得出来。”

“谁说结束了？”蜜盒里传来蜜之蜃姬娇滴滴的声音，蜜盒随之膨胀，金属盒身上转眼出现了一条贯穿前后的裂痕，裂痕上又出现了更多细密的小裂缝，“这蜜盒是沙罗在很多年前制造的，经过这么多年，我现在的能量身岂是这小小的蜜盒可以关住的？”

眼看着情形不对，波夜空连忙将蜜盒放在地上，一屁股坐了上去，他用尽全力，想要将膨胀的蜜盒压住，然后朝卓深影喊道：“快！去把笑师叔身体里的生物能都吸收掉，接下来就全靠你了！”

“什么？”卓深影一脸懵懂地摇着头，“知不知道这样做，等于是要我杀死笑大师？”

“必须如此！如果师叔能赢下这一战，财神全部的载体就都会归他所有，哪还用得着这具破破烂烂的臭皮囊。刚才，我跟师叔打过招呼了，他自己都不在乎，你有什么好在乎的？”波夜空大声喊道。

只几分钟的工夫，蜜盒的长宽高膨胀了几百倍，将压在上面的波夜空直接托了起来，蜜盒上的裂缝正在变得越来越大越来越多，蜜之蜃姬的能量身已经从蜜盒里伸出了脑袋。

卓深影咬了咬牙，走到笑和尚趺坐在地的身体前，双手放到了他的头顶上。笑和尚的身体瞬间化为一道青色的光芒，汇入了卓深影的能量身，最后什么也没剩下。

蜜盒也在这一瞬被炸成了碎片，波夜空被冲击波撞到了院子里，恼羞成怒的蜜之蜃姬再次发力，将一号车间里一辆等待修理的旧铲车挥舞了起来，向刚刚落地的波夜空砸了过去。

卓深影连忙飞身挡在波夜空身前，止住了铲车前冲的趋势，将它朝蜜之蜃姬的方向奋力推了回去。

破破烂烂的铲车开始在蜜之蜃姬和卓深影的能量身之间来回飞驰，两三吨重的车身好像只是个乒乓球一般。两人一边驱动着铲车，一边一步一步向对方逼近了过去。最后两人如火星撞地球一般，直接撞到了一起，隔在两人中间的那辆铲车顿时被挤压成了薄钢板，然后在两人持续的冲击中被炸成了无数的碎片。

那两个影子一样的能量身直接撕扯在了一起，各自的轮廓很快模糊起来，化作一白一绿的两个色块。那绿色的色块正是蜜之蜃姬所在的方位，白色的色块应该就是卓深影，绿色的色块面积大约是白色的两倍。两个色块在撕扯过程中，不断地变幻着形象，在试图吞噬对方，两人一会儿变成龙和虎，一会儿又变成日和月，然后又由日月变成了满天星斗，白色色块的光泽渐渐黯淡下来，不久就被绿色的色块包裹了起来。

“停！”躺在地上装死的波夜空忽然站起身，伸出手，做了个暂停的姿势。

蜜之蜃姬并没有罢手的意思，那绿色的色块还在继续挤压着那已全无抵抗之力的白色色块。

“你要是想知道摩西沙罗的下落，最好现在就住手！”波夜空又喊了一句。

绿色色块的运动速度终于迟缓了下来，玛丽莲的形象从中浮现了出来，白色的色块上也出现了卓深影的能量身。然而此刻她已不能动弹，脸上满是无奈的表情，似乎想跟波夜空说些什么，却怎样也发不出声音来。

“今天起，这地方归我管了。你要是够聪明，就别再大喊大叫了，只要你肯帮我找出这地方藏着的蝴蝶效应点，我会给你的小情人留下点生物能，还会给她找个宿主来，让你们两个能在一起过活，你说这样好不好？”蜜之蜃姬轻轻一笑，能量身又向内挤压了一下，卓深影的身体又缩小了一圈。

“我确实在梦里见到摩西沙罗了。刚才所有的事情在梦里，他已经让我看过一遍，还说到了这个节骨眼，我可以提他的名字。我本来也不相信的，但现在……”说到这里，波夜空已是泪流满面。

蜜之蜃姬愣了愣，盯着波夜空的脸看了半天，然后不耐烦地撇了撇嘴：

“你倒挺会讲故事的，只可惜，没有选对听众。”

“他说你肯定不会相信，所以特地给我看了一个意象，说这件事只有你和他知道，要我到时候让你看一下。”波夜空擦了擦脸上的泪水，哽咽着说道。

蜜之蜃姬迟疑了片刻，然后将手放到了波夜空的天灵盖上，脸色不由一变，声音不禁发颤：“沙罗在什么地方给你看这个的？”

“在梦里，”波夜空道，“不不，是在虚无地里。”

“虚无地？虚无地在哪里？”蜜之蜃姬皱眉问道。

“就是那个弹子游戏机。”波夜空指了指车间里那用来堆杂物的角落，“他要你收到我给你的信息后，马上去虚无地跟他会合。这是他的原话，既然你能读出我脑子里的信息，应该知道我没有骗你。”

蜜之蜃姬将手慢慢垂了下来，沉思了片刻，忽又抬起头来，笑得很是妩媚：“既然是沙罗的意思，我自然不会违背。不过……”

说着，蜜之蜃姬将身子轻轻一转，只剩下蜡烛光大小的卓深影已被吸到她指尖上。

“求求你，不要！”波夜空看出了蜜之蜃姬的用意，大声叫道。

“既然马上就能见到沙罗，我跟你的交易也就没有必要了，你小情人的生物能本就是属于我的，现在到了该物归原主的时候。沙罗给你看的景象里，不也有这一幕吗？”蜜之蜃姬笑得愈发妩媚，手指上的那道有着卓深影音容笑貌的白光消失在那由绿光呈现的玛丽莲形象中。

随后，蜜之蜃姬化作一道长长的弧光向弹子机的方向飞去，消失在积满灰尘的玻璃面板后。

空荡荡的一号车间里，只剩下波夜空一个人在那里放声痛哭。

本章回顾：

生进会的三位大佬对悟空寺发起进攻前，沉睡了一星期的波夜空忽然苏醒。笑和尚、井下光和卓深影照着波夜空的布置，与生进会的三位大佬捉对厮杀。笑和尚让自己的意识脱离身体，进入了精灵的体内，与财神的矩阵决策系统展开决战。井下光将地狱修女引开，进入了当年她从地狱号逃亡时路过的下水道。在下水道里，地狱修女在击败井下光后，出人意料地给了井下光一个选择，要井下光杀死自己，或者被她杀死。此时，本已被调包的卓深影忽然对蜜之蜃姬出手，用蜜盒困住了她。按照波夜空的说法，是摩西沙罗在暗中出手，将卓深影调包了回来。最后，蜜之蜃姬从蜜盒中脱困而出，制服了卓深影。波夜空说出摩西沙罗躲藏在虚无地里的秘密，想要换回卓深影，却没想蜜之蜃姬在听说这消息后，直接将卓深影吸收到了自己的能量身里面。一夜之间，失去了一切的波夜空放声痛哭。

小贴士：

全息生命复原器：摩西沙罗按照蝴蝶效应原理制造的一种生命复原设备。根据摩西沙罗的理论，生命是一段生生不息的连锁反应，只要获取其中的一小片活信息，就能推导出这个生命完整的形态。与克隆技术不同，全息生命复原器除了可以复制生命体，还能复制出生命体所携带的记忆，几乎等同于让一个人复活。但前提是一定要利用携带了活信息的细胞来进行复原。

（全文完）

图书在版编目（CIP）数据

与光与影与空 / X 程序著 .—北京：作家出版社，2022.10

ISBN 978-7-5212-1706-3

Ⅰ.①与… Ⅱ.①X… Ⅲ.①长篇小说—中国—当代 Ⅳ.①I247.5

中国版本图书馆 CIP 数据核字（2021）第 265845 号

与光与影与空

作　　者： X 程序
策　　划： 记忆坊文化
责任编辑： 徐　乐
装帧设计： 小　贾
版式设计： 段文婷
内文制作： 谢文斌
营　　销： 有容书邦
出版发行： 作家出版社有限公司
社　　址： 北京农展馆南里 10 号　　**邮　　编：** 100125
电话传真： 86-10-65067186（发行中心及邮购部）
86-10-65004079（总编室）
E-mail:zuojia @ zuojia.net.cn
http://www.zuojiachubanshe.com
印　　刷： 河北京平诚乾印刷有限公司
成品尺寸： 158 × 230
字　　数： 870 千
印　　张： 55.5
版　　次： 2022 年 10 月第 1 版
印　　次： 2022 年 10 月第 1 次印刷
ISBN 978-7-5212-1706-3
定　　价： 120.00 元